HEYNE <

BERNHARD HENNENS
GROSSE ELFEN-SAGA:

Die Elfen
Elfenwinter
Elfenlicht
Elfenkönigin
Elfenlied
Elfenritter – Die Ordensburg
Elfenritter – Die Albenmark
Elfenritter – Das Fjordland

BERNHARD HENNEN

# ELFEN KÖNIGIN

Roman

Originalausgabe

WILHELM HEYNE VERLAG
MÜNCHEN

FSC
Mix
Produktgruppe aus vorbildlich
bewirtschafteten Wäldern und
anderen kontrollierten Herkünften

Zert.-Nr. SGS-COC-1940
www.fsc.org


Verlagsgruppe Random House FSC-DEU-0100
Das für dieses Buch verwendete FSC-zertifizierte Papier
*Holmen Book Cream*
liefert Holmen Paper, Hallstavik, Schweden.

Redaktion: Angela Kuepper
Originalausgabe 11/2009

Printed in Germany 2009
Umschlaggestaltung: Nele Schütz Design, München
Karten und Illustrationen: Andreas Hancock
Satz: Buch-Werkstatt GmbH, Bad Aibling
Druck und Bindung: GGP Media GmbH, Pößneck

ISBN: 978-3-453-53340-0

www.heyne-magische-bestseller.de

*Für die Rose im Winter*

*Die gefährlichste Weltanschauung ist die Weltanschauung derjenigen, die die Welt nicht angeschaut haben.*

ALEXANDER VON HUMBOLDT

# PROLOG

# ELFENKÖNIGIN

Wahrscheinlich bin ich der einzige Elf, der beinahe von einem Schneehasen getötet worden wäre. Und die einzige Entschuldigung, die ich vorbringen kann, ist, dass ich dreizehn war und auf meinen ersten Kuss hoffte ... ich, Alvias, einst Hofmeister der Königin Emerelle.

Ich sitze hoch über den Dächern von Vahan Calyd und schärfe meinen Dolch. In zwei Stunden wird das Fest der Lichter beginnen. Das Fest, auf dem Albenmark seinen Herrscher wählt. Ich werde dort sein. Und ich werde dem Herrscher den Dolch in die Brust stoßen. Dies ist mein letzter Dienst für die Königin.

Doch kommen wir auf den Schneehasen zurück ... Ich hatte immer das Gefühl, dass er wusste, was er tat. Er wollte mich in den Tod treiben! Es war eine jener Winternächte, in denen geisterhaftes, grünes Licht in wogenden Bahnen über den Sternenhimmel zieht. Eine Nacht voller Verheißung und Magie. Ich war allein mit Nailyn. Sie war siebzehn und damit eine Welt von mir entfernt. Ich wusste, dass etliche junge Jäger ihr schöne Augen machten. Aber sie hatte mich erwählt in dieser Nacht, und ich war unendlich glücklich. Wir ritten über ein weites Schneefeld in den Bergen Carandamons. Die Jagdgesellschaft hatten wir weit hinter uns gelassen. Nailyn machte mir Mut. Auf jeden meiner Vorschläge war sie eingegangen. Sie wollte mit mir allein sein. Ihr langes, blondes Haar floss wie ein goldener Umhang über ihre bestickte Jagdweste. Sie trug ein Seidenhemd, so dünn, dass ihre Arme durchschimmerten. Wie alle Normirga vermochte sie sich durch ein einziges Wort der Macht vor dem eisigen Biss des Winters zu schützen. Sie hätte nackt durch den Schnee gehen können, ohne zu frieren.

Ihre Hose und Stiefel waren so eng wie eine zweite Haut. Sie wusste, wie man Blicke fing! Ich hingegen war in allem unerfahren. Ich wusste mich nicht einmal richtig vor der Kälte zu schützen. Irgendetwas machte ich falsch, wenn ich das Wort der Macht flüsterte. Entweder war mir zu heiß, oder die Kälte fraß sich unvermindert in meine Glieder. Nur bei Nailyn schien ich alles richtig gemacht zu haben. Sie übersah mein Ungeschick. Und ich, ich starrte sie immerzu nur an.

So wäre ich fast aus dem Sattel gestürzt, als mein Hengst Sternenauge einen Schneehasen aufscheuchte. Der Hase hatte sich flach in eine Mulde geduckt und bis zum letzten Augenblick gewartet, bis er das Weite suchte. Meinen Hengst erschreckte er so sehr, dass er stieg und mich fast abgeworfen hätte. Nailyn lachte. Dann sagte sie jene verhängnisvollen Worte, die mein ganzes Leben verändern sollten. »Fang mir den Hasen. Ich will ihn auf dem Arm halten. Dein Lohn soll ein Kuss sein!«

Mein Hengst war schneller als der Hase, und ohne aufschneiden zu wollen, ich war viel geschickter. Das Einzige, was er besser konnte als wir beide, war Haken zu schlagen. Und er kannte die verschneite Ebene besser. Er wusste, was sich unter dem Schnee verbarg. Ich jagte tief aus dem Sattel gebeugt dahin. Nie hatte ich mich so großartig gefühlt. Zweimal bekam ich ihn fast zu packen. Meine Fingerspitzen berührten ihn schon, da öffnete sich der Abgrund. Eine Felsspalte, unter dem Schnee verborgen. Es ging alles so schnell. Gerade jauchzte ich noch vor übermütiger Freude und dann … Dann kam der Schmerz. Durchdringend. Sternenauge lag neben mir. Der Glanz seiner Augen, der ihm den Namen gegeben hatte, verblasste. Sein Körper erbebte. Ein letztes Aufbäumen des geschundenen Fleischs. Seiner Kehle entrang sich ein Laut, den Worte nicht beschreiben können. Vielleicht weil ich mich nicht durch Worte von meiner Schuld befreien darf. Auch jetzt, nach all den Jahrhunderten, klingt er mir immer noch im Ohr, wenn ich an diese Nacht zurückdenke. So voller Qual war er.

Überall um mich herum waren scharfkantige Felsen. Und der Schnee, der mit uns hinabgestürzt war. Ich konnte mich nicht bewegen; all meine Glieder schmerzten. Mein linkes Bein war verdreht. Ich wagte nur einen Blick. Dann schaufelte ich Schnee auf das Bein, um es nicht mehr zu sehen ... den Knochen, der durch die zerrissene Hose ragte, und all das Blut.

Hoch über mir, umwoben vom grünen Licht der Winternacht, erschien das Antlitz, das ich so sehr verehrte. Nailyn wirkte blass. Sie zu sehen, gab mir die Kraft, meine Tränen zurückzuhalten. Sie würde mich retten.

»Alvias?«

»Ich lebe«, stieß ich hervor.

»Ich hole Hilfe!« Mit diesen Worten war sie verschwunden. Keine Frage, ob ich verletzt war. Kein Versuch, zu mir hinabzusteigen, um mir zu helfen. Ich hörte ihre Schritte im Schnee und konnte meine Tränen nicht länger beherrschen. Natürlich war der Schmerz in meinem Bein unvergleichlich schlimmer, aber die Wunde, die sie meinem Herzen zufügte, habe ich bis heute nicht vergessen.

Ich weiß nicht, wie lange ich in der Spalte lag. Ich sah zu, wie mein Blut den Schnee rot färbte. Dann und wann warf ich neuen Schnee darauf, doch das Weiß blieb nicht lange unbefleckt. Keinen vernünftigen Gedanken konnte ich fassen. Ich hatte einen Gürtel. Ich hätte mein Bein abbinden sollen. Stattdessen sah ich zu, wie meine Tränen, wenn sie auf den Fels fielen, langsam zu Eisperlen erstarrten.

Melodramatisch, wie nur Dreizehnjährige es können, malte ich mir meinen Tod aus. Wer alles um mich weinen würde. Wer mich vermissen würde … Und dann kam sie. Die andere. Ihr Gesicht erschien über der Spalte, als sei es aus dem Himmel gewachsen. Ich hatte keinen Laut gehört. Sie war plötzlich da. Einen Herzschlag blickte sie mich an. Dann sprang sie zu mir herab, ohne sich von den scharfkantigen Felsen schrecken zu lassen.

»Ich bringe dich hier heraus.« Sie sagte das so selbstbewusst, wie nur Fürsten und Könige sprechen. Damals wusste ich nicht, wer sie war.

Ich staunte sie an, vom Blutverlust benommen. Sie trug ein Jagdkostüm aus grauem Leder mit weißem Pelzbesatz und Silberstickereien. Ihr dunkelblondes Haar fiel in Wellen auf ihre Schultern. Ihre Lippen waren vom dunklen Rot reifer Himbeeren. Die Augen hellbraun und voller Mitgefühl. Sie hatte ein schmales Gesicht und ein Lächeln, das einem das Herz schneller schlagen ließ. Behutsam schob sie den Schnee zur Seite, den ich auf mein Bein gehäuft hatte. Ich sah zu, wie sie das Grauen freilegte. Mein zersplittertes Schienbein, das aus dem Fleisch ragte.

»Es wird jetzt wehtun.«

Sie tat nichts, um mir Mut zu machen oder mich abzulenken. Und »wehtun« drückt nicht annähernd das Gefühl aus, das mich durchfuhr, als sie den gebrochenen Knochen durch das zerfetzte Fleisch drückte. Ich schrie wie nie wieder in meinem Leben. Und versuchte, mich ihrem Griff zu entwinden. Aber sie war unglaublich stark, obwohl sie von zierlicher Gestalt war und kaum größer als ich.

In ihren Augen standen Tränen. Als ich das sah, verstummte ich. Sie teilte meinen Schmerz, so viel wusste ich auch damals schon über die Kunst der Heilzauber. Wärme floss durch mein Bein und all meine Glieder. Mir wurde schwindelig.

Als ich erwachte, hatte sie mich aus der Spalte geholt. Ich habe nie erfahren, wie ihr das gelungen war. Sie setzte mich auf ihre Stute und führte das Pferd am Zügel den Bergen entgegen. Und in mir wuchs die Furcht vor meinen

Eltern. Sie blieb bei mir, bis zuletzt. Sie lobte meinen Mut und meine männliche Härte. Ja, das waren ihre Worte! Und so hatte sie mich zum zweiten Mal an einem Tag gerettet.

Erst als sie fort war, erfuhr ich, wer mich aus der Gletscherspalte geholt hatte. Emerelle, die Königin Albenmarks.

Sieben Jahre später sah ich sie das nächste Mal, an einem Ort, der unterschiedlicher nicht hätte sein können. Und ich gestehe, sie war mir in all den Jahren nicht aus dem Sinn gegangen, und ich kam um ihretwillen. Es war zum Fest der Lichter in Vahan Calyd, jenem verwunschenen Ort an der Mangrovenküste des Waldmeers, der nur alle achtundzwanzig Jahre aus seinem ewigen Schlaf erwacht. Vahan Calyd ist eine Stadt, in der alle danach trachten, sich von ihrer prunkvollsten Seite zu zeigen, denn hier entscheiden die Fürsten Albenmarks, wer die Krone für die nächsten achtundzwanzig Jahre tragen wird. Alle großen Elfensippen haben hier Palasttürme erbaut, überladen mit Friesen und Statuenschmuck. Und auch all die anderen Völker Albenmarks wollen dahinter nicht zurückstehen, so unterschiedlich ihre Auffassungen von Pracht auch sind. So findet man an manchen Fassaden Seidenkokons, groß wie Äpfel, in denen sich Blütenfeennester verbergen. Die Lamassu behaupten jedes Jahr aufs Neue, einen Palast aus Wind erschaffen zu haben, doch außer ihnen vermag ihn niemand zu sehen. Von außen eher bescheiden und doch von Geheimnissen umrankt, ist der Turm der Mondbleichen Blüten, den die Apsaras über einer Meeresgrotte errichtet haben. Der Palast der tausend Banner hingegen entsteht zu jedem Fest neu. Minotauren errichten ihn aus bunten Stoffbahnen und rammen Hunderte, mit vergoldeten Schnitzereien geschmückte Zeltpfosten in die Erde, von denen ihre Banner wehen.

Alles hier war fremd für mich, der ich aus einem Land kam, das vom Weiß des Schnees beherrscht wird. Hier wurde mein Auge bei jedem Herzschlag von neuen, nie gesehenen Farben bestürmt. Alle Sinne wurden belagert! Die Völkerscharen Albenmarks versammeln sich zum Feste, und sie brachten ihre Düfte mit, von Fladenbroten, über einer Glut aus Pferdeäpfeln gebacken, bis hin zu frisch gekochten Krabben, Reisbrei, Thymian, Safran und roten Pfeffer. Dazu der Duft verfaulender Mangos aus den Gärten und der Odem des Dschungels, der die Stadt einschloss. Und inmitten von all dem: Emerelle. Stets ist sie es, die zur Königin gewählt wird. Und nie verläuft die Wahl ohne verborgene Kämpfe. So oft habe ich dem Fest der Lichter inzwischen beigewohnt. Und nicht einmal verging der Tag danach ohne Leichenfunde. Stumme Zeugen der Intrigen um den Thron. Zu meinen Pflichten gehörte es später, sie beerdigen zu lassen und alle Fragen zu ersticken.

Doch davon, was kommen sollte, ahnte ich nichts auf meinem ersten Fest der Lichter. Ich gehörte zu den Gästen in Emerelles Palast. Und ich sah zu, als sie in einem Pavillon, hoch im Geäst des alten Lotosblütenbaums, ihr Schmetterlingsgewand anlegte. Ein Kleid der schillernden Farben aus unzähligen lebenden Schmetterlingen, die sich auf der Herrscherin niederließen. Dann ließ sich Emerelle auf einer Sänfte, die von fünfzig Kentauren getragen wurde, zum Hafen bringen, wo inmitten eines Meeres aus Schiffsmasten jene Prunkbarkasse lag, auf der die Königswahl stattfand. Majestätisch und von Jubel bestürmt, stand sie über den Massen auf ihrer Sänfte. Sie wurde mit Blumen beworfen und kostbarem Geschmeide. Und man hob Kinder zu ihr empor, damit sie ihnen über die Köpfe streichen konnte, denn es bringt Glück, von Emerelle berührt zu werden.

An jenem Tag entschied ich, künftig meiner Retterin zu dienen. Und über die Jahre stieg ich auf zu ihrem Hofmeister. Ich war bei ihr in Tagen von Ruhm und Leid. War an ihrer Seite, als sie an der Spitze ihrer Ritter die Höhlenfestung Mordstein erstürmte, reiste in ferne Städte als ihr Gesandter und wurde tief in die Intrigen der Krönungsfeste verstrickt.

Manche nennen sie die Königin der tausend Gesichter. Sie konnte die strahlende, gütige Herrscherin sein. Sie war Kriegerin und Zauberin. Sie war die höchste Richterin. Und sie war einsam. Seit sie die Krone nahm, hatte sie sich keinen Gefährten mehr erwählt. Die Sorge um Albenmark bestimmte ihr Leben. Sie opferte sich im Kampf um unser aller Zukunft. Wenn sie nachts allein im Thronsaal über die Silberschale gebeugt stand, die ihr die Zukunft zu zeigen vermochte, dann zeichnete Schrecken ihr Gesicht. Ich weiß nicht, was sie dort sah. Aber sie kämpfte dagegen an, an jedem Tag ihrer Herrschaft.

Sie haben ihr Werk zerstört, die Trolle! Vor siebenundzwanzig Jahren und sechs Monden kehrten sie zurück. Sie waren in die Welt der Menschen verbannt gewesen, doch fanden sie einen Weg zurück. Sie überfielen Vahan Calyd während des Festes der Lichter. Und sie begannen damit, all das Schöne auf der Welt zu zerstören. Emerelle musste flüchten, aber sie stemmte sich gegen die Heerscharen ihrer Feinde. Manchmal nur von Ollowain, ihrem Schwertmeister, beschützt. Als sie auch ihn verlor, begann der Niedergang. Ich weiß nicht, was genau die Trolle ihm angetan haben. Er war bei ihnen an dem Tag, an dem Emerelles Herrschaft endete. Er schien nicht bei Sinnen zu sein! Es heißt, sie hätten Ollowains Verstand getötet, aber seinen Körper erhalten. Sie haben ihn gezwungen, auf der Shalyn Falah, der weißen Brücke, zum Duell gegen Emerelle anzutreten. Das war der Tag, an dem ihr das Herz brach. Sie legte Schwert und Krone nieder, statt gegen den Mann zu kämpfen, dem schon lange heimlich ihr Herz gehört hatte. So wurde der Troll Gilmarak zum Herrscher über Albenmark.

Die Seele eines Elfen ist unsterblich, bis sie letztlich ins Mondlicht geht. Wenn wir wiedergeboren werden, dann ist unsere Seele alt, aber die Erinnerung an unsere früheren Leben ist verloren. So sind wir frei.

Emerelle hat Ollowain mit sich genommen, als sie verschwand. Ich habe sie gesucht. Und ich weiß, dass auch Meuchler sie gesucht haben, denn die Trolle fürchten sie noch immer. Sie ist verloren. Ich ahne, ihre Feinde haben sie vor mir gefunden. Heute feiert Vahan Calyd das Fest der Lichter. Ihr Fest!

Mein Dolch ist geschärft. Ich bin ein Fürst. Sie haben mich ausgewählt, an der Königswahl teilzunehmen. Mich! Welch ein Hohn. Aber ich werde dort sein. Nur so kann ich Gilmarak nahe genug kommen, um Emerelle zu rächen.

# FAST ZWÖLF JAHRE ZUVOR

# AM HORIZONT

»Was siehst du am Horizont?«

Die Königin hatte wieder diesen entrückten Blick. Eine Ewigkeit war vergangen, seit er für sie gestorben war, auch wenn für ihn erst wenige Wochen verstrichen zu sein schienen. Falrach hatte eine ganz andere Emerelle gekannt. Neben ihm stand eine Fremde. Er durfte sie nicht einmal bei ihrem Namen nennen, dem letzten Wort, das in seinem vergangenen Leben über seine Lippen gekommen war. Sie gab sich als Nandalee aus. Dies war der Name ihrer Mutter gewesen.

»Die Zukunft.« Emerelles Antwort kam spät. Falrach hatte nicht mehr damit gerechnet, dass sie noch etwas sagen würde.

Er blickte über die verschneiten Hügel. Es war windstill und so kalt, dass seine Haut an dem silbernen Knauf seines Schwertes festkleben würde, sollte er es unvorsichtigerweise mit bloßer Hand berühren.

Hinter den Hügeln am Horizont stand Rauch wie die Wolken eines heraufziehenden Unwetters am Nachthimmel. Der Glanz der Sterne, der vom frisch gefallenen Schnee in den Nachthimmel zurückgeworfen wurde, wob ein magisches Licht. Die Rauchwolke störte die Harmonie dieses Zaubers. Dicht und bedrückend hing sie tief am Himmel und schimmerte rotorange, in der Farbe frisch vergossenen Drachenblutes. Es war der Widerschein der Essen von Feylanviek.

Makarios stapfte unruhig mit den Hufen. Sie hatten den Viehtrieb des Kentaurenfürsten begleitet. Ihr Lohn waren zwei alte Pferde gewesen. Falrach mochte sie nicht, aber Emerelle hatte es geschätzt, nicht länger zu Fuß gehen zu müssen.

»Ihr solltet der Stadt nicht näher kommen«, warnte der Kentaur. »Das Leben eines Elfen ist dort keinen Büffelfurz wert.«

»Warum?« Sie kannte die Geschichten über Feylanviek. Und Makarios wusste das.

Kentauren waren nicht dafür berühmt, ihre Gefühle zu beherrschen. Allerdings hatten die meisten von ihnen großen Respekt vor Elfen. An Makarios Schläfe schwoll eine Ader so sehr an, dass man das Blut darin pochen sehen konnte. »Du weißt um den Fürsten Shandral, edle Dame. Und du weißt, wie sehr die Kobolde in der Stadt unter seinen Grausamkeiten gelitten haben. Ein Elf sollte dort nicht hingehen.«

»Eben weil sie so sehr gelitten haben, muss ich gehen.«

Der Kentaur schlug sich mit der flachen Hand vor die Stirn. »Ich glaub es nicht! Wie deutlich muss ich es noch sagen, Nandalee. Die werden mit deinem kleinen Elfenarsch Dinge anstellen, die du dir nicht einmal im Entferntesten …«

Falrach trat vor den Kentauren. Er konnte nicht zulassen, dass dieser so mit der Königin sprach. Auch wenn der Kentaur keine Ahnung hatte, wer wirklich vor ihm stand. »Das genügt.« Er sagte das leise, und seine Augen fingen den Blick des Kentauren.

Makarios' Unterlippe zitterte vor Wut. Eiskristalle funkelten in seinem struppigen blonden Bart. Lange maßen sie einander mit Blicken. Endlich seufzte der Steppenfürst. »Elfen tun immer, was sie für richtig halten, nicht wahr? Selbst jetzt noch, nach all dem, was geschehen ist.« Seine Wut war verraucht. Er klang enttäuscht. Sie würden ihn nach dieser Nacht wahrscheinlich nie mehr wiedersehen, dachte Falrach.

»Du irrst dich, Makarios. Elfen *wissen,* was richtig ist.«

Falrach zuckte innerlich zusammen, als die Königin sprach. Früher war sie taktvoller gewesen.

Der Kentaur schnaubte wie ein zorniger Bulle. »Das habe ich gesehen. Ich war am Mordstein, als deinesgleichen Feuer vom Himmel regnen ließen. Ihr habt die Schlacht gewonnen, aber ihr habt die Trolle nicht besiegt. Wie konnte das geschehen? War das der Plan? Mein Bruder ist damals gestorben. War das der Plan?« Die letzten Worte hatte er förmlich hinausgeschrien.

»Frag Ollowain. Er war der Heerführer an jenem Tag.«

Der Kentaur ballte die Fäuste. »Der Schwertmeister war der anständigste Elf, der jemals gelebt hat. Du wirst seinen Namen nicht in den Schmutz ziehen, du …«

»Du hast Ollowain gekannt?« Der Tonfall, in dem Emerelle fragte, versetzte Falrach einen Stich. In ihrer Stimme schwang mehr mit als nur allgemeines Interesse an einem geschätzten Freund.

»Nicht gekannt …« Die Frage brachte Makarios offensichtlich durcheinander. »Aber ich habe ihn gesehen, von Ferne. Als er das Heer vor Feylanviek gesammelt hat. In meinem Volk gibt es viele Lieder über ihn.« Er bedachte sie beide mit einem vernichtenden Blick. »Und Kentauren singen nicht oft über Elfen.«

»Und doch kamt ihr, als die Königin Emerelle euch zu den Waffen gerufen hat.«

Er lachte bitter auf. »Natürlich! Schließlich mussten die Trolle auf ihrem Weg zur Elfenkönigin zuerst durch unser Land.« Seine Schultern sanken herab. Plötzlich sah er um Jahre gealtert aus. »Wir hätten davonlaufen sollen. Meine Brüder und Freunde sind auf den Schlachtfeldern des Grasmeers zum Rabenfraß geworden. Der Grabhügel meiner Ahnen ist geschändet. Man hat ihn zum Schlachthaus gemacht. Die über Jahrhunderte wohl verwahrten Leichname der Fürsten meines Volkes füllten Trollmägen. Die Lutin, mit denen uns Kentauren ein Pakt verband, so alt wie die Steppe … diese Lutin haben uns verkauft. Haben den Zauber, der meine Ahnen vor dem fauligen Atem der Zeit bewahrte, missbraucht, um die Grabhügel mit Büffelfleisch zu füllen. Sie haben unsere heiligsten Stätten heimlich zu den Vorratslagern des Trollfeldzugs gemacht. Sie …« Er ballte in hilfloser Wut die Fäuste.

»Und doch treibst du Handel mit den Trollen«, stellte Emerelle unerbittlich fest.

»Was soll ich tun?«, fauchte der Kentaur. »Die Meinen brauchen Salz. Und Eisen für Waffen, mit denen wir die Trolle eines Tages vertreiben werden.«

»Wirst du, nach all dem, was du verloren hast, kommen, wenn die Elfen noch einmal zum Kampf rufen?«

»Um die Trolle zu vertreiben? Lieber heute als morgen. Aber die Elfen sind besiegt. Eure Königin hat einfach aufgegeben. Alle im Stich gelassen, die an sie geglaubt haben. Ohne sie sind die Elfen zu uneins. Sie sind verrückt. So wie du. Du solltest nicht nach Feylanviek gehen. Dort spielt man deinesgleichen übel mit. Du solltest dein Schicksal nicht unnötig herausfordern, Nandalee.«

Die Worte waren Falrach aus dem Herzen gesprochen, aber er wusste, dass Emerelle sie einfach abtun würde. Sie wollte sich der Gefahr ausliefern, warum auch immer. Für den Kampf, in dem er einst gestorben war, hatte es einen guten Grund gegeben. Aber das hier … Wem wollte sie etwas beweisen? Sie blickte wieder zum Horizont. Dorthin, wo die Feuer Feylanvieks die Wolkenränder in die Farbe von Drachenblut tauchten.

»Unsere Wege trennen sich hier«, sagte Makarios, der es augenscheinlich müde geworden war, Emerelle von ihrer Entscheidung abbringen zu wollen. »Ich wünsche euch beiden Glück. Ihr werdet es gewiss brauchen. Wenn ihr Ärger bekommt, erwartet nichts von mir. Ich werde sagen, dass ich euch nicht kenne.«

»Ich weiß, du brauchst Salz.«

Der Kentaur schnitt eine Grimasse, als habe man ihm

einen Dolch zwischen die Rippen gestoßen. Er sah zu Emerelle zurück, doch diese würdigte ihn keines Blickes. »Du solltest nicht mit ihr gehen«, flüsterte er Falrach zu. »Sie ist unerbittlich. Solche Frauen ziehen Unheil an.«

»Ich kann nicht anders«, entgegnete er dem Kentauren. »Ich …«

»Ja, ich sehe schon, dass es kein Eid ist, der dich an sie bindet. Es ist schlimmer. Gib acht auf dich. Die dümmsten Dinge, die wir Männer tun, sind jene Dinge, die wir aus Liebe zu einer Frau tun. Wenn du alt wirst …« Er runzelte die Stirn. »Nein, du wirst es nie verstehen. Denn du wirst nicht alt werden, wenn du ihr folgst. Diese Elfe ist dein Tod. Komm mit mir!«

## EIN PFERDETRITT

Obwohl die Straßen Feylanvieks so belebt waren, dass man nur langsam vorankam, war kein einziger Elf zu sehen. Emerelle drehte sich im Sattel und blickte zu der Schmiede, die auf einer steinernen Brücke mitten im Fluss lag. Sie hatte von diesem Ort gehört. Hier hatte Shandral seine grausamen Exzesse an den Kindern Albenmarks betrieben. Sie hätte ihm Einhalt gebieten müssen. Vielleicht wäre dann alles ganz anders gekommen.

Die große Schmiede war niedergebrannt, das Dach eingestürzt. Ein paar rußgeschwärzte Steine waren alles, was von den Wänden übrig geblieben war. Ein Großteil des hölzernen Räderwerks, das die pferdekopfgroßen Schmiedehämmer betrieben hatte, schien auf wundersame Weise die Feuersbrunst überstanden zu haben. Auch eines der drei großen Wasserräder, die unter den Brückenbögen in die Fluten eines Seitenarms des Mika eintauchten, war augenscheinlich noch intakt.

Neben einem der mächtigen Ambosse stand ein Troll und beobachtete sie misstrauisch. Trotz der großen Kälte trug er nur einen Lendenschurz. Er stützte sich auf einen mannshohen Streitkolben, der mit schwarz glänzenden Obsidiansplittern besetzt war. Vulkanglas aus der Snaiwamark. Obwohl sie mächtige Krieger waren, mieden die Trolle jegliches Metall. All ihre Rüstungen und Waffen waren allein aus Holz, Stein und Leder gefertigt. Wulstige Narben zogen sich von der Stirn bis zu den Wangen hinab. Einen merkwürdigen Geschmack für Ästhetik hatten die Trolle. Das waren keine Kampfverletzungen, sondern Schmuck. So auszusehen, ehrte einen Kämpfer.

Die Königin ließ den Blick über die Häuser am Ufer schweifen. Dort standen Fachwerkbauten aus Lehm, Weidengeflecht und mit üppigen Schnitzereien verzierte Balken. Grellbunte hölzerne Schilder hingen an rostigen Eisenarmen und priesen die Güter der Handwerkssippen, die sich entlang des Flussarms niedergelassen hatten. Robbenfellmäntel, Bernsteinschnitzereien, Silberschmuck und dickwandige Tontöpfe in jeder Größe, die vollmundig als härter denn ein Trollschädel gepriesen wurden. Dabei war jedes der Häuser in einer anderen Farbe gehalten. Gelb-, Rot- und Türkistöne waren vorherrschend. Aber man sah auch Lindgrün und vereinzelt ein Knochenweiß. Sie alle hatten gemein, dass Schmutzschlieren über die Wände liefen und den üppigen Farben den Glanz nahmen. Erker wucherten wie geometrische Geschwüre aus den windschiefen Wänden.

Keines der Häuser war in einem einheitlichen Baustil gehalten. Selten sah man zwei gleich große Fenster, und auch die Etagen hatten sehr unterschiedliche Höhen. Scheunengroße Eingangstüren lagen unter winzigen Balkonen mit Geländern aus vergoldetem Schmiedewerk. Alle Giebel schnitten in spitzen Winkeln in den rauchverhangenen Himmel. So boten sie dem Schnee nur wenig Halt, der in den langen Wintermonden so reichlich fiel, dass viele der kleineren Häuser eine zweite Haustür im Dachgiebel besaßen.

Falrach ritt mit ausdrucksloser Miene an ihrer Seite. Seit gestern Abend hatte er keine Fragen mehr über den Sinn dieses Ausflugs gestellt. Er hielt ihn für eine Laune und für äußerst gefährlich. Sie wusste, dass er so dachte, obwohl er für sie Partei ergriffen hatte. Seine Liebe machte ihn bedingungslos loyal. Es war seltsam, Ollowain vor Augen zu haben und mit Falrach zu sprechen. Der Schwertmeister hätte ihr sehr deutlich gesagt, was er davon hielt, zu zweit in eine mutmaßlich feindlich gesonnene Stadt zu reiten. Aber auch er wäre bei jeder Torheit an ihrer Seite geblieben. In manchen Dingen waren sich die beiden sehr ähnlich, auch wenn sie grundverschiedene Beweggründe für ihr Handeln hatten. Ollowain hatte sie nicht geliebt. Er vermochte den Verlust Lyndwyns nicht zu verwinden. Sie war eine begabte Magierin gewesen, doch von zweifelhafter Vertrauenswürdigkeit wie alle Elfenadligen aus dem Fürstenhaus von Arkadien. Lyndwyn war bei den Kämpfen um die Felsenburg Phylangan gefallen.

Emerelle zog an den Zügeln. Ihr Grauer verharrte. So viele Tote hatte es gegeben! Und doch hatten die Trolle zuletzt den Thron Albenmarks gewonnen. Alle Kämpfe waren vergebens gewesen. So schien es zumindest …

Sie blickte hinab auf den zugefrorenen Kanal. Das Eis hielt die Frachtkähne gefangen. Bunt bemalte Boote mit Augen, die hoch im Rumpf über das Wasser wachten. Farbe blätterte an manchen Stellen ab und legte tiefere Schichten frei. Blau, das auf Rot gemalt war. Schmutziges Weiß über Flaschengrün.

Alles, was einmal Ollowain gewesen war, war abgeblättert. Die Seele Falrachs, jenes Mannes, den sie einst geliebt hatte, war wieder freigelegt. Wie war es für ihn zurückzukehren? In seinem Empfinden war wohl nur ein Augenblick vergangen, seit der sengende Drachenatem sein Leben ausgelöscht hatte. Für sie hingegen unzählige Jahrhunderte.

Wie viele Schichten neuer Farbe lagen über der Emerelle, die er einmal gekannt hatte? Gab es einen Weg zurück zu ihr? Schimmerte noch etwas hindurch, so wie bei den alten Booten, die der Fluss in eisigem Griff gefangen hielt?

Sie hatte ihren Thron verloren. Sie war heimatlos. Eine fahrende Ritterin, so wie damals, als sie Falrach zum ersten Mal begegnet war. Doch damals hatte sie eine Aufgabe gehabt. Ein Ziel, für das sie alles geopfert hätte. In den Wochen, die verstrichen waren, seit ihr Thron verloren war, hatte sie sich einfach treiben lassen. Emerelle wusste nicht, welches neue Ziel sie ihrem Leben geben sollte. Sie lächelte melancholisch. Immerhin wusste sie, was sie nicht wollte. Nie wieder würde sie in den Thronsaal Burg Elfenlichts zurückkehren. Nie wieder die Last der Krone tragen!

Sie sah hinab auf das Eis. An manchen Stellen hatten sich scharf gezackte Schollen übereinandergeschoben und türmten sich zu flachen Tafelbergen. Ruß und allerlei Unrat sprenkelte das Weiß. In der Mitte, wo die Strömung des Kanals am stärksten war, schien das Eis nur dünn zu sein. Man konnte das dunkle Wasser hindurchschimmern sehen.

Verstohlen blickte die Königin zu ihrem Begleiter. Ollowain hatte sich Lyndwyn gegenüber nach ihrem Tod wohl bis ans Ende aller Zeiten schuldig gefühlt. Hatte er sie wirklich geliebt? Oder war es allein diese Schuld, die ihn an Lyndwyn gebunden hatte? Sie würde es nie mehr erfahren.

Emerelle wusste nicht, was genau mit ihrem Schwertmeister nach der Schlacht am Mordstein geschehen war, aber die Persönlichkeit Ollowains hatte sich vollständig aufgelöst. Wahrscheinlich war er das Opfer eines heimtückischen Zaubers geworden, während er der Sklave der Lutin gewesen war. Er war wie ein Stück Pergament, das gründlich mit einer feinen Klinge abgeschabt worden war. Die Geschichte seines jahrhundertelangen Lebens war vollständig ausgelöscht. Zurück blieb allein ein leeres Blatt.

So hatte Falrach von Ollowains Leib Besitz ergreifen können. Er war eine frühere Inkarnation der Seele des

Schwertmeisters, der wohl berühmteste Feldherr der Elfen. Ein genialer Taktiker, ein Spieler und Frauenheld, ein wahrer Blender. Ihre erste Liebe.

Falrach hatte im Drachenkrieg sein Leben gegeben, um sie zu retten. Jahrhundertelang hatte sie um ihn geweint. Jede Inkarnation seiner Seele hatte sie aufgespürt. Lange hatte sie geglaubt, ihre Trauer und ihr Schmerz würden niemals enden. Wohl verborgen hinter der Maske der kühlen Herrscherin aber waren sie stets nahe gewesen. Doch mit der Zeit waren diese Gefühle zu eitlem Beharren geworden.

Zeit, die Granitgebirge zu flachen Ebenen schleifte. Zeit war die Herrin von allem. Selbst die Liebe und ihr selbstsüchtiger Schmerz unterwarfen sich ihr. Sie hatte Falrach nicht vergessen, doch ohne es zu wollen, hatte sie sich in Ollowain verliebt. Ihren Schwertmeister, den selbstlosen Ritter, der seine Ideale nie den Kompromissen unterworfen hatte, die die komplexe Dialektik der Herrschaft ihr aufzwang. Als sie einander zum letzten Mal begegnet waren, hatten sie heftig gestritten. Er hatte sie in eine ausweglose Lage gebracht. Sie hatte ihn in die Bibliothek von Iskendria geschickt, um nach verschollenem Wissen zu forschen. Dabei begleitete ihn die Lutin Ganda. Eben diese Lutin war es, die ein Buch stahl, das einst von Meliander verfasst worden war. Der kluge, zärtliche Meliander. Noch ein Opfer der Zeit, dachte Emerelle traurig. Ihr Bruder war um so vieles empfindsamer gewesen als sie. Er hatte sich einst selbst entleibt, um seinen Weltschmerz zu beenden. Melancholie löschte sein Leben, das nach Jahrhunderten zählte.

Wer die Bibliothek von Iskendria betrat, wurde darüber unterrichtet, dass das schwerste aller Verbrechen am dortigen Ort darin bestand, einen Text zu stehlen oder zu vernichten. Ein Verbrechen, das stets mit der Todesstrafe gesühnt wurde. Emerelle war sich ganz sicher, dass Ollowain nicht das Buch Melianders gestohlen hatte. Gewiss war es die Lutin Ganda gewesen. Aber der Schwertmeister hatte alle Schuld auf sich genommen und darauf bestanden, dass Ganda unschuldig sei.

Was zählte eine Königin, die sich über die Gesetze stellte? Was zählten Gesetze, wenn sie nicht für jeden gleich waren?

Sie hatte es nicht fertiggebracht, ein ehrenvolles Leben mit einer Hinrichtung im Hof ihrer Burg zu beenden. Zugleich war sie zornig darüber gewesen, dass Ollowain offensichtlich darauf vertraut hatte, sein Rang und ihre Liebe würden ihn vor der Strafe schützen. Sie hatte ihn in die Schlacht gegen die Trolle geschickt und befohlen, nicht lebend zurückzukehren. Und er hatte gehorcht, wie immer. Sie würde wohl niemals erfahren, was genau danach geschehen war. Ollowain gab es nicht mehr. Der Bote, der ihren Befehl widerrufen sollte, hatte ihn nicht mehr erreicht. Niemand würde je wieder Ollowain erreichen, dachte sie bitter.

»Nandalee.«

Es dauerte zwei Herzschläge, bis Emerelle begriff, dass sie gemeint war.

»Ich denke, die sind unseretwegen hier«, sagte Falrach leise.

Die Königin folgte seinem Blick. Drei Trolle und eine ganze Schar Kobolde mit roten Mützen kam die Straße entlang auf sie zu. Ihr Anführer, ein Kerl in hohen Schaftstiefeln, deutete mit seinem Säbel, der kaum so groß wie ein Brotmesser war, in ihre Richtung. »Nehmt die Feinde des Volkes fest.«

Die Trolle gehorchten dem Befehl, doch die Kobolde, die mit Spießen und Heugabeln mehr schlecht als recht bewaffnet waren, zögerten.

»Jetzt ist der Zeitpunkt, auf Makarios' Rat zu hören.« Falrach zog sein Pferd um den Zügel.

»Ich bleibe«, sagte Emerelle entschieden. Sie wollte wissen, was geschehen würde. Deshalb war sie hierher gekommen. »Wir haben nichts Unrechtes getan.«

»Manchmal reicht das nicht. Komm!«

Die Königin strich ihrem Grauen über den Hals. Der Hengst stampfte unruhig mit den unbeschlagenen Hufen. Die Trolle machten ihm Angst. Sie waren nur noch wenige Schritt weit entfernt.

Falrach griff nach ihren Zügeln. »Sei nicht so verdammt halsstarrig.«

Ein Stück hinter ihnen wurde ein Heuwagen quer über die Straße geschoben. Jetzt war jeder Fluchtweg versperrt. Falrach hörte das Knirschen der eisenbeschlagenen Karrenräder auf dem Pflaster. Er drehte sich um und fluchte. Mit Elfenpferden hätten sie hinab auf das schmutzige Eis des Kanals springen können. Aber die struppigen, kleinen Steppenpferde der Kentauren würden durch die Eiskruste brechen und elendig im Kanal ersaufen. Es gab keinen Ausweg mehr.

Ein Troll packte in die Mähne ihres Hengstes. Der Graue stieß ein schrilles Wiehern aus. Er versuchte zu steigen, doch gegen den eisernen Griff des Trollkriegers kam er nicht an. Obwohl Emerelle im Sattel saß, überragte sie der Troll um mehr als Haupteslänge. Der Krieger sah sie misstrauisch an. »Leg deine Hand ans Schwert, und ich mach dich tot«, stieß er hervor und schien dabei ganz selbstverständlich davon auszugehen, dass sie ihn verstand.

Der Hengst keilte aus. Ein Huf traf den Troll am Knie. Er grunzte und schlug dem Grauen den Ellenbogen gegen den Kopf. Der plötzliche Schlag riss den Hengst zu Boden. Emerelle war mit einem Satz aus dem Sattel. Sie landete sicher auf den Füßen. Fast hätte sie nach ihrem Schwert gegriffen, einfach aus Gewohnheit. Auch wenn sie seit langem nicht mehr in die Schlacht gezogen war, hatte sie doch regelmäßig ihre Fechtübungen absolviert.

Ihr Hengst schlug schwer auf das Pflaster. Blutiger Schaum troff aus seinem Maul. Emerelle zwang sich, ruhig zu bleiben.

»Ihr beide seid verhaftet!«, rief eine schnarrende Stimme. Hinter dem Troll stand der Kobold in den Stulpenstiefeln.

Er deutete mit dem Säbel auf ihre Brust. Jetzt erst bemerkte Emerelle, dass ihm die rechte Hand fehlte.

»Warum willst du uns festnehmen?«, fragte sie, um Gelassenheit bemüht.

»Weil du eine der Trollwachen angegriffen hast.«

»Ich glaube, das war mein Pferd«, sagte sie in der Sprache der Trolle. »Wirst du es in den Kerker werfen?«

Der große Krieger verzog das vernarbte Gesicht zu einem Grinsen.

»Du machst dich lustig über mich? Über Dalmag Paschendrab, den Vogt von Feylanviek und Hüter der Gerechtigkeit?«, ereiferte sich der Kobold. Er stand jetzt dicht vor ihr; er reichte ihr kaum bis zum Knie. »Du bist als Reiterin für dein Pferd verantwortlich. Dir wird dein spöttisches Gerede noch leidtun, Elfe.« Der Kobold deutete auf Falrach. »Den Kerl nehmt ihr auch mit. Er ist ebenfalls angeklagt.«

»Was hat er getan? Dich mit einem Blick verletzt?«

Der Kobold schob seinen Säbel in die Schärpe. Er stützte seine verbliebene Hand in die Hüfte und bemühte sich augenscheinlich, würdevoll auszusehen.

»Nein, er trägt die Hauptschuld am Angriff auf den Troll. Ich gehe davon aus, dass der Fürst ihn zum Tode verurteilen wird.«

Für einen Augenblick verschlug es Emerelle die Sprache. »Das ist kein Recht«, stieß sie schließlich hervor.

»Jetzt beleidigst du auch noch unsere Gesetze. Mach nur so weiter, du redest dich um Kopf und Kragen.«

»Er hat doch gar nichts getan.«

»Eben«, sagte der Kobold mit selbstzufriedenem Nicken. »Das ist Teil seines Verbrechens. So wie du auf dein Pferd hättest achtgeben müssen, hätte dein Mann auf dich achtgeben müssen, Weib. Er hätte wissen müssen, was für eine schlechte Reiterin du bist. Es wäre seine Aufgabe gewesen, dir zu verbieten, zu Pferd nach Feylanviek zu kommen. Stell dir vor, es wäre durchgegangen und hätte ein paar spielende Kinder auf der Straße totgetrampelt.«

»Ich bin nicht sein Weib!«

»Oh!« Dalmag rollte mit den Augen. »Dann pflegt ihr also liederlichen Umgang miteinander, ohne euch ein Eheversprechen gegeben zu haben.« Er stieß einen keckernden Laut aus. »Elfen! Völlig sittenlos und verkommen! Das ändert natürlich nichts daran, dass er verpflichtet gewesen wäre, auf dich aufzupassen.«

Emerelle hatte Mühe, ernst zu bleiben. Dieser Kobold sollte das Recht in Feylanviek verkörpern? Das konnte nicht sein! Es musste hier einen Trollfürsten geben. »Wie lösen wir unseren Streit? Werde ich vor ein Gericht gestellt?«

»Natürlich! Hier hat sich viel geändert, seit Shandral geflohen ist.« Er hob den Armstumpf. »Er hat behauptet, mein Bruder habe ihn bestohlen. Jeder in meiner Sippe hat dafür die rechte Hand verloren. Sogar Neugeborene! Er hat unsere Hände in seinem Haus ausgestellt. Mit vielen anderen. Sieh dich um in dieser Stadt und wundere dich, wie viele meinesgleichen mit nur einer Hand leben! Vor ein Gericht wurde keiner von ihnen gebracht. Du wirst es also viel besser haben als wir, Elfe.«

Sie war hier, um genau das zu erleben, was gerade mit ihr geschah. Als Königin war sie so sehr in die Sorge um die Zukunft Albenmarks verstrickt gewesen, dass sie die Gegenwart vernachlässigt hatte. Grausamkeiten wie die Taten Shandrals hätten niemals geschehen dürfen. Das würde sich von nun an wieder ändern. Als fahrende Ritterin würde sie sich gegen die Tyrannei stellen, so wie sie es einst getan hatte. Im Großen war sie gescheitert. Nun konnte sie sich einer Aufgabe stellen, der sie gewachsen war.

»Gerne werde ich mich der Gerechtigkeit deines Herrn überantworten. Ich vertraue tief darauf, dass ihr aus der Vergangenheit gelernt habt.« Sie hörte Falrach hinter sich scharf einatmen. Doch ihr Gefährte erhob keinen Widerspruch.

Dalmag wirkte enttäuscht, dass sie nicht versuchte, sich zu widersetzen. »Wir schieben es nicht lange hinaus«, sagte er schließlich. »Ich bringe dich zum Rudelführer Gharub. Er wird das Urteil fällen.«

Emerelle blickte auf den Grauen hinab. Der Troll hatte ihren Hengst bewusstlos geschlagen. Aber er würde wieder zu sich kommen. »Was wird aus meinem Pferd?«

»Ja, das Pferd …« Der Kobold kratzte sich hinter dem linken Ohr. »Dies ist eine der wenigen gepflasterten Straßen. Und der Schnee ist fortgeräumt, damit hier Karren fahren können. Dein Pferd stört den Fluss der Waren. Und Feylanviek ist eine Stadt des Handels. Da du vor Gericht kommst und dich um dieses Ärgernis nicht kümmern kannst, werde ich meinen Freund beauftragen, das Problem zu lösen.« Er stieß dem Troll mit dem Ellenbogen gegen das Bein. »Hörst du, Madra. Du wirst dieses verdammte Pferd hier wegschaffen. Es gehört dir. Ich erwarte aber, dass es umgehend von der Straße verschwindet.«

»Egal wohin?«, fragte der Troll.

»Egal«, entgegnete Dalmag und wandte sich wieder Emerelle zu. »Du wirst selbstverständlich für die Kosten aufkommen, die dadurch entstehen, dass ein Teil der Wachen dieser Stadt damit beschäftigt ist, sich um den Ärger zu kümmern, den du verursacht hast.«

»Das kostet nix«, sagte der Troll und kniete neben dem Pferd nieder. Er packte den Kopf des Tieres mit beiden Händen und riss ihn in einem Ruck herum. Ein scharfes Knacken ertönte. Er ließ den Kadaver auf das Pflaster zurücksinken und zog ein in seinen mächtigen Pranken geradezu zerbrechlich wirkendes Steinmesser hervor.

Emerelle wandte den Blick ab, aber sie konnte nicht verhindern, dass ihr der Blutgeruch in die Nase stieg.

Der Troll rief seine Kameraden herbei, während Falrachs Pferd ängstlich schnaubte.

»Halt deinen Gaul still«, herrschte ihn der Kobold an, der ungerührt zusah, wie seine Wachen sich als Metzger versuchten. Die lange Zunge glitt ihm über die schmalen Lippen. Er fand offenbar Gefallen an diesem blutigen

Schauspiel. Emerelle fragte sich, wie er wohl gewesen war, bevor er seine Hand verloren hatte.

Bald lagen nur noch die Röhrbeine, der Kopf und ein Haufen Eingeweide auf der Straße. Dutzende Schaulustige hatten sich um sie versammelt. So ausgemergelt, wie die meisten von ihnen aussahen, war sich Emerelle sicher, dass sie nur darauf warteten, dass die Trolle etwas übrig ließen.

»Wir hätten das Blut auffangen sollen«, murrte einer der Trollkrieger. »Das hätte eine schöne Wurst gegeben.«

Der Kobold stieß ein kurzes, schnarrendes Lachen aus. »Dann weicht mir jetzt nicht von der Seite. Vielleicht gibt es ja bald noch eine andere Gelegenheit, Blutwurst zu machen.« Bei diesen Worten bedachte er Emerelle mit einem boshaften Blick. »Glaubst du ans Mondlicht, Elfenschlampe? Du würdest meine Wachen maßlos enttäuschen, wenn du einfach nur verblasst.«

## GOSSENKIND

Adrien schob die Dachschindeln auseinander und bemühte sich, so wenig Lärm wie möglich zu machen. Er lag ausgestreckt im Schnee. Feuchtigkeit drang durch seine Kleider, aber er achtete kaum darauf. Zu groß war sein Hunger. Es gab hier keinen Hund, darauf hatte er als Erstes geachtet, als er das Haus ausgewählt hatte. Allerdings konnte man ihn vom Haus auf der anderen Seite des Hofes sehr gut sehen, falls jemand zufällig aus dem Fenster blickte. Die Gefahr war jedoch nicht sehr groß. Die Läden waren alle geschlossen, die Riegel vorgelegt. Zum einen wegen der Winterkälte, vor allem aber wegen des Widergängers, der die Stadt seit Tagen in Schrecken versetzte. Nach Einbruch der Dämmerung wagte sich nur noch auf die Straße, wer keine andere Wahl hatte oder kein anderes Zuhause.

Warme, rauchgesättigte Luft schlug Adrien entgegen. Und das Aroma der Eselswürste. Ihm lief das Wasser im Munde zusammen. Er schob sich ein Stück vor. Ein Schneeklumpen fiel hinab in die Dunkelheit und schlug mit sattem Klatschen auf den Boden.

Adrien hielt den Atem an. War dort unten jemand? Der Fleischhauer war noch nicht gegangen, das wusste er. Genauso wie er wusste, dass der bullige Kerl immer abgelenkt war, wenn ihn das Blumenmädchen vom Heumarkt besuchte. So leicht hätte er es auch gerne! Sie trug jedes Mal eine kleine Räucherwurst in ihrem Korb, wenn sie ging. Und die hatte sie nicht gegen geflochtene Strohblumen getauscht.

Er seufzte. Er hatte ihr oft schöne Augen gemacht, aber sie beachtete ihn nicht einmal. Und er konnte es ihr nicht verdenken. Was hatte er schon zu bieten, außer vielleicht genau diesen schönen Augen. Ganz gewiss keine Würste, die man nach Hause tragen konnte. Manchmal stellte er ihr im Verborgenen nach. Deshalb wusste er, dass sie hierherkam. Und oft galten seine letzten Gedanken ihr, bevor der Schlaf ihn übermannte. Sie war so schön. Und er wusste nicht einmal ihren Namen … Er hatte nicht gewagt, danach zu fragen. Es würde ihr gewiss zu Ohren kommen. Er sollte sie sich aus dem Kopf schlagen! Jetzt galt es, dafür zu sorgen, dass er wieder einen vollen Bauch bekam. Von Träumen konnte man nicht leben!

Vorsichtig erweiterte Adrien das Loch zwischen den Schindeln. Sie waren nicht sonderlich fest gefügt. Brüchige, gebrannte Pfannen. Bedeckt mit eisverkrustetem Moos und nassem, pappigem Schnee. Als das Loch groß genug war, dass er bequem mit dem Arm hinablangen konnte, tastete er ins Dunkel. Bald bekam er einen der Dachsparren zu packen. Seine Finger glitten an dem Holz entlang, das vom alten Ruß ganz ölig war, bis er eine der Lederschnüre ertastete.

Adrien malte sich aus, was seinen Augen verborgen blieb. Die Räuchergerüste, die schräg unter der Decke der Dachkammer standen, behängt mit langen Reihen von Würsten. Vor ein paar Monden war er schon einmal hier gewesen. Er nahm nie viel. Natürlich machte er sich nichts vor. Wenn zwei Würste in einer Reihe fehlten, dann blieb das nicht verborgen. Aber es war bescheiden genug, dass der Zorn über den Dieb schnell verrauchte.

Der Junge stellte sich vor, wie der Fleischhauer unter ihm im Dunkel stand, eines der großen Messer in den massigen Händen. Der Kerl war nicht zartbesaitet. Das sah man sofort.

Adrien verfluchte sich für seine Einbildungskraft. Manchmal war sie ein Segen, nämlich dann, wenn er sich ausmalte, dass die paar Abfälle, die er mit geschlossenen Augen herunterschlang, köstliche Spezereien von einer Festtafel waren. Weitaus häufiger war diese Gabe jedoch ein Fluch. Zu gut konnte er sich vorstellen, was bei seinen Diebereien alles missglücken mochte. Immerzu dachte er an alle möglichen Ungeschicke und Strafen, die ihm drohten.

Mit den Fingerspitzen machte er sich an der Lederschnur zu schaffen. Endlich bekam er das herabhängende Ende zu packen. Das Ende mit dem eisernen Haken, von dem die Wurst hing. Vorsichtig zog er sie durch das Loch im Dach. Sie roch köstlich. Er ließ den Haken an der Lederschnur zurückfallen. Eine noch … War er maßlos? Nein, eine noch! Er wollte Nantour verlassen. Er war zu lange schon in der Stadt. Fast ein Jahr. Das konnte nicht gutgehen. Er musste fort! Am besten in eine noch größere Stadt, wo er in der Masse der gesichtslosen Gossenkinder verschwinden konnte.

Adrien streckte sich. Wieder tastete er ins Dunkel. Eine Wurst noch. Dort unten in der Räucherkammer hingen bestimmt hundert Würste. Was waren da schon zwei. Er ertastete das Gerüst. Die erbeutete Wurst hatte er unter sein Hemd geschoben. Sie drückte gegen seine Brust. Heute Nacht würde er nicht hungern. Zum ersten Mal seit vielen Wochen.

Er erhaschte eine weitere Lederschnur. Mit dem Fingernagel des Mittelfingers zog er sie zu sich heran. Unendlich langsam.

Wieder rutschte Schnee durch die Lücke im Dach und fiel mit einem dumpfen Geräusch auf den Boden der Räucherkammer. Adrien fluchte stumm. Hörte er da nicht Schritte im Haus? Er sollte nicht bleiben. Er gab es auf, nach der zweiten Wurst zu angeln. Vorsichtig schob er die beiden losen Dachschindeln zusammen. Wenn keine Lücke zu sehen war, dann würde der Fleischhauer vielleicht ein wenig länger brauchen, bis er begriff, was geschehen war. Das bedeutete ein wenig mehr Zeit, um zu entwischen.

Er ließ sich auf das Dach des Erkers rutschen und sprang von dort auf einen niedrigen Anbau. Noch ein Sprung und er war im Hof. Sein Herz raste. Es gab nur zwei Wege, die vom Hof fortführten. Den Torbogen, der neben dem Fleischerladen auf die Straße zum Heumarkt führte. Und den schmalen Durchgang zwischen den Weberhäuschen auf der anderen Seite. Durch den Torbogen würde der Fleischhauer kommen.

Adrien hastete geduckt über den Hof. Er mied es, in Pfützen zu treten. Der nasse Schnee griff schmatzend nach seinen nackten Füßen. Er spürte die Kälte kaum. Das würde erst später kommen. Noch im Laufen biss er in die Wurst. Was er im Bauch hatte, dass konnte ihm keiner mehr nehmen.

Als er den Durchgang zwischen den Weberhäusern erreichte, hielt er inne. War der Fleischhauer jetzt in seiner Räucherkammer? Vielleicht blieb sein Diebstahl noch die ganze Nacht unentdeckt. Vielleicht hatte das Blumenmädchen ihm gerade ins Ohr geflüstert, was für ein wunderbarer Liebhaber er war?

Auf jeden Fall sollte er nicht auf die Straße hinter den Weberhäusern hinauslaufen. Wer rannte, erregte Aufmerksamkeit. Und die Straßen waren leer. Adrien dachte an die Geschichten über den Widergänger und biss erneut von der Wurst ab. Köstlich! Der Fleischhauer verstand sein Handwerk! Was er wohl alles unter das Fleisch mischte?

Adrien trat in den Durchgang. Es stank nach Pisse. Bestimmt wurden hier jeden Morgen die Nachttöpfe der Webersippschaft entleert. Der Junge hielt den Atem an und watete durch den Matsch. Diesen Weg nahm gewiss nur, wem sein Schuhwerk egal war oder wer sich keines leisten konnte.

Er trat hinaus auf den langen, geraden Seilersteig. Keine Menschenseele war zu sehen. Durch einige Fensterläden fiel gelbes Licht. Im Mondschein leuchteten die Kreidezeichen auf den freigeschaufelten Simsen und Türschwellen. Zeichen, die den Widergänger fernhalten sollten.

Wo sollte er die Nacht verbringen? Bei der Armenstube ließ er sich besser nicht blicken. Die würden an seinem Atem riechen, was er gegessen hatte. Und sie wüssten, dass diese Wurst kein Geschenk war.

»Diebesgut mundet gut«, erklang eine Stimme unmittelbar neben ihm.

Vor Schreck fiel ihm die Wurst aus der Hand. Ein Schatten löste sich aus der Türnische des Weberhauses, eine dunkel gewandete Gestalt mit langem Wanderstock.

Adrien bückte sich hastig nach der Wurst und wischte sie an seinem Hosenbein ab. Sollte er loslaufen? Das Gesicht des Fremden war im Schatten seiner Kapuze verborgen. Er trug ein dunkelblaues Gewand wie ein Wanderpriester. Bestimmt könnte er ihm entwischen!

»Ich muss weiter«, sagte er und wollte gehen, doch der Fremde hielt ihm den Wanderstab quer vor die Brust.

»Dies ist die letzte Nacht, in der du hungern musst, wenn du es so willst.«

Adrien legte die Hand auf den Stab. Ihm stand jetzt

nicht der Sinn nach dem Gerede eines Wanderpriesters. Worte waren allzu billig. Als ob es Gerechtigkeit und einen vollen Bauch für einen Jungen wie ihn geben könnte! »Wenn dein Gott so ein netter Kerl ist, warum musst du dann in einer Nacht wie dieser auf einer Straße stehen, die nach Pisse stinkt?«

»Weil ich ein Seelenfischer bin und dies nun einmal der Ort ist, an dem ich in dieser Nacht deiner Seele begegnen kann, Adrien.«

Der Junge wich ein Stück zurück. Woher kannte der Priester seinen Namen? Adrien war sich sicher, dem Mann noch nie begegnet zu sein. »Wer bist du?«

»Ich bin das Geschenk Tjureds an dich.« Er schlug die Kapuze ein Stück zurück. Das Mondlicht spiegelte sich in leuchtend blauen Augen. »Ich bin Bruder Jules.«

»Was willst du von mir?« Adrien wich noch etwas weiter zurück. Hinter der Gasse auf dem Hof hörte er einen Wutschrei. Der Fleischhauer!

»Das sagte ich schon. Ich will deine Seele. Aber ich werde sie nicht nehmen. Ich will sie als Geschenk.«

»Ja, ja.« Es war an der Zeit zu verschwinden.

»Du hast zwei Wege. Der eine beginnt damit, dass du dich zum *Silberstrick* aufmachst. Vor dem Pferdestall sitzt ein alter Bettler. Leg ihm deine Wurst in seine Schale, ohne von jetzt an auch nur noch ein Stück von ihr abzubeißen. Dann lauf zur Brücke am Rosstor. Unter dem ersten Brückenbogen wirst du erwartet. Dort beginnt dein Weg zu Stolz und Ruhm. Jeder andere Schritt, den du tust, führt dich an den Schandpfahl für Diebe. Dort wirst du im Sturm morgen Nacht erfrieren, weil sich dein Wächter betrinken wird und dabei vergisst, dich loszumachen.« Der Priester nahm den Wanderstab zurück. Er drehte sich um und trat in die schmale Gasse zum Hof. »Lauf, Junge, mach dein Glück. Gott will es!«

Adrien nahm die Beine in die Hand. Wer war der Kerl? Ein Verrückter? Der Junge rannte, ohne auf den Weg zu achten. Ihm war egal, dass jeder, der lief, Aufmerksamkeit erregte. Der Duft der Wurst stach ihm in die Nase. Das Wasser lief ihm im Mund zusammen. Er hatte erst zweimal abgebissen. Es wäre dumm, sie wegzugeben.

# GERECHTIGKEIT

Es war stickig in dem großen Raum, in den sie gebracht wurden. Wahrscheinlich hatte hier seit dem Tag, an dem die Trolle die Herrschaft an sich gerissen hatten, niemand mehr gelüftet. Es stank nach Schweiß und altem Fett. Ein runder Aschenkreis in der Mitte des gefliesten Bodens und der Ruß an der kostbaren Kassettendecke verrieten, dass man gelegentlich in dem prachtvollen Saal eine Feuerstelle entzündete.

Falrach wusste nur wenig über Feylanviek. Zu seiner Zeit hatte es diese Stadt noch nicht gegeben. Die großen Koboldfamilien hatten hier wohl Händlerpaläste mit Empfangsräumen für alle Arten von Kunden besessen. Von Blütenfeen bis hin zu den verrückten Lamassu.

Der Elf blickte zu der massigen Tür, vor der zwei Trollwachen standen. Ganz offensichtlich war dieser Teil des riesigen Hauses, in das man sie gebracht hatte, schon immer für Trolle vorgesehen gewesen. Doch hatten die Erbauer sich nicht ganz mit der primitiven Art der erwarteten Gäste arrangieren mögen.

Auf einem grob zusammengezimmerten Thron saß ein Troll von ungewöhnlicher Größe. Falrach war sich sicher, dass der Kerl, sollte er sich erheben, seine gesammelten Wachen um mindestens zwei Köpfe überragen würde. Sehnen, dick wie Hanfseile, spannten sich unter seiner grauen, mit hellen Einsprengseln übersäten Haut. An den Thron lehnte eine Keule, deren Kopf von einem mächtigen, fast runden Stein beherrscht wurde, aus dem ein einzelner Stoßzahn ragte.

Der Elf schätzte, dass er selbst wohl kaum mehr als diese Waffe wog, die wie dazu geschaffen schien, Festungstore einzuschlagen. Auf der anderen Seite des Throns führte eine Stehleiter hinauf zu einer hölzernen Plattform, die etwa in Kopfhöhe des Trollfürsten durch massive Balken mit der Holzwand verbunden war. Ein niedriges Stehpult, auf dem ein aufgeschlagenes Buch lag, war dort aufgestellt.

Dalmag Paschendrab erklomm die Leiter. Kurz machte er sich am Pult zu schaffen. Dann zog er ein rot getigertes Katzenfell dahinter hervor, an dem noch der halbe Kopf des Tiers hing. Mit würdevoller Geste setzte er sich den Katzenkopf, dem der Unterkiefer fehlte, auf das Haupt, so dass das Fell ihm wie ein Umhang über den Rücken hinabhing.

Der Troll auf dem Thron nahm von dem ganzen Schauspiel kaum Notiz. Er hielt mit beiden Händen eine Fleischkeule, die wohl ein Mammutschinken sein musste, so groß war sie. Genüsslich schmatzend kaute er auf dem zähen Fleisch. Nur ein kurzer Blick, den er Dalmag zuwarf, ließ ahnen, dass ihm dieses Spektakel nicht behagte.

Falrach glaubte eine Spannung zwischen dem Rudelführer und dem Kobold zu spüren. Er hatte das Gefühl, dass die beiden einander zwar brauchten, aber nicht respektierten. Vielleicht ließe sich daraus ein Vorteil ziehen.

In dem weiten Saal lagerten mehr als ein Dutzend Trolle. Sie hatten sich entlang der Wände Schlafplätze aus Stroh und stinkenden Decken eingerichtet. Falrach sah, wie unter ihnen Brocken aus blutigem Fleisch herumgereicht wurden. Emerelles Pferd?

Die Kobolde lagerten auf der anderen Seite. Über eisernen Feuerschalen hingen Bratspieße mit Würsten. In einem Kessel gluckerte eine Suppe, die nach halb verfaultem Kohl stank. Die meisten Kobolde waren passabel gekleidet. Über die Hälfte trugen sogar Schuhe. Ihre Spieße waren ordentlich zusammengestellt. Alle hatten rote Mützen auf.

Falrach hatte schlimme Geschichten über diese Mützen gehört. Es hieß, dass die rebellischen Kobolde ursprünglich mit weißen Mützen in den Krieg gezogen waren und sie dann auf den Schlachtfeldern im Blut der Elfen rot gefärbt hatten.

Den Trollen waren er und Emerelle gleichgültig. Sogar ihr Rudelführer Gharub beachtete sie beide kaum. Bei den Kobolden war das anders. Sie alle starrten sie an. Sie fieberten der Anklage entgegen. Sie waren wie Dalmag: Sie wollten Elfenblut sehen, und sei die Anklage noch so lächerlich.

Ein scharfes Pochen ließ das leise Murmeln in dem Saal ersterben. Dalmag hatte seinen Säbel gezogen und mit dem Knauf auf sein Pult geschlagen. »Volk von Feylanviek! Im Namen des ehrenwerten Rudelführers Gharub eröffne ich den Prozess gegen diese beiden Elfen, die sich in arroganter Manier über die Gesetze unserer Stadt hinweggesetzt haben. Nicht nur, dass sie öffentlich Unzucht trieben, nein, sie griffen auch einen der Trolle in meiner Leibwache an. Seht sie euch an und denkt an Shandral, den die meisten von euch noch in schrecklicher Erinnerung haben. Seht ihr nicht denselben Hochmut wie beim Fürsten von Arkadien in den Augen dieser beiden funkeln?«

Falrach blickte zu Boden. Das war grotesk! Die Anklage war ein einziges Possenspiel! Wann würde Emerelle etwas unternehmen, um diesem Treiben ein Ende zu setzen? Er blickte sie aus den Augenwinkeln an. Sie wirkte wie versteinert. Was ging in ihr vor? Suchte sie den Tod?

»Wen haben die beiden angegriffen?«, fragte der Rudelführer. Er sprach mit vollem Mund, und seine Worte waren kaum zu verstehen.

Der Troll mit den auffälligen Schmucknarben im Gesicht trat vor. »Mich hat der Gaul von dem Weibsbild getreten.«

»Und dabei hat sie mit dem Kerl Unzucht getrieben?«, fragte Gharub mit gerunzelter Stirn. »Wie haben sie das geschafft?«

»Bitte, edler Gharub …«, zischte Dalmag. »Du darfst es nicht ganz wörtlich nehmen …«

»Wieso hast du dich von dem Gaul treten lassen?«, setzte der Trollfürst nach, ohne auf den Kobold zu achten. »Warst du besoffen?«

»Es ist nur eine Schramme. Nicht …«

»Man wird mich verspotten, wenn meine Krieger nicht einmal mit Pferden fertigwerden!«, polterte der Rudelführer los. »Willst du, dass man über mich lacht?«

»Das Pferd ist tot«, sagte Madra.

»Und jetzt willst du mich noch belehren?« Gharub stand auf. Er hob den gewaltigen Schinken wie eine Kriegskeule. Plötzlich leuchteten seine kleinen Augen auf. In weitem Bogen warf er Madra den Schinken zu.

Falrach duckte sich, um nicht getroffen zu werden.

Selbst der stämmige Trollkrieger hatte Mühe, auf den Beinen zu bleiben, als er den Schinken fing.

»Das bringst du zum Wachposten am Steinernen Wald. Ein Geschenk von ihrem Rudelführer. Ich erwarte dich morgen früh zurück.«

»Das sind mehr als vierzig Meilen«, wandte der Krieger ein.

»Dann ist es wohl besser, wenn du sofort aufbrichst und nicht mehr lange schwätzt. Nach diesen Fußmarsch wirst du das nächste Mal ein wenig geschickter sein, wenn ein Gaul neben dir auskeilt, hoffe ich.«

Die beiden Wachen öffneten grinsend das Tor, und Madra machte sich davon, ohne noch ein Wort zu sagen.

War der Kerl einfältig oder ein Schlitzohr, fragte sich Falrach. Er wagte es nicht, den Rudelführer direkt anzusehen, um ihn nicht zu reizen.

»Großartiger Gharub«, sagte Dalmag mit in Anbetracht seiner geringen Größe erstaunlich volltönender Stimme. »Wenn wir auf die beiden Elfen zurückkommen könnten?«

Der Troll nickte. »Du hast Recht. Ich sollte den beiden dankbar sein. Sie haben mich darauf hingewiesen, dass meine Wachen dick und träge werden. Sich von einem Gaul treten zu lassen …« Er schüttelte den Kopf.

Es war jetzt totenstill. Alle Trolle sahen zu ihrem Anführer. Sie schienen weitere Strafen zu fürchten. Die Kobolde hingegen wirkten verärgert. Sie hatten offensichtlich einen spektakulären Schauprozess erwartet, der mit einem grausamen und ungerechten Urteil gegen ihre Feinde, die Elfen, endete.

»Allerverehrtester, weiser Gharub«, versuchte Dalmag es erneut. »Ich kenne die Elfen mein ganzes Leben lang. Und ich kenne ihre Heimtücke, so wie all meine Brüder hier.«

Zustimmendes Gemurmel erhob sich unter den Kobolden.

»Glaube mir, sie würden niemals etwas zu deinem Nutzen tun. Im Gegenteil, sie treiben ihren Spott mit dir und deinen Wachen. Sie wollen die Trolle lächerlich machen. Sie wollen sie wie tumbe Toren aussehen lassen, damit das Volk im Verborgenen über seine neuen Herren lacht und jegliche Achtung vor ihnen verliert.«

»Nichts liegt uns ferner«, begehrte Falrach auf. Warum, zum Henker, sagte Emerelle nichts? Wollte sie, dass sie beide noch an den Galgen kamen?

»Schweig!«, schalt ihn der Kobold.

Der Rudelführer knetete nachdenklich sein Kinn. »Wenn Madra sich von einem Pferd treten lässt, dann ist das doch seine eigene Dummheit«, murmelte er schließlich.

»Aber genau das wollen sie doch, Herr. Sie sind hier, um dich und die Deinen dumm aussehen zu lassen.«

»Verleumdung!«, begehrte Falrach auf. »Das ist alles …«

»Schweig!«, schrie der Kobold. »Angeklagte und Bittsteller reden nur, wenn sie dazu aufgefordert werden!«

Emerelle legte Falrach die Hand auf den Arm. »Lass sie«, flüsterte sie.

»Worauf wartest du noch? Du warst einmal eine unübertreffliche Schwertkämpferin! Wir müssen hier fort!« Er sah sich um. Durch das zweiflügelige Portal konnten sie nicht entkommen. Sie würden den schweren Balken nicht heben können. Nur die hohen schmalen Fenster, dicht unter dem Dach, kamen als Fluchtweg infrage. Doch wie sollten sie dahingelangen, ohne von den siebzehn Trollen im Festsaal in Stücke gerissen zu werden?

»Worauf ich warte?« Emerelles Stimme klang seltsam entrückt. »Auf die Poesie des Herrschens.«

»Was?« Falrach traute seinen Ohren nicht. Trolle und Poesie! War sie verrückt geworden?

»Ein Herrscher muss eine Vision haben. Er muss etwas in seinem Geiste sehen, das für alle anderen noch unfassbar ist. Sein Ziel. Das, was durch seine Herrschaft Gestalt gewinnen soll.«

»Du kannst sie nicht an dir messen. Ich glaube, Gharubs einzige Vision ist ein voller Bauch, und Dalmag wünscht sich eine Stadt, in die nie wieder ein Elf seinen Fuß setzt.«

»Was Dalmag angeht, stimme ich dir zu. Aber Gharub … Er ist dumm, aber ehrlich. Das ist nicht das schlechteste für einen Herrscher. Wenn er es schafft, eigene Entscheidungen zu treffen, dann wird er vielleicht ein guter Stadtfürst werden.«

»Er hat sich diesen Ohrenbläser Dalmag zugelegt, weil er zu faul ist, eigene Entscheidungen zu treffen. Bring uns hier heraus, bevor aus dieser Groteske eine Tragödie wird.«

»Schweigt!«, fuhr Gharub sie plötzlich an. »Elfen sprechen in diesen Hallen nur, wenn sie jemand dazu auffordert, ihr Schandmaul aufzureißen.«

Falrach fluchte stumm in sich hinein. Statt sich die versponnene Philosophie Emerelles anzuhören, hätte er besser darauf gelauscht, was Dalmag seinem Herrn einflüsterte.

»Ihr lasst es an Respekt gegenüber dem Rudelführer Gharub fehlen«, deklamierte der Kobold mit wohl artikulierter Stimme. »In seiner Großmut sieht der Herr von Feylanviek davon ab, euch für euer liederliches Verhalten zu verurteilen, das zu den Eigenarten eures Volkes gehört.

Schließlich könnte man einem Mistkäfer auch niemals beibringen, sich nicht in Scheiße zu wühlen. Außerdem …«

»Genug Worte«, unterbrach ihn Gharub. »Wenn Madra so dämlich war, sich von einem Gaul treten zu lassen, ist das seine Sache. Das Vieh ist ja auch schon gefressen, soweit ich gehört habe. Damit hat es seine Strafe gehabt.« Er klatschte in die Hände. »Wir sind fertig!«

Falrach traute seinen Ohren kaum. Frei? Das war das Letzte, was er erwartet hätte. Hatte Emerelle das geahnt? Plötzlich kam er sich sehr dumm vor. Wie wenig er diese Welt kannte. Sie hatte kaum noch etwas mit der gemein, in der er einst gelebt hatte.

Unter den Kobolden herrschte eisiges Schweigen. Keiner wagte, den Trollen zu widersprechen, aber es war unübersehbar, was sie von diesem Urteil hielten.

»Da wäre noch eine Sache, Herr«, sagte Dalmag in unterwürfigem Tonfall.

Der Rudelführer verzog verärgert das Gesicht. »Was?«

»Es war vor allem die Elfe, die mit ihrem herrischen und arroganten Auftreten dafür gesorgt hat, dass dieses Gericht tagen musste. Sieh sie dir an, verehrter Rudelführer. Sie hat das Gericht noch keines Wortes gewürdigt und tuschelt verschwörerisch mit ihrem Buhlen. Ja, sie besitzt die Frechheit, dich zu bestehlen, während sie vor dir steht. Freilich mit dem Geschick, das ihrem intriganten Volk in allen Dingen, die es beginnt, eigen ist.«

Falrach war sprachlos. Was kam jetzt?

Gharub tastete über die Amulette, die an Lederriemen von seinem massigen Hals hingen. Dabei zählte er leise. Er schüttelte den Kopf. »Was stiehlt sie mir?«

Dalmag, der seinen Herrn sehr gut zu kennen schien, lächelte breit. »Nun, zunächst einmal den köstlichen Schinken, den du in der Hand gehalten hast, als sie eintrat. Er hat sich in Luft aufgelöst. Natürlich magst du einwenden, dass du selbst es warst, der ihn Madra zugeworfen hat, aber sie hat die Ereignisse in Gang gebracht, die dazu führten. Hätte sie diese Stadt niemals betreten, dann hieltest du den köstlichen Schinken noch in deiner mächtigen Faust und würdest dich an ihm laben und deine Kraft mehren.«

»Das ist lächerlich!«, begehrte Falrach auf.

»Du sollst schweigen!«, herrschte ihn Dalmag an.

Der Rudelführer hatte die Augen geschlossen und die Stirn ihn Falten gelegt. Er sah so aus, als bereite es ihm Qualen, den Gedankensprüngen des Kobolds zu folgen.

»Vergiss nicht, ehrwürdiger Gharub, die beiden sind Elfen. Sie sind die Fleisch gewordene Heimtücke. Nichts, was sie tun, geschieht ohne Hintersinn. Sicherlich hatten sie geplant, dich um dein Mahl zu betrügen. Aber dies ist noch der geringere Frevel. Viel schwerer wiegt der zweite Diebstahl, den sie begangen haben. Sie haben dir das Kostbarste gestohlen, was ein Herrscher besitzt. Etwas, das du nie wieder zurückerlangen kannst.«

Falrach beobachtete, wie der Trollfürst sich nachdenklich im Schritt kratzte. Oder überprüfte er, ob dort etwas fehlte?

»Was dir niemand mehr zurückgeben kann und was dir diese Elfe gestohlen hat, ist nichts Geringeres als Zeit! Du hättest hier in diesem prächtigen Saal sitzen können, essen und mit den Gefährten deiner heldenhaften Kämpfe plaudern können. Oder auf deinem Lager mit deinem Weib ruhen können, wie du es gerne tust zur Mittagsstunde. Aber deine Zeit verrinnt. Fruchtlos, ohne Nutzen. Allein durch die Schuld der Elfe Nandalee und ihres Buhlen.«

»Mit Verlaub, Rudelführer, doch ist es nicht das Geschwätz des Kobolds, das dir deine Zeit raubt?«

Endlich ergriff Emerelle die Initiative, dachte Falrach erleichtert. Sie war redegewandt. Sie würde den Troll einlullen.

»Und schon wieder dauert diese Verhandlung etwas länger, weil die Elfe das Offensichtliche leugnet«, sagte Dalmag.

Der Troll rieb sich über das Kinn. »Eine Zeitdiebin …

Das ist heimtückisch. Man merkt es erst, wenn es zu spät ist, und selbst wenn man den Dieb fasst, kann man seine Zeit niemals zurückerlangen. Was ist die Strafe für Zeitdiebe?«

»Ich würde vorschlagen, es wie schweren Diebstahl zu behandeln, allermächtigster Gharub. Immerhin wurde der Herrscher von Feylanviek bestohlen. Dafür sollte ein Dieb seine rechte Hand verlieren.«

»So sei es! Hackt dem Weib die Hand ab. Und ihr Buhle soll dabei zusehen.«

Unter den Kobolden brach gehässiger Jubel aus.

»Tyrannei fällt stets auf den Despoten zurück.« Emerelles Worte waren trotz des Geschreis überdeutlich zu hören, ohne dass sie sonderlich laut gesprochen hätte. Sie umgab plötzlich eine Aura kalter Macht, die selbst Falrach unwillkürlich einen Schritt von ihr zurückweichen ließ.

Gharub wirkte erschrocken. Er wandte sich an den Kobold. »Was für ein Ei? Und von welchem Boten redet sie? Meint sie Madra?«

»Herr, sie benutzt Magie, um uns Angst zu machen.«

Der Trollführer atmete schwer. Deutlich war zu sehen, welche Überwindung es ihn kostete, seine Fassung zurückzuerlangen. »Pack sie und schneid ihr die Hand ab, Dalmag. Aber nicht hier! Bring sie fort!«

## DER BETTLER

Adrien sah zu der kauernden Gestalt hinüber. Der Alte regte sich nicht. Er lehnte mit dem Rücken an der Wand des Stalls. Die Beine hatte er angezogen. Neben ihm stand eine Bettlerschale. Er trug einen Hut mit breiter Krempe.

Undeutlich erkannte der Junge einige aus Blei gegossene Glücksbringer, die an das Hutband gesteckt waren.

Adrien drückte die Wurst. Sie gab nur wenig nach. Es war eine harte, eine gute Wurst. Er würde zwei Tage lang nicht mehr hungern … »Heh!«, rief er leise.

Der Bettler reagierte nicht.

Wind verfing sich heulend in den Dachtraufen der Schenke. Es war still auf der Straße. Auf dem Weg hierher war ihm niemand begegnet. Auch der Fleischhauer war ihm nicht gefolgt. Ob dieser merkwürdige Betbruder ihn aufgehalten hatte? Nie mehr Hunger leiden … Ob er dem Versprechen von Bruder Jules trauen konnte?

Adrien sah zu dem Bettler hinüber. Der würde nicht merken, ob an der Wurst ein Stück fehlte. Ob Bruder Jules ihn noch beobachtete? Nie mehr Hunger leiden … Entschlossen ging der Junge hinüber zu dem Bettler. Eine ausgemergelte, schwarze Katze, die hinter der kauenden Gestalt gehockt hatte, fauchte ihn an und lief dann eilig davon.

»Hallo …« Schlief der Kerl? Adrien legte die Wurst in die Schale und kauerte sich neben dem alten Mann nieder. Die treibenden Wolken zerrissen. Wieder heulte der Wind unter der Traufe. Silbernes Mondlicht flutete über den verlassenen Hof der Schenke.

Der Kopf war dem Bettler auf die Brust gesunken, so als schliefe er. Adrien hob den Hut des Alten leicht an. Das Gesicht war eingefallen. In weiten Falten hing die Haut vom Schädelknochen. Der Mund stand offen. Nur drei dunkel verfärbte Zähne waren ihm geblieben. Die Augen waren aufgerissen, die Augäpfel nach oben verdreht. Sie starrten Adrien an und sahen ihn doch nicht. Der Alte war tot. Namenloses Entsetzen spiegelte sich in seinen Zügen.

Adrien fielen die Geschichten über den Widergänger ein. Er war ein Seelenfresser. Allein sein Anblick vermochte zu töten. War der Bettler ihm begegnet?

Vorsichtig wich der Junge von dem Toten zurück. War der Widergänger vielleicht noch hier? War Bruder Jules in der Stadt, um das Ungeheuer zu jagen? Es hieß, Priester hätten die Macht, jene Kreaturen, die das Schwert nicht fürchteten, allein durch das Wort Gottes zu bannen.

Adrien hatte das Gefühl, beobachtet zu werden. Er drückte sich mit dem Rücken gegen die Mauer der Schenke. Drinnen war es still. Zu dieser frühen Abendstunde! Es brannte nicht einmal Licht im *Silberstrick*. War der Widergänger jetzt dort? Der Junge malte sich aus, wie der Widergänger die Schenke betreten hatte und alle Gäste vor Schreck gestorben waren. Blickte das Ungeheuer vielleicht in diesem Augenblick aus einem der Fenster?

Er musste zu dem Priester an die Brücke. Der würde ihn beschützen, so wie er schon den Fleischhauer von ihm ferngehalten hatte. Adrien machte sich auf und davon. Schlich wie ein Schatten durch die nächtliche Stadt. Einmal musste er den Nachtwächtern ausweichen, die nur noch zu zweit ihre Runde drehten.

Ihm war elend kalt. Seine Kleider waren noch durchnässt vom Schnee auf dem Dach der Räucherkammer. Mit der Nacht kam der Frost zurück. Der schmutzige Schneematsch gefror. Ihm stand der Atem in dichten Wolken vor dem Mund, und seine Füße waren taub vor Kälte. Je länger er marschierte, desto mehr Zweifel kamen ihm. Warum sollte der Priester ihm einen Gefallen tun? Wer tat einem Bettlerjungen einen Gefallen ohne Hintergedanken? Und woher wusste der Priester, dass es morgen Nacht einen Schneesturm geben würde? Das hatte er bestimmt nur gesagt, um ihm Angst zu machen. Aber wohin sonst könnte er gehen?

Die Straße fiel steil zum Fluss hin ab. Deutlich konnte er im Mondlicht die große, steinerne Brücke erkennen. Auf der anderen Seite lag das Rosstor. Auf dem zinnengekrönten Bollwerk brannte ein Wachfeuer in einem eisernen Korb, das den Reisenden den Weg zum südlichen Stadttor von Nantour und zu den Anlegestellen am Fluss wies.

Nahe beim Wasser kam es Adrien noch kälter vor. Ihm schlotterten die Glieder, so sehr er sich auch bemühte, gegen die Kälte anzukämpfen. Er hielt die Arme dicht vor der Brust verschränkt. Seine Hände strichen über die Ärmel seines klammen Hemds. Verdammter Winter!

Die steinerne Treppe hinab zu den Anlegeplätzen war vereist. Adrien stützte sich an der Mauer ab. Es war, als ginge er auf Holzklötzen. Er spürte nicht mal, wie seine Füße den Boden berührten. So schlimm war es noch nie gewesen.

Er blickte am gemauerten Ufer entlang. Unter dem Brückenbogen lag ein langes Flussboot. Der Priester war nicht zu sehen. Hatte er sich einen Scherz erlaubt? Der Junge war den Tränen nahe. Er war am Ende seiner Kräfte. Und es gab keinen warmen Platz für ihn in dieser Stadt. Er hatte schon Bettler gesehen, denen die Glieder abgefroren waren. Er wusste, was kommen würde. Hoffentlich wurde es so kalt, dass er einfach einschlief und nicht mehr erwachte. Das war besser, als mit brandigen Gliedern dahinzusiechen.

Aber bis zum Brückenbogen würde er noch gehen! Allein aus Trotz.

Über dem Ufer, irgendwo im verwinkelten Straßenlabyrinth der Stadt, erklang der Singsang der Nachtwächter. Leise fluchend schleppte sich der Junge zum Brückenpfeiler. Das Boot war an zwei rostigen Eisenringen im Mauerwerk vertäut. Es war fast sieben Schritt lang. So hoch, wie es im Wasser lag, hatte es wohl keine Fracht geladen. Über das Heck spannte sich in flachem Bogen eine geflochtene Schilfmatte. Eine Decke hing vor dem Eingang, als Schutz vor dem Wetter.

»Bruder Jules?« Adriens Stimme war kaum mehr als ein Flüstern.

Die Decke wurde zurückgeschlagen. Eine Hand winkte ihm. »Komm, Junge!« Die Stimme war kaum mehr als ein heiseres Krächzen. Lautes Husten folgte.

Adrien hatte nichts zu verlieren. In dem Verhau im Boot war es vielleicht nicht viel wärmer, aber zumindest war es dort windgeschützt.

Der Lastkahn bewegte sich sanft in der Dünung. Er lag ein wenig tiefer als der Kai. Adrien würde springen müssen. Normalerweise wäre das keine große Sache. Aber mit den tauben Füßen ... Ein paar leere Säcke und Körbe waren alles, was im offenen Kielraum lag.

Adrien fasste sich ein Herz. Beim Aufprall knickten ihm die Beine weg. Sein Knie schlug hart auf eine der Spanten im Rumpf. Er versuchte, sich wieder aufzurichten, doch seine Beine gehorchten ihm nicht mehr. Er spürte keinen Schmerz, aber als er mit der Hand über das Knie strich, fühlte er, wie warmes Blut sein Hosenbein durchtränkte.

Er war ein Bettler und Dieb, aber er hatte seinen Stolz. Der Kerl im Windschutz am Rumpf musste sehen, was geschehen war. Die Decke war noch immer einen Spalt weit zurückgeschoben. Aber er rührte sich nicht. Wartete er darauf, dass er ihn um Hilfe anflehte? Adrien hatte schon seit Jahren niemanden mehr um Hilfe gebeten. Dieses bisschen Stolz war sein einziger Besitz. Das, was ihm niemand nehmen konnte. Er würde ihn nicht aufgeben, und sollte er dafür verrecken!

Das Boot schwang sanft von der Uferbefestigung fort. Der Fremde hatte offensichtlich die Heckleine gelöst.

Adrien drückte die Arme durch und zog sich ein Stück in Richtung des Verschlags, als der Vorhang ganz zurückgeschlagen wurde. Im Dunkel sah er nur den Schattenriss des Mannes. Er ging gebeugt. Ein breitkrempiger Hut verbarg sein Gesicht. Er hatte etwas an sich, das Adrien angst und bange werden ließ.

Ohne groß Notiz von ihm zu nehmen, schlurfte der Alte an ihm vorbei und löste auch noch die Bugleine. Er stieß das Boot mit einer Stange vom Kai ab und manövrierte es in die Mitte des Stroms. Sie glitten unter dem Brückenbogen hindurch und trieben mit der Strömung nach Süden.

Adrien schob sich Zoll um Zoll dem Verschlag entgegen. Sein Stöhnen war das einzige Geräusch an Bord. Er spürte den Blick des Schiffers im Nacken. Er nahm an, dass der Mann alt war, weil er sich so schwerfällig bewegt hatte.

Die Lichter von Nantour waren im Dunkel der Nacht verschwunden, als er endlich den Verschlag erreichte. Dort stand eine eiserne Schale auf einem niedrigen Dreifuß. Ein paar Holzkohlen flackerten in ersterbender Glut. Adrien blies sie an und streckte die zitternden Hände so weit vor, dass sie fast die Kohlen berührten. Er beugte sich zurück und zog die Wolldecke vor den Eingang, um die Wärme besser im Verschlag zu halten. Der mattrote Schein der Kohlen reichte nicht, um das Dunkel aus der Bootskammer zu vertreiben. Tastend fand Adrien noch ein paar Kohlen und ein Stück Treibholz. Er blickte zweifelnd zur gewölbten Decke aus geflochtenem Schilf. Er sollte besser nicht riskieren, dass eine Flamme aus dem Feuer schlug. Mehr als ein paar Kohlen nachzulegen wäre leichtfertig.

Plötzlich wurde er sich bewusst, dass der kleine Lastkahn keine Fahrt mehr machte. Müde Schritte schlurften über Deck. Die Wolldecke wurde zurückgeschlagen, und der Schiffer kauerte sich neben ihn. Der Verschlag war unbehaglich eng. Der Alte streifte ihn. Trotz des Rauchs roch Adrien den Gestank von abgestandenem Schweiß.

»Bruder Jules hat …«

»Ich weiß«, unterbrach ihn der Alte. Dann griff er nach Adriens Füßen. Die Finger des Schiffers waren eisig und hart wie alte Wurzeln. Er begann mit beiden Händen die Füße zu massieren. Zunächst spürte der Junge kaum etwas. Doch als das Blut wieder besser zirkulierte, wurde ihm bewusst, wie viel Kraft in diesen Händen steckte. Jeder Fußknochen schmerzte, so fest drückten die Finger ins Fleisch.

»Bist ein bisschen zimperlich, nicht wahr?«

Adrien sagte nichts, obwohl ihm Tränen in den Augen standen, als der Alte endlich aufhörte.

»Wohin bringst du mich?«, stieß er endlich hervor.

»Flussabwärts.«

»Wer …«

Der Alte stand auf. »Ich hab den Kahn an den Wurzeln einer Eiche vertäut. Ich muss zurück nach vorn. Wir haben noch ein gutes Stück Weg vor uns«, schnarrte er mit heiserer Stimme. »Du findest im Sack neben dir ein paar Äpfel. Und deine Wurst. Iss und schlaf dann.« Das matte Glühen der Kohlen beleuchtete das Gesicht des Alten, als er sich kurz vorbeugte, um auf den Sack zu deuten. Und jetzt begriff Adrien, was ihm von Anfang an so unheimlich vertraut vorgekommen war. In Blei gegossene Glücksbringer schimmerten in stumpfem Grau am Hutband. Ein faltiges, fast fleischloses Gesicht blickte auf ihn herab. Das Gesicht des Bettlers, der am Stall des *Silberstricks* gekauert hatte. Das Gesicht eines Toten!

## DER WILLE DER KÖNIGIN

»Verdammt, Mädchen! Ein warmer Furz von mir hat mehr Verstand, als in deinem Dickkopf steckt. Du kannst das nicht machen! Du bist die Königin!«

»Wenn es so ist, würde sich vielleicht ein warmer Furz von dir besser auf dem Thron machen.«

Sie würde nicht nachgeben, das wusste Lambi. Genauso gut könnte er auf einen Felsbrocken einreden. Er musste eine weiche Stelle finden. Einen Punkt, an dem er sie treffen könnte. Sie stand in der Tür der kleinen Hütte, die sie bewohnte. Sie war eine merkwürdige Königin. Er kannte Landarbeiter, die ein besseres Leben führten als sie. Er versuchte an ihr vorbeizusehen. Glühende Holzscheite lagen in einer Grube in der Mitte des einzigen Zimmers. Er sah Späne auf dem Boden liegen und ein Brett mit einer aufwendigen Schnitzarbeit. Sie arbeitete an einer Wiege. Er wusste das. Wie lange würde sich ein Weibsbild auf dem Thron halten, das Wiegen zimmerte? Was würden die anderen Jarls davon halten, wenn sie es wüssten? Die Gerüchte um den Mann, der angeblich bei ihr lebte, waren schon schlimm genug.

»Mein Enkelsohn …«, begann er und bemühte sich um einen versöhnlichen Tonfall.

»Warum gehst du davon aus, dass es ein Sohn wird? Diese Trollschamanin sagte, es würde ein Mädchen. Hast du das schon vergessen?«

Er hatte es tatsächlich vergessen. Was wussten schon Trolle! Aber er würde jetzt nicht mit ihr streiten. Er würde sich zusammenreißen! »Das Kind. Du kannst in deinem Zustand nicht einfach nach Norden gehen. Nicht jetzt.«

»Gerade jetzt«, beharrte sie. »Die Seen und Flüsse sind zugefroren. Wir werden viel schneller vorankommen.«

»Genau. Und eure Spuren im Schnee könnte selbst ein halbblinder Troll nicht übersehen. Verdammt nochmal, führ dich nicht auf wie ein bockiges Kind. Du bist die Königin! Steckt denn kein Funken Vernunft in dir?«

Kadlin lächelte ihn auf eine Art an, die ihn das Schlimmste befürchten ließ. »Du wirst mich vertreten, Lambi. Sollte ich nicht zurückkommen, dann hast du Gelegenheit, alles besser zu machen als ich. Mir wäre es nur recht. Ich habe diesen Thron nie gewollt.«

So war es mit ihrem Vater auch gewesen. Der alte Fjordländer dachte an das Krönungsfest im Trollwinter zurück. In einer jämmerlichen Scheune hatten sie Alfadas zum König ausgerufen. Aber er war Manns genug gewesen, sich zu stellen. Lambi maß Kadlin mit Blicken. Man sah ihr noch nicht an, dass sie ein Kind unter dem Herzen trug. Man sah ihr auch nicht an, dass sie Königin war. In ihrem Aufzug mit Stiefeln, lederner Hose und einem mit Lammfell gefütterten Wams sah sie aus wie eine Jägerin. Nur dass es Jägerinnen eigentlich gar nicht gab. Im Fjordland wussten Frauen, wo ihr Platz war. Nur diese eine nicht, ihre verdammte, dickköpfige Königin. Dieses Mannweib, das seinem Sohn den Kopf verdreht hatte. Björn war tot, gefallen in den Kämpfen bei der Nachtzinne. Und nun hatte er mit dem Weib zurechtzukommen, das seinen Enkelsohn gebären würde. Und es würde ein Junge werden! Ganz gleich, was sie sagte. Das konnte er ihr ansehen. So dickköpfig wie sie war auch Svenja gewesen, bevor sie Björn gebar. Kadlins Sturheit war ein sicheres Zeichen dafür, dass sie einen Jungen bekommen würde!

Wie auch immer. Wenn er schon nicht zu ihrer Vernunft durchdrang, dann würde es ihm vielleicht gelingen, ihr Verantwortungsbewusstsein zu wecken. »Dieses Trollweib hat dir Frieden versprochen. Es war ein Geschenk dafür, dass du zu den Toten gegangen bist …« Er stockte. Allein die Erinnerung daran jagte ihm Schauder über den Rücken. Ihr Mut stand völlig außer Frage. Es wäre nur schön, wenn außer Mut auch ein wenig Verstand da wäre. »Der Fürst der Nachtzinne wartet nur darauf, dass du ihm einen Grund lieferst, einen Krieg anzufangen. Der Kerl will Rache.«

Kadlin senkte zum ersten Mal, seit er an ihre Türe geklopft hatte, den Blick. Das war ein gutes Zeichen.

»Wir haben die Schiffe nicht verbrannt. Wir hatten keinen Anteil an …«

»Er ist ein Troll. So denkt er nicht. Wir waren dabei, als es geschah. Wir haben es nicht verhindert. Gib ihm einen Grund, und er wird seinen glühenden Zorn in Strömen von unserem Blut kühlen.«

»Ich werde nicht mit einem Heereszug in sein Land einfallen. Wir sind wieder fort, bevor uns ein Troll gesehen hat.«

»Uns?«

»Ich werde einen Begleiter haben.« Sie sagte das in einem Tonfall, der deutlich machte, dass er auf weitere Fragen keine Antwort erwarten durfte.

Bisher waren es nur Gerüchte gewesen. Es machte ihm mehr aus, als er erwartet hätte. Sie war die Geliebte seines Sohns gewesen. Sie würde seinen Enkelsohn zur Welt bringen, und nun hatte sie einen anderen Mann in ihrer

Hütte. Er reckte sich ein wenig vor. Es war niemand zu sehen. Aber der größere Teil der Hütte war auch vor seinen Blicken verborgen.

»Muss ich auf Knien betteln, damit du zur Vernunft kommst?« Er wollte tatsächlich niederknien, doch sie hielt ihn bei den Schultern. Sie war stark.

»Lass das, Lambi! Mein Entschluss steht fest. Ich werde ihn holen gehen. Es muss vor Ende des Winters geschehen, sonst …« Ihr stockte die Stimme.

»Er ist tot«, brach es aus ihm heraus. »Bei Luth, welchen Sinn hat das? Wem nutzt es, ihn hier zu haben?«

»Das ist eine Frage der Ehre!«

»Dass ich nicht lache! Auch wenn du dich wie eine dumme Kuh aufführst, weiß ich doch, dass du nicht so dämlich bist, das ernst zu meinen. Eine blöde Ausrede ist das! Ehre … Drauf geschissen. Als hätte dir das je etwas bedeutet! Sag mir wenigstens den wirklichen Grund. Und komm mir nicht wieder mit so einem blöden Spruch!«

Ihre Maske der Selbstbeherrschung brach zusammen. Ihre Lippen zitterten. Einen Herzschlag lang hatte er das Gefühl, sie würde in Tränen ausbrechen. Dann beherrschte sie sich wieder. »Sie werden ihn fressen, wenn sie ihn finden.«

Er nickte. Das stimmte, sie würden es tun. »Aber sein Grab ist gut versteckt. Sie werden ihn nicht finden.«

»Kannst du mir das schwören?«

»Bei allen Göttern, ja! Ich schwöre dir, sie werden ihn da niemals …«

Sie griff nach seiner Rechten, die er erhoben hatte, um den Eid zu bekräftigen. »Tu das nicht. Verärgere die Götter nicht. Niemand kann das wissen. Seit ich weiß, was geschehen ist … Ich kannte ihn kaum. Vielleicht macht es die Vorstellung deshalb so unerträglich für mich. Ich schulde ihm etwas. Ich muss es tun.«

Er konnte das nur zu gut verstehen. Er hatte ihn gut gekannt. So gut, wie man ihn nur kennen konnte. Er vermisste ihn. »Ich werde dir helfen.« Er meinte das nicht ernst. Er musste ein wenig Zeit gewinnen. Man musste sie zur Vernunft bringen!

»Das ist gut. Ich kann Hilfe gebrauchen.« Sie trat in ihr Haus zurück. Und es war deutlich, dass er nicht eingeladen war, ihr zu folgen. »Wir reden morgen noch einmal. Zur Mittagsstunde.«

Er nickte. »Ja, das klingt vernünftig.« Aber er würde nicht reden. Worte allein würden nicht helfen, um dieses dickköpfige Mädchen, das ihre Königin war, zur Vernunft zu bringen.

## DIE SCHMIEDE

Falrach duckte sich unter der Hand des Trolls weg, stolperte fast über einen Kobold, der versuchte ihn aufzuhalten, und drehte seinem Gegner den Spieß aus der Hand. Die Waffe war zwar lächerlich winzig im Kampf gegen einen Troll, aber sie war besser als blanke Fäuste.

Der Elf stach nach dem Oberschenkel eines anderen Angreifers, drehte sich weg, rammte einem verdutzten Kobold das Knie gegen das Kinn und machte einen Ausfall gegen einen weiteren Troll, der vor der Spitze des kleinen Koboldspießes sogar zurückwich und einen Kameraden, der unmittelbar hinter ihm gestanden hatte, ins Straucheln brachte.

Falrach war als Schwertkämpfer kaum besser als mittelmäßig gewesen. Dieser fremde Körper gehorchte nicht seinem Willen. Er bewegte sich in tausendfach eingeübtem, tödlichem Tanz. Ihm fehlte die Gabe der Magie. Das hier war das Geschenk, das Ollowain bei seiner Geburt erhalten hatte. Er war der geborene Krieger. Mit endlosen Übungen und eiserner Disziplin hatte er einen Körper erschaffen, dem jede Art des Tötens wohlvertraut schien.

Dieser fremde Leib war nun in seinem Element, und Falrach fühlte sich wie ein Beobachter bei dem, was geschah. Er schwang den Koboldspieß in weitem Bogen. Hinter ihm schnappte der Abzug einer Armbrust. Ein Ruck riss ihm den Spieß fast aus der Hand. Die stählerne Spitze hatte den Armbrustbolzen aus der Bahn gedrängt. Das Geschoss traf einen Kobold und nagelte ihn an die holzgetäfelte Wand des Saals.

»Gib auf!«

Die Trolle und Kobolde umringten ihn noch immer. Doch sie hielten respektvollen Abstand. Keiner schien sonderliche Lust zu haben, als Erster anzugreifen. Einer der Trollkrieger hielt Emerelle gepackt. Seine massige graue Hand umklammerte den bleichen Hals der Königin. Dicke Finger hatten sich in ihr Fleisch gegraben. »Sie stirbt, wenn du dich nicht ergibst«, sagte Dalmag, der sich halb hinter einem der Beine des Trolls versteckt hielt.

Die Worte des Kobolds waren Falrach gleichgültig. Es wäre töricht, von ihm etwas anderes als Lügen zu erwarten. Alles, was zählte, war, was er in Emerelles Blick las. Sie wollte, dass der Kampf endete. Warum?

Er ließ den Spieß fallen. Fast augenblicklich traf ihn ein Schlag im Rücken. Er ging mit. Ließ sich von der Wucht des Treffers zu Boden reißen, statt Widerstand zu leisten. Sein Rücken wurde taub. Er versuchte sich hochzustemmen, aber ein Fuß drückte ihn zu Boden. Seine Rippen knackten. Seine Brust wurde unerbittlich auf den Steinboden gequetscht. Der Troll würde ihn wie lästiges Ungeziefer zertreten.

Er versuchte den Kopf zur Seite zu drehen, um Emerelle zu sehen.

Der Druck auf seinen Rücken verstärkte sich. Er konnte nicht mehr einatmen. Die Luft stockte ihm in der Kehle und wollte nicht in seine Lungen hinabfließen.

»Lass ihn leben!«, befahl Dalmag. »Er soll sehen, was mit ihr geschieht. Morgen erwartet ihn dann die Strafe für den Mord an meinem Kameraden.«

Schmerz belagerte all seine Sinne. Er hörte die Stimme des Kobolds wie aus weiter Ferne, obwohl Dalmag nicht mehr als ein paar Schritt entfernt stehen konnte.

Der Druck auf seinen Rücken ließ nach, doch er vermochte immer noch nicht zu atmen. Man packte ihn. Hob ihn hoch. Ein Troll klemmte ihn sich unter den Arm wie ein Ferkel, das man zum Metzger trug. Seine Augen betrogen ihn. Er sah, wie man ihn zum Tor der Festhalle trug. Dann waren sie im Freien. Zur Linken lag ein zugefrorener Kanal.

Falrach blinzelte. Das Stück Erinnerung daran, wie sie den Händlerpalast verlassen hatten, fehlte.

Direkt unter ihm war plötzlich ein Koboldgesicht. Eine lange, spitze Nase über einem breiten, fast lippenlosen Mund reckte sich ihm entgegen. Gelbe Augen sahen ihn eindringlich an. Woher kam der Kleine so plötzlich?

»Der Elf, der hat eine ganz seltsame Farbe im Gesicht. Der sieht aus, als würde er …«

Falrach lag plötzlich mit dem Rücken im Schnee. Wieder fehlte ihm ein Stück Erinnerung. Er fühlte sich seltsam leicht. In seinen Lungen brannte ein verlöschendes Feuer. Emerelles Gesicht erschien über ihm.

Sie sagte etwas, aber er hörte nicht mehr. Die ganze Welt war in unheimliche Stille versunken. Unmittelbar neben ihm stand Dalmag und verpasste ihm einen verächtlichen Fußtritt. Falrach spürte keinen Schmerz.

Emerelles Lippen berührten seinen Mund. Kühler Atem strömte in seine Kehle. Er hatte das Gefühl, als würde etwas tief in ihm aufgestoßen. Ihr Atem erstickte den Brand in seinen Lungen. Er bäumte sich auf.

Ihre Hand drückte ihn sanft zurück. Jetzt konnte er ihre Stimme hören. Sie flüsterte Worte der Macht. Angenehme Wärme strahlte von ihrer Hand aus.

»Das reicht«, sagte Dalmag. »Entweder er steht auf, oder er verreckt im Schnee. Morgen werden wir ihn ohnehin hinrichten.«

Falrach konnte wieder aus eigener Kraft atmen. Ein Troll packte Emerelle und zog sie von ihm fort. Ein anderer stellte sich breitbeinig über ihn. Mit sattem Klatschen ließ er die Keule in die offene linke Hand schlagen. Er blickte erwartungsvoll zu ihm hinab. »Du bist tapfer, kleiner Krieger. Es wird mir eine Ehre sein, dein Herz zu essen.«

Falrach atmete noch einmal tief ein. Die kalte Winterluft schien ihm gesättigt mit tausend Gerüchen. Dem Gestank der Gosse, in der er lag. Allerlei Fäkalien, verfaulendes Gemüse. Der unverwechselbare Geruch von Kohlsuppe. Gekochtes Fleisch. Er roch das ranzige Fett, mit dem der Troll seine Haut eingerieben hatte. Das schweißdunkle Leder der Riemen, die um den Griff der Keule geschlungen waren. Den schweren, leicht metallischen Geruch von frisch vergossenem Blut, den eine schwache Brise den Kanal hinab von den Schlachthöfen im Norden Feylanvieks herantrug. Nasses Hanf und Leinen von Tauwerk und Segeltüchern der vielen Frachtkähne, die das Eis gefangen hielt. Den beißenden Rauch der Torffeuer in den Häusern. Tausend Geschichten vom Leben in der Stadt erzählten ihm all die Gerüche.

Der Troll über ihm hob seine Keule.

»Noch gehört dir mein Herz nicht«, stieß Falrach schwach hervor. Er presste die Handflächen auf das nasse Pflaster und stemmte sich hoch. Mühsam kam er auf die Beine. Ihm war schwindelig.

Der Troll ließ seine Waffe nicht sinken. Unschlüssig blickte er zu Dalmag.

»Lass ihn. Wenn er laufen kann, soll er die Schmiede sehen.«

Falrach war kurz versucht, sich auf den Troll zu stützen. Aber sein Stolz verbot ihm diese Geste der Schwäche. Seine Wache ließ ihn nicht aus den Augen. Ahnte der

Troll, was er gerade gedacht hatte? Der Elf streckte den Rücken durch. Stechender Schmerz war sein Lohn.

»Los!« Dalmag eilte zur Spitze des Zuges.

Eine Schar Kobolde umringte Falrach. Sie fuchtelten mit ihren Spießen unter seiner Nase herum. »Komm, Elflein. Fall um, und wir kitzeln dich ein wenig.«

»Lasst ihn!« Der Troll schob sie mit der Keule zur Seite.

Mit geflüsterten Verwünschungen wichen sie aus. Einer versuchte, Falrach mit seinem Speer in den Schenkel zu stechen. Wie ein Falke stieß die Hand des Elfen nieder. Schmerz und Erschöpfung waren verflogen. Er packte den Schaft der Waffe und drehte sie dem Kobold mit einem Ruck aus der Hand.

»Fang nicht schon wieder an«, drohte der Troll.

Falrach senkte die Speerspitze zum Boden hin und stützte sich auf die Waffe. »Nur eine Krücke«, sagte er beschwichtigend.

Sein Wächter grunzte etwas, machte aber keinen Versuch, ihm die Waffe abzunehmen.

Sie marschierten den Kanal entlang, bis sie vor sich die niedergebrannte Schmiede sahen. Die blasse Wintersonne stand tief am Himmel. Im Westen waren dunkle Wolken aufgezogen. Es roch nach Schnee.

Immer wieder blickte Falrach zum Kanal hinab. Er und Emerelle könnten auf dem dünnen Eis laufen. Die geschickteren unter den Kobolden wohl auch. Aber einen Troll würde das Eis nicht tragen. Wenn sie flohen, dann sollten sie es über den Kanal tun. Dort würde die Übermacht ihrer Feinde keine Bedrohung sein. Die Aussichten, auf diesem Weg zu entkommen, waren nicht schlecht. War das auch Emerelle bewusst? Hatte sie sich deshalb so bereitwillig in das Urteil gefügt? Hatte sie längst geplant, auf welchem Weg sie beide in die Freiheit entkommen konnten? Er sollte ihr vertrauen!

Entlang der Ufer des Kanals sammelten sich mehr und mehr Kobolde. Boten mussten die Nachricht vom Urteil in die Stadt getragen haben. Betroffen sah Falrach, wie viele von ihnen verstümmelt waren.

Nur wenige Kobolde schwatzten miteinander. Die meisten standen einfach still da. Es war schwer, die Gedanken an ihren Gesichtern abzulesen. Sie wirkten verschlossen. Verbittert!

Sie wurden zwischen verkohlten Balken hindurchgeführt. Shandrals Schmiede lag mitten auf einer Brücke. Der Großteil der Wände war eingestürzt. Die Zuschauer an den Ufern konnten ohne Mühe verfolgen, was vor sich ging.

Zwei Trolle trugen zwischen langen Stangen einen eisernen Korb mit glühenden Kohlen zur Schmiede. Ein Schwert steckte darin. Falrach stockte der Atem. Er erkannte den Griff. Die geschwungene bronzene Parierstange. Den fast dreieckigen Knauf. Es war sein Schwert.

Der Elf sah zum anderen Ufer. Noch immer wuchs die Menge der Kobolde weiter an. Eine stumme, dunkle Flut. Ein Meer von Blicken. Obwohl er nichts Unrechtes getan hatte, fühlte Falrach sich schuldig. Die letzten Gespräche unter den Kobolden waren verstummt. Vereinzelte Schneeflocken trieben im Abendrot, das lange Schatten auf den Kanal warf. Das leise Knirschen des Eises war das einzige Geräusch. Dann war das Schlagen von Hämmern zu hören. Ein scharfes Kommando.

Wieder fuhren Hämmer nieder. Noch ein drittes Mal. Dann erklang ein Geräusch wie ein heiseres Seufzen. Es folgten hastige Rufe. Eis splitterte.

Darauf schien Dalmag nur gewartet zu haben. Er winkte einem Troll zu, der im Nordteil der Schmiede stand. Dort hatte das Feuer nicht alles vernichtet. Der Krieger drückte einen schweren, vom Feuer geschwärzten Hebel nieder. Etwas rumpelte unter der Brücke. Plötzlich erklang das Geräusch fallenden Wassers.

Hölzernes Räderwerk setzte sich in Bewegung. Eine schwere Kette rasselte.

Zwei Trolle packten Emerelle und führten sie zu einer

Reihe von drei großen Ambossen. Über dem mittleren erhob sich ein Hammerkopf, größer als ein Pferdeschädel.

Die Trolle zwangen Emerelle niederzuknien.

»Leg deine rechte Hand auf den Amboss!«, befahl Dalmag.

Die Elfenkönigin wirkte völlig ruhig. Sie sah kurz zum Anführer der Kobolde. Dann blickte sie zum Ufer. Inzwischen waren dort Hunderte versammelt. Selbst auf den Dächern hockten sie, um dem Schauspiel beizuwohnen.

»Ist es das, was ihr wollt? Soll ein Unrecht mit Unrecht vergolten sein? Muss erneut Blut fließen, damit euer Rachdurst gestillt ist?«

Einzelne Schneeflocken funkelten wie ein Diadem im Haar der gefallenen Königin.

Falrach packte den Spieß, den er den Kobolden entrissen hatte, fester. Er würde nicht zusehen, wie sie Emerelle demütigten.

Starke Hände legten sich auf seine Schultern.

Der Elf bäumte sich auf, aber es war unmöglich, dem eisernen Griff zu entkommen. Einen Augenblick nur hatte er über das, was sich dort abspielte, alles andere vergessen. Nur einen Herzschlag lang war er unachtsam gewesen!

»Löst den Hammer!«, befahl Dalmag.

Ein erneutes Krachen lief durch das Räderwerk. Eichenholzzapfen griffen ineinander. Der riesige Hammerkopf hob sich dem Abendhimmel entgegen.

Wie gebannt starrte Falrach auf die zierliche Hand, die auf dem schwarzen Amboss lag. Die Finger waren gespreizt.

Der Hammer sauste nieder.

Schwer dröhnte der Hammerschlag über den Kanal.

Falrach hatte die Augen zusammengekniffen. Als er sie wieder öffnete, hob sich der Hammerkopf erneut dem Himmel entgegen. Ein einzelner Bluttropfen löste sich von dem schwarzen Metall und fiel hinab. Er streifte Emerelles Wange und hinterließ eine dünne rote Linie auf der marmorbleichen Haut. Sie sah zum Himmel auf. Ihre Augen waren weit aufgerissen. Kein Schmerzenslaut kam über ihre Lippen.

»Du musst ihr die Hand abtrennen«, sagte Dalmag. Sein Tonfall war sachlich, doch ein hämischer Unterton begleitete sie. »Ihre Hand wird nie mehr heilen. Wenn man sie nicht sauber abschneidet, wird die Wunde brandig. Dann ist sie in einer Woche tot.«

Falrach zwang sich, auf den Amboss zu blicken. Der Kobold hatte Recht. Keine Magie Albenmarks könnte das heilen. Er rang nach Luft.

»Wenn du es nicht tust, dann wird es niemand tun. Wir können auch einfach einen Lappen darum wickeln. Übrigens, dies ist der Ort, an dem du morgen sterben wirst. Sieh dir ihre Hand gut an. Das machen wir mit deinen Armen und Beinen.« Dalmag gab dem Troll einen Wink, der Falrach gepackt hielt. »Lass ihn los. Hast du schon einmal eine brandige Wunde gerochen? Sonst stinkt ihr Elfen ja nie. Glaubst du, auch Wundbrand wird bei euch von Wohlgerüchen begleitet?«

Der Troll setzte ihn tatsächlich ab. Falrach atmete tief durch. Er hielt den Blick fest auf das Schwert gerichtet. Feine Schneeflocken streichelten über sein Gesicht. Die Sonne war hinter den steilen Dächern der Stadt verschwunden. Die Glut der Kohlen tauchte die ausgebrannte Schmiede in unstetes, rotes Licht, das geisterhafte Schatten zwischen dem Gerippe verkohlter Dachbalken tanzen ließ.

»Denk nicht einmal daran«, sagte Dalmag hinter ihm. »Ich habe einige Armbrustschützen in der Ruine. Deine Vorführung in der Halle war sehr eindrucksvoll. Glaubst du, du wirst das auch schaffen, wenn sieben Schützen gleichzeitig auf dich schießen?«

Hätte Ollowain es geschafft? Falrach wusste ganz sicher, dass er dies nicht vermochte. Und er wagte es nicht, sich dem, was Ollowain aus diesem Körper erschaffen hatte, erneut anzuvertrauen. Nicht, wenn er bei klaren Verstand war! Im Gerichtssaal hatte ihn sein Zorn übermannt. Jetzt hieß es, einen kühlen Kopf zu bewahren.

Er trat vor den eisernen Korb. Funken stoben dem Nachthimmel entgegen, als er das Schwert langsam aus der Glut zog. Der Griff der Waffe war so heiß geworden, dass man ihn kaum halten konnte.

Er trat an die Seite der gescheiterten Königin. Mit wie viel Hoffnungen war er mit Emerelle in die Snaiwamark gereist! Er hatte geglaubt, die Liebe, die vor Jahrhunderten sein Tod beendet hatte, könne einfach wiedererstehen. Das war nicht geschehen, und nun stand er vor ihr, um ihr die Hand abzutrennen.

Schneeflocken zischten auf der glühenden Klinge.

Emerelle sah zu ihm auf. Sie nickte kaum merklich.

Falrach atmete schwer aus. Er zwang sich, auf das zu blicken, was von der Hand geblieben war, die ihn einst liebkost hatte. Handteller und Finger waren verschwunden.

Ein rotglühender Bogen schnitt durch die Nacht. Fleisch und Knochen leisteten der Klinge kaum Widerstand.

»Heb das Schwert hoch«, stieß Emerelle gepresst hervor.

Er gehorchte verwundert.

Die Königin erhob sich. Sie sah ihm fest in die Augen. Dunkles Blut schoss in pulsierenden Stößen aus der schrecklichen Wunde. Sie hob den Armstumpf seinem Schwert entgegen und presste die Wunde auf das glühende Metall.

Ihr Mund öffnete sich zu einem stummen Schrei. Dann sank sie in seine Arme. Das Schwert entglitt seiner Hand. Zischend fiel es in den Schnee.

»Ich gratuliere dir, Elf. Du gibst einen guten Scharfrichter ab«, sagte Dalmag. »Ich bin wirklich neugierig, wie wacker du dich schlagen wirst, wenn du morgen die Seiten wechselst. Sie hat gar nicht geschrien, deine Buhle. Ist sie genauso kalt, wenn ihr euch liebt?«

Falrach angelte mit dem Fuß nach dem Schwert, das vor ihm lag.

Sofort wich Dalmag zurück. »Du denkst an die Armbrustschützen, tapferer Elfenritter? Wahrscheinlich würden sie euch beide treffen.«

Voller hilfloser Wut gab Falrach auf. Widerstand war zwecklos. Der Kobold hatte Recht. Jedes Aufbäumen würde ihr Schicksal nur noch schneller besiegeln.

»Der Kerl ist mir wieder zu munter«, sagte Dalmag mürrisch und winkte den beiden Trollen, die den Eisenkorb getragen hatten. »Verprügelt ihn ein bisschen. Aber schlagt nicht so fest zu, dass wir morgen keinen Spaß mehr mit ihm haben. Er soll noch zappeln, wenn wir ihn auf den Amboss legen.«

## DIE ANDERE

Er erwachte, weil ihm heiß war. Benommen blinzelte er. Dunkelheit umfing ihn. Da war ein matter, roter Schimmer ... Die Erinnerung war wie ein Sturz in kaltes Wasser. Emerelle. Er hatte ihren Namen auf der Zunge, und doch wollte er nicht über seine Lippen kommen. Etwas stimmte nicht!

Seine Augen gewöhnten sich rasch an die Dunkelheit. Der Schnee draußen warf das Mondlicht zurück und sandte ein blasses, geisterhaftes Licht durch das Kerkerfenster. Schwarz zeichneten sich die Eisenstangen gegen den Nachthimmel ab. Seine Hände brannten von den verzweifelten Versuchen, eine der Gitterstangen zu lösen. Wie lange mochte es bis zum Morgen dauern? Wie viele Atemzüge maß ihr Leben noch?

Wasser rann durch das vergitterte Loch. Ein dünnes Rinnsal. Neben seinem Knie hatte sich eine Pfütze auf dem lehmigen Kerkerboden gebildet.

Erneut wurde er sich der widernatürlichen Hitze bewusst. Seine Kleidung klebte schweißnass an seinem Leib. Mitten im Winter! In einer Stadt, in der es in dieser Jahreszeit so kalt werden konnte, dass die Vögel im Flug erfroren.

Er konnte Emerelle nur aus den Augenwinkeln sehen. Sie war aufgewacht und kauerte an der Wand der Zelle. Stumm wiegte sie sich. Ihre Linke umklammerte den Armstumpf dicht über der abgetrennten Hand.

Ein unstetes, rotes Licht umspielte die grässliche Wunde. Es wirkte wie ein Nebel aus feinsten Bluttröpfchen. Kein Schmerzenslaut kam über die Lippen der Königin.

Er hätte aufstehen sollen. Doch etwas hielt ihn zurück … Ollowains Körper war ein Hohn. Nie zuvor war er Hitze und Kälte ausgeliefert gewesen. Ein einziges Wort der Macht hatte genügt, solch Unbill zu bannen.

Falrach fühlte sich schmutzig durch den Schweiß. Ein leicht säuerlicher Geruch haftete ihm an. Doch mit dem Verlust war auch Neues gekommen. Ollowain hatte andere Gaben. Noch waren sie Falrach fremd, zu verschieden waren sie von seinem früheren Leben. Er musste sich Ollowains Vergangenheit stellen, um sie zu ergründen.

Nur einer dieser besonderen Fähigkeiten war er sich bis jetzt bewusst, er spürte sie in diesem Augenblick. Eine innere Spannung, die all seine Sinne schärfte. Ollowain hatte ein geradezu animalisches Gespür für Gefahr. Einen Sinn, der dem kultivierten Elfenvolk der Normirga längst verlorengegangen war.

Er spürte es in genau diesem Augenblick. Es war Emerelle. Er sollte sie nicht ansehen. Obwohl er ahnte, dass sie gerade das wollte. Etwas geschah mit dem Stumpf. Sie stöhnte.

Es hatte schon früher Gerüchte um sie gegeben. Damals hatte er es als böswilliges Gerede abgetan. Aber jetzt … Lag es an dem rötlichen Licht? An dem Schmerz, den sie litt? Ihr Antlitz wirkte fremd … Schatten wogten über die

Wände des Kerkers. Formen, die nicht allein mit dem Spiel des seltsamen Lichts zu erklären waren.

Eine plötzliche Bö fegte über die Dächer der Stadt. Holzschindeln klapperten. Ein Fensterladen schlug irgendwo im Dunkel der Nacht. Und der Wind trug eine Stimme herbei. Heiser. Fremd. Laute, die eine Elfenzunge nicht einmal mit Hilfe der Magie zu formen vermochte.

Falrach hatte das beklemmende Gefühl, dass sie beide in dem winzigen Kerker nicht mehr allein waren.

Es war nicht greifbar. Eine Macht, die er mit jeder Faser seines Körpers spürte und die sich zugleich all seinen Erfahrungen entzog. War es der Albenstein? Waren sie etwa noch da? Konnte Emerelle sie rufen?

Ein Schrei brach den Bann.

Er war mit einem Satz auf den Beinen und an Emerelles Seite. Er war dazu geboren, sie zu beschützen. So war es immer schon gewesen.

Die Königin krümmte sich. Ihre Finger gruben sich tief in das helle Fleisch ihres Arms. Aus dem verbrannten Stumpf schob sich ein Knochen.

Emerelle zitterte vor Schmerz am ganzen Leib. Sie biss sich auf die Lippen. Ein dünner Faden Blut lief ihr über das Kinn. Unverwandt stierte sie auf die grässliche Verletzung.

Falrach stockte der Atem. Weitere Knochen wuchsen aus dem Stumpf hervor. Ein Geflecht von Sehnen umgab sie. Und dann schlugen Adern aus der Wunde. Wie die zarten Arme von Seeanemonen, die im Gezeitenstrom wogten, bewegten sie sich und tasteten am Knochen entlang.

Das rote Licht wurde dunkler. Fester. Muskeln formten sich aus dem Nichts. Fingernägel krochen aus dem roten Fleisch.

Falrach stand leicht über sie gebeugt. Er schirmte sie mit seinem Leib ab. So wie er es im letzten Augenblick seines früheren Lebens getan hatte. Überdeutlich sah er jede Einzelheit mit an. Hatte sich die Magie in den Jahrtausenden seit seinem ersten Tod so sehr gewandelt? Keine Macht, die er einst gekannt hatte, hätte ein so vollständig zerstörtes Körperglied wiederherstellen können. Wer die Gabe des Heilens besaß, vermochte Krankheiten zu bannen und schrecklichste Wunden wieder zu schließen. Doch das hier … Das war ganz anders als die Magie, die er einmal gekannt hatte. Es war widernatürlich. Nicht im Einklang mit der Magie der Welt.

Emerelles Hand war vollständig nachgewachsen. Sie streckte die Finger und ballte sie zur Faust. Ihre Haut war glatt und makellos. Sie unterschied sich in nichts von der Haut des Armes.

Das rote Licht war verschwunden. Die Kälte der Winternacht sickerte zwischen den Gitterstäben des Kerkers hindurch und vertrieb die schwüle Hitze.

Emerelle blickte zu ihm auf. Ihre Tränen hatten silbern schimmernde Spuren auf ihre Wangen gezeichnet. Sie hob die nachgewachsene Hand und strich ihm über die Lippen, als wolle sie ihm bedeuten zu schweigen. Die Fingerspitzen waren warm.

Falrach zuckte zurück. Ein Schauder überlief ihn und fraß sich tiefer in sein Innerstes als der Atem des Winters. Diese Hand … Rein äußerlich unterschied sie sich in nichts von der Hand, die ihm noch gestern Morgen nach dem Erwachen das Haar aus dem Gesicht gestrichen hatte. Und zugleich unterschied sie sich in allem. Würde er je wieder ihre Berührung herbeisehnen?

Sollte sein Zurückweichen Emerelle verletzt haben, so ließ sie es sich nicht anmerken. Sie erhob sich. Wie klein und zerbrechlich sie wirkte!

Eine leichte Geste mit der Linken und ein geflüstertes Wort rissen die Tür des Kerkers aus den Angeln. Mit Donnergetöse prallte sie auf die gegenüberliegende Wand.

Über ihnen erklangen erschreckte Rufe. Das Stampfen schwerer Trollfüße ließ die gewölbte Decke über ihren Häuptern erzittern.

An der Treppe, die nach oben führte, brannte eine Fackel. Ihr Licht zeichnete harte Schatten in das Gesicht der Königin.

Ein Troll, der in einer Wandnische gekauert hatte, erhob sich. Sein massiger Leib füllte den Gang und verschlang das Licht. Er wirkte benommen. Schlaftrunken.

Falrachs Hand fuhr unwillkürlich an seine Hüfte. Da war kein Schwert. Sie besaßen keine Waffe.

Der Troll schnitt eine Grimasse. In der Rechten hielt er eine Kriegskeule, die er langsam hin und her schwingen ließ. Der Gang zur Treppe war zu eng, um dieser Waffe ausweichen zu können. Sie waren ihm ausgeliefert! Auch ein Schwert hätte hier nichts ausrichten können.

Emerelle blieb ganz ruhig.

»Stell dich hinter mich«, flüsterte Falrach. Er wusste nicht, wie er den Troll aufhalten sollte. Ob Ollowain es vermocht hätte?

Emerelle stieß einen knappen Laut aus. Scharf. Schneidend. Dabei machte sie eine Bewegung, als wolle sie Wasser von ihren Händen schütteln. Ein Sirren folgte. Die weiten Ärmel ihres Mantels schossen vor wie die Fangarme eines Kraken. Der Stoff schlang sich um den gedrungenen Hals des Trolls. Er wurde zu Boden gezerrt. Trotz des Getrampels und der Alarmrufe war das Knacken, mit dem sein Genick brach, deutlich zu hören.

»Wer durch die Macht des Grauens regiert, der wird zuletzt selbst durch das Grauen verschlungen werden.«

Mehr noch als ihre Worte erschreckte Falrach der Tonfall, in dem sie sprach. Und er ahnte, dass das, was nun kommen würde, die Schrecken der Schmiede wie einen dummen Scherz erscheinen lassen würde.

# IM HAUS DER KÖNIGIN

»Mach endlich!«, zischte Lambi dem Mann mit der Axt zu.

Narvgar hielt die schwere Waffe umklammert und regte sich nicht. Bei Luth! Gab es denn nur noch Feiglinge? Er war mit Narvgar einst in der Albenmark gewesen und hatte gegen Trolle gekämpft. Aber heute Nacht schien den alten Recken aller Mut verlassen zu haben.

»Das ist das Haus der Königin«, sagte der Axtträger kleinlaut.

Lambi nahm ihm die Waffe ab. Er hatte mit Bedacht nur Männer aus seinem Haushalt für dieses Unternehmen ausgesucht. Die Wachen der Königin waren abgezogen. Niemand würde sie aufhalten. Nur Answin, der Befehlshaber der Wachen, war hier. Er hatte zutiefst verstanden, dass es keinen anderen Weg gab. Sie taten das zu Kadlins eigenem Besten!

Lambi holte mit der Axt aus und ließ sie gegen die Holztür krachen. Wie Donner hallte der Schlag in der Nacht. Wahrscheinlich saß Kadlin jetzt schon aufrecht auf ihrem Strohsack.

Wieder krachte das Axtblatt auf die Tür. Ein Spalt zog sich durch das Holz. Lambi malte sich aus, wie Kadlin aufsprang und nach ihrem Schwert griff. Mit einem Seitenblick vergewisserte er sich, dass seine Schildträger bereitstanden. Sie würde wie eine in die Enge getriebene Silberlöwin kämpfen. Aber ihr durfte nichts geschehen!

Wieder sauste die Axt nieder. Ein breiter Span riss aus der Tür. Noch drei Schläge, und die Öffnung war groß genug. Lambi ließ die Axt fallen, zog sein Schwert, schob die Klinge durch die Öffnung in der Tür und drückte von unten gegen den Querbalken, der die Holztür verriegelte.

Niemand versuchte ihm die Waffe aus der Hand zu schlagen. Das war merkwürdig! Er hätte nicht einfach tatenlos zugesehen, wie die Tür entriegelt wurde. Da stimmte etwas nicht! Er wich ein wenig zurück. Kadlin war ganz gewiss nicht eingeschüchtert, nur weil man nachts mit einer Axt ihre Türe einschlug. Das passte nicht zu ihr.

Lambi malte sich aus, wie sie mit schussbereitem Bogen auf der anderen Seite der Feuerstelle stand und darauf wartete, wer als Erster über ihre Schwelle trat.

»Schild!« Narvgar trat an seine Seite und reichte ihm seinen großen Rundschild. Lambi überlegte einige Herzschläge lang. Sollte er mit ihr reden? Nein, das war aussichtslos. Sie würde ihm nicht verzeihen, was er gerade getan hatte. Nicht jetzt … In ein paar Tagen vielleicht, sobald sie begriff, dass es nur zu ihrem Besten war, wenn er sie hier in Firnstayn festhielt.

Der alte Recke duckte sich hinter den Schild. Dann trat er die entriegelte Tür auf und stürmte in die kleine Hütte, dicht gefolgt von seinen Männern. Kein Pfeil schlug in seinen Schild. Kein Schwert sauste herab. Niemand rührte sich. Lambi ließ den schweren Eichenschild sinken. Was, bei Firn, war hier los? »Licht!«

Narvgar blies die Reste der Glut in der Feuergrube an. Das schwache Leuchten schien die Dunkelheit nur noch zu betonen. Der Krieger legte Holzspäne nach.

Ungeduldig sah Lambi sich um. Neben dem Butterfass stand die kleine Wiege. Sie hatte die Arbeit vollendet. Der Anblick versetzte ihm einen Stich ins Herz. Er dachte an seinen Enkelsohn, mit dem sie nun schon auf dem Weg ins Land der Trolle war.

»Answin!«

Der stämmige Krieger trat durch die Tür. Er war so groß, dass er sich ducken musste. »Wo ist sie?«

»Das wüsste ich gern von dir! Haben deine Männer nicht das Haus der Königin bewacht? Wie kann es sein, dass sie fort ist? Was hat deine Bande verschlafener Welpen gemacht?«

»Niemand ist durch diese Tür gekommen«, sagte der hünenhafte Krieger. »Ich selbst …«

»Worte wie Dünnschiss!« Lambi war außer sich vor Wut. Sie hatte ihm doch versprochen, dass sie am Mittag mit ihm reden würde. Und er hatte darauf vertraut, dass sie erst kurz vor Morgengrauen versuchen würde, zu fliehen. Er hätte es besser wissen müssen!

Kleine blaue Flämmchen loderten in der Feuergrube auf. Narvgar fütterte sie mit dürrem Reisig. Endlich wurde es heller.

Lambi sah sich in der Hütte um. Erbärmlich! Der einzige Gegenstand von einigem Wert war der Kupferkessel, der an einem eisernen Haken über der Feuerstelle hing. Ihr Schlafplatz bestand allein aus einem schlichten Strohsack und einer alten grauen Wolldecke. Da war kaum genug Platz für zwei, dachte er erleichtert. Vielleicht war an den Gerüchten ja doch nichts dran.

Er kniete neben der Schlafstelle nieder. Hätte er seine Nase noch, hätte er wohl wie ein Hund an der Decke geschnuppert. Das war das erste Mal, dass die Verstümmelung ihn davor bewahrte, sich zum Gespött zu machen.

Seine Finger glitten über das helle Holz der Wiege. Sie hatte ein Bild von ziehenden Rentieren in das Fußende geschnitten.

»Hier, Herzog!« Answin winkte ihm. Der hochgewachsene Krieger hatte Kadlins Kleidertruhe zur Seite gezogen. Dahinter war ein Loch in die Wand aus Lehm und geflochtenen Zweigen geschnitten. Gerade groß genug, dass man sich auf dem Bauch liegend hindurchzwängen konnte.

»Lass Pferde satteln«, sagte Lambi ruhig. »Wir brauchen auch Fackeln. Sie ist nach Norden gegangen.« Große Hoffnungen, sie noch zu finden, hatte er nicht. Sie war eine erfahrene Jägerin. Sie wusste, wie man unentdeckt blieb. Hoffentlich war sie schlau genug, um die Trolle zu überlisten. Sie waren ein ganzes Volk von Jägern.

# DER STEINERNE WALD

Adrien beobachtete den Alten. Er stand vorne im Boot und stakte sie mit langsamen, sicheren Bewegungen zwischen den Felsen hindurch. Nur ab und an betrachtete der Junge die Landschaft. Hätte dort vorn im Bug ein anderer Schiffer gestanden, er hätte sich sicher kaum sattsehen mögen an den himmelhohen Bergen, an deren Steilflanken sich dunkle Zedernhaine erstreckten. Die Wipfel waren weiß von Schnee, doch an den Ufern hatte der Winter noch keine Macht gewonnen. Dichtes braunes Röhricht verbarg ganze Scharen von Vögeln, wie Adrien sie noch nie zuvor gesehen hatte. Kleine blaue Sänger, die in der Morgenstunde einen unheimlichen, klagenden Ruf über den Strom hallen ließen. Wildenten mit grünrotem Gefieder, die ganz plötzlich in dichten Schwärmen aus dem toten Schilf hervorbrachen. Große weiße Vögel auf dürren Beinen und mit stolzem Kopfputz, die würdevoll im seichten Wasser herumstaksten.

Aber Adrien gestattete sich nur flüchtige Blicke auf all diese Wunder, denn er reiste mit dem Tod, und er hatte Angst, dass er, wenn er den Alten aus den Augen ließ, bald auch nicht mehr zu den Lebenden gehören würde.

Seit der Schiffer ihn im Verhau im Heck besucht hatte, hatten sie beide kein Wort mehr miteinander gewechselt. Fast zwei Tage war das her. Adrien musste inzwischen darum kämpfen, dass ihm die Augen nicht zufielen. Der Alte schien keine Müdigkeit zu kennen. Natürlich nicht! Er war jenseits aller Müdigkeit.

In der ersten Nacht hatte Adrien noch gehofft, der Widergänger würde im ersten Morgenlicht verschwinden. So war es in allen Geschichten, die er je über die Geschöpfe der Nacht gehört hatte. Aber der Schiffer blieb. Er hielt den Lastkahn auf Kurs. Unbeirrbar. Schweigend. Nur selten blickte er über die Schulter zu Adrien. Seine blauen Augen schienen alterslos. Nicht ein einziges Mal zwinkerte er.

Der Junge musste gähnen. Er streckte sich und zwang sich dann, ganz gerade zu sitzen. Langsam wurde ihm bewusst, dass er in diesem Duell unterliegen würde.

»Wohin bringst du mich?« Seine Kehle war vom langen Schweigen rau. Die Worte fühlten sich fremd und sperrig an.

»Zum Steinernen Wald.« Der Schiffer blickte nicht einmal über die Schulter.

»Ist dort deine Gruft?«

Der Alte stieß seinen Stecken tief ins Wasser und lenkte das Boot an einer Klippe vorbei. Der Fluss strömte hier schneller. Die Stimme des Wassers war von einem leisen Flüstern zu einem gehetzten Raunen geworden. Es schien der weiten Berglandschaft entfliehen zu wollen. Weißer Schaum umspülte die Felsen.

»Bringst du mich in deine Gruft?«

»Du wirst allein zum Steinernen Wald hinaufsteigen.«

Adrien brauchte eine Weile, um die Worte zu erfassen. Er würde ausgesetzt werden! Hier inmitten der Wildnis. In dieser verrufenen Gegend, in die sich nicht einmal Räuber wagten. Der Steinerne Wald … So lange er sich erinnern konnte, hatte er Geschichten von der versunkenen Stadt in den Bergen gehört. Es hieß, dort lägen unermessliche Reichtümer verborgen. König Cabezan war einst mit einem Heer in die Berge gezogen, um Säulen für seinen Palast zu holen. Aber selbst im Schutz seiner Krieger hatte er sich nicht sehr weit in die Berge gewagt. Mit nur vier kümmerlichen Säulen war er zurückgekehrt. Seine Männer aber hatten Hunderte Geschichten in die Städte Fargons getragen. Geschichten von den unheimlichen Stimmen der Berge. Von Lichtern, die um die höchsten Säulen tanzten. Von einem gläsernen Tal und Geistern.

»Ich kann da nicht hingehen«, sagte er leise. »Niemand geht dahin.«

»Dann werde ich dich ertränken«, entgegnete der Schiffer so beiläufig, wie man eine lästige Fliege erschlug. Und Adrien hatte nicht den geringsten Zweifel daran, dass er es ernst meinte.

## BURG ELFENLICHT

Skanga nahm seine Aura in sich auf. Die fließenden Farben der Angst.

»Er ist unverletzt«, flüsterte Birga ihr ins Ohr.

Die alte Schamanin seufzte. Das sah sie auch. Obwohl sie blind war. Blind für all das, was sich dem Auge aufdrängte, um die Wahrheit zu verschleiern. Wie viel klarer waren da die magischen Auren! »Wie viele?«

»Wir haben siebzehn Köpfe gezählt. Siebzehn, die noch …«

Skanga las Scham und Schrecken in ihm. Sie kannte Madra nicht, aber um zu den Leibwachen eines Rudelführers zu gehören, musste er seinen Mut in vielen Kämpfen unter Beweis gestellt haben.

»Hast du meiner Herrin einen der Köpfe mitgebracht?«

Die Farben von Madras Aura gerieten durcheinander. Sie verwirbelten zu einem schmutzigen Grün.

»Ich stelle die Fragen«, zischte Skanga verärgert. Der Kerl war schon aufgewühlt genug! »Wie lange ist es her?«

»Drei Tage. Ein Lutin hat mich …«

Sie hob den Kopf, und der tote Blick ihrer weißen Augäpfel ließ ihn verstummen. Ihr war schon klar, dass ihn ein Lutin gebracht hatte. Man musste das Netz der goldenen Pfade betreten, um in nur drei Tagen von Feylanviek bis nach Burg Elfenlicht zu gelangen.

»Wie starben sie?«

»Jeder auf eine andere Art. Die meisten … Viele waren zerrissen, als habe ein großes Raubtier sie angefallen. Aber es war … anders. Grausamer.«

Skanga versuchte sich den Stadtpalast vorzustellen. Die Toten … Einen Anblick, der einen Troll erschütterte. Wen hatten diese dämlichen Welpen eingefangen, um ihn zu quälen? Welche zwei Elfen hatten solche Macht? Hatte Noroelle vielleicht einen Weg gefunden, aus ihrer Verbannung zu entfliehen? Die Hofmagierin hatte einen Bastard geboren und war verbannt worden. War sie in der Einsamkeit wahnsinnig geworden? Und der Krieger an ihrer Seite, der Elf mit dem langen, blonden Haar, war das Farodin? Wer vermochte in wenigen Augenblicken einen Rudelführer und seine Leibwache niederzumetzeln?

Skanga erhob sich. Ihre Gelenke krachten. Wohlvertrauter Schmerz durchbohrte ihr die Knie und den Rücken. Sie sollte ein wenig auf und ab gehen. Das half beim Grübeln. Manchmal.

»Komm her, Madra!« Sie stützte sich auf den Arm des Kriegers. »Gharub hat die Elfe also dafür verurteilt, dass sie ihm Zeit gestohlen hat.«

»Ja.«

Die Schamanin roch die Angst des Kriegers. Er schien sich sicher, dass sie ihn bestrafen würde, sobald sie mit ihm fertig war. »Diese Anklage hat sich ein Kobold ausgedacht, nicht wahr?«

»Ja.«

»Und der wurde auch getötet?«

»Ja.«

Skanga musste an sich halten. Geschwätzigkeit war ihr zuwider, aber Madra übertrieb es mit seiner Wortkargheit. Sie überlegte, ob sie nach Feylanviek reisen sollte, um sich ein besseres Bild machen zu können. Selbst wenn die Kobolde schon alles gesäubert hatten, hinterließen so blutige und grausige Ereignisse eine Spur in der Aura des

Palastes. Zumindest für eine kurze Zeit. »Was geschah mit den Toten?«

»Ich habe Gharubs halbe Leber gegessen und einen Mund voll von seinem Herzen. Er war ein großer Krieger …«

Skanga zwackte Madra in den Arm, um ihn wieder zum Schweigen zu bringen. Sie wusste nur zu gut, was mit Helden geschah. »Und die Übrigen? Habt ihr die in den Fluss geworfen? Es gibt doch einen Fluss bei Feylanviek, oder?«

»Sie sind verbrannt.«

Natürlich. Ein Trollkrieger, der etwas auf sich hielt, würde sich lieber eine Hand abschneiden, als von der Leber eines Kämpfers zu essen, der in seiner Aufgabe versagt hatte. Die Ehre, verspeist zu werden, blieb allein Helden vorbehalten.

Grübelnd schlurfte Skanga vor sich hin, ohne auf den Weg zu achten. König Gilmarak saß noch nicht lange genug auf dem Thron von Albenmark, um sich dort sicher zu fühlen. Und er war viel zu jung, um ein guter Herrscher zu sein. Sie bemühte sich, ihn zu führen, aber sie konnte nicht Tag und Nacht an seiner Seite verbringen. Leider hörte er nur allzu oft auf andere Berater, vor allem auf diesen verfluchten Lutin Elija Glops. Gharub hatte nun also erlebt, wozu es führte, wenn man sich allzu sehr diesen verblendeten Kobolden anvertraute. Seine spät gewonnenen Einsichten würde er nicht mehr weitergeben können.

Skanga spielte gedankenverloren mit dem Albenstein, der halb verborgen zwischen all den anderen Amuletten von ihrem Hals hing. Sie dachte an ihre alte Lehrerin Mahta Naht. Mahta hatte Freude daran gehabt, sie zu quälen. Aber sie war klug gewesen. *Der Weg zur Macht ist lang und beschwerlich, aber er ist ein Spaziergang im Vergleich zu dem Weg, der vor dir liegt, wenn du einmal gewonnene Macht behalten willst. Darum überlege dir gut, nach wie viel Macht du strebst.*

Diese Worte waren Skanga seit dem Sieg über Emerelle oft durch den Kopf gegangen. Burg Elfenlicht war umringt von Hunderten Zelten. Es sah aus, als würde die stolze Elfenfestung belagert. Und so war es auch fast. Wahre Heerscharen von Bittstellern und Schleimern hatten sich eingefunden. Manche warteten wochenlang auf eine Audienz bei Gilmarak.

Die meisten von ihnen glaubten, dass sie den jungen König überlisten könnten, weil er fast noch ein Kind und obendrein nur ein dummer Troll war. Der Lutin Elija Glops hatte Gilmarak bei diesem endlosen Gerede im Thronsaal oft guten Rat gegeben. Aber der verdammte Lutin war zu klug, als dass man ihm tief vertrauen könnte. Skanga hasste es, hier zu sein. Sie hatte sich den Sieg über die Elfen anders vorgestellt.

Wenn sie ehrlich war, hatte sie sich kaum Gedanken darüber gemacht, was geschehen würde, wenn Emerelle von ihrem Thron vertrieben war. Ihr ganzes Denken hatte nur um den Kampf gegen die Königin und die Heere ihrer Verbündeten gekreist. Auf das, was danach kam, war sie völlig unvorbereitet gewesen! Schon allein diese Burg! Es hatte Jahre gedauert, die von den Elfen besetzten Höhlenfestungen der Snaiwamark wieder wohnlich zu machen. Mit dieser Burg würde das wohl niemals gelingen.

Die alte Trollschamanin lauschte auf das Rauschen des Wassers. Man hörte es fast überall in der Burg. Es gab Dutzende Brunnen. Und dann dieser Thronsaal … Kein Troll, der halbwegs bei Verstand war, käme auf die Idee, sich eine Höhle zu suchen, in der Wasser an allen Wänden hinablief, und die obendrein keine Decke hatte! Es war unbegreiflich, was in den Köpfen von Elfen vor sich ging! Sie führten sich auf, als seien ihre Urahnen Biber gewesen.

Und dann die Silberschale bei dem Thron. Es hieß, Emerelle habe ganze Tage damit verbracht, in sie hineinzustarren. Diese Burg war an sich schon verrückt. Aber sich diesem Ding anzuvertrauen, das war der blanke Wahnsinn! Im ganzen Thronsaal konnte sie die bösartige Aura der Schale spüren. Sie war von dunkler Magie durchdrungen. Schlimmer noch. Etwas Lebendiges war an ihr. Ein bösartiger Geist. Skanga hatte so etwas noch nie gefühlt. Musste man blind sein, um so deutlich zu erkennen, womit man es zu tun hatte? Sie hatte mit niemandem darüber geredet. Auch mit Birga nicht. Ihre einfältige Schülerin hielt die Silberschale für harmlos. Sie erzählte, dass Vögel aus dem Park herbeigeflogen kamen, um in der Schale zu baden.

Blendwerk! Die Schale tat harmlos. Am besten sollte man sie in den Schlund eines der Vulkane in der Snaiwamark werfen. Das war die einzige Art, mit solchen Werken dunkler, undurchsichtiger Magie umzugehen! Ein einziges Mal hatte sie den Fehler gemacht, in die Silberschale zu blicken. Dass sie blind war, hatte sie nicht geschützt. In aller Deutlichkeit hatte die verwunschene Schale ihr gezeigt, wie sie sterben würde. Skanga wusste nicht, wann ihr Schicksal sie ereilte. Aber sie wusste, dass sie ein langsamer, schmerzvoller Tod ohne Würde erwartete. Sie würde zuletzt darum betteln, nicht mehr leben zu müssen.

Nur einen kurzen Augenblick hatte sie in die Schale geblickt, aber sie hatte das Gefühl gehabt, die Ereignisse von vielen Tagen Herzschlag für Herzschlag miterlebt zu haben. Das Gesehene verfolgte sie in ihren Träumen. Sie war nicht ängstlich … Aber dieser eine Blick in die Silberschale hatte ihr Leben verändert. Erst jetzt hatte sie tief begriffen, welche Gnade es war, nicht um seinen Tod zu wissen. Von nun an würde ein Schatten auf ihrem Leben liegen.

»Skanga?« Birga zupfte an ihrem Gewand. Diese kleine Schlampe wusste genau, dass sie es nicht mochte, von ihr berührt zu werden.

»Was!«

»Madra ist immer noch da. Soll er gehen? Du scheinst sehr tief in Gedanken. Willst du allein sein?«

Diese geheuchelte Unterwürfigkeit. Sie hasste das! »Hab ich euch entlassen?«

»Nein. Ich dachte nur …«

»Hab ich dir erlaubt, zu denken?«, blaffte Skanga. »Du tust nur, was ich dir sage. Das ist alles, was ich von dir erwarte.«

Birga sagte nichts mehr. Es war still bis auf das Rauschen des Wassers. Skanga sah sich Madra an. Etwas an seiner Aura war eigenartig. Ihr fehlte etwas … Aber sie konnte nicht genauer benennen, was es war.

Ein Pulk schnatternder Kobolde kam aus dem Thronsaal. Als sie sie bemerkten, verstummten die kleinen Nichtsnutze. Mit hastigen, trippelnden Schritten huschten sie vorüber.

Skanga umschloss den Albenstein mit der Faust. Seine Magie linderte die Schmerzen in ihrer gichtverkrüppelten Hand. Sie musste ihre Gedanken ordnen! Feylanviek! Wer waren die beiden Elfen gewesen? War die Tat nur ein Racheakt an einem tyrannischen Kobold und einem dummen Troll? Oder war es der Beginn von etwas Größerem? Planten die Elfen eine Revolte? Dass Emerelle einfach aufgegeben hatte, hatte die meisten ihrer Fürsten überrascht. Noch war es nicht zu Aufständen gekommen. Aber man durfte dieser verdammten Elfenbrut nicht trauen. Sie sollte sich selbst ein Bild davon machen, was in Feylanviek geschehen war. Außerdem war es ein guter Vorwand, diese verfluchte Elfenburg zu verlassen.

»Sind alle Leichen der Trolle fortgeschafft worden?«

»Ja, Skanga.«

»Es gab auch tote Kobolde, nicht wahr? Du hast nichts darüber berichtet.«

»Es sind ja nur Kobolde. Keine Krieger …«

»Wie viele waren es?«, drängte sie. Deutlich spiegelte sich die Anspannung in seiner Aura. Zweifel überfielen ihn. Er befürchtete, etwas falsch gemacht zu haben.

»Ich weiß es nicht.«

»Haben die Kobolde sauber gemacht?«

Er räusperte sich. »Ich war nicht so lange dort. Es wäre

viel Arbeit. Und es ist noch nicht entschieden, wer die neuen Anführer sein werden.«

Das war doch was, dachte Skanga. Die Geschichte jenes Abends war mit Blut geschrieben worden. Wenn es noch niemand aufgewischt hatte, könnte sie daran ablesen, was genau geschehen war. Vielleicht könnte sie auch herausfinden, wer die beiden Elfen gewesen waren. Sie hatte einen Verdacht. Zugleich hoffte sie aus tiefstem Herzen, dass sie sich irrte. Siebzehn tote Trolle. Und nur zwei Elfen! Der einzige Elfenkrieger, dem sie so etwas zugetraut hätte, war tot. Zumindest behauptete das Elijah Glops. Wenn der intrigante kleine Lutin gelogen hatte, dann hätte sie einen Grund, dem Mistkerl den Hals umzudrehen. Allein das war schon die Reise nach Feylanviek wert.

## EIN WEG FÜR NARREN

Falrach blies warmen Atem auf seine gefalteten Hände. Die Kälte würde ihn töten, wenn sie noch lange anhielt. Nein, das stimmte nicht ganz … Die Kälte und sein Stolz. Ein Wort von ihm würde genügen, und Emerelle würde ihn mit einem Zauber vor dem bitteren Frost beschützen. Sie ging nur wenige Schritt vor ihm. Doch ihre Gestalt war kaum mehr als ein Schatten im dichten Schneetreiben.

Wieder blies sich Falrach auf die Hände. Wie hatte es Ollowain geschafft, in diesem Körper so lange zu überleben? Die Elfen aus dem Volk der Normirga lernten schon als Kinder jene Worte der Macht, welche die Kälte bannten. Sie konnten in leichten Seidengewändern auf ihren Eisseglern über die weiten Ebenen Carandamons dahinjagen, ohne dass der beißende Frost ihnen in die Glieder schnitt. Nur Ollowain nicht … Er war ganz ohne Magie geboren. Das war überaus selten unter Elfen. Ein einziger Elf in einem Jahrhundert mochte mit diesem Makel gestraft sein. Falrach fluchte. Und ausgerechnet in so einem Leib war sein Bewusstsein wiedererwacht.

Sein Blick streifte die dunklen Flecken auf den Ärmeln seines dick gefütterten Mantels. Sie waren gnädigerweise fast ganz unter festgebackenem Schnee verborgen. Ollowain hatte eine andere Gabe … Die Erinnerung an ihren Besuch im Gerichtssaal mochte nicht vergehen, sosehr er sich auch bemühte, diese Bilder aus seinen Gedanken zu bannen. Der mächtige Bidenhänder, den er unter dem Waffenschmuck in der Eingangshalle des Koboldpalastes gefunden hatte, drückte schwer auf seinen Rücken. Es war ihm ganz so erschienen, als habe die Waffe ihn in dem Augenblick erwählt, da er sie sah. Ältere, tiefere Erinnerungen an ein vergangenes Jahrtausend hatten ihn beim Anblick des großen Schwertes mit der geschwungenen Klinge durchdrungen. Erinnerungen an mächtige Schwingen, Feueratem und kalte Angst. Solche Waffen waren einst für jene Tapfersten der Tapferen geschmiedet worden, die es wagten, sich den Drachen zu stellen. Auch er hatte einmal so ein Schwert besessen. Aber seines war nicht so schwer gewesen … Alles wurde schlechter, dachte er. Plötzlich musste er schmunzeln. Er führte sich auf wie ein griesgrämiger, alter Kobold. Er sollte mehr wie früher sein. Das hier war nicht mehr die Welt, aus welcher der Tod ihn gerissen hatte. Es lag nicht in seiner Macht, dies zu ändern. Er sollte den Fährnissen des Schicksals mit einem trotzigen Lächeln begegnen! Ob er sich veränderte oder nicht, es war seine Wahl.

Er atmete schwer aus. Wieder standen ihm die Bilder des Kampfes vor Augen. So etwas würde er nie wieder tun!

Emerelle war stehen geblieben und er so tief in Gedanken, dass er sie fast angerempelt hätte. Verwundert sah er sich um. Weit reichte sein Blick nicht. Er konnte keinen besonderen Grund ausmachen, warum sie angehalten hatte. Sie waren irgendwo südlich von Feylanviek, wo flache Hügel sich wie sanfte Meeresbrandung bis zum Horizont hinzogen. Für ihn gab es keinerlei Orientierungspunkte. Ein Hügel sah aus wie der andere. Insbesondere da sie alle unter Schnee begraben lagen.

Emerelle kniete nieder und zeichnete eine verschlungene Linie in das Weiß. »Wir stehen auf einem niederen Albenstern. Nur vier Pfade kreuzen sich hier. Das muss genügen.«

Eine Kälte, die tief aus seinem Inneren kam, erfasste Falrach. »Nur vier Albenpfade«, sagte er müde. Ihm war klar, dass sie nach dem, was in Feylanviek geschehen war, fliehen mussten. Aber warum hier? Es hatte einen Albenstern inmitten der Stadt gegeben. Einen sicheren Stern!

Emerelle blickte zu ihm auf und wartete auf seine Frage. Sie war so schön. So unglaublich schön. Die Jahrhunderte hatten ihr ebenso wenig etwas anzuhaben vermocht wie der schneidende Wind und das Schneetreiben. War eine Marmorstatue so lange den Elementen ausgesetzt, dann wurden ihre Züge weicher. Wind und Zeit schliffen harte Kanten rund. Bei Emerelle war das Gegenteil geschehen. Ihre Züge wirkten einprägsamer. Härter. Und doch war nichts von dem verschwunden, was ihn einst so sehr angezogen hatte. Noch immer konnte er sich in den Tiefen ihrer hellbraunen Augen verlieren. Sie wirkten unschuldig. Ihre Farbe erinnerte an das Fell eines Rehkitzes. Die gefallene Königin war zart, ja von zierlicher Gestalt. Das Haar trug sie offen. Es fiel in Wellen auf den weißen Umhang, der ihre Schultern bedeckte. Wer sie von Ferne sah, mochte sich in ihr täuschen ... Stand man ihr jedoch von Angesicht zu Angesicht gegenüber, dann spürte man jene Kraft, vor der einst sogar Drachen zurückgeschreckt waren. Sie war ungebrochen. Auch wenn sie ihre Krone verloren hatte.

»Warum nehmen wir diesen Weg?«

»Weil uns hier nur Narren folgen werden.«

Er rang sich ein Lächeln ab, obwohl ihm nicht danach zumute war. »Sind wir mehr als Narren, wenn wir versuchen, durch diesen Albenstern zu gehen?«

Auch um ihre Lippen spielte ein flüchtiges Lächeln. Doch ihre Augen blieben hart. »Wir werden es wissen, wenn wir unseren Weg gegangen sind. Nach einer Weile …«

Es war zum Verzweifeln mit ihr! Das war dasselbe Verhalten wie in Feylanviek! War ihr denn ganz gleich, was mit ihnen geschah? Musste sie das Schicksal herausfordern? War das alles, was das Leben ihr noch zu bieten hatte? Einen niederen Albenstern zu durchqueren, war ein unnötiges Risiko. Ein winziger Fehler mochte sie auf ihrer Reise durch das goldene Netz mehr als Hunderte von Meilen von hier fortführen. Und es bestand zudem die Gefahr, dass sie weit in der Zeit voranschritten. Ein Jahr, ein Jahrzehnt, ein Jahrhundert … Oft dauerte es eine Weile, bis man wusste, wie groß der Schaden war. Albensterne, an denen sich sieben Wege kreuzten, waren sicher. Je weniger Wege es wurden, desto größer war die Gefahr, sich zu verlieren. Jeder Fehler war unumkehrbar. Zeitsprünge führten stets nur in die Zukunft. Es gab keinen Weg mehr zurück.

»Vertrau mir.« Emerelle griff nach seiner Hand. »Ich bringe uns in Sicherheit. Nicht in Gefahr.«

»Und Feylanviek? Warum?«

»Ich musste wissen, ob sie es wirklich tun.«

Falrach sah auf die Hand, die ihn hielt. Die Hand, die ihr neu gewachsen war, obwohl dies gegen die Gesetze der Magie war. Kein Zauber konnte ein verlorenes Glied neu erschaffen. Nicht aus Fleisch und Blut.

»Ekelst du dich vor mir?« Emerelle zog ihre Hand zurück.

»Du hast dich so sehr verändert …« Nein, es war kein Ekel, den er empfand. Sie machte ihm Angst. Und zugleich war er ihr verfallen. »Dieses Blutbad … Früher hättest du nicht …«

»Ich musste ganz sicher wissen, dass sie die Strafe vollziehen.« Sie senkte den Blick. »Ich hätte Shandral bestrafen müssen. Das versäumt zu haben, ist unverzeihlich. Ich hatte es verdient …«

»Aber warum diese Morde? Wenn du allein Dalmag getötet hättest. Oder auch noch diesen Trollfürsten. Aber alle!«

»Sie alle waren dabei, als Unrecht gesprochen wurde. Und keiner hat gegen das Urteil Beschwerde erhoben. So haben sie selbst den Stab über sich gebrochen. Doch das war nicht ausschlaggebend für ihren Tod. Unter den Kobolden waren sieben, die gar nicht anwesend waren, als über uns verhandelt wurde. Sie hatten Pech. Sie waren zur falschen Zeit am falschen Ort.« Sie sagte all das ohne eine Spur des Bedauerns, aber auch ohne Zorn.

»Wir sind doch nicht besser als Dalmag und Gharub, wenn wir …«

»Darum geht es nicht, Falrach. Sie haben entschieden, den Schrecken zum Mittel ihrer Herrschaft zu machen. Dieser Schrecken musste auf sie zurückfallen.«

»Aber es hätte doch völlig genügt, Dalmag und Gharub zu bestrafen. Warum all die anderen?«

»Weil es so eine bessere Geschichte ist.«

Er sah sie fassungslos an. »Eine Geschichte?«

»Ja. Siebzehn tote Trolle und zweiundvierzig Kobolde. Davon wird man noch im entferntesten Winkel Albenmarks hören. Und genau deshalb musste es geschehen. All die Unterdrückten werden wieder hoffen können, denn sie wissen nun, dass der Schrecken auf die Tyrannen zurückfallen kann. Was glaubst du, wie viele Städte es gibt, in denen nun Kobolde und Trolle herrschen? Hundert? Zweihundert? Auch ich kann es dir nicht sagen. Und glaubst du, Shandral war der Einzige seiner Art? Es gab noch ein halbes Dutzend anderer gewissenloser Schurken. Was glaubst du, wie viele Kobolde noch eine Rechnung mit ihren alten Elfenfürsten zu begleichen haben? Einige halten sich an das Gesetz. Andere herrschen wie Dalmag und Gharub. Ihnen wird die Geschichte über das Massaker in

Feylanviek zu denken geben. Hätte ich nur Dalmag und Gharub getötet, dann würden all die anderen Tyrannen glauben, die beiden seien leichtfertig gewesen. Schlimmer noch, die Geschichte würde sich nicht mal verbreiten. So aber wissen alle Tyrannen, dass sie nicht einmal inmitten ihrer Leibwachen sicher sind. Ihr einziger Schutz besteht darin, gerechte Herrscher zu sein. Was vor drei Tagen geschah, wird künftig Hunderte Leben retten.«

Falrach vermochte sich der Logik dieser Worte nicht zu entziehen. Er war ein Spieler gewesen. Kühles Kalkül hatte ihm unzählige Siege eingebracht. Er war stets auch ein guter Rechner gewesen. Am Spieltisch! Wirkliche Leben hatte er noch nie gegeneinander aufgerechnet. »So also denken Königinnen«, sagte er schließlich.

»Früher hattest du eine romantische Ader. Ist sie dir völlig abhandengekommen, Falrach? Fahrende Ritter denken so. Sie bekämpfen das Böse, wo sie ihm begegnen.«

»Und sieben Kobolde, die nicht einmal anwesend waren, als wir verurteilt wurden? Was war ihr Verbrechen?«

Emerelle schüttelte ärgerlich den Kopf. »Du bist zu kleinlich.«

»Und du bist nicht mehr die fahrende Ritterin, die ich einmal kannte. Früher hättest du dir die Mühe gemacht, besser zu unterscheiden.«

Sie sah ihn auf eine Art an, die in ihm die Frage aufkeimen ließ, wie viel sein Leben wohl wert war, wenn er ihr widersprach.

»Gerade hast du wie Ollowain gesprochen«, sagte sie nach langem Schweigen. »Ich glaube, du bist auch nicht mehr der Falrach, den ich einmal kannte. Er hätte die Logik des Schreckens verstanden.«

»Etwas zu verstehen und etwas gutzuheißen, ist nicht dasselbe.«

»Haarspaltereien! Du weißt, dass ich Recht habe!«

Was er wusste, war, dass es sinnlos wäre, noch weiter mit ihr darüber zu reden. Vielleicht brauchte man diese

Halsstarrigkeit, um herrschen zu können. Die Gabe, unbeirrbar von sich und der Richtigkeit der eigenen Entscheidungen überzeugt zu sein. »Sind wir Narren, diesen Weg zu wählen?« Er deutete auf das Zeichen am Boden, das der stetig fallende Schnee bereits zu verwischen begann.

»Sehe ich aus wie eine Närrin?«

Ihre Worte wurden von einem Lächeln begleitet, für das Falrach ihr bis in eine Drachenhöhle gefolgt wäre. Er war ein Narr, daran konnte es keinen Zweifel geben. Ein verliebter Narr, der einem Traum hinterherlief, der vor mehr als tausend Jahren gestorben war.

»Was in Feylanviek geschah, wird sehr bald auch in Burg Elfenlicht bekannt sein. Die Trolle werden ihre besten Krieger, Fährtensucher und Schamanen schicken, um die Mörder von Gharub zu stellen. Tote Kobolde sind ihnen egal. Aber der Mord an einem Rudelführer wie Gharub stellt ihre Herrschaft infrage, wenn er ungesühnt bleibt. Sie werden große Anstrengungen unternehmen, um uns zu finden.«

Falrach konnte die Begeisterung nicht nachvollziehen, mit der Emerelle sprach. Er hätte sehr gut darauf verzichten können, ein Rudel von Kopfgeldjägern auf seinen Fersen zu haben.

»Sie werden Schwierigkeiten haben, unserer Spur im hohen Schnee zu folgen«, fuhr Emerelle fort. »Und sie werden davon ausgehen, dass wir durch einen der beiden großen Albensterne geflohen sind. Entweder durch den in Feylanviek oder den anderen, der nahe der Stadt liegt. Und sollten sie uns doch auf die Spur kommen und hierherfinden, dann werden ihre Schamanen zögern, uns auf diesem Weg zu folgen. Wie gesagt, nur Narren durchschreiten einen niederen Albenstern.«

»Warum sind wir keine Narren, wenn wir diesen Weg beschreiten?«

Emerelle holte einen kleinen, unscheinbaren Anhänger unter ihrem Gewand vor. Einen grauen Stein mit unregelmäßiger Oberfläche. Dünne Linien waren darin eingekerbt. Falrach hatte den Eindruck, dass rote Glut in ihm gefangen war. Manchmal schien sie durch ihn hindurchzuschimmern. Ein Albenstein! Jedes der großen Völker hatte von den Alben einen solchen Stein zum Geschenk erhalten, bevor sie die Welt verließen. Auch wenn er sich kaum von einem Stück Bruchstein am Wegesrand unterschied, barg er doch gewaltige magische Macht. Es hieß, man könne Zauber weben, die ganz Albenmark verändern mochten, wenn eine Kundige wie Emerelle mehrere solche Steine besaß.

Jetzt war Falrach klar, wie sie es vollbracht hatte, ihre Hand nachwachsen zu lassen. Mit Hilfe dieses Steins hätte sie wahrscheinlich ganz Feylanviek zerstören können.

»Wir werden nicht in Gefahr sein, wenn wir durch diesen Albenstern schreiten.« Emerelle legte ihre Linke flach auf den Schnee. Mit der Rechten hielt sie den Albenstein umfasst. Ihre Lippen formten uralte, befehlende Worte. Ein Faden blauen Lichts brach aus dem Schnee. Wie eine Schlange wiegte er sich vor und zurück. Ein smaragdgrüner Faden folgte. Sie woben sich tanzend umeinander. Eine rote und eine gelbe Lichtschlange folgten. Sie wölbten sich hoch empor zu einem Bogen, den ein Reiter hätte passieren können, ohne auch nur den Kopf neigen zu müssen. Als der Torbogen aus Licht vollendet war, verblasste der Blick auf die Landschaft dahinter. Stattdessen sah man einen leuchtend goldenen Weg, der durch die Finsternis führte.

»Komm!« Emerelle streckte ihm die Hand entgegen. Es war ihre Linke. Nicht jene neue, die durch die Macht des Albensteins gewachsen war.

Falrach nahm ihre Hand. Sie fühlte sich angenehm warm an. Sein Herz war voller Zweifel, aber dennoch folgte er ihr. Wohin brachte sie ihn?

Sie waren erst wenige Schritte gegangen, als sich vor ihnen auf dem Pfad ein neues Tor auftat. Gleißend helles Licht brannte sich in Falrachs Augen.

# AUSGESETZT

Adrien schreckte auf und brauchte einen Augenblick, um sich zu erinnern, wo er war. Ein klagender Ruf hatte ihn geweckt. Er war in dem Verhau des Lastkahns eingeschlafen. Und das Boot bewegte sich nicht mehr.

Hastig schlug er die Wolldecke zurück. Nebel lag über dem Fluss. Der Kahn war an einem felsigen Uferstreifen vertäut. Wieder zog der lange, klagende Ruf über das Wasser. Es war der Ruf des Eisvogels. Der Schiffer war gestern recht gesprächig gewesen für einen Toten. Er hatte von den Tieren am Fluss erzählt und vom Steinernen Wald. Aber Adrien vertraute ihm immer noch nicht. Auf der ganzen Reise hatte er den Alten weder schlafen noch essen oder trinken sehen. Und der Bettler vor der Scheune des *Silberstricks* war tot gewesen. Daran gab es keinen Zweifel.

Adrien wusste nicht, was für ein Geschöpf der Schiffer war. Nur eines konnte er mit Bestimmtheit sagen: Ein lebender Mensch war er nicht. Allerdings musste er einräumen, dass ihm der Schiffer bisher kein Leid zugefügt hatte. Ganz im Gegenteil. Er hatte ihm zu essen und einen warmen Platz gegeben, und so, wie die Dinge standen, hatte er wohl auch dafür gesorgt, dass Adriens Füße nicht erfroren waren.

Der Alte stand am Bug wie eine Statue. Reglos blickte er in den Nebel, der über dem Wasser trieb.

Adrien wagte es nicht, ihn zu stören. Er war sich sicher, dass der Schiffer gehört hatte, wie er die Wolldecke zurückgeschlagen hatte. Würde der Alte reden wollen, hätte er schon etwas gesagt.

Adrien streckte die Glieder. Sein Rücken schmerzte. Warum der Schiffer wohl keinen Strohsack in seinem Verschlag hatte? Eigentlich war das klar. Wenn man nie schlief, brauchte man solche Bequemlichkeiten nicht.

Der Junge blies die Kohlen in der Feuerschale an und kramte in dem Sack mit den Äpfeln. Es wäre schön, mal etwas anderes zu essen. Die Äpfel waren der einzige Proviant an Bord. Und die Würmer in den Äpfeln. Weiß der Henker, woher die Äpfel kamen oder wie lange sie schon in dem Sack lagen. Jedenfalls hatte sich niemand die Mühe gemacht, sie mit Bienenwachs einzureiben, um sie haltbarer zu machen. Oder auch nur die fauligen herauszusuchen. Es waren noch drei Äpfel übrig, die man ohne allzu großen Ekel essen konnte.

Adrien legte sie in einer Reihe neben die Feuerschale. Sie alle hatten braune Stellen, aber wenigstens waren keine Schimmelflecken darauf.

Eine der Planken knarrte. Der Junge blickte auf und erschrak bis ins Herz. Der Schiffer stand fast unmittelbar vor ihm. Wie hatte er so lautlos durch das Boot gehen können? »Deine Reise endet hier.«

Adrien wich ein Stück zurück, bis er die Schilfmatte des Verschlags im Rücken spürte und es kein Entkommen mehr gab. Wenn er wenigstens ein Messer hätte! Er hob die Fäuste. Er würde sich wehren, auch wenn es aussichtslos war.

Der Schiffer deutete über den Nebel hinweg zu einem nahen Berg. »Geh in diese Richtung und wenn du die weite Treppe findest, folge ihr, so gut du kannst. Sie wird dich zu Bruder Jules führen. Der Weg ist weit, und du solltest Jules besser vor Einbruch der Dunkelheit erreichen.« Der Alte trat zurück und kniete sich in der Mitte des Bootes nieder. Dort machte er sich an einer eisenbeschlagenen Kiste zu schaffen, die unter der Ruderbank gestanden hatte. Drei Schlösser musste er öffnen, um den Deckel zu heben.

Adrien sah ihm zu. Hier inmitten der Wildnis ausgesetzt zu sein, kam einem Todesurteil nahe. Wieder dachte er an die Geschichten über den Steinernen Wald. Wie sollte er bestehen, wo ein König mit einem ganzen Heer gescheitert war?

Der Alte zog ein Paar neuer Stiefel aus der Kiste und warf sie zu ihm herüber. »Die hat Jules für dich besorgt. Du solltest die Lappen um die Füße wickeln, sonst werden sie voller blutiger Blasen sein, bevor du auch nur den halben Weg geschafft hast. Nimm das Hemd dort hinten und zerreiß es.«

Adrien hob einen der Stiefel auf. Ehrfürchtig strich er über das polierte Leder. Die Stiefel waren neu. Sie wiesen nicht die kleinste Schramme auf. Man konnte noch den Leim riechen, den der Schuster verwendet hatte. Nie zuvor hatte er etwas besessen, das so kostbar wie diese Stiefel gewesen wäre.

Ohne auf den Ratschlag des Alten zu hören, rollte er die schmutzigen Hosenbeine auf, damit sie das Innenfutter nicht besudelten, und streifte die Stiefel über. Sie waren ein klein wenig zu weit. Aber wenn er sich Lumpen um die Füße wickelte, würden sie passen wie angegossen. Langsam fühlte er sich wie der Held eines Märchens. Das alles war ganz anders als das Leben, das er bisher gekannt hatte. Er stellte sich vor, dass er jeden Augenblick in einer Gasse in Nantour erwachen würde, den letzten Zipfel seiner Wurst in der Hand. Und alles war nur ein Traum.

»Du wirst das hier brauchen.« Der Schiffer holte aus einer Segeltuchrolle im Bug einen kurzen Speer mit breitem Stichblatt hervor. »Eine Saufeder. Hilft nicht nur gegen wilde Schweine.« Zum ersten Mal, seit sie einander begegnet waren, lächelte der Schiffer. Und Adrien überkamen Zweifel, ob er sich beim *Silberstrick* nicht doch geirrt hatte. Hatte er zu flüchtig hingesehen?

»Danke«, sagte er verlegen. Dann kauerte er sich ins Boot und zog die Stiefel wieder aus. Er nahm das Hemd. Wie der Alte es ihm geraten hatte, riss er es in Streifen. Sorgfältig wickelte er seine Füße ein.

Der Schiffer sah ihm schweigend dabei zu. Als Adrien fertig war, drückte ihm sein seltsamer Gefährte die Saufeder in die Hand. Die Waffe war schwer und kopflastig.

Adrien hatte einmal ein Messer besessen. Aber so etwas hier … Was erwartete ihn in den Bergen?

Das Stichblatt des Speers war sorgfältig eingefettet. Kein Rost zeigte sich auf dem Stahl, kein Stäubchen auf dem geölten Schaft. Der Junge blickte in den Nebel, der in weiten Bänken über dem Ufer lag. Der Lastkahn und sein Schiffer kamen ihm plötzlich wohlvertraut vor.

»Was ist da in den Bergen?«

Der Schiffer zuckte nur mit den Achseln. »Wer weiß das schon?« Er griff unter seinen Umhang und hielt Adrien eine angebissene Wurst hin. »Du wirst Hunger bekommen …« Wieder lächelte er. »Keine Sorge, ich hab nicht abgebissen.«

Adrien schämte sich plötzlich wegen der Art, wie er sich aufgeführt hatte. »Danke«, murmelte er verlegen.

Der Alte klopfte ihm auf die Schulter. »Geh jetzt!« Seine Stimme klang wieder hart und schnarrend.

Adrien stieg aus dem Lastkahn und watete durch das flache Wasser zum Ufer. Die Stiefel waren von hervorragender Qualität. Kein Tropfen Wasser drang an seine Füße.

Der Alte holte die Leine ein und stakte sein Boot zur Mitte des Flusses hin. Bald war er nur noch ein Schemen im Nebel. »Achte auf die Löwen, Junge! Und hüte dich vor den Wölfen!«

Adrien schob die Wurst hinter das Seil, mit dem er seine zerlumpte Hose zusammengebunden hatte. So konnte er die Saufeder mit beiden Händen fassen. Argwöhnisch sah er sich um. Noch war er allein. Vorsichtig, jedes unnötige Geräusch meidend, schlich er über den Uferstreifen.

Knochenbleiches Treibholz markierte die Hochwassermarke des Flusses. Dort begann das Dickicht. Adrien schob die Zweige mit dem Speer auseinander. Hier war es unmöglich, sich noch lautlos zu bewegen. Wenn etwas auf Beute lauerte, dann hatte es ihn nun gehört.

Er drückte sich um einen hausgroßen, grauen Felsen herum. Verwaschene Rußspuren zogen sich über den Stein.

Adrien blickte zu Boden. Hier war einmal eine Feuerstelle gewesen. Er erkannte den Steinkreis eines Lagerfeuers, halb unter Dornenranken verborgen. Holzkohlestückchen lagen im Geröll. Nur ein paar Schritt weiter fand er die nächste Feuerstelle. Dann noch eine. Bald hatte er mehr als ein Dutzend gefunden. In einer Felsmulde fand er einen einzelnen Eisenring aus einem Kettenhemd. Rost wucherte wie roter Schorf auf dem Metall und hatte die Mulde, in der der Ring lag, rot gefärbt.

Adrien hob den Ring auf und rieb ihn zwischen den Fingern. Das Metall unter dem Rost war fast schwarz. Die Zeit hatte es spröde werden lassen. Er legte den Ring zurück. Wie lange hatte er wohl in der Felsmulde gelegen ... Fünf Jahre? Zehn? Ein halbes Jahrhundert? Hier hatte also einmal eine Schar Bewaffneter gelagert. War es Cabezan mit seinem Heer gewesen? In den Geschichten, die Adrien kannte, war nicht die Rede davon, wie er in die Berge gelangt war. War er hier mit einer Flotte von Flussschiffen vor Anker gegangen? War dies der Ort, den er einst fluchtartig verlassen hatte?

Adriens Atem ging stockend. Er musste sich beherrschen! Es ging schon wieder los. Er hatte einfach zu viel Vorstellungskraft. Was immer geschehen war, es war eine Ewigkeit her. Wahrscheinlich hatten die Krieger hier zu einer Zeit gelagert, in der er noch nicht einmal geboren gewesen war. Jetzt gab es hier keine Gefahr mehr, redete er sich ein.

Mit einem klammen Gefühl strich er weiter durch das Dickicht. Bald erhoben sich erste Bäume über das Buschwerk, Birken und einzelne Pappeln. Dann folgten Eichen und Buchen. Leichter Wind strich über die kahlen Bäume hinweg. Der Nebel lichtete sich und zog in ausgefransten Bändern zwischen den dunklen Stämmen dahin. Es roch nach fauligem Laub und nasser Rinde.

Adrien verharrte. Da war ein fremder Laut! Er lauschte. Leise raschelten die Äste über ihm. Das Rauschen des Windes in den Bäumen klang beruhigend. Hatte er sich vielleicht getäuscht? Zögerlich ging er weiter. Das Laubpolster schluckte das Geräusch seiner Schritte. Da war es wieder! Ein leises Klirren irgendwo links vor ihm.

Was sollte er tun? Nicht darauf achten und weitergehen? War es klug, etwas Unbekanntes in seinem Rücken zu wissen? Wäre er in der Stadt und versuchte, ein Haus für einen Diebstahl auszuspähen, würde er ein solches Risiko nicht eingehen.

Adrien hielt den Atem an und lauschte. Das Geräusch kam mit dem Wind. Vorsichtig schlich er von Baum zu Baum. Etwas Helles, das aus dem welken Laub ragte, erweckte seine Aufmerksamkeit. Er kniete nieder. Ein Knochen. Er sah aus wie eine Rippe. Bissspuren deuteten auf Aasfresser hin. Sicher ein verendetes Tier! Die Wälder waren voller Tiere. Da musste es auch Knochen geben.

Und wo war der Rest des Kadavers?, meldete sich eine leise Stimme tief in ihm. Eine Stimme, die er nicht hören wollte! Irgendwelche Aasfresser hatten den Kadaver auseinandergerissen. Deshalb lagen die Knochen überall verteilt.

Die Rippe ist groß, raunte der Zweifler in ihm. Wildschweine sind auch groß! Er warf den Knochen fort. Was sollte hier schon sein!

Er hatte das Gefühl, dass es kälter geworden war. Der Wind war abgeflaut. Der Nebel wurde wieder dichter. Er war sich nicht mehr sicher, ob er noch in die Richtung ging, die ihm der Schiffer gezeigt hatte. Das fehlte gerade noch! Sich in einem Wald verlaufen, in dem es Wölfe und Löwen gab.

»Mach so weiter, dann werden deine Rippen demnächst hier im Laub vermodern.« Seine eigene Stimme zu hören, machte ihm ein wenig Mut. Er würde nicht länger herumtrödeln, sondern die Treppe suchen, von der der Schiffer gesprochen hatte.

Leise summte er ein Lied. Nur um sich nicht so allein zu fühlen. Man könnte es nicht weit hören. Die sanfte Brise war ganz eingeschlafen. Der Nebel wogte träge zwischen den Bäumen. Da lag ein dicker, halbrunder Stein im Laub. Nicht genauer hinsehen. Er ahnte, dass es kein Stein war …

Einfach weitergehen. Die Bäume wichen zurück. Der Boden stieg leicht an. Schroffe Felsblöcke ragten aus dem Laub. Auf manchen ringelten sich schlangengleich armdicke Wurzeln. Die Bäume, die hier wuchsen, schienen kein anderes Grün in ihrer Nähe zu dulden. Ihre Stämme waren so mächtig, dass drei Mann mit ausgestreckten Armen sie nicht hätten umfassen können. Das Astwerk griff weit in den Himmel hinauf. Das glaubte Adrien zumindest, denn der Nebel verschluckte die Kronen, so dass er wenig mehr als den Stamm und die untersten Zweige sah.

Etwas zerbrach mit scharfem Knacken unter seinem Fuß. Bestimmt nur ein Ast. Nicht hinsehen! Einfach weitergehen.

Adrien zog die Wurst aus seinem Gürtel. Ein voller Bauch war immer ein gutes Mittel gegen Furcht. Seine Gedanken wurden träger, wenn er ordentlich gegessen hatte. Und wenn ihn Wölfe oder Löwen erwischen sollten, dann sollten sie nicht auch noch die Wurst bekommen. Er grinste. Natürlich war das Unsinn. Aber es war genau die Sorte Unsinn, die ihm ein gutes Gefühl bereitete.

Mit weit ausholenden Schritten marschierte er bergan, stieg über Felsblöcke hinweg und balancierte auf dicken Wurzeln. Er scherte sich nicht mehr darum, ob ihn jemand hörte. Der Wald war nicht seine Welt. Fast sein ganzes Leben hatte er in Städten verbracht. Hier draußen in den Bergen könnte er sich nicht verstecken.

Ein senkrechter Abbruch versperrte ihm den Weg. Er war nicht hoch. Rechts und links von ihm verlor er sich im Nebel. Er könnte versuchen auszuweichen. Oder er könnte klettern. Schwarze Wurzeln liefen über den Fels. Es wäre nicht schwer, dort hinaufzukommen. Er warf die Saufeder nach oben. Seine Hände fanden schnell einen Halt. Ein Klimmzug, dann wäre er oben. Er griff über die Kante, doch er fand keinen Halt. Fluchend rutschte er ein Stück ab. Dann bekam er etwas Festes zu packen. Er zog sich hoch – und blickte auf einen Fuß mit langen weißen Krallen.

## SPUREN IM SCHNEE

Kadlin lag im Schnee. Der weiße Umhang ihres Gefährten war über sie beide ausgebreitet. Frisch gefallener Schnee verwischte die Konturen. Sie waren eins mit dem Schnee unter der gebeugten Kiefer. Kälte sickerte in ihre Glieder. Durch einen schmalen Spalt beobachtete sie die drei Trolle. Hatten sie ihre Fährte entdeckt? Oder war es Zufall, dass sie hier waren?

Ein Krampf im rechten Oberschenkel peinigte Kadlin. Doch sie blieb völlig reglos. Die Trolle redeten in ihrer lauten, knurrenden Sprache. Kadlin verstand kein Wort. Waren sie aufgeregt?

Zwei von ihnen trugen Keulen, der dritte mehrere einfache Speere mit im Feuer gehärteter Spitze. Sie hatten Felle um ihre Lenden geschlungen, ansonsten waren sie nackt. Ihre graue Haut glänzte in der Spätnachmittagssonne. Sie hatten sich mit Öl eingerieben. Warum froren sie nicht? Sie waren für die Kälte geschaffen! Kadlin erinnerte sich an ein Märchen, das ihr Kalf einmal erzählt hatte. In der Geschichte hieß es, die Götter hätten die Trolle aus Felsgestein erschaffen. Und so sahen sie auch aus. Die graue Haut erinnerte an Granit. Und ihre Glieder waren schwer und wuchtig.

Sie dachte an die Worte Lambis. Würden die Trolle in das Fjordland einfallen, wenn sie entdeckt wurde? Mochte ihre Reise zum Grund für einen neuen Krieg werden? War es töricht, was sie tat?

Die Trolle wanderten nach Norden. Nach einer Weile waren sie hinter einem Hügelkamm verschwunden. Kadlin begannen die Zähne zu klappern. Zu lange hatten sie im Schnee gelegen. Tauwasser war durch die Nähte ihres Wamses gedrungen. Sie wollte aufstehen, ihre kalten Glieder strecken, doch ihr Gefährte hielt sie mit festem Griff zurück.

»Warte«, hauchte er in ihr Ohr. Seine Stimme hatte einen eigenartigen Akzent. Das Elfische war seine Muttersprache, und es verlieh jedem fjordländischen Wort, das über seine Lippen kam, einen angenehm melodischen Unterton.

»Ich erfriere«, zischte sie.

»Das tust du nicht. Dann würdest du einfach in meinem Arm einschlafen, statt herumzujammern.«

Sie presste die Lippen zusammen. Herumjammern! Das hatte ihr noch keiner gesagt. Eingebildeter Mistkerl. Jammern! Vielleicht war sie ein klein wenig jähzornig. Sie schien das heiße Blut ihres Großvaters geerbt zu haben. Genauso wie dessen rote Haare. Aber Jammern? Es war verdammt kalt! Sie verkniff sich eine Erwiderung. Schweigend lagen sie im Schnee und sahen zu, wie die Sonne langsam den Bergen entgegensank.

Endlich schlug er den Umhang zurück. Er war steif wie ein Brett gefroren. Ihr Halbbruder erhob sich mit geschmeidiger Anmut. Man mochte meinen, er habe in einem warmen Bett gelegen. Sie hingegen stemmte sich mit den Händen hoch. All ihre Glieder schmerzten. Der Krampf flammte erneut auf. Sie ballte die Fäuste. Sie wollte sich nichts anmerken lassen. Melvyn war älter als sie, ein paar Jahre nur. Man sah es ihm nicht an. Sein Gesicht war schmal, fein geschnitten und hatte doch etwas Wildes und Verwegenes. Das zerzauste blonde Haar hatte er mit einem Lederriemen im Nacken zusammengebunden. Den Ohren nach war er ein Mensch. Sie waren gerundet und nicht lang und spitz wie bei den Elfen oder Kobolden. Seine Augen aber verrieten, dass er alles andere als menschlich war. Sie waren von kaltem Blau. Die Iris umgeben von einem schmalen, schwarzen Rand. Es waren Wolfsaugen. Genau wie die Augen seiner Mutter Silwyna, der Maurawani, die Kadlin und ihre Schwester so oft in den Bergen besucht hatte. Damals, in jener goldenen Zeit, als Asla und Kalf noch lebten und sie die beiden für ihre Eltern hielt.

»Kannst du weiter?«

Melvyn klang ein wenig besorgt, und das versöhnte Kadlin mit ihm. Ihr wilder Bruder! Seine Bekleidung war fast so unzulänglich wie die der Trolle. Statt einer Hose trug er einen langen Lendenschurz aus einem roten Tuch, das aussah, als sei es noch nie gewaschen worden. Speckige, abgewetzte Stiefel waren sein einziges Zugeständnis an den Winterfrost. Ein schmuddeliges ledernes Jagdhemd rundete seine Erscheinung ab. Gut, dass er bei Nacht zu ihr gekommen war. Allein sein Aussehen hätte in Firnstayn schon für endloses Gerede gesorgt. Allerdings hatte er etwas an sich, das Frauenherzen schmelzen ließ. Sein freches Lächeln, die unheimlichen Wolfsaugen. Und dazu sein Geruch. Er hatte den Duft des Winterwaldes in ihre Hütte getragen. Ein wenig roch er auch nach Vogel.

Melvyn schien abgesehen von einem Jagdmesser an seinem Gürtel unbewaffnet zu sein. Aber sie wusste, was sich unter seinem Jagdhemd verbarg. Dort, wo seine Unterarme so unnatürlich dick erschienen. Er hatte etwas Animalisches an sich. Selbst wenn die Wolfsaugen nicht wären, würde er an ein Raubtier erinnern.

»Frierst du nicht?«

Da war es wieder, dieses freche Lächeln. »Doch, wenn es wirklich kalt ist, so wie in meiner Heimat. Das hier ist für mich wie ein lauer Frühlingstag.«

Verdammter Aufschneider, dachte sie. Es war unmöglich, dass ihm die Kälte nichts ausmachte. Oder schützte ihn vielleicht ein Zauber?

Sie nahm ihren Bogen auf und klopfte sich den Schnee aus den Kleidern. Sie musste sich bewegen, dann würde ihr schon wieder warm werden! Abends würde sie ein Feuer brauchen, um ihre Kleider zu trocknen. Sonst würde die Kälte sie töten. Aber bis Sonnenuntergang hielt sie schon noch aus.

»Lass uns dorthin gehen.« Er deutete in die Richtung, aus der die Trolle gekommen waren.

Sie seufzte. »Dann gehen wir wieder zurück! Warum?«

Statt zu antworten, ging er einfach los. Sie beneidete ihn um seinen scheinbar schwerelosen Schritt. Er sank kein einziges Mal im Schnee ein. Sie hingegen hinterließ trotz aller Vorsicht eine deutliche Fährte.

Manchmal eilte er ein Stück zurück und verwischte ihre Spur. Auch darin war er meisterlich! Neben ihm kam sie sich hier draußen in der Wildnis wie ein hilfloses Mädchen vor. Dabei war auch sie eine erfahrene Jägerin. Aber sie war nun einmal keine Elfe!

Die Sonne war verschwunden, doch das letzte Abendlicht reichte, um überdeutlich zu zeigen, woher die Trolle gekommen waren. Vielleicht Hundert Schritt vor ihnen lag ein verendetes Rentier auf einem weiten Schneefeld. Es war viel zu hoch in den Bergen. Hierher kamen sonst keine Rentiere. Nicht, solange es Winter war!

Melvyn folgte den Spuren der Trolle und sie folgte ihm. Rings um den Kadaver war der Schnee rot von frisch vergossenem Blut. Etwas stimmte dort nicht. Kadlin beschlich ein unbestimmtes Gefühl.

Endlich hatte sie zu Melvyn aufgeschlossen. Der Kadaver des Rentiers war aufgebrochen. Der größte Teil der Innereien fehlte. Fleischbrocken waren aus den Flanken gerissen. Es war ein mächtiger Bulle. Kein altes und gebrechliches Tier, wie es für gewöhnlich zur Beute wurde.

Was hatte er hier oben getan? Kadlin betrachtete die Fährten der Trolle. Sie hatten eine tiefe Furche in den Schnee gepflügt.

»Siehst du es?«, fragte Melvyn leise.

Ihr wurde die Kehle eng. Sie brachte kein Wort hervor. Nur ein Nicken. Es gab keine Fährte des Rentiers. Es schien aus dem Nichts hierhergekommen zu sein.

Ihr Halbbruder blickte zum dunklen Himmel hinauf. Schneeflocken tanzten im Wind.

Kadlin versuchte in den Spuren der Trolle zu lesen. Sie hatten das tote Rentier nicht angerührt.

»Es hat ihnen Angst gemacht«, sagte Melvyn.

Mir macht es auch Angst, dachte Kadlin. Aber sie schwieg. Auch sie blickte in den Himmel. Lag dort die Antwort? Etwas regte sich in ihr. Erschrocken griff sie nach ihrem Bauch. Sie spürte eine Berührung. Einen Tritt? Es war das erste Mal ... So lange hatte sie darauf gewartet. Hatte in sich hineingelauscht und mit ihren Ängsten gekämpft. Und ausgerechnet jetzt regte es sich.

»Alles in Ordnung?«

Sie nickte. Sie hatte Melvyn nichts davon gesagt. Sie war besessen von der Idee, Alfadas zurückzuholen. Ihren Vater, den das Schicksal ihr lange vor der Zeit geraubt hatte. Sie musste es schaffen. Entschlossen blickte sie nach Norden. »Gehen wir!« Sie wollte nicht wissen, wie das Rentier gestorben war. Wollte nicht darüber nachdenken, was außer Trollen noch in den Bergen lauern mochte. Sie hielt die Hand auf dem Bauch und kämpfte sich durch den Schnee, ohne noch einmal zu dem Kadaver zurückzublicken.

## SPURENLESER

Skanga betastete das kleine Klümpchen, das sie am Boden gefunden hatte. War es ein Finger oder ein Zeh? Auf jeden Fall gehörte es zu einem Kobold. Sie roch daran und dachte, dass sie schon viel zu lange nichts mehr gegessen hatte. Sie konnte die Angst spüren, das letzte starke Gefühl, das den ehemaligen Besitzer des Körperglieds durchfahren hatte. Angst tränkte den ganzen Saal. Sie war mit dem Blut in die hölzernen Bodendielen gesickert. Welch ein Massaker! Die Leichen waren leider schon fortgeschafft, aber das Blut hatte noch niemand abgewaschen. Sie spürte es mit all ihren Sinnen, auch wenn sie es nicht sehen konnte. Die Ratskammer war ein Ort des Schreckens geworden. Es war nicht nur das Entsetzen der Gemordeten. Auch der Schrecken derjenigen, die später hier gewesen waren und das Blutbad gesehen hatten, hatte die Aura dieses Saals auf ewig verändert. Wer immer hier in Zukunft zusammenkam, würde eine Beklommenheit verspüren, selbst wenn er nicht um die unselige Geschichte der Kammer wusste. Vermutlich wäre es das Klügste, das ganze Haus niederzubrennen.

»Das Blut ist sogar bis an die Decke gespritzt«, flüsterte Birga ihr ins Ohr.

In der Stimme ihrer Schülerin schwang Ehrfurcht. Sie mochte es, Gefangene zu befragen, und war dabei alles andere als zimperlich. Vor allem, wenn Elfen ihre Opfer waren. Es gehörte einiges dazu, sie zu beeindrucken.

»Wie viele waren es?« Skanga legte den Kopf in den Nacken. Die Blutspuren an der Decke waren nicht ausgeprägt genug. Sie konnte sie mit ihren Sinnen nicht wahrnehmen.

»Nur zwei«, sagte Madra, der Überlebende. Eigentlich hätte auch er hier unter den Toten liegen sollen. Dass Gharub ihn mit einem schwachsinnigen Auftrag zu einem Außenposten vor der Stadt geschickt hatte, hatte ihm das Leben gerettet.

»Wie kommst du darauf?«, herrschte Birga ihn an. »Nicht einmal Ollowain hätte so etwas vermocht.«

»Die Stiefelabdrücke im Blut. Sie unterscheiden sich deutlich von den Spuren der Trolle und Kobolde. Die beiden hatten unterschiedlich große Füße. Das Weibchen bewegte sich mit der Gewandtheit einer Tänzerin. Ihr Gefährte war unbeholfener …«

Skanga hörte die hölzernen Dielen knarren. Madra ging auf und ab, und nicht einmal die nichtsnutzige Birga wagte es, ihn zu stören. Endlich verharrte er wieder. »Der Krieger war nur anfangs zögerlich. Dann stand er dem Weibchen in nichts mehr nach.«

»Woran siehst du, dass es ein Krieger und ein Weibchen waren?«, fragte Birga.

»Ich vermute es nur. Die beiden gefangenen Elfen aus dem Kerker haben sich gewaltsam befreit. Ein Elf und eine Elfe. Das Weibchen hieß Nandalee. Der Krieger hat seinen Namen, glaube ich, nicht genannt. Die Stiefelabdrücke passen zu ihnen. Das Weibchen war klein und zierlich. Und auch einer der Mörder hier trug sehr schmale Stiefel.«

Skanga tastete nach dem Albenstein, den sie unter ihren Amuletten verborgen trug. Die glatte Oberfläche zu spüren, beruhigte sie. Es war kein Zauber in dieser Kammer gewirkt worden. Die beiden Elfen hatten keine Magie nötig gehabt, um zu siegen.

»Beschreibe mir einmal das Weibchen, Madra.«

Der Trollkrieger war ein guter Beobachter. Selbst an den Geruch der Elfe konnte er sich erinnern. Bald war Skanga klar, wen dieser dämliche Kobold auf der Straße am Kanal aufgegriffen hatte. Was die Schamanin nicht verstehen konnte, war, warum Emerelle dieses merkwürdige Spiel trieb. Warum hatte sie sich die Hand zerquetschen lassen? Sie wäre gewiss zu jedem beliebigen Augenblick in der Lage gewesen, sämtliche Wachen niederzumachen. War das der Beginn eines neuen Krieges um den Thron von Albenmark? Sie hatte erleichtert gewirkt, als sie Burg Elfenlicht verließ. Hatte sie ihre Meinung so schnell geändert? Oder war das hier nur einer Laune der Elfenkönigin entsprungen? So lange schlug Skanga sich nun schon mit Elfen herum. Aber jedes Mal, wenn sie glaubte, sie würde endlich verstehen, was in ihren zerbrechlichen kleinen Köpfen vor sich ging, überraschten die Spitzohren sie aufs Neue. Sie waren mit Abstand das grausamste Volk Albenmarks, auch wenn sie diese Neigung nur selten so offen auslebten, wie es hier in dieser Kammer geschehen war.

Ein leises Hüsteln riss die Schamanin aus ihren Gedanken. »Schwester Skanga? Wenn du mir einen Augenblick deiner geschätzten Aufmerksamkeit schenken könntest, würde ich dich gerne auf etwas hinweisen, was, so glaube ich, die Interessen des Volkes berührt.«

Skanga drehte sich um. Nikodemus Glops hatte die Angewohnheit, so dicht hinter ihr zu stehen, dass ein Furz von ihr ihm gewiss den Atem nehmen würde. Der Lutin war ein Speichellecker und Schmeichler. Sie konnte ihn nicht leiden. Aber sie wusste, sie würde ihn noch brauchen. Allein seine gestelzte Art zu reden ärgerte sie schon. Was taugte Sprache, wenn man sie dazu benutzte, um zu verschleiern, was man sagen wollte! Und diese Unsitte der Kobolde um Elija Glops, jeden mit *Bruder* oder *Schwester* anzureden ... Wie konnte ein Kobold, der kaum halb bis zu ihrem Knie reichte, sich anmaßen, sie Schwester zu nennen? Die Rotmützen waren völlig verrückt geworden. Sie erzählten jedem, alle Kinder Albenmarks seien gleich. Blanker Unsinn!

»Was willst du?«

»Es ist sicherlich von größter Bedeutung, in den Spuren auf dem Boden zu lesen ... Eine Kunst, in der ich leider unerfahren wie ein Kind bin, aber ich dachte mir, es könnte vielleicht weiterhelfen, darauf hinzuweisen, dass etwas mit Blut an die Wand geschrieben wurde. Es ist nicht sehr ordentlich ausgeführt ... Wahrscheinlich hat man einen abgetrennten Arm oder etwas Ähnliches zum Schreiben benutzt. Unter den ganzen Blutspritzern kann man es leicht übersehen ...«

Skanga überhörte nicht, dass der Lutin sich über sie lustig machte. Er war der Einzige in der Kammer, der lesen konnte. Und er war sich dessen sehr bewusst, auch wenn er versuchte, seinen Spott hinter schmeichlerischen Worten zu verbergen. »Was steht da?«

»*Wer durch das Schwert herrscht, wird durch das Schwert fallen.* Auf Elfisch hört sich das etwas poetischer an als in der Übersetzung.«

Skanga sah ihn genau an. In seiner Aura fehlte die Farbe der Angst. War er so selbstsicher oder so dumm, dass er glaubte, er könne sie ungestraft reizen? Die Lutin unterschieden sich von den anderen Koboldvölkern. Sie waren rastlose Wanderer. Niemand mochte sie lange um sich haben. Selbst bei anderen Kobolden galten sie als Lügner und Diebe. Skanga nahm ihn, wie alle anderen Lebewesen auch, nur als einen verschwommenen Schatten wahr, umgeben von einer Aura aus sanft pulsierendem Licht. An den Farben der Aura konnte sie seine Stimmungen ablesen. Was die Gefühle anderer anging, war sie sich sicherer als jeder Sehende. Selbst feinste Veränderungen der Stimmungslage waren deutlich an der Aura abzulesen.

Je länger sie Nikodemus betrachtete, desto deutlicher wurde das Blau. Er war also doch nicht gegen Angst gefeit!

»Was, glaubst du, wollen die Elfen uns damit sagen?«

Es war totenstill in der weiten Kammer. Der muffige Geruch von vor Tagen vergossenem Blut hing schwer in der Luft. Es war kühl. Das Blau gewann weiter an Kraft in der Aura des Lutin. Skanga konnte riechen, wie er schwitzte.

»Elija sagt, dass die alten Herrscher sich niemals damit abfinden werden, dass das Volk sie aus den Palästen vertrieben hat. Alles, was bisher geschah, war nur ein lauer Wind. Wir müssen einen Sturm heraufbeschwören, der sie für immer hinwegfegt. Einen Sturm, der ein Volk von einigen Brüdern zurücklässt …«

»Genug! Ich will nicht wissen, was dein Bruder denkt. Hast du eine eigene Meinung?«

»Ich denke, es ist die Tat von Konterrevolutionären. Sie wollen unsere Herrschaft erschüttern, bevor sie sich festigt. Sie wollen zeigen, dass sie noch da sind, auch wenn nun Trolle und Kobolde auf den Elfenthronen sitzen. Wir müssen diese Flamme ersticken, bevor sie zu einem Brand wird, den wir nicht mehr beherrschen können.«

Die Schamanin hatte noch immer das Gefühl, durch Nikodemus die Stimme seines Bruders Elija zu hören. Doch wenn Nikodemus eine wirre Auswahl von Sätzen aus den aufwühlenden Reden seines Bruders wiederholte, war es, als blicke man auf ein nacktes Skelett. Alles Fleisch fehlte. Er hatte nicht die unheimliche Begabung, die Elija bis in den Schatten hinter den Thron gebracht hatte.

Skanga kratzte sich grübelnd an der Nase. Ihm zuzuhören war, als blicke man auf ein Knochenorakel. Es galt, in dem Durcheinander ein Muster zu finden. Die Wahrheit, die sich hinter den Phrasen verbarg. Skanga glaubte nicht, dass Emerelle ihren Thron zurückwollte. Nicht so schnell. Wollte sie Unruhe stiften?

»Was glaubst du, wohin die Elfen geflohen sind?«

Ihr freundlicher Tonfall ließ das Blau der Angst in seiner Aura verblassen. Wie die meisten Lutin hatte er Freude daran, sich schwatzen zu hören. »Sie ist eine Elfe. Sie ist schlau. Sie wird wissen, dass wir von ihr erwarten, nicht das Naheliegende zu tun. Und weil sie das weiß, wird sie sich ganz sicher fühlen, wenn sie es doch tut. Naheliegend wäre es, einen etwas entfernteren Albenstern zu benutzen. Und da sie auch arrogant ist, wird sie außerdem noch …«

Skanga räusperte sich. Einem Lutin länger als einige Augenblicke zuzuhören, bereitete ihr Kopfschmerzen. »Du glaubst, du weißt also, wohin sie geflohen ist?«

»Nein, nein. Das sage ich nicht. Ich weiß nicht, wohin sie geht, aber ich denke, ich weiß, welchen Weg sie nimmt. Sehr schön …«

»Dann wirst du dich gemeinsam mit Madra auf den Weg machen und diese beiden Elfen suchen. Wenn ihr sie gefunden habt, dann werdet ihr sie unauffällig beobachten.«

»Wie soll ich mit einem mehr als drei Schritt großen Troll zwei Elfen unauffällig beobachten?«

»Betrachte es als eine Herausforderung«, entgegnete Skanga gehässig. »Und noch was. Du solltest Madra nicht reizen. Er wirkt sehr ruhig, aber ich habe gehört, dass er einmal einem Schwarzbären alle Glieder ausgekugelt hat, weil er an einen Beerenstrauch gepinkelt hat, von dem er gerne naschte.«

Ein schlammfarbenes Braun zog sich durch die Aura des Lutin. Offenbar wollte er Skangas Worte für einen Scherz halten! Er musterte Madra. Und Zweifel überkamen ihn.

»Ist es klug, ihn zu schicken?«, flüsterte ihr Birga ins Ohr. »Ich denke, sein Bruder würde es nicht schätzen, wenn ihm etwas zustößt. Und Elija hat sehr viel Einfluss unter den Kobolden.«

»Überlass das Denken den Mammuts, die haben einen größeren Kopf!« Sie wollte, dass ihm etwas zustieß! Sollte Nikodemus es schaffen, Emerelle zu finden, dann würde er sich gewiss nicht unauffällig verhalten. Und wenn die Elfe sich dazu hinreißen ließ, ihm etwas anzutun, dann hätte sie sich Elija Glops zum Feind gemacht. Elija war rachsüchtig, er würde Emerelle finden. Und er wäre im Gegensatz zu seinem Bruder eine wirkliche Gefahr!

Skanga tastete über ihre Amulette. Es dauerte ein wenig, bis sie den Lamassuknochen mit den Federschnitzereien fand. Sie drückte ihn Madra in die Hand. »Wenn ihr die Elfen aufspürt und wenn du das Gefühl hast, ein weiteres Gemetzel wie hier in Feylanviek steht bevor, dann wirf diesen Knochen fort. Er wird zu mir finden und mir den Weg zu euch weisen.«

Madra nahm den Knochen mit spitzen Fingern. Magie war ihm augenscheinlich unheimlich. Zugleich strahlte seine Aura in klarem Gelb. Er war ein Jäger, und er war zuversichtlich, seiner Aufgabe gewachsen zu sein. Kurz überlegte Skanga, ob es besser wäre, ihm zu sagen, wen er jagte. Doch das würde ihn nur verunsichern. Sie deutete mit weit ausholender Geste auf den blutbesudelten Holzboden. »Wenn ihr die beiden Elfen findet, beobachtet sie nur. Versucht nicht, sie zu stellen. Ihr beide wisst, wozu sie fähig sind.«

## DAS VERBRANNTE LAND

Dem gleißenden Licht folgte eine Hitze, die Falrach im ersten Augenblick den Atem nahm. Blinzelnd sah er sich um. Aus den Augenwinkeln sah er den Bogen aus pulsierendem Licht in sich zusammensinken, durch den sie dieses fremde Land betreten hatten. Vor ihnen erstreckte sich eine sanft abfallende Ebene. Es war ein trostloses, sonnenverbranntes Land. Einzelne Felsbrocken erhoben sich aus rötlichem Geröll. Tiefe Furchen ausgetrockneter Wasserläufe durchzogen in weiten Abständen die Ebene. Verkrüppelte, kleine Büsche, an denen kaum Blätter gediehen, und braunes, sonnenverbranntes Gras, das hier und da im Geröll spross, bildeten den einzigen Bewuchs.

Die Luft erzitterte in der Hitze. Ein wenig entfernt schien sie wie geschmolzenes Glas über die Felsen dahinzufließen.

Falrach streifte seinen Umhang ab und dann die gefütterte braune Weste. Er hatte die Kälte des Windlands gehasst, aber das hier war um keinen Deut besser. Schon stand ihm Schweiß auf der Stirn. Wieder einmal fühlte er sich gefangen in Ollowains Körper, den Mächten der Natur gegenüber hilflos wie ein Kind.

»Wo sind wir?«

Emerelle machte einen melancholischen Eindruck. Sie blickte über die Ebene zum Horizont, und er hatte den

Eindruck, dass sie etwas sah, das seinen Augen verborgen blieb. »Früher einmal, als noch die Drachen herrschten, hieß dieses Land Bainne Tyr. Milchland. Es war eine wunderschöne grüne Ebene. Elfen und Pegasi lebten hier.«

Falrach wischte sich über die schweißnasse Stirn. »Warum sind wir hier? Wir hätten überall hingehen können … Warum musste es eine Wüste sein?«

»Es gibt hier nur sehr wenige Albensterne. Sie liegen Hunderte Meilen voneinander entfernt. Es verirren sich keine Reisenden hierher. Es gibt keine Städte. Keine Elfen und keine Trolle. Hier wird uns niemand aufspüren. Hier werden wir Frieden finden. Dieser Ort ist besser für uns als die Snaiwamark oder das Herzland. Wenn wir wollen, gibt es nur uns, Falrach. Es ist an der Zeit, ganz von vorne zu beginnen.« Ein verheißungsvolles Lächeln begleitete ihre Worte.

Er hatte gehört, dass manche Emerelle die Königin der tausend Gesichter nannten. Durfte er wirklich hoffen, dass ihre Liebe zu ihm doch nicht ganz erloschen war? Konnte sie ein ganzes Zeitalter vergessen und Ollowain hinter sich lassen? Er drehte sich langsam um die eigene Achse und suchte nach einem Ort, um der Hitze zu entfliehen. Weit im Westen zeichneten sich die Umrisse von Bergen blau gegen den Horizont ab.

Ein bunter Fleck sprang ihm ins Auge. Ein Felsblock, vielleicht dreißig Schritt entfernt, war bemalt. Verwittertes Weiß und strahlendes Rot schmückten die Felsflanke. Inmitten der trostlosen Landschaft mit ihren staubigen Braun- und Rottönen wirkten die frischeren Farben anziehend. Falrach ging zu dem Felsen. Hinter sich hörte er Emerelles Schritte.

Auf den Stein waren merkwürdige Symbole gemalt. Kreise mit Kreuzen, krumme Runenzeichen, wie er sie noch nie zuvor gesehen hatte. Dazwischen waren weiße und rote Gestalten abgebildet, die tanzten, auf dem Feld arbeiteten oder auf die Jagd nach Drachen zogen.

Falrach atmete schwer aus. Drachen! Eines war gewiss. Diese Zeichnung war nicht viele Jahrhunderte alt. Und es war noch nicht sehr lange her, dass jemand hier gewesen war, denn am Fuß des Felsens standen geflochtene Schalen mit Maiskolben darin und ein halbes Dutzend blassorangefarbener Kürbisflaschen. Er hatte das Gefühl, das alles verzehrende Feuer wieder auf seiner Haut zu spüren, das ihm das Leben genommen hatte. Drachen! War dieser Fluch denn immer noch nicht gebannt?

Emerelle trat an seine Seite. Sie nahm sanft seine Hand. »Das sind Kobolde. Sie jagen die Echsen in den Bergen. Sonst gibt es hier nicht sehr viel Wild.«

Hatte sie seine Gedanken von seinem Gesicht abgelesen? »Große Echsen …« Er sagte das langsam und gedehnt. Man könnte Drachen auch große Echsen nennen!

»Sollen wir einen anderen Ort suchen?«

Falrach straffte sich. Wunderbar, jetzt hielt sie ihn auch noch für einen Feigling! »Wie kommst du darauf, dass ich vor ein paar Echsen Angst hätte?« Seine Stimme hätte leicht und unbeschwert klingen sollen. Das war ihm gründlich missglückt.

»Du bist mein Ritter, Falrach. Ich glaube, deiner Seele ist es bestimmt, mich zu retten. Du hast das mehr als einmal bewiesen. Es ist dein Schicksal. Dein Mut steht außer Frage. Ebenso wie deine Liebe!« Sie drückte seine Hand ein wenig fester.

Jetzt hätte sie ihn küssen sollen. Oder er sie … Aber er konnte es nicht, nicht mehr. Sie waren kein Liebespaar mehr. Doch vielleicht konnten sie es wieder werden. Sie wollte von vorne beginnen. Sein Blick schweifte über die Einöde. Nichts würde sie hier stören.

Er kniete vor ihr nieder. »Lass mich dein Ritter sein, so wie Ollowain es war.«

»Ollowain ist tot«, sagte sie ernst. »Du bist Falrach, mein Feldherr in hoffnungslosem Kampf, und der Ritter, der sein Leben aus Liebe für mich gab. Lass uns beide diese Liebe wiederfinden und alles Vergangene vergessen.« Sie beugte sich vor und küsste ihn scheu auf die Stirn. So wie ein junges Mädchen, dem zum ersten Mal die Liebe begegnete.

Er schloss die Augen. Die drückende Hitze und das karge Land waren vergessen.

Viel zu schnell war der Augenblick verflogen. Emerelle kniete sich nieder. Doch sie beachtete ihn gar nicht mehr. Sie schob zwei Schalen mit Maiskolben zur Seite. Dazwischen lag, halb im Geröll vergraben, etwas Weißes. Ein Knochen, dachte Falrach, bis sie es hervorzog. Sie hielt einen dolchlangen, leicht nach innen gekrümmten Reißzahn in der Hand. Einen Drachenzahn!

»Die Kobolde spüren die Magie dieses Ortes«, sagte Emerelle. »Der Zahn hat nichts zu bedeuten! Er ist schon sehr alt.«

Sie sprach zu hastig. Wieder betrachtete er die Bilder der Echsen. Wem waren die Opfergaben dargebracht worden? Sie schienen noch nicht sehr lange hier zu liegen.

## EIN KLIRREN IM WIND

Der Schreck dauerte nur einen Augenblick. Der mächtige Fuß mit den weißen Krallen gehörte zu einer Statue. Ein Löwe, vermutete Adrien. Nicht, dass er so ein Vieh schon mal gesehen hätte. Aber er kannte Löwenstatuen. Wenn auch nicht solche. Er legte den Kopf in den Nacken. Moos wucherte in der Mähne. Schmutzschlieren liefen über den weißen Stein, aus dem der Löwe geschlagen war. Das Maul der Bestie war weit aufgerissen. Ein Vogel hatte darin sein Nest gebaut. Die meisten Reißzähne der marmornen Bestie waren abgebrochen. Auch der Rücken des Löwen war beschädigt. Es sah aus, als hätte man dort etwas abgeschlagen und die steinernen Wundmale nur grob geglättet.

Adrien bückte sich nach der Saufeder. Was für eine Verschwendung, so eine prächtige Statue mitten in den Wald zu stellen. Sie würde sich gut auf dem Heumarkt von Nantour machen. Bestimmt würden viele Reisende kommen, um sich den größten Löwen Fargons anzuschauen.

Er tippte mit dem Speerschaft gegen den Krallenfuß. »Mach's gut, Alter. Ich werde dich nicht länger bei deiner Wacht stören.«

Hinter dem Löwen war der Waldboden erstaunlich eben, wenn man einmal von den Wurzeln absah. Adrien hielt inne. Etwas stimmte nicht mit den Wurzeln! Weiter unten waren sie kreuz und quer durcheinandergelaufen. Hier aber wirkten sie geordnet. Auch hatten sie eine andere Farbe. Sie waren heller. Silbergrau, mit Moosflecken gesprenkelt. Sie alle schienen einem Ort vor ihm im Nebel zuzustreben.

Er fasste seine Saufeder fester. Da war wieder das Klirren. Ganz nah. Das Geräusch kam ihm vertraut vor. Er hatte es auch in der Stadt schon gehört. Was war dort?

Ein leichter Luftzug ließ den Nebel in Spiralen über die Wurzeln tanzen. Schließlich siegte seine Neugier. Und dann fiel es ihm ein. So klirrten Ketten. Die Ketten der Wirtshausschilder in der Stadt. Oder die Kette am Henkersgerüst auf dem Fischmarkt, an die man den großen eisernen Käfig mit den grässlichen Dornen an den Bodenstangen hängte. Dornen, die es unmöglich machten, sich zu setzen oder auch nur einen Fuß auf die Stangen zu stellen. Wer in den Käfig kam, der versuchte sich an dem Gestänge über seinem Kopf festzuhalten oder auch an den Seitenstangen. Manche Verurteilte hielten das ziemlich lange durch.

Wer hatte wohl Ketten in den Wald gebracht? Vielleicht gehörten sie zu einem Flaschenzug, den die Krieger Cabezans aufgestellt hatten? Vielleicht gab es da vorne im Nebel noch einen steinernen Löwen? Einen, dem die Zähne nicht abgebrochen waren und den der König für seinen Palast hatte haben wollen.

Adrien bemerkte, dass viele kleine Höhlen unter die dicke Wurzel gegraben waren. Mäuse! Dass es an einem so eigentümlichen Ort so viele Mäuse wie in einem Kornspeicher gab, erleichterte ihn. Mäuse waren vorsichtig. Wenn hier eine Gefahr lauerte, dann gäbe es keine Mausehöhlen!

Wind streichelte sein Gesicht. Jetzt ertönte das Klirren über ihm. Er legte den Kopf in den Nacken. Es war schwer, in dem Dunst Entfernungen zu schätzen. Am Boden konnte er etwa acht bis zehn Schritt weit sehen. War der Nebel über ihm dichter? Sein Blick verlor sich im Dunst.

Jetzt hörte er es wieder. Ein leises Klirren.

Adrien fühlte sich betrogen. Was, zum Henker, war da oben? Ein Stück voraus bemerkte er eine Verfärbung auf einem Wurzelknoten. Ein ausgefranster, orangebrauner Fleck verunzierte das matte Silber der Wurzelhaut. Rost! Wieder blickte der Junge nach oben. Ob da irgendwo über ihm Äste waren? Warum hängte man so hoch eine Kette auf? Ein Flaschenzug war das wohl nicht. Er sah sich suchend um. Nein, hier gab es nichts, was man hätte anheben können. Nur Waldboden und Wurzeln.

Ein leichter Windstoß ließ geisterhafte Nebelarme um ihn tanzen. Über ihm erklang vielstimmiges Klirren, als versuchten fremde Stimmen im weißen Nichts ihm etwas Drängendes mitzuteilen. Ein dumpfer Laut ließ Adrien erschrocken herumfahren. Keine drei Schritt hinter ihm war etwas auf den Waldboden gefallen. Ein unförmiger, braungrüner Klumpen.

Seine Beine wollten losstürmen, blindlings in den Nebel laufen, aber Schrecken und Neugier hielten ihn in Bann. Vorsichtig näherte er sich dem Klumpen. Es war ein verzogener Stiefel, mit Moos und hellgrünen Flechten bedeckt. Wie konnte ein Stiefel aus dem Himmel fallen?

Er hob den Stiefel an und ließ ihn fast sofort wieder fallen. Im Schaft steckten altersgelbe Knochen!

Adrien wich entsetzt zurück. Wo war er hier? War all das Elfenzauber? Hatte er sich im Nebel in ihre Welt verirrt? Er kannte viele Geschichten über Elfen und hatte sie in der Sicherheit der Stadtmauern stets als albernes Altweibergeschwätz abgetan. Aber hier draußen, ganz allein in der Wildnis, erschienen sie ihm in einem neuen Licht. Hatte es nicht auch eine Geschichte gegeben, wie sie einen Heiligen an einen Baum banden, marterten und zuletzt verbrannten?

Der Wind frischte weiter auf und zerriss die Nebelschleier. Vor ihm erhob sich ein gewaltiger Baum. Der Stamm war mächtig wie ein Turm. Alle Wurzeln liefen auf diesen Baum hin. Er beherrschte die Lichtung. Kein anderes Grün gedieh in seinem Schatten.

Die Zeit hatte dem Baum sichtlich zu schaffen gemacht. Seine silbrig graue Rinde war vernarbt. Wo Äste abgebrochen waren und sich Fäulnis ins Holz gefressen hatte, klafften tiefe Höhlen, umschlossen von wulstigen Rindenlippen. Knochen schimmerten blass in den Baumhöhlen. Mit hölzernen Pflöcken waren Skelette an den Stamm genagelt. Adrien schätzte, dass es wohl mehr als ein Dutzend Opfer gewesen sein mussten, die man dem Baum dargebracht hatte. Und das einzig Beruhigende an diesem Anblick war, dass ganz offensichtlich alle schon sehr lange tot waren.

Jetzt konnte der Junge auch Äste im Nebel über sich ausmachen. Äste, so dick wie die Stämme der ältesten Bäume, die er weiter unten nahe dem Ufer gesehen hatte. Graugrüne Blätter mit weißer Unterseite bewegten sich lautlos in der Brise. Der Baum war stumm. Der Wind vermochte den Blättern kein Rascheln zu entlocken. Nur die schweren, rostigen Eisenketten, die von manchen der Äste hingen, klirrten leise. Weitere Leichen waren dort aufgehängt. Und Schilde mit einem weißen Stierkopf auf rotem Grund. Es gab auch andere Wappen, aber die Schilde mit dem Stierkopf waren bei weitem am häufigsten, und es war auch das einzige Wappen, das Adrien kannte. Die Krieger des Königs Cabezan trugen solche Schilde. Die Geschichte über den Versuch, Säulen für seinen Palast zu stehlen, stimmte also! Was sonst sollten die Krieger in dieser Wildnis verloren haben?

Der Junge machte einen weiten Bogen um den Baum. Er erinnerte sich an die Worte des Schiffers. Er musste sich beeilen, wenn er Bruder Jules noch vor Einbruch der Nacht finden wollte.

Das Klirren der Ketten begleitete ihn. Er hatte das Gefühl, dass der Baum ihn beobachtete. War es der makabere Schmuck? War es die Größe? Der Baum machte ihm Angst. Jeden Augenblick rechnete er damit, dass sich die wulstigen Münder öffneten und die toten Krieger ausspien, damit diese ihn ergriffen und ihn zu sich holten. Oder dass ein Elf aus dem Nebel trat, um ihn in die verwunschene Anderswelt zu locken.

Plötzlich fühlte sich der Boden unter seinen Füßen fester an. Adrien wagte es nicht hinabzusehen. Seine Gabe, sich die schrecklichsten Dinge auszumalen, gaukelte ihm auch so schon die ungeheuerlichsten Erklärungen vor.

Der Junge wusste, dass ihn der unheimliche Baum noch lange in seinen Alpträumen verfolgen würde. Er brauchte nicht noch mehr Schreckensbilder!

Trotz aller Vorsätze, nicht auf seine Füße zu blicken, kam er nicht umhin, zu bemerken, dass keine Baumwurzeln in die Richtung verliefen, in die er nun ging. Sie bogen ab, suchten sich andere Wege, als sei irgendetwas unter der Laubschicht, das sie abschreckte.

Was erschreckte einen Baum?

Adrien ging ein wenig schneller. Der Boden wurde immer fester. Vielleicht waren es ja nur Felsen, dachte er, aber in diesem verwunschenen Wald mochte er nicht wirklich daran glauben. Der Boden unter seinen Füßen fühlte sich zu eben an.

Die klirrende Stimme des Baumes raunte über ihm im Nebel. Wollte sie ihm ein Geheimnis mitteilen? Ihn warnen?

Das war verrückt! Er begann zu laufen. Blasse Schemen zeichneten sich im Nebel ab. Zwei sitzende Löwen, groß wie das Flusstor von Nantour. Einem fehlten der halbe Kopf und ein großes Stück der linken Schulter. Der andere war unversehrt. Mit drei Augen blickten sie auf ihn herab, so wie er auf eine Maus hinabsehen würde. Zwischen ihnen verlief ein weiter Weg, der hinauf in die Berge führte. Aus den Rücken der Löwen wuchsen große, angelegte Schwingen. Welch ein Unsinn! Wer hatte je von geflügelten Löwen gehört! Gedankenverloren betrachtete er die seltsamen Fabeltiere.

Was hatte der Schiffer gesagt? *Achte auf die Löwen.* Markierten sie den Weg, den er nehmen sollte? Auf jeden Fall erschienen sie ihm vertrauenerweckender als der Baum. Löwen waren stolz und edel! Und sie fressen Menschen, meldete sich ungefragt jene innere Stimme zu Wort, die immer nur das Schlimmste vermutete.

»Der Baum hinter mir auch«, murmelte Adrien leise, dann folgte er dem Weg. Er war aus großen, weißen Steinplatten gefügt. Die Straße in die Berge wirkte so alt wie die Berge selbst. Wind und Wetter hatten Spuren hinterlassen. Manche der Platten waren gerissen oder leicht verschoben. Moos wucherte in den Fugen.

Bald kam er an eine Treppe, die sich an eine steile, rotbraune Felsflanke lehnte. Die Stufen waren mehr als zehn Schritt breit. Hier könnte eine ganze Armee marschieren. Schulter an Schulter, Glied um Glied.

Etwas mit den Stufen stimmte nicht. Je mehr er erklomm, desto deutlicher wurde ihm das. Sie waren ein klein wenig zu hoch, als dass man sie bequem hätte erklimmen können. Es war wie in Kindertagen, als Treppen noch eine Herausforderung waren.

Je mehr seine Beine schmerzten, desto klarer drängte ein Gedanke in seinen Verstand. Diese Stufen waren nicht für Menschen gemacht.

## ELFEN SIND DUMM

Nikodemus mochte seinen Gefährten nicht. Er war schon Hornschildechsen begegnet, mit denen man besser reden konnte als mit diesem Troll. Mürrisch und schweigsam stapfte der Hüne hinter ihm durch den hohen Schnee. Seit Tagen waren sie unterwegs. Nikodemus war stolz darauf, der Auserwählte der berühmten Trollschamanin zu sein. Ihm hatte sie es anvertraut, die beiden niederträchtigsten Mörder zu stellen, die Albenmark je gesehen hatte. Feinde des Volkes, wie man sie sich schlimmer nicht vorstellen konnte. Grausame Unterdrücker, die einen ganzen Gerichtssaal niedergemetzelt hatten. Alle Zeugen der Verhandlung, in der sie für ihre perfiden Verbrechen zur Rechenschaft gezogen worden waren, hatten den Tod gefunden.

Der Lutin blickte über die Schulter zu dem Troll zurück. Angeblich hatte Madra dem Beginn des Prozesses beigewohnt, aber der hatte ja seine Zunge verschluckt. Zu gerne hätte Nikodemus gewusst, wessen die Elfen angeklagt waren. Welche Schrecken so groß waren, dass alle Zeugen der Verhandlung sterben mussten, damit die Wahrheit über die Untaten der beiden nicht ans Licht kam.

Bevor er Feylanviek verließ, hatte Nikodemus seinem Bruder Elija einen Brief geschrieben, in dem er ihn über die Ereignisse unterrichtete. Auch wenn der Thron von Burg Albenmark erobert war, war doch die Schlacht um die Herzen des Volkes noch nicht entschieden. Das Massaker von Feylanviek mochte vielen Unentschlossenen die Augen öffnen. Zu deutlich offenbarte es das Wesen der Elfen. Elija würde den Bericht gut zu nutzen wissen!

Obwohl er größten Respekt vor der Schamanin empfand, hatte Elija den Brief lieber nicht Skanga anvertraut. In manchen Dingen waren die Trolle einfach barbarisch! Nicht einmal ihre Anführer konnten lesen und schreiben. Wäre er nicht im Gerichtssaal gewesen, womöglich hätte niemand die Drohung bemerkt, die an die Wand geschrieben war. Solchen Verbündeten musste man leider zutrauen, dass sie einen Brief benutzten, um sich damit den Hintern abzuwischen. Aber so war nun mal die Dialektik der Revolution. Die Streiter des Geistes hätten niemals ohne die Streiter der Faust triumphiert. Und in ganz Albenmark gab es keine größeren Fäuste als Trollfäuste.

Nikodemus konnte die pulsierende Macht des Albenpfades durch die Schneedecke hindurch spüren. Und er konnte auch die Macht des nahen Sterns fühlen. Seine Rute begann zu kribbeln, und alle Haare darauf standen ihm zu Berge, wenn er sich einem Albenstern näherte. Das machte keinen sehr männlichen Eindruck, aber in Gegenwart des Trolls war ihm das egal.

Skanga hatte nach Kopfgeldjägern, Fährtensuchern und anderen Lutin geschickt, um die Spur der beiden flüchtigen Elfen aufzunehmen. Doch ihn hatte sie als Allerersten von der Kette gelassen. Auch wenn der große Zeh seines Leibwächters Madra massiger war als seine Faust, würde er, Nikodemus Glops, es allen zeigen. Er war ein Held, das hatte er schon immer gewusst. Leider hatten ihm die Schlachten im Windland wenig Gelegenheit geboten, dies zu beweisen. Aber jetzt war seine Stunde gekommen!

Sie schritten einen sanften Hügel hinab. Es war ein strahlender Sonnentag. Das Licht brach sich blendend auf dem frischen Schnee. Der Himmel spannte sich in makellosem Blau über ihnen. Nur in der Ferne zogen einige einzelne weiße Wolken dahin.

Am Fuß des Hügels lag der Albenstern. Deutlich spürte Nikodemus die Macht des Ortes, auch wenn es nur ein minderer Stern war. Vier Wege kreuzten sich hier. Niemand hatte sich die Mühe gemacht, diesen Ort zu markieren. Wer in die Nähe Feylanvieks reiste, der nutzte die beiden größeren Sterne.

»Hier sind unsere beiden Mörder geflohen«, sagte Nikodemus überzeugt.

Der Troll sah ihn an. Was er wohl dachte? Seine Miene blieb reglos. Trolle!

»Dein Schwanz sieht merkwürdig aus. Bist du krank?«

Es war zum Aus-dem-Fell-Fahren! »Was interessiert dich meine Rute! Ich sagte, die Elfen sind von hier geflohen!« Er stampfte mit dem Fuß in den Schnee, dort, wo sich die vier Albenpfade kreuzten, auch wenn für einen Troll ohne jegliches Gespür für Magie dort nichts zu sehen war. »Hier ist es!«

»Warum?«

»Weil es unlogisch ist, Madra!«

Der Troll legte die Stirn in Falten. Dabei bleckte er die Zähne, was ein überaus beunruhigender Anblick war. »Was?«

»Es ist dumm, Madra. Unlogisch heißt so viel wie dumm.«

»Du glaubst, Elfen sind dumm.« Die Stimme des Trolls klang, als rieben große Felsbrocken aneinander.

»Nein, sie sind sehr schlau. Sieh doch, sie werden damit rechnen, dass wir vermuten, sie würden diesen Weg nehmen. Also hätten sie dann doch einen der großen Albensterne nehmen müssen. Und weil sie überzeugt sind, dass wir zu eben diesem Schluss kommen, nehmen sie doch diesen hier.«

Madra sagte nichts, aber an seinem Blick war deutlich

abzulesen, was er dachte. »Du kannst ja zu Skanga zurücklaufen, wenn du mir nicht vertraust. Ich weiß, wie Elfen denken. Ich habe sie jahrelang studiert. Ich kenne sie!« Nikodemus kniete sich in den Schnee. Es tat gut, die Kälte zu spüren. Er hatte zu heißes Blut. Er musste sich beherrschen. Wenn er nach der Macht der Albenpfade griff, durfte ihm kein Fehler unterlaufen. Nicht jetzt! Er hielt den Atem an und ließ ihn dann ganz langsam entweichen. Dann öffnete er sich der Macht der Magie. Obwohl er die Augen geschlossen hatte, vermochte er die Pfade der Alben zu sehen. Tief in seinem Kopf.

Selbstbewusst und voller Stolz sprach er die Worte der Macht, die ihn einst Meister Gromjan gelehrt hatte. Auch wenn der Alte es nie gesagt hatte, so wusste Nikodemus doch, dass Gromjan sehr stolz auf ihn gewesen war. Er war sein bester Schüler gewesen. Nach Elija natürlich …

Ein Bogen aus Licht erwuchs aus dem Schnee. Der Lutin richtete sich auf und klopfte seine Kleider ab. Madra sah ihn mürrisch an. Oder hatte der Troll vielleicht Angst? Zumindest bleckte er nicht mehr die Zähne, und das war sehr beruhigend.

»Komm«, sagte Nikodemus und trat dicht vor die magische Pforte.

Der Troll rührte sich nicht.

»Sie sind hier entlang! Je länger wir warten, desto größer wird ihr Vorsprung. Ich würde Skanga nur ungern erzählen müssen, dass du gezögert hast. Aber du weißt ja, ihr verschweigt man nichts.«

Das hätte er besser nicht gesagt. Madra bleckte wieder die Zähne.

»Woran siehst du, dass sie hier waren?«

Wie sollte man das erklären? Es war ein Gefühl. Und seinen Gefühlen konnte er meistens vertrauen. Ein anderes Gefühl warnte ihn allerdings davor, das dem Troll so offen zu sagen. »Der Pfad sieht benutzt aus. Kannst du das nicht erkennen?«

Der Troll betrachtete den Weg aus warmem, goldenem Licht. »Da ist nichts.«

»Du siehst nichts, weil dir die Pfade der Magie nicht vertraut sind. Du hast ja wohl auch kein Tor gesehen, bevor ich es geöffnet habe.«

Wieder dieses erschreckende Stirnrunzeln, verbunden mit dem freien Blick auf viel zu viele, viel zu scharfe Reißzähne. »Wenn du mich betrügst, Kobold, reiße ich dir den rechten Arm aus und sorge dafür, dass du an der Wunde nicht stirbst.«

Madras ganze Art ließ keinen Zweifel aufkommen, dass dies nur leere Worte waren. Natürlich konnte man nicht sehen, ob jemand den Pfad betreten hatte. Aber er spürte, dass dieses Tor hier vor kurzem geöffnet worden war. Und er würde auch spüren, wo sie den Albenpfad verlassen hatten … Wenn er sich für den richtigen entschied. Immerhin kreuzten sich hier vier Wege. Das hieß, es gab acht Richtungen, in die die beiden Elfen gegangen sein konnten.

Nikodemus dachte an die Worte des Trolls. Warum hatte ihm Skanga einen schweigsamen Armausreißer mit auf den Weg gegeben? War das das Beste, was die Trollbrut hervorgebracht hatte? Verdammter Mistkerl. Vielleicht ging er ja auf den Albenpfaden verloren. Ein Schritt vom Weg genügte. Wer in das Nichts stürzte, war unrettbar verloren. Der Lutin wusste, was dort lauerte.

Zögerlich trat er auf den Albenpfad. Hinter sich hörte er Schnee knirschen. Der Troll folgte ihm also. Aber das beruhigte ihn nicht. Er musste seinen Verstand beieinanderhalten. Ein kleiner Fehler, und er würde seinen Urenkeln begegnen, wenn er nach Burg Elfenlicht zurückkehrte. Verdammter Troll! Wie sollte er den richtigen Weg finden, wenn er immerzu daran dachte, wie es wohl sein würde, einen Arm ausgerissen zu bekommen!

# DER FALSCHE WEG

Stunde um Stunde führte die weite Treppe Adrien höher in die Berge. Seine Beine schmerzten. In seinen Waden schien ein Feuer zu brennen. Und dennoch hielt er nicht inne. Die Angst saß ihm im Nacken. Er wollte bei Einbruch der Nacht auf keinen Fall allein sein. Aber einen Steinernen Wald hatte er bislang nicht entdecken können. Und die Dämmerung war nicht mehr fern!

Eisiger Wind zerrte an seinen Kleidern. Der Nebel war längst verflogen. Und wenn er zurückblickte, konnte er manchmal den Fluss weiter unter sich sehen. Wie ein silbernes Band zog er sich durch die Berglandschaft. Jetzt erschien es Adrien dumm, dass er sich vor diesem Fluss einmal gefürchtet hatte.

Er wandte sich ab und erklomm die nächsten Treppenstufen. Längst hatte er seine Wurst gegessen und sein letztes Wasser getrunken. Aber nicht Hunger oder Durst quälten ihn. Zuallererst kam die Erschöpfung. Er hatte das Gefühl, keine zehn Treppenstufen mehr zu schaffen. Unterwegs hatte er sich einen Stecken gesucht, auf den er sich nun schwer stützte. Aber auch das half nicht mehr. Er ging so krumm wie ein alter Mann.

Manchmal, wenn er schnaufend innehielt, fragte er sich, ob es den Steinernen Wald überhaupt gab. Oder hatte er einen falschen Weg eingeschlagen? Seit er zwischen den Löwen hindurchgegangen war, hatte es keinen Abzweig gegeben. Aber vielleicht hatte er seine Reise ja am falschen Punkt begonnen. Achte auf die Löwen! Konnte das bedeutet haben, dass er dort auf keinen Fall hätte entlanggehen sollen?

Der Weg führte Adrien um einen Felsvorsprung; unvermittelt stand er vor einem Abgrund. Seit einer halben Stunde war die Treppe der Flanke eines Steilhangs gefolgt. An einigen Stellen hatte Steinschlag den weißen Stufen zugesetzt. Felsbrocken, groß wie Heuschober, hatten auf den Stufen gelegen. Ein Abschnitt war ganz von einer Lawine verschüttet worden, aber er hatte es geschafft, über das Geröll hinwegzuklettern. Doch hier hatte eine Lawine die Stufen einfach mit sich in den Abgrund gerissen. Ein kleiner Bach stürzte sich in der klaffenden Lücke am Steilhang vorbei in den Abgrund. Gefrorenes Spritzwasser funkelte rötlich im Abendlicht.

Hinter dem Abbruch verschwand die Treppe in einer Höhle. Lag dort das Ziel?

Adrien schlang schlotternd die Arme um den Leib. Ein eisiger Wind pfiff hier oben. Es war viel zu spät, um noch an einen Abstieg zu denken. Der Schatten der Berge wanderte mit jedem Herzschlag ein sichtbares Stück dem Abbruch entgegen. Er musste jetzt handeln. Es gab kein Zurück mehr. Länger zu zögern, bedeutete nur, dass er im Dunkeln würde klettern müssen, und wenn er umkehrte, würde er erfrieren. Wenn er weiterwollte, dann müsste er seinen Spieß zurücklassen. Und was, wenn es auf der anderen Seite doch noch Löwen gab? Solche ohne Flügel … Schweren Herzens lehnte er die Waffe an den Fels.

Der Fels war nicht völlig glatt. Kleine Vorsprünge, Risse und Spalten boten Halt. Aber an mindestens zwei Stellen waren die Abstände zwischen den Griffen so weit, dass niemand, der bei Verstand war, freiwillig diesen Weg gewählt hätte.

Vorsichtig stieg Adrien in die Wand. Als Dieb hatte er Erfahrung darin, Häuserwände zu erklimmen. Seine Hände waren voller Schwielen, die Finger stark und sehnig. Er konnte es schaffen. Er drückte sich fest an die Felswand. Wie eine Schnecke wollte er am Stein haften. Langsam jedes Hindernis überwinden. Ein Gaukler hatte ihm einmal gezeigt, wie eine Schnecke über die Schneide eines Schwertes kroch, ohne sich zu verletzen. Seitdem sah Adrien die Tiere mit anderen Augen.

Der Fels war kalt. Der Stein trank seine Wärme. Die Finger wurden schnell taub. So fühlte er wenigstens keinen Schmerz, wenn er sie sich aufschürfte. Keilen gleich trieb er sie in seine Spalten. Er würde sich seine neuen Stiefel ruinieren, dachte er ärgerlich. Nach der Kletterei würde das Leder verschrammt sein. Vielleicht platzten auch die Nähte. Wenn er einmal Glück bei etwas hatte, dauerte es keinen Tag und alles war wieder verdorben. Als hätte ihn jemand verflucht!

Seine Fingerspitzen ertasteten Eis. Es zog sich über eine kleine Felsnase, die kaum zwei Zoll weit aus der Wand ragte. Sie hätte einen guten Griff abgegeben, wäre da nicht das Eis. Adrien fluchte. Er tastete über die Wand. Eine Spalte war vom Eis versiegelt worden. Endlich fand er einen Ritz, in den er drei Fingerspitzen so weit hineinschieben konnte, dass er es wagte, den rechten Fuß von seinem sicheren Platz zu nehmen und mit ihm über den Felsen zu tasten. Er fand ein Sims und kam ein Stück weiter voran.

Mit der Dämmerung war der Wind aufgefrischt. Er strich über die Wand. Eine Wolke von Sprühwasser benetzte Adriens Gesicht. Der verdammte Wasserfall! Er würde hindurchsteigen müssen. Das Wasser hatte nicht viel Kraft; es war kaum mehr als ein armdicker Strahl, der in die Tiefe stürzte. Aber es würde eisig sein. Wenn er dort hindurch war, dann würde er schnell ein warmes Quartier brauchen!

Warum ließ Jules ihn einen solchen Weg gehen? War es dem Priester egal, ob er lebend bei ihm ankam?

Wieder blies ihm der Wind Sprühwasser ins Gesicht. Er brauchte immer länger, um doch nur einen unsicheren Halt zu finden. Ja, er war verflucht! Aber er würde sich nicht beugen. Je schlimmer es wurde, desto wütender wurde er. Sein Zorn wärmte ihn. Und er verlieh ihm neue Kraft.

Noch ein Griff. Jetzt spritzte ihm Wasser mitten ins Gesicht. Der Fels war ganz in Eis gekleidet. Adrien hielt sich an einem Dorn fest, der aus der Wand ragte. Schwang sich tollkühn ein Stück weiter. Das Wasser strömte über ihn hinweg. Es war so kalt, dass es ihm den Atem raubte. Mit offenem Mund hing er in der Steilwand, unfähig, seine Lungen mit Luft zu füllen. Unfähig, seine Wut herauszuschreien, obwohl sie ihn schier bersten lassen wollte.

Nass hingen seine zerklumpten Kleider an ihm herab. Aber seine Füße waren noch trocken. Wenigstens das, dachte er zynisch. Und plötzlich musste er lachen. All das hier war ein Witz. Ein toter Schiffer! Wohin mochte der ihn schon schicken, außer ins Verderben! Wie hatte er jemals glauben können, dass Jules ihn hier erwartete. Unsinn! Hier in dieser Einöde gab es nur Steine und den Tod!

Man mochte ihn leicht hereinlegen können, aber leicht umzubringen war er nicht! Trotzig kletterte er weiter. Schneller nun. Eilig tasteten die Finger über die vereiste Wand. Und immer fanden sie einen Halt. Er klammerte sich an einen Eiswulst. Der Schatten der Berge war nun schon bis zu seinen Hüften die Steilwand hinaufgekrochen. Die Finsternis würde ihn verschlingen, dachte er beklommen, während sein Fuß nach einem Sims suchte. Er hätte mit nackten Füßen klettern sollen. Damit fand man besseren Halt. Und er hätte seine kostbaren Stiefel geschont!

Er verlagerte sein Gewicht. Streckte das Bein noch etwas weiter aus. Es war wie verwunschen. Nichts! Vielleicht müsste er ein Stück zurück. Wieder dem Wasser entgegen. Er streckte sich noch ein wenig mehr.

Ein scharfes Knacken ließ ihn bis ins Mark erschrecken. Der Eiswulst brach aus der Wand. Seine Hand glitt über gefrorenen Stein. Er drückte sich fest gegen die Wand und rutschte ab. Panisch versuchte er etwas zu packen zu bekommen. Sein Kinn schlug auf ein schmales Sims. Der Kopf wurde ihm durch den Aufprall in den Nacken gerissen. Er glitt weiter. Benommen nun. Ergeben … Plötzlich fanden seine Füße Halt. Ein Steg, groß wie ein Fußschemel. Seine Linke schoss in eine Spalte. Die Finger krümmten sich, sein Körper federte nach. Er hatte sich wieder in der Gewalt. Fünf Schritt oder sechs war er tiefer gerutscht. Der Schatten hatte ihn gefressen. Nur ein kleines

Stück weiter war eine eiserne Angel in die Wand geschlagen. Dann noch eine. Er blinzelte. Jemand hatte hier einen Weg bereitet.

Er sah am Fels entlang zurück. Auch dort gab es rostige Griffe. Und eine tiefe Ausbuchtung in der Steilwand schützte vor dem Wasser, das gleich einem Vorhang daran vorbeistürzte. Er hätte länger suchen sollen!

Schlotternd vor Kälte brachte er das letzte Stück Wegs an der Steilklippe hinter sich. Wieder auf den sicheren Stufen angelangt, begann er zu laufen. Ihm musste wieder warm werden! Die Finsternis des Tunnels verschluckte ihn. Hier führte der Weg in sanfter Neigung bergan. Es gab keine Stufen mehr. Dennoch tastete sich Adrien vorsichtig vorwärts. Der Weg schien endlos, bis sich ein blassroter Lichtpunkt am Ende des Tunnels abzeichnete.

Ungeduldig beschleunigte der Junge seine Schritte. Der Lichtpunkt wuchs an. Bald sah er den Himmel im letzten Abendrot. Er war überrascht, dass es noch nicht dunkel war.

Als er aus dem Dunkel trat, erstreckte sich vor ihm ein Tal, das sich nach Westen hin öffnete. Es war verschneit. Hunderte Säulen erhoben sich wie ein steinerner Wald. Und noch weit mehr lagen niedergestürzt zwischen Ruinen und Schutthügeln, denen der Winter ein weißes Gewand übergeworfen hatte. Was für eine Stadt hatte hier einst gestanden? Eine Stadt der Paläste? Wozu hatte man so viele Säulen gebraucht? Und warum wuchs hier nichts? Noch bevor der Weg in den Tunnel mündete, hatten sich zumindest vereinzelt Bäume und Büsche am Felsen festgeklammert. Hier aber gab es nichts. Nur Schnee und Ruinen.

»Du hast es also geschafft, Adrien.«

Der Junge zuckte zusammen und wich erschrocken ein Stück in den Tunnel zurück.

Geröll knirschte unter Schritten. Eine Gestalt in blauem Priestergewand erschien am Eingang. »Ich freue mich von Herzen, dich zu sehen. Du kannst stolz auf dich sein. Du hast einen schweren Weg gemeistert. Jetzt bleibt nur noch eins zu tun …«

Adrien erkannte die Stimme von Bruder Jules. Ihm erschien der Priester hier inmitten der Wildnis noch größer und ehrfurchtgebietender als in der Stadt. Nie war er einem Gottesdiener wie ihm begegnet. Er strahlte wahre Macht aus.

Der Junge lehnte sich an die Felswand. Er fühlte sich zu Tode erschöpft. »Was soll ich noch tun?«

»Ich möchte, dass du mein Schüler wirst. Auch wenn ich mir nicht ganz sicher bin, ob du es wert bist. Ich habe dir ein großes Geschenk zu machen. Ich weiß um deine Vergangenheit und um deine Zukunft. Dein wirklicher Name ist Michel. Michel Sarti! Dein Vater war ein bedeutender Mann, zumindest am Ende seines Lebens. In seiner Jugend hat er einige Dinge getan … Doch das musst du jetzt nicht erfahren. Wichtig ist nur, dass du weißt, dass dich ein außerordentliches Erbe erwartet. Du wirst eines Tages ein gemachter Mann sein. Wenn du ein guter Schüler bist.«

Das kam alles zu schnell und unerwartet für Adrien. Er fühlte sich, als habe ihn ein auskeilendes Kutschpferd getreten. Von seiner Erschöpfung und diesen überraschenden Enthüllungen ganz benommen, vermochte er keinen klaren Gedanken zu fassen. Seine Mutter war eine Dirne gewesen. Es war unmöglich, zu wissen, wer sein Vater war. Völlig unmöglich! Nie zuvor hatte er diesen Namen gehört. Michel Sarti. Aber das würde er nicht erzählen. Ihm stand ein Erbe zu … Und wenn der Priester der Meinung war, es müsse ihm ausgehändigt werden, dann wäre er ja schön blöd, wenn er sich alles verderben würde und mit der Wahrheit über seine Abstammung herausrückte!

»Ich bin überrascht, ehrwürdiger …«

Bruder Jules unterbrach ihn mit einer knappen Geste. »Du musst noch eine letzte Probe bestehen, bevor ich dich als Schüler aufnehme. Auch wenn dein Vater als ein Held starb, so war er die meiste Zeit in seinem Leben doch ein elender Hurenbock. Ich bin überzeugt, wenn ich weitersuche, werde ich leicht noch zwei oder drei seiner Sprösslinge auftun. Aber ich bin es müde, alten Huren und leichtfertigen Schankmädchen hinterherzuschnüffeln, um herauszufinden, wer wohl ein Kind von ihm bekommen haben könnte. Also bitte bemüh dich. Und jetzt komm mit.« Er drehte sich ohne ein weiteres Wort um.

Adrien war zu verwundert, um etwas einzuwenden. Was für ein Erbe mochte ihn erwarten? Wie bedeutend war der Besitz seines Vaters wohl gewesen? War er vielleicht ein Adeliger? Er stellte sich vor, dass ihm ein festes Haus und ein Stall voller Pferde gehören könnten. Ein richtiges Bett und eine Tafel, auf die jeden Tag warmes Essen aufgetragen wurde. Und schöne Kleider. Was würde das Blumenmädchen vom Heumarkt wohl sagen, wenn er auf einem stolzen Ross vor ihr erschien? Er müsste sich dann nicht mehr schämen, sie nach ihrem Namen zu fragen.

Mit festem Schritt folgte er dem Priester. Seitlich des Tunnelausgangs führte ein schmaler Trampelpfad den Berg hinauf. Hier wucherte niedriges Buschwerk. Beerenranken mit langen Stacheln zerrten an seinen Kleidern. Es schien, als wolle ihn die Natur zurückhalten. Ihm verweigern, was sein zügelloser Vater ihm als spätes Erbe hinterlassen hatte. Falls Jules sich nicht irrte und in ihm den Falschen aufgespürt hatte.

Der Priester blieb unter einer vom Wind gebeugten Zeder stehen. An ihrem Stamm lehnten ein Spaten und eine Spitzhacke. »Du wirst hier bei dem Baum eine Grube für mich ausheben, Junge. Sie soll zwei Schritt lang sein und etwa einen Schritt breit. Und sie muss mindestens so tief sein, dass du bis zu den Hüften darin verschwindest.«

Adrien kniff die Lippen zusammen. Was das zu bedeuten hatte, war allzu deutlich. Jetzt bemerkte er hinter der Zeder zwei flache Hügel im Schnee. Er war wohl nicht der Erste, der aufgefordert wurde, hier eine Grube zu graben.

Eben noch hätte er vor Freude jauchzen mögen, weil sein Schicksal sich so überraschend zum Besseren gewandt hatte, und jetzt drohte schon wieder alles zu Asche zu werden. Er blickte auf das Tal. Das Dämmerlicht ließ die Säulen mit der Dunkelheit verschmelzen. Dort unten gab es keinen Ort, an dem er Wärme gefunden hätte. Und zurück konnte er auch nicht mehr. Er war Jules ausgeliefert.

Der Priester schlug die weite Kapuze seines Gewandes zurück. Er hatte ein markantes Gesicht. Die Falten um seine Augen und den Mund deuteten an, dass er gerne lachte. Sein rabenschwarzes Haar war kurz geschoren. Erstes Grau hatte sich an den Schläfen eingenistet. Sicher hatte er mehr als dreißig Sommer gesehen. Oder waren es vielleicht fünfzig? Nein. Der Mund war nicht eingefallen. Er schien noch die meisten seiner Zähne zu haben. Fünfzig konnte er unmöglich sein!

Ganz besonders auffällig waren seine Augen. Sie waren von einem lebendigen, einnehmenden Blau.

»Wirst du deine Arbeit schaffen?«

»Ich bin müde, Herr. Der Weg war schwer …«

»Es ist die letzte Probe. Dann wirst du mein Schüler sein.« Er sagte das auf so herzliche Weise, dass man ihm nichts übelnehmen mochte. Adrien hatte das Gefühl, einem guten, alten Freund gegenüberzustehen. Einem, bei dem man ganz sicher sein konnte, dass er nur das Beste wollte. Und er hatte ja auch wegen der Stadt Recht behalten. In der Nacht nach seiner Flucht auf den Lastkahn war ein schrecklicher Sturm über das Land gezogen. Hätten die Stadtwachen ihn gefangen und draußen am Pranger vergessen, wie Jules geweissagt hatte, dann wäre er jetzt schon tot.

Der Priester wusste irgendetwas. Etwas, das er jetzt nicht mit ihm teilen wollte. Aber es war zu seinem eigenen Besten, wenn er jetzt auf Jules hörte und sich ohne Widerworte daran machte, ein Grab auszuheben, auch wenn er so müde war, dass er im Stehen hätte schlafen können.

»Du wirst das schaffen«, sagte Jules aufmunternd. »Du

bist stark. Das sehe ich. Du bist aus dem gleichen Holze wie dein Vater geschnitzt. Einst ist er in einer Schlacht sieben Mal verwundet worden. Er hatte gegen heimtückische Elfen gekämpft. Doch er blieb einfach stehen und kämpfte weiter, wo andere, Schwächere gestorben wären.« Der Priester deutete noch ein Stück weiter den Hang hinauf. »Siehst du den schwarzen Busch dort oben? Dahinter liegt unsere Hütte. Dort gibt es ein wärmendes Feuer und eine kräftige Brühe mit fettem Fleisch darin. Das alles wartet auf dich. Beeil dich, mein Freund.« Jules klopfte ihm noch einmal aufmunternd auf die Schulter. Dann ging er in die Richtung davon, in die er gerade gedeutet hatte.

Als er sich entfernte, kehrte Adriens Erschöpfung schlagartig zurück. Seine Hände zitterten, als er nach dem Spaten griff. Die Finger waren verschorft. Müde stach er das Spatenblatt in den Schnee. Mit einem knirschenden Geräusch stieß es durch die verharschte oberste Schicht. Der Boden unter dem Schnee jedoch war hart wie Stein gefroren.

Verzweifelt blickte der Junge zum Horizont. Dem Rot war ein blassblaues Licht gefolgt, das zum Himmel hinauf immer dunkler wurde. Der Mond war schon aufgegangen. Es zeigten sich kaum Wolken. Er würde fürchterlich kalt werden in dieser Nacht.

## ERWACHEN

Falrach spürte deutlich, dass sie beobachtet wurden. Das Gefühl war so stark, dass er es fast wie eine sanfte Berührung empfand. Das war neu für ihn. Emerelle lag in seinem Arm. Er spürte ihren regelmäßigen Atem. Warum merkte sie nichts?

Er öffnete seine Augen einen Spalt weit. Ihr Lagerfeuer war längst erloschen. Zunächst hatte er geglaubt, von der Kälte erwacht zu sein. Die Hitze des Tages war nur noch eine ferne Erinnerung. Es hatte sich so sehr abgekühlt, dass sie gemeinsam unter seinen Umhang gekrochen waren.

Emerelle hatte darauf verzichtet, sich durch einen Zauber zu schützen, und mit ihm unter der Kälte gelitten. Vielleicht war es auch nur ein Vorwand gewesen, um neben ihm unter dem Umhang zu liegen. Zum ersten Mal, seit er im Gefängnis dieses fremden Körpers wieder zu Bewusstsein gekommen war, hatte er sich glücklich gefühlt. Bis zu dem Augenblick, als er erwachte.

Jenseits des verloschenen Feuers bewegte sich etwas. Sie hatten die Maiskolben aus den Opferschalen mitgenommen. In den letzten Tagen waren sie ihr einziger Proviant gewesen. Die Reste ihres Abendessens lagen etwa dort, wo sich der Schatten bewegte, im Sand.

In all den drei Tagen, die sie den Bergen am Horizont entgegengegangen waren, hatten sie nicht das Gefühl gehabt, verfolgt zu werden. Wer mochte das sein, der nun um das Lager schlich? Aus den Augenwinkeln sah Falrach eine zweite Gestalt. Ein Kobold?

Der Bidenhänder lehnte außer Reichweite an einem Felsen. Falrach verfluchte sich dafür, sich so weit entfernt von seiner Waffe zum Schlafen gelegt zu haben. Das große Schwert war das Letzte, an das er gedacht hatte, als Emerelle ihm erklärt hatte, dass sie mit ihm gemeinsam unter seinem Umhang schlafen wollte.

Die Gestalt bei den abgenagten Maiskolben blickte auf. Ihr Gesicht war weiß. Nein … Es war ein Totenschädel!

*Das sind nur bemalte Gesichter.* Die Stimme war in seinen Gedanken. Er wusste, dass Windsänger Tiere rufen konnten und in ihren Gedanken waren. Dass dies nicht nur für Tiere galt, war ihm neu. Das hieß also …

*Keine Sorge, ich kümmere mich nicht um das, was du über mich denkst.*

Gerade tust du es aber, antwortete er in Gedanken. Im Übrigen hat einer der geschminkten Kobolde einen Speer in der Hand, der im Gegensatz zu den aufgemalten Totenschädeln ganz echt aussieht.

Im erloschenen Feuer loderte eine Stichflamme auf, die das Lager in taghelles Licht tauchte. Entsetzte Schreie erklangen. Falrach sah kleine Gestalten Hals über Kopf in die Sicherheit des Dunkels fliehen. Es waren mindestens zwanzig! Und er hatte nur zwei von ihnen bemerkt.

Emerelle stand auf. Sie ging zum Rand des Lichtkreises, den ihr Lagerfeuer in die Nacht schnitt. Sie bückte sich nach etwas. Dann sah sie wieder hinaus ins Dunkel. Eine unheimliche Macht ging von ihr aus. War sie jetzt in den Gedanken der Kobolde? Falrach spürte, dass sie einen Zauber wirkte. Die Luft rings herum schien sich zu verändern. Es war etwas Neues in ihr. Etwas, das auf der Haut kribbelte, als hielten dort ganze Heerscharen von Ameisen eine Parade ab.

Von Unrast gepackt, erhob er sich und trat neben Emerelle. Jetzt sah er, was sie in Händen hielt. Ein Bündel kleiner Pfeile, das von einer Schnur aus Pflanzenfasern zusammengehalten wurde. Die Spitzen waren aus schwarzem Stein. Sie sahen klebrig aus. Staub haftete an ihnen.

»Hattah«, sagte Emerelle, als könne das alles erklären.

Falrach hob die Pfeile an die Nase. Ein leicht süßlicher Geruch haftete ihnen an. Ein Geruch, der ein pelziges Gefühl auf der Zunge hinterließ.

»Hattah ist ein Gift, das aus dem Fleisch von Kakteen gewonnen wird. Wenn man es richtig aufbereitet einatmet, glaubt man, die Geister seiner Vorfahren sprächen mit einem. Gelangt es in dein Blut, lähmt es deine Lungen, und du erstickst.«

»Dann sollten wir wohl nicht als deutlich sichtbare Ziele vor dem Feuer stehen.«

»Wir sind außer Gefahr, für den Augenblick. Sie laufen immer noch. Aber sie werden wiederkommen. Ein paar

Meilen entfernt liegt ein kleines Dorf. Wir werden es morgen besuchen.«

»Können wir nicht einfach gehen?«

»Es ist nicht meine Art wegzulaufen. Ich will in Frieden leben. Vielleicht hier, vielleicht an einem anderen Ort. Das wird uns nur gelingen, wenn wir uns stellen. Ich möchte in Zukunft nicht ständig überlegen müssen, ob ein Kobold mit einem vergifteten Pfeil auf meinen Rücken zielt.«

»Warum sollten sie uns in ihr Dorf lassen?«

»Aus demselben Grund, aus dem sie noch nicht auf uns geschossen haben, obwohl sie uns schon seit Stunden beobachten. Sie haben Angst vor uns, aber sie sind auch neugierig. Sie halten uns für Riesen, die der Himmel geboren hat.«

»Riesen«, sagte er mürrisch.

Er hatte gedacht, sie habe in seinen Armen geschlafen. Er hatte sich gut gefühlt, weil er ihr Schutz gab. Genau das Gegenteil war der Fall gewesen. Sie hatte auf ihn aufgepasst. Er war einmal ein Spieler gewesen, der fast nie verlor. Das war seine Gabe. Er konnte vorausahnen, was seine Gegenspieler unternehmen würden, wenn er nur genug über sie wusste. Und es war ganz gleich, ob er ihnen an einem Spieltisch oder als Feldherr auf einem Schlachtfeld begegnete. Er war stolz auf seine Fähigkeiten gewesen. Früher einmal war er berühmt gewesen, zu etwas nutze. Jetzt war er nur noch Ballast auf einer Reise ohne Ziel.

»Sie haben noch nie Elfen gesehen«, sagte Emerelle. »Sie sind sich noch uneins, ob sie uns töten und essen sollen oder um Hilfe bitten.«

»Wunderbar. Sollten wir nicht einfach gehen? Was haben wir in dieser Wildnis verloren? Gib mir ein paar Wochen am Spieltisch, und ich werde dir einen Palast schenken können.«

»Und du glaubst, so würden wir kein Aufsehen erregen«, sagte sie lächelnd. »Ich will Frieden. Und ich will, dass du an meiner Seite bist. Was habe ich gewonnen, wenn du die Tage an Spieltischen verbringst und ich allein in einem Palast sitze? Glaube mir, das ist nicht das Leben, nach dem ich mich sehne. Ich war für Jahrhunderte die Gefangene meines Palastes. Abgesehen davon gibt es noch einen sehr viel schwerwiegenderen Grund, in ihr Dorf zu gehen. Wenn wir umkehren, dann sieht es für sie nach Flucht aus. Hier gelten andere Gesetze, Falrach. Wenn sie glauben, dass wir fortlaufen, dann sind wir keine himmelsgeborenen Riesen. Dann sind wir nur noch Beute.«

# DIE AUSGESTRECKTE HAND

Nur ein paar leere Schalen. Nikodemus konnte wittern, dass da einmal etwas zu essen drin gewesen war. Vor ein paar Tagen vielleicht. Er hatte mörderischen Hunger und schlechte Laune. Und Angst! Sie waren stundenlang auf den Albenpfaden herumgeirrt. Er hatte jegliche Spur verloren. Am Ende war er einfach einem Weg gefolgt. Einem von den acht möglichen. Und er hatte an einem niederen Albenstern ein Tor geöffnet, weil er gespürt hatte, dass dort vor nicht allzu langer Zeit jemand anderes das goldene Netz verlassen hatte. Wer ging schon durch niedere Albensterne? Nicht viele waren so verrückt. Vielleicht hatte er seine beiden Elfen gefunden? Vielleicht auch den Tod. Madra war immer wütender geworden, je länger sie suchten. Allein seine Angst hatte den Troll davon abgehalten, ihm etwas anzutun. Madra wusste, dass er ohne Hilfe niemals den Albenpfaden entkommen wäre. Nun waren sie hier in einer verdammten Einöde vor einem bemalten Felsen.

Ein Geräusch ließ Nikodemus herumfahren. Madra stand hinter ihm. Der Troll war selbst groß wie ein Fels.

Und er hatte auch Hunger. Er hatte den Magen des Hünen knurren hören. Ein Geräusch, das dem Donnergrollen eines Gewitters nur um wenig nachstand. Nikodemus wusste, dass er Mist gebaut hatte.

Der Troll blickte finster auf ihn hinab. Hoffentlich wurde er wenigstens ohnmächtig, wenn der Bastard ihm den Arm ausriss. Er wollte nicht auch noch dabei zusehen, wie er gefressen wurde.

Madra kniete vor ihm nieder und streckte ihm die Rechte entgegen. Es war zu finster, um irgendwelche Regungen im Gesicht des Trolls zu sehen. Aber wahrscheinlich hätte er auch bei strahlendem Sonnenschein nichts entdecken können. Trolle waren nicht dafür bekannt, besonders gemütvolle Geschöpfe zu sein.

»Gib mir die Hand!« Eine Stimme wie ein Abgrund.

Nikodemus dachte daran fortzulaufen. Aber er würde dem Troll nicht entkommen. Er war vielleicht flinker, aber gewiss nicht schneller und ausdauernder. Madra würde ihn erwischen. Eine Flucht würde sein Schicksal nur ein wenig hinauszögern. Er hatte einmal gelernt, sich in einen Bussard zu verwandeln. Aber ihm fiel das Wort der Macht nicht mehr ein. Er war zu zerstreut in diesen Dingen … Er sah zu Madra auf. Es war ohnehin sinnlos. Sich zu verwandeln, dauerte mehrere Augenblicke. Wenn der Troll sähe, wie er sich zusammenkrümmte und ihm Federn wuchsen, würde er gewiss nicht abwarten, bis er ihm davonflog.

»Deine Hand!«

Nikodemus presste die Lefzen zusammen. Er würde es anständig hinter sich bringen. Wie ein Mann. Der Troll hatte gesagt, er würde dafür sorgen, dass er nicht starb. Aber Nikodemus konnte sich nicht vorstellen, dass diese gewaltigen Pranken dazu taugten, schwere Wunden zu versorgen. Jedenfalls nicht bei Geschöpfen, die kleiner als eine Hornschildechse waren.

Seine Hand zitterte nur wenig, als er sie dem Troll entgegenstreckte. Madra packte sie. Dann legte er ihm die

Linke auf die Schulter über dem rechten Arm. Die Hand wäre groß genug, ihm den Brustkorb zu zerquetschen, wenn der Troll es nur wollte.

Nikodemus kniff die Augen zu. Er wollte es nicht mit ansehen.

»Gut gemacht, Fuchsmann. Ich habe die Fährte der beiden Elfen dort vorne gefunden. Sie sind hierhergekommen. Du bist ein großer Zauberer. Ich dachte, nur dein Maul sei groß. Entschuldige.«

Nikodemus spürte, wie seine Knie nachgaben. Er musste sich setzen. Das musste ein Traum sein. Ungläubig tastete er nach seinem rechten Arm. Er war noch dran. Aber Trolle entschuldigten sich nicht. Niemand würde ihm das jemals glauben!

»Komm, Fuchsmann, holen wir sie uns.«

Nikodemus wollte aufstehen, aber seine Beine gaben sofort wieder unter ihm nach. Der lange Weg durch das goldene Netz und seine Angst hatten all seine Kräfte aufgezehrt. »Ich kann nicht mehr. Geh voraus. Ich werde dich finden.«

Madra legte den Kopf in den Nacken. Er sah aus wie ein Wolf, der den Himmel anheulen wollte. Stattdessen sog er geräuschvoll Luft durch seine Nase. »Nein, Fuchsmann. Es riecht hier sehr fremd. Wir bleiben zusammen. Halt dich an meinen Ohren fest!« Der Troll packte ihn und setzte ihn auf seine Schultern, bevor Nikodemus auch nur ein Wort hervorbrachte.

Der Nacken des Trolls fühlte sich an wie ein vom Wasser glattgeschliffener Fels. Ein paar Lederriemen, an denen Amulette hingen, waren um den Hals geschlungen. Madras Kopf war kahl.

»Die Ohren!«, erinnerte ihn sein Gefährte.

Nikodemus zögerte. Seine Ohren waren sehr empfindlich. Aber als Madra sich in Bewegung setzte, hatte er keine Wahl. Er packte zu. Sie waren rau und knorpelig wie Hühnerfüße. Man konnte sich gut daran festhalten.

Madra verfiel in einen leichten Trab. Er lief gebeugt. Dem Lutin war schleierhaft, was der Troll in dem Geröll sah. Welcher Spur er folgte. Er konnte dort nichts erkennen. Aber Madra verharrte nicht ein einziges Mal. Er schien sich seiner Sache völlig sicher.

Die Nacht war angenehm kühl. Man konnte im Dunkel nicht erkennen, wo sie waren. Aber der Troll hatte Recht. Es roch hier fremd. Trocken und staubig. Das Windland war sicher weit entfernt.

Wenn Elija ihn jetzt nur sehen könnte! Ein Lutin, der einen Troll ritt. Das hatte es noch nie gegeben. Alle würden ihn für einen Aufschneider halten, wenn er davon erzählte. Es sei denn, sie brachten die Köpfe der beiden Mörder zu Skanga. Dann wäre sein Ruhm für alle Zeiten gefestigt. Sobald sie Rast machten, würde er alles in einem Tagebuch aufschreiben. Es für die Ewigkeit festhalten!

Nikodemus lächelte zuversichtlich. Sie konnten es schaffen. Wer einen Troll ritt, würde auch zwei Elfen zur Strecke bringen können.

## DER BEWAHRER DER AHNEN

Der Kobold hatte zwei verschiedenfarbige Augen. Eines war gelb und das andere blau wie der Winterhimmel über der Snaiwamark. Falrach fand das beunruhigend. Und dass der Kobold seinerseits sie beide ganz augenscheinlich beunruhigend fand, machte es nicht besser. Er war mit einem jämmerlichen Speer bewaffnet, auf dem eine steinerne Spitze festgebunden war. Falrach hätte gelacht, wäre auf dem Stein nicht derselbe Schmier zu sehen gewesen wie auf den Pfeilen gestern Nacht.

Der Kobold reichte Falrach kaum bis zum Knie, und der drohend erhobene Speer zeigte direkt auf sein Gemächt.

*Lächeln,* erklang Emerelles Stimme in seinem Kopf. Sie schaffte es, überaus freundlich auszusehen. Aber auf sie war ja auch kein vergifteter Speer gerichtet.

»Warum seid ihr hierhergekommen, Riesen?« Der Kleine sprach einen recht ungewöhnlichen Dialekt. Ganz anders als die Kobolde, denen Falrach bisher begegnet war. Er konnte ihn besser verstehen!

»Wir sind Elfen, keine Riesen«, entgegnete er freundlich.

»Ihr seid viel zu groß für Elfen. Lüg mich nicht an! Es ist offensichtlich, was ihr seid.«

Auf den Felsen ringsherum stand mindestens noch ein Dutzend Kobolde. Einige von ihnen zielten mit ihren Bogen auf sie. Das Ganze erinnerte ihn an Feylanviek. Lag es an Emerelle, oder hatten sie einfach nur Pech?

Falrach hob beschwichtigend die Hände. »Wir haben wirklich keine bösen Absichten …«

»Ihr habt den Tribut für die Trolle aufgefressen. Das mögen die gar nicht!«

Er blickte zu Emerelle. Auch sie schien überrascht. Hier gab es keine Trolle! Aber er würde gewiss keinem Kobold widersprechen, der mit einem Speer geradewegs auf seinen Schritt zielte. »Ich entschuldige mich. Wie können wir …«

»Wir könnten den Trollen erklären, dass ihr künftig keinen Tribut mehr zahlen werdet, weil euer Volk nun mit zwei Riesen befreundet ist«, mischte sich Emerelle ein.

Der Kobold senkte seinen Speer ein wenig. Er hatte ein von tiefen Falten durchzogenes Gesicht, auf dem rissige, weiße Farbe aufgetragen war. Sie ließ sein Antlitz wie einen Totenschädel erscheinen. Auch sein Oberkörper war wie ein Skelett bemalt. Allerdings schien der Kobold es mit der Anatomie nicht ganz genau zu nehmen. Auf seine Brust waren Schulterblätter gemalt. Auch Rippen und

Wirbelsäule sahen aus wie von hinten betrachtet. Nur der Schädel stimmte. Seine Augen waren große dunkle Höhlen. Er hatte sich Ruß auf die Lider geschmiert, um diesen Eindruck noch zu verstärken. Die Nase passte so gar nicht in dieses Bild. Sie ragte wie ein Geierschnabel aus seinem Gesicht. Und die weiße Farbe auf ihr vermochte diesen Eindruck nicht zu mildern.

Um seine Hüften hatte der Kobold ein schmutzigrotes Tuch geschlungen. An einem dünnen Lederriemen hingen zwei kleine Kürbisflaschen. Er ging barfuß.

Die verschiedenfarbigen Augen fixierten Falrach. »Ihr wollt euch also ergeben?«

»Hast du schon einmal von Riesen gehört, die sich Kobolden ergeben?« Emerelles Stimme klang noch immer freundlich. »Vielleicht solltest du uns einfach zu den Ältesten bringen, und wir verhandeln mit ihnen.«

»Ich soll euch in mein Dorf bringen? Dafür würden mich die Ältesten in die Wüste jagen. Was ist, wenn ihr Kobolde fresst? Ich …«

»Sehe ich aus, als nähme ich etwas wie dich in den Mund?« Sofort hob sich der Speer und zeigte wieder auf sein Gemächt. Offensichtlich hatte der Kobold keinen Sinn für Humor.

»Er meint es nicht so …«, beschwichtigte Emerelle. »Was nicht heißt, er würde Kobolde fressen. Er wollte dich nur nicht beleidigen. Wie heißt du eigentlich?«

»Oblon, Bewahrer der Ahnen, Stimme der Toten, Wanderer an verbotenen Orten.«

»Ein stolzer Name«, sagte Emerelle anerkennend.

Oblon lächelte, was die Risse in der Farbe auf seinem Gesicht noch vertiefte.

»Wenn wir dir unsere Waffen geben, wirst du uns dann zu den Ältesten bringen? Unter Freunden braucht man schließlich keine Waffen. Ich glaube, man würde die Geschichte von Oblon, dem Gefährten der Riesen, bald bei allen Stämmen erzählen.«

Trotz der Farbe konnte man ihm deutlich ansehen, wie er mit sich rang. Endlich nickte er. »Legt die Waffen nieder, und ich lade euch als Gäste in unser Dorf ein.« Er senkte den Speer erneut und winkte den Kriegern zwischen den Felsen. Zögerlich stiegen sie zu ihnen hinab.

Falrach nahm sein großes Schwert vom Rücken. Staunend sahen sich die Kobolde die Waffe an. Sie war mehr als doppelt so lang wie der Größte unter ihnen.

»Das nenne ich einen Trollschlächter«, flüsterte einer. Auch die anderen Waffen betrachteten sie mit größtem Respekt.

»Sie werden für uns kämpfen, wenn die Ältesten es wünschen«, verkündete Oblon in einem Tonfall, der Falrach nicht gefiel. Es hörte sich so an, als täten die Koboldgreise, die diesen Stamm beherrschten, ihnen einen Gefallen, sie gegen eine Horde in die Schlacht zu schicken.

»Nehmt die Waffen!«

Drei Kobolde waren nötig, um sein Schwert zu heben. Sie und die anderen Waffenträger liefen voraus und waren bald im unübersichtlichen Gelände verschwunden.

»Sie werden euer Kommen ankündigen«, erklärte Oblon. »Es wäre nicht gut, wenn ich plötzlich mit zwei Riesen inmitten unseres Dorfes erscheine.«

»Ist es weit?«, fragte Emerelle.

Oblon deutete auf die Berge. »Fast ein Tagesmarsch. Wir werden vor der Dämmerung eintreffen. Kommt.« Der Kobold legte ein strammes Marschtempo vor. Trotz der brütenden Hitze machte er keine Pausen.

Bald schon fühlte sich Falrach völlig ausgelaugt. Sein Mund war trocken, seine Lippen fühlten sich zerklüftet wie Eichenborke an. Gegen Mittag hörte er auf zu schwitzen. Er hatte das Gefühl, dass das kein gutes Zeichen war. Schwindelanfälle plagten ihn. Immer häufiger musste er sich an einen der heißen Felsen lehnen und kurz rasten. Kopfschmerzen peinigten ihn fast so sehr wie die belustigten Blicke Oblons. Der Kobold hatte in der ganzen Zeit nicht ein einziges Mal aus seiner Wasserflasche getrunken.

Schweigend versuchte Emerelle ihm zu helfen, aber er war zu stolz, um sich auf sie aufzustützen. Von Zeit zu Zeit streichelte eine erfrischende Brise sein Gesicht, und Wohlgerüche linderten seine Kopfschmerzen. Er wusste, dass es ihr Werk war. Hätte sie eine kühle Quelle aus einem der Felsen hervorbrechen lassen können? Sie hatte die Macht dazu. Aber ihm war auch klar, warum sie es nicht tat. Oblon sollte nicht wissen, dass seine Riesin auch noch zaubern konnte. Also war es an ihm, zu leiden und dabei eine gute Figur zu machen, dachte er bitter und versuchte zugleich ein Lächeln. Er wollte dem Kobold nicht das Gefühl gönnen, sich überlegen zu fühlen.

Am späten Nachmittag führte sie Oblon in ein Bachbett hinab, das sich tief in den verdorrten Boden gegraben hatte. Es war trocken wie alles in dieser Einöde. Nur die etwas dichter stehenden, braunen Grasbüschel ließen vermuten, dass hier doch gelegentlich Wasser floss.

In weiten Kehren stieg das Bachbett sanft an; schließlich führte ihr Weg sie in eine Felsklamm, die so eng war, dass Falrach die Wände auf beiden Seiten berühren konnte, ohne seine Arme ganz auszustrecken.

Der Fels war von der Macht des Wassers spiegelglatt poliert. Mehr als zehn Schritt reichten die Steilwände in die Höhe. Sie zu erklimmen, war unmöglich. Kaum ein Lichtstrahl verirrte sich auf den Grund der Klamm, obwohl der Himmel über ihnen noch keine Spur von Abendrot zeigte.

Im Zwielicht war es schwer, seinen Weg durch das Geröll am Grund der Klamm zu finden. Bei allen Mängeln, die Ollowains Körper aufwies, besaß er doch ein ausgezeichnetes Gleichgewichtsgefühl. Falrach vermutete, dass es mit dem Schwertkampf zu tun hatte. Nicht ein einziges Mal strauchelte er auf dem schwierigen Grund.

Selbst Oblon war nun langsamer geworden. Obwohl er

den Weg kannte, hatte auch er augenscheinlich Schwierigkeiten, auf dem trügerischen Grund einen sicheren Tritt zu finden. Nur Oblon war noch von den Kobolden übrig geblieben, die sie begleitet hatten. Selbst jene, die sich nicht mit Beutewaffen abschleppten und sie den Tag über begleitet hatten, waren weit hinter sie zurückgefallen.

Es herrschte eine angespannte Stimmung. Die Klamm verstärkte jeden Laut. Sein Keuchen und das Scharren der Steine unter ihren Füßen.

»Was für Trolle sind das eigentlich, mit denen ihr in Fehde liegt?«, fragte Emerelle unvermittelt. Ihre Stimme hallte dutzendfach gebrochen von den Felsen wider. »Wie sehen sie aus?«

»Sie sind groß. Ihre Haut ist grau. Sie sind grausam«, stieß Oblon keuchend hervor, ohne in seinem Marsch innezuhalten. »Sie fordern von allen Stämmen Tribut. Warum fragst du? Gibt es in deiner Heimat keine Trolle, Riesin? Alle wissen doch, wie Trolle sind. Sie sind die Geißel Albenmarks.«

Falrach fand die Beschreibung recht zutreffend. Aber er war zu müde, um noch irgendetwas zu sagen.

Plötzlich hielt Oblon inne. Fast im selben Augenblick erklangen über ihnen Hörner. Falrach blickte auf. Hoch über ihren Köpfen waren am Rand der Klamm Felsbrocken zu losen Haufen geschichtet. Es war leicht, zu erkennen, welchem Zweck sie dienten. Jetzt waren sie wirklich ausgeliefert. In der engen Schlucht gab es keinen Ort, der Schutz vor dem Steinschlag liefern würde. Wie hatten sie so dumm sein können, die Kobolde für einfältige Wilde zu halten!

»Würdet ihr hier ein wenig warten?«, sagte Oblon lächelnd.

Ein Seil fiel vom Klippenrand. Er schlang es sich um den Arm und wurde mit einem Ruck nach oben gezogen. »Stürzt die Felsen hinab!« Sein Befehl hallte durch die Klamm. Dann brach der Himmel hernieder.

# DER VATER

Jules betrachtete seinen Sohn. Er lag zusammengerollt auf einem Strohsack dicht beim Feuer. Über dreißig Stunden schlief er jetzt schon. Adriens Fieber hatte nachgelassen, ohne dass er sich bemüht hatte, dem Jungen zu helfen.

Jules war sich nicht sicher, ob der Junge besonders dumm oder außergewöhnlich stolz war. Er hatte gegraben … Die ganze Nacht hindurch und auch am folgenden Tag noch weit bis in den Mittag hinein. Jules hatte ihn beobachtet. Er hatte gesehen, wie oft der Junge gestrauchelt war, wenn er eine Schaufel der hartgefrorenen Erde aus der Grube hinaufwarf. Ihm war auch nicht verborgen geblieben, in welchem Zustand Adriens Hände waren.

An den Händen hatte er etwas getan, nachdem der Junge in tiefen Schlummer gesunken war. Er brauchte diese Hände noch. Er hatte Großes mit ihm vor. Und sollte sich herausstellen, dass sein Sohn stolz und nicht dumm war, dann würde er seinen Weg machen. Nicht wie die beiden anderen. Jules schnaufte ärgerlich. Sie hatten ihn so unendlich enttäuscht! Beim ersten war er überrascht gewesen, wie schnell er starb. Für ihn hatte er das Grab noch selbst ausgehoben. Ein Fehler, der ihm nicht wieder geschehen würde! Adriens letzter Ruheplatz war bereit.

Vielleicht sollte man das in ihre Ordensregel aufnehmen, wenn sein Plan letztlich glückte. Welchen Einfluss hätte es wohl auf junge Knappen, wenn sie früh in ihrer Ausbildung ihr Grab ausheben mussten? Würde es sie unempfindlicher gegen den Schrecken des Todes machen? Sich in Menschen hineinzudenken, fiel ihm schwer. Sie waren so sprunghaft … Genauso hatten sie werden sollen. Geschöpfe, die Gefallen daran fanden, ihre Welt zu verändern. Erfüllt von Ideen und dem Geist, sie umzusetzen. Aber dass sie so waren, machte es schwer, mit ihnen langfristige Pläne zu schmieden. Pläne, die über Jahrhunderte reichten.

Jules hatte Michel Sarti nicht sonderlich gemocht. Er war ein Hurenbock und Trinker gewesen, mit einem Hang zur Grausamkeit. Aber manchmal hatte er ungewöhnliche Ideen. Wie ungeschliffene Diamanten. Es war seine Idee gewesen, einen kämpfenden Orden aufzustellen. Priester, die sich mit Waffen übten. Das war neu! Ritter, die sich ganz der Disziplin eines kirchlichen Ordens unterwarfen.

Jules hatte lange darüber nachgedacht. Die Idee war es wert, einige Versuche zu machen. Sah man von einigen wenigen Taten ab, hatte Michel Sarti nicht gerade ein vorbildliches Leben geführt. Sein Name war durchaus bekannt. Als Söldnerführer hatte er einige ansehnliche Erfolge erzielt. Und tatsächlich hatte er sich später verändert und zum Tjuredglauben gefunden. Aber das allein genügte Jules nicht. Da musste mehr sein! Er sah auf den schlafenden Jungen hinab. Ob Adrien dieses Mehr zu bieten hatte? Würde er sich bewähren? Der Junge war sein Sohn. Und war auf eine Weise begabt, die er sich nicht einmal vorzustellen vermochte. Wahrscheinlich würde er nicht so außergewöhnlich wie Guillaume werden. Vielleicht aber könnte er Guillaume rächen.

Jules nahm ein Scheit Holz und legte es ins Feuer. Er sollte etwas pfleglicher mit Adrien umgehen. Er mochte ein kostbares Werkzeug werden, wenn er ihn nicht durch sein Ungestüm zerbrach.

Der Priester sah zu der Tür hinüber, die er stets verschlossen hielt. Sollte er es wagen? Nein, es war besser, wenn er hier war, falls Adrien erwachte oder das Fieber noch einmal zurückkehrte.

Jules lehnte sich in seinem schlichten, hölzernen Sessel zurück und schloss die Augen. Er lauschte auf den Wind, den die Säulen unten im Tal zu melancholischen Liedern verführten. Er dachte an die Stadt, die dort einst gestanden hatte. An die sieben Könige. So viel Zeit war vergangen.

Der Priester rief sich zur Ordnung. Es war müßig, seine Gedanken an die Vergangenheit zu verschwenden. Was geschehen war, ließ sich nicht mehr ändern. Nur die Zukunft zählte noch. Er konzentrierte sich auf die Spieltische, die wohl verborgen standen. Das Ende der Kämpfe um Emerelles Thron hatte ihn überrascht. Er hatte dieses Spiel verloren. Die Art, wie es geschehen war, wog seinen Ärger ein wenig auf. Es kam nicht mehr sehr oft vor, dass Elfen ihn überraschten.

Seit die Trolle auf Burg Elfenlicht eingezogen waren, hatte er zwei neue Falrachspiele aufgestellt. In beiden war Adrien als Spielfigur vertreten. Mit welchem Zug sollte er diese Spiele eröffnen?

## DAS KÖNIGSGRAB

Kadlin blickte entsetzt zu der Insel hinab, die im Talsee unter ihnen deutlich zu erkennen war. Sie hätte nicht dort sein dürfen. Sie hatte sich den Ort genau beschreiben lassen. Die Insel hätte in den Fluten versunken sein müssen. Als die geschlagenen Fjordländer sich nach der Schlacht bei der Nachtzinne zurückziehen mussten und sie Sorge hatten, die Trolle könnten sie stellen, hatten sie den Leichnam des Königs zurückgelassen. Diese Insel dort unten im Tal hatten sie ausgewählt. Es konnte keinen Zweifel geben! Jetzt erkannte Kadlin auch den Eingang zu der Höhle, die zum Königsgrab geworden war.

Ulric, Halgard, Lambi und die anderen hatten den König in der Höhle beigesetzt. Und dann hatten sie das Wasser des Sees angestaut, damit die Insel in den steigenden Fluten versinken konnte. So sollte das Königsgrab verborgen bleiben, bis Norgrimm, der Gott der Schlachten und Krieger, ihnen zulächelte und sie siegreich ins Land der Trolle zurückkehren würden.

Sie blickte zu Melvyn. Ihr Halbbruder hatte sein selbstsicheres Lächeln verloren. Unruhig sah er sich um. Er hatte ihr zugeredet, dass es möglich war, Alfadas zurückzuholen. In ihrer Hütte hatte alles ganz einfach geklungen.

Alle Bäume auf der Insel waren von einem dicken Eispanzer überzogen. Es konnte keinen Zweifel daran geben, dass die Insel tatsächlich in den Fluten des Sees versunken war.

»Lass uns hinuntergehen!«

Er hielt sie am Arm fest. »Nein. Wir sind zu spät. Es hat keinen Sinn. Und ich habe das Gefühl, wir sind nicht allein.«

»Was hatte die ganze Reise für einen Sinn, wenn wir nicht einmal nachsehen, ob er noch dort unten ist! Ich werde gehen.«

»Glaubst du wirklich, dass sie das Wasser abgelassen und Felsen vor dem Grab zur Seite geräumt haben, um ihn dann dort zu lassen?«

»Wir werden es nur wissen, wenn wir hinuntergehen!«

»Bitte ...«

Es war das erste Mal, dass er sie um etwas bat. Sie drehte sich halb zu ihm um.

»Bitte, Kadlin. Du weißt doch, wie sie tote Helden ehren. Willst du es wirklich sehen? Behalte ihn so in Erinnerung, wie du ihn kanntest.« Seine Stimme stockte. »Geh nicht dort hinab!«

Kadlin riss sich los. »Ich bin nicht den weiten Weg gegangen, um am Ende immer noch nicht zu wissen ...«

»Er ist tot! Was gibt es da zu wissen?«

Sie atmete schwer. Melvyn hatte Recht. Das ließ sich nicht von der Hand weisen. Allein hier zu sein, war schon verrückt. Sie betrachtete die Insel. Der kleine See, das Tal ... Alles war verlassen. Es war unübersehbar, dass die Trolle das Grab schon vor einiger Zeit geöffnet hatten.

Kadlin entwand sich dem Griff ihres Bruders. »Ich will nur von ihm Abschied nehmen. Es wird nicht lange dauern.«

Melvyn versuchte nicht mehr sie aufzuhalten. Mühsam kämpfte sie sich Schritt um Schritt durch den hohen Schnee. Gestern und auch heute hatte es nicht geschneit. Man würde Spuren sehen, wenn dies eine Falle war. Trollspuren im Schnee waren einfach unübersehbar.

Vorsichtig tastend trat sie auf das Eis des kleinen Sees. Es war hart wie Stein gefroren. Plötzlich überfiel sie Unsicherheit. Sie blickte den Hang hinauf. Melvyn war verschwunden. Mistkerl! Er wollte ihr wohl Angst machen! Aber sie war kein kleines Mädchen mehr.

Entschlossener ging sie weiter. Sie umrundete eine Gruppe flacher, eingeschneiter Uferfelsen. Dann sah sie den Höhleneingang vor sich. Ein Spalier aus Eiszapfen hing vor ihm hinab. Sie musste sich tief ducken, um darunter hindurchzuschlüpfen.

Das Licht, das sich in den Eiszapfen brach, zauberte grellweiße Flecken auf die dunklen Höhlenwände. Die Kälte hier drinnen raubte ihr schier den Atem. Sie schob sich den Schal über die Lippen. Ihre Gesichtshaut fühlte sich straff an. Sie prickelte.

Draußen heulte der Wind über den Klippen der Insel und sang in den Wipfeln der erfrorenen Bäume. Die Eiszapfen am Höhleneingang erzitterten. Die Lichtflecke tanzten. Einer riss ein Gesicht aus der Dunkelheit. Eine von Schreck verzerrte Grimasse. Der Körper des Toten war seltsam verkrümmt.

Kadlin verharrte. Die tanzenden Lichter zeigten nun all die Toten. Sie erinnerte sich an Lambis Erzählungen. Nicht nur Alfadas lag hier bestattet. Etwa zwanzig andere Krieger hatten an diesem Ort ebenfalls ihre letzte Ruhe gefunden.

Die junge Königin atmete schwer. Einige der Männer erkannte sie wieder, auch wenn der Frost ihre Gesichter dunkel gefärbt hatte. Die Toten erinnerten sie daran, warum sie gekommen war. Es ging nicht allein um ihren Vater. Es ging um ihre Schuld. Nach der Schlacht an der Nachtzinne, nachdem Björn und Kalf gefallen waren, war sie feige geflohen. Statt mit den anderen durch die Berge zurück nach Firnstayn zu gehen, war sie gemeinsam mit dem Baumeister Gundaher nach Albenmark gesegelt. Damals hatte sie nicht ahnen können, welche Schrecken die anderen erwarteten. Es schien so, als hätten sie die Trolle besiegt. Das war die Wahrheit! Aber die Wahrheit konnte ihre Schuldgefühle nicht auslöschen. Sie war es den Toten, die für ihren Vater und ihren Bruder Ulric gekämpft hatten, schuldig, diesen Weg zu gehen. Allein! Deshalb hatte sie Lambi nicht mitnehmen können und auch keinen anderen! Sie hatten diesen Weg schon gemacht!

Die Gedanken daran hatten den ganzen Winter über in ihr gegärt. Und als Melvyn gekommen war, hatten sie gemeinsam den Entschluss gefasst, in die Berge zu gehen. Melvyn hatte seinen Vater Alfadas nie kennengelernt. Ihr Schicksal war sehr ähnlich. Auch sie hatte nach dem Elfenwinter ihr wirkliches Zuhause nie wiedergesehen. Für sie war Kalf ihr Vater gewesen, der Fischer und Jäger, mit dem ihre Mutter Asla tief in den Bergen verborgen ein einsames und glückliches Leben geführt hatte.

Kadlin wusste, dass sie ihre ersten Lebensjahre im Langhaus des Herzogs und Jarls Alfadas verbracht hatte. Sie konnte sich an einen großen, schwarzen Hund erinnern. Aber nicht an ihren Vater.

Der Tanz der Lichter wurde ruhiger. Vorsichtig drang Kadlin tiefer in die Höhle vor. Sie stieg über die Leiber der Toten hinweg. Manche wirkten, als schliefen sie nur. Andere pressten noch immer ihre Hände auf den Leib, als wollten ihre Schmerzen selbst im Tod nicht enden. So wie sie niedergesunken waren, waren sie auf dem Schlachtfeld erfroren. Und niemand hatte ihre Glieder mehr in eine dem Grab angemessene Ordnung rücken können.

Kadlin duckte sich unter einer Felsnase hinweg, die tief aus der Höhlendecke hinabreichte. Wieder heulte der Sturmwind auf. Flirrende Lichtpunkte strichen über verwitterten Stein. Etwas blinkte auf. Licht brach sich auf Stahl. Erschrocken fuhr die junge Königin zurück und schlug mit dem Kopf gegen die Felsnase. Vor ihr stand eine Schildwache. Aufrecht hinter einem Steinblock, der wie ein Altar wirkte. Die Hände um einen Speer geklammert. Den Blick fest auf den Höhleneingang gerichtet.

Kadlin ging in die Knie. Ohne den Wächter aus den Augen zu lassen, tastete sie über ihren Hinterkopf. Blut sickerte durch ihr langes Haar. Ihr war schwindelig. Der Krieger war tot. Sie wusste das. Und dennoch wirkte er erschreckend. Sie kannte ihn. Es war Eirik, ein Krieger aus dem Gefolge ihres Bruders. Er war streitsüchtig gewesen und hatte Ulric das Leben schwergemacht. Eirik war davon überzeugt gewesen, Ulric sei ein Widergänger. Ein aus dem Grab Auferstandener. Damit hatte er für viel Unruhe gesorgt. Und nun sah er selbst aus wie ein Widergänger. Ein einsamer Wächter, der sich von den Toten erhoben hatte. Dessen Seele keinen Weg zu den Goldenen Hallen fand.

Kadlin erhob sich und versuchte nach Kräften, den bohrenden Blick des Toten zu ignorieren. Eirik musste auf seinen Speer gestützt erfroren sein. Warum war er in der Höhle mit den Toten geblieben? Lambi hatte davon nicht erzählt.

Die Königin umrundete den Felsblock. Ihre Hände strichen gedankenverloren über den glatten Stein. Sie spürte eine feuchte, warme Berührung im Nacken. Das Blut. Sie musste sich stärker den Kopf angeschlagen haben, als sie vermutet hatte. Wieder tastete sie über ihr Haar. Es war ganz verklebt. Als sie ihre Hand zurückzog, war sie rot von halb geronnenem Blut. Ihr war ein wenig übel. Sie stützte sich mit beiden Händen auf die Felsplatte. In diesem Augenblick wurde ihr klar, dass hier eigentlich der Leichnam ihres Vaters hätte liegen sollen. Die Leiche des

Königs. Dies war der erhabenste Ort der Höhle. Und hier stand Eirik als Schildwache. Aber der Felsblock war leer!

Kadlins Gedanken überschlugen sich. Hatten ihn vielleicht die Elfen geholt? Die anderen Leichen waren unberührt. Die Trolle hätten doch gewiss ein Festmahl mit den Toten abgehalten, wenn sie hier eingedrungen wären. Das große Grab aber schien unberührt, abgesehen davon, dass ihr Vater nicht mehr hier war.

Hatte er womöglich überlebt? Nein, das war ausgeschlossen. Zu viele hatten seinen Tod bestätigt. Und wenn Elfen hier gewesen wären, dann hätte Melvyn mit Sicherheit davon gewusst!

»Menschentochter!« Die Stimme hallte wie ein Fanfarenstoß in der Höhle. Es war eine derbe Zunge, die dieses Wort geformt hatte. Eine Zunge, die mit der Sprache der Fjordländer nur wenig vertraut war.

Kadlins Herz schlug schneller. Sie wusste, dass es keinen zweiten Weg aus der Höhle gab. Sie musste sich stellen. Entschlossen nahm sie ihren ganzen Mut zusammen. Sie drückte den Rücken durch und reckte trotzig ihr Kinn vor. Dann ging sie zurück zum Eingang.

In weitem Halbkreis vor der Höhle standen acht Trolle.

Einer der acht sog geräuschvoll Luft ein. »Deine Witterung ist mir vertraut, Menschentochter.« Der Troll, der sprach, hatte eine dunkelgraue Haut mit hellen Einsprengseln. Er stützte sich auf eine schwere Kriegskeule mit einem großen Steinkopf. Reste von verharschtem Schnee klebten an seiner Haut. Kadlin blickte flüchtig zu den eingeschneiten Felsen, die ihr auf dem Weg zur Höhle aufgefallen waren. Sie waren verschwunden. Wie dumm sie gewesen war! Die Trolle hatten sie nun auf dieselbe Weise getäuscht, wie sie und Melvyn vor ein paar Tagen ihre Späher hereingelegt hatten.

»Überheblichkeit, Menschentochter, ist der erste Schritt in den Untergang. Dein Leben ist verwirkt. Du wusstest, dass du nicht hierherkommen durftest.« Die Augen des Trolls hatten die Farbe von Bernstein. Er lächelte. Oder bleckte er die Zähne wie ein Raubtier? Er sah furchterregend aus. Und er war mehr als einen Schritt größer als sie. Muskelstränge, dick wie Ankertaue, spannten sich an seinem Arm, als er die Kriegskeule hob.

»Du hast Mut, Menschentochter. Wenn du gut kämpfst und gut stirbst, werde ich meine Krieger nicht in dein Dorf führen. Meine Männer glauben, ihr Menschenkinder hättet den Respekt vor uns verloren. Sie wollen ins Fjordland einfallen und ein paar Dörfer und Städte niederbrennen. Ich werde es ihnen erlauben, wenn du mich enttäuschst.«

Kadlin schloss die Augen und atmete schwer aus. Alles war so gekommen, wie Lambi es ihr vorhergesagt hatte. Sie hätte nicht hierherkommen dürfen! Ein dumpfer Schmerz strahlte von der Wunde an ihrem Hinterkopf. Sie kniete nieder.

Der Troll sah sie verwundert an. Er hob die Keule, wie ein Scharfrichter auf dem Henkersplatz sein Schwert gehoben hätte.

Kadlin griff in den Schnee. Sie rieb eine Handvoll Schnee ins Haar. Die Kälte tat gut. Das Pochen der Wunde ließ ein wenig nach.

»Kannst du kämpfen?«

Sie nickte dem Troll zu. Etwas regte sich in ihrem Bauch. Deutlich spürte sie einen Fußtritt. Ein dicker Kloß stieg ihr in den Hals. Sie würde ihr Kind ermorden! Und wofür? Für einen Toten!

Kadlin erhob sich. Sie hatte immer noch weiche Knie. Sie spannte ihre Muskeln und versuchte sich an all die Dinge zu erinnern, die Silwyna ihr einst beigebracht hatte. Silwyna, die Elfe, die so oft in das verborgene Tal gekommen war, in dem Kadlin ihre Kindheit verbracht hatte.

Wortlos zog die Königin ihr Schwert und hob es zum Fechtergruß.

Der Troll knurrte etwas, das sie nicht verstand. Dann ließ er die riesige Kriegskeule in weitem Kreis über seinem Kopf wirbeln und griff an. Er unterschätzte sie!

Sie stürmte vor und unterlief die wuchtige Waffe. Auch ihr blieb nicht der Platz, um auszuholen. Sie versuchte ihm in den Unterbauch zu stechen, doch der Hüne reagierte mit einem überraschend flinken Schritt zur Seite, so dass ihre Klinge ins Leere stieß.

Kadlin ahnte, was kommen würde, und warf sich flach in den Schnee.

Keinen Augenblick zu spät! Die riesige Keule sauste in einem Rückhandschlag nieder und verfehlte sie nur um wenige Fingerbreit.

Die Königin rollte sich auf die Seite und sprang auf die Beine.

Der Troll bleckte erneut die Zähne zu einem Lächeln. »Nicht schlecht, Menschentochter. Wenn du es schaffst, ein wenig von meinem Blut zu vergießen, bevor du stirbst, dann hast du die Deinen vor einem Kriegszug bewahrt.«

Kadlin war noch immer benommen. Helle Lichtpunkte tanzten ihr vor den Augen. Fieberhaft überlegte sie, wie ein so übermächtiger Gegner zu besiegen war. Ein wenig Blut zu vergießen, war ihr nicht genug! Sie wollte ihn töten. Ihr Bruder Ulric hatte einen Troll getötet, als er noch ein Kind gewesen war. Ihr Vater hatte während der Schlachten des Elfenwinters ebenfalls mehrere Trolle erschlagen. Sie würde die Familientradition fortsetzen. Ihre Klinge sollte diesen stinkenden Fleischberg an dessen eigene Lektion zur Überheblichkeit erinnern!

Der Troll hielt seine Keule diesmal flacher. Er ließ sie in langsam pendelnder Bewegung hin und her schwingen. Die Waffe schnitt mit einem satten Zischen durch die Luft. Er kam langsam auf sie zu. Er war wie eine Lawine. Eine Naturgewalt. Selbst ohne Keule könnte er sie mit bloßen Fäusten zerschmettern.

Kadlin atmete aus, so wie Silwyna es sie einst gelehrt hatte, als sie auf Wolfspirsch waren. Und mit dem Atem zugleich floss die Angst aus ihr.

Sie täuschte einen Stich an, der auf den rechten Oberschenkel des Trolls zielte, und die pendelnde Waffe ihres Gegners geriet aus ihrem Rhythmus. Kadlin änderte die Schlagrichtung, wirbelte um den Hünen herum und versuchte ihn mit einem Rückhandhieb zu treffen. Klirrend schlug Stahl auf steinhartes Holz. Wie hatte der Bastard es geschafft, so schnell zu reagieren? Wer war das, gegen den sie da antrat?

Mit drei Schritten zurück vergrößerte sie rasch den Abstand zu der Keule. Der Troll setzte ihr nicht nach. Sein Blick war einschüchternd siegesgewiss.

»Wie heißt du? Wenn ich ein Duell austrage, weiß ich ganz gerne den Namen desjenigen, den ich zu seinen Ahnen schicke.«

»Das ist nicht dein erstes Duell? Dann hast du wenig gelernt.«

»Es wird reichen, um dir deine Raubtierschnauze einzuschlagen!«

Ihr Gegner lachte laut auf, und seine Kumpane fielen in das Gelächter mit ein. Die übrigen Trolle hatten inzwischen einen weiten Kreis um sie beide gebildet. Jede Flucht war unmöglich!

»Du kommst mit ausgestrecktem Schwertarm kaum bis zu meinem Kinn, Menschentochter. Ich fürchte, es wird dir schwerfallen, deine Drohung wahrzumachen.« Wieder lachte er. »Und mein Name ist Orgrim, Kind. Ich nenne ihn dir, damit du ihn deinen Ahnen sagen kannst, wenn du ihnen in den Goldenen Hallen begegnest.«

Orgrim! Sie hatte schon oft vom Herzog der Nachtzinne gehört. Kadlin war überrascht, wie gut der Troll sich auskannte. Er wusste, woran sie glaubte! Sie hingegen hatte keine Ahnung, welche Reise ein Troll nach seinem Tod antreten würde.

Der Herzog stieß einen Schlachtruf aus, der ihr durch die Glieder fuhr. Gleichzeitig stürmte er vor, als wolle er sie einfach niederrennen. Sie machte einen Hechtsprung zur Seite. Er wechselte seine Angriffsrichtung, und während sie noch versuchte, wieder auf die Beine zu kommen, versetzte er ihr einen Fußtritt.

Ihre Reaktion kam zu langsam! Er traf sie zwar nicht mitten im Leib, aber doch an der Schulter. Sie wurde herumgerissen und ein paar Schritt weit durch die Luft gewirbelt. Der Schnee dämpfte ihren Aufprall. Ihr Mund war voller Blut. Sie hatte sich die Unterlippe durchgebissen. Taumelnd kam sie hoch. Ihre linke Schulter war taub. Ihre Schwerthand zitterte. Breitbeinig stellte sie sich dem Troll in den Weg, als sich ein sengender Schmerz in ihren Rücken bohrte und sie von den Beinen gerissen wurde.

## KNOCHENARBEIT

Skanga saß an einer Feuergrube in einem der großen Koboldpaläste Feylanvieks. Auf ihren Befehl hin war der Boden aus Rosenholz entfernt worden, damit man eine Grube für eine Feuerstelle ausheben konnte. Das Haus lag nahe am Kanal und war nicht unterkellert.

Sie streckte die Hände dem Feuer entgegen und genoss die Wärme. Sie sehnte sich nach ihrer Höhle in den Bergen der Snaiwamark zurück. Und sie wusste, dass sie zu Burg Elfenlicht zurückkehren musste. Sie durfte den jungen König Gilmarak nicht zu lange den Schmeichlern und Ohrenbläsern bei Hof überlassen. Sie würden ihm schaden.

Skanga hob den Beutel mit den alten Knochen auf, der neben ihr lag. Ein halbes Leben lang hatte sie diese Knochen gesammelt. Sie alle waren einzigartig. Eine Rippe des Menschenkönigs Horsa, ein Fingerknochen aus einer früheren Fleischwerdung Herzog Orgrims, die Kralle eines Drachen, der gerade erst aus dem Ei geschlüpft war, als ihn sein Schicksal ereilte, ein Knochen einer Kreatur, die vor langer Zeit ans Ufer der Walbucht gespült worden war und für die niemand einen Namen gehabt hatte. Ein halbes Schienbein der Elfe Aileen, die einst die Geliebte des Helden Farodin gewesen und die von dem Trollherzog Dolgrim erschlagen worden war. Der Schädel eines Hasen, der so unglaublich köstlich gewesen war, dass sie sich bis ans Ende aller Tage an ihn erinnern würde.

Jedem der Knochen in dem schmutzigen, alten Lederbeutel wohnte Magie inne. Magie, die sie durch Runen noch verstärkt hatte. Wer diese Knochen warf und die Zeichen richtig zu deuten wusste, für den teilte sich der Schleier der Zukunft. Dies war ihre eigene Magie, dachte Skanga. Sie war stark. Und sie traute ihr, ganz im Gegensatz zu der Silberschale im Thronsaal von Burg Elfenlicht, die Emerelle so oft um Rat befragt hatte.

Die Schamanin schüttelte den Knochenbeutel und lauschte auf das dumpfe Klappern. Sie konnte am Geräusch der Knochen erkennen, wann der Augenblick gekommen war, sie auszuschütten.

Birga saß neben ihr. Sie sah argwöhnisch zu. Sie konnte den Neid und die Missgunst ihrer Schülerin spüren, auch ohne sie zu sehen. Sie wollte diesen Knochenbeutel. Wollte die Macht, die er barg. Skanga hatte ihr noch nicht erzählt, dass jede Schamanin ihre Knochen selbst sammeln musste. Einen fremden Knochenbeutel an sich zu bringen, half gar nichts. Selbst Emerelle würde daran scheitern, würde sie versuchen, die Macht von Skangas Knochenbeutel zu stehlen.

Emerelle … Die Elfe hatte ihren Thron verloren, und doch gab es immer noch keinen Frieden. Skanga war fest entschlossen, sie für das Blutbad im Gerichtssaal zu strafen. Diesmal war das Leben der Elfe verwirkt. Wann würde sie diese falsche Schlange endlich gefangen nehmen, um ihr das Genick zu brechen? Skanga ergab sich ganz diesen Gedanken. Wann?

Klappernd fielen die Knochen auf den gestampften Boden neben der Feuergrube. Ein mattes, honigfarbenes Leuchten ging von ihnen aus. Die Runen leuchteten in hellerem, fast weißem Licht. Freilich vermochten dies nur die Augen einer Blinden zu sehen. Die Sehenden hingegen waren blind für die verwickelten magischen Muster, die sich zwischen den Knochen spannten.

Skanga erkannte auf den ersten Blick, dass die Knochen nichts Gutes verhießen. Sie ließ sich Zeit, die Abgründe des Orakels zu ergründen. Lange betrachtete sie die Muster, die sich aus den übereinanderliegenden Knochen geformt hatten. Mehrfach wechselte sie ihren Sitzplatz, um das Orakel aus einem anderen Blickwinkel zu betrachten. Der Hasenschädel lag falsch herum. Die Stelle, an der die Wirbelsäule in den Schädel getreten war, starrte sie an wie ein dunkles Auge. Das war ein schlechtes Omen!

Die Magie der Knochen erstrahlte in hellem Glanz. Sie sprachen voller Macht. Ein zweiter Wurf war nicht notwendig. Sie würde sterben, wenn sie Emerelle mit Gewalt zu sich bringen ließ.

Skanga hatte keine Angst vor den Tod. An langen Wintertagen, wenn die Kälte sich in ihren Knochen eingenistet hatte wie unter den Dachtraufen, von denen eisige Zähne hingen, dann hatte der Gedanke ans Sterben etwas Verlockendes. Aber sie konnte nicht fort. Nicht jetzt schon. Ihr Volk brauchte sie, der junge König. Alles, was sie gewonnen hatten, wofür so unendlich viel Blut gezahlt worden war, würde vergehen, wenn sie nicht hinter dem Thron stand und wachte.

Emerelle verhöhnte sie. Nichts anderes hatten diese Morde zu bedeuten. Sie maßte sich an, noch immer darüber zu entscheiden, was Recht und was Unrecht war. Sie hatte den Thron verloren, aber sie hatte nicht aufgehört, Königin zu sein. Wie gern hätte sie diese eingebildete, blutlüsterne Elfe in der Hand gehabt. Sie waren ihr so nah. Skanga konnte es deutlich spüren. Die Schamanin wusste nicht, welche ihrer Kopfgeldjäger die Königin aufgespürt hatten … Aber sie wusste, sie würde nur die Hand ausstrecken müssen, dann hätte sie Emerelle.

Skanga wechselte noch einmal den Sitzplatz und betrachtete eingehend das Muster der Knochen. Ganz gleich, wie man es betrachtete, das Orakel sagte immer dasselbe. Sie, Skanga, würde sterben, wenn sie Emerelle vor sich bringen ließ. Wie das geschehen würde, war nicht zu erkennen. Sie dachte daran, was die Silberschüssel im Thronsaal ihr gezeigt hatte. Passte es zusammen? Log eines der Orakel?

Das Schicksal war ungerecht! Skanga dachte an den Ratssaal. Daran, was Emerelle und Ollowain dort getan hatten. Und doch hielt man ihr Volk für grausam und die Elfen für feinsinnige Künstler. Es war müßig, daran etwas ändern zu wollen.

Die Schamanin massierte ihre Stirn. Dicht über der Nasenwurzel. Sie musste klar denken. Ohne Zorn! Emerelle hatte ihr den Fehdehandschuh hingeworfen. Und sie würde ihn aufheben. Gharub war ein grausamer Willkürherrscher gewesen, umgeben von schlechten Beratern. Das hatte ihn das Leben gekostet. So etwas würde nicht wieder geschehen. Sie würden ein Gesetzbuch erschaffen. Einfach und klar! Zehn Seiten sollte es nur umfassen. Die Strafen würden hart sein. Blutstrafen, wo es angemessen war. Und alle würden vor diesem Gesetz gleich sein, ganz so, wie Elija und seine Rotmützen es forderten.

Zehn Seiten, die jeder Troll, der herrschen wollte, kennen musste. Zehn Seiten konnte jeder erlernen. Skanga wusste, dass die gegenwärtigen Gesetze ganze Bücherzimmer füllten. Damit sollte Schluss sein. Das war überflüssig. Das alte Recht war wie Verstopfung. Es machte Schwafelköpfe reich und verschleierte alles.

»Was sagt das Orakel?«, fragte Birga, die nicht länger an sich halten konnte.

»Dass wir noch heute Nacht nach Burg Elfenlicht zurückkehren werden. Kümmere dich darum, dass alle Jäger, die wir nach den Mördern ausgeschickt haben, zurückgerufen werden!«

»Aber wir können sie doch nicht laufen lassen!«

»Glaubst du, dass es dir zusteht, mir zu sagen, was ich kann und was nicht?«

»Nein, Herrin … Aber bitte, verrate mir, was haben die Knochen gesagt? Was ist so eilig zu tun?«

»Wir müssen ein gutes Abführmittel ersinnen. Wir werden auf Tausende Bücher scheißen!«

Skanga genoss es, das bunte Farbenspiel in Birgas Aura zu betrachten. Verwirrung und Zorn waren ihre stärksten Gefühle, daneben ein Hauch unterwürfiger Bewunderung und Stolz. Sie war ein seltsames Geschöpf. Nützlich, nicht ohne Begabung. Nur ohne Geduld. Das würde ihr noch zum Verhängnis werden, wenn sie nicht lernte, sich Zügel anzulegen. Eine gute Schamanin musste warten können. Und sie musste die Welt aus vielen verschiedenen Blickwinkeln betrachten können. Skanga hatte davon geträumt, Emerelle gefangen nehmen zu lassen. Auf Burg Elfenlicht hatte sie der Königin zwar versprochen, sie ziehen zu lassen, aber sie war sich schon damals sicher gewesen, dass Emerelle ihr einen Vorwand liefern würde, ihr Wort zu brechen.

Skanga hatte sich ausgemalt, wie die gefallene Königin, in Ketten geschlagen, neben dem Thron kauerte. All ihres Glanzes beraubt. Bis zum nächsten Fest der Lichter hätte sie dort gehockt. Ihr Mahl wären die Abfälle von Trollen gewesen, Spott ihr tägliches Brot. Schläge und Tritte. Ja, sie hätte Emerelle gebrochen, ganz sicher! Und zuletzt hätte man sie zum Fest der Lichter nach Vahan Calyd gebracht, um sie vor den Augen aller Fürsten Albenmarks hinzurichten. Nicht mit dem Schwert … Es wäre ein schmutziger, unspektakulärer Tod geworden. Sie hätte sie langsam mit einem Strick erdrosseln lassen.

All diese Träume von später Rache waren nun dahin! Sie durfte Emerelle also nicht begegnen … Das war auch nicht notwendig, um ihr den Tod zu bringen. Zunächst mussten alle Jäger zurückkehren. Emerelle durfte keinen Verdacht schöpfen. Sie würde ihr einen Mörder schicken. Aber wer wäre ihr gewachsen, der mächtigsten Zauberin Albenmarks? Und wer hätte den Mut, ihr nach dem Leben zu trachten?

## OLLOWAINS VERMÄCHTNIS

Der schmale Spalt des Himmels füllte sich mit stürzenden Steinen. Die Zeit schien in diesem Augenblick langsamer zu fließen. Überdeutlich sah Falrach, wie die Felsbrocken sich im Sturz drehten. Tanzende Steine. Baldiger Tod. Staub und Sand, der sie wie ein zarter Schleier umgab und mit ihnen fiel.

»Hoch!« Nur ein Wort voll kaum beherrschtem Zorn. Emerelle stieß sich vom Felsen ab. Sie schnellte den stürzenden Felsen entgegen. Und sein Körper tat es ihr nach. Falrach fühlte sich wie ein Träumer. Als beobachtete er sich selbst von Ferne. Ollowains Erinnerungen waren erloschen. Sein Leben ausgelöscht … Aber es gab noch eine andere Form des Erinnerns. Seine Muskeln, Sehnen, Nerven hatten all die endlosen Stunden des Übens nicht vergessen. Sie gehörten Ollowain. In ihnen war er noch lebendig. Und sie taten, wozu er in seinem entsetzten Staunen nicht fähig war.

Er machte einen Sprung mit der Eleganz des geübten Fechters. Nur seine Fußspitzen berührten den Fels. Sie stießen ihn ab, trugen seinen Leib höher. Die Enge der Klamm rettete ihn. Er sprang von Wand zu Wand, jeweils einen halben Schritt höher. In atemberaubendem Tempo.

Gleichzeitig bog sich sein Leib nach hinten, zur Seite. Fort von den stürzenden Felsen. Höher und höher. Dem Himmel entgegen.

Emerelle war ihm immer ein Stück voraus. Sie bewegte sich mit derselben Geschicklichkeit wie er. Sie war wie einst. Jene Kämpferin, die die Drachen herausgefordert hatte. Die zu ihm gekommen war und die kein Wort über Wahrscheinlichkeiten hatte hören wollen.

Wie wahrscheinlich war es, aus einer Schlucht zu entkommen, die unter herabstürzenden Felsmassen begraben wurde? Emerelle interessierte sich nicht für Mathematik. Sie handelte. Und ihre Taten verhöhnten jede Wahrscheinlichkeitsrechnung. So wie jetzt.

Er stieß sich ein letztes Mal vom Felsen ab. Dann kam er auf der Kante der Klippe zum Stehen. Dicht neben Emerelle. Die Kobolde waren entsetzt vor ihnen zurückgewichen. Einige warfen sich zu Boden und falteten, um Gnade wimmernd, die Hände über dem Kopf.

Nur Oblon blieb stehen.

»Die Ältesten haben also entschieden, uns zu töten«, sagte Emerelle, als das Getöse der stürzenden Felsen verklungen war.

»Nicht die Ältesten. Nicht sie entscheiden. Ich, Oblon, Bewahrer der Ahnen, Stimme der Toten, Wanderer an verbotenen Orten, führe mein Volk. Ich habe diese Entscheidung getroffen. Mir allein gebührt die Strafe. Ich bin bereit.«

»Warum? Was haben wir dir und deinem Volk getan?«

»Ihr habt uns den Trollen ausgeliefert und dem Hunger. Sie waren dort. Und sie haben ihren Tribut nicht erhalten. Sie werden nun das Gewicht von zehn Trollen in Mais fordern. Wir hatten keine gute Ernte. Wenn wir diesen Tribut entrichten, dann werden wir hungern. Nicht alle Alten und Kinder werden die nächste Ernte erleben. Ich wollte euer Fleisch als Ersatz für den verlorenen Mais. Ich habe geschworen, mein Volk zu schützen. Nun richtet mich.«

»Dein Fleisch wird wohl kaum ausreichen, um dein Volk durch die Hungermonde zu bringen«, entgegnete Emerelle ruhig. »Welchen Nutzen also hätte dein Tod?«

Es war das erste Mal, seit sie ihm begegnet waren, dass Oblon sprachlos war. Er starrte sie an. Den Mund leicht geöffnet.

»Was siehst du in mir«, fragte sie herausfordernd und ging langsam auf den Kobold zu. »Einen Fleischvorrat für die Trockenzeit? Einen Geist, aus der Luft geboren? Deine Mörderin? Was bin ich?«

Oblon wich nicht vor ihr zurück. Falrach hatte Respekt vor dem Mut des Kleinen. In Albenmark gab es nur wenige, die sich vor dem Zorn Emerelles nicht duckten.

»Es liegt bei mir, was du bist.« Jetzt vermochte Oblon Emerelle nicht mehr in die Augen zu sehen.

»Wähle!«

# VON TOREN UND HELDEN

Kadlin wurde in steilem Bogen in den Himmel gerissen. Sie schrie vor Entsetzen, während der sichere Boden unter ihren Füßen sich immer weiter entfernte. Langsam gelang es ihr, die Panik niederzukämpfen. Es war der Boden, den sie jeden Augenblick mit ihrem Blut durchtränkt hätte.

Ein riesiger Raubvogel hatte sie gepackt und trug sie davon. Und er war nicht gerade zimperlich mit ihr umgesprungen. Seine Krallen hatten sich durch ihre dick gefütterte Lederkleidung in ihre Schulter und Brust gebohrt. Nicht tief. Aber tief genug, um eine Weile eine unangenehme Erinnerung an diese Begegnung zu behalten. Sie dachte an das Rentier, das sie im Schnee gesehen hatten. Jetzt begriff sie, warum keine Fährte des Tiers in das Schneefeld geführt hatte. Würde sie genauso enden? Ein blutiger Kadaver auf einem Schneefeld?

Der Vogel schwenkte nach links und hielt auf einen Bergkamm zu. Zwischen den Felsen entdeckte sie Melvyn. Ihr Bruder wirkte durch den Anblick des Vogels nicht im Mindesten beunruhigt.

Kadlin landete unsanft im Schnee, als der Adler unvermittelt seine Krallen öffnete. Melvyn war sofort an ihrer Seite. »Bist du verletzt?«

»Zählt auch verletzter Stolz?«

Er zwinkerte ihr zu. »Ein schwieriger Fall. Er heilt entweder schnell oder nie.«

Sie sah hinab zu der Insel inmitten des gefrorenen Sees. Die Trolle waren nun mindestens eine Meile entfernt. Sie machten keine Anstalten, ihnen zu folgen. Noch nicht.

Der Adler drehte noch eine weitere Runde am Himmel, dann schwenkte er nach Osten ab. Langsam begann Kadlin zu begreifen. »Er war schon die ganze Zeit in unserer Nähe, nicht wahr?«

Melvyn bedachte sie mit seinem unverschämten Grinsen. »Es ist immer gut, noch eine Überraschung auf Lager zu haben.«

Kadlin war wütend. Er hätte ihr das sagen müssen! Immer wieder hatte sie in den letzten Tagen darüber gebrütet, wie das tote Rentier auf das Schneefeld gekommen war und welcher neue Schrecken wohl in die Berge ihrer Heimat gekommen sein mochte.

»Ich habe auch eine Überraschung für dich. Ich gehe wieder hinunter zu den Trollen!«

Das Lächeln verschwand. »Das ist nicht dein Ernst. Die werden dich in Stücke schneiden und dich dann den Aasfressern überlassen, denn das Fleisch von Verrückten rühren sie nicht an.«

»Gut zu wissen, dass mir wenigstens das erspart bleibt!«

Er packte sie. »Komm zur Vernunft! Denk an dein Kind! Du darfst …«

Sie war bei Vernunft. Behutsam legte sie die Rechte auf ihren Bauch. Das Kind verhielt sich völlig ruhig, als habe es sich zusammengerollt, um sich in ihr möglichst klein zu machen. Ihre Stimme war rau und belegt, als sie antwortete. »Ich bin bei Vernunft. Endlich wieder! Ich hätte nicht mit dir hierherkommen dürfen. Und nun tue ich, was meine erste Pflicht als Königin ist. Ich schütze mein Volk!«

Melvyn ließ sie los. »Dann gehen wir zusammen.«

Sie schüttelte ärgerlich den Kopf. »Das ist dumm. Lass mich allein gehen!«

»Ich wäre ein verdammt übler großer Bruder, wenn ich tatenlos zusehen würde, wie sich meine kleine Schwester mit ein paar Kerlen herumschlägt, die fast doppelt so groß sind wie sie.«

»Du schuldest mir nichts. Wir kennen uns erst ein paar Tage!«

»Du kommst doch nicht einmal allein ins Tal hinab.« Sein Tonfall hatte sich geändert. Nie in den paar Tagen, die sie sich kannten, hatte er so ernst geklungen. »Wolkentaucher hat dir ganz schön zugesetzt. Dein Kopf ist eingeschlagen. Du bist schwanger. Und du siehst so aus, als würdest du gleich dein Frühstück in den Schnee spucken. Da werde ich dich doch nicht alleine gehen lassen. Außerdem wird Wolkentaucher mir helfen, wenn ich in Gefahr gerate. Dich hingegen wird er bestimmt nicht noch einmal retten.«

»Wir ziehen also zu dritt gegen acht Trolle. Das hört sich so an, als gäbe es heute Abend ein Festessen mit Riesenhuhn als erstem Gang.«

Melvyn blickte zu dem großen Adler. Er saß unbeweglich auf dem Felsblock, auf dem er sich niedergelassen hatte. »Du solltest so nicht von ihm reden. Er ist empfindlich. Weißt du, unter seinesgleichen ist er ein Fürst!«

»Er versteht meine Sprache?«

»Nein, aber deine Gedanken.«

Jetzt drehte Kadlin sich nach dem Adler um. Die schwarzen Augen des Greifvogels durchbohrten sie. Ein beleidigter Adler, ein Troll, der ein Duell mit ihr austragen wollte. Das war ein verrückter Traum. Das konnte nicht die Wirklichkeit sein!

Bei jedem Atemzug schmerzten die Wunden von den Adlerkrallen. Ihr Kopf dröhnte wie eine Kesselpauke. Nein, das war kein Traum. Das war Luths Spiel. Der Schicksalsweber mochte es, wenn man in seinen Fäden zappelte.

Melvyn hakte sich bei ihr unter. Schweigend stiegen sie den Hang hinab. Nie hatte sie sich ihrem Bruder näher gefühlt. Er machte keine leeren Worte. Er würde für sie kämpfen. Sie wollte das nicht. Zugleich fühlte sie sich behütet. So hatte sie nicht mehr empfunden, seit Kalf und Björn gestorben waren. Ermordet durch Trolle. Auch ihr Bruder Ulric war im Kampf gegen Trolle gefallen. Das schien Familientradition zu werden.

Orgrim und sein Gefolge warteten vor der Grabhöhle. Der Herzog der Nachtzinne hielt die Arme vor der Brust verschränkt. Vor ihm lag ihr Schwert im Schnee.

»Gilt unsere Vereinbarung noch?«, fragte sie mit fester Stimme.

»Hör nicht auf sie«, mischte sich Melvyn ein. »Ich bin ihr großer Bruder, und ich finde, dieser Streit sollte unter Männern ausgetragen werden.«

Einer der Trolle sagte etwas, bevor Kadlin ihrem Bruder über den Mund fahren konnte.

»Du bist also Silberkralle.« Der Herzog musterte ihren Bruder abschätzend. »Du bist weit fort von deinen Jagdgründen. Meine Brüder in der Snaiwamark erzählen viele Geschichten über dich.«

»Lass meine kleine Schwester ziehen. Wir kämpfen, und vielleicht wird man bald eine neue, ruhmreiche Geschichte über dich erzählen, Herzog.«

Der Trollfürst schien geneigt, das Angebot ihres Bruders anzunehmen.

»Ich gehe nicht ohne mein Schwert«, sagte Kadlin.

Melvyn lachte auf. »Jawohl, kleine Schwester! Wie du befiehlst, Königin!« Er bückte sich, um die Klinge aufzuheben.

Kadlin zog ihren Dolch. Einen Herzschlag lang begegnete ihr Blick dem des Trollfürsten, und sie glaubte Zustimmung in seinen Augen zu lesen. Sie hatte von Orgrim gehört. Viele hielten ihn für einen Ehrenmann. Der Baumeister Gundaher hatte ein Buch mit Gedichten aus den Gemächern des Fürsten gestohlen. Und wie es schien, hatte Orgrim selbst sie verfasst. Er war anders als andere Trolle. Er würde Melvyn nichts tun. Das sah sie in seinen gelben Augen!

Mit aller Kraft schlug sie Melvyn den Dolchknauf in den Nacken. Ihr Bruder sackte ohne einen Laut in sich zusammen. Sie nahm ihm das Schwert aus der Hand. »Niemand trägt meine Kämpfe für mich aus!«

Orgrim wirkte amüsiert. »Menschenkinder ...«

»Gilt unser Pakt noch?«

Er nickte.

»Und ihn ... Lasst ihn ziehen. Ich habe ihn dazu überredet, hierherzukommen. Es ist allein meine Schuld.«

Der Herzog lachte auf. »Ich habe das Gefühl, er würde umgekehrt dasselbe behaupten, wenn er noch auf den Beinen stünde.«

»Du wirst ihn ziehen lassen!«, beharrte Kadlin.

»Du bist nicht meine Königin.« Er blickte auf ihren Bruder hinab. »Silberkralle ist ein ungewöhnliches Stück Fleisch. Ich habe so etwas noch nie gegessen. Halb Mensch, halb Elf. Jeder Geschmack für sich ist mir wohlvertraut. Aber diese Mischung ...« Seine schwere, dunkle Zunge leckte über die Lippen. »Wir werden sein Fleisch einsalzen, um es haltbar zu machen. Er ist etwas für eine Festtafel.«

»Du hast es mir versprochen!«

Wieder lachte er. »Wann?«

»Mit deinen Augen.«

»Ich fürchte, da hast du dich geirrt.«

Mit einem Wutschrei stürmte sie auf ihn los. Ihre Klinge verfehlte ihn nur um Haaresbreite. Er war wie ein Aal, der verdammte, stinkende Mistkerl. Sie wirbelte herum, täuschte einen Angriff an, wechselte die Stoßrichtung.

Plötzlich sauste seine Faust nieder. Kadlin duckte sich. Orgrims Knie zuckte vor. Er hatte kaum Kraft in den Stoß gelegt und stürzte sie rücklings in den Schnee. Er stellte seinen Fuß auf ihre Brust und hob die Keule.

»Diesmal wird dich kein Adler retten!« Die schwere Waffe sauste hinab.

Kadlin kniff die Augen zu.

Mit dumpfem Schlag prallte der steinerne Keulenkopf neben ihr in den festgestampften Schnee. Sie schluckte. Langsam öffnete sie die Augen wieder. »Ich erkläre dich hiermit für tot, Menschentochter. Ich erwarte von dir, dass du dich künftig wie eine Tote verhalten wirst. Du wirst nie wieder deinen Fuß auf mein Land setzen. Und du wirst nie wieder eine Waffe gegen einen Troll erheben. Wenn du mir das schwörst, werde ich dich und deinen Bruder ziehen lassen. Wenn du diesen Eid aber brichst, dann werde ich mit meinen Heerscharen über das Fjordland hereinbrechen, und all deine Götter werden uns nicht aufhalten können. Wir werden deine Heimat von Firnstayn bis nach Gonthabu plündern und brandschatzen. Hast du das verstanden, Menschentochter?«

»Ja«, brachte sie kleinlaut hervor.

»Schwörst du, dass du von nun an wie eine Tote sein wirst?«

»Ich schwöre es«, stieß sie hervor.

Er hob seine Keule an und trat einen Schritt zurück.

»Warum?«, fragte sie kleinlaut.

»Die Elfen haben meine Weiber und meine Welpen bei lebendigem Leib verbrannt. Aber mich nennen sie einen

Barbaren, ein wildes Tier. Du trägst einen Welpen in dir, Königin. Ich weiß es von Skanga. Er hat sich seine Mutter nicht aussuchen können. Um seinetwillen lasse ich dich ziehen. Uns Trollen käme es niemals in den Sinn, ein trächtiges Weib in einen Kampf ziehen zu lassen. Aber wir sind ja nur stinkende Barbaren.« Er spuckte neben ihr in den Schnee. »Hast du etwas gelernt, Menschentochter?«

»Ja.«

»Bring es deinem Welpen bei, wenn du ihn geworfen hast. Gehe zu deinem Thron zurück und erzähle es den anderen Menschenkindern. Nördlich des Sees, den Skanga zur Grenze bestimmt hat, leben blutrünstige Wilde. Dich und deinen Bruder lasse ich ziehen, damit ihr meine Boten seid. Dieses Mal habe ich Gnade walten lassen. Ein zweites Mal wird das nicht geschehen. Und nun geh!«

## DAS VERBORGENE DORF

»Für mich bist du das Weib, das mein Volk von den Trollen befreien wird.«

Auf dem Rand der Klippe herrschte Stille. Das letzte Grollen der hinabgestürzten Felsen war verklungen. Staub hing in der Luft, verklebte die Nasen und legte sich mit bitterem Geschmack in den Mund.

»Ich war im Zweifel, ob du sehr dumm bist oder sehr mutig«, sagte Emerelle leise. »Jetzt weiß ich es.« Sie lächelte verhalten. »Bring uns in dein Dorf. Ich bin durstig. Und wage es nicht, uns in euren Vorratskammern einzuquartieren.«

Falrach war erleichtert. Sein Körper hatte Ollowain wieder vergessen. Mit dem Lächeln der Königin waren alle Anspannung und zugleich auch alle Kraft gewichen. Er ließ sich auf einem Felsvorsprung nieder. Deutlich spürte er die Hitze des Steins durch seine Hosen.

Einige der Kobolde wagten aufzublicken. Sie schienen dem Frieden noch nicht zu trauen. Lag es daran, dass sie sich vor Emerelle fürchteten, oder daran, dass sie ihren Schamanen nur zu gut kannten?

Oblon klatschte in die Hände. »Aufstehen, ihr feige Bande! Was sollen die beiden Riesen von uns denken? Bisher waren die Trolle ihr größter Schrecken, aber ihr seid sehr viel eindrucksvoller. Ich hoffe, ihr seid nicht nachtragend. Es hatte wirklich nichts mit euch zu tun! Es ging einfach nur um ... um Essen!«

Falrach versuchte Emerelles Blick einzufangen. Die Königin lächelte noch immer. Was würde er jetzt für ihre Gedanken geben!

Oblon machte sich auf den Weg. Er führte sie auf einem gewundenen Pfad durch die Felslandschaft. Kaum eine halbe Stunde dauerte es, bis sie ein Tal erreichten, durch das ein kaum knöcheltiefer Bach rann.

Falrach musste all seine Beherrschung aufbieten, um sich nicht mit dem Gesicht voran ins Wasser zu werfen. Seine Zunge lag wie ein Stück Dörrfleisch in seinem Mund. Er hatte das Gefühl, dass sie angeschwollen war. Seine Lippen waren aufgeplatzt.

Er versuchte, nicht auf das Wasser zu sehen. Versuchte, das leise Plätschern des Wassers zu überhören. Wann kam wohl jemand, um ihm Wasser anzubieten? Verdammte Koboldbande!

Nahe dem Bach wuchsen einige grüne Grasbüschel. Auf einigen abgeernteten Maisfeldern standen nur noch kümmerliche Strünke. Die Felder waren verlassen.

Auf einem Hügel, von einem niedrigen Dornenwall umgeben, erhoben sich halbrunde Lehmhütten. Sie erinnerten ein wenig an Eier, die dicht an dicht in einem Gelege lagen. Eine dünne Rauchfahne stieg zwischen den Hütten auf. Aber auch dort war niemand zu sehen.

Sie kamen an Kakteen mit vernarbter, grüner Haut vorbei. Es schien, dass sie regelmäßig beschnitten wurden. Ob sie hier ihr Pfeilgift gewannen? Ein schwerer, süßlicher Geruch ging von ihnen aus.

Nur noch bis zum Hügel, dachte Falrach. Er heftete den Blick fest auf die Hütten.

Hinter ihnen erklang ein auf- und abschwellendes Hornsignal. Dennoch zeigte sich niemand außer der Eskorte aus Kobolden, die sie von der Klamm mitgebracht hatten.

Einige ihrer Begleiter eilten voraus und öffneten einen Durchlass in der Hecke. Das Bollwerk war fast einen Schritt dick und reichte Falrach bis zur Brust. Dornen, lang wie Koboldfinger, wucherten auf dem dürren Geäst.

Wieder erscholl das Hornsignal. Oblon lief voraus in die Siedlung. »Sie sind Freunde! Kommt heraus. Sie werden für uns kämpfen!«

*Das werden wir nicht,* erklang Emerelles Stimme, tief in ihm. *Ich bin es müde zu kämpfen. Wir rasten hier ein paar Tage. Dann ziehen wir weiter.*

»Seht, unsere Retter. Die Alben haben uns endlich erhört. Sie haben uns Riesen geschickt!«

Ein kleiner Junge mit kahlem Schädel steckte den Kopf aus seiner Hütte. Mit weiten Augen blickte er zu Falrach auf und zog sich sogleich mit einem erschrockenen Laut zurück.

Dann teilte sich der Vorhang aus Steinperlen am Eingang, und eine Koboldfrau trat heraus. Die Hände in die Hüften gestemmt, wollte sie ihm ganz offensichtlich den Zutritt verweigern. Die Entschlossenheit, mit der sie zu ihm aufblickte, ließ keinen Zweifel aufkommen.

Sie war so mager, dass ihr Kopf an einen mit Leder bespannten Totenschädel erinnerte. Von der Unterlippe bis zum Kinn zog sich ein Muster aus dunklen Flecken. Ihr strähniges Haar war hochgesteckt und von einer trockenen, mattroten Paste verklebt.

Falrach hatte lange niemanden mehr gesehen, der so mager war wie diese Frau. Jeder Appetit war ihm vergangen. Hier würde er nur trinken. Essen könnte er keines annehmen.

# FAST LIEBE

Emerelle streckte sich im kühlen Wasser. Ein Stück oberhalb des Dorfes hatte sie eine Stelle gefunden, wo das Bachbett eine tiefe Senke in den harten Granit geschliffen hatte. Der Bach machte hier einen scharfen Knick; Jahrtausende schleifenden Sandes hatten eine Einbuchtung in den Fels gespült, die mit ein wenig gutem Willen an einen Badezuber erinnerte.

Mehr als eine Stunde war sie schon hier und genoss das Gefühl des fließenden Wassers. Endlich fühlte sie sich frei! Wenn nur der Kummer mit Ollowain nicht wäre. Es gab Gerüchte über ein Orakel hier im verbrannten Land. Genaues wusste sie nicht, und bislang war sie zu stolz gewesen, Oblon zu fragen. Sie traute dem durchtriebenen Schamanen nach wie vor nicht über den Weg, aber sie war sich ganz sicher, mit ihm fertigzuwerden, gleichgültig, was er versuchte.

Sie hatte sich als Königin zu wenig um die entlegenen Landstriche Albenmarks gekümmert. Hier gab es keine Kundschafter oder Vertraute, die gelegentlich zu ihr nach Burg Elfenlicht gekommen wären, um ihr zu berichten. War Kundschafter das richtige Wort? Oder sollte sie ehrlicherweise Spitzel sagen? War sie eine Tyrannin, wenn sie möglichst alles wissen wollte, was in Albenmark geschah, oder eine fürsorgliche Herrscherin?

Sie atmete aus. Diese Dinge gingen sie nichts mehr an. Ereignisse wie in Feylanviek sollten sich nicht wiederholen! Sie war nicht mehr die Königin. Sie durfte sich erlauben, nur an sich zu denken!

Es war ein seltsames Gefühl, von Ollowain gelegentlich einen schmachtenden Blick zu erhaschen. Natürlich war es nicht mehr der Ollowain, den sie einmal geliebt hatte. Und Falrach war auch nicht mehr der, den sie geliebt hatte. Er hatte sich in der veränderten Welt noch immer nicht zurechtgefunden. Würde er es jemals tun? Mehr als vierzig Jahrhunderte waren seit seinem Tod vergangen. Städte, die er einmal gekannt hatte, waren zu Staub geworden. Völker, die einst voller Macht und von Bedeutung gewesen waren, lebten nicht mehr in Albenmark, wie die Kinder der Dunkelalben oder die Elfen von Valemas. Flüsse und Küsten hatten ihren Verlauf verändert. Und wie weit sie sich von dem jungen Mädchen entfernt hatte, das Falrach einst liebte, vermochte sie nicht zu ermessen.

Zumindest äußerlich schien sie sich nur wenig verändert zu haben. Falrach fand sie immer noch begehrenswert. Sie mochte es, wie er sie ansah. Ollowain … Obwohl sie nun schon seit Wochen miteinander reisten, hatte sie ihn noch nicht zum Zuge kommen lassen. War es unmoralisch, sich von ihm lieben zu lassen und an Ollowain zu denken? An wen sonst sollte sie auch denken, würde sie doch in Ollowains Antlitz blicken, wenn sie einander liebten.

Lag es daran, dass sie endlich Frieden gefunden hatte? Sie spürte ein tiefes Verlangen danach, endlich wieder einen Mann an ihrer Seite liegen zu haben. Wann war ihre letzte Liebesnacht gewesen? Sie konnte sich nicht mehr sicher daran erinnern.

Sie strich über ihre glatten Schenkel. Ein wohliger Schauer durchlief sie. Wie war es gewesen, von Männerhänden berührt zu werden? Sie schloss die Augen. Warmer Wind spielte mit ihrem Haar. Falrach war ein guter Liebhaber gewesen. Er hatte schon viele Frauen gehabt, als sie ihn kennenlernte. Und er hatte einen schrecklichen Ruf. Sie lächelte versonnen. Einen Ruf, dem er voll und ganz gerecht geworden war. Es wäre schön, wenn er jetzt hier wäre. Sie war versucht … Leise murmelte sie ein Wort der Macht. Es schmeichelte ihrer Zunge. All ihren Sinnen. Sie durfte das nicht tun. Es war unmoralisch. Aber er würde es niemals wissen, wenn sie es ihm nicht verriet. Täglich hatte sie diesen Zauber angewandt, seit sie in dem kleinen Koboldddorf waren. Ihre Gastgeber glaubten, dass die Trolle ihnen Glück brachten. Diese dickköpfigen Narren bestanden nach wie vor darauf, dass sie beide Trolle sein mussten. Und zwar besonders große Trolle. Geradezu Riesen unter den Trollen!

Als Emerelle gesehen hatte, wie elend und ausgehungert der Stamm war, hatte sie den Zauber zum ersten Mal gewirkt. Ihr Geist war über das Land gestreift. Sie hatte nach Leben gesucht. Viele Meilen entfernt, denn sie wollte nicht das Jagdwild anlocken, das in der Nähe der Siedlung lebte. Sie hatte nach Geschöpfen gesucht, die sie nicht so schnell gefangen hätten. Rotkämme, jene großen Echsen, die verborgen in den abgelegensten Bergregionen lebten. Sie wurden bis zu zwei Schritt lang, und ihr Fleisch schmeckte unvergleichlich. Auch Stachelschwänze hatte sie angelockt, Steppenhasen und Murmeltiere. All diese Geschöpfe hatte ihr Wille in dieses Tal gezwungen. Sie machten sich auf die Wanderschaft, ohne zu ahnen, dass ihre Reise sie unweigerlich zu den Speeren der Kobolde führen würde.

Jeden Abend feierte der Stamm. Oblon ahnte etwas. Er war wirklich klug. Er sagte nichts, ließ das Wunder einfach geschehen.

Emerelle wusste, dass Falrach den Platz zwischen den Felsen verlassen hatte. Jene vor Blicken geschützte Stelle, an der er übte. Früher hatte er das nicht getan. Waffenübungen in völliger Harmonie von Schwert und Körper.

Das war ein Vermächtnis Ollowains. Emerelle machte sich nichts vor. Sie hatte Falrachs Geist durchforscht. Es war nichts von Ollowain geblieben. Keine Erinnerung. Kein Rest seiner Persönlichkeit. Sie vermutete, dass es der Körper des Schwertmeisters war, der danach verlangte, diese Kampfübungen zu machen. Er war daran gewöhnt. Ollowain hatte jahrhundertelang fast jeden Tag geübt. Diese Bewegungsabläufe waren Ollowains Körper ebenso selbstverständlich wie das Atmen. Bisher hatte Falrach sich dagegen gesträubt. Aber seit dem Ereignis in der Klamm gab er seinem Körper nach. Er wollte lernen, welche Fähigkeiten in ihm steckten.

Emerelle überlegte, ob sie selbst in der Nacht auf die Jagd gehen sollte. Nicht nach Stachelschwänzen oder Rotkämmen. Gefährlicheres Wild. Aber noch bestand kein Anlass zur Eile.

Sie hörte leise Schritte. Er bewegte sich geschickt. Das Geräusch war fast überdeckt vom leisen Wispern des Windes. Er wusste nicht, dass sie hier war. Hätte er sich angeschlichen, sie hätte ihn nicht gehört.

Sie richtete sich in dem steinernen Becken auf. »Schön, dich zu sehen, Falrach.« Ollowain hätte jetzt sicher beschämt zur Seite geblickt. Falrach war es nicht unangenehm, sie nackt zu sehen.

»Ich wusste nicht …«, begann er zögerlich.

»Hier ist Platz für zwei. Das Wasser ist herrlich.« Sie lächelte. Früher einmal, schier vor einer Ewigkeit, war es ihr leichtgefallen, verführerisch zu sein. Jetzt fühlte sie sich unsicher.

Er lächelte. Es war das alte Falrachlächeln. Dann legte er wortlos seine Kleider ab. Sie sah, wie verschwitzt er war. Gut, dass sie sich hier trafen. Sie mochte keine Männer, die stanken.

Er stieg zu ihr ins Wasser, und es war unübersehbar, dass er sie begehrte. »Ollowain wäre vor mir fortgelaufen«, sagte sie mit einem eindeutigen Lächeln.

»Ich bin nicht Ollowain«, entgegnete er selbstsicher.

Sie strich über seine Brust. Sein Körper war schlank und durchtrainiert. Er war kräftig. Anders als Falrach. Er war viel weicher gewesen.

Er nahm ihre Hand. Küsste ihre Fingerspitzen und ließ sie wieder frei. Die Berührung seiner Lippen ließ sie erschaudern, und er merkte es. Er beugte sich vor und küsste ihren Hals. Sie atmete aus. Dieses Gefühl … Sie hatte es so lange in sich begraben.

Jetzt nahm sie seine Hand. Ihre Zunge streichelte über die Innenfläche. Die Haut dort war hart und schwielig. Es war die Hand eines Schwertkämpfers.

Falrach legte den freien Arm um ihre Hüften und zog sie dicht zu sich heran. Deutlich konnte sie spüren, wie sehr er sie begehrte. Aber er ließ sich Zeit. Seine Hände verwöhnten sie. Seine Zunge fand immer neue Wege, sie erschaudern zu lassen, bis sie lustvoll aufstöhnte. Sie hatte ihn gerufen … Nein, sie sollte ehrlich sein. Ihr Zauber hatte ihn hierher gezwungen, ohne dass er es ahnte. Aber jetzt würde sie sich ihm völlig überlassen. Sie war die Seine. Ganz und gar. Es würde lange dauern. Früher hatten sie sich ganze Nachmittage geliebt.

Sie legte den Kopf weit in den Nacken. Er liebkoste ihre Brüste.

Über ihnen spannte sich ein stahlblauer, wolkenloser Himmel. Ein einsamer Falke verharrte flügelschlagend am Himmel.

Falrachs Hand berührte ihre Scham. Sie wollte ihn. So lange hatte sie Ollowain begehrt. Und wenn sie einfach aufhörte zu denken, sich ihm hingab … Wo war der Unterschied? Es war Ollowains Leib, der sie liebte. Sie sah in Ollowains Augen. Und sie würden bestimmt nicht viel reden in den nächsten Stunden.

# DER JÄGER

Madra sah den Falken nahe seinem Versteck landen. Der Troll hatte sich tief in den Schatten einer vorspringenden Felswand zurückgezogen. Er mochte das grelle Licht des Südens nicht. Kein Troll mochte es. Er hatte gehört, dass es unter den Menschenkindern Märchen gab, in denen es hieß, Trolle würden sich in Stein verwandeln, wenn das Licht der Mittagssonne sie traf. Das war natürlich blanker Unsinn.

Der Falke stieß ein ganz unfalkenhaftes Stöhnen aus. Sein Kopf blähte sich auf. Der Schnabel verformte sich zu einer Schnauze voller nadelspitzer Zähne. Das braune Gefieder bekam einen Rotstich und wurde zu dichtem Fell. Die Verwandlung sah überaus unappetitlich aus. Zugleich war es faszinierend, zuzusehen. Vermutlich tat es ziemlich weh, dachte er bei sich. Sein Gefährte jammerte gern. Über jede Kleinigkeit beschwerte er sich. Über seinen knurrenden Magen, Durst, die Hitze oder einen Stein im Schuh. Aber diese Verwandlung machte er schon zum dritten Mal, während sich die Elfen in dem Dorf niedergelassen hatten. Es war überaus praktisch, einen geflügelten Späher zu haben. So konnten sie es sich erlauben, in einem Versteck drei Meilen vom Kobolddorf entfernt auszuharren. Ständig schickten die Kobolde Jäger aus. Es wäre leichtfertig gewesen, dem Dorf näher zu kommen.

Mit einem Seufzer kam Nikodemus in den Schatten des Felsens. Die Verwandlung war abgeschlossen. Nur ein leichter Raubvogelgeruch haftete dem Lutin noch an.

»Schlechte Nachrichten!«

Jetzt ging es wieder los, dieses Gejammer, dachte Madra ärgerlich. Der Lutin würde sicher ein nettes Mahl abgeben. Aber er musste sich beherrschen. Ohne Nikodemus würde er niemals zurückfinden. Nur der Lutin konnte die Tore zu den goldenen Pfaden öffnen.

»Weißt du, wer die beiden sind?«

Madra machte eine flüchtige Bewegung mit der Hand. »Zwei Elfen halt. Wen interessieren schon Elfennamen?«

»Diese werden dich interessieren. Heute bin ich so nahe an sie herangekommen, dass ich zum ersten Mal deutlich ihre Gesichter sehen konnte.«

»Und sie haben dich nicht bemerkt?« Madra war in diesen Dingen misstrauisch. Auch ihn würde es stutzig machen, wenn ein Falke längere Zeit über ihm kreiste. Und Elfen waren schlauer als Trolle. »Du hattest versprochen, nicht zu nahe heranzufliegen.«

»Die beiden haben in einem Teich gelegen und gevögelt! Die hatten andere Dinge im Kopf, als sich nach mir umzusehen. Und weißt du, wer sie sind? Emerelle und ihr Schwertmeister Ollowain!«

»Wie kannst du dir da so sicher sein? Ein Elf sieht wie der andere aus.«

»Ganda, die Geliebte meines Bruders, hat ihn wochenlang gepflegt. Das war nach der Schlacht am Mordstein. Ich habe ihn fast jeden Tag gesehen. Ich kenne ihn. Und diese Elfe, das ist Emerelle. Darauf verwette ich meine Rute. Die hab ich auch schon einmal gesehen. Als sie sich auf der Shalyn Falah zum Duell gestellt hat. Es sind die beiden!«

Madra tastete nach dem Amulett, das Skanga ihm gegeben hatte. Jetzt wäre wohl der Augenblick, es zu verwenden. Er war ärgerlich über die Schamanin. Gewiss hatte sie gewusst, wen sie verfolgten! Warum hatte sie es ihnen nicht gesagt? Traute sie ihm nicht zu, der Fährte zu folgen? Hielt sie ihn für einen Feigling, weil er nicht mit den anderen in dieser verdammten Koboldhalle in Feylanviek gestorben war?

»Wirf das Amulett!«, drängte Nikodemus. »Skanga muss es wissen.«

»Mag dein Volk Helden?« Madra dachte daran, dass er nie ein Weib bekommen würde. Es wurden zu wenig Weiber geboren. Sie waren kostbar. Rudelführer, Helden und

Herzöge, sie wurden von den Weibern erwählt. Ein einfacher Krieger oder Jäger hatte keine Aussichten, je mit einer das Lager zu teilen. Aber das Schicksal lächelte ihm zu. Zum ersten Mal hatte Madra das Gefühl, zu Höherem bestimmt zu sein. Vielleicht war ja auch das der Grund, warum Skanga ihn ausgewählt hatte?

»Was heißt hier Helden? Was hast du vor? Du musst Skanga rufen! Sofort!«

»Nein.«

Der Lutin starrte ihn fassungslos an. Ob es an ihrer Größe lag, dass den Kobolden jeglicher Mut fehlte?

»Bist du verrückt? Du willst doch nicht etwa ...« Der Kleine hob abwehrend die Hände. »Hast du den Gerichtssaal in Feylanviek vergessen? Wie viele Trolle haben die beiden getötet? Und wie viele Kobolde?« Er schnaubte. »Und du hältst es für eine gute Idee, Emerelle und Ollowain allein zum Kampf zu stellen? Die zwei könnten ein kleines Heer in Stücke schneiden. Hast du vergessen, was wir in der Klamm gesehen haben? All die Felsbrocken! Die beiden hätten tot sein müssen! Aber sie haben es geschafft.«

»Du hast schon Recht ...«

Der Lutin hob in großer Geste die Hände. »Danke. Danke! Es steckt also doch ein mehr als wallnussgroßes Hirn unter deinen dicken Schädelknochen. Ein Hauch von Weisheit!«

Madra dachte erneut daran, den Lutin zu fressen. Wenn Skanga käme, dann brauchte er den Kobold nicht mehr, um in seine Heimat zurückzukehren. Aber er wollte die Schamanin nicht rufen.

»Wir werden es ganz anders anfangen als Gharub. Er wusste nicht, wen er vor sich hatte. Bei uns ist das anders. Wir können die zwei töten. Wir brauchen allerdings Mut!«

Der Lutin sah aus, als werde er sich gleich bepissen. Madra wünschte sich, er hätte einen richtigen Krieger an seiner Seite. Dann dachte er an die Verwandlung. Der Kleine hielt einiges aus. Man musste ihn nur richtig nehmen.

»Willst du berühmter als dein Bruder werden?«

Der Lutin spitzte die Ohren.

## DER SKORPION

Skanga suchte nach der Farbe der Angst in der Aura des Kobolds. Doch der kleine Krieger schien sie nicht zu fürchten. In seinem Volk sprach man viel von ihm. Kommandant Skorpion nannten sie ihn. Anführer der ersten Befreiungsfront. Koboldunsinn! Warum sollte man sich das Leben mit tausend blumigen Namen schwermachen?

»Du bist also Madrog«, sagte sie nach einer Weile.

»So ist es.«

Wenigstens macht er keine überflüssigen Worte. Eine seltene Veranlagung bei Kobolden. Skanga war der Überzeugung, je kleiner ein Geschöpf wurde, desto schwerer fiel es ihm, zu schweigen. Kobolde waren eine Plage. Burg Elfenlicht hallte wider von ihrem unaufhörlichen Geplapper! Sie sehnte sich nach Feylanviek zurück. Da war es zwar nicht stiller gewesen, aber wenigstens kälter. Hier wuchsen schon überall Blumen! Nach ihrem Gefühl war es dazu viel zu früh im Jahr. Zu viel Blumen und Sonnenlicht. Wer brauchte das?

Birga stand hinter ihr. Sie wirkte angespannt. Sie fürchtete, dass der Kobold etwas falsch machte. Sie hatte ihn empfohlen.

»Wen hast du denn alles schon umgebracht, Skorpion?«

Die Farbe seiner Aura änderte sich. Da war ein Anflug von Ärger.

»Es gehört zu meinem Geschäft, mich mit meinen Taten nicht zu rühmen. Ebenso wenig erzähle ich, wer mich beauftragt hat. Wenn das deine Fragen sein sollten, wirst du keine Antworten erhalten.«

»Du hast deine Meuchler sicher auch hier in der Burg.« Skanga erwartete keine Antwort. Sie wollte sehen, ob sich die Aura des Kobolds veränderte. Das Licht um seinen Kopf veränderte sich zu einem Schlammbraun. Die Farbe des Zweifels. Natürlich sagte er nichts.

»Ich möchte, dass du weißt, dass man mir nichts vormachen kann. Du bist nicht in Gefahr. Noch nicht … Dein Geschäft ist der Tod. Und es gibt jemanden, den ich tot sehen möchte. Emerelle!«

»Da solltest du es lieber mit Elfen versuchen. Soweit ich weiß, gab es ein Komplott gegen die … gegen Emerelle auf dem letzten Krönungsfest in Vahan Calyd.«

»Ich dachte, du hasst Elfen, Madrog. Es war doch ein Elf, der deine große Liebe ermorden ließ, oder? Warum zögerst du?«

»Ich würde nicht nahe genug an Emerelle herankommen. Ich fürchte, niemand kann das. Welche Aussichten hätte ein Floh, ein Mammut zu töten? Ganz gleich, wie zornig und entschlossen der Floh ist.«

»Du hast doch bereits einen Elfenfürsten mit seiner gesamten Sippe hingemordet. Hast du keinen Ehrgeiz?«

»Ehrgeizige Meuchler sterben jung. Ich bin erfolgreich, weil ich meine Grenzen kenne.«

Der Kobold überraschte sie. Sie hatte einen anderen Mann erwartet. »Hast du keine Angst vor meinem Zorn?«

»Ich glaube, du verwechselst etwas, ehrwürdige Schamanin. Ich habe keine Angst vor dem Tod. Also fürchte ich dich nicht. Ich fürchte auch Emerelle nicht. Aber ich übernehme keinen Auftrag, bei dem ich nur scheitern kann.«

Er spielte ihr nichts vor. Noch immer war keine Spur von Blau in seiner Aura. Er hatte tatsächlich keine Angst.

Der kleine Kerl verblüffte sie. Jemandem wie ihm war sie schon lange nicht mehr begegnet. »Ich schätze das offene Wort.«

Sie hörte Birga hinter sich schneller atmen. Ihre Schülerin fürchtete, bestraft zu werden. »Vielleicht hast du ja einen Rat für mich, Madrog? Wie kann man Emerelle ermorden?«

»Nun, Herrin. Man sagt, du hättest die Mittel, die Shi-Handan zu rufen. Wenn du zwei oder drei zu Emerelle schickst, dann ist sie sicherlich in Gefahr.«

Jetzt hielt Birga hinter ihr die Luft an. Wusste der Kobold, was er da sagte? Wollte er sie reizen? Genau das hatte sie schon einmal getan und war gescheitert. Wollte er ihr auf diese Weise vor Augen führen, wie aussichtslos es war, Emerelle ermorden zu wollen?

»Ein wertvoller Hinweis ... Da wir nicht ins Geschäft kommen werden, kannst du nun gehen.«

Der Kobold verneigte sich nicht einmal. Er drehte sich einfach um und verließ den Saal. Mangel an Respekt war der erste Schritt hin zum Aufstand. Das konnte sie nicht dulden. Vielleicht ließen es sich die Kobolde ja einfallen, bald schon gegen ihr Volk zu rebellieren.

»Birga! Nimm dir ein paar Wachen! Schnapp dir den Kerl! Und wenn ihr ihn habt, steckt ihn in eine Kiste mit Eisenbändern und versenkt sie im See hinter der Burg.«

»Ja, Meisterin.«

Ihre Schülerin eilte zum Portal, durch das der Kobold verschwunden war. Skanga sah ihr eifersüchtig nach. Was würde sie dafür geben, noch einmal so junge Beine zu haben! Madrog hatte ihr nichts gesagt, woran sie nicht selbst schon gedacht hätte. Er war eben doch nicht so gut wie sein Ruf. Skanga spielte nachdenklich mit den Amuletten auf ihrer Brust. Die Shi-Handan waren geisterhafte Wölfe. Durch und durch bösartige Geschöpfe. Unvergleichliche Jäger. Mahta Naht, ihre Lehrerin, hatte ihr einst beigebracht, wie man sie erschuf. Man brauchte dazu einen

Yingiz. Und eine starke Seele. Nach all dem, was geschehen war, war es nicht klug, einen Yingiz zu rufen.

Vielleicht sollte sie doch noch einmal einen Blick in die Silberschale wagen. Das Knochenorakel zu deuten, war schwer. Hatte sie einen Fehler gemacht? Aber nein. Emerelle musste sterben, nur so war die Herrschaft Gilmaraks sicher. Nur so würde ihr Volk endlich Frieden finden!

»Herrin.«

Skanga blickte auf. Birgas Aura strahlte hellblau. »Ja.«

»Er ist verschwunden.«

»Was war so schwer daran, einen einzelnen Kobold zu greifen?«

»Herrin, bitte«, stammelte Birga. »Er hat uns hereingelegt …«

»Dich, Birga! Mir wäre er gewiss nicht entwischt. Dich hat er hereingelegt!«

»Herrin … Er trug einen braunen Mantel und eine auffällige, schwarze Mütze. Ganz anders als die anderen Kobolde. Aber jetzt war die Burg plötzlich voll von Kobolden mit braunem Mantel und schwarzer Mütze. Wir haben ein paar gefasst. Sie sind Madrog nie begegnet. Fremde haben sie dafür bezahlt, diese Kleider zu tragen. Sie haben ihnen die Kleider sogar geschenkt.«

Skanga fluchte. Zugleich empfand sie Respekt. Dieser kleine Hurensohn! Er musste geahnt haben, dass sie ihn nicht lebend ziehen lassen würde. Nun hatte sich gezeigt, dass er tatsächlich so gut war wie sein Ruf. Ob er ihr den Mordversuch übelnahm? Sie hatte keine andere Wahl gehabt. Sie konnte es sich nicht leisten, dass sich herumsprach, dass sie Meuchler nach Emerelle ausschickte. Man würde glauben, sie hätte Angst vor der Elfe. Womöglich würde sogar Emerelle davon erfahren. Wer wusste schon, wie viele Spitzel sie in der Burg hatte?

»Such mir zwanzig stattliche Trollkrieger, Birga! Sie sollen etwas hermachen! In zwei Stunden erwarte ich dich mit den Kriegern im Thronsaal.«

Die kleine Schlampe war klug genug, sie nicht mit Fragen zu verärgern. Sie würden eine Reise machen. Letztlich war das Gespräch mit dem Kobold doch etwas wert gewesen. Er hatte nicht Unrecht gehabt mit seinem Rat. Sie wusste nun, wo sie jemanden finden würde, der Emerelle von ganzem Herzen verabscheute. Und sie sollte nach Orgrim schicken. Sie brauchte jemanden, der jede Rebellion im Keim ersticken könnte. Feylanviek war womöglich erst der Anfang. Es war besser, vorbereitet zu sein.

## DIE GESCHICHTE EINES SCHATTENS

»Heute ist der letzte Tag, an dem du auf der faulen Haut liegen wirst, Junge!« Bruder Jules war nur ein Schattenriss in der Tür der Hütte, in der sie beide hausten. Hütte war nicht ganz das richtige Wort. Es war einmal etwas Größeres gewesen. Aber jetzt stand nur noch eine Mauerecke mit einer Tür, die Jules stets wohl verschlossen hielt. Die beiden anderen Wände waren aus groben Brettern gefertigt. Jules hatte sich nicht einmal die Mühe gemacht, die Ritzen zwischen den Brettern mit Moos auszustopfen. Adrien hatte schon davon gehört, dass manche Priester der Meinung waren, sie seien ihrem Gott besonders gefällig, wenn sie in Armut lebten und sich nicht um Dinge wie Ritzen in einer Bretterwand kümmerten. Er hielt es für Unfug, aber er würde sich hüten, das auch Jules zu sagen.

»Komm. Ich werde dir das Tal zeigen und dir erzählen, welche Pflichten dich erwarten.«

Adrien hatte keine Ahnung, was für Kräuter der Betbruder in die Aufgüsse getan hatte, die er ihm verabreicht hatte. Das Zeug war bitter wie Galle gewesen. Aber es hatte geholfen. Als er hier ankam, war er zu Tode erschöpft gewesen. Nun fühlte er sich ausgeruht und voller Kraft. Er würde sich allen Aufgaben stellen, die der Priester für ihn bereithielt. So schwer konnte es ja nicht werden.

Adrien schlug die Decke zurück und streckte sich. Dann trat er hinaus ins Morgenlicht. Kalte Luft schlug ihm entgegen. Der Frühling hatte noch nicht seinen Weg in dieses Tal gefunden. Er sah hinab auf die verwüstete Stadt. Den Steinernen Wald.

»Es gab eine Zeit«, erzählte Jules, »da waren Menschen viel mächtiger, als sie es heute sind. Und es gab viele Götter, nicht nur einen. Und diese Götter, die die Menschen erschaffen hatten, waren so stolz auf sie, dass sie unter ihnen wandelten.«

Adrien sah seinen Meister mit großen Augen an. Eine solche Geschichte hatte er noch nie gehört. Und er hätte niemals erwartet, einen Tjuredpriester so reden zu hören. Es hatte andere Götter gegeben? Und sie sollten hier gewesen sein! Die Vorstellung fesselte ihn. Er stand auf Boden, auf dem einmal Götter gestanden hatten! Nein, das war sicherlich ein Märchen.

»Das weiße Selinunt, so hieß die Stadt einmal. Sie war ganz und gar aus Marmor erbaut. Nur die Dächer trugen rote Schindeln, die hell in der Frühlingssonne strahlten. Die Stadt füllte das ganze Tal aus. Ihre Schönheit war weithin berühmt. Die Weisen und die Edlen waren hier versammelt. In jener Zeit gab es sieben Königreiche. Nicht solche Königreiche, wie du sie kennst. Sie waren groß. Jedes umfasste Hundert und mehr Städte wie dein Nantour. Und wenn die Heere dieser Königreiche marschierten, dann erzitterte der Boden unter den Schritten der genagelten Stiefelsohlen ihrer Soldaten.«

Jules schritt einen schmalen Pfad hinab. Sein Blick war in die Ferne gerichtet. Er wirkte entrückt, ganz in seine Geschichte versunken.

»Die besten Handwerker lebten hier. Die Stadt war wunderbar. Und sie hatte ein Geheimnis. Es gab noch eine weitere, eine verborgene Stadt. Weil das Wasser aus den Quellen hier bitter ist, legten die Erbauer von Selinunt große Zisternen an. Weite Hallen, die tief im Fels ruhten. Die Paläste und Tempel, die darüber errichtet waren, wurden von den Säulen und Rundbogen der Zisternen getragen, was von doppeltem Nutzen war, denn nun konnte man reiche Wasservorräte sammeln. Zugleich schützte diese Art zu bauen aber auch die prächtigen Monumente der Stadt, denn hier in den Bergen erbebt oft die Erde. Häuser, die man auf diese Weise errichtet, vermögen dem wütenden Zittern der Erde viel besser zu widerstehen.«

Adrien betrachtete das Tal. Die einstige Pracht, die Jules vor Augen zu haben schien, vermochte er sich nicht vorzustellen. Für ihn sah der Steinerne Wald außergewöhnlich trostlos aus. Säulen inmitten einer Einöde. Inseln von Schnee wechselten sich mit großen Pfützen ab. Und nichts wuchs dort. Vielleicht war dies das Beklemmendste. So etwas hatte er noch nie gesehen.

»Einst, als die Götter sie riefen, versammelten sich alle sieben Könige in Selinunt. Sie sollten sich hier versammeln, um über einen großen Krieg zu beraten. Einen Krieg, der die Könige und ihre Heerscharen in eine andere Welt führen sollte. Auch der Feind hatte seine Edlen geschickt, ein großes Gefolge. Sie waren es gewesen, die darum gebeten hatten, zu verhandeln.«

»Wer war dieser Feind?«

»Die Elfen, mein Junge. Wer sonst? Sie waren schon immer der Feind. Sie und noch andere Geschöpfe. Die Kreaturen der Alben sinnen auf nichts anderes, als dieser Welt zu schaden. Wann immer die Menschen sich zu Größe erheben, werden sie angegriffen. So wie Guillaume. Du hättest ihn erleben müssen. Die Menschen hingen an seinen Lippen. Er vermochte Wunder zu vollbringen. Aber er wurde ermordet.«

Adrien hatte davon gehört. Es gab unterschiedliche Geschichten über Guillaume. Manche erzählten, dass sich der Wunderheiler gegen den König erheben wollte und getötet wurde, als Cabezan die Stierköpfe schickte, um ihn gefangen zu nehmen. Andere wiederum erzählten, der König habe seine Leibwachen geschickt, um Guillaume zu beschützen. Sie alle wurden von Elfen ermordet, die Guillaumes Leichnam an eine Eiche inmitten der Stadt ketteten und dann verbrannten.

Inzwischen waren sie den Hang ganz hinabgestiegen, an dem Jules seine Hütte errichtet hatte. Adrien tippte mit seiner Stiefelspitze kurz auf eine Pfütze. Sofort breitete sich ein Netz heller Risse aus. Er würde sich hüten, mit seinen kostbaren Schuhen durch die Pfützen zu gehen.

Der Priester war vor eine Säule getreten. Seine Hand strich über den glatten Stein. »Komm her, Junge!«

Adrien gehorchte. Er sprang über zwei Pfützen hinweg. Schnee schmatzte unter seinen Stiefeln. Er war schwer und nass. Lange würde er nicht mehr liegen bleiben. Bald würde der Winter den Steinernen Wald verlassen.

»Sieh dir diese Säule einmal an.« Jules trat ein wenig zur Seite.

Adrien streichelte über den Stein. Er war wirklich sehr glatt und …

»Was siehst du?«

»Das hier sieht aus wie Tränen.« Verwundert tastete er über kleine Perlchen, die an der Säule hafteten. »Und dort sieht es aus, als habe man den Stein mit Honigguss überzogen. So wie einen Kuchen.«

Jules lächelte zufrieden. »Gut beobachtet! Was glaubst du, warum die Säule so aussieht?«

Er zuckte die Schultern. »Vielleicht hatte der Steinmetz den Befehl, es so zu machen.«

»Das ist doch Unsinn«, entfuhr es dem Priester. »Wer hätte Gefallen an solchen Säulen!«

Adrien war überrascht, wie heftig der Priester reagierte. Er konnte nicht begreifen, was er Falsches gesagt hatte.

Schweigend stampfte Jules vor ihm durch den Schnee. Er machte keinen Bogen um Pfützen und kämpfte sich ohne Umwege durch letzte Schneewehen. Adrien machte sich Sorgen. Bestimmt hatte sein Meister nasse Füße. Und die Kräfte, die sein Zorn entfacht hatte, mochten bald schon verbraucht sein. Sein Lehrmeister war alt. Er musste besser auf sich achtgeben!

»Es tut mir leid, wenn ich dich verärgert habe. Ich bin nur ein Straßenjunge. Ich bin nicht klug. Ich weiß, wie man einen Apfel stiehlt oder eine Wurst. Von Säulen und davon, wie sie aussehen müssen, weiß ich nichts.«

Der Priester verlangsamte seine Schritte, sagte aber nichts.

Adrien wusste nicht, was er tun sollte. Einem Mann wie ihm war er noch nie begegnet. Er hatte bei Jules einen Platz zum Schlafen und gutes Essen bekommen. Er schuldete ihm etwas.

Endlich blieb der Priester stehen. Sie waren inzwischen weit in das Tal vorgedrungen. Links erhob sich eine Reihe von Säulen, von denen jede einzelne über zwanzig Schritt hoch sein musste. Sie alle wurden nach unten hin dicker. Steinerne Tränen wie auch unregelmäßige Wellen liefen an ihnen herab.

»Sie sehen ein wenig aus wie Kerzen«, murmelte Adrien vor sich hin. Er tat es, um gegen die Stille anzukämpfen. Der schweigende Marsch setzte ihm mehr und mehr zu.

Jules blieb abrupt stehen. »Was hast du gesagt?«

Der Junge schluckte hart. Er wünschte, er könnte das Gesicht des Betbruders sehen. Dessen Stimme klang hart und abweisend. »Kerzen … Sie sehen aus wie Kerzen, dachte ich …«

Jules lachte auf. Es war ein Laut voller Schmerz und Bitterkeit. »Ja, Kerzen. Das ist gar nicht so schlecht. Gar nicht schlecht!« Er wischte mit dem Fuß den Schnee zur Seite. »Komm her! Sieh dir das an! Was hältst du davon?«

Adrien trat mit gemischten Gefühlen vor seinen Meister. Zum einen war er froh, dass Jules wieder mit ihm sprach. Auf der anderen Seite fürchtete er, ihn mit einer weiteren falschen Antwort noch mehr zu erzürnen.« Der Boden, den der Priester vom Schnee befreit hatte, war ungewöhnlich eben.

Der Junge kniete nieder. Er tastete über den Boden. Er war sehr glatt und fast schwarz. Er erinnerte Adrien an das Eis auf einer zugefrorenen Schweinesuhle. Aber er würde sich hüten, das dem Priester zu sagen. Jules schien sich mit dem Steinernen Wald eng verbunden zu fühlen. Dieser Vergleich würde ihn sicher erzürnen. »Sehr glatt«, sagte er vorsichtig. Damit konnte er nichts falsch machen. Er betrachtete den merkwürdigen Untergrund. Er hatte so etwas in seinem ganzen Leben noch nicht gesehen.

Adrien blickte auf, in der Hoffnung, Jules würde ihn aus seiner Pflicht entlassen. Doch der Priester schien ebenso aus Stein zu sein wie alles hier am Talgrund. Nichts regte sich in seinem Antlitz.

»Sehr hart?« Der Junge klopfte auf den Boden. Dann fielen ihm Honigkrüge ein, die er einmal gesehen hatte. Sie waren schwarzbraun gewesen, mit bunten Leinentüchlein und Wachs versiegelt. Der gebrannte Ton der Töpfe hatte sehr hart ausgesehen. Der Händler war weit aus dem Süden gekommen, aus dem Stadtstaat Marcilla, der seit kurzem zum Königreich gehörte. »Sieht aus wie einer der hart gebrannten Töpfe aus Marcilla.«

»Hart gebrannte Töpfe?« Jules wirkte verwirrt. Plötzlich lächelte er. »Kerzen und hart gebrannte Töpfe. Das sind ja fast poetische Metaphern.«

Adrien hatte keine Ahnung, wovon sein Meister da sprach, aber er lächelte. Zu lächeln war immer gut, wenn man nicht wusste, was vorging!

Der Priester beugte sich zu ihm hinab und kniff ihm fest ins Ohr. Der Schmerz trieb Adrien fast Tränen in die Augen. »Gut, Junge. In dir schlummert ein Dichter, auch wenn mir scheint, dass du keine Ahnung davon hast. Ich würde den Boden allerdings eher mit Glas vergleichen. Das trifft es eher.«

»Ein gläserner Boden? Das hört sich an wie in einem Märchen. Zerbricht ein solches Pflaster nicht schnell?«

Jules stampfte mit seinem Stiefel auf. »Zerbrechen? Seit mehr als vierzig Jahrhunderten trotzt dieser Boden schon den Gewalten der Natur. Du wirst kaum einen Riss finden. Nur Flugerde und Vogeldreck. Darin versinkt die Stadt langsam. An manchen Orten liegt der Mist schon mehr als drei Schritt hoch. Aber das schwarze Glas zerbricht nicht.« Der Priester sah jetzt sehr alt aus. Ein Netzwerk feiner Falten zeigte sich um seine Augen. »Schwarzes Glas, würde ein Dichter sagen … Es ist nicht die Wahrheit, wie meist, wenn Dichter sprechen. Du stehst auf geschmolzenem Granit, mein Junge. Die Stadtväter von Selinunt liebten die Schönheit über alles, aber sie waren nicht völlig weltfremd. Dieser Ort hier sollte für die Ewigkeit bestehen. Deshalb waren die Straßen mit geschliffenem Granit gepflastert. Die Marmortreppe, auf der du gekommen bist, war allein Königen, Fürsten und Priestern vorbehalten. Und Gesandten. Händler, Bauern und sonstiges einfaches Volk kamen auf anderen Wegen hierher. Auf fest gefügten Straßen. Ohne Stufen, so dass Karren sie passieren konnten.« Er streckte Adrien die Hand hin. »Komm, Junge. Ich muss dir noch etwas zeigen. Weißt du, was Ironie ist?«

»Ist es das, wenn man etwas mit einem Lächeln sagt, einem in Wahrheit aber das Herz zerspringen will?«

»So ähnlich.« Ohne weiter darauf einzugehen, führte Jules ihn eine der Bergflanken hinauf. Endlich erreichten sie ein Säulengeviert, das sich in besonders schlechtem Zustand befand. Die meisten der Säulen waren gestürzt. Nur die nördliche Front stand noch aufrecht. Der Priester blieb vor einer Säule stehen, auf der sich ein Schatten zeigte.

Je länger Adrien den Schattenriss betrachtete, desto unheimlicher wurde er ihm. Er schien zu einem schlanken Mann gehört zu haben.

»Der Legende nach war dies hier der Mann, der Selinunt den Untergang brachte. Der Anführer der Gesandtschaft, um deretwillen die sieben Könige hierherkamen. Ein Elf! Er wollte das Verderben aufhalten, weil er durchschaut hatte, dass er genarrt worden war. Doch es war schon zu spät. Seine Schreie blieben ungehört. Diejenigen, die er gerufen hatte, hatten Herzen von Stein.«

»Wer war das? Wer hat eine solche Macht? Zauberer?«

»Nein, Adrien. Es waren die alten Herrscher Albenmarks. Die roten Sonnendrachen von Ischemon. Sie brauchten weniger als eine halbe Stunde, um Selinunt zu vernichten. Ihre Flammen fielen vom Himmel und ließen jedes Leben zu Asche werden. So groß war die Hitze, dass selbst Steine zu weinen begannen. Die Straßen wurden zu Glas. Der Goldschmuck der Dächer und Statuen schmolz dahin und stürzte wie Regenwasser in die Gossen hinab und in die Zisternen. Als sie davonflogen, waren nur noch Säulen geblieben und der feine rote Staub, zu dem die Dachziegel geworden waren. Den Staub trug der Wind in den Jahrtausenden, die darauf folgten, davon. Die Säulen blieben und gaben dem Tal seinen Namen. Der Steinerne Wald.«

»Du erzählst das, als wärst du dabei gewesen.«

Jules sah ihn mit melancholischem Blick an. »Wenn ich dabei gewesen wäre, dann wäre ich jetzt wohl nicht hier. Ich sagte doch: Niemand überlebte den Angriff der Drachen.«

»Und alle sieben Könige starben?«

Jetzt grinste der Priester. »Nein, nicht ein Einziger! Sie waren nicht dumm. Wenn ein Elf kommt und um Verhandlungen nachsucht, dann ist stets Misstrauen angebracht. Sie schickten Doppelgänger. Der Anführer der Elfen merkte das schließlich. Doch da war es schon zu spät, um die Drachen noch aufhalten zu können. Und so verging Selinunt in Feuer und Rauch. Und die Könige erhielten nie das Geschenk, das die Götter ihnen zugedacht hatten.«

Adrien sah sich um. Ein Göttergeschenk! »Was war das?«

»Sehe ich aus, als hätten die Götter es mir verraten?«

Der Junge hatte das vage Gefühl, dass es besser sei, darauf nicht zu antworten. »Warum wurde die Stadt nie wieder aufgebaut?«

»Das Tal gilt als verflucht. Die sieben Könige zogen in den Krieg, um die Toten von Selinunt zu rächen. Da war keine Zeit mehr zum Städtebau. Und als der Krieg endlich vorüber war, da fürchteten die Überlebenden diesen Ort. Es heißt, Dämonen wachten in der Einsamkeit der Berge.«

»Ist der Baum, unten am Beginn der langen Marmortreppe, einer von ihnen? Steckt ein Dämon in ihm?«

»Nicht der Baum ist der Dämon, Junge. Das war ich.«

## DER PREIS DES WINTERS

»Das Weibchen wird sein Junges verlieren.«

Melvyn versuchte sich gegen die Gedanken Wolkentauchers zu sperren. Der Schwarzrückenadler war stets sehr direkt in seinen Gedanken.

»Du hast Glück, wenn du nicht auch noch sie verlierst. Sie ist deine Nestschwester, nicht wahr?«

»Halbschwester! Und ich werde niemanden verlieren.«

Wolkentaucher hatte ihm geholfen, einen Unterschlupf für die Nacht zu finden. Er hatte ein Felsloch entdeckt. Höhle konnte man es nicht nennen. Aber es war windgeschützt. Melvyn hatte seine Schwester hierhergetragen. Er wagte es nicht, sie noch einmal den Krallen des Adlers zu überlassen. Sie war zu geschwächt. Kadlin würde keine weitere Verwundung mehr verkraften.

»Kannst du Wild für uns schlagen? Sie braucht etwas Warmes zu essen.«

Wolkentaucher legte den Kopf auf eine Art schief, wie nur Adler es können. »Gib auf dein Herz acht, mein Freund! Hänge es nicht an Menschen. Sie werden es dir zerbrechen.«

»Ich gebe einen Kampf nicht einfach auf. Du weißt das.«

»Das ist ein Grund, warum wir Freunde sind, Melvyn. Ich werde jagen gehen.« Wolkentaucher breitete die Schwingen und stieß sich vom Felsen ab. Mit ausgebreiteten Flügeln strich er dicht über dem verschneiten Hang dahin, bis er mit kräftigen Schlägen langsam an Höhe gewann.

Melvyn sah ihm nur kurz hinterher. Schuldbewusst wandte er sich Kadlin zu. Sie war ohnmächtig. Sie hatte es gerade noch bis über den Hang geschafft, so dass die Trolle unten bei der Insel sie nicht mehr hatten sehen können. Dann war sie zusammengebrochen.

Eigentlich hätte er sie liegen lassen sollen. Mit der Torheit, ihn niederzuschlagen, hätte sie ihn fast den Bratspießen der Trolle ausgeliefert. Das war gegen jede Vernunft gewesen. Man durfte diesen Leichenfressern nicht trauen. Aber dass er noch lebte, gab Kadlin Recht. Ihre Entscheidung war die richtige gewesen. Dieser Orgrim war offensichtlich anders als die übrigen Aasfresser seines Volkes. Kadlin hatte das geahnt. Oder erhofft? Es war müßig, darüber nachzudenken.

Melvyn kniete sich in das Felsloch und wischte mit blanken Händen den Schnee heraus. Dann wickelte er Kadlin in sein Lederhemd. Ihre Lippen waren ganz blau. Das Gesicht hatte eine ungesund rote Farbe. Sie brauchte Hilfe. Und das schnell!

Der Elf eilte den Hang hinunter zu einer Baumgruppe. Dort scharrte er im Schnee und suchte nach trockenen Zedernnadeln und dünnen Ästen.

Mit fliegendem Herzen eilte er zu ihrem Windschutz zurück. Er hätte nicht mit diesem dummen Geschwätz über ihren Vater anfangen sollen! Gewiss, sie hatte auch schon darüber nachgedacht, wie sie die Leiche des Alfadas zurückholen könnte. Aber er hatte Öl in dieses Feuer gegossen, ohne darüber nachzudenken, was das bedeutete. Sie war nur ein Mensch. Sie war nicht so zäh und ausdauernd wie er. Sie vermochte nicht über den Schnee zu laufen und dabei so wenig Spuren zu hinterlassen wie ein Windhauch. Sie brauchte mehr Schlaf. Und sie war keine so gewandte Kämpferin wie er, auch wenn sie mutig und ausdauernd war. Er war ihr älterer Bruder. Er hätte all dies besser wissen müssen!

Das Feuer zu entfachen, dauerte nur wenige Augenblicke. All zu schnell fraßen die Flammen das Reisig. Noch einmal lief er hinab und suchte nach stärkeren Ästen. Als er zurückkam, fand er sie zur Seite gesackt. Ganz vorsichtig nahm er sie bei den Schultern und richtete sie auf. Ihre Kleider waren nicht mehr warm. Sie waren mit Schweiß und Blut durchtränkt. Statt sie zu schützen, tranken sie die Wärme ihres Körpers. Er musste sie ausziehen!

Ihre Kleidung war starr. Die Verschnürung ihres Wamses ließ sich nicht mehr öffnen. Vorsichtig durchtrennte er die Lederriemen mit seinem Jagdmesser. Die engen Felswände in ihrem Unterschlupf reflektierten die Wärme des Feuers. Der Rauch zog schlecht ab und kratzte in der Kehle. Melvyn wünschte, er hätte eine Decke, in die er seine Schwester einschlagen könnte. Oder zumindest trockenes Moos, um ihr kein Lager auf nacktem Stein bereiten zu müssen.

Erschrocken bemerkte der Elf, dass sich an einigen ihrer Finger, dicht unterhalb der Nägel, Beulen gebildet hatten. Er massierte sie vorsichtig und versuchte die Wärme in ihre Glieder zurückzuholen. Ihm war das alles fremd. Kein Maurawani, den er kannte, hatte jemals an Erfrierungen gelitten. Er wusste nicht sicher, was zu tun war.

Verzweifelt lief er noch einmal den Hang hinab zum Wäldchen, um mehr Brennholz zu holen. Als er zurückkehrte, saß Wolkentaucher auf dem Fels über ihrem Versteck. Im Schnee lag ein toter Steinbock. Er war noch warm!

Melvyn zerrte den Bock an den wulstigen Hörnern in ihr Versteck. Sein Blut war noch nicht geronnen. Er schnitt leicht in die Kehle des Tiers. Dunkles Blut troff auf das helle Fell. Er presste den Einschnitt auf Kadlins Mund. Sie schluckte, ohne zu erwachen. Sie brauchte alles, was ihr Kraft geben konnte. Gebratenes Fleisch würde sie nicht kauen können. Und es würde zu lange dauern, den Bock zu zerlegen und ein paar Streifen Fleisch auf dem Feuer zu garen. Das konnte er später noch tun.

Blut rann über ihre Kehle und zwischen ihren Brüsten hinab. Kein Laut kam über ihre Lippen. Er schob den Bock zur Seite und hielt seine Hand dicht vor ihren Mund, spürte aber keinen Atem. Erschrocken lauschte er an ihrem Herzen. Es schlug nur schwach und unregelmäßig. Das Herz des Kindes in ihr hörte er gar nicht schlagen. Er legte die Hand auf ihren nackten Bauch. Dort regte sich nichts.

Er sperrte sich gegen die Gedanken des Adlers. Sein Gefährte hielt all das für nutzlos. Er riet ihm, seine Nestschwester ziehen zu lassen. »Scher dich davon!«, schrie er in plötzlicher Wut. Er würde nicht aufgeben! Es durfte nicht so enden! Nicht so! Er würde sich dem Tod entgegenstemmen. Ihm sein Opfer wieder entreißen. Wie hieß ihr Schicksalsgott? Luth! Er würde ihm die Klinge aus der Hand schlagen, mit der er die Lebensfäden der Menschen durchtrennte. Sie musste leben!

Wolkentaucher flog fort. Er spürte, dass sein Freund keinen Groll gegen ihn hegte. Der Vogel war verwundert über so viel verschwendete Gefühle. Über den nutzlosen Kampf.

Wieder rieb Melvyn Kadlin die Glieder. Aber es schien nicht zu helfen. Ihr Blut floss immer langsamer. Nichts vermochte sie aus ihrer tiefen Ohnmacht zu wecken. Sie würde langsam vom Leben in den Tod gleiten. Ohne Schmerzen.

Wenn er sie nur mit seinem Zauber zu schützen vermochte! Er empfand keine Kälte. Seine Magie bewahrte ihn davor ebenso wie vor Hitze. Aber er konnte sie nicht schützen. Er war kein erfahrener Zauberer. Nur ein Jäger und Krieger.

Vielleicht konnte er die Wärme seines Körpers auf sie übertragen. Das war das Letzte, was ihm noch blieb. Hastig streifte er seine Kleider ab. Er setzte sich auf den Felsboden, aus dem das Feuer die schlimmste Kälte vertrieben hatte. Dann zog er seine Schwester zu sich auf den Schoß. Sie sollte ganz von seiner Wärme umfangen sein. Er lehnte ihren Rücken gegen seine Brust, faltete seine Hände über ihrem Bauch.

Melvyn begann leise zu summen. Eine Melodie, die er in den langen Nächten ersonnen hatte, die Silwyna ihn am Albenhaupt allein gelassen hatte. Damals hatte er so gegen seine Ängste angekämpft. Jetzt war dieser Zauber aus Kindertagen verblasst.

Seine Hände streichelten über Kadlins Bauch. Die Melodie brach ab. Er begann zu beten, obwohl er nicht an Götter glaubte. Aber dies hier war eine andere Welt. Er würde alles tun, um sie zu retten. Alles!

## VON MEUCHLERN UND RITTERN

Adrien sah den Priester ungläubig an. »Du hast die Männer am Baum getötet?« Er erwartete, dass Jules lächeln würde. Oder mit den Augen zwinkern. Wartete auf irgendein Zeichen, das ihm verraten würde, dass es ein Scherz war. Aber es kam nichts.

»Priester tun so etwas nicht.« Kaum dass die Worte über seine Lippen waren, verwünschte er sich stumm. Wie würde Jules das auffassen? Würde er beleidigt sein?

Keine Regung zeigte sich im Antlitz des Priesters. Seine strahlend blauen Augen hielten Adriens Blick stand. Dann nickte Jules sacht. »Ja, so ist es. Priester sollten kein Blut vergießen. Und doch braucht die Kirche Tjureds auch Krieger. Sie braucht sie zum Schutz. Dein Vater war der erste Ritter Gottes. Du wirst seine Nachfolge antreten. Wenn du sein Erbe in dir trägst, und wenn du Disziplin und Selbstlosigkeit übst, dann wirst du ein großer Ritter werden, Michel Sarti.«

Der Name war Adrien noch immer ganz fremd. Es fühlte sich falsch an, so angesprochen zu werden. Ebenso falsch erschien ihm die Vorstellung, ein Ritter zu werden. Er war ein Gassenjunge und Dieb. Der Sohn einer Hure. Bei solch einer Herkunft wurde man nicht Ritter!

»Wie konntest du allein so viele Krieger besiegen?« Er sollte seine Gedanken tief in sich begraben. Das Leben bei Jules war gut. Es gab Essen und einen Schlafplatz. Adrien war es nicht gewohnt, Sicherheit für den nächsten Tag zu kennen. Er würde das nicht aufgeben.

»Ich habe sie nicht alle auf einmal bekämpft. Es hat drei Tage gedauert, sie zu töten.«

»Drei Tage …« Er plapperte das nach wie ein Idiot. »Drei Tage! Wie …«

»Lass dich nicht von meiner Kutte täuschen! Was sagt ein Stück Stoff schon aus? Dass ich ein friedlicher Mensch bin?« Er lächelte breit. »Das bin ich ganz gewiss nicht. Die Kunst der Täuschung zu beherrschen, ist im Kampf ebenso wichtig wie ein starker und geübter Schwertarm. Es ist stets von Vorteil, weniger zu scheinen, als du bist. Der schrecklichste Feind ist der Feind, den man nie wirklich zu Gesicht bekommt.« Er tippte sich mit dem Zeigefinger an seine Stirn. »Hier drinnen hausen unsere Dämonen. Nicht in Bäumen, Adrien. Die ersten von Cabezans Stierköpfen habe ich leicht getötet. Sie sahen in mir nur einen wehrlosen Priester und kamen ohne Arg auf mich zu. Sie waren tot, bevor sie begreifen konnten, wie sehr sie sich getäuscht hatten. Ich hing ihre Leichen in den großen Baum. Zusammen mit den Ketten, die sie für ihre Flaschenzüge mitgebracht hatten. Als sieben von ihnen tot waren, kroch Angst in die Herzen der Überlebenden. Schon da hatten sie ihre Selbstsicherheit verloren. Nachdem mehr als dreißig gestorben waren, hatte die Angst sie so sehr im Griff, dass schon der Ruf eines Eistauchers sie vor Schreck zusammenfahren ließ. Wer immer mich sah, starb. Und die Überlebenden wussten nicht, wie die Gefahr aussah, die auf sie lauerte. Sie hatten Angst vor dem Baum, in den ich die Toten hängte. Sie fürchteten den Nebel, der morgens vom Ufer des Flusses aufstieg. Am Abend des dritten Tages war ihre Angst vor dem unsichtbaren Feind größer als die Furcht vor dem Tyrannen Cabezan. Sie gaben ihre Lager auf, schifften sich mit allen Arbeitern ein und kehrten niemals mehr zurück.«

Adrien hatte seine Zweifel, dass ein einzelner Mann in so kurzer Zeit so viele Gegner töten konnte. Wollte Jules ihn beeindrucken? Oder einschüchtern? Dazu wäre diese Geschichte nicht notwendig gewesen.

»Was habe ich falsch gemacht, als ich gegen die Männer Cabezans kämpfte?«

Der Junge war von der Frage überrascht. Wollte Jules ihn prüfen? Verzweifelt suchte er nach einer Antwort, mit der er möglichst wenig Schaden anrichten würde. »Mir scheint, dass der Tjuredkirche aus diesen Kämpfen kein Nutzen erwachsen ist«, sagte er schließlich vorsichtig.

Der Priester nickte. »Das ist wahr. Merke dir, ich schätze das offene Wort. Selbst wenn wir einmal verschiedener Meinung sein sollten. Ich will dich nicht zu einem Duckmäuser erziehen. Handle wie ein Ritter. Fang jetzt damit an. Sag mir, was du denkst!«

»Es war nicht ritterlich, was du getan hast. Deine Geschichte ist die Geschichte eines Meuchlers. Eines …« Eine schallende Ohrfeige war der Lohn für seine Offenheit.

»Das war dafür, dass du mich Meuchler genannt hast.

Merke dir, ich bin dein Meister. Ich werde mich nicht von dir beleidigen lassen! Es hätte genügt, zu sagen, dass meine Taten nicht ritterlich waren. In diesen Worten war als Andeutung schon enthalten, was du danach aussprachst. Offene Beleidigungen sind nicht klug! Aber ja, es war nicht ritterlich. Du hast Recht. Das ist der Grund, warum du hier bist. Wenn deine Ausbildung abgeschlossen ist, wirst du ein Schwertkämpfer sein, mit dem sich kein anderer Mann in Fargon messen kann. Aber du würdest dich nicht im Nebel verbergen. Du würdest wie ein Ritter vor die Frevler treten und ihren Anführer zum Zweikampf fordern.«

»Das halte ich für nicht sonderlich klug. Was ist, wenn sie nicht ritterlich denken? Was, wenn sie mit Armbrüsten auf mich schießen? Was nutzten dann all die Jahre der Ausbildung?«

Jules brach in schallendes Gelächter aus. »Das ist das Problem mit ritterlichen Helden, sie werden meist nicht alt. Aber keine Sorge, mein Junge, ich werde dich vorbereiten. Fargon ist ein Königreich, in dem Ritterlichkeit nicht mehr viel gilt. Du wirst das ändern. Es wird der Tag kommen, da wird dein Name in aller Munde sein. Die Männer finstren Herzens werden dich fürchten. Und die Mädchen werden erröten, wenn man von dir spricht.«

Er stellte sich vor, wie das Blumenmädchen von ihm hören würde, ohne zu ahnen, wer er einmal gewesen war. »Und du glaubst, ich könnte das schaffen?«

»Bei den Anlagen, die dein Vater dir mitgegeben hat, liegt dir die Welt zu Füßen. Alles, was du brauchst, sind Mut und Ausdauer. Und daran werden wir arbeiten. Ich werde dich jeden Morgen noch vor Sonnenaufgang wecken. Du wirst dein Tagwerk damit beginnen zu laufen, bis deine Beine dich nicht mehr tragen. Danach wirst du graben, um deine Arme zu kräftigen. Dann erst werden wir mit den Kampfübungen beginnen. Nach der Arbeit mit Spaten und Spitzhacke wird dein Schwert dir sehr leicht erscheinen. Für eine Zeit lang.« Jules grinste ihn breit an. »Und wenn du kein Glied mehr rühren kannst vor Erschöpfung, dann werde ich deinen Geist schärfen. Du musst lesen lernen und schreiben. Du sollst rechnen können und in den Lehren der Tjuredkirche wohl bewandert sein. Du wirst mehr als nur ein Krieger sein. Du wirst ein Ritter werden, wie ihn die Welt noch nicht kennt. Ein Ordensritter. Ein Diener Tjureds und der Menschen. Gelehrter, Priester und Krieger.«

## MÄNNERABEND

Er saß auf einem Stein, noch warm von der Hitze des Tages, und blickte in den Abgrund vor seinen Füßen. Die Schatten der Nacht hatten die Tiefe zur Erinnerung verschwimmen lassen. Das Licht der Sterne reichte nicht, um auch nur den halben Weg bis zum Grund ahnen zu lassen.

Falrach stieß mit dem Fuß gegen einen kleinen Stein, der klackernd im Abgrund verschwand, und dachte an den Abgrund von mehr als vierzig Jahrhunderten, der zwischen ihm und Emerelle klaffte. Und an Ollowain. Inmitten des stürmischen Liebesspiels hatte sie seinen Namen geflüstert. Wie sollte er es ihr verdenken? Schließlich blickte sie in Ollowains Gesicht, wenn sie beide einander liebten. All sein Feuer war in jenem Augenblick verloschen. Er hatte versucht, sich nichts anmerken zu lassen. Hatte gar nichts gesagt. Vielleicht hatte Emerelle in seinen Gedanken gelesen und entdeckt, was geschehen war?

Falrach blickte hinab in die Dunkelheit. Seine Seele lebte in einem Leib, der ihm nicht gehörte. Er durfte nicht …

»He, Mann. Das ist kein guter Platz, um Trübsal zu blasen. Von dieser Klippe habe ich meine Schwiegermutter gestoßen, nachdem sie versucht hatte, mich zu vergiften.«

»Was?«

Oblon stand hinter ihm. Er grinste ihn an, was sein aufgemaltes Totenkopfgesicht besonders abstoßend wirken ließ. »Das war nur ein Scherz. Was machst du hier? Du hattest doch einen guten Tag.«

»Wie kommst du darauf?«

Das Grinsen des Kobolds wurde noch breiter. »Tja, mit Felsen hat es so eine seltsame Bewandtnis. Manchmal verschlucken sie jeden Laut, und manchmal tragen sie ein leises Flüstern eine Meile weit.«

Falrach schluckte. Das hatte gerade noch gefehlt, dass das halbe Dorf ihm und Emerelle zugehört hatte.

»Ich seh schon, dass dir irgendeine Laus über die Leber gelaufen ist. Du solltest lieber mit mir kommen. Wir machen uns einen netten Männerabend. Du wirst sehen, danach geht es dir besser.«

Falrach stand nicht der Sinn danach herauszufinden, was ein Kobold unter einem Männerabend verstand. »Wie kommst du darauf, dass ich nett bin?«, fragte er schroff.

»Das ist recht eindeutig. Nach dem bedauerlichen Zwischenfall in der Klamm hattest du Grund und Gelegenheit, mir den Kopf zwischen die Füße zu legen.« Um seinen Worten mehr Nachdruck zu verleihen, fuhr er sich mit der Handkante über den Hals, als wolle er sich die Kehle durchschneiden. »Ich habe zwar nicht viel Erfahrung mit himmelsgeborenen Riesen, aber alles spricht dafür, dass du ein netter Kerl bist. Ich an deiner Stelle wäre nicht so ritterlich gewesen.«

Nüchtern betrachtet, war er schon jetzt abgelenkt. Und ein Abend mit einem Kobold konnte wohl kaum schlimmer sein, als in melancholischer Stimmung an einem Abgrund zu sitzen.

»Warum bist du hier?«

Oblon deutete über den Rand der Klippe. »Ich war mit

drei Jägern da unten. Wir haben dir über eine Stunde lang zugesehen und gewettet, was du tun würdest. Ich habe die Muschelkette meines Weibs verwettet, dass du springst und nicht fliegen kannst. Aber nach einer Weile wurde uns allen das Warten zu langweilig. Wärst du gesprungen?«

Falrach sah den Kobold durchdringend an, was Oblon augenscheinlich nicht im Mindesten beeindruckte. »Ich fürchte, dieses Geheimnis werde ich mit ins Grab nehmen.«

Der Schamane nickte ernst. »Ja, solche Dinge sollten in der Familie bleiben. Wie sieht es aus, Riese? Willst du hierbleiben? Ich halte das nicht für klug!«

Was hatte er zu verlieren?, dachte Falrach. »Gut, gehen wir.«

Oblon führte ihn auf einem halsbrecherisch steilen Pfad durch die Felsen. Er wählte einen Weg, der sie vom Dorf fortführte. Falrach scherte sich nicht darum, wohin der kleine Schamane ihn bringen würde. Er dachte wieder an Emerelle, und er verfluchte sich dafür.

Schließlich stiegen sie über einen schroffen Hügel hinweg und blickten hinab in eine weite Bodensenke, die von seltsamen weißen Felsbrocken beherrscht wurde. Der Elf blinzelte. Das Licht war zu schwach, um deutlich erkennen zu können, was da vor ihm lag. Felsen waren es jedenfalls nicht! Ihm stockte der Atem.

»Eindrucksvoll, nicht wahr?«

»Ja …« Mehr brachte er im ersten Augeblick nicht über die Lippen.

Der Kobold stieg in die Senke hinab. »Komm, er beißt ja nicht.« Ein leises Lachen begleitete seine Worte.

Falrachs Hände hatten zu zittern begonnen. Er konnte es nicht unterdrücken. Er schämte sich dafür. Der Schrecken des letzten Augenblicks seines Lebens stand ihm wieder vor Augen. Die Angst. Der Schmerz. Und die Gewissheit, dass es nur einen Weg gab, das Verhängnis abzuwenden.

»Kommst du?«

Zögerlich stieg er hinab. Das halb in Sand und Geröll vergrabene Skelett war mehr als fünfzig Schritt lang. Allein der Schädel war schon gewaltig. Groß wie ein Haus lag er dort. Oblon stieg durch eines der Augenlöcher ins Innere.

Falrach verschränkte seine Arme vor der Brust. So konnte er seine zitternden Hände verbergen. Sein Mund war staubtrocken. Er blickte auf die Zähne, die länger als Schwerter waren und so hart, dass sie selbst dem alles verzehrenden Feuer widerstehen konnten.

Oblon steckte den Kopf aus der Augenhöhle. »Glaubst du, du passt hier durch?«

»Welcher war es?«

»Was? Wovon redest du?«

»Der Sonnendrache! Welcher von ihnen war es?«

»Die hatten Namen? Kanntest du etwa welche?«

Falrach trat dicht vor den Drachenschädel. Fassungslos sah er, dass rund um die Augenhöhlen Runen auf den Knochen gemalt waren. Es gab winzige Handabdrücke. Offensichtlich vom Kobold. Und es roch ein wenig nach Urin. Vor ihm lag einer der Herren der Welt. Sie waren fast wie Götter gewesen. Und jetzt hauste ein Kobold in seinem Schädel, und offensichtlich ging er irgendwo zwischen den Rippen zum Pinkeln.

»Kanntest du den?«

Falrach tastete über den Schädel. »Vielleicht. Vielleicht war er es, der mich einst getötet hat. Es gab nicht viele von ihnen.«

»Geht es dir nicht gut? Du stehst doch vor mir. Und du bist kein Geist. Mit Geistern kenne ich mich aus! Was soll das heißen, dass der Drache dich getötet hat?«

»Wie lange liegt er schon hier?«

»Du stellst Fragen, Riese. Woher soll ich das wissen? Der lag schon hier, bevor mein Volk hergekommen ist.«

»Was machst du in seinem Schädel?«

»Was wohl? Ich befrage mein Knochenorakel. Das ist ein Ort voller Magie. Hier kann ich besonders gut die Geister rufen. Und alle, die mich hier besuchen kommen, haben Respekt.« Oblon grinste breit. »Sogar du hast Respekt vor ihm. Das sehe ich genau. Er kann einem Angst machen, nicht wahr?«

Falrach nickte. Dann trat er ein Stück zurück. »Hier will ich nicht bleiben!«

»Du hast ja nicht einmal einen Blick hineingeworfen. Das solltest du dir nicht entgehen lassen. Du wirst so schnell nicht wieder in einem Drachenschädel hocken und …«

Der Elf winkte ab. »Ich gehe jetzt.«

»Ach, komm schon rauf. Wovor hast du Angst? Ich sage dir …«

Falrach hörte ihm nicht mehr zu. Wie hatte er nur auf die Idee kommen können, sich ernsthaft mit einem Kobold unterhalten zu wollen? Mit einem Kobold, der ihn vor ein paar Tagen noch hatte schlachten wollen!

»He, großer Mann!«

Er hörte eilige Schritte hinter sich. Dann schloss Oblon zu ihm auf. Der Schamane hatte sich eine Kürbisflasche umgehängt und trug einen dilettantisch getöpferten Krug. »Vergessen wir das einfach. Du magst keine toten Drachen. Ich hab das verstanden. Suchen wir uns einen anderen netten Ort.«

»Warum läufst du mir nach?«

»Was glaubst denn du? Zwei Riesen leben plötzlich in meinem Dorf. Nach ersten Missverständnissen verstehen wir uns ganz gut. Und plötzlich haben meine Jäger ein Jagdglück wie noch nie. Halte mich nicht für dumm, nur weil mein Kopf viel kleiner ist als deiner. Mir ist klar, dass deine Geliebte irgendeine Art von Jagdzauber wirkt, damit wir alle genug zu essen haben. Das ist eine Verbesserung für mein Dorf. Und niemand hat Angst, dass uns die Trolle angreifen werden, solange ihr hier seid. Dann macht ihr beide Liebe. Und plötzlich sitzt du mit finsterem Gesicht an einem Abgrund und brütest vor dich hin.«

Falrach schnaubte verächtlich. »Vor ein paar Tagen wolltest du mich noch fressen. Du glaubst doch nicht ernsthaft, dass ich dir abnehme, dass du dir jetzt Sorgen um mich machst.«

»Tue ich auch nicht. Ich sorge mich um mein Dorf. Du bist durcheinander. Und ein Riese, der ein Schwert besitzt, das so groß und schwer ist, dass man mehrere Kobolde braucht, um es zu tragen. Was wird geschehen, wenn du deinen Kummer und deine Wut an uns auslässt? Wer könnte dich aufhalten? Deshalb bin ich hier, um mit dir zu reden. Ich finde, du bist kein übler Kerl, für einen Riesen.«

Falrach schüttelte den Kopf. Dann lachte er leise. Er fing an, den frechen kleinen Kerl zu mögen. Aber durfte er ihm vertrauen? »Du bist der verschlagenste und mutigste Kobold, dem ich je begegnet bin.«

»Ich fasse das mal als ein Kompliment auf.« Oblon sah zu ihm auf und grinste breit. Dann deutete er ein Stück voraus zum Ufer des kleinen Baches, der nahe dem Dorf floss. »Das ist ein guter Platz zum Reden. Da wird uns niemand stören.«

Das flache Rinnsal, das die Kobolde hochtrabend ihren Fluss nannten, schimmerte silbern im Licht der Nachtgestirne. Das leise Plätschern des Wassers hatte etwas Beruhigendes. Falrach musste sich eingestehen, dass dies ein besserer Ort war, um die Nacht zu verbringen, als der Klippenrand. Sie ließen sich bei einem Felsen nieder. Oblon zog den hölzernen Stöpsel aus der Kürbisflasche. »Maisschnaps! Wenn man genug davon trinkt, schläft man gut, ganz gleich, welche Sorgen einen bedrücken.« Er setzte den unförmigem Kürbis an die Lippen und trank einen Schluck.« Danach tat er einen tiefen Seufzer. »Das brennt die Kehle und den Kopf aus!« Er hielt ihm die Flasche entgegen.

Falrach nahm sie und roch zweifelnd an dem Gebräu. Aber was hatte er schon zu verlieren? Auch er nahm einen Schluck. Das Zeug brannte wie glühende Kohlen. Obwohl er kaum etwas getrunken hatte, hatte er das Gefühl, kaum noch atmen zu können.

»Gut, nicht?«

Falrach war sich nicht sicher, ob er das Koboldgebräu im Magen behalten würde. Statt zu antworten, nickte er nur, was Oblon aber völlig zu genügen schien. Der Kobold nahm noch einen Schluck, verschränkte dann die Arme hinter dem Kopf und blickte zum Nachthimmel hinauf.

»Frauen sind das Wunderbarste, was uns geschehen kann. Sie sind das Salz des Lebens.«

Der Elf dachte an die ausgemergelte Gestalt, die in Oblons Haus wartete. Sie war wahrscheinlich nicht alt. Aber das entbehrungsreiche Leben am Rand der Wüste hatte bereits unauslöschliche Spuren hinterlassen.

»Wenn ich etwas Maisschnaps trinke und dann mit ihr Liebe mache, schlafe ich so tief und friedlich wie ein Neugeborenes mit vollem Bauch. Für ein paar Stunden kann ich dann alle Sorgen vergessen. Firandi ist eine sehr leidenschaftliche Frau. In unserer Hütte wage ich es nicht, ihr zu widersprechen.« Er nahm noch einen Schluck vom Schnaps und hielt ihm die Flasche hin.

Falrach nahm die Kürbisflasche. Der zweite Schluck brannte nicht mehr ganz so schlimm wie der erste. Er fragte sich, ob er vielleicht auch Vergessen finden würde. Und sei es nur für ein paar Stunden.

»Was für einen Kummer hast du eigentlich, Riese? Ich meine, dieses Weib … Deine Gefährtin. Sie ist viel zu groß. Und ich habe den Eindruck, sie hat nicht nur in eurer Hütte das Sagen. Daran musst du etwas ändern! Weibern zu viele Freiheiten zu lassen, führt nur zu Kopfschmerzen! Aber wenn ich sehe, wie du sie anschaust … Ich glaube, du bist tief und aufrichtig in sie verliebt.« Er grinste. »Ihr habt euch leidenschaftlich geliebt. Und so lange, wie man das nur tut, wenn die Liebe noch frisch ist. Aber dann sitzt du abends an diesem Abgrund und es sieht aus, als wolltest du runterspringen. Was willst du eigentlich noch in deinem Leben? Was ist los mit dir? Heute war einer von den guten Tagen! Bist du blind, dass du das nicht merkst?«

»Sie hat mit mir …« Liebe würde er dazu nie sagen. Aber was konnte man einem Kobold sagen? Eine poetische Umschreibung würde er vermutlich nicht zu würdigen wissen und wahrscheinlich nicht einmal verstehen.

»Ich weiß, was du sagen willst. Komm, red weiter!«

Falrach räusperte sich. War er schon leicht betrunken? Unter normalen Bedingungen hätte er niemals darüber gesprochen. »Sie hat mich mit dem Namen eines anderen angesprochen.«

»Na und?«

»Verstehst du nicht? Sie denkt an einen anderen, während ich …«

»Ich finde, da hat eher der andere ein Problem. Sie mag ihn, findet aber nichts dabei, sich mit dir zu vergnügen. Du solltest dir weniger den Kopf zerbrechen und die reichen Früchte ernten, die das Schicksal dir aufgetischt hat.«

»So einfach ist das alles nicht«, protestierte Falrach.

»Ich glaube schon! Liegt das an den größeren Köpfen von euch Riesen, dass ihr so verwickelt denkt? Was hältst du davon, den anderen umzubringen, wenn du ihm das nächste Mal begegnest? Aber pass gut auf, dass dein Weib davon nichts merkt. Ich sag dir, Frauen können bei so etwas ziemlich nachtragend sein!«

»Hast du etwa einmal …«

Statt zu antworten, grinste Oblon nur breit. Dann nahm er etwas Verschrumpeltes, Dunkles aus dem Topf, den er aus dem Drachenschädel geholt hatte, und begann darauf zu kauen. Dabei machte er Geräusche, als zermalme er die Knochen eines kleinen Tiers zwischen den Zähnen.

»Also bei mir hilft das nichts. Der Mann, von dem sie spricht, ist schon tot.«

Oblon hob die Hände in fragender Geste. »Dann verstehe ich dein Problem nicht.«

»Es ist ... Wenn sie mich anblickt, dann sieht sie den Toten.«

»Nein, nein.« Er winkte großspurig ab. Er hatte ja keine Ahnung! »Das bildest du dir ein, Riese.«

»Es ist wirklich so! Ich bin im Leib des Toten gefangen. Ich ...«

Oblon hörte auf zu kauen und sah ihn forschend an. »Den Spaß verstehe ich nicht«, murmelte er schließlich mit vollem Mund.

»Es ist kein Spaß! Hör zu!« Falrach erzählte ihm die ganze Geschichte, und der Schamane unterbrach ihn nicht ein einziges Mal.

Als er schließlich endete, sah Oblon ihn lange nachdenklich an und rieb dabei nervös an seiner Nasenspitze. »Du bist also ein Geist«, sagte er endlich.

»Nein!«, entgegnete Falrach empört.

»Wieso? Du bist tot, das hast du doch gerade erzählt. Also bist du ein Geist. Versuch nicht, dich da herauszureden. Die Sache ist ganz klar!«

»Du verstehst nicht ...«

»Oh, doch. Geister sind mein tägliches Geschäft. Ich bin Schamane!«

»Es gibt gar keine Geister!«

Oblon begann schallend zu lachen. »Das sagt mir ein Geist«, stieß er dabei prustend hervor. »Riese, du hast wirklich Humor.«

Falrach hatte genug. Er wollte gehen, doch der Kobold griff nach seinem Arm. »Komm, bleib. Ich wollte dich nicht beleidigen. Iss etwas hiervon! Es gibt nichts Besseres zu Maisschnaps.«

»Was ist das?«

»Getrocknetes Kakteenfleisch. Das ist gut, solange man genug Zähne hat.«

Zögerlich langte Falrach in den Topf. Er zog einen verschrumpelten Streifen von undefinierbarer Farbe daraus hervor. Er roch daran. Das Kakteenfleisch verströmte einen ganz leichten, würzigen Geruch. Er blickte zu Oblon hinab. Kobolden schien es nicht zu schaden. Er wog mindestens zehn Mal so viel wie der kleine Kerl. Da würde ihn ein Stück von diesem Zeug wohl kaum umwerfen.

»Du bist also kein Geist«, lenkte Oblon ein.

Falrach nickte und schob sich das verschrumpelte Ding in den Mund. Es schmeckte nicht unangenehm. Er biss darauf. Ein warmes, wohliges Gefühl breitete sich in seinem Mund aus und stieg ihm zu Kopf. Dann hatte er das Gefühl, dass ein weicher Pelz auf seiner Zunge und seinen Zähnen lag. Sehr merkwürdig!

Oblon hielt ihm die Kürbisflasche hin. Der Elf nahm noch einen Schluck. Der Schnaps brannte den Pelz weg. Er fühlte sich jetzt sehr entspannt.

»Ollowain und ich, wir sind ein und dieselbe Seele.« Es fiel ihm etwas schwer, zu sprechen. Seine Zunge verhedderte sich an Worten mit mehr als einer Silbe. Er lächelte selbstversunken. Sehr amüsant, wie er plötzlich sprach.

»Du solltest noch etwas Kaktus versuchen.«

Falrach hatte Schwierigkeiten, seine Hand durch die enge Öffnung des Topfes zu bekommen. Eben war es doch noch ganz leicht gewesen. Es schien fast, als sei seine Hand angeschwollen. Er kicherte. Das war natürlich Unsinn! Oblon war schließlich so nett, ihm ein Stück zu geben.

»Was ist mit dem anderen? Demjenigen, dem dieser Körper gehört.«

Der Elf zuckte die Schultern, was ihm nicht ganz gelang. Sein Leib fühlte sich schwer an. »Der ist weg. Niemand weiß, warum. Völlig verschwunden. Wie tot.«

»Ich werde dich befreien«, sagte der Kobold sehr entschieden. »So wie heute wird es dir nie wieder gehen!«

Falrach sank der Kopf auf die Brust. »Das wäre schön«, lallte er. Das zweite Stück Kaktus hatte eine andere Wirkung. Er fühlte sich plötzlich sehr schwer, so als lägen große Felsblöcke auf ihm. Er vermochte seine Glieder nicht mehr zu rühren. Auch seine Zunge wollte ihm nicht mehr gehorchen. Er brachte nur noch ein unartikuliertes Lallen hervor. Aber er fand das nicht beunruhigend. Eher amüsant.

Der Kobold mit dem aufgemalten Schädelgesicht beugte sich dicht über ihn. »Ich muss einmal kurz weg. Du brauchst dir keine Sorgen zu machen, Riese. Alles wird gut!«

War etwas nicht in Ordnung? Der Kobold verschwand. Seine Worte hatten das Gegenteil erreicht. Falrach wollte aufstehen, aber er konnte es nicht. Und er begann, sich Sorgen zu machen.

Es dauerte nicht lange, bis Oblon zurückkehrte. Und er war nicht allein! Das halbe Dorf schien ihn zu begleiten. Falrach wollte aufspringen, aber es war, als sei er mit Eisenketten an den ausgedorrten Boden gefesselt. Kalter Schweiß trat ihm auf die Stirn. Seine Sinne aber waren wieder ganz klar.

»Es ist alles in bester Ordnung!«, sagte Oblon und tätschelte ihm dabei über das Gesicht, als sei er ein Kleinkind.

Die Kobolde hatten um ihn herum Aufstellung genommen. Was glotzten sie ihn so seltsam an? Und wie hatte er so blöde sein können, sich Oblon anzuvertrauen!

»Hebt ihn hoch!«, befahl der Schamane. Dutzende kleine Hände packten zu. Er stieß mit dem Kopf gegen den Felsen, an dem er gelehnt hatte.

»Passt besser auf ihn auf«, sagte Oblon schroff. »Der Körper gehört ihm gar nicht. Der arme Kerl, den ihr da tragt, ist besessen. Aber wir werden ihm helfen!«

Falrach traute seinen Ohren nicht. Was hatten sie mit ihm vor?

Unter vielen gemurmelten Flüchen trugen sie ihn dem Dorf entgegen. Alle paar Schritt mussten sie ihn wieder ablegen. Endlich schafften sie ihn durch den Dornenwall.

Es war wie ein böser Traum! Und er konnte nicht aufwachen.

Er glaubte den Eingang von Oblons Hütte zu erkennen. Sie trugen ihn daran vorbei. Bis zu der zweiten Öffnung in dem jämmerlichen Lehmhaufen, in dem die Familie des Schamanen lebte. Die Perlschnüre und schmuddeligen Stoffstreifen in der Tür bewegten sich sanft, obwohl es windstill war. Hellgrauer Rauch quoll aus der Hütte. Wie mit langen, geisterhaften Fingern griff er nach ihm.

»Der Riese passt nicht durch die Tür«, sagte jemand.

»Dann müssen wir sie erweitern«, entgegnete Oblon entschieden.

Falrach konnte an den Gesichtern der Umstehenden ablesen, dass viele dies offenbar für keinen guten Einfall hielten. Dennoch fand der Schamane ein paar Helfer. Sie schlugen mit Steinhacken auf den trockenen Lehm ein. Die Wand der Hütte zerbröckelte unter den wuchtigen Hieben. Ein Gitterwerk aus dürren Ästen kam zum Vorschein, dem sie mit Haumessern zu Leibe rückten.

Einige der umstehenden Kobolde kreuzten die Finger und machten Schutzzeichen. Was hatte Oblon vor? Falrach versuchte verzweifelt sich aufzubäumen, doch sein eigener Leib war ihm zur Fessel geworden.

»Schlagt mir nicht das Haus zusammen!«, rief Firandi erbost.

Der Schamane hob beschwichtigend die Hände. »Ich glaube, das genügt. Aufhören! Los, schafft ihn hinein! So viel, wie von ihm hineinpasst. Die Füße können ruhig draußen bleiben!«

Falrach wurde erneut gepackt. Sie zerrten ihn in die Hütte. »Tretet keinem auf die Füße! Und brecht mir keine Finger oder Nasen ab!«, schimpfte der Schamane. »Vorsicht, verdammt!«

Koboldschweiß tropfte Falrach aufs Gesicht. Oblons Helfer wirkten beunruhigt. Als der Schamane zufrieden war, hatten sie es sehr eilig, die Hütte zu verlassen.

Es war dunkel. Ein eigenartiger, muffiger Geruch hing in der Luft.

Oblon war hinter seinem Kopf, so dass er ihn nicht sehen konnte. Nicht einmal die Augen vermochte er zu bewegen. Er starrte einfach nur geradeaus. Der Kobold hinter ihm pustete aus Leibeskräften, das konnte er hören. Dunkelrotes Licht glomm auf. Gegenüber kauerten Gestalten an der Wand der Hütte. Bewegungslos. In zwei Reihen. Die Kammer war sehr eng. Sie waren kaum mehr als einen Fuß von ihm entfernt.

Was hatte Oblon gesagt? *Brecht mir keine Finger oder Nasen ab!* Da war etwas …

Der Schamane kam hinter seinem Kopf hervor. Er hielt einen Topf in beiden Händen, in dem etwas glomm. Feiner, heller Rauch stieg davon auf. Das rote Licht strahlte ihn von unten an und ließ seine Totenkopfgrimasse beängstigend aussehen.

Oblon kniete sich auf seine Brust, aber er spürte das Gewicht des Kobolds nicht. Er musste ihn anstarren. Er hatte keine Wahl! Wollte der kleine Mistkerl, dass er jede Episode dieses letzten Aktes mit verfolgte?

Der Schamane atmete den grauen Rauch ein und blies ihn in alle vier Himmelsrichtungen. Dabei verneigte er sich ehrerbietig und murmelte über Geister. So ein Unsinn! Jeder Elf wusste, dass es keine Geister gab. Das waren Koboldhirngespinste. Nichts als blanker Unsinn!

Falrachs Augen hatten sich an das Dunkel gewöhnt. Und als Oblon endlich von seiner Brust herabstieg, konnte er erkennen, wer dort an der Wand kauerte. Er blickte in ein dunkles, faltendurchzogenes Koboldgesicht. Ein Gesicht wie ein altes Stück Schuhleder. Von Falten durchzogen. Verwittert und fleckig. Ein Gesicht ohne Nase und mit dunklen Höhlen, wo Augen hätten sein sollen.

Die Hütte war voller Leichen! Das mussten die Ahnen sein, von denen die Kobolde immer wieder auf bedeutungsvolle Weise sprachen. So, als seien sie nicht wirklich gegangen. Und hier waren sie. Nur in einem anderen Zimmer. Unter einem Dach mit den Lebenden. Was für ein Wahnsinn!

»Hört ihr mich?« Oblons Stimme klang nun anders. Dunkler. Das war der Rauch, redete sich Falrach ein, obwohl er spüren konnte, wie der Zauber, den der Kobold wob, an Macht gewann. Seine Glieder waren lahm. Er hatte die Macht verloren, sie nach seinem Willen zu bewegen. Aber sie waren nicht gefühllos. Er spürte das Prickeln auf seiner Haut. Spürte, wie sich die Haare in seinem Nacken aufrichteten. Und da war dieser Geruch. Ein Geruch, wie er an schwülen Sommertagen in der Luft hing, wenn man mit jeder Faser seines Leibes das Gewitter ahnte, das unmittelbar bevorstand.

»Hört ihr mich?«, raunte Oblon erneut mit rauchiger Stimme. »Kommt, meine Ahnen. Holt ihn euch! Helft dem Besessenen.«

Warum konnten Kobolde nie zuhören?, dachte Falrach verzweifelt. Er war doch nicht besessen. Es war die Seele, die in diesen Leib gehörte. Hier gab es nichts zu bannen! Er war doch nur ein anderes Bewusstsein. Hätte er diesen verfluchten Kobold nur damals über der Klamm erschlagen, als die Gelegenheit dazu gewesen war!

»Kommt her! Holt ihn euch!«

Falrachs Blickfeld weitete sich. Endlich kam Leben in seine Glieder. Er konnte den Kopf ein klein wenig drehen und blickte nun in die Leichengrimasse eines Koboldweibes, dem man Türkise in die leeren Augenhöhlen gedrückt hatte, so dass sie Falrach mit steinern strafendem Blick ansah. Hatte sie die Stirn gerunzelt?

Der Elf röchelte leise. Er wollte Emerelle rufen. Wo war sie nur?

Oblon beugte sich über ihn. »Willst du fortlaufen? Das ist falsch.« Die dunkle Stimme klang beruhigend, ja freundlich. »Ich mag dich, Elf. Deshalb erlöse ich dich von deinen Qualen. Du wirst bald wieder der sein, der du sein solltest.«

Falrach wollte widersprechen, aber seine Zunge lag wie ein Stein in seinem Mund. Er brachte nur unartikuliertes Gestammel zustande.

Der Kobold nutzte die Gelegenheit und steckte ihm ein zähes Wurzelstück zwischen die Zähne, so dass er den Mund nicht mehr schließen konnte. Oblon hielt noch immer den Feuertopf in einer Hand. Der Rauch, der daraus entstieg, war nun dicker geworden, öliger. Es waren keine blassen, geisterhaften Finger mehr.

Der Schamane atmete den Rauch ein und blies ihn Falrach direkt in den offenen Mund. Er kratzte in der Kehle. Der Elf hatte ein Gefühl, als hätte er kalten, zu fettigen Braten gegessen. Ein dünner, zäher Film lag ihm auf der Zunge und verklebte ihm den Rachen. Der Rauch schien ihm direkt in den Verstand zu steigen. Obwohl er auf festem Boden lag, glaubte er zu fallen. Sein Atem ging schneller.

Wieder blies ihm Oblon Rauch in den offenen Mund. Die Augen des Schamanen waren unnatürlich geweitet. Alles Weiß war daraus verschwunden. Das eine war ein kalter, schmutziggrüner See. Das andere leuchtete wie heller Bernstein. Die Pupillen waren zu winzigen schwarzen Punkten geschrumpft.

»Kannst du fühlen, wie sie kommen?«, krächzte der Kobold heiser. »Sie haben mich erhört.«

Niemand würde kommen, dachte Falrach. Das war völlig unmöglich. Es widersprach jeder Vernunft.

Oblon kauerte sich neben ihn. Den Feuertopf hatte er auf den Boden gesetzt. Er wiegte den Oberkörper vor und zurück. Ein wortlos an- und abschwellender Singsang begleitete die Bewegung.

Falrach sah hinter dem Schamanen deutlich dessen mumifizierte Ahnen. Hatte das Weib mit den Türksaugen sich bewegt? Er hätte schwören mögen, dass ihr Kopf gerade noch in einem anderen Winkel geneigt gewesen war.

Dem nasenlosen Toten quoll etwas zwischen den Lippen hervor. Feiner weißer Rauch, der sich in einem dünnen, kaum fingerdicken Faden wand. Statt der Decke der Lehmhütte entgegenzustreben, wand er sich fast waagrecht auf den Schamanen zu.

Auch die Türkisaugendame atmete Rauch aus. Falrach konnte den Kopf noch immer nicht bewegen, doch weitere Rauchfinger drangen nun in sein Gesichtsfeld. Sie verwoben sich zu einer wirbelnden Spirale über Oblons Kopf.

Der Schamane hielt mit einem Ruck inne. Oblon streckte den Arm vor und legte ihm seine Hand auf die Brust, genau dort, wo sein Herz schlug.

»Danke, dass ihr mich erhört habt«, sagte er mit fester Stimme. »Erlöst den Geist, der den Riesen befallen hat. Zieht ihn heraus wie einen Wurm, der einen Apfel faulen lässt.«

Falrachs Zunge war nicht mehr ganz betäubt. Er versuchte, mit ihr den Keil herauszudrücken, der zwischen seinen Zähnen steckte.

Die einzelnen Rauchfinger drehten sich ineinander wie die Stränge eines Seils. Immer dichter wurden sie, verloren ihre einzelnen Konturen und bewegten sich mit schlangenhafter Anmut ihm entgegen. Wie eine Schilfrohrnatter vor dem Zustoßen verharrten sie über ihm.

Mit einer letzten Anstrengung schaffte es Falrach, den Keil auszuspucken. Im selben Augenblick stieß die Schlange aus bleichem Rauch zu. Sie drang in seinen Mund und füllte ihm die Lungen. Binnen eines Herzschlags schien sie überall in ihm zu sein. Sie griff in seinen Verstand. Dutzende verschiedene Stimmen sprachen zu ihm. Lachen und Schreie. Weinen. Und dann erhob sich ein Befehl. Eine einzelne Stimme, die mehr und mehr an Macht gewann. Eine Stimme, die sein Bewusstsein auszufüllen drohte.

# ÜBERM BERG

Nikodemus blickte auf das blutige Fleisch, das auf dem flachen Felsen lag. Wie sehr er es hasste! Verdammt nochmal, er war doch kein Troll! Was dachte sich Madra? Er hatte das Vieh noch nicht einmal richtig gehäutet. Da war noch blutverklebtes Fell an dem dürren Schenkel.

Der Lutin konnte durchaus begreifen, warum sie kein Feuer machen durften. Bei Nacht mochte sie der Flammenschein verraten, tagsüber der Rauch. Ein Feuer war einfach ein unberechenbares Risiko. Aber wie lange sollte er diesen Schlangenfraß noch hinunterwürgen? Das Kobolddorf lag auf der anderen Seite des Berges! Ein halber Tagesmarsch trennte sie von den beiden Elfen. Sie hatten hier nichts zu befürchten!

»Schmeckt es nicht?«, fragte Madra.

Nikodemus war versucht, dem Troll eine passende Antwort zu geben. Das barg allerdings die Gefahr, von einem Teilnehmer des Abendessens zu einem Teil des Abendessens zu werden.

»Wenn du es nicht magst, kann ich es ja nehmen.« Ohne eine Antwort abzuwarten, griff der Troll nach dem Schenkel und dem übrigen Fleisch.

»Wie lange willst du noch hier in den Bergen sitzen? Wir haben unsere Aufgabe erfüllt. Wir können gehen!«

»Ich will wissen, was die beiden hier machen.« Madra spuckte einen halb gesplitterten Knochen aus. »Hier kommt niemand ohne einen Grund her. Ich will wissen, was los ist.«

Nikodemus seufzte leise. Ein Troll, der versuchte, einem Geheimnis auf den Grund zu gehen! Das konnte Jahre dauern. Er würde mit diesem Trottel seine Jugend verschwenden. Zum tausendsten Mal sah er zu dem Amulett, das Skanga ihrem Krieger mitgegeben hatte. Es wäre so leicht, die Schamanin zu rufen!

Plötzlich sprang Madra auf und griff nach seiner Keule. Nikodemus machte einen entsetzten Satz zurück. Hatte er sich verraten? »Ich kann alles erklären …«, stammelte er und wich weiter zurück. »Ich kann …« Er stieß gegen etwas Weiches. Gehetzt blickte er hinter sich. Fast hätte sich seine Blase entleert. Da stand die Elfenkönigin! Sie hatte sie aufgespürt. Jetzt war alles vorbei!

Er wich vor ihr zurück. Ihretwegen also hatte Madra sich bewaffnet. »Es ist nicht so, wie es aussieht, Herrin.« Verdammt, sie war keine Herrin mehr. Er sollte sich nicht so duckmäuserisch benehmen!

»Was willst du?«, fragte Madra mit fester Stimme.

Die Elfe trug ein Schwert, aber sie wirkte entspannt. Vielleicht wollte sie ja gar keinen Streit, überlegte Nikodemus. Aber nein … Sie fürchtete sie beide nicht. Sie war mit Ollowain in den Gerichtssaal gegangen und hatte siebzehn Trolle und etliche Kobolde erschlagen. Sie beide waren keine Bedrohung.

»Also bringen wir es hinter uns«, knurrte der Troll, als Emerelle nicht antwortete, und hob kampfbereit seine Keule.

»Nein, nein, nein!« Nikodemus trat zwischen die beiden. »Wir sollten erst einmal reden. Die Köpfe einschlagen können wir uns immer noch.«

Emerelle nickte sacht. »Die Frage ist nicht, was ich hier tue, sondern was ihr hier wollt.«

Das lag eigentlich auf der Hand. Also war es besser, keine Lügengeschichten zu erzählen. »Man sucht dich wegen der Morde in Feylanviek. Das heißt … Man sucht die Mörder. Bis jetzt wusste niemand, dass du es warst. Du …«

»Still«, fauchte Madra und ließ zischend die wuchtige Keule durch die Luft schneiden. »Halt dein dummes Maul, Fuchsgesicht, oder ich stopf es dir hiermit.«

»Muss ich dich umbringen, damit ich mich in Ruhe mit dem Lutin unterhalten kann?«, fragte die Königin beängstigend gleichmütig.

»Glaubst du, du schaffst das?«

Nikodemus schnappte nach Luft. Wie blöd konnte man eigentlich sein? Madra hatte schließlich vor Augen geführt bekommen, wozu sie in der Lage war. Der Lutin hob beschwichtigend die Hände. »Ich finde …«

Emerelle zog ihr Schwert.

Madra stürmte der Elfe mit einem wilden Kriegsschrei entgegen. Der Lutin warf sich zu Boden und versuchte zur Seite zu rollen, um den gewaltigen Füßen des Trolls zu entkommen. Sein Gefährte verfehlte ihn nur um wenig mehr als Haaresbreite.

Nikodemus ging hinter einem Fels in Deckung. Madra versuchte Emerelle durch eine Finte zu täuschen. Einen anderen Troll hätte er mit diesem Trick wahrscheinlich mit dem ersten Schlag besiegt. Nicht so Emerelle. Sie wich der schwerfälligen Keule ohne Mühe aus, setzte nach und stach Madra durch das Handgelenk der rechten Hand.

Nikodemus konnte hören, wie Elfenstahl auf Trollknochen knirschte. Madra grunzte vor Schmerz.

Die Elfe trat ein paar Schritte zurück. »Ergib dich!«

Tu es, dachte Nikodemus, aber er kannte Madra bereits lange genug, um zu wissen, dass es töricht war, bei ihm auf Vernunft zu hoffen.

»Meine Linke reicht, dich zu zerquetschen, wenn ich dich zu packen bekomme.«

»Du begehst Verrat an deinem König und Skanga, wenn du dich jetzt einfach umbringen lässt!«, rief Nikodemus aus Leibeskräften, aber ohne allzu viel Hoffnung.

Der Troll presste seine Linke auf die Stichwunde. Dunkles Blut quoll ihm zwischen den Fingern hindurch.

»Ich würde es begrüßen, wenn ihr beide mit mir ins Koboldorf kämet«, sagte die Elfe milde. »An eurem Tod ist mir nicht gelegen. Ganz im Gegenteil. Mit dir hätte ich sogar Pläne, Madra. Ihr kennt ja den kleinen Fluss beim Dorf. Ein Stück in die Berge hinein gibt es eine Stelle, wo ein steinernes Becken ausgewaschen ist. Ihr kennt den Ort. Dort erwarte ich euch.«

»Du meinst da, wo du mit deinem Beschäler gevögelt hast«, stieß der Troll hervor.

Nikodemus hielt den Atem an. Das war so unnütz. Dieser Idiot!

Die Elfe blieb erstaunlich gelassen. »Ich hätte andere Worte gebraucht, aber ja, ich meine diesen Ort.«

»Dein Blut wird den Fluss hinabfließen und deinem Beschützer zeigen, dass du tot bist.«

Sie nickte. »Wenn du sehr viel Glück hast, vielleicht.« Sie drehte sich um und war kaum einen Herzschlag später in der Dunkelheit verschwunden, so als sei sie nur ein Geist gewesen.

»Feige Elfenschlampe! Ich hätte sie in Stücke gerissen.«

Nikodemus wagte sich aus seiner Deckung. »Ich sollte mir deine Wunde mal ansehen. Die blutet ja immer noch.«

Der Troll stieß einen unartikulierten Fluch aus, aber er ließ sich vor ihm auf die Knie nieder. Nikodemus hatte keine Lust, seine magischen Fähigkeiten einzusetzen, um Madra zu heilen. Zu heilen hieß immer, den Schmerz mit den Kranken und Verletzten zu teilen. Was diesem Riesentrottel geschehen war, daran war er selbst schuld.

Der Lutin legte seine kleine Hand auf das massige Handgelenk seines Gefährten. Madra zuckte leicht. »Halt still! Das ist keine Kleinigkeit.« Er schloss die Augen und dachte sich in den Troll hinein, bis er die Muskeln, Sehnen und Adern im Geiste vor sich sah. Er begann den Schmerz zu spüren und wich ihm aus. Das war nicht seine Sache! Ein Knochen war leicht verletzt. Aber keine größere Ader war durchtrennt und auch keine Sehne. Bei einem Stich durchs Handgelenk war dies das reinste Wunder. War es Zufall? Oder war die Elfe so zielsicher?

Er schlug die Augen auf. »Das wird gut verheilen. Ich sollte es verbinden.«

»Glaubst du, ich kann in ein paar Stunden wieder kämpfen?«

Nikodemus war fassungslos. »Nein. Und das ist dein Glück! Sie könnte dich in kleine Scheiben schneiden. Sie hätte leicht die große Arterie in deinem Handgelenk durchtrennen können, dann würde dein Blut jetzt …«

»Die große was?«

»Die größte Ader!« Nikodemus musste sich beherrschen, um ihm nicht auf den Kopf zuzusagen, dass er ihn für einen Riesentrottel hielt. »Du nimmst jetzt am besten das Amulett, das Skanga dir gegeben hat, und wirfst es von dir, so wie sie befohlen hat. Mit ihr und einiger Verstärkung können wir die Elfen sicher überwältigen. Allein wird uns das niemals gelingen!«

»Kennt ihr Lutin keine Ehre?«

»Ehre ist etwas für große Krieger wie dich. Bei meiner Körpergröße kann ich mir keine Ehre leisten.«

»Deshalb sind die Lutin ein wanderndes Volk ohne Heimat, und wir Trolle herrschen in Albenmark«, stellte Madra selbstzufrieden fest.

»Leider habe ich kein Verbandszeug«, entgegnete Nikodemus. Er hatte überlegt, etwas von seiner Winterkleidung in Streifen zu reißen. Aber bei genauerer Betrachtung war das entschieden zu nett. »Du solltest die Wunde mit deinen Fingern zudrücken.«

»Mehr kannst du nicht tun?« Madra wirkte jetzt misstrauisch. »Kannst du die Wahrheit nicht vertragen?«

»Die Wahrheit ist, dass ich keinen Verband habe«, entgegnete Nikodemus spitz. »Aber Skanga wird dir sicher helfen können.«

»Die alte Vettel brauche ich nicht. Du machst das! Später. Im Kobolddorf wird es etwas zum Verbinden geben.«

Nikodemus traute seinen Ohren kaum. »Warum?«

»Sie will etwas von uns«, sagte Madra ruhig. »Ich habe

sie auf das Schlimmste beleidigt, aber sie hat es einfach übergangen. Ich sage dir, sie will was. Sie braucht uns. Ich werde hinuntergehen und herausfinden, was es ist. Ich werde nett zu ihr sein. Ihr helfen. Und wenn sie mir vertraut, schlage ich ihr den Schädel ein. Wir werden Helden sein, Fuchsgesicht.«

Nikodemus wurde übel. »Du willst da hinunter? Warum hast du sie überhaupt angegriffen, wenn du das willst?«

Der Troll lächelte. »Das musste sein. Sie hätte sonst dem Frieden nicht vertraut.«

Das war verrückt. Völlig verrückt! Was bildete dieser Troll sich ein, wenn er dachte, er könne Emerelle, die Königin der tausend Gesichter, die Meisterin der Täuschung, hereinlegen?

Madra nahm mit der unverletzten Hand seine Keule auf. »Kommst du mit, kleiner Mann? Gehen wir über den Berg.«

Nikodemus fluchte stumm in sich hinein und folgte dennoch dem Troll. Er hatte nicht den Mut, allein in der Wildnis zurückzubleiben.

# DAS BLUMENMÄDCHEN

Sie hieß Elodia, diese kleine Schlampe. Und sie war ein Stein auf Adriens Weg. Sie konnte ihn zum Straucheln bringen. Er hatte ein Falrach-Spiel für ihn aufgestellt und alle Figuren, die bislang in seinem Leben von Bedeutung waren, darauf versammelt. Und er hatte den Jungen ausgehorcht. Er war ein romantischer Trottel. Wahrscheinlich würde er ihm das aberziehen können. Aber Elodia blieb ein Risiko. Sie musste verschwinden. Natürlich hätte er sie selbst töten können. Aber das wäre eine beleidigend simple Lösung. Jules hatte andere Pläne mit ihr. Sie sollte leiden, nicht sterben!

Der Befehlshaber der Wache stampfte ungeduldig mit den Füßen. Eine halbe Stunde standen sie nun hier und ließen den Eingang zum Laden des Fleischhauers nicht aus den Augen. Elodia hatte sich nur flüchtig umgesehen, bevor sie hineingegangen war. Sie ahnte das Unheil nicht, das sich über ihr zusammenbraute.

Jules spürte, dass der Hauptmann das Mädchen lieber laufen lassen wollte. Aber er fürchtete die blaue Kutte der Priester. Auch wenn Cabezan einst den Mord an Guillaume befohlen hatte, so wurde die Geschichte inzwischen so verdreht erzählt, als hätten die Krieger des Königs versucht, den Priester zu retten. Er duldete die Tjuredkirche, auch wenn er deren Glauben nicht angenommen hatte. Ja, er hatte sogar einen Priester als Berater an seinem Hof. Also war es besser, es sich mit einem Tjuredpriester nicht zu verscherzen. Man konnte nicht ahnen, ob dessen Einfluss bis zum Hof des Königs reichte.

»Habt ihr gesehen, wie viele Blumensträuße sie in ihrem Korb hatte?«, fragte Jules höflich.

»Ist das von Belang?«, entgegnete der Hauptmann gereizt.

»Es ist ein Detail. Wer alle Details beachtet, der geht Lügen weniger leicht auf den Leim. Es waren sieben Blumensträuße.«

Der Hauptmann nickte geistesabwesend. Er war ein verhärmter, älterer Mann. Sicher hatte er früher einmal von Größerem geträumt, als die Wache einer Stadt wie Nantour zu befehligen. Vielleicht war er einer von denen gewesen, die ausgeritten waren, um Guillaume zu töten.

Jules hätte leicht in den Erinnerungen des alten Kriegers lesen können, doch er hütete sich davor. Sollte sich sein Verdacht bestätigen, dann mochte er sich vielleicht zu unbedachten Gewalttaten hinreißen lassen. Er hatte Guillaume gemocht. Er war das einzige Kind, das er mit einer Elfe gezeugt hatte. Er wäre zu Großem berufen gewesen! Wohin hätte sein Leben geführt, wo sein Tod doch schon das Glaubensgebäude einer ganzen Kirche zu verändern vermochte. Jules musste sich eingestehen, dabei ein wenig nachgeholfen zu haben. Aber dennoch …

Es begann zu regnen. Ein eisiger Schauer. Der Hauptmann und seine beiden Wachen suchten Schutz in einem Hauseingang und fluchten leise. Fast hätten sie übersehen, wie Elodia sich davonschlich. Sie hatte jetzt ein Tuch über den Korb geworfen, um ihre empfindlichen Strohblumen vor dem Regen zu schützen.

»Heh!«

Das Mädchen zuckte zusammen, als er sie anrief.

»Bringt sie her ins Trockene«, befahl der Hauptmann mürrisch.

Statt das Mädchen einfach zu packen, sprachen die Wachen Elodia freundlich an und baten sie über die Straße. Jules schüttelte den Kopf. Wozu ein hübsches Gesicht und ein ansehnlicher Körper doch alles taugte. Sie war wirklich ein angenehmer Anblick. Er konnte verstehen, dass Adrien sich in sie verliebt hatte.

»Was hat dich ins Haus des Fleischhauers verschlagen?« Sogar der Hauptmann wirkte weniger bärbeißig als zuvor.

»Ich … Ich verkaufe Blumen. Strohblumen, jetzt im Winter. Ich ziehe sie selbst. Und färbe sie.«

»Und das hat über eine halbe Stunde gedauert, dem Kerl einen Strohblumenstrauß aufzuschwatzen«, mischte sich Jules ein.

»Er konnte sich nicht entscheiden.«

Jules schlug das Tuch über dem Korb zurück. Deutlich sah man zwei große Würste zwischen den Blumen stecken.

»Ein stattlicher Lohn für einen Strauß Strohblumen«, bemerkte der Hauptmann. Er strich über seine grauen Bartstoppeln und runzelte die Stirn. »Sieben Sträuße. Genau so viele, wie du im Korb hattest, als du das Haus betreten hast. Ich mag es nicht, wenn man mich belügt, Mädchen. Was also hat sich ereignet?«

»Ich … ich habe den alten Strauß mitgenommen. Deshalb sind es wieder sieben. Ich tausche jede Woche die Strohblumen aus.«

Einen kurzen Augenblick hatte Jules Mitleid mit ihr. Diese Lüge war einfach zu erbärmlich!

»Du tauschst jede Woche Strohblumen aus!«, fuhr der Hauptmann sie nun harsch an. »Warum? Weil sie welken?«

»Ich …«

»Packt diese Schlampe!«

Wie leicht sie mit solchen Beleidigungen dabei waren! Eben noch war er freundlich gewesen. Jetzt schien er ein ganz anderer Mensch geworden zu sein. Während Elodia sich im Griff der Wachen wand, hob er ihr Kleid hoch und packte ihr zwischen die Schenkel. Sie begann zu weinen.

Der Hauptmann führte seine Finger an die Nase und schnupperte übertrieben laut daran. Dann schlug er sie so heftig, dass ihr Kopf in den Nacken flog. »Man kann noch riechen, was du mit dem Fleischhauer getrieben hast!«

»Bitte, ich …«

»Unzucht ist nur im Badehaus geduldet, du dumme, kleine …« Er schüttelte den Kopf.

Sollte sein plötzlicher Zorn etwa schon wieder verrauchen? Menschen! »Sie hat den König um den Fünften betrogen«, sagte Jules leise. Jedes Badehaus hatte dem König den Fünften als Abgabe zu entrichten. Cabezan hatte sich diese besondere Steuer vor einigen Jahren einfallen lassen, als seine Schatzkammer wieder einmal leer war und sich abzeichnete, dass der Stadtstaat Marcilla nur mit Waffengewalt überzeugt werden konnte, sich dem Königreich Fargon anzuschließen.

»Ich habe nie Geld genommen«, sagte Elodia mit halb erstickter Stimme. »Nur Würste oder ein Brot oder eine kleine Flasche Apfelwein. Das meiste habe ich am Haus der Heiligen Frauen abgegeben.«

»Jetzt beschmutzt sie auch noch die Kirche«, empörte sich Jules, obwohl er innerlich über dieses Geständnis auflachte.

Eine der beiden Wachen, die sie gepackt hielten, ein untersetzter Mann mit fleischigem Gesicht, stieß ihr den Ellenbogen in die Seite. »Wie kannst du es wagen, die Heiligen Frauen zu beleidigen, Schlampe!«

Sie knickte in sich zusammen. »Aber es stimmt«, stieß sie stöhnend hervor. »Mein kleiner Bruder ... Sie haben ihn in ihrer Obhut.«

Der Hauptmann hielt den Krieger zurück, als er ihr einen weiteren Schlag versetzen wollte. »Was macht dein Bruder bei den Heiligen Frauen?«

»Es war der letzte Wunsch meiner Mutter, dass er ein Priester wird. Ich bezahle mit Wurst, Brot und anderen Dingen für seinen Unterricht und seine Unterkunft.«

»Was heißt *anderen Dingen?«*, fuhr sie die Wache an. »Du willst doch nicht etwa behaupten ...«

Elodia hob schützend die Arme über den Kopf.

»Genug!« Der Hauptmann drängte seinen Lakaien aus dem Hauseingang. »Das bleibt unausgesprochen. Wir schaffen sie jetzt ins Badehaus am Fischmarkt. Soll sie dort ihrem schändlichen Tun nachgehen. Damit ist dem Gesetz Genüge getan.«

Das war keine Lösung in Jules' Sinne. Elodia sollte spurlos verschwinden und nicht in einem der Hurenhäuser der Stadt untergebracht werden, wo Adrien sie womöglich eines Tages noch entdecken würde. »Habt Ihr nicht den Ehrgeiz, Eurem König aufzufallen, Hauptmann?«

Der Befehlshaber der Stadtwache warf ihm einen verständnislosen Blick zu, und Jules ging auf, dass seine Wortwahl ein wenig unglücklich gewesen war. »So wie ich den König kenne, schätzt er es, wenn er über Diebe, die ihn bestohlen haben, selbst zu Gericht sitzen kann.«

»Ihr glaubt doch nicht, dass ihn der fünfte Teil einer Wurst oder eines Brotes interessiert!«

»Ich denke eher, dass ihn diese hübsche Frevlerin ablenken wird. Was habt Ihr zu verlieren, wenn Ihr sie in Eisen an den königlichen Hof schaffen lasst?«

Der Hauptmann strich sich nachdenklich über sein breites Kinn. Begriff er, dass dies seine letzte Gelegenheit war, dem Posten in einer Provinzstadt zu entkommen? »Wenn ich sie wegbringen lasse, zahlt niemand mehr für den Jungen. Die Heiligen Frauen werden ihn auf die Straße setzen. Dann habe ich noch einen Bettler und Dieb mehr in der Stadt.«

»Dann schickt den Jungen doch gleich mit ihr«, entgegnete Jules lächelnd. »Er war der Nutznießer von Elodias entgeltlichem Beischlaf. Vom Betrug am König. So trifft auch ihn eine Teilschuld. Im Übrigen herrscht, wie man hört, ein steter Bedarf an hübschen Jünglingen am königlichen Hof.«

»Tut das nicht«, schrie das Mädchen auf. »Bitte! Ich mache alles, was ihr wollt, aber lasst meinen Bruder in Frieden. Er ist noch ein Kind.«

Der Hauptmann überging ihr Flehen. »Schafft sie weg!«, befahl er den Wachen. »Zunächst in den Kerker. Ich bin mir über ihr Schicksal noch unschlüssig. Eine Sünderin sollte nicht daneben stehen, wenn ihre Sünden abgewogen und ihr Urteil bestimmt wird.«

Elodia, die bisher alles stumm erduldet hatte, bäumte sich plötzlich auf. Wütend sah sie noch hübscher aus, dachte Jules. Das junge Mädchen sah ihm ins Angesicht. Sie war fast einen Kopf kleiner als er, von zierlicher Statur mit langem, dunklem Haar. Ihre Augen waren dunkel. Die Farbe konnte er in der regnerischen Nacht nicht erkennen. Ihr schmales Gesicht hatte fast etwas Elfisches.

»Du bist ein böser Mensch!«, stieß sie voller Wut hervor und spie ihm ins Gesicht.

Der Hauptmann schrie seine Wachen an. Sie wurde davongezerrt und stieß dabei üble Verwünschungen aus.

Der Kommandant der Stadtwache schien plötzlich Sorgen zu haben, dass Elodias Ausfälle auch ein Nachspiel für ihn haben könnten. »Es tut mir leid«, murmelte er verdrossen.

Jules wischte sich den Speichel aus dem Gesicht. »Das muss es nicht. Sie hat mich nicht beleidigt. Ich weiß, wie grundlegend falsch das ist, was sie sagte. Also trifft es mich nicht. Ich bin kein *böser Mensch.*«

»Ihr sagtet, Ihr kennt den König?«

»Nicht von Angesicht zu Angesicht. Doch ist mir sein Hof wohlvertraut.«

Der Hauptmann war misstrauisch. Er stellte ein paar Fragen, die Jules mit Leichtigkeit beantworten konnte. Er konnte die Sorge des Hauptmanns verstehen. Der königliche Hof war ein Schlangennest. Wenn Cabezan auf einen aufmerksam wurde, dann war das weitaus häufiger ein Unglück, als dass daraus etwas Gutes erwuchs.

Jules erzählte ihm vom wachsenden Einfluss der Tjuredkirche bei Hof. Davon, wie Cabezan vor aller Augen in Aniscans vor der schwarzen Eiche gebetet hatte, an der der Heilige Guillaume von Pfeilen durchbohrt verbrannt war. Es war schon ein übler Scherz, dass jener König, der für Guillaumes Tod verantwortlich war, die Tjuredkirche nun in aller Öffentlichkeit anerkannte. Und manche Prediger verstiegen sich dazu, zu behaupten, es sei Tjured selbst, der ihn dafür mit einem langen Leben beschenkte.

Der Hauptmann wollte sich überreden lassen. Seine Enttäuschung und Verbitterung waren groß genug, dass er sich an jeden Strohhalm geklammert hätte, um von hier fortzukommen. Er stimmte zu, Elodia und ihren Bruder zum Königshof zu schicken. Und er war entschlossen, eine Anklageschrift zu verfassen, in der er die Vergehen des Mädchens noch ein wenig ausschmückte. Als sie beide sich trennten, war der Hauptmann in geradezu euphorischer Stimmung und glaubte, eine goldene Zukunft sei endlich zum Greifen nahe.

Jules blieb in dem Hauseingang stehen und sah auf das

Haus des Fleischhauers. Der Kerl hatte mit seinem Appetit auf ein junges Mädchen den Lauf der Geschichte verändert. Und er stand dort an seinem Arbeitstisch, stopfte Würste mit zweifelhaftem Inhalt und ahnte nichts von alledem.

Jules stellte sich vor, was für ein Ritter aus Adrien werden würde. Ein Held. Der Begründer eines kriegerischen Ordens, der bald schon zum Schwertarm der Tjuredkirche werden würde. Sein Leben musste makellos sein. Für ein Mädchen wie Elodia war darin kein Platz! Sie war ein Stein auf seinem Weg. Ein Stein, der nun fortgeräumt war.

Er verneigte sich in Richtung des schäbigen Hauses und dankte dem Fleischhauer stumm, einen Anlass gegeben zu haben, sie fortzuschaffen. Dann machte er sich auf den Weg. Er wollte bis zum Morgengrauen zurück in den Bergen sein, und der nächste Albenstern lag einige Meilen vor der Stadt.

Während er durch den Regen schritt, schweiften seine Gedanken zurück zu dem Tag, an dem Guillaume gestorben war. Damals hatte ihn jäher Zorn gepackt. Sein Tod war zu früh gekommen. Jules hatte gehofft, die Elfen würden ihn nicht ermorden, sondern ihn stattdessen nach Albenmark bringen. Oder offen gegen Emerelle rebellieren. All sein Trachten war es, Albenmark zu schaden. Und dieses Kind, halb Elf und halb von seinem Blute, wäre dazu vollkommen gewesen. Aber Cabezans Krieger hatten alles zunichtegemacht. Und er hatte den König verflucht. Cabezan war damals schon alt gewesen. Deshalb hatte er Guillaume ja an seinen Hof holen wollen. Er war ein eingebildeter Dummkopf, der jedes kleine Zipperlein zu einem großen Unglück aufblies. Aus einem Mückenstich machte er einen Furunkel. Aus einem Furunkel eine Pestbeule.

Jules' Fluch besagte, dass Cabezan an keiner Krankheit sterben sollte. Und dass er an jedem Tag in seinem jämmerlichen kleinen Leben krank sein würde. Ernsthaft krank. Der König hatte keine Zähne mehr. Seine Zehen waren ihm abgefault. Die Finger von der Gicht zu steifen

Krallen geformt. Ausschlag wucherte auf Cabezans Haut. Vor allem an jenen Stellen, an denen er selbst sich nicht mehr kratzen konnte. Jeder andere wäre längst tot, aber der König überstand jede Sieche. Er war wohl der einzige Mensch, der inzwischen schon dreimal an der Pest erkrankt und dann wieder davon genesen war.

Wenn Jules sich nicht irrte, dann war Cabezan inzwischen wohl um die neunzig Jahre alt. Der König hatte seine beiden Söhne und bereits den ersten seiner Enkel begraben. Gesunde, kräftige Männer. Sogar drei seiner Urenkel waren bereits in ein Alter gekommen, in dem man nach der Krone hätte greifen können. Zwei von ihnen hatte er hinrichten lassen. Der dritte war auf die winzige Halbinsel Valloncour verbannt, wo er weitere Nachkommen zeugen sollte und sich ansonsten aus allen Staatsgeschäften herauszuhalten hatte.

Die Langlebigkeit des Königs sorgte für endloses Gerede im Volk. Die Heiden ahnten ganz richtig, dass er verflucht sei. Allerdings vermuteten sie, Cabezan habe die alten Götter beleidigt. Vielleicht weil er seine Männer in den Steinernen Wald geschickt hatte oder weil er zu freundlich zu den ungewaschenen Eiferern war, die das Wort Tjureds in die Welt trugen und alle anderen Götter verdammten.

Die Tjuredpriester hingegen, unter denen er, Jules, so hohes Ansehen genoss, deuteten Cabezans Unfähigkeit zu sterben, ganz anders. Sie glaubten, ihr Gott würde das Leben des Königs so lange währen lassen, bis dieser sich zu den Lehren ihrer Kirche bekehren ließ. Dann erst würde der gnädige Tod ihn finden und ihn von all seinem Leid erlösen.

Cabezan entschied sich für keines der beiden Lager. Obwohl er sein Leben zweifellos schon lange nicht mehr genoss, hielt er umso sturer daran fest, je länger es währte. Niemand bei Hof war vor den verrückten Ängsten des Königs sicher. Überall vermutete er Verschwörer, die ihn ermorden lassen wollten, um seinen Thron zu stehlen. Seine

Leibwache, die Stierköpfe, wie man sie nach ihrem Wappen nannte, waren Henker! Sie führten jeden seiner Befehle aus, ohne sich mit Fragen der Moral zu belasten. Giftmord, die Kabalen seiner Enkelinnen, sowie Machtkämpfe unter den Stierköpfen und hohen Beamten des Königreichs schafften eine Atmosphäre bei Hof, in der jeder gegen jeden stand und ein Leben einen Hundedreck wert war. Wenn Elodia dorthin gebracht wurde, dann war ihr ein schreckliches Ende gewiss. Und auch ihrem kleinen Bruder, denn Jules wusste natürlich, warum so viele Knaben an den Hof gebracht wurden und dann spurlos verschwanden.

## DER GEISTERSEHER

»Komm zu uns, Falrach!« Es war eine Stimme, der man nicht widerstehen konnte. Wie ein Gift durchdrang sie ihn. Das Gefühl, zu fallen, endete.

Seine Augenlider gehorchten ihm wieder. Er kniff sie zusammen, um sich dem Anblick der Toten zu verschließen. Es half nicht. Selbst mit geschlossenen Augen nahm er noch alles wahr. Er konnte sehen, so absurd das auch sein musste.

»Komm zu uns!«

Niemals würde er gehorchen. Er wusste nicht, welchen Zauber Oblon herbeigerufen hatte. Aber er war sich sicher: der Stimme zu folgen, würde ihn ins Verderben stürzen.

Verzweifelt riss er wieder die Augen auf. Die Hütte um ihn herum hatte sich verändert. Oblon war verschwunden. Ein kleines Feuer brannte, ohne Wärme auszustrahlen. Entlang der Hüttenwände saßen die Ahnen.

Falrach konnte sich umsehen. Die Lähmung seiner Glieder war ganz gewichen.

Oblons Ahnen sahen nicht mehr tot aus. Und auch nicht richtig lebendig. Ihre Augen waren erfüllt von kaltem, blauem Licht, die Gesichter immer noch dunkel und verschrumpelt. Aber jetzt bewegten sie sich. Nicht verstohlen, wie eben noch. Sie machten kein Geheimnis daraus, tot zu sein und zugleich auch nicht.

Manche tuschelten leise miteinander.

Ein altes Koboldweib mit schwerer Muschelkette um den Hals erhob sich. Sie stützte sich auf einen mit verschlungenen Brandmustern bedeckten, hellen Stab. »Da bist du nun also, Falrach. Du bist kein Geist, wie ich sehe.« Sie neigte sanft das Haupt. Aber nicht zu ihm. Er sah sich um. Dicht hinter ihm erhob sich Gestalt gewordene Dunkelheit. Ein Schattenriss mit vage verschwimmenden Rändern. Von ihm ging die Kälte aus, die die Wärme des Feuers auslöschte.

Niemand blickte mehr auf ihn. Alle Kobolde sahen den Schatten an. Manche rückten zum Eingang der Hütte hin. Andere beugten demütig das Haupt. Nur die Alte schien ungerührt zu bleiben.

»Das ist der Schatten, der auf deinem neuen Leben liegt, Falrach. Ollowain. Er ist tot. Er ist wahrhaftig tot! Auf eine andere Art, als wir es sind. Ausgelöscht. Zerstört für immer. Nur seine Lebenskraft blieb zurück. Gefangen in der Hülle seines Körpers. Sein Wille zu sein. Bald wird er den Willen ausformen, dich zu zerstören. Du musst diesen Schatten loswerden, Falrach. Er ruft Unheil auf dich herab. Und auch auf jene, die bei dir sind. Du musst dieses Dorf verlassen. Sonst trifft das Unheil auch unsere Enkel.«

Falrach war überzeugt zu träumen. Es gab keine Geister! Und wenn er je wieder erwachen sollte, dann würde er Oblon töten, ohne auch nur einen Herzschlag zu zögern. Diese hinterlistige, kleine Schlange!

»Du irrst dich, Elf. Er ist nicht dein Feind. Er hat dich auf diese Geistreise geschickt, damit wir dir helfen. Damit wir sehen, was sich vor dem Auge des Sterblichen verbirgt. Er glaubte, du seiest besessen, und wollte dir helfen. Tu ihm nichts zuleide. Wir wachen über ihn.«

Falrach hoffte, aus diesem Alptraum bald aufzuwachen. Er sah über seine Schulter zu dem Schatten.

»Er wird dich begleiten, wohin immer du gehst. Du musst zu Firaz, wenn du ihn besiegen willst. Sie kann dir helfen. Wir können dir nur helfen zu verstehen.«

»Wer soll das sein?«

»Eine Schamanin«, entgegnete die Alte. »Sie ist machtvoll. Sie ist eine Gazala. Ich kann nicht über sie sprechen. Ihre Zauber schützen sie vor Geistern. Sie lebt im Jadegarten. Sie solltest du fürchten, wenn du ihr begegnest. Falls du den Weg findest. Der Drachenatem schützt sie.«

»Und wenn ich nicht gehe?«, fragte Falrach.

»Dann wird der Schatten dich verschlingen. Sei nicht töricht, Elf. Die Welt der Lebenden ruft dich zurück. Wir können dich nicht mehr lange halten. Glaube nicht, dies sei ein Traum. Dann wird dein Schatten dich holen.«

Falrach lachte jetzt. Waren es der Maisschnaps oder die Kakteenstücke? Dies alles geschah nicht wirklich. Es war Koboldaberglaube! Und Oblon würde nicht wagen, ihm im Rausch etwas anzutun. Nicht, solange Emerelle lebte.

Die Alte schlug mit ihrem Stab nach seiner Hand. Er wich nicht aus. Warum auch? Was konnte ihm eine Traumgestalt schon antun.

Scharfer Schmerz fuhr durch seinen Handrücken. »Hüte dich vor deinem Hochmut, Elf. Er ist nicht minder gefährlich als der Schatten.«

»Wer bist du?«

»Geister haben keine Namen mehr. Namen gehören nur den Lebenden. Wir alle sind eins.« Bei den Worten begann sie dünner zu werden und blasser. Ihr Leib verzerrte sich. Ebenso wie die Leiber der anderen Kobolde ringsherum.

Sie hob ihre schlangenhaften Arme und formte aus reisigdürren Fingern einen Trichter. »Geh!«

Wie ein Sturmwind peitschte ihm das Wort entgegen. Die Kobolde wurden zu Rauchfäden. Er stürzte und schrie.

Dann war da noch ein anderer Schrei. Falrach riss die Augen auf. Dicht vor ihm stand Oblon, der ihn mit schreckensweiten Augen anstarrte. »Du bist ja immer noch da, Geist.«

Ohne auf die Nasen und Zehen seiner mumifizierten Ahnen zu achten, drängte er sich an der Wand entlang zum erweiterten Eingang und floh aus der Hütte.

Falrach fühlte sich ganz benommen. Ihm war übel. Er krümmte sich zusammen. Stechender Kopfschmerz peinigte ihn. Er brauchte etwas zu trinken. Unter Mühen drehte er sich um. Dann stützte er sich auf die Hände auf.

Die glühenden Kohlen im kleinen Feuertopf waren noch immer das einzige Licht in dieser Leichenkammer. Es war gerade hell genug, ihn das dunkle Mal auf seinem Handrücken erkennen zu lassen, dort, wo ihn der Hieb der Geisterfrau getroffen hatte.

## SONNENAUFGANG

Sie hatte tief geschlafen in der Nacht. Sie hatte das Verhängnis nicht kommen sehen. Auch jetzt war sie noch nicht erwacht. Melvyn ballte die Fäuste, und die Klingen in seinen Armschienen schnellten vor. Sie waren aus bestem elfischen Silberstahl gefertigt. Sie würden durch Muskeln, Sehnen, ja sogar durch Knochen schneiden. Er würde etliche Trolle töten. Aber er würde am Ende nicht siegen können. Der Elf wusste das.

Deutlich sah er die Schemen der Wächter auf dem verschneiten Bergkamm. Sie gaben sich keine Mühe, sich zu verstecken. Sie wollten, dass er wusste, wo sie waren. Überall, auf allen Bergkämmen ringsherum. Was war geschehen? Warum hatte der Herzog sie beide fliehen lassen? Und nun wurden sie umstellt. War das ein Spiel, so wie eine Katze mit einer Maus spielt?

Wolkentaucher wusste sicherlich auch schon, was geschehen war. Er hielt sich zurück. Der Schwarzrückenadler war klug genug, um zu wissen, dass auch er keine Wende herbeiführen könnte. Wenn er nahe der Felsnische landete, würden die Trolle angreifen. Und Kadlin hatte nicht die Kraft, um sich an den Beinen des Adlers festzuhalten und einen Flug wagen zu können. Wie er es auch drehte und wendete, sie kamen hier nicht fort. Ihr Weg war zu Ende.

Nachdem er das akzeptiert hatte, überkam Melvyn große Ruhe. Er hatte getan, was er tun konnte. Es nutzte nichts, noch länger mit dem Schicksal zu hadern.

Er dachte an Leylin. Sie war allein in der Höhle am Albenhaupt. Sie hatte entschieden, mit ihm dorthin zu gehen, und auf die Fürstenkrone Arkadiens verzichtet, die ihr als Shandrals Witwe zugestanden hätte. Aber die Elfen Arkadiens waren berüchtigt für ihre Intrigen und Machtkämpfe. Sie beide hatten nach den Kämpfen der Trollkriege Frieden gesucht. Und den konnten sie am besten in der Bergwildnis am Albenhaupt finden. Doch jetzt machte sich Melvyn Sorgen. Leylin war von Kindheit an bei Hof aufgewachsen. Sie war es gewöhnt, Diener für alles zu haben. Am Albenhaupt aber war sie allein. Nach der Palastrevolte gegen Shandral vermochte sie keinem Kobold mehr zu trauen, obwohl ihr Leben verschont worden war und man ihr kein Leid zugefügt hatte.

In den Wochen, die sie dort gemeinsam gelebt hatten, war sie ganz gut zurechtgekommen. Er musste schmunzeln. Nein, nicht wirklich. Sie hatte sich bei allem ungeschickt angestellt. Aber sie hatte den Willen, es besser zu machen. Und zuletzt war es auch ein wenig besser geworden. Sie war eine begabte Zauberweberin. Er musste sich um sie keine Sorgen machen! Sie konnte fort, wenn sie es wollte. Wenn der Winter einfach kein Ende nahm. Und die Einsamkeit.

Er wünschte, er wäre jetzt bei ihr. Er sehnte sich danach, ihre blütenzarte Haut zu berühren. Neben ihr zu erwachen nach einer leidenschaftlichen Liebesnacht. Warum war er nur fortgegangen? War er nicht für ein Leben in Frieden geschaffen? Leylin hatte bemerkt, dass er immer rastloser geworden war. Sie hatte ihn in dem Plan, seine Schwester zu besuchen, noch bestärkt. Sie beide hatten ja nicht geahnt, was Kadlin vorhatte. Und statt vernünftig darüber nachzudenken, wie erfolgversprechend es war, sich zu zweit ausgerechnet mit dem Heerführer Orgrim und einem ganzen Trollherzogtum anzulegen, hatten er und Kadlin sich nur gegenseitig immer weiter aufgestachelt, bis sie beide vom sicheren Erfolg des Unternehmens überzeugt waren.

Er würde vielleicht noch hier herauskommen. Ob Leylin wohl versuchen würde, ihn dazu zu überreden, wenn sie hier wäre? Wahrscheinlich nicht. Seine kleine Schwester den Trollen zu überlassen, wäre ehrlos. Mit dieser Schande könnte er nicht weiterleben. Aber er würde sich an Wolkentauchers Beinen festhalten können.

Er blickte zum Himmel. Graue Wolken, schwer vom Schnee, den sie mit sich trugen, trieben tief über ihm hinweg. Wenn ein Schneesturm einsetzte, könnte er den Trollen ebenfalls entkommen. Aber nicht Kadlin. So geschwächt wie sie war, würde auch ein solcher Versuch ihren sicheren Tod bedeuten.

Was ging bei den Trollen vor sich? Warum hatten sie nicht Wort gehalten?

Melvyn sah nach seiner Schwester. Sie hatte sich wie ein Kind eingerollt, die Hände auf ihre Schultern gelegt. Er hatte sie, so gut es ging, zugedeckt. Ihr Gesicht glühte vor Fieber. Oder waren es die Erfrierungen an Stirn, Nase und Wangen, die ihrem Gesicht die rote Farbe gaben? Ihr Atem ging regelmäßig. Wenigstens das. Er untersuchte ihre Hände. Die Frostbeulen waren dunkler geworden. Sie sahen nicht gut aus. Er seufzte.

Niedergeschlagen verließ er die Deckung der Felsnische. Auf dem Hang gegenüber waren nun weit über hundert Trolle versammelt. Und mit jedem Herzschlag wurden es mehr. Hundert Trolle, das war mehr als genug, um Firnstayn dem Erdboden gleichzumachen!

Ein Trupp, gewappnet mit türgroßen Schilden, löste sich aus der dunklen Linie. Sie liefen den Hang hinab, dass der Schnee nur so aufspritzte.

Melvyn blickte zurück. Ein wenig seitlich gab es einen schroffen Felsen. Mit ihm im Rücken würde er länger durchhalten. Er atmete tief aus, lockerte die Schultern und war bereit für sein letztes Gefecht.

## EIN SCHWARZER TAG

Oblon rannte aus der Ahnenkammer in die ersterbende Nacht. Was sollte er tun? Der Riese würde sich rächen! Das war unausweichlich bei dem, was er ihm angetan hatte. Dabei hatte er es für alle Beteiligten gut gemeint. Für sich, für das Dorf, die Riesin, die ihren Geliebten zurückbekommen hätte. Der Besessene, der endlich wieder Herr seines Körpers geworden wäre.

Er blieb am Dornenwall stehen und blickte zu seiner Hütte zurück. Es gab alte Geschichten, da opferte der Schamane seine erstgeborene Tochter, um die Drachen gnädig zu stimmen, die Regen schickten, um die Ernte zu retten, oder einen Feind vertrieben. Eine Tochter hatte er nicht. Ob es helfen würde, sein Weib, Firandi, zu opfern? Wohl nicht. Vielleicht sollte er sein eigenes Leben als Pfand anbieten, um Unheil abzuwenden. Vielleicht genügte es dem Riesen ja, ihn niederzumetzeln.

Die Beine, die aus dem erweiterten Eingang der Ahnenkammer ragten, bewegten sich. Bald würde Falrach herauskommen. Bis dahin musste er eine Entscheidung treffen, dachte Oblon.

Das tiefe Dröhnen eines Muschelhorns klang über den Fluss. Nicht jetzt! Hatte sich denn alles gegen ihn verschworen? Er sah den Hügel hinab. Auf der anderen Seite des Flusses stand eine einzelne Gestalt. Sie war zu groß für einen Kobold. Das konnte man schon von Ferne sehen. Die Trolle kamen!

»Aufstehen!«, rief Oblon aus Leibeskräften. »Die Trolle!«

Die Gestalt überquerte den Fluss. Sie hüpfte von Stein zu Stein. Als sie das Ufer betrat, setzte sie erneut das Muschelhorn an die Lippen.

Der Schamane suchte nach Anzeichen dafür, dass der Troll nicht allein war. Bestimmt lauerten irgendwo seine Gefährten. Das morgendliche Zwielicht verwandelte das Land in ein Reich aus grauem Licht und tiefen Schatten.

Das Dorf war zum Leben erwacht. Er hätte nicht rufen müssen. Allein das Muschelhorn verkündete schon, welches Unheil dieser Tag brachte. Firandi klammerte sich an seinen Arm. »Hast du die Geister verärgert? Du hättest die Wand nicht einschlagen dürfen. Jetzt schützen sie uns nicht mehr.«

»Die Trolle wären ohnehin gekommen«, entgegnete Oblon.

»Wo ist die Riesin?«, fragte einer seiner Vettern. »Wir haben die beiden doch die ganze Zeit durchgefüttert, damit sie uns helfen. Wo ist sie? Und was ist mit dem Kerl?«

Oblon hatte einen Einfall. »Holt das Schwert des Riesen!« Erfreulicherweise fragte niemand, warum. Sie gehorchten einfach nur.

Der Troll marschierte unbeirrbar auf das Dorf zu. Allein, so als sei er unbesiegbar. Er war eine stattliche Erscheinung. Eine Holzkeule, die wie eine Kralle einen schweren Stein umschloss, hatte er lässig auf die Schulter gestützt. Er war gut genährt, trug nur einen Lendenschurz und gekreuzte Muschelschnüre über der Brust. Er strahlte Kraft und Zuversicht aus.

Zehn Schritt vor dem Dornenwall blieb er stehen. »Ich bin Douar, die Stimme der Grauhäute. Ich komme, um euch für euren Frevel zu bestrafen. Ihr habt den Tribut nicht entrichtet. Glaubt ihr, stark genug zu sein, das Volk der Trolle herauszufordern? Wir zertreten euch wie lästiges Gewürm!«

Seine Brüder und Schwestern ringsherum wichen zurück. Nur Oblon blieb stehen. Douar war eine eindrucksvolle Erscheinung. Er war mehr als einen Kopf größer. Aber der Schamane dachte nur an die Riesen.

»Die Zeit der Grauhäute ist vorbei. Berichte das deinem Volk, Stimme. Geh und komme nie zurück, dann werden du und die Deinen verschont.«

Douar nahm die Keule von der Schulter und trat einen Schritt näher. »Du musst Oblon sein. Man hat mir von dir erzählt, Schamane. Es heißt, du würdest zu oft mit den Geistern sprechen. Du bist nicht mehr ganz von dieser Welt.« Er wandte sich an die anderen. »Schenkt mir seinen Kopf, und ich werde seine Worte vergessen. Ich fordere fünfzig Krüge voller Maiskörner. Trockenfleisch, genug um dreißig Krieger dreißig Tage lang zu nähren. Zwanzig Kürbisflaschen mit Schnaps und drei Weiber, die unsere Dienerinnen sein sollen. Gebt mir all das, und ich werde nicht den Zorn der Grauhäute auf euch herabrufen. Niemand besiegt uns Trolle.«

Oblon trat zur Seite und deutete auf das Schwert, das mitten auf dem Weg im Dorf lag. Dort, wo seine Männer es hatten fallen lassen, als sie vor dem Zorn des Trolls zurückwichen. »Siehst du diese Waffe, Douar? Geh! Ich befehle es dir ein letztes Mal. Sonst wird der Riese, der dieses Schwert trägt, meinen Zorn zu deinem Volk bringen!«

Douar streckte sich, um die Waffe besser sehen zu können. Einige Herzschläge lang schien er zu zweifeln, was zu tun war. Dann schüttelte er den Kopf, und endlich fing er leise an zu lachen. »Es gibt kein Geschöpf in Albenmark, das eine solche Waffe tragen könnte.«

»Bedenke gut, was du sagst!« Oblon drehte sich um und forderte die Seinen auf, zur Seite zu treten, damit der Troll Falrachs Füße sehen konnte. Aber sie schienen nicht zu begreifen. Vor Angst waren sie wie versteinert.

Douar hob das Muschelhorn an seine Lippen. Ein langer, klagender Laut fuhr durch das Tal. Und die Felsblöcke auf der anderen Seite des Flusses schienen wie durch Zaubermacht lebendig zu werden. Dutzende Trolle hatten sich dort verborgen und standen nun auf wie ein Mann. Sie schlugen ihre Kriegskeulen auf ihre großen Lederschilde und stürmten mit wildem Geheul in den Fluss.

»Dies ist der Tag, an dem dein Volk sterben wird, Oblon.« Douar hob seine Keule. Er nahm kurz Anlauf und sprang durch die Lücke in der Dornenhecke, in der Oblon eben noch gestanden hatte.

Der Schamane wich aus. Dann griff er sich einen mannlangen Stößel, der in einem steinernen Mörser lehnte. Douars Keule sauste nieder. Er fing den Schlag ab, doch die Kraft des Trolls ließ ihn dabei in die Knie brechen. »Wehrt euch!«, rief Oblon verzweifelt, doch seine Leute warfen sich einfach zu Boden und wanden sich wimmernd im Staub.

Wieder sauste die Keule des Sprechers hinab. Oblon wich aus, doch nicht schnell genug. Der Schlag streifte ihn. Sengender Schmerz fuhr durch seinen linken Arm. Er trat zurück und strauchelte. Fluchend ging er zu Boden. Doch als Douar sich breitbeinig über ihm aufbaute, versetzte er ihm mit dem Maisstampfer einen Hieb ins Gemächt. Leider hatte er kaum ausholen können, so dass der Schlag mit wenig Wucht traf. Doch er genügte, den Troll vor Schmerz aufheulen zu lassen.

»Wehrt euch, verdammt!«, schrie Oblon verzweifelt. Er konnte nicht fassen, dass sie alle sich lieber den Trollen überließen, statt zu kämpfen.

Mit einem Satz war der Schamane auf den Beinen. Er rannte zurück zu der aufgebrochenen Totenkammer seiner Ahnen. »Komm heraus, Falrach. Die Trolle sind da! Sie werden alle umbringen, auch dich.«

Von innen war nur ein undeutliches Gemurmel zu hören. Der Tonfall ließ allerdings keinen Zweifel daran, dass es Flüche waren. Die langen Beine des Riesen zuckten.

Er hätte ihm nicht zwei Stücke Hattah geben sollen, haderte Oblon mit sich. Er selbst hatte viele Jahre gebraucht, bis er so viel von dem Kakteenfleisch vertrug, ohne tagelang benommen zu sein.

»Oblon!« Der Sprecher kam steifbeinig auf ihn zu. Sein Gesicht war eine Grimasse des Schmerzes. Schweiß perlte von seiner grauen Haut. Einer seiner Ketten war zerrissen, und mit jedem Schritt rieselten kleine, zahnweiße Muscheln zu Boden.

Warum hatte er nie einen Zauber gelernt, der ihm jetzt nutzen konnte? Der Troll würde ihn in Stücke hacken.

Doch plötzlich hielt Douar inne. Endlich hatte er die Beine des Riesen entdeckt! Und Falrach bewegte sich. Sein Allerwertester ruckte nach oben und stieß gegen den Eingang zur Ahnenkammer. Einige Stoffstreifen und Perlenschnüre rissen ab.

Oblon fiel ein Wort der Macht ein, mit dem man Fliegen anlockte. Laut schrie er es dem Troll entgegen, und tatsächlich wich Douar ein wenig zurück. Der Anblick des Riesen hatte ihn erschüttert.

Falrach schob sich aus der Ahnenkammer. Seine Augen hatten blutrote Ränder. Das Gesicht war aschfahl. Er stützte sich auf die Lehmwand und stemmte sich hoch. Sofort knickten ihm die Beine wieder ein. »Wo sind die Trolle?« Die Stimme des Riesen war ein heiseres Krächzen.

Die ersten Trollkrieger sprangen über den nur halb verschlossenen Durchlass im Dornenwall. Als sie den Riesen entdeckten, endete ihr selbstsicherer Sturmlauf.

»Er wird euch alle töten«, drohte Oblon, während immer mehr Fliegen um ihn herumschwirrten.

Douar hatte sich gefasst. Er deutete mit der Keule auf Falrach. »Dieser Riese ist betrunken und unbewaffnet. Auf ihn, tapfere Grauhäute! Niemand kann uns Trollen widerstehen.« Die übrigen Krieger teilten seinen Kampfgeist nicht. Mit schreckensweiten Augen blickten sie zu dem Riesen auf. Oblon konnte sich gut vorstellen, wie sie sich fühlten. Er kannte den Riesen nun ja schon einige Tage, aber auch er fand ihn immer noch erschreckend groß.

Der Sprecher der Trolle stürmte vor und schlug Falrach mit der Keule aufs Knie. »Seht, er ist kein Kämpfer wie wir!«

Der Riese schwankte. Dann versetzte er Douar einen Tritt, der den Troll durch die Luft wirbeln ließ. Der Sprecher schlug hart gegen die Lehmwand einer Hütte. Benommen rappelte er sich auf. »Packt die beiden! Sie rebellieren gegen die Herrschaft der Trolle. Ihr wisst, was das bedeutet!«

Oblon fand diese Rede merkwürdig und nicht sonderlich ermunternd. Die Trolle dachten aber offensichtlich anders. Sie duckten sich hinter ihre Schilde und rückten langsam vor. »Helft uns doch!«, rief der Schamane seinen Leuten zu.

»Wer keine Waffe gegen uns erhebt, den verschonen wir!«

Oblon fluchte. Seine Leute hörten auf den Sprecher der Trolle und nicht auf ihn. So ein Pack! Wütend schwang er den Maisstampfer über seinem Kopf und ließ ihn auf den Schild eines Trolls krachen. Die Luft war erfüllt vom Summen Hunderter Fliegen. Der Riese wedelte mit den Armen, um die lästigen Insekten zu verscheuchen.

Der Schamane sprach ein Wort der Macht und legte all seine Wut und seine Enttäuschung in den Zauber. Douar verströmte nun einen Gestank wie eine Jauchegrube an einem heißen Sommertag. Sofort versammelten sich die Fliegen um ihn. Wie dichter Rauch umgaben sie ihn. Der Sprecher schrie. Allerdings nur ein einziges Mal. Oblon lächelte gehässig. Es war kein guter Einfall, seinen Mund zu öffnen, wenn man von so vielen Fliegen umschwirrt wurde.

Unbeirrt vom Schicksal ihres Sprechers rückten die Trolle weiter vor und drängten ihn zurück, bis er dicht neben Falrach mit dem Rücken zu seiner Hütte stand. Der Riese setzte sich mit Fußtritten zur Wehr, gegen die sich die Trolle auch mit ihren großen Schilden nicht schützen konnten.

Sie attackierten ihn auch mit Wurfspeeren, doch er schlug sie einfach aus der Luft, als seien sie von kraftlosen Greisen geschleudert worden. Plötzlich schlug sich Falrach auf die Wange, als wolle er ein Insekt verscheuchen. Ein feiner Blutstropfen rann über seine blasse Haut. Ein vergifteter Blasrohrpfeil musste ihn getroffen haben.

Der Riese ging in die Knie. Mit beiden Händen packte er den nächststehenden Trollkrieger und schleuderte ihn in die Schlachtreihe seiner Gefährten.

Eine Wurfkeule traf Oblon seitlich am Kopf. Benommen torkelt er gegen den knienden Riesen. »Werden die uns fressen?«, fragte Falrach merkwürdig gedehnt, als müsse er jedes Wort mit Gewalt über die Lippen zwingen.

»Dich fressen sie. Für mich werden sie sich etwas Schlimmeres ausdenken.«

Falrach fasste sich mit der Hand an die Stirn. Seine Augenlider flatterten. Sein Gesicht hatte die Farbe von gebranntem Kalk. Oblon kannte die Anzeichen. Jetzt begann er keuchend zu atmen. Das Gift lähmte ihn. Er würde ersticken. Ihm blieb nicht mehr viel Zeit.

Die Trolle wichen zurück. Sie wussten, dass der Kampf entschieden war. Überall hob Jammern und Wehklagen an. Er konnte verstehen, dass sein Volk es nicht wagte, gegen die Grauhäute zu kämpfen. Wer vermochte schon Trolle zu besiegen! Wenn die andere Riesin auch hier gewesen wäre, hätte die Schlacht vielleicht einen anderen Verlauf genommen. Nun aber war alles verloren.

Falrach stieß sich von der Lehmmauer ab und sprang mit ausgebreiteten Armen den Trollen entgegen. Zwei Krieger verschwanden schreiend unter dem massigen Körper des Riesen. Fünf oder sechs andere stürzten beim Versuch, dem Verhängnis auszuweichen. Falrachs Rechte schloss sich um die Kehle eines Trolls. Die Übrigen hieben mit Keulen und Speeren auf den Riesen ein.

Oblon nutzte die Verwirrung unter den Feinden, um selbst einen letzten, verzweifelten Angriff zu unternehmen. Zwei Schritt hinter ihm ruhten die Ahnen vieler Generationen. Sie sollten sehen, wie er als Held die Reise zu ihnen antrat.

## VOM BLUTRECHT

»Ich will mit der Königin sprechen!«, rief der Anführer der Trolle mit einer Stimme, die wie Donner von den Bergen widerhallte. Sie waren vielleicht zehn Schritt vor ihm stehen geblieben.

»Sie hat Fieber. Sie liegt in tiefem Schlaf. Und selbst wenn sie wach wäre, würde sie nicht klar reden können. Ich spreche für sie.«

»Du wirst mir die eine, alles entscheidende Frage nicht beantworten können. Das kann nur sie. Lass mich zu ihr, Elf, oder du stirbst!«

Melvyn lachte auf. Es war ein freudloser Laut, geboren aus Wut und Verzweiflung. »Du rückst nicht mit Heeresmacht an, um mit ihr zu reden, Troll. Für wie dumm hältst du mich?«

»Da du ein Maurawan zu sein scheinst, für ziemlich dumm. Dumm und gefährlich.« Er winkte seinen Leibwachen. Seine berststeinfarbenen Augen glühten im Morgenlicht wie Katzenaugen, die bei Nacht ein Fackellicht einfingen. »Tötet ihn!«

Die Trolle der Leibwache gehorchten umgehend. Krachend schlugen ihre schweren Schilde gegeneinander, so dass eine Wand aus Holz entstand. Melvyn begriff, dass sie ihn einfach an der Felswand zerquetschen konnten. Statt einen guten Platz zur Verteidigung zu wählen, hatte er sich in eine tödliche Falle manövriert.

Er stürmte vor, warf sich, kurz bevor er auf die hölzerne Wand traf, in den Schnee und versuchte mit seinen Krallenhänden unter den Schilden hindurch die Beine eines seiner Gegner zu attackieren.

»Die Schilde nieder!«, gellte die Stimme Orgrims.

Der Troll konnte ihn nicht sehen, das war völlig unmöglich. Er musste erraten haben, was er tun würde. Knirschend fuhren die Holzschilde in den überfrorenen Schnee. Ein Speerstoß, der über die Schildmauer geführt wurde, verfehlte Melvyn knapp. Er sprang auf und wich bis ganz an den Felsen zurück. Sofort begannen die Trolle wieder vorzurücken.

Es gab nur noch eine letzte, verzweifelte Möglichkeit zu entkommen. Wenn Orgrim auch diesen Plan vorausgesehen hatte, dann wäre er binnen weniger Herzschläge tot, dachte Melvyn. Besser so zu sterben, als hilflos gegen die Felsen gedrückt niedergemacht zu werden, entschied er und stieß sich vom kalten Stein ab.

Er stürmte dem Schildwall entgegen. Seine Rechte schnellte vor. Silberstahl fraß sich in Eiche. Er stieß sich ab. Die zweite Kralle schlug gegen den Schildrand. Melvyn zog sich hoch. Einen Lidschlag lang kauerte er auf der Schildkante. Das Gesicht des entsetzten Trolls war weniger als eine Elle von ihm entfernt.

Der Maurawan stieß sich ab und landete im Schnee. Ohne zu zögern, stürmte er geradewegs auf Orgrim zu. Wenigstens diesen einen Troll wollte er töten, bevor er niedergemacht wurde. Er wusste um Orgrims Ruf als Heerführer, und er war sich sicher, dass dessen Tod die Geschichte Albenmarks verändern würde. Ganz gewiss würden die Elfen und Kentauren eines Tages gegen die Herrschaft der Trolle rebellieren. Und dann war es besser, wenn sie nicht gegen Orgrim antreten mussten.

Der Trollfürst gab ihm mit einem knappen Nicken zu verstehen, dass auch er den Zweikampf suchte. Orgrim hob seinen Kriegshammer, eine Waffe mit einem schweren Granitkopf, und spreizte die Beine leicht.

Melvyn war sich klar, dass er einen schnellen Sieg brauchte. Er würde versuchen, die Waffe zu unterlaufen, dem Troll die krallenbewehrte Linke in den Magen rammen und mit einem Sprung ihm mit der Rechten die Kehle zu zerfetzen. Orgrim trug keinerlei Rüstung. Nichts würde ihn vor den Silberstahlkrallen schützen.

Plötzlich ließ der Troll seine Waffe sinken. Er hob den linken Arm und deutete zur Felswand. »Warte! Sieh zurück!«

Melvyn griff nicht an. Aber blickte auch nicht zurück. War das eine Finte? Jetzt seinen Gegner aus den Augen zu lassen, wäre tödlicher Leichtsinn.

Orgrim schien seine Gedanken zu erraten. Er wich einige Schritte zurück, so dass der Abstand zwischen ihnen größer wurde. Auch gab er seiner Leibwache ein Zeichen, die Waffen gesenkt zu halten.

»Bitte, kämpft nicht!« In der plötzlichen Stille war Kadlins schwache Stimme zu hören.

Melvyn ließ alle Vorsicht fahren und blickte zurück. Seine Schwester hatte sich in der Felsnische erhoben. Unsicher stand sie auf schwachen Beinen. Sie war noch nackt und hielt die Kleider an sich gepresst, mit denen er sie zugedeckt hatte.

»Gehen wir zu ihr?«, fragte Orgrim.

»Was willst du?«, fuhr Melvyn den Trollfürsten an. »Was gibt es noch zu besprechen?«

»Komm mit und höre zu!« Ohne auf Antwort zu warten, setzte der Troll sich in Bewegung.

Melvyn begann zu laufen, so dass er immer zwischen dem Troll und seiner Schwester blieb.

»Ist das die Art, wie Trolle zu ihrem Wort stehen? Du hattest uns freien Abzug versprochen!«

Orgrim ließ sich nicht zu einer Antwort herab.

Melvyn erreichte vor dem Herzog die Felsnische. Breitbeinig stellte er sich vor seine Schwester.

»Eine Frage, Weib.« Orgrim ignorierte ihn weiterhin.

»Hättest *du* dich an unseren Pakt gehalten? Wärst du in deinem Königreich geblieben? Oder wärest du wiedergekehrt, um erneut nach der Leiche deines Vaters zu suchen.«

»Ich wäre wiedergekommen«, entgegnete Kadlin mit schwacher Stimme.

Die Worte trafen Melvyn wie ein Dolch in den Rücken. Wie konnte sie so naiv sein! »Sie hat Fieber …«

»Das schließt eine ehrliche Antwort nicht aus«, sagte der Troll kühl. Er deutete zu dem Hang. »Ich habe meine Krieger versammelt, um dein Königreich zu zerstören. Ich werde bald nach Albenmark müssen. Und ich habe es bereits erklärt: Als ich das letzte Mal die Nachtzinne verlassen habe, fand ich bei meiner Rückkehr meine Weiber und meine Welpen gemordet. Ihr habt sie bei lebendigem Leib verbrannt.« Der Troll griff sich nach seinem Herzen. »Weißt du, was das für ein Gefühl ist? Ihr habt mir mein Herz herausgeschnitten. Ich lebe noch. Ich atme noch. Aber eigentlich bin ich tot. Ich hatte entschieden, dass du und die Deinen dieses Gefühl kennenlernen sollen.«

»Ich war sehr klein, als ihr Trolle meine Heimat überfallen habt. Aber ich kann mich noch an die erfrorenen Kinder erinnern, die ich halb von einem Leichentuch aus Schnee zugedeckt auf dem Eis der Fjorde habe liegen sehen. Wegen dieses Krieges bin ich von meinem Vater getrennt aufgewachsen.«

»Du weißt, warum wir damals gekommen sind? Es war dein Vater, der als Erster das Schwert erhoben hat, als er den Elfen zu Hilfe eilte!«

»Und jetzt tötest du meine wehrlose Schwester, weil dies die einzige Antwort ist, die dir auf all das Blutvergießen einfällt?«, fuhr Melvyn den Trollfürsten an. »Und wie wird es dann weitergehen? Kannst du mit diesem Häuflein Trolle alle Menschenkinder umbringen, die im Fjordland leben? Oder werden dir welche entkommen, die dann ihrerseits auf Rache sinnen.«

»Welch glücklicher Tag, dass ich mich im Licht deiner Weisheit sonnen darf, Elflein.«

»Was willst du, Troll? Lass uns hinübergehen und den Streit unter uns ausmachen, oder hast du Angst, dich mit einem Elflein zu schlagen?«

»Ich bin hier, um die Menschenkinder besser kennenzulernen. Ich will sicher sein, dass sie niemals mehr ihr Schwert gegen meine Heimat erheben werden. Die Menschen folgen ihr. Jetzt, in dieser Stunde, ist der alte Mann ohne Nase nur noch drei Meilen entfernt. Er hat alle Krieger aufgeboten, die er finden konnte. Jeden Trottel, der auch nur eine Mistgabel tragen kann. Sie alle werden bis zur Mittagsstunde tot sein, wenn ich es will.«

»Schneid mir den rechten Arm ab!«

Melvyn fuhr zu Kadlin herum. Sie sollte besser den Mund halten! Schweißperlen standen ihr auf der Stirn. Vorgebeugt stützte sie sich auf einen Stein. Sie sah aus, als würde sie jeden Augenblick vor Schwäche zusammenbrechen.

»Schneid mir den Schwertarm ab, dann bist du sicher vor ihm.«

Der Troll legte den Kopf schief. Es war unmöglich, in seinem grauen Gesicht zu lesen. Zu fremd waren seine Züge. Lächelte er? »Darauf könnte ich mich einlassen«, sagte Orgrim schließlich.

»Ich nicht!« Melvyn hob drohend die Krallenfäuste. »Du rührst sie nur über meine Leiche an.«

»Wenn das dein Wunsch ist, Elflein.« Orgrim hob seine Keule.

»Lass es ihn tun, Melvyn. Bitte.«

»Du hast Fieber. Du glaubst doch wohl nicht, dass ich …«

»Stell dich nicht zwischen mich und mein Volk!« Er sah zu ihr hinüber. Ihre Züge waren hart geworden. Sie bot all ihre Kraft auf, drückte den Rücken durch und stellte sich aufrecht hin. Dann streckte sie ihren Arm vor. »Diesmal wird unser Pakt mit Blut besiegelt. Ich schwöre bei den Göttern des Fjordlands, ich werde keinen Krieg mehr gegen dich führen.«

»Und du wirst nicht mehr in mein Land kommen und versuchen zu stehlen, was du für immer verloren hast.«

Ein Muskel in ihrer Wange zitterte, so sehr spannte sie sich an. »Ja.« Sie sah zu ihm. Ihr Blick gebot ihm zu schweigen. Sie hatte sich in ihr Schicksal ergeben. Was wusste er schon von der Welt der Menschen?

»Du wirst sie umbringen …«

»Vielleicht beschützen sie ja ihre Götter.«

Ein zynischer Troll! Wer hatte je von so etwas gehört! Jedes Albenkind wusste, dass es keine Götter gab! Sie existierten nur, damit sich die Menschenkinder ihre Welt erklären konnten. Sie wollten immer alles erklären.

»Lass ihn vorbei, Bruder.«

Melvyn gehorchte. Auch der Troll wirkte angespannt. Er lehnte seinen Kriegshammer gegen den Fels. Immer wieder blickte Orgrim zu ihm hinüber, so als fürchte er, hintergangen zu werden. Der Hüne zog ein Messer aus schwarzem Vulkanglas aus seinem Gürtel.

Kadlin hielt noch immer ihren Arm ausgestreckt. Er packte ihre Hand.

Melvyn riss unwillkürlich die Krallenfäuste hoch.

Der Troll schnitt der Königin in die Handfläche. Dunkles Blut troff in den zerwühlten Schnee. Dann schnitt er sich selbst in die Hand und hob sie hoch über den Kopf, wie um sie all seinen Kriegern zu zeigen. Blut rann ihm den Arm hinab.

»Ich schließe Frieden mit dir, Menschentochter. Ich tue es gegen den Rat meiner Ältesten. Sie haben mir gesagt, dass du mich hintergehen wirst. Ich tue es, weil mich dein Mut beeindruckt hat. Du hättest deinen Arm gegeben für dein Volk. Du hast es gewagt, mir ins Gesicht zu sagen, dass du wiederkommen würdest. Davon waren auch meine Berater überzeugt. Hättest du etwas anderes gesagt, dann wärst du jetzt tot. Vielleicht überlegst du schon jetzt, ob du mich hintergehen willst. Aber ich bin ein Mann, der seine Zukunft selbst formt. Alles ist möglich, wenn wir es wollen.« Wieder winkte er den Kriegern auf dem Hügel zu. »Ich habe entschieden, dir die Leiche deines Vaters zu überlassen. Dann hast du keinen Grund mehr, wortbrüchig zu werden. In meinem Volk ist ein Eid, den man mit seinem Blute schwört, so fest wie das Gebein der Erde. Ich kenne mein Rudel, Menschentochter. Es wird wilde Welpen geben, die über die Grenze gehen werden, um Vieh zu stehlen. Ich werde das nicht verhindern können. Und du wirst deine Rudelführer nicht daran hindern können, dass sie sich hin und wieder daran versuchen, einen Troll zu töten. Doch wir beide wollen uns versprechen, dass wir nicht mehr die Waffen gegeneinander erheben. Und dass nie mehr ein feindliches Heer das Land des anderen betritt.« Er machte eine abrupte Bewegung mit der Hand, so dass Kadlin sein Blut ins Gesicht spritzte. Dann sah er sie erwartungsvoll an.

Seine Schwester blickte fragend zu ihm, doch auch Melvyn wusste nicht, was der Troll erwartete. Er war ernüchtert, fühlte sich vorgeführt und beschämt. Klackend ließ er die Krallen aus Silberstahl in seine Armschienen zurückfahren.

Orgrim kniete vor Kadlin nieder und nahm vorsichtig ihre blutende Hand. Er berührte damit sein Gesicht. Ja, er leckte nach dem Blut!

»Nun ist es mit Blut beeidet«, sagte er so laut, dass es auch die Krieger auf dem Hügel hören konnten. »Bringt ihren Vater.« Leise fügte er hinzu: »Eine letzte Bedingung stelle ich noch. Ich will, dass man mir dein Herz bringt, wenn du eines Tages stirbst, Menschentochter.« Er drehte sich zu Melvyn um. »Du wirst das tun!«

Er war sprachlos. Ihr Herz! Er wusste, dass Trolle besonders tapfere Gegner ehrten, indem sie ihr Herz verspeisten. Sie glaubten, deren Mut in sich aufzunehmen, wenn sie es taten. Aber die Vorstellung, eines Tages das Herz seiner Schwester aus deren Leib zu schneiden … Das war zu viel!

»Ich denke nicht …«

» … dass dies ein Hindernis für unseren Frieden sein wird«, sagte Kadlin entschieden, und ihr Blick gebot ihm erneut zu schweigen. Sie hatte ihre letzte Kraft in diesen Blick gelegt. Nun sank sie am Felsen in sich zusammen.

»Bringt ein Fell für sie«, rief Orgrim.

## GERECHTIGKEIT

*»Wer sich des Wuchers mit Essbarem schuldig gemacht und seiner Herde auf diese Weise Schaden zugefügt hat, der ist einem Rudelführer auszuliefern. Der Rudelführer wird den Straftäter auf einem öffentlichen Platz vor den Augen der Geschädigten bei lebendigem Leib verspeisen.*

*Ein Händler, der mit falschen Gewichten auf seiner Waage betrogen hat, der ist einem Rudelführer auszuliefern. Auf einem öffentlichen Platze wird ihm das Hundertfache des Gewichtes, um das er betrogen hat, vor aller Augen aus seinem lebendigen Fleisch geschnitten.*

*Wer einen Viehdieb stellt, bevor jener sein eigenes Land erreicht, der darf den Dieb erschlagen und wird dafür nicht verfolgt werden.*

*Ein Viehdieb, der es schafft, das gestohlene Vieh auf sein eigenes Land zu treiben, gilt nicht weiterhin als Dieb und darf nicht mehr belangt werden. Wer gegen ihn die Hand erhebt, wird vom Gesetz verfolgt werden.*

*Ein Händler, der mehr als die Hälfte des Preises, um den er eine Ware eingekauft hat, auf den Weiterverkaufspreis aufschlägt, ist wie ein Dieb zu behandeln. Für den ersten Diebstahl wird er mit einem glühenden Eisen im Gesicht gebrandmarkt. Für den zweiten Diebstahl soll ihm eine Hand abgehackt werden. Wird er ein drittes Mal überführt, so ist sein Leben verwirkt.*

*Wer zum Schaden der Herde Geschäfte mit dem Geld und Gut anderer macht, der muss den Schaden mit seinem eigenen Geld und Gut begleichen. Sollte dies nicht ausreichen, so wird auch aller Besitz seiner Blutsverwandten eingezogen. Ist auch das nicht genug, dürfen der Betrüger und all seine Verwandten in die Sklaverei verkauft werden. Dies Geld wird ebenfalls an die Geschädigten weitergegeben ...«*

DAS GESETZ, ABSCHRIFT DES TROLLKODEX,
AUFGEFUNDEN IN DER STADT UTTIKA, S. 7 UND 8.

# DAS BUCH

*»Wer in betrunkenem Zustand einen anderen tottrampelt oder verletzt, der wird dafür in aller Öffentlichkeit streng gescholten werden. Er fällt jedoch nicht unter die Blutsgerichtsbarkeit, da er im Augenblick des Unglücks nicht Herr seiner Sinne war.«* Der stets so beherrschte und überheb-

liche Elija Glops vermochte seine Stimme kaum im Zaum zu halten, während er die Worte vorlas. »Das ist kein Gesetz! Das ist eine ganz unverhüllte Beleidigung aller Kobolde. Es wird zu Aufständen kommen, wenn dieses Gesetz öffentlich verlesen wird.«

»Warum? Es könnte doch auch ein betrunkener Kobold auf eine Blütenfee treten?«, entgegnete Skanga lustlos. Am liebsten hätte sie Elija aus dem Thronsaal geworfen, aber bald würde sich im Albenstern vor ihnen ein Tor öffnen, und die Schamanin wollte, dass der Lutin beobachtete, ob dabei alles mit rechten Dingen vor sich ging. Ihr Besuch bei Alathaia, der Elfenfürstin von Langollion, war ein einziges Ärgernis gewesen. Diese aufsässige Elfenschlampe hatte unverschämte Forderungen gestellt. Noch in dieser Stunde würde sie kommen! Und Elija sollte beobachten, ob sie versuchte, Krieger durch das Goldene Netz zu führen, um den Palast zu stürmen. Ihr war jeder Verrat zuzutrauen. Leider hatte Elija sich in den Kopf gesetzt, ausgerechnet jetzt über den ersten Entwurf des Trollgesetzbuches zu reden.

Am liebsten würde Skanga ihn packen und ihm den Fuchskopf von den schmalen Schultern reißen. Vielleicht würde sie sogar von seinem Hirn essen. Er war unbestreitbar schlau. Leider war er unberührbar für sie. Er hatte es geschafft, sich ins Vertrauen des Königs Gilmarak zu schmeicheln. Ihn zu töten, würde mehr Ärger einbringen, als es das kurze Vergnügen wert war.

»Mir liegen fünf Schreiben von Fällen vor, in denen Kobolde durch betrunkene Trolle zu Tode kamen. Der schlimmste Fall hat sich vor neunzehn Tagen in Lavianar in der Provinz Arkadien ereignet. Dort kamen vier Kobolde um, und elf weitere wurden verletzt, weil ein Trupp besoffener Trolle auf die glorreiche Idee kam, ein Koboldweitwerfen zu veranstalten.«

Skanga blickte zu Birga, die neben ihr stand. In ihrer Aura herrschte das matte Rot beherrschter Wut vor. Vielleicht könnte sie ihre Schülerin dazu aufstacheln, diesen lästigen Besserwisser umzubringen?

»Und die Gesetze zu Wucher, Geldverleihern und Gewinnraten im Handel! Wenn diese Gesetzte in Kraft treten, dann wird der Handel in sich zusammenbrechen. Gesundes Gewinnstreben wird dann lebensgefährlich!«

»Du sagst doch so gern, dass alle Albenkinder Brüder sind, Elija. Warum sollte man dann dulden, dass einige Brüder sehr reich sind und andere aufgrund ihrer Machenschaften bettelarm bleiben? Liegt es daran, dass auch die Lutin gute Geschäfte im Karawanenhandel machen? Sollte nicht jemand anderes als du darüber urteilen?«

»Ich weise jegliche Anwürfe zu Befangenheit entschieden zurück. Jeder weiß, dass ich für das Volk eintrete und keinerlei persönliches Gewinnstreben mein Antrieb ist. Ich habe keinen Gewinn aus dem Aufstand oder meinem Amt gezogen. Und da wir gerade vom Volk reden: Wir sollten auch diesen dümmlichen Begriff *Herde* aus den Gesetzestexten streichen! Sprechen wir doch einfach vom Volk! Das kann jeder verstehen. Bitte, Skanga, ich sehe ja die löblichen Absichten hinter diesem Gesetzeskodex, aber ein solches Werk sollte man in die Hände von erfahrenen Schreibern und Beamten legen.«

»Ich will einen Text von zehn Seiten und nicht zehn Bücher voll mit einem Recht, das Kundige so verdrehen können, dass jedes beliebige Urteil möglich ist. Du redest so gern vom Volk, Elija. Welcher einfache Küchenkobold könnte sich einen guten Schriftgelehrten leisten, der ihn gegen seinen grausamen Herrn vertritt? Ich glaube, man kann zu allen Verbrechen auf zehn Seiten eine Aussage machen. Halte mich nicht für dumm, weil ich dem Volk der Trolle entstamme. Du wirst …«

Ein schmaler Streifen blendenden Lichts stieg aus dem Schlangenmosaik inmitten des Thronsaals und weitete sich binnen eines Herzschlags zu einem magischen Tor.

Skanga krallte ihre gichtkrummen Finger in die Armlehnen des Throns. Es war so unvermittelt gekommen, dass sie im ersten Augenblick erschrak, obwohl sie gewusst hatte, dass Alathaia diesen Weg nehmen musste.

»Was siehst du?«, fragte sie den Lutin. Die magischen Auren waren so stark, dass sie einander überlagerten und sie nicht ins Goldene Netz blicken konnte. Sie dachte daran, wie Emerelle den Angriff auf ihre Burg abgeschlagen hatte, indem sie einen Albenpfad mit einem Wort der Macht durchtrennt hatte. So viel Tod und Unheil hatte sie damit heraufbeschworen!

»Alathaia kommt allein«, sagte Elija. »Sie scheint …«

In dem Augenblick trat die Elfenfürstin durch den Albenstern in den Thronsaal. »Sie trägt ein schwarzes Kleid«, flüsterte Birga in ihr Ohr.

Als ob das eine Rolle spielen würde! Skanga sah nur klar die Aura der Elfe. Sie war erfüllt von arroganter Zuversicht.

»Sie hält ein Büchlein in der Hand. Ich glaube … Ja, auf dem Einband ist Blut.«

Das sah auch Skanga. Den Blutflecken haftete noch eine eigene, wenn auch blasse Aura an. Es konnte nicht viel mehr als eine Woche her sein, dass dieses Blut vergossen worden war.

»Wie ich sehe, Skanga, sind meine Bedingungen nicht erfüllt worden. Emerelles Burg sollte verlassen sein! Nun sehe ich deine hässliche Schülerin und … Ist es das Gesicht der Fürstin von Vahlemer, das sie da als Maske trägt? Entzückend. Ihr Trolle seid doch immer wieder für eine Überraschung gut. Wenngleich ich die heutige Überraschung, nicht allein in Emerelles Schloss zu sein, nicht schätze. Was soll dieser Lutin hier? Ich bin auf Lutin nicht gut zu sprechen! Jag ihn davon!«

Elijas Aura hatte eine eigenartige Farbe angenommen. Es war das kalte Blau der Angst, aber durchzogen von einem milchigen Unterton. Er gab der Aura etwas beinahe Körperliches. So etwas hatte Skanga noch nie gesehen. Der Lutin hatte zweifellos große Angst, doch nicht um sich.

»Darf ich das Buch einmal sehen?« Elija sprach mit tonloser Stimme.

»Er starrt auf das Buch«, flüsterte Birga, als habe sie erraten, was sie dachte.

»Ist dieser Lutin von irgendeiner Bedeutung?«

»Elija. Geh!«, befahl Skanga in einem Tonfall, der jeden Troll hätte die Flucht ergreifen lassen.

»Dieses Buch. Ich kenne es. Die Prägung im Leder. Ich habe ihr dieses Buch zum Geschenk gemacht. Die Flecken ... Ist das ...«

»Geh, Elija! Zwinge mich nicht, es dir noch einmal zu befehlen. Was nun in diesen Mauern geschieht, ist nicht für deine Augen oder Ohren bestimmt. Versuche nicht, mich zu hintergehen.« Sie flüsterte ein Wort der Macht. Es war erstaunlich, wie viel Widerstand der kleine Lutin leistete. Seine Körpergröße ließ nicht ahnen, welch machtvollen Willen er besaß. Doch schließlich zerbrach er. Linkisch drehte er sich um und verließ mit steifen Schritten den Thronsaal.

»Ist das der Geist der neuen Herrschaft, dass Kobolde keinen Befehlen mehr gehorchen?«

»Sie lächelt unverschämt«, flüsterte Birga.

»Du möchtest einen Zauber von mir erlernen, Alathaia. Du solltest höflicher sein.«

»Und du brauchst etwas von mir, das du nirgendwo anders bekommen kannst.«

»Ich habe schon einmal Elfen gegen Emerelle ausgesandt. Ich werde es auch ein zweites Mal ohne deine Hilfe schaffen«, entgegnete die Schamanin ruhig. Sie tastete nach ihren Amuletten. Als sie den Albenstein fand, rieb sie ihn zwischen Daumen und Zeigefinger. Die Macht des Steins löschte den Schmerz in ihren entzündeten Gelenken.

»Seitdem hat sich alles geändert. Solange Emerelle herrschte, war es nicht schwer, Elfen zu finden, die ihren Untergang wollten. Doch nun wünschen sich fast alle ein schnelles Ende deines Königs Gilmarak. Du brauchst meine Hilfe. Du weißt das. Und deinen Zauber werde ich auch ohne dich erlernen. Es ist nur eine Frage der Zeit.«

»Du würdest viel Zeit und viel Blut aufwenden müssen.« Skanga überlegte, wie viel Ärger ihr die Hilfe Alathaias wert war. Das Maß war bald voll! »Was ist das für ein Buch, das der Lutin so unbedingt sehen wollte?«

»Es ist der Schlüssel zu etwas, das mir vor kurzem verlorenging. Du weißt ja, dass diese schmeichlerischen, kleinen Lutin in Wahrheit alle Diebe sind. Du solltest sie vom Königshof vertreiben. Man kann ihnen nicht trauen.«

»Was suchst du?«

Statt sofort zu antworten, schlug die Fürstin das Buch auf. *»Sie sind dort verborgen, wo Blätter, die der Wind nie davontrug, vom letzten Zeugnis einer alten Liebe behütet werden.* Das beschreibt einen Ort in dieser Burg.«

»Wer sind *sie?*«

»Es ist die Rede von drei Karfunkelsteinen! Und nein, ich weiß nicht, welche Namen sie tragen. Sie sind mir gestohlen worden, und ich glaube, sie wurden hierhergebracht.«

Karfunkelsteine? Skanga erwartete nicht, eine ehrliche Antwort zu bekommen, wenn sie Alathaia fragte, was sie damit vorhabe. Es wäre dumm, mit ihr deshalb einen Streit anzufangen. Die Elfenfürstin hatte ärgerlicherweise Recht. Nur sie konnte ihr helfen zu finden, was sie brauchte, um Emerelle zu töten. »Karfunkelsteine«, sagte sie bedeutungsschwer und wusste doch nichts.

»Sie lächelt hochmütig«, flüsterte Birga. »Darf ich aus ihrem Gesicht eine Maske machen, wenn wir sie nicht mehr brauchen? Ich glaube, ich könnte dieses Lächeln für die Ewigkeit einfangen.«

Skanga überging das. Manchmal war Birga auch zu dumm! Sie hatte nicht das Zeug dazu, diese Elfe zu besiegen. Selbst Emerelle fürchtete Alathaia. Sich mit ihr einzulassen, war so, als lege man sich in ein Bett voller Vipern. »Und du glaubst, hier findest du die Blätter, die der

Wind nie davontrug? Was haben sie mit deinen Karfunkelsteinen zu tun?«

»Diese Blätter sind belanglos. Ich glaube, es handelt sich um Gedichte von Blütenfeen. Die anderen Worte sind der Schlüssel. Das letzte Zeugnis einer alten Liebe. Ich habe dieses Büchlein immer und immer wieder gelesen in den letzten Tagen. Ich denke, ich weiß jetzt, wo ich suchen muss. Es ist hier auch die Rede von einer verborgenen Kleiderkammer der Königin.«

Skanga hörte das Rascheln von Buchseiten.

»Hier steht es: *Am hintersten Ende sah ich jenes weiße Kleid, das sie auf dem Begräbnis Falrachs getragen hatte. Seitdem hatte sie es nicht mehr berührt.* Ich glaube, dieses Kleid ist das Zeugnis einer alten Liebe. Dort, wo die Weidenpuppe mit diesem Kleid steht, muss ich suchen! Im Turm der Königin. Ganz oben unter dem Dach. Dort verbirgt sie ihre Schätze.«

»Ich glaube nicht, dass ich meinen alten Knochen den Aufstieg auf den Turm zumuten will.«

»Ich hatte ohnehin die Absicht, allein zu gehen.«

»Birga wird dich begleiten, werte Freundin. Das ist mein letztes Wort. Die Trolle sind die Herren von Burg Elfenlicht. Du wirst nichts an dich nehmen, ohne dass Birga es sieht. Und versuche nicht, sie zu hintergehen!«

Endlich sah Skanga einen Anflug von Zorn in Alathaias Aura. Es war nur ein kurzes Aufflackern. Die Elfe verstand es meisterlich, ihre Gefühle zu beherrschen. Der Fürstin war sicherlich bewusst, dass sie in ihrer Aura lesen konnte. Und wie viel ihre blinden Augen noch sahen.

»Was für ein Vertrauensbeweis, dass du mir deine Schülerin überlässt! Du schmeichelst mir, Skanga.« Sie verneigte sich. »Wenn du nichts dagegen hast, werde ich mich nun auf die Suche nach dem Diebesgut machen.«

»Geht!«

Skanga lauschte auf die Schritte der beiden, die bald in der Ferne der weiten Palasthallen verklangen. Karfunkelsteine! Was wollte die Fürstin damit? Skanga kannte sie nur aus Märchen. Da hieß es, dass ein Karfunkelstein im Augenblick des Todes eines Drachens entstand. Sein Lebenswille, seine Magie, sein Bewusstsein, alles, was ihn ausmachte, zog sich in seinem Herzen zusammen und wurde zu einem Stein. Angeblich unterschieden sich diese Steine in nichts von belanglosen Feldsteinen an einem Wegrand. Sie waren etwas kleiner als eine Koboldfaust. Ihnen schien keinerlei Magie innezuwohnen. Und gingen sie einmal zwischen anderen Steinen verloren, dann war es fast unmöglich, sie wiederzufinden.

Skanga erinnerte sich an eine Geschichte, in der es hieß, man könne mit Karfunkelsteinen Warzen behandeln. Sicher wusste auch Birga davon. Hoffentlich war sie nicht so töricht zu versuchen, Alathaia einen der Steine zu stehlen.

## DIE TRAUMWÄCHTER

Als Emerelle auf dem Felskamm hoch über dem Dorf stand, wusste sie, dass sie zu spät kam. Scharen grauhäutiger Kobolde stürmten Oblons Dorf. Sollten das die angeblichen Trolle sein? Das Erschrecken traf sie so tief, dass die Zeit aus reiner Gehässigkeit langsamer zu verstreichen schien, damit sie jede Einzelheit des Unabwendwendbaren in sich aufnehmen konnte. Sie sah die merkwürdigen Fratzen auf den Schilden der Krieger. Sah all die kauernden Kobolde, die das Unheil wehrlos über sich ergehen ließen. Doch nicht dies war es, was sie so tief berührt hatte. Sie sah Falrach zu Boden gehen. Als sein Sturz endete, begann ihrer. Sie sprang! Ohne zu denken, stürzte sie sich die Klippe hinab. Dabei breitete sie die Arme aus wie Flügel, nur dass sie kein Vogel war. Der Wind verfing sich nicht so sehr in ihrem flatternden Gewand, als dass er sie getragen hätte. Obwohl sie sich mit aller Kraft abgestoßen hatte, traf sie fast unmittelbar ein scharfer Schmerz am linken Fuß. Sie hatte eine vorspringende Felskante gestreift.

Der Schlag verwandelte den Flug mit ausgebreiteten Armen in ein trudelndes Chaos. Und noch einmal strafte sie die Zeit. Sie war wie einer jener wunderlichen Gummiklumpen gewesen, mit denen die Baumwanderer aus den tiefsten Dschungeln Vahan Calyds handelten. Jener Klumpen, die man zu erstaunlicher Länge auseinanderziehen konnte. Hatte sich die Zeit eben noch zu einem endlosen Augenblick des Schreckens gedehnt, so schnellte sie nun in sich zusammen. Alles ging zu schnell, um einen klaren Gedanken zu fassen. Der Grund am Fuß der Klippen sprang ihr entgegen. Das rechte Wort der Macht wollte ihr nur mit quälender Langsamkeit über die Lippen kommen. Der Schmerz im Fuß drohte ihr einen Aufschrei statt eines Zaubers zu entreißen.

Endlich stieß sie dieses widerspenstige Wort hervor, das sich an ihre Zunge krallte wie eine Zecke in zarte Nackenhaut. Die letzte Silbe und der Aufschlag kamen fast zugleich. Nun war es ihr Körper, der in sich zusammenschnellte. Der einen Schlag erfuhr, der sie jeden Knochen, jede Muskelfaser, jede zum Zerreißen gespannte Sehne fühlen ließ. Sie kam mit den Füßen zuerst auf und versuchte den Aufschlag zu mildern, indem sie in eine kauernde Stellung zusammenschnarrte. Der Fels erbebte unter der Wucht ihres Aufschlags. Die Risse im Stein offenbarten ihr wohlgehütetes Geheimnis. Das, was sie in jedem Augenblick des Wachens und auch des Schlafes durch Magie, die längst ein Teil ihrer selbst geworden war, verbarg. Selbst während der langen Ohnmacht nach ihrer Verwundung in Vahan Calyd hatte dieser Zauber nicht aufgehört zu bestehen.

Sie schnellte vor, fort vom zerschmetterten Stein. Sie lief dem Schlachtgetümmel entgegen. Sie versuchte den Lauf der Zeit zu überrunden. Noch während sie lief, zog sie ihr Schwert. Sie spürte die Hitze in ihrem Blut, die sie so sehr fürchtete. Den Jähzorn, der ihr kaltblütiges Denken, für das sie gerühmt und gefürchtet war, zerschmolz. Eine Hitze, die nur noch einen einzeln rot glühenden Gedanken kannte. Ollowain! Sie würde es nicht zulassen, dass er starb.

Mit einem weiten Satz war sie über die Dornenhecke hinweg. Sie nutzte nicht die Lücke, durch die sich die grauhäutigen Kobolde drängten. Sie trat auf ein gewölbtes Lehmhüttendach, das sie gerade lange genug trug, dass sie sich abstoßen konnte, bevor es mit einem mürrischen, dumpfen Geräusch in sich zusammenbrach.

Sie landete auf einem grauen Nacken, der mit überraschtem Knacken so gründlich zersplitterte, dass rot umrandete Knochenstücke gleich Frühlingsblüten, die den Schnee bezwangen, durch lehmgraue Haut sprossen.

Ihr Schwert beschrieb einen silbernen Bogen durch Lederschilde, Speerschäfte, lebendiges Fleisch und eine trockene Hüttenwand.

Kobolde kletterten auf Ollowains Leib. Sie stachen mit steinernen Speerspitzen nach ihm. Die grauen Krieger triumphierten grinsend über den Riesen, bis das Jubelgeschrei der vermeintlichen Sieger in plötzlicher Stille erstickte.

Der, der gerade mit seinem Obsidianmesser eines von Ollowains Augen aus dessen Höhle hebeln wollte, war der letzte, der verblüfft aufblickte. Zu spät, um der Klinge zu entgehen, die Emerelle in blindem Zorn geschleudert hatte.

Sie traf den Kobold mitten in der Brust und riss ihn fort von seinem Opfer. Wie man einen Schmetterling mit einer Nadel auf ein dünnes Brett spießt, um ihn für die Ewigkeit zu konservieren, so spießte Emerelles Schwert den Kobold auf die Lehmwand von Oblons Hütte.

Während die eben noch übermütigen Riesenbezwinger vor Schreck wie versteinert standen, war die Königin schon über ihnen. Sie sah Ollowains Blut auf den Speerspitzen und hatte das Gefühl, dass ihr Herz Magma in ihre Adern pumpte.

Ihre Rechte schnellte vor und traf den, der versucht hatte, mit seinem Speer das feste Leder der Elfenstiefel zu durchdringen. Der Schlag traf jenen Knorpel, der hoch in der Kehle saß, und dieser wiederum zerquetschte Speiseröhre und Luftröhre des Kobolds.

Emerelle entriss dem Sterbenden seinen Speer. Wieder schien die Zeit ihr einen Streich zu spielen und langsamer zu werden. Ihre Sinne waren weit geöffnete Tore, die alles rings um sie herum zu einem großen Bild fügten. Einem Bild, weit umfassender als jener schmale Ausschnitt, der sich ihren Augen darbot.

Sie roch, wie sich die Gedärme des sterbenden Kobolds entleerten. Sie war sich jedes Tropfen Angstschweißes bewusst, der durch lehmverstopfte Poren sickerte. Sie hörte die zischelnden Worte der Angst und des Hasses, ganz gleich, wie leise geflüstert wurde. Und sie hörte das Geräusch der beiden fliegenden Obsidianäxte, die auf ihren Rücken zielten.

Sie spürte die Blicke. Jeden einzelnen, so als säßen die Koboldaugen gleich Schneckenaugen auf Fühlern, die sich zu grotesker Länge streckten, bis Blicke sie buchstäblich berührten. Sie spürte den feinen, von den stampfenden Füßen der Krieger aufgewirbelten Staub in der Luft, der sich langsam senkte und die feinen Härchen ihrer Arme streifte und ihren Mund mit stumpfem Geschmack füllte.

Sie fuhr unvermittelt herum. Ihr Speer schnellte hoch. Das Stichblatt traf die wirbelnde Axt seitlich und lenkte ihren Flug ab. Sie verfehlte sie nur wenige Zoll und spaltete hinter ihr das erstaunte Gaffen im Antlitz eines grauhäutigen Kobolds.

Bei der zweiten Axt verschätzte sie sich. Es war weniger als ein Lidschlag. Weniger als der winzige Augenblick, den ein Sandkorn brauchte, um durch die Enge eines Stundenglases zu sickern. Die Spitze des Speeres traf genau auf die Schneide der Axt, statt das Blatt seitlich zu berühren. Das schwarze Vulkanglas zerbarst in tausend nadelspitze Splitter. Emerelle schloss die Augen. Obsidian schnitt in ihr Gesicht. Alle Umstehenden schrien auf. Gepeinigt von den feinen, schwarzen Geschossen, die jenen, die sie unglücklich trafen, für immer das Augenlicht löschten.

Nun wichen alle von ihr zurück. Niemand mehr wagte es, die Hand gegen sie zu erheben. Flüchtig bemerkte Emerelle Oblon. Seine Kehle war von mehreren Schnitten zerfetzt und bis zur Wirbelsäule offen gelegt. Der Schamane starrte mit leerem Blick in den weiten, klaren Himmel. Schon tummelten sich erste Fliegen auf dem gerinnenden Blut, das so gierig vom staubtrockenen Boden getrunken worden war.

Ein wenig weiter lag ein grauhäutiger Krieger. Zusammengekrümmt. Die Augen nur noch leere Höhlen. Aus seinem klaffenden Mund stiegen Schwärme von Fliegen auf.

Emerelles Hand tastete über Ollowains Hals. Sein Pulsschlag war kaum noch zu spüren. Die gestürzte Königin wandte sich um, so dass sie mit dem Rücken zur Hütte neben ihrem Liebsten kauerte. Sie sah in Gesichter voller Hass und Angst. Die grauhäutigen Kobolde waren zurückgewichen. Einige ältere Krieger, vielleicht ihre Anführer, standen beisammen und tuschelten. Sie wusste, dass die Angreifer sich noch nicht geschlagen geben wollten. Wenn sie sich jetzt mit all ihren Sinnen auf Ollowain konzentrierte, um ihn zu retten, dann würden sie augenblicklich wieder angreifen. Sie spürte das Gift im Körper ihres Liebsten. Spürte, wie es ihn immer schwächer werden ließ. Seine Muskeln lähmte, seine Atmung erschlaffen ließ und dem Herzen den Willen zu schlagen nahm. Es war ein Wunder, dass er noch lebte. Im selben Augenblick, in dem sie das dachte, versiegte sein Puls.

Sie zerriss seine Tunika. Legte beide Hände auf seine Brust und presste, um sein Herz zu zwingen, noch weiterzuschlagen. Tränen der Wut standen ihr in den Augen. Sie konnte ihn heilen. Sie hatte die Macht, das Gift zu Wasser werden zu lassen. Doch wenn sie es tat, machte sie sich für vielleicht zweihundert Herzschläge lang völlig wehrlos. Eigentlich war dies keine nennenswerte Zeitspanne. Doch es war mehr als genug Zeit, um zu ihr zu kommen und ihr die Kehle zu durchtrennen, so wie sie es mit Oblon gemacht hatten.

Emerelle hörte das Geräusch spritzenden Wassers. Dann spürte sie den Boden erzittern. Sanft nur. Kaum merklich. Doch sie war nicht die Einzige. Dort, wo die Lücke im Dornenwall war, erhob sich Geschrei. Bewegung kam in die Kobolde. Jene, die sie eben noch wie den Tod gefürchtet hatten, flohen nun in ihre Richtung.

Ein älterer Kobold mit mehrfach gebrochener Nase und einer unförmigen Ledermütze auf dem Kopf warf sich vor ihr auf den Boden. »Wir ergeben uns dir, Herrin. Wir ergeben uns!«

Über dem Dornenwall erschienen Kopf und Schultern Madras. Mit einem Schritt setzte der Troll über die Hecke hinweg.

»Achte auf dieses grauhäutige Pack. Sie geben sich als Trolle aus!« Sie wandte sich an die Kobolde des Dorfes. »Das ist ein wirklicher Troll!« Dann beugte sie sich über Ollowain. Sein Körper setzte dem Gift mehr Widerstand entgegen, als sie erwartet hatte. Fast schien es, als sei er bereits mit Hattah vertraut.

Sie schloss die Augen und reduzierte ihren Atem, bis sie denselben langsamen, stockenden Rhythmus Ollowains fand. Ihre Körper wurden eins in ihren Gedanken. Sie forschte nach dem Gift. Ihr Schwertmeister litt unter den Nachwirkungen eines Rauschs. Seine Leber war angegriffen. Sie isolierte das Gift in seinem Leib und ließ es über die Schleimhäute seiner Nase mit einer geringen Menge dunklen Blutes austreten.

Als sie sich zurücklehnte, war auch sie ein wenig benommen. Sie hatte seinen Schmerz geteilt und auch seinen Rausch. Seine Gedanken aber hatte sie unberührt gelassen.

Nur verschwommen sah sie das Fuchsgesicht. Nikodemus schien unmittelbar vor ihr zu stehen. Sie wurde sich bewusst, dass sie sich statt der betrügerischen Kobolde nur anderen Feinden ausgeliefert hatte.

Der Kobold zwickte sie leicht in die Nase.

»Willst du dein Leben als Fliege beenden?«, stieß sie mit lallender Stimme hervor.

»Herrin, ich wollte mich nur vergewissern, ob ich etwas für euch tun kann. Mir lag es fern, euch …«

»Such mir den Anführer der falschen Trolle!«

»Jawohl, Herrin. Wie Ihr wünscht.« Er zog sich unter Verbeugungen zurück.

Erschöpft fasste Emerelle nach dem Albenstein, der verborgen unter ihrem Gewand auf ihrer Brust ruhte. Seine warme Kraft belebte sie. Ihr Atem ging regelmäßig. Sie war wieder Herrin all ihrer Sinne, als Nikodemus zurückkehrte. Ihn begleitete der ältere Kobold, der ihr vorhin die Unterwerfung seines Volkes angeboten hatte.

Unterwürfig kniete der Häuptling, oder was immer er war, nieder. »Herrin, nimm den Riesen fort, und bitte zürne uns nicht weiter. Wir unterwerfen uns. Wir wussten nicht, dass Oblon und die Seinen unter eurem Schutz stehen. Es tut uns leid.«

Sie sah müde zu dem toten Schamanen hinüber. »Von diesen Worten hat Oblon sehr wenig. So wie ich es verstehe, lebt dein Volk davon, alle anderen Koboldstämme am Rand des verbrannten Landes zu täuschen und zu Abgaben zu zwingen. Wie ich hörte, verhungern deshalb Kinder und Alte. Ich …«

»Wir sind Trolle …«, begann der Alte.

Da war wieder das Feuer in ihrem Blut! Sie versetzte dem Kobold eine Ohrfeige, die ihn von den Beinen riss. »Dies dort ist ein Troll!« Sie deutete zu Madra. »Ihr seid nichts als ein Haufen Schmarotzer! Ihr erschafft nichts.

Ihr lebt einzig auf Kosten anderer. Wusstest du, dass die Drachen dies Land hier an einem einzigen Tag verbrannt haben? Nenn mir eine gute Tat, die ihr für andere begangen habt. Gib mir einen Grund, dich und dein Volk nicht ebenso zu vernichten.«

Sie hatte erwartet, dass der Alte sich winden und um Gnade betteln würde. Stattdessen sah er sie fest an und sagte mit stolzer Stimme: »Du kannst uns nicht töten, weil wir die Traumfänger sind.«

Dem alten Kobold schwoll von ihrem Schlag das linke Auge zu. Blut floss aus seiner Nase und tropfte ihm auf die Brust. Aber er hielt trotz ihrer Drohung unerschütterlich ihrem Blick stand.

»Vernichte das Volk der Trolle, und in wenigen Jahren werden auch alle Kobolddörfer entlang der Wüstengrenzen verwaist sein«, sagte er mit fester Stimme. »Denn dann wird niemand mehr die bösen Träume einfangen, die die Yingiz schicken. Sie werden die Stämme verderben. Wir sind der einzige Schutz der anderen.«

Emerelle war überwältigt von so viel Frechheit. »Das ist ein Troll«, sagte sie kühl und deutete auf Madra.

»Das mag anderswo gelten. Hier sind wir die Trolle!«, entgegnete der Alte. »Frage, wen immer du willst. Was alle glauben, wird Wahrheit, Herrin.«

## DAS ZEUGNIS EINER ALTEN LIEBE

Sie durfte ihr nicht trauen, sagte Birga sich immer und immer wieder. Sie war eine Elfe, allein das war schon Grund genug. Aber Alathaia hatte selbst unter Elfen einen außerordentlich schlechten Ruf. Und ausgerechnet diese Fürstin stellte ihr einfühlsame Fragen. Der Aufstieg zu Emerelles Turmgemach war lang und beschwerlich. Den ganzen Weg über unterhielten sie sich. Und sie sprachen nur von ihr, Birga. Darüber, wie beschwerlich es war, einer blinden und mürrischen Herrin wie Skanga zu dienen. Über aufsässige Kobolde. Über den Makel, den Birga unter ihren bandagierten Händen und der Gesichtsmaske verbarg. Alathaia wusste darum. Die Elfe schien überhaupt fast alles zu wissen. Sie sagte auch, dass sie sich sicher sei, dass Skanga sie nicht mit den Karfunkelsteinen ziehen lassen würde. Nicht bevor das gemeinsame Werk vollendet war. Und sie wusste, dass Skanga sie bei dem Zauber, den sie so unbedingt erlernen wollte, betrügen würde.

Birga sagte nichts dazu. Sie staunte nur, wie gut die Elfe ihre Herrin kannte. War Alathaia so klug, oder war sie am Ende Skanga so ähnlich, dass es ihr leichtfiel, jeden der Schritte der Schamanin im Voraus zu erahnen? Birga fand darauf keine Antwort. Aber sie fühlte sich wohl in Gegenwart der Elfe. Eigentlich völlig abwegig, dachte sie. Elfen und Trolle waren nicht füreinander geschaffen. Aber bei Alathaia schien alles anders zu sein.

Als sie endlich Emerelles Gemach erreichten, forderte die Fürstin von Langollion sie auf, einen der Verbände um ihre Hände zu lösen. Lange betrachtete sie die Entstellung. »Es heißt, Karfunkelsteine besäßen eine heilende Wirkung. Ich werde dir helfen, wenn ich sie gefunden habe.«

Birga war alles andere als zartbesaitet, aber sie war gerührt. Skanga hatte sich noch nie Gedanken darum gemacht, ob die Krankheit zu heilen wäre. Sie hatte die Entstellung einfach als gegeben hingenommen, ebenso wie Birgas magische Begabung.

Emerelles Gemach war beherrscht von einem großen Bett. Die Schamanin empfand dies als einigermaßen verwunderlich, galt die Königin der Elfen doch als prüde und gefühlskalt. Nie hatte man gehört, dass sie einen Mann zu sich holte. Der Gedanke an Männer stieß Birga sauer auf. Obwohl Frauen in ihrem Volk seltene, begehrte Schätze waren, die nur bedeutenden Kriegern und Rudelführern gewährt wurden, hatte sie niemals bei einem Mann gelegen. Ihr ganzer Körper war von den wuchernden Warzen entstellt. Wie Tropfen aus Fleisch waren sie. Unansehnlich, hässlich. Niemand mochte sie berühren. Ja, den meisten fiel es schon schwer, sie auch nur anzusehen. Deshalb trug sie die Maske und hielt ihre Hände umwickelt.

Sie setzte sich auf das Bett der Elfenkönigin, während Alathaia sich langsam auf der Stelle drehte und in jeden Winkel der Kammer spähte. Das ganze Gemach war durchdrungen vom Geruch der Königin. Besonders das Bett. Elfen schwitzten zwar nicht, aber sie waren nicht völlig geruchlos. Viele benutzten gern irgendwelche Duftwasser. Sogar die Krieger. Birga fand es befremdlich, sich mit fremden Gerüchen zu schmücken. Andererseits schmückte sie sich ja auch mit fremder Haut. Dass man aber das Verlangen haben konnte, nach Blumen riechen zu wollen, war höchst seltsam. Sie hätte verstanden, wenn man den Duft eines Höhlenbären trug, den man erlegte. Oder den eines anderen Raubtiers. Sie empfand auch den Geruch von Waffenfett und Leder als angenehm.

Eine ganz leichte Note von Waffenfett war auch in Emerelles Kammer zu riechen. Aber es waren andere, schwerere Düfte, die vorherrschten. Blumen schienen es nicht zu sein. Jedenfalls keine, die sie kannte.

Plötzlich glitt ein Spiegel zurück und gab den Blick auf eine verborgene Kammer frei. Eine Flut neuer Düfte ergoss sich von dort in das Schlafgemach. Weihrauch überlagerte alles andere. Dazu kam alter Stoff. Und … Birga schnupperte erneut. Es roch nach dem Fell einer Lutin! Die Schamanin brauchte eine Weile, bis sie sich wieder erinnerte, wer genau es war. Sie hatte ein gutes Gedächtnis für Gerüche. Und diese Lutin rochen alle anders. Das war die Kleine gewesen, die zu Elija gehörte. Birga hatte sie schon eine Weile nicht mehr gesehen. Sie überlegte, ob sie Alathaia etwas davon sagen sollte, verwarf es aber sofort. Es war nie gut, zu geschwätzig zu sein!

Die verborgene Kammer war so niedrig, dass Birga geduckt gehen musste. Sie war voller Kleider, die man auf Gestelle aus Weidenholz gezogen hatte. Warum hatte ein einziges Weib so viel anzuziehen? Welchen Nutzen hatte eine solche Verschwendung? Auf Wandborden lag Schmuck. Es schien, als gäbe es zu jedem der Kleider auch eigene Schuhe.

Sie mochte die Handschuhe aus bunter Seide. Sie waren wie eine zweite Haut. Solche Handschuhe hätte sie auch gern besessen. Sie waren gewiss viel angenehmer zu tragen als die Verbände, die sie sich um die Finger wickelte. Ob man Blutflecken wohl gut aus Seide waschen konnte?

Alathaia sah jedes der Kleider abschätzend an, berührte aber nichts. »Sie wird wissen, dass wir beide hier waren, wenn sie jemals zurückkommt«, sagte sie schließlich. »Ich glaube, der Spiegel zeigt ihr einen jeden, der dieses verborgene Gemach betritt. Wird Skanga dich vor ihrem Zorn beschützen?«

Birga atmete schwer ein. Sie hatte gespürt, dass der Spiegel von Magie durchdrungen war. Aber das war hier fast alles. Jedes der Kleider war mit Zaubern umwoben. Deshalb hatte sie keinen weiteren Gedanken an den Spiegel verschwendet.

»Ich kann auf mich allein aufpassen«, sagte Birga und wusste dabei, dass sie gegen Emerelle niemals würde bestehen können.

»Ich würde einem direkten Streit mit ihr aus dem Weg gehen«, gestand Alathaia ganz offen.

Birga war auf der Hut. Die Elfe war zu freundlich. Man durfte ihr nicht trauen!

Die Fürstin ließ das Thema auf sich beruhen. Sie betrachtete wieder die Kleider. Schüttelte manchmal abfällig den Kopf. Sehr selten schnalzte sie leise mit der Zunge. Die verborgene Kleiderkammer wand sich in weitem Bogen außen um den Turm. Sie war überraschend groß, dachte Birga. Ob auch in die Mauern des Turms Magie gewoben war? Erschien er dem Betrachter kleiner, als er tatsächlich war? Die Elfen liebten solche Spielereien!

Die Schamanin fand einen schmalen Schrank, der einen seltsamen Duft verströmte. Neugierig öffnete sie die Tür und fuhr erschrocken zurück. Alle Wände, selbst die Innenseiten der Türen, waren mit Schmetterlingspuppen bedeckt! Was war das für ein Unsinn! Die Puppen lebten!

Birga schloss die Türen kopfschüttelnd. Niemals würde sie die Elfen und ihre Schrullen begreifen!

Alathaia indessen stand nachdenklich vor einem sehr schlichten Kleid. Es war grau, ganz ohne Schmuck. Die Ärmel reichten nur knapp über die Ellenbogen und waren ein wenig ausgestellt. Der steife Stehkragen war so hoch, dass er sicherlich den ganzen Hals verbarg, wenn Emerelle das Kleid anlegte.

Birga spürte die starke Magie, die von dem Kleid ausging. Wieder und wieder hatte man es mit Zaubern umwoben. Sie waren wie die Jahresringe eines alten Baums. Selbst sie spürte ein Prickeln auf ihrer entstellten, gefühllosen Haut, wenn sie dem Kleid nahekam.

»Wir suchen das Zeugnis einer alten Liebe in einer Kammer voller Kleider«, sagte Alathaia nachdenklich. »Glaubst du, dass das hier ein Hochzeitskleid ist?«

»Ich war nie auf einer Elfenhochzeit.«

Die Fürstin lächelte. »Natürlich, Birga. Eine dumme Frage. Außerdem hat Emerelle nie geheiratet. Aber dieses Kleid … Ich denke, eine Braut hätte es auf einer Hochzeit tragen können. Eigentlich ist es nichts Besonderes, verglichen mit den anderen. Und doch hat Emerelle es aufbewahrt. Sehr lange. Spürst du die Schutzzauber, die Motten fernhalten und Staub und die die Farbe vor dem Verbleichen schützen? Sie sind immer wieder erneuert und verstärkt worden. Dieses Kleid hätte schon vor Jahrhunderten zu Staub zerfallen sollen. Die Königin hat großen Aufwand getrieben, es zu erhalten. Warum wohl?«

Alathaia kniete nieder und hob den Saum. Die Geste hatte etwas Anzügliches.

Birga konnte kleine Bündel aus Eichenblättern sehen, die von Lederriemchen zusammengehalten wurden. Dazwischen, wie in ein Nest gebettet, lagen drei unscheinbare Steine.

Die Elfe atmete erleichtert aus. Sie nahm die Steine. Dann zog sie das Büchlein, das Birga im Thronsaal aufgefallen war, aus dem Ärmel und legte es an Stelle der Steine in das Versteck.

»Was ist das für ein Buch? Warum lässt du es hier?«

»Es gehörte einer Lutin, die mir nichts sagen wollte und doch alles, was ich wissen musste, schon niedergeschrieben hatte. Sie hielt sich für schlauer als ich es bin. Genau wie ihre Mutter. Und sie ereilte dasselbe Schicksal wie ihre Mutter.« Die Elfe blickte kurz auf und lächelte. »Außer uns beiden gibt es niemanden mehr, dem dieses Versteck bekannt ist. Ich kann mir kaum einen sichereren Ort für das Büchlein vorstellen. Es könnten Jahrhunderte vergehen, bevor jemand den Saum dieses Kleides anrührt. Weil es Emerelle so viel bedeutet, wird niemand es leichtfertig berühren. Und irgendwie habe ich das Gefühl, dass Emerelle es nie getragen hat. Aber vielleicht ist das auch nur meine romantische Ader.«

Birga kam es falsch vor, das Büchlein zurückzulassen. Damit war eine Spur gelegt. Und wenn der Spiegel wirklich Bilder aller, die diese Kammer betreten hatten, in sich tragen sollte, dann würde Emerelle gewiss sehr gründlich suchen. Aber von alldem sagte sie nichts. Sie würde an der Seite Skangas sein, falls Emerelle jemals hierher zurückkehrte. Dort war sie nicht in Gefahr. Alathaia war es, die mit ihrem Leben spielte!

Die Elfe hielt verzückt die Karfunkelsteine in Händen. Sie waren ein wenig größer als Walnüsse.

»Sie haben keine magische Aura. Wenn sie verlorengehen, ist es fast unmöglich, sie wiederzufinden. Sie sehen zu gewöhnlich aus. Und doch sind sie von Macht durchdrungen. Sie sind so hart, dass kein Werkzeug sie zu kerben vermag. Keine Farbe will auf ihnen haften bleiben. Keinem Goldschmied wird es gelingen, sie in eine Fassung zu zwingen. Sie zu verändern oder zu markieren, ist unmöglich! Gib mir deine Hand, Birga! Ich will dir etwas zeigen.«

»Was?« Es war leichtfertig, einer Elfe zu vertrauen. Trotzdem streckte sie, noch bevor die Fürstin antwortete, bereits ihre Hand aus.

»Darf ich die Stoffstreifen abwickeln?«

Birga sah ihre geheimsten Hoffnungen erfüllt. Die Freude ließ ihr Herz schneller schlagen und schnürte ihr die Stimme ab, so dass sie nur nicken konnte. Kein Zauber, den sie von Skanga erlernt hatte, vermochte ihre Haut zu glätten. Und die alte Schamanin selbst konnte oder wollte ihr nicht helfen. Insgeheim vermutete Birga Letzteres. Skanga war bösartig! Sie wollte nicht, dass sie besser aussah. Das wusste Birga ganz sicher. Es hätte ihr mehr Freiheiten gegeben und sie vielleicht sogar dazu verleitet, sich einen Krieger zum Beischlaf zu suchen. Skanga glaubte, die Liebe schwäche die Zauberkraft. Birga hingegen war überzeugt, dass sie stärker denn je würde, wenn sie nur eine einzige Liebesnacht erleben dürfte.

Alathaia ließ sich nichts anmerken, als sie die grässlich entstellte Hand betrachtete. Mit spitzen Fingern strich sie über die Warzenfläche. Wie Tränen aus Fleisch sahen sie aus. Sie bedeckten Birgas Handrücken und die Finger.

Behutsam berührte die Elfe sie mit einem der Karfunkelsteine und sprach leise ein Wort der Macht. Birga konnte es nicht verstehen, sosehr sie sich auch anstrengte. Dieses eine Wort zu beherrschen und einen Karfunkelstein zu besitzen, vermochte sie für immer von ihrem Leiden zu befreien.

Tatsächlich sah es so aus, als trinke der Stein die Tränen aus Fleisch. Zarte, hellgraue Haut blieb zurück, wo Alathaia sie berührt hatte. Es war ein Wunder! Birga standen Tränen in den Augen. Ihr Makel konnte getilgt werden. Sie kannte die Elfe nicht mal einen ganzen Tag, und schon heilte sie sie.

»Zieh dich aus«, sagte Alathaia freundlich. »Ich werde diese Warzen von dir nehmen. Aber sie werden wiederkommen. Ich kann dir nicht sagen, wie schnell es geschehen wird. Vielleicht dauert es nur ein paar Tage. Vielleicht auch viel länger. Aber es wird geschehen.«

»Jede Stunde ohne die Plage ist ein Geschenk«, entgegnete Birga entschieden. Dann entkleidete sie sich.

Während Alathaia sie mit dem Karfunkelstein behandelte, sprachen sie kaum. Birga genoss das Gefühl, wie der Stein über ihre Haut strich. Allein seine Berührung löste wohlige Schauer aus.

Nachdem sie geheilt war, betrachtete sie sich lange im Spiegel vor dem Bett der Elfenkönigin. Seit ihrer Kindheit, als der Makel überraschend ausbrach, war ihre Haut nicht mehr so rein gewesen. Nie zuvor hatte sie ihren Körper so deutlich gesehen. In Trollhöhlen gab es keine Spiegel! Und kein See, und sei sein Wasser auch noch so glatt und ungetrübt, vermochte ihr Spiegelbild so klar und deutlich zu zeigen wie das sorgsam geschliffene Kristallglas. Dass er angeblich ihr Spiegelbild bewahren würde, störte sie nicht. So bliebe ihre Schönheit erhalten, und sei es nur in einem Bild, das ein Zauberspiegel eingefangen hatte.

Alathaia sah ihr schweigend zu. Sie bedrängte sie weder durch Worte noch durch Blicke. Dafür war Birga ihr unendlich dankbar. Schließlich legte die Schamanin wieder ihre groben Gewänder an. Sie wickelte die Stoffstreifen um ihre Hände, setzte die Maske auf ihr Gesicht. Diesmal verbarg sie ihre Makellosigkeit, denn sie hatte beschlossen, Skanga nichts von ihrem Geheimnis zu verraten.

»Ich habe eine Bitte an dich«, sagte Alathaia, als sie sich

wieder ganz angezogen hatte. Birga war enttäuscht. Sie hatte gehofft, die Heilung sei ein Geschenk. Eine Gabe, die keine Gegenleistung erforderte.

»Ja?«

»Bitte verwahre die Karfunkelsteine für mich. Skanga wird fordern, dass sie hierbleiben, bis ich ihr bringe, was ich ihr versprochen habe. Es wäre mir lieber, sie in deiner Obhut zu wissen.«

Die Schamanin war überrascht. Das war keine Forderung, sondern ein Vertrauensbeweis! »Diese Bitte werde ich dir gern erfüllen.« Sie sprach absichtlich ein wenig gestelzt, so wie die Elfen es gerne taten. Sie wollte der Fürstin damit ihre Verbundenheit zeigen.

Alathaia überreichte ihr die kostbaren Steine, und Birga ließ sie in einer Tasche ihres knöchellangen Gewandes verschwinden.

Dann begannen sie den langen Abstieg. Und als sie den Thronsaal erreichten, kam alles genau so, wie Alathaia es erwartet hatte. Skanga hatte eine Wache von fünfzig Trollen aufgeboten. Die Elfenfürstin machte ein paar spitze Bemerkungen. Dann behauptete sie, Birga habe die Steine bereits an sich genommen, da sie offensichtlich um diesen Betrug gewusst habe.

Skanga sah sie überrascht an. Und dann lächelte die alte Schamanin. Es war seit Jahren nicht mehr vorgekommen, dass ihre Herrin ihr so deutlich ihre Zufriedenheit zeigte.

Alathaia öffnete erneut ein Tor in das Goldene Netz. Als sie verschwunden war, blieb Birga das vage Gefühl, dass dieser Tag zu gut gewesen war. Doch sie verdrängte diesen Schatten schnell wieder. Die Nacht würde noch besser werden! Sie würde ihre Maske und ihr schäbiges Kleid ablegen und sich einen stattlichen Krieger suchen!

# TROLLJAGD

Lambi stützte sich schwer auf einen hölzernen Stab. Er ging nicht an der Spitze des Zuges. Nicht mehr. Seine Kraft reichte nicht, sich einen Weg durch den Schnee zu bahnen. Er folgte in der ausgetretenen Furche weit hinten in der Kolonne. Es war ihm zuwider, sich eingestehen zu müssen, dass er alt geworden war. Sein Sohn hätte hier an seiner Stelle gehen sollen. Doch der war bei den Kämpfen um die Nachtzinne gefallen. Nun galt es, Kadlin zu retten, falls sie noch zu retten war.

Einhundertdreiundsechzig Freiwillige hatte er um sich geschart. Eigentlich hatte er nicht so viele Männer mitnehmen wollen. Aber sie hatten sich nicht zurückweisen lassen. Er war überrascht gewesen, wie beliebt seine dickköpfige, junge Königin war. Sie alle hatten sich freiwillig gemeldet. Und die meisten von ihnen wussten genau, was es bedeutete, ins Land der Trolle vorzustoßen. Einige Dutzend Veteranen des letzten Feldzugs ihres Königs Alfadas waren unter den Freiwilligen.

Lambi stützte sich schwer auf den Stab. Heftig atmend sammelte er seine Kräfte. Er war dumm wie Kentaurenschiss. In seinem Alter hatte er hier nichts mehr verloren. Schon gar nicht mit Kettenhemd, Schild und seinem ebenso hübschen wie schweren Helm. Ein Helm, dessen bronzene Augenringe mit dem davon herabhängenden Kettengeflecht nicht nur sein ganzes Gesicht schützten, sondern auch seine verstümmelte Nase versteckten.

Zischend fuhr sein Atem durch die Kettenringe. Jetzt zogen auch noch die letzten der Truppe grinsend an ihm vorbei. »Wartet, bis ihr in meinem Alter seid, Dreckspack! Ich wette, die Hälfte von euch hat dann nicht mal mehr die Kraft, mit eigener Hand den Löffel mit Hirsebrei zum Maul zu führen. Und ich wünsche euch Schwiegertöchter, die euch, wenn sie euch hastig füttern, unablässig verfluchen. Was ihr euch, verdammt nochmal, auch allesamt verdient habt!«

Lambi setzte sich schnaufend in Bewegung. Er würde nicht mehr lange durchhalten und war doch zu stolz, um die anderen zu bitten, für ihn eine Pause einzulegen. Er nahm seinen Helm ab und band ihn sich mit dem Kinnriemen an den Gürtel. Sein Atem hatte sich als Eis auf den Kettenringen niedergeschlagen. Dennoch konnte man die ersten Vorboten des Frühlings in der Luft spüren. Noch zwei oder drei Wochen, und der Winter wäre vorüber. Ein schlimmer Winter, der die Königsfamilie fast ausgelöscht hatte. Erst Alfadas, dann Ulric und dessen Weib Halgard und jetzt Kadlin. Er hätte sie in ihrer verdammten Hütte einsperren sollen. Aber sie war die Königin. Wie hätte er ihr befehlen können? Man sollte sich dieses dumme Gör übers Knie legen und ihm eine verdammte Tracht Prügel versetzen. Weiber taugten nicht für den Thron.

Er blickte auf zu seinen Gefährten, die nun schon ein ganzes Stück vor ihm gingen. Ihr Weg führte sie eine steile Hügelflanke hinauf. Bis oben würde er es schaffen, dann musste er seinen Stolz aufgeben und um eine Rast bitten. So viele Freiwillige für einen Todesmarsch ... Sein Volk war eine Ansammlung von Irren, da konnte es wohl keinen Zweifel geben. Und wenn er ehrlich war, musste er sich eingestehen, dass Kadlin doch keine schlechte Königin war. Jeder einzelne der Männer war allein um ihretwillen hier. Sie war beliebt! Er lächelte. Und sicher hoffte manch einer, ihr aufzufallen und womöglich ihr Gemahl zu werden. Ein hübsches Weib und ein Thron waren es schon wert, ein paar Unannehmlichkeiten und Gefahren auf sich zu nehmen. Wäre er ein paar Jahre jünger und hätte seine Nase noch, dann würde er genauso denken!

Plötzlich war Lärm über ihm. Aufgeregte Rufe beflügelten seine Schritte. Als er den Kamm erreichte, sah er in der Senke einen Troll durch den tiefen Schnee flüchten.

Vielleicht ein Jäger, den sie aufgeschreckt hatten. Vielleicht auch ein Späher, der die Grenze zum Königreich der Menschen beobachten sollte. Ganz gleich, wer er war, wenn er entkam, dann war es um sie geschehen. Sie waren anderthalb Tagesmärsche tief ins Land der Trolle vorgedrungen. Sie könnten die Grenze nicht mehr erreichen, bevor sie der Ärger in Form von Heerscharen von Trollen einholen würde.

»Worauf wartet ihr? Schießt ihn nieder! Er darf nicht entkommen. Zielt auf die Kniekehlen oder den Nacken. Ein Pfeil in den Rücken wird ihn bei seiner Flucht nicht aufhalten. Sie dringen nicht tief genug ein, um ihn schwer zu verletzen.«

Sie hatten nur wenige Bogenschützen. Jeder wusste, wie wenig Pfeile gegen Trolle auszurichten vermochten. Besonders wenn sie bei einem Kriegszug mit ihren türgroßen Schilden anrückten.

Schon flogen erste Pfeile. Sie waren schlecht gezielt. Nur ein einziger traf. Er schlug in die linke Schulter des Trolls. Der Aufschlag ließ den Krieger kurz straucheln. Doch dann lief er weiter.

Lambi blickte zu Ansgar. So wie er war der alte Jäger ein Überlebender des Feldzugs, den Alfadas in die Snaiwamark unternommen hatte. Er kannte sie. Ihm musste man nicht sagen, wohin er zielen sollte. Die Jahre hatten den Bart des Jägers ergrauen lassen. An seiner rechten Hand fehlten zwei Finger, die er im Kampf gegen einen Berglöwen verloren hatte. Eine Geschichte, so gut, dass zwei Skalden Lieder darüber geschrieben hatten.

Ansgar wählte mit Bedacht einen Pfeil mit besonders geradem Schaft. Er prüfte den Wind. Dann hob er den Bogen. Seine Ruhe verlieh jeder seiner Bewegungen eine eigene Anmut. Dann schnellte sein Pfeil von der Sehne. Lambi verfolgte den Flug des Pfeils mit angehaltenem Atem. Er konnte sehen, wie der Wind ihn ein wenig zur Seite abdriften ließ. Der Troll hatte inzwischen eine sanfte

Steigung erreicht und lief sie hinauf, ohne langsamer zu werden.

Die anderen Schützen schossen noch immer, aber Ansgars Pfeil hatte einen roten Schaft und war leicht von den übrigen Geschossen zu unterscheiden.

Ansgars Pfeil traf dicht oberhalb des linken Kniegelenks. Er war leicht nach unten gerichtet. Lambi entfuhr mit leisem Zischen der angehaltene Atem. Er stellte sich vor, wie der Pfeil durch Fleisch und Sehnen schnitt, um direkt ins Gelenk vorzudringen. Der Troll stürzte der Länge nach. Er stieß einen gellenden Schmerzensschrei aus und rollte ein Stück den Hang hinab. Ein weiterer Pfeil traf ihn am Arm. Er versuchte aufzustehen, doch das verletzte Bein knickte sofort ein. In hilfloser Wut drohte er ihnen mit seiner Kriegskeule und schrie ihnen eine Herausforderung entgegen. Lambi konnte das nur vermuten. Welcher gescheite Mensch verstand schon die grunzende Sprache der Trolle!

»Geht hinunter und gebt ihm den Rest. Aber vorsichtig! Dann verscharrt ihn im Schnee und verwischt die Kampfspuren!«

Die Jüngsten aus der Kriegsschar stürmten los. Einen Troll zu töten, auch wenn er verwundet war, bedeutete Ruhm. Und je weniger Flaum einem auf den Wangen spross, desto mehr gierte man nach Schlachtenruhm.

»Kannst du dafür sorgen, dass er nicht noch zwei oder drei von diesen Trotteln erschlägt?«

Ansgar nickte stumm und wählte einen weiteren Pfeil aus. Der Troll war mehr als achtzig Schritt entfernt, und es wehte ein unbeständiger, böiger Wind. Das waren schlechte Voraussetzungen für einen guten Schuss. Die übrigen Bogenschützen hatten bereits wieder ihre Köcher bedeckt und nahmen die Sehnen von den Waffen. Sie wussten, dass keiner von ihnen Ansgar das Wasser reichen konnte.

Lambi ging in die Hocke. Sein Herz schlug ein wenig ruhiger. Er lächelte in sich hinein. Die Götter waren ihm gnädig. Er hatte seine Pause bekommen, ohne dass er jemanden darum hätte bitten müssen. Auch Firn meinte es gut mit ihnen. Bald würde es schneien. Und der Gott des Winters würde den Leichnam des Trolls verbergen, bis Tauwetter kam.

Der alte Recke beobachtete, wie die Jungen den Feind umkreisten. Auch jetzt, verwundet, war er noch immer ein tödlicher Gegner. Noch bevor ihr Kreis sich schloss, schnellte der zweite Pfeil von Ansgars Sehne. Er traf rechts, hoch in der Brust, dicht unter dem Schlüsselbein. Ansgar fluchte leise.

»Das war doch ein guter Schuss.«

Ansgar nahm ärgerlich die Sehne vom Bogen. »Zu böig«, murrte er. »Ich hatte auf sein Herz gezielt. Der Pfeil ist um sechs Handbreit fehlgegangen.«

Lambi zuckte mit den Schultern. Niemand außer Ansgar hätte das einen Fehlschuss genannt. Manchmal war es klüger, zu schweigen. Der Bogenschütze hatte kaum Freunde. Er galt als zu verbissen und eigenbrötlerisch. Niemand konnte den Maßstäben gerecht werden, die er für sich anlegte. Vielleicht wollte er auch keine Freunde. Die meiste Zeit war er allein in der Wildnis. Sein Grund, mitzukommen, war die Tatsache, dass auch Kadlin als eine gute Schützin galt. Auf einem Turnier, das Alfadas ausgerichtet hatte, war sie unter die Besten gekommen. Das allein zählte für Ansgar. Dass sie Königin war, war ihm egal.

Die Krieger, die den Troll umkreisten, wurden von zwei Bogenschützen begleitet. Die beiden schossen aus kurzer Entfernung auf den Verwundeten. Der Troll versuchte den Kreis seiner Henker zu durchbrechen. Er wollte zum Kamm des Hangs gelangen oder zumindest einen seiner Peiniger töten. Aber das verletzte Bein machte ihn zu langsam. Die Krieger wichen ihm aus.

Es war ein ehrloses Gemetzel, dachte Lambi grimmig. Aber es gab keinen anderen Weg. Die Trolle waren zu starke Gegner. Wer sich ihnen unter gleichen Bedingungen im Zweikampf stellte, der hatte keine Hoffnung zu gewinnen.

Sieben oder acht Pfeile steckten in der Brust des Trolls, als die mit Speeren bewaffneten Fjordländer vorstürmten. Der Hüne konnte nicht einmal mehr einen Arm zur Verteidigung heben, als sie über ihn kamen. Binnen Augenblicken war er niedergemacht. Einer der Männer trennte ihm den Kopf ab und hob ihn auf seinem Speer triumphierend in die Höhe.

Auch die anderen nahmen Trophäen. Einen Zeh oder Finger oder ein Stück Haut mit wulstigen Schmucknarben. Der Schnee war rot von Blut, als sie den Toten den Hang hinabrollten, um ihn neben einem Findling zu bestatten.

Einer der beiden Bogenschützen, die sich an der Hinrichtung des Verwundeten beteiligt hatten, stieg den Hügelkamm hinauf. Dort verharrte er nur einen einzigen Herzschlag lang. Dann kam er wild mit den Armen winkend zurückgelaufen.

Sofort war Lambi auf den Beinen. Nur einen Atemzug später erschienen zwei Trolle auf dem Hügelkamm. Sie blickten hinab auf den blutbesudelten Schnee. Einer winkte. Wer war noch hinter dem Hügelkamm? Beide Trolle trugen große Schilde. Das bedeutete, dass sie weder Jäger noch Späher waren. Sie waren Krieger! Und Krieger waren nicht in Trupps zu zweit unterwegs.

»Bogenschützen!«, rief Lambi. Der Befehl war unnötig. Die Männer spannten bereits wieder die Waffen. Einem riss in der Hast die Sehne. Fluchend griff er nach dem kleinen Lederbeutel, den er um den Hals trug. Mit froststeifen Fingern versuchte er die Verschnürung zu öffnen.

Ansgar steckte eine Reihe von Pfeilen vor sich in den Schnee.

»Kommt zurück!«

Die Krieger unter ihnen in der Senke waren unschlüssig stehen geblieben. Doch ihr leichter Sieg machte sie tollkühn. Die beiden Bogenschützen legten auf die Trolle auf dem Kamm an.

»Trottel!«, fluchte Lambi leise. Dann schrie er aus Leibeskräften. »Zurück! Kommt sofort zurück!«

Ansgar neben ihm spannte den Bogen. Leise sirrend schnellte sein Pfeil durch die eisige Luft.

Lambi atmete zwei Mal tief ein. Er musste einen kühlen Kopf bewahren. »Bildet eine lockere Kampflinie entlang des Hügelkamms«, befahl er den Firnstaynern mit ruhiger Stimme. »Die Speerträger gehen in die erste Reihe, ein Stück den Hang hinab. Zwei Schritt hinter ihnen kommen die Schwert- und Axtkämpfer. Alle Bogenschützen bleiben auf dem Kamm. Versucht niemals, den Hieb eines Trolls zu parieren. Weicht aus! Habt ihr das verstanden?«

Manche der Männer nickten. Die meisten sagten gar nichts.

»Ich verspreche jedem, der sich nicht daran hält, dass ich ihm aufs Grab pissen werde, wenn das hier vorbei ist.«

Ansgar lächelte grimmig.

Die beiden Trolle stürmten den Hang hinab. Ein Bogenschütze war ihr erstes Opfer. Mit einem Schildstoß schickte ein Troll ihn in den Schnee. Im Vorbeilaufen sauste die mannslange Keule nieder. Die Wucht des Treffers schleuderte den Bogenschützen bis zum Grund der Senke, wo er mit verdrehten Gliedern reglos liegen blieb.

Die jungen Krieger kämpften tapfer. Sie versuchten die Trolle einzukreisen und einen Vorteil aus ihrer Überzahl zu gewinnen. Keiner lief davon.

»Wir sollten ihnen helfen, statt hier herumzustehen und zuzusehen, wie sie niedergemacht werden«, murrte ein Jüngling mit frostroten Wangen. Ein gellender Schrei unterstrich seine Worte. Ein weiterer Krieger war unter den wütenden Keulenhieben der Trolle gefallen.

Lambi wollte den Jüngling fragen, ob er sein Hirn im Nachttopf vergessen hätte, doch Ansgar kam ihm zuvor. »Hör auf einen Mann, der schon gegen Trolle gekämpft hat, bevor du geboren warst. Haltet die Linie und seht!«

Der Schütze hob seinen Bogen. Ein weiter Pfeil mit rotem Schaft sirrte davon. Er traf einen der Trolle in die Wange und schlug durch den Mund, so dass die blutige Spitze durch die andere Wange wieder austrat.

Einige Männer jubelten. Ein Speerträger stieß dem verwundeten Troll seine Waffe den Rücken. Ein Rückhandschlag löschte das Leben des Fjordländers aus, noch bevor der Troll in die Knie ging.

Sofort wurde er erneut angegriffen. Ein wuchtiger Axthieb traf seinen Nacken. Seine Augen wurden weit. Er spie Blut.

Einige der jüngeren Krieger lösten sich aus der Formation und stürmten den Hang hinab, um ihren Gefährten zu Hilfe zu kommen. Der Sieg war zum Greifen nahe, auch wenn der verbliebene Troll keine Anstalten machte, sich zurückzuziehen, sondern mit wütenden Schlachtrufen weiterfocht.

Dann brach das Verhängnis über sie herein. Binnen weniger Herzschläge erschienen Dutzende Trolle auf dem gegenüberliegenden Hügelkamm. Sie waren ungewöhnlich diszipliniert. Statt einfach vorzustürmen, verharrten sie. Rudelführer riefen Befehle. Auf beiden Flanken lösten sich größere Trupps.

Lambi war klar, was das bedeutete. Dieser namenlose Hügel irgendwo im Trollland würde sein Grabhügel werden. Nie würde er erfahren, was aus seiner Königin geworden war.

»Bogner! Schießt nach eigenem Ermessen. Flügelmänner! Zurückgehen. Wir bilden einen Kreis auf der Mitte des Hügelkamms. Wir müssen die Bogenschützen decken. Wir …«

Seine Worte gingen im Schlachtgebrüll der Trolle unter, die nun den Hang hinabstürmten. Sie liefen fast Schulter an Schulter. Ihre Schilde waren wie ein hölzerner Wall. Sie schützten sie von knapp unterhalb der Knie bis hinauf zum Kinn. Bogenschützen konnten da nur noch auf Glückstreffer hoffen.

Als die Trolle auf die wenigen Krieger trafen, rissen diese Lücken in ihren Wall. Aber nicht weil die Fjordländer in ihrem Todesmut über sich hinauswuchsen, sondern weil die Trolle nun ihrerseits Jagd auf Trophäen machten. Die Pfeile der Bogenschützen fanden Ziele, doch nicht einmal Ansgar gelang ein Treffer, der einen Troll zu Boden gebracht hätte.

Lambi verhärtete sein Herz. Das Grauen, das sich unmittelbar vor seinen Augen abspielte, durfte sich nicht auf seine Entscheidungen auswirken. Er machte sich nichts vor. Nur der Kriegsgott Norgrimm oder vielleicht noch Luth der Schicksalsgott, dessen scharfe Klinge die Lebensfäden der Sterblichen durchtrennte, könnten ihnen helfen. Sie waren des Todes. Aber die Art, wie sie starben, mochte darüber entscheiden, ob die Trolle mordend und plündernd nach Firnstayn weiterzogen oder nach der Schlacht zur Nachtzinne zurückkehrten.

»Ruhig, Männer! Wartet, bis sie quieken, wenn sie auf eure Speere laufen. Auch sie bluten und verrecken.«

Lambi erkannte Narvgars Stimme. Der Krieger mit der großen Holzfälleraxt war so wie er ein Veteran aus der Snaiwamark. Obwohl er reich geworden war, hatte Narvgar nie eine wuchtige Kriegsaxt erworben. Er mochte es, wenn die Dinge einfach waren. Dieselbe Axt, die Eichen und Fichten fällte, hatte auch schon in Trollfleisch geschnitten.

Die letzten Augenblicke vor einem Kampf verstrichen immer quälend langsam. Er wäre gerne kurz pissen gegangen. Merkwürdig. Auch das war immer gleich. Kurz vor dem Kampf hatte er das Gefühl, seine Blase sei zum Bersten gefüllt. Begannen die Kämpfe erst einmal, war das vergessen.

Lambi sah, wie ein Troll, dessen Gesicht von wulstigen Schmucknarben zerfurcht war, einen flüchtenden Bogenschützen beim Bein packte. Der Mann schlug der Länge nach in den Schnee. Schreiend versuchte er einen Halt zu finden. Vergeblich. Selbst wenn er eine Wurzel oder etwas anderes zu packen bekommen hätte, hätte er sich der überwältigenden Kraft des grauen Kriegers nicht widersetzen können. Strampelnd wurde er zurückgezogen. Der Troll stieß dem Schützen mit einer kurzen, harten Bewegung den Schildrand in den Nacken. Aller Widerstand zerbrach.

Lambi hob seine Axt. Sein Blick glitt über die Masse der Feinde. Noch zwei oder drei Herzschläge, dann würden sie die Speerträger in der ersten Reihe überrennen.

# VON LIEBE UND GEFANGENEN TRÄUMEN

Emerelle hatte sich in eine der Totenkammern zurückgezogen. Die Grauhäute, wie sie sich nannten, waren entwaffnet worden. Sie hatte Madra und den Lutin zusammen mit einigen Jägern ausgeschickt, um auch die Frauen, Kinder und Alten zu holen, die nicht weit entfernt in der Wüste auf die Rückkehr ihrer Krieger warteten. Neben ihr, zu Füßen der mumifizierten Toten, lag Ollowain. Er schlief. Er würde sich vollständig erholen.

Sie sollte ihn nicht einmal in Gedanken Ollowain nennen. Er war jetzt Falrach. Sie betrachtete sein ebenmäßiges, so vertrautes Gesicht. Der weiße Ritter der Shalyn Falah war so lange ihr Freund und Vertrauter gewesen. Es war schwer, ihn neben sich zu sehen und doch verloren zu haben.

Sie wusste, dass sie Falrach während des Liebesspiels mit Ollowains Namen angesprochen hatte. Es war nicht absichtlich geschehen. Wie tief ihn das verletzt haben mochte, konnte sie nicht ermessen. Er hatte versucht, sich nichts anmerken zu lassen, doch dies eine Wort hatte sein

Feuer verlöschen lassen. Er war ein guter Liebhaber, war es schon immer gewesen. Es war leicht, sich ihm hinzugeben und zu genießen.

Emerelle lächelte sanft. Ollowain hingegen war wahrscheinlich eher unerfahren.

Eine einzelne Frauenstimme erklang vor der Hütte. Sie sang eine Totenklage. Es waren keine klaren Worte. Nur wimmernde Laute. Und doch sagten sie mehr über ihr Gefühl, als Worte es vermocht hätten. Ob es Oblons Witwe war?

Sie hatte versagt, dachte Emerelle. Sie hatte sich treiben lassen, statt zu führen. All dies hätte nicht geschehen müssen, wenn sie frühzeitiger auf Oblon gehört hätte. Seine Geschichten über Trolle hatte sie schlichtweg nicht ernst genommen. Wäre sie schon gestern Mittag zu Madra und Nikodemus gegangen, statt sich ihrer Lust hinzugeben, dann würde Oblon wahrscheinlich noch leben.

Ich bin nicht mehr die Königin, ermahnte sie sich in Gedanken! Ich bin frei. Aber hieß das, dass sie ohne jede Verantwortung war? Konnte sie so sein? Oder war sie sogar schon immer so gewesen? Um das Verbrannte Land hatte sie sich jahrhundertelang nicht gekümmert. Auch hatte sie keinen Statthalter bestimmt, der ihr berichtete, was hier geschah, oder zumindest ein paar Spitzel hier gehabt, so dass sie informiert wurde, ohne dass jemand mit Befehlsgewalt sie vor Ort vertrat. Wie viele Landstriche gab es noch, in denen Unterdrückung und Gewalt regierten? Zu lange hatte sie sich nur um das Herzland, die Südprovinzen und den Norden gekümmert. Dort drohten die Trolle, gegen die sie in so vielen Schlachten gekämpft hatte. Hier lagen die Fürstentümer der Elfen mit all ihren verborgenen Feinden, die ihr Leben, ihren Thron oder beides wollten. Der Devanthar, dessen Machenschaften sie nicht durchschaute, dessen Ziel ihr aber wohl bewusst war. Er wollte Albenmark zerstören. Vollkommen ohne Gnade. So wie einst die Zerbrochene Welt zerstört worden war. Und die Yingiz, die rätselhaften Seelenfresser aus dem Nichts. Kreaturen, von denen niemand wusste, wer sie erschaffen hatte oder woher sie gekommen waren. Sie war belagert von Feinden gewesen. Jeden Tag. Aber war dies nicht einfach nur eine Ausrede? Ihre Pflichten als Herrscherin Albenmarks waren umfassender. Hätte sie nicht mindestens Vertraute ausschicken müssen, die an ihrer Stelle die Augen offen hielten? War das ein Weg? Oder bedeuteten Spitzel das Ende von Freiheit? Konnte Freiheit, die man gewährte, wenn man tiefer blickte, nicht in Wahrheit auch ein willkommener Deckmantel für Verantwortungslosigkeit sein?

Nie, seit sie ihren Thron aufgegeben hatte, war sie sich ihrer Orientierungslosigkeit so bewusst gewesen wie jetzt. Sie war nicht einfach eine fahrende Ritterin geworden. Sie hatte sich treiben lassen. Ohne Ziel. Und Falrach hatte darunter gelitten. In Feylanviek, hier unter den Kobolden und als sie ihn in den Armen hielt und Ollowain genannt hatte.

Was war Liebe? Die Seele eines Elfen konnte man am ehesten mit jenen von unglaublicher Lebenskraft erfüllten Bäumen aus dem tiefen Süden vergleichen. Man konnte sie fällen, ja sogar verbrennen. Solange nicht auch die letzte ihrer Wurzeln zerstört wurde, keimten sie erneut. So war es mit der Widergeburt der Elfenseele. Ein neuer Baum keimte aus einer alten Wurzel. Und natürlich unterschied er sich von dem, den er ersetzte. So war es mit Falrach und Ollowain. Falrach war für sie gestorben, und sie hatte ihre Liebe für ihn jahrhundertelang nicht vergessen können. Dann wurde seine Seele in Ollowain wiedergeboren. Und der weiße Ritter war ein völlig anderer. Sie hatte sich neu verliebt. Still, wohl wissend, dass ihre Liebe von Ollowain nicht erwidert wurde, auch wenn er ihr treuester Diener war.

Warum konnte sie den Mann, der von einem rätselhaften Zauber ausgelöscht worden war und der sie nicht geliebt hatte, nicht vergessen? Warum kehrte ihre Liebe zu dem Mann, der sie tatsächlich liebte, nicht zurück? Dachte man mit kaltem Blut darüber nach, dann war ihr Glück zum Greifen nahe. Warum nahm sie Falrachs Liebe nicht einfach an?

Oder sollte sie jeglicher Liebe entsagen, um erneut nach dem Thron zu streben? In Vahan Calyd, bei der nächsten Königswahl. Wenn die Fürsten, die dort versammelt waren, sie zu ihrer Königin bestimmten, dann könnte sie die Herrschaft zurückerobern, ohne einen einzigen Tropfen Blut zu vergießen. War das der Weg, den ihr das Schicksal bestimmt hatte? Lag es überhaupt in ihrer Macht, ihrem Leben eine andere Wendung zu geben?

Sie war ratlos. »Bringt mir den Anführer der Grauhäute«, sagte sie mit leiser, aber durchdringender Stimme. Sie wusste, dass vor dem Vorhang aus Steinen, Kürbiskernen und Lederstreifen drei Kobolde kauerten, die darauf warteten, dass sie entschied, wer künftig Oblons Platz als Schamane und Stammesführer einnehmen sollte.

Nur wenig später stieß man den Alten in die Totenkammer. Auch sein zweites Auge war nun zugeschwollen. Es sah aus, als begännen die betrogenen Kobolde nun Rache an den falschen Trollen zu nehmen.

»Was weißt du über die Yingiz?«

Der Kobold fuhr sich mit seiner langen, schmalen Zunge über die Lippen. Sie erinnerte Emerelle an eine Schlangenzunge, auch wenn sie nicht gespalten war.

»Es sind Geschöpfe voller Hass. Sie beneiden uns um unsere Welt. Sogar um die Wüste. Und sie beneiden uns um unsere Körper.« Er blinzelte sie aus seinen zugeschwollenen Augen an, als wolle er die Wirkung seiner Worte prüfen.

Emerelle sagte nichts. Ihr Gesicht blieb ohne Regung.

Zögerlich sprach er weiter. »Es gibt magische Pfade von großer Macht. Mein Volk kann sie nicht betreten. Die fuchsköpfigen Drachenreiter, von denen du einen in deinem Gefolge hast, reisen auf ihnen. Manchmal, wenn ich die Wüste durchquere, finde ich einen dieser magischen

Pfade. Ich kann sie spüren. Sie bilden ein großes Netz. Die Alben haben es erschaffen. In diesem Netz sind die Yingiz gefangen. Doch hier, wo wir leben, sind die Maschen des Netzes sehr weit. Vielleicht wurde es beschädigt, als die Drachen hier kämpften. Die Yingiz kommen hier unserer Welt näher als anderswo. Sie können nicht in sie hineintreten. Aber ihre Stimmen sind manchmal in unseren Köpfen. Und sie dringen in unsere Träume, um uns Angst zu machen und zu schlimmen Taten zu verleiten. Wenn ein guter Mann plötzlich böse wird oder ein Weib zänkisch, dann sind sie von den Yingiz verführt. Sie bringen das Übel in die Welt. Geh hinaus in die Wüste. Man kann zehn Tage wandern, ohne einen einzigen der magischen Pfade zu kreuzen. Dort gibt es nichts. Kein Leben. Die Nähe der Yingiz vermag kleine Geschöpfe wie Vögel, Käfer oder Echsen zu töten.«

Seine Worte erinnerten Emerelle an jene dunklen Tage auf Burg Elfenlicht, als die Blütenfeen starben oder flohen und das Lachen aus den Mauern des Palastes wich. Konnte der Alte davon gehört haben? Oder sprach er die Wahrheit? Sie hauchte ein Wort der Macht und griff nach seinen Gedanken. Bis in sein Innerstes drang sie vor. Für sie war es keine Lüge, wenn sie sich Trolle nannten. Sie glaubten zutiefst daran, dass sie Trolle waren. Es war ganz, wie er gesagt hatte. Sein Volk hatte diese Lüge so lange mit sich getragen, bis sie für sie zur Wahrheit geworden war. Und auch was er über die Yingiz sagte, glaubte er. Aber war es deshalb wahr? War es nicht allein das Drachenfeuer, das dieses Land so unwirklich machte? Waren die Schatten der Yingiz hier näher als anderswo in Albenmark?

»Erzähl mir von den Traumfängern, Dobon.« Sie hatte einiges von den obskuren Ritualen seines Volkes in seinen Gedanken gelesen, aber sie wollte es aus seinem Munde hören.

»Du kennst meinen Namen?« Der Kobold fuhr erschrocken auf. »Wer bist du?«

»Eine Feindin der Yingiz. Manche sagen, ich sei schlimmer als sie. Im Gegensatz zu ihnen bin ich aus Fleisch und Blut. Und du kannst sitzen bleiben, denn es gibt keinen Ort, an dem du vor mir sicher wärst, wenn ich mich entscheiden sollte, dir nach dem Leben zu trachten.« Kaum waren die Worte über ihre Lippen, taten sie ihr leid. Lag es an der Nähe der Yingiz, dass sie sich schneller gehen ließ als früher? Hatte das Gift ihrer reinen Boshaftigkeit auch sie berührt? Sie dachte an Feylanviek. Nein, sie hatte sich schon, bevor sie hierhergekommen war, nicht mehr unter Kontrolle gehabt.

Dobon wich nicht weiter zurück. Aber sein Atem ging schwer. Ohne Zweifel hatte er ihr jedes Wort geglaubt. »Bist du ein Devanthar?«

Sie lachte laut auf. Das war grotesk! »Nein.« Woher wusste er vom alten Feind? Der Krieg zwischen Alben und Devanthar lag so lange zurück, dass die meisten Legenden darüber erloschen waren. »Nun erzähl mir, wie man Träume fängt.«

»Es sind fast nur Männer, die Träume fangen dürfen, obwohl unsere Frauen es besser vermögen. Die Gefahr ist für Frauen größer. Wenn sie ein Kind in ihrem Leibe tragen, mag es geschehen, dass die dunklen Träume der Yingiz es töten. Oder schlimmer noch, sie könnten versuchen, dessen Seele zu fressen, um in seinem Leib geboren zu werden. Wenn Frauen Traumfänger werden, dann geben sie den Umgang mit Männern auf. Sie leben nur noch für die Traummagie. Vielleicht macht sie gerade das stärker.« Er sprach langsam und stockend. Kein Wort kam unbedacht über seine Lippen. Doch Emerelle hatte nicht das Gefühl, dass er es tat, weil er sie belügen oder etwas vor ihr verbergen wollte. Er hatte einfach nur Angst vor ihr.

»In jeder Nacht ziehen unsere Traumfänger aus, um sich den Yingiz zu stellen. Stets sind sie allein. Ihre Kämpfe dulden keine Zuschauer. Ein Traumfänger beginnt schon früh am Tag damit, sich für die Nacht vorzubereiten. Er reibt seine Haut mit frischem Lehm ein. Dann erwählt er einen Vertrauten, um ihm mit Kalk oder zerstoßener Holzkohle das Traumnetz auf den Leib zu malen. Es ist ein magisches Muster. Keine zwei sehen gleich aus. Der Traumfänger weiß, welche Linien und Zeichen in dieser Nacht die Yingiz locken werden, denn er trägt ein Stück trockenes Hattah im Mund, um seine Magie zu stärken. Er zeichnet mit einem Stab das Muster in den Sand. Und sein Vertrauter überträgt es dann sorgfältig auf seinen Leib. Das dauert bis weit in den Nachmittag. Dann verlässt der Traumfänger das Lager. Er geht immer allein. Das Hattah führt ihn. Sein einziger Schutz sind die Geister unserer Ahnen, die immer nahe sind. Er sucht einen Ort, der geeignet ist, dunkle Träume einzufangen, bevor sie die arglosen Schlafenden erreichen. Es ist immer ein Ort, der sich über das Land erhebt. Der Kamm einer besonders hohen Düne. Ein Berg oder eine der einsamen Felsnadeln tief in der Wüste. Sobald der rechte Ort gefunden ist, speit der Traumfänger die Reste des Hattah aus, denn es würde ihn schwächen, wenn er sich den Seelenfressern stellt. Wenn die Dämmerung kommt, beginnt er zu singen. Jeder hat ein anderes Lied. Und er nimmt eine Muschel in den Mund. Du hast sie sicher gesehen. Kleine, gedrehte Muscheln, die ein wenig wie Hörner aussehen. Unsere Traumfänger tragen sie als Schmuck.«

Emerelle nickte kurz. Sie sagte nichts, um Dobons Erzählung nicht unnötig zu unterbrechen. Er sprach jetzt endlich freier, ohne zu stocken.

»Ich glaube, es ist wichtig, einen Platz zu wählen, der nahe beim Himmel ist. Weißt du, die Yingiz hausen in der Finsternis des Himmels. Manche glauben sogar, die Finsternis kommt von ihnen.«

Die Königin hielt das für dummen Aberglauben, aber sie schwieg.

»Die bösen Träume schweifen über das Land, wenn die Dämmerung sich senkt. Die Traumnetze locken sie an. Ein

Traumfänger schläft nicht wirklich. Täte er das, dann wäre er den Träumen ausgeliefert, wie alle anderen auch. Er ist in Trance. In einem Zustand zwischen Schlafen und Wachen. Die Geister unserer Ahnen sind dann zum Greifen nahe, sie machen den Traumfängern Mut. Wenn die bösen Träume kommen, dann muss man sie durchleben, auch wenn man nicht schläft. Sie werden eingefangen. In dem kleinen Muschelhorn, das jeder Traumfänger auf seiner Zunge trägt. Die bösen Träume, die die Yingiz schicken, verirren sich in den Windungen der kleinen Muschel. Sie können dort nicht mehr hinaus. Neunundneunzig Nächte lang muss man die Muschel verwahren. In dieser Zeit verliert der Traum all seine Kraft. Danach darf der Traumfänger das Muschelhorn als Schmuck tragen, zum Zeichen dafür, wie er gegen die Yingiz bestand.«

Das alles kam Emerelle sehr abwegig und zutiefst unglaubwürdig vor. »Wie wird der Traum gefangen? Das habe ich nicht ganz verstanden. Was tut der Traumfänger?«

Dobon seufzte leise, als habe er es mit einem begriffsstutzigen Kind zu tun. »Er durchlebt den Traum, nur dass er dabei nicht wirklich schläft. Er kann das Böse beherrschen. Die Geister unserer Ahnen helfen ihm dabei. Es ist das Böse, die Essenz des Traums, das Gift, das übrig bleiben würde, wenn man aufwacht, das er in der Muschel einfängt. Es ist gefährlich. Manchmal beginnen die Traumfänger in ihrer Trance wild zu tanzen. Oder sie schreien und schlagen mit den Armen um sich. Sehr selten kommt es vor, dass sich einer zu Tode stürzt. Das geschieht, wenn das Böse im Traum zu stark ist. Wenn es sich nicht einfangen lässt.« Der Alte senkte den Kopf. Er wirkte, als hätten traurige Erinnerungen ihn übermannt.

Emerelle ließ ihm Zeit, wieder zu sich zu finden. Ganz glauben mochte sie seine Geschichte nicht. Sie war der Überzeugung, dass das Hattah eine Rolle bei den bösen Träumen spielte und auch dabei, wenn die Traumfänger zu tanzen begannen. Wer in Trance auf der Spitze einer Felsnadel tanzte, der musste nicht über einen Traum verzweifelt sein, um sich zu Tode zu stürzen. Vielleicht glaubte der Alte ja wirklich alles, was er erzählte. Die Grauhäute hatten ja auch geglaubt, Trolle zu sein.

Endlich fasste sich Dobon wieder. Aber der Trotz war aus seinem Blick gewichen. »Du hast heute gesehen, wie wir kämpfen. Ereignisse dieser Art sind selten. Es kommt fast nie vor, dass einer der Stämme die Abgaben verweigert. Beurteile mein Volk nicht allein danach. Wir sind keine Mörder und Plünderer.«

»Natürlich nicht«, entgegnete sie ironisch. »Die Toten waren nur ein Missverständnis.«

»Ja, so ist es.«

Emerelle war sich nicht sicher, ob er unglaublich dreist war oder einfach ihre Ironie nicht begriffen hatte. Nachdem sie einander eine Weile schweigend angesehen hatten, blieb ihr keine andere Wahl, als deutlicher zu werden. »Dein Volk erschafft nichts. Ihr droht den anderen Stämmen mit Mord und Totschlag. Und heute habt ihr bewiesen, dass ihr auch gewillt seid, eure Drohungen wahrzumachen. Ihr lebt einzig von der Arbeit anderer. Und es geht euch gut dabei. Deine Krieger sind alle wohlgenährt, einige sind richtiggehend dick. Hier im Stamm sieht keiner aus wie ihr. Du kannst in jede Hütte gehen. Alle sind ausgemergelt und schwach. Weil sie euch ernähren, die ihr ihnen das Mark aus den Knochen saugt.«

Dobon hob abwehrend die Hände. »Es ist nicht so, wie du es schilderst. Wir beschützen sie. In jeder Nacht. Wir bezahlen mit unserem Blut für ihren ruhigen Schlaf, und sie wissen es nicht einmal. Du kannst dir nicht vorstellen, was für Träume es sind, die wir für sie träumen!«

»Das kann ich in der Tat nicht«, entgegnete sie scharf. Inzwischen war sie überzeugt, dass Dobon ihr nichts als Lügen auftischte. Zu absurd war diese Geschichte. »Ich werde selbst Traumfängerin sein und die Wahrheit deiner Worte prüfen.«

Der Kobold sah sie fassungslos an. »Du bist keine von uns. Vielleicht kommen die Träume nicht zu dir.«

»Das wäre ein großes Unglück für dich, denn dann würde ich dich für einen Betrüger und Mörder halten. Und ich würde Oblons Witwe das Urteil über dich und dein Volk fällen lassen.«

»Und das wäre dann Gerechtigkeit?«, entgegnete er bitter.

»Wenn du die Wahrheit gesagt hast, hast du nichts zu befürchten.«

»Was geschieht, wenn du dem Übel nicht widerstehen kannst? Wenn du stirbst?«

»Dann hast du wohl nicht gelogen. Ich werde Anweisung geben, dass man dich und die Deinen in diesem Fall ziehen lässt.«

Dobon nickte nachdenklich. »Du ahnst nicht, in welche Gefahr du dich begibst.«

Einen Moment wollte sie antworten, er könne nicht erahnen, welche Gefahren sie überlebt habe, doch dann ließ sie es auf sich beruhen. Wer war er, dass sie ihm mehr als nötig von sich offenbarte.

Sie wies ihn mit knapper Geste an, die Totenkammer als Erster zu verlassen. Sie musste auf die Knie gehen, um durch die niedrige Türöffnung zu gelangen, und sie wollte nicht, dass er dabei Gelegenheit hätte, ihr auf den Hintern zu starren. In Anbetracht der Tatsache, dass sie angekündigt hatte, sich auszuziehen und mit Lehm einzureiben, mochte das albern erscheinen. Aber er würde nicht Zeuge ihrer Nacktheit sein!

Falrach war zu Kräften gekommen. Er kauerte neben dem Eingang zur Totenkammer und begrüßte sie mit einem melancholischen Lächeln. »Wie es scheint, kann ich nicht allein auf mich aufpassen.«

Es war gewiss nicht gerade feinfühlig, aber sie eröffnete ihm umgehend, dass sie gedachte, das Dorf für ein paar Tage zu verlassen, um in der Wüste für sich allein zu sein.

Er erhob keinen Widerspruch. Er versuchte auch nicht herauszufinden, warum sie es tat. Man konnte das als höflich betrachten. Genauso hätte sich wahrscheinlich Ollowain verhalten. Dennoch war sie gekränkt. Ihr Abschied verlief frostig. Sie berührten einander nicht einmal. Er aus scheuer Zurückhaltung, was früher so gar nicht seine Art gewesen war. Und sie, weil sie einfach verstimmt war. Sie wusste, dass sie ihn ungerecht behandelte. Wahrscheinlich dachte er jetzt, er würde niemals das Richtige tun, ganz gleich, was er auch versuchte.

Sie sagte Dobon, er solle ihr eine der Frauen schicken, die zu den Traumfängern gehörten. Dann verließ sie das Dorf und suchte sich eine abgelegene Stelle am seichten Fluss. Einen Ort, der von großen, ockerfarbenen Felsen gegen Blicke vom Dorf abgeschirmt war. Dort wartete sie. Die Wüste und die Einsamkeit, die sie erwarteten, waren ihr willkommen. Sie musste ihren Weg finden. Und die Kraft, ihn dann zu gehen und sich gegen alle weiteren Fragen und Zweifel zu verschließen. Vielleicht war das Hattah ganz hilfreich für den Anfang.

Stunden vergingen. Die Mittagszeit war längst vorüber, als sie zögerliche Schritte auf dem festen, ausgedorrten Boden hörte, die von leisem Klacken begleitet wurden.

»Hier«, sagte Emerelle.

## DER KÖNIGSMACHER

Orgrim trat auf den Hügelkamm und fluchte. Ein Blick genügte ihm, um zu erahnen, was geschehen sein musste. Er sah den toten Späher. Den Krieger und die Menschenkinder, die niedergemacht worden waren. Seine Krieger hatten die Verteidigungslinie auf dem gegenüberliegenden Hügel durchbrochen, und das Gemetzel war in vollem Gange.

»Halt!« Seine Stimme übertönte Schreie und Waffenlärm. »Halt! Krieger der Nachtzinne!«

Voller Stolz sah er, wie sich die Seinen aus dem Kampf lösten – nicht ohne noch ein paar Verwundete niederzumachen und einige der Leichen für ein abendliches Festmahl mitzunehmen, aber sie zogen sich zurück. Kein einziges Kriegerrudel in Albenmark hätte mitten aus einem siegreichen Gefecht abberufen werden können. So waren nur seine Männer. Und genau darum schickte Skanga nach ihm.

Die Menschenkinder bildeten einen neuen Verteidigungskreis. Ein Krieger mit einem Helm, dessen Kettengeflecht das halbe Gesicht verhüllte, schien ihr Anführer zu sein. Er wies jedem einzelnen seinen Platz in der Kampfformation zu. Dem Menschensohn musste klar sein, dass er gegen die Trolle nicht bestehen konnte. Aber er dachte offensichtlich nicht daran, sich zu ergeben oder auch nur zu verhandeln.

Orgrim überlegte, ob er doch noch einen Angriff befehlen sollte. Das Herz dieses Kriegers wäre es wert, gegessen zu werden.

Der Schlitten mit der kranken Königin erreichte den Hügelkamm. Sie war auf Bergen von Fellen über dem gefrorenen Leichnam ihres Vaters mit breiten Lederriemen festgebunden. Wie es schien, lag sie in tiefem Fieberschlaf. Gut, dass ihr dieser Anblick erspart blieb.

Neben dem Schlitten ging der merkwürdige Elf. Mit unbewegter Miene betrachtete er den blutgesprenkelten Schnee. »Wirst du sie verschonen?«

Seine Stimme klang schroff. Herausfordernd. »Wie sollte die Menschentochter eine gute Königin sein, wenn die tapfersten ihrer Krieger hier erschlagen wurden? Glaubst du, sie eignet sich als Königin von Feiglingen?«

Der Elf schwieg eine Weile. »Du bist ungewöhnlich für einen Troll«, sagte er schließlich.

»Kennst du so viele Trolle, dass du dir ein Urteil erlauben kannst?«

Das Elflein deutete auf die Krieger, die damit begonnen hatten, die erschlagenen Menschen auszuweiden und zu vierteln. Einer der Krieger aß eine Leber, die so frisch war, dass sie in der kalten Winterluft dampfte. Blut troff ihm auf die Brust. Orgrim lief bei dem Anblick unwillkürlich das Wasser im Munde zusammen.

»Das sind die Trolle, wie ich sie kenne.«

Der Herzog der Nachtzinne nickte. »Ich werde am Abend mit ihnen essen.«

»Du denkst an den Abend, sie fressen schon jetzt. Du planst für die Zukunft. Sie sind ganz Gegenwart. Das unterscheidet dich von ihnen.«

Orgrim sah den Elfen verwundert an. »Versuch nicht, nett mit mir zu reden. Wenn ich dir noch einmal begegne, dann werde ich dich umbringen. Jetzt schaff deine Schwester fort von hier! Und wenn ich dir einen Rat geben darf, treib dich nicht in den Wäldern der Maurawan rum.« Er sah ihm an, dass er unter den Elfen in den Wäldern am Albenhaupt aufgewachsen war. Und Orgrim war überzeugt, dass sie Ärger machen würden. Sie hatten sich nicht einmal Emerelle unterworfen. Und sie lebten an der Grenze zur Snaiwamark, der ursprünglichen Heimat der Trolle.

»Ich werde dir dein Leben schenken, wenn wir uns noch einmal begegnen, weil du meine Schwester verschont hast.«

Orgrim musste unwillkürlich lachen. »Du solltest nicht darauf vertrauen, dass es zu einem ritterlichen Zweikampf kommt, wenn du mich wiedersiehst. Falls es dir entgangen sein sollte, ich bin ein Troll. Wir duellieren uns nicht. Wir schlagen unseren Gegnern die Köpfe ein und essen ihre Leber.« Er deutete auf die ausgeweideten Toten. »So sieht das aus, Elflein. Das ist dein Schicksal, wenn du mir nicht aus dem Weg gehst. Und jetzt nimm den Schlitten mit deiner Schwester und mach dich davon!«

Erstaunlicherweise gehorchte der Kerl. Er war ungewöhnlich. Diese versponnene Sache mit den Metallkrallen. Nie hatte Orgrim einen Elfen getroffen, der mit solchen Waffen kämpfte. Für gewöhnlich versuchten sie, so viel Abstand wie möglich von Trollen zu halten, und schossen feige mit Pfeilen oder sogar mit Speerschleudern. Er musste auch an die Unzahl von Trollen denken, die vor den Mauern des Königssteins verbrannt waren. Wenn es sich nicht vermeiden ließ, kämpften sie auch mit Speeren oder Schwertern. Aber auch dabei hielten sie eine Armeslänge und mehr Abstand. Mit diesen Krallen müsste sich der Elf auf eine tödliche Umarmung einlassen, wenn er es nicht schaffte, die Kehle zu erwischen. Das war selbstmörderisch. Und ziemlich mutig für einen Elfen.

Der Kleine musste sich ganz schön abmühen, um den Schlitten den anderen Hang wieder hinaufzubekommen. Endlich schickte ihm der Krieger mit dem Kettengeflecht vorm Gesicht zwei Männer zu Hilfe. Wie schwach die Menschenkinder waren und doch mutig. Er hoffte, dass die Geschichte von den heutigen Ereignissen bis ins fernste Dorf des Fjordlands getragen würde. Noch einmal könnte er sich solche Gnade nicht leisten. Das würde man in seinem Volk als Schwäche auslegen. Vielleicht war es auch genau das. Er hatte das Mädchen schon einmal entkommen lassen. Vor langer Zeit, als sie noch ein Kind war.

Er wusste mehr über sie, als er zugegeben hatte. Skanga hatte ihm von ihr erzählt. Die Menschentochter hatte sich einem Shi-Handan gestellt, und sie war bis an die Schwelle des Totenreichs gegangen, um Albenmark zu retten. Es war eine Reise gewesen, wie sie vor ihr noch niemand gewagt hatte. So sollte eine Königin sein. Er wollte sie zur Nachbarin seines Herzogtums haben und niemand anderen. Sie war würdig. So würde er es seinen Rudelführern erklären, wenn sie heute Nacht beisammensaßen. Er hatte entschieden, wer im Fjordland herrschen würde. Und er hatte die Einzige gewählt, die würdig war, an ihrer Grenze zu herrschen. Er war ein Königsmacher.

Orgrim schmunzelte. Das würde seinen Rudelführern gefallen.

Die Menschen zogen sich vom Hügelkamm zurück. Sie hatten sich um den Schlitten mit ihrer Königin geschart. Der Krieger mit dem Kettengeflecht vor dem Gesicht ging als Letzter. Er hob den Arm zum Gruß. Orgrim erwiderte die Geste nicht. So weit ging sein Respekt nicht.

## DIE ZWEITE HAUT

Die Schritte verhielten einen Augenblick. Dann fanden sie zu ihr. Nach den Maßstäben für Kobolde war die Frau groß. Emerelle richtete sich auf. Das Koboldweib überragte um Kopfeshöhe ihr Knie. Sie hatte eine lange, leicht nach unten gebogene Nase. Ihre Gesichtszüge waren unter grauen Lehmschichten, auf die Zeichnungen aus Asche und Holzkohle aufgetragen waren, kaum zu erkennen. Ihre Augen stachen blendendweiß aus tiefschwarzen, aufgemalten Höhlen. Ihre Pupillen waren nur winzige Punkte inmitten schmutziggrüner Iris. Ihr Haar war mit Lehm durchsetzt und zu einer spiralförmigen Frisur gedreht, die an ein Muschelhorn erinnerte. Obwohl, Frisur war eigentlich nicht das rechte Wort, denn ihre Haare wirkten wie ein solider Klumpen, der ihren Kopf nach hinten verlängerte.

Die Muschelschnüre, die sich zwischen ihren sackartigen, eingefallenen Brüsten kreuzten, wiesen sie als erfahrene Traumfängerin aus.

Sie trug einen sehr breiten Gürtel, von dem ein lehmfarbener Lumpenstreifen herabhing, der ihre Scham bedeckte. Auch waren daran etliche kleine Kürbisflaschen und Lederbeutel befestigt. Bei jeder ihrer Bewegungen schlugen einige der Kürbisfläschchen zusammen. Mit beiden Händen hielt sie einen offensichtlich recht schweren Tonkrug, der mit einem schmutzigen, feuchten Tuch versiegelt war.

»Ich bin Imaga«, sagte sie. Ihre Stimme war eine Überraschung. Sie klang jung und wohltönend. In Anbetracht der vielen Muschelhörner, die sie trug, hatte Emerelle mit einer älteren Frau gerechnet. Lehm, Gesichtsbemalung und ihre flachen Brüste hatten ihr Alter verschleiert.

»Es wäre gut, wenn deine Haut feucht wäre.« Sie setzte mit einem erleichterten Seufzer den schweren Tonkrug ab. »Wir werden keinen Lehm hier aus dem Fluss nehmen. Der ist nicht rein genug.« Sie deutete auf den Topf. »Dieser hier kommt aus dem Tal, in dem die Flügelpferde verbrannten. Er enthält eine Spur ihrer Asche. Alle Traumfänger benutzen ihn. Er ist erfüllt von starker Magie.«

Von den toten Pegasi zu hören, erstaunte Emerelle. Sie war überrascht, wie gut die Grauhäute die ältesten Legenden kannten. Geschichten, die andernorts schon vor vielen Jahrhunderten in Vergessenheit geraten waren. Wenngleich sie selbst den Tag, an dem die Pegasi starben, niemals, niemals aus ihren Erinnerungen würde verbannen können.

Die Elfe legte ihr Kleid ab und stieg in den seichten Fluss. Das Wasser war angenehm kühl.

Imaga goss aus einer ihrer Kürbisflaschen eine milchige Flüssigkeit in den Tonkrug. Dann beugte sie sich vor und begann den Lehm zu kneten, der dabei satte, schmatzende Laute von sich gab.

Emerelle sah eine Weile zu. Und Imaga bedrängte sie weder mit Worten noch Gesten. Sie war völlig in ihre Arbeit versunken. Die Schatten der Felsen streckten sich nach dem seichten Bach, als die Zeit verstrich. Endlich fasste Emerelle sich ein Herz. Sie stieg aus dem Wasser und kniete sich vor der Koboldfrau nieder. Diese begann sofort damit, die gefallene Herrscherin Albenmarks mit Lehm einzureiben. Er war warm und fühlte sich ein wenig seifig an.

Die kleinen, festen Hände rieben ihn tief in ihre Haut. Jede Pore nahm ihn auf. Imaga hatte ihr bereits beide Arme und den Hals eingerieben, als sie das Schweigen brach. »Du musst das Hattah nehmen, Herrin. Sonst wirst du nicht wissen, welches Netz du tragen musst, um die bösen Träume zu fangen.«

Emerelle nickte, und Imaga öffnete eines der kleinen Gefäße an ihrem Gürtel. Sie holte etwas daraus hervor, das an ein münzgroßes Stück verschrumpelte, rosige Haut erinnerte.

Die Elfe öffnete den Mund, und Imaga legte ihr das Hattah mit ihren lehmverkrusteten Fingern auf die Zunge. Sie spürte, wie sich ihr Speichel unter dem getrockneten Kakteenfleisch sammelte. Langsam breitete sich ein warmes, sinnliches Gefühl in ihr aus. Es war wie die Berührung durch den Liebsten und sickerte in all ihre Glieder. Sie fühlte sich ein wenig schwindelig. Stärker als zuvor empfand sie die Hände, die den Lehm in ihre Haut massierten. Imaga arbeitete jetzt an ihren Schultern. Und dünne Rinnsale schmutzig grauen Wassers rannen der Königin zwischen den Brüsten hinab.

Ein Seufzer entfuhr ihr ungewollt. Das sinnliche Gefühl drang in ihre Gedanken und spülte die Erinnerung an Falrachs Umarmungen frei. Daran, wie sie sich zwischen den schwarzen Stoppeln eines frisch niedergebrannten Kornfeldes geliebt hatten, und ein anderes Mal auf Seidenlaken im Haus ihres Bruders Meliander. An seine geflüsterten Liebesschwüre. An ihre Eifersucht auf die Blicke anderer Elfen, die er stets auf sich zog, wenn sie in Gesellschaft waren. Daran, wie sie seine Erfahrenheit im Liebesspiel genossen und gehasst hatte. Nie wollte er ihr verraten, bei wie vielen Frauen er vor ihr schon gelegen hatte. Sie war in den körperlichen Spielarten der Liebe recht einfallslos gewesen. Anfangs. Dann war sie ihm regelrecht verfallen gewesen. Eine Zeit lang.

Die warmen, knetenden Hände, der feuchte Lehm, der

nun überall zu sein schien, und die Droge machten die Erinnerungen an vergangene Liebesspiele so wirklich, wie sie nie in all den ungezählten Nächten der Sehnsucht nach Falrach gewesen waren. Den Nächten, in denen sie allein gelegen hatte und überzeugt gewesen war, dass es bis ans Ende aller Zeiten so sein würde. Den Nächten nach seinem Tod.

Sie griff in den grobkörnigen Sand des Ufers, überwältigt von dem plötzlichen Verlangen, etwas zu berühren.

Imaga rieb ihr die Brüste mit Lehm ein. So oft hatten Falrachs Hände dort gelegen.

»Beuge dein Haupt, Herrin.«

Sie gehorchte dem Koboldweib. Ihre Haare wurden zu zähen Lehmschlangen, die schwer von ihren Schläfen hingen.

»Schließ die Augen!«

Die Hände bedeckten ihr Gesicht. Vorsichtiger diesmal. Lehmdurchsetztes Wasser sickerte durch ihre Lippen und vermischte sich mit dem Geschmack des Hattah zu etwas Weichem, Pelzigen, das sich auf ihre Zunge und die Zähne legte. Sie schluckte. Der Speichel, der ihre Kehle hinabrann, schien mit jedem Zoll, den er tiefer in ihren Leib drang, heißer zu werden, bis er brannte wie die gleißende Glut eines Blitzschlages, gebannt in einen einzigen Tropfen.

Das Licht durchdrang sie. Ihr Blick würde wie flammende Speere sein, wenn sie jetzt die Augen öffnete.

Vage spürte sie, wie ihre Finger durch den Sand fuhren. Dem Durchdrungensein von Licht folgte ein Gefühl, als seien all ihre Kräfte aufgezehrt. Eine Mattigkeit, die bis ins Innere ihrer Knochen zu greifen schien.

Sie glaubte, sich etwas lallen zu hören. War sich aber nicht sicher, ob die Laute am Ende doch nur Erinnerungsfetzen an lang vergangene Gespräche waren. Hunderte Bilder aus ihrer Vergangenheit bestürmten sie in Gedanken. Es war ein Gefühl, als falle sie durch ihr eigenes Leben zurück zum Augenblick ihrer Geburt. Plötzlich war da nur noch Finsternis. Sie spürte, wie sie belauert wurde. Und sie spürte Geröll unter ihren nackten Füßen!

Erschrocken riss sie die lehmverklebten Augenlider auf. Sie blieb stehen und sah sich verwundert um. Es war Nacht geworden. Die Landschaft, die sie umgab, war fremd. Weder der Bach noch das Dorf oder eine einzige ihr bekannte Felsformation waren zu entdecken. Ihre Füße schmerzten. Sie bluteten! Wie lange war sie gegangen? Sie sah an sich hinab. Ein aufwendiges Muster aus verschlungenen Kalklinien bedeckte ihren Bauch und ihre Brüste. Vor ihr erhob sich eine Felsnadel aus dem Geröll. Wie ein astloser Baumstumpf ragte sie auf. Emerelle wusste, dass sie am Ziel war.

## SHI-HANDAN

Alathaia hatte sie warten lassen. Zwei Tage waren vergangen, seit sie die Karfunkelsteine gefunden hatte. Zeit genug, alles vorzubereiten. Und Zeit genug zu bemerken, dass mit Birga eine seltsame Veränderung vorgegangen war. Sie hatte bessere Laune. Und sie wirkte selbstsicherer. Ihre Aura erstrahlte in einem ganz neuen Farbspektrum. Skanga war sich sicher, dass Alathaia etwas mit dieser Veränderung zu tun hatte. Und Birga war, wie es schien, dämlich genug, zu glauben, dass die Elfe ihr einen Gefallen getan hatte. Am liebsten hätte Skanga die dumme Kuh davongejagt. Aber sie hatte zu viel Mühen in die junge Schamanin gesteckt. Sie wusste schon zu viel, um sie einfach ziehen zu lassen. Und sie zu töten, wäre dumm, es würde viele Jahre dauern, sich eine neue Dienerin wie Birga heranzuziehen.

Sie so zu verändern, empfand Skanga als einen Angriff Alathaias. Leider hatte sie keine andere Wahl, als mit der Elfenfürstin zu paktieren. Voller Selbstgefälligkeit stand die Fürstin inmitten des Thronsaals. Erst vor wenigen Augenblicken hatte sich das Tor im Albenstern geschlossen. Noch lag ein Abglanz seiner machtvollen Magie im weiten Thronsaal und überlagerte die Auren der Anwesenden.

Skanga hatte Madrog, den Anführer der Spinnenmänner, hierherbefohlen, aber er war nicht erschienen. Er hatte nur die zehn Armbrustschützen geschickt, nach denen sie ebenfalls verlangt hatte. Skanga war sich ziemlich sicher, dass der Spinnenmann in der Nähe war. Der Palast war durchzogen von geheimen Tunneln, Gängen und Gewölben. Die meisten waren den Elfen sicherlich bekannt gewesen und mit deren Billigung schon beim Bau der Burg errichtet worden. So konnten sich die zahllosen Kobolddiener unauffällig bewegen. Sie waren immer nahe, ohne mit ihren verwachsenen kleinen Leibern das elfische Empfinden für Schönheit zu stören. Diese Gänge und Tunnel waren so eng, dass sich darin nur Kobolde leicht bewegen konnten. Für einen Elfen wäre es schwierig gewesen, dorthin vorzudringen. Vielleicht wenn er auf allen vieren kroch. Für einen Troll war es völlig unmöglich, in dieses Gangsystem einzudringen. So hatten die Kobolde ihre eigene, unangreifbare Burg inmitten der Burg. Skanga wusste genau, dass sich Elija Glops diesen Umstand zunutze machte. Er saß in den verborgenen Kammern zusammen mit seinen Volksräten, wie sich die Abgesandten der Kobolde aus fremden Städten inzwischen nannten. Sie redeten, machten Pläne, ohne dass ein Troll dabei war. Es war höchste Zeit, ihren Verbündeten eine kleine Lektion zu erteilen. Skanga hatte den Bezug eines Stuhls herabreißen lassen, auf dem Madrog erst vor zwei Tagen bei einem Festmahl gesessen hatte. Während die Trolle im Festsaal um ein Feuer auf dem Boden kauerten und Fleisch brieten, gefiel es den Kobolden, die Tischsitten der Elfen nachzuäffen. Sie errichteten lange Tafeln, auf denen weißes Tuch ausgebreitet wurde, stellten goldene Teller und Kerzenhalter darauf und ließen sich bedienen. Hier auf der Burg gab es viele Elfendiener. Wie es anderswo war, wusste Skanga nicht. Elija hatte die Praxis eingeführt, dass man gefangene Elfen vor Körperstrafen bewahren konnte, wenn Freunde und Verwandte von ihnen als einfache Diener für die Kobolde arbeiteten. Der Fuchsmann redete von Umerziehung und davon, dass der verdrehte Geist der Elfen nur durch die einfachen Freuden ehrlicher schwerer Arbeit gerade gerücktwerden könne.

In Skangas Augen waren das nur hochgestochene Worte. Die schlichte Wahrheit war, dass Elija Freude daran hatte, die Elfen zu Frondiensten für die Kobolde zu zwingen. Dagegen hätte Skanga nichts einzuwenden gehabt. Aber ihr missfiel, dass er die Tatsache nutzte, dass noch kein neues Gesetz niedergeschrieben war, um ganz nach seinen Vorstellungen Recht zu sprechen. In seinem Gerichtssaal hätte Emerelle ihr Blutbad anrichten sollen!

Es war höchste Zeit, dass sie sich weiter um das Gesetzbuch kümmerte. Es musste vollendet, abgeschrieben und in alle Provinzen getragen werden! Sie musste die Zügel straffer ziehen, sonst würde es bald die ersten Aufstände gegen König Gilmarak geben. Zum Glück war der junge Trollkönig der endlosen Sitzungen im Thronsaal überdrüssig geworden und vergnügte sich inzwischen bei ausgedehnten Jagdzügen im Alten Wald, wo er mit großer Begeisterung den letzten Gelgeroks nachstellte.

Alathaia hatte wie gewünscht drei Elfen mitgebracht. Zwei Krieger und ein Weib. Skanga hielt nichts davon, wenn man Weiber an der Seite von Kriegern schickte. Aber bei den Elfen, das wusste sie, war das schon immer anders gewesen. Sie waren darauf angewiesen, jeden, der eine Waffe tragen konnte, in den Krieg zu schicken, denn sie waren zu wenige.

Die Elfen waren unbewaffnet, so wie Skanga es gewünscht hatte. Wenigstens daran hatte sich Alathaia gehalten. Dennoch waren die Koboldarmbrustschützen unruhig. Die Leibwachen der Elfenfürstin hatten als Kämpfer einen ausgezeichneten Ruf. Sie standen den Elfenrittern, die Ollowain in der weißen Festung bei der Shalyn Falah ausgebildet hatte, kaum nach.

»Deine Krieger wissen, was sie erwartet?« Skanga war verwundert, dass sich keinerlei Anzeichen von Furcht in ihren Auren zeigten. Ihr missfiel es, Elfen für diese Mission heranziehen zu müssen. Sie hatte verschiedentlich versucht, Shi-Handan aus Trollen zu erschaffen, war daran jedoch gescheitert, ohne verstehen zu können, warum. Schließlich hatte irgendjemand es auch geschafft, Seelenfresser aus Menschen zu erschaffen, die ja nun wirklich ein Dreck im Vergleich zu einem Troll waren.

»Meine Wachen sind jederzeit bereit, ihr Leben für mich zu geben. Und wie ich sind sie überzeugt, dass mit Emerelles Herrschaft nun auch ihr Leben enden sollte. Zu lange hat sie in Albenmark geherrscht.«

Skanga wusste, dass die Shi-Handan zuallererst Alathaia treu sein würden und dass sie keinem Befehl folgen würden, der sich nicht mit den Interessen ihrer Fürstin deckte. Es war ein Wagnis, ihr eine so mächtige Waffe zu überlassen. Allerdings hatte Skanga vorgesorgt. Sie hatte für sich und den jungen König Gilmarak zwei Amulette erschaffen, deren Macht sie für die Shi-Handan unberührbar machte. Alle übrigen Höflinge und Krieger waren verzichtbar.

Eine Weile betrachtete sie gedankenverloren die magischen Kraftlinien, die sich inmitten des Thronsaals kreuzten. Sieben Albenpfade trafen sich hier und bildeten einen großen Stern. Nun galt es, dieses Wunder der Magie für einen Zauber zu missbrauchen, der allem zuwiderlief, was im Sinne der Alben gelegen hatte.

Skanga straffte sich. Sie hatte Angst vor den Yingiz. Die Kreaturen der Dunkelheit konnten sie nicht berühren. Aber sie musste immerzu daran denken, welches Unheil

Emerelle heraufbeschworen hatte, als sie genau an diesem Ort einen der Albenpfade durchtrennt hatte, um die Armee der Trolle, die durch das Goldene Netz vorrückte, in den Abgrund der Finsternis zu schleudern. Sie hatte den Yingiz damit einen Weg nach Albenmark geöffnet. Nicht absichtlich. Das war das Einzige, was man ihr zugutehalten konnte. Aber sie hatte im Kampf um ihren Thron fast die ganze Welt geopfert. Nur mit großem Glück hatten sie die Yingiz zurückschlagen können, als es ihnen gelungen war, einen Weg nach Albenmark zu finden. Und nun begann sie, Skanga, an der nämlichen Stelle, an der das Unheil begonnen hatte, erneut mit diesem unbeherrschbaren Feind zu paktieren. Der Gedanke daran hatte ihr schlaflose Nächte bereitet. Und es geschah sehr selten, dass sie sich ruhelos auf ihrem Lager wälzte.

Der Unterschied zu Emerelles Tun war, dass sie sehr genau wusste, was sie da tat. Es war auch nicht das erste Mal. Sie beherrschte den Zauber und wusste, was sie tun musste, um die Yingiz zu vertreiben. Sie konnte das Ganze beherrschen, sagte sie sich immer wieder, ohne den sengenden Funken des Zweifels ganz zum Verlöschen zu bringen. Es ging darum, Emerelle zu töten. Damit war das größte Unheil abgewandt. Wer wusste schon, was sie in Zukunft tun würde, um ihren Thron zurückzuerobern. Sie musste sterben! Nur so konnte sie sicher sein, dass ihr Volk künftig in Frieden leben würde. Sie hatte gar keine Wahl, als jetzt die Yingiz zu rufen und drei Shi-Handan zu erschaffen. Und sie würde die Schattenwesen betrügen. Niemals würde sie zulassen, dass sie einen eigenen, festen Körper erlangten. Niemand wusste, wie sie aussehen würden, wenn sie sich in Fleisch kleideten.

»Nimm ein Stück weiße Kreide, Birga, und zeichne dort drüben einen Kreis auf den Boden, der groß genug ist, dass drei Elflein darin stehen können.« Sie deutete auf die Stelle zwischen den Kraftlinien, die nach Nordosten und Nordnordost verliefen. Sie wusste aus Erzählungen, dass den Boden ein prächtiges Mosaik mit sieben ineinanderverschlungenen Schlangen schmückte. Sehen konnte sie davon nichts. Sie musste sich an den magischen Auren orientieren. »Der Kreis muss nicht wirklich rund sein. Aber er darf keine Lücke haben, und sei sie auch nur so fein wie ein Härchen! Auf dem Boden mit dem Steinbild wird das sicherlich nicht einfach sein. Achte darauf, dass du deine Arbeit gut machst!«

Aus der Aura Alathaias las sie große Neugier. Ohne Zweifel war die Elfe begierig, diesen Zauber zu lernen. Nur deshalb opferte sie so bereitwillig drei ihrer Leibwächter. »Du kannst auch helfen«, sagte Skanga gönnerhaft. Sie deutete auf das Podest, auf dem Emerelles Thron stand. Dort lagen alle Utensilien bereit, die sie zur Beschwörung benötigte, und auch einige, die völlig überflüssig waren. Kerzen, ein Kleid, ein Stofffetzen von einem Stuhlbezug, das Herz eines Gelgeroks in einer Schale, ein wuchtiger Minotaurenschädel, Steine, in die Runen geritzt waren, und noch etliche andere Dinge, die Alathaia verwirren sollten.

»Nimm den Blutstein, der dort liegt, und ziehe einen weiteren Kreis auf den Boden. Er soll zwei Schritt durchmessen.«

Die Elfe gehorchte und nutzte die Gelegenheit, sich aus nächster Nähe anzusehen, was dort alles lag. Die meisten Dinge würde sie erkennen.

»Was ist das?« Sie deutete auf einen großen Fleischklumpen, der in einer Schüssel lag.

»Das Herz eines Gelgeroks«, entgegnete Skanga knapp, als sei völlig offensichtlich, wozu es diente. Sie wusste, dass es in Langollion keine Gelgeroks mehr gab und Alathaia Schwierigkeiten haben würde, sich ein solches Herz zu verschaffen.

»Wozu dient es?«

»Es ist eines der Lockmittel. Die Yingiz sind Raubtiere. Sie reagieren besonders stark auf Gerüche. Das Herz wird sie aus dem Dunkel locken.«

Die Koboldarmbrustschützen scharrten unruhig mit den Füßen. Wahrscheinlich wusste nicht einer von ihnen, was die Yingiz waren. Aber man musste wahrlich nicht sonderlich klug sein, um auf die Idee zu kommen, dass mit einem blutigen Herzen ein finsterer Zauber gewoben werden sollte.

Es war ein schöner Tag. Der Himmel spannte sich klar und fast wolkenlos über ihnen. Die verrückten Elfen hatten den Thronsaal ohne ein Dach errichtet. Das helle Mittagslicht bannte alle Schatten. Man würde die Yingiz außergewöhnlich deutlich sehen können.

Skanga hatte ein wenig Sorge wegen des Wassers, das beständig plätschernd die Wände hinablief und das Mauerwerk hinter silbernen Schleiern verbarg. Sein Lärmen könnte die Worte der Macht stören. Sollte sie es darauf ankommen lassen?

Die alte Schamanin ging nun selbst zum Thron. Sie hatte die Zeit, die Alathaia sie hatte warten lassen, dazu genutzt, um ganz besondere Beschwörungskerzen anzufertigen. Sie hatte unter anderem das Leichenfett einiger Hingerichteter dafür verwendet. Holzkohle aus dem Stamm eines verbrannten beseelten Baumes gab ihnen ihre schwarze Farbe. Die Dochte waren aus dem Haar einer Elfenjungfer gedreht, die sich erhängt hatte, als sie erfuhr, dass sie einem Trollfürsten zum Weibe gegeben werden sollte. Manche Elfenfamilien waren völlig ohne Skrupel bei den Versuchen, ihre alte Macht zu erhalten.

Aber all diese Zutaten waren nebensächlich. Das Besondere an diesen Kerzen waren die Zauber, die in sie eingewoben waren und die sich entfalten würden, während sie niederbrannten. Es waren nur mindere Zauber, und doch waren sie wichtig, um die Yingiz zu binden und daran zu hindern, den Thronsaal zu verlassen, waren sie erst einmal gerufen. Würde Alathaia versuchen, zu eigenen Zwecken Yingiz zu rufen, um weitere Shi-Handan zu erschaffen, dann würde sie eine unangenehme Überraschung erleben.

Skanga selbst stellte die Kerzen auf. Sie mussten im rechten Abstand zueinander stehen und in den richtigen Winkeln, wenn man gedachte Linien zwischen ihnen zog. Dadurch würden alle Zauber an Kraft gewinnen. Der Schamanin entging nicht, wie aufmerksam Alathaia jeder ihrer Bewegungen folgte und wie sie gespannt auf jeden Laut lauschte. Doch diesmal half das Geräusch fallenden Wassers! Es erschwerte es der Elfe, zu verstehen. Ja, es übertönte selbst das scharfe Kratzen der harten Kreide auf dem Boden.

Ganz langsam schlich sich eine Veränderung ein. Es war nichts, das man hätte greifen oder auch nur mit einem einzelnen Wort hätte benennen können. Das Licht schien ein wenig blasser zu werden, obwohl keine Wolke vor der Sonne stand. Eine Spannung lag im Thronsaal. Die Vorahnung einer Bluttat.

Madrogs Kobolde waren üble Burschen, die nicht davor zurückschreckten, sich als Meuchler zu verdingen, aber man merkte ihnen deutlich an, dass auch sie begannen, sich zu fürchten. Skanga genoss es. Es war zudem ein wichtiger Bestandteil des Rituals. Der Geruch der Furcht lockte die Yingiz mehr als irgendetwas anderes.

Endlich hatten die Elfe und auch Birga ihre Aufgaben vollendet. Beide schworen, dass ihre Kreise völlig lückenlos waren. »Du weißt, dass die Shi-Handan bösartig sind und dass der Teil von ihnen, den die Yingiz geben, manchmal deine Krieger beherrschen werden.«

Alathaia nickte.

»Aus diesem Grund ist es besser, wenn man immer zweifelsfrei weiß, wen man vor sich hat. Mich interessieren ihre Namen nicht. Aber ich denke, dass sie sicherlich auch zu dir kommen werden, und du solltest dann wissen, wer vor dir steht. Du kennst sie schließlich.«

Ein Hauch von Misstrauen zeigte sich in den Farben von Alathaias Aura.

»Werden sie sich fügen, wenn ich sie nun zeichne?«

Skanga konnte sehen, wie die Elfe mit Neugier und auch Sorge rang, ihr Stolz aber die Oberhand behielt. Bei ihren Kriegern war es anders. Auch in ihren Auren hatte nun Furcht Einzug gehalten.

»Sie werden sich fügen«, sagte die Fürstin mit einer Stimme, der kein Zweifel anzumerken war. Sicherlich konnte man ihn auch nicht an ihrem Gesicht ablesen. Aber niemand, ganz gleich, wie beherrscht er war, vermochte die Farben seiner Auren zu verfälschen. Sie zeigten immer, was einen im Innersten bewegte.

»Nun denn.« Skanga zog das kurze Obsidianmesser aus ihrem Gürtel und weidete sich daran, wie das Entsetzen der Elfen mit jedem Schritt wuchs, um den sie sich näherte. Sie packte den Vordersten bei den Haaren.

Er hob die Hand, als Krieger gewohnt, sich nicht kampflos aufzugeben.

»Beschäme mich nicht, Elovyn!« Die Worte Alathaias machten ihn fügsam.

»Das in vielerlei Hinsicht Herausragendste sind eure Ohren.« Skanga tastete durch das Haar ihres Opfers, bis sie eines von Elovyns Ohren zu packen bekam. Mit raschem Schnitt trennte sie es ab. »Nun wird der hier auch in Gestalt eines Shi-Handan nicht mehr zu verwechseln sein.«

Sie sah sich nach dem Weib um. Für sie würde es schlimmer sein. Genau das brauchten sie. Skanga packte sie. Sie tastete ihr mit den Fingern über das Gesicht. Die Haut war so unglaublich glatt und zart. »Fürchtest du um deine Ohren, Kleine? Ich müsste dir wohl beide nehmen, um dich unverwechselbar zu machen.«

»Kann man in meiner anderen Gestalt denn nicht erkennen, dass ich eine Frau bin?« Sie bemühte sich sehr darum, gefasst zu klingen, scheiterte aber.

Alathaia wirkte verärgert. »Ist es unerlässlich, Alyselle zu verstümmeln? Sie ist …«

»Ihr beide seid also sehr um ihre Ohren besorgt? Dann soll sie die behalten!« Mit diesen Worten drückte sie seitlich auf das linke Auge Alyselles, bis es mit leisem Schmatzen aus seiner Höhle quoll.

Die Elfe schrie auf, während Skanga das Auge umfasste, das an einem dünnen Fleischfädchen herabbaumelte. Die Elfe zuckte erschrocken zurück. Mit dieser Bewegung zerriss sie selbst das Bündel Nervenstränge, an dem ihr Auge noch hing.

Skanga schnippte das Auge achtlos zur Seite. In den Auren der Elfen las sie blanken Hass. Sie musste an Shahondin, den ehrgeizigen Fürsten von Arkadien, denken, dem sie ebenfalls einst ein Auge genommen hatte. Eitelkeit war eine Schwäche, die allen Elfen gemein war. Wenn Schönheit beschädigt wurde, dann waren sie alle gleich jämmerlich!

»Was willst du Valderun antun?« Alathaia war aufgebracht.

Es verwunderte Skanga, dass die Elfe offensichtlich mit ihren Kriegern mitfühlte. Ihr wäre es ganz egal, wenn man einem ihrer Leibwächter ein Auge oder ein Ohr nehmen würde, wenn es darum ging, einen machtvollen Zauber zu weben. Aber so waren sie halt, die Elfen. »Du kannst beruhigt sein. Der dritte ist dadurch gezeichnet, dass ihm nichts fehlt.« Mit einem Lächeln wandte sie sich von der Fürstin ab. »Birga! Überprüfe, ob der Bannkreis um die Elfen unverletzt ist. Und dann tritt mit Alathaia in den roten Kreis.«

Skanga rief ein Wort der Macht. Sie spürte, wie die Albenpfade rings um sie in Bewegung gerieten. Ihre Kraftlinien verzerrten sich. Ein Tor aus gleißendem Licht wuchs aus dem Boden. Es öffnete sich sehr langsam. Die Schamanin musste all ihre Willenskraft aufbieten, um es zwei Handbreit aufzuzwingen.

Die Elfenfürstin hatte sich bereits in den sicheren Bannkreis gerettet. Nur Augenblicke später folgte ihr Birga. Einer der Koboldarmbrustschützen wollte ebenfalls im roten Kreis Schutz suchen. Ein einziges Wort nahm seinen Beinen alle Kraft. Wie mit dem Mosaik auf dem Boden verwachsen, stand er still.

»Aufhören!«, schrie ein anderer Kobold.

Skanga spürte, wie sie auf sie anlegten. Ein heiserer Fluch verwandelte die Bolzen auf den Waffen und in den Köchern in Würmer.

Einige der Kobolde schrien in hellem Entsetzen auf. Sie ahnten, dass auch ihnen ein Platz in diesem Ritual zugedacht war. Einige sanken um Gnade wimmernd in die Knie. Die Übrigen flohen zum hohen Portal, das vom Thronsaal in den Palast führte.

Ein Fingerschnippen Skangas ließ die hohen Bronzepforten zuschlagen. Sie umklammerte jetzt mit der Linken den Albenstein, den sie um den Hals trug. Seine angenehme Wärme gab ihr Kraft. Erneut widmete sie sich dem magischen Tor. Zoll um Zoll zwang sie es weiter auf. Plötzlich mischte sich die Stimme Alathaias unter die ihre. Die Elfe half!

Endlich war es geschafft. Das Tor ins Nichts klaffte wie eine große, schwarze Wunde inmitten des Thronsaals. Anders als sonst war kein leuchtender Albenpfad zu sehen.

Die Schamanin wandte sich den drei Elfen zu. »Ihr riecht nach nichts. Das bisschen Blut, das geflossen ist, genügt nicht. Die Yingiz sollen schließlich wissen, wohin sie gehen müssen, wenn sie uns gefunden haben.«

Kälte durchdrang den Thronsaal. Skanga ging zum Thron und nahm einen Lederschlauch auf, den sie bereitgelegt hatte. Unter den bangen Blicken der Elfen nahm sie einen großen Schluck daraus. Dann trat sie an deren Bannkreis und prustete die Flüssigkeit zwischen zusammengepressten Lippen hinaus. »Lebertran und Gelgerokblut! Nun riecht ihr wenigstens nach etwas.«

Sie rief ein Wort der Macht, und alle Kerzen flammten gleichzeitig auf.

Der säuerliche Gestank der Angst drang ihr in die Nase. Es waren vor allem die Kobolde. Aber auch die Elfen hatten ihren Hochmut abgelegt.

Skanga sammelte sich. Sie stieß einen Laut wie ein kehliges Husten aus. Es folgten Worte, die keiner lebenden Sprache entstammten. Worte, die sie unter namenloser Qual einst von ihrer Meisterin Mahta Naht erlernt hatte. Worte, die in jener Finsternis, in der keines der Gesetze Albenmarks mehr galt, Gehör finden würden.

Es wurde kälter im Thronsaal. Das Wimmern der Kobolde wurde leiser. Sie krümmten sich zusammen und schienen noch ein wenig kleiner zu werden. Das Fleisch schmolz von ihren Knochen, bis die Haut in schlaffen Säcken herabhing. Aus ihren klaffenden Mäulern troffen Fäden aus klebrigem, goldenem Licht. Sich schwerelos windend, tanzten sie zu Skangas Gesang und verschwanden durch das magische Tor ins Nichts.

Noch waren die Kobolde nicht tot, auch wenn ihre Körper nur noch groteske Parodien dessen darstellten, was sie noch vor Augenblicken gewesen waren. Ihre Auren waren fast verblasst. Sie waren unrettbar verloren. Ihr Zauber hatte ihnen all ihre Lebenskraft entzogen. Die Essenz dessen, was sie waren. Sie waren mehr als nur tot, wenn das goldene Licht verlosch. Sie waren herausgerissen aus dem Zyklus von Tod und Wiedergeburt. Sie waren ausgelöscht für alle Zeit. Und ihr Tod diente einzig dazu, die Yingiz anzulocken. Ihr goldenes Licht, das sich vorsichtig ins Dunkel tastete, würde die Schattengestalten neugierig machen.

Die drei Elfen aus Alathaias Leibwache schwitzten nicht. Man roch ihre Furcht nicht. Aber ihre Auren erstrahlten in dem klaren Blau ungezügelter Angst. Nichts, was immer auch Alathaia ihnen erzählt haben mochte, hätte sie auf das vorbereiten können, was nun geschehen würde.

Ein hechelnder Laut drang aus der dunklen Pforte inmitten des Thronsaals. Die goldenen Fäden hingen leicht vibrierend in der Luft. Ein hauchzartes Band endete in den Körpern der Kobolde. Noch war es mit ihnen nicht vorbei.

Das Dunkel jenseits der Pforte schien zu erzittern. Plötzlich stand Skanga der Atem vor dem Mund. Die Kälte schlug so stark in den Thronsaal, dass sie wie eine körperliche Berührung war. Das Geräusch des fallenden Wassers veränderte sich. Dann erstarb es ganz. Nur das feine Knistern von Eis war noch zu hören.

Sie waren reine Dunkelheit. Einen Augenblick sah es aus, als wolle sich die Finsternis aus der magischen Pforte hinauswölben. Dann war der Erste da. Er folgte einem der Lichtfäden, die er gierig verschlang. Ein Zweiter erschien. Sie gaben hechelnde Laute von sich. Laute ungezügelter Gier. Ein Dritter erschien.

Skanga musste sich zwingen, das Wort der Macht über ihre von der Kälte rissigen Lippen zu bringen. Binnen eines Lidschlags verschwand die dunkle Pforte. Aber nicht die Kreaturen. Die Yingiz hielten nicht inne. Ihre Gier nach dem Lebenslicht der Kobolde ließ sie alles andere vergessen.

Skanga sah zu, wie sie ihre stumpfen Schnauzen in die Brustkörbe der Kobolde stießen. Die Auren verloschen. Die Schatten balgten um den letzten Lebensfaden. Ihre Erscheinung erinnerte an große schwanzlose Hunde. Doch war ihre Form veränderlich. Nicht ganz klar umrissen. Sie streiften nun durch den Thronsaal, in dem sie die Macht ihrer Beschwörung gefangen hielt.

Schnuppernd untersuchten sie die Dinge, die auf dem Podest des Throns lagen. Auch den Bezug des Stuhls, auf dem Madrog gesessen hatte. Dann begannen sie Skanga zu umkreisen.

»Die Alben haben euch eure Leiber genommen und in die Finsternis gestoßen. Ihr seid hier, weil ich euch gerufen habe! Ihr seid gefangen im goldenen Netz, das eure Finsternis umschließt. Ich weiß, wie sehr ihr euch nach Körpern sehnt. Danach, mehr zu spüren als Hass. Den Wind auf eurer Haut. Den Geschmack von Blut auf den Lippen. Ich kann euch all dies geben. Oder euch zurück in die Dunkelheit stoßen.«

Einer der Schatten sprang Skanga an. Grelles Licht flammte auf. So hell, dass es selbst durch ihre toten Augen brannte. Ein schriller Klagelaut erklang, der die Kaskaden aus Eis entlang der Wände leise klirren ließ. Der Schatten, der sie angegriffen hatte, hatte an Substanz verloren. Er war kleiner geworden. Wie ein geprügelter Hund glitt er von ihr fort.

Der Albenstein auf ihrer Brust war so heiß geworden, dass er ihr Fleisch verbrannt hatte. Wie vielen solchen Angriffen könnte sie widerstehen? »Glaubt ihr, ich hätte euch gerufen, wenn ich mich nicht vor euch schützen könnte? Ich könnte euch verschlingen, wenn ich wollte! Seht ihn euch an! Seht, was eine einzige Berührung vermochte! Ich lösche euch aus, wenn ihr mir nicht gehorcht!« Das lag jenseits ihrer Möglichkeiten, aber das konnten sie ja nicht wissen. Sie konnte ihnen Schmerzen bereiten. Töten konnte sie einen Yingiz nicht.

»Ihr werdet meine Henker sein! Ich werde euch das Lebenslicht meiner Feinde schenken. Heute noch richtet ihr einen Verräter für mich. Und dann sucht ihr Emerelle, die Königin der Elfen. Ihr Licht ist stark und alt. Findet sie. Tötet sie, und ich erfülle euch euren sehnlichsten Wunsch. Ich kleide euch in Fleisch!«

Skanga empfand es als beunruhigend, bei den Schattengestalten nicht in Auren lesen zu können. Auch sie verspürte aufkeimende Angst. Mit diesen Kreaturen konnte man keinen Pakt eingehen. Sie würden sich an kein gegebenes Wort halten. Sie sprachen ja nicht einmal. Die Schamanin strich über das Amulett mit dem Albenstein. Seine Kraft zu spüren, half gegen die Angst. Sie war nicht wehrlos! Und auch ihr stand es frei, sich an ein gegebenes Wort nicht zu halten.

Die Schamanin deutete auf den Bannkreis mit den drei Elfen. »Sie sind erwählt, euch einen Körper zu geben, der es euch erlaubt, die Pfade der Alben zu nutzen. Das Goldene Netz wird euch kein Gefängnis mehr sein.«

Skanga blickte zu Alathaias Leibwachen. Sie hätte zu gern gewusst, was die Fürstin den drei Elfen gesagt hatte.

Was sie erwartete, war schlimmer als der Tod. Sie hatten Angst, aber sie machten keinerlei Versuch, aus dem Bannkreis auszubrechen oder um Gnade zu bitten.

»Nehmt euch die Körper! Ihr wisst, was ich von euch erwarte!« Mit diesen Worten setzte Skanga einen Fuß auf die weiße Kreidelinie und verwischte sie. Wie Rauch flossen die Schatten in den Schutzzirkel. In dunklen Schlieren tanzten sie um die Leiber der Elfen. Das Haar der drei überzog sich mit Raureif, so dass es aussah, als sei es binnen eines Herzschlags weiß geworden. Sie waren wie schwarze Schlangen.

Skanga wusste, was geschehen würde. Doch auch sie vermochte es eine ganze Weile nicht wahrzunehmen. Die Elfen atmeten den Schatten ein. Sie kämpften dagegen an. Doch es war aussichtslos. Bei all ihrer Disziplin vermochten auch sie sich nicht willentlich zu ersticken, indem sie ihren Atem anhielten. Sie versuchten es. Es war ihr letzter Kampf. Und sie scheiterten.

Langsam verblassten die Schattengestalten, bis sie schließlich gänzlich verschwunden waren. Die drei Elfen waren zu Boden gesunken. Wie tot lagen sie in ihrem Bannkreis. Es herrschte eine unheimliche Stille. Die Kälte war nicht gewichen. Birga und Alathaia wagten es nicht, auch nur ein Wort zu sagen. Gebannt blickten sie auf den weißen Kreidekreis.

Plötzlich setzte sich die Elfe, der sie das Auge genommen hatte, mit einem Ruck auf. Es war eine unnatürliche Bewegung. Sie wirkte wie eine Holzpuppe, die man an Fäden zog. Dann begann sie zu schreien. Und das wirkte nicht länger hölzern. Sie fasste sich mit den Händen ans Gesicht und wand sich unter Schmerzen. Skanga konnte nicht sehen, was mit ihr geschah, aber sie hörte es. Obwohl auch die beiden anderen Elfen inzwischen schrien, vernahm sie ganz deutlich ein trockenes, leises Geräusch. Es erinnerte an das Knarren der Äste eines toten Baums, wenn sie sich in schwerem Wind wiegten.

Die Schamanin wusste, was sie jetzt durchlitten. Ihre Leiber verformten sich. Ihnen wuchs eine Schnauze mit Reißzähnen, während ihre Stirn abflachte. Am schlimmsten waren die Veränderungen von Armen und Beinen. Die Elfen verwandelten sich in hagere Hunde. Nur dass diese drahtigen Kreaturen groß wie kleine Pferde waren.

Sie zuckten und wanden sich auf groteske Weise. Krallen brachen aus ihren Fingern. Aus der Haut spross kurzes Fell. Die drei wurden zu Shi-Handan. Zu Seelenfressern. Skanga hatte gehört, dass man sie im Fjordland auch Wolfspferde nannte. Sie hatten Auren. Diese hatten sich von den Elfen erhalten. Elf und Yingiz teilten sich nun einen Leib. Und der willensstärkere von beiden würde herrschen. Der andere Teil war ein Gefangener. Ein Zuschauer bei Taten, auf die er keinen Einfluss hatte.

Die Schatten waren nicht mehr körperlos, doch waren sie auch nicht zu Gestalten aus Fleisch und Blut geworden. Blauweißes Licht umspielte sie. Man konnte durch die Shi-Handan hindurchsehen und die gefrorenen Wasserkaskaden entlang der Wände des Thronsaals erkennen.

Die Schamanin wandte sich an Alathaia. »Deine Krieger leben noch. Sie sind ebenso Teil der Shi-Handan wie die Yingiz. Weder Klaue noch Zahn kann sie nun verwunden. Noch der Silberstahl der Elfen. Doch sollten sie sich vor dem minderwertigen Eisen hüten, das Kobolde und Menschen verwenden. In ihm ist etwas, das sie zu verletzen vermag.«

Die geisterhaften Hunde traten aus dem Kreidekreis. Der Schutzbann hatte keine Macht mehr über sie.

»Nun, Fürstin, gefällt dir, was du siehst?«

»Mir ist gleich, wie sie aussehen. Ob sie mir gefallen, sage ich dir, wenn wir von ihren Taten hören.«

Skanga schnaubte. Sie vermochte ihren Ärger nicht ganz zu verbergen. Alathaia war Zeugin eines der machtvollsten und finstersten Zauber geworden, die man wirken konnte. Und sie tat, als sei das nichts! Die Schamanin war sich sehr wohl bewusst, dass die Elfenfürstin Blutmagie wirkte und manche verachtenswerte Mordtat begangen hatte. Ihr Wirken hatte Spuren in ihrer Aura hinterlassen. Auch war Skanga klar, dass Alathaia hier war, um zu lernen. Aber sehen hieß nicht verstehen. Und selbst verstehen bedeutete nicht, dass diese Elfenschlampe in der Lage war, es ihr gleichzutun. So groß ihre Macht auch sein mochte, sie besaß keinen Albenstein.

Skanga fühlte sich mit einem Mal sehr müde. Die Zauber hatten an ihren Kräften gezehrt. Wie auch der Ärger darüber, dass Alathaia sich weigerte, ihr den nötigen Respekt entgegenzubringen.

»Gib ihr die Karfunkelsteine, Birga. Sie hat ihr Wort gehalten.«

Die Schamanin schlurfte hinüber zum Thron. Ihre Finger tasteten nach den Dingen, die sie für die Shi-Handan bereitgelegt hatte. Zuerst fand sie den Bezug des Stuhls, auf dem Madrog gesessen hatte. »Das hier ist mit dem Geruch eines Kobolds durchtränkt. Er soll das erste Opfer sein. Er hält sich irgendwo in dieser Burg verborgen. Eine leichte Aufgabe. Wähle einen der Deinen dafür aus. Du kannst jetzt aus deinem Bannkreis treten. Sie werden dir nichts tun!«

Alathaia ging, ohne zu zögern, auf die riesigen Hunde zu. Mutig war sie, das konnte man ihr nicht absprechen. Sie flüsterte mit ihnen. Nannte sie bei ihren Namen. Skanga lächelte. Diese Namen waren nur noch die halbe Wahrheit. Ob ihr das nicht klar war? Sie wählte denjenigen aus, der ganz ohne Verstümmelung geblieben war.

Die Schamanin warf dem Shi-Handan den Stofffetzen vor. Die Kreatur schnupperte kurz daran. Umkreiste den Kissenbezug und schnupperte erneut. »Du kannst ihn töten und alle, die bei ihm sind. Nur die Lutin musst du verschonen. Das sind die Kobolde, die wie Füchse aussehen. Alle anderen sind dein Fraß. Ein Kobold hat kein starkes Lebenslicht. Aber es sind meistens viele von ihnen beisammen. In dieser Burg gibt es geheime Tunnel und Gewölbe. Dort irgendwo wirst du ihn finden. Nun geh!« Wie ein braver Hund lief der Shi-Handan los, wenngleich er in Wahrheit eine Bestie war. Er lief durch die eisüberzogene Wand und war verschwunden.

»Und Emerelle?« Die Fürstin nahm das Kleid auf, das beim Thron lag. Skanga hörte das leise Rascheln des Stoffs. »Das ist aus ihrem Turm, nicht wahr?« Sie hielt es den beiden verbliebenen Wolfspferden hin. »Sucht Emerelle! Tötet sie! Und alle, die ihr helfen.«

»Sie war zuletzt in Feylanviek«, fügte Skanga hinzu. Der Verstand der Elfen würde die Bestien zu der Stadt im Windland führen. Erneut öffnete die Schamanin den Albenstern.

Die Geisterhunde traten durch das magische Portal. Über die Albenpfade würden sie binnen Augenblicken die Stadt im Norden erreichen. Skanga malte sich aus, was geschehen würde, wenn die beiden Shi-Handan auf dem Marktplatz inmitten der Stadt erscheinen würden.

»Wann werden wir von ihrem Tod erfahren?«

Skanga lächelte. »Das kann niemand sagen. Nur eines ist gewiss. Sie werden nicht ruhen, bevor sie Emerelle gefunden haben. Ganz gleich, ob es ein paar Stunden, einen Mond oder ein Jahr dauert. Sie werden sie finden!«

## HATTAH

Eine Schmetterlingspuppe hing von einem Stein. Sie sah sie sehr deutlich. Die kleinen Höcker entlang der Nähte, an denen die Puppe bald aufplatzen würde. Das Muster aus dunklen Punkten. Sie hatte fast die Farbe des Steins, von dem sie hing.

Etwas bewegte sich. Emerelle konnte es hören. Da war ein Gleiten. Ein sehr leises, schmatzendes Geräusch. Die Puppe erzitterte. Der Schmetterling rang um seine Geburt in ein neues Leben. Wie vollkommen er sich von der gefräßigen Raupe unterscheiden würde, die er einmal gewesen war.

Ein feiner Spalt klaffte jetzt in der Puppe. Silbern leuchtender Schleim trat aus, und rann träge an der Chitinhülle hinab. Immer heftiger schaukelte das Gefängnis des Schmetterlings. Licht brach aus dem Inneren. Etwas stimmte nicht.

Emerelle trat ein paar Schritt zurück. Jetzt erst wurde sie sich der nächtlichen Umgebung bewusster. Das Hattah vernebelte ihr immer noch die Sinne! Das war kein Stein, von dem die Puppe hing. Es war eine Felswand! Die Puppe war riesig! Mindestens zehn Schritt lang.

Emerelle zwang sich zur Ruhe. Das war die Droge! Es gab keine so riesigen Schmetterlinge in Albenmark!

Als wäre ein Schleier von ihren Augen gefallen, sah sie jetzt immer klarer. Der Chitinpanzer der Puppe war mit feinem Felsstaub verklebt. Weiter unten lag ein Durcheinander von Felsbrocken in allen Größen. Darüber wogte Staub. Eine Lawine? Die Puppe war im Fels verborgen gewesen. Im gewachsenen Stein! Was sie für Höcker gehalten hatte, waren Steinklumpen, die noch immer am Gefängnis des Falters klebten.

Verklebte, kaum entfaltete Flügel schoben sich durch den Spalt im schützenden Panzer. Licht troff von ihnen herab. Es wurde kälter.

Ein geschuppter, durchscheinender Schwanz brach hervor. Emerelle wollte fortlaufen und war zugleich so fasziniert von dem Anblick, dass sie sich nicht von der Stelle zu bewegen vermochte. Dann erhob sich der Kopf. Ein mächtiger, gehörnter Drachenkopf, wie sie ihn seit Jahrhunderten nicht einmal mehr in ihren Albträumen gesehen hatte. Weiße Augen mit geschlitzten Pupillen blickten auf sie herab. »Lauf nur! Du kannst mir nicht entkommen.« Er sprach mit angenehmer, dunkler Stimme.

Der Drache streckte seine riesigen Schmetterlingsflügel. Sein ganzer Leib war durchscheinend, als sei er aus dünnem Rauch erschaffen. Zugleich strahlte er eine Kraft aus, die keinen Zweifel aufkommen ließ, dass er ein machtvoller Gegner war.

Emerelle tastete nach ihrem Albenstein. Sie war nicht schutzlos. Sie … Der Stein, den sie stets an einer Lederschnur auf der Brust getragen hatte, war verschwunden.

»Ich sagte doch, du kannst mir nicht entkommen.« Der Drache schlug vorsichtig mit den aufgefächerten Flügeln. Letzte Schlieren aus silbrigem Licht troffen von ihnen herab. Langsam, so wie man ein zu volles Glas an den Mund führt, löste er sich von der Puppe.

Bei jedem Flügelschlag peitschte ihr der beißende Atem des Winters ins Gesicht. Ihr Schutzzauber, der sie vor Hitze und Kälte bewahrte, war gebrochen!

Sie wich zurück und wollte sich mit einem Wort der Macht gegen die Kälte wappnen. Ihr Fuß trat ins Leere! Erschrocken blickte sie hinter sich. Sie stand an einem Abgrund. Es gab kein Entkommen.

Im gleichen Augenblick, in dem ihr das klarwurde, erhob sich der Drache über ihr in die Luft. Sternenlicht brach sich funkelnd an seinen Krallen. Sie waren nicht aus Rauch!

Mit einem Schrei fuhr Emerelle auf und versuchte auszuweichen. Sie stürzte ins Leere. Ihre Schulter schrammte über Felsen. Die Hände schnellten vor und suchten Halt. Ihre Fingernägel splitterten auf hartem Fels.

Ihr Knie schlug auf Stein. Grelle Lichtpunkte tanzten ihr vor Augen. Etwas schrammte über ihre linke Wange. Im Reflex packte sie in einen klaffenden Felsspalt. Ihre Finger schlossen sich um etwas Festes, vielleicht eine abgestorbene Wurzel. Ihr ganzer Körper schlug gegen die Felswand. Doch der Sturz war beendet. Jeder Muskel schmerzte. Sie war bedeckt mit Schürfwunden und Prellungen.

Eine Weile hing sie dort, schwer atmend und unfähig, einen klaren Gedanken zu fassen. Nur allmählich wurde ihr bewusst, dass sie eine der hohen Felsnadeln in der Wüste erklommen haben musste. Wie sie dort hinaufgekommen war, daran erinnerte sie sich nicht mehr. Sie wusste noch, wie Imaga sie mit dem magischen Muster bemalt hatte. Danach verschwamm alles zu einem Traum.

Ein Schauder überlief sie. Der Drache ... Seine Stimme war ihr vertraut vorgekommen. Sie dachte an ihre unendlich entfernte Jugend. An die verzweifelten Kämpfe gegen die Herren Albenmarks. Die Erinnerung war zum Greifen nah! Doch sie verweigerte sich.

Dobon hatte nicht gelogen! Der Alptraum war so wirklichkeitsgetreu gewesen, dass er sie fast getötet hätte. Sie blickte die Felsnadel hinauf. Ihr Sturz war mehr als zwanzig Schritt in die Tiefe gegangen. Den größten Teil der Strecke musste sie an der Steilwand entlanggerutscht sein. Von unten ließ sich nicht erkennen, wie viel Platz die Spitze der Felsnadel bot. Vermutlich kaum genug, um sich zu setzen, ohne die Beine über den Abgrund baumeln zu lassen. Wie war sie nur, vom Hattah umnebelt, dort hinaufgelangt?

Vorsichtig mit den Füßen tastend, suchte Emerelle einen sicheren Stand. Der Fels war noch heiß von der Mittagssonne. Sie musste ein Stück höher steigen, um einen Vorsprung zu erreichen, auf dem sie sich niederlassen konnte. Ihre Magie umgab sie mit angenehmer Kühle. Aber sie litt Durst und hatte nichts zu trinken. Ein Wort der Macht sammelte die Feuchtigkeit in der Luft und ließ sie auf dem glatten Felsen kondensieren. Es war lächerlich wenig Flüssigkeit. Schmerzlich erinnerte sie sich, wie grün und fruchtbar dieses Land einmal gewesen war. Sie dachte an die weiße Pyramide. Ob es sie noch gab? Und an den Jadegarten mit all seinen Wundern?

Sie wagte nicht, ihren Geist schweifen zu lassen, solange sie sich nicht sicher war, ob die Wirkung des Hattah noch andauerte. Sie legte die Rechte über ihre Leber.

Die Wärme ihrer Handfläche drang in das Fleisch. Fast sofort wurde ihr wieder schwindelig. Es schien, als leiste die Droge Widerstand dagegen, aus ihrem Blut gespült zu werden.

Ihr blieb nichts anderes übrig, als zu warten. Schlafen würde sie nicht mehr. Was hatte dieser Drache zu bedeuten gehabt? War er nur ein Zerrbild ihrer ältesten Ängste? War die Macht der Yingiz hier wirklich so groß, dass sie Träume beeinflussen konnten?

Die Grauhäute mussten ihre Zauber weiterhin wirken! Aber sie würden nicht am Rand der Wüste bleiben. Sie würde nicht dulden, dass sie noch länger alle anderen Stämme tyrannisierten. Sie würde sie zum Jadegarten führen! Die Gärten würden die Kobolde nähren. Wenn es sie denn noch gab.

## VON DEN HERREN DER WELT UND IHREN DIENERN

Elija hörte den anderen kaum zu. Er musste die ganze Zeit an das Buch denken, dass er in den Händen der Elfenfürstin gesehen hatte. Er kannte es gut. Er hatte es selbst ausgesucht. Es war ihres gewesen! Da konnte es keinen Zweifel geben. Aber wie war Gandas Buch in die Hände der Elfenfürstin gelangt? Und waren das Blutflecken auf dem Einband gewesen? Seine Schnauzbarthaare sträubten sich bei dem Gedanken.

Er hatte jedem seiner Kommandanten ein Büchlein gegeben, als er sich sicher gewesen war, dass die Erhebung der Kobolde erfolgreich verlaufen würde. Dass sie es schaffen würden, das Joch der Elfentyrannei abzuschütteln. Er hatte an die Zukunft gedacht, als er ihnen die Bücher mit den leeren Seiten geschenkt hatte. Er erinnerte sich noch daran, was er gesagt hatte!

*Wir werden Geschichte schreiben, Brüder und Schwestern! Wir haben bereits damit begonnen. Und damit künftige Generationen an den Ereignissen, die uns bevorstehen, teilhaben können, möchte ich euch bitten, jedes Mal, wenn etwas in euren Augen Wichtiges geschieht, einen Eintrag in die Bücher zu machen, die ich euch überreicht habe. Eine kurze Notiz mit dem Datum reicht. Bald wird so vieles gleichzeitig geschehen, dass es im Nachhinein schwierig werden mag, alles in der richtigen Reihenfolge zu erzählen. Erwähnt nicht die Namen und Taten anderer Kommandanten. Schreibt nur über euch. So wird kaum Schaden entstehen, wenn eines der Bücher in die Hände der Feinde gelangt.*

Elija musste schmunzeln, als er daran dachte, dass sein Büchergeschenk fast durchgängig auf Ablehnung gestoßen war. Er kannte seine Kommandanten! So gut sie als Anführer auch sein mochten, fehlte den meisten von seinen Rotmützen doch der Verstand, um die historischen Dimensionen ihres Aufstands einschätzen zu können. Sie waren ganz im täglichen Geschäft des verdeckten Kampfes gefangen gewesen. Er aber hatte weiter denken müssen! Der Einzige, der mit großer Begeisterung die Seiten seines Revolutionstagebuchs füllte, war sein kleiner Bruder Nikodemus.

»Elija?«

Er blickte auf. Alle sahen ihn an. Worüber hatten sie gesprochen? Er hatte nicht einmal mehr mit halbem Ohr zugehört. Elija blinzelte müde. Er hatte schlecht geschlafen in den letzten Nächten. Und es hatte zu viele Treffen wie dieses gegeben. Die Burg quoll über vor Kobolden aus allen Provinzen. In ihrer Heimat mochten sie bedeutend sein, aber wenn man die Revolte als Ganzes sah, waren sie bestenfalls die zweite Garde. All seine erfahrenen Kommandanten waren in bedeutsamen Missionen unterwegs, und er saß hier gefangen mit den Trollen und mit den Bürokraten der Revolution.

»Kommandant? Wir waren übereingekommen, dass wir den Trollen einen Gegenentwurf zu ihrem Gesetzbuch überreichen wollen. Was haltet ihr davon?«

Elija schüttelte den Kopf. »Den werden sie benutzen, um sich damit den Arsch abzuwischen. Skanga will ein einfaches Recht. Ein Recht, das sich an der Vorstellungswelt der Trolle orientiert. Und ein Recht, in dem Trolle klar bevorzugt werden. Sie ist die eigentliche Herrscherin, und es wird nichts geschehen, was sie nicht will.«

Betretenes Schweigen machte sich breit. Es war drückend heiß in dem Gewölbe, und es roch nach dem Kalk der Wände. Ihr Versammlungsraum lag etwa dreißig Schritt unter der großen Küche von Burg Elfenlicht und war erst vor wenigen Tagen fertig geworden. Die Wände waren dekoriert mit erbeuteten Waffen. Später einmal sollte es Wandgemälde mit bedeutenden Ereignissen der Revolution geben. Bilder mit klaren, harten Linien, die einfache Kobolde zeigten. Im Kampf gegen die Tyrannen, aber auch in ihren unerschütterlichen Bemühungen, eine bessere Welt zu erschaffen. Kobolde in Schmieden und auf Feldern. Kobolde, die sich freiwillig zu den Soldaten meldeten.

Der Schwarze arbeitete gerade an großen Schautafeln für die Moritatensänger auf den Jahrmärkten. Sie würden von der Geschichte des Aufstands erzählen. Von den großen Heldentaten ganz einfacher Kobolde. Von Männern und Frauen, die in einer anderen Zeit ihr Leben lang missachtete Diener im Schatten der Elfen gewesen waren.

Sie saßen an einem langen Tisch mit einer Marmorplatte. Diese Platte hier hinab in die Höhlengewölbe zu bringen, hatte Tage gedauert. An drei Stellen hatten sie sogar Treppen und gemauerte Tunnel erweitern müssen. Aber Elija hatte sie hier haben wollen. Die Zeiten, an denen sie auf Steinen um Lagerfeuer hockten, waren vorbei. Der Feldzug war entschieden. Sein Tisch bot zwanzig Kobolden Platz. Und meist reichte das noch nicht. Auch jetzt stand mehr als die Hälfte. Sie waren von überall hergekommen. Spinnenmänner aus den Mondbergen, Fernhändler aus Feylanviek und Uttika. Abgesandte einer Lutinsippe aus Manchukett. Sie alle wären in besonderem Maße von den neuen Gesetzen der Trolle betroffen. Elija wusste, dass die Trolle planten, in jede größere Stadt Albenmarks einen Rudelführer mit einer Trollwache zu setzen. Sie sahen nicht einmal, was vor ihren Füßen geschah, und machten Pläne für eine ganze Welt! Sie wollten umfassender herrschen als die Elfen. Diese hatten niemals überall sein wollen. Die Elfen dachten ganz einfach. Sie nahmen das Beste für sich und überließen den Rest großmütig den anderen Völkern. Elija war überzeugt, dass Emerelle noch niemals in Manchukett gewesen war.

Während die Trolle oben regierten, bauten die Kobolde. Seit dem Tag, an dem sie Burg Elfenlicht besetzt hatten, wurden die bestehenden Tunnel und Gewölbe erweitert. Die Elfen hatten nur daran gedacht, die Kobolde aus ihrem Blickfeld zu halten und ihnen Quartiere zu geben, deren Geruch niemals in ihre feinen Nasen steigen würde. Doch nun entstand eine zweite Burg unter der Burg. Gewissermaßen war sie ein bauliches Spiegelbild der Ereignisse an der Oberfläche. Die Trolle herrschten. Aber es waren meistens Kobolde, die dafür sorgten, dass ihre Pläne Gestalt annahmen. Kein einziger Troll würde einen Schreibkiel in die Hand nehmen, um Skangas Gesetze zu kopieren. Das war Koboldarbeit! Und weil es so war, würden sich die Machtverhältnisse ändern. Langsam zwar, aber unausweichlich. Elija entschied, dass es an der Zeit war, auszusprechen, was die Zukunft bringen würde. Bisher hatte er nur mit seinen Kommandanten über diese geheimen Pläne geredet, aber langsam wurde es Zeit, dass auch die Revolutionsbürokraten erfuhren, wohin der Weg führen würde.

»Meine Brüder und Schwestern! Nach reiflicher Überlegung bin ich zu dem Schluss gekommen, dass der Gesetzeskodex der Trolle ganz in unserem Sinne ist. Wie ihr alle wisst, soll er überall in Albenmark Gültigkeit haben. Und er wird sämtliche bestehenden Gesetze außer Kraft setzen.«

Die versammelten Kobolde murrten. Anderan, der Herr der Wasser aus Vahan Calyd, stand auf. Seine grünbraune Haut unterschied ihn von den anderen. Er trug ein Stirnband, um sein strähniges Haar zu bändigen. Das Stirnband war rot. Vielleicht wollte er damit ausdrücken, dass er sich zu den Rotmützen zählte. Als Zugeständnis an das kalte Wetter im Norden hatte der Kobold aus der Region des warmen Waldmeers eine gefütterte Weste angelegt. Sonst war er, abgesehen von seinem Lendenschurz, nackt. »Bruder Elija, du willst uns doch nicht allen Ernstes vorschlagen, dass wir solchem Unsinn wie der öffentlichen Verspeisung von Wucherern zustimmen sollen. Zumal, wie es scheint, der Begriff Wucher so weit gefasst ist, dass man ihn auf jeden Straßenhändler anwenden kann. Dir ist doch wohl klar, was das für den Handel bedeuten würde. Wenn man nicht mehr auf Gewinne hoffen darf, wer sollte dann das Risiko eingehen, Verluste hinnehmen zu müssen? Der See- und Fernhandel würde völlig zusammenbrechen.«

Zustimmendes Gemurmel begleitete die Worte des Herrn der Wasser. Elija entging nicht, dass die Gesandten aus Manchukett am lautesten waren. Sollte sich da ein Block innerhalb der Rotmützen bilden? Er würde das aufmerksam im Auge behalten!

»Brüder und Schwestern, ich stimme euch von ganzem Herzen zu. Ihr wisst nicht, mit welcher Vehemenz ich unsere Anliegen vor Skanga und König Gilmarak vertreten habe. Aber Worte allein helfen nicht! Ich könnte genauso gut auf einen Granitblock einreden! Trolle verschließen sich jeglicher Vernunft. Hat einer von euch je von einem Troll gehört, der ein Händler war? Sie kennen die Gesetze nicht, die den Handel bestimmen. Und sie ahnen nicht, welche Auswirkungen es haben wird, wenn der Handel zum Erliegen kommt. Nehmt als Beispiel nur die große Snaiwamark-Karawane. Vom Standpunkt eines Händlers betrachtet, ist diese Unternehmung völlig verrückt. Sie verschicken Schätze aus dem Süden zu ihren Höhlenburgen in der Snaiwamark. Und damit sie die Lasten auf Karren statt auf Maultieren transportieren können, wollen sie eine gut befestigte Straße vom Herzland bis zur Schneegrenze in der Snaiwamark bauen. Ich habe versucht, ihnen diesen Unsinn auszureden. Und nun ratet einmal, was Gilmaraks Grund ist, sie zu errichten. Der Grund, warum Tausende Kobolde eine Straße durch das weite Windland bauen werden.« Er sah herausfordernd in die Runde. Niemand antwortete.

»Die Straße soll gebaut werden, um sich die Arbeit zu ersparen, an der Eisgrenze die Lasten von Maultieren auf Schlitten oder Eissegler umzuladen. Die Wagen, die Gilmarak im Sinn hat, sollen herunterklappbare Kufen haben und einen Mast für ein Segel. An der Eisgrenze wird man die Maultiere ausschirren. Dann werden Trolle und Kobolde die Wagen ziehen, oder sie werden segeln, wenn der Wind richtig steht.«

»Wir haben einen Verrückten auf dem Thron«, empörte sich der Leiter der Gesandtschaft aus Manchukett.

»Nein«, entgegnete Elija lächelnd. »Schlimmer! Einen Troll! Die Snaiwamark-Karawane ist nur eine Narretei. Viel schlimmer ist Gilmaraks Plan, was gemünztes Geld angeht. Er will es abschaffen, weil Trollen die Berührung von verhüttetem Metall unangenehm ist. Er denkt, man könnte gänzlich ohne Geld auskommen, indem man Tauschhandel betreibt.«

Auf einen Augenblick fassungslosen Schweigens folgte ein allgemeiner Tumult. Gilmarak war vermutlich nicht klar, wie viele über Jahrhunderte angesammelte Vermögen er mit diesem Beschluss vernichten würde. Elija ließ der Versammlung ausreichend Zeit, ihrem Unmut Luft zu machen. Dann hob er beide Arme, um dem Reden ein Ende zu machen.

»Brüder und Schwestern! Wir müssen klar sehen! Die Entmachtung der Elfen war nur ein erster, bedeutender Schritt auf dem Weg in eine bessere Welt. Die Revolution ist noch nicht beendet! Bald wird die Zeit kommen, in der sie ihre Soldaten frisst! Wir alle sehen nun ganz deutlich, dass Trolle großartige Krieger sein mögen, aber zum Herrschen sind sie nicht geboren. Wir sind weit entfernt davon, einen Kampf gegen unsere Verbündeten führen zu können. Wie also werden wir sie los?« Er sah jeden einzelnen der Versammelten an. Die meisten wichen seinem Blick aus. Es war das alte Problem unter Kobolden. Mit dem Mundwerk waren sie schnell dabei. Aber kämpfen wollte im Grunde keiner von ihnen.

»Wir müssen sie gewähren lassen«, fuhr Elija fort.

»Wir sollen tatenlos zusehen?« Wieder war es Anderan, der den Gedanken der meisten Gesandten eine Stimme gab.

»Davon, dass wir tatenlos bleiben, war nicht die Rede. Aber ja, wir müssen zusehen und uns auf eine Zeit nach den Trollen vorbereiten.«

»Warum sollten sie kampflos den Thron aufgeben wollen?«, fragte Anderan.

»Weil sie eigentlich am liebsten in ihren Höhlen in der Snaiwamark sitzen und im ehrlichen Kampf Troll gegen Mammut ihre Erfüllung finden, nicht aber in der Herrschaft über eine ganze Welt. Die Unordnung, die sie anrichten werden, muss ihnen über den Kopf wachsen!

Seht das Zeltlager der Bittsteller vor der Burg. Es wird täglich größer. Und was tut Gilmarak? Er streift durch den Alten Wald, um zu jagen, statt sich um seine Regierungsgeschäfte zu kümmern.«

»Und wie bekommen wir sie in ihre Höhlen zurück?«, insistierte der Herr der Wasser.

»Sie müssen das Herrschen als eine unerträgliche Last empfinden. Lassen wir sie ihren Gesetzeskodex schreiben und das Münzgeld abschaffen. Dann wird der Handel zusammenbrechen. Überall wird es zu begrenzten Aufständen kommen. Und wir werden, während wir offiziell an der Seite unserer Verbündeten stehen, diese Aufstände unterstützen. Wir sollten Waffen an die Kentauren liefern, damit ihnen die Pfeile mit eisernen Spitzen nicht ausgehen. Wir werden Misswirtschaft betreiben.« Ärgerliches Gemurmel wurde laut. Elija hob erneut die Arme, um es zu ersticken. »Seht ihr einen anderen Weg? Die Herrschaft der Trolle ist ein unausweichliches Übel auf dem Weg in die Freiheit! Wir allein hätten die Elfen niemals vertrieben. Nun vergällen wir den Trollen den Thron, bis sie freiwillig aufgeben. Wir werden Opfer bringen müssen, gewiss, doch denkt an unser Ziel. Wir haben eine Vision. Ich kann sie deutlich vor mir sehen, die Herrschaft der Kobolde. Ich weiß, was ich ändern will. Ich weiß, wie wir regieren müssen, damit diese Welt gerechter wird! Die Trolle hatten nur eine Vision. Sie wollten Emerelle stürzen. Auf das, was danach folgen sollte, waren sie nicht vorbereitet. Sie haben keinen Plan für die Zeit ihrer Herrschaft vorbereitet. Die Macht ist ihnen als Dreingabe zum Sieg über Emerelle in den Schoß gefallen. Deshalb werden sie sie nicht halten können. Und während wir ihnen ins Angesicht schmeicheln, werden wir hinter ihrem Rücken alles tun, um ihnen die Herrschaft zu erschweren!«

»Und was ist mit den Elfen?«, wollte Anderan wissen. »Wenn die Trolle gehen, dann werden sie nach der Krone Albenmarks greifen.«

»Natürlich werden sie das«, stimmte Elija zu. Auf diesen Einwand hatte er nur gewartet. »Aber sie werden alle zugleich danach greifen, und deshalb werden sie die Krone nicht bekommen. Wir müssen nur dafür sorgen, dass Emerelle tot ist. Sie darf nicht zurückkehren. Sie könnte die Elfen einen. Wenn sie nicht mehr lebt, dann wird auch die

Herrschaft der Elfen beendet sein. Wir können ruhigen Gewissens eine Königswahl in Vahan Calyd abhalten. Bringen wir die Trolle so weit, dass sie die Krone nicht mehr haben wollen. Säen wir Zwietracht zwischen den Elfen, und ihr werdet sehen, die Krone Albenmarks wird uns gehören!«

Elija konnte in ihren Gesichtern lesen, dass er sie auf seine Seite gezogen hatte. Selbst der Herr der Wasser schwieg nun endlich. Sein Plan war vollkommen, dachte Elija selbstzufrieden. Sie konnten gar nicht verlieren. Sie waren die Herren von Morgen. Die …

Ein geisterhafter Hundekopf streckte sich aus der gewölbten Decke. Er bewegte den Kopf hin und her, als wolle er Witterung aufnehmen.

Jetzt sahen auch die anderen ihn. Einige sprangen auf. Jene, die nahe der Tür zum Tunnel standen, versuchten zu fliehen. Sie erweckten die Aufmerksamkeit der Bestie. Sie glitt aus der Decke hinab. Sie war groß wie ein Pferd!

Plötzliche Kälte ließ die stickige Luft knistern. Die Bestie schritt über die marmorne Tischplatte. Sie schnappte nach der Brust des Gesandten aus Manchukett. Ohne Widerstand und ohne Blut zu vergießen, drang die Schnauze ins Herz des Gesandten. Der Geisterhund zerrte etwas aus der Brust seines Opfers. Etwas klebrig Goldenes, das an hell leuchtenden Honig erinnerte.

Dem Kobold schmolz das Fleisch von den fülligen Wangen. Er stieß einen Schrei aus, der die Gläser klirren ließ. Verzweifelt griff er sich an die Brust. Seine Finger waren nur noch Krallen aus Haut und Knochen. Dann sank er vornüber.

Der Geisterhund schnappte um sich wie ein Hirtenhund, den man in eine Grube voller Ratten stößt. Seine Schnauze fuhr durch Kehle und Kopf eines Kobolds, der erschrocken zurücksprang. Binnen eines Herzschlags alterte er um Jahrzehnte, wenngleich er überlebte. Seine Augen waren zu weißen, blinden Kugeln geworden. Freunde zerrten ihn zurück.

Elija tastete nach dem Dolch an seiner Seite. Mit gezückter Klinge verschwand er unter dem Tisch. Ihm war klar, dass die Tischplatte für einen Geist, der durch Wände ging, kein Hindernis sein konnte. Er hoffte allein darauf, dass der Hund ihn hier nicht sehen würde.

Die Gesandten schrien nach den Wachen.

Stühle purzelten durcheinander. Immer mehr versuchten zum Ausgang zu gelangen. Elija sah einige stürzen und unter trampelnden Füßen verschwinden. Kälte floss wie ein Strom eisigen Wassers unter den Tisch. Der Hundekopf erschien. Nur zwei Schritt vor ihm. Kalte, blaue Augen fixierten ihn. Elija kroch zurück, bis er gegen eines der Tischbeine stieß. Die Bestie war jetzt unmittelbar vor ihm. Sie bewegte den Kopf, als schnuppere sie. Doch kein Laut war zu hören. Raureif kroch in Elijas Pelz. Er hielt seinen Dolch hoch. Einen rasiermesserscharfen Elfendolch, der jedes Kettenhemd durchdringen konnte! Geschmiedet aus bestem Silberstahl. Eingelegt mit Rubinen. Es war die Waffe eines Fürsten!

Die Bestie kam noch ein wenig näher. Den Dolch beachtete sie gar nicht.

Elija war klar, wie nah er seinem Ende war. Sein Leben lang war er kein Duckmäuser gewesen! Er würde jetzt nicht wie einer sterben. »Verrecke!« Er schnellte vor und stieß dem Geisterhund den Dolch in die Schnauze.

Ohne auf Widerstand zu stoßen, glitt die Waffe bis zu den Rippen. Kälte, die jedes Gefühl auslöschte, durchdrang seinen Arm. Er stürzte vornüber und spürte den Atem der Bestie in seinem Nacken.

»Hierher, Wölkchen!« Anderan war unter den Tisch gekrochen. Er kniete zwischen zwei Stühlen und warf seinen Dolch spielerisch von einer Hand in die andere wie ein Hinterhofmesserstecher.

»Komm, Hundchen. Komm.«

Die Bestie fuhr lautlos herum. Statt auf ihren Angriff zu warten, hechtete Anderan ihr entgegen. Er hielt einen

Krummdolch vorgestreckt. Eine lächerlich kleine Waffe im Vergleich zu der riesigen Bestie.

Elija wollte die Gelegenheit nutzen und den Geisterhund von hinten angreifen. Sein rechter Arm gehorchte ihm nicht mehr. Die Hand und der Unterarm waren völlig taub. Er konnte den Dolch nicht einmal mehr fallen lassen. Dafür tobte in seinem Oberarm sengender Schmerz. Er fühlte sich an, als würde er auf einem eisernen Bratspieß über einem Feuer gedreht.

Elija griff mit der Linken vorsichtig nach der Klinge des Dolches, um die Waffe aus der gefühllosen Hand zu drehen. Als er das Metall berührte, klebte die Haut seiner Finger daran fest. Er zuckte zurück. Die Finger hafteten weiterhin an der Klinge. In Panik zerrte er weiter. Als er sie endlich losgerissen bekam, hafteten blutige Hautstreifen auf dem Dolch.

Der Lutin stöhnte vor Schmerz. Ihm war übel und schwindelig. Er versuchte weiter zurückzukriechen und stieß erneut gegen das Tischbein hinter ihm.

Der Geisterhund wich Anderan aus und schnappte nach ihm. Elija sah, wie die Bestie etwas Goldenes aus dem Arm des Holden zerrte. Der linke Arm des Kobolds verdorrte. Seine linke Gesichtshälfte verlor all ihr Fleisch. Schreiend stieß er mit dem Dolch zu. Die Klinge glitt durch den Körper des Hundes und zog eine Bahn silberner Funken.

Erschrocken fuhr die Bestie zurück. Und dann verschwand sie durch die Tischplatte. Keinen einzigen Laut hatte sie während des Angriffs von sich gegeben. Es war still in der großen Gewölbekammer. Aus dem Tunnel hörte man das Lärmen der Flüchtenden.

»Lebst du noch?« Anderan rang hörbar jede Silbe seinem Schmerz ab.

»Ja.« Elija kroch zu dem Holden hinüber. Das Gesicht des Kobolds war grausam verstümmelt. Eine Hälfte war nur noch eine Maske aus Haut und Knochen. Die verdorrten Lippen waren von den Zähnen zurückgezogen, so dass er zu lächeln schien.

»Gut«, stöhnte Anderan. »Sie dürfen dich nicht kriegen. Du bist die Zukunft.«

»Nein«, entgegnete der Lutin. »Wir alle sind es. Alle Kobolde Albenmarks! Deshalb können sie nicht gewinnen.«

## DER LANGE MARSCH

*»1. Tag. Ich bin umgeben von Verrückten. Da ist die schlammbedeckte Königin, die aus der Wüste zurückkehrte, nur um gemeinsam mit den Grauhäuten und mit mir erneut in die Einöde zu gehen. Die Grauhäute waren entsetzt, aber sie wagen es nicht, gegen uns zu kämpfen. Obwohl es mehr als dreihundert sind. Sie sind allesamt verrückt. Sie sind Kobolde! Ein wenig groß gewachsen und sehr schmutzig, aber unbestreitbar Kobolde! Sie selbst aber halten sich alle für Trolle, egal, wen man fragt! Und Madra, der einzige echte Troll weit und breit, geht mit Emerelle, statt sie umzubringen oder wenigstens mit mir zu Skanga zurückzukehren, um zu berichten, wo wir Emerelle gefunden haben. Ollowain ist wohl der Verrückteste vor allen. Vor nicht einmal einem Jahr erinnerte er sich an gar nichts, und er zog als Klaves hinter den dicken Ärschen der Hornschildechsen meiner Sippe her, um deren Scheiße aufzusammeln. Jetzt erinnert er sich auch daran nicht mehr. Er hält sich für jemand ganz anderen! Ich bin der Einzige, der klar denken kann unter all den Irren. Ich bin verloren!*

*2. Tag. Sie sind zu langsam! Gestern haben wir keine fünfzehn Meilen geschafft. Emerelle glaubt, dass es inmitten der Wüste einige Oasen gibt. Ich weiß es, schließlich war ich schon dort. Und weil ich diese Wüste kenne, weiß ich auch, dass wir viel zu wenig Wasser dabeihaben. Wir alle werden verrecken! Wenn meine Sippe hier wandert, dann tragen die Hornschildechsen für jeden Lutin zehn Ziegenschläuche voll Wasser. Hier gibt es nicht einmal einen Ziegenschlauch mit Wasser für jeden Kopf! (...)*

*4. Tag. Das Wasser ist fast aufgebraucht. Heute haben wir nicht einmal acht Meilen geschafft. Den Alten und den Kindern fehlt die Kraft für diese Wanderung. Meine Tinte ist auch ganz dickflüssig geworden. Vielleicht werde ich sie morgen trinken. Ich glaube, ich werde nicht mehr viel in dieses Buch schreiben.*

*5. Tag. Den ganzen Morgen ist sie hin- und hergelaufen. Dann schließlich hat sie sich einen Wanderstab geholt und ihn in den Boden gestoßen. Wenige Augenblicke später brach Wasser aus dem Sand. Ich hatte vergessen, wer sie war. Alle sind erfüllt von neuer Zuversicht. Am Abend hat sie sich nackt unter die Grauhäute gesetzt und mit feuchtem Lehm einreiben lassen. Für eine ehemalige Königin benimmt sie sich ziemlich schamlos. Heute haben alle gerastet. Ich sehne mich nach unseren Hornschildechsen. Mit ihnen war das Reisen in der Wüste viel einfacher. (...)*

*6. Tag. Madra ist seltsam! Der Troll redet mit kaum einem der Grauhäute. Aber er hat mit etlichen der Kinder Freundschaft geschlossen. Wenn es dämmert, wir ein Lager aufschlagen und die Erwachsenen sich auf ihre seltsamen Rituale vorbereiten, kommen die Kinder zu ihm. Er erlaubt ihnen, auf ihm herumzuklettern, als sei er ein lebender Berg.*

*7. Tag. Ollowain betrügt! Da bin ich mir ganz sicher. Er verführt immer mehr von den Grauhäuten dazu, mit ihm zu würfeln, sobald wir unser abendliches Lager aufschlagen. Er hat einfach zu viel Glück. Und diese Trottel merken nicht, was er mit ihnen treibt. Nimmt sie einen nach dem anderen aus. Er hat schon ein kleines Vermögen an Türkisen und Opalen gewonnen.*

*9. Tag. Madra sieht aus, als habe man ihn in kochendes Wasser geworfen. Seine ganze Haut ist verbrannt. An manchen Stellen blutet er sogar. Ich hätte nicht erwartet, dass der Troll als Erster sterben würde. Die Grauhäute halten sich gut, solange sie genug Wasser bekommen. Auch Ollowains Gesicht ist ganz verbrannt. (...)*

*11. Tag. Madra ist zusammengebrochen. Ich habe versucht, ihm das Amulett abzunehmen, aber Emerelle weicht nicht von seiner Seite. Solange er noch laufen konnte, hat er sie nicht an sich herangelassen. Es scheint, als würde sie ihn retten. Dass ausgerechnet sie einen Troll heilt! Sie ist anders, als ich erwartet hatte. Ohne Zweifel ist sie grausam. Sie zwingt einen ganzen Koboldstamm gegen dessen Willen in eine neue Heimat. Und dann rettet sie den Troll. Ich verstehe sie nicht! (...)*

*14. Tag. Seit heute weiß ich, dass wir tot sind! Am Morgen sind wir am Skelett einer Hornschildechse vorbeigekommen. Man konnte noch Malereien an der dem Wind abgewandten Seite des Hornschildes sehen. Sie gehörte nicht zu meiner Sippe. Aber ich weiß, dass man nicht weiter gehen darf, als die Hornschildechsen in die Wüste wandern können. Ganz deutlich erinnere ich mich, dass Meister Gromjan, mein Lehrer, davon erzählt hat. Die Alben haben die Erschaffung der Wüste wohl durchdacht. Es gibt eine bestimmte Menge Wasser, die man tragen kann, behauptete Gromjan. Und die sei bei allen letzten Endes fast gleich. Dass ein Troll mehr tragen kann, bedeutet nichts, denn er trinkt auch mehr. Wer vernünftig ist, der geht nur den hal-*

*ben Weg bis zu dieser Grenze, denn sonst kommt er ja nicht mehr lebend zurück. Wer stur bis zum Ende marschiert, der verdurstet. Wer aber diese Grenze überschreitet, weil er anderen Wasser stiehlt oder wie Emerelle Wasser aus dem Boden sprudeln lässt, wo es keines geben sollte, der kommt an einen Ort, wo die Erde Gift atmet. Dort endet alles Leben. Ich fürchte, Emerelle will uns dorthin führen. Ich begreife nicht, warum sie alle am Leben erhält, um uns diesem Schicksal auszuliefern. Obwohl ich weiß, wohin die Reise führen wird, kann ich nicht mehr zurück. Mir fehlt das Wasser! Auch die Grauhäute scheinen zu wissen, wohin es geht. Seit gestern schon sind sie unruhig. Immer wieder versuchen ihre Ältesten mit Emerelle zu reden, doch sie hat ihre Ohren gegen alle Klagen verschlossen. (…)«*

AUS: DIE TAGEBÜCHER DES NIKODEMUS GLOPS, BAND IV, AUF VERBOTENEN WEGEN – MEINE REISEN MIT DEM TROLL MADRA UND ANDEREN, S. 43 FF.

## DER UNSTERBLICHE

Elodia sah sich eingeschüchtert um. Noch nie war sie in solchen Kammern gewesen. Es war nicht so, wie sie sich die Burg des Königs vorgestellt hatte. Aber was wusste sie auch schon. Ihren Bruder Jean hatten sie weggeführt. Sie waren grob gewesen, aber sie hatten ihn nicht geschlagen. Und sie auch nicht. Keiner hatte sie auf der Reise zum Königshof angerührt. Auch das hatte sie so nicht erwartet. Sie wusste ja, als was sie ihnen galt.

»Komm, Mädchen.« Ein Mann mit spitzem Bart und tief liegenden, dunklen Augen führte sie. Er trug ein Gewand, das den Kutten der Tjuredpriester ähnlich war. Allerdings war es ganz schwarz und augenscheinlich auch aus viel besserem Stoff. Eine Goldkette mit einem wuchtigen Medaillon, das einen Löwenkopf zeigte, wippte bei jedem seiner Schritte auf seiner Brust. Der Mann war sehr groß und sehr dünn.

»Hast du Angst?«, fragte er unvermittelt.

Sie nickte scheu. Sie waren im Inneren einer großen, von Säulen getragenen Halle, an deren Wänden entlang weite Treppen liefen. Sie hatte den Eindruck, dass man diese Halle nur für die Treppe gebaut hatte! Und sie war größer als jedes Haus in Nantour.

Niemand außer ihnen war in der Treppenhalle zu sehen.

Der Mann mit der Löwenkette hatte ihr Nicken nicht bemerkt, aber er deutete ihr Schweigen wohl als Zustimmung. »Du redest am besten nur, wenn er dich etwas fragt. Mach dir nicht zu viele Sorgen. Du bist ein hübsches Mädchen. Es macht Freude, dich anzusehen. Mädchen wie dich gibt es selbst hier nicht viele. Eines ist jedoch wichtig. Widersprich ihm nie! Das kann er nicht leiden. Auch wenn er nicht wie die Könige in den Märchen aussieht, er ist der unumschränkte Herrscher Fargons. Sein Wort ist Gesetz. Seien es nun freundliche Worte oder grob gesprochene Befehle.«

Sie nickte. Dann begriff sie, dass er das ja nicht sehen konnte. »Ich habe verstanden.« Ihre Stimme war ganz rau. Und die Kehle war ihr eng. Sie hatte so viele Dinge über den König gehört. Sie rechnete mit allem. Selbst wenn er den Befehl geben würde, sie zu schlachten, dann würde sie das nicht überraschen. Auch solche Geschichten hatte sie schon gehört. Dass er sich aus dem Hautfett von Jungfrauen eine Salbe fertigen ließ, mit der er sich jeden Tag einrieb und dass er deshalb so unglaublich alt geworden war.

Je weiter sie hinaufkamen, desto schäbiger sah die Treppe aus. Die Wände waren mit nicht ganz passenden Steinen repariert. Der Putz, den man über den beschädigten Stellen aufgebracht hatte, bröckelte bereits wieder ab.

Der Mann mit dem Löwenamulett blieb vor einer Tür stehen, die ganz aus Gold gefertigt zu sein schien. In der oberen Hälfte war eine Sonnenscheibe in das Gold gearbeitet. Weiter unten sah man Männer mit Tierköpfen vor einem Haus stehen, das von Säulen umringt war.

Ihr Führer klopfte laut.

Elodia trat noch näher an die Tür. Obwohl die Figuren darauf kleiner als ihr kleiner Finger waren, konnte man sie sehr deutlich erkennen. Einer der Männer hatte einen Wildschweinkopf. Ein anderer den Kopf eines Pferdes. Ob das Masken waren?

Die Tür schwang auf. Stickige Wärme schlug ihnen entgegen. Die Luft war von Wohlgerüchen erfüllt, wie Elodia sie aus den Tempeltürmen der Tjuredkirche kannte. Und noch andere, fremde Gerüche waren dabei.

Breite, halb durchsichtige weiße Stoffbahnen hingen von der Decke. Sie sah Bronzebecken auf massigen Ständern mit Löwenfüßen, in denen Kohlen glommen. Überall waren Kerzen.

Sie hatte den Raum kaum betreten und begann schon zu schwitzen.

Durch die wogenden Stoffbahnen konnte man nicht einschätzen, wie groß das Zimmer war. Sie blickte zur Decke empor. Sie war aus Gips oder weißem Stein gefertigt. In den Stein waren Pferde mit Adlerflügeln geschnitten. Sie sahen wunderschön aus. Die Decke war bestimmt sechs Schritt hoch.

»Komm!« Ihr Begleiter zog sie ungeduldig am Ärmel. Vor ihnen schob ein Krieger eine Stoffbahn zur Seite. Der Ritter trug das Stierkopfwappen der Leibwache des Königs auf seinem Waffenrock. Auch er erschien Elodia unglaublich groß. Er hatte den Schädel kahlrasiert und eine Nase wie ein Messer. Sein Blick verhüllte nicht, woran er dachte, als er sie ansah.

Ihr Führer musste diesen Blick bemerkt haben. Er sagte allerdings nichts.

Weitere Stoffbahnen glitten wie von Geisterhand gezogen zur Seite. Dann standen sie vor dem Bett. Hunderte Kerzen hüllten es in goldenes Licht. Es stand leicht erhöht. Man musste drei Stufen hinaufsteigen, wenn man an es herantreten wollte.

Ihr Begleiter ließ ihren Ärmel los. Auch vor das Bett waren halb durchscheinende Tücher gespannt. Es war unglaublich groß. Der Mann, den man als vagen Schemen erahnen konnte, wirkte darin klein und zerbrechlich.

»Wenn sie nicht so hübsch ist, wie du gesagt hast, dann lasse ich dich aus dem Fenster stürzen.« Die Stimme war kraftvoller, als Elodia es bei einem so alten Mann erwartet hätte.

»Ich verspreche dir, mein König, du wirst nicht enttäuscht sein.«

»Ja, ja. Das versprecht ihr immer alle … Ich will sie sehen!« Augenblicklich glitten die Vorhänge vor dem Bett auseinander. Elodia sah, dass sie von dünnen Kordeln gezogen wurden und nicht von Geistern. Die Diener, die dies taten, blieben jedoch ihren Blicken verborgen.

»Komm, Mädchen, komm.« Er sprach, wie man zu einem scheuen Zicklein sprach. »Meine Augen sind nicht mehr so gut. Du hast die Erlaubnis, dich auf mein Bett zu setzen, damit ich dich besser betrachten kann.«

Sie sah ihn sehr deutlich. Man hatte ihm Kissen hinter den Rücken gestopft, damit es ihm leichterfiel, zu sitzen. Seine Augen lagen unnatürlich weit auseinander. Etwas war mit seiner Nase … Sie sah aus, als sei sie halb weggefressen. Schlecht verheiltes Fleisch lag offen zutage. Von seinem Kopf hingen nur ein paar dünne Strähnen weißen Haares. Ansonsten war er kahl. Seine Lippen waren so dünn, als habe man ihm den Mund mit einem Messerschnitt ins Gesicht gekerbt. Ein Labyrinth von Falten furchte seinen Hals. Eine Decke war bis weit auf seine Brust hinaufgezogen. Der König war so schmal und ausgezehrt wie ein zehnjähriger Bettlerjunge. Ein Arm lag auf der Decke. Blaue Adern schimmerten durch milchweiße Haut. Überall waren verschorfte Stellen, und auf seinem Handrücken sah Elodia eine offene Wunde. Mit rotbrauner Tinte hatte man verschlungene Muster auf seine Haut getupft. Vielleicht Zauberzeichen? Ein riesiger Ring steckte auf dem Mittel- und Zeigefinger des Königs. Ein in Gold gefasster Stein prangte darauf. Er zeigte einen roten Stierkopf auf weißem Grund.

»So stellt sich ein junges Mädchen wohl nicht seinen Liebhaber vor?« Ein volltönendes Lachen begleitete seine Worte. »Ich muss zugeben, Balduin hat nicht gelogen. Du bist hübsch!«

Elodia ekelte sich vor ihm, aber sie versuchte ein kokettes Lächeln und betete zu allen Göttern, dass er nicht erriet, wie sehr sie ihn verabscheute. Sie blickte ihm jetzt geradewegs in die Augen, so musste sie den jämmerlichen Rest nicht sehen. Seine Augen waren von tiefem Grün. Sie wirkten nicht alt, obwohl feine rote Äderchen das Weiß durchzogen.

»Hat Balduin dir nicht gesagt, dass man seinen König nicht anstarrt wie einen Tanzbären auf dem Marktplatz?«

Erschrocken senkte sie den Blick. »Verzeih.«

»Tjured sei Dank, du hast eine Zunge. Ohne Zunge wärst du auch nicht zu gebrauchen. Jetzt zieh dich aus!«

Elodia hatte sich schon etlichen Männern hingegeben. Aber meistens war es eine schnelle, hektische Liebe gewesen. Sie hatte ihren Rock gehoben, die Beine breit gemacht und fest an etwas anders gedacht, bis es vorüber war. Nur dreimal hatte sie zärtlichere Liebhaber gehabt, die sie entkleideten, sie dabei streichelten und so romantische Worte fanden, dass sie fast vergessen hätte, dass es nur ein Geschäft war.

Scheu öffnete sie die Brosche ihres Umhangs. Dann streifte sie das Mieder ab, das sie über dem Kleid trug. Ihre Hände zitterten, als sie die Brustschnüre ihres Kleides öffnete. Sie sah, wie dem König ein Speichelfaden über das Kinn lief.

Elodia atmete schwer aus. Dann streifte sie das Kleid zusammen mit dem fadenscheinigen Untergewand über den Kopf.

Jetzt trug sie nur noch den Stoffgürtel, mit den Lederriemchen, die ihre Beinlinge hielten. Und ihre schäbigen, vom Straßenschlamm bedeckten Holzschuhe.

»Das reicht.« Cabezan klopfte mit der Hand neben sich auf das Bett. »Setz dich hier hin. Ich will dich berühren. Und ich will dich riechen.«

Eine Gänsehaut kroch über ihren ganzen Leib. Hoffentlich sah der König nicht mehr gut genug, um es zu bemerken.

Sie gehorchte. Das Betttuch war so zart wie kein anderer Stoff, den sie je berührt hatte. Von Cabezan ging ein unangenehmer Geruch aus. So nah, wie sie ihm nun war, vermochte auch der Weihrauch den Gestank nicht mehr zu überdecken. Der König roch nach fauligem Fleisch!

»Du bist also eine Hure, die es mit Fleischhauern und anderen armen Würstchen treibt.« Balduin kicherte.

Sie brachte keinen Laut hervor.

»Du bist dumm!« Er legte ihr seine Hand auf den Schenkel. Seine Finger streichelten über ihre Haut. »Du könntest Gold statt Würste bekommen, wenn du zu den richtigen Männern gingest. Wie alt bist du?«

»Sechzehn Sommer.«

Er stieß einen tiefen Seufzer aus. »Sechzehn. Das ist gut. Sehr gut …« Er zupfte an ihrem Schamhaar. »Und das hier ist zu bäuerlich!«

Sie wich ein klein wenig zurück. Die Hand des Königs krallte sich in das Fleisch ihres Oberschenkels. Durch die Bewegung hob sich seine Decke kurz, und ein überwältigender Gestank stieg auf. Sie hielt den Atem an und musste die Augen schließen. Verzweifelt kämpfte sie gegen den Würgereiz an, den der Verwesungsgeruch bei ihr auslöste.

»Gefällt dir mein Parfüm? Tjured ist ein Bastard! Er gefällt mir umso besser, je mehr ich von ihm höre. Schenkt mir Unsterblichkeit und sorgt zugleich dafür, dass ich keinen Spaß an meinem Leben habe. Weißt du, Mädchen, früher, da hätte ich es mit dir getan …« Seine schmale, dunkle Zunge stach obszön zwischen seinen Lippen hervor. »Leider hat mir Tjured auch diesen Spaß genommen. Manchmal lade ich Tankret ein, irgendeine Dirne neben mir auf dem Bett zu vögeln. Aber zuzuschauen, ist einfach nicht dasselbe.« Er nickte in Richtung der Tür. »Tankret ist mein Leibwächter. Er hat nur eine einzige Tugend. Er ist mir treu. Ansonsten ist er völlig ohne Moral. Aber lassen wir das. Weißt du, woran es meinem Königreich mangelt?«

Elodia blickte um Hilfe suchend zu Balduin, doch der Höfling sah sie ausdruckslos an.

»Nein«, sagte sie schließlich leise.

»An Größe.« Cabezans Hand streichelte wieder über ihren Schenkel. »Dieser Palast hier ist eine jämmerlich schlecht instand gesetzte Ruine. Vor vierzig Jahren hat ein Bauer beim Pflügen auffällig schöne Dachziegel gefunden. Er hat sie auf seinen Karren geladen und auf dem nächsten Markt verkauft. Leider dauerte es ein paar Monde, bis ich davon erfuhr. Als meine Männer auf seinen Acker kamen, waren schon alle Dachziegel ausgegraben. Und die Bauern hatten damit begonnen, Mauerwerk aufzubrechen, weil die Steine, die von den alten Baumeistern verwendet worden waren, so wunderbar gleichmäßig gearbeitet waren. Ich habe den Bauern mit seiner Familie lebendig begraben lassen, damit sie vor ihrem Tod genügend Zeit hatten, darüber nachzudenken, dass alles, was in der Erde meines Königreichs ruht, mir gehört!« Elodia starrte auf einen Fleck auf der Bettdecke. Sie hörte gut zu und versuchte zu vergessen, dass sie nackt war und diese grässliche Hand ihren Schenkel liebkoste und immer häufiger auch über ihre Scham strich.

»Dieser Palast hier ist das Haus, dessen Dachziegel der Bauer gestohlen hat«, fuhr der König fort. »Du weißt ja, der

Palast liegt am Fuß eines Berges. Vor langer Zeit löste sich eine Lawine aus Schlamm vom Berghang und verschlang den Palast und alles, was darinnen war. Aber sie drückte nicht die Mauern ein. Es ist ein außerordentlicher Glücksfall. Ein Geschenk der alten Götter. Es gibt kein zweites Haus wie dieses in meinem ganzen Königreich! Weißt du, dass man mit heißer Luft aus Öfen im Keller die Fußböden in ausgewählten Zimmern anwärmen kann? Es ist ein wunderbarer Ort für einen Krüppel wie mich. Ein Ort, um von vergangener Größe zu träumen. Ich habe die besten Handwerker und Architekten von nah und fern rufen lassen, um dieses Haus zu studieren. Ich habe ganze Wagenladungen an Silber verschwendet, um solche Paläste noch anderswo bauen zu lassen. Aber es werden bestenfalls schlechte Kopien. Die Fußbodenheizungen funktionieren nicht. Die Stuck- und Steinmetzarbeiten sehen wie von Kindern geschaffen aus, vergleicht man sie mit den Originalen. Was hast du aus dieser Geschichte gelernt, Mädchen?«

Die Hand des Königs hielt still. Fast hätte sie ihm in die Augen gesehen. Sie ahnte, dass es nicht gut wäre, wenn sie wieder keine Antwort fand. Der König prüfte sie, auch wenn sie nicht erkennen konnte, mit welchem Ziel. »Mir scheint, die Geschichte besagt, dass die Geschenke der Götter nicht von Menschenhand nachgeahmt werden können.«

Cabezan lachte auf. »Der blau gewandete Narr, den ich mir als Hofpriester halte, würde dir für diese Antwort die Füße küssen.« Er kniff ihr ins Bein. »Obwohl er ein frommer Mann Tjureds ist, ganz Vorbild, ganz von seiner eigenen Heiligkeit durchdrungen, wette ich, seine Küsse würden langsam höher wandern. Ich glaube nicht, dass es viele Männer geben wird, die deinen Reizen widerstehen können, Mädchen. Du bist außergewöhnlich, so wie das hier.« Er drehte sich zur Seite und zog einen kurzen Dolch unter seinem Kissen hervor, dessen Klinge mit einem merkwürdigen, blaugrauen Wellenmuster überzogen war.

»Einen Dolch wie diesen kann keiner meiner Schmiede im ganzen Königreich erschaffen. Er ist wie dieses Haus. Ein Relikt vergangener Größe. Es muss eine Zeit gegeben haben, da waren die Menschen bedeutender. Und ihre Könige mächtiger. Wenn man weiß, wo man suchen muss, dann findet man überall Zeugnisse dieser Zeit. Auf dem Meeresgrund, nahe bei Marcilla oder in den Bergen in dem Tal, das man den Steinernen Wald nennt. Meist sind die Zeugnisse der Vergangenheit tief in der Erde verborgen. Hunderte Männer suchen für mich danach.«

Elodia hatte davon gehört, dass der König Ritter und Handwerker in den Steinernen Wald geschickt hatte und dass sie dort von einem Geisterritter angegriffen worden waren.

»Ich will nach dieser alten Größe greifen«, sagte Cabezan. »Ich will sein wie die vergangenen Herrscher. Hast du die Tür dieser Kammer gesehen? Sie ist verzaubert. Wenn man sie nicht freiwillig öffnet, dann kann sie niemand überwinden. Ich habe sie in Iskendria kaufen lassen. Eine ganze Schiffsladung voll Silber musste ich dafür hergeben. Meine Suche nach der verlorenen Größe ist unglaublich teuer. Sie verschlingt Gold und Silber, und was ich dafür zurückbekomme, bringt dem Königreich zunächst nur wenig. Meine Philosophen und Alchemisten untersuchen diese Dinge. Die besten Handwerker, die man für Gold anwerben kann, studieren sie und versuchen es den alten Meistern gleichzutun. Wenn das einst gelingt, wird sich jedes Goldstück hundertfach wieder auszahlen. Weißt du, wenn man ein Leben hat wie ich, dann ist alles, was geblieben ist, der Wille. Mein Körper ist eine Ruine. Ich kann kaum aus eigener Kraft stehen. Aber mein Geist ist klar. Und ich bin unsterblich! Mir ist es bestimmt, die Menschheit wieder zu alter Größe zu führen. Einst waren wir genauso mächtig wie Elfen und Dämonen mit ihrer finsteren

Magie. Und wir werden es wieder sein! Dabei wirst du helfen.«

Er winkte Balduin. »Das Reden dörrt mir die Kehle aus. Bring mir Wein!«

Sein Diener gehorchte und verschwand augenblicklich zwischen den sanft wogenden Stoffbahnen. Bald waren nur noch seine Schritte zu hören. Er verließ die Kammer nicht. Wieder fragte sich Elodia, wie groß dieser Raum wohl sein mochte.

»Glaubst du an die alten Götter oder an Tjured?«

»Ich bete zu Tjured und den alten Göttern.«

»Ha, das ist der richtige Geist! So halte ich es auch. Wobei mir die alten Götter lieber sind. Dieser Tjured …« Er schüttelte den Kopf. »Ich weiß nicht, was von ihm und seinen Priestern zu halten ist. Wusstest du, dass in mehreren seiner Refugien alle Priester auf rätselhafte Weise verstorben sind? War das die Rache unserer alten Götter? Wenn ja, was ist ein Gott wert, der seine eigenen Priester nicht beschützt? Oder hat er es selbst getan? Aber warum? Was mögen seine Priester getan haben, dass sie eine so grausame Strafe verdienen? Unsere alten Götter sind da leichter zu verstehen. Meine Krieger haben einmal einen seiner Priester ermordet. Einen Wunderheiler, der sich geweigert hat, mir zu helfen. Ich glaube, weil dies geschah, wurde ich mit Unsterblichkeit und ewigem Siechtum beschenkt. Er ist ein verdammter Bastard, dieser Tjured.« Er hustete.

Balduin kehrte mit einem goldenen Pokal zurück. Der König trank gierig daraus. Wein rann ihm über das Kinn und über sein weißes Nachtgewand. Als er absetzte, hielt er ihr das Gefäß hin. »Komm, trink aus einem Becher mit mir.«

Sie nahm den Pokal und drehte ihn ein wenig, damit ihre Lippen auf keinen Fall den Rand dort berührten, wo Cabezans Lippen gewesen waren.

Der Wein war stark. Er rann warm durch ihre Kehle. Als sie absetzte, fühlte sie sich ein wenig benommen.

»Du ekelst dich also vor deinem König«, sagte er nüchtern. Er nahm ihr den Pokal ab und stellte ihn auf einen kleinen Tisch neben seinem Bett.

Elodia schwieg. Was hätte sie auch sagen sollen? Es war offensichtlich, dass es stimmte. Auch der Weinbecher war also eine Prüfung gewesen.

»Man hat mir erzählt, dass du dich für deinen Bruder verkauft hast. Ist das richtig?«

Ihr stieg die Schamesröte in die Wangen. Sie brachte kein Wort hervor. Endlich nickte sie.

Seine Hand kroch in ihren Schoß. »Wenn ich dir verspreche, dass es deinem Bruder gutgehen wird, wirst du dann diese Hand küssen? Nicht den Ring. Die Hand!«

Sie sah auf die schwärende, offene Wunde auf dem Handrücken.

»Nun?«

»Ich werde es tun!«

Cabezan hob die Hand. »Worte sind billig, Mädchen. Tue es! Jetzt!«

Sie atmete tief ein. Dann hielt sie die Luft an. Sie nahm die Hand des Königs und führte sie an die Lippen. Er drückte sie fest gegen ihren Mund. Sie spürte das klebrige Wundsekret auf den Lippen.

Endlich zog er die Hand zurück. Ohne zu fragen, griff sie nach dem Weinpokal und trank noch einen Schluck.

Cabezan sah sie an, und ein erstes, dünnes Lächeln spielte um seine Lippen und grub tiefe Furchen in seine Mundwinkel. »Die meisten hätten das nicht über sich gebracht. Ich werde dich brauchen können. Damit du ganz und gar verstehst wozu, werde ich ein wenig ausholen müssen … Ich sagte dir ja bereits, wie kostspielig meine Liebe zur Vergangenheit ist. Auch wenn ich König bin, kann ich leider kein Gold scheißen. Meine Mittel sind begrenzt. Du kannst dir nicht vorstellen, wie teuer es ist, Kriegsschiffe zu unterhalten. Krieger und Ritter wollen ihren Sold. Waffen und Rüstungen müssen bezahlt werden.

Sie verschlingen unglaubliche Summen. Nun hat mir mein etwas beschränkter Priester schon vor einiger Zeit eine Predigt gehalten, in der es darum geht, dass Tjured sich Frieden auf Erden wünscht. Und dass man Liebe zeugen soll statt Krieg. Diese Worte sind mir lange im Kopf umgegangen. Fast alle Länder rings um Fargon sind ärmer als wir. Sie schauen voller Neid auf unsere Städte. Da gibt es die Barbaren in den Wäldern von Drusna und die Piraten im fernen Fjordland, die jetzt angeblich eine Kriegerkönigin auf ihren Thron gesetzt haben. Gefährlicher noch ist Angnos, wo man die letzte Niederlage gegen die Heere Fargons nicht vergessen hat und immer noch auf Rache sinnt. Dann wären da noch die Piraten auf den Aegilischen Inseln … Ich könnte wohl noch endlos weiterreden. An Feinden herrscht leider nie Mangel. Die Worte des Priesters haben mich darin bestärkt, einen neuen Weg zu suchen. Nach reiflicher Überlegung bin ich zu dem Schluss gekommen, dass die richtige Frau im richtigen Bett leicht tausend Krieger ersetzen kann. Allerdings müssen dies sehr besondere Frauen sein. Schön zu sein, so wie du es bist, genügt nicht. Diese Frauen müssen klug sein. Sie müssen lesen und schreiben können. Sie müssen mir unverbrüchlich ergeben sein. Sie müssen willig sein, Dinge zu tun, die nicht einmal die niedersten Straßendirnen tun würden, und das so gut, dass sie wie eine Droge sind. Die Männer, die die besondere Gunst genießen, mit diesen Frauen ihr Lager und vielleicht auch ihr Leben zu teilen, müssen ihnen mit Körper und Geist verfallen sein. Sie müssen Frauen sein, wie es sie im wirklichen Leben nicht gibt. Vollkommene Geliebte, aber auch Gefährten. Kannst du dir vorstellen, eine solche Frau für mich zu werden? Die Hure deines Königs, die niemals das Lager mit mir teilte. Und die jeden Mann, dem sie sich hingibt, betrügt, weil sie stets nur an die Interessen Fargons denkt.«

Elodia konnte sich vorstellen, was aus ihr werden würde, wenn sie Nein sagte. Sie wusste inzwischen, dass alle Badehäuser des Königreiches von Beamten des Königs beaufsichtigt wurden. Für jeden Beischlaf, der dort stattfand, floss Gold in die Kassen des Königs. Sie war sich ganz sicher, dass man sie in eines dieser Häuser bringen würde, wenn sie Cabezan nicht zu Willen war. Was sie nicht wusste, war, welches Schicksal dann ihren kleinen Bruder erwartete.

»Was wird mein Lohn sein, wenn ich eine Hure für das Königreich werde?«

Cabezan lachte leise. »Wie ich sehe, hast du die richtige Einstellung zu deiner Arbeit. Mein Preis ist dein Bruder. Er wird eine Ausbildung an meinem Hof bekommen. Man wird feststellen, wozu er sich am besten eignet. Ob er ein Krieger oder ein Schreiber in meinem Scriptorium werden sollte. Oder vielleicht einer der Gelehrten, die für mich nach Relikten der fernen Vergangenheit suchen. Wenn er ins rechte Alter kommt, werde ich für ihn ein Mädchen aus gutem Hause aussuchen. Wenn er das Zeug dazu hat, dann wird er es in meinem Königreich weit bringen. Darauf hast du mein Wort als König.«

Das war mehr, als Elodia zu hoffen gewagt hatte. »Das ist großzügig. Was soll ich nun tun?«

Der König nahm die Hand von ihrem Schenkel. »Morgen wird jemand kommen und dich fortbringen. Du wirst auf deine neue Zukunft vorbereitet werden. Man wird dir einen neuen Namen geben. Und du wirst deinen Bruder und auch sonst niemanden, den du kennst, noch einmal wiedersehen. Es wäre schlecht, wenn dein Bruder wüsste, was du bist.«

»Ja«, sagte sie kleinlaut.

»Du kannst ihm schreiben. Sag, du hättest dich in ein Refugium der Tjuredpriester zurückgezogen. Schreib, es sei dein Preis für seine Zukunft gewesen.«

»Darf ich mich noch von ihm verabschieden?«

»Balduin wird dir jeden Wunsch erfüllen. Aber morgen bei Sonnenaufgang beginnt dein Dienst für dein Königreich. Von da an gehörst du ganz mir. Dies ist die letzte Nacht des Blumenmädchens Elodia. Sehr bald schon wird niemand, der dir früher einmal begegnet ist, dich wiedererkennen. Du sollst mein schärfstes Schwert werden. Und wenn du mir gute Dienste leistest, wird dein Bruder in höchste Würden aufsteigen. Nun geh! Du hast gewiss noch viel mit deinem Bruder zu besprechen.«

## EIN KINDERSTREICH

Nikodemus hielt den Atem an und pinkelte auf den schmutzigen Stoffstreifen. Sein Urin hatte eine dunkle, fast braune Farbe. Der Lutin war sich sicher, dass das Gift des Landes schon in seinen Körper eingedrungen war! Nie zuvor hatte er etwas wie die Schwefelwüste gesehen! Ein Land voller Gift. Am Boden und in der Luft.

Mit spitzen Fingern nahm er das Stück Stoff auf. Seine Lungen begannen zu brennen. Voller Ekel wickelte er sich den Stoff um Nase und Schnauze. Alle taten das. Alle außer Emerelle!

Der Gestank des durchtränkten Stoffs war ungeheuerlich. Nikodemus kämpfte gegen den aufkommenden Brechreiz an. Er atmete zwischen zusammengebissenen Zähnen hindurch. Jeder Atemzug machte ein zischendes Geräusch. Widerlich!

Er beeilte sich, um wieder zu den anderen aufzuschließen. Sie zogen an einem ausgetrockneten Bachbett entlang. Gelbe Schwefelkrusten überzogen das Ufer. Ein Stück entfernt trieb weißer Rauch dicht über den Boden.

Über den Rand der Senke hinweg blickte man auf eine Ebene, die von ausgetrockneten Bächen und weiten Flächen brodelnden Schlamms bedeckt war. Der Sand hatte mitunter merkwürdige Farben. Mal grünlich, dann rostrot und bald wieder hellgelb bis hin zu weiß. Feiner Staub, der wie Salz in den Augen brannte, wirbelte in der sengenden Luft.

Am Morgen waren sie an einem See vorbeigekommen, den die Kobolde das Drachenauge nannten. Er hatte so seltsam ausgesehen, dass niemand von ihnen auch nur auf den Gedanken gekommen war, in die Nähe seines Ufers zu gehen. Wie ein gewaltiges, blutunterlaufenes Auge lag er in der Wüste. Er hatte eine fast vollkommene Kreisform. In seiner Mitte war das Wasser von dunklem, beinahe schwärzlichem Blau. Darum lag ein Kreis aus hellerem, türkisem Blau. Dicht am Ufer wurde das Wasser dann plötzlich blutrot. Emerelle hatte gesagt, die Farbe stamme von winzigen Tieren, die im Wasser lebten. Aber Nikodemus mochte das nicht glauben.

Vor zwei Tagen war am Horizont vor ihnen ein weites Massiv aus Tafelbergen erschienen. Wie die Festungsmauern einer Stadt von Riesen erhoben sie sich am Horizont. Anfangs hatten die Berge in der Ferne blau ausgesehen. Jetzt wirkten sie rötlich. Aber obwohl sie ihnen um mindestens dreißig Meilen näher gekommen sein mussten, schienen sie immer noch unerreichbar fern. Dorthin wollte Emerelle die Grauhäute führen. Es hieß, inmitten der Berge gebe es eine Oase. Nikodemus hatte seine Zweifel, wenn er auf das vergiftete Land ringsherum blickte.

Näher als die Berge sah man eine Felsstufe, die sich durch die Wüste zog. Sie schien ein naher Vorläufer der Berge zu sein.

Als er die Grauhäute wieder eingeholt hatte, stieg Nikodemus das kurze Stück zum Rand der Uferböschung hinauf, um zu sehen, um wie viel sie der Felsstufe schon näher gekommen waren. Sie war der einzige Orientierungspunkt, abgesehen von den fernen Bergen. Die Luft tanzte in glasigen Schlieren dicht über dem Wüstenboden. Es war unmöglich, zu sagen, wie weit die Felsstufe entfernt war. Manchmal glaubte Nikodemus dunkle Flecken im Felsen zu erkennen. Gab es dort Höhlen? Die Mittagsstunde war nicht mehr fern. Der Lutin träumte davon, die Zeit der größten Hitze in einer Höhle zu verbringen. Sie sollten nachts wandern! Aber aus irgendeinem Grund wollten das weder die Grauhäute noch Emerelle. In jeder Nacht bezogen Posten auf den Erhebungen rings um den gewählten Lagerplatz ihre Stellung. Nikodemus hatte sie einmal besucht. Es waren keine normalen Wachen. Sie waren in einem Zustand zwischen Traum und Wachen. Manchen troff klebriger, seltsam riechender Speichel aus den Mundwinkeln. Sie hatten Muster, die an verzerrte Spinnennetze erinnerten, auf ihre Körper bemalt. Ganz offensichtlich woben diese mit Muschelketten geschmückten Männer und Frauen irgendeine Art von Magie. Und obwohl Nikodemus insbesondere nachts oft das Gefühl hatte, dass sie belauert wurden, kam es nie zu einem Zwischenfall.

Der Lutin kletterte die Böschung hinab und schloss sich wieder den Kobolden an. Stunde um Stunde ging ihr Marsch. Sie erreichten die Höhlen nicht, wenn es sie denn überhaupt gab und sie ihm nicht allein von seinem kochenden Verstand vorgegaukelt worden waren. Nicht einmal während der größten Mittagshitze erlaubte ihnen Emerelle eine Rast. Die Elfe wirkte gehetzt. Unbarmherzig wie nie zuvor trieb sie alle an.

Auch das Wasser war knapp geworden. Inmitten der giftigen Schwefelwüste schien auch ihre Magie keine Wunder mehr bewirken zu können. Seit drei Tagen hatte es kein frisches Wasser mehr gegeben. Fast alle Kürbisflaschen waren leer. Nikodemus hatte sein letztes Wasser am späten Morgen getrunken. Obwohl die Grauhäute die Hitze viel besser vertrugen als er – schließlich hatten sie ja auch kein Fell –, würde er jede Wette eingehen, dass auch ihnen nicht mehr viel Wasser geblieben war. Vielleicht wollte Emerelle sie ja zu einer Quelle bringen? Vielleicht würde die Giftwüste schon bald hinter ihnen liegen. Nikodemus blickte zur Uferböschung. Was verbarg sich dahinter? Seine Erschöpfung war jetzt größer als seine Neugier. Müde blieb er auf seinem Platz in der Marschkolonne. Die Augen auf die Fersen der Frau vor ihm geheftet, schlurfte er weiter.

Der Boden war so heiß, dass er durch die Sohlen hindurch die Füße verbrannte. Nikodemus wunderte sich, wie die Grauhäute das aushielten. Sie gingen alle barfuß. Er hatte das Gefühl, dass selbst ihre Kinder ausdauernder waren als er. Seit Tagen kämpfte er gegen eine immer tiefere Müdigkeit an. Schon morgens, wenn sie aufbrachen, hatte er das Gefühl, er könne keine Meile mehr gehen. Und dann sah er ihre Kinder, die, ohne zu murren, dem Treck folgten. Nur die Kleinsten von ihnen weinten manchmal. Sie zu sehen, gab ihm zwar keine neue Kraft, aber den Willen, sich nicht gehen zu lassen. Sie nannten ihn Drachenreiter! Die Grauhäute kannten sein Volk. Sie hatten die Lutin wohl manchmal beobachtet, wenn sie zu den anderen Oasen zogen, jenen Fluchtorten der verschiedenen Lutinsippen, die nicht zu tief in der Wüste verborgen lagen.

Die großen Hornschildechsen hielten sie für Drachen. Und die Grauhäute waren überzeugt, dass alle Lutin mächtige Zauberer und Krieger sein mussten, wenn sie Drachen ihrem Willen unterwerfen konnten.

Nikodemus musste unwillkürlich lächeln. Er stellte sich vor, ein Koboldritter zu sein, der auf einem richtigen Drachen ritt. Dann holte ihn die Wirklichkeit ein. Er war ein fußkranker Wanderer, mit einem Lappen voller Pisse vor der Schnauze. Viel größer könnte der Unterschied zu einem Drachenritter wohl nicht sein. Wenigstens war es seine eigene Pisse, dachte er bitter.

Sie passierten eine Stelle, an der sich das Bachbett auf etwa hundert Schritt Länge zu einem Schlammsee weitete. Der Schlamm und die Brühe, die auf ihm stand, schillerten in allen Regenbogenfarben. Es sah hübsch aus. Im

Schlamm stiegen dicke Blasen auf, die mit einem schmatzenden Geräusch auf der Oberfläche zerplatzten. Das war neu. So etwas hatte er bei den anderen Schlammlöchern nicht gesehen. Manche der Blasen hielten sich erstaunlich lange. Er ertappte sich dabei, wie er stumm mitzählte.

Auch die Kinder waren begeistert. Plötzlich gab es wieder Lachen im Treck. Manche warfen mit Steinen und Klumpen aus zusammengebackenem Sand nach den Blasen auf dem Schlamm. Eine besonders dicke Blase schien einen Schutzzauber zu besitzen. Jeder Wurf verfehlte sie. Ein Mädchen lief los, um die Schlammblase mit ausgestrecktem Finger zum Platzen zu bringen.

»Nicht!« Die Warnung kam zu spät. Sie schaffte genau drei Schritt, dann blieb sie schreiend stehen, statt sofort umzukehren. Der zähflüssige Schlamm war kochend heiß. Noch war das Koboldmädchen nur bis zu den Knöcheln eingesunken. Schwankend versuchte sie zurückzukommen.

Ihre Mutter wollte ihr zu Hilfe eilen, doch zwei Jäger des Stammes packten sie. Alle starrten das Kind an. Doch keiner machte Anstalten, ihm zu helfen. Es war nicht mehr zu retten!

Madra kam. Der Troll streckte sich. Doch selbst seine langen Arme reichten nicht bis zu dem Kind.

Das Mädchen ging in die Knie. Es fing den Sturz mit den Händen ab, riss diese aber sofort zurück, kaum dass seine Finger den Schlamm berührt hatten.

Selbst durch den uringetränkten Stoffstreifen roch Nikodemus den Geruch von gekochtem Fleisch. Voll hilfloser Wut ballte er die Fäuste. Er hatte das Gefühl, es dem Mädchen schuldig zu sein, zumindest nicht einfach wegzusehen. Auch wenn er sonst nichts tun konnte.

Plötzlich trat Madra in den Schlamm. Er machte einen hastigen Schritt, packte das Mädchen und rettete sich auf sicheren Boden. Dunstschwaden wogten über seinen Füßen wie über Schweinshaxen, die man frisch aus kochendem Wasser hebt. Sein Gesicht war zu einer Grimasse verzerrt. Aber er gab keinen Laut von sich. Vorsichtig legte er das kleine Koboldmädchen in den Schatten eines Felsens.

Sofort war die Mutter bei der Kleinen. Sie bedeckte ihr Gesicht mit Küssen. Das Kind war ohnmächtig geworden. Die Füße und die Beine bis fast zu den Knien hatten alle graue Farbe verloren. Sie waren von einem dunklen Rosa. Ein durchsichtiges, leicht gelbliches Sekret nässte durch die Haut.

Auch ihre Hände hatten die Farbe verloren. Die kleinen Finger waren aufgequollen. Als ihre Mutter die Hand anheben wollte, um sie zu küssen, glitt die Haut wie ein Handschuh von den gekochten Fingern.

Emerelle kam von der Spitze der Marschkolonne. Sie stellte keine Fragen. Ein Blick auf das Kind gab alle Antworten. Madra nickte sie mit stummem Respekt zu. Dann kniete sie sich neben das Mädchen.

Nikodemus sah, wie sie den Albenstein mit der Linken umklammerte, während sie die Rechte sehr vorsichtig auf einen Fuß des Koboldkindes legte. Sie zuckte zusammen. Die Elfe schloss die Augen. Auch sie schien Schmerzen zu leiden, während die Mutter des Mädchens händeringend neben ihr stand.

Madra hatte sich in den Sand gesetzt. Seine Füße waren mit großen, weißen Blasen übersät.

»Schlimm?« Nikodemus bereute seine dämliche Frage, kaum dass sie ihm über die Lippen gekommen war, aber da war es schon zu spät.

Der Troll sah ihn finster an. »Ihr Kobolde habt doch auch große Kupferkessel, um darin Suppen und Fleisch zu kochen.«

Der Lutin sah ihn verwundert an. »Ja.«

»Bist du als Kind einmal an einen der Kessel gekommen, bevor sie ganz ausgekühlt waren?«

Er nickte.

»Stell dir vor, du hättest die Hand nicht weggezogen. Vielleicht als eine Mutprobe.« Er stieß die Worte gepresst hervor, bemüht, jedes Stöhnen zu unterdrücken. »Du hättest sie auf dem heißen Kupfer gelassen. Bis sie wie gut gebratenes Fleisch gerochen hätten. Bis dein Fleisch bis zum Knochen hinab gar gewesen wäre. Du weißt, wenn man einen Braten aufschneidet, dann ist das Fleisch außen graubraun. Nur tief innen hat es sich eine zartrote Farbe erhalten. Stell dir vor, das ganze Fleisch deiner Hand wäre grau. Und dann erst versuchst du sie fortzunehmen. Aber es geht nicht mehr, weil sie mit dem Metall des Kessels zusammengebacken ist. Du ziehst und zerrst. Als sie endlich doch freikommt, kleben die kümmerlichen Reste deiner Haut noch auf dem Metall. Und Brocken von deinem Fleisch. So fühlt es sich an!« Um die Worte zu unterstreichen, hob Madra seine Füße an.

Nikodemus kämpfte gegen einen Würgereiz an. Die zähe, zerfurchte Haut hatte begonnen, sich von den Fußsohlen zu lösen. So wie vorhin bei der Hand des Mädchens.

»Mein Weg endet hier«, sagte der Troll.

»Nein. Das wird schon wieder.« Der Lutin starrte auf die Füße und wusste, dass er Unsinn redete.

Madra versetzte ihm einen Knuff, der ihn fast von den Beinen riss. Nikodemus wusste, dass es freundlich gemeint war, aber er betastete seine Rippen, unsicher, ob keine gebrochen war. »Für einen Fuchsmann bist du ein guter Freund. Ich werde an dich denken, wenn ich sterbe.«

»Du solltest nicht vom Sterben reden. Du bist doch ein Riese. Die sterben nicht so leicht. Nicht an einem bisschen heißem Sand.« Er sah aus den Augenwinkeln, wie mehrere Grauhäute aufgeregt auf Emerelle einredeten und dabei auf Madra zeigten. »Du bist so groß … So …« Er hatte das Gefühl, einen Stein in der Kehle zu haben.

»Flenn mir bitte nicht auf meine Füße!«

Nikodemus boxte gegen das Knie des Trolls. Es fühlte sich an, als habe er gegen einen Fels geschlagen. »Blödmann!«

»Eine gute Rechte. Reicht sicher, um ein altersschwaches Kaninchen umzuhauen.«

Madra hatte noch nie mit ihm gescherzt. Nikodemus hatte gar nicht gewusst, dass Trolle Sinn für Humor hatten. Das machte es nicht besser. Sein Gefährte nahm Abschied.

Emerelle trat zu ihnen. Sie blickte kurz auf Madras Füße. Dann sah sie ihn an. In ihrem lehmbeschmierten Gesicht zeigte sich keinerlei Regung. »Warum hast du das getan?«

»Weil ich zu schwach war.«

»Zu schwach?«

»Ja, zu schwach, einem dummen, kleinen Koboldbalg dabei zuzusehen, wie es an seiner Dummheit verreckt. Nun werde ich mit ihm zusammen sterben.«

Sie sah erneut auf seine Wunden. »An ein paar verbrannten Füßen muss man nicht sterben.«

Der Troll schnitt eine ärgerliche Grimasse. »Nur habe ich mir einen schlechten Platz ausgesucht, um nicht mehr laufen zu können. Und leider sehe ich hier auch niemanden, der in der Lage wäre, mich zu tragen.«

»Darf ich deine Füße berühren?«

»Ich glaub nicht, dass ich es noch spüren werde.«

Emerelle kniete vor ihm nieder. Nikodemus wurde sich bewusst, dass er auf ihre linke Brust starrte, die kaum eine Armlänge entfernt war. Er hüstelte verlegen und wandte sich ab. Ob sie verrückt geworden war, weil sie ihren Thron verloren hatte? Der Lehm auf ihrer Haut war eingetrocknet und von einem Netzwerk feiner Risse durchzogen. Sie trug nur einen Lendenschurz um die Hüften. Seltsamerweise war der Stoff von makellosem Weiß, obwohl sie sich von Kopf bis Fuß eingeschmiert hatte.

Jetzt erst bemerkte der Lutin, dass sie neben dem Albenstein noch einen zweiten Halsschmuck trug. Zwischen ihren Brüsten ruhte ein weißes Muschelhorn. Es sah genauso aus wie die, die auch Grauhäute trugen. Bei einer Maurawani hätte er sich über so ein Verhalten nicht gewundert. Aber die unnahbare Emerelle in Schmutz gewandet zu sehen, war schon sehr befremdlich. Und so kniete sie vor einem Troll, der vor einem Jahr in den Heerscharen ihrer Feinde gekämpft hatte und behandelte dessen Füße. Die Welt war verrückt geworden! Es war höchste Zeit, dass sein Bruder Elija sie neu ordnete.

Nikodemus dachte an ihre Mission. Sie sollten die Königin finden, um sie ihren Henkern auszuliefern. Er durfte das nicht vergessen! Wenn sie verrückt geworden war, dann war sie nur umso gefährlicher, bei der Macht, die sie besaß! Sie würde seinen Bruder Elija und alle Rotmützen bekämpfen. Allein deshalb schon musste er sie ausliefern.

Madras Füße sahen mit einem Mal besser aus. Sie waren nicht mehr aufgequollen. Frische Haut war über die Wunden gewachsen. Der Albenstein gab ihr grenzenlose Macht! Sie sprang auf. »Schnell jetzt! Das muss genügen! Ich werde später noch einmal nach deinen Füßen sehen.« Sie winkte mit beiden Armen. »Steht nicht herum und glotzt. Lauft!«

Mit wütenden Worten trieb sie alle an. Dann eilte sie wieder an die Spitze des Zuges. Einige der Grauhäute murrten leise. Aber niemand wagte es, offen Widerstand zu leisten. Das war im Kleinen genau so, wie es gewesen war, als sie noch auf dem Thron gesessen hatte. Sie traf einsam ihre Entscheidungen und trieb alle an. Verdammte Tyrannin! Sie würde immer so sein!

Nikodemus sah Madra an, dass er immer noch Schmerzen hatte. Und auch das Koboldmädchen, das sie behandelt hatte, lag wimmernd in den Armen seiner Mutter. Warum hatte sie die beiden nicht vollständig geheilt, wenn sie so große Macht besaß?

Nach einer Weile hatte Nikodemus das Gefühl, dass die Grauhäute schneller gingen. Keiner sprach mehr. Jetzt hatten sie sich völlig der Willkür der Elfe unterworfen. Er hätte etwas gesagt, wenn seine Zunge nicht dick geschwollen in seinem Mund gelegen hätte. Er hatte Lust, zu rebellieren. Er dachte daran, einfach etwas langsamer zu gehen, statt immer mehr zu hetzen. Aber er befürchtete, dass sie ihn einfach zurücklassen würden, wenn er nicht mit ihnen Schritt hielt.

Sogar Madra beeilte sich. Ein merkwürdiges Geräusch erklang in der Ferne. Nikodemus hatte so etwas noch nicht gehört. Die anderen gingen noch schneller.

»Was ist los?«

»Der Sand kommt«, flüsterte ein alter Kobold, der sich auf einen Stock stützte. »Der Sand kommt!«

Das war so ziemlich das Verrückteste, was er je gehört hatte, entschied Nikodemus. Hier war überall Sand. Seit er mit Madra aus dem Albenstern in dieses verfluchte Land getreten war, sah er nichts als Sand und Steine!

Die Grauhäute begannen zu laufen. Emerelle führte sie über die Böschung des Bachs hinweg. Es herrschte helle Panik.

Nikodemus kletterte in aller Ruhe über die Kante aus brüchigem Sand. Die Tafelberge am Horizont waren verschwunden. Graubraune Wolken hingen tief am Himmel. Nein … Sie wälzten über den Boden. Der Lutin brauchte einen Augenblick, um zu begreifen, was er sah.

»Der Sand kommt«, murmelte er schwerfällig mit ausgedorrter Zunge. Ein Sandsturm! Er hatte davon erzählen hören. Sie konnten tagelang dauern. Der Sand schliff einem das Fell von Gesicht und Rute, dann die Haut. Er würde immer weiter schleifen. Er tötete Hornschildechsen wie Lutin. Nichts war ihm gewachsen, wenn der Sturm lange dauerte. Die einzige Hoffnung, zu überleben, war ein Windschutz.

Emerelle deutete auf die Felsstufe. Hatte sie den Sturm die ganze Zeit kommen gefühlt?

»Lauft!«, rief sie gegen den Wind an, der der Sandwalze vorauseilte. Sie deutete auf eine dunkle Öffnung in den Felsen. »Dorthin! Das ist die einzige Höhle, in der wir alle Platz finden. Lauft!«

Madra packte einige der Koboldkinder. Er nahm sie unter die Arme. Eines saß auf seinem Nacken, so wie Nikodemus es auch schon getan hatte. Mütter kamen herbeigerannt und wollten ihm weitere Kinder bringen. Sieben nahm er mit. Dann stieß er alle anderen zurück und begann zu laufen. Der verdammte Troll ließ sie bald alle hinter sich.

Nikodemus' Herz schlug wie ein Trommelstock gegen das Gefängnis seiner Rippen. Er lief, wie er noch nie in seinem Leben gelaufen war, die Augen verzweifelt auf die Wand aus wirbelndem Sand gerichtet. Die Höhle war mindestens eine Meile entfernt. Er wusste, dass sie es nicht schaffen konnten. Nur Madra und die sieben Kinder würden vielleicht entkommen.

## ABSCHIED

Kadlin blickte in das Antlitz des Mannes, der einmal ihr Vater gewesen war und den sie doch kaum gekannt hatte. Die Kälte hatte seinen toten Körper vor dem Verfall bewahrt. Seine aufgebrochene Brust war unter seinem Kettenhemd verborgen. Kadlin hatte sich die Wunde angesehen, obwohl sowohl Lambi als auch Melvyn versucht hatten, sie davon abzuhalten. Die ganze Totenfeier über hatte sie an sich gehalten. Jetzt aber ließ sie ihren Tränen freien Lauf. Sie war allein im Grabhügel. Die Fackeln an den Wänden waren fast heruntergebrannt. Alle anderen waren längst gegangen. Schwach hörte sie das Lärmen der Totenfeier in der Königshalle ihres Vaters.

»Werde ich eine gute Herrscherin sein? Ich wünschte, du wärest noch hier. Ich ...« Sie war noch schwach vom Fieber und saß auf der Pritsche des Wagens, auf dem ihr Vater umringt von den Waffen seiner Feinde aufgebahrt lag.

Ein muffiger Erdgeruch hing in der Kammer. Alfadas

hatte dieses Grab bauen lassen. Es lag inmitten des Erdhügels am Rand des königlichen Dorfes Firnstayn. Die Grabkammer war mit dicken Kiefernbalken verschalt. Zwei Fackeln spendeten warmes, gelbes Licht. Kälte sickerte durch den Gang, der hinaus in die Nacht führte. Wenn sie die Kammer verließ, würde sie mit einem schweren Rollstein verschlossen werden. Und dann würde man den Tunnel ganz mit Erde auffüllen. Draußen an der Hügelflanke würde man die ausgestochenen Grassoden wieder an ihren Platz legen, und in zwei Wochen würde niemand, der es nicht wusste, mehr erkennen können, wo genau der Eingang zum königlichen Grab lag.

Sie erhob sich müde. Aus Erzählungen wusste sie, wie sie als kleines Mädchen in einem blauen Kleid an diesem Fjord gespielt hatte. Und wie sie bei einem Fest dem Bärenbeißer namens Blut auf die verletzte Schnauze gelangt hatte und alle Gäste vor Schreck den Atem anhielten, aus Angst, der große Hund würde sie zerfleischen. Angeblich hatte sie auch an der Seite ihrer Mutter Asla gestanden, als das Wolfspferd in das alte Langhaus des Alfadas eingedrungen war. An all dies konnte sie sich nicht mehr erinnern. Sie war zu klein gewesen. Die Trolle hatten ihr schon damals Alfadas genommen, als ihre Familie während der Kämpfe im Elfenwinter auseinandergerissen wurde. Damals, als die Schlachten beendet waren, hatte ihre Mutter Asla entschieden, mit ihr und Kalf in ein einsames Tal weitab von jeder Siedlung zu flüchten. Ihre Mutter hatte ihr nie erklärt, warum sie das getan hatte.

Kadlin wusste, dass Asla Kalf, den Jäger und Fischer, von ganzem Herzen geliebt hatte. Und sie selbst hatte Kalf die meiste Zeit ihres Lebens für ihren Vater gehalten.

Sie blickte in das Antlitz ihres leiblichen Vaters. Selbst im Tod wirkte es noch müde und ausgezehrt. Er war ein einsamer Mann gewesen. Er hatte nie wieder eine Frau genommen. Lange hatte er nach ihr und Asla gesucht. Er hatte ihren vermeintlichen Tod nie verwunden. Kadlin fand, ihre

Mutter hätte ihr früher sagen sollen, wer ihr leiblicher Vater war. Sie hätte selbst wählen sollen, wo sie leben wollte.

Sie blickte zu den beiden leeren Totenlagern, die für sie und Asla gemacht waren. Sie sahen aus wie schmale Betten. Das Leinenzeug war mit dunklen Stockflecken übersät. Ihr Totenlager war klein. Das Bett eines Kindes. Darauf lag eine halb verbrannte Puppe, die einst ihr gehört hatte. Alfadas hatte sie in den Trümmern ihres niedergebrannten Hauses gefunden, als er von seinem Feldzug in die Snaiwamark zurückgekehrt war. Auf Aslas Lager lag eine Kette aus bunten Perlen. Ihr Vater hatte sie nie vergessen. Deshalb war sie in den Norden gegangen, um seine Leiche zu holen. Sie war es ihm schuldig gewesen.

Sie küsste ihn auf die Stirn. Sie würde nie mehr in die Grabkammer kommen, schwor sie sich. Nicht, solange sie lebte. »Wir sehen uns in den Goldenen Hallen. Ich weiß, du bist dort und wartest.« Mit diesen Worten wandte sie sich ab. Mit festem Schritt verließ sie die Totenkammer. Sie wischte sich die Tränen aus dem Gesicht.

Kaum dass sie den Hügel verlassen hatte, begannen die Krieger ihrer Leibwache damit, den Zugang zum Grab zu verschließen.

Lambi hatte auf sie gewartet. »Du warst lange dort unten.«

»Ja.« Sie wollte allein sein. Und doch wusste sie, dass sie zur Totenfeier musste.

»Wirst du Frieden mit den Trollen halten?«, fragte er ohne Umschweife. »Alle wissen das mit dem Herzen …«

»Sie wollten ihn damit ehren, behauptet Melvyn.«

»Ich glaube das auch.«

Kadlin dachte darüber nach. »Ich werde es dem Herzog nicht verzeihen.«

»Aber du wirst Frieden halten?«

Sie schwieg.

»Verdammtes Gör! So warst du schon als Kind!«, entfuhr es ihm.

»Soweit ich gehört habe, hat man dich von mir ferngehalten, als ich noch ein Kind war.«

»Dein Vater hat mir so oft von dir erzählt, dass es mir vorkommt, als seiest du meine eigene verzogene Tochter!«

Die Worte waren zu viel. Ihr stieg ein Kloß in den Hals, und sie biss sich rasch auf die Lippen, um nicht loszuweinen.

»Du hast den Elfenwinter überlebt, du hast in der Schlacht an der Nachtzinne gekämpft, du hast ein Wolfspferd erschlagen. Du bist der einzige lebende Mensch, der zur Schwelle der Goldenen Hallen ging und wieder zurückkehrte. Und du bist nur mit deinem verrückten Bruder in Orgrims Herzogtum gereist, um Alfadas zurückzuholen. Ihr zwei habt euch einem ganzen Heer von Trollen gestellt. Das ist genug für ein Leben. Das wären sogar für zwei Leben genügend Heldentaten. Niemand wird die Heldensaga glauben, die Isleif dichtet, wenn du noch mehr vollbringst.«

»Wer ist Isleif?« Sie hatte sich jetzt fast wieder in der Gewalt und war froh, dass ihr Lambi Gelegenheit gab, über etwas anderes als ihren Vater sprechen zu können.

»Isleif ist ein sehr talentierter junger Skalde, den ich in einer Schenke in Gonthabu kennengelernt habe. Er hatte schon von sich aus damit begonnen, eine Saga über dich zu dichten. Ich habe sie ein wenig verbessert.« Er deutete zum Langhaus des Königs hinauf. »Er ist auch dort oben. Es wäre an der Zeit, dass du dir selbst einmal anhörst, was er über dich dichtet.«

»Ich habe kein Interesse an Lügengeschichten.«

»Es ist besser, wenn sich Könige zu Lebzeiten selbst darum kümmern, welche Lügen über sie verbreitet werden, als wenn es andere tun, wenn sie tot sind! Stell dich nicht an wie ein bockiges Kind. Sei eine Königin! Weißt du …« Plötzlich brach seine Stimme. »Für meinen Jungen gibt es kein Grab. Und für die, die mit mir gekommen sind, um dich zu holen und die von den Trollen erschlagen wurden, wird auch niemand einen Grabhügel errichten. Wir trinken in dieser Nacht auch zu ihrem Andenken. Komm mit und erweise ihnen Ehre. Oder geh mit deinem Bruder, der unten am Fjord auf dich wartet. Aber dann komm nie wieder, hörst du! Wenn du in dieser Nacht nicht auf dem Thron von Alfadas sitzt und ein paar verdammt anrührende Worte für unsere Toten findest, dann bist du es nicht wert, unsere Königin zu sein!«

Sie packte ihn bei den Schultern. »Ich werde nicht davonlaufen. Aber ich muss Melvyn verabschieden. Dann komm ich zum Fest. Ich verspreche es dir.«

»Ich warte hier«, brummte er missmutig.

Es war nur ein kurzes Stück Weg hinunter zum Wasser. Hinter sich hörte sie das Zischen der Spaten, die ins aufgeworfene Erdreich glitten. Und das dumpfe Geräusch der Erde, die in den Tunnel geworfen wurde. Sie hatte das Gefühl, dass all ihre Trauer wie ein zweites Kind in ihr lag. Ein Druck in ihrem Magen. Eine große, lebendige Kugel.

Sie legte die Hand auf ihren Bauch. Das Kind war reglos. Sicher schlief es. In den Fiebertagen auf dem Schlitten hatte sie es oft gespürt. Es war stark. Es würde leben!

Melvyn wirkte verloren. Er stand ganz allein am Ufer. Sein Umriss zeichnete sich schwarz gegen das Wasser ab, auf dem sich der Mond spiegelte.

Als sie an seine Seite trat, war sie plötzlich verlegen um Worte. Sie hätte sich gefreut, wenn er geblieben wäre. Aber sie wusste, dass er das nicht konnte. »Sie schließen das Grab jetzt«, brachte sie endlich hervor.

Er nickte. Auch er schien bedrückt. Vielleicht mochte er auch keine Abschiede.

»Wolkentaucher wartet auf dich?«

Ihr Bruder deutete in Richtung des Hartungskliffs auf der anderen Seite des Fjordes. Majestätisch erhob sich der steile Berg über das Wasser. Ein Kreis aus uralten Steinen krönte sein Haupt. »Er ist dort oben. Wenn du gehst, wird er mich holen kommen.«

Sie wollte ihm noch so viele Dinge sagen. Doch der Festlärm von der Königshalle erinnerte sie daran, dass auch ihr keine Zeit mehr blieb. »Ich wollte mich noch dafür bedanken, dass ich noch all meine Finger und Zehen habe.«

»Du hast gutes Heilfleisch.«

»Du weißt, dass ich sie ohne deine Zaubermacht verloren hätte. Und mit erfrorenen Wangen hätte ich für den Rest meiner Tage wie ein junges Mädchen ausgesehen, das bei jedem Wort, das man an es richtet, schamhaft errötet.«

»Ich glaube, dass du auch mit grauem Haar noch wie ein junges Mädchen sein wirst. Wahrscheinlich wird es dir in Zukunft schwerfallen, Fremde davon zu überzeugen, dass du die Königin bist. Du solltest dir ein bisschen Würde zulegen und vielleicht nicht immer in Hosen herumlaufen.«

Sie kannte seine Späße und ahnte, dass sie womöglich noch derber werden würden. Eigentlich war das nicht seine Art. Es sei denn, er wollte seine wahren Gefühle verbergen. Kadlin nahm seine Hand und legte sie an ihren Bauch. Das Kind war jetzt wach. Deutlich spürte sie seine Tritte. Alle Härte verschwand aus Melvyns Gesicht, als er es fühlte. »Sein Vater ist tot. Wenn es leben wird, dann nur, weil du uns gerettet hast.«

Er schüttelte den Kopf. »Nein, das …«

»Ganz gleich, was du auch sagen willst. Für mich wird es immer so sein. Deine Bereitschaft, allein gegen hundert Trolle anzutreten, und dein Glück haben uns gerettet.«

Er lächelte. »Du redest schon wie eure Sagendichter. Aber nein, das war kein Glück. Orgrim mag dich, meine sture kleine Schwester. Wahrscheinlich denkt er insgeheim, dass du, wenn du nur ein wenig größer, grauer und haarloser wärst, ein verdammt gutes Trollweib abgeben würdest.«

»Und wenn du etwas weniger Unsinn reden würdest, würdest du einen verdammt guten Bruder abgeben.«

Er senkte den Blick. Sie spürte, dass es nicht wegen ihrer Worte war. Da war etwas, das ihm einfach nicht über die

Lippen kommen wollte. Seine Späße, sein merkwürdiges Verhalten: All das sprach für sich. Es schrie ihr förmlich entgegen, dass dahinter mehr steckte. Was ging in ihm vor? Sie sah nur einen Weg, es herauszufinden. Sie drückte seine Hand, die noch immer auf ihrem Bauch lag. »Sag es.«

Er sah überrascht auf. »Was?«

Wie verräterisch ein einzelnes Wort doch sein konnte. Es sollte Unwissenheit vorschützen und tat doch genau das Gegenteil. Kadlin ging nicht darauf ein. Sie sah ihn einfach nur an.

»Ich …« Er räusperte sich. »Wenn Skanga Orgrim zu sich befiehlt, dann kann das nur eines bedeuten. Es wird Krieg geben in Albenmark. Und die Maurawan waren schon immer Feinde der Trolle. Ich muss Leylin dort fortholen … Ich muss sie …« Kadlin konnte ihm ansehen, wie er innerlich all seinen Mut zusammennahm. »Können wir hierherkommen?«

Sie konnte nicht begreifen, warum ihn diese Frage solche Überwindung gekostet hatte. »Ich würde mich freuen. Komm an meinen Hof. Ich …«

Er hob abwehrend die Hand. »Wir werden uns einen einsamen Ort suchen. Irgendwo an der Grenze zu den Trollgebieten. Wir werden so gut wie unsichtbar sein.«

»Warum? Es gibt keinen Grund, dass du dich …«

»Ich sehe aus wie ein Elf«, unterbrach er sie. »Und die Menschen hier glauben, dass Elfen Unglück bringen. Sie haben den Elfenwinter nicht vergessen und auch nicht, wie Emerelle kam, um Alfadas zu rauben. Ich habe sie reden hören, als sie dich zurückgebracht haben.«

Kadlin waren seine Worte ganz fremd. Aber vielleicht lag es daran, dass sie die Königin war und niemand offen mit ihr sprach. Außer Lambi! »Wir werden ihnen zeigen, dass sie sich irren!«

Er zögerte.

Sie strich sanft über seine Hand. »Bitte. Ich werde dich brauchen. Du bist hier willkommen.« Sie lächelte. »Und du sagtest ja schon, dass ich stur bin. Wehe dem, der dich oder Leylin schlecht behandelt. Wir werden einen Ort finden, an dem ihr in Frieden leben könnt.«

Er wirkte erleichtert, obwohl sie nicht darauf geschworen hätte, dass er ihr Angebot annehmen würde. Schweigen lag zwischen ihnen. Ein gutes, verstehendes Schweigen. Endlich drückte er ihr die Hand. »Sie warten auf ihre Königin. Du musst gehen.«

»Wenn du nicht kommst, werde ich dich suchen gehen!«

Er lachte. »Ja, das würde ich dir zutrauen.« Darauf nahm er sie in den Arm. »Mach keinen Unsinn«, sagte er zärtlich.

Kadlin musste schlucken. Sie sah ihm nach, wie er am Ufer entlangging. Hoch oben am Hartungskliff löste sich ein großer Schatten aus dem Dunkel der Felsen. Sie beneidete ihn um seine Freiheit. Sie würde jetzt auch gern mit einem Adler fliegen.

Mit einem Seufzer wandte sie sich ab. Dann straffte sie sich und ging zu Lambi, der noch immer am Grabhügel wartete. Der alte Krieger war sichtlich erleichtert.

»Ich hätte nicht darauf gewettet, dass du kommst. Aber gut, dass du da bist. Es sind fast alle wichtigen Jarls dort oben. Mehr als bei deiner Krönung. Wir sollten das Schauspiel noch einmal wiederholen. Ich werde dir die Krone aufs Haupt setzen und dich zur Königin ausrufen. Und unser Skalde wird die ersten Verse aus dem Heldenepos über dich vortragen. Alle dort oben haben schon getrunken und um die Toten geweint. Es wird leicht sein, ihre Herzen zu berühren. Du wirst sehen, deine Herrschaft beginnt ...«

» ... mit einer Lügengeschichte!«

Lambi lachte laut auf. »Fast dasselbe hat dein Vater in der Nacht seiner Krönung gesagt. Und doch wurde aus ihm ein König, von dem man noch in tausend Jahren erzählen wird. Er sagte auch, ich sei ein Mann ohne Moral. Ich finde, das ist nicht ganz richtig ... Mir fehlt die Moral nur dort, wo sie im täglichen Leben allzu hinderlich ist. Du wirst sehen, ein König braucht einen solchen Mann an seiner Seite. Alles Licht wird auf dich fallen. Ich erledige, was im Schatten getan werden muss.«

## TROLLANSICHTEN

Falrach sah den Troll loslaufen und blickte zu der Wand aus Sand und Staub. Ein Troll, der den Helden spielte und Kinder rettete? Er blickte auf die flüchtenden Kobolde. Sie waren viel zu langsam! Er könnte es schaffen. Emerelle auch. Aber sie würde bei den Koboldden bleiben. Er tastete über den schweren Beutel mit Türkisen, der von seinem Gürtel hing. Das war das Gewicht eines Kindes. Und sein großes Zweihandschwert wog mindestens so viel wie drei Kinder. Ollowain hätte sicherlich nicht gezögert. Er fluchte leise und ließ den Gürtel mit den Türkisen fallen. Dann warf er das Schwert zur Seite und sah sich um. Ihm war gestern schon ein Mädchen aufgefallen, das hinkte. Seine Haare waren zu Dutzenden kurzen Zöpfen geflochten, die ihm wie Stacheln vom Kopf abstanden. Und eine blinde Alte, die am Stock ging.

Die Blinde sah er zuerst. Sie war die Letzte im Zug. Man würde sie zurücklassen! Er lief zu ihr. »Du wirst jetzt getragen werden, Mütterchen.«

»Nimm einen, der sein Leben noch vor sich hat, du …«

Ohne auf ihre Einwände zu achten, hob er sie sich auf den Rücken. »Halt dich fest. Ich schaffe den Weg zweimal!« Das war gelogen. Obwohl die Alte nur noch aus Haut und Knochen bestand, war sie schwerer, als er erwartet hatte.

Er sah sich wieder nach dem Mädchen um. Er hatte

ihren Vater in den letzten Nächten beim Würfeln ausgenommen. Zuletzt hatte der Kerl sogar seine Muschelkette gesetzt und verloren. Falrach hatte sie genommen. Aus Prinzip. Das Würfeln war kein Spaß! In seinem früheren Leben hatte er sich mit allen Arten von Spielen seinen Lebensunterhalt verdient. Und er war nicht arm gewesen.

Er entdeckte das Mädchen, das er gesucht hatte, weiter vorne. Ihr Vater und ihre Mutter hatten es auf ihre überkreuzten Arme gehoben und liefen, so gut es ging. Und es ging schlecht. Er rannte zu ihnen. »Los, leg deine Arme um meinen Hals und schling die Beine um meine Hüften. Ich nehm dich vor den Bauch!«

Der Sturm riss ihm die Worte von den Lippen, aber das Mädchen schien verstanden zu haben. Ihre Eltern halfen ihr. Sie war sehr leicht, doch Falrach wusste, dass er mehr nicht tragen konnte. Er war halt kein Troll!

Dann lief er los. Der Lärm des Sturms schwoll an. Er drang nicht nur durch seine Ohren. Er war in ihm. Erschütterte seinen ganzen Leib. Und er schien ihn zurückzudrängen zu den anderen, die trotz all ihrer Bemühungen hinter ihm zurückfielen. Gemeinsam mit der Frau, für die er einmal gestorben war.

Die Böen, die der brodelnden Sturmwand vorauseilten, trafen ihn wie Schläge. Wie große, graubraune Staubgeister streiften sie über die Ebene. Falrach hätte jeden Eid geschworen, dass sie die Richtung wechselten, wenn er ihnen nahekam. Natürlich war das Unsinn.

Die Alte auf seinem Rücken wurde mit jedem Schritt schwerer. Und die Kleine klammerte sich so verzweifelt um seinen Hals, dass ihre Fingernägel in seine Haut schnitten. Ihr Kopf war fest gegen seine Brust gedrückt, und er spürte, dass sie schluchzte, obwohl der Sturm längst keinen Laut mehr duldete, den er nicht selbst hervorbrachte.

Madra war schnell! Der verdammte Troll würde das Rennen gewinnen. Daran hatte Falrach nun keinen Zweifel mehr. Er schaffte es nicht, den Vorsprung des Trolls einzuholen. Das würde es ihm leichter machen, dass er all die Türkise zurückgelassen hatte. Sie waren ein verlorener Einsatz. Das geschah auch ihm hin und wieder.

Erneut peitschte ein Staubgeist in sein Gesicht. Der Sand, den er mit sich führte, schnitt Falrach in die Haut. Er spürte, wie die Alte auf seinem Rücken zu rutschen begann. Fluchend schob er einen Arm hinter seinen Rücken, um sie zu stützen.

Der Felsvorsprung war nicht mehr weit entfernt. Er war höher, als Falrach geschätzt hätte. Bestimmt drei Schritt. Wenn nicht mehr. Ein paar Augenblicke noch! Die Alte auf seinem Rücken rief etwas, aber er verstand in dem Lärm kein Wort. Dann drosch sie mit ihrem Stock auf ihn ein. Hielt die verfluchte Vettel ihn vielleicht für ein Rennpferd?

Er riss den Kopf in den Nacken. Nicht zu schnell. Er wollte ihr nur einen Stoß versetzen. Und da sah er es. Aus der Wand aus wirbelndem Tod löste sich ein mächtiger Staubarm und hielt auf sie zu. Einen Herzschlag lang erstarrte er und gaffte. Das war unmöglich. Es war gegen die Regeln! Wie konnte ein Teil einer Sturmwand plötzlich schneller werden als der Rest?

Madra traf es zuerst. Der Troll wurde förmlich verschlungen.

So kurz vor der steinernen Stufe zu scheitern, empfand Falrach, als habe das Schicksal mit gezinkten Würfeln gespielt. Er presste die Lippen zusammen und senkte den Kopf in Erwartung dessen, was kommen musste. Zuletzt hatte er sich die Richtung eingeprägt, in die der Höhleneingang lag.

Er hatte sich innerlich gewappnet und glaubte darauf vorbereitet zu sein, wenn die riesige Staubwalze des Sturms ihn verschlang. Er war es nicht!

Schon in dem Augenblick, als der Sturm ihn verschlang, musste er die Augen zukneifen. Und dennoch brannten sie, als sei heißes Salz hineingestreut worden. Obwohl er den Kopf gesenkt hatte, half es nur wenig. Staub, Sand und feine Steinsplitter waren überall. Sie verstopften seine Nase und verwandelten seinen ohnehin schon trockenen Mund in eine Wüste, die nach Schwefel schmeckte. Der Sand verstopfte Falrach die Ohren. Das war das einzig Gute! So wurde das unbeschreibliche Heulen des Sturms zu einem dumpfen Dröhnen.

Die Fingernägel des Mädchens gruben sich noch tiefer in sein Fleisch. Die Alte schlug wieder mit ihrem Stock auf ihn ein, dann gab sie es auf. Er konnte nicht schneller. Er musste dem Wind jeden Schritt abtrotzen. Ein heftiger Schlag traf ihn an der Schulter. Kurz darauf zuckte das Mädchen in seinen Armen zusammen. Der Wind war so stark, dass er kleine Steine aufgewirbelt hatte. Und seine Wut gab ihnen eine Kraft, als seien sie von einer Armbrust abgefeuert worden. Einer schrammte über seine Schläfe hinweg. Falrach war sich sicher, dass die Wunde blutete. Aber Wind und Sand trockneten sie sofort.

Plötzlich ließ die Wut des Sturms ein wenig nach. Benommen taumelte er weiter und schlug gegen ein Hindernis. Die Felsstufe! Noch immer wagte er nicht die Augen zu öffnen, aber seine geschundenen Finger konnten den Fels ertasten. Doch hatte er wirklich den Weg behalten? Als er den Eingang zur Höhle das letzte Mal gesehen hatte, war er genau darauf zugegangen. Er hatte sie also verfehlt! Hatte er sich so sehr gegen den Wind gestemmt, dass er zu weit nach links geraten war? Oder hatte der Druck des Sturmes ihn nach rechts geschoben? Davon, dass er die richtige Antwort fand, hing ihr Leben ab! Er hätte gern eine Münze geworfen. Es gab keine logische Entscheidung, also konnte er sich auch seinem Glück anvertrauen, und zumindest in seinem früheren Leben war sein Glück eine über jede Vernunft hinaus verlässliche Größe gewesen.

Eigentlich gehörte es sich, die beiden anderen an der Entscheidung zu beteiligen. Schließlich ging es nicht um sein Leben allein. Doch der tosende Sturm machte es unmöglich, miteinander zu reden. Also entschied er, wenn das Mädchen sich zuerst regte, würde er links an der Felswand entlanggehen. Bewegte sich hingegen zuerst die Alte, dann ginge es nach rechts.

Er kniete, leicht gegen den Felsen gestützt. Deutlich empfand er nun den Schmerz des wundgescheuerten Fleischs.

Von Sturm gepeinigt, dehnten sich die Augenblicke. Endlich hustete das Mädchen. Falrach war erleichtert. Hätte er es nicht dem Schicksal überlassen, wäre die Herz-Seite seine Wahl gewesen.

Blind tastete er sich am Fels entlang. Einen Schritt, zwei. Plötzlich verlor er den Halt und stürzte nach vorn. Seine Knie prallten hart auf Stein. Das Mädchen schrie auf.

Etwas packte ihn beim Arm. Er wurde nach vorn gezogen.

»Hast du es also doch geschafft«, erklang Madras kehlige Stimme.

Falrach wurde emporgehoben und ein kurzes Stück getragen. Der Lärm ließ nach. Noch immer klammerte sich das Mädchen an ihm fest. Er öffnete die Augen. Seine Lider und Wimpern waren so sehr von Sand verklebt, dass er sie sauberreiben musste. Die Augen brannten. Er vermochte kaum etwas zu sehen. Es war zu dunkel. Schwach konnte er den Umriss des Trolls erkennen. Sie waren in der Höhle! Sie schien groß zu sein. An der Wand vor ihm zeichneten sich regelmäßige, runde Formen ab. »Wasserkr…« Den Versuch, zu sprechen bezahlte er mit einem Hustenanfall.

»Ja, scheiß Wasserkrüge. Sie müssen sehr alt sein. Obwohl sie verschlossen sind, sind sie trocken. Hab drei eingeschlagen. Die sind trocken wie Hasenköttel.« Mit diesen Worten ging er zu den Kindern, die weiter hinten in der Höhle kauerten. Dort redete er leise auf sie ein. Sie schienen ihm völlig zu vertrauen.

Falrach kämpfte den Husten nieder. Sein Glück hatte sich also erschöpft. Aber er lebte! Vorsichtig löste er den Griff des Koboldmädchens. Wie es wohl hieß? Er drückte es an sich, um es zu trösten. Sofort krallten sich die kleinen Finger wieder in seine Kleider. Er wiegte es, bis die Angst wich. Schließlich löste die Kleine sich aus seiner Umarmung. Sie streckte einen Arm aus, so dass ihre Fingerspitzen die Höhlenwand berührten, und ging dorthin, wo Madra kauerte.

Falrach hörte leises Kichern. Dann stand der Troll auf und kam zu ihm zurück.

»Du siehst aus, als hätte dich ein Pferd ein paar Meilen durch den Dreck gezogen«, erklärte Madra ihm überflüssigerweise. Falrach verzichtete darauf, dem Troll eine passende Antwort zu geben.

»Bin vor dem Sand hier angekommen«, sagte Madra. »Meine Kleinen sind da vorne. Kauern alle auf einem Haufen wie ein Wurf junger Welpen.«

»Warum …« Falrachs Hals und sein Mund waren so trocken, dass der Versuch, zu sprechen, sich anfühlte, als zöge jemand eine schartige Klinge seine Kehle hinauf.

»Weil sie ein bisschen wie mein Volk sind.«

Falrach traute seinen Ohren nicht. Madra war der Letzte, von dem er erwartet hätte, dass er die Lügengeschichten der Grauhäute hinnahm.

»Emerelle hat sie einfach aus ihrer Heimat vertrieben. Ohne Gnade. Ganz wie mein Volk lange vor meiner Geburt. Deshalb haben wir ihr den Thron genommen. Sie soll wissen, wie sich das anfühlt, heimatlos zu sein.«

Der Elf war erstaunt. Er wusste nur sehr wenig über die lange Zeit, die zwischen seinem Tod und dem Wiedererwachen verstrichen war. Er konnte sich nicht vorstellen, dass Emerelle die Trolle ohne Grund gestraft hatte. Aber war es die alte Emerelle, an die er sich da in Gedanken klammerte? Es ließ sich nicht von der Hand weisen, dass sie sich von dem Tag an, an dem sie allein in die Wüste gegangen war, sehr merkwürdig verhielt. Allein schon, sich so nackt unter den Kobolden zu zeigen! Und dass sie ihnen gestattete, sie mit Lehm einzureiben!

Er hatte mehrfach versucht, sie darauf anzusprechen. Aber sie wehrte jedes Gespräch ab. Schließlich hatte er es aufgegeben. Er würde sich ihr gegenüber nicht erniedrigen! Sie schien den Grauhäuten plötzlich unbegreiflich nahezustehen. Und das, obwohl sie die Kobolde in die Verbannung zwang.

Madra hatte sich aufgerichtet. Er ging zum Höhleneingang und kehrte mit der Alten auf den Armen zurück. Vorsichtig legte er sie neben Falrach auf den Boden. »Sie hat es nicht geschafft. Ich glaube, der Sand hat sie erstickt. Siehst du? Ihr ist das Tuch von Mund und Nase gerutscht.«

Der Elf fühlte sich, als sei ihm eine große Bleikugel in den Magen gefallen. Er hätte besser auf sie achtgeben müssen! Hatte sie deshalb mit dem Stock auf ihn eingedroschen? War ihr der Mundschutz verrutscht, und sie hatte um Hilfe geschrien?

Er bettete ihr die Hände über die Brust. »Bitte verzeih.« Ihr Gesicht war vom Sand entstellt. Unwillkürlich tastete auch er sich über Stirn und Wangen. Sie waren mit klebrigem Sand überzogen.

»Ja, du siehst nicht mehr so gut aus wie heute Morgen«, sagte Madra, als könne er in seinen Gedanken lesen. Der Troll stand auf.

»Was hast du vor?«

»Ich geh noch einmal hinaus. Vielleicht finde ich noch welche ...«

»Du würdest in dem Sturm nicht einmal deine Zehen finden!«

Madra lachte trocken. »Das ist der Fehler mit euch Elfen. Ihr messt immer alle an euch.« Er deutete in Richtung der Kinder. Falrach erkannte die Stachelfrisur seines Mädchens unter ihnen.

»Ich hab ihnen mein letztes Wasser hiergelassen. Sie werden den Sturm überstehen.«

»Es ist nicht klug ...«

Madra winkte ab. »Ich bin doch nur ein Troll, ich muss

nicht klug sein. Das ist die Aufgabe von euch Elfen.« Mit diesen Worten trat er durch den Höhleneingang.

Falrach sah zu den Kindern. Es wäre verantwortungslos, sie allein zu lassen! Was für eine wunderbare Ausrede, schalt ihn eine innere Stimme. War es so? War es tatsächlich nur eine Ausrede? Was hätte Ollowain getan?

Falrach ballte die Fäuste. Er sollte aufhören, sich das zu fragen. Er war nicht Ollowain! Es war völlig ohne Belang, was der Schwertmeister getan hätte! Er war Falrach, der Stratege Emerelles. Die Schwertarbeit hatte er früher anderen überlassen. Er hatte geplant, versucht, alle Unabwägbarkeiten vorauszuahnen. Er war gut darin gewesen. Tödlich gut ... Jetzt dort hinauszugehen, war die blanke Unvernunft. Wäre das ein Spiel, dann würde er jetzt aussteigen und seinen Gewinn behalten.

Er ging zu den Kindern. Die meisten waren eingeschlafen. Nur ein etwas älterer Junge hielt noch Wacht. »Geht Madra meine Mutter holen?«

Falrach räusperte sich. Er brachte noch immer kein Wort hervor. Also nickte er nur.

»Der Riese ist nett. Er hat mir gesagt, dass ich bestimmt einmal ein großer Trollkrieger werde. Und dass ich auf die anderen aufpassen soll, bis er zurückkommt. Du kannst dich auch schlafen legen. Ich halte Wache.«

Jetzt boten ihm also schon Kinder an, über ihn zu wachen.

»Du siehst nicht gut aus, Riese. Dein ganzes Gesicht ist voller Blut. Bevor sie eingeschlafen ist, hat Ganya mir erzählt, wie schwer du mit dem Sturm gekämpft hast. Madra hatte mehr Glück. Wir haben die Höhle erreicht, ohne gegen den Sand kämpfen zu müssen. Ich glaube, Madra will dir zeigen, dass er genauso stark ist wie du. Deshalb musste er gehen.«

Falrach atmete schwer aus. Noch immer brannten seine Lungen vom Sand. Hatte der Junge Recht? War Madra der Beschämte?

»Ich … muss … gehen«, krächzte der Elf unter Mühen.

Der Junge nickte ernst. »Madra hat gesagt, dass du ihm helfen würdest.«

Verdammter Troll! War Madra denn ein Hellseher? Er sollte ihn zum Würfeln herausfordern, wenn das alles hier vorbei war. Das würde sicher ein interessantes Spiel.

Ein wenig benommen wankte er zum Eingang der Höhle und blickte hinaus. Der Sturm hing wie eine dichte, braune Wolldecke, die fast alles Licht verschluckte, vor der Öffnung im Fels. Dort hinauszugehen, war verrückt. Er musste diesem Troll nicht beweisen, dass er genauso tapfer war wie er.

Falrach zog sein Halstuch vor Mund und Nase. Er musste nur sich selbst etwas beweisen. Vielleicht auch Emerelle. Der Wind würde ihm diese dummen Gedanken aus dem Kopf pusten.

Der Elf atmete noch einmal tief durch, dann trat er hinaus. Tausend winzige Hände schienen auf ihn einzuschlagen und zu versuchen, ihm die Kleider vom Leib zu reißen.

Mit dem Wind im Rücken kam er besser voran. Er konnte laufen! Ein Hochgefühl überkam ihn. Es schien, als werde er wie von Flügeln getragen. Er würde dem Sturm einfach davonlaufen! Fast hätte er vor Freude aufgejauchzt, doch so viel klarer Verstand war ihm dann doch noch geblieben, dass er nicht mitten in einem Sandsturm den Mund aufmachte.

Etwas riss ihm die Beine weg. Ein jäher, stechender Schmerz fuhr durch seinen linken Fuß. Der Wind trug ihn noch im Sturz ein Stück weiter. Er streckte die Arme vor. Plötzlich schien alles unnatürlich langsam zu geschehen. Er bereitete sich auf den Sturz vor, als eine Bö ihn wie ein Fausthieb in den Rücken traf und zu Boden schleuderte. Sein Kopf schlug gegen etwas Hartes. Gleißende Lichtpunkte löschten das wogende Braun des Sandsturms.

Er war nicht bewusstlos. Es war eher ein Zustand wie

morgens, wenn man nicht mehr schläft, aber auch noch nicht den Willen aufbringt, sich von seinem Lager zu erheben. Er spürte, wie der Sand ihn zudeckte. Es war eine weiche, warme Decke.

## DRACHENATEM

Nikodemus nahm es Madra übel, dass der Troll all die Kinder, aber nicht ihn mitgenommen hatte. Sie waren doch Gefährten. Als auch noch der Elf davongelaufen war, hatte der Lutin sein Bestes gegeben, den beiden zu folgen. Aber es war aussichtslos gewesen. Er hatte einfach zu kurze Beine. Tod durch kurze Beine, dachte er grimmig. Irgendwie hatte er sich sein Ableben anders vorgestellt. Nein, das stimmte nicht. Bis jetzt hatte er sich noch nie viele Gedanken über sein Ableben gemacht.

Er blickte auf die braune Wand, die ihnen entgegenstürmte. Plötzlich streckte sie einen Arm vor und verschlang den Elfen. Nikodemus war völlig perplex. Stürme taten so etwas nicht! Er war sogar stehen geblieben.

Emerelle rief etwas. Ihre Stimme ging im Sturm fast unter. Er hatte nicht darauf geachtet. Er starrte nur auf die Wand, die vorrückte und den Fangarm wieder in sich aufgenommen hatte.

»Komm!« Ein älterer Kobold mit einer merkwürdigen Ledermütze packte ihn und zerrte ihn mit sich mit. »Hast du denn nicht gehört? Wir sollen uns dicht um sie scharen!«

Willig ließ sich der Lutin führen. Die Elfe hatte ihre Arme über den Kopf erhoben. Ihre Handflächen waren aufeinandergepresst. Ein Lederriemchen hing dazwischen hinab. Nikodemus wusste, dass sie als die wohl mächtigste

Zauberin Albenmarks galt. Aber vor der Sturmwand, die den ganzen Horizont ausfüllte, wirkte sie lächerlich winzig und zerbrechlich.

Diesmal lösten sich gleich zwei Fangarme. Nikodemus suchte nach einer Erklärung, wie das möglich war. Gab es im Wind vielleicht Strömungen wie im Wasser? Wehte er an manchen Stellen heftiger? Das konnte sein, es war ein ganz natürliches Phänomen. Nur dass die Arme genau nach ihnen griffen und es auf der viele Meilen weiten Sturmwand nicht noch mehr dieser Strömungstentakel gab, war schon merkwürdig. Aber merkwürdige Zufälle geschahen!

Warum hatte er sich eigentlich nicht in einen Falken verwandelt? Der Lutin stöhnte auf. Was für ein Idiot er doch war! Der Schrecken hatte ihm den Verstand gelähmt! Jetzt war es zu spät. Der Gewalt des Windes würde er nicht mehr entkommen können.

Dobon, der alte Kobold mit der Ledermütze, legte ihm eine Hand auf die Schulter. Er hatte den Seufzer offensichtlich als ein Sich-Ergeben in den unausweichlichen Tod verstanden. »Ich hatte sie gewarnt.«

Obwohl er nur leise sprach, verstand Nikodemus ihn ganz klar. Der Lärm des Sturmes war fast völlig verebbt. Sicher gab es auch dafür eine natürliche Erklärung!

»Der Jadegarten gehört den Drachen. Sie wollen nicht, dass andere ihn betreten. Sie haben ihn geschützt!«

So ein hirnverbrannter Unsinn! Es gab keine Drachen mehr. Die Staubwand war jetzt nur noch fünfzig Schritt entfernt.

»Das ist kein Sturm. Das ist der Drachenatem.«

Noch zehn Schritt! Nikodemus duckte sich instinktiv, obwohl ihm klar war, dass es ihm kaum helfen würde. Er hob schützend die Arme. Eine absurde Geste angesichts der überwältigenden Macht, die binnen eines Herzschlags über ihn hereinbrechen würde. In der Not klammert man sich an jeden Strohhalm, dachte er. Dann wunderte er sich, wie lange es dauerte, bis das Verhängnis kam. War es ein schlechter Scherz des Schicksals? Wurde sein letzter Augenblick gedehnt, damit er sich aller Facetten von Todesangst voll bewusst werden konnte? Würde jetzt sein Leben noch einmal an ihm vorüberziehen? Seine endlosen Stunden mit Meister Gromjan, der ihn in der weiten Steppe des Windlands Magie gelehrt hatte. Seine verlorene Liebe Liza, die schon lange nicht mehr auf ihn wartete.

Nichts von alldem geschah. Endlich blinzelte er und blickte zwischen den Armen empor, überzeugt, der Sturm habe auf diesen Augenblick gewartet, um ihm mit glühendem Sand sein Augenlicht auszulöschen.

Gelbbraunes Zwielicht umfing ihn. Der Sand war keine drei Schritt entfernt. Das Toben des Sturms war durch ein leises, kratzendes Geräusch ersetzt. Eines von diesen Geräuschen, die einem, obwohl kaum wahrnehmbar, eine Gänsehaut verursachen. Es sah aus, als habe den Sturm eine Wand aus Glas aufgehalten. Manchmal zogen silbrige Schlieren darüber. Er blickte auf. Sehr hoch über ihren Häuptern wölbte sich das Glas zu einer Kuppel.

Als er zu Emerelle sah, stockte ihm der Atem. Zwischen den gefalteten Händen, die sie dem Himmel entgegenstreckte, war ein Licht, das Haut und Fleisch durchdrang. Er sah die Knochen ihrer Hand als Schatten, eingebettet in einen dunkelrosa Schimmer. Die Gelenke und selbst die Armknochen bis fast zum Ellenbogen waren zu sehen. Ein feiner Rauchfaden stieg zwischen den gefalteten Händen auf. Ganz gerade, bis er in der Wölbung der hohen Kuppel verschwand. Fast schien es, als sei sie an einem Faden aus Rauch aufgehängt.

Sie stand genau in der Mitte ihres schützenden Gefängnisses.

Neugierig streckte Nikodemus die Hand nach der magischen Wand aus, die sie beschützte. Ein Schlag traf seine Finger. »Bist du verrückt?« Dobon war bei ihm, und der alte Kobold war außer sich. »Du bist doch ein Drachenreiter! Du müsstest es am besten wissen, was es heißt, den Drachenatem zu berühren!«

Nikodemus sah den Alten verärgert an. »Und was heißt es?« Jetzt ruhten die Blicke der Grauhäute nicht mehr auf Emerelle, sondern auf ihm. Selbst die Kinder gafften.

»Der Drachenatem entkleidet jeden, der in den Jadegarten will. Erst reißt er dir die Kleider vom Leibe. Dann die Haut. Zuletzt bleiben nur noch deine blankpolierten Knochen. Es ist ein Zauber, alt wie die Drachen selbst. Er wurde einst von ihrem König gewoben. Und auch wenn die großen Drachen schon seit vielen Generationen gegangen sind, so bestehen ihre Zauber doch fort. Niemand kann die Orte betreten, die sie für sich allein geschaffen haben. Nur diejenigen, die sie zu sich rufen, sind vor dem Drachenatem geschützt. Alle anderen wird er verderben.«

»Das sind Märchen«, murmelte Nikodemus, um sich Mut zu machen. »Das ist nur ein Sandsturm. Sonst nichts.«

»Halt einen Finger hinaus, wenn du mir nicht glaubst«, beharrte der Alte.

Der Lutin zögerte. Er sah zu Emerelle. Eine blasse, blaue Flamme leuchtete zwischen ihren Händen auf und verschwand. Einen Herzschlag später war sie wieder da.

»Niemand kann den Drachen widerstehen!«, sagte Dobon mit Bestimmtheit. »Ich habe bis zuletzt nicht geglaubt, dass sie uns in den Jadegarten bringen will. Ich dachte, sie hätte sich eine der anderen verborgenen Oasen als Ziel gesucht. Eigentlich hätten wir gar nicht so nahe kommen dürfen. Hier war niemand mehr, seit …«

Eine riesige, blutige Gestalt trat durch den Bannkreis. Sand flutete hinter ihr durch die Öffnung, die sein Leib geschlagen hatte. Alle wichen vor dem Ungeheuer zurück. Ein Schrei ließ Nikodemus herumfahren. Eine junge Koboldfrau mit einem Muster wie ein Spinnenetz über ihren nackten Brüsten war zu weit zurückgewichen. Sie war mit einem Fuß durch den Zauberbann getreten. Die Macht des Sturms zog sie heraus. Zwei Frauen versuchten sie festzuhalten. Immer gellender erklangen die Schreie des Opfers.

Auch die anderen Frauen wurden auf die Schutzwand zugezogen. Es war, als lauerte dort draußen ein gieriges Raubtier, das nichts, was einmal in seine Fänge geraten war, wieder losließ. Mehr und mehr Kobolde griffen nach ihren Armen und ihrem Körper. Sie zerrten und stemmten sich gegen die Wut des Sturms.

Die Unglückliche wurde nun langsamer hinausgezogen. Ihre Stimme verlor an Kraft. Die Schreie wurden leiser. Unter dem rissigen Lehm sah Nikodemus alle Farbe aus ihrem Gesicht weichen.

Wer immer dem Bannkreis bis auf einige Zoll nah kam, ließ los. Fingerbreite um Fingerbreite wurde sie hinausgezogen. Noch stemmten sich ihre Brüder und Schwestern gegen das Unausweichliche, doch der Lutin ahnte, dass der Kampf schon längst verloren war. Die Stimme der Frau war erstorben. Der Sturm hatte all ihr Blut aus dem wunden Körper gesogen.

Erschüttert sah er zu dem Riesen auf, und Dobons Worte kamen ihm wieder in den Sinn. *Der Drachenatem entkleidet jeden, der in den Jadegarten will. Erst reißt er dir die Kleider vom Leibe. Dann die Haut* … Vor ihm stand Madra! Der Sand, durchsetzt mit messerscharfen Steinsplittern hatte den Troll gehäutet. Seine nackten, geschundenen Muskeln lagen offen zutage. Madra hatte außer einem Lendenschurz keine Kleidung getragen.

Er ging vor Emerelle in die Knie. Wieder tänzelten Flammen um ihre Fingerspitzen. Länger diesmal. Der Rauchfaden, der zwischen ihren Händen aufstieg, war dunkler. Es roch nach verbranntem Fleisch.

»Sie kann der Drachenmagie nicht widerstehen«, sagte Dobon, der noch immer neben ihm stand. »Weder der Riese Madra, so unermesslich seine Kräfte auch sein mögen, noch die Zauberin kann es. Wir sind verloren!«

Nikodemus hatte den Eindruck, dass die Kuppel über ihnen nicht mehr so hoch war wie zuvor. Wie lange konnte Emerelle den Albenstein noch halten, mit dem sie ihre Magie verstärkte und der ihre Hände verbrannte?

»Madra! Kannst du mich hören?«

Der Troll drehte den Kopf in seine Richtung. Ein Teil seiner Lippen war vom Sand weggeschliffen. Die großen Fangzähne lagen bloß. Blut rahmte die Zähne.

»Findest du den Weg zurück?«

Der Troll öffnete das Maul. Ein heiserer Laut entrang sich seiner Kehle. Nikodemus konnte nicht verstehen, was er sagte. Er ging zu seinem Freund. Der Troll zitterte am ganzen Leib. Blut sickerte durch das rohe Fleisch. Es vereinigte sich zu dünnen Strömen, die seinen Leib hinabrannen. Man musste kein Heilkundiger sein, um zu erkennen, dass er unrettbar verloren war. »Findest du den Weg zurück?«

Wieder das Röcheln. Es war aussichtslos!

»Ich bin es, Nikodemus.« Er sah hinauf zur Kuppel. Jetzt war sie ganz sicher niedriger. Dobon hatte Recht. Was immer es auch war, wogegen die Königin ankämpfte, alte Magie oder doch nur ein wütender Sturm, sie würde verlieren!

Er legte die Hand auf das rohe Fleisch von Madras Wade. Er drückte zu. Die Muskeln zuckten unter seiner Berührung. »Du musst dem Druck meiner Hand folgen, Madra.«

Der Troll stöhnte auf.

»Du wusstest, dass du dazu berufen bist, ein Held zu sein. Erinnerst du dich, wie wir darüber gesprochen haben. Jetzt ist deine Stunde gekommen! Bitte, bewege dich.«

Unsicher machte Madra einen Schritt. Sich zu bewegen, tat ihm nicht gut. Deutlich sah Nikodemus, dass noch mehr Blut aus dem geschundenen, mit Staub und Sand verklebten Fleisch sickerte.

»Sehr gut! Geh noch ein Stück.« Er brachte den Troll bis unmittelbar vor Emerelle. Sie hatte sich in der ganzen Zeit, in der sie gegen den Sturm ankämpfte, nicht bewegt.

All ihre Sinne waren allein auf das verzweifelte Kräftemessen gerichtet.

»Kannst du sie sehen? Du musst Emerelle hochheben.«

Madra machte eine Bewegung, die wohl ein Kopfschütteln sein sollte. Er neigte sich ein wenig. Jetzt erst konnte Nikodemus das geschundene Gesicht in aller Deutlichkeit erkennen. Die Augen des Trolls waren nur noch Höhlen voller verkrustetem Blut.

Der Lutin kämpfte gegen die Übelkeit an, die ihn bei dem Anblick überkam. Hatte der Sturm mit besonderer Macht Madras Gesicht angegriffen? So, wie er mit einem Fangarm den Elfen verschlungen hatte? Ohne Zweifel waren die Verletzungen im Gesicht besonders schwer.

»Du musst sie hochheben. Vorsichtig. So wie du die Kinder hochgehoben hast. Sie wirkt einen Zauber, der uns alle am Leben erhält. Mir scheint, sie ist nicht ganz bei sich. Der Zauber darf nicht gestört werden. Hast du das verstanden.«

Statt zu antworten, ging Madra in die Knie. Ganz langsam streckte er einen Arm vor. Er zeigte grob in Nikodemus' Richtung.

»Du sollst die Hand nehmen und ihn führen«, sagte Dobon. Zum ersten Mal klang Panik in seiner Stimme. »Wir könnten auch alle gemeinsam versuchen, sie hochzuheben.«

Von der Vorstellung, dass Dutzende Koboldhände nach ihr griffen, um Emerelle schwankend in die Höhe zu heben, hielt Nikodemus gar nichts. Er vermied es, noch einmal hinaufzusehen. Er ahnte, was Dobon in Angst versetzte.

Vorsichtig nahm er die Hand seines Freundes. Der Troll zuckte bei der leichtesten Berührung zusammen, gab aber keinen Schmerzenslaut von sich. Nikodemus führte Madras Hand zur Hüfte der Elfe. Madras zweite Hand fand allein ihren Weg.

»Du musst sie ganz sacht hochheben!« Der Geruch nach verbranntem Fleisch wurde immer durchdringender. Das gleißende Licht verhinderte, dass man Emerelles Finger deutlich sah. Aber sie wirkten dünner.

Der Troll stieß einen grunzenden Laut aus, als er die Elfe anhob. Madra bewegte sich unbeholfen. Er drehte sich. Nikodemus achtete darauf, dass er in seinen Spuren ging. Er hoffte, dass der Troll geradeaus gegangen war und nicht orientierungslos durch den Sturm getappt war. Ihm war bewusst, dass das wohl zu viel der Hoffnung war. Was konnte man von jemandem erwarten, der geblendet und vor Schmerz wahrscheinlich halb wahnsinnig war?

»Die Höhle liegt etwas weiter links«, sagte Dobon. Er hatte sein Volk dicht um Emerelle geschart.

»Du bist dir sicher?«

»Ich habe mein ganzes Leben in der Wüste verbracht. Hier die Richtung zu verlieren, bedeutet das Ende. Vertraue mir.«

Das sagte der Anführer eines ganzen Stammes von Lügnern! Aber hatte er eine Wahl? Nikodemus war sich nicht ganz sicher, aber auch der Schutzkreis, den der Zauber der Elfe dem Sturm abtrotzte, schien enger geworden zu sein. »Wenn du dich irrst, sind wir tot.«

»Wenn wir nicht losgehen, weil wir über den Weg streiten, sind wir noch sicherer tot!«

Dem ließ sich nichts entgegensetzen. Nikodemus stellte sich neben Madra. Mit leichtem Druck gegen dessen Schenkel brachte er den Troll dazu, die Richtung zu ändern. Überall im Sand war dessen Blut. Seine eigenen Hände waren ganz klebrig vom Blut. Madra schwankte leicht. »Geh! Halt bitte durch!« Wieder drückte er ihm auf den Schenkel. Er sah, wie seine Berührung Blut aus dem rohen Muskel presste.

Der Troll ging sehr langsam. Seine geschundenen Füße hoben sich kaum vom Boden.

Behutsam führte Nikodemus ihn um Felsstücke herum, die aus dem Sand ragten. Und Dobon achtete darauf, dass sie dabei nicht die Richtung verloren.

Die Elfe hielt sich ganz steif. Man hätte meinen können, dass der Troll eine lehmverschmierte Statue trug. Die blassblauen Flammen, die um ihre Finger spielten, verloschen nicht mehr. Nikodemus fragte sich, wie man die Willenskraft aufbringen konnte, einen glühenden Stein festzuhalten. Vielleicht war das Fleisch ihrer Hände miteinander verschmolzen, und sie konnte gar nicht mehr loslassen?

Quälend langsam kam sie voran. Der Lutin hatte das Gefühl, dass der Sturm immer heftiger gegen den magischen Schutzwall anstürmte. Das wütende Gebrüll war lauter geworden. Und immer häufiger zeigten sich die silbernen Schlieren, die ihm schon zu Anfang aufgefallen waren.

Plötzlich stieß jemand hinter ihm einen aufgeregten Ruf aus.

Dobon packte ihn bei der Schulter. »Warte!«

»Uns läuft die Zeit davon!« Wütend blickte Nikodemus zurück. Die Grauhäute gruben mit den Händen im Sand. Zwei Stiefel erschienen. Ein Bein in einer weiten Hose. Falrach! Die Magie, die seine Kleider vor Schmutz bewahrte, schien auch dem schmirgelnden Sand getrotzt zu haben. So ein verdammter Glückpilz, dachte Nikodemus. Er hätte schon bei der Schlacht am Mordstein verrecken sollen. Der Lutin erinnerte sich noch gut, wie schwer verletzt der Elf gewesen war.

Als sie Falrachs Hände und Gesicht freilegten, änderte er seine Meinung. Der Elf war doch kein Glückskind. Dort, wo ihn seine Kleider nicht geschützt hatten, sah er nicht besser aus als Madra. Sein Gesicht war eine einzige blutende Wunde.

»Nehmt ihn mit!«, befahl Dobon.

Eine Gruppe Krieger umringte den Elfen und packte ihn. Sie zogen ihn über den Boden, und obwohl sie recht derb mit ihm umgingen, wachte er nicht mehr auf.

Nikodemus wurde sich bewusst, dass er jetzt völlig den Grauhäuten ausgeliefert war. Es war niemand übrig geblieben, der ihn hätte beschützen können. Was sie wohl mit ihm anstellen würden, wenn die anderen starben?

Wie sich zeigte, hatte Dobon die Richtung gut eingeschätzt. Sie erreichten die Höhle ohne Zwischenfall. Zuerst wurden alle Kobolde hineingeschafft. Nur im Eingangsbereich der Höhle lag ein wenig Sand. Sie fanden die Kinder, die Madra und Falrach hierhergebracht hatten, wohlbehalten vor.

Zuletzt kamen Emerelle und der Troll. Im selben Augenblick, als die Elfe durch den Höhleneingang trat, heulte der Sturm hinter ihr auf wie ein wütendes Tier. All ihre Zaubermacht war verloschen. Nikodemus sah ihre Hände und blickte sofort wieder weg. Sie würde für immer verkrüppelt sein. Da würde ihr der Zauber, den sie in Feylanviek gewirkt hatte, um ihre abgetrennte Hand nachwachsen zu lassen, auch nichts mehr nützen. Er hatte sie nie gemocht. Sie war hochmütig und grausam. Sie verkörperte alle schlechten Eigenschaften der Elfen für ihn. Aber an diesem Tag hatte sie sich selbstlos aufgeopfert. Sie war eine Meisterin der Magie, und der Lutin war sich sicher, wenn sie es gewollt hätte, dann hätte sie leicht einen Weg gefunden, um nur sich und Falrach zu retten. War das die herausstechendste Eigenart einer guten Königin? Ihr Volk in Zeiten der Not niemals im Stich zu lassen?

Sie war nicht ganz bei sich. Schmerz und Erschöpfung hatten sie völlig ausgezehrt. Einige Koboldfrauen führten sie zu einer Nische, weiter hinten in der Höhle. Sie versuchten ihre Hände zu versorgen, so gut es eben möglich war.

Madra ging dicht beim Eingang in die Knie. Einen Moment lang verharrte er schwer atmend, dann stürzte er nieder. Fast hätte er einen der Alten unter sich begraben, die, am Ende ihrer Kräfte, am Eingang der Höhle verharrt hatten.

Nikodemus eilte an die Seite seines Gefährten. Er hatte erwartet, seinen Freund bewusstlos vorzufinden. Dem war nicht so. Seine entstellten Lippen bewegten sich. Unverständliche Laute entrangen sich seiner Kehle. Der Lutin versuchte, ihm etwas aus seiner Kürbisflasche zu trinken zu geben, doch das meiste rann an den Lippen vorbei. Schließlich riss sich Nikodemus einen Streifen von seinem Hemd, tränkte es mit Wasser und ließ den Troll daran lutschen. So gelang es Madra, ein wenig Flüssigkeit aufzunehmen.

»Wel…pen«, stieß der Troll hervor. Er wiederholte die zwei Silben, und Nikodemus verstand das Wort ganz klar, aber es dauerte eine Weile, bis er begriff, was sein Gefährte wollte. Er stand auf und ging in die Höhle. Fast alle Kinder kamen mit ihm, als er sie fragte. Und das, obwohl sie wussten, wie Madra aussah.

Sie stellten sich in mehreren Reihen um den Troll. Einige der Kleineren weinten. Selbst sie begriffen, wie es um Madra stand. Der ältere Junge, den Madra in die Höhle getragen hatte, hatte einen kleinen Tonkrug mit einer fettigen, gelben Salbe mitgebracht. Vorsichtig tupfte er sie auf die Wunden des Trolls.

Madra zitterte jetzt. Nikodemus war kein Heiler, aber er hatte bei Gromjan und später bei Ganda genug gelernt, um zu wissen, was das bedeutete. Der Troll kühlte aus. Er hatte zu viel Blut und schützende Haut verloren. Sein Körper konnte keine Wärme mehr halten.

Den Hünen so hilflos schlotternd zwischen den Kindern liegen zu sehen, berührte Nikodemus zutiefst. Er räusperte sich, um sein Schniefen zu überspielen.

»Tut das schlimm weh?«, fragte ihn ein kleines Mädchen mit zu Stacheln gedrehten Haaren.

Wieder räusperte er sich. »Er ist ein harter Bursche. Er hält viel aus.«

Nikodemus sah die neue Hoffnung in den Gesichtern der Kinder. Er verfluchte sich. Was war er nur für ein Idiot!

Das Mädchen beugte sich zu Madras Kopf. »Hast du gehört? Der Drachenreiter sagt, es wird wieder gut.«

Wie konnte er das zurücknehmen? »Ich …« Der Junge,

der die Salbe auftrug, sah ihn finster an. Zumindest ihm war klar, dass hier nichts mehr gut würde.

»Er sagt etwas!«, rief das Mädchen aufgeregt.

Sofort war Nikodemus wieder über seinen Lippen. Madras Atem war kaum noch zu spüren. Aber er versuchte tatsächlich noch etwas zu sagen. »Tus …« Was sollte das heißen?

»Tus …« Er bäumte sich leicht auf. Einige der kleineren Kinder wichen zurück.

»Tusni…!«

Der ältere Koboldjunge hatte damit begonnen, die Lederriemchen der Amulette zu durchtrennen. Einige waren mit dem geronnenen Blut auf den Wunden verklebt.

Madras Atem ging schneller. Er begriff wohl, dass es ihm einfach nicht gelang, sich verständlich zu machen. Was war ihm so wichtig, dass er seine letzten Kräfte dafür gab?

Nikodemus sah, wie der Junge das Knochenamulett mit den Federschnitzereien löste. Madras Blut hob die eingekerbten Linien rotbraun hervor.

»Das gehört mir«, sagte Nikodemus hastig.

Der junge Kobold sah ihn finster an. »Natürlich, darum trägt er es ja auch.«

»Ich habe es ihm geliehen.«

Der Junge hielt es in der flachen Hand und strich mit den Fingerspitzen darüber. »Es ist von Magie durchdrungen. Viel stärker als die anderen Amulette.« Seine Stimme klang jetzt ehrfürchtig. »Es ist …«

»… meins! Her damit.«

Der Koboldjunge wirkte jetzt eher trotzig als finster. Es war unübersehbar, dass das Amulett ihm Angst machte. Nikodemus steckte fordernd die Hand über die breite Trollbrust.

»Schnapp!«

»Nicht!« Es war zu spät. Der kleine Drecksack wollte lässig sein. Er warf ihm das Amulett zu. Es segelte ein kleines

Stück durch die Luft. Ein Kranz goldenen Lichts bildete sich um den Knochen. Dann war er verschwunden.

»Tusni«, röchelte Madra.

Und jetzt, da es zu spät war, begriff Nikodemus endlich. Tusni … Tu es nicht! Das war es, was er meinte. Tu es nicht!

# VON PLURALISTISCHEN INTERESSENGRUPPEN UND ANDEREN WORTSCHÄTZEN

»Ich habe hiermit die Probleme dargelegt, die zu erwarten sind. Und ich versichere, meine Brüder und Schwestern werden mit äußerster Bestürzung auf die neuen Gesetze reagieren«, endete die Rede Elijas.

Im Thronsaal von Burg Elfenlicht herrschte einige Augenblicke lang Schweigen. Der Lutin hatte über eine Stunde geredet und die Mehrzahl der anwesenden Würdenträger aus den Reihen der Trolle war eingeschlafen. Die Kobolde aber waren hellwach. An den Farben ihrer Auren war unübersehbar, dass er ihnen aus den Herzen gesprochen hatte. Eins jedoch machte Skanga stutzig. Obwohl er sich sehr ausführlich über die zahllosen Nachteile der Gesetze ausgelassen hatte, hatte Elija nicht ein einziges Mal gefordert, dass sie nicht in Kraft treten dürften. Wer ihn nicht kannte, hätte argwöhnen können, dass es ihm genügte, Andeutungen zu machen oder dass er sich gar mit der Unaufhaltsamkeit der neuen Gesetzgebung abgefunden hätte. Aber daran glaubte die Schamanin keinen Augenblick. Etwas an den Gesetzen gefiel ihm. Sonst hätte er ganz anders vom Leder gezogen.

Skanga war sich unschlüssig, ob sie dem nachgehen sollte. Aus ihrer Sicht war es erstrebenswert, dass diese Dinge geregelt waren. So würde die Herrschaft der Trolle auf festeren Füßen stehen.

»Mein lieber Bruder Elija ...«

Skanga zuckte innerlich zusammen, als sie Gilmarak so reden hörte. Sie hatte gehofft, die ausgedehnten Jagdausflüge hätten ihn dieses Koboldgewäsch wieder vergessen lassen.

»... ich habe mir wiederholt aus deinen Schriften vorlesen lassen, und in *Kobolde zum Lichte empor* forderst du selbst die Umverteilung der Besitztümer von den wenigen Reichen auf die Unzahl armer Koboldlohnarbeiter. Genau dies wird stattfinden, wenn diese Gesetze in Kraft treten.«

Elija war sichtlich überrascht, dass der junge König seine Schriften nicht nur kannte, sondern auch noch nachreden konnte. Skanga hatte dazu gemischte Gefühle. Dass Elija mit seinen eigenen Waffen attackiert wurde, amüsierte sie, doch dass Gilmarak so tief in die Sichtweise der Kobolde eintauchte, empfand sie als bedenklich. Es war nicht die Aufgabe eines Trollkönigs, verquere Koboldgedanken zu verstehen!

»Ich meinte damit vor allem über Jahrhunderte ohne eigener Hände Arbeit angehäuftes Vermögen, wie es sich im Besitz der Fürstenhäuser der Elfen befindet. Wenn ein Kaufmann unter hohem Risiko Gewinne erwirtschaftet, dann ist dies durchaus statthaft. Kennst du einen Elfengoldschmied, der das Gold, mit dem er arbeitet, selbst dem Fels abgerungen hätte?«

»Ich kenne auch keinen Koboldkaufmann, der den Weizen, den er mit Gewinn verkauft, im Schweiße seines Angesichts geerntet hätte«, entgegnete der König.

Skanga klopfte Gilmarak auf die Schulter. Das hatte er prima gemacht, aber nun war es genug. Die Schamanin stand unmittelbar hinter dem Thron und hatte einen guten Blick auf die Versammlung im Saal. Es waren weit über zweihundert Kobolde dort, Vertreter aller großen Städte und Handelshäuser. Die Kobolde wurden sichtlich unruhig, als ihr Sprecher von einem *dummen Troll* in Schwierigkeiten gebracht wurde.

»Du hast die komplexe Dialektik der sozial akzeptablen Distribution eines fluktuierenden Privatkapitals unter Berücksichtigung pluralistischer Interessengruppen noch nicht in all ihren Spielarten erfasst, Bruder Gilmarak. Mit großer Freude stelle ich indes fest, dass du meine Schriften derart aufmerksam liest. Wir sollten die Anwesenden jedoch nicht mit Debatten auf solch gehobener Verständnisebene langweilen.«

Gilmarak wollte noch etwas antworten, aber Skanga war der Meinung, dass genug Unsinn geredet worden sei, und zwickte dem König in die Schulter. Deutlich spürte sie seinen Unwillen, doch der König fügte sich. »Ich nehme dich beim Wort und werde alle Einwände noch einmal bedenken. In einer Woche werde ich den Anwesenden verkünden, zu welchem Schluss ich in Bezug auf die neuen Gesetze gekommen bin. Ich möchte alle hier Versammelten warnen, sich zu große Hoffnungen auf Änderungen zu machen, denn eine Vereinheitlichung und Vereinfachung der vorhandenen Gesetzeswerke halte ich nach wie vor für erstrebenswert. Kommen wir nun zum Nächsten. Ich bitte um Bericht über die Fortschritte beim Entwurf der von mir in Auftrag gegebenen Steppenschiffe. Wer …«

Skanga blickte zu den Trollherzögen und Rudelführern, die sich ungeniert auf dem Boden des Thronsaals zu einem Verdauungsschlaf ausgestreckt hatten. Die meisten von ihnen würden bald große Städte oder Provinzen regieren. Auch wenn sie die neuen Ideen und den sich ändernden Wortschatz Gilmaraks bedenklich fand, wünschte sie sich doch, dass diese Elite des neuen Königreichs der Trolle zumindest ein Fünkchen der Begeisterung ihres Herrschers aufbringen würde. Vielleicht sollte sie …

Ein kleiner Lichtpunkt leuchtete dicht neben dem Thron auf. Etwas fiel klackernd auf den steinernen Boden. Gilmarak lauschte zu gebannt den Ausführungen eines Koboldbaumeisters, um etwas zu bemerken. Aber Birga streckte gerade ihren Fuß aus, um ihn auf dieses von Magie durchdrungene Ding zu setzen, das da aus dem Nichts erschienen war.

»Gib es mir«, raunte Skanga ihrer Schülerin zu.

Birgas Aura durchflutete das lichte Blau jähen Schreckens. Ertappt streckte sie die Hand aus.

Sobald Skanga das kleine Amulett berührte, erkannte sie es wieder. Und sie spürte das Blut darauf. Emerelle war also gefunden! Aber wie pfiff man Shi-Handan zurück? Die Geisterhunde waren auf der Jagd nach der Königin und nach dem Anführer der Spinnenmänner. Es war unmöglich, einzuschätzen, wo sie sich aufhielten.

Die Schamanin fluchte stumm. Sie würde sich noch einmal mit Alathaia treffen müssen. Vielleicht wusste die Elfenfürstin Rat. Immerhin bestanden die Shi-Handan zur Hälfte aus ihren Vertrauten. Skanga hasste den Gedanken, ausgerechnet sie um etwas bitten zu müssen. Gewiss hatte sie selbst schon versucht, Shi-Handan zu erschaffen, und war gescheitert. Schließlich fehlten ihr wesentliche Teile des Wissens.

## DAS ERBE

»Wir müssen ihr die Hände abnehmen!«

»Bist du verrückt? Sie prügelt dich mit den Stümpfen tot, wenn du es versuchst.«

»Wenn man überhaupt etwas tut, dann sollte man die Arme gleich unterhalb der Ellenbogen absägen«, mischte sich eine dritte Stimme ein.

»Hast du vielleicht eine Säge mit dir herumgeschleppt?«, entgegnete die erste Stimme, offensichtlich eine Frau.

»Wir könnten das Messer des anderen kleinen Riesen nehmen. Das hat er behalten.«

»Und wie willst du einen Riesenknochen durchtrennen?«, merkte die zweite Stimme an. Ein älterer Nörgler, dem man es offensichtlich nie recht machen konnte.

»Wenn man durch das Ellenbogengelenk schneidet, muss man keinen Knochen durchtrennen. Und sieh dir nur an, wie weit die Verbrennungen reichen. Viel gesundes Fleisch wird sie dabei nicht verlieren.« Die dritte Stimme schien einem Mann zu gehören. Er sprach mit großer Begeisterung.

»Man sollte warten, bis sie aufwacht, und sie fragen«, wandte der Nörgler ein.

»Das ganze tote Fleisch wird ihr Blut vergiften. Und wenn das nicht passiert, wird sie zu viel Flüssigkeit über die verbrannten Flächen verlieren. Sieh dir mal an, wie viel von diesem durchsichtigen gelben Sabber aus ihren Verbrennungen tropft. Die ist bald so trocken wie 'ne alte Jungfer. Ich sage euch, die Arme müssen ab. Gleich am Ellenbogen!«

Durch den Schleier der Schmerzen klangen die Stimmen wie aus weiter Ferne. Emerelle war am Rande der Ohnmacht. Sie vermochte dem Sinn der Worte, die sie hörte, kaum zu folgen. Den Anfang des Gesprächs hatte sie nicht wahrgenommen.

Das Fleisch ihrer Hände war miteinander verschmolzen. Die Haut der Handflächen war zu Rauch geworden. Der Albenstein lag in den Überresten ihres verbrannten Fleischs eingebettet. Er und das Erbe ihres Vaters würden helfen, sie zu heilen, wenn ihr genug Zeit blieb. Sollten die Kobolde allerdings versuchen, ihr die Arme zu amputieren, bestanden wohl beste Aussichten, dass sie verbluten würde. Oder sie würde am Schock sterben.

»Wir könnten sie auch einfach liegen lassen«, sagte der Nörgler.

»Und dann?«, wollte die Frau wissen. »Was machen wir dann? Zurückgehen? Ohne Wasser werden wir nicht weit kommen. Wenn sie hier stirbt, dann wird unser ganzes Volk mit ihr sterben.«

»Wir könnten versuchen, zum Jadegarten zu kommen«, wandte der Nörgler ein. »Der Sturm flaut ab. Es ist nicht mehr weit. Weniger als einen Tagesmarsch, schätze ich. Wir sollten dann noch den anderen Riesen töten. Der große Riese hat es schon hinter sich. Dann sind wir wieder frei.«

»Und der Drachenreiter?«, wandte die Frau ein. »Den müssten wir auch umbringen. Und wie viele von uns werden sterben? Wir haben fast kein Wasser mehr. Wir alle sind geschwächt. Wer überlebt den Marsch durch die Wüste? Acht von zehn? Oder vielleicht nur sieben? Wenn du jemals ein Kind geboren hättest, dann würdest du nicht so leichtfertig über Leben sprechen.«

»Da ich nie eines geboren habe, kann ich für alle denken, statt im Kampf um ein einzelnes Leben das Schicksal unseres Volkes aus den Augen zu verlieren«, entgegnete der Alte gelassen. »Welche Wahl haben wir denn? Hier sitzen und nichts tun? Hier sitzen und ihr die Arme abschneiden und hoffen, dass sie das überlebt? Oder alle Riesen und den Drachenreiter töten und hoffen, dass die meisten von uns durchkommen?«

»Weißt du, was uns im Jadegarten erwartet?«, fragte der jüngere Mann, derjenige, der sich gerade noch mit großer Begeisterung dafür ausgesprochen hatte, ihr ein Messer durch die Armgelenke zu stoßen. »Gibt es noch Drachen?«

»Wenn es noch welche gibt, dann haben die sich wirklich lange nicht mehr sehen lassen. Nein, die großen Drachen sind alle tot«, sagte die Frau entschieden. »Es würde Geschichten über sie geben, wenn sie noch da wären. Es war nie ihre Art, sich zu verstecken. Sie mussten niemanden fürchten.«

»Für uns würde auch ein einzelner, kleinerer Drache genügen«, wandte der Nörgler ein.

»Wir könnten den Drachenreiter mitnehmen«, sagte die Frau. »Er muss wissen, wie man mit ihnen umgeht. Sonst könnte er sie nicht reiten.«

Der Schmerz gewann die Oberhand. Er war wie Tausende kleine Baumwollkügelchen. Er löschte jede andere Sinneswahrnehmung aus. Verstopfte ihre Ohren, bis die Stimmen zu einem unverständlichen Gemurmel wurden. Verklebte ihre Augen, so dass sie nichts sehen konnte. Hüllte ihren Körper ein, bis keine andere Empfindung mehr blieb als der rasende Schmerz, der sie hinabzog auf ein großes, dunkles Loch zu.

Sie wusste, dass der Albenstein längst erkaltet sein musste. Aber die letzte Erinnerung ihrer Nerven, bevor sie zu Asche wurden, schien unauslöschlich fortzuleben. Der Schmerz des weiß glühenden Steins, der jegliches Leben aus ihren Fingern gebrannt hatte, pulsierte immer noch durch ihren geschundenen Leib. Sie wusste, was geschehen würde, wenn sie aufgab und ihm ins Dunkel folgte.

Sie lauschte auf die Stimmen, aber sie waren in unerreichbare Ferne gerückt. Nicht einmal unverständliches Gemurmel war übrig geblieben.

Sie sind fort, redete sie sich ein und fürchtete zugleich, dass sie es war, die sich mit jedem verzweifelten Herzschlag weiter aus der Welt der Lebenden entfernte. Der Sandsturm ließ nach, hatte der Nörgler gesagt. Sie wusste, warum. Der Sturm spürte sie nicht mehr. Dies war die eine Höhle, in der sie sicher waren. Die einzige unter Dutzenden Höhlen, die sich wie riesige Wurmlöcher durch die Felskante zogen. Nandalee, ihre Mutter, hatte ihr von der Höhle erzählt. Sie selbst war auch schon hier gewesen. Allein hatte sie den Wettlauf gegen den Drachenatem leicht gewonnen. Und doch hatte sie auch früher schon hier Schutz gesucht. Hatte abgewartet, bis der Sturm verebbte. Sie wusste, dass es nicht lange dauern würde.

Hätte sie sich nicht mit Madra und dem Mädchen aufhalten dürfen? Der Wettlauf hatte längst begonnen, als die beiden sie mit ihrer Unvernunft alle in Gefahr gebracht hatten. Wie viel Zeit war verlorengegangen? Fünfhundert Herzschläge? Hätte das ausgereicht, alle anderen in Sicherheit zu bringen?

Der Troll schien tot zu sein. Eine der Stimmen hatte es behauptet. So war ihr Opfer also zumindest zur Hälfte vergebens gewesen. Und wie dankten die Grauhäute es ihr! Sie dachten darüber nach, sie zu ermorden. Nur weil diese heimtückischen Bastarde nicht sicher wussten, ob sie sie noch brauchten, lebte sie noch. Sie könnten es ohne sie schaffen. Sie würden die Schlucht zum Jadegarten erreichen, bevor der Drachenatem erneut tödliche Kraft gewann. Wer bis hierherkam, der war in Sicherheit.

Dünne Bleiadern waren unter dem Fels dieser einen Höhle verborgen. Das Blei blendete den Drachenzauber. Der Sturm konnte sie hier nicht mehr spüren.

Der Sand rings um die Tafelberge, die den Jadegarten schützten, war von Magie durchdrungen. Der alte Zauber der Drachen wirkte über Jahrtausende fort. Er hatte seine Schöpfer überlebt, ohne weniger tödlich zu werden. Der Sand spürte Eindringlinge. Was genau es war, wusste Emerelle nicht. Sie vermutete, dass die Berührung von Füßen den Schutzzauber belebte. Und sie hatte die Erfahrung gemacht, dass es ganz gleich war, ob es ein einzelnes Paar Füße war oder viele Hundert. Der Sand, der mit feinen, nadelspitzen Felssplittern durchsetzt war, sammelte sich nahe bei den Tafelbergen. Alte Magie peitschte ihn auf, bis er in einer riesigen Wolke den Himmel verdunkelte. Der Sturm war wie ein Raubtier, gefangen in einem Käfig und von Wärtern gepeinigt, die mit Stachelruten nach ihm schlugen, bis das Tier in blinde Raserei geriet. Dann öffneten sie den Käfig. Wenn der Sturm eine alles vernichtende Macht gewonnen hatte, wogte er den Wanderern in der Wüste entgegen. Und selbst auf dem Weg nahm seine

Stärke immer weiter zu. Erst wenn keine Füße den Sand mehr berührten, ließ er nach und erstarb.

Das Gitterwerk aus Bleiadern blendete den mörderischen Zauber. Wenn sie die Höhle verließen, müssten sie schnell sein. Sie durften nicht nach dem rechten Weg in den Jadegarten suchen. Sie mussten wissen, welche eine Schlucht nicht vor steilen Felswänden endete. Ihnen blieb wenig mehr als ein halber Tag, bevor der Drachenatem erneut über sie herfallen würde.

Wie würde der Jadegarten heute aussehen? Der Herr Albenmarks hatte sich einst dorthin zurückgezogen und Frieden gesucht. Nur Auserwählte durften ihn begleiten. Die Drachenelfen, die Weisesten unter den Lamassu, Pegasi, die er wie Hunde hielt und über deren ausgelassene Lebenslust er spottete.

Emerelle spürte, wie ihr Herz immer langsamer schlug. Die Brandwunden nässten. Sie zogen alle Flüssigkeit aus ihrem Leib. Selbst wenn es ihr gelang, dem Schmerz zu widerstehen, würde sie innerlich austrocknen. Sie dachte an ihren ältesten Feind. An den Verräter und Lügner, der ihre Jugend bestimmt hatte. Ihr alter Zorn sollte ihr Verbündeter im Ringen mit dem Tod werden!

Als sie an all das dachte, was sie verloren hatte, schlug ihr Zorn eine Bresche durch die Lethargie des Schmerzes. Sie bäumte sich auf gegen das Dunkel. Der Schmerz überflutete sie. Bohrend, den Verstand dem Wahn entgegentreibend. Sie wollte schreien, doch ihre Kehle war so ausgedörrt, dass kein Laut über ihre Lippen kam.

»Das ist das letzte Aufbäumen vor dem Tod«, sagte der Nörgler. »Das sehe ich nicht zum ersten Mal. Gleich hat sie es überstanden.«

Sie wollte sehen, wer das war. Aber ihre Augen waren von Sand und getrockneten Tränen verklebt. Die Lider waren wie verleimt. Ihre Hände konnte sie nicht koordiniert bewegen. Sie ruckten hoch, unfähig, sich voneinander zu lösen.

Emerelle ließ ihrem Zorn alle Zügel schießen. Sie brauchte Flüssigkeit. Sie hätte die drei töten können. Ein Wort der Macht hätte sie verdorren lassen, und die Säfte der Kobolde hätten ihrem sterbenden Leib neue Kraft gegeben. Ihr kam ein Gedanke. Es waren dreihundert Kobolde in der Höhle. Bei jedem Ausatmen verlor jeder von ihnen ein wenig Feuchtigkeit. Die trockene Wüstenluft stahl diesen kostbaren Schatz. Emerelle versuchte einen Zauber zu ersinnen, die Wüste darum zu berauben.

»Sie hält lange durch«, sagte das Koboldweib.

»Ich habe das Messer geholt«, erklang die jüngere Stimme. »Wir müssen jetzt die Arme abbinden.«

»Das ist vergebliche Liebesmüh«, murrte der Nörgler. »Lasst sie doch einfach gehen.«

Es war das erste Mal, dass Emerelle mit ihm einer Meinung war. Ihr Zauber zeigte Wirkung. Feuchtigkeit schlug sich in ihrem in stummem Schrei erstarrten Mund nieder.

Ein Band wurde um ihren rechten Oberarm geschlungen und festgezurrt. »Du musst die Klinge in die Armbeuge rammen, wenn du es richtig machen willst«, erklärte die Frauenstimme.

Emerelle spürte einen Druck, aber keinen Schmerz. Ein Keuchen entwich ihrer Kehle.

»Sie kommt zu sich.« Die Stimme ihres jungen Peinigers klang ratlos.

»Was ist das? Sieh dir ihre Hände an.«

Die Klinge traf einen Nerv, der durch die peinigende Hitze nicht zu Asche geworden war. Ein grausamer Schmerz stach gleich einem goldenen Lichtspeer durch ihr vernebeltes Bewusstsein. Sie konnte Metall über Knochen schrammen spüren. Rote Wut spülte ihre Selbstbeherrschung hinweg. Sie war nicht mehr sie selbst. Ihr Erbe brach sich mit aller Macht Bahn.

»Ihre Hände! Bei den Geistern unserer Ahnen, sieh nur ihre Hände! Das Licht! Siehst du das Licht? Sie …« Die Worte des Nörglers vergingen in einem Schrei.

# DER PREIS DER WELT

Adrien stützte sich auf seine Spitzhacke und machte eine kurze Pause. Jules war nirgends zu sehen. Allerdings konnte er vom Grund seiner Grube aus auch nicht wirklich weit blicken. Sein Lehrmeister setzte sich gern stundenlang auf einen der kleinen Hügel aus Schutt und Erde und sah ihm beim Arbeiten zu. Jedes Mal, wenn Adrien erlahmte, gab es eine spitze Bemerkung. Für einen Priester konnte er bemerkenswert gehässig sein. Jules' Worte verfehlten ihre Absicht nie. Stets holten sie auch noch das Letzte aus Adrien heraus. Aber jetzt war er ja zum Glück nicht da.

Erschöpft wischte sich der Junge mit seinen in Lumpen gehüllten Händen über das Gesicht. Obwohl es noch recht kühl war, rann ihm der Schweiß in Strömen über den Körper. Die Übungen begannen Wirkung zu zeigen. Adrien fühlte sich stärker. Die Haut seiner Hände wurde härter; nachdem sie in der ersten Woche voller blutiger Blasen gewesen war, bekam er nun Schwielen.

Ein Schatten glitt über die Grube hinweg. Besorgt sah Adrien zum Himmel hinauf. Ein Adler kreiste dort. Er winkte ihm zu. Der große Vogel war ihm in den letzten Wochen immer wieder aufgefallen. Er war der Einzige, der regelmäßig über dem Tal erschien. Weit über ihm ballten sich dunkle Wolken.

Der Junge fluchte leise. Das war die größte aller Plagen. Der eisige Regen machte ihm mehr zu schaffen als alles andere. Er kühlte aus, verlor alle Kraft und war vor Zittern kaum noch in der Lage, die Spitzhacke zu halten. Außerdem spülte er die Erde und kleines Geröll von den Abraumhügeln rings herum in die Grube zurück. Das Loch, in dem Adrien stand, durchmaß inzwischen mehr als sechs Schritt. Der Junge hatte es auf die Anweisung seines Meisters immer wieder erweitert. Adrien hegte inzwischen einigen Zweifel daran, ob Jules ihn überhaupt an der richtigen Stelle graben ließ. Er war sich auch unsicher, ob Jules genau wusste, wonach sie suchten, und wenn ja, wo es zu finden war.

Die ganze letzte Woche hatte sich Adrien durch eine Steinschicht gearbeitet. Jules hatte behauptet, es sei der geschmolzene Stein der Halle der Strategen. Das Wort Strategen war dem Jungen fremd, und Jules hatte sich auch keine große Mühe gegeben, es zu erklären. Es schien sich um eine Halle für Feldherren oder besonders bedeutende Krieger gehandelt zu haben. Auf jeden Fall waren es Leute mit hübschen Schuhen gewesen. Nicht alle Steine waren geschmolzen. Immer fand er auch Trümmer, und gestern erst hatte er zwei Paar steinerne Füße ausgegraben, die in Sandalen steckten, deren Riemchen mit Schutzamuletten geschmückt waren. Was für Männer wohl einst in diesen Sandalen in den Krieg gezogen waren?

Der Steinerne Wald beschäftigte seine Fantasie, wann immer er noch genug Kraft zum Träumen fand. Wie hatte die marmorne Stadt ausgesehen, die einst das Tal füllte? Was für Menschen waren es gewesen, die hier lebten? Und warum wusste Jules so vieles darüber? Standen solche Dinge in Büchern? Der Priester versuchte, ihm in den Abendstunden Lesen und Schreiben beizubringen, aber Adrien fand, dass ein Ritter solchen Unsinn nicht benötigte.

Mit einem Seufzer machte er sich an seinen endlosen Kampf gegen Trümmer und Geröll. Von weiter oben musste ein größeres Gebäude den Hang hinabgerutscht sein. Hier lag alles durcheinander. Steinfragmente, Ziegel, verbogene und halb geschmolzene Kupferplatten. Gerade wegen der Beschaffenheit des Bodens musste er seine Grube immer mehr erweitern, denn das Geröll rutschte von den Rändern nach. Und je tiefer er kam, desto schlimmer wurde es.

Mit der Hacke lockerte er den Boden zu seinen Füßen und schaufelte dann Hände voll leuchtend roter Ziegelsplitter in zwei Ledereimer. Als er fertig war, hängte er beide Eimer in Haken an eine Stange und machte sich an den Aufstieg über die beiden Leitern, die aus der Grube führten. Unsicher schwankend erreichte er schließlich den Rand der Grube. Jules sollte ihm besser einen Korb besorgen, den er auf den Rücken schnallen konnte. Damit würde er mehr Aushub nach oben bringen können, und es wäre nicht so verdammt schwer, das Gleichgewicht zu bewahren, wie mit den Eimern an der Stange.

In mürrischer Stimmung stapfte er ein ganzes Stück den Hang hinab und schüttete dort die Eimer aus. Gestern hatte er damit angefangen. Hier konnte ihm der ganze Mist wenigstens nicht vom nächsten Regenguss in die Grube zurückgespült werden. Ein Ritter, der aussah, als habe er in einem Schlammloch gebadet, das war er. Er sah in seinen vor Schmutz starrenden Kleidern so schäbig wie der niederste Tagelöhner aus! Aber er machte Fortschritte. Bevor Jules ihn fand, war er ein Dieb und Bettler gewesen. Nun war er jemand, der genau wusste, wo er in der nächsten Nacht schlafen würde, und der jeden Tag zwei reichliche Mahlzeiten bekam. Und wenn Jules dachte, dass es gut für ihn war, Löcher zu graben, dann sollte er sich nicht den Kopf darüber zerbrechen.

Deutlich besser gelaunt kehrte er zu seiner Grube zurück. Es war klüger, sich an dem zu erfreuen, was man hatte, statt darüber nachzugrübeln, was fehlte.

Mit frischer Kraft schwang er die Hacke und arbeitete sich zur Wand der Grube hin vor. Er hatte sich ihr bis auf etwa einen halben Schritt genähert, als seine Spitzhacke ungewöhnlich tief in den Boden eindrang. Er rüttelte am Stiel des Werkzeugs, um das Geröll zu lockern, doch stattdessen sackten die Bruchstücke weg. Vor seinen Füßen hatte sich ein eckiger Schacht aufgetan, der eine Elle im Quadrat maß. Etwas funkelte darin im grauen Licht. Neugierig beugte sich Adrien vor, um es näher in Augenschein zu nehmen.

Der Schacht führte senkrecht in die Tiefe und war aus roten Ziegeln gemauert. Schlieren von erstarrtem geschmolzenen Gestein zogen sich an den Wänden entlang. Ein Anblick, der Adrien inzwischen wohlvertraut war. Aber dazwischen war noch etwas anderes. Dick wie einer seiner Finger, funkelte ein Goldstreifen. Vorsichtig machte er sich mit der Hacke daran zu schaffen. Sein Herz schlug schneller. Er hatte noch nie Gold in Händen gehalten. Er konnte nicht einschätzen, wie viel es wert war, aber er wusste, dass man sich schon mit einer einzigen Münze die meisten Träume erfüllen konnte. Und dieser Goldstrang, der sich verästelt wie eine Efeuranke an den Schacht klammerte, hatte sicherlich das Gewicht vieler Münzen.

Ungeduldig warf er die Hacke zur Seite. Das Gold war mit dem geschmolzenen Gestein hier hinabgelaufen. Adrien erinnerte sich an die Geschichte, die Jules erzählt hatte. Dass auch der goldene Dachschmuck der Tempel und Paläste in den Flammen vergangen war und sich durch Abflussschächte tief in die verschütteten Zisternen der Stadt ergossen hatte.

Der Junge packte den Goldast mit beiden Händen und zerrte daran. Der Stein knirschte. Adrien stellte sich einen See aus erstarrtem Gold vor, der irgendwo unter seinen Füßen verborgen lag. Sie waren reich! Er würde das Blumenmädchen suchen und ihr sein Gold schenken. Nie wieder müsste sie zum Fleischhauer gehen. Sie könnte sich ein schönes Stadthaus kaufen und Diener anstellen. Und dann dürfte er es auch wagen, sie nach ihrem Namen zu fragen.

Mit einem Ruck kam der Goldast frei. Adrien landete im Dreck. Triumphierend streckte er das Gold der Sonne entgegen. Er lachte, ließ sich nach hinten fallen und lachte noch lauter. Das Schicksal hatte endlich auch ihn beschenkt!

»Was machst du da unten?« Jules war am Rand der Grube erschienen und sah mit gestrenger Miene zu ihm herab. »Mir scheint, dein Tagwerk ist noch nicht vollendet, und es ist noch nicht an der Zeit, faul seine Glieder auszustrecken.«

»Gold!« Adrien streckte dem Priester seinen Fund mit einem breiten Grinsen entgegen. »Wir sind reich!«

»Wir streben nach anderen Reichtümern als diesen, Junge. Wirf das weg. Wir brauchen es nicht.«

Adrien traute seinen Ohren nicht. Zum einen sprach Jules in freundlichem Ton. Ganz anders als in den letzten Wochen, in denen er stets den gestrengen Lehrmeister herausgekehrt hatte. Und zum anderen war vollkommen verrückt, was er sagte! Gold wegwerfen! »Was für Reichtümer übertreffen den Wert von Gold?«

»Dich das zu lehren, wird meine schwerste Aufgabe in den Jahren sein, die noch vor uns liegen. Komm aus der Grube. Deine Arbeit endet für heute.«

Adrien befürchtete eine Tracht Prügel. Aber was hatte er schon für eine Wahl? Er verbarg seinen Schatz unter Sand und Geröll, dann kletterte er die beiden Leitern hoch.

»Hast du Angst, ich könnte dich bestehlen?«, fragte Jules belustigt.

Der Junge sah ihn verwundert an. »Nein …«

»Außer mir gibt es hier niemanden.«

»Aber es könnte sich doch jemand hierher verirren. Das ist ein großer Schatz! Man kann das Gold doch nicht einfach so herumliegen lassen!«

»Niemand wird hierhergelangen.« Er breitete die Arme aus, als wolle er das ganze Tal umfassen. »Dieser Ort gehört uns allein. Und jetzt sag mir, was willst du mit deinem Gold kaufen? Den Felsen dort drüben? Ein besseres Abendessen? Glaubst du, wenn du mir ein Stück Gold in die Hand drückst, dann werde ich ein besserer Koch?« Er deutete zu den Wolken hinauf. »Willst du dir ein Stück Himmel kaufen? Welchen Wert hat Gold hier? Wie macht es dein Leben reicher? Was wird besser, weil du es besitzt?«

Adrien fühlte sich überrollt. Es war doch verrückt, den Besitz von Gold infrage zu stellen. »Wir können es mitnehmen, wenn wir das Tal verlassen. Wenn ich Ritter werde, dann brauche ich ein Pferd, ein Schwert und eine Rüstung. Das wird uns niemand schenken.«

»Du willst ein Ritter Tjureds werden und vertraust lieber auf ein Stück Gold als auf deinen Gott!«

»Ich kann ja nicht erwarten …« Der Junge seufzte. Er fühlte sich plötzlich undankbar. Aber er hatte doch Recht! »Wird Tjured ein Pferd aus dem Boden wachsen lassen, wenn wir es brauchen?«, brachte er schließlich mürrisch hervor.

»Ja, wenn auch er davon überzeugt ist, dass wir es brauchen werden, um ihm zu dienen. Zu den Dingen, die du lernen musst, mein Sohn, gehört Gottvertrauen. Tjured lenkt unsere Wege.«

»Vielleicht war es sein Plan, dass ich das Gold finde!«

Jules lachte leise. »Vielleicht. Du kannst es gern aufheben. Lassen wir uns überraschen, welchen Nutzen es bringen wird. Vielleicht hast du es auch gefunden, um zu erkennen, was wirklich wichtig in deinem Leben ist. Manchmal führt Tjured uns auch in Versuchung, Junge. Er will uns auf einen falschen Weg locken, um die Festigkeit unseres Glaubens und unserer moralischen Grundsätze zu prüfen. Denn was ist dein Glaube wert, wenn er sich nie beweisen musste?«

»Du meinst, ein Gläubiger, der einer Versuchung widerstand, ist mehr wert als einer, der immer nur ein vorbildliches Leben führte, weil es nichts gab, das ihn vom rechten Pfad ablenkte? Wenn Gott für jeden von uns einen Plan hat, dann erschafft er selbst Gläubige, die sich beweisen konnten, und andere, denen dies stets verwehrt blieb. Ist das nicht zutiefst ungerecht?«

Jules packte ihn bei den Schultern und blickte auf ihn

hinab. »Gut! Wirklich gut gesprochen, mein Sohn. Ich sehe, dein Kopf dient dir nicht allein als ein Platz, um ein paar Büschel Haare unterzubringen. Ich weiß nicht, was für ein Ritter aus dir werden wird, aber in dir steckt ein guter Priester, der scharfsinnig denkt und einmal mit großer Überzeugungskraft das Wort Tjureds predigen wird.«

Der Priester sagte das mit solchem Stolz, dass es Adrien ganz warm ums Herz wurde. Nie zuvor war er so gelobt worden.

»Weißt du, Junge, leider geht es im Leben nicht um Gerechtigkeit. Das Einzige, worauf wir hoffen dürfen, ist, dass wir stark genug sind, uns selbst und unserem Glauben treu zu bleiben. Nur das liegt in unserer Hand.«

## BLUTMAGIE

Ein Schrei riss ihn aus seiner Ohnmacht. Falrach war orientierungslos. Die warme Decke aus Sand war fortgezogen worden. Er lag auf Fels. Sein Gesicht und seine Hände schmerzten. Überall um ihn herum waren Kobolde. Manche versuchten, über ihn hinwegzuklettern. Einer trat ihm auf die Hand. Es fühlte sich an, als wolle ein glühender Hammer seine Hand zerquetschen. Falrach stieß den Kerl zurück. Der Elf zog die Hand hoch und sah fassungslos auf das blutige Etwas. Einen Augenblick lang war er überzeugt, die falsche Hand vor Augen zu haben, bis er langsam begriff. Der Sturm! Er hätte die Höhle nicht wieder verlassen dürfen!

Noch immer wichen die Grauhäute in Richtung Höhleneingang zurück. Und das, obwohl dort nach wie vor der Sturm tobte.

Rotes Licht stach in Falrachs empfindliche Augen. Selbst seine Lider waren vom Sand verletzt. Nur dort, wo ihn Stoff geschützt hatte, hatte der Sand keinen Schaden anrichten können.

Jetzt entdeckte er Emerelle. Sie kniete ganz am Ende der Höhle. Eine Aura aus rotem Licht umgab sie. Das verfluchte rote Licht! Er dachte an den Kerker in Feylanviek. An das Massaker an Trollen und Kobolden. Ein Messer ragte aus der Armbeuge der Königin. Sein Messer! Wie war es dorthin gelangt? Vor Emerelle lag eine verkrümmte Gestalt.

Falrach stand auf. Er schwankte, wollte sich mit einer Hand an der Höhlenwand abstützen und schreckte im letzten Moment zurück. Mit seinen gehäuteten Händen könnte er sich nirgendwo festhalten.

Bei jedem Schritt um sein Gleichgewicht kämpfend, gelangte er zu Emerelle. Er war so schwach, dass er der Ohnmacht nahe war, als er sich neben die Königin kniete. Sie war es, die geschrien hatte.

Falrach sah nach dem Kobold am Boden. Der Tote sah aus wie mumifiziert. Emerelles Arme waren vom Ellenbogengelenk abwärts verbrannt. Spiralen roten Lichts wanden sich um sie. Der Elf streckte vorsichtig eine Hand nach ihr aus. »Ruhig«, sagte er leise. »Hier gibt es keine Feinde.«

Blut rann über die Dolchklinge. Da ihr Arm abgebunden war, wagte er es, die Waffe zu ziehen. Er konnte spüren, wie das Metall über die Gelenkkugel schrammte. Diesmal gab die Königin keinen Laut von sich. Ihre Augen waren weit aufgerissen, doch sie schien nichts zu sehen. Die Pupillen waren nur winzige, schwarze Nadelpunkte.

Ihre Arme sahen jetzt besser aus. Aber ihre Hände … Er musste sich zwingen, den Blick nicht abzuwenden. Sie erinnerten an ineinander verschränkte, verkohlte Äste. Die Hände, die ihn einst liebkost hatten. Er dachte wieder an Feylanviek. Offensichtlich vermochte die Königin, sich zu heilen. Jedem anderen hätte man die Arme amputieren müssen. Der Kobold, der tot zu ihren Füßen lag, hatte helfen wollen!

Falrach sah zu den Grauhäuten. Sie alle starrten ihn und die Königin an. Sie waren verängstigt, unentschlossen ... Noch. Würden sie angreifen? Oder davonlaufen? »Er hat ihr ein Messer in den Arm gestoßen!« Es war ungerecht, aber er musste die Tatsachen verdrehen, um die Lage wieder zu beherrschen. »Er hat sie angegriffen! Habt ihr vergessen, wie sie in Oblons Dorf kam? Wie konntet ihr sie angreifen? Habt ihr vergessen, wie sie euch alle vor dem sicheren Untergang im Sandsturm bewahrte?«

Einige senkten den Blick. Aber ein durchschlagender Erfolg waren seine Worte nicht gewesen. »Sie ist die Herrin der Magie.« Falrach entdeckte den Lutin zwischen den Grauhäuten. Ein falsches Wort von ihm konnte jetzt alles zunichtemachen. »Nikodemus, komm an meine Seite.«

Der Lutin wurde vorgeschoben. Keiner der Grauhäute versuchte ihn in Schutz zu nehmen. »Ihr werdet ...«

Ein Raunen ging durch die Reihen der Kobolde. Einige warfen sich zu Boden, wie es manche Menschenkinder vor ihren Götzenbildern taten. Falrach verstand sie nicht, bis auch er aus den Augenwinkeln sah, wie die Königin ihre Hände hob. Die Handflächen waren makellos weiß. Nichts erinnerte mehr an die Verbrennungen.

Mehr und mehr Kobolde warfen sich nieder. Sogar der Lutin.

Falrach wusste, dass hier kein Wunder geschah. Sie nutzte die Kraft des Albensteins. Aber er spürte, dass auch noch eine andere Macht wirkte. Etwas Fremdes, Dunkles. Der Elf hatte die ungute Ahnung, dass Emerelle Kraft aus dem Tod des Kobolds gewonnen hatte, der so leichtfertig versucht hatte, ihren Arm zu amputieren. Sie wirkte Blutmagie!

*Sag ihnen, sie sollen ausruhen,* erklang ihre Stimme in seinen Gedanken. *In sieben Stunden, beim ersten Morgen-*

*licht, werden wir aufbrechen, und wir werden nicht rasten, bevor wir den Jadegarten erreichen. Erst dort sind wir in Sicherheit.*

Er führte ihre Befehle aus. Die Kobolde waren zu verängstigt, um Fragen zu stellen. Die meisten wagten es nicht einmal mehr, in ihre Richtung zu blicken.

## HIMMELSBRÜCKE UND SONNENTOR

Vierzehn Stunden nachdem sie die Höhle verlassen hatten, erreichten sie jene eine Schlucht, die durch das Felslabyrinth der Tafelberge zum Jadegarten führen würde. Emerelle war angespannt. So viel Zeit war verstrichen, seit sie das letzte Mal hier gewesen war. Wie würden die Gärten des Drachenkönigs jetzt wohl aussehen? Und wie würde die Gazala sie aufnehmen?

Die Elfe blickte zu Falrach, der als einer der Ersten den engen Saumpfad erklomm, der an der Flanke einer knochenweißen Felswand entlangführte. Bildete sie es sich nur ein, oder hatte er eine sinnlichere Art, sich zu bewegen? Noch in der Höhle hatte sie Falrach geheilt. Sie sehnte sich danach, in seinen Armen zu liegen. Nicht in denen Ollowains! Sie wünschte sich, mit ihm an einem einsamen Ort zu sein. Tagelang! Ihre Gedanken befremdeten sie. Hatte der Marsch durch die Wüste auch sie verändert? Es hieß, in der Wüste würde man zu sich selbst finden. Oder veränderte sie die Lebenskraft, die sie dem Kobold gestohlen hatte?

Sie schob die Gedanken von sich. Ein letztes Stück Weg war noch zu gehen. Eine letzte Probe zu bestehen. Wieder sah sie zu Falrach. Er hatte einen guten Körperbau. Er war wie geschaffen dazu, mit ihm … Sie schritt weiter aus. Nicht jetzt!

Die Schlucht lockte mit einem kleinen See, dessen Wasser fahlgrün schimmerte. Früher einmal hatte es dort Kaimane gegeben; sie hatten auf Steinböcke und andere Tiere gelauert, die aus den Felsen hinabstiegen, um dort zu trinken. Emerelle bestand energisch darauf, den schmalen Pfad zu nehmen, der aus der fast senkrechten Felswand geschlagen war. Die Grauhäute sahen sehnsüchtig zum Wasser hin, doch wagte es keiner, sich ihr zu widersetzen. Sie spürte den Hass der Kobolde. Er war die Kraft, die sie noch auf den Beinen hielt. Die meisten Kinder mussten inzwischen getragen werden. Ein Greis war auf dem letzten Stück Weg durch die Wüste an Entkräftung gestorben. Aber sie marschierten.

Auch Emerelle fühlte sich zu Tode erschöpft. Alle äußerlichen Wunden waren verheilt, aber die Schmerzen hatten ihre Kräfte aufgezehrt und ihre Seele verletzt. Sie hatte sich verändert … Wenn sie einige Nächte gut geschlafen hätte, dann wäre das vorbei, redete sie sich ein.

Ein Schwarm hellgrüner Palmwächter flog durch die Schlucht. Die kleinen Vögel musterten sie neugierig. Gewiss hatten sie noch niemals Zweibeiner gesehen! Mit munterem Gezwitscher stürzten sie sich in die Tiefe. Sie schossen dicht über dem schillernden Wasser dahin und verschwanden dann zwischen den Uferpalmen.

Der Pfad, dem sie folgten, war kaum eine Elle breit. Einige der Grauhäute drückten sich dicht an den heißen Fels und vermieden es, hinabzusehen. Emerelle war schwindelfrei. Jedes Mal, wenn der Pfad sich um einen Felsvorsprung wand oder eine Kehre machte, beugte sie sich weit über den Abgrund, um aus einem anderen Blickwinkel in die Schlucht hinabzuschauen. Der See hatte einen anderen Umriss als früher. Wie sehr sich das weite Tal wohl verändert hatte?

Hier zwischen den Tafelbergen hatte der Zauber, den die Grauhäute so treffend Drachenatem nannten, keine Macht mehr. Der Wind, der über die weißen Felsen strich und über die Jahrhunderte die seltsamsten Formen in den weichen Stein schnitt, wurde nicht durch Magie gezeugt.

Ihr Anstieg dauerte mehr als eine Stunde. Emerelle wusste, das sie ihr Ziel fast erreicht hatten, als die Marschkolonne vor ihr ins Stocken geriet. Auf den Zehenspitzen am Abgrund entlanglaufend, drängte sie sich an den Grauhäuten vorbei. Der kleine See mit den Palmen lag mehr als zweihundert Schritt unter ihr. Der Felsen fiel fast senkrecht in die Tiefe. Sie blickte über ihre Schulter hinab, und ein seltsames Gefühl überkam sie. Eine sinnliche Schwere, tief in ihrem Bauch, verbunden mit der Lust, sich mit ausgeweiteten Armen nach hinten fallen zu lassen. Sie wollte nicht Selbstmord begehen. Nie würde sie sich auf diesem Weg davonstehlen! Es war einfach die Lust, sich fallen zu lassen. In ihrer Vorstellung verhieß der Fall Freiheit. Sie sollte schlafen, ermahnte sie sich in Gedanken.

Der enge Saumpfad weitete sich jetzt. Er hatte sie um einen weiten Felsvorsprung geführt, so dass sich nun ein Blick auf einen Abschnitt des Tals ergab, der für sie während des ganzen Aufstiegs unsichtbar geblieben war. Die Himmelsbrücke und das Sonnentor, so hatten die Drachenelfen es einst genannt. Emerelle erinnerte sich an die Stimme ihrer Mutter. Sie hatte oft von den Drachenelfen erzählt. Von all den Wundern, die nur sie sehen durften.

Emerelle selbst war noch den Alben begegnet, doch in jener Zeit, als die Ordnung, die sie hatten erschaffen wollen, zerbrach. Als das strahlende Reich der Drachen versank und die Alben sich von den Geschuppten abwandten und nur wenig später von ihrer ganzen Welt.

Die Himmelsbrücke war eine schmale Ader aus schwarzem Basalt. Entblößt vom weicheren weißen Gestein spannte sie sich über einen Abgrund, den Wind und Wasser in Jahrtausenden geformt hatten. Nur zehn Zoll maß die Brücke an ihrer engsten Stelle. Wer dort stand, über sich das unermessliche Blau des Firmaments und unter sich zweihundert Schritt bis zum Boden, der hatte das Gefühl, mitten im Himmel zu stehen. Die Schlucht verengte sich an dieser Stelle. Dadurch wurde der Wind verstärkt. Er zerrte mit tausend unsichtbaren Händen an jedem, der es wagte, seinen Fuß auf den Basalt zu setzen. Ihre Mutter Nandalee hatte erzählt, der Weg über die Brücke sei eine der Prüfungen der Drachenelfen gewesen. Manch mutiger Krieger scheiterte hier. Diese Brücke war weit schlimmer als die breitere Shalyn Falah.

Ein Stück entfernt konnte man die Reste einer Basaltbrücke erkennen, die in die Schlucht gestürzt war. Ein Anblick, der die Zweifel über die verbliebene Brücke noch vertiefte.

Jenseits der Brücke lag das Sonnentor. Es war aus weißem Felsgestein, in das der Wind ein weites, rundes Loch gefressen hatte. Auch das umliegende Gestein war korrodiert, so dass man einen riesigen Ring vor sich sah. An sieben Abenden im Jahr füllte die untergehende Sonne den inneren Kreis. Der merkwürdige Fels war eine Laune der Natur, und doch war es ein tiefes, mystisches Erlebnis, die Sonne gefangen in einem Steinring zu sehen. Wer bis dorthin gelangte, der hatte es geschafft, der hatte sich die Anwartschaft darauf erworben, ein Krieger der Drachen zu werden.

Emerelle blickte hinab ins Tal. Natürlich waren die Knochen der Gescheiterten längst vergangen. Die Himmelsbrücke und das Sonnentor waren Relikte eines vergangenen Zeitalters. Es gab keine Drachen mehr, und auch ihre Ritter waren längst nur noch der Stoff von alten Geschichten, die so fantastisch klangen, dass viele argwöhnten, sie seien von Dichtern und Aufschneidern ersonnen.

Emerelle ging an den Grauhäuten vorbei bis zur Brücke. »Das hier ist der Weg. Wer die Brücke überschreitet, der ist frei von mir. Jenseits des Sonnentors erwartet euch ein

Tal, in dem ihr alles, was ihr zum Leben braucht, im Überfluss finden werdet.«

»Herrin, wir sind nicht so schwer wie du. Uns wird der Wind in den Abgrund zerren.« Dobon, der Sprecher, stand inmitten der Zögernden. Emerelle war sich fast sicher, in seiner Stimme die Stimme des Nörglers wiederzuerkennen, der geraten hatte, sie ihrem Schicksal zu überlassen, als sie wehrlos in der Höhle gelegen hatte. Ihre Erinnerung an das Gespräch war nur undeutlich. Letzte Gewissheit würde sie nie haben. Aber Dobon war der Anführer der Grauhäute. Er musste es gewesen sein! Wer sonst hätte den Mut und die Unverfrorenheit gehabt, einen solchen Vorschlag zu machen?

Bei dem Gedanken an das Gespräch überkam sie heiße Wut. »Ich werde die Brücke überqueren. Was ihr tut, ist nun eure Angelegenheit.« Sie deutete hinab in das Tal. »Dorthin zu gehen, ist keine Lösung. Ein paar Wochen, und ihr habt alles Wild erlegt und jeden Busch und jede Palme kahlgefressen. Dann müsst ihr erneut hierherkommen. Ihr seid nun eurem Schicksal überlassen. Erinnert dich das an etwas, Dobon?«

Der alte Kobold mit der gebrochenen, unförmigen Nase trat dicht vor sie. »Du hast uns also reden gehört, Herrin. Und nun willst du Rache? Bedenke, dass nur noch ich und meine Tochter übrig sind. Den, der dir helfen wollte, hast du schon gemordet. Mein Volk ist nicht schuldig. Sie wissen nicht, was gesprochen wurde. Sind mein Leben und das meiner Tochter der Preis? Wirst du meinem Volk dann helfen?«

»Nimm deine Tochter bei der Hand. Geh mit ihr über die Brücke. Zeig mir, wie viel Mut du jetzt noch hast.«

»Du bist grausam, Herrin. Hattest du je ein Kind? Kannst du ermessen, was es heißt, es bei der Hand zu nehmen und mit ihm in den Tod zu gehen?«

»Du, der du mich hilflos meinem Schicksal überlassen wolltest, wagst es, von Grausamkeit zu sprechen?«

Der alte Kobold wich vor ihrem Zorn nicht zurück. Er sah sie fest an. »Ich wollte dich töten, um mein Volk vor deiner Willkür zu schützen. Nenne das grausam, wenn du willst. Aber sage mir, welchen Nutzen hat deine Grausamkeit jetzt? Wen beschützt du?«

Sie öffnete den Mund, schloss ihn aber wieder, ohne etwas gesagt zu haben. Noroelle, das war ihr einziger Gedanke. Die Elfenmagierin war einst ihre Freundin und Vertraute gewesen. Auch zu ihr war sie grausam gewesen. Und davor hatte es so viele andere gegeben. All die Verbannten. Alle, die an ihrem Willen zerbrochen waren, bis hin zu ihrem Bruder.

Sie atmete schwer aus. Sie hatte nichts ohne Grund getan. Noroelle hatte ein Dämonenkind geboren und es versteckt, selbst nachdem sie wusste, dass es die Kraft haben könnte, Albenmark zu zerstören. Sie hatte ihre Strafe verdient! Genau wie alle anderen auch. Sie war die Herrscherin Albenmarks gewesen. Es war die Pflicht von Herrschern zu strafen, wo es notwendig war!

Oder war das nur eine Ausrede? Hatte sie wirklich einen Hang zur Grausamkeit? Jetzt war sie nicht mehr die Herrin Albenmarks. Stand es ihr zu, über die Grauhäute zu richten? Sie begriff, dass sie zwar ihre Krone abgelegt hatte, nicht aber ihren Willen zu herrschen. Es war ihr Leben gewesen, so unendlich lange … Konnte sie ein anderes Leben führen?

Ihr Blick suchte Falrach. Er sah sie vorwurfsvoll an. Ollowain hätte sich schützend vor die Grauhäute gestellt. Doch der weiße Ritter war tot. Vergangen für immer. Er konnte nicht zurückkehren, so wie Falrach nach all den Jahrtausenden. Von Ollowain war nichts geblieben als sein Leib.

Trauer schnürte ihr die Kehle zu. Jetzt erst begriff sie, wie sehr sie den weißen Ritter gebraucht hatte. Oft hatte er ihr die Gnade abgetrotzt, die ihrem verhärteten Herzen fehlte. Ollowain konnte nur fortleben, wenn sie es schaffte, seinen Großmut in ihr Herz zu lassen. Er musste in ihr leben. In ihren Taten. Das war alles, was noch von ihm geblieben war.

Diese schwarze Brücke, inmitten weißer Felsen, war ihr Scheideweg in ein anderes Leben. Sie war noch immer die Gefangene ihrer Krone und dessen, was ihre unendlich lange Herrschaft aus ihr hatte werden lassen. Es war an ihr, dies abzulegen.

Dobon stand vor ihr. Aber jetzt war das Koboldmädchen an seiner Seite, das sie mit Lehm eingerieben und auf das Ritual der Traumfänger vorbereitet hatte. War sie seine Tochter?

Emerelle kniete nieder. »Nimm deine Tochter bei der Hand.«

Dobons Unterlippe zitterte. Seine Gesichtzüge wurden weich. Er widersprach nicht. Er streckte Imaga seine knorrige alte Hand entgegen. Auch sie fügte sich widerspruchslos in ihr Schicksal.

Emerelle begann zu singen. Leise und mit geschlossenen Augen. Sie öffnete sich ganz der Berührung des Windes. Es war sehr lange her, dass sie diesen Zauber das letzte Mal gewoben hatte. Wer sich darauf verstand, vermochte selbst Stürme damit zu besänftigen, solange sie nicht magischer Natur waren wie der Drachenatem.

Als der Wind in der Schlucht erstarb, nahm sie Dobon bei der Hand und führte ihn gemeinsam mit Imaga über die Brücke. Dann kehrte sie zurück und nahm die nächsten Kobolde bei der Hand. So ging sie wieder und wieder. Sie trug die Kinder auf ihren Armen. Erlaubte ihnen, mit ihrem Haar zu spielen. Mit jedem Mal, das sie über die Brücke ging, wurde ihr das Herz ein wenig leichter.

Falrach schloss sich ihr an. Auch er half, die Kobolde zum Sonnentor zu begleiten. Einige waren so mutig, den Weg allein zu machen, nun, da sie die gefährlichen Winde nicht mehr fürchten mussten.

Nachdem die Grauhäute anfangs noch angespannt gewesen waren, scherzten sie bald. Emerelle schwieg. Sie sang leise ihr Lied. Sie genoss es, wie Falrach sie ansah. Sie hatte ihn überrascht und seine Anerkennung gewonnen. Sie selbst aber war überrascht, wie viel ihr seine Blicke bedeuteten. *Seine* Blicke! Nicht Ollowains.

Nur Nikodemus Glops blieb mürrisch. Er wirkte, als wolle er etwas sagen. Aber er wagte es nicht, zu ihr zu kommen. Wahrscheinlich war er erzürnt darüber, dass sie Madras Tod mit keinem Wort gewürdigt hatte. Sie hatten die Höhle bei Sonnenaufgang zügig verlassen. Emerelle war aufgefallen, dass Amulette und sogar ein paar Kinderspielzeuge rings um den toten Troll gelegen hatten. Die Grauhäute würden ihn nie vergessen.

Als der letzte Kobold die Himmelsbrücke überschritten hatte, fühlte sie sich erleichtert. Wie ein junges, verliebtes Mädchen hatte sie auf ihrem letzten Weg im Vorübergehen Falrachs Hand gestreift. Ihr Lohn war wieder einer dieser Blicke gewesen, die ihr Herz schneller schlagen ließen. Im Jadegarten würden sie beide endlich allein sein können. Das Tal war groß genug, um einen einsamen Ort zu finden.

Die Sonne stand schon tief am Himmel. Das Abendlicht tauchte die weißen Felskämme in weiches, rosa Licht. Im Tal unter ihnen wuchsen Schatten von blassblau bis tiefschwarz.

Keiner der Kobolde hatte das Sonnentor durchschritten. Emerelle vermochte nicht einzuschätzen, ob sie ihr den Vortritt lassen wollten oder ob sie fürchteten, hinter dem seltsamen Felstor erwarte sie ein neuer Schrecken. Sie konnte es verstehen. Das Sonnentor lag höher als die Felsen der Tafelberge dahinter. Und auch höher als die Himmelsbrücke. Von dort, wo sie standen, sah es aus, als würde das Tor in den Himmel und nirgendwo sonst hinführen.

Die Grauhäute begegneten ihr immer noch mit Misstrauen. Also ging sie voran. Sie trat, ohne zu zögern, in das weite Rund des Tores. Erst wenn man dort stand, vermochte man auf den Jadegarten hinabzublicken. Viele Meilen erstreckte sich das von Tafelbergen eingefasste Tal. Eine weiße Pyramide erhob sich majestätisch über das Grün der verwilderten Gartenlandschaft. Funkelnd brach sich das Licht der Abendsonne in der goldenen Spitze des gewaltigen Baus. Allen Schutzzaubern zum Trotz, die vor Jahrhunderten bei der Errichtung der Pyramide gewirkt worden waren, wucherte Unkraut in den Steinritzen, und an einigen Stellen hatten sogar junge Bäume Halt im Gemäuer gefunden.

Die übrigen Prachtbauten im Tal waren unter üppigem Grün verschwunden. Das Drachenfeld, jener weite Platz nahe der Pyramide, auf dem die einstigen Herren der Welt in einem vergangenen Zeitalter mit ihrem Gefolge gelandet waren, wenn sie den abgelegenen Jadegarten besuchten, war nicht mehr auszumachen. Ein Teil von ihm schien von einem neuen See bedeckt zu sein. Aber sicher war sich Emerelle nicht, so sehr hatte sich das Tal verändert.

Die langen Schatten der östlichen Tafelberge griffen bereits nach der Pyramide, als die ersten Grauhäute zögerlich durch das Sonnentor traten. Sie betrachteten das Tal mit Staunen und auch ein wenig Furcht. Nie zuvor hatten sie so üppiges Grün und so viel Wasser gesehen. Sie waren Geschöpfe der Wüste. Vom Ufer des großen Teiches stieg ein Schwarm großer, weißer Vögel auf und flog zu seinen Nestern irgendwo am nördlichen Ende des Tals.

Die Dämmerung ging rasch in Dunkelheit über, und Emerelle bedrängte die Kobolde, ihr zu folgen. Diesseits des Sonnentors führte eine weite Treppe entlang der Steilwand, die von Terrassen unterbrochen wurde, die stets neue, fantastische Ausblicke auf das Tal boten. Die eingestürzten Dächer der Aussichtspavillons, große Felsbrocken auf den Terrassen und Treppen und klaffende Spalten im Weg lieferten Zeugnis von Erdbeben, die die Tafelberge erschüttert hatten.

Emerelle wusste, dass sie den Talgrund nicht mehr erreichen konnten, bevor er völlig im Dunkel lag. Sie hatte ein anderes Ziel. Bald wählte sie zur Überraschung der Kobolde einen Weg, der erneut bergan führte. Das leise Murren der Grauhäute ignorierte sie. Die Elfe wusste, wie kalt es an den Bergflanken bei Nacht wurde. Es war wichtig, einen gut geschützten Lagerplatz zu finden.

Die neue Treppe, der sie folgten, mündete in einen Tunnel, der einen weiten Felsvorsprung durchstach. Die Bronzetore, mit denen sein Eingang einst hatte verschlossen werden können, standen weit offen. Blaugrüne Edelpatina überzog das Metall und hatte auch verwaschene Spuren auf dem Steinboden hinterlassen. Die Reliefs zweier steigender Pegasi, die das Tor flankierten, hatten die Jahrtausende besser überstanden.

Der fünfzig Schritt lange Tunnel war von den Erdbeben weitestgehend verschont geblieben. Putzbrocken, die aus seiner Decke gebrochen waren, knirschten unter Emerelles Füßen. Ein leicht muffiger Geruch lag in dem Gang.

Die Elfe wusste, wie nah sie ihrem Ziel nun waren. Sie beschleunigte ihre Schritte. Als sie aus dem Tunnel trat, standen erste Sterne am Nachthimmel. Ihr Weg hatte sie erneut auf eine Aussichtsterrasse geführt. Doch diese war nicht erbaut worden, um den Blick über die Pyramide, die Gärten und verschwundenen Paläste schweifen zu lassen. Die Terrasse lag auf einem weiten Felssims, von dem man auf eine große Nische in der gegenüberliegenden Steilwand sah. Dort, im Schutz der Felsnische, lag die alte Veste, das ehemalige Quartier der Drachenelfen. Massige, würfelförmige Bauten drängten sich aneinander. Fenster gab es nur in den oberen Etagen der Gebäude. Und auch sie waren nur so schmal wie Schießscharten.

Einige der Gebäude sahen aus, als seien sie von schweren Katapultgeschossen getroffen worden. Mauern waren eingestürzt und gaben den Blick frei in die Eingeweide der Festung. Wo die Außenmauern intakt waren, konnte man erkennen, dass sie einmal mit großformatigen Flachreliefs bedeckt gewesen sein mussten. Reste von Farben hatten sich auf den Steinbildern erhalten. Haushohe Krieger, gewappnet mit nach unten spitz zulaufenden Langschilden, hielten auf den Mauern der Veste ihre Äonen dauernde Wacht. Sie sahen nicht nach schmucken Palastwachen, sondern eher nach kampferfahrenen Veteranen aus. Ihre Köpfe blickten herausfordernd der Terrasse entgegen. Sie wirkten beunruhigend. Noch beunruhigender war jedoch, dass in dreien der Fenster Licht glomm. Damit hatte Emerelle nicht gerechnet.

## DAS BAD

Balduin war ins Bad des Königs berufen worden. Er hasste es, Cabezan in all seiner Nacktheit zu sehen. Den ausgemergelten, alten Leib, bedeckt von schwärenden Wunden. Aber er verstand es, seine Gefühle wohl zu verbergen.

Schon auf dem Flur schlug ihm die schwüle Hitze des Wassers entgegen. Er hoffte, dass das Schlimmste schon vorüber war. Balduin war keineswegs zartbesaitet. Vor einigen Jahren noch war er einer der Befehlshaber von Cabezans Truppen gewesen. Er hatte bei Avron und Ruonnes gekämpft. Er hatte alle Schrecken des Krieges gesehen und sich an so manchen Taten beteiligt, auf die kein Mann stolz sein konnte.

Ein blasser Diener öffnete ihm die Tür zum Bad und eilte davon. Cabezan saß auf dem Rand eines Marmorbeckens, von dem Wasserdampf aufstieg. Blutrote Rosenblätter schwammen auf dem Wasser. Tankret, der Leibwächter des Königs, stand nahe dem Bad. Wie sein König war er nackt bis auf ein Tuch, das lose um seine Hüften geschlungen war. Im Gegensatz zu seinem Herrn trug er jedoch einen Dolch, eine schlanke Ritualwaffe mit einem prächtigen Rubin als Knauf. Scheide und Gürtel waren aus scharlachrotem Leder mit Goldbeschlägen. Für den Wert der Waffe konnte man wahrscheinlich ein ganzes Bauerndorf bekommen.

Neben Tankret stand ein schlanker Knabe. Er war keine zehn Jahre alt, schätzte Balduin. Trotz der Hitze im Bad zitterte der Junge. Sein Gesicht war stark geschminkt. Man hatte ihm eine Perücke aus blondem Lockenhaar aufgesetzt. Erst auf den zweiten Blick erkannte der Hofmeister, wer das war. Sie hatten sich Elodias kleinen Bruder geholt. Das war ein Fehler!

»Du siehst in letzter Zeit gar nicht gut aus«, sagte der König.

Balduin hatte das Gefühl, als zöge sich eine Schlinge um seinen Hals zusammen. Tankret bedachte ihn mit einem abfälligen Lächeln. Der Krieger war mindestens zwanzig Jahre jünger als er. Tankret stand in der Blüte seiner Manneskraft. Mit seinen geölten Muskeln und seiner bronzefarbenen Haut war er ein Bild von einem Mann, auch wenn einige Narben auf seinen Armen und der Brust in Balduins Augen einen Makel darstellten. Aber er wusste, dass Cabezan solche Narben mochte.

»Du wirkst müde, mein Freund.« Der König runzelte die Stirn. »Willst du etwas sagen?«

»Der Junge … Es ist Elodias Bruder. Ihr werdet doch nicht …« Er war zu vorsichtig, um es auszusprechen. »Sie erwartet seine Briefe. Es wäre schlecht, wenn sie erführe …«

Der Knabe blickte gehetzt zwischen ihnen hin und her. Er begriff nicht, wovon sie sprachen. Aber er schien ein Unheil zu ahnen. »Es tut mir leid, dass ich die Tinte vergossen habe und das Pergament unbrauchbar gemacht habe. Es war ein Unglück. Das wird nie wieder vorkommen …«

Balduin bemerkte erst jetzt die Reste von Tintenflecken an Händen und Unterarmen des Knaben.

»Aber, mein Junge, sehe ich aus, als würde ich wegen solcher Kleinigkeiten lange zürnen?« Der König schlug sein Tuch zurück und streckte einen Fuß in das warme Wasser. Er stieß einen wohligen Seufzer aus. »Das tut gut.« Mit einiger Mühe streckte er auch den zweiten Fuß ins Wasser. Dann winkte er dem Jungen. »Du heißt Jean, nicht wahr? Ein hübscher Name für einen hübschen Jungen. Komm ein bisschen näher. Meine Augen sind nicht mehr so gut.«

Als Jean nicht sofort gehorchte, packte Tankret ihn und schob den Knaben vor seinen König. Der Junge war so verängstigt, dass er sich weder wehrte noch den geringsten Laut von sich gab.

Cabezan zwickte den Jungen in die Brust. »Was für eine makellose Haut du hast, Jean. Was für ein Geschenk! Sieh mich nur an. Das tut die Zeit all jenen an, denen die Gnade eines frühen Todes verwehrt bleibt. So wunderbare Haut ... Wusstest du, dass Pergament aus Haut gemacht wird, Junge? Es ist sehr kostbar. Um ein einziges Buch zu machen, muss man eine ganze Herde schlachten. Blut ist der Preis für Wissen. Es ist der Preis für fast alles im Leben.«

Balduin wurde übel. Er ahnte, was kommen würde.

»Dreh dich einmal um, mein Junge.«

Jean gehorchte.

Mit angehaltenem Atem beobachtete Balduin, wie die Finger des Königs über den Rücken des Knaben fuhren. Sie umrissen ein Rechteck auf der glatten Haut. So groß wie eine Pergamentseite.

»Das beste Pergament wird aus der Haut ungeborener Ziegen und Lämmer hergestellt. Das muss man sich vorstellen. Ihr Leben endet, bevor es begonnen hat. Und doch währt es auf gewisse Weise für Jahrhunderte, denn ihre Haut trägt unsere Geschichte weiter. Oder heilige Schriften der Tjuredkirche. Oder Verträge, die Königreichen Frieden bringen. Was hast du in deinem Leben getan, das wirklich hervorragend ist, Jean?«

Der Junge glotzte verängstigt.

»Jean, du kannst doch sprechen, oder? Willst du deinem König seine Frage nicht beantworten?«

»Ich kann die Namen aller Heiligen schreiben«, stieß er hervor.

Cabezan nickte. »Heiligennamen aufschreiben … Ich glaube, das können Dutzende in diesem Palast. Das also ist deine größte Leistung in deinem jungen Leben. Gehört der Name Guillaumes zu denen, die du gelernt hast?«

»Ja, mein König.« Die Stimme des Jungen war kaum mehr als ein Flüstern.

»Kennst du auch die Geschichte Guillaumes?« Ein harter Unterton schwang jetzt in der Stimme des Königs mit.

»Ja, er ist der größte unter den Heiligen.« Jean hatte offensichtlich ein wenig Mut gefasst. Vielleicht weil er nun über etwas reden konnte, das ihm vertraut war. »Er wurde von den Elfen ermordet. Er war durchdrungen von der heiligen Kraft Tjureds. Eine Berührung seiner Hände genügte, um Blinde wieder sehen und Krüppel wieder gehen zu lassen.«

Balduin sah, wie der König seine Fäuste ballte. »Ja, das konnte er wohl. Es gibt Hunderte, die von diesen Wundern Zeugnis ablegen können. Nur war er auch störrisch und ungehorsam. Wusstest du, dass er sich mir verweigert hat, als ich ihn rufen ließ, um auch mich zu heilen?«

Der Junge schüttelte den Kopf. Er war so arglos, dachte Balduin bekümmert. »Mein König, Ihr wisst, dass wir nicht auf die Dienste des Mädchens im Refugium …« Er wagte es nicht, Elodias Namen auszusprechen. Er wollte den Jungen nicht argwöhnisch machen. Vielleicht kam er ja davon, wenn Cabezan sich besann.

Der König winkte ärgerlich ab. »Schweig, Balduin. Es ist sehr unhöflich, eine Unterhaltung zu stören. Wie soll mein kleiner Gast da guten Benimm lernen?« Cabezan strich wieder über die Haut des Knaben. »So zart.« Er sah zu Tankret. »Siehst du das? Er hat nicht einen einzigen Pickel. Keine Unreinheit in der Haut. Keine Schramme. Kein Rötung.« Der König seufzte. »Ich glaube, der liebe Jean ist in allem das genaue Gegenteil von mir. Was meinst du, Jean? Ist das so?«

Balduin hielt den Atem an. Ganz gleich, welche Antwort der Junge gab, sie würde gegen ihn verwendet werden. Der Hofmeister kannte die grausamen Spiele seines Königs nur zu gut.

»Ja«, sagte Jean zögerlich.

»Du glaubst also, du bist besser als ich?«, fuhr Cabezan den Knaben an.

»Nein, mein König, ich …«

»Du widersprichst mir! Jetzt bin ich also auch noch ein Lügner!«

Jean sah den alten Herrscher in fassungslosem Entsetzen an. Und dann begann er zu weinen. Es war herzzerreißend. Er war völlig hilflos.

»Hör auf zu flennen! Pass auf, dass deine Tränen nicht in mein Bad fallen, Dummkopf! Weißt du denn nicht, wie sehr Tränen der Haut schaden? Tankret!«

Der Leibwächter verpasste Jean eine Ohrfeige, die den Jungen von den Beinen riss. Er fiel vor das Bad und rollte sich zusammen wie ein kleines, wehrloses Tier. Er schaffte es nicht, seinen Tränen Einhalt zu gebieten. Leise wimmernd lag er dort.

Balduin dachte, dass Cabezan sich nur an toten schönen Dingen erfreuen konnte. Eine Statue, dieser Palast, ein Mosaik. All die Schätze, nach denen er forschen ließ. Lebendige Schönheit aber forderte ihn stets heraus, sie zu zerstören. Elodias Körper war nur deshalb unversehrt geblieben, weil der Alte sich noch großen Nutzen von ihm versprach. Aber im Refugium würde man ihre Seele zerstören, da war sich Balduin ganz sicher. Er wusste nicht, was man mit ihr anstellen würde, aber das Blumenmädchen würde sterben. Sie würde etwas ganz anderes sein, wenn sie das Tor wieder durchschritt, um ihren ersten Auftrag für den König zu erfüllen.

»Steh auf, Jean!«, sagte Cabezan mit kalter Gehässigkeit. »Und untersteh dich, auch nur eine Träne in dieses Bad fallen zu lassen! Tränen sind voller giftiger Salze!«

Vielleicht hatte der Junge ihn nicht gehört. Jedenfalls blieb er liegen.

»Tankret!«

Der Leibwächter beugte sich hinab und packte Jean bei den Schultern. Er stellte ihn hin. Eine Hand blieb im Nacken des Jungen.

»Jean. Wie kann sich hinter einem so makellosen Gesicht in einem so zarten, jungen Körper so viel Schlechtigkeit verbergen? Du hast mich beleidigt, mir unterstellt, ein Lügner zu sein, und auch noch versucht, mich zu vergiften. Du hast mich enttäuscht. So wie Guillaume.«

»Ich wollte nicht …«, stieß Jean schluchzend hervor. »Ich …«

»Hör auf zu weinen! Tankret, trockne seine Tränen!«

Einen Augenblick lang wirkte der Krieger bestürzt. Ein Anblick, den Balduin genoss. Der Hofmeister wusste nur zu gut, dass es klüger war, die Befehle seines Königs umgehend zu befolgen. Und Tankret wusste es auch! Der Krieger riss sich das Tuch von seinen Lenden und wischte damit über Jeans Gesicht. Doch es half wenig. Der Kleine weinte einfach weiter.

»Jean«, die Stimme des Königs klang versöhnlich. »Du wolltest mich nicht kränken. Du bist nicht wie Guillaume, nicht wahr?«

Der Junge nickte, so gut das mit Tankrets Hand im Nacken ging.

»Du würdest sicher alles tun, um mir zu helfen. Wenn du mich heilen könntest, würdest du mich dann im Stich lassen?«

»Nein, bestimmt nicht«, stieß Jean unter heftigen Schluchzern hervor.

»Dann, bitte, hör auf zu weinen. All diese Tränen wegen eines Missverständnisses ...«

Jean kämpfte mit sich. Es dauerte eine Weile, bis er sich beherrschte und sein Tränenstrom versiegte. Aber seine Angst war noch nicht vergangen, das sah man deutlich. Der Kleine spürte, dass etwas zutiefst nicht in Ordnung war.

»Du willst mir also helfen?«

Jean nickte heftig.

»Komm her.« Der alte König drehte sich ein wenig in seinem Bad. Rosenblätter wirbelten durch das Wasser. »Siehst du dort die kleine Einbuchtung auf dem Rand des Beckens?«

Wieder nickte der Junge. Ein tiefer Schluchzer entstieg seiner Brust, aber er schaffte es, seine Tränen zurückzuhalten.

»Leg dort deinen Kopf hin, mein Kleiner. Der Platz ist sehr bequem. Die Stelle wurde von meinem Steinmetz dafür geschaffen, dort seinen Kopf zur Ruhe zu betten. Ich mache das auch oft.«

Der Junge gehorchte. Er war so arglos, dachte Balduin bitter. Das waren sie alle. Er erlebte dies nicht zum ersten Mal. Kaum hatte Jean den Kopf in die Ausbuchtung gelegt, stemmte ihm Tankret sein Knie in den Rücken, packte die blonde Perücke, riss sie hinab und schleuderte sie von sich, um dann nach den echten Haaren des Jungen zu greifen. Er bog Jean den Kopf weit in den Nacken, zog den Dolch und schnitt dem Knaben tief in die Kehle. Ein Strom von Blut spritzte hervor und ergoss sich in das Badewasser, wo es in Wirbeln in schauriger Harmonie mit den Rosenblättern tanzte. Der Junge brachte keinen Ton hervor. Tankret ließ ihn wie ein Stück Vieh ausbluten.

Cabezan aber lehnte sich im Wasser zurück und seufzte zufrieden. »Weißt du, Balduin, die Alchemisten faseln vom Wasser des Lebens und suchen seit Jahrhunderten mit größter Verbissenheit nach diesem wundersamen Elixier. Dabei ist es so leicht zu finden! Das Wasser des Lebens rinnt durch unsere Adern. Es ist Blut. Junges Blut vermag all meine Leiden besser zu lindern als jede Paste oder Tinktur, die je ein Quacksalber auf meine Haut aufgetragen hat.«

»Wenn Ihr es sagt, Majestät.« Balduin kämpfte gegen Übelkeit an. Wie sehr er dieses Ungeheuer verachtete! Aber er wagte es nicht, seine Hand gegen Cabezan zu erheben oder sich zu verschwören. Dutzende hatten das schon versucht, und alle waren sie gescheitert.

»Du siehst wirklich nicht gut aus, Balduin. Du solltest auch in dieses Bad steigen. Natürlich erst, nachdem ich es verlassen habe. Tankret tut es auch manchmal. Die Kraft des Blutes glättet und verjüngt deine Haut. Und sie stärkt deinen Körper. Wenn du es über dich bringst, etwas von dem Wasser zu trinken, dann wirst du merken, wie es auch deine Gedärme und deine Leber stärkt. Kinderblut ist wahrlich ein Allheilmittel!«

»Ich weiß nicht …«, brachte Balduin unter Mühen hervor. In Wahrheit wusste er es ganz genau! Er wollte sich nicht noch tiefer in die Verbrechen seines Königs verstricken. »Ich denke, es war nicht klug, ausgerechnet Jean zu töten. Seine Schwester wird seine Briefe erwarten …«

Cabezan winkte ab und drehte sich wie ein Aal im blutigen Wasser. Mit beiden Händen schlug er es sich ins Gesicht, damit es jeden Flecken seiner kranken Haut benetzte. Balduin sah mit Schrecken, wie der König tatsächlich davon trank! Er gurgelte es in der Kehle.

»Du wirst die Briefe schreiben, Balduin«, sagte er schließlich. »Der Junge konnte ohnehin nur ein paar Heiligennamen schreiben. Sie hat noch nie einen Brief von ihm bekommen. Also male die Buchstaben sehr ordentlich, so wie es Kinder tun, und schreibe ihr, wie schön das Leben bei Hof ist.«

»Aber wenn sie misstrauisch wird? Ich weiß fast nichts über die beiden. Ich könnte kaum eine Frage nach ihrer Vergangenheit beantworten.«

Der König schenkte ihm ein blutiges Lächeln. »Ich vertraue ganz deinem Einfallsreichtum, Balduin. Du machst das schon. Ich weiß, wie sehr dir daran gelegen ist, mich nicht zu enttäuschen.«

Der Hofmeister verneigte sich. »Darf ich nun gehen, Majestät?«

»Du darfst dich auskleiden.«

Eisiger Schrecken fuhr ihm durch die Glieder. »Ich …«

»Schämst du dich? Ich halte es schon aus, den ausgemergelten Körper eines alten Mannes zu sehen. Er wird nicht schlimmer aussehen als meiner.«

»Ich … Danke, aber ich …«

»Mein lieber Freund, ich möchte, dass du nach mir in dieses Bad steigst. Es wird dir guttun. Ich weiß es. Manchmal muss man gute Freunde zu ihrem Glück zwingen. Tankret wird mir dabei gewiss behilflich sein, wenn mein Zureden allein nicht hilft.«

Der Leibwächter bedachte Balduin mit einem gehässigen Lächeln. Ihre Abneigung beruhte auf Gegenseitigkeit.

»Du warst mir immer ein guter Berater, Balduin. So gut, dass ich mir meinen Hof nicht ohne dich vorstellen kann. Also werde ich mich um deine Gesundheit kümmern. Ein kleines Blutbad wird dich kräftigen. Vertrau mir.«

## DIE BOTSCHAFT

Nikodemus drängte sich zwischen den Grauhäuten hindurch. Er war froh, dem Tunnel entronnen zu sein. Ihm kam dieses Tal nicht gut vor. Er war schon in anderen Oasen im verbrannten Land gewesen. Aber keine war wie diese hier! Es war ein unheimlicher Ort. Ein Ort, an dem die Vergangenheit nicht ruhen wollte.

Er blickte hinüber zu der Festung in der weiten Felsnische. Zu den Lichtern. Drei der Fenster waren erleuchtet. Und es gab noch ein viertes Licht. Im Felsboden vor der Festung.

Es gab nur einen einzelnen Albenpfad hier. Der Lutin hatte eine Karte der magischen Pfade im Kopf. Seine Sippe hatte sie gefertigt. Es war eines ihrer Geheimnisse. Sie kannten das Goldene Netz besser als jeder andere. Zu oft mussten sie dorthin fliehen. Nikodemus wusste, dass es hier nur einen einzigen Albenpfad gab. Er schnitt längs durch das Tal. Mitten durch die unheimliche Pyramide. Theoretisch konnte man an einer beliebigen Stelle einen Albenpfad verlassen. Aber es zu tun, war der blanke Leichtsinn. Dafür waren sie nicht geschaffen. Man brauchte einen Schnittpunkt. Und je mehr Pfade sich an einem Punkt kreuzten, desto besser! Durch einen Stern zu gehen, der nur aus zwei Linien gebildet wurde, war ebenfalls gefährlich. Man mochte einen Sprung durch die Zeit machen oder sogar ganz verlorengehen. Kein Lutin, der etwas auf sich hielt, würde einen Albenstern nutzen, an dem sich weniger als vier der magischen Pfade kreuzten.

Nikodemus blickte zweifelnd zu den Lichtern. Skanga und ihre Häscher konnten noch nicht hier sein. Es war kaum einen Tag her, dass das Amulett verschwunden war. Andererseits, sie war Skanga, die mächtigste Schamanin aus dem Volk der Trolle. Wer wusste schon, über was für dunkle Kräfte sie gebieten mochte, von denen er keine Ahnung hatte?

Emerelle wandte sich ihnen zu. »Dort drüben ist unser Nachtlager. Folgt mir!« Mit weiten Schritten betrat sie den Weg, der entlang der Bergflanken hinüber auf die andere Seite führte. Im Sternenlicht konnte man ihn nur undeutlich erkennen. Es lag noch mindestens eine halbe Stunde Fußmarsch vor ihnen, schätzte Nikodemus.

Der Lutin musste laufen, um zu der Elfe aufzuschließen. Die übrigen Kobolde folgten. Sie waren fast am Ende ihrer Kräfte. Emerelle verlangte ihnen zu viel ab!

Wieder blickte er zu den Lichtern in der Festung. Erwartete Skanga sie dort?

Endlich erreichte er die Königin. »Herrin, auf ein Wort.«

»Nicht jetzt!« Sie sagte es freundlich, aber bestimmt.

»Aber …«

»Nicht jetzt, Nikodemus! Ich muss all meine Sinne offen halten und auf das Tal lauschen. Ich kann jetzt nicht reden. Später.«

Auf das Tal lauschen? Die Elfe beschleunigte ihre Schritte noch einmal, und er gab den Versuch auf, mit ihr Schritt halten zu wollen. Was fürchtete sie? Konnte sie Skanga spüren? Oder wartete etwas anderes in der Festung auf sie? War es hier so gefährlich, dass man in einer Festung übernachten musste?

Der Lutin blickte auf das Tal hinab. Seltsame Laute drangen aus dem Wald. Waren das Tiere? Was für Geschöpfe lebten hier? Er hatte die Grauhäute viel über Geister reden hören. Gab es sie wirklich? Wenn ja, dann war das hier ein Platz, den Geister lieben würden. Wieder dachte er, dass dies ein Ort war, an dem die Vergangenheit nicht ruhen wollte.

Er sah Emerelle nach. Sie trug keine Waffe. Sie trug nicht einmal mehr ordentliche Kleider. War sie verrückt geworden? Madra war anderer Meinung gewesen. Mit jedem Tag, den sie in Gesellschaft der Elfe verbracht hatten, hatte er vor Emerelle mehr Respekt gewonnen. Zuletzt war er der Überzeugung gewesen, dass sie auf einer großen Suche war und dass es sich auf jeden Fall lohnen würde, in ihrer Nähe zu sein, wenn sie fand, wonach sie suchte. Was das war, hatte der Troll nicht benennen können.

Er vermisste Madra. Dieser riesige Trottel. Er hätte einfach in der Höhle bleiben können, statt noch einmal hinaus in den Drachenatem zu laufen. Er hatte sie alle gerettet, dessen war sich Nikodemus sicher. Emerelle hätte es nicht mehr bis zur Höhle geschafft. Aber Madra hatte das nicht wissen können. Bestimmt nicht! Es war nur seine

Dickköpfigkeit gewesen, die ihn hinausgetrieben hatte … Oder hatte er doch etwas geahnt?

»Ich vermisse dich, mein Freund«, murmelte er leise. Es auszusprechen, machte es leichter, seine Trauer zu ertragen. Dass er einen Troll Freund nannte … Er wurde noch sentimental. Ein Kommandant konnte sich so etwas nicht leisten. Er war seinem Bruder verpflichtet und der großen Erhebung der Kobolde. Und nicht einem Troll …

Er hatte neben Madras Leiche einen Hosenknopf gelegt. Er hatte nichts anderes gehabt, worauf er verzichten konnte. Und ohne den Knopf, nur vom Gürtel allein gehalten, hatte er nun dauernd das Gefühl, seine Hose würde ihm noch während der nächsten paar Schritte bis zu den Knöcheln herabrutschen. Immer wieder packte er sich an den Hosenbund und zog sie hoch. Das war den Grauhäuten auch schon aufgefallen, und sie machten Späße über ihn. Den Knopf als Andenken bei Madra zu lassen, war wirklich eine verrückte Idee gewesen. Auf diese Weise würde er ihn ganz gewiss so schnell nicht vergessen, dachte Nikodemus, und zog die Hose wieder hoch.

Der Elf, Ollowain, lief an ihm vorbei und eilte an Emerelles Seite. Die Grauhäute ließen sich Zeit. Sie waren erschöpft, ja, aber sie gingen mutwillig immer langsamer. Er konnte sie verstehen. Gewiss dachten sie, dass doch die beiden Riesen nachsehen sollten, wer die Lichter in der Festung entfacht hatte.

Nikodemus begann auch zu laufen. Wenn er seinen Namen groß machen wollte, dann musste er vorne dabei sein. Madra war tot. Wer sollte jetzt bezeugen, dass er je einen Troll geritten hatte? Er brauchte eine neue Heldentat. Vielleicht könnte er Emerelle das Leben retten? Sein Bruder würde das nicht schätzen, aber von so einer Tat würde man sich noch in hundert Jahren erzählen.

Heute Morgen noch war ihm egal gewesen, was mit Emerelle geschah. Ja, er hatte herbeigesehnt, dass Skanga schnell käme, damit die Quälerei und die endlosen Märsche endlich ein Ende hätten. Aber die schwarze Brücke hatte ihm die Augen geöffnet. Dort hatte er begriffen, was königlich war. Emerelle mochte die Grauhäute nicht, dessen war er sich ganz sicher. Niemand mochte sie! Und dennoch hatte sie sie über den Abgrund getragen.

Die Festung war weniger als fünfzig Schritt entfernt, als die beiden Elfen anhielten und sich berieten. So konnte er zu ihnen aufschließen. Außer Atem erreichte er sie.

»Leise«, zischte Ollowain ihn an. »Was willst du hier?«

»Ich muss mit Emerelle reden. Es ist …«

»Nicht jetzt!« Sie selbst hatte geantwortet. »Wenn du mitkommen willst, dann sei leise. Falrach, du gehst zuerst hinein!«

Der Elf zog seinen Dolch. »Mein Schwert ist mir leider abhandengekommen. Das wird …«

Emerelle legte ihm die Hand auf den Waffenarm. »Steck ihn weg. Du brauchst keine Waffen. Du bist die Waffe!«

Er lächelte melancholisch. »Das war Ollowain.«

»Das gilt auch für dich. Vertraue dir.« Sie gab ihm einen Kuss. Kurz, aber leidenschaftlich. »Ich vertraue dir, Falrach.«

Nikodemus fand das alles im höchsten Maße befremdlich. Elfen waren eindeutig schwerer zu verstehen als Trolle. Ganz besonders diese beiden. Er hatte das Gefühl, dass viel Ungesagtes zwischen den beiden schwang. Als Falrach ging, wirkte er irgendwie größer. Es war aberwitzig, das wusste Nikodemus. Aber der Kuss und die Worte hatten ihn irgendwie wachsen lassen.

Schweigend sahen sie ihm nach, bis er hinter den Ruinen verschwand.

»Willst du immer noch mit?«, fragte Emerelle leise.

Nikodemus nickte und hoffte, dass sie keine weiteren Fragen stellen würde. Es wäre ihm schwergefallen, seine Beweggründe zu erklären. Wenn er sagte, dass er ein Held sein wollte, dann hätte sie ihn vermutlich belächelt.

»Herrin, Skanga wird kommen. Sie weiß, wo wir sind.«

Die Elfe nickte. »Du hast sie also benachrichtigt.«

»Es war keine Absicht.«

»Und jetzt willst du mit mir gehen und dich womöglich in Gefahr begeben.«

Er nickte. »Ja, das will ich.«

»Ihr Lutin seid ein sehr seltsames Volk, Nikodemus. Sehr seltsam.« Sie sah zu den Grauhäuten. Sie waren ein ganzes Stück entfernt stehen geblieben und warteten, was geschehen würde. »Skanga kann nicht schneller hierhergelangen als wir. Der nächste Albenstern, den sie ohne Gefahr durchqueren kann, ist eine Woche Fußmarsch entfernt. Und auch sie muss den Drachenatem überwinden. Wir sind hier sicher. Für eine kurze Zeit zumindest. Das da vorn ist nicht sie. Sie müsste frei durch die Albenpfade und das Nichts streifen können, um so schnell hierherzugelangen. Das vermag nicht einmal sie.«

Das ließ sich nicht von der Hand weisen, dachte Nikodemus, und dennoch fühlte er sich nicht viel besser. Sie war schließlich Skanga. Vielleicht fand sie einen Weg.

»Willst du immer noch mit? Und wem gehört eigentlich deine Loyalität?«

Nikodemus nahm sich ein wenig Zeit, die Frage zu bedenken. Seltsamerweise bedrängte ihn Emerelle nicht.

»Meine Loyalität gehört mir«, sagte er schließlich.

Die Elfe lächelte. »Wahrhaft die Antwort eines Lutin. Wollen wir gehen?«

»Ja.« Das Wort kam ein wenig zögerlich. Hatte er seinen Mut überschätzt? Er folgte der Elfe. Bald hatten sie die alte Festung erreicht. Drohend ragten die Mauern über ihnen auf. Der Boden war bedeckt mit Gesteinstrümmern und trockenem Vogelkot, der unter seinen Sohlen leise knisterte. Emerelle hingegen bewegte sich völlig lautlos. Sie war wie ein Schatten.

Das Festungstor lag seitlich hinter einem vorkragenden Turm, so dass es von der Terrasse beim Tunnel nicht zu sehen gewesen war. Die hohen Pforten standen offen. Die

Türflügel schimmerten, als seien sie aus lauterem Gold geschaffen. Reiter, die auf Pegasi einen fliegenden Drachen begleiteten, schmückten das Tor.

Nikodemus' Fell sträubte sich. Der ganze Ort war von mächtiger Magie durchdrungen. Einige der Zauber waren gewoben, um dem Verfall entgegenzuwirken. Andere stärkten die Mauern oder erhielten die Leuchtkraft der Malereien, die die Wände des Innenhofs schmückten.

Die Flanken des Hofs waren von Ställen gesäumt. Waren hier einmal Pegasi untergebracht gewesen? Stellte man geflügelte Pferde in Ställe?

Emerelle sah sich nicht um, sondern ging zielstrebig auf die andere Seite des Hofes zu. Ein von Säulen getragenes Vordach verwehrte den Blick auf den Eingang zum massigen Bauwerk. Hoch über dem Hof lag ein Fenster, aus dem warmes, bersteinfarbenes Licht fiel.

Nikodemus hatte das unbestimmte Gefühl, dass Emerelle diesen Ort kannte. Sie eilte die weiten Treppenstufen zum Vordach hinauf und verschwand im tiefen Schatten.

Der Lutin hatte Schwierigkeiten, die Treppe zu bewältigen. Hier hatten keine Kobolde gewirkt, so viel war sicher. Die Stufen zu erklimmen, war ein Kraftakt. Und nirgends gab es eine Rampe oder eine Treppenflucht mit flacheren Stufen. Wer hier wohl einst den Elfen den Arsch nachgetragen hatte, dachte er gehässig.

Im Schatten des Säulendachs wartete niemand auf ihn. Nach kurzer Suche fand er den Eingang zum Hauptgebäude. Er lag in einer Achse mit dem Tor auf dem Hof. Seine Schritte hallten unnatürlich laut, als er eintrat. Er hatte das Gefühl, in einem sehr großen Raum zu stehen. Aber es gab kein Licht. Er konnte kaum die Hand vor Augen sehen.

Ein trockener, staubiger Geruch hing in der Luft. Sollte er nach Emerelle rufen? Wo steckten die beiden?

Seine Augen gewöhnten sich einfach nicht an die Dunkelheit. Es war, als läge ein Zauber auf diesem Turm, der ihn verbergen sollte. Was für eine hirnverbrannte Idee, mit diesen beiden Elfen mitzuziehen. Er hätte es besser wissen müssen. Wenn es hart auf hart kam, durfte man sich als Kobold niemals auf Elfen verlassen. Die dachten an das kleine Volk stets zuletzt, wenn überhaupt.

Vielleicht sollte er umkehren? Aber dann würde er vor den Grauhäuten wie ein Feigling dastehen. Das kam nicht infrage! Mit ausgestreckten Händen tastete er sich vorwärts. Auf dem Boden lag Geröll. Aber auch andere Dinge waren dort. Einmal knirschte etwas metallisch, als er daran stieß. Dann trat er auf einen dicken Teppich.

Beklommen sah er zurück. Jetzt konnte er auch den Eingang nicht mehr entdecken. Was war das? Das Tor zum Hof, in den Sternenlicht fiel, hätte sich deutlich gegen die Finsternis dieser Halle abzeichnen müssen.

Irgendwo knirschte etwas. Nikodemus hielt den Atem an. Er war hier nicht allein! Das Geräusch war von links gekommen. Also würde er nach rechts ausweichen. Er machte einen Schritt, dann noch einen ... Da wurde er gepackt und hochgehoben!

Er versuchte seinen Angreifer zu beißen, doch eine starke Hand drückte ihm die Schnauze zu. »Vor dir war ein Loch im Boden.«

Das war die Stimme des Verrückten, der nicht länger glaubte, Ollowain zu sein.

»Du bist nicht in Gefahr.«

»Wo ist Emerelle?«

»Sie ist nach oben gegangen.«

Wie er sich gedacht hatte. Elfen scherten sich einen Dreck um Angehörige des kleinen Volkes.

»Sie hat mich geschickt, dich zu holen.«

Nikodemus knurrte leise. Na gut, *meistens* scherten sich Elfen einen Dreck um Kobolde. »Warum ist es hier so verflucht dunkel?«

»Wegen all der Toten«, sagte der Elf niedergeschlagen. »Es war keine Zeit, sie zu bestatten. Deshalb wurde dieser Zauber gewirkt, um sie vor den Blicken zu verbergen.«

Nikodemus überlegte, ob es wohl sehr kaltherzig wäre, nachzufragen, von was für Toten hier die Rede war. Und vor allem, was sie umgebracht hatte. Indessen trug Falrach ihn lautlos durch die Halle. Es war demütigend, wie ein kleines Kind herumgetragen zu werden! Aber er hielt die Schnauze. Fragte nicht nach Toten und beschwerte sich auch nicht. Elfen waren einfach zu empfindlich, um mit ihnen vernünftig reden zu können.

Es war, als stoße man mit dem Kopf durch die Oberfläche eines Gewässers, so plötzlich änderte sich das Umfeld. Es war noch dunkel, aber vor ihnen fiel ein warmer Lichtschein durch eine Zimmertüre. Sie befanden sich auf einem Flur. Und endlich setzte Ollowain ihn ab!

»Dort vorne ist Emerelle«, sagte der Elf und deutete auf die erleuchtete Tür.

Nikodemus sog misstrauisch witternd die Luft ein. Sie war trocken. Auch hier roch es nicht nach Verfall. Nur nach Magie. Vorsichtig näherte er sich der Tür. Sie war eine von mehr als einem Dutzend an dem Flur. Jede der Türen sah anders aus. Sie waren mit Intarsien geschmückt oder aus verschiedenfarbigen Hölzern gearbeitet. Nur eine einzige stand offen.

Das Zimmer, in dem Emerelle sich befand, war geräumig, aber nicht riesig. Ein Elf hätte wohl gesagt, dass es exquisit eingerichtet war. Sie mochten leere Zimmer, in denen nur wenige Möbel und einzelne Kunstwerke standen. Hier gab es ein schmales, recht unspektakuläres Bett. Einen Tisch mit geschwungenen Bronzebeinen und einer Platte aus grünem Stein. Daneben ein Ding, das halb Stuhl und halb Bank war, mit einem hohen Rückenteil. Es sah hübsch aus und ungemütlich.

Eine meergrüne Lacktruhe mit aufgemalten, springenden Delfinen rundete die Einrichtung ab. Ein langer Schild mit Kampfspuren zierte die Wand. Dahinter eine Lanze. An anderer Stelle hingen gekreuzte Schwerter. Auf dem Tisch stand eine Steinskulptur, die eine abstrakte, sich windende Form zeigte, ohne dass man benennen konnte, was genau sie darstellte. Von dem Stein ging das Licht aus. Nikodemus hatte ähnliche Steine schon zuvor gesehen. Barinsteine nannten die Elfen sie. Mit welcher Magie man Licht in sie hineinbekam, wusste der Lutin nicht. Sie waren selten. Und ihr Licht strahlte über Jahrhunderte, wenn es einmal entzündet war.

Emerelle ging gedankenverloren in dem Zimmer auf und ab. Dabei ließ sie die Hände über die spärlichen Möbel gleiten. Die Art, wie sie sich bewegte und wie ihre Finger zärtlich über die glatten Oberflächen strichen, strahlten eine stumme Trauer aus, die Nikodemus nicht mit Fragen zu stören wagte.

Der Lutin sah zu Ollowain, der an der Tür verharrte. Der Elf machte eine flüchtige Geste in Richtung des Tischs.

Nikodemus zögerte kurz. Er hatte Sorge, dass jede Bewegung Emerelle stören könnte. Doch dann siegte seine Neugier. Er stieg auf das seltsame Sitzmöbel. Auf dem Tisch lag ein Stück Pergament. Es war vergilbt und augenscheinlich schon sehr alt. Aber statt Fragen zu beantworten, warf es nur neue auf. Zwei Zeilen in geschwungener, altertümlicher Schrift standen dort.

*Ich weiß, du wirst hierherkommen, Emerelle.*
*Ich erwarte dich beim Drachenthron.*

## DIE TATEN DER VERGANGENHEIT

Emerelle bewegte sich vorsichtig über den Kiesweg. Es erinnerte sie an ihre Kindheit. Ihre Mutter hatte ein Spiel daraus gemacht, ob sie es schaffte, lautlos über einen Kiesweg zu gehen. Damals, als Kind, hatte Emerelle keine Ahnung gehabt, wie wenig Spiel das in Wahrheit war. Ihre Mutter hatte sie auf eine Jugend voller Fluchten vorbereitet, denn Nandalee hatte gewusst, dass sie kommen würden. Jene übermächtigen Feinde, die Herren der Welt.

Dieser Kiesweg war in erstaunlich gutem Zustand, wenn man bedachte, wie lange er nicht mehr gepflegt wurde. Alles in diesem Tal war von der Magie der Drachen durchdrungen. Der Garten war einmal für die Ewigkeit angelegt worden. Es war ehrfurchtgebietend, zu sehen, wie die Drachenmagie im Duell mit Zeit und Natur Bestand bewahrt hatte. Emerelle hatte Zweifel, dass sie Schutzzauber von ähnlicher Macht wirken könnte. Der Kiesweg führte durch einen Dschungel. Dazu war der große Garten inzwischen geworden. Rechts und links des Weges hatten sich Böschungen aus neuer, tiefschwarzer Erde gebildet. Das Resultat eines jahrtausendelangen Zyklus aus Vergehen und Wiedererstehen. Kaum eine Wurzel hatte den Kiesweg durchbrochen. Nur an wenigen Stellen lagen verfaulende Blätter oder spross ein Grasbüschel. Es war genug, um sich mühelos ohne ein Geräusch über den Weg aus schneeweißen Kieseln zu bewegen. Und doch war er immer noch ein Zeugnis der Drachenmacht.

Emerelle hatte Falrach und Nikodemus zurück zu den Grauhäuten gebracht. Die Festung war sicher. Für eine Nacht würde sie den Grauhäuten ein gutes Quartier bieten. Die Elfe hatte ihren beiden Gefährten nicht gesagt, wohin sie gehen würde, aber sie ahnten es gewiss. Die weiße Pyramide beherrschte das ganze Tal. Es war offensichtlich, dass man den Drachenthron dort finden würde. Und Emerelle wusste genau, wer sie darauf erwartete.

Die Geräusche des Dschungels drangen auf sie ein. Das Zirpen von Insekten, die Balzrufe eines Affen. Einmal das schrille Klagen einer Nachtschwinge. Es roch nach Morast, nach verfaulenden Blättern und dann wieder nach schweren Blüten.

Der See, der nahe der Pyramide lag, hatte seine Uferbefestigungen gesprengt. Er griff hinaus in den Park. Seine streng abgezirkelten Grenzen waren verschwunden. Auf einer neuen Insel stand ein einzelner Mangobaum. Der Duft seiner Früchte überlagerte jeden anderen Geruch.

Jemand hatte Trittsteine in das flache Wasser gelegt. Sie führten zum Eingang der Pyramide, jenem gewaltigen Tor, das sich weit vor der Pyramide erhob. Ein Tor, das groß genug war, einen Sonnendrachen zu verschlucken.

Die Pyramide war ein künstlich erschaffener Berg. Die Idealform eines Berges! Einst hatten die Urahnen der Drachen in großen Höhlen gelebt. Zuletzt aber hatten sie sich ihre Berge und Höhlen selbst erschaffen. Sie hatten Landschaften geformt, und wer ein kundiges Auge hatte, der vermochte das Wirken der Drachen auch nach vier Jahrtausenden noch an vielen Orten Albenmarks zu erkennen.

Vorsichtig setzte Emerelle den Fuß auf den ersten Trittstein. Das Wasser verströmte einen Modergeruch. Nicht weit entfernt sah sie zwei Krokodile am Ufer liegen und dösen. In ihrer neuen Heimat würden die Grauhäute nicht nur als Traumfänger kämpfen müssen. Hier erwarteten sie auch greifbare Gefahren. Emerelle dachte an all die Geschichten, die sie über den Jadegarten gehört hatte. Krokodile waren nicht das einzige Übel, das man hier fürchten musste.

Siebzehn Trittsteine führten über den seichten See bis zum Eingang der Pyramide. Die Kraft der Erdbeben, deren Zeugnisse sich allerorten im Tal fanden, war auch hier unübersehbar. Risse fanden sich im bleichen Mauerwerk des flachen Bauwerks mit seinen stämmigen Säulen. Schmutzschlieren zogen sich über den Boden des Eingangs und über die weite Rampe, die in die Tiefe führte. Drachen mochten keine Treppenstufen. Wege, die auch sie benutzten und die ein Gefälle überbrückten, waren stets als Rampen angelegt worden. Deshalb lag der Eingang fast zweihundert Schritt vor der Pyramide. Die Rampe führte in sanftem Gefälle zum Thronsaal, der tief unter dem Prachtbau lag.

Als Emerelle zwischen den Säulen hindurchtrat, fröstelte es sie. Die Geschichte schien hier stillzustehen. Weihrauchduft lag in der Luft. Die Fresken an den Wänden erstrahlten in so üppigen Farben, als seien sie eben erst vollendet worden. Sie zeigten einen gewaltigen Sonnendrachen, dessen Flügel mit bunten Mustern fast wie bei einem Schmetterling bedeckt waren. So sehr Trolle Metalle verabscheuten, Drachen hatten sie geliebt. Der Drache auf dem Bild trug Schmuck. Goldringe durchbrachen die Ränder seiner Flügel. Prächtige Reife umfassten seine Füße. In die tödlichen Krallen waren komplexe Spiralmuster graviert. Sie waren eitel gewesen!

An den Wänden des Gangs, der mit leichter Neigung abwärts führte, leuchtete das warme Licht von Barinsteinen. Zum Weihrauchduft mischte sich nun auch der Gestank brackigen Wassers.

Emerelle beschleunigte die Schritte und verschloss sich den Bildern. Sie hatte diese Zeit tief in ihrem Herzen begraben. Die Schrecken der Drachenkriege, den Tod ihrer Mutter und Falrachs, all das war um sie herum nun wieder lebendig. Der Schrecken und der Glanz des Zeitalters, in dessen höchste Blüte sie hineingeboren war.

Der Gang öffnete sich in eine weite Halle. Wuchtige Säulen erhoben sich, um eine Decke zu tragen, die weit über ihr in der Dunkelheit verborgen blieb. Wasser war in die Halle eingedrungen. Das Licht dreier Feuer, die in goldenen Räucherpfannen brannten, brach sich im makellosen Schwarz seiner Oberfläche. Blaugrauer Rauch schwebte in dichten Schwaden über dem Wasser.

Inmitten des überfluteten Saals erhob sich eine flache Insel aus dem Wasser. Der Drachenthron. Leichte Vertiefungen waren in die steinerne Insel eingearbeitet. Sie war vollkommen auf die Körpermaße des Königs angepasst worden. Dort hatte er einst gelegen, halb zwischen Träumen und Wachen. Er hatte Gärten ersonnen und künftige Schlachten im Krieg gegen die Devanthar überdacht.

Jetzt wartete auf dem Drachenthron die Gazala. Sie hatte ihre schlanken Gazellenbeine nach hinten gestreckt und stützte sich auf ihren Handflächen ab. Den Oberkörper zurückgebogen, das Kinn herausfordernd vorgestreckt, hatte sie etwas zutiefst Animalisches. Gewundene Hörner wuchsen aus ihrer Stirn und krümmten sich in weitem Bogen ihrem Rücken entgegen. Die Gazala war nackt. Sie hatte sich allein in Farben gekleidet. Verschlungene Muster in Weiß, Scharlachrot, Dunkelblau und hellem Grau bedeckten ihren gebräunten Leib. Ihre Augen waren geschlossen. Weihrauch umspielte sie.

Emerelle war sich sicher, dass die Gazala wusste, dass sie eingetroffen war. Sie war eine Seherin. Viel zu klug und begabt. Sie und ihre Schwester waren einst eine Gefahr gewesen. Es war besser, wenn die Zukunft ungewiss blieb. Firaz und Šamur aber hatten sie jedem entblößt. Auch wenn sie, nach Art der Orakel, manches Mal in vieldeutigen Versen sprachen, so mochte der Kluge in ihren Worten doch stets die Wahrheit zu finden.

»Willkommen, gefallene Königin!« Die Stimme der Gazala war durchdringend. Es war eine von jenen dunklen, leicht rauchigen Frauenstimmen, die Emerelle stets ein unangenehmes Gefühl bereiteten. Es war eine Stimme, die einen durchdrang. Deren Worte tief im Inneren vibrierten.

Emerelle trat in das Wasser. Es war warm. Der Schmutz gab ihm eine schlammige, weiche Dichte. Es streichelte über ihre Beine. Ihre Zehen gruben sich in weiches Sediment. Ihre Schritte ließen dunkle Wolken unter der Wasseroberfläche aufsteigen.

Sie spürte eine flüchtige Berührung. Etwas hatte kurz ihre Wade gestreift. Die Elfe zwang ihren Ekel nieder und ging weiter.

»Blutegel, Wasserratten, Schlangen und eine Vielzahl

von Würmern und kleinen Insekten.« Die Worte bohrten sich in ihre Eingeweide. Emerelle hatte sich in Gedanken gefragt, was in diesem Wasser lebte. Aber sie hatte es nicht wirklich wissen wollen! So war sie schon früher gewesen. Gerne hatten Firaz und ihre Schwester Šamur mehr Wahrheiten ausgesprochen, als man wissen wollte.

Bis zu den Hüften reichte Emerelle nun das Wasser, und der Boden war immer noch leicht abschüssig. Wie tief war es? Die Elfe blickte auf, doch diesmal schwieg die Seherin. Firaz hockte sich hin. Wegen der Gazellenbeine sah es seltsam aus. Die Winkel, in denen sie die Gelenke knickte, schienen nicht zu stimmen.

»Du solltest der Silberschale neben deinem Thron nicht zu sehr vertrauen. Sie ist nicht aufrichtig. Sie zeigt nur die dunkle Seite der Zukunft.«

»Ich weiß«, entgegnete Emerelle.

»Und von mir erhoffst du dir eine Antwort zu Ollowain. Ausgerechnet von mir, die du mich vor mehr als dreißig Jahren verbannt hast. An einen Ort, an dem außer mir niemand lebt. Dreißig endlose Jahre kam niemand, um mich nach der Zukunft zu fragen.«

Emerelle blieb stehen. Sie hatte sich der Gazala auf etwa sieben Schritt genähert. Das trübe Wasser reichte ihr nun bis zu den Brüsten. »Allein wirst du in Zukunft jedenfalls nicht mehr sein«, entgegnete die Elfe. »Das Volk der Grauhäute wird von heute an im Jadegarten leben.«

»Sie werden mich nicht stören«, erwiderte die Gazala mit einem eigenartigen Lächeln. »Ich hasse dich, Emerelle, denn du hast mein Leben zerstört. Aber dies ist ein Orakel, und du hast eine weite, gefahrvolle Reise gemacht, um hierherzukommen. Ich werde dir eine Frage beantworten. Nur eine einzige! Wähle gut!«

Emerelle musste nicht überlegen. Die Gazala wusste ja bereits, wonach sie fragen würde. »Wie kann ich Ollowain zurückholen?«

Firaz sah sie durchdringend an. Ihre Augen waren von

einem warmen, hellen Braun. Ihre Iris füllte das ganze Auge. Kein Weiß war zu sehen.

Die Elfe fühlte sich unter dem Blick unbehaglich. Etwas stimmte nicht.

Firaz stieg ins Wasser. Sie kam zu ihr. Sie trat so nah an sie heran, dass Emerelle den Atem der Gazala auf dem Gesicht spüren konnte. »Ich habe dich viele Jahre lang tief gehasst, denn du hast mein Leben zerstört. Und das nur, weil ich tat, was mir bestimmt war. Mein Hass hat mich dazu verführt, deine Zukunft zu erkunden. Deshalb wusste ich, dass du kommen wirst. Und ich wusste, was du fragen wirst. Ich sage dir das alles, damit du mir glaubst, wenn ich dir jetzt antworte. Meinen Hass habe ich lange abgelegt. Ebenso meine Furcht um den Tod. Denn ich weiß schon seit langem, wann ich sterben werde und wie es geschehen wird. Als junge Frau war ich so dumm, meine Schwester danach zu fragen. Sie hat mir ehrlich geantwortet. Seitdem liegt der Schatten des Todes, den andere erst spüren, wenn ihr Ende naht, über meinem Leben.«

Emerelle hatte das Gefühl, dass Firaz zu lange allein gewesen war. Ihre Rede erschien ihr wirr. Aber sie war ein Orakel. Und alle Orakel waren dafür berüchtigt, keine klaren Antworten zu geben. Sie beherrschte sich, die Gazala nicht zu unterbrechen.

»Ich weiß, deine Liebe zu Ollowain ist unerfüllt. Trotzdem fragst du nach ihm … Falrach könnte dir alles geben, wonach du dich sehnst.« Sie lächelte. »Aber du greifst immer nach dem Unerreichbaren. Das ist dein Schicksal. Doch nun zu deiner Frage. Wie du Ollowain zurückholen kannst, kann ich dir nicht sagen.«

Emerelle war so vor den Kopf geschlagen, dass sie einige Augenblicke brauchte, um sich zu fassen. »Du willst mir nicht helfen! Orakel müssen eine Antwort geben!«

»Das tat ich auch.«

»Diese Worte kann ich nicht akzeptieren! Du …«

»Kein Orakel in Albenmark kann dir deine Frage beantworten. Damit ist alles gesagt. Nun geh! Ich erwarte noch zwei Besucher.«

Emerelle vermochte ihre Wut kaum zu beherrschen. Sie war überzeugt, dass dies Firaz' Rache war! Das war kein Orakelspruch! Orakel atmeten Rauch ein, warfen Knochen, taten irgendwelche seltsamen Dinge. Nichts davon hatte Firaz getan! Die Elfe mochte nicht glauben, dass die Gazala ihre Frage schon lange gekannt hatte und ebenso diese Antwort. Sie würde einen Weg finden, Firaz zum Reden zu bringen. Sie würde alles tun, um Ollowain zurückzugewinnen. Doch nicht in dieser Nacht. Mochte Firaz ihre anderen Besucher empfangen. Sie hatte Zeit! Sie würde sie besuchen, sobald ihr eine Möglichkeit eingefallen war, eine bessere Antwort aus ihr herauszuholen.

## DIE SAGA VON KADLIN ALFADASDOTTIR

*»(...) So stand sie auf der Schwelle der Goldenen Hallen und bat die Recken des Fjordlands, für die Elfen ins Felde zu ziehen. Und so kämpften sie auf fremder Wallstatt und retteten die Mark der Alben, wo deren Kinder jede Hoffnung auf einen Sieg verloren hatten. Und in ihrer Mitte focht Kadlin, den tapferen Lambi an ihrer Schwertseite, den selbstlosen Answin bei ihrem Schildarm. Und sie siegten über das Heer von Ungeheuern, das nach Albenmark einfiel. Und ihr Ruhm unter den Kindern der Alben war ohne Grenzen. Ein Schiff aus lauterem Gold brachte die Heldenkönigin und ihre Recken zurück nach Firnstayn. Doch fand sie auf dem Throne keine Ruhe. Als sie für der Alben Kinder focht, war ihr Vater Alfadas vom Trollkönig Orregrim erschlagen worden. Der*

*getreue Lambi bot ihr an, den Heerbann des Fjordlands zu versammeln, und das, obwohl es Winter war. Kadlin aber verbat ihm das. Sie wollte keinen Recken für die Blutfehde ihrer Familie opfern. So schlich sie allein aus der Königsburg und reiste durch eisigen Winterwind gen Norden, bis sie schließlich vor der Nachtzinne stand. Dies ist die Feste der Trolle. Eine Burg hoch und mächtig wie ein Berg. Da rückte die Schildwache gegen sie aus, und sie spotteten über die winzige Menschentochter. Kadlin aber zog kalten Herzens ihr Schwert. Sieben Streiche bedurfte es, die Wachen zu fällen. Und sie nahm das Wachhorn der Toten, geschnitten aus dem Zahn eines Ungeheuers, lang wie ein Mann und schwer wie ein Ochsenjoch. Als sie hineinstieß, hallte das Horn so laut, dass man es noch in Firnstayn wie fernes Donnergrollen vernahm. Da trat Orregrim selbst auf die Zinnen seiner Veste. Als er aber die Menschentochter sah, da mochte er nicht glauben, dass sie allein seine Recken erschlagen hatte. Und er schickte seinen Heerbann, und sie bezogen in weitem Kreise Posten um Kadlin. Mehr als tausend Trolle umringten sie, doch Kadlin blieb weiterhin kalten Herzens. Da schickte Orregrim seinen ersten Krieger, sie zu erschlagen. Es war ein Elfenschlächter und Drachentöter. Ein Troll, so stark, dass er allein einen Ochsenkarren samt Gespann zu heben vermochte. Fünf Schritt maß er vom Scheitel bis zur Sohle, und die Keule, mit der er zum Kampfe zog, wog so schwer, dass wohl drei Männer sie nicht hätten heben können. Wohl eine Stunde dauerte der ungleiche Kampf. Und die Grundmauern der Nachtzinne erbebten, wenn einer der schweren Hiebe die Königin verfehlte und auf den Felsboden traf. Kadlin durchtrennte dem Hünen die Sehnen an den Fersen, und als er stürzte, nahm sie ihm den Kopf. Die Trolle aber waren ob des Todes ihres größten Kriegers so erschrocken, dass niemand mehr gegen die Menschentochter kämpfen mochte. Da lud Orregrim sie an seine Festtafel, um mit ihr zu speisen. Es wurden die köstlichsten Gerichte aus See und Land aufgetragen. Schwerer Honigmet floss in Strömen. Kadlin aber blieb besonnen. Sie aß in Maßen und trank nur wenig. Als ihr aber ein in Honige gebratenes Stück Fleisch aufgetragen wurde, erkannte sie darin das Herz ihres Vaters.*

*Da überkam sie das heiße Blut ihres Großvaters Mandred, und sie erschlug ihren Tischnachbarn mit ihrem Methorn. Sie wütete so schrecklich, dass bald überall im Festsaal tote Trolle lagen und großes Klagen und Wehgeschrei anhob. König Orregrim beugte vor ihr das Knie und bat sie um Vergebung. Und er überließ der Königin Kadlin den Leichnam ihres Vaters und einen Schlitten voller Gold. Auch gelobte der Trollkönig, dass nie wieder ein Troll einen Fuß auf den Boden des Königreiches Firnstayn setzen werde.*

*Als man ihren toten Vater vor sie brachte, da verging der wilde Zorn der Königin. Sie nahm den großen Schlitten. Und sie allein zog ihn über die Berge bis hin nach Firnstayn. Auf dem ganzen Weg aber weinte und klagte sie über das grausame Schicksal ihres Vaters Alfadas, dem sie als Kind im Elfenwinter entrissen ward.*

*So viele Tränen vergoss sie auf dem Weg zurück, dass den Leichnam des Alfadas ein Panzer aus Eis umgab, als sie Firnstayn erreichte. Und so legte man ihn in seinen Grabhügel. Und es heißt, dies Eis werde nicht schmelzen bis zu jenem Tage, an dem Mandred wiederkehrt und sich die toten Könige aus ihren Gräbern erheben werden, um in die letzte Schlacht um das Land der Fjorde zu reiten.*

*Kadlin aber nahm ihren Thron, und wenige Wochen nach ihrer Heimkehr gebar sie ein wunderschönes Mädchen. Doch war das Haar des Kindes weiß wie frischer Winterschnee ob all der Schrecken, die es schon vor seiner Geburt erlebte. Wegen des weißen Haares nannte ihre Mutter sie Swana Björnsdottir. So lebte die Königin für einige Jahre in Frieden und sah ihre Tochter aufwachsen, doch ihr wildes Blut war nicht gezähmt. Und es kam der Tag, an dem sie erneut zum Schwerte griff, als (…)*

NACHERZÄHLUNG DER VERSE DES SKALDEN ISLEIF,
BAND 3 DER TEMPELBIBLIOTHEK ZU FIRNSTAYN, S. 72.

# EIN ANDERES LEBEN

Falrach hatte die Stimme zum ersten Mal gegen Mittag gehört. Sie war wie ein Wispern im Wind. Ein Raunen im Rascheln der Blütenblätter des Oasengartens. Und er wusste, dass nur er sie hörte. Anfangs hatte er versucht, sie zu ignorieren. Die Stimme für eine Sinnestäuschung gehalten. Vielleicht war er zu lange in der Hitze gewesen? Er war immer noch geschwächt vom langen Marsch durch die Wüste und all seinen Qualen.

War das Hattah der Quell der Stimme? Das Gift der Kakteen? Vielleicht hatte es seinen Verstand angegriffen?

Einen Tag waren sie nun im Jadegarten. Die Grauhäute hatten in kleinen Jagdgruppen die verwilderte Parklandschaft durchstreift. Nie zuvor hatten sie so reichliche Jagdbeute gemacht. Allerlei Echsen, sogar ein junges Krokodil hatten sie erlegt. Dutzende bunte Vögel. Eine Gazelle und auch eine Gämse. Sie bereiteten ein großes Festmahl vor, doch Falrach stand nicht der Sinn nach Geselligkeit. Falrach hatte sich von ihrem ausschweifenden Fest zurückgezogen. Nun dämmerte es, und der Elf ertappte sich dabei, dass er zu überlegen begann, ob es die Geister, von denen Oblon erzählt hatte, vielleicht wirklich gab.

Endlich entschied er, den Stimmen nachzugeben. Vielleicht würde das ihn befreien? Er hätte auch zu Emerelle gehen können, doch seit sie beim Orakel gewesen war, war sie seltsam in sich gekehrt. Was immer die Gazala ihr gesagt hatte, hatte sie zutiefst aufgewühlt.

Falrach machte einen weiten Umweg durch den Garten. Vorbei an den Lilienteichen und Pavillons aus tausendjährigen Rosenstöcken. Die Stimme hatte ihn ermahnt, ganz sicherzugehen, dass er nicht verfolgt wurde. Immer wieder drehte er sich um, wechselte die Richtung oder hielt inne, um auf verstohlene Geräusche zu achten.

Endlich, als er überzeugt war, allein zu sein, verließ er den Weg und schlich in das Dickicht des riesigen, verwilderten Gartens, bis er den Eingang zur Pyramide sah. Ganz in der Nähe lungerten einige Grauhäute herum. Sie hatten mitten auf dem Weg ein Feuer entfacht und verbrannten Rosenholz und Streifen von Palmrinde. Falrach traute seinen Augen nicht! Diese Barbaren hatten tatsächlich einige der uralten Rosenstöcke bis zu den Wurzeln abgeschnitten, um die dicksten Zweige zu verfeuern. Rauch, schwer vom Duft des Rosenöls, zog über den Weg und stieg in Wirbeln entlang des makellos weißen Mauerwerks der Pyramide dem Nachthimmel entgegen. Auf der goldenen Spitze brach sich das Licht der Sterne. Deutlich konnte man das mit Emaille eingelegte, allsehende Auge erkennen. Das Zeichen der Orakel.

Die fremde Stimme drängte Falrach, nicht länger zu verweilen, um den Grauhäuten zuzusehen. Sie führte ihn auf die Rückseite der Pyramide, wo am Fuß eines abschüssigen Hangs ein dunkler Teich lag. Sternlibellen tanzten mit grüngelb schimmernden Leibern im Dunkel der beginnenden Nacht ihren Liebesreigen. Leichter Modergeruch stieg vom Ufer auf. Zikaden und andere Geschöpfe der Dämmerung hatten ihre Lieder angestimmt.

Hoch über ihm, verborgen von den Orchideen, die sich in den Astgabeln eines alten Magnolienbaums eingenistet hatten, widmete ein Drachenrufer seine melancholische Klage dem weiten Sternenhimmel.

Am Ufer fand Falrach einen weiteren Pavillon, dessen steinernes Kuppeldach von sieben Statuen getragen wurde. Es waren schlanke Frauengestalten, die zu tanzen schienen. Sie hatten die Hände über den Kopf erhoben und griffen in fein gearbeiteten steinernen Rauch, der in träge wallenden Schwaden das Kuppeldach formte. Einzelne Flecken aus sanft zitterndem Sternenlicht, reflektiert von der spiegelnden, schwarzen Oberfläche des Teichs, entrissen die meisterliche Arbeit der Steinmetzen dem Schleier der beginnenden Nacht.

Verborgen hinter Rosenranken, die in den Pavillon hinreichten, entdeckte Falrach eine Treppe, die hinab ins Dunkel führte. Die Stimme drängte ihn weiter. Vorsichtig tastend nahm er Stufe um Stufe. Bald verstummte das Abendlied des Dschungels. Stille umgab ihn und der Geruch alten Mörtels.

Langsam gewöhnten sich seine Augen an das Dunkel. Auch das war früher, als seine Seele noch in seinem eigenen Körper lebte, besser gewesen. Die Treppe hatte ihn zu einem Tunnel geführt. Er sah so wenig, dass er zur Sicherheit eine Hand an der Wand entlanggleiten ließ, als er weiterging. Die Oberfläche war unregelmäßig. Sie schienen mit aufwendigen Reliefs geschmückt zu sein.

Bald sickerte schwaches, gelbes Licht ins Dunkel, zeichnete Konturen auf die Wände und tiefe Schatten. Falrach glaubte das Tal wiederzuerkennen, denn die Bilder zeigten eine einzelne Pyramide, umgeben von Gärten und Palastbauten. Ein Drache hatte hier regiert. Auf den Bildern umgab er sich mit einem prächtigen Hofstaat. Seine Leibgarde schien aus Elfen zu bestehen. Falrach wurde das Herz schwer, als er die Bilder sah. Sie erinnerten ihn an sein Leben. An die Zeit vor dem Drachenkrieg. Als die Drachenelfen die stolze Garde der Herren der Welt gewesen waren. Die Elfen hatten alles von den Drachen erlernt. Ihre Kultur, die Magie, ja, sogar ihre Musik war durch die Drachen beeinflusst worden. Heute schien dies in Vergessenheit geraten zu sein. Alle glaubten, die Elfen seien schon immer die Herren der Welt gewesen, aber er wusste es besser. Er war ein Gestrandeter aus einem fremden Zeitalter.

»Falrach!« Die Stimme war jetzt nicht mehr in seinem Kopf. Eine rauchige, leise Frauenstimme hallte durch den Tunnel. »Falrach!«

Der Ruf hatte etwas Magisches. Er war genauso zwingend wie jene Stimme, die in seinem Kopf erklungen war. Der Elf beschleunigte seine Schritte und gelangte bald ans Ende des Tunnels. Ein weiter, von Wasser überfluteter Saal lag vor ihm. In seiner Mitte erhob sich eine flache Insel. Dort kauerte die Gazala. Emerelle hatte voller Zorn von der Seherin erzählt.

Auf ihre Art ist sie hübsch, dachte Falrach. Sehr ungewöhnlich, aber hübsch. Er war noch nie einer Gazala begegnet. Seherinnen und Spieler passten nicht gut zusammen.

Sie winkte ihm zu. »Komm, Falrach.«

Er stieg in das brackige Wasser und watete zur Insel. Firaz wartete reglos. Sie stand neben einer Feuerschale, aus der duftende, dichte Weihrauchschwaden aufstiegen. Als er ans Ufer trat, kam sie ihm entgegen. Zärtlich wie eine Liebende legte sie ihm eine Hand auf die Wange. Sie sah ihn durchdringend an. Nicht einmal blinzelten ihre hellbraunen Augen.

»Du hast eine lange Reise gemacht«, sagte sie schließlich vieldeutig. »Noch nie kam jemand wie du zu mir.«

Er wusste nicht recht, was er dazu sagen sollte.

»Fürchtest du dich vor Ollowain?«

»Nein.« Er sagte es ein wenig zögerlich, verwundert darüber, dass die Seherin ihm Fragen stellte.

Sie nahm seine Hand und betrachtete das Netzwerk der Linien. Nur einen Augenblick lang. Dann schüttelte sie den Kopf. »Hier kann ich dein Schicksal nicht lesen. Du warst einst ein Schlachtenlenker. Und dein Leib gehörte einst dem Schwertmeister der Königin. Komm mit mir!«

Sie ging zu einer Mulde am hinteren Ende der Insel. Dort standen sieben Ledersäcke in einer Reihe. Sie wählte den dritten aus und öffnete dessen Verschnürung. »Greif hinein, Falrach. Ganz gleich, was dabei geschieht! Greif mit beiden Händen zu. Hol heraus, was immer du zu packen bekommst, und lass es vor mir auf den Boden fallen.«

Falrach tat, wie ihm geheißen. Der Sack war voller scharfkantiger Metallstücke. Er schnitt sich.

»Du darfst nicht loslassen. Nimm, was du als Erstes berührt hast. Das ist wichtig!«

Wieder schnitt er sich. Falrach kämpfte den Reflex nieder, einfach loszulassen. Er zog die Hände aus dem Sack. Klirrend fiel das Metall zu Boden. Es waren Bruchstücke von Schwertklingen. Manche so breit wie drei Finger. Andere nur winzige Splitter. An den meisten Stücken haftete frisches Blut. Ungläubig blickte er auf seine offenen Hände. Die Innenflächen waren zerfurcht von einem Netzwerk von Schnitten. Blut troff aus den Wunden auf den Boden.

Firaz hatte sich über das Muster aus Metallsplittern und verwischtem Blut gebeugt. »Kannst du etwas zur Seite gehen? Wenn jetzt noch weiter Blut nachtropft, verdirbt es das Orakel.«

Falrach gehorchte, wandte den Blick aber nicht von seiner verletzten Hand ab. »Was ist das?«

Die Gazala machte mit einem ärgerlichen Winken klar, dass sie nicht gestört werden wollte. Aufmerksam betrachtete sie das Muster auf dem Boden. Dabei wiegte sie sich leise summend vor und zurück.

Falrach zog sich einen kleinen Metallsplitter aus der Hand und ließ ihn zu Boden fallen. Die Wunden waren allesamt nicht tief, aber zwei von ihnen bluteten stark. Er drückte die Wundränder zusammen und sah der Gazala zu.

Es dauerte schier eine Ewigkeit, bis sie sich erhob und ihn ansah. »Du bist mehr, als du scheinst, Falrach.«

Er musste sich beherrschen, um sich seine Enttäuschung nicht unmittelbar anmerken zu lassen. Was für ein nichtssagender Spruch! Das hätte ihm auch irgendeine Gossenwahrsagerin in einer beliebigen Stadt sagen können.

»Ollowain wird zurückkommen. Aber es wird nicht der Schwertmeister von einst sein. Und du entscheidest darüber, was für ein Mann er sein wird. Du kannst ihn auch aufhalten. Jetzt, in dieser Nacht. Ich könnte dir dabei helfen.«

Das war jetzt so weit von jedem Jahrmarktswahrsagergewäsch entfernt, dass er sie einfach nur verdattert ansah. »Wie kann ich ihn denn aufhalten?«, brachte er schließlich heraus.

»Ollowain ist tot. Er ist ermordet. Seine Erinnerung, alles, was sein Leben ausmachte, ist fort. Aber etwas ist geblieben. Stell es dir wie ein großes, leeres Gefäß vor. Ein Gefäß, das begierig ist, gefüllt zu werden. Es nimmt alles in sich auf, was du über Ollowain hörst. Wie er gelebt hat, was er getan hat. Wenn es weit genug gefüllt ist, dann wird sich daraus ein Bewusstsein bilden. Lass dir also niemals von jemandem den Lebensweg des weißen Ritters erzählen. Auf die Weise würde er wiederauferstehen. Aber das Ganze ist ein Trug. Es ist nicht der wahrhaftige Ollowain, der zurückkehrt. Es ist ein Ollowain, wie er in den Erinnerungen jener fortlebt, die ihm begegneten, und schlimmer noch, der Ollowain aus den Geschichten, die man sich über ihn erzählt. Wenn du ihm sagst, dass er als Kind einen schwarzen Hund hatte und ihm ein paar Anekdoten darüber erzählst, dann wird er es von Stund an glauben. Es wird zu seiner Vergangenheit, obwohl sie niemals stattgefunden hat. Wie ich schon sagte, Ollowain ist ein leeres Gefäß, das gefüllt sein will. Und es ist diesem Gefäß ganz gleich, was du hineinfüllst. Es kann nicht zwischen Wahrheit und Lüge unterscheiden. Ich denke, die ersten Geschichten, die hineingegeben werden, haben das größte Gewicht. Sie legen das Fundament, auf dem sich seine Persönlichkeit aufbauen wird.«

Falrach hatte Schwierigkeiten, das alles zu verstehen. »Er ist also tot.«

»Alles, was ihn ausmachte. Aber der Körper, in dem deine Seele und alle Erinnerungen an dein Leben erwachten, will ihn zurückhaben. Nur – da gibt es nichts mehr, was man zurückholen könnte. Deshalb wird er einen neuen Ollowain ausformen. Aber es wird nicht der sein, der er einmal war.«

»Aber seine Seele …« Er hob hilflos die Hände.

»Seine Seele und die Erinnerung an sein Leben sind nicht dasselbe. Ihr beide habt dieselbe Seele. Aber ihr habt zwei verschiedene Leben. Und sein Leben wurde gelöscht. Es gab in alter Zeit eine Stadt mit Namen Tildanas. Dort versammelten sich jene Zauberweber, die sich den dunklen, abseitigen Pfaden der Magie verschrieben hatten. Sie erschufen auch die Traumscheiben, Scheiben aus Ton, auf denen immer dichtere Reihen von Schriftzeichen erscheinen, wenn man sie betrachtet. Manche Weise sagen, ihr ursprünglicher Zweck sei es gewesen, die Erinnerungen von Sterbenden zu erhalten. Aber sie konnten auch wie eine Waffe benutzt werden. Wer sie unwissend betrachtet, dem wird die Persönlichkeit gestohlen. Und er merkt es nicht einmal. Ich denke, Ollowain wurde ein Opfer dieses Zaubers in abgewandelter Form.«

»Gibt es denn einen Gegenzauber?«

Die Gazala sah ihn zweifelnd an. »Vielleicht. Wenn man die Traumscheiben, oder was auch immer Ollowains Erinnerungen in sich aufnahm, wiederfinden könnte. Möglicherweise könnte man ihm sein Bewusstsein dann zurückgeben. Aber es würde nur schwer möglich sein. Tildanas versank vor langer Zeit im Meer. Manche sagen, es war das Werk der Devanthar, weil sie die Magie fürchteten, die dort ersonnen wurde. Das Wissen seiner Zauberweber gilt als verloren. Einige Traumscheiben sind jedoch in der Bibliothek von Iskendria erhalten geblieben. Aber niemand weiß mehr, wie sie erschaffen wurden.«

Falrach betrachtete seine verletzten Hände. Ollowain würde also zurückkommen. Das hieß, er würde ein zweites Mal sterben. Und wie es schien, konnte er nichts dagegen tun.

»Ich kann dich von Ollowain befreien«, sagte Firaz erneut.

Falrach fragte sich, ob auch sie sich der dunkleren Seite der Magie zugewandt hatte. Welche Geheimnisse hatte es in diesem Tal, in dem sie so lange gefangen gewesen war, wohl zu entdecken gegeben? Überall fanden sich Zeugnisse der alten Drachenmagie. Hatte sie von deren Zaubern gelernt?

»Das wäre, als würde Ollowain noch einmal ermordet werden.« Er hob den Blick von seinen Händen. Aber dafür würde er selbst leben, dachte er. Und er war zuversichtlich, dass er Emerelles Herz ein zweites Mal gewinnen könnte.

»So wäre es nicht«, widersprach die Gazala heftig. »Ollowain ist tot! Das ist eine Tatsache. Und solange man die Traumscheiben, oder was immer auch seine Erinnerungen in sich aufgenommen hat, nicht wiederfindet, kann man ihn nicht zurückholen. Was in dir entstehen wird, ist nicht Ollowain! Das musst du ganz klar sehen. Du tötest ihn nicht! Mit solchen Gedanken musst du dich nicht belasten. Aber das, was in jenem erwächst, das danach lechzt, sich mit Erinnerungen an Ollowain zu füllen, wird deine eigene Persönlichkeit verdrängen. Und es wird keine Frage nach Moral stellen. Du bist der echte Falrach! Und du wirst durch eine Kunstgestalt, die sich für Ollowain hält, ermordet werden, wenn du dich nicht wehrst, solange es noch an der Zeit dazu ist!«

Falrach zögerte. Er blickte auf den Metallsplitter zu seinen Füßen. »Was war das in dem Sack?«

»Zerbrochene Heldenschwerter. Es gibt eine Menge davon oben in der großen Eingangshalle der Festung. Eigentlich waren sie schartig und nach all der Zeit nicht mehr sehr scharf. Aber diese Pyramide sammelt die magische Kraft des Tals. Hier wirken seltsame Zauber. Auch nach all den Jahren verstehe ich sie nicht alle. Bringt man eine stumpfe Klinge nach hier unten, dann wird sie nach einiger Zeit wieder scharf. Frag mich nicht, warum es so ist. Der Splitter, den du in Händen hältst, ist einzigartig. Dies ist Sternenerz, das in die Wüste gefallen ist. Elfenschmiede haben daraus einst ein wunderbares Schwert erschaffen.«

»Die Toten oben … Wer hat sie angegriffen?«

»Auch da bin ich mir unsicher. Aber es scheint, als hätten die Drachenelfen gegeneinander gekämpft.«

»Warum?«

Sie breitete in vielsagender Geste ihre Hände aus. »Ich kann die Fragen der Lebenden beantworten. Die der Toten nicht.«

Falrach nahm den Metallsplitter in die Hand. Auf einer Seite war ein verschlungener Kreis in den Stahl ziseliert. Die andere Seite war blank. »Warum hast du mich in diesen Sack voller scharfer Schwertsplitter greifen lassen?«

»Weil ich Firaz von den Gazala bin. Meine Prophezeiungen sind so genau, dass selbst die Herrscherin Albenmarks sie fürchtete. Einige primitive Wald- und Wiesenhexen benutzen Knochenbeutel und geben sich als Wahrsagerinnen aus. Das ist so, als blicke man an einem klaren Sommertag aus dem falschen Winkel in einen stillen Teich. Man sieht sein eigenes Spiegelbild. Oder besser gesagt, als falsche Seherin eine Projektion seiner eigenen Erwartungen. Den Grund des Gewässers aber, den sieht man nicht. Das, was man sucht, wird durch das Spiegelbild überlagert. Ich bin der Meinung, dass man tiefer und klarer sehen kann, wenn man einen Fokus nutzt, der mit dem, dessen Schicksal man ergründen will, in Verbindung steht. Du bist Falrach, ein Spieler und berühmter Feldherr. Du steckst im Leib Ollowains, des Schwertmeisters der Königin. Schwerter sind dein Schicksal. Deshalb musstest du in diesen Beutel greifen.«

»Schwerter sind mein Schicksal«, wiederholte er leise und sah auf den Splitter in seiner Hand. »Mein Gefühl sagt mir, dass ich ein Mörder werde, wenn ich dich bitte, dies *leere Gefäß*, wie du es nennst, zu zerstören.«

»Man kann nichts ermorden, was schon tot ist. Du solltest es genau andersherum betrachten. Das, was anstelle Ollowains in dir erwachsen wird, das wird dich mit Gewissheit töten. Daran kann es keinen Zweifel geben. Ungewiss ist nur, was das für eine Persönlichkeit sein wird.

Die Trolle haben einige eindrucksvolle Namen für den Schwertmeister gehabt. Da hieß er …«

Falrach schnitt ihr mit einer harschen Bewegung das Wort ab. »Das sind Dinge, die ich über ihn nicht hören möchte. Ich glaube, ich habe dich und deine Warnung jetzt gut verstanden. Und da Schwerter ja mein Schicksal sind, soll dieses hier über meine Zukunft entscheiden.« Er hielt den Splitter hoch. »Der Kreis bedeutet, ich stelle mich der Gefahr durch den wiederkehrenden Ollowain. Die blanke Fläche aber heißt, dass du das leere Gefäß in mir zerstörst, damit ich in Frieden, wenn auch mit schlechtem Gewissen lebe.« Er lächelte. »Zu meinen guten Eigenschaften gehört, dass sich ein schlechtes Gewissen bei mir nie sehr lange hält.«

Sie sah ihn mit undeutbarer Miene an. Er schnippte den Splitter hoch, fing ihn auf und lege ihn auf seinen Handrücken. Einen Atemzug lang zögerte er es hinaus. Dann zog er die Hand weg, mit der er den Splitter gefangen hatte, schirmte ihn aber gegen den Blick der Gazala ab.

»Und?«

Er ließ das Bruchstück des alten Schwertes zu Boden fallen. »Wie es scheint, werde ich mich Ollowain stellen müssen.«

Die Gazala sah ihn traurig an. »Du entscheidest über dein Schicksal, nicht ein Stück Metall.« Sie bückte sich, hob den Splitter auf und hielt ihn Falrach hin. »Nimm ihn, er wird deine Liebe beschützen.«

Verwundert betrachtete er das blutverschmierte Stück Sternenstahl. Sollte er es wie ein Amulett tragen? »Ich danke dir dafür, dass du mir helfen wolltest.«

»Du hast es verdient. Du bist anders als Emerelle. Ich wünschte, ich hätte je die Liebe eines Mannes, wie du es bist, gewinnen können. Ich bin sicher, dann hätte mich mein Schicksal nicht hierher verschlagen.«

»Sie wird dich gehen lassen. Ich rede mit ihr.«

Die Gazala schenkte ihm ein melancholisches Lächeln.

»Das wird sie nicht. Ich weiß, dass du nun zu ihr gehen wirst. Ich weiß sogar, worüber du mit ihr reden wirst.«

Es war ihm unangenehm, so tief durchschaut zu sein. »Warum hast du mich gerufen, wenn du schon wusstest, wie ich mich entscheiden würde?«

»Aus zwei Gründen. Du musstest die Wahl gehabt haben und klar wissen, welche beiden Wege es für dich gibt.« Sie senkte ihren Blick.

»Und der zweite Grund?«

»Der ist ganz egoistisch.« Sie sah ihn eigenartig an. Die Traurigkeit war aus ihrem Blick gewichen. Sie wirkte jetzt gefasst. »Ich wollte einmal einem Mann begegnen, der sein Leben für seine Liebe gegeben hat. Du bist nicht Ollowain, aber wer glaubt, dass du nicht ritterlich bist, der kennt dich nicht.«

»Ich …« Er räusperte sich verlegen. »Ich werde dann gehen. Ich …«

»Geh nur zu ihr. Sie wird dich in dieser Nacht brauchen. Du findest sie in der alten Veste im Zimmer ihrer Mutter. Dort, wo meine Nachricht lag. Und noch etwas. Sag dem Lutin, nachts gehen im Tal Geschöpfe um, denen er gewiss nicht begegnen will. Er ist bei den Ställen und denkt darüber nach, ob er sich den feiernden Grauhäuten anschließen soll.«

Er nickte. Er wusste nicht mehr, was er noch sagen sollte. Firaz trat einen Schritt von ihm zurück. Er verstand das als Aufforderung, zu gehen. Also zog er sich zurück und watete durch das dunkle Wasser, das den Thronsaal überflutet hatte.

»Falrach!«

Überrascht sah er sich um. Sie stand am Rand der Insel. Unendlich einsam. »Ich weiß, dass du mich belogen hast. Es lag die blanke Seite oben. Ich bin Seherin. Es ist meine Gabe zu wissen.«

Wieder räusperte er sich. Früher war er weniger leicht aus der Fassung zu bringen gewesen.

»Es ist alles gesagt, Falrach. Du kannst ruhigen Gewissens gehen. Ich bin nicht verärgert, weil du mich angelogen hast. Im Gegenteil. Deine Lüge hat mich noch mehr für dich eingenommen. Ich wünsche dir Glück …«

»Du könntest mit mir kommen.«

Sie schüttelte den Kopf. »Nein. Ich kann nicht. Ich erwarte in dieser Nacht noch eine Besucherin.« Mit diesen Worten wandte sie sich ab.

Falrach sah zu, wie sie sich niederkniete und damit begann, die blutbenetzten Schwertsplitter einzusammeln. Sie sah nicht mehr zu ihm hinüber. Erst als er ging, spürte er ihre Blicke im Rücken.

Als er dem Tunnel entkommen war, machte er sich ohne Umweg auf den Weg zur alten Veste. Er lauschte auf die singenden und ausgelassen grölenden Grauhäute. Bald erstickte das Lied des Dschungels den Festlärm. Er fühlte sich ein wenig beklommen. Und er war froh, dass der Weg zur Veste weit war. So konnte er noch einmal über seinen Entschluss nachdenken. Er versuchte, sein Leben auf eine Aufstellung auf einem Falrach-Tisch zu reduzieren. Er überdachte sein Ziel. Und dann war es wie früher. Ganz deutlich sah er die Züge vor sich, die er machen musste. Das war seine Begabung!

Tatsächlich stand der Lutin auf dem Weg vor der Veste und blickte zum Tal hinab. »Du solltest nicht zu den Grauhäuten gehen.«

»Und warum sollte ich das nicht tun, Bruder Ollowain?«, fragte der Kobold hitzig.

Falrach ignorierte, dass der Kleine sich nach wie vor weigerte, ihn mit dem richtigen Namen anzusprechen. »Dort unten im Tal lauert etwas, das sogar einen haarigen Lutin fressen würde.«

»Ich werde nicht so dämlich sein, an einem der Teiche mit den Krokodilen vorbeizulaufen.«

»Es ist deine Entscheidung, Nikodemus. Ich überbringe nur eine Nachricht.«

Der Kobold schnaubte verächtlich. »Wessen Nachricht?«

»Es ist der Rat einer Seherin.« Falrach bemerkte, wie sich dem Kleinen das Fell sträubte.

»Wo sollte ich denn stattdessen sein? Diesen finsteren Saal voller Toter werde ich jedenfalls nicht mehr betreten.«

»Wie wäre es mit den Ställen? Die sind doch ganz passabel.«

Der Lutin fluchte leise. »Was ein paar geflügelte Gäule passabel finden und was mir gefällt, geht leider nicht ganz überein.«

Falrach war des Gesprächs überdrüssig. »Wie gesagt, es ist deine Entscheidung«, sagte er und trat durch das Tor der alten Veste. Er spürte ein leichtes Prickeln, als er den unsichtbaren Albenpfad kreuzte, der mitten über den Hof lief. Und er dachte daran, wie es wohl wäre, mit Firaz eine Partie Falrach zu spielen. Konnte man jemanden schlagen, der alle Züge schon im Voraus ahnte? Er konnte im Grunde verstehen, dass Emerelle Firaz und ihre Schwester verbannt hatte. Welcher Herrscher mochte schon einen Untertanen, der all seine Züge durchschaute? Auch wusste er nicht, ob Firaz vielleicht gegen Emerelle intrigiert hatte. Gewiss war sie sehr geschickt darin, die Figuren für ihr Spiel aufzustellen.

Als er sich durch den dunklen Saal tastete, fragte er sich, ob auch er eine Figur auf ihrem Spieltisch war. Dann hörte er Emerelle. Sie ging wieder rastlos in dem Zimmer ihrer Mutter auf und ab.

Obwohl er sich bemühte, lautlos zu sein, hörte er, wie ihre Schritte verharrten, kaum dass er in den Flur vor ihrem Zimmer trat.

»Ich will allein sein!«, sagte sie harsch.

Früher einmal hatte ihn Zurückweisung nur angestachelt. In diesem Punkt hatte er sich verändert. Er fühlte sich unsicher, als er in die Tür trat. Emerelle hatte sich völlig in der Gewalt. Aber die feuchten Bahnen im zerbröckelnden Lehm auf ihren Wangen verrieten sie. Er durfte jetzt nicht gehen! Sie brauchte ihn, auch wenn sie das niemals zugeben würde. Und als er sie so sah, wusste er, dass er die richtige Entscheidung getroffen hatte. Für seine Liebe zu ihr zu sterben, war sein Schicksal. Dazu war er auch in seinem zweiten Leben verdammt.

»Ich muss mit dir reden.«

»Worüber?«

»Über Ollowain. Erzähl mir von ihm. Was machte ihn so herausragend? Was war an ihm, dass du ihn so tief in dein Herz geschlossen hast?«

Emerelle sah ihn misstrauisch an. Aber er kannte sie gut genug, um zu wissen, dass sie ihn nicht mehr fortschicken würde. Er sah es an der Art, wie sie ihn anschaute. Es machte ihm das Herz schwer. Dieser Blick hatte sich in vierzig Jahrhunderten nicht verändert. So wenig wie seine Liebe zu ihr.

»Du wirst nie sein wie er«, sagte sie kühl.

»Ich weiß. Aber ich möchte ihn verstehen können«, log er mit der glatten Zunge des erfolgreichen Spielers.

## DAS LETZTE LÄCHELN

Sie hatte den goldenen Pfad gefunden. Den richtigen inmitten des riesigen Gespinsts, das sich durch das Nichts zog. Sie spürte, wie die Bestie sich in ihr regte. Der Schatten, den sie eingeatmet hatte, um mit ihm zu verschmelzen. Er war klug. Er hatte sich nicht geregt, seit sie Skanga verlassen hatten. Er hatte ihr die Suche überlassen. Aber jetzt wollte er das Töten genießen. Er versuchte, ihren Verstand niederzuringen. Sie war müde. Er nutzte es aus, wenn sie schlafen musste. Ihr neuer Leib kannte solche Bedürfnisse nicht! Er brauchte keine Ruhe. Und wenn sie das Biest nicht an die Kette legte … Sie wusste nicht, was geschehen war, wenn sie schlief, aber sie ahnte, dass er getötet hatte. Einmal war sie erwacht, als er eine Gruppe Kobolde niedermachte. Ihnen das Licht zu entreißen, war ein unvergleichliches Gefühl. Sie hatte die Bestie gewähren lassen. Sie ahnte, sie würde der Bestie unterliegen. Aber noch nicht jetzt.

Alyselle widerstand dem Drängen. Alathaia und die Trollschamanin hatten sie, ebenso wie ihre beiden Jagdgefährten, genau unterwiesen. Sie wussten, wo Emerelle vor zwei Tagen gewesen war. Es wäre leicht, ihrer Spur zu folgen. Sie hatten klare Befehle.

Aber sie war kein Hund! Ganz gleich, welche Gestalt sie jetzt hatte. Sie konnte denken. Sie würde nicht hündisch einer Fährte folgen! Sie konnte sich noch gut an die Karten des Verbrannten Landes erinnern. Sie hatte sie studiert wie alle anderen auch, die mit Alathaia geritten waren, um die Lutin zu stellen, die ihre Fürstin bestohlen hatte. Emerelle war gewiss nicht mehr an dem Ort, von dem das Amulett gekommen war. Der lag in der Wüste. Was sollte sie dort!

Alyselle ahnte, wohin sie gehen würde. Und sie würde die Königin vor Elovyn und Valderun erreichen! Selbst die Bestie hielt still. Die Elfe wusste nicht, ob dieses Schattengeschöpf ihren logischen Gedanken folgen konnte. Aber es schien begriffen zu haben, dass sie als Erste bei der Königin sein konnten. Sie würden das Licht Emerelles trinken. Und das Licht Ollowains! Was für ein Festmahl würde das werden!

Alyselle spürte die Präsenz eines mächtigen, magischen Ortes in den Schwingungen des Albenpfades. Das musste Emerelles Ziel sein. Jenes verbotene Tal. Als sie die Jagd nach der Lutin Ganda vorbereitet hatte, hatte sie versucht, mehr über diesen Ort herauszufinden. Er wurde von mächtigen Zaubern geschützt. Und es schien, als habe ihn seit Jahrhunderten kein Elf mehr betreten. Nur seinen Namen hatte sie finden können. Jadegarten.

Alyselle glitt durch den goldenen Pfad. Finsternis umschloss sie. Es war eine stoffliche Finsternis, nicht wie das Gefühl des freien Falls in der Dunkelheit des Nichts, jenes magischen Raums zwischen den Welten. Sie durchlebte dies nicht zum ersten Mal. Sie wusste, sie war inmitten festen Felsgesteins. Ihr konnte hier nichts geschehen. Und doch machte es ihr Angst. Sollte sie sich fallen lassen? Oder sollte sie nach oben?

Sie überließ sich dem Biest. Seine Instinkte waren schärfer. Es stieg auf. Sie glitten durch den Stein. Schnell. Dann waren sie im Wasser. Alyselle sah, wie sich Eis um sie bildete. Es griff über das schwarze Wasser nach einer kleinen Insel. Dort brannten drei Feuer. Sie waren schmerzlich hell nach dem langen Weg durch die Dunkelheit.

Eine Gestalt kauerte auf der Insel. Es war nicht Emerelle!

»Willkommen, Tod!«, grüßte sie eine Frauenstimme. »Ich habe dich ein Leben lang gefürchtet.«

Was redete das Weib für einen Unsinn? Und was war sie? Alyselle hatte eine solche Kreatur noch nie gesehen. Diese langen, gebogenen Hörner. Die Tierbeine. Sie erinnerte an einen Faun und war doch ganz anders. Die Bemalung ihres Körpers … Das war ein Zauber! Sie wollte sich schützen.

Die Bestie stürmte vor. Alyselle versuchte sie zu zähmen. Ein Gedanke nur, und sie waren auf der Insel. Zu schnell. Ihre geisterhafte Schnauze glitt durch die Brust des Weibes. Ihr Licht! Es war köstlich! Der Zauber hatte versagt. Er hatte sie nicht aufhalten können. Wie hätte sie auch wissen sollen, in welcher Form der Tod sie ereilen würde?

Sie sah sie ohne Schrecken an, als sie ihr das Lebenslicht aus dem Leib zerrten. Es war wie ein Darmwurm voller Borsten. Es leistete Widerstand. Aber sie triumphierten. Die Bestie ließ nicht los, wenn sie ein Leben gepackt hatte.

Alyselle sah, wie die Augen des Weibes glasig wurden. Bei ihrem letzten Herzschlag lächelte sie. Warum?

Die Bestie war nicht satt. Sie war es nie. Sie hatte Witterung aufgenommen. Emerelle war hier gewesen. Die Spur war einen Tag alt. Und da war noch ein anderer Elf. Das musste Ollowain sein. Seine Spur war nur ein paar Stunden alt. Sie waren also nah.

Die Bestie stürmte los.

## DAS ZITTERN DER STERNE

»Ich habe ihm den Befehl gegeben, in der Schlacht den Tod zu suchen.« Es endlich auszusprechen, erleichterte Emerelles Herz nicht im Geringsten. Sie nahm sich zusammen. Ihre Stimme war vollkommen sachlich. Sie durfte ihr Herz nicht öffnen. Sie wollte es nicht! »Ich habe ihn getötet, auch wenn nicht ich es war, die diesen Zauberbann sprach, der all seine Erinnerung löschte.«

Falrach saß ihr gegenüber. Den Kopf leicht geneigt, hatte er ihr zugehört. Viele Stunden lang. Zuerst war sie misstrauisch gewesen, als er sie aufforderte, ihm von Ollowain zu erzählen. Sie hatte die Befürchtung gehabt, er wolle sich mit dem Schwertmeister messen. Sie überzeugen, dass er der bessere Mann sei. Aber nichts von alldem war geschehen. Er hatte einfach nur zugehört. Manchmal hatte er Fragen gestellt. Aber nicht aufdringlich. Es war um Einzelheiten gegangen. Was der Schwertmeister gern gegessen hatte, wie er sich kleidete, wer seine Freunde gewesen waren. Er bemühte sich aufrichtig, den Mann kennenzulernen, in dessen Leib er steckte.

Die Elfe sah Falrach an und versuchte in dessen Gesicht zu lesen. Nichts deutete darauf hin, dass er sie für das, was sie getan hatte, verurteilte. Aber warum sollte er das auch tun! Durch ihren Mord an Ollowain war er schließlich wieder zum Leben erwacht. Er hatte keinen Grund, sich zu beschweren.

»Er kann in der Schlacht nicht getötet worden sein. Weißt du, was genau passiert ist?«

Emerelle atmete schwer aus. Tausendmal hatte sie sich diese Frage gestellt und keine Antwort gefunden. »Er kehrte nicht aus der Schlacht am Mordstein zurück. Und man hat ihn auch nicht unter den Toten gefunden. Für lange Monde dachte ich, die Trolle hätten ihn gleich auf dem Schlachtfeld gefressen. Das tun sie mit Gegnern, deren Mut sie bewundern. Erst viel später erfuhr ich von der Lutin Ganda, dass sie ihn schwer verletzt auf dem Schlachtfeld gefunden hatte. Sie holte ihn in ihre Hütte und pflegte ihn. Anfangs kam es ihr so vor, als habe er keinen Lebenswillen mehr.« Emerelle musste kurz innehalten und um Fassung ringen. »Sie wusste nicht, dass er auf meinen Befehl den Tod suchte. Und dass ich um ihretwillen diesen Befehl erteilt hatte. Er hatte sie vor mir und den Gesetzen der Bibliothek von Iskendria beschützt. Sie hatte dort ein Buch gestohlen. Und er sagte mir, er sei es gewesen. Weil er darauf hoffte, dass ich ihn nicht verurteilen würde … Er war ja schließlich der Schwertmeister! Und er wusste, dass ich ihn liebte. Er hatte diese Liebe nicht erwidert. Aber er fühlte sich sicher vor meinem Zorn. So dachte ich damals. Und tatsächlich brachte ich es nicht über mich, ihn für den Diebstahl hinrichten zu lassen. Aber dem Gesetz musste Genüge getan werden. Niemand steht über dem Gesetz! Ich konnte ihn nicht …« Sie hielt inne. Das waren die Lügen, mit denen sie versuchte, ihr Gewissen zu beruhigen, seit sie Ollowain in die Schlacht geschickt hatte. Lügen! Sie wusste es besser. Sie war die Königin. Sie hätte ihn beschützen können. Aber ihre Eitelkeit war verletzt gewesen, weil Ollowain ihre Liebe als Schutzschild für die Lutin Ganda hatte benutzen wollen.

In unzähligen Nächten hatte sie seitdem keinen Schlaf gefunden. Sie hatte ihr unseliges Erbe verflucht. Ihr heißes Blut, das sich hinter der Maske der kühlen, selbstbeherrschten Herrscherin verbarg. Es schimmerte durch, wenn sie – äußerlich völlig ruhig – unbarmherzige Urteile fällte.

»Wie hast du erfahren, dass Ollowain doch noch lebte?«, beendete Falrach ihr langes Schweigen.

»Gar nicht. Du … Er stand plötzlich vor mir. Als Gegner im Duell auf der Shalyn Falah. Ich konnte nicht gegen ihn kämpfen …« Sie hob in stummer Verzweiflung die Hände. »Ich habe meine Krone für ihn aufgegeben.«

»Und dann hast du statt seiner mich bekommen.«

»Ich habe nie aufgehört, nach dir zu suchen, Falrach. Jeder deiner Inkarnationen war ich nahe. Nicht nur Ollowain. Unter allen, die nach dir kamen, war keiner wie du. Wenn ich dich jetzt ansehe, dann blicke ich in das Gesicht eines anderen. Es ist nicht leicht, Falrach. Ich habe gelernt, mich mit deinem Tod abzufinden. Um selbst leben zu können, musste ich dich in meinem Herzen begraben. Und nun bist du wieder da. Nach so unendlich langer Zeit. Lass mich meine Liebe zu dir wiederfinden. Sie ist nie verlorengegangen. Doch sie ruht sehr tief in mir. Verborgen unter der Erinnerung an viele Leben, durch die ich dich begleitet habe. Du musst …« Verwundert blickte sie zur Tür.

Es war plötzlich kälter geworden. Viel zu kalt für eine Nacht in einer Oase inmitten der Wüste. Sein Atem stand Falrach vor dem Mund.

»Geh!«

»Was ist das?«

»Nichts, wogegen du bestehen könntest. Bitte, Falrach, lass mich dich nicht ein zweites Mal verlieren.«

Eine geisterhafte Gestalt glitt durch die Wand. Ein riesiger Hund. Emerelle malte mit den Fingern ein Zeichen in die Luft und flüsterte etwas.

Der Geisterhund schreckte zurück. Er wich aus, glitt durch die Lacktruhe an der Wand und ließ sie keinen Herzschlag lang aus den Augen.

»Das Fenster. Spring durch das Fenster, Falrach!«

Er konnte sie nicht allein lassen. Ganz gleich, was sie ihm befahl. Er zog seinen Dolch und überließ sich den Instinkten seines fremden Leibes. Er schnellte vor. Das Messer glitt durch die Kehle des Geisterhundes. Wirkungslos. Raureif lag auf der Klinge. Seine Hand fühlte sich an, als habe er sie zu lange in das eisige Wasser eines winterlichen Flusses gehalten.

Noch immer woben Emerelles Hände verschlungene Muster in die Luft. Ein flüchtiger roter Schein begleitete ihre Bewegungen. Er erinnerte an das tiefe Rot langsam erkaltenden Stahls.

Plötzlich fuhr sie herum und schrie ihm ein Wort der Macht entgegen. Die Luft verdichtete sich. Ihm wurde der Atem aus den Lungen gezogen. Ein Luftstoß mit der Kraft einer Trollfaust traf ihn mitten auf die Brust, riss ihn von den Beinen und schleuderte ihn dem Fenster entgegen.

Hilflos mit den Armen rudernd, sah er einen zweiten Geisterhund aus der Zimmerdecke hinabstoßen. Falrach schleuderte seinen Dolch, als er selbst schon durch das Fenster stürzte. »Über dir!« Das Letzte, was er von Emerelle sah, waren ihre schreckensweiten Augen.

Sein Körper schien besser als er zu wissen, was bei einem Sturz zu tun war. Obwohl es kaum einen Herzschlag dauerte, bis er auf das Pflaster traf, hatte er sich ein wenig gedreht. Er landete im Stand, federte in die Hocke, rollte über die linke Schulter ab und war wieder auf den Füßen.

Im Reflex griff er nach seinem Schwert. Doch seine Hand fuhr ins Leere. Er war vollkommen unbewaffnet. Der Schwertsplitter der Gazala, den er in einem Beutel an seinem Gürtel trug, war alles, was er noch besaß.

Geisterhaftes Licht drang aus dem Fenster. Was ging dort oben vor sich? Er musste wieder hinauf! Aus den Augenwinkeln sah er eine Bewegung. Der Lutin.

»Was ist geschehen?«

»Öffne ein Tor auf dem Albenpfad hier im Hof!«

Der Fuchsmann sah ihn erschrocken an. »Das geht nicht.«

»Das will ich nicht hören«, entgegnete Falrach scharf. »Tu es!«

»Aber es ist nur ein einzelner Pfad. Wir werden verlorengehen, wenn es mir überhaupt gelingt …«

»Wir werden sterben, wenn du es nicht tust!«

Emerelle sprang rückwärts aus dem Fenster. Sie zog die Beine an, machte einen formvollendeten Salto und landete schwer auf den Füßen. Das Pflaster des Hofs vibrierte unter ihrem Aufschlag, während sie ein Wort rief, so dunkel und fremd, das es nicht für elfische Kehlen geschaffen schien. So hob den Kopf in den Nacken und blickte mit weit ausgestreckten Armen zum Nachthimmel empor. Nackt bis auf den Lendenschurz, mit Lehm beschmiert, ihr Haar zu einem strähnigen, schlangenhaften Zopf gewunden, sah sie aus wie ein rachsüchtiger Waldgeist, der sich aus dem morastigen Boden einer herbstlichen Lichtung erhoben hatte. Wild und bedrohlich erinnerte nichts mehr an die kalte Eleganz der Emerelle von einst.

Falrach blickte unwillkürlich zum Firmament. Er hätte schwören mögen, die Sterne erzitterten, als Emerelle das fremde Wort rief. Das Licht eines jeden Einzelnen wurde einen Herzschlag lang blasser, als lege sich ein Gazeschleier über den ganzen Himmel, um seine Pracht vor den Blicken der Albenkinder zu verbergen. Kaum einen Lidschlag währte dies furchteinflößende Schauspiel, als die beiden Geisterhunde aus der Wand hoch über ihnen glitten.

Kaum waren sie zu sehen, fuhr ein gleißendes, blauweißes Licht vom Himmel hinab. Heller als ein Blitz, doch ohne einen Donnerschlag. Es nahm jegliche Farbe aus der Nacht. Bannte das Dunkel. Falrach musste sich abwenden. Seine Augen brannten. Er fürchtete, geblendet zu sein.

Selbst durch die geschlossenen Lider sah er das Licht.

Als er es wagte, die Augen wieder zu öffnen, sah er nur verschwommene Schemen. Ein seltsamer Wohlgeruch lag über dem Hof.

»Ich bin blind«, wimmerte der Lutin. Er kauerte bei einem Lichtbogen, die Hände vor das Gesicht geschlagen.

Emerelle schwankte, als sei sie verletzt. Sie brach in die Knie. Der Geruch von verbranntem Leder mischte sich unter den fremdartigen Duft. Klirrend fiel Falrach das Metallstück der Gazala vor die Füße. Es hatte sich durch den Lederbeutel gebrannt.

Immer noch jammerte der Lutin. Er hatte ein Tor auf dem Albenpfad geöffnet, doch allein sein Erscheinungsbild machte deutlich, dass es nicht ratsam war, auf diesem Weg zu fliehen. Der Lichtbogen war instabil. Er dehnte sich und sackte dann wieder fast in sich zusammen. Keine zwei Herzschläge behielt er dieselbe Form.

Aber sie würden ihn nicht mehr brauchen. Was immer Emerelle getan hatte, die Geisterhunde schienen besiegt.

Tränen rannen Falrach aus den brennenden Augen. Langsam sah er wieder etwas deutlicher. Er ging zur Königin und hob sie auf. Sie lehnte den Kopf an seine Schulter. Alles war gut. Und von nun an würde alles anders werden! Sie waren gerettet. Es war geschafft!

»Wasser«, flüsterte Emerelle. »Bitte, Wasser.«

Ihre Lippen hatten sich dunkel verfärbt. Sie fühlte sich unnatürlich warm an. In einer Ecke des Hofs tröpfelte Wasser aus einem Löwenkopf in eine Pferdetränke.

Vorsichtig bettete Falrach die Königin auf den Boden. Er strich ihr das schmutzige Haar aus dem Gesicht. »Ich hole Wasser.«

Nirgends konnte er einen Eimer oder ein anderes Gefäß entdecken. Also streifte er seine Tunika über den Kopf und hielt den Stoff in das tröpfelnde Rinnsal. Es dauerte lange, bis er sich so weit vollgesogen hatte, dass er Emerelle genügend Wasser in den Mund träufeln könnte. Er würde sie danach in die nasse Tunika wickeln, um ihr Fieber zu kühlen. Wenn er doch nur zaubern könnte!

Der Lutin war verstummt. Kälte kroch Falrach über den Rücken.

Der Elf fuhr herum. Über Emerelle kauerte ein Geisterhund, die Schnauze tief in ihrer Brust versenkt!

## DAS ENDE DER ZEIT

Alyselle hätte aufjauchzen mögen. Das Licht aus der Brust der Elfenkönigin war reine Kraft. Sie sah Emerelles Haut unter dem Schmutz welken. Die Königin war wehrlos. Völlig entkräftet vom Mord an ihren beiden Gefährten. Doch ihr Licht war noch immer unendlich viel stärker als jedes andere, das sie gekostet hatte.

Alyselle merkte, wie sich ihr Körper zu verändern begann. Er wurde stofflicher. Ihre Macht wuchs. Es stimmte also, was die Schamanin gesagt hatte! Wenn man nur genug vom Licht in sich aufnahm, dann erlangten die Shi-Handan einen stofflichen Leib …

Schritte ließen sie aufblicken. Ollowain stürmte ihr entgegen. Mit bloßen Händen. Lächerlich. Sie ließ kurz von

Emerelle ab. Die Königin würde nicht mehr fortlaufen. Sie konnte sich also ruhig am Licht des Schwertmeisters und des wimmernden Kobolds laben.

Ollowain hielt inne. Er schrie sie an und winkte mit den Armen. Der Narr! Dachte er, sie sei irgendein Raubtier ohne Verstand? Die Bestie in ihr rebellierte. Sie wollte den Ritter töten. Vielleicht … Ja, sie würde ein Spiel mit ihm treiben. Es konnte nicht schaden, sich zu vergnügen und an seiner Hilflosigkeit zu weiden, bevor sie ihn und die gefallene Königin tötete.

Alyselle wich ein wenig zurück. Sollte er sie doch für eine hirnlose Bestie halten! Das Ungeheuer in ihr bestürmte sie zu bleiben. Seine Gier nach dem Lebenslicht der Königin war schier überwältigend. Aufschub kannte es nicht. Es wollte das Festmahl beenden.

Kaum dass sie zurückgewichen war, stürmte der Schwertmeister vor. Er hob etwas vom Boden auf. Einen Stein? Lächerlich. Bildete er sich ein, sie mit Steinwürfen vertreiben zu können?

Sie glitt noch ein Stück zur Seite.

Ollowain stellte sich breitbeinig über seine Königin. Ein anrührendes Bild. Er war ganz der strahlende Held der Geschichten, die sie über ihn gehört hatte. Eifersucht stach in ihr Herz. Auch sie war eine Heldin! Sie hatte ihr Leben für ihre Herrin Alathaia gegeben, aber über sie würde niemand berichten. Sie war einfach verschwunden.

Alyselle ging dem Schwertmeister entgegen. Er hob drohend die Hand. Sie schnappte nach Emerelles Fuß. Goldenes Licht brach aus der Königin. Zäh. Honigartig. Und unbeschreiblich köstlich. Wie eine Hyäne an ihrem Aas zerrte sie daran. Schlangengleich wand sich das Licht zwischen ihr und Emerelle.

Alyselle konnte den Boden unter ihren Füßen spüren. Ihre Wahrnehmungen veränderten sich.

Mit einem Schrei stieß Ollowain seine Hand in ihren Leib.

Flammender Schmerz durchfuhr sie. Sie zuckte zurück. Er hielt etwas in der Hand. Einen Metallsplitter!

Wütend schnappte sie nach seinem Arm. Doch er wich mit unglaublicher Geschicklichkeit aus und stach erneut mit dem Splitter zu. Kleine Blitze spielten um das Metall, als es durch ihren Leib schnitt.

Sie versuchte sein Bein zu packen. Wieder war er schneller und stieß zu. Der Schmerz ließ sie zurückweichen. Was war das? Skanga hatte ihr doch versprochen, dass keine Waffe sie verletzen könnte!

Ollowain kniete nieder. Ohne sie aus den Augen zu lassen, hob er Emerelle auf und legte sie sich über die Schulter. Mit der Linken hielt er immer noch den Splitter auf sie gerichtet. Woher hatte er dieses verdammte Stück Metall? Das war ja nicht einmal eine richtige Waffe!

Der Schwertmeister ging auf das magische Tor zu. Er wollte auf diesem Weg flüchten. Die Bestie bedrängte sie. Das Ungeheuer wollte losstürmen, aber sie sah nur das Metallstück, mit dem sie verletzt worden war. Sollte er doch ins Goldene Netz treten. Da würde sie sie alle erwischen. Es war verrückt, durch ein so instabiles Tor zu gehen. Sie würden in die Zukunft geschleudert werden. Aber ihr würde es nicht schaden. Sie hatte schon alles verloren. Sie konnte nur noch gewinnen. Und sie war entschlossen, sich Emerelle zu holen!

Mit einem barschen Ruf scheuchte der Schwertmeister den Lutin auf. Der Fuchsmann zögerte. Dann blickte er in ihre Richtung.

Komm, bleibe!, dachte sie gehässig. Dein kleines Lebenslicht ist nur ein Happen.

Fluchend trat der Lutin durch das Tor. Ollowain folgte ihm auf dem Fuß.

Alyselle sprang los. In Gedankenschnelle war sie durch das Tor. Etwas packte sie! Ein fremder Zauber! Sie wurde nach vorne gezerrt. Das Gold des Albenpfades wurde zu gleißendem Licht, das sie mit sich riss.

Was stimmte hier nicht? Sie wurde vorwärtsgezogen, ohne dass sie eine Möglichkeit gehabt hätte, auszubrechen. Immer weiter. Sie ahnte, dass sie durch die Zeit stürzte. Jahrtausende flossen vorbei. Alyselle musste an die lächelnde Fremde denken mit den seltsamen Zeichen auf dem Körper. Das war eine Falle gewesen! Sie war verzaubert worden, als sie durch die Haut der Gazellenfrau gestoßen war, um deren Lebenslicht zu verschlingen.

Die Bestie in ihr bäumte sich auf. Alles verschwamm in weißem Licht. War das das Ende der Zeit?

# SIEBEN JAHRE SPÄTER …

# DER MAULWURFSRITTER

Adrien duckte sich unter dem Schwerthieb weg, blockte einen Rückhandschlag mit dem Schild, noch bevor der neue Angriff an Wucht gewann, und rammte Jules den Schild und dessen eigenes Schwert gegen die Brust. Der Priester wich zurück, strauchelte aber keineswegs. Er schien in sieben Jahren um keinen Tag gealtert zu sein. Ganz im Gegenteil. Auch er schien durch die täglichen Übungen an Kraft und Geschicklichkeit gewonnen zu haben.

Er fing sich, täuschte einen Schwertstoß auf Adriens rechten Fuß an, wechselte überraschend die Richtung und zielte auf seinen Schritt. Der Junge rammte die Klinge mit einem Stoß mit der Schildkante zu Boden und berührte mit seinem Schwert Jules' Nacken. »Du bist tot, Meister.«

Jules ließ schnaufend Schild und Schwert fallen. Er wischte sich mit der Hand über die schweißnasse Stirn. Dann ließ er sich auf einem der Schutthügel nieder.

»Das war das erste Mal, dass ich bei einer Übung drei tödliche Treffer geschafft habe!« Es gelang Adrien nicht, den Triumph in seiner Stimme zu verbergen. Sechs Jahre hatte er üben müssen, bis es ihm überhaupt einmal gelungen war, Jules zu treffen. Aber in den letzten Wochen wurde er endlich besser und besser.

»Und was heißt das?«, entgegnete der Priester mürrisch. »Hältst du dich für einen Ritter, weil du es schaffst, einen alten Mann zu besiegen?«

»Bei allem Respekt, Meister, aber du bist nicht alt.«

Der Priester lächelte in sich hinein, wie er es oft tat. »Bei allem Respekt, mein Schüler, aber du hast keine Ahnung. Also fassen wir einmal zusammen. Was kannst du?«

»Du hast mich gelehrt, dass es unziemlich ist, mit seinem Können zu prahlen.«

»Und was war das mit dem Jubelgeschrei, dass du mich dreimal tödlich getroffen hast?«

»Eine nicht ganz sachlich vorgetragene Tatsache«, entgegnete Adrien grinsend.

»Wenn ich dich so höre, läuft es mir eiskalt den Rücken herunter. Mir scheint, ich habe hier einen Prediger herangezogen, der einem das Wort im Munde verdreht, und keinen Ritter.«

»Das sagst du mir bestimmt schon zum hundertsten Mal. Mir scheint, du bist ein schlechter Lehrer, wenn bei mir einfach keine Besserung eintritt.«

»Und mir scheint, aus dir einen Ritter zu machen, ist so aussichtslos, wie mit blanker Faust aus einem Felsblock eine Statue herausmeißeln zu wollen. Aber fassen wir einmal zusammen, was du gelernt hast. Du kannst lesen und schreiben und sogar schlechte Verse verfassen. Du packst dein Schwert nicht mehr an wie ein Bauer eine Mistforke und bist sogar in der Lage, bei einem alten Mann in anderthalb Stunden Übungskampf drei Treffer zu landen. Aber mach dir keine Illusionen! Solltest du jemals auf einen Elfen treffen, der auch nur halbwegs begabt im Schwertkampf ist, dann wärst du tot, bevor du auch nur deinen vollständigen Namen sagen könntest, Michel Sarti.«

In all den Jahren hatte Adrien sich noch immer nicht ganz an diesen neuen Namen gewöhnt. Auch hatte er Zweifel, dass er tatsächlich der illegitime Sohn dieses Ritters war. Allerdings akzeptierte er, dass dieses Spiel zu Jules' Regeln gehörte. Schon vor Jahren hatte er sich abgewöhnt, dazu etwas zu sagen. Für die Welt jenseits des Tales würde er Michel Sarti sein. Aber in seinem Herzen war er Adrien.

»Wann ist meine Ausbildung beendet? Wenn du über

meine Kenntnisse sprichst, dann hört es sich an, als sei das nichts, aber wie viele Ritter gibt es, die lesen und schreiben können?«

»So wenige, dass ich darauf achten werde, dass du gut genug bist, nicht gleich vom ersten Dummkopf erschlagen zu werden, der, statt sich zu bilden, den ganzen Tag mit Kampfübungen verbracht hat.«

Adrien seufzte. »Ich glaube, für dich werde ich nie gut genug sein. Du willst mich gar nicht weglassen.«

»Ich gebe zu, ohne dich wird es hier in den Bergen vermutlich recht einsam werden.« Jules erhob sich. »Ich kann verstehen, dass du fort möchtest. Du bist längst ein junger Mann. Manchmal sorge ich mich, dass du zu gut für die Welt jenseits dieses Tals bist. Dort herrscht ein König, der abgrundtief böse ist. Ein Mann völlig ohne Moral. Du bist in allem das genaue Gegenteil von ihm. Das allein könnte ihm als Grund genügen, dich zu töten.«

»Du hast dafür gesorgt, dass es nicht ganz leicht werden wird, mich umzubringen.«

»Leider scheine ich dir bei unseren Kampfübungen zu oft auf den Kopf geschlagen zu haben. Glaubst du allen Ernstes, du seist bereit, ein ganzes Königreich herauszufordern? Allein?«

»Ich lass den alten König in Ruhe. Ich will nichts von ihm!«

Jules schüttelte den Kopf. »Begreif doch, Junge. Er wird dich nicht in Frieden lassen. Weil du so bist, wie du nun einmal bist, wird er von dir hören. Und er wird dich nicht in Frieden lassen. Vertrau mir, Junge!«

Adrien stieß ärgerlich sein stumpfes Übungsschwert in einen der Geröllhaufen. Jules würde ihn niemals ziehen lassen, denn dieser verfluchte König Cabezan schien unsterblich zu sein. Er war längst älter, als es sich für einen Menschen geziemte. Jedes Mal, wenn Jules für ein paar Tage den Steinernen Wald verließ, kam er mit neuen Schreckensgeschichten über den König zurück.

Der Junge dachte an das Blumenmädchen. Bestimmt hatte sie sich längst einen Mann erwählt. Wahrscheinlich hatte sie sogar schon Kinder. Hoffentlich nicht von dem widerlichen Fleischhauer. Das würde er nicht ertragen.

»He, du machst ein Gesicht wie einer, der dem alten König die Hand küssen soll. Was denkst du?«

»Dass ich in diesem Tal alt und grau werde.«

Der Priester lächelte warmherzig. »Das mit dem Lügen hast du immer noch nicht gelernt. Behalte deine Gedanken für dich, ich werde nicht weiter in dich dringen. Komm einmal mit mir.«

Jules brachte ihn zu einem Loch, das er vor Jahren gegraben hatte. Der ganze Hang war übersät von Gruben, und Adrien war sich sicher, wenn er jemals zum Ritter werden sollte, dann wäre er gewiss der Ritter, der am meisten Dreck geschaufelt hatte. Spaten und Hacke wären ein passendes Wappen für ihn.

»Hier, Junge. Ich habe in der letzten Nacht von dieser Grube geträumt. Du musst dort unten noch ein wenig graben. Nicht mehr weit. Ich bin sicher, es war diese Grube, die ich im Traum gesehen habe. Hier wirst du es finden.«

Jules hatte ihm in all den Jahren nicht gesagt, was er eigentlich finden sollte. Und er war schon unzählige Male mit Traumvisionen gekommen. Adrien sagte gar nichts dazu. Unten in der Grube hatte sich Wasser gesammelt. Die Ränder waren ausgewaschen. Jede Menge Geröll und Schlamm hatten das Loch halb gefüllt. Längst hatte Adrien aufgehört, mit seinem Meister über dessen Träume zu reden. Er würde graben. Sieben Jahre schon hatte er das getan. Fragen stellen half nichts. Er war eben der Maulwurfsritter.

# DIE KUNST DER TÄUSCHUNG

Elodia erhob sich vom Bett. Sehr vorsichtig, um den Priesterfürsten mit ihren Bewegungen nicht im Schlaf zu stören. Das tote Kätzchen rollte aus seiner geöffneten Hand. Zusammengerollt lag es auf dem Seidenlaken. Die weiße Schnauze war rotbraun von verkrustetem Blut. Die anderen beiden Kätzchen kletterten über Laken und Kissen, um ihrer Schwester zu helfen. Sie leckten das Blut von der Schnauze, bis das Fell wieder ganz weiß war. Leise maunzten sie. Stießen ihre tote Schwester immer wieder vorsichtig mit den Pfötchen an, unfähig, zu begreifen, warum sie nicht aus dem vermeintlichen Schlaf erwachte.

Seit sie vor zwei Jahren nach Iskendria gekommen war, nannte sich Elodia Danae. Sie war auf dem Goldenen Markt in einer aufsehenerregenden Versteigerung als aegilische Liebessklavin vorgestellt worden. Wegen ihrer hellen Haut und der fantastischen Geschichten, die der Sklavenhändler bei der Versteigerung über sie erzählte, war sie für eine wahrhaft exorbitante Summe an einen Seidenhändler verkauft worden.

Ihr Sklavenhändler war in Wahrheit ein Mittelsmann Cabezans gewesen, und Elodia würde darauf wetten, dass er kurz nachdem sein König das Geld aus der Versteigerung erhalten hatte, einen plötzlichen Tod gestorben war. Genauso sicher war sie sich, dass es inzwischen reichlich Gerüchte über die Verbindungen des Händlers zu den aegilischen Piratenfürsten gab.

Cabezan war wie eine große Spinne, die mitten in ihrem Netz saß. Er hatte ein Netz aus Lügen um sie gesponnen. Niemand würde mehr herausfinden können, wer Danae in Wahrheit gewesen war. Alle hier in der Stadt kannten nur die Liebessklavin. Wirklich alle! Seit einigen Wochen nun nahm Promachos sie mit zu den öffentlichen Opferritualen für den Stadtgott Balbar. Eine widerliche Zeremonie, bei der ein gefesseltes Kind im Feuerschlund des Götzenbildes von Balbar verbrannt wurde. Sie war immer noch eine Sklavin, aber mit Sicherheit war sie die mächtigste Sklavin der Stadt. Promachos war ihr verfallen. Ihrer Liebeskunst, mit der sie ihm ein Jahr lang immer neue Genüsse beschert hatte. Ihrer Ruchlosigkeit, mit der sie all seine perversen Wünsche nicht nur erfüllte, sondern ihn durch ihre Vorschläge zu neuen, geheimen Ekstasen führte. Promachos, der mächtigste unter den Priesterfürsten. Promachos, der Flottenbauer, der seiner Stadt neue Visionen schenkte und sie zu nie gekannter Macht führte. Dieser Promachos war ein Sklave seiner Lust. Immer mehr Zeit verbrachte er mit ihr. Heute war er darauf verfallen, Kätzchen mit ins Bett zu nehmen und eines von ihnen langsam zu erwürgen, während sie seine Lust zum Höhepunkt trieb.

Gestern hatte er sie genötigt, in der Mittagshitze mit Eis gekühlten Wein zu trinken, bevor sie ihn mit dem Kuss der Schlange verwöhnte. Bald würde er ihrer überdrüssig werden, da war sich Elodia sicher. Wie lange ließen sich seine Gelüste noch steigern? Vor zwei Wochen hatte er darauf bestanden, sie tätowieren zu lassen. An einer Stelle, an der es nur ein Liebhaber würde sehen können, loderte nun eine gelbrote Flamme. Würde er bald auch ihr Gesicht mit einem tief unter die Haut gestochenen Bild schmücken wollen? Oder würde er sie weiterreichen an verdiente Würdenträger, einen der Baumeister der neuen Flotte, oder sie vielleicht einfach töten lassen, so wie ein Kind ein Spielzug zerbricht, dessen es überdrüssig wurde? All diese Schicksale hatte sie bei Frauen erlebt, die ihr vorausgegangen waren. Sie würde nicht so enden!

Promachos stöhnte im Schlaf. Er war ein massiger Mann. Als Priester war jedes Haar von seinem Körper entfernt worden, obgleich ein leichter, blauschwarzer Bartschatten auf seinen Wangen schimmerte. Seine Augenlider waren dunkelblau geschminkt. Kleine Perlchen waren mit Harz in die Augenwinkel geklebt. Elodia hatten sie stets an gefrorene Tränen erinnert, denn das Herz des Priesters war so kalt, dass seine Tränen gewiss gefrieren würden, wenn es etwas gäbe, das ihn dazu bringen könnte, Tränen zu vergießen.

Sie hatte nie erfahren, wie alt er war. Darüber wurde im ganzen Palast nicht gesprochen. Ganz jung war er sicherlich nicht mehr. Sie schätzte ihn auf fünfundvierzig bis fünfzig Jahre. Näher bei den fünfzig! Er hatte einen stattlichen Bauch, doch war das Fleisch noch fest. Er war erstaunlich stark. Als er das kleine Kätzchen mit der Linken erdrosselt hatte, hatte Elodia gehört, wie auch die dünnen Rippen des Tiers gesplittert hatten. Sie wusste, wenn sie ihren letzten Befehl ausführte, dann hatte sie nur einen einzigen Versuch. Er war ihr körperlich überlegen. Ging sie zögerlich vor, dann wäre das ihr Tod.

Der Seidenhändler, der sie vor zwei Jahren auf dem Goldenen Markt gekauft hatte, war ein freundlicher, junger Mann gewesen. Er würde immer einen Platz in ihrem Herzen behalten. Er hatte das Vermögen seiner Eltern geerbt. Sein Geschäft blühte, bis er sie kaufte. Sie verführte ihn dazu, sie bei öffentlichen Anlässen mitzunehmen und mit ihrer Liebeskunst und den wunderbaren Nächten zu prahlen, die sie miteinander verbrachten. Jedes Mal, wenn sie ihn geliebt hatte, lag am Morgen danach ein Geschenk auf ihrem Kopfkissen oder in einem ihrer zierlichen, mit Perlen bestickten Pantoffeln. Er achtete darauf, dass in ihren Gemächern stets frische Blumen standen, obwohl diese in Iskendria sündhaft teuer waren. Er ging mit ihr Stoffe einkaufen, mit denen sie die Wände ihres Schlafgemachs schmückte.

Gerne scherzte er mit ihr über ihren aegilischen Akzent. Gemeinsam ließen sie sich in einer verhangenen Sänfte über die Märkte tragen, und manches Mal entlockte sie ihm mit ihren Liebkosungen dabei in aller Öffentlichkeit

Laute, die nicht für Kinderohren bestimmt waren. Er vergötterte sie. Er vermochte keinen Abend mehr ohne sie zu verbringen. Er hatte ja keine Ahnung, wen er sich in sein Haus geholt hatte! Er glaubte, sie sei die Tochter eines Fischers aus Zeola. Verschleppt von Piraten und von ihnen in die Sklaverei verkauft.

Tatsächlich war sie im Refugium von Mons Gabino vier Jahre lang in allen Künsten der Liebe unterrichtet worden. Tief in den Bergen verborgen, war dies ein Ort, an den sich kaum einmal ein Wanderer verirrte. Und kam doch ein Besucher, so wurde er nur ins Torhaus eingelassen, wo man ihm sagte, dies sei ein Refugium frommer Schwestern, die gelobt hatten, in ihrem Leben nie wieder einen Mann zu sehen. Diese Lüge war so unglaublich dreist, dass Elodia selbst heute darüber lächeln musste. Sie war in diesen Jahren darin unterwiesen worden, Männern wie Frauen auf jede erdenkliche Art Lust zu bereiten. Sie lernte Konversation. Und als man eine Aufgabe für sie ersann, wurde sie im fünften Jahr im Refugium für ihre Reise nach Iskendria vorbereitet. Sie lernte das Aegilische und ein wenig Valethisch, die Sprache Iskendrias. Sehr großen Wert legten ihre Lehrer auf ihren Akzent im Aegilischen. Jeder, der ihn einmal gehört hatte, vermochte die breite, getragene Art, wie sie die Worte aussprach, sofort der Insel Zeola zuzuordnen. Elodia erfuhr genug über die Fischerei in dem Inselstaat, über das Netzeflicken und Kochen mit Meeresfrüchten, um glaubwürdig eine Fischerstochter spielen zu können. Zugleich schärfte man ihr ein, ihr Wissen um Dichtung und gehobene Konversation, das sie in den ersten Jahren im Refugium erworben hatte, zu verbergen.

Ihr Seidenhändler hatte nie daran gezweifelt, dass sie ein harmloses Fischermädchen war. Manchmal hatte er freundlich über ihre mangelnde Bildung gespottet. Aber er hatte sie nie verletzt. Er hatte sie wirklich geliebt, dachte Elodia bitter, und sie hatte diese Liebe verraten. Es war von Anfang an ihr Ziel gewesen, den Hohen Priester Promachos auf sich aufmerksam zu machen. Er war die treibende Kraft hinter dem Flottenbau in Iskendria. Er hatte Frieden mit den Piratenfürsten der Aegilischen Inseln geschlossen. Zum ersten Mal hatte sie Promachos auf dem großen Fest zu Ehren der Seegöttin Bessa gegenübergestanden. Er hatte sie mit den Augen verschlungen. Es war offensichtlich gewesen, dass er schon von ihr gehört hatte. Sie hatte erschrocken und schüchtern getan. Das hatte ihn nur noch mehr angestachelt.

Elodia war sich ganz sicher, dass die Einladung auf den Maskenball im Haus der berüchtigten Kaufherrin Sem-la nur auf den Wunsch von Promachos erfolgt war. Sem-las Haus schien wie von Magie durchdrungen zu sein. Ihre Feste waren berühmt und berüchtigt. Oft hatte Elodia von den Ausschweifungen munkeln hören, die jede Feier begleiteten. Und vom Glanz der Feste. Dort raubte Promachos ihr einen ersten Kuss. Er war verschleiert wie die Tearagi, jene räuberischen Wüstennomaden, die dem Karawanenhandel so sehr zusetzten. Nach kurzem, gespielten Zögern hatte sie den Kuss erwidert und mehr … Das Haus der Sem-la war voller verborgener Winkel und Nischen. Und sie waren nicht das einzige Paar, das sich von den Feierlichkeiten zurückgezogen hatte, um ein eigenes, intimeres Fest zu begehen.

Am nächsten Morgen waren Tempelwachen ins Haus ihres Seidenhändlers gekommen. Sie hatten ihn aufgefordert, die Sklavin Danae aus Zeola an den Tempel des Balbar zu überstellen. Jede Familie in Iskendria fürchtete diese Besuche. Gewöhnlich kamen die Tempelwachen, um auserwählte Opfer für den Gott zu fordern, meist Kinder. Aber manchmal wurden auch ein schöner Jüngling oder eine junge Frau verbrannt. Dass dieser Besuch einen ganz anderen Grund haben könnte, war ihrem Seidenhändler gar nicht in den Sinn gekommen. Er hatte sich schützend vor sie gestellt, hatte gedroht und gebettelt. Vergebens. Und dann hatte er den einen unverzeihlichen Fehler gemacht. Er hatte den kleinen Schmuckdolch an seinem Gürtel gezogen. Die Tempelwachen waren erfahrene Krieger. Ein Händler mit einem Dolch in der Hand war keine Bedrohung für sie. Aber sie hatten es als eine Beleidigung Balbars aufgefasst. Als sie Elodia vor Promachos geführt hatten, war der Saum ihres Kleides vom Blut des Seidenhändlers benetzt gewesen.

Der Priesterfürst hatte sie noch am selben Morgen in sein Bett geholt. Es dauerte zwei Monde, bis sie nicht nur seine Favoritin war, sondern alle anderen Lustsklavinnen aus dem Palast verschwanden. Sie wollte ihn für sich allein. Er sollte ihr ganz und gar verfallen.

Ihre Lehrer auf dem Mons Gabino hatten große Sorgfalt darauf verwandt, ihr den Hintergrund ihrer Mission zu erläutern. Stunden um Stunden hatte Elodia vor einer Reliefkarte verbracht und die Namen von Inseln und Städten gelernt. Dann die Namen von Priestern, Fürsten und Feldherren. Kleine bunte Schiffchen auf dem Plan zeigten, wie schwach die Flotte Fargons war. Und wie übermächtig die Piratenflotten der Aegilischen Inseln sowie die neue Flotte, die auf Befehl des Priesters Promachos in Iskendria auf Kiel gelegt wurde. Ihre Aufgabe war es, ins Bett von Promachos zu gelangen, um von dort aus Fargon zu dienen.

Wieder blickte Elodia zu dem Schlafenden. Sein Schlummer nach der Liebe dauerte nie sehr lange. Draußen vor der mächtigen Flügeltür standen zwei Tempelwachen, keine zehn Schritt entfernt. Beim geringsten verdächtigen Laut würden sie ins Zimmer stürmen.

Vor sieben Monden schon hatte sie den Dolch versteckt, der das Leben des Priesters beenden würde. Ein Fischermesser von den Aegilischen Inseln. Ihre Lehrer hatten ihr sogar beschrieben, auf welche Weise sie ihn töten sollte und was sie noch zu tun hätte, wenn er schon tot war. Seine Ermordung musste spektakulär sein. Ein Ereignis, das nicht schnell in Vergessenheit geriet. Es sollte nicht nur zum Bruch des Bündnisses mit den Piratenfürsten der Aegilischen Inseln führen. Cabezan wünschte, dass die beiden mächtigsten Flotten der Welt einander bekämpften. Ihr König fürchtete, dass die Priester und die Piraten sonst ihre Hand nach der neuen Provinz Marcilla ausstrecken würden. Und tatsächlich hatte Promachos ihr im Bett davon erzählt, dass einige der Küstenstädte Fargons besetzt werden sollten. Die Priester wollten feines Leinen, Parfüm und Färbemittel nicht mehr einkaufen, sondern die Städte, in denen die Luxusgüter hergestellt wurden, tributpflichtig machen.

Zehntausend Schwerter würden nicht ausreichen, die Macht der Priester und der verbündeten Piraten aufzuhalten, hatten ihr ihre Lehrerinnen auf dem Mons Gabino immer wieder eingebläut. Doch ein einziger Dolch konnte in dieser Nacht vollbringen, wozu die Ritterheere Fargons nicht in der Lage wären.

Sie tastete über die Fensterbank. Sie hatte die Platte gelockert und unter ihr einen Stein aus dem Mauerwerk gelöst. In dieser Höhlung verborgen ruhte das Schicksal ihrer Heimat. Elodia blickte auf den Hafen hinab. Ein Wald von Masten ragte dort empor. Aus der ganzen Welt kamen Schiffe hierher. Waren stapelten sich auf den Kaimauern. In der Mittagshitze war es dort ein wenig ruhiger. Der Himmel war von klarem Blau.

Sie schob die Hände unter die schwere Steinplatte und versuchte sie zu heben. Doch sie bewegte sich nicht.

»Suchst du das Messer, das dort lag?«

Erschrocken fuhr Elodia herum. Promachos hatte sich aufgesetzt. »Vor ein paar Wochen schon habe ich bemerkt, dass der Stein locker geworden war. Der Handwerker fand ein Fischermesser von den Aegilischen Inseln. War das Patriotismus oder Dummheit?«

»Ich weiß nicht, wovon Ihr redet, Herr …«

»Natürlich. Es war Zufall, dass du dich an dem steinernen Sims zu schaffen gemacht hast. Du stehst nur am

Fenster, um den großartigen Blick auf den Hafen und die Bibliothek zu genießen, nicht wahr?«

»Herr, es ist nicht, wie es scheint …«

»Natürlich nicht! Glaubst du wirklich, du seiest so besonders im Bett, dass ich dich allen anderen vorziehe? Hast du das wirklich geglaubt? Ich habe darauf gewartet, wann du zu diesem Sims gehst. Das war die ganze Spannung. Und nun bin ich neugierig, wie lange du deine Geheimnisse für dich behalten kannst. Welcher der Piratenfürsten hat dich geschickt? Du mochtest das Tätowieren nicht … In einer Stunde werde ich mit glühendem Eisen Muster auf deine Haut malen, Mädchen. Dann wirst du mir ein anderes Lied singen als in diesem Bett. Und ich bin sehr neugierig, es zu hören.«

## WIE EIN MÄRCHEN AUS URALTEN ZEITEN

Zwei Tage schuftete er nun schon wieder in der Grube, in die ihn Jules' Traum geschickt hatte. Adrien versuchte sich in Gleichmut zu üben. Er war nun mal der Maulwurfsritter. Das Schicksal hatte ihn in die Hände des seltsamen Priesters gespielt, und er konnte nur hoffen, dass Gott ihm gnädig war, denn Jules war es nicht. Seitdem er ihn im Übungskampf so deutlich besiegt hatte, war er in bedrohliches Brüten verfallen. Er hatte nichts mehr gegessen und getrunken. Er reagierte nicht, wenn man ihn ansprach. Er behauptete, er sei nahe bei Gott, wenn er so in Trance versunken in ihrer Hütte saß. Adrien fand ihn dann besonders unheimlich. Manchmal murmelte er in fremden Zungen, ohne wirklich bei sich zu sein.

Klirrend traf die Spitzhacke auf Widerstand. Es war nicht das Geräusch von massivem Fels oder geschmolzenen Metallen. Adrien war nach all den Jahren Experte für die Geräusche, die eine Spitzhacke machte. Er kniete nieder und schob Erde und Geröll zur Seite. Bald traf er auf das unverwechselbare Rot eines beschädigten Ziegelsteins. Endlich einmal eine Abwechslung. Ziegel waren von den Baumeistern der versunkenen Stadt nur selten verwendet worden, meist für Kanäle. In der Regel waren die Mauern, die er fand, aus behauenem Stein.

Begeistert lockerte er mit der Hacke die Erde rings um den Ziegel. Bald zeigte sich, dass er auf die gewölbte Decke eines Tunnels gestoßen war. Und er war weit größer als die Kanäle der Zisternen, die er bisher freigelegt hatte.

Eine Stunde dauerte es, bis er ganz sicher wusste, dass dieser Fund außergewöhnlich war. Durch diesen Tunnel hätte ein Fuhrwerk fahren können, so weit spannte sich die Decke. Die Steine waren gut vermauert. Der Mörtel hatte die Jahrhunderte überdauert, ohne zu zerkrümeln. Aber wo mochte der Eingang liegen? Er könnte noch Tage graben, ohne etwas zu finden. Es sei denn … Adrien überlegte, ob er Jules holen sollte. Doch der Priester würde ihn vermutlich gar nicht hören. Er war längst erwachsen. Er musste nicht für alles um Erlaubnis bitten! Entschlossen hob er die Spitzhacke und begann mit kräftigen Schlägen auf die Ziegel einzuschlagen. Die roten Steine waren hart wie Fels gebrannt. Es dauerte eine Weile, bis die Spitze der Hacke ins Leere stieß.

Er verkeilte das Werkzeug und hebelte weitere Steine aus dem Mauerwerk. Als das Loch groß genug war, dass er hindurchschlüpfen könnte, legte er sich flach auf den Bauch und blickte hinab. Die Sonne stand im Zenit. Er konnte den Boden erkennen. Er lag vielleicht vier Schritt tiefer. Er könnte springen.

Unentschlossen blickte Adrien zum Rand der Grube.

Sollte er nicht doch Jules holen? Nein! Ohne weiter nachzudenken, schob er die Beine durch die Öffnung und ließ sich in den Tunnel fallen. Er landete auf Steinplatten. Das Geräusch seiner genagelten Stiefel hallte von den Wänden wider. Das erste Geräusch seit vielen Jahrhunderten, das diese Mauern vernahmen.

Neugierig sah er sich um. Der Tunnel fiel leicht ab. Er schien in Richtung ihrer Hütte zu verlaufen, nur dass er sich dabei dem Herzen des Berges entgegenneigte. Was erwartete ihn dort, wo der Gang endete? Was hatte ihm Jules all die Jahre lang nicht verraten wollen? Lag dort die Schatzkammer der versunkenen Stadt? Adrien erinnerte sich noch sehr genau an den Spott des Priesters über den ersten Goldfund. Was war kostbarer als Gold, das hier verborgen lag?

Langsam gewöhnten sich seine Augen an die Dunkelheit. Er entdeckte Bilder auf den Wänden des Tunnels. Leider hatte der Bau die Jahrhunderte nicht ganz so gut überstanden, wie er zunächst angenommen hatte. Der Putz war an vielen Stellen von den Wänden geblättert. Wasserspuren zeichneten die Mauern. Fast überall, wo der Putz noch intakt schien, wucherten zarte Gipsblumen auf den Bildern. Dennoch war zu erkennen, dass Krieger dargestellt waren. Sie scharrten sich um groß gewachsene Männer mit Tierköpfen! Einer dieser Anführer hatte einen Eberkopf mit mächtigen Hauern. Dieses Bild war ganz klar, als habe ein Zauber es vor der Zerstörung bewahrt. Der Eber hatte himmelblaue Augen. Ihr Blick schlug Adrien in den Bann. Er kannte diese Augen! Ein Schauer überlief ihn. Das war Unsinn … Wie sollte er ein Paar Augen kennen, das ein Künstler vor unvorstellbar langer Zeit auf diese Gipswand gemalt hatte?

Ein Luftzug drang aus der Tiefe des Tunnels. Der Junge hatte das Gefühl, dass dort etwas lauerte. Er wurde beobachtet!

Ein Krachen und Poltern ließ ihn herumfahren. Einen

Augenblick setzte vor Schreck sein Herz aus. Hinter ihm lagen plötzlich mehrere Keulen auf dem Boden.

»Wer ist da?«, brachte er stockend hervor.

»Dein Retter, Ritter Hasenherz!«

Es war die Stimme von Jules. Vor Erleichterung ließ sich Adrien gegen die Wand sacken. Plötzlich schien alle Kraft aus seinen Gliedern gewichen zu sein.

»Ich frage mich ernsthaft, warum ich mich jahrelang als dein Lehrer abgemüht habe, wo du offensichtlich so viel Verstand wie eine taube Nuss hast! Hast du einen Gedanken daran verschwendet, wie du da unten wieder herauskommst?«

Adrien blickte zu der Öffnung in der Decke. Der Tunnel war fast vier Schritt hoch. Es wäre unmöglich, dort ohne Hilfe wieder hinauszugelangen.

»Was würdest du machen, wenn ich noch in der Hütte säße? Einen kleinen Spaziergang unter der Erde, um in völliger Finsternis nach einem anderen Ausgang zu suchen? Tjured hat mich gewarnt! Er hat mir eine Vision geschickt, dass der Nichtsnutz, den ich Dummkopf mir zum Schüler gewählt habe, gerade dabei ist, sich in größte Gefahr zu begeben.« Ein Seil rauschte durch das Loch.

»Mach dich nützlich! Zieh daran und prüfe, ob es das Gewicht eines Muskelprotzes mit Spatzenhirn aushält.«

Zerknirscht packte Adrien das Seil. Jules hatte den Stiel der Spitzhacke quer über die Öffnung gelegt und daran das Seil festgebunden. Adrien zog heftig daran. Anfangs ruckte die Hacke. Dann setzte sie sich zwischen den Ziegelsteinen fest. »Das hält«, sagte er kleinlaut. Zu seinen Füßen lagen Fackeln und keine Keulen, wie er irrtümlich angenommen hatte.

Jules kletterte das Seil hinab. »Und was gibt es hier unten, das es wert ist, kopflos sein Leben zu vergeuden?«

Adrien konnte ihm nicht in die Augen blicken. »Du hattest gesagt, ich solle hier graben. Dass es Tjureds Wille sei …«

Der Priester schüttelte den Kopf. »Ungestüm der Jugend … Was wird nur aus dir werden, wenn ich dich in die Welt entlasse?« Er kniete nieder und öffnete ein Töpfchen mit Glut vom Herdfeuer ihrer Hütte. Damit entzündete er eine der Fackeln. Er hielt sie hoch über dem Kopf und sah sich um.

»Da vorne gibt es ein Bild, Meister. Das musst du dir ansehen. Es zeigt einen Mann mit Eberkopf. Mit blauen Augen. Diese Augen … Sie sehen so echt aus! Als wären sie lebendig.«

»Dann war da wohl ein begnadeter Künstler am Werk«, entgegnete Jules wenig begeistert.

»Selbst du wirst erstaunt sein, wenn du es siehst«, beharrte der Junge. »Hier. Leuchte hierhin! Hier ist es. Es …« Adrien starte fassungslos auf die Wand. Der Putz war abgeblättert. Vom Fresko des Mannes mit dem Eberkopf waren nur die Füße geblieben.

Jules klopfte ihm auf die Schulter. Staub und kleine Putzstückchen rieselten zu Boden. »Hast du dich vielleicht irgendwo angelehnt?«

»Ich …«

»Tja, da übersteht so ein Bild vier Jahrtausende, und kaum betrittst du den Tunnel, da ist es dahin. Vielleicht habe ich dich zu viel mit der Spitzhacke arbeiten lassen. Dein Umgang mit Kunst lässt zu wünschen übrig.«

»Die Augen. Es sah so echt aus …«

»Ja, ja. Ist schon gut. Hast du jemals von einem Eber mit blauen Augen gehört? Wie haben sie ausgesehen? Etwa wie meine Augen? Da ist dem Künstler die Vorstellungskraft durchgegangen.« Jules schnaubte verächtlich. »Ein Eber mit blauen Augen. Ein Mann mit einem Eberkopf. Also wirklich … Vielleicht waren das ja ihre Götter. Sie scheinen den Menschen nicht gut zur Seite gestanden zu haben, wenn man sich so ansieht, was aus dieser Stadt geworden ist.« Die letzten Worte sagte er mit eigenartiger Bitternis. So als könne er das Geschick dieses Tals nicht verwinden. Ja, als sei es eine persönliche Angelegenheit.

»Komm, sehen wir, was uns erwartet.«

Als sie tiefer in den Tunnel vordrangen, fanden sie besser erhaltene Bilder. Sie zeigten riesige Städte, Drachen und marschierende Heere. Auf einem Bild entdeckte Adrien große, schwebende Kugeln, von denen dicke Seile herabzuhängen schienen. Die Seile hielten Holzplattformen, auf denen sich Krieger um Katapulte drängten.

»Was ist das?«

Jules hielt die Fackel dicht vor das Bild. »Wolkensammler aus der Zerbrochenen Welt. Sie ähneln am ehesten Quallen, nur dass sie unermesslich viel größer waren und durch die Luft schwebten. Sie lebten einst in einer Welt, von der nun nur noch Trümmer geblieben sind. Sie halfen den Menschen im Kampf gegen die Drachen. Die Geschütze, die du dort siehst, verschossen Speere, so dick wie der Arm eines starken Mannes. Diese Speere vermochten die Drachen zu töten, wenn sie ihr Ziel fanden. Anders als die Drachen segelten die Wolkensammler träge mit dem Wind. Es war leicht, sie auszumanövrieren. Sie haben einen hohen Blutzoll dafür entrichtet, sich für die Sache der Menschen entschieden zu haben.«

»Woher weißt du das alles, Jules?«

»Ich habe viel Zeit in Bibliotheken verbracht und in meinem ganzen Leben noch kein einziges nennenswertes Loch gegraben.«

Die Worte verletzten Adrien. »Hältst du mich für dumm?«

»Dann hätte ich dich in jener Nacht in Nantour nicht erwählt. Horche auf die Stimme deines Herzens. Was willst du in deinem Leben sein? Ein Ritter oder ein Gelehrter?«

»Ein Ritter«, bekannte er.

Der Priester lächelte. »Das wusste ich von unserem ersten Tag an. Du hast die besten Seiten deines Vaters geerbt. Du wirst ein großer Ritter werden. Und für einen Ritter ist es in diesen Zeiten schon sehr ungewöhnlich, wenn er lesen und schreiben kann. Unter deinesgleichen wirst du als Gelehrter gelten. Das muss dir genügen. Du bist kein Mann der Bücher. Du bist ein Krieger. Deshalb bist du auch hier heruntergesprungen, ohne darüber nachzudenken, wie du wieder heraufkommen wirst. Ich kenne dich, Michel Sarti. Und ich schätze dich, auch wenn ich zuweilen ein wenig ruppig bin.«

Das Lob machte Adrien verlegen. Er betrachtete erneut das Bild mit dem Wolkensammler. »Wie groß sind sie gewesen?«

»Größer als jedes andere Tier, das es je gab. Sie waren friedliche Geschöpfe. Bis sie in den Krieg hineingezogen wurden.«

»Was ist geschehen?«

»Irgendwann waren sie nicht mehr friedlich.« Er zuckte mit den Schultern. »Und wie du ja sehen kannst, waren sie sehr groß. Und sie waren mehr als nur Tiere. Sie hatten Verstand. Sie konnten sogar zaubern. Ihre Magie speiste sich aus den Kräften des Himmels und der Sterne. Sie in den Krieg hineinzuziehen, war ein Fehler. Es war so, als werfe man im Winter leichtfertig einen Schneeball auf einen steilen Hang. Zwei Meilen tiefer ist aus dem faustgroßen Schneeball eine Lawine geworden, die ein ganzes Dorf hinwegfegt. Und vielleicht sterben dann zweihundert Unschuldige durch einen Schneeballwurf.«

Jules' Andeutungen machte Adrien nur neugieriger, aber er kannte seinen Lehrmeister lang genug, um zu wissen, dass es keine weiteren Antworten geben würde.

Der Priester ging weiter. Adrien aber konnte seinen Blick nicht von dem Wandbild lösen. Er wünschte sich, er wäre in diesen Zeiten ein Ritter gewesen. Ein Gefährte der sieben Könige, die sich einst hier in Selinunt treffen wollten, um gegen die Drachen Albenmarks zu kämpfen. Wie es wohl war, durch den Himmel zu reiten, an Bord einer dieser großen Plattformen, die von den Wolkensammlern getragen wurden?

»Michel!« Der Priester war so weit vorgegangen, dass

das Fresko fast im Dunkel verschwand. Adrien schüttelte den Kopf, um seine Tagträume zu vergessen. Diese Zeiten waren längst vorbei, und vermutlich war es gesünder, niemals einem Drachen zu begegnen. Er lief der Fackel nach. Jules hatte es plötzlich eilig. Mit weiten Schritten strebte er voran. Die Bilder an den Wänden flossen dahin. Bilder von unglaublicher Pracht und von Schlachten, bei denen marschierende Heere den ganzen Horizont ausfüllten.

Immer wieder gab es Überraschendes zu sehen. Reiter auf fliegenden Pferden. Weiß gewandete Krieger mit silbernen Gesichtern, die auf geflügelten Löwen ritten. Löwen, wie er sie vor Jahren beim Aufstieg in dieses einsame Tal als Statuen gesehen hatte. Gerne hätte Adrien die Bilder an den Wänden näher betrachtet. Allein ihr flüchtiger Anblick ließ sein Herz schneller schlagen. Doch Jules verschloss sich gegen seine Bitten. Und er hielt die Fackel, den einzigen Lichtquell in dieser vier Jahrtausende alten Dunkelheit. Er entschied, wie lange ein Bild sichtbar blieb.

Plötzlich blieb er stehen. Der Tunnel endete in einem weiten Kuppelsaal. Jules entzündete eine zweite Fackel und reichte sie Adrien. »Dies ist der Ort, von dem ich geträumt habe. Hier wird sich dein Schicksal erfüllen. Hier wollten die Götter die sieben Könige beschenken. Doch nie hatte einer von ihnen diesen Saal betreten. Nun ist es an dir, unter diesen Geschenken zu wählen. Tjured hat mir im Traum gezeigt, dass du hierherkommen musst. Doch wenn du die falsche Wahl triffst, dann droht dir Gefahr.«

Ein großer, runder Tisch stand in der Mitte der Halle. Sieben Schwerter lagen darauf, angeordnet wie die Speichen eines Rades. Sieben wuchtige Stühle mit niedrigen Rückenlehnen standen um den Tisch. Und hinter jedem der Stühle verharrte ein Wächter. Völlig reglos.

Adriens Herz schlug rasend. All die Jahre oben im Tal hatte er davon geträumt, ein Ritter wie in einem Märchen zu sein. Und nun schien er tatsächlich in ein Märchen aus uralten Zeiten hineingeraten zu sein. Zögernd trat er in den Saal. Seine Fackel hielt er wie ein Schwert. Was sollte er den Wächtern sagen? Was…

Er hielt inne. Das waren gar keine Krieger, die ihn dort erwarteten!

## WIE EINEN FISCH AUSWEIDEN

Promachos zog den Dolch, den sie unter dem steinernen Sims verborgen hatte, zwischen den Kissen hervor. »Wer hat dich geschickt?«

»Glaubst du wirklich, das würde ich dir einfach so verraten?« Elodia ging auf ihn zu. Sie lächelte. »Vielleicht wollte ich ihn ja fortwerfen?«

Der Priesterfürst lachte. »Natürlich! Und vielleicht geht morgen früh der Mond statt der Sonne auf. Und was diejenigen angeht, die dich geschickt haben, du wirst mir ihre Namen nennen. Ich glaube nicht nur, dass es so kommen wird. Ich weiß es. Hast du je einer Folter beigewohnt, Danae? Sie zerstören alles an dir, was schön ist. Innerlich wie äußerlich. Viele beginnen schon zu reden, wenn man ihnen ein dünnes Messer unter die Fingernägel treibt. Anderen muss man mit einer Zange ein paar Fingerglieder oder Zehen abtrennen. Bei Frauen reicht oft schon die Drohung, dass sie von einigen der Kerkerwächter vergewaltigt werden. Aber wie ich dich einschätze, wird man sich wohl eher deinen Fingern und Zehen widmen müssen, oder vielleicht deine Nase abschneiden. Oder eines deiner Ohren.«

Sie stand jetzt dicht vor dem Bett. Elodia wusste, dass

er mit Waffen umzugehen verstand. Sie würde ihm das Messer nicht einfach entwinden können. Er war stärker als sie. Und ganz gleich, was sie tat, es musste ihn überraschen. Er durfte nicht dazu kommen, zu schreien. Es war aussichtslos. All die Mühen waren vergebens gewesen!

»Hast du noch irgendwelche ergreifenden letzten Worte zu sagen, bevor ich dich ins Reich der Schreie schicke?«

»Stimmt es wirklich, dass ich keine gute Liebhaberin war?«

Er lachte auf. »Das ist es, was dich bewegt?«

»Würde es helfen, wenn ich um Gnade bitte? Wohl kaum. Du magst mich für eine Meuchlerin und Hure halten, aber ganz gleich, was du von mir denkst, ich habe meinen Stolz. Ich hatte in den letzten Monden immer das Gefühl, dass ich eine gute Hure für dich war und deine Lust nicht gespielt war.« Sie ließ sich neben ihm auf dem Bett nieder und legte eine Hand auf seinen Schenkel.

»Versuchst du etwa, mich zu verführen?« Er berührte mit der Dolchspitze ihre Wange, dicht unter dem Auge. Der kalte Stahl glitt hinab zu ihren Lippen, dann auf ihre Kehle. »Ich gebe zu, dass eine gewisse Spannung darin lag, mit einer Frau ins Bett zu steigen, von der ich wusste, dass sie mich ermorden wollte. Das gab der Sache einen besonderen Reiz.« Er tippte mit der Dolchspitze auf eine Brustwarze. »Aber kein Reiz ist unendlich. Unsere Wege trennen sich nun.« Er hob den Dolch an.

Elodia warf sich in die Waffe. Der Dolch bohrte sich über der Brust in die Schulter. So war die Waffe gebunden, und sie konnte sicher sein, dass Promachos ihr nicht die Kehle aufschlitzte. Im selben Augenblick versetzte sie ihm mit dem Ellenbogen einen heftigen Schlag gegen den Knorpel in seiner Kehle.

Der Priester sackte nach hinten. Er griff mit beiden Händen nach seinem Hals und brachte keinen Laut hervor. Elodia biss die Zähne zusammen und riss den Dolch aus ihrer Schulter. Bisher war alles fast lautlos geschehen.

Aber ein Schrei oder auch nur ein ungewöhnliches Geräusch würde die Wachen vor der Tür alarmieren.

Mit einem Satz war sie neben Promachos auf dem Bett. Ohne zu zögern, rammte sie ihm den Dolch zwischen seinen Fingern hindurch in die Kehle. Blut spritzte ihr ins Gesicht. Sie bewegte die Waffe mit einem Ruck zur Seite, um ganz sicher zu sein, dass der Schnitt weit und tief war. Dann löste sie die Klinge aus dem Fleisch.

So wie ihre Lehrer Wert darauf gelegt hatten, sie gegen Schmerz und Demütigung zu stählen und sich zu wehren, wenn sie in Gefahr geriet, so hatten sie ihr auch ganz genau beschrieben, auf welche Art der Priesterfürst sterben sollte. Wie ein ausgeweideter Fisch sollte der Mann aussehen, der davon geräumt hatte, zum Herrscher der Meere zu werden.

Sie stieß ihm das Messer dicht unter dem Nabel in den Bauch und führte einen langen Schnitt. Als die Hände, die ihn so viele Monde lang liebkost hatten, in die klaffende Wunde griffen, lebte er noch.

Elodia dachte an ihren Bruder Jean. Er würde ein gutes Leben führen. So lange hatte sie ihm nicht mehr geschrieben. Bald wäre sie wieder in Mons Gabino. Dort würden seine Briefe auf sie warten.

Sie führte ihre Befehle aus. Als Letztes, bevor sie zu ihrer Reise nach Iskendria aufgebrochen war, hatte man sie viele große Fische ausweiden lassen. Das hier war anders, aber nicht so verschieden. Ganz fest dachte sie an das Gesicht ihres Bruders. Sie wollte diese Bilder hier nicht im Kopf behalten. Sie wollte nicht in ihren Träumen sehen, was sie getan hatte.

Promachos war tot, bevor ihre Arbeit vollendet war. Elodia fühlte sich schwach. Sie riss einen Streifen vom Seidenlaken und presste ihn sich auf die Wunde. Ihr eigenes Blut sickerte nun durch ihre Finger. Ihr wurde schwindelig. Immer noch dachte sie fest an ihren Bruder.

Sie hätte zuerst ihre eigene Wunde versorgen sollen!

Überall auf dem Bett und dem Boden war Blut. Sie vermochte nicht einzuschätzen, wie viel davon ihr eigenes war.

Elodia biss die Zähne zusammen. Dann drückte sie mit den Fingern den Seidenstreifen tief in die Wunde. Sie schob nach. Mehr und mehr. Sie glaubte, dass ihre Zähne jeden Augenblick zersplittern müssten, so fest presste sie sie aufeinander.

Das Bild Jeans entglitt ihrer Vorstellung. Der Schmerz war überwältigend. Sie spürte, wie ihre Knie nachgaben. Noch bevor sie auf den Boden schlug, umfing sie Dunkelheit.

## DIE RÜSTUNG EINES KÖNIGS

Rings um den runden Tisch standen Rüstungen auf Ständern. Besonders seltsam fand Adrien die Helme. Sie waren wie Menschenköpfe geformt! Sogar die Haare waren nachmodelliert. In Gold, wie es schien!

»Du solltest dir eine der Rüstungen aussuchen«, sagte Jules hinter ihm.

»Aber ich kann doch nicht einfach etwas nehmen, was mir nicht gehört.«

»Und das Gold, das du in deinen Gruben versteckt hast? Dachtest du, ich wüsste nicht davon, Junge? Diese sieben Rüstungen wurden von den alten Göttern für die Könige der Menschenwelt erschaffen. Doch sie kamen niemals hierher, um sie zu holen. Die Könige sind längst zu Staub zerfallen. Von ihren Göttern sind in der Welt der Menschen nicht einmal die Namen geblieben. Was also fürchtest du?«

Zögerlich ging der Junge zu dem nächsten Rüstungsständer. Alle Rüstungen waren, abgesehen von den Helmen, ganz in Weiß gehalten. Eine Brustplatte aus dickem Leder, in das ein Löwenkopf geprägt war, der fast die gesamte Brust füllte. Darunter steckte etwas, ähnlich einem Hemd, nur dass es aus zähem Leder war. Ein Rock, besetzt mit goldgefassten Lederstreifen, und eine Hose aus Leder, die in hohen Lederstiefeln verschwand.

Das Leder hatte in all den Jahrhunderten nicht gelitten. Es war noch makellos weiß und zeigte keinerlei Risse. Über den Rücken hing ein langer weißer Umhang, der von zwei goldenen Löwenköpfen auf den Schulterstücken der Brustplatte gehalten wurde.

Vorsichtig berührte er den Umhang. Er fühlte sich sehr glatt an. Noch nie hatte er einen solchen Stoff gesehen. Seine Hand glitt über das Leder. Es war weich und warm, so als sei das Untergewand eben erst getragen worden.

Leider war die Löwenrüstung ganz offensichtlich zu groß für ihn. Adrien betrachtete die anderen eindringlich. Jede hatte einen anderen Tierkopf in die Brustplatte geprägt. Einen Raubvogel, den er nicht kannte. Eine Schlange mit merkwürdig breitem Kopf. Einen Eber. Sein Blick schweifte über die anderen Brustplatten. Diese Tiere konnte er nicht einmal benennen. Abgesehen von den Brustplatten waren alle Rüstungen gleich. Und alle waren sie zu groß. Er seufzte und stellte sich vor, wie er, so ganz in Weiß gerüstet, wohl ausgesehen hätte.

»Nun, Junge, worauf wartest du?«

»Ich kann sie nicht tragen! Siehst du es denn nicht? Es ist, als wollte ein Kind die Sachen seines Vaters anziehen. Sie sind nicht für mich geschaffen.«

»Ich finde, das solltest du erst einmal versuchen.«

Ärgerlich fuhr Adrien herum. »Ich sollte das Offensichtliche besser akzeptieren! Oder möchtest du, dass ich mich zum Narren mache?«

Der Priester hob beschwichtigend die Hände. »Du solltest nicht allein deinen Augen trauen, Junge. Hast du in all den Jahren denn nicht gelernt, wie trügerisch der erste Eindruck sein kann? Traut man den Sagen, dann wurden die Rüstungen von Göttern erschaffen! Sie sind von Magie durchdrungen, sonst wären sie schon längst zerfallen. Kein Stück Stoff ist dafür gemacht, Jahrtausende zu überdauern. Wähle die Rüstung aus, zu der dein Herz dich führt, und lege sie an. Es heißt, sie können zwischen einem Würdigen und einem Dieb unterscheiden. Was hast du schon zu verlieren? Ich verspreche dir feierlich, dass ich weder lachen noch jemals ein Sterbenswort darüber verlieren werde, wenn du lächerlich darin aussiehst.«

Adrien fühlte sich unwohl. »Und was geschieht, wenn ein Dieb so eine Rüstung anlegt?«

Jules zuckte mit den Schultern. »Dazu gibt es verschiedene Überlieferungen. Irgendein Unglück.« Er grinste. »In einer Geschichte heißt es sogar, die Rüstungen würden einen Unwürdigen einfach zerquetschen.«

Adrien schluckte. Das war ein Scherz! Oder? So viele Jahre kannte er den Priester nun schon, und doch war ihm dessen Humor immer fragwürdig geblieben. Er wartete, ob Jules noch etwas sagte. Aber er lächelte nur. Manchmal machte es dem Priester Spaß, seinen Mut auf die Probe zu stellen. Was hatte er für Ängste auf der Flussfahrt ausgestanden, als er hierhergekommen war! Heute war er sich sicher, dass der Schiffer kein Toter gewesen war. Man hatte ihn hereingelegt. Bestimmt war der vermeintliche Bettler auch nicht tot gewesen. Das war Jules merkwürdiger Humor. Und zugleich war es die erste Probe gewesen. Der Priester hatte wissen wollen, wie mutig er war.

Adrien betrachtete die Rüstungen. Dass sie die Zeiten so unbeschadet überstanden hatten, war wirklich merkwürdig. Vielleicht stimmte es ja, und sie waren tatsächlich verzaubert. Noch einmal sah er sie der Reihenfolge nach an. Was hatte er schon zu verlieren!

Sein Blick verharrte auf der Brustplatte mit dem Eberkopf. Der Löwe sah sicherlich eindrucksvoller aus, aber einen Eber hatte er wenigstens schon einmal gesehen. Nicht als Statue oder Bild, sondern in Fleisch und Blut.

Er ging zu der Rüstung. »Hast du mich erwählt?«, flüsterte er. »Bin ich der Richtige für dich? Bin ich würdig?«

Natürlich bekam er keine Antwort.

Adrien zog sich aus. Er hatte Angst, die weiße Rüstung zu beschmutzen. Er nahm den Helm vom Ständer und stellte ihn auf den Tisch. Jetzt erst bemerkte er, dass der Knauf des Schwertes wie ein Eberkopf geformt war.

»Wie es scheint, hat der Eber es dir angetan. Warum hast du ihn gewählt?«

»Weil er mir vertraut erscheint.«

Jules lächelte. »Manchmal bist du überraschend tiefgründig. Soll ich dir helfen?«

Adrien nahm gerne an. Er hatte keine Ahnung, wie man eine Rüstung anlegte. Er wusste nicht einmal, wie er in den Brustpanzer hineinsollte. Jules hingegen schien mit den Rüstungen vertraut zu sein. Er klappte die Schulterstücke zurück. Darunter befanden sich Schnallen.

Mit Hilfe des Priesters streifte der Junge zuerst das Lederhemd über. Es war wie erwartet viel zu weit. Auch die Ärmel waren zu lang.

Nie zuvor hatte Adrien solches Leder berührt. Es war wunderbar weich, aber merkwürdig dick. Das Hemd schien aus zwei Schichten zu bestehen, zwischen denen irgendetwas Bewegliches, Gallertartiges eingenäht war.

»Zum Kampf taugt diese Rüstung wohl eher nicht«, sagte Adrien halb zu sich selbst.

»Warum?«

Das war wohl wieder einer der Anflüge von Jules' Humor. »Wie sollte dieses Hemd wohl einen Schwerthieb aufhalten, so weich wie es ist?«

»Du fühlst dich unsicher?« Der Priester brummte etwas Unverständliches. »Dreh dich mal ein wenig und heb den

Arm hoch. Ich glaube, da muss ich noch etwas verschnüren.«

Kaum hatte er Jules den Rücken zugewandt, traf ihn ein heftiger Schlag unter die Achsel. Die Wucht des Treffers ließ ihn zurücktaumeln.

»Bist du wahnsinnig?« Er wich hinter den Stuhl des Eberritters zurück.

Jules hielt einen der Fackelstöcke in der Hand. »Ich wollte dir nur deine Angst nehmen«, erklärte er mit zuvorkommendstem Lächeln. »Eigentlich hätte dir der Hieb ein bis zwei Rippen brechen müssen, wenn du nur ein Lederhemd angehabt hättest. Streich einmal über das Hemd, dort, wo ich dich getroffen habe.«

Einen Augenblick war Adrien noch wütend. Dann konnte er sich der Wahrheit der Worte nicht länger widersetzen. Er tastete über das Hemd. Es war unter der Achsel, dort wo er den Hieb abbekommen hatte, hart wie Stein geworden. Doch während er noch darüberstrich, veränderte es sich bereits wieder und wurde geschmeidig. »Was ist das?«

»Ich würde sagen, im Gegensatz zu dem, was die übrigen Ritter der Menschheit tragen, eine überaus bequeme Rüstung. Aber werde nicht leichtfertig. Dieser Zauber, der die Rüstung dort hart werden lässt, wo sie getroffen wird, birgt eine Gefahr. Erhältst du viele Treffer gleichzeitig, wird deine Beweglichkeit stark beeinträchtigt. Dann bist du in Bedrängnis. Und begehe nicht den Fehler, dich für unverwundbar zu halten. Du bist nur einfach besser geschützt als andere Krieger. Aber ein Treffer bei einer Naht oder aber durch die Augenöffnungen des Maskenhelms ist gefährlich.«

Das Leder unter seiner Achsel war jetzt wieder ganz geschmeidig. »Man kann es nicht durchschneiden?«, fragte Adrien skeptisch.

»Nicht mit den Schwertern, denen du unter Menschen begegnest. Aber sehr wohl mit diesen hier.« Er deutete auf die Waffen auf dem runden Tisch. »Sei also auf der Hut. Wenn du dein Schwert verlierst, dann wird es dein größter Feind werden. Am besten, du vergisst die Eigenschaften der Rüstung wieder. Und sollte es zu einem Kampf kommen, dann tust du das, was ich dich gelehrt habe. Du wehrst dich einfach so gut, dass du erst gar nicht getroffen wirst.«

»Und Elfenschwerter …«

»Ach, Junge. Hab doch ein wenig Vertrauen. Diese Rüstungen wurden für Könige geschaffen, die Krieg gegen die Elfen führten. Natürlich schützt die Rüstung dich vor Elfenwaffen. Aber deine Aussichten, jemals einem Elfen oder auch nur einem Albenkind zu begegnen, sind gelinde gesagt gering.«

Adrien versuchte einen der zu langen Ärmel hochzukrempeln, doch sofort wurde das Leder wieder ganz hart. Was habe ich Tjured nur getan?, dachte er bei sich. Da finde ich die kostbarsten Rüstungen und werde sie nicht tragen können.

Er ließ sich einkleiden. Die Stiefel waren etliche Zoll zu groß. Die Schäfte reichten ihm bis über die Knie. Er würde wie eine Ente herumwatscheln, wenn er mit diesem Schuhwerk laufen wollte.

»Fehlt nur noch der Helm«, sagte Jules.

»Lassen wir es doch. Das führt doch zu nichts.«

»Jetzt habe ich dich so weit eingekleidet, jetzt will ich auch alles sehen. Du kannst sie ja wieder ablegen, wenn du dich unwohl fühlst.«

Unwohl fühlte er sich jetzt schon, aber das mochte er Jules nicht sagen. Er hatte keine Lust, sich einen Vortrag über Mut anzuhören.

Das versilberte Gesicht des Helms ließ sich zur Seite klappen. Es zeigte das Antlitz eines schönen, bartlosen Jünglings. Behutsam setzte Jules ihm den Maskenhelm auf. Er war erstaunlich leicht, aber als der Priester ihn zuklappte und das Scharnier am Hals verschloss, überkam Adrien jähe Panik. Er fühlte sich eingesperrt. Hätte der Helm genau gepasst, wäre es wohl nicht so schlimm gewesen. Aber so lag die Maske eben nicht auf seinem Gesicht auf. Die Nasenlöcher schwebten vor ihm im Dunkel. Ebenso die Augenöffnungen. Er hatte das Gefühl, keine Luft mehr zu bekommen.

Mit beiden Händen packte er den Helm. Aber mit den viel zu weiten Handschuhen vermochte er den Verschluss am Hals nicht zu öffnen.

»Hol mich hier heraus«, röchelte er.

Ein Knirschen lief durch das Metall.

»Verdammt, verhalte dich etwas würdevoller«, fluchte Jules. »Du trägst die Rüstung eines Königs! Du musst nun auch wie ein König sein. Bleib ruhig!«

Das Leder schien lebendig geworden zu sein. Deutlich konnte Adrien fühlen, wie es sich auf seiner Haut bewegte. Und dann, als der Helm enger wurde und ihm die Nase eindrückte, erinnerte er sich wieder daran, was der Priester gesagt hatte. *In einer Geschichte heißt es sogar, die Rüstungen würden einen Unwürdigen einfach zerquetschen.*

## AUF DER FLUCHT

Elodia erwachte von einem dumpfen, pochenden Schmerz in ihrer Schulter. Sie war nackt und über und über mit geronnenem Blut bedeckt. Erschrocken sah sie zum Fenster. Der Himmel war von lichtem Blau. Wie lange war sie ohnmächtig gewesen? Nur ein paar Augenblicke? Eine halbe Stunde? Promachos musste zum Opferritual, das am Nachmittag bei der Götzenstatue des Balbar abgehalten werden sollte. Wie viel Zeit blieb ihr noch?

Sie versuchte sich aufzurichten. Ihr langes Haar klebte im getrockneten Blut auf dem Boden. Als sie sich aufrichtete, wurde ihr wieder schwarz vor Augen.

Taumelnd schaffte sie es zum Wasserbecken. Sie musste sich waschen. Wenigstens ihre Hände und ihr Gesicht. So konnte sie nicht fliehen.

»Jean«, flüsterte sie, als sie auf das Blut im Wasser blickte. Sie dachte fest an sein Gesicht. Sie musste es schaffen, hier herauszukommen! Nur dann würde Jean in Frieden leben. Sie durfte nicht gefasst werden. Sie war sich sicher, dass Promachos nicht gelogen hatte, was die Künste der Folterknechte anging.

Wieder blickte sie hinaus zum Himmel. Wie viel Zeit blieb ihr noch?

Sie ging zum Bett. Wieder drohte die Ohnmacht sie zu übermannen. Sie musste sich auf das blutige Laken setzen, um nicht zu stürzen. Reiß dich zusammen!, dachte sie wütend. Du kannst es schaffen.

Sie schnitt Streifen aus dem Laken, dort wo es noch blütenweiß war. Dann legte sie die Tücher über den blutigen Seidenwulst, der wie eine exotische Blüte aus ihrer Schulter wucherte. Als sie den Arm hob, um den Verband darunter durchzuziehen, stöhnte sie auf. Wenn sie noch einmal ohnmächtig wurde, dann wäre das ihr Tod. Bald würden sich die Wachen draußen fragen, warum Promachos noch nicht auf dem Weg zum Opferritual war. Sie würden nach ihm rufen, und wenn er nicht antwortete, dann würden sie irgendwann hereinkommen. Die Wachen würden einen Weg finden, sie aus ihrer Ohnmacht zu reißen.

Sie sollte so etwas nicht denken! Denk allein an Jean! Ob er schon zum ersten Mal ein Mädchen geküsst hatte? Sie nahm einen Zipfel des Stoffstreifens zwischen die Zähne und zog den Verband straff. Wieder drohte der Schmerz sie zu überwältigen.

In aller Eile wählte sie ein Kleid aus. Eines, das geknöpft wurde und das sie nicht über den Kopf ziehen musste. Dann warf sie sich einen dünnen, dunklen Kapuzenumhang über. Sie nahm ein wenig Schmuck aus dem Kästchen auf ihrem Schminktisch und den dicken Knotenstock aus goldenem Olivenholz, mit dem Promachos ungeschickte Diener verprügelt hatte. Ohne den Stock würde sie nicht weit kommen.

Sie trat an den großen Wandteppich. Der Priesterfürst hatte gelogen, als er behauptet hatte, sie nie geliebt zu haben. Er hatte ihr die geheimen Gänge im Tempelpalast gezeigt. Auf diesen Wegen war er während der ersten Wochen zu ihr gekommen, die sie im Tempel verbracht hatte. So hatte er sie an Wachen und den allzu neugierigen Augen anderer hoher Würdenträger vorbei in seine Gemächer geholt. Bis zu jenem Tag, an dem er sich ganz offen zu ihr bekannt und alle Heimlichkeit ein Ende gehabt hatte.

Sie hob den schweren Teppich und drückte mit dem Fuß gegen die mit Lilienreliefs verzierte Bodenleiste. Man musste die richtige Blüte treffen. Beim dritten Versuch fand sie sie. Lautlos glitt die Geheimtür auf. Elodia trat in den engen Gang. Sorgsam schloss sie die Türe wieder. Die einfachen Wachen kannten den Geheimgang nicht. So gewann sie Zeit für ihre Flucht.

Schwer auf den Olivenstock gestützt, schleppte sie sich voran. Sie zählte ihre Schritte, um in dem Labyrinth sich kreuzender Gänge nicht die Orientierung zu verlieren.

Selbst durch die dicken Mauern hörte sie den hellen Klang der Zimbeln. Jetzt wurde die Königin dieses Tages zur großen Sänfte geführt. Das war der zynische Name, den sie den Mädchen gaben, die Balbar geopfert wurden. Für einen Tag waren sie Königinnen von Iskendria. Sicher klopften die Wachen jetzt an Promachos' Tür.

Die stickige Hitze im Labyrinth setzte ihr zu. Immer wieder musste sie kurz innehalten, um neue Kräfte zu schöpfen. Endlich drückte sie sich durch die geheime Tür in der Sänftenkammer. Wie sie erwartet hatte, war hier niemand mehr. Die Sänften waren längst in den Innenhof des Palastes gebracht worden. Sie verließ die Kammer durch eine Seitentür und mischte sich unter die Schaulustigen, die auf die Königin dieses Tages warteten.

Auf den Treppen zum Palast standen die Tempelwachen. Prächtige Krieger mit bronzenen Brustpanzern und Helmen, von denen schwarze Federbüsche wippten. Sie hielten ihre Speere gen Boden gerichtet, ein heuchlerisches Zeichen der Trauer über das Schicksal, das die Königin dieses Tages erwartete. Die großen Rundschilde, auf die sie die bärtige Fratze des Stadtgottes Balbar gemalt hatten, hatten sie auf den Boden gestützt und hielten sie mit der Linken. Breitbeinig standen sie auf der Treppe. Jeder einzelne ein prächtig anzuschauendes Mahnmal für ihren baldigen Tod, wenn sie noch länger verweilte.

Sie zog die Kapuze tiefer ins Gesicht. Sich durch die Reihen der Schaulustigen zu drängen, war eine einzige Folter. So gebeugt, wie sie ging, hielt man sie wahrscheinlich für eine alte Frau. Die meisten behandelten sie rücksichtsvoll, aber es war einfach unmöglich, durch die Heerscharen der Gaffer zu kommen, ohne angerempelt zu werden. Jeder Stoß ließ sie aufstöhnen. Sie hatte Angst, dass die Wunde wieder zu bluten anfangen würde.

Endlich erreichte sie eine der Straßen zum Hafen. Als sie den Kai mit den Handelsschiffen von den Aegilischen Inseln sehen konnte, wurde ihr schwarz vor Augen. Die Beine knickten einfach unter ihr weg. Sie hatte keine Kraft mehr. Sie schaffte es zwar, gegen die Ohnmacht anzukämpfen, aber sie kam nicht mehr hoch.

Besorgt blickte sie die Straße hinauf. Wann würde der Mob beginnen, die Straßen nach der Mörderin des Priesterfürsten Promachos abzusuchen?

Ein junger Mann blieb vor ihr stehen. Er musterte sie. Unwillkürlich drückte sie die Linke, in der sie den gestohlenen Schmuck hielt, fester gegen die Brust.

»Geht es dir nicht gut?«

»Die Hitze«, murmelte sie. »Mir ist ein wenig übel.« Der

Kerl hatte ein breites Kreuz. Vielleicht war er einer der Schauerleute, die halfen, die Schiffe zu entladen. »Wenn du mich zum Kai dort vorne trägst, dann soll es dein Schaden nicht sein.«

Er sah sie an wie ein Weib, das auf dem Fischmarkt die frischen Heringe von denen des Vortags zu unterscheiden suchte. Ihre Kleider waren schlicht, doch aus teurem Stoff. Endlich nickte er. »Wohin soll es denn gehen?«

»Zu den aegilischen Galeeren. Trag mich an ihnen vorbei. Ich werde dir zeigen, auf welches Schiff ich gehöre.«

Er beugte sich vor, um sie aufzuheben. Dabei sah er ihr Gesicht. Leise pfiff er zwischen den Zähnen. »Das ist das erste Mal, dass mir ein hübsches Mädchen Lohn dafür verspricht, dass ich es in den Armen halte.«

»Hoffe nicht auf einen Kuss«, zischte sie und zog die Kapuze noch weiter hinab.

Als er sie auf die Arme nahm, entfuhr ihr ein Schmerzenslaut.

»Soll ich dich nicht lieber zu einem Heiler bringen?« Seine Stimme klang aufrichtig besorgt.

»Man erwartet mich bei den Schiffen. Dort werde ich versorgt werden«, antwortete sie auf Valethisch mit unverkennbar aegilischem Akzent. Sie war sich sicher, dass man ihren Helfer über die Frau befragen würde, die er getragen hatte. Je mehr Spuren zu den Pirateninseln wiesen, desto besser.

Der Schauermann stellte keine weiteren Fragen mehr. Er trug sie an den vertäuten Galeeren vorbei. Elodia hielt Ausschau nach einem der schlanken, schnellen Schiffe, die sich auf den Handel mit Luxusgütern spezialisiert hatten. Pelze und Bernstein aus dem fernen Drusna, feines Fargoner Leinen, Weihrauch, teure Weine und andere, exotische Waren, die an die Tempel und reichsten Kaufherren geliefert wurden.

Endlich, fast am Ende des langen Kais, sah sie ein Schiff, das sich offensichtlich zum Auslaufen bereitmachte.

»Dorthin«, stieß sie hervor. »Setz mich vor der Laufplanke ab. Den Weg hinauf schaffe ich allein.«

»Das glaube ich nicht, Herrin«, entgegnete er entschieden, und noch bevor sie etwas einwenden konnte, brachte er sie an Bord.

Sofort umringten sie einige der Ruderer. Es bedurfte keiner Worte; ihr Träger begriff auch so, dass man sie auf diesem Schiff noch nie gesehen hatte. Er setzte sie auf einer Kiste ab und baute sich schützend vor ihr auf.

»Ich brauche eine Überfahrt nach Zeola«, sagte sie leise und legte einen Smaragdohrring neben sich auf die Kiste.

»Wer bist du?«

»Eine Frau mit Geld und einflussreichen Freunden.« Sie zog ihre Kapuze ein wenig zurück, achtete aber darauf, dass man ihr blutverklebtes Haar nicht sehen konnte. Ihr Anblick verfehlte seine Wirkung nicht. Der Widerstand der Ruderer schmolz dahin, bis ein hochgewachsener Mann mit grauem Lockenhaar zwischen ihnen auftauchte.

»Edelfrauen gehören nicht zu unserer Fracht, edle Dame. Wir können dir keine Unterkunft bieten, die deinem Stand angemessen wäre.«

Sie strich über die Kiste, deren Siegel sie erkannt hatte. Ihre Hand zitterte vor Schwäche. »Ich bin mit Sicherheit weniger zerbrechlich als die feinen Flakons aus blauem Bergkristall, die du übers Meer bringen sollst. Ich kann hier an Deck schlafen.«

Der Grauhaarige nahm den Smaragdohrring und hielt ihn prüfend gegen das helle Sonnenlicht.

»Makellose Steine. Wenn wir in weniger als einer halben Stunde auslaufen, bekommst du den Zwilling zu diesem Ohrring. Und nun sag mir deinen Namen!«

Der Grauhaarige sah sie misstrauisch an.

»Das ist Kapitän Eurestes«, sagte einer der Ruderer voreilig.

Elodia schenkte ihm ein Lächeln. Dann wandte sie sich an den Schauermann, der sie hergebracht hatte. »Wenn in einem Mond ein Schiff mit purpurnen Segeln in den Hafen einläuft, dann sucht mein Geliebter nach mir. Eile zu ihm, sobald es anlegt. Und sag ihm, ich sei mit Eurestes gesegelt.« Mit diesen Worten reichte sie ihm einen kleinen Goldring.

»Du solltest nicht dieses Schiff nehmen«, flüsterte ihr Helfer besorgt.

Elodia konnte im Gesicht des Kapitäns lesen, dass er genau wusste, wem die Schiffe mit den Purpursegeln gehörten. »Mach dir keine Sorgen um mich. Eurestes weiß, wohin ich gehöre. Ich bin auf seiner Galeere so sicher wie die Kristallflakons in dieser Kiste.« Sie bedachte den Kapitän mit einem Lächeln. Eurestes musste befürchten, dass sie die Geliebte eines Piratenfürsten war, und auch wenn er sie ansah, als hätte sie die Pest an Bord gebracht, würde er sich ein Bein ausreißen, um auf der Überfahrt jeden ihrer Wünsche zu erfüllen.

»Ich brauche jetzt den stärksten Branntwein, den du an Bord hast. Dazu Nadel und Faden. Und bitte nicht das Zeug, mit dem ihr die Segel flickt. Außerdem wäre es schön, wenn du mich an einen Platz bringen könntest, an dem mich nicht deine ganze Mannschaft angafft.«

## DIE ZWEITE HAUT

Der Helm drückte Adrien immer schmerzhafter auf die Nase. Bald würde sie brechen! Er tastete nach dem Verschluss am Hals. Die Handschuhe lagen jetzt straff wie eine zweite Haut über seinen Fingern. Endlich konnte er den Verschlusshaken ertasten.

»Warte noch etwas«, sagte Jules mit ruhiger Stimme und griff nach Adriens Hand. »Warte.«

Der Helm verrutschte. Der Druck ließ nach. Kalt lag das uralte Metall auf seinem Gesicht auf. Es hatte aufgehört! Die Rüstung, deren Leder eben noch wie etwas Lebendiges über seine Haut gestrichen war, lag still.

»Ich glaube, du bist erwählt«, sagte Jules, und Stolz lag in seiner Stimme. »Viertausend Jahre hat die Rüstung darauf gewartet, dass ein Mensch sie anlegt. Du weißt, sie wurde für einen König erschaffen. Und nun bist du ihr Auserwählter geworden, junger Michel.«

Zögerlich streckte Adrien die Arme aus. Das Leder beengte ihn nicht. Im Gegenteil, es schien sich bei manchen Bewegungen zu weiten. Sie war völlig anders als jede Rüstung, von der er je gehört hatte. Als habe ihn etwas Lebendiges in sich eingeschlossen.

»Darf ich den Helm jetzt abnehmen?« Seine Stimme dröhnte im Helm, obwohl die metallenen Lippen auf seinen eigenen auflagen und er durch einen schmalen Schlitz sprach.

»Natürlich, Junge.« Jules half ihm. Der Priester öffnete den Verschluss und klappte das silberne Gesicht zur Seite.

Adrien atmete tief ein. Er würde einige Zeit brauchen, um sich an die Rüstung zu gewöhnen. Skeptisch blickte er an sich herab. Der lederne Brustpanzer überzeichnete die Muskeln, die er tatsächlich hatte. Trotz der Rüstung hatte er eine schmale Taille. Der Umhang gefiel ihm … Er wünschte sich, er würde an einem stillen See stehen, um sein Spiegelbild zu betrachten.

»Sehe ich gut aus?«

»Nein«, sagte Jules schroff.

Adrien sah überrascht auf. »Aber …«

»Du siehst nicht gut aus, du siehst *sehr gut* aus, Dummkopf! Was denkst du denn? Diese Rüstung wurde von Göttern für einen König erschaffen. Natürlich siehst du gut aus!«

Plötzlich kam Adrien ein neuer, beunruhigender Gedanke. »Und Tjured? Ich soll sein erster Ritter sein. Was wird er denken, wenn ich eine Rüstung trage, die von heidnischen Göttern geschaffen wurde?«

Der Priester griff sich mit der Hand an die Stirn. »Du hast Sorgen! Glaubst du, Gott hätte zugelassen, dass du diese Rüstung findest, wenn er es nicht gewollt hätte? Gut, als du sie angelegt hast, da war ein gefährlicher Augenblick … Es hätte ja eine Prüfung sein können, ob du der Versuchung widerstehst. Dann hätte er wohl dafür gesorgt, dass dich die Rüstung tötet. Aber es ist ja alles gutgegangen. Also muss es Tjureds Wille sein, dass du ihm in dieser Rüstung als sein Ritter dienst.«

»Du hattest solche Gedanken und hast einfach zugesehen, wie ich die Rüstung anlege?«

Der Priester hielt seinem Blick stand. »Ich konnte mir nicht leisten, dass du Angst vor der Rüstung bekommst«, sagte er sehr ruhig. »Ich musste die Gefahr eingehen.«

Adrien ballte die Hände zu Fäusten. Was hieß hier Gefahr eingehen! *Er* war die Gefahr eingegangen, von der Rüstung getötet zu werden! Jules hatte einfach nur zugesehen. Der Junge musste an die Gräber denken, die er all die Jahre gepflegt hatte. Die beiden Schüler, die vor ihm gekommen waren und nicht überlebt hatten. Das war Jules' dunkle Seite. Mit allem, was er tat, verfolgte er ein geheimes Ziel, das Adrien auch nach sieben Jahren als sein Schüler rätselhaft geblieben war.

»Ich glaube, deine Lehrjahre bei mir enden heute«, sagte Jules.

Diese Ankündigung traf Adrien völlig überraschend. Es war ein Gefühl, als werde ihm der Boden unter den Füßen weggezogen. Sieben Jahre lang hatte sein Leben aus Laufen, Graben, Kämpfen und Unterricht in Lesen und Schreiben sowie Rhetorik und Kirchengeschichte bestanden. Sein Leben war völlig geordnet. Und jetzt wurde ihm all das mit einem einzigen Satz abgenommen. »Ich … Ich weiß nicht …«, stammelte er fassungslos.

»Keine Sorge, ich zürne dir nicht. Es ist ganz offensichtlich Tjureds Wille, dass du in die Welt hinausziehst. Er hat dich hierhergeführt und damit entschieden, dass du so weit bist. Ich hätte dich noch nicht gehen lassen. Aber wer bin ich, mich gegen den Schiedsspruch Gottes aufzulehnen. Ich habe noch ein Geschenk für dich. Oben in unserer Hütte ... Du solltest am besten heute noch gehen. Es hinauszuzögern, macht es nicht besser.«

»Aber ich bin noch nicht bereit!«, begehrte Adrien auf. »Es gibt so vieles, was ich noch nicht weiß!«

Jules lächelte. »Das wird immer so sein. Auch wenn du hundert Jahre alt wirst. Von nun an wird das Leben dein Lehrmeister sein. Meine Zeit mit dir ist um.« Er streckte ihm die Hand hin. »Komm mit mir, Priesterritter. Von nun an gibt es keinen Lehrer und keinen Schüler mehr. Geh hinaus in die Welt und mache Tjured Ehre. Du hast das Zeug dazu.«

Adrien ergriff die Hand. Er war stolz. Aber immer noch zutiefst verunsichert. Ein Teil von ihm wünschte sich, er hätte dieses Schatzgewölbe mit den Rüstungen niemals gefunden.

Jules ging zum Tunnel zurück. »Was willst du tun, nun, da dir die ganze Welt offensteht? Mit welcher Heldentat wirst du dein Wirken als Ritter Gottes beginnen? Mit dieser Rüstung und dem Schwert kannst du fast alles erreichen, wenn du dich klug anstellst. Hast du das Schwert?«

Die Waffe lag noch auf dem Tisch. Es war so viel geschehen, dass er gar nicht daran gedacht hatte, das Schwert mit dem Eberknauf zu nehmen, obwohl er sich die Schwertscheide umgegürtet hatte, als er die Rüstung angelegt hatte. Entschlossen nahm er das Schwert an sich. Es war erstaunlich leicht. Eine doppelte Blutrinne nahm der Waffe einiges an Gewicht. Bei dem Schwert schien es, als sei es von Anfang an für ihn geschmiedet gewesen. Die Größe veränderte sich nicht, und doch lag die Waffe perfekt in seiner Hand und war wunderbar ausgewogen. Er machte ein paar schnelle Schläge. Zischend zerschnitt die Klinge die Luft. In kunstvollen Figuren ließ er das Schwert wirbeln. Es war eine Freude, diese Waffe zu führen! Mit einer letzten eleganten Bewegung schob er es in die Scheide. Kaum war die Klinge im weißen Leder verschwunden, ertönte tief im Tunnel ein Geräusch, als bewegten sich uralte, verrostete Türangeln.

Jules war sichtlich unruhig. »Komm!«, rief er ihm zu und winkte hastig, um seinen Worten noch mehr Nachdruck zu verleihen.

»Was war das?«

»Keine Ahnung. Und ich möchte es auch gar nicht herausfinden!«

Der Priester begann zu laufen. Seine Fackel war fast heruntergebrannt. Adrien hatte seine auf dem Boden neben dem Rüstungsständer liegen lassen. Im zitternden Licht der kleiner werdenden Flamme sahen die Figuren auf den Wänden viel lebendiger aus als auf dem Hinweg.

Vor ihnen im Tunnel ertönten noch immer Geräusche. Sie klangen jetzt anders. Wie Schläge eines großen Hammers mit Eisenkopf, die auf Fels treffen. Sie erklangen ganz regelmäßig. Und sie kamen näher!

Endlich erreichten sie die Stelle, an der das Seil hinabhing. Klares Mittagslicht stach hier in den Tunnel hinab. Die Bilder an den Wänden waren verblasst, als habe das Sonnenlicht ihre Farbe getrunken.

Erleichtert streckte Adrien die Hand nach dem Seil. Da ertönte ein letztes Stampfen. Eine gewaltige Gestalt aus Gold und Silber trat aus dem Zwielicht des Tunnels. Ein silberner Löwe mit einer Mähne aus Gold, dem weite, goldene Schwingen aus dem Rücken wuchsen. Der Löwe war mehr als drei Schritt hoch.

Seine Augen funkelten in strahlendem Blau. Er sah auf sie herab. Sein metallenes Gesicht wirkte edel. Es war nicht die Fratze eines angriffslustigen Raubtiers. Dennoch legte Adrien die Hand auf den Eberknauf seines Schwertes.

»Wenn du gegen ihn eine Waffe ziehst, bist du binnen eines Herzschlags tot«, sagte Jules leise. Dann trat der Priester unmittelbar vor den Löwen. Er sprach ihn in einer Sprache an, wie Adrien sie noch nie gehört hatte. Jules aber ging sie so glatt von der Zunge, als sei es seine Muttersprache. Seine Worte waren beherzt und selbstbewusst.

Und dann antwortete die Bestie! Das Monstrum aus Metall konnte sprechen! Seine Stimme wurde von einem merkwürdigen Klicken und Surren begleitet. Sie sprach langsam und behäbig.

Adrien dachte, wie viel größer die Macht des Bücherwissens doch war. Mit dem Schwert hätte er dieses metallene Ungeheuer gewiss nicht bezwungen.

»Er wird uns helfen, durch das Loch in der Decke zu steigen«, sagte Jules.

»Was? Er hilft uns? Was ist das für ein Geschöpf?«

»Noch ein Geschenk der alten Götter an die sieben Könige. Er hält dich für einen König, weil du diese Rüstung trägst. Er wollte das Loch vergrößern, um mit dir in den Himmel zu reiten. Ihr Verstand besteht aus Zahnrädern und Magie. Sie sind mit dem Denken manchmal etwas langsam.«

Adrien vermochte sich ein Rad mit Zähnen nicht vorzustellen. Dann dachte er, wie es wohl wäre, ein solches Reittier zu haben … »Du hättest ihm ruhig sagen können, dass ich ein König bin. So ein Reittier wäre doch wunderbar!«

»Es wäre dein Tod, du Narr. Es würde die Welt der Menschen in Unordnung bringen und sehr bald die Aufmerksamkeit der Elfen erwecken. Sie haben gewiss nicht vergessen, dass die geflügelten Löwen erschaffen wurden, um ihnen den Himmel streitig zu machen und die Wolkensammler zu schützen. Wenn ein solcher Löwe erscheint, dann werden sie nicht ruhen, bis er und sein Reiter vernichtet sind. Von einem glorreichen Ritter, der zum Ruhme der Tjuredkirche kämpft und unbesiegbar erscheint, werden sie hingegen kaum Notiz nehmen. Bescheidenheit ist mehr als nur eine Tugend, Adrien. In diesem Fall rettet sie dir dein Leben.«

»Wenn du es sagst, Meister«, entgegnete er zerknirscht und malte sich doch in Gedanken aus, wie es sein würde, auf einem fliegenden Löwen zu reiten und damit mitten auf dem Heumarkt von Nantour zu landen.

»Komm!« Jules war halb um den Löwen herumgegangen. Das metallene Ungeheuer war gesattelt. Der Priester setzte seinen Fuß auf die unterste Sprosse einer kleinen Leiter. Um ihn wie ein Pferd nur über einen Steigbügel zu besteigen, war der Löwe entschieden zu groß.

Bewundernd sah sich Adrien die Flügel an. Jede einzelne Feder war für sich allein gearbeitet und in die Flügel eingesetzt. Wie viele Goldschmiede an diesem absonderlichen Geschöpf wohl gearbeitet hatten? Oder vermochten die alten Götter solch eine Kreatur kraft eines einzigen Gedankens zu erschaffen?

Adrien entdeckte einige Beulen und tiefe Schrammen in der Flanke des Löwen. »War er in der Schlacht? Hat er gegen Elfen und Drachen gekämpft?«

Jules war indessen hoch auf den Sattel gestiegen. Von dort konnte man mit ausgestreckten Armen nach dem Stiel der Spitzhacke greifen und sich nach draußen ziehen. Der Priester blickte zu ihm hinab und lächelte in mildem Tadel. »Natürlich hat er gekämpft. Er und all seine Brüder und Schwestern. Was glaubst du, warum sich die Elfen nach all den Jahrtausenden noch an die geflügelten Löwen erinnern? Sie haben ihnen schwer zugesetzt!«

Während Adrien die kleine Leiter erklomm, versuchte er sich vorzustellen, wie man einen Kampf im Himmel führte.

Jules war schon durch das Loch gestiegen. Er räumte die Hacke zur Seite und streckte ihm die Hand entgegen. Adrien staunte immer wieder, wie stark der Priester war.

Sein Meister zog ihn scheinbar ohne Mühe zu sich herauf.

Der Junge blickte durch das Loch zurück zum Löwen. »Ist er nicht einsam dort unten?«

»Nein. Solche Gefühle kennt er nicht. Und er ist nicht der Einzige.«

»Es gibt noch mehr von ihnen?«

»Ja«, entgegnete der Priester in dem Tonfall, den er jedes Mal anschlug, wenn für ihn ein Gespräch beendet war. »Ihr Tag ist noch nicht gekommen. Sie werden warten, bis die Elfen schwach sind. Dann werden sie das Werk vollenden, das sie zu Zeiten der alten Götter begonnen haben. Zeit hat für sie keine Bedeutung. Ein Jahrhundert ist für sie wie ein Tag. Sie sind für die Ewigkeit geschaffen.«

Adrien winkte dem Löwen zu. »Lebe wohl«, sagte er leise. Was für Schätze das Tal wohl noch verbarg? So viele Jahre hatte er hier gelebt, und er wusste gar nichts.

Jules stieg zwischen den Schutthügeln vergangener Grabungen zu seiner Hütte hinauf. Er blickte nicht ein einziges Mal zurück.

Der Junge achtete darauf, den Pfützen aus dem Weg zu gehen. Er machte sich Sorgen, seine prächtige weiße Lederrüstung zu beschmutzen. Wie lange sie wohl ihren Glanz behalten würde? Weiße Rüstungen zu tragen, konnten sich wahrlich nur Fürsten und Könige leisten, die über etliche Diener verfügten, die die ganze Nacht arbeiteten, damit ihre Herren am nächsten Tag wieder in strahlendem Weiß in die Schlacht ziehen konnten.

Der Priester war nur kurz in die Hütte getreten. Als er wieder herauskam, trug er einen weißen Schild, auf den in Schwarz ein verdorrter Baum gemalt war. »Du bist der erste Ritter des Ordens vom Aschenbaum, Michel Sarti. Oft haben wir darüber gesprochen, wie ein Ritterorden beschaffen sein müsste, um dem Ruhm der Tjuredkirche zu dienen. Dies sei mein letztes Geschenk an dich, Ritterbruder. Trage den Schild mit Würde und mache mir Ehre. Es ist nun ganz deine Aufgabe, den Orden erstehen zu lassen, von dem wir nur träumten. Kein alter Mann wird dir mehr hereinreden. Ich vertraue dir. Ich weiß, du wirst deine Sache gut machen.«

Adrien steckte vor Rührung ein Kloß im Hals. Er brachte kein Wort hervor.

»Ich bin nicht gut im Abschiednehmen«, sagte Jules. Seine Mundwinkel zuckten. »Es wird hier einsam werden ohne dich.«

»Ich komme dich besuchen«, brachte Adrien hervor.

»Ich glaube, die Welt wird dich nicht mehr loslassen, wenn du erst einmal dort draußen bist. Aber ich weiß, dass dein Versprechen aufrichtig gemeint war.« Er reichte ihm einen Brotbeutel und eine Wasserflasche. »Erinnerst du dich an die Stelle, an der wir im letzten Sommer das Reh erlegt haben? Dort ganz in der Nähe verläuft ein Wildpfad, der dich hinab zum Fluss bringen wird. Wenn du diesen Weg wählst, wirst du noch vor Einbruch der Nacht das Wasser erreichen.«

Adrien nickte. »Wie werde ich von dort weiterkommen? Wohin soll ich gehen?«

Jules lächelte, und feine Fältchen erschienen in seinen Augenwinkeln. »Gottvertrauen ist die stärkste Waffe eines Ordensritters. Von nun an wird Tjured dein Gefährte sein. Glaube einfach an ihn, und du wirst nicht enttäuscht werden. Er wird gut auf dich achten, denn du bist sein einziger Ritter. Nun lebe wohl, Ritterbruder Michel Sarti. Ich werde jetzt in die Hütte gehen. Ich möchte nicht, dass das letzte Bild, das du von mir in deinem Herzen trägst, das eines rührseligen alten Mannes ist.«

Jules nahm ihn in die Arme, drückte ihn fest an sich und klopfte ihm mit der flachen Hand auf den Rücken. »Du wirst dich gut schlagen, mein Junge. Ich weiß das.«

Abrupt löste er sich. Dann trat er in ihre Hütte und schloss die Tür. Adrien hörte, wie der Riegel vorgeschoben wurde. Eine Weile blieb der Junge stehen und starrte verständnislos auf die Tür. Jules würde ihm für immer ein Rätsel bleiben!

Schweren Herzens machte Adrien sich schließlich auf den Weg. Dabei wünschte er sich, er hätte den Einstieg zu der Schatzkammer nicht gefunden und würde nun mit Jules in der Hütte sitzen und über Philosophie streiten. Zum ersten Mal seit vielen Jahren fühlte er sich einsam.

## PFERDEGEDANKEN

Jules lehnte sich mit dem Rücken gegen die Tür und atmete schwer aus. Endlich war er gegangen! Es hatte ihm etwas ausgemacht! Er war zutiefst verblüfft über die Gefühle, die er empfand. Der Junge war ihm in all den Jahren zu nahe gekommen. Sein Sohn … Er hatte Dutzende wie ihn gezeugt, dachte er ärgerlich. Aber diesen einen hatte er zu sich geholt. Und er war ein guter Schüler gewesen, für einen Menschen.

Vielleicht lag es auch daran, noch einmal dort unten im Saal der Könige gewesen zu sein. Und die Bilder an der Wand des Tunnels gesehen zu haben. Bilder aus einer Zeit, in der er nicht der einzige seiner Art gewesen war.

Vielleicht war es auch der Augenblick gewesen, in dem der Junge die Rüstung gewählt hatte. Seine Rüstung, die er einst erschaffen hatte! War es Zufall, dass sein Sohn ausgerechnet die Eberrüstung gewählt hatte? Oder hatte er etwas gespürt, was sich nicht in Worte fassen ließ.

Jules schloss die Augen und konzentrierte sich auf den Jungen, bis dessen Bild in seinem Geiste erstand. Er sah ihn mit gesenktem Kopf zwischen den Schutthügeln bergab gehen. Er war nicht reif für die Welt. Es war vorschnell gewesen, ihn zu der Rüstung zu führen und dann fortzuschicken. Adrien hatte ja keine Ahnung, was ihn außerhalb der Berge erwartete. Als Bettlerjunge hatte er sich gut durchschlagen können. Aber wie lange würde er als Ritter bestehen? Und wie lange würde es dauern, bis Cabezan von ihm hörte? Die Rüstung wäre eine Versuchung für den alten König. Jules wusste genau, dass Cabezan nichts unversucht lassen würde, um sie an sich zu bringen, wenn er erfuhr, wie anders sie war. Dass ihr Träger schier unverwundbar war.

Wäre Adrien dem alten König gewachsen? Jules fluchte leise. Er würde nicht noch einen Sohn an den König verlieren! Natürlich könnte er einfach in Cabezans Palast gehen und den verdammten Alten töten. Aber das war kein gutes Ende. Er wollte nicht im Mittelpunkt der Aufmerksamkeit stehen. Dazu hatte er Adrien auserwählt. Der Junge sollte zur Kirchenlegende werden. Aber dazu musste er überleben.

Zögernd öffnete er die Tür der Hütte. Er wollte in der Nähe seines Sohnes bleiben. Aber Adrien durfte nichts davon merken. Das wäre schlecht für ihn. Er musste auf eigenen Füßen stehen!

Eigentlich hatte Jules daran gedacht, wieder zu wandern wie in den Jahren, bevor er Adrien zu sich genommen hatte. Das Leben als wandernder Tjuredpriester hatte ihm Freude bereitet. Die Arglosigkeit der Menschen. Die Winkelzüge, mit denen er die Tjuredkirche formte.

Diese Freude musste warten. Er kauerte sich nieder. Nur einen Gedanken später hatte er die Gestalt eines Adlers angenommen.

Mit kräftigen Flügelschlägen erhob er sich in den Himmel. Bald sah er den Jungen. Er sollte ihn mit anderen Augen betrachten. Er war längst kein Kind oder Jüngling mehr. Er war zu einem stattlichen jungen Mann herangewachsen. Die Jahre der Mühen hatten sich bezahlt gemacht. Adrien war gut gewachsen und muskulös. Er würde ein prächtiger Ritter sein. Auch wenn er einem guten Schwertkämpfer aus dem Volk der Elfen wahrscheinlich nicht gewachsen wäre, gab es mit Sicherheit nur wenig Menschen, die mit der Klinge gegen ihn bestehen würden.

Als Adler war er ihm nicht nahe genug. Aber er könnte … Statt eines Lachens entsprang seiner Kehle der helle, herausfordernde Schrei eines Adlers. Adrien blickte zu ihm auf. Der Junge winkte ihm. Der kleine Narr. Er würde sich von jedem Maulwurf verabschieden, dem er hier begegnet war.

Mit kräftigen Flügelschlägen stieg Jules weiter in den Himmel hinauf. Er musste nicht als Wanderprediger umherziehen, um seinen Spaß zu haben.

Als er den Fluss erreichte, landete er dort, wo Adrien in ein paar Stunden erscheinen würde. Er brauchte eine Weile, um sich auf die Gestalt zu besinnen, die er annehmen wollte. Es war sehr lange her, dass er sie das letzte Mal gewählt hatte.

Schließlich verwandelte er sich in einen Schimmel. In ein prächtiges Schlachtross. Aufgezäumt für einen Ritter mit einem schweren Kriegssattel.

Jules lief am Ufer auf und ab, um sich an den unvertrauten Körper wieder zu gewöhnen. Schließlich warf er den Kopf in den Nacken und stieß ein wildes, herausforderndes Wiehern aus. Er würde Spaß haben, schwor er sich. Und dennoch würde er seine Pläne vorantreiben. Die Ritter würden die Speerspitze der Tjuredkirche sein. Sie würden helfen, den Tjuredglauben schneller zu verbreiten. Und letztlich würde dieser Speer Albenmark den Todesstoß versetzen!

Er würde nicht lange ein Pferd sein. Wenn der Junge zurechtkam, würde er ihm ein anders Pferd besorgen. In ein paar Wochen wäre er so weit.

Er versteckte sich zwischen den jungen Birken am Ufer und wartete. Es dauerte lange, bis Adrien kam. Man konnte ihm schon von weitem seine Niedergeschlagenheit ansehen. Mit müdem Schritt und hängendem Kopf kam er den Bergpfad hinab. Einen schönen Ritter gab er ab. So würde er nicht zum Helden von Legenden werden!

Als Adrien ihn sah, blieb er verblüfft stehen. Dann streckte er vorsichtig eine Hand vor.

»Nicht fortlaufen, mein Schöner. Ganz still. Du musst keine Angst vor mir haben. Ruhig.«

*Ich steh hier schon seit Stunden und warte auf dich. Du brauchst dich nicht wie ein Idiot aufzuführen. Ich werde nicht fortlaufen!*

Adrien starrte ihn mit schreckensweiten Augen an. Dann wich er zurück. »Geh aus meinem Kopf!«

*Das werde ich nicht tun. Wie sollte ich sonst mit dir reden!*

»Es gibt keine Pferde, die reden!« Der Junge wich weiter zurück, stolperte über einen morschen Baumstamm und stürzte ins Gras.

*Soll ich dir einen Huftritt verpassen, damit du glaubst, dass es mich gibt?* Er trottete langsam auf ihn zu, was lediglich dazu führte, dass Adrien rückwärts vor ihm wegkroch, was ziemlich lächerlich aussah.

Der Junge zog sein Schwert. »Weiche von mir, Pferd! Sonst werde ich dich bekämpfen!«

Jules wieherte. *Du würdest ein Geschenk Gottes für dich erschlagen? Das einzige sprechende Pferd, das es auf dieser Welt gibt? Du bist ja noch dämlicher, als ich befürchtet hatte.*

»Du bist ein Geschenk Tjureds?« Der Junge hatte wirklich ein Talent, unritterlich auszusehen.

*Was glaubst du, wer sonst noch sprechende Pferde verschenken könnte?*

Adrien stand auf. Er räusperte sich verlegen. Dann legte er den Kopf in den Nacken und blickte zum Himmel hinauf.

*Du wirst ihn da nicht sehen.*

»Wie ist er?«

Jules schnaubte. *Du willst dich mit einem Pferd über Gott unterhalten?*

»Hast du ihn gesehen? Wie sieht er aus?«

*Er hat drei Köpfe, ist groß wie ein Berg und hat dreiundzwanzig Arme. Das liegt daran, dass er einen Arm im Kampf verloren hat …*

Adrien glotzte ihn auf seine unnachahmliche Weise an.

*Natürlich sieht er nicht so aus, du Trottel. Er ist überall, in jeder Gestalt. Er sieht dich gerade. Und ich weiß nicht, ob er amüsiert oder entsetzt über den Narren ist, der den ersten Ritter seiner Kirche abgibt.*

Adrien klopfte sich das Gras vom Umhang und bemühte sich ritterlich auszusehen. »Darf ich dich besteigen?«

*Nein!*

»Aber …«

*Du darfst auf mir reiten. Und da endet unsere Freundschaft.* Jules schnaubte. *Mich besteigen! Also wirklich …*

»Entschuldige. Ich … Ich habe nicht viel Erfahrung mit Pferden.«

*Da wäre ich jetzt nicht drauf gekommen. Also los, sitz auf. Wollen wir mal sehen, wie du dich im Sattel hältst. Und lass den Schild und dein Schwert erst mal unten.*

Er tat es! Der Junge hörte auf ein Pferd! Wie sollte das erst werden, wenn er in der ersten Stadt an irgendwelchen Abschaum geriet? Sein Versuch, in den Sattel zu steigen, war erbärmlich. Er brauchte eine Ewigkeit.

*Ich brauch dich nicht einmal zu sehen, um zu wissen, dass du mit der lässigen Grazie eines Sacks Bohnen dort oben thronst.*

»Sind alle Pferde wie du?«

*Nein, die meisten keilen aus oder beißen, wenn sie einen wie dich treffen. Einige besonders Üble würden dich auch abwerfen und darauf hoffen, dass du dir den Hals brichst. Jetzt nimm die Zügel und fall mir bloß nicht herunter. Ich will schließlich keinen Ärger!*

»Wenn ich mir den Hals breche, wirst du wohl keinen Ärger mehr bekommen.«

*Ich rede doch nicht von Ärger mit dir. Um mit dir Ärger zu bekommen, müsste ich dich ernst nehmen, und davon sind wir noch weit entfernt. Ich dachte an anderen Ärger. Schon vergessen, wer mich geschickt hat?*

Jules trabte langsam los. Er konnte spüren, wie der Junge im Sattel hin und her schwankte. Wenigstens fiel er nicht gleich herunter.

*Wir haben noch einige Wochen Arbeit vor uns, bis du dich aus den Bergen herauswagen kannst. Du bist kein Ritter, du bist eine Witzfigur! Die Leute würden sich totlachen, wenn sie dich reiten sehen.*

»Stimmt, wir brauchen noch einige Zeit, bis wir so weit sind. Mit so einem Pferd könnte ich mich nicht blicken lassen.«

Jules blieb so abrupt stehen, dass Adrien aus dem Sattel gestürzt wäre, hätte er sich nicht im letzten Moment in der Mähne festgehalten. *Was soll das denn heißen? Du wirst in ganz Fargon keinen verdammten Gaul finden, der es an Kraft und Ausdauer mit mir aufnehmen könnte. Von meinem Aussehen wollen wir erst gar nicht reden!*

»Ein Pferd mit deinem Benehmen passt nicht zu einem heldenhaften Ritter. Wenn das nicht besser wird, werde ich wieder zu Fuß gehen.«

*Du willst ein Geschenk Gottes zurückweisen?*

»Ich bin mir sicher, wenn Tjured deinen Charakter besser kennen würde, dann hätte er dich nicht geschickt.«

*Vielleicht bin ich ja eine Prüfung für dich?* Das hatte gesessen. Adrien sagte eine ganze Weile nichts mehr. Sie trotteten am Ufer entlang. Als ein Flusskahn in Sicht kam, wich Jules in den Wald aus. Der Junge sollte besser nicht gesehen werden. Er war einfach noch nicht so weit.

*Wie kommst du darauf, dass du ein heldenhafter Ritter bist? Was hast du denn schon geleistet? Vielleicht habe ich ja schon einmal von dir gehört?*

»Das glaube ich eher nicht. Ich … Ich habe einen fliegenden Löwen getroffen, der ganz aus Gold und Silber gefertigt war. Und eine Rüstung gefunden, die von den alten Göttern für einen König gefertigt wurde. Ähm … Das war es erst mal. Aber ich weiß, ich werde noch andere Heldentaten begehen.«

*Heldentaten begehen?* Jules schüttelte sich. *Das hört sich ja an, als wolltest du jemanden umbringen. Ich will dir ja nicht zu nahe treten, aber mir scheint es so, als hättest du noch nichts Besonderes geleistet. Wie heißt du eigentlich?*

»Michel Sarti.«

Jules war zufrieden, dass sich der Junge an ihre Abmachung hielt und sogar gegenüber einem Pferd seinen wirklichen Namen verschwieg.

»Wie heißt du denn?«

*Weißer Donner.*

»Ziehst du mich wieder auf?«

*Warum? Ist mit dem Namen etwas nicht in Ordnung?*

»Nun … Er hört sich irgendwie seltsam an.«

*Seltsam! Ich bin ein Schimmel, und meine Hufe dröhnen wie Donnerschlag, wenn ich galoppiere. Was also ist an meinem Namen seltsam?*

»Ist schon gut, ich wollte dich nicht beleidigen.« Der Junge versank wieder in Schweigen. Jules brachte sie zu ihrem Ausgangspunkt zurück, wo noch der Schild und das Schwert im hohen Gras lagen.

Adrien stieg ab. Er nahm ein Stück altbackenes Brot aus seinem Beutel, ließ sich auf dem umgestürzten Baumstamm nieder und begann zu essen.

Jules war hungrig. *Gibst du mir was ab?*

Der Junge sah ihn verwundert an. »Hier gibt es doch genug frisches Gras.«

*Ich mag kein Gras.* Fast hätte er gesagt, das sei etwas für Ziegen und Gäule.

»Aber du bist ein Pferd! Alle Pferde fressen Gras!«

*Ich nicht. Mir wird von Gras übel.*

Adrien reichte ihm ein Stück Brot. Es war jämmerlich wenig. Er hatte einen Pferdeappetit.

»Was frisst du denn sonst? Hafer?«

*Ich mag gebratene Hühner.*

Adrien wäre fast das Brot aus der Hand gefallen. »Du frisst Fleisch? Pferde fressen kein Fleisch!«

*Ich schon. Andere Pferde reden ja auch nicht. Ich bin eben anders.*

»Wir werden Schwierigkeiten bekommen, wenn wir zusammen reisen.«

*Nur wenn du in aller Öffentlichkeit mit mir redest.*

»Das werde ich schon nicht tun! Aber was glaubst du, was die Leute von einem Pferd halten, das Hühner frisst? Die werden in dir ein dämonisches Elfenpferd sehen, dich auf den nächsten Scheiterhaufen stellen und verbrennen.«

*Keine Sorge. Ich werde schon keine Hühner verputzen, wenn ein Priester neben mir steht. Hast du noch etwas Brot?*

Adrien gab ihm tatsächlich noch mehr zu fressen. Vielleicht hoffte er darauf, dass morgen durch ein göttliches Wunder der Brotbeutel wieder voll wäre. Er sollte sich nicht zu sehr an Wunder gewöhnen! Morgen würde er ihn Fische fangen schicken. *Was wird denn deine erste Heldentat? Wirst du einen tyrannischen Grafen stürzen? Eine berüchtigte Räuberbande gefangen nehmen oder eine entführte Jungfrau befreien?*

»Das mit der Jungfrau trifft es fast. Ich werde ein Mädchen retten. Mein Mädchen!«

*Du hast ein Mädchen?*

»Naja, nicht so richtig?«

*Nicht so richtig? Wie hat man denn ein Mädchen richtig oder falsch? Ich bin nur ein Pferd. Ich kenn mich da nicht aus. Entweder habe ich eine Stute besprungen oder nicht. Nicht so richtig gibt es bei uns nicht.*

Adrien wurde rot. »Also …« Er räusperte sich. »Besprungen habe ich sie nicht …«

*Also war da das, was ihr Küssen nennt.*

»Nein, auch nicht.«

Jules schnaubte. *Aber sie ist dein Mädchen? Wie heißt sie denn?* Ihm schwante Übles.

»Das weiß ich nicht.«

Er schüttelte den Kopf. *Also habt ihr nur ein bisschen geredet.*

»Nein, auch nicht.« Adrien war jetzt sehr kleinlaut. »Aber ich werde sie retten. Ich habe es meinem Lehrer nie gesagt, aber ich habe es mir schon ganz zu Anfang geschworen. Sobald ich ein Ritter bin, werde ich nach Nantour reiten und das Blumenmädchen vom Heumarkt retten.«

*Was gibt es bei einem Blumenmädchen denn zu retten?* Jules war froh, dass er dieses Ärgernis schon vor Jahren aus der Welt geschafft hatte. Er hatte es von Anfang an geahnt, dass Adrien diese Elodia noch im Kopf herumspukte. Wahrscheinlich war sie schon längst verreckt.

»Also, sie ist …«, druckste der Junge herum und wurde noch röter. »Sie muss sich manchmal verkaufen, weil das Geld, das sie mit dem Blumenverkaufen verdient, nicht zum Leben genügt.«

*Ich verstehe das richtig? Du bist ein junger Ritter, der im Namen Tjureds große Heldentaten vollbringen will. Und das Erste, was du tust, ist, eine Hure zu retten?*

»Sie ist keine Hure!«

*Aber du sagtest doch, sie verkauft …*

»Sie ist keine Hure! Wage es nie wieder, sie so zu nennen. Es ist nicht ihre Schuld, dass sie in Not ist und keinen anderen Weg sieht. Ich werde sie retten. Ich habe Gold. Es wird ihr nie wieder an etwas fehlen. Ich werde sie finden!«

*Wann hast du sie denn zum letzten Mal gesehen?*

»Vor sieben Jahren«, sagte er kleinlaut.

*Und du glaubst, du findest sie noch auf dem Heumarkt von Nantour. Sieben Jahre ist eine lange Zeit für ein Mädchen, das …*

»Ich werde sie finden, ganz gleich, wo sie ist. Ich bin ein Ritter! Ich lasse mich von Schwierigkeiten nicht abschrecken. Ich werde sie finden, du wirst es sehen!«

## VON BLUTIGEN ADLERSCHWINGEN UND EINER UNMORALISCHEN HELDIN

Cabezan war schlecht gelaunt. Die Lage an der Grenze zu Drusna geriet mehr und mehr aus dem Ruder. Dieses barbarische Königreich, von dem es nicht einmal vernünftige Landkarten gab, war in etliche Fürstentümer zerfallen, und jeder dieser Fürsten tat, was ihm gefiel. Es gab zwar einen König, doch von dem ließen sich die Fürsten nichts sagen.

Fürst Arsi war ins nördliche Fargon eingefallen und hatte zwei kleine Städte und etliche Dörfer ausgeplündert. Sein König hatte ihm das verboten, und Arsi hatte darauf geschissen. Waren die Plünderer erst einmal in Drusna, war es schwer, sie zu verfolgen. In den dichten, weglosen Wäldern waren seine Ritter den Barbaren hoffnungslos unterlegen. Wann würde der nächste Fürst über Fargon herfallen? Nachdem Arsi so leicht reiche Beute gemacht hatte, stand zu befürchten, dass diese Hinterwäldler sich untereinander vertragen würden und nun alle einen Kriegszug nach Westen unternahmen.

Cabezan betrachtete die Magd, die ängstlich das Blut vom Boden schrubbte. Sie wagte es nicht, in seine Richtung zu blicken. Überall auf den Gazeschleiern vor seinem

Bett waren Blutspritzer. Tankret zog mit langen, hingebungsvollen Strichen seinen Wetzstein über sein Schwert. Ein Wink hatte genügt, und der Ritter war enthauptet, der die Nachricht von den Überfällen gebracht hatte. Das war sicherlich ungerecht, aber er war König, dachte Cabezan wütend. Er konnte es sich leisten, auf Gerechtigkeit zu verzichten. Jedenfalls, solange man ihn fürchtete.

Er betrachtete die junge Frau, die auf dem Boden kauerte. Ihr Körper bewegte sich beim Schrubben rhythmisch vor und zurück. Er hatte gehört, die Lungen würden sich wie rote Flügel erheben, wenn man die Rippen entlang der Wirbelsäule durchtrennte und mitsamt dem Fleisch des Rückens zur Seite klappte. Er hatte das immer einmal sehen wollen. Das Mädchen war jung und kräftig. Sie würde bestimmt nicht sofort ohnmächtig werden. Cabezan blickte zu Tankret. Der Krieger hob fragend eine Braue.

Ein Räuspern riss Cabezan aus den Gedanken an blutrote Flügel. Balduin war zwischen den Gazeschleiern hervorgetreten. Missbilligung stand ihm in sein altes, faltiges Gesicht geschrieben.

»Was!«, herrschte der König ihn an. »Steht noch eine Stadt in Flammen?«

Der impertinente Alte erdreiste sich zu lächeln. »Noch nicht, aber bald, mein Gebieter.«

»Wir werden also belagert.«

»Nicht wir. Der Piratenfürst aus Zeola. Die Flotte Iskendrias hat sich vor zwölf Tagen eine gewaltige Seeschlacht mit den Fürsten der Aegilischen Inseln geliefert. Mehr als dreihundert Galeeren sollen gesunken oder verbrannt sein. Und nun blockiert die siegreiche iskendrische Flotte Zeola und hat Truppen an Land gesetzt. Die Nachrichten sind vor nicht einmal einer Stunde eingetroffen.«

»Was für eine überaus erfreuliche Schicksalswende! Wenn ich Zeit habe, werde ich heute Nacht zu den alten Göttern und zu Tjured beten. Und ich werde sie bitten, den verfluchten Drusniern die Pest ins Land zu schicken.«

»Mit Verlaub, Majestät, aber das war weit mehr als nur eine erfreuliche Schicksalswende. Es war der Dolch, den Ihr ins Schlafzimmer des Promachos geschickt habt, der die Piratenflotten und die Schiffe Iskendrias künftig von unserer Küste fernhalten wird. Vor einigen Tagen schon ist das Mädchen Elodia nach Marcilla zurückgekehrt und befindet sich nun auf dem Weg zum Mons Gabino. Ich habe nur einen sehr knappen Bericht von ihr erhalten, aber wie es scheint, hat sie Promachos getötet und den Krieg zwischen Iskendria und den aegilischen Fürsten angestiftet. Ihr solltet sie adeln, Herr. Sie hat uns vor einem Krieg bewahrt, den wir nicht hätten gewinnen können.«

»Wie hieß das Mädchen?«

»Elodia, Herr.«

»Ich erinnere mich nicht.«

»Sie hatte einen kleinen Bruder. Er war zu Gast in Eurem Bad, Herr.«

Cabezan überlegte kurz. »Da waren so viele … Ich erinnere mich nicht. Schreib einen Brief ans Refugium. Sprich ihr meinen tief empfundenen Dank aus. Das übliche Blabla. Du weißt, wie man so etwas macht. Und dann schick sie nach Drusna. Wir brauchen jemanden, der diesem verfluchten Fürsten Arsi die Kehle durchschneidet. Schick auch noch fünf oder sechs andere Mädchen. Viel hilft viel.«

»Bei allem Respekt, Herr!« Während er das sagte, hatte Balduin einen Gesichtsausdruck, der es an jeglichem Respekt mangeln ließ. »Dieses Mädchen war zwei Jahre lang im Feindesland. Es hat mit seiner Tapferkeit ganz allein einen Krieg von unserem Königreich abgewendet und hat es gegen widrigste Umstände geschafft, zu entfliehen und dafür zu sorgen, dass keinerlei Verbindung zwischen ihr und Fargon gezogen werden wird. Unter all den Fürsten unseres Königreiches kenne ich keinen Einzigen, der je etwas Vergleichbares geleistet hätte. Und schon gar nicht unter den Speichelleckern hier bei Hofe!« Balduin konnte es sich nicht verkneifen, bei seinen letzten Worten zu Tankret zu blicken.

Der König lächelte. Sein bester Berater wurde von Jahr zu Jahr tollkühner. Ob das am Alter lag oder daran, dass er keine Nachkommen und keine lebenden Verwandten hatte? Er war schwer zu erpressen. Er hatte es sogar gewagt, dem Mädchen und dem Jungen, die er ihm vor ein paar Wochen zum Bad geschickt hatte, die Freiheit zu schenken. Unter all den Männern und Frauen bei Hof war Balduin der Einzige, der nicht erpressbar war. Cabezan wusste, dass sein Hofmeister ihn zutiefst verachtete. Wahrscheinlich blieb er allein deshalb, weil er glaubte, von etlichen Unschuldigen Unheil abwenden zu können, so lange er diese bedeutende Stellung bekleidete. Cabezan hatte schon verschiedentlich davon gehört, dass Balduin Befehle abänderte oder einfach nicht weiterleitete. Wenn der Alte ansonsten nicht so gute Arbeit geleistet hätte, so hätte er ihm schon längst Tankret geschickt.

»Hochverehrter Balduin, ich bin verblüfft, dass sich ein Mann Eures Alters und tadellosen Rufes so vehement für ein kleine Hure einsetzt. Hat sie Euch auch schon den Schwanz gelutscht?« Der Alte wurde erst bleich, dann lief er rot an. Es war so leicht, ihn mit einer einzigen vulgären Bemerkung aus der Reserve zu locken.

»Wie Ihr schon richtig anmerktet, bin ich zu alt, um mich solch fragwürdigen Genüssen hinzugeben. Wir haben sie hier in dieser Kammer zur Hure des Königreichs gemacht. Ich erinnere mich noch sehr genau an diesen Abend. Und das Versprechen, das wir ihr gegeben haben, wurde nach nicht einmal einem Mond gebrochen.«

Cabezan erinnerte sich genau an die kleine Schlampe. Aber er zog es vor, dass Balduin ihn für vergesslich hielt und dachte, er verliere über die Angelegenheiten des Königreichs langsam den Überblick. »War sie nicht schon eine Hure, bevor sie in den Dienst des Königreichs trat?

Üblicherweise wählen wir doch Mädchen mit etwas Erfahrung aus. Davon zu sprechen, dass wir sie hier in dieser Kammer zur Hure gemacht hätten, erscheint mir etwas melodramatisch, mein Guter.«

In Balduins Gesicht arbeitete es. Ehrenhafte Männer waren so leicht zu manipulieren!

»Was ich meinte, mein König, war lediglich, dass uns Elodia einen unermesslich großen Dienst erwiesen hat. Sie war so erfolgreich, weil sie sehr gut auf ihre Aufgabe vorbereitet wurde. Warum sollten wir eine solch wertvolle Waffe im Kampf um die Macht leichtfertig zerbrechen? Sie nach Drusna zu schicken, ohne dass sie sich mit der Sprache und den Gebräuchen des Landes vertraut machen kann, ist ganz so, als würden wir sie dem Henker überantworten. Ganz gleich, ob sie eine Hure ist oder nicht. Unser Königreich schuldet ihr Dank und nicht ein Todesurteil!«

»Unser Königreich?« Er machte eine lange Pause, um den Worten Nachdruck zu verleihen. »Teilen wir uns etwa den Thron, mein lieber Balduin?«

»Ich meinte das nicht so!« Seine Worte überschlugen sich fast. »Das war nur so eine Redensart … Ich würde niemals …«

»Du bist der Einzige, dem ich so etwas durchgehen lasse, alter Freund.« Cabezan deutete auf die Blutspritzer auf den Vorhängen. »Der Mann, der vor dir hier war, hat aus einem sehr viel nichtigeren Grund seinen Kopf verloren.« Er sah, wie sich die Züge seines Hofmeisters verhärteten. Er fürchtete den Tod nicht. Begrüßte er ihn vielleicht sogar? Es machte keinen Spaß, jemanden mit etwas zu bedrohen, wovor er keine Angst hatte. Im Übrigen war Balduin unleugbar nützlich. Seine Worte waren nicht weit von der Wirklichkeit entfernt gewesen. Er, Cabezan, siechte in diesem Palast vor sich hin. Er war der König. Ein gefürchteter Tyrann. Aber Balduin lenkte die Verwaltung. Er entschied über all die tausend bedeutsamen Kleinigkeiten, die zu langweilig waren, um sich der Aufmerksamkeit eines Königs zu erfreuen. Allerdings war Cabezan nicht so dumm, aus den Augen zu verlieren, dass es gerade diese unbestechliche, zuverlässige Arbeit seines Hofmeisters war, die das Königreich erblühen ließ.

»Solltet Ihr wirklich glauben, dass ich nach Eurem Thron strebe, dann werde ich mir hier und jetzt den Dolch in die Brust stoßen.«

Cabezan lachte. »Noch so ein melodramatischer Auftritt. Diese Seite an dir kenne ich noch gar nicht.«

»Und Elodia?«

Langsam ärgerte ihn das Betragen des Alten. »Ehrlich gesagt, schätze ich das Leben eines jedes Leibeigenen in meinem Königreich höher als das einer Hure. Und ich bin mir völlig sicher, dass die überwiegende Mehrheit meiner Untertanen ganz genau derselben Meinung ist. Deinen Einsatz für dieses Mädchen finde ich überaus befremdlich. Würde ich dich nicht so gut kennen, würde ich unterstellen, dass du sie dir in dein eigenes Bett holen möchtest. Weil sie dem Königreich gut gedient hat, soll sie zwei Monde auf dem Mons Gabino verbringen. Und dann schickst du sie nach Drusna. Hoffe nicht darauf, dass ich das vergessen werde. Du darfst nun gehen und mir morgen einen Plan unterbreiten, wie wir die verdammten drusnischen Räuber in ihren Wäldern ausräuchern können!«

Balduin zog sich zurück, und es entging Cabezan nicht, dass der Alte sich nicht verbeugte, bevor er die Kammer verließ.

Das Mädchen kauerte noch immer am Boden und schrubbte. Es war schwer, das Blut aus den schmalen Fugen des Mosaikbodens zu entfernen. Das Auf und Ab ihres Hinterns hätte ihn früher erregt. Sie war nicht hässlich. Etwas zu dürr und flachbrüstig, aber sie hatte ein hübsches Gesicht.

Cabezan versuchte sich Elodias Antlitz ins Gedächtnis zu rufen. Er war sich natürlich bewusst, dass sie Großes geleistet hatte. Er war kein Narr! Und weil er das nicht war, musste das Mädchen verschwinden. Hätte er sie gerecht behandelt, dann hätte sie eine Heldin sein sollen. Zum Glück würde eine Hure sich kaum in der Öffentlichkeit ihrer Taten in den Betten fremder Tyrannen brüsten. Und sollte sie doch so dumm sein, es zu tun, durfte sie kaum auf großen Zuspruch hoffen. Aber sie war eine Heldin. Und um Helden mochte sich Widerstand bilden. Ohne es zu ahnen, hatte sie ja bereits seinen Hofmeister auf ihre Seite gebracht. Wer würde als Nächster kommen?

Sie musste nach Drusna! Da würde sie sang- und klanglos in den Wäldern verschwinden. Sie würde eine Mission bekommen, die sie in den Tod führte. Vielleicht könnte er ja dafür sorgen, dass Fürst Arsi wusste, wer sie war? Es wäre nicht schwer, einen Boten an Elodia auf einen Weg zu schicken, der ihn sicher zu einer Begegnung mit drusnischen Strauchdieben führte.

Cabezan drehte sich auf seinem Lager auf die Seite, um das Mädchen besser beobachten zu können. Sie hatte etwas Sinnliches. Und er würde sie nicht besitzen können. Auch Tankret sah sie an.

Der Zustand seiner Männlichkeit war Cabezan ein steter Verdruss. Vor ein paar Tagen erst hatte er es mit Rehblut versucht. Die Barbaren weit im Osten behaupteten, es würde selbst tote Glieder wieder erstarken lassen. Seines nicht!

Wenn er das Mädchen nicht haben konnte, dann sollte es auch kein anderer besitzen! »Hast du schon einmal einen Adler gesehen, Mädchen. Von nahem?«

Die Kleine stutzte. Sie wagte es nicht aufzublicken. »Nein, mein König«, sagte sie mit vor Angst heiserer Stimme.

»Ich auch noch nicht«, log er. »Würdest du mir helfen, die Schwingen eines Adlers betrachten zu können, wenn du die Macht dazu hättest?«

»Ganz gewiss, Herr. Aber ich weiß nicht, was ich tun könnte …«

»Mach dir keine Sorgen, Mädchen. Tankret wird dir helfen, mir diesen kleinen Wunsch zu erfüllen.«

## RAOUL

Er hatte keine Schwierigkeiten, sich zurechtzufinden. Nantour hatte sich in den sieben Jahren, die er fort gewesen war, kaum verändert. Allerdings kam ihm die Stadt jetzt kleiner vor. Die großen Lagerhäuser am Fluss ragten für ihn nicht mehr bis in den Himmel. Der neue Tempelturm mit seinen Fenstern aus buntem Glas beeindruckte ihn nicht mehr, nachdem er die Wunder des Steinernen Walds gesehen hatte.

Hoch zu Ross, war er flankiert von einer Schar Kinder, die zwar ein wenig Abstand hielten, aber sich nicht entgehen lassen wollten mitzuerleben, was dieser seltsame Mann mit dem silbernen Gesicht wohl in der Stadt tun würde. Adrien hatte sich inzwischen daran gewöhnt. In seinem Aufzug war es unmöglich, unbemerkt zu reisen. Und es waren stets die Kinder, die ihm als Erste folgten, wohingegen Erwachsene trotz seiner weißen Rüstung Gefahr wähnten, wenn man allzu aufdringlich wurde. Doch zumindest ihre Blicke folgten ihm, und er ahnte, dass das Gesehene Gesprächsstoff für die nächsten Tage und Wochen liefern würde.

Er zog es vor, auf einsamen Landstraßen zu reiten, wo er ungestört mit seinem wundersamen Pferd reden konnte. Begafft zu werden, empfand er als anstrengend, obwohl ihm klar war, dass es seine Aufgabe als künftiger Ordensgründer war, möglichst viel Aufmerksamkeit zu erregen. Aber noch waren ihm die Blicke eine Bürde. Er konnte sie nicht genießen. Würde sich das ändern?

Er war auf dem Heumarkt gewesen, um nach seinem Mädchen …

*Nach deinem Schwarm! Von seinem Mädchen sollte man wenigstens den Namen kennen. Sie ist nur dein Schwarm, du Traumtänzer!*

Adrien war froh, dass er eine Maske trug und niemand sehen konnte, wie er die Fassung verlor. Dieser Gaul konnte nicht nur reden, er konnte ihm auch in die Gedanken blicken! Am liebsten hätte er ihm geantwortet. Aber vor all den Kindern konnte er sich schlecht mit seinem Pferd streiten. Es genügte, eine Antwort zu denken. Aber das war nicht annähernd so befriedigend, wie auszusprechen, was er diesem Gaul sagen wollte.

Lass mich in Ruhe, du Besserwisser! Kennst du die Namen aller Stuten, denen du begegnet bist?

Schweigen. Über sich selbst redete sein ach so gesprächiges Pferd eher selten. Adrien zügelte es ein wenig härter, als notwendig gewesen wäre, und saß ab. Er trat in eine Pfütze, die nach Verwesung stank und auf der Schlieren von Blut trieben. Auch das hatte sich nicht geändert. Der Fleischhauer schüttete das wenige, was bei seiner Arbeit an Abfällen anfiel, direkt vor seine Tür.

Ein alter Hund wich ihm mürrisch knurrend aus. Die Kinder blieben in ein paar Schritt Abstand stehen. Er hörte sie flüstern. Ein Witzbold war davon überzeugt, er würde jetzt den Schlachter schlachten.

Der Schmutz perlte von seinen weißen Stiefeln ab. Er stieß die Tür des alten, grauen Steinhauses, ohne zu klopfen, auf. Der Fleischhauer stand hinter einem von tiefen Furchen zernarbten Tisch. Eine grauhaarige Frau schob gerade einige Würste in ihren Korb. Bei seinem Anblick fiel ihr die letzte Wurst aus der Hand.

Adrien hob sie auf und reichte sie ihr mit galanter Geste. »Werte Dame, würdet Ihr mich mit dem Herrn allein lassen? Ich habe einige private Dinge mit ihm zu besprechen.«

Eine der Würste, für die er zum Dieb geworden war und für die das Blumenmädchen sich verkauft hatte, nach all den Jahren nun wieder in der Hand zu halten, berührte ihn tiefer, als er erwartet hätte.

»Ich danke Euch, hoher Herr.« Die Frau verbeugte sich, was ihr sichtlich Mühe machte.

Er nahm sie bei der Hand. »Ich bin keineswegs von höherem Stand als Ihr, meine Dame.« Sie schenkte ihm ein zahnloses Lächeln und ließ sich ohne Widerstand zur Tür geleiten.

Als er sich umdrehte, lag ein schweres Fleischermesser auf dem Tisch. Er hätte schwören mögen, dass es eben nicht da gewesen war. Aber immerhin hielt der Fleischhauer es nicht in der Hand.

»Womit kann ich Euch dienen, Herr?« Er war angespannt. Sein Gesicht hatte eine ungesunde, käsig weiße Farbe. Tiefe Ringe hatten sich unter seine Augen gegraben. Offensichtlich rasierte er sich nur unregelmäßig. Seine Wangen waren mit grauen Stoppeln bedeckt. Sein Haar war schütter, und sein Versuch, die ausufernde Glatze zu bekämpfen, indem er Haare über die kahlen Stellen legte, betonte sie nur noch mehr, statt sie zu verstecken. Er hatte eine Lederschürze umgebunden, die sich straff über seinen Spitzbauch spannte. Dunkles, fast schwarzes Blut hatte sich seit Jahren ins Leder gezogen. Die Arme des Fleischhauers waren nackt. Knotige Muskeln verrieten seine Kraft. Hände und Finger waren mit weißen Narben bedeckt, Spuren unachtsamer Augenblicke in einem Geschäft mit scharfen Messern. Der Mann wirkte schmuddelig und verhärmt. »Herr?«

Adrien war ganz in der Betrachtung des Fleischhauers versunken gewesen. Er räusperte sich. »Ich suche ein Mädchen«, klang seine Stimme dumpf durch den Helm.

»Ich habe keine Tochter und kenne keine Mädchen.«

»Das Blumenmädchen vom Heumarkt?«

Die Augen des alten Metzgers weiteten sich. »Was ist mit der?«

»Wo finde ich sie?«

Der Alte wischte sich die Hände an der Schürze ab, obwohl sie nicht schmutzig waren. »Ja, die. Die ist früher manchmal gekommen. Ein hübsches Ding.«

Adrien musste an sich halten. »Wo steckt sie?«

»Die Stadtwachen haben sie geholt. Sie war irgendwie auch im Geschäft mit Würsten.« Er grinste anzüglich. »Hat ihr mehr gebracht als ihre Blümchen, denke ich.«

»Sie war auch bei dir, nicht wahr?«

Der Fleischhauer kniff die Augen zusammen. »Na und? Daran war nichts Verbotenes. Ich hab immer ordentlich gezahlt. Mit …«

Adrien gebot ihm mit einer harschen Geste zu schweigen. Wenn er sich das Blumenmädchen und den Alten vorstellte, wurde ihm übel. »Was ist bei der Stadtwache mit ihr geschehen? Wohin hat man sie gebracht?«

»Keine Ahnung. Sie war einfach fort. Von einem Tag auf den anderen. In den Kerker ist sie nicht gegangen. Davon hätte ich gehört. Normalerweise hätte man sie in ein Badehaus gesteckt. Aber auch das ist nicht geschehen. Zumindest ist Elodia nicht in Nantour.«

»Elodia? Ist das ihr Name?«

»Ihr sucht dieses Mädchen und kennt nicht einmal ihren Namen?«

»Elodia«, sagte er noch einmal leise, um den Klang ihres Namens zu kosten. Sollte das alles sein, was von ihr geblieben war?, dachte er verzweifelt. Adrien atmete schwer aus. So viele Stunden hatte er mit der Erinnerung an sie verbracht. Manches Mal hatte er sich schlimme Dinge vorgestellt. Hatte sich ausgemalt, was ihr alles zustoßen könnte. Aber dass sie einfach verschwinden würde … Er griff nach seiner Geldkatze und holte ein kleines, verbogenes Stück Gold hervor, Beute seiner endlosen Grabungen. Er hatte einige Beutel voll davon mitgenommen. Natürlich hätte er auf Jules hören und allein auf Tjured vertrauen können, aber Adrien hatte das Gefühl, dass Gott lieber Ritter hätte, die in der Lage waren, sich selbst zu helfen, und für so alltägliche Dinge wie einen vollen Bauch nicht auf seine Hilfe angewiesen waren.

Er legte das Goldstück vor dem Alten auf die zerfurchte Tischplatte. Der nahm es auf. Betrachtete es misstrauisch von allen Seiten und nahm es sogar einmal kurz in den Mund. »Ist das …?«

»Ja, das ist Gold.«

»Ich weiß wirklich nicht, wo sie ist, Herr. Ich habe Euch alles gesagt. Das müsst Ihr mir glauben.«

»Das Gold ist für ihren Namen. Und für einen Jungen, der vor sieben Jahren die Dachschindeln deiner Räucherkammer beiseitegeschoben hat, um zwei Würste zu stehlen. Betrachte es als späte Entschädigung.«

Der Fleischhauer runzelte die Stirn. Es war unübersehbar, dass er befürchtete, einen Verrückten vor sich zu haben. Einen Bewaffneten mit einer Börse voller Gold. Er setzte ein falsches Lächeln auf. »Kennt Ihr den Jungen, Herr?«

»Den Jungen gibt es nicht mehr. Aber die alte Schuld hat fortbestanden. Hiermit ist sie getilgt.«

»Das ist zu viel, Herr, ich will Euch nicht bestehlen. Den Namen hätte ich Euch auch so genannt. Dafür müsst Ihr mir nichts geben.« Er senkte den Blick. »Ich hab sie auch gemocht. Sie war … Sie war ein gutes Mädchen.«

Das war das Letzte, was er aus dem Mund des alten Hurenbocks hören wollte! Er versuchte nicht daran zu denken, was der Fleischhauer sich unter einem guten Mädchen vorstellte. Mit kühler Höflichkeit sagte er. »Es ist in der Tat viel Gold für zwei Würste. Wenn du vor den Augen Tjureds Buße für deine Sünden tun willst, dann wirst du heute Abend einen großen Korb mit Würsten packen und sie unter den Bettlern der Stadt verschenken. Und sag jedem, dass dies eine Gabe der Ritter des Ordens vom Aschenbaums sei. Des Ritterordens der Tjuredkirche.«

Der Alte sah ihn verwirrt an. »Ihr seid ein Ritter Gottes?«

»Ich diene Tjured und seiner Kirche und verteidige sie, wo sie angegriffen werden.« Adrien deutete eine knappe Verbeugung an. »Ich hoffe, du wirst dein Versprechen halten und den Bettlern helfen. Ich werde von dir hören.« Mit diesen Worten verließ er den schäbigen Laden.

*Würste für Bettler, wahrhaft eine glorreiche erste Tat für den ruhmreichen Orden vom Aschenbaum. Ist dir nichts Besseres eingefallen?*

»Ich übe noch«, sagte er leise. Auf der Straße hatten sich außer den Kindern und ein paar erwachsenen Gaffern nun ein halbes Dutzend Stadtwachen eingefunden. Die Krieger hielten respektvollen Abstand. Sie wirkten angespannt.

Ein Mann mit Schwert und Langdolch am Gürtel trat zwischen ihnen hervor. Er trug einen leicht rostigen Schuppenpanzer über einer abgetragenen Tunika. Ein weißer Schal mit Rostflecken war um seinen Hals geschlungen. Lange, graue Locken fielen ihm auf die Schultern. Er war glattrasiert. Das Gesicht war wettergegerbt und müde. »Einen Mann wie dich habe ich noch nie gesehen. Wer bist du?«

Adrien stellte sich höflich als Michel Sarti vor.

Der Krieger legte den Kopf schief und musterte ihn eindringlich. »Ich kannte einmal einen Michel Sarti. Das ist lange her. Er hat wenig Ähnlichkeit mit dir.«

»Dann könnte er mein Vater gewesen sein.« Durch den Helm klang seine Stimme stets ein wenig bedrohlich. Adrien sah, wie sich der Krieger anspannte. Einige der Stadtwachen senkten ihre Speere. »Wer bist du?«

»Raoul Deleau, Befehlshaber der Stadtwache von Nantour.«

»Dann bist du der Mann, den ich suche. Ich muss etwas über ein Mädchen wissen, das du vor sieben Jahren verschleppt hast.«

»Ich verschleppe keine Mädchen!«, entgegnete Raoul

kühl. »Und du nimmst jetzt deinen Helm ab, denn ich möchte sehen, wer es wagt, mich hier auf offener Straße inmitten meiner Stadt zu beleidigen.«

*Mit denen wirst du leicht fertig. Ich übernehme ein paar von ihnen.*

Adrien war überrascht, sein Schlachtross so streitlustig zu erleben. Ein Kampf mit der Stadtwache wäre schlecht für den Ruf des Ordens vom Aschenbaum. Er musste sich hier mit Autorität und nicht mit der Klinge in der Hand Respekt verschaffen.

*Unsinn! Die wollen dich langmachen.*

Adrien öffnete den Verschluss am Hals, nahm den Helm ab und klemmte ihn unter den Arm. Er konnte sehen, wie sich der Befehlshaber der Stadtwache ein wenig entspannte. Es war wichtig für dessen Ansehen gewesen, dass er dem Befehl des alten Kriegers nachkam.

»Ich bin erst seit etwas mehr als einem halben Jahr in Nantour, und ich versichere dir, ich habe in meinem ganzen Leben noch kein Mädchen verschleppt.«

»Dann möchte ich das Archiv der Stadt einsehen. Dort wird es …«

Der Krieger schüttelte den Kopf. »Stadthalle und Archiv sind beim großen Brand im letzten Sommer vernichtet worden. Es tut mir leid.«

Adrien schloss kurz die Augen. War denn jegliche Spur des Blumenmädchens getilgt? »Wo finde ich den Mann, der vor dir die Stadtwache befehligt hat?«

»Ich bringe dich gerne zu ihm. Er ist draußen vor den Toren der Stadt.« Er winkte den Stadtgardisten zu. »Geht eurer Wege! Ich brauche keine Eskorte. Michel Sarti ist ein Mann der Kirche. Ein Mann von Ehre!«

Adrien fühlte sich geschmeichelt.

*Ja, Esel lieben Ohrenbläser!*

Er fragte sich, ob auch andere Ritter mit solchen Pferden geschlagen waren oder ob Tjured allein ihm diese Prüfung vorbehalten hatte.

Raoul machte einen Umweg mit ihm. Er führte ihn durch die Seilergasse zum großen Markt, dessen Westseite von Gerüsten beherrscht wurde. Die Baustelle lag dort, wo früher einmal die Stadthalle gestanden hatte.

»Wir hatten Glück mit dem Feuer. Es war vor meiner Zeit. Aber wie ich gehört habe, war es eine windstille, schwüle Nacht, in der das Feuer ausbrach. Es hat nicht auf die anderen Häuser übergegriffen. Durch den großen Brunnen auf dem Markt war genügend Wasser da, um die Flammen sofort zu bekämpfen. Dennoch war der Schaden so groß, dass eine neue Stadthalle gebaut werden musste.«

»Wie ist es zu dem Feuer gekommen?«

»Das konnte nie geklärt werden. Es ist unter dem Dach im Archiv ausgebrochen. Wahrscheinlich hat es eine Weile unbemerkt geschwelt. Plötzlich stand dann der ganze Dachstuhl in Flammen.«

»Und der alte Stadtkommandant?«

»Du stellst seltsame Fragen, junger Ritter. Aber die Verkettung deiner Fragen hat etwas Beunruhigendes. Worauf willst du hinaus?«

Adrien entschied, ihm diese Antwort schuldig zu bleiben. »Was ist beunruhigend?«

»Das wirst du sehen, wenn wir beim alten Stadtkommandanten sind.«

Für eine Weile gingen sie schweigend nebeneinander her. Raoul brachte ihn durch das Gedränge der Schiffergasse zum Hafentor. Adrien empfand die Enge der Stadt als unangenehm. Überall waren Leute, die ihn, den weißen Ritter, angafften. Fuhrwerke stauten sich vor dem engen Tor. Ein Rattenfänger, der ganze Trauben von Ratten von einem langen Spieß hängend über seinem Rücken trug, pries lauthals seine Dienste an. Marktweiber mit schweren Körben verließen die Stadt. In der Gosse am Wegesrand tummelten sich einige hagere Welpen mit ängstlichen schwarzen Augen. Ihr kurzes Fell starrte vor Dreck.

Adrien kam es so vor, als blickten sie sehnsüchtig den toten Ratten am Spieß hinterher.

Gleich beim Tor stand ein junges Mädchen in einem braunen Kleid, die nicht mehr ganz frische Blumen feilbot. Sie war so dünn, dass Adrien ihr ein Stück Gold zuwarf.

Raoul sah ihn verständnislos an, sagte aber nichts.

*Mach nur so weiter, Ritter vom weichen Herzen! Warum gibst du dem Einbeinigen da vorne nichts? Oder dem Kerl da drüben, dem sein Hautausschlag die halbe Nase weggefressen hat. Bist du nur zu Blumenmädchen mildtätig? Du bist scheinheilig! Der Bettler da hinten ist viel dürrer als sie. Freilich kann der sich nicht einem Fleischhauer zum Liebesspiel verkaufen. Da muss man dann mit seinem Gold geizen.*

Adrien zog ruckartig am Zügel, und die Stimme in seinem Kopf verstummte. Ja, er suchte sich aus, zu wem er mildtätig war! Die Welt war zu groß, um allen Gerechtigkeit widerfahren lassen zu können. Obwohl er erst vor zehn Tagen die Berge verlassen hatte, hatte er diese Lektion bereits tief verstanden.

Raoul führte ihn über die weite, steinerne Brücke. Unter den Pfeilern lagerten Kähne wie der, mit dem Adrien einst seine Reise in ein neues Leben begonnen hatte.

Am anderen Ufer stand das Gasthaus *Die drei Gehenkten.* Hier fand Unterkunft, wer zu später Stunde nach Nantour kam und das Flusstor verschlossen vorfand. Nur einen Steinwurf entfernt, auf einem Hügel, der sich über die Flussniederungen erhob, stand weithin sichtbar das Galgengerüst. Ein Rahmen aus schweren Balken, der von vier dicken, steinernen Pfeilern getragen wurde. Heute hing von keinem der eisernen Haken, die ins Holz eingeschlagen waren, ein Seil. Aber Adrien konnte sich an einen Nachmittag in seiner Kindheit erinnern, an dem dort zwölf Männer und Frauen aufgeknüpft worden waren, weil sie sich gegen den König verschworen hatten. Es war ein strahlend klarer Wintertag gewesen. Hunderte hatten sich um den Hügel eingefunden, und es hatte eine ausgelassenere Stimmung als selbst beim großen Flachsmarkt im Frühjahr oder dem Schifferfest im Herbst geherrscht. Es war einer der wenigen Tage gewesen, an denen er sich mit vollem Bauch schlafen gelegt hatte, denn er hatte es geschafft, einem unachtsamen Gaffer eine große Fleischpastete zu stehlen.

»Ich wäre dir sehr verbunden, wenn du nicht mehr nach Nantour zurückkehren würdest, junger Ritter. Männer wie du bringen Unruhe und Ärger.«

»Du hast mich also belogen! Du hattest nie vor, mich zum alten Stadtkommandanten zu bringen.« Adrien sagte das ganz ruhig. Er blickte zur Brücke zurück und erwog, sofort wieder umzukehren. Allerdings würde er dann gegen die Wachen am Flusstor kämpfen müssen. Ein Wink von ihrem Kommandanten würde genügen, damit sie den Weg versperrten.

»Ich bin kein Lügner. Ich werde dich zum Stadtkommandanten bringen, wie ich es versprochen habe, doch ich fürchte, er weiß auch keine Antwort auf deine Fragen. Komm! Wenn wir fertig sind, lade ich dich ins Gasthaus ein. Ich habe nichts gegen dich, Junge. Ich will dich nur nicht in meiner Stadt haben.«

Adrien wusste nicht, wie er mit dem alten Krieger umgehen sollte. Er fühlte sich völlig überrumpelt, und das auf eine Art, dass er Raoul nicht einmal böse war. Vielleicht würde das ja später noch kommen. Er blickte über die Ebene. Da gab es nur Bauernhäuser. »Dort finde ich den ehemaligen Stadtkommandanten?«

»Komm einfach noch ein kleines Stück Weg mit mir. Dann wirst du verstehen.«

Ratlos, was er sonst hätte tun sollen, ging er mit und versuchte die Flüche seines Pferdes zu überhören, das ihn einen Tölpel und Schlimmeres nannte.

Hinter dem Richtplatz gab es ein kleines, von Pappeln umstandenes Feld. Dort wurden die Gehenkten und andere begraben, die keinen Platz auf dem Totenacker Nantours fanden, weil die Umstände ihres Todes sie für immer von allen anderen unterschieden.

Der Friedhof war von einer niedrigen Steinmauer umgeben. Ein schmales schmiedeisernes Tor war der einzige Zugang. Zwei Heiligenbilder wachten am Eingang, Statuen, die Adrien jetzt als ungelenk und fast kindlich in der Ausführung empfand.

Als er auf den Totenacker trat, schlug er verstohlen das Zeichen des schützenden Horns.

*Das fehlt noch! Da haben wir einen heimlichen Heiden, der ein Ritter Tjureds sein will.*

Diesmal hatte er für den Spott nur ein Lächeln übrig. Jeder vernünftige Mensch wusste, dass man sich vor den Toten auf einem solchen Friedhof nicht genug in Acht nehmen konnte. Die Gräber der Selbstmörder, Gehenkten und Kindsmörderinnen waren verflucht. Ihre Toten waren dazu verdammt, keinen Frieden zu finden. Und wenn man nicht alle Regeln beachtete, mochte es sein, dass sie sich wieder aus ihren Gräbern erhoben.

»Hier liegt er.« Raoul war vor einem großen, grauen Feldstein stehen geblieben. Wie bei allen Gräbern hier draußen gab es keinen Namen. Namen hatten die Macht, Tote länger in der Welt der Leben zu halten.

»Was hat er getan?«

»Drei Tage nachdem ich mit meinen Männern in die Stadt gekommen bin, um ihn abzulösen, hat er sich die Kehle durchgeschnitten. Ich habe an jenem Abend noch mit ihm gegessen. Er wirkte bedrückt. Aus irgendeinem Grund schien er überzeugt gewesen zu sein, dass er sein Kommando in Nantour bis ans Ende seiner Tage behalten würde. Dabei kannte er die Regeln! Er wusste, dass er schon ungewöhnlich lange mit seinen Männern in der Stadt war. Um Bestechlichkeit und andere, schlimmere Übel zu bekämpfen, lässt König Cabezan die Stadtwachen regelmäßig versetzen. Es ist selten, dass ein Kommandant länger als vier oder fünf Jahre in einer Stadt bleibt. Er hatte einen Marschbefehl an die Grenze nach Drusna bekommen. Kein guter Platz, um seinem König zu dienen. Es gibt ständig Überfälle, und es häufen sich Gerüchte, dass ein Krieg bevorsteht. Die Waldgrenze ist kein Ort, an den man gerne geht. Aber ich hatte das Gefühl, dass er sich mit seinem Schicksal arrangiert hatte, als ich nach dem Abendessen ging. Er hatte Pläne gemacht, einen Trupp Lanzenreiter aus Equitanien anzuwerben. Und er wollte sich einen Schuppenpanzer anfertigen lassen, so wie ich ihn trage. Jemand, der sich umbringen will, macht doch nicht solche Pläne! Er hatte mich auch für den nächsten Morgen eingeladen, um mit mir die Würdenträger der Stadt aufzusuchen und mich vorzustellen.«

»Wie ist er gestorben?«

»Er hat sich in den Lehnstuhl seines Amtszimmers gesetzt und sich die Kehle durchgeschnitten.« Raoul schüttelte den Kopf. »Ich habe oft gedacht, dass er hier zu Unrecht liegt. Dass er ermordet worden ist. Aber vor seiner Kammer lag die Wachstube. Niemand konnte unbemerkt zu ihm gelangen! Die Priester haben ihm den Kopf ganz abgeschnitten, wie man es bei Selbstmördern macht. Sie haben den Kopf in einen Sack mit Steinen gesteckt und im Fluss versenkt. Der Rest liegt hier begraben. Du siehst, ich habe Wort gehalten, ich habe dich zu dem Mann gebracht, den du gesucht hast.« Er lächelte linkisch. »Jedenfalls zum größeren Teil von ihm.«

Adrien kniete vor dem Stein nieder und legte seine Hand darauf. Hier lag der Mann, der gewusst hatte, wo das Blumenmädchen war. Elodia. War das alles, was er von ihr finden sollte? Nur ihr Name?

»Deine Fragen, Junge, sind auch mir schon durch den Kopf gegangen. Welches Geheimnis hat diese Stadt? Gibt es einen Zusammenhang zwischen einem Archiv, das einfach so in Flammen aufgeht, und einem Hauptmann der Stadtwache, der sich plötzlich das Leben nimmt? Ich habe aufgegeben, nach der Antwort zu suchen. Die Stadtwachen werden auch deshalb ausgetauscht, damit man von vorne beginnen kann. Ich weiß nichts von den alten Verbrechen, und so soll es bleiben. Ich möchte nicht, dass du die Stadt noch einmal betrittst. Dass du aufweckst, was zusammen mit meinem Vorgänger begraben wurde. Was immer du hier suchst, Ritter, es ist verschwunden.«

Adrien richtete sich wieder auf. Er war ein ganzes Stück größer als der alte Krieger. »Weißt du, in welche Stadt nach Drusna die Wachen geschickt wurden?«

»Bei Tjured, du wirst doch nicht etwa versuchen, sie zu finden, Junge! Niemand geht freiwillig dorthin. Ohne einen Hauptmann wird man sie verteilt haben. Gott allein weiß, wo sie überall stecken. Warum suchst du sie überhaupt?«

»Ich will ein Mädchen wiederfinden, das vor sieben Jahren Blumen auf dem Heumarkt verkauft hat. Und einige der Stadtgardisten müssen wissen, was aus ihr geworden ist.«

»Ein Blumenmädchen! Schlag dir das aus dem Kopf! Das ist eine Aufgabe, wie Märchenritter sie sich stellen. Du müsstest ein Narr sein, wenn du freiwillig nach Norden reitest. Ein Krieg zieht dort herauf. Glaub mir, ich weiß, wovon ich rede! Ich komme von dort, und ich bin froh, nun in einer Stadt wie Nantour Dienst zu tun. Alles, was ein junger, romantischer Held wie du an der Grenze nach Drusna finden wird, ist der Tod.«

»Sehe ich aus wie einer der Ritter, die dir zuvor in deinem Leben begegnet sind?«

»Nein, natürlich nicht, das weißt du!«

Adrien lächelte. »Dann muss ich wohl ein Märchenritter sein.«

# DER WAHRHEIT VERPFLICHTET

*»Was über Kindheit und Jugend des Heiligen Michel Sarti berichtet wird, sind Volkslegenden! Seit über hundert Jahren lebt niemand mehr, der den Heiligen kannte. Michel selbst hat über seine Jugend geschwiegen. Und ich will es ihm gleichtun! Anders als die Schwätzer, die erzählen, der heilige Jules sei sein Vater gewesen und habe ihn in einem verwunschenen Tal großgezogen, oder die sich nicht schämen zu behaupten, der Heilige habe mit seinem Pferd gesprochen, mit dem er durch den Himmel zu reiten vermochte! Einige Ketzer behaupten sogar, der Heilige sei in seiner Jugend ein berüchtigter Söldnerführer gewesen.*

*Ich bin der Wahrheit verpflichtet. Nichts anderes soll hier stehen! Der erste verbürgte Bericht über Michel Sarti ist ein Brief, der vom Hauptmann Malmon, dem Stadtkommandanten von Ulmenburg, überliefert wurde. Er schreibt an Balduin, den Hofmeister des Königs Cabezan, vom Hungerwinter und vom weißen Ritter, der seinen Männern Halt und Hoffnung gab, als die Stadt vom drusnischen Fürsten Arsi belagert wurde. Zugleich beklagt er, dass sieben der tapfersten seiner Männer sich der Kirche unterstellt hätten und ein Ordenshaus gründeten. Fortan führten sie den Aschenbaum im Schilde und dienten keinem anderen Herrn als Tjured mehr. Diese sieben und der geheimnisvolle weiße Ritter waren es, die während eines Schneesturms ganz allein gegen das Heerlager der Drusnier ritten. Und Tjured war an ihrer Seite, denn sie verbreiteten solchen Schrecken unter den Feinden, dass diese flohen und viele von ihnen in den eisigen Fluten des Alda ertranken. Die Vorräte des drusnischen Heerlagers aber brachten die Sieben nach Ulmenburg und sie teilten sie gerecht unter den Einwohnern auf, und so ward die Stadt gerettet, als ihr Untergang schon besiegelt schien.*

*Wie in vielen alten Urkunden zu lesen ist, ist Ulmenburg der Ort, an dem das erste Ordenshaus des Ritterordens vom Aschenbaum gegründet wurde. Und auch wenn Hauptmann Malmon den Namen des weißen Ritters nicht nennt, so kann es keinen Zweifel geben, dass der Unbekannte niemand Geringerer als Michel Sarti war.*

*Nach der Schlacht an der Alda verließ der Heilige Ulmenburg. Oft ritt er allein in die Wälder und suchte nach versprengten Kriegern, oder er suchte einsame Waldburgen auf, um den Männern, die in der Wildnis verloren waren, Trost und Beistand zu bringen. Nicht weniger als fünf Ordenshäuser gründete er in dieser Zeit, und es heißt, die Heidenfürsten von Drusna hätten einen Heuwagen voller Gold als Belohnung für denjenigen geboten, der ihnen den Kopf des weißen Ritters mit dem Aschenbaum im Schilde bringe.*

*Doch Tjured hatte dem Heiligen ein anderes Schicksal als den Tod im Heidenlande bestimmt. Nachdem Arsi, der schlimmste der Heidenfürsten, von einer Dirne ermordet worden war und die übrigen Herzöge endlich um Frieden baten, zog Michel Sarti gen Süden. Dort erwarteten ihn nicht Schwert und Speer. Die Waffen seiner Feinde waren hier Verrat und Gift. Waffen, vor denen ihn seine weiße Rüstung, die Tjured selbst ihm zum Geschenk machte, nicht schützen konnte. (…)«*

DAS LEBEN DES HEILIGEN MICHEL SARTI, I.15 FF, ÜBER DIE JUGEND DES HEILIGEN UND DEN DRUSNISCHEN KRIEG, NIEDERGESCHRIEBEN VON EINHARD VON WEIDENBACH IM ORDENSHAUS ZU WEIDENBACH

# ZWEI WEITERE JAHRE SPÄTER …

# STEPPENSCHIFFE

Der Falke landete auf der Brustwehr des Steppenschiffs. Ungeduldig wartete Orgrim darauf, dass der Elf, der mit geschlossenen Augen im Schneidersitz vor ihm auf dem Boden saß, endlich aus seinem magischen Schlaf erwachte. Der Troll misstraute den wenigen elfischen Verbündeten in seiner Streitmacht zutiefst. Sie waren allesamt Wendehälse oder aber Verräter, die ihre Unterwürfigkeit nur heuchelten. Er wünschte sich, über mehr Lutin zu verfügen, die er als Späher einsetzen könnte.

Als der Elf endlich die Augen öffnete, waren sie schreckensweit.

»Was?«, herrschte ihn der Trollfürst an. »Was hast du gesehen?«

»Es sind Tausende. Sie sind überall. Rings herum im Hügelland. Auf viele Lager aufgeteilt. Aber es sind Tausende! Und es sind auch Elfen unter ihnen. Sie haben Jagd auf mich gemacht. Einen habe ich erkannt. Fenryl von den Normirga, den Grafen vom Rosenberg in Carandamon. Er unterstützt die Rebellen. Ich habe auch Bogenschützen von den Maurawan gesehen. Und Kentauren aus Uttika. Sie haben ein eigenes großes Heerlager im Westen von hier. Da war auch ein Lamassu. Und Heerscharen von Dienern. Aber das Wichtigste ist eine Botschaft für dich, Herzog.«

Orgrim musste an sich halten, um dieses Elflein nicht beim Kragen zu packen. »Mit dem Wichtigsten kommst du zum Schluss? Heraus damit!«

»Sie haben gesagt, dass sie von dieser Stunde an jeden Falken, der nicht zu ihnen gehört, vom Himmel holen werden.« Der Elf deutete nach Westen. »Siehst du? Dort, nahe dem Heerlager der Uttiker, stehen zwei Falken am Himmel. In jeder Himmelsrichtung haben sie Falken. Wir können sie nicht mehr ausspähen.«

Orgrim ließ sich Zeit, den Himmel zu betrachten. Es stimmte. Sieben Falken konnte er erkennen. »Dann sind wohl schlechte Zeiten für die Steppenfalken dieser Gegend angebrochen«, sagte er schließlich mit einem Lächeln.

»Was sollen wir nun tun?« Baldan, dem Sprecher der Kobolde, war ganz offensichtlich nicht zum Schmunzeln zumute. »Sie werden uns unsere Augen nehmen. Wie werden wir uns wehren?«

»Ich werde nach einer Schamanin schicken. Dieser Kampf ist nicht verloren. Er wird sie am Ende mehr Blut kosten als uns. So wie diese ganze seltsame Belagerung. Mir macht es keine Sorgen, dass sie jetzt auch noch ein paar Falken gegen uns aufgeboten haben. Mich beunruhigt, dass ich nicht erkennen kann, welchen tieferen Zweck diese Belagerung hat. Nestheus hat es geschafft, die Kentaurenstämme der Steppe zu einigen und sich sogar wieder mit Katander von Uttika auszusöhnen, obwohl der Bronzefürst sein Todfeind war. Nestheus ist gewiss kein Narr! Ich kann nicht verstehen, warum er dieses Gemetzel veranstaltet. Er muss sich einen Nutzen davon versprechen. Und dass ich diesen Nutzen nicht erkennen kann, das beunruhigt mich, Baldan. Ein paar Vögel sind da nebensächlich.«

»Ach, hört doch auf«, mischte sich Zargub ein. Der stämmige Troll lehnte lässig am Mast der *König Gilmarak* und kaute an einem Kentaurenschinken. »Diese Gäule sind einfach dämlich!« Er spuckte ein Stück Knorpel aus. »Was für Schlachtenlenker sollte ein Volk hervorbringen, das sein Leben damit beschäftigt ist, dummem Viehzeug in der Steppe hinterherzulaufen? Die werden wieder und wieder gegen unsere Schiffsburg anlaufen. Und wir schießen sie ab. Ich habe an allen Feldzügen seit Vahan Calyd teilgenommen und noch nie so viel frischen Kentaurenschinken zu futtern bekommen. Nehmen wir es als ein Geschenk!« Er machte eine lässige Geste hinaus zur Steppe. Hunderte von Geiern und Raben hockten im hohen Gras. So vollgefressen, dass sie nicht mehr fliegen konnten. »Der Tisch ist reich gedeckt. Nie haben wir sie so einfach geschlagen. Wir sollten noch mehr Armbrustschützen anfordern.«

Orgrim sagte nichts dazu. Er schätzte Zargub als guten Rudelführer und tapferen Krieger. In der Schlacht war er ein zuverlässiger Gefährte, der seine Befehle ausführte, ohne Fragen zu stellen, aber ein Feldherr war er nicht. Und wie bei so vielen Trollen hatten die Jahre der Herrschaft auch ihn überheblich gemacht. Orgrim war nicht geneigt, seinen Gedankengängen zu folgen. Der Trollfürst war sich sicher, dass Nestheus einen geheimen Plan verfolgte.

Nachdenklich blickte er über die weite Schiffsburg. Die Steppenschiffe, die ihr König Gilmarak ersonnen hatte, waren zu einer gewaltigen Festung aufgefahren. Der äußere Kreis umfasste mehr als zweihundertfünfzig der großen Karren. Den inneren Kreis bildeten die fünfzig größten Gefährte mit Ausnahme der *König Gilmarak,* die Orgrim als seinen Befehlsstand nutzte. Sie hatten die Schiffsburg um einen Albenstern aufgefahren, in dem sich sechs Albenpfade kreuzten. Das magische Portal befand sich in der Mitte des inneren Kreises. Er war bestens geschützt. Dort lagerten die Trolle des Heeres. Die wichtigsten Versorgungsgüter waren in der Nähe untergebracht und eine Reserve mit dreißig Wasserwagen.

Orgrim kratzte sich nachdenklich die Schnauze. Wenn sie nicht den Albenstern mitten im Lager hätten, dann würde er die Strategie der Kentauren begreifen. Dann wäre die Snaiwamark-Karawane abgeschnitten. Die Übermacht der Kentauren machte es unmöglich, Vorräte durchzubringen. Die Steppenreiter könnten sie aushungern. Oder besser gesagt austrocknen, denn zuerst würden ihnen die Wasservorräte ausgehen. Allein die mehr als fünftausend Karrenochsen soffen jeden Tag einen kleinen Teich leer. Die ganzen Karren voller Wasserfässer würden für zwei Tage reichen. Drei Tage, wenn sie das Wasser rationierten. Sieben Tage, wenn ihm egal wäre, dass die Ochsen verdursteten. An jedem anderen Ort als diesem hätte die Belagerung Sinn gemacht.

Ihre Schiffsburg hatte einen Durchmesser von knapp einer Meile, was bedeutete, dass die Außenlinie der Verteidigung mehr als drei Meilen lang war. Um diese Linie zu halten, verfügte er über mehr als sechstausend Kobolde und eintausendsiebenundachtzig Trolle. Viel zu wenig, wäre da nicht diese Flotte von Steppenschiffen, die auf König Gilmaraks Wunsch gebaut worden war. Orgrim hielt das ganze Unternehmen für völlig verrückt, aber wie sagte man so etwas einem König?

Die Steppenschiffe waren Karren, die zwischen zehn und fünfzehn Schritt lang waren. Einige vereinzelte Gefährte maßen auch mehr als fünfundzwanzig Schritt. Diese ungelenken Ungeheuer machten nichts als Ärger. Dauernd gab es bei ihnen Achs- oder Radbrüche!

Ein Steppenschiff einen Karren zu nennen, war, gemessen an normalen Karren, eine gewaltige Untertreibung, und doch waren sie trotz ihres Namens den Karren ähnlicher als Schiffen.

Nahm man einen normalen Karren und schlug die Bodenbretter der Pritsche heraus, um dann die Zugochsen ins Innere des Karrens zu stellen, statt an eine Deichsel davor, dann hatte man die Grundidee des Steppenschiffs vor Augen. Als der junge Trollkönig die Steppenschiffe ersann, war er sich dessen bewusst, dass seine Snaiwamark-Karawane mit Sicherheit von den Kentauren angegriffen würde. Die Kentauren aber galten als begnadete Bogenschützen. Ein einziger erschossener Zugochse würde einen ganzen Karren lahmlegen. Man konnte also nicht mit gewöhnlichen Ochsenkarren durch die weiten Steppen der Snaiwamark ziehen.

Gilmarak hatte dafür die Lösung ersonnen, die Ochsen im Inneren des Fuhrwerks unterzubringen. Und um sie zu schützen, umgab er sie mit einem Schutzwall aus einen Zoll dicken Eichenbrettern. Man hätte auch sagen können, er sperrte sie in eine Holzhütte ohne Boden, aber mit großen Karrenrädern.

Selbst die kleinsten Steppenschiffe waren noch fünf Schritt weit. Mindestens drei Ochsen gingen nebeneinander, um ein Steppenschiff zu bewegen. Und mindestens drei dieser Gespanne waren in so einem Gefährt untergebracht. Die Zahl der Ochsen schwankte zwischen neun und sechsunddreißig wie bei der *König Gilmarak*.

Die Räder der Steppenschiffe waren fast zwei Schritt hoch. Um sie leichter zu machen, verwendete man Speichenräder. Nur versanken gewöhnliche Speichenräder zu leicht im Boden. Gilmaraks Lösung für dieses Problem war, jeweils zwei Räder durch fünfzehn Zoll breite Eisenplatten miteinander zu verbinden. Die Eisenplatten waren auf die Eisenreifen genietet, die wiederum den hölzernen Radkranz umfassten. Zwischen den Platten ließ man je einen Zoll Platz, so dass keine glatte Metallaußenhaut entstand und die Eisenplatten besser ins Erdreich fassen konnten.

Manche munkelten über König Gilmarak, er habe einen Koboldverstand. Freilich wagte das niemand zu sagen, wenn Skanga in der Nähe war. Unbestreitbar war jedoch, dass es noch nie zuvor einen Trollherrscher gegeben hatte, der sich mit solcher Begeisterung an den Bau von etwas Vergleichbarem gewagt hätte.

Unter den Mechanikern, Bastlern, Zimmerleuten und Sonderlingen in den Völkern der Kobolde hatte sich Gilmarak mit dem Bau seiner Flotte aus Steppenschiffen sehr beliebt gemacht. Sie hatten sich in Scharen aus allen Ge-

genden Albenmarks bei Burg Elfenlicht eingefunden, um an der gewaltigen Aufgabe des Flottenbaus teilzunehmen.

Selbst die kleineren unter den Steppenschiffen waren fünfeinhalb Schritt hoch. Über dem Ochsendeck, in dem neben den Ochsen auch ein Teil der Koboldbesatzung untergebracht war, gab es noch drei weitere Decks. Orgrim würde niemals begreifen, wie man darauf kommen konnte, sich ein schwankendes Netz über den Köpfen von stinkenden Ochsen als Schlafplatz auszusuchen, aber soviel er wusste, waren es die Kobolde selbst gewesen, die diese Art der Unterbringung für einen Teil der Schiffsbesatzung gewählt hatten. Über dem Ochsendeck lag das Frachtdeck. Hier war in unzähligen Truhen die geheime Fracht der Karawane verstaut. Allerdings gab es auch einen Raum für Vorräte und einige große Wasserfässer auf diesem Deck.

Über dem Frachtdeck lag das Geschützdeck. Zum einen befanden sich hier weitere Koboldquartiere sowie die Segelkammer, in der das große, dreieckige Segel untergebracht war, mit dessen Hilfe die Steppenschiffe auf den weiten Schnee- und Eisflächen der Snaiwamark segeln sollten. Vor allem aber war hier eine Reihe von Torsionsgeschützen untergebracht. Im Grunde handelte es sich dabei um größere und durchschlagskräftigere Varianten der Windenarmbrüste, die unter Koboldkriegern so beliebt waren. Je nach Ausführung des Geschützes konnten große Bolzen, kurze Speere oder Steinkugeln unterschiedlicher Größe verschossen werden.

Den Abschluss bildete das Gefechtsdeck, eine von hölzernen Zinnen umgebene Plattform. Obwohl die Zinnen für einen Troll kaum mehr als hüfthoch waren, benötigten die Kobolde einen eigenen Wehrgang, um über den Zinnenkranz hinwegblicken zu können. Neben etlichen schweren Windenarmbrüsten gab es auch auf diesem Deck zwei schwere Torsionsgeschütze. Sie waren so aufgebockt, dass man sie im Kreis drehen konnte. So war es möglich, in jede Himmelrichtung zu schießen. Sobald das Geschütz geladen und abschussbereit war, klappten die Kobolde einen Teil der hölzernen Brustwehr herab, um ein freies Schussfeld zu haben. Die einzige Beschränkung im Schussfeld war der wuchtige Mast, der bis hinab zum Frachtdeck reichte. An seiner langen Rah konnte ein großes, dreieckiges Segel aufgezogen werden, um das Steppenschiff auf dem Eis der Snaiwamark zu segeln. Ein Teil der Kobolde war der Überzeugung, dass man auch in der Steppe und auf Rädern stehend segeln könnte, doch Orgrim hatte strikten Befehl gegeben, dies zu unterlassen.

Die Steppenschiffe waren unglaublich schwer und ungelenk. Selbst auf trockenem Untergrund kamen sie nur langsam voran. Ein leichter Regenguss genügte schon, und die schweren Räder fuhren sich im Schlamm fest.

Orgrim hasste die ganze Unternehmung, aber es war der ausdrückliche Wille des Königs, die Snaiwamark-Karawane zu einem Erfolg werden zu lassen. Deshalb bauten sie die Straße. Zwölf Schritt breit, bot sie mehr als genügend Platz selbst für die größten Steppenschiffe. Auch diese Straße war von Kobolden ersonnen! Sie war wie eine in die Erde versenkte Mauer. Zwei Schritt tief schachtete man die Erde aus, um dann verschiedene Schichten aus Sand und Geröll als Fundament zu verlegen. Abgedeckt wurde das schließlich mit einer Schicht fast fugenlos aneinanderpassender Steinquader. Eine weniger aufwendig gebaute Straße hätte das Gewicht der Steppenschiffe nicht getragen. Auch durfte die Straße an keiner Stelle eine größere Steigung als zwei Grad haben, weil die Ochsen die schwerfälligen Gefährte sonst nicht mehr von der Stelle bewegen konnten. Damit das überhaupt möglich war, mussten auf dem Weg von Herzland bis zur Schneegrenze in der Snaiwamark nicht weniger als dreiundsiebzig steinerne Brücken gebaut werden. Jede dieser Baustellen im Windland glich einem Heerlager, denn die Arbeiten mussten gegen die Übergriffe der Kentauren geschützt werden. Anderenorts trug man Hügel ab, um die Straßentrasse so eben wie möglich zu halten.

Für Orgrim war die Idee des Königs ein einziger Alptraum! Zehntausende arbeiteten an der Straße. Aus ganz Albenmark hatte man Arbeiter geholt. Sie wurden bestens versorgt und erhielten einen fürstlichen Lohn. Ein Jahr im Straßenbau brachte einem Arbeiter mehr Tauschwaren, als er in fünf Jahren anderswo hätte verdienen können. Aber die Arbeit war gefährlich. Die Straße war von unzähligen Gräbern gesäumt. Dennoch herrschte nie Mangel an Freiwilligen.

Es war unmöglich, alle Baustellen angemessen zu beschützen. Und die Kentauren, die ihnen wohl niemals vergeben würden, dass die Trolle auf ihrem Marsch auf Burg Elfenlicht die Hügelgräber der Pferdemänner als Fleischlager genutzt und versehentlich auch deren tote Fürsten verspeist hatten, führten einen unbarmherzigen Krieg. Es war schwer, sich gegen sie zu wehren. Bisher hatten sie nur kleinere Überfälle verübt. Hatten Baustellen angegriffen, ihre Köcher leergeschossen, ein paar Zelte abgebrannt und waren dann wieder in der Weite der Steppe verschwunden. Nie hatten sie sich auf die Belagerung eines Bautrupps eingelassen. Diese Schlacht konnten sie nicht gewinnen. Nicht bei dem unglaublichen Geschosshagel, den ein Ring aus zweihundertfünfzig Steppenschiffen entfesseln konnte. Warum waren sie hier? Seit Tagen zermarterte sich der Trollherzog das Hirn. Hier zu kämpfen, war vollkommen verrückt. Sie gaben freiwillig ihre größte Stärke auf.

Orgrim konnte sie nicht in die Steppe hinein verfolgen. Er hatte keine Truppen, die sich so schnell bewegten wie die Pferdemänner. Ihm blieb nichts weiter übrig, als deren Angriffe abzuwarten.

Auch die Versuche einiger Rudelführer, die Lager ausfindig zu machen und niederzubrennen, waren kläglich gescheitert. Das wenige Hab und Gut der Steppenkrieger war zu schnell aufgeladen. Und die Kundschafter der Pferdemänner waren zu aufmerksam, als dass man jemals eines ihrer Lager überraschend angreifen konnte.

Orgrim blickte über sein Lager innerhalb der mächtigen Schutzmauer aus Steppenschiffen. Dicht an dicht drängten sich Arbeiter und Vieh. Hunderte einfacher Karren waren da, beladen mit Steinplatten und Geröll. Alle erdenklichen Arten von Zelten gab es. Große Garküchen, sogar Freudenhäuser. Es war unglaublich, wie die Schar ihrer Begleiter von Mond zu Mond weiter anwuchs. Näherinnen und Wäscher, Schmiede, Zimmerleute, Pfeilmacher – unmöglich, sie alle aufzuzählen. Im Süden lagerte eine Gruppe von Lutin mit Hornschildechsen. Sie waren dafür zuständig, die Vorratskarawanen über die Albenpfade zu lenken. Um ihren verwundbaren Nachschubweg abzukürzen, hatte Orgrim schon vor zwei Jahren befohlen, den größten Teil der benötigten Güter durch das Goldene Netz zu bringen. Die Trolle schreckten davor zurück, die Gefahr einer Reise über die Albenpfade einzugehen, aber die meisten Kobolde waren da weniger zimperlich. Schließlich verdienten sich die Händler trotz des Gesetzes gegen Wucherei an diesem Handel eine goldene Nase.

Im Norden, so weit wie möglich von den Hornschildechsen entfernt, weidete eine kleine Mammutherde. Die riesigen Tiere wurden gebraucht, um festgefahrene Steppenschiffe wieder flottzumachen. Nur ihre unglaubliche Kraft vermochte die schweren Räder aus dem Schlamm der Steppe zu holen, der die riesigen Karren manchmal wie durch Zauberbann festzuhalten schien.

Freilich hätte man auch die Hornschildechsen der Lutin für solche Arbeiten heranziehen können, doch die aufmüpfigen kleinen Magier weigerten sich, ihre gepanzerten Echsen *niedere Dienste* tun zu lassen, wie sie es nannten. Nur die unbarmherzige Anwendung des neuen Gesetzwerkes des Königs machte es möglich, in diesem riesigen Lager, in dem Angehörige aus mehr als zwanzig Völkern lebten und arbeiteten, eine gewisse Ordnung aufrechtzuerhalten. Doch mit jedem Tag, den die Belagerung dauerte, kam es zu mehr Unruhen. Es gab nichts, das sicherer die Disziplin eines solchen zusammengewürfelten Haufens zerstörte als Müßiggang. Da die Straße nicht mehr weitergebaut werden konnte, solange sie im Lager eingeschlossen waren, wurde es von Tag zu Tag schwerer, die Heerschar von Arbeitern zu beschäftigt zu halten. Die Folge waren unzählige kleine Streitereien. Allein gestern hatte es deshalb gar zwei Hinrichtungen gegeben.

Orgrim hasste es, hier auf dem Hintern zu sitzen. Er musste eigentlich weiterbauen und das Lager als Schutzschild für die langsam vorrückende Baustelle nutzen, aber dann würde er vom Nachschub abgeschnitten werden. Solange er genau auf dem Albenstern saß, bestand diese Gefahr nicht. Wie sollte er aus dem Dilemma herauskommen?

Er sah seine beiden Berater an. Der König musste erfahren, was hier vor sich ging. Zargub würde Unsinn erzählen und um Verstärkung bitten. Das Letzte, was er hier brauchte, waren noch mehr nutzlose Männer. »Baldan, du wirst mit der nächsten Versorgungskarawane nach Burg Elfenlicht gehen! Du sollst den König über die Lage unterrichten. Und versuche, ihm mit freundlichen Worten klarzumachen, dass seine Steppenschiffe in der Klemme sitzen. Um hier Krieg führen zu können, brauchen wir Reiter. Und die haben wir nicht. Ich empfehle einen Rückzug, damit wir uns an anderer Stelle neu formieren können.«

»Rückzug!«, schrie Zargub. »Die haben bei jedem Angriff doppelt so viele Tote wie wir! Wir werden sie vernichten.«

Orgrim verzichtete darauf, ihm zu antworten. Der Rudelführer würde es nicht verstehen. Was hier geschah, ging weit über seinen militärischen Horizont.

»Dein Vater ist doch der Herr der Wasser«, wandte sich

der Herzog erneut an Baldan. »Sitzen wir hier in einem trockenen Flussbett?«

Der Kobold schüttelte den Kopf. »Nein. Ich habe das eingehend überprüft und an verschiedenen Stellen graben lassen. Es gibt keine Lehmablagerungen und auch keine Kiesel oder Geröll, nichts, was darauf hinweist, dass hier einmal Wasser geflossen wäre. Ich hatte auch schon den Verdacht, dass wir in einem trockenen Flussarm festgehalten werden sollen, damit uns bei Regen vielleicht eine plötzliche Flutwelle hinwegspült.«

»Es wäre erfreulich, wenn du mich das nächste Mal an deinen Gedanken teilhaben lässt«, murrte Orgrim. Er kam sich ein wenig einfältig vor, weil der Kobold diesen Einfall schon vor ihm gehabt hatte. Aber Baldan war der Sohn des Herrn der Wasser von Vahan Calyd. Vermutlich hatte er seine halbe Kindheit in den Kanälen unter der Stadt verbracht. Es war naheliegend, dass er auf solche Gedanken kam, und es war wünschenswert, dass ein Anführer von sich aus Verantwortung übernahm.

»Du hast deine Sache gut gemacht«, schob Orgrim in freundlicherem Tonfall nach. »Ich hoffe, du bist ein ebenso guter Redner wie Krieger. Du sollst den König davon überzeugen, dass wir uns von hier zurückziehen müssen!«

## VERBLASSENDER RUHM

Katander preschte zur Hügelkuppe hinauf und blickte auf das Heerlager der Trolle. Es war eindrucksvoll, das ließ sich nicht von der Hand weisen. Genauso wie die Straße, die sie bauten. Er hatte etwas andere Ansichten als die Steppenkentauren. Seine Krieger griffen keine Brücken an.

Die Straße würde vielleicht eines Tages nützlich sein. Sie führten Krieg gegen die Trolle und nicht gegen die Dinge, die sie bauten. Aber es war unabdinglich, sie hier beschäftigt zu halten. Wenn Orgrim tun könnte, was er wollte, dann würde er mit Sicherheit Uttika angreifen. Sie hatten vor fünf Monden ihre Trollstatthalter davongejagt und sich dem Aufstand der Steppenkentauren angeschlossen. Dieser verdammte Nestheus war so beliebt geworden, dass er keine andere Wahl gehabt hatte, wenn er Herrscher in Uttika bleiben wollte, dachte Katander wütend. Seine Männer wollten gegen die Trolle kämpfen wie ihre Vettern in der Steppe. Sie hatten den Verstand verloren! Die Kentauren von Uttika waren keine herumziehenden Vagabunden. Sie besaßen große Höfe und Stadthäuser. Sie waren angreifbar! Wenn die Trolle kamen, dann könnten sie nicht einfach in die Steppe ausweichen. Und sie würden kommen, das war sicher. Aber er hatte einfach keine Wahl gehabt. Die Wirtschaft seines Fürstentums war ruiniert. Die Abschaffung des Geldhandels und die Beschlagnahme aller greifbaren Edelmetalle waren ein weit härterer Schlag gewesen als die Tatsache, dass diese Dreckskerle ein paar tote Ahnen ihrer Vettern in der Steppe verspeist hatten. Aber es hörte sich natürlich besser an, deshalb in die Schlacht zu ziehen. Damit war es eine Sache der Ehre und nicht die Fortführung eines Wirtschaftskriegs mit militärischen Mitteln.

»Herr, sie haben uns entdeckt«, warnte ihn sein Schildträger.

»Ja, ja!« Er sah selbst, wie die schweren Torsionsgeschütze einiger Steppenschiffe auf ihren Hügel ausgerichtet wurden. Diese Wagenfestung war wirklich das mit Abstand Eindrucksvollste, was er je gesehen hatte. Er würde gerne wissen, ob sie mit ihren herunterklappbaren Kufen tatsächlich auch als Lasteissegler zu verwenden waren.

Die Brustwehren mehrerer Wagen wurden umgelegt. Katander biss die Zähne zusammen. Er würde nicht davonlaufen wie ein geprügeltes Hündchen.

»Herr, bitte!« Sein Schildträger duckte sich, was bei einem Kentauren überaus lächerlich aussah und fast gar nichts nutzte. Ihre Anatomie ließ es einfach nicht zu, in die Hocke zu gehen oder ihren Leib weit vorzubeugen.

Eine Steinkugel zog über sie hinweg. Sie machte im Flug ein Geräusch wie ein wuchtiger Keulenhieb. »Steh gerade, Junge! Wenn eine Kugel oder ein Pfeil für dich bestimmt sind, dann werden sie treffen, egal, ob du herumhampelst oder dem Feind entgegenblickst wie ein Mann.«

Sein Schildträger richtete sich auf. Er war noch sehr jung, der Bart auf seinen Wangen nur zarter, blonder Flaum. Er wurde rot wie eine Jungfer, mit der Krieger ihre derben Späße trieben. »Herr, warum willst du dein Leben wagen?«

»Weil ich der Fürst bin. Die da unten sollen wissen …« Eine Steinkugel schlug nur ein paar Schritt vor Katander ein. Sie riss die Grasnabe auf und rollte gemächlich auf ihn zu. Er wich ohne Eile aus, wohl wissend, welche Kraft noch immer in der Kugel steckte.

»Die da unten sollen wissen, dass wir keine Angst vor ihnen haben. Wenn sie das erkennen, dann wird die Angst zu ihnen kommen, nicht zu uns.«

Zwei weitere Kugeln durchpflügten das Gras.

»Gehen wir, Junge. Das war genug für heute.«

Katander trabte langsam den Hang hinab, jedoch nicht auf der sicheren Seite. Er hielt stattdessen genau auf das riesige Lager zu. Der Schildträger hielt sich dicht an seiner Seite.

Eine Steinkugel streifte den Haarbusch auf seinem Helmkamm. Katander zuckte leicht zusammen, während der Junge leise aufschrie. Überall um sie herum schlugen nun Kugeln ein. Sie konnten die Rufe von der Schiffsburg hören. Weitere Geschützmannschaften machten ihre Waffen bereit. Die ganze Front ihnen gegenüber war in helle Aufregung geraten. Katander war sich sicher, dass die Kobolde miteinander wetteten und ihre Anführer eine Prämie für den ausriefen, der ihn von den Hufen holte. Der Fürst schätzte, dass vielleicht fünfzig Schuss notwendig sein würden, um ihn zu treffen. Aber sicher war er sich nicht. Es war ein Glücksspiel. Und seine Stunde war noch nicht gekommen. Darauf vertraute er einfach.

Der Boden unter ihren Hufen erbebte, als mehrere Steinkugeln gleichzeitig in den Hang einschlugen. Dreck und ausgerissene Grasbüschel spritzten gegen seine Kuppe. Aber der Junge an seiner Seite hielt sich jetzt besser. Er machte wenigstens keine jämmerlichen Versuche mehr, sich zu ducken.

Katander konnte hören, wie dem Jungen die Zähne klapperten, aber er hielt sich aufrecht. Sie passierten die sterblichen Überreste des Schildträgers, den es drei Tage zuvor auf diesem Hang erwischt hatte. Der Fürst betrachtete den entstellten Leichnam gleichmütig. Es war immer wieder erstaunlich, was Hitze und Maden in so kurzer Zeit aus einem stattlichen Krieger machten.

Er bemerkte, wie sein junger Gefährte den Atem anhielt.

»Atme ruhig durch, Junge. Das ist der Duft des Schlachtfelds, das Parfüm des Kriegers. Besser, du gewöhnst dich frühzeitig daran. Diesen Geruch wirst du nie mehr aus der Nase bekommen, wenn du einmal mittendrin gesteckt hast.«

»Mitten in was?«

»In der Schlacht. Im Töten. Wenn du erlebst, wie sich dein bester Freund neben dir noch im Sterben die Hinterläufe bescheißt. Du wäschst dich. Du trinkst, um zu vergessen. Du lässt den Kampf hinter dir. Wochen und Monde vergehen. Aber den Geruch, den wirst du nicht mehr los. Er schleicht sich immer wieder in deine Nase. So wie die Erinnerung an das, was du gesehen hast, dich nachts aus dem Schlaf reißt. Das ist unser Preis für den Ruhm. Und nur wer einmal selbst mittendrin gewesen ist, kann ermessen, wie hoch dieser Preis ist.«

Der Hügel krümmte sich von der Schiffsburg fort. Sie zeigten dem Feind jetzt den Rücken. Das war der schwerste Teil, denn so sahen sie die Geschosse nicht mehr kommen. Katander musste sich zusammenreißen, um nicht über die Schulter zu blicken oder seinen Trab zu beschleunigen. Jedes Mal, wenn das Zischen einer Kugel so nah kam, dass er den Luftzug spürte, zogen sich seine Gedärme zusammen. Früher war er kaltblütiger gewesen. Je älter er wurde, desto vertrauter wurde ihm die Angst. Er kämpfte gegen sie an. Mit diesen Ausritten. Er musste sich selbst beweisen, dass er noch immer der unerschrockene Krieger von einst war. Und er wollte seinen Ruf festigen. Er wusste, dass seine Männer ihn respektierten. Aber Nestheus verehrten sie. Nestheus, dieser kleine Bastard, der es abgelehnt hatte, seine Tochter zu heiraten, und mit irgendeiner Schlampe in die weite Steppe geflohen war – der war zur lebenden Legende geworden.

Katander lächelte mürrisch. Nestheus war begabt. Er hatte sich seinen Ruhm verdient. Er sollte nicht eifersüchtig auf den verdammten Mistkerl sein. Aber es war hart, schon zu Lebzeiten Zeuge zu werden, wie der eigene Ruhm verblasste und von den Taten eines anderen weit überstrahlt wurde.

Endlich waren sie aus der Reichweite der Torsionsgeschütze. Katander atmete auf. Für heute war es geschafft. Er hatte dem Schicksal einen weiteren Tag abgetrotzt. Er beschleunigte seine Gangart und preschte dem Lager auf der anderen Seite des Hügels entgegen.

Er fand Nestheus bei den Elfen. Sie waren nur eine kleine Gruppe, aber beim Schwafeln und Pläneschmieden waren sie immer ganz vorne dabei. Graf Fenryl hatte das Lager der Trolle nachbauen lassen. Für jeden der Wagen gab es einen kleinen Holzklotz. Die flachen Hügel, die das Feldlager einschlossen, waren mit Sandhaufen nachempfunden.

»Wie ich sehe, hat dich immer noch keine Kugel gefunden.« Nestheus hob den Blick vom Tisch. Es lag keine Verachtung in seinem Tonfall, aber eine gewisse Schärfe. So sprach ein Vater mit einem Sohn, der irgendeinen Unfug angestellt hatte.

Der Blick des jungen Kentauren war wie eine frisch geschliffene Klinge. Seine Haut war dunkel vom Leben im Wind. Feine Falten zeichneten sein Gesicht. Die Jahre der Flucht hatten ihn vor der Zeit altern lassen. Wie sein Vater hatte er das lange Haar mit einem geflochtenen Lederband zurückgebunden. Sein Fell war makellos weiß, der Leib gestählt. Auf Brust und Armen sah man feine weiße Linien. Narben aus Dutzenden von Kämpfen.

Wie immer war Kirta an seiner Seite. Sie war immer noch hübsch, das musste Katander ihr zugestehen. Aber zu mager. Man konnte ihre Rippen zählen. Daran hatte sich nichts geändert! Wie hatte Nestheus diese halbverhungerte Schimmelstute nur seiner Tochter vorziehen können! Das weißblonde Haar fiel ihr über die Schultern. Sie trug einen Köcher um die Hüften, und ein breiter, mit silbernen Amuletten geschmückter Schwertgurt lief zwischen ihren kleinen Brüsten hindurch. Eine Stute zu einem Kriegsrat einzuladen! Das war gegen jede Tradition. Aber Traditionen hatte der Bastard ja schon immer mit den Hufen getreten. Es hieß, er dichte Verse über sie. Ein dichtender Kriegsherr!

»Gibt es etwas Neues von ihnen, Fürst?« Ihre Stimme klang angenehm. Sie fragte höflich. Sie war immer freundlich zu ihm, obwohl er einst Kopfgeldjäger hinter ihr hergeschickt hatte. Und sie wusste das!

»Orgrim steht auf dem einzigen großen Wagen im äußeren Wall und glotzt sich die Augen aus dem Kopf. Er beobachtet die Hügel. Nicht mehr lange, und er wird einen Ausfall befehlen. Trolle sind nicht dazu geschaffen, auf ihren fetten Hintern zu sitzen und einfach abzuwarten.«

»Er ist zu klug, um aus dem Lager herauszukommen«, widersprach Nestheus. »Er weiß, dass es für ihn hier draußen zwischen den Hügeln nichts zu gewinnen gibt. Wir sind zu schnell. Wir bestimmen, wann und an welchem Ort gekämpft wird. Er wird warten.«

»Aber nicht mehr lange«, wandte der Elfenfürst Fenryl ein. Er trug selbst jetzt, im Spätsommer, ein weißes Wams, was ihn im trockenen, goldbraunen Gras zu einem unübersehbaren Ziel im Kampf machte. Als Veteran der Schlacht um Phylangan hatte er sich einen Ruf für seine Tapferkeit erworben. Leider hatte er so gut wie gar keine Truppen mitgebracht, als er sich den Kentauren angeschlossen hatte. In Katanders Augen sollten hier Befehlshaber stehen, die auch Truppen hinter sich hatten und die nicht lediglich Gäste in einem fremden Krieg waren.

»Warum, glaubst du, wird er gehen?«, fragte ihn der Fürst von Uttika herablassend. »Gehörst du zu der seltenen Sorte von Elfen, die wie Trolle denken?«

Fenryl reagierte auf den Spott, indem er lediglich eine einzelne Braue hob, und das auf eine so selbstgefällige und verachtende Art, wie es nur Elfen konnten. »Ich würde eher sagen, dass Orgrim zu den wenigen Trollen gehört, die wie Elfen denken können. Er braucht seine Fähigkeiten als Feldherr nicht mehr zu beweisen. Er weiß, dass er hier nicht siegen kann. Deshalb wird er sich zurückziehen, es sei denn …« Der Elf sah ihn an, als erwarte er, dass er nun den Satz vollendete.

»Was?«, schnaubte Katander gereizt.

»Es sei denn, wir überzeugen ihn von unserer Dummheit. Was würdest du denn für eine Strategie vorschlagen, Fürst von Uttika?« Fenryl lächelte ihn an, aber er hätte ihm genauso gut ins Gesicht spucken können, so frech war dieses Grinsen.

»Willst du unterstellen, ich sei dumm?«

»Habe ich das gesagt?«, fragte Fenryl mit aufreizender Gelassenheit.

»Ruhig. Wir schlagen unsere Schlachten hinter dem Hügel dort, nicht hier«, unterbrach Nestheus sie beide.

»Ein Elf, der feige auf einem Hügel steht, während andere kämpfen, kann mich nicht beleidigen«, sagte Katander und hoffte, der kleine Aufschneider würde sich dazu verleiten lassen, beim nächsten Kampf seinen Mut zu zeigen. »Ich finde, wir sollten noch einmal versuchen, eine Bresche in die Wagenburg zu schlagen.«

»Und wie, Fürst? Glaubst du, du könntest mit deinem mächtigen Strahl einen der Wagen umpinkeln?«

Ruhig bleiben, ermahnte sich der Uttiker stumm. Der wartet nur darauf, dass du ihn anschreist. »An etwas Ähnliches hatte ich tatsächlich gedacht. Ich glaube, die Wagen sind sehr kopflastig. Wenn mein Strahl sie nur weit genug oben trifft, dann werden sie stürzen. Ich habe folgenden Plan …«

## EINE BESSERE WELT

»Würdest du bitte weitergehen, Bruder? Man weiß nie, wer als Nächstes durch den Albenstern tritt.«

Baldan folgte dem Befehl, doch trat er nur wenige Schritte zur Seite, um sich erneut staunend umzusehen. So oft hatte er von Emerelles Thronsaal gehört. Doch er war ganz anders, als er ihn sich vorgestellt hatte. Ein Vorhang fallenden Wassers verbarg die Wände. Es gab keine Decke, und er konnte sehen, wie sich hoch über den Türmen der Burg dunkle Gewitterwolken ballten, die die Hitze des Spätsommertages bald in einem Sturzregen ertränken würden.

Der Lichtbogen des magischen Tors erzitterte. Farben wirbelten durcheinander. Die Schlangen des großen Bodenmosaiks schienen sich zu bewegen. Aber in dem überfüllten Saal nahm niemand Notiz davon.

Ein bocksbeiniger Faun erschien unter dem Lichtbogen und zog ein verängstigtes Maultier hinter sich her. Eine ganze Karawane, eskortiert von bis an die Zähne bewaffneten Minotauren, folgte ihm und wanderte durch das hohe Portal des Thronsaals in eine weite Halle, die sich anschloss.

Eine Gruppe von vier Lutin wachte über das Tor. Wieder tanzten die Schlangen des Mosaiks, und erneut änderte sich das Farbspiel des Lichtbogens. Es herrschte ein Kommen und Gehen wie auf einem Markt! Der Thron Albenmarks war verwaist. Das prächtige Fell eines Schneelöwen lag darauf ausgebreitet. Auf den Stufen zum Thron hockte ein Trupp Trolle, die ein Lagerfeuer entzündet hatten, über dem sie irgendein großes, vierbeiniges Tier brieten.

Hunderte Stimmen redeten durcheinander. Alle Sprachen Albenmarks schienen hier versammelt zu sein und zumindest die Hälfte aller Völker.

Ein Schwarm Blütenfeen flatterte an ihm vorüber. Auf dem Mauerkranz des Thronsaals kauerten ein Gargoyle und eine Harpyie, in ein Gespräch vertieft.

»Kann ich dir helfen? Bist du zum ersten Mal hier, Bruder?« Einer der Lutin, die über den Albenstern wachten, war an seine Seite getreten.

Baldan nickte verlegen. »Ja. Ich bin ein Gesandter des Herzogs Orgrim und ersuche in dringender Angelegenheit um eine Audienz beim Kronrat.«

»Natürlich ist es dringend«, sagte der Lutin müde. »Das ist es immer. Und immer sind es Herzöge, Könige oder andere bedeutende Würdenträger, die Boten schicken. Du gehörst zur Snaiwamark-Karawane?«

»Willst du einen Befehl des Herzogs infrage stellen?« Baldan war entsetzt darüber, behandelt zu werden, als sei er irgendein dahergelaufener Bittsteller.

»Das Einzige, was ich mich frage, ist: Warum kommt Orgrim nicht selbst, wenn die Angelegenheit von solcher Bedeutung ist?«

»Weil ein Feldherr mitten in der Schlacht seine Truppen nicht verlässt! Und nun bring mich zum Thronrat, oder die Sache wird ein Nachspiel für dich haben, Bruder!«

Der Lutin leckte sich über die Lippen. »Ich bin am Albenstern leider unabkömmlich. Das ist ein direkter Befehl Skangas. Es sollen immer mindestens vier Lutin im Thronsaal sein.« Er deutete auf die hohe Pforte. »Geh dort entlang bis zum Drachenbrunnen. Da findest du den Hauptmann der Wache. Er wird einen Boten abstellen, der dich zum Kronrat im Südflügel der Burg bringt.« Der Lutin verneigte sich knapp und zog sich zurück, während der Albenstern eine Herde Rinder ausspie, die von verwegen aussehenden Kobolden geritten wurden, die ihre Reittiere laut schreiend in den angrenzenden Saal trieben.

Baldan folgte den Rindviechern und wich den Kuhfladen auf dem zerschlagenen Mosaikboden aus. Die Halle, die sich an den Thronsaal anschloss, war noch größer. Hoch über seinem Kopf wölbte sich eine vom Ruß unzähliger Lagerfeuer geschwärzte Decke. Eines der Rinder war ausgeglitten und hatte sich ein Bein gebrochen. Ungeachtet der lautstarken Proteste eines Kobolds wurde es gleich vor Ort geschlachtet.

Ein mächtiger Brunnen beherrschte den großen Saal. Nur aus zweien seiner Fontänen tröpfelte noch Wasser, das sich in einem großen Becken sammelte, in dem allerlei Unrat lag. Die Gestalt eines turmhohen Sonnendrachen beherrschte die Figurengruppe des Brunnens. Er holte zu einem tödlichen Prankenhieb aus, während ein Elfenritter eine andere Elfe zur Seite stieß, um an ihrer Stelle zu sterben. Das Bildnis der geretteten Elfe war enthauptet. Der Kopf fehlte. Vielleicht lag er irgendwo am Brunnengrund.

Vom Hals des Sonnendrachen hing an einem Strick der Kadaver eines Gelgerok. Vielleicht wollten die Trolle damit zeigen, dass auch sie Drachentöter waren, wenngleich ein Gelgerok neben einem Sonnendrachen wie eine Katze neben einem Löwen aussah.

Baldan war in der verfallenden Pracht Vahan Calyds aufgewachsen. Er mochte die Steinbilder und anderen Kunstwerke, die ganze Generationen von Künstlern im Dienst der Elfen erschaffen hatten. Für die Barbarei der Trolle hatte er nur Verachtung übrig. Niedergeschlagen sah er sich um, bis er einen Kobold entdeckte, dessen übertrieben üppiger Helmschmuck ihn als Befehlshaber der Wache auswies.

Kurz dachte Baldan daran, einfach nach seinem Vater zu fragen. Anderan, der Herr der Wasser, gehörte dem ständigen Rat an, dem Elija Glops vorstand. Der innere Zirkel um den Lutin nannte seinen Vater auch Kommandant Wasserbringer. Sie alle erfanden so eigentümliche Namen für sich.

Baldan ging zu dem Helmträger. »Herzog Orgrim schickt mich mit einer dringenden Nachricht für den König! Es geht um Leben und Tod von Tausenden Kobolden!« Das hätte er vorhin schon sagen sollen. Dieser kleine Zusatz zeigte große Wirkung. Der Befehlshaber der Wache führte ihn persönlich zum Kronrat. Vorbei an den langen Reihen der Wartenden, die ihn verfluchten, weil er sich nicht wie sie geduldete, bis er aufgerufen wurde.

Auf einen Wink des Kobolds wurde die Tür zum Versammlungssaal des Thronrats aufgerissen. Der Raum war kleiner als der Thronsaal. Auch er hatte sichtlich unter der jahrelangen Nutzung durch Trolle gelitten. Alle Möbel waren entfernt worden. Die Mitglieder des Rates saßen auf Kissen oder Fellen entlang der Wände. Selbst König Gilmarak!

Inmitten des Saals stand ein Elf, der offenbar ein Anliegen vorgetragen hatte. Er wandte sich zur Tür. Nur im Funkeln seiner Augen mochte man Ärger ablesen. Ansonsten hatte er sich vollkommen in der Gewalt.

»Mein König, Nachrichten von der Snaiwamark-Karawane!«

Gilmarak erhob sich und entließ den Elfen. »Wir werden über eine Entschädigung für das Gold, das aus deinem Wohnsitz entfernt wurde, morgen weiter beraten, doch mache ich dich darauf aufmerksam, dass laut Zusatz sieben zu den allumfassenden Grundgesetzen jegliches Gold Albenmarks allein dem König gehört.«

»Man könnte dich auch des Diebstahls am König anklagen, da du das Gold nicht freiwillig abgegeben hast«, fügte ein Lutin mit leicht ergrauter Schnauze und einer randlosen Brille hinzu. Baldan vermutete, dass es sich bei ihm um Elija Glops handelte.

Der junge Kobold sah sich weiter um. Die Mehrheit der Anwesenden entstammte den verschiedensten Koboldvölkern. Er entdeckte auch seinen Vater. Der blieb sitzen. Diese Unhöflichkeit verunsicherte Baldan.

»Nun, junger Freund, was für Nachrichten hast du uns zu überbringen?«, fragte der König. Baldan wusste, wie viel Gilmarak an den Steppenschiffen und der Karawane gelegen war. Und er würde sich hüten, ehrlich zu sagen, was er davon hielt.

Der Elf wurde von zwei Trollwachen durch die Tür geschoben.

»Der König hat das Wort an dich gewandt!«, blaffte ihn Elija Glops an. »Antworte!«

Baldan legte die Gedanken Orgrims dar, vermied aber sorgfältig, das Wort Rückzug zu gebrauchen. Als er seinen Bericht beendet hatte, wagte er es nicht, zum König aufzusehen.

»Orgrim möchte also davonlaufen.« Das war die Stimme Elija Glops'.

Auch ihn wagte Baldan nicht anzusehen. »Orgrim sprach von einem taktischen Rückzug, um sich an günstigerer Stelle neu zu formieren. Nicht von Flucht!«

»Glaubst du, ich kenne die Phrasen von euch Kriegshelden nicht? Was du da sagst, bedeutet nichts anderes, als dass Orgrim fliehen will. Ich verstehe sehr gut, dass er nicht abkömmlich ist, um diese Nachricht selbst zu überbringen! Und sieh mich gefälligst an, wenn du mit mir sprichst!«

Baldan gehorchte. Sein Vater hatte ihm einiges über Elija erzählt. Er wusste, dass man sich seiner nie wirklich sicher sein konnte. Seine Höflichkeit mochte ebenso gespielt sein wie sein harscher Auftritt jetzt. Vor Trollen zeigte er stets eine Maske. Sie sollten nie im Zweifel sein, dass Kobolde fügsame Diener waren. Heimlich aber übte Elija mehr Macht aus als selbst König Gilmarak.

»Es wär hilfreich, wenn wir Reiter hätten«, sagte Baldan sachlich. »Im Augenblick bestimmen allein die Kentauren, wann und wo gekämpft wird. Wenn wir uns vom Albenstern entfernen, werden sie den Nachschub blockieren. Daran besteht kein Zweifel.«

»Aber umgekehrt können sie auch nicht die Schiffsburg erstürmen«, wandte der Trollkönig ein. »Unsere Stellung ist für sie uneinnehmbar, und sie werden sich in sinnlosen Angriffen aufreiben.«

»Nur befürchtet Orgrim, dass ein verborgener Sinn hinter dem steckt, was sie tun. Wenn wir dort bleiben, sind wir in die Rolle des Verteidigers gezwungen, und wer nur das zu tun vermag, was der Feind ihm diktiert, der wird auf Dauer verlieren. Eine Entscheidung drängt!«

»Wir werden über die Lage beraten«, sagte Gilmarak schroff, und Baldan wurde bewusst, dass es nicht klug war, einem König gegenüber ein Wort wie *drängt* in den Mund zu nehmen.

»Du kannst gehen, Bruder.« Elija entließ ihn mit einer großspurigen Geste.

Baldan war erleichtert, als sich die Türen des Ratssaals hinter ihm schlossen. Aufatmend trat er auf den Flur hinaus und stellten sich den missgünstigen Blicken all der anderen, deren Anliegen seinetwegen übergangen worden waren.

Ein wenig steif ging er zurück zum Brunnensaal und von dort weiter auf einen der Höfe. Er brauchte frische

Luft! Obwohl die Hallen des Palastes hoch waren, erschienen sie ihm stickig. Zu viele Albenkinder waren dort versammelt!

Endlich fand er auf einen Balkon. Doch was er vor der Burg sah, steigerte nur sein Gefühl der Beklemmung. Er hatte das Heerlager in der Wagenburg immer für groß gehalten. Doch es war nichts im Vergleich zum Lager vor den Mauern von Burg Elfenlicht. Es erstreckte sich fast bis zum Horizont. Tausende und Abertausende Zelte und Baracken umstellten die Mauern. Es machte den Anschein, als werde die Burg belagert. Nirgends sah man mehr grüne Wiesen. Die Pfade zwischen den Zelten waren Schlammbahnen. Kein Baum oder Busch war weit und breit zu sehen. Dafür erhob sich der Rauch unzähliger Lagerfeuer. Viehherden waren in Pferche gesperrt, dazu Pferde und alle erdenklichen Reittiere der Bittsteller und Gesandten. Im Westen waren Baukräne und Gerüste zu erkennen. Dort wurden weitere Steppenschiffe gezimmert.

»Wer hätte gedacht, dass dieses Gemäuer ausgerechnet unter der Herrschaft von Trollen zum lebendigen Herzen Albenmarks werden würde.«

Es tat gut, diese Stimme zu hören. »Vater.«

Anderan legte ihm eine Hand auf die Schulter. »Dein Auftritt gerade hat mir noch einmal sehr deutlich vor Augen geführt, warum du Krieger geworden bist und nicht Diplomat.« Er lachte leise. »Man sagt einem König nicht, dass die Zeit drängt.«

Baldan drehte sich um. »Muss ich mir Sorgen machen?«

»Die Frage kommt reichlich spät.« Sein Vater lächelte. »Das musst du nicht. Elija hat den Wunsch nach einem Rückzug ausdrücklich unterstützt. Allerdings tut er es allein aus machtpolitischem Kalkül, fürchte ich. Wenn Orgrim abziehen muss, dann wird das seinem Namen schaden. Und indirekt wird es auch König Gilmarak schaden.«

Baldan sah seinen Vater verwundert an. »Warum sollte

er sich das wünschen? Er ist durch die Trolle an die Macht gekommen.«

»Er glaubt, dass wir Kobolde auch ohne Trolle herrschen könnten. Er träumt vom Thron.«

»Und du, Vater?«

»Ich muss gestehen, dass ich manche seiner Ideen bestechend finde. Er ist ein unglaublicher Denker. Er hat Visionen. Auf gewisse Weise ist Gilmarak sein Geschöpf, auch wenn der Troll gelegentlich dazu neigt, die Ideen Elijas zu weit zu treiben.« Anderan deutete hinab zur Zeltstadt. »Das ist sein Werk!«

»Und du heißt das da unten gut?«

»Ich heiße es gut, wenn das Volk sein Schicksal in die eigenen Hände nimmt. Zu Emerelles Zeiten haben diese Mauern nur selten Gäste gesehen, die keine Elfen waren. Gilmarak und Elija greifen nach ganz Albenmark. Man mag über den Gesetzeskodex der Trolle denken, was man will, aber er ist in alle Himmelsrichtungen getragen worden. Es gibt kaum eine Siedlung nennenswerter Größe, in der dem neuen Gesetz nicht Geltung verschafft wurde. Und die Kinder Albenmarks haben verstanden, dass sie hierherkommen können. Sie werden hier angehört. Sie haben einen Herrscher, der ein offenes Ohr für ihre Sorgen hat. Und wenn sie nicht zu ihm selbst gelangen, so kommen sie doch zumindest vor einen von ihm einberufenen Rat. Hast du eine Vorstellung, wie tiefgreifend die Abschaffung des Geldhandels und die Aufhebung aller alten Schulden diese Welt verändert haben? Das einfache Volk ist nun frei. Werte werden wieder durch Arbeit erschaffen. Niemand lebt mehr in Schuldknechtschaft von Wucherern, die allein ihre blutsaugerischen Zinsen fett gemacht haben. Geld gebiert nicht mehr neues Geld. Niemand kommt auf die Idee, dass er, wenn er eine Kuh verleiht, ein Jahr später ein Mammut zurückverlangen könnte. Albenmark ist gerechter geworden.«

»Besonders wenn man ein Troll ist!«

Sein Vater nickte. »Das lässt sich nicht leugnen. Doch die Veränderungen sind noch nicht abgeschlossen. Ich wünschte, du könntest dabei sein, wenn Elija von der Welt spricht, die er erschaffen möchte. Es ist eine Welt, wie die Alben sie sich gewünscht hätten. Gerecht und friedlich. Doch dahin ist es noch ein weiter Weg. Zunächst gilt es, sicherzustellen, dass wir nie wieder in die Tyrannei der selbstherrlichen Elfen zurückfallen.«

Baldan blickte auf das heillose Durcheinander der Zeltstadt. »Ist das die Ordnung der Welt, von der du träumst?«

»Wir befinden uns im Übergang, Junge. Da kann es keine Ordnung geben, weil alles sich ändert. Und denk einmal darüber nach, wie viel Ordnung die Freiheit verträgt.«

Baldan schüttelte den Kopf. »Ich komme von einem Ort, an dem es den Tod bedeutet, wenn ich mich hundert Schritte von der schützenden Schiffsburg entferne. Die Steppe steht in Flammen, Vater. Das kann doch nicht die Welt sein, von der du träumst. Dort tobt ein mörderischer Krieg. Emerelles Herrschaft hat Frieden gebracht.«

»Einen Friedhofsfrieden, Junge. Es war die Ruhe der Gräber, die herrschte. Wir haben hier in der Burg Beweise dafür gefunden, dass sie mehre Meuchler gedungen hat, um Freidenker ermorden zu lassen. Und das waren keine Einzelfälle.«

»Im Windland wird auch nicht vereinzelt gestorben. Wenn der Wind aus der falschen Richtung bläst, vermag man in der Schiffsburg kaum noch zu atmen, so viele faulende Kadaver liegen dort im Gras.«

»Das ist die Unruhe des Übergangs in eine freiere Welt. Jedes Opfer, das wir heute bringen, wird in Zukunft Hunderte Leben retten.«

Baldan dachte an die schreckliche Hungersnot, die auf die Abschaffung des Geldhandels gefolgt war. An die gestürmten Getreidespeicher. An die langen Flüchtlingskolonnen all jener, die ihre Städte verlassen hatten, weil diese sie nicht mehr zu ernähren vermochten. Er musste eingestehen, dass dieser Schrecken Vergangenheit war. Viele neue Dörfer waren entstanden. Und weil aller alte Besitz aufgelöst worden war, besaß niemand mehr Land, als er durch eigene Arbeit bewirtschaften konnte.

Baldan hatte die Elfen nie gehasst, und doch hatte er große Genugtuung empfunden, als er zum ersten Mal einen Elfen an einem Pflug hatte stehen sehen. Manchmal jedoch hatte er auch das Gefühl, dass die Welt an Schönheit verloren hatte. Er dachte an die verwüstete Burg, die immer mehr einer Trollhöhle ähnelte. Und er fragte sich, welch blühende Parklandschaft sich wohl einst dort erstreckt hatte, wo sich nun das gewaltige Zeltlager befand. Hatten sie ihre Welt besser gemacht? Er wusste es nicht. Und er war froh, dass er nur ein Krieger war und nicht einer von jenen, die mit den besten Absichten die Welt veränderten und dabei Ströme von Blut vergossen. Ihre einzige Legitimation war dabei die Hoffnung auf eine Zukunft, die niemand kannte.

Sosehr sein Vater auch eine goldene Zukunft heraufbeschwor – nein, er sollte lieber sagen: eine *bessere* Zukunft, denn Gold war ja nichts mehr wert und wurde von Gilmarak eingezogen –, Baldan wusste, wie viele der einfachen Handwerker und Bauern der Herrschaft Emerelles nachtrauerten. Und wie sollte man es ihnen verübeln? Sie wussten nichts von den Visionen seines Vaters oder Elija Glops'. Sie hatten nur tief zu spüren bekommen, was es hieß, in einer Welt zu leben, in der altes Recht nichts mehr galt und in der ein neues Recht noch nicht tief verwurzelt war.

»Woran denkst du, Junge?«

»An die Schiffsburg«, antwortete er nach kurzem Zögern. Er wusste, dass sein Vater seine Gedanken nicht billigen würde.

Anderan lächelte. »Du bist ein schlechter Lügner. Gut, dass du ein Krieger geworden bist.«

# HÖRNER UND KESSELPAUKEN

Orgrim beobachtete, wie sich im letzten Tageslicht die Kentauren formierten. Tausende. Überall rings auf den Hügelkuppen. Gerade außerhalb der Reichweite der Torsionsgeschütze. Sie bliesen Hörner und schlugen mächtige Kesselpauken. Der infernalische Lärm übertönte die Geräusche des Lagers. Nur das Fauchen einer unruhigen Hornschildechse, die mit ihren Schwanzschlägen das Erdreich aufwühlte, war noch lauter.

Orgrim drehte sich um und blickte über den weiten Kreis des Lagers. Er spürte die Anspannung der Arbeiter und Viehtreiber, Steinmetzen, Köche, Schuhmacher und Huren. Aber sie hielten sich ganz gut. Es war nicht der erste Angriff der Kentauren, und nie hatten sie den schützenden Wall der Steppenschiffe durchbrochen. Allerdings schlugen ihre Pfeile ins Lager, wenn sie dicht genug herankamen. Die Kentauren schossen steil in den Himmel, und ihre Geschosse schlugen ungezielt auf. Die Heerschar der Arbeiter aber war so dicht gedrängt, dass jeder siebte Pfeil ein Ziel fand. Baldan hatte das errechnet. Der Kobold kam auf seltsame Ideen. Für ihn war Krieg nicht der Kampf Mann gegen Mann. Es war ein Krieg der Zahlen. Orgrim wusste, dass Mut oder Feigheit Zahlen bedeutungslos machen konnten. Dennoch kamen sie beide fast immer zu denselben Schlussfolgerungen. Und dass Baldan aus eigenem Antrieb den Boden des Lagerplatzes hatte prüfen lassen, um sicher zu sein, dass sie nicht in einem trockenem Flussbett standen, hatte dem Troll gut gefallen. Er würde Baldan an seiner Seite behalten!

»Schießt doch endlich ein paar von diesen Pferdeärschen die Köpfe weg!«, fuhr Zargub den Kobold an, der die beiden schweren Torsionsgeschütze auf dem Gefechtsdeck des Steppenschiffs befehligte.

»Sie sind zu weit entfernt. Sie kennen unsere Reichweiten inzwischen genau. Das wären vergeudete Schüsse.«

»Unruhig?« Orgrim wusste inzwischen, dass Zargub kein Troll für eine Belagerung war. Er war ein tollkühner Angreifer, aber das hier ging gegen sein Naturell. Leider konnte er den Rudelführer nicht einfach austauschen, ohne dass dieser sein Gesicht verloren hätte.

»Unruhig?« Zargub lachte auf. »Den Tag, an dem dieses stinkende Steppengeschmeiß mich unruhig macht, wirst du nicht erleben. Ich möchte nur einfach raus und den verdammten Gäulen die Beine brechen.«

Orgrim kratzte sich am linken Arm. Mittags hatte ihn bei einem Scharmützel ein Pfeil getroffen. Einer von diesen verdammten Kriegspfeilen, bei denen die eiserne Spitze nur aufgesteckt war, so dass sie mit ihren Widerhaken im Fleisch hängen blieb, wenn man am Schaft zog. Er hätte sich den Arm aufschneiden lassen müssen, um die Spitze herauszuholen. Das Eisen brannte in seinem Fleisch. Immer wieder kratzte er an der Wunde. Wenn er zu sehr darauf drückte, konnte er spüren, wie sich das Metall bewegte. Wenn sie endlich Ruhe gaben, würde er sich selbst den Arm aufschneiden und dieses verfluchte Stück Metall herausholen.

Die Sonne war hinter den Hügeln versunken. Die Schatten der Nacht eroberten von Osten her den Himmel. Bald würden die Umrisse der Kentauren auf den Hügeln mit der Dunkelheit eins. Den ganzen Tag über hatte es immer wieder kleinere Gefechte gegeben. Ob es in der Nacht so weitergehen würde?

Orgrim blickte auf sein Lager. Schon jetzt waren dort Hunderte Feuer entfacht. Das Licht des magischen Tors im inneren Wagenkreis erstrahlte hell. Die Verteidiger auf den Wagen wären gut zu sehen und leichte Ziele für die Kentauren. Er sollte Befehl geben, das Tor am Albenstern zu schließen. Zumindest das. Es wäre klug, auch alle Lagerfeuer löschen zu lassen. Aber das würde jeden im Lager beunruhigen. Sollten sie an ihren Feuern sitzen und sich ein Essen köcheln, dann dachten sie weniger über die Kentauren nach.

Bisher hatten die Kentauren noch keinen großen Nachtangriff gewagt. Noch immer lärmten die Hörner und Kesselpauken. Die dumpfen Schläge der großen Trommeln schienen ihm in den Bauch zu fahren.

Heute Mittag hatte Orgrim beobachtet, wie sie einige ihrer Toten zur Seite schafften. Sie hatten sie nicht mitgenommen, sondern die Kadaver nur um zwanzig oder dreißig Schritt bewegt, als wollten sie Platz für etwas machen. Wieder kratzte er an seiner Wunde.

»Unruhig?«, fragte Zargub spöttisch.

Natürlich, dachte Orgrim. Er wäre ein Narr, wenn er nicht beunruhigt wäre. Es gab etwas, das die Kentauren völlig siegessicher machte. Etwas, das sie dazu veranlasste, diese Belagerung aufrechtzuerhalten, obwohl es für sie unmöglich war, in die Schiffsburg einzudringen. Und solange er nicht wusste, was das war, würde er unruhig bleiben. Hoffentlich hatte Baldan bei Hof Erfolg, und sie erhielten die Erlaubnis, sich zurückzuziehen!

## HEBELGESETZE

Katander stand vor dem vordersten der vier großen Zelte, in denen in den vergangenen Tagen so hart gearbeitet worden war. Nestheus war von seinem Plan nicht überzeugt gewesen. Er verfolgte seine eigenen Ziele. Aber Katander wusste, dass diese Nacht die Wende bringen konnte. Sie mussten die verdammte Schiffsburg aufbrechen! Wenn sie erst einmal Mann gegen Mann mit den Trollen kämpften, konnten sie siegen. Seine Uttiker waren größer und stärker als die Steppenkentauren. Sie fürchteten sich nicht davor, die Trolle hart anzugehen, wo ihre Vettern am liebsten nur Pfeile verschossen und dann davon preschten. So konnte man keine Schlacht gewinnen!

Wenigstens hatte ihm Nestheus freie Hand für diesen Angriff gelassen.

Die Zeltplane wurde zurückgeschlagen. Ein Karren mit großen Rädern rollte heraus. Es waren die Räder eines aufgegebenen Steppenschiffs, das ein paar Meilen entfernt neben der neuen Straße gelegen hatte. Katander hatte sich das Wrack lange angesehen und mit seinen Baumeistern beraten. Er wusste, wo die Schwäche der riesigen Karren lag.

Seine beiden Wagen bestanden nur aus Rädern, Achsen und einem Gerüst wuchtiger Balken, stark genug, das zu tragen, was auf sie aufgesetzt wurde.

Hieron, der oberste Baumeister Uttikas begutachtete die beiden Wagen. Er war ein großer Rappe mit breiten Schultern und wuchtigem Nacken. Mit seinem mächtigen, schwarzen Bart und dem langen Haar, das durch ein rotes Stirnband gehalten wurde, glich er mehr einem Krieger als einem Gelehrten. Der Mathematiker hatte bereits einen Brustpanzer angelegt, und es bestand kein Zweifel, dass er mit ihnen in die Schlacht reiten würde.

Katander mochte den störrischen Mann, der ansonsten nicht sehr beliebt war. Hieron nahm kein Blatt vor den Mund. Er nannte Probleme beim Namen, und im Gegensatz zu den übrigen Gelehrten, die sich gerne in stundenlangen, ermüdenden Disputen ergingen, war er ein Mann der Praxis.

»Werden wir siegen?«

»Sehe ich aus wie ein Orakel?«, entgegnete der Mathematiker mürrisch.

»Nein«, entgegnete Katander gut gelaunt. »Deshalb bedeutet mir deine Antwort ja auch so viel.«

Hieron würdigte ihn keines Blickes. Er beobachtete, wie

die beiden verbliebenen Zelte abgebaut wurden und man vier Flaschenzüge aufstellte.

»Unsere beiden Wagen geben verflucht große Ziele ab. Wenn die Kobolde an den Geschützen auch nur einen Furz wert sind, dann haben wir verloren.«

»Es ist Nacht. Sie werden uns erst sehen, wenn es zu spät ist. Und Nestheus wird sie mit seinen Kriegern ablenken. Die werden so viele Pfeile abfeuern, dass kein Kobold es wagt, den Kopf über die Zinnen zu erheben.«

»Dann bleibt immer noch die Gefahr des Weges.«

»Keine Sorge, mein Freund. Ich habe im Laufe des Nachmittags persönlich dreimal Spähtrupps in die Nähe von Orgrims Steppenschiff geführt. Es gibt keine verborgenen Erdrinnen oder Bodensenken. Auf meinen Befehl sind sogar die Toten zur Seite geschafft worden.«

Hieron wandte zum ersten Mal den Blick von den Wagen und sah ihn an. »Die Toten sind nicht meine Sorge. Unsere beiden Wagen sind so schwer, dass die Leichen unter den Rädern zerquetscht werden, vorausgesetzt, wir machen genug Fahrt. Was mich beunruhigt, ist, dass unsere Gefährte so kopflastig sind, dass sie leicht umstürzen können. Es sind die Hebelgesetze, die über Sieg oder Niederlage entscheiden werden. Und zunächst arbeiten sie gegen uns, das muss dir klar sein, Katander. Wenn einer der Wagen zu schlingern beginnt, dann bleibt uns nur, davonzulaufen. Wir können nicht mehr gegensteuern, wenn es so weit kommt. Schaffen wir es aber bis zur Schiffsburg, dann werden nämliche Hebelgesetze Orgrim besiegen.«

»Wir können uns den Verlust eines Karrens leisten«, bemerkte Katander lakonisch. »Deshalb habe ich dir befohlen, zwei zu bauen. Kein Plan überlebt die Wirklichkeit der Schlacht. Aber mit zwei Karren werden wir es schaffen!«

Katander beobachtete, wie mit den Flaschenzügen die wuchtigen Aufsätze für seine Karren angehoben wurden. Sie würden fünf Schritt hoch sein, wenn sie fertig waren. Fast so hoch wie die Steppenschiffe.

# ELFENKUGELN

»Brandgeschosse!«, rief Orgrim und duckte sich hinter den großen Schild, den Zargub hielt.

Einer der Kobolde eilte zu dem Mast, der sich mitten aus dem Rumpf des Steppenschiffs erhob, und zündete zwei grüne Laternen, die dann am Mast aufgezogen wurden.

Mit dumpfem Ton schlugen Pfeile in den Schild. Einige der Schützen mussten seinen Schattenriss erkannt haben. Noch nie zuvor hatten die Kentauren einen so heftigen Nachtangriff durchgeführt. Der bewölkte Himmel, der das Licht der Sterne schluckte, begünstigte ihren Angriff noch. Sie waren nur schwer auszumachen, doch das würde sich bald ändern.

»Ich mag es nicht, wenn die Kobolde mit Feuerschalen hantieren«, murrte Zargub.

Orgrim konnte ihn nur zu gut verstehen. Es hatte lange nicht geregnet, und sie saßen auf einem großen Haufen gut abgelagerten Holzes. Es war so, als säße man auf einem Scheiterhaufen und überlege sich, mit Feuer zu spielen. Aber sie mussten etwas sehen. Die Überlegenheit ihrer zahllosen Geschütze war dahin, wenn es für die Kobolde keine Ziele gab!

Das Signal wanderte weiter. Auch auf den benachbarten Steppenschiffen waren inzwischen grüne Laternen gesetzt worden.

Trotz der Schmerzensschreie der Verwundeten im Lager und auf den benachbarten Karren konnte er das Rumoren unter sich auf dem Geschützdeck hören. Er stellte sich vor, wie die mit ölgetränkten Lappen umwickelten Tonkugeln fertig gemacht wurden. Wie die eiserne Feuerschale auf ihrem Dreibein vom Geschützmeister mit Holzkohle gefüllt und entzündet wurde.

Ein weiterer Pfeil schlug in das dicke Holz des Schildes.

Ganz nah brüllte ein verwundeter Ochse seinen Schmerz heraus. Die beiden großen, auf Drehkränzen gelagerten Torsionsgeschütze des Gefechtsdecks schwenkten nach links. War da was? Orgrim wagte es, kurz den Kopf hinter dem Schild hervorzustrecken.

Im selben Augenblick flammte in der Feuerschale beim Mast eine Flamme auf. Fast augenblicklich prasselten Pfeile auf das Gefechtsdeck nieder. Das Licht zog sie an wie Honig die Fliegen.

Fackeln wurden in die Flammen über der Feuerschale gehalten. Zwei Kobolde liefen los, um die Fackeln zu den Geschützen zu bringen.

»Worauf schießen die, wenn sie nichts sehen?«, fragte Zargub.

»Das erste Mal auf die Hügel. Die werden immer noch dort sein, wo sie auch bei Sonnenuntergang waren. Danach werden sie sehen.« Orgrim beobachtete, wie auch hier oben eine der Tonkugeln auf die Schiene des Geschützes gelegt wurde. Die Fackel berührte sie nur sanft. Augenblicklich war die Kugel in Flammen gehüllt.

»Backbordwand eins nieder!«, rief der Geschützführer.

»Weg hier!« Orgrim zog Zargub zur Seite, während die hölzerne Schutzwand mit den Zinnen hinabkippte.

»Schießt!«

Der Geschützführer riss den Sicherungshebel des Katapults zurück. Zischend schnellte die Flammenkugel in die Nacht. In flacher Flugbahn eilte sie dem nächsten Hügel entgegen, um sein trockenes Gras in eine Flammenwand zu verwandeln.

Kaum zwei Herzschläge später wurde auch das zweite Geschütz abgefeuert.

Eine Fontäne aus Flammen stieg auf, wo die erste Kugel einschlug. Orgrim wusste nicht, was im Inneren der Tonkugeln verborgen war. Man hörte eine Flüssigkeit in ihnen schwappen, wenn man sie anhob. Die Geschosse stammten aus dem Arsenal der Kriegsflotte von Reilimee.

Elfen hatten sie erschaffen. Überall auf den Hügeln stiegen nun Flammen empor. Sie rissen die Kentauren aus der Geborgenheit der Nacht. Auch die kleineren Ballisten auf dem Geschützdeck schossen nun. Die schweren Windenarmbrüste, die fest zwischen den Zinnen montiert waren, stimmten in die Melodie des Todes ein. Das Zischen von Kugeln und Bolzen. Das metallische Klacken der Geschütze, die neu gespannt wurden. Nie hatte er sich ausgemalt, welches Inferno seine Streitmacht entfesseln konnte. Das war kein Krieg mehr! So musste es ausgesehen haben, als die Zerbrochene Welt fiel.

Krieg, das waren Heerscharen, die aufeinander zumarschierten. Bogenschützen hatten immer schon dazu gehört. Tod aus der Ferne. Kein ehrlicher Keulenhieb. Hier sah man nicht mehr, wer wen tötete.

Auf der Ebene bewegten sich Tausende Schatten. Kentauren, aber auch berittene Bogenschützen. Pfeilspitzen blitzten golden im Licht der Flammen. Pferde scheuten vor dem Feuer. Er sah einen brennenden Kentauren, der einfach weitergaloppierte und seinen Bogen hob, um einen letzten Schuss abzugeben.

Dann plötzlich zerbarst eine der Feuerkugeln im Flug, und nur einen Augenblick später stand eines der Steppenschiffe in Flammen.

»Wechselt zu Steinkugeln!«, rief Orgrim.

Der Kobold, der die Geschütze befehligte, gab den Befehl weiter.

Eine weitere Flammenkugel zerbarst mitten in der Luft.

»Was geschieht da?«, flüsterte Zargub.

»Maurawan. Nur sie können eine Kugel im Flug treffen. Sie sind irgendwo dort draußen. Bestimmt nicht auf den Pferden. Wir werden sie nicht sehen, selbst wenn wir die ganze Steppe in Brand setzen.« Orgrim hob die Stimme. »Setzt Signal zum Wechsel auf Steingeschosse. Verschließt die Kisten mit den Brandkugeln. Schnell!«

Ein Kobold mit Fackel, der nahe bei ihm auf der erhöhten Geschützposition stand, wurde nach hinten gerissen. Seine Fackel flog in hohem Bogen durch die Luft.

Orgrim schnappte sie im Flug und warf sie vom Geschützdeck. Über ihm an einem der beiden Ladebäume des Mastes schwebte die nächste Brandkugel für das Achtergeschütz.

»Runter mit den Kugeln. Sofort! Sperrt sie in die Kisten.«

Ein weiteres Steppenschiff ging in Flammen auf. Die Feuerfontäne stieg höher als der Mast empor. Brennende Gestalten sprangen vom Gefechtsdeck.

Eine blaue und eine grüne Laterne schnellten am Mast empor. Ein Kobold streute Sand auf das Gefechtsdeck, der sich sofort dunkel verfärbte. Der Geruch von gebratenem Fleisch hing in der Luft. Orgrim ertappte sich dabei, wie er sich die Lippen leckte.

»Herzog, seht dort vorne!« Der Geschützmeister, ein Kobold mit einer roten Lederkappe, deutete auf zwei Schatten, die von den Hügeln her kamen.

Orgrim konnte es nur undeutlich erkennen. Rollende Balkengerüste. Und sie kamen auf sein Steppenschiff zu.

## STURMLAUF

»Schneller!« Zu schreien half gegen die Angst. Katander stemmte sich mit aller Macht gegen die hölzerne Stange. Drei Stangen ragten auf jeder Seite aus dem großen Karren. Drei seiner Uttiker bemannten jede Stange. Er hatte nur die Kräftigsten für diese Aufgabe ausgewählt. Hieron führte das Kommando über den zweiten Wagen.

Katander hatte damit gerechnet, beschossen zu werden. Aber das hier übertraf seine schlimmsten Vorstellungen.

Überall brannte es. Der Himmel selbst schien in Flammen zu stehen. Geschosse zogen Feuerschweife hinter sich her.

Dem Krieger an seiner Seite standen Tränen in den Augen. Einem Veteranen des Steppenkrieges!

»Weiter!«, schrie er aus Leibeskräften. Achtzehn Uttiker trieben den Wagen voran. Jedem anderen Karren hätte ihre Kraft Flügel verliehen, nicht aber diesem wuchtigen Ungeheuer. Hoch über ihren Köpfen, fest verankert in einem Gerüst aus Holzstreben, hing ein Baumstamm, der bedenklich weit über den Karren hervorstand. Wie die Faust eines Riesen sollte er das Steppenschiff Orgrims treffen. Er würde den Herzog der Nachtzinne und dessen Hochmut in den Staub stürzen. Eine wuchtige Holzscheibe mit mehr als dem doppelten Durchmesser des Stammes war vorne auf den Rammbock genagelt. Die Waffe sollte nicht die Brustwehr des Steppenschiffes zertrümmern. Hieron hatte ihm erklärt, dass es besser war, wenn die Kraft auf eine große Fläche wirkte. Sie wollten nicht weniger als das Steppenschiff stürzen und damit eine Bresche in den schier unüberwindlichen hölzernen Festungswall schlagen.

Eine der Flammenkugeln schlug so nah ein, dass er die Hitze des Feuers schmerzhaft auf dem linken Arm spürte. Eine Schar von Kentauren eskortierte sie, um Verwundete und Gefallene zu ersetzen. Ihre Ramme durfte nicht langsamer werden. Die schweren Räder fraßen sich, obwohl sie so breit waren, tief ins Erdreich, und Katander befürchtete, dass sie die Ramme nicht mehr würden anschieben können, wenn sie erst einmal zum Halten kam.

Einige Maurawan begleiteten ihren Vorstoß. Und ganze Schwärme von Steppenreitern hatten sich auf dem Abschnitt vor Orgrims Steppenschiff versammelt, um die Wagen mit Pfeilsalven einzudecken und die Geschützbedienungen daran zu hindern, sich auf die Rammen einzuschießen.

Ein scharfer metallischer Knall ließ Katander herumfahren. In der Reihe hinter ihm ging ein Krieger zu Boden. Sein Bronzehelm war auf einer Seite eingedrückt. Blut rann dem Stürzenden aus Mund und Nase. Er wurde zur Seite gedrängt. Sofort eilte ein anderer Uttiker herbei, um den Platz an der Holzstange einzunehmen.

Ein scharfes Krachen erklang über ihm. Holzsplitter flogen durch die Luft. »Vorwärts!« Katander entschied, den Blick nicht mehr von Orgrims Steppenschiff zu wenden.

Eine sanfte Bodenwelle brachte die Ramme ins Schwanken. Der Fürst hielt fest die Holzstange umklammert. Etwas strich kreischend über die Wangenklappe seines Helms.

Immer stärker schlingerte die Ramme. Vor ihnen lag ein Steppenkentaur mit zerschmettertem Bein. Er hob einen Arm und schrie ihnen etwas zu, was Katander nicht verstand. Sie durften nicht anhalten! Wenn sie es taten, war die Ramme verloren. Zwei Schritt hoch waren die Räder mit dicken Eisenplatten miteinander verbunden. Die Ramme war schwer wie ein Haus.

»Verzeih«, murmelte der Fürst. Er biss die Zähne zusammen, als er den Ruck spürte, der durch den so schlecht ausbalancierten Wagen lief.

Die kopflastige Belagerungswaffe schwang noch etwas weiter aus. Katander stemmte sich mit all seiner Kraft gegen die Stange und wurde leicht angehoben. Schreckensschreie hallten ihm in den Ohren. »Nicht loslassen!«, brüllte er aus Leibeskräften.

Wieder drückte die Stange des schlingernden Wagens ihn in die Höhe. Ein bisschen mehr noch als eben. »Nicht loslassen!«

Krachend traf eine Steinkugel die schweren Balken. Einem Kentauren aus der Eskorte schlug ein anderes Geschoss ein fast kopfgroßes Loch durch den Brustpanzer.

Keine zehn Pferdelängen mehr, dann war es geschafft! Noch neun.

Katander wurde wieder von den Hufen gerissen. »Nicht

loslassen!« Er drückte nach unten, auch wenn diese Bemühung ohne jede Bedeutung war.

Noch sieben Pferdelängen! Gleich war es geschafft. Krachend schlugen die Räder auf seiner Seite auf den weichen Erdboden. Ein splitterndes Geräusch jagte ihm einen Schauer über den Rücken. Das Rad neben ihm drehte sich nicht mehr rund. Die Achse war gebrochen! Und jetzt neigte sich der verfluchte Karren in seine Richtung.

»Lauft, Fürst!« Die beiden Kentauren neben ihm ließen die Stange los und scherten seitlich aus.

»Bleibt, ihr verdammten Feiglinge! Ich werde euch ...« Seine Worte gingen in ohrenbetäubendem Splittern und Bersten unter. Die Holzverstrebungen, die den massigen Baumstamm hielten, knickten ein wie Kornähren im Hagelschlag.

Das Rad neben ihm geriet aus der Spur. Die wirbelnden Speichen berührten ihn fast. Erschrocken ließ Katander die Stange los. Fast augenblicklich traf ihn ein wuchtiger Hieb in den Rücken und fegte ihn von den Beinen. Stürzend wurde ihm klar, wo sein Fehler lag: Als er losgelassen hatte, während der Karren weitergerollt war, hatte ihn die Stange hinter ihm in den Rücken getroffen. Selbst seine eiserne Rückenplatte hatte den Schlag kaum abgemildert.

Er bekam keine Luft mehr, fühlte sich vom Treffer aber nicht benommen. Im Gegenteil, er nahm alles um sich herum mit größter Deutlichkeit war. Zugleich fühlte er sich unbeteiligt, als sei er nicht mitten im Geschehen, sondern ein Zuschauer, der alles aus großer Ferne betrachtete. Fühlte sich so der Tod an? Hatte die schwere Holzstange ihm das Rückgrat zerschmettert?

Ein zersplitterter Balken stieß neben ihm in die Erde wie ein Speer. Der Karren war vollends aus der Bahn geraten. Ein Rad lief schlingernd davon. Die Stangen pflügten durch die Erde und zersplitterten. Katander blickte auf und sah den Baumstamm hinabstürzen. Und er war hilflos, konnte sich nicht bewegen, nur noch schauen.

# DER STURZ

»Schießt!«, schrie der Geschützmeister. Eine der beiden Rammen hatten die Geschütze vernichtet, doch die zweite war nur noch wenige Schritt entfernt. Sie würde das Steppenschiff etwa in der Mitte des Gefechtsdecks treffen.

Die Kobolde hatten vergessen, die Seitenwand herunterzuklappen. Die Geschützkugel riss eine der hölzernen Zinnen mit sich fort. Der Schuss war gut gezielt, nur ein wenig zu hoch. Er traf den Baumstamm der Ramme, riss eine helle Spur in die Rinde und verschwand in der Nacht.

»Komm!« Orgrim packte Zargub beim Arm.

Der Rudelführer blickte noch immer fassungslos auf die Ramme, als könne er nicht begreifen, warum das Schicksal ausgerechnet dieses Steppenschiff dem Untergang weihte. Für Orgrim stand das außer Frage. Es war das größte in der vordersten Linie. Hier würde die breiteste Bresche in die Verteidigungslinie geschlagen, wenn es fiel.

»Los!« Der Herzog zerrte Zargub mit Gewalt von der Bordwand fort. Die Ramme war nur noch vier oder fünf Schritt entfernt. Unter den Kobolden auf dem Geschützdeck war bereits heillose Panik ausgebrochen. Auch sie versuchten, das Schiff zu verlassen und in den vermeintlich sicheren Lagerkreis zu gelangen.

»Spring nicht von der Breitseite!«

Zargub riss sich los. Sein Staunen war blankem Entsetzen gewichen. Er stürmte mit den Kobolden. Es blieb keine Zeit mehr, ihn zurückzuholen. Orgrim stürmte nach achtern. Da traf die Ramme das Steppenschiff. Der Schlag riss Orgrim von den Beinen. Die hölzernen Zinnen splitterten. Eines der schweren Torsionsgeschütze wurde aus seiner Verankerung im Deck gerissen und rutschte hinter den flüchtenden Kobolden her.

Das ganze Steppenschiff lehnte sich zur Seite. Die Kobolde auf dem Geschützdeck unter ihm kreischten in Panik. Und noch weiter unten keilten die Ochsen aus und brüllten ihre Angst heraus.

Orgrim rutschte zusammen mit Tauen, Kobolden, Kisten und steinernen Geschützkugeln über das sich immer steiler erhebende Deck. Der Troll ruderte mit den Armen und versuchte etwas zu packen bekommen, was ihm Halt gab. Doch nichts in der Welt schien mehr fest an seinem Ort zu stehen. Er schlug hart gegen den Laufgang der rückwärtigen Zinnen. Neben ihm wurde ein Kobold von einer rollenden Steinkugel zermalmt.

Der Troll drehte sich. Griff nach den Zinnen und erinnerte sich an seine eigenen Worte. Er durfte nicht hier springen. Nicht hier!

Neben ihm warf sich der Geschützführer der Kobolde über Bord.

Orgrim trampelte über Gestürzte hinweg. Immer steiler ragte das Deck zum Himmel. Im Inneren des Steppenschiffs hörte er Hölzer brechen. Ein Torsionsgeschütz aus dem unteren Deck schlug durch die Bordwand, verfing sich mit seinen Armen aber in dem klaffenden Loch, das es geschlagen hatte, und stürzte hinab.

Die Rah des Mastes bohrte sich in die Grasnabe. Ein Zittern durchlief das Steppenschiff. Orgrim erklomm den Wehrgang und setzte einen Fuß auf die Zinnen. Ein Pfeil streifte seine Schulter. Der Feldherr wusste, dass die dünne Rah das gewaltige Gewicht des Steppenschiffs nicht halten konnte. Er stieß sich vom Wehrgang ab.

Im selben Augenblick zersplitterte die Rah, und der riesige Karren stürzte.

Orgrim landete hart. Ein Bein knickte um. Der Kriegshammer, den er am Gürtel trug, schlug ihm tief in die Achselhöhle. Stechender Schmerz pochte in seinem Knie.

Das gestürzte Steppenschiff lag so nah vor ihm, dass er es mit ausgestreckter Hand berühren konnte. Er hatte Glück gehabt, entkommen zu sein. Die meisten, die über die Längsseite gesprungen waren, waren dem stürzenden Koloss nicht entkommen. Orgrim sah Zargub und wandte den Blick ab. Was für ein Ende! Fast hätte der Rudelführer es geschafft … Fast …

Das Steppenschiff war so massig, dass sich durch seinen Sturz nur rechts und links zwei schmale Lücken geöffnet hatten. Selbst querliegend stellte der massige Körper des riesigen Karren für Kentauren noch ein unüberwindliches Hindernis dar.

Orgrim zog sich hoch und versuchte vorsichtig sein linkes Bein zu belasten. Unmöglich. Sofort stach ein Schmerz durch sein Knie, als habe ihm jemand einen Dolch ins Gelenk gestoßen.

Durch die Lücke neben ihm preschten einige Kentauren aus Uttika ins Innere der Schiffsburg. Die Handwerker und Straßenarbeiter, die durch den Sturz des Steppenschiffs ohnehin schon geschockt waren, liefen panisch davon. Aber in dem völlig überfüllten Kreis zwischen äußerer und innerer Wagenburg gab es keinen Platz zum Flüchten. Sie strauchelten übereinander oder versuchten unter die Steppenschiffe zu kriechen.

Immer mehr der in Bronze gewappneten Uttiker kamen durch die beiden Engen. Tagelang hatten sie vergeblich gegen die waffenstarrende Schiffsburg angekämpft. Dutzende ihrer Krieger waren durch die Steinkugeln der Torsionsgeschütze zerrissen worden. Nun kannten die Uttiker keine Gnade mehr. Sie machten jeden nieder, der ihnen vor ihre wuchtigen Doppelschwerter kam, merkwürdige Waffen, die aussahen, als habe man auf einen armlangen Griff zwei Schwertklingen gesteckt, so dass eins in jede Richtung wies. Sie vermochten diese tückischen Waffen wie Windmühlenflügel zu drehen und waren tödlich schnell im Wechselspiel von Parade und Angriff.

Orgrim zog den Kriegshammer aus seinem Gürtel. Er war hier, um die Arbeiter an der verrückten Straße des Königs zu beschützen. Und er war noch in der Lage, seinen

Kriegshammer zu halten. Er würde sich nicht einfach in den Schatten ducken und darauf hoffen, dass die Bronzereiter ihn nicht entdeckten!

Er musste sich mit der Linken an der Flanke des gestützten Wagens festhalten, um sein verletztes Bein zu entlasten. Die Kobolde auf den angrenzenden Steppenschiffen reagierten auf die Eindringlinge. Sie besetzen die Windenarmbrüste, die zum Lager hin wiesen, und begannen zu schießen. Doch trafen sie nicht nur Kentauren.

Orgrim trat in die Bresche. Ohne eine Herausforderung zu rufen oder förmlich den Kampf zu erklären, ließ er seinen Kriegshammer niedersausen und zerschmetterte einen Bronzehelm. Der Trollfürst war so groß und wuchtig, dass er allein die halbe Bresche füllte.

Alarmrufe gellten durch die Reihen der Uttiker. Feige waren sie nicht. Die hochgewachsenen Kentauren wichen nicht vor ihm zurück, wie ihre Vettern aus der Steppe es getan hätten. Sie riefen ihm Schmähungen entgegen und griffen an. Die Kentauren im Innern des Wagenkreises hatten noch nicht bemerkt, dass durch eine der beiden Engstellen keine Verstärkung mehr kam.

Orgrim stand mit dem Rücken zum Steppenschiff, so dass er von dort nicht angegriffen wurde, und verwehrte den nachrückenden Feinden den Durchgang. Schon hatten einige Kobolde auf dem Steppenschiff, das ihm gegenüberstand, die größer werdende Gruppe von Kentauren als lohnendes Ziel für ihre Armbrüste entdeckt.

»Ich habe gehört, eure Steppenbrüder nennen euch auch Goldbrüstchen«, rief Orgrim den Uttikern entgegen. »Glaubt ihr, eure Rüstungen helfen gegen das hier?« Er hob drohend seinen Kriegshammer.

Ein Kentaur mit kupferrotem Bart preschte vor. Geschickt duckte er sich am schwingenden Kriegshammer vorbei, um geradewegs in einen linken Haken zu laufen. Orgrim hatte auf den Hals den Angreifers gezielt, doch er traf nicht richtig. Seine Faust prallte gegen die spitz zulaufenden Wangenklappen des Helms. Das Metall riss ihm den Handrücken auf, aber der wuchtige Hieb holte den Kentauren von den Hufen. Noch bevor er sich wieder aufrappeln konnte, fuhr Orgrims Kriegshammer nieder.

»Will jemand dem Kerl Gesellschaft leisten?«

Zorn und Angst hielten sich bei den Uttikern die Waage. Sie fluchten, hoben drohend die Waffen, doch es dauerte eine Weile, bis ein weiterer Krieger den Mut fand anzugreifen. Er schwang eines der tödlichen Doppelschwerter und ließ es so schnell wirbeln, dass die Bewegungen zu fließendem Silber verschmolzen. Orgrim wusste, dass er mit seiner schwerfälligen Waffe niemals einen dieser Hiebe würde parieren können. Er ließ den Kentauren kommen und hob den Kriegshammer, als wolle er jeden Moment zum Schlag ausholen. Doch dann stieß er die Waffe gerade vorwärts. Es war ein Angriff, wie man ihn eigentlich nicht mit einem Hammer führte. So konnte nicht die ganze zermalmende Kraft des Hammerkopfes eingesetzt werden. Das Doppelschwert traf auf den zähen Holzschaft der Waffe. Es gab einen mächtigen Ruck. Die Stahlklinge prallte zurück und traf den Kentauren am Helm. Es war ein Wunder, dass ihm die Waffe nicht aus der Hand gerissen worden war.

Orgrim versetzte ihm eine wuchtige Ohrfeige mit der Linken. Seine Hand klatschte auf den Helm. Der Kopf des Kriegers wurde zur Seite gerissen.

Der Kentaur wollte tänzelnd zur Seite ausweichen, trat aber auf den Kadaver seines gefallenen Gefährten und strauchelte. Im selben Augenblick ließ Orgrim erneut den Kriegshammer niederfahren. Diesmal war es ein Hieb mit der vollen Wucht der Waffe.

»Ist das alles, was ihr zu bieten habt?«, spie er ihnen entgegen. Durch die Enge konnten ihn höchstens zwei Krieger zur gleichen Zeit angreifen. Und mit jedem Gefallenen erhob sich der Schutzwall aus Fleisch vor ihm höher. »Mehr habt ihr nicht zu …«

Zwischen den Uttikern erschien eine Elfe. Orgrim hatte

das Gefühl, sie schon einmal gesehen zu haben. Ihr Gesicht war mit dem rotbraunen Saft des Dinko-Buschs bemalt. Stilisierte Wolfsköpfe schmückten ihre Wangen. Das Haar hatte sie zu einem straffen Zopf zurückgebunden. Sie sah ihn, zog in fließender Bewegung einen Pfeil aus dem Köcher, legte ihn auf die Sehne, spannte und schoss, scheinbar ohne zu zielen.

Ein wuchtiger Schlag traf Orgrim im Oberarmgelenk. Sengender Schmerz trieb ihm Tränen in die Augen. Seine rechte Hand öffnete sich gegen seinen Willen. Der Kriegshammer fiel ins zertretene Gras. Er versuchte den Arm zu bewegen, doch der Schmerz brannte in seinen Nerven, so dass ihm schwarz vor Augen wurde. Er konnte den Arm nicht mehr bewegen.

»Geht hin und tötet ihn«, rief die Elfe. Und die Uttiker folgten ihrem Befehl.

## DER LETZTE GARDIST

Adrien konnte Kampflärm hören, doch im dichten Wald war er sich nicht ganz sicher, aus welcher Richtung die Geräusche kamen. Er ließ die Zügel locker. Sein Pferd fand immer den Weg in die Schlacht.

Der junge Ritter duckte sich unter einem tief hängenden Ast hindurch. Eine Böe fuhr rauschend durch das dichte Blätterdach von Eichen und Buchen. Der Boden war schlammig. Vor einer Stunde noch hatte es geregnet. Es regnete viel zu oft hier. Er mochte die Wälder Drusnas nicht. Sie waren zu nass. Zu dicht. Zu feindlich.

Eine Bewegung im Astwerk einer Eiche ließ ihn aufblicken. Er sah einen Fuß. Etwas weiter links schimmerte

Metall durch das dichte Blätterdach. Kaum einen Herzschlag lang.

*Hast du sie gesehen?*

»Zwei, würde ich sagen.«

*Wenn man zwei sieht, sind es mindestens drei.*

Adrien lächelte. Sein Schimmel liebte es, das letzte Wort zu haben.

*Wie machen wir es?*

»Arglos. Das glückt immer ganz gut.«

*Du verlässt dich zu sehr auf deine Rüstung, Junge.*

»Ich vertraue auf Gott.«

*Erzähl mir nichts! Du vertraust auf deine Rüstung und führst leichtfertig den Namen Tjureds im Munde, du scheinheiliger Tunichtgut.*

Adrien kratzte sich unter der linken Achsel. So war seine Hand dicht über dem Schwertgriff, und er hoffte, dass die Männer im Baum dennoch nicht misstrauisch wurden.

Der Schimmel bewegte sich genau auf die Eiche zu. Ein gellender Todesschrei übertönte den Kampflärm. So oft hatte er solche Schreie schon gehört. Er hasste den Krieg im Wald. Hier gab es keine Ritterlichkeit, nur Heimtücke und Mord. Wenn er tatsächlich einmal einen großen Ritterorden gründen sollte, dann würde er in den Ordensregeln festschreiben, dass niemals in diesen dunklen Wäldern gekämpft werden sollte. Die Ritter würden die Grenze Fargons verteidigen und die Gläubigen beschützen. Aber in den finsteren Wäldern der Heiden hätten sie nichts verloren!

Ein bärtiger Kerl sprang vom Baum herab hinter ihm in den Sattel. Ein Zweiter und Dritter landeten unmittelbar vor ihm auf dem weichen Waldboden. Etwas traf ihn in den Rücken, vermochte die Rüstung aber nicht zu durchdringen. Er konterte mit einem Ellenbogenstoß in den Magen.

Sein Pferd stieg. Ein Huftritt verwandelte das Gesicht des Drusniers, der den Fehler gemacht hatte, die Hand nach den Zügeln auszustrecken, in eine blutige Masse.

Adrien versetzte dem Mann hinter sich noch einen

zweiten Stoß, der ihn zu Boden schickte. Der Ritter ließ sich aus dem Sattel gleiten. Noch bevor seine Füße den Boden berührten, hatte er sein Schwert gezogen.

Zwei weitere Männer sprangen vom Baum. Der Ritter stürmte vor. Er stieß den ersten von ihnen mit seinem Schild nieder, noch bevor er richtig auf den Beinen stand. Der andere schwang eine kurze Spaltaxt. Er war noch jung. Ihm spross gerade der erste Flaum auf den Wangen.

Adrien griff an. Mit der kurzen Axt war der Junge ihm hoffnungslos unterlegen. Adrien täuschte einen Hieb auf den Kopf an. Der Drusnier riss die Waffe hoch und versuchte zu parieren. Statt die Klinge niedersausen zu lassen, ging Adrien in Kontakt und rammte den Eberknauf des Schwertes ins Gesicht des Jünglings. Dessen Nase brach. Blut schoss ihm aus den Nasenlöchern und der aufgeplatzten Lippe. Er taumelte zurück. Ein Hieb mit der flachen Seite des Schwertes traf seine Hand. Die Axt fiel zu Boden. Adrien trat die Waffe zur Seite, so dass sie im dichten Unterholz verschwand.

»Berühr nie wieder diese Axt! Lauf in die Wälder und lebe!«

Adrien wandte sich ab. Keinen Augenblick zu früh. Der bärtige Krieger, den er eben niedergestoßen hatte, war wieder auf den Beinen und griff an. Der Heide stieß einen markerschütternden Schlachtruf aus. Er führte einen Schwerthieb mit mehr Wut als Geschick. Adrien machte sich nicht die Mühe, den Schlag zu parieren. Er wich aus und ließ den Mann an sich vorbeitaumeln; dabei sah er, wie sein Schimmel einen weiteren Drusnier zu Tode trampelte. Manchmal war das Pferd ihm unheimlich!

Sein Gegner hatte sich gefangen und griff erneut an. Ein wahrer Hagel von Schlägen ging auf Adrien nieder. Der Barbar hatte dabei noch genug Atem, ihm irgendwelche wirren Beleidigungen über das Liebesleben seiner Mutter ins Gesicht zu brüllen.

»Betest du auch den Gott der blauen Priester an?«

Adrien trat einen Schritt zurück. »Warum?«

»Alle erzählen, dass der weiße Ritter diesem Tjured dient. Vergiss diesen Gott. Das ist ein Gott für Weichlinge und zahnlose alte Weiber. Kein Kriegergott. Gestern haben wir einen der blauen Priester gefangen. Nachdem wir ihm zwei Finger abgeschnitten hatten, hat er uns allen winselnd die Füße saubergeleckt. Kein Priester aus unseren Totenhainen würde so etwas tun, und wenn man ihn noch so lange prügelt. Dein Priester hingegen hat sogar den Arsch seines Pferdes geküsst, damit wir ihn laufen lassen.«

»Was habt ihr mit ihm gemacht?«, fragte Adrien kühl.

»Dasselbe, was ich mit dir tun werde. Wir haben ihm den Schwanz abgeschnitten und ihn unseren Jagdhunden überlassen. Du hättest sehen sollen, wie …«

Adriens Klinge stieß vor. Pfeilschnell. Es war ein gerader Stoß, der dem Drusnier die Zähne zerschmetterte, bevor der Stahl durch dessen Gaumen drang.

Mit einem Ruck befreite Adrien seine Waffe.

Hinter sich hörte er platschende Schritte auf dem Waldboden. Sie waren nah! Er ließ sich auf ein Knie fallen und stieß das Schwert unter seiner linken Achsel hindurch. Er spürte einen kurzen Widerstand. Er musste nicht hinsehen, um zu wissen, dass die Klinge etwa eine Hand breit unter dem Nabel des Jungen getroffen hatte.

Er drehte die Waffe leicht und zog sie zurück. Mit einem gurgelnden Schrei fiel der Junge gegen seinen Rücken. Adrien stieß ihn fort.

*Eines Tages wird deine verdammte Ritterlichkeit dich noch umbringen. Man dreht einem Feind nicht einfach den Rücken zu, wenn man Gelegenheit hatte, ihn zu töten!*

»Das ist der Unterschied zwischen denen und mir.«

*Nein, das ist einfach nur dumm!*

»Es muss einen Unterschied geben.« Er blickte auf die Toten und Sterbenden. »Es muss einen Unterschied geben! Es darf nicht sein, dass wir alle gleich sind! Dann wäre dies hier nur Wahnsinn!«

Der Schimmel schnaubte.

Der Schlachtlärm vor ihnen im Wald hatte nachgelassen.

*Du kommst zu spät.*

Adrien saß auf. Das durfte nicht sein. Irgendwo dort vorne im Wald war der Mann, den alle nur den Dicken nannten. Der letzte der versetzten Stadtgardisten aus Nantour, der noch lebte. Der letzte Mann, der ihm noch sagen konnte, was aus Elodia geworden war.

## FÜHRUNGSLOS

Baldan konnte es nicht fassen. Sie hatten den Rückzug verweigert! Sie wollten stattdessen weitere Verstärkungen schicken. Sechstausend Koboldarmbrustschützen. Sie hatten ihn kein zweites Mal vor dem Kronrat sprechen lassen.

»Du darfst das nicht persönlich nehmen«, sagte sein Vater ruhig. »Es steckt mehr dahinter, als du ahnst. Sie befürchten, wenn sie sich in der Steppe zurückziehen, dann wird das ein Signal für Unzufriedene in ganz Albenmark sein. Die Enteignung der großen Vermögen, die Abschaffung des Geldhandels und der Trollkodex haben viele mächtige Männer und Frauen zu Todfeinden des Kronrats gemacht. Wenn man eine gerechtere Welt schaffen möchte, ist es unausweichlich, in Konflikt mit den Herrschenden zu geraten. Den einfachen Bauern und Handwerkern geht es besser. Es ist eine Freude, ihr Leben aufblühen zu sehen und auch zu wissen, dass die fetten Pfeffersäcke ihre Gürtel enger schnallen müssen, weil es schwerer geworden ist, auf dem Rücken anderer reich zu werden.«

Baldan hatte das Gefühl, dass ein Fremder zu ihm sprach, so sehr hatte sein Vater sich in den letzten Jahren verändert. Er redete buchstäblich in fremden Zungen. Seine Worte hörten sich an wie eine der Streitschriften des Elija Glops. »In der Steppe wird jeden Tag für deine Ideen gestorben, Vater. Ist es das wert?«

»Wer die Welt verändern will, muss Opfer bringen …« Die Antwort kam so schnell; Baldan spürte, dass sie wohl eingeübt war. Selbst seinem Vater schien das bewusst zu werden. Er hielt inne, wirkte betroffen. »Es tut mir leid um die Toten und die Schrecken, die du dort erlebst. Aber die Snaiwamark-Karawane ist wichtig. Ihre Fracht muss wohlbehalten in den Norden kommen! Wir müssen zehn Jahre durchhalten, dann werden sich die Verhältnisse auf eine Art geändert haben, dass sie für immer unumkehrbar sind. Jede Veränderung bedeutet Schmerzen und Aufruhr. Aber wir dürfen unser Ziel nicht aus den Augen verlieren. Unser Ziel ist zutiefst ehrenwert. Es rechtfertigt jedes Opfer. Unsere Gesellschaft ist wie ein Schmetterling! Eine gefräßige, zerstörerische Raupe, ein Schrecken der Bauern, das war die Gesellschaft der Elfen. Aber bald wird die Verpuppung beendet sein. Und was der abgestreiften Haut des alten Lebens entsteigt, ist ein wunderbarer Schmetterling!«

Er steckte wohl noch zu sehr in der alten Welt, um diesen Phrasen etwas abgewinnen zu können. Er würde seine Befehle ausführen. Er hatte den Weg des Kriegers gewählt. Was hier auf Burg Elfenlicht geschah, war ihm fremd. Er wusste nicht einmal, was sich in den schweren Frachtkisten der Karawane befand, um die so erbittert gekämpft wurde. »Bringst du mich noch zum Stern?«

Anderan nickte. »Es war gut, dich zu sehen, Sohn. Wir hatten zu wenig Zeit. Ich wünschte, ich könnte dir mehr von den Wundern der neuen Welt erzählen, die wir erschaffen. Ich spüre deine Missbilligung.« Er lächelte ihn freundlich an. »Ich bin dein Vater. Glaube nicht, dass du deine Gefühle vor mir verbergen könntest. Du machst dasselbe verschlossene Gesicht, das du schon als kleiner Junge gemacht hast, wenn ich dir einen Ausflug zum Fischen in den Mangroven abgeschlagen habe.«

Sie gingen durch die weite Halle, die zum Thronsaal führte. Trotz allen Schmutzes, der zerrissenen Seidenbanner, der rußgeschwärzten Decke und eines Mosaikbodens, auf dem dicht an dicht Kuhfladen und anderer Unrat lagen, konnte man die einstige Pracht von Burg Elfenlicht noch immer sehen. Das war die Welt gewesen, die der Sieg der Trolle hinweggefegt hatte. Und nun … War das ihre Zukunft? Schmutz und Unordnung! Oder war dies immer noch die Zeit des Übergangs, in der sich die neue Welt erst noch aus der Asche des Vergangenen erheben musste? Baldan schmunzelte, jetzt gebrauchte er auch schon Phrasen, die sich anhörten, als habe der große Elija Glops sie ersonnen. Oder aber sein Vater. Anderan, der Herr der Wasser, war ein bedeutender Mann geworden. Einer der engen Vertrauten Elijas.

Der Thronsaal war leerer als bei seiner Ankunft. Die Trollwachen schliefen fast alle. Eine Koboldmutter hatte ihr Kind in das Schneelöwenfell auf dem Thronsessel gebettet und war erschöpft neben ihm eingeschlafen. Niemand störte sich daran. Baldan entschloss sich, dies als das Bild der neuen Welt, die sein Vater erschaffen wollte, im Herzen zu behalten.

Die vier Lutin, die in der Mitte des Schlangenmosaiks beieinander kauerten, wirkten müde. Ganz offensichtlich kannten sie seinen Vater. Als er auf sie zuging, erhoben sie sich und grüßten freundlich. »Mein Sohn ist Gesandter des Kronrats.« Er sagte das voller Stolz. Baldan spürte einen Kloß in seinem Hals aufsteigen. So stolz war sein Vater nicht mehr auf ihn gewesen, seit er vor vielen Jahren eine Winkerkrabbe erlegt hatte, die fast so groß wie er selbst gewesen war.

»Öffnet für ihn ein Tor zur Snaiwamark-Karawane. Er

reist mit dringenden Nachrichten für den Herzog Orgrim.« Jetzt klang die Stimme seines Vaters anders. Hart. Befehlsgewohnt. Anderan war von Geburt an ein Fürst gewesen. Doch so hatte er früher nur gesprochen, wenn er zu Gericht saß. Burg Elfenlicht hatte ihn verändert.

Einer der Fuchsmänner sprach ein Wort der Macht.

Baldan sah, wie sich das Kind auf dem Schneelöwenfell unruhig im Schlaf wand. Die Schlangen des Mosaiks schienen lebendig zu werden. Eine wurde zu smaragdenem Licht und erhob sich.

Kein einziger Schläfer im Saal erwachte! Sie hatten die Magie entzaubert, dachte Baldan. Sie ins Alltägliche hinabgezerrt. Die Goldenen Pfade der Alben wurden zum Viehtrieb genutzt. Er wusste, dass ihr Lager im Windland nicht anders zu versorgen war. Und doch machte es ihn traurig. Eine Welt, die ihre Geheimnisse und Wunder verlor, war eine traurige Welt.

Sein Vater trat neben ihn und schlug ihm derb auf die Schulter. So etwas hatte er früher nie getan. »Pass auf dich auf, Junge.«

Baldan betrachtete den Mann, der sich so sehr verändert hatte. »Du auch, Vater«, sagte er leise. Dann trat er durch den Bogen aus Licht. Sofort umgab ihn Finsternis, in der allein der schmale goldene Pfad vor seinen Füßen Schutz verhieß. Er fühlte sich belauert. Ein klammes Gefühl machte sich in seinem Bauch breit.

Baldan ging mit schnellen Schritten. Dann öffnete sich vor ihm das zweite Tor. Hastig trat er hindurch – und wurde in ein Chaos aus Schreien, Hitze und Rauch geworfen. Fast wäre er in das sich schließende Tor zurückgetaumelt. Ein Lutin mit angstweiten Augen zerrte ihn vom Albenstern fort. »Kommt Hilfe?«, schrie der Fuchsmann.

Baldan brauchte Zeit, um sich zu sammeln.

»Kommt Hilfe?«, drang der Lutin erneut auf ihn ein.

Der Horizont jenseits des äußeren Wagenkreises stand in Flammen. Einzelne Pfeile steckten im Boden. Im inneren Kreis! Das war noch nie geschehen. Die hohen Wagen des inneren Kreises verstellten ihm den Blick auf die Ereignisse, doch konnte es keinen Zweifel daran geben, dass die Kentauren es irgendwie geschafft haben mussten, die äußere Verteidigungslinie zu überwinden.

Baldan sah sich nach dem Wagen mit dem Stander des Kommandanten um. »Orgrim ist gefallen!«, rief der Lutin. »Wir sind alle verloren, hörst du! Orgrim ist tot!«

Baldan weigerte sich, das zu glauben. Er lief auf den höchsten Wagen der inneren Verteidigungslinie zu. Trupps von Trollen standen untätig herum. Sie wirkten verunsichert. Niemand gab ihnen Befehle. Konnte es stimmen, was der Lutin gesagt hatte?

Der Kobold erklomm die Sprossen an der Außenseite des Wagens und enterte das Gefechtsdeck. Was er sah, raubte ihm den Atem. Kentauren waren durch den äußeren Kreis eingebrochen. Zwei Wagen des äußeren Kreises standen in hellen Flammen. Orgrims Steppenschiff war gestürzt.

Eine schwere Steinkugel zog dicht über Baldan hinweg. »Was geht hier vor? Wo ist der Kommandant? Wer gibt hier die Befehle?«

»Bruder …« Ein blutbespritzter Kobold mit breiter grüner Schärpe stieg von der Geschützplattform. »Der Kreis ist durchbrochen.«

»Das sehe ich!«, fuhr Baldan ihn wütend an. »Was….« Da sah er den Troll. Neben dem Mast lag er lang hingestreckt. Sein Rumpf war eine einzige klaffende Wunde. »Wer?«

»Rustur«, sagte der Geschützmeister. »Er hatte den Befehl über den inneren Kreis.«

Baldan kannte ihn. Er war einer der Vertrauten Orgrims gewesen. Ein Krieger, der für einen Troll ungewöhnlich besonnen gewesen war.

Es krachte. Ein Treffer erschütterte das Steppenschiff. Splitter flogen über das Gefechtsdeck. Etwas schrammte über Baldans Gesicht. Im Schanzkleid klaffte ein trollkopfgroßes, gezacktes Loch.

»Elfen. Sie haben mindestens zwei der Steppenschiffe im äußeren Ring gestürmt. Wir wissen nicht genau, welche.«

Baldan stieg auf den Wehrgang. »Warum schießen wir nicht?«

»Ein Befehl von Rustur. Dort unten sind zu viele Arbeiter ... Wir ...« Schrilles Trompeten übertönte jeglichen Kampflärm.

Erschrocken blickte Baldan nach links. Die Mammuts! Sie waren kurz davor, in Panik zu verfallen. Ihr Leitbulle warf wild den Kopf hin und her. Wenn die Mammutherde durchging, würden Hunderte sterben. Entweder rannten sie kopflos durch die Wagenburg und trampelten alles nieder, was ihnen vor die Füße geriet, oder aber sie stürzten die Steppenschiffe um. Sie wären stark genug dazu. Dann würden die Kentauren über die Arbeiter kommen.

Baldan blickte zum Steppenschiff Orgrims. Die beiden Lücken waren eng. Nur einzelne Kentauren kamen hindurch. »Wo sind Orgrim und Zargub?«

»Mit ihrem Steppenschiff gefallen.«

Baldan fluchte leise. Er musste etwas unternehmen. Die Elfen hatten es geschafft, sie zu enthaupten. All ihre Anführer waren tot oder verschollen. »Du weißt, wer ich bin, Geschützmeister?«

»Ja ...«

»Ich übernehme hiermit das Kommando. Mein erster Befehl ist, dass ihr auf die Wagen zurückschießt, die uns beschießen.«

»Aber Rustur ...«

»Rustur ist tot. Ich übernehme den Befehl, und du gehorchst mir, Bruder! Ich trage die Verantwortung. Ihr schießt, und du lässt sofort Signal setzen, dass alle Wagen im äußeren Kreis zu beschießen sind, bei denen der Verdacht besteht, dass sie von Elfen besetzt sind.«

»Dafür gibt es kein Signal.«

»Dann schickst du Boten, verdammt nochmal. Und ich rate dir, meine Befehle ernst zu nehmen. Ich gehe jetzt dort runter zu den Trollen, und wenn ich wiederkomme und weiß, dass meinen Befehlen nicht Folge geleistet wurde, dann lass ich dich an der Rah dieses Steppenschiffs aufknüpfen. Vergiss nicht, ich bin ein Vertrauter Orgrims. Ich werde deine Hinrichtung durchsetzen, und wenn ich dafür bis zum Kronrat gehen muss, in dem mein Vater sitzt. Schick jetzt Boten los. Sofort!«

Der Geschützmeister nahm die Beine in die Hand. Wieder sah Baldan auf das Durcheinander. Wann würden die Elfen die Brandkugeln in den besetzten Steppenschiffen finden? Wie lange blieben die Mammuts noch ruhig? Er musste handeln. Die Einzigen, die jetzt noch Rettung bringen konnten, waren die Hornschildechsen der Lutin.

Baldan kletterte vom Steppenschiff hinab und ging geradewegs zu dem Trupp Trolle, der im inneren Kreis lagerte. »Wer führt hier den Befehl?«

Ein riesiger Krieger mit vernarbter Schnauze trat vor. Er sah aus, als habe ihn ein Stiertritt ins Gesicht getroffen. Seine Oberlippe war zerfetzt, so dass man seine Zähne sehen konnte. Baldan erinnerte sich, den Kerl schon einmal gesehen zu haben. Hoffentlich erinnerte sich der Troll auch an ihn. »Orgrim schickt mich! Ihr sollt mich zu den Hornschildechsen bringen.«

»Orgrim ist nicht tot?«, fragte der Rudelführer misstrauisch.

»Wie sollte er mich dann mit einem Befehl zu dir schicken?«

Der Troll nickte langsam. Baldan war sich nicht ganz sicher, ob der Rudelführer ihm glaubte. Doch zumindest war dem Kerl klar, dass es dumm war, noch weiter herumzustehen und auf einen echten Befehl zu warten, der womöglich niemals kommen würde.

Baldan musste den Kopf in den Nacken legen, um zu

dem Troll aufzublicken. Der Kerl war selbst unter seinesgleichen ein Hüne. Baldan ging ihm nicht einmal bis zum Knie. »Du bringst mich mit den zehn besten deiner Männer als Begleitschutz zu den Hornschildechsen. Alle Übrigen gehen die Kentauren an, die in den Wagenkreis eingebrochen sind. Noch irgendwelche Fragen?«

Der Rudelführer schüttelte den Kopf. Dann wiederholte er mit lauter Stimme Baldans Befehle.

Der Kobold deutete auf das niedrigste der Steppenschiffe. Es lag abgewandt von dem Durchbruch, den die Kentauren geschafft hatten. »Dort gehen wir rüber zum äußeren Kreis! Los!«

Baldan ging entschieden voran. Die Trolle überholten ihn. Sie kletterten über die breiten Sprossen, die an die Außenwand des Steppenschiffs genagelt waren, und hinweg über die hochgeklappten Kufen, die den riesigen Karren einmal über das Eis der Snaiwamark tragen würden.

Als der Kobold das Gefechtsdeck erreichte, kletterten bereits die ersten Trolle auf der anderen Seite des Steppenschiffs wieder hinab. Baldan gab dem Geschützmeister den Befehl, auch mit seinem Wagen das Feuer auf Steppenschiffe zu eröffnen, die er für von Elfen besetzt hielt.

Die niedergedrückte Stimmung der führungslosen Krieger schlug um. Als Baldan über die Zinnen kletterte, um den Trollen zu folgen, begleiteten ihn Hurrarufe. Noch nie hatte ihn jemand mit Hurrageschrei angefeuert. Er hatte fast den Boden erreicht, als er auf einer blutbespritzten Sprosse abrutschte. Er stürzte ins Gras. Benommen schüttelte er den Kopf. Dort, wo er eben noch geklettert war, steckte zitternd ein Pfeil im Holz des Steppenschiffs. Auch andere waren auf ihn aufmerksam geworden!

Die Trolle hatten ihre wuchtigen Schilde zurücklassen müssen, um über den Wagen zu klettern. Der Rudelführer stellte sich breitbeinig über ihn. »Komm auf meinen Arm, dann sind wir schneller.«

Es widerstrebte Baldans Stolz, wie ein Kind auf den

Arm genommen zu werden. Aber ein einziger Blick auf das Lager machte klar, wie falsch es gewesen wäre, auf seinen Stolz zu hören. Überall hatten die Arbeiter nun begonnen, die Wagen des inneren Kreises zu bestürmen. Er sah, wie sich Männer gegenseitig an die Kehle gingen, um an die Sprossenleitern auf den Außenwänden zu gelangen. Einige Geschützmeister hatten offensichtlich Befehl gegeben, die Heranstürmenden abzuwehren. Kobolde mit langen Speeren stachen an den Wagenseiten hinab. War ein Gefechtsdeck erst einmal voller Flüchtlinge, dann würden die Geschütze nicht mehr feuern, ja, es stand zu befürchten, dass die großen Wagen kippen könnten, wenn ganze Trauben von Faunen, Minotauren, Kobolden und anderen an den Sprossenleitern hingen.

Baldan sah eine junge Elfe, die verzweifelt schreiend versuchte, ihr Kind zu den Zinnen emporzustrecken. Nicht weit entfernt fuhren Kentauren in Bronzerüstungen unter die Arbeiter. Wahllos hieben sie mit ihren Schwertern auf jeden ein, der in ihre Nähe kam. Sie kamen der Elfe immer näher …

Sie warf das Bündel mit ihrem Kind zu den Zinnen empor. Baldan sah, wie ein Kobold sich vorbeugte und versuchte es zu schnappen. Er erwischte nur einen Zipfel vom Tuch. Das Bündel fiel zurück und verschwand in der Menge, die wie lebende Gischt gegen das Steppenschiff anbrandete.

»Trag mich«, stimmte Baldan mit tonloser Stimme zu. Der Troll hob ihn auf und begann zu laufen. Doch nun hatte sich ein Trupp der gerüsteten Kentauren zwischen sie und die Hornschildechsen geschoben. Ihr Anführer deutete mit einem wilden Schrei auf die Trolle. Dann preschten sie ihnen entgegen.

# DER ORDENSGRÜNDER

Adrien erreichte eine Lichtung. Sie war zum Schlachthaus geworden. Er hatte nach dem Entsatz für eine der entlegenen Waldburgen gesucht. Wie es schien, waren sie überrascht worden, als sie gerade ihr Lager aufschlagen wollten. Es war nur ein kleiner Trupp. Zwanzig Krieger. Und er musste dabei sein. Wenn er noch lebte. Mehr als die Hälfte der Männer war schon am Boden. Die Drusnier metzelten sie gnadenlos mit ihren großen Äxten nieder.

Adrien trieb seinen Schimmel geradewegs in die Kämpfenden hinein. Diesmal waren es die Drusnier, die überrascht waren. Sein Schwert sauste in funkelndem Bogen hinab. Er hieb blindwütig um sich. Panik brach unter den Heiden aus. Einige flohen zurück in den Wald. Die Krieger Fargons kämpften nun mit neuer Hoffnung.

Adrien glitt aus dem Sattel und nahm seinen Schild. Er tötete kaltblütig. Er wusste, dass er geschickter war als sie. Im Steinernen Wald hatte er nicht ermessen können, was er lernte. Doch nach den Jahren in Drusna war ihm klar, dass Jules unendlich viel mehr als nur ein Priester gewesen war. Ganz gleich, auf wen Adrien traf. Alle Gegner kamen ihm verglichen mit Jules langsam und ungeschickt vor. Wie ein Schnitter durch das Korn ging er durch die Reihen der Feinde. Die letzten Drusnier warfen ihre Waffen fort, um schneller laufen zu können. Keiner setzte ihnen nach.

Keuchend ließen sich die überlebenden Fargoner zu Boden sinken, wo sie gefochten hatten. Adrien blickte die Männer an. Einen nach dem anderen.

»Danke«, sagte ein abgehärmter, hagerer Mann. Sein schwarzes Haar war vom Schweiß zu dicken Strähnen verklebt. Blutspritzer sprenkelten sein Gesicht. Er stieß sein Schwert in den Boden und kam auf Adrien zu. »Danke.

Ohne dich wären wir jetzt alle tot. Du bist der weiße Ritter. Der Kirchenritter, nicht wahr?«

Adrien nickte. Unter den Lebenden war kein Mann, auf den die Beschreibung zutraf, die er vom *Dicken* bekommen hatte. Clovis hieß er mit richtigem Namen.

»Wie kann ich dir danken?«

»Danke Tjured«, sagte Adrien, ohne den Mann weiter zu beachten.

*Du solltest ein wenig höflicher sein. Du bist ein Ritter Gottes. Da solltest du ein anderes Benehmen an den Tag legen.*

Adrien straffte sich. Er zwang sich, den Blick vom Boden zu heben. Der Krieger, der vor ihm stand, war offensichtlich der Anführer. Er trug einen teuren Schuppenpanzer. Adrien lächelte. Dann wurde ihm bewusst, dass man das durch seinen Maskenhelm natürlich nicht sehen konnte. Er ließ sein Schwert sinken, öffnete den Helm und klemmte ihn unter den Arm. »Ich wünschte, ich wäre früher bei euch gewesen.«

»Ich bin froh, dass du überhaupt gekommen bist. Es ist ein Wunder! Ohne dich hätten sie uns alle umgebracht. Dich hat wahrlich Tjured geschickt.«

»Vielleicht war es Vorsehung.« Er wollte dem Krieger nicht alle Illusionen nehmen. »Ich bin hier, weil ich einen deiner Männer suche. Clovis.«

Der Hauptmann sah ihn mit großen Augen an. »Der Dicke hat dich gekannt? Dich! Er hat nie davon erzählt.«

»Er hat ein Mädchen gekannt, das ich suche.«

Sein Gegenüber sah ihn überrascht an. Dass er nach einem Mädchen suchte, passte offensichtlich überhaupt nicht in das Bild, das sich der Schwarzhaarige von ihm gemacht hatte.

*Jetzt musst du ihm nur noch sagen, dass sie eine … Dass sie ein Mädchen war, deren Gunst käuflich war. Dann kannst du dir ganz sicher sein, dass man noch lange von dir reden wird.*

Adrien ignorierte Weißer Donner. Er blickte über die kleine Lichtung. »War Clovis nicht bei deiner Truppe? Ich sehe ihn nicht.«

Der Hauptmann deutete auf ein Brombeerdickicht. »Er ist irgendwo dort hinten. Kaum dass wir angehalten hatten, hat er sich zurückgezogen. Er wollte sich … erleichtern.«

Neue Hoffnung keimte in Adrien. Vielleicht hatte der Dicke es geschafft, unter die Büsche zu kriechen?

Der Hauptmann blieb zurück. Er kümmerte sich um seine Männer. Hielt er die Suche für aussichtslos? Adrien sah die Spuren der Angreifer im Gras. Sie kamen genau aus der Richtung, in die Clovis gegangen war. Aber wie leicht konnte man einen Mann übersehen, der sich in ein Dornendickicht duckte!

Es dauerte nicht lange, bis er den letzten Stadtgardisten fand. Clovis' Hose war halb heruntergelassen und hatte ihn beim Versuch zu fliehen gehindert. Sie hing ihm immer noch um die Knie. Er lag auf dem Bauch, das Gesicht im Dreck. Seine blaue Tunika war blutgetränkt. Ein Axthieb hatte ihn in den Rücken getroffen.

Adrien kniete sich neben dem Krieger nieder. Clovis' Hände hatten den weichen Waldboden zerwühlt. Er schien noch ein Stück gekrochen zu sein. Der junge Ritter berührte die Hand des Dicken. Sie war noch warm. Adrien schluckte. Er kämpfte gegen die Tränen an. Mehr als zwei Jahre hatte er in Drusna nach den Stadtgardisten aus Nantour gesucht, die auf die verschiedensten Garnisonen verteilt worden waren. Ein Fluch schien auf den Männern gelegen zu haben. Keiner hatte überlebt. Jetzt hatte er auch den letzten verloren. Um wie viel war er zu spät gekommen, um zu erfahren, wohin man Elodia gebracht hatte? Um eine Stunde? Oder zwei? War es Gottes Wille, dass er das Mädchen nicht fand? Sollte er sich mit all seiner Kraft der Schaffung des neuen Ritterordens widmen?

Ihm war kalt. Er hockte sich auf den Waldboden. Die Arme um die Knie gelegt. Er fühlte sich kraftlos. Leer! Seit er den Steinernen Wald verlassen hatte, war Elodia immer sein erster Gedanke gewesen. Ihrer Spur zu folgen, hatte all seine Wege bestimmt. Die Aufgabe, zu der er eigentlich auserkoren war, hatte er sträflich vernachlässigt. Er hatte zwei Ordenshäuser gegründet. Aber das war mehr zufällig geschehen. Ohne Plan und Überlegung. Er hatte den Kriegern, unter denen er nach den Stadtgardisten suchte, von Tjured erzählt. Von der Idee, dass die Kirche einen bewaffneten Arm haben sollte, um sich selbst schützen zu können. Manche der Krieger waren so begeistert gewesen, dass sie sich ihm anschließen wollten. Doch er wollte allein sein. Und so hatte er sie überzeugt, dass es klüger war, wenn sie feste Häuser gründeten, um an einem Ort zu bleiben, wo ihr Orden wie eine Eichel zu einem starken Baum wachsen konnte. Sie hatten an seinen Lippen gehangen. Offenbar war es wahr, was Jules immer gesagt hatte. Es fiel ihm leicht, Menschen von etwas zu überzeugen. Er war ein guter Prediger. Er hatte sie überzeugt, dass es seine Aufgabe war, herumzuwandern und den neuen Orden bekanntzumachen, während sie die ersten Schösslinge hüten sollten.

Adrien zog Clovis die Hosen hoch und schloss dessen Gürtel. Der untersetzte Krieger mit dem fleischigen Gesicht sollte nicht in der ganzen Jämmerlichkeit seines Todes als Rabenfraß im Wald liegen bleiben. Er drückte Clovis die Augenlider zu. Der Gardist sollte eine anständige Beerdigung haben. Mit ihm begrub er zugleich auch Elodia. Er hatte ihre letzte Spur verloren. Sie war jetzt wie tot. Vielleicht war sie das ja auch schon lange, und er war die ganze Zeit über nur einem Traum nachgejagt.

Adrien konnte seine Tränen nicht länger zurückhalten. Traum oder nicht, sie war, seit er Nantour verlassen hatte, das Ziel all seiner Bemühungen gewesen. Die Gedanken an sie hatten ihm die Kraft gegeben, die endlosen Stunden des Laufens und Grabens im Tal der Türme durchzustehen. Und als er in die Welt, die ihm fremd geworden war, zurückkehrte, hatte sie seinen Weg bestimmt. Wie ein Leuchtfeuer, das ein Schiff in gefährlicher See zum Hafen führte. Nun gab es kein Leuchtfeuer mehr. Sein Schiff war dazu verdammt, immer auf See zu bleiben. Ziellos zu kreuzen und sich den Stürmen zu stellen, bis es eines Tages spurlos im dunklen Meer verschwand.

Heiße Tränen rannen ihm über die Wangen. Nein, spurlos verschwinden würde er nicht! Er war Michel Sarti! Er würde den Orden vom Aschenbaum gründen, die Kirche beschützen und den Schwachen und Rechtlosen zur Seite stehen.

## KOPFÜBER IN DIE SCHLACHT

Der Rudelführer drückte Baldan so fest an seine Brust, dass der Kobold fast keine Luft mehr bekam. Nie in seinem ganzen Leben hatte sich Baldan so hilflos gefühlt wie in jenem Augenblick, als Trolle und die großen Kentauren aus Uttika mit wildem Kriegsgeschrei aufeinander zustürmten. Wer das Pech hatte, ihnen in die Quere zu kommen, wurde gnadenlos niedergetrampelt.

Hinter ihnen kletterten immer weitere Trolle vom Steppenschiff hinab. Zu Beginn des Gefechtes würden sie in der Unterzahl sein.

Der Rudelführer, der ihn im Arm hielt, führte eine Kriegskeule mit einem großen, runden Steinkopf, um den sich knorriges Wurzelholz klammerte. Aus dem Steinkopf ragte ein Stoßzahn von einem Seeelefanten. Dass die Trolle keine vernünftigen Metallwaffen verwendeten, würde eines Tages noch ihr Untergang sein.

Über ihre Köpfe pfiffen Geschosse hinweg, koboldfaustgroße Steinkugeln, die von den leichteren Torsionsgeschützen auf den Geschützdecken verschossen wurden. Mit lautem Scheppern prallten einige auf Brustpanzer und Helme der Uttiker. Erfreuliche Lücken klafften plötzlich in der Schlachtreihe ihrer Feinde. Dann trafen Trolle und Kentauren aufeinander.

Die Uttiker waren geschickte Kämpfer. Sie waren etwas mehr als zwei Köpfe kleiner als die Trolle, aber mit ihren massigen Pferdeleibern bestimmt nicht viel leichter. Zumindest kam es ihm so vor. Der Nahkampf wurde schnell zu einem mörderischen Drücken und Schieben. Und es machte sich bemerkbar, dass die Trolle ohne Schilde ins Gefecht gezogen waren.

Sein Troll konnte mit seiner großen Keule im dichten Handgemenge nicht mehr richtig ausholen. Zweimal hob er wohl im Reflex den Arm, mit dem er ihn festhielt und an dem er sonst den Schild trug. Eine silberne Klinge hackte dicht an Baldans linkem Ohr vorbei in das Fleisch des Trolls. Nie würde Baldan das leise zischende Geräusch vergessen, mit dem scharfer Stahl lebendes Fleisch zerteilt. Warmes, dunkles Blut durchnässte Baldans Kleider. Der Troll stieß einen grunzenden Laut aus und rammte dem Uttiker mit einem graden Stoß den Seeelefantenzahn seiner Keule ins Gesicht.

Der Kentaur brach in die Knie. Der Rudelführer drängte in die Lücke der Schlachtreihe. Mit dumpfem Klatschen schlug ihm einer der kleineren Steine, die von den Torsionsgeschützen verschossen wurden, gegen die Stirn. Der Troll fluchte. Auch er wusste, dass dieses Geschoss wohl aus den eigenen Reihen gekommen war.

»Ich werde den Kerl finden, der das war«, versicherte Baldan.

Der Troll schien seine Worte nicht zu beachten. Kaum dass er durch die Reihe der Kentauren gebrochen war, drehte er sich um. Er holte weit mit seiner Keule aus und ließ die Waffe mit all ihrer zerstörerischen Kraft auf den

Rückenpanzer eines Uttikers krachen. Er trat dem Sterbenden in den Pferderumpf und ging gleich den nächsten Gegner an. Die Reihe der Uttiker brach auf. Einer der Kentauren ging den Troll an.

Baldan wurde hochgeschoben. »Setz dich in meinen Nacken und halt dich an meinen Ohren fest. Auf dem Arm störst du.«

Der Kentaur schaffte es, dem Angriff des Rudelführers auszuweichen. Pfeifend ging die wuchtige Keule ins Leere, während das Doppelschwert des Uttikers einen tödlichen Bogen beschrieb. Wieder war das zischende Geräusch von zerteiltem Fleisch zu hören. Der Troll strauchelte. Ein klaffender Schnitt ging quer über seine Brust.

Als er in die Knie ging, führte er einen Schlag nach den Läufen des Kentauren. Der Uttiker stieg, um dem Hieb auszuweichen. Dann sausten seine massigen Hufe nieder.

Baldan sprang von den Schultern des Trolls und landete auf einem sterbenden Faun, der das Pech gehabt hatte, zwischen die Kämpfenden zu geraten.

Der Kobold sah, wie ein weiterer Uttiker auf den Rudelführer eindrang und ihm aus sicherem Abstand mit Lanzenstichen zusetzte. »Lauf«, stöhnte der Troll und warf sich seinem Peiniger entgegen.

Baldan nahm all seinen Mut zusammen und rannte zwischen den stampfenden Pferdebeinen hindurch. Er schrie seine Angst hinaus. Alle rings herum schrien. In Wut, im Kampfrausch, vor Schmerzen. Er dachte an seinen Vater. An all die friedlichen Tage in Vahan Calyd. Er wünschte, er wäre noch einmal ein Kind und gemeinsam mit ihm weit draußen in den Mangroven.

Vielleicht war es die Kraft dieser alten Erinnerungen, die ihn lebend aus dem Gefecht von Kentauren und Trollen trug. Vielleicht war es auch einfach nur Glück. Er erreichte die Hornschildechsen. Schreiend und winkend versuchte er auf sich aufmerksam zu machen. Die Lutin hatten alle Strickleitern hochgezogen. Frauen und Kinder bemannten die schweren Armbrüste. Das Fuchsvolk baute seine Hütten auf den breiten Rücken der großen Echsen. Die kleine Herde hatte sich im Kreis aufgestellt. Sie waren eine Festung innerhalb der Festung. Eine lebende Festung! Die wuchtigen Hornkrägen der Echsen bildeten einen Wall. Sie standen dicht an dicht, ihre drei langen, geschwungenen Hörner auf Schnauze und Stirn drohend gesenkt. Selbst Trolle würden zögern, sie anzugreifen.

Sie kannten ihn! Sie mussten ihn erkennen. Er schrie sich schier die Seele aus dem Leib. »Ich bin Baldan, Bote des Orgrim!«

Um ihn herum kreischten Hunderte andere, die in die Sicherheit der lebenden Festung gelangen wollten. »Holt mich herauf, oder auch ihr werdet verloren sein!« Wäre er mit den verdammten Trollen hier, dann würden sie gewiss nicht zögern, ihn auf die Echsen zu lassen. Hinter einem der Hornkrägen entdeckte er Liza. Die junge Lutin führte die Sippe, die mit der Snaiwamark-Karawane zog. Es war die Sippe, der auch Elija Glops entstammte. Sie waren als Erste ein Bündnis mit den Trollen eingegangen. Würden sie jetzt als Erste zu Verrätern?

Baldan trat zurück von den schreienden Flüchtlingen, die sich um die unruhigen Echsen drängten. Wenn er in der Menge auffallen wollte, dann musste er etwas völlig anderes tun als die Übrigen. Etwas Absurdes, mit dem er Aufmerksamkeit erregte. Schreiend und fluchend verlor er sich zwischen all den anderen. Er war ein Anführer! Vielleicht der Letzte, der hier noch klar dachte und richtig entscheiden konnte. Er spürte, dass es ganz allein in seiner Hand lag, ob die Karawane die Schlacht überstehen würde.

Baldan besann sich auf die Kunststückchen, mit denen er als kleiner Junge seinen Vater erfreut hatte. Würde das allein genügen? Er musste sicher sein. Die Zeit lief ihnen davon. In einer halben Stunde würde es zu spät sein, das Blatt noch einmal zu wenden. Er zog sein Hemd aus. Er hatte sich angepasst. Er trug schon lange nicht mehr die klassischen Kleider der Holden, seines Volkes.

Er setzte sich und streifte die Stiefel ab. Dann zog er auch noch die Hose aus. Er verneigte sich vor den Echsen. Er war vielleicht dreißig Schritt von ihnen entfernt. War er noch nah genug? Würde Liza ihn erkennen können? Er streckte seine Glieder, winkte mit hoch über den Kopf erhobenen Armen und dann schlug er einen Salto rückwärts. Er hatte das lange nicht mehr gemacht und landete unsanft auf seinem Allerwertesten. Sofort war er wieder auf den Beinen. Erneut winkte er mit den Armen. Diesmal schlug er ein Rad.

Er lief zurück zu seinem Ausgangspunkt und winkte erneut. Er war der Verrückteste in einer Welt, die in Wahnsinn versunken war. Würden sie ihn sehen? Er durfte nicht aufgeben! Wieder schlug er einen Salto. Und noch einen. Diesmal landete er auf den Füßen.

Verzweifelt blickte er zu den Echsen. Er hob die Arme und winkte. Und diesmal winkte eine Gestalt hinter einem der Hornkrägen zurück. Sofort lief Baldan auf die Echsen zu. Ein Lutin, der sich an einem Seil festhielt, kletterte an einem der Kragen hinab. Andere, die mit Speerschäften nach den Flüchtlingen schlugen, schirmten ihn ab. Tretend und um sich schlagend, schaffte es Baldan bis zur Echse. Der junge Lutin wurde noch ein wenig tiefer hinabgelassen. Baldan schaffte es, seine Hand zu packen. Sofort wurde das Seil wieder hochgezogen.

»Liza!«

Die Lutin sah ihn abschätzend an. Wie konnte sie inmitten dieses Mordens einfach ruhig zusehen. Sie … Plötzlich begriff Baldan. Sie hatte entschieden, einfach abzuwarten. Und falls der innere Kreis bedroht wurde, würde sie mit den Hornschildechsen womöglich eines der Steppenschiffe dort stürzen und durch den Albenstern flüchten. Sie waren Lutin. Niemand bewegte sich so geschickt durch das Goldene Netz wie sie. Sie würden entkommen, wenn sie es schafften, das magische Tor zu öffnen.

Die Fuchsfrau trug ein kurzes, seitlich geschlitztes Kleid, dazu enge Hosen und Stiefel. Sie sah sinnlich aus. Sie lächelte. »Das ist selbst unter diesen Umständen ein ungewöhnlicher Aufzug.«

Baldan erwiderte das Lächeln. »Ich weiß eben, wie man selbst unter widrigsten Umständen die Aufmerksamkeit einer schönen Frau erregt.«

Ihr Lächeln entblößte kleine spitze Zähne.

»Du hast großes Glück, dass die Schlacht dich nicht so sehr fesselt, dass du mich übersehen hättest. Das ist auch ein großes Glück für die Deinen.«

»Glück? Ich verstehe dich nicht.«

»Rustur, der Troll, der den inneren Kreis befehligt, hat schon zwei Boten zu euch geschickt, ohne dass ihr seinen Befehlen gefolgt seid.«

»Hier sind keine Boten angekommen!« Sie deutete hinab auf das Gedränge. »Nur ein Troll kann auf die Idee kommen, dass mich in diesem Durcheinander ein Bote erreichen könnte.«

»Er hält dich für eine Verräterin, Liza. Dich und deine ganze Sippe. Er tobt vor Wut.«

Ihre Augen wurden ein wenig schmaler. »Wie kommt er darauf, dass ich eine Verräterin bin?«

»Nun, das liegt doch auf der Hand. Ihr tut das Naheliegende nicht, um die Schiffsburg zu retten. Wie viele Kentauren sind jetzt im äußeren Kreis? Vierhundert? Fünfhundert? Wer weiß … Gewiss ist nur, es werden mit jedem Herzschlag mehr. Und ihr tut nichts, um die Breschen zu schließen. Ihr müsstet nur mit den Hornschildechsen vorrücken. Mit ihren breiten Krägen könnten sie ganz leicht die Breschen blockieren.«

»Wir sind keine Krieger«, entgegnete sie kühl. »Das Kämpfen überlassen wir stets anderen.«

»Ich hatte befürchtet, dass du das sagen würdest. Dann lass mich bitte wieder herunter. Ich möchte noch nicht sterben!«

»Du machst Scherze, Baldan.« Wieder maß sie ihn vom Scheitel bis zur Sohle. »Jeder kann sehen, dass du in dieser Nacht zu seltsamen Scherzen aufgelegt bist.«

»Hast du auch gesehen, dass Rustur einige Wagen im äußeren Kreis beschießen lässt? Jedes Steppenschiff, bei dem auch nur der Verdacht besteht, dass es von Elfen besetzt ist und einen Schuss auf die innere Schiffsburg abgegeben hat, wird unter Feuer genommen. Und dabei ist ihm ganz egal, dass auch die Kobolde auf den Geschützdecks unter dem Gefechtsdeck sterben. Kobolde, die an Orten kämpfen, die kein Elf betreten kann, weil die Decks zu niedrig sind. Ich stand neben Rustur, als er dich und alle Lutin verflucht hat. Auf dem Gefechtsdeck seines Steppenschiffs gibt es eine große Sanduhr. Man muss sie vier Mal in einer Stunde drehen. Als er mich zu dir geschickt hat, hat er sie drehen lassen und dem Geschützmeister den Befehl gegeben, mit Brandkugeln auf die Hornschildechsen schießen zu lassen, sobald das letzte Sandkorn durchgelaufen ist.«

Sie leckte sich über die Schnauze. »Das glaube ich nicht. Alle Lutin stehen unter dem Schutz König Gilmaraks!«

»Du kennst Rustur, Liza. Als ich ging, hat er mir hinterhergeschrien, dass er euch lieber persönlich umbringen würde, als euch den Kentauren zu überlassen. Und du siehst ja, was er mit den halb vom Feind besetzten Steppenschiffen macht. Lass mich bitte herunter! Das Viertel der Stunde muss bald verstrichen sein. Ich bin lieber dort unten zwischen den Hufen der Kentauren als hier oben, wenn sie anfangen, mit den Feuerkugeln zu schießen.«

Lizas Augen durchbohrten ihn. Sie war nicht leicht zu täuschen. Er trat ein Stück zurück. »Das Seil«, sagte er ruhig. »Lebt wohl.«

»Halt!«

»Du wirst mich nicht aufhalten. Wenn du glaubst, Rustur würde nicht schießen lassen, weil ich hier oben bin, irrst du dich. Ihm sind Koboldleben egal.«

Sie nickte. »Ich weiß.« Sie winkte einem jungen Lutin

zu. »Wir nehmen Torkelschritt, Mondkragen, Wolfsbeißer und Zweistoß. Das sind allesamt erfahrene Kämpfer. Zieh dich mit den übrigen Echsen zum Inneren Kreis zurück. Sie sollen einen Halbkreis mit dem Rücken zu den Steppenschiffen bilden.«

Baldan jubelte innerlich. Er musste darauf achten, dass Liza es nicht bemerkte. »Bitte, beeil dich. Die Sanduhr kann jeden Augenblick durchgelaufen sein.«

»Er wird sehen, dass wir uns bewegen. Hornschildechsen sind keine Rennpferde.« Sie rief der Echse, auf der sie standen, etwas zu.

Ein junger Lutin brachte ihr zwei eiserne Halbkugeln, die von schmalen Schlitzen durchbrochen waren. »Hast du Mut?«

Baldan verstand nicht, was sie meinte. Daraufhin drückte Liza ihm eine der Halbkugeln in die Hand. »Über den Augenlidern sind drei eiserne Haken in den Knochenwulst eingelassen, der die Augen abschirmt. Da hängst du das ein. Hast du mich verstanden?«

Der Kobold sah sie verständnislos an.

»Wir sind zu wenige, verdammt, und ich werde weder Kinder noch Alte zum Klettern dort hinabschicken. Was glaubst du, worauf Elfen und Kentauren schießen werden, wenn die Hornschildechsen in den Breschen stehen? Die Augen sind ihre verwundbarste Stelle.«

»Du willst, dass ich mit nacktem Arsch über den Hornkragen einer übellaunigen Riesenechse hinabsteige, um an ihren Augenbrauen dieses Ding hier aufzuhängen? Ich bin doch nicht verrückt!«

»Du schlägst nackt Saltos mitten auf einem Schlachtfeld und erzählst mir, du seist nicht verrückt? Bitte, Baldan, nimm mich nicht auf den Arm.« Sie drückte ihm ein Seilende in die Hand. »Komm jetzt!«

Mit diesen Worten stieg sie über den Hornkranz. Er schluckte. Verdammtes Lutinflittchen! Wenn er es ihr nicht nachtat, dann würde er bis ans Ende seiner Tage als ein Feigling gelten, der nicht wagte, zu tun, was sogar Frauen auf einem Schlachtfeld taten.

Er band sich das Seil um den Bauch und stieg über den Hornkragen der Echse. Ich hätte die Mangroven nie verlassen sollen, dachte er verzweifelt. Das war überflüssig! Den Lutin bedeuteten die Echsen alles. Sie lebten mit ihnen. Aber ihm war vollkommen egal, ob eines dieser Viecher vielleicht ein Auge verlor. Es war Lizas Rache dafür, dass er sie so sehr unter Druck gesetzt hatte. Dass er sie gezwungen hatte, die sichere, lebende Festung der Hornschildechsen aufzubrechen, um vielleicht die Schlacht zu retten.

Der große Hornkragen war zwar nicht glatt, doch boten die feinen Rillen nicht einmal Koboldfingern Halt. Er schlitterte daran hinab und schrammte sich die Ellenbogen auf. Mit dem Hintern voran landete er auf einem der wuchtigen Stirnhörner. Es war unüberhörbar, dass die riesige Echse es gar nicht mochte, wenn man auf ihrem Kopf herumkletterte. Sie schnaubte ärgerlich und schüttelte sich.

Baldan rutschte ein wenig vor, schob den Augenpanzer unter seine Brust und umschlang das Horn dann mit beiden Armen. »Scheiße!«, fluchte er. »Scheiße, Scheiße, Scheiße!« Was hatte er auf dem Horn eines Geschöpfes verloren, vor dem sogar Trolle schreiend davonliefen, wenn sie halbwegs bei Verstand waren? Er war völlig verrückt geworden!

Der Holde blickte zu Liza, um zu sehen, was sie tat. Er musste sich übel den Hals verdrehen, um einen kurzen Blick zu erhaschen. Die Lutin hatte beide Beine um das Horn geschlungen und hing mit dem Kopf nach unten, um die eiserne Halbkugel über das Auge der Echse zu bringen.

Baldan wurde schlecht. Wenn sie es so machte, war das vermutlich die sicherste und effektivste Methode, um das Rüstungsteil an den Haken aufzuhängen.

Wieder schüttelte die verdammte Echse den Kopf. Baldan klammerte sich krampfhaft am Horn fest. Er musste hier weg. Also sollte er möglichst schnell den verfluchten Augenschutz anbringen. Je länger er hier blieb, desto sicherer würde er draufgehen. Er nahm all seinen Mut zusammen, presste beide Beine fest um das Horn, packte die eiserne Halbkugel und schwang sich mit dem Kopf voran hinab. Er blickte in ein Auge, das so groß wie seine Hand war, wenn er die Finger spreizte. Ein gelbes Auge, mit geschlitzter, schwarzer Pupille. Es funkelte wütend, und Baldan schwor sich, nie wieder in die Nähe dieser Echse zu kommen, wenn die Schlacht vorüber war. Das Vieh würde ihn in den Boden trampeln, wenn sie sich noch einmal begegneten.

»Ich will dich nicht ärgern. Ich will dich beschützen«, redete er auf die Echse ein. »Wir sind Freunde! Ich war schon immer ein Echsenfreund. Ich hab nie zu den Kindern gehört, die Echsen die Schwänze abreißen. Ehrlich!«

Seine Hände zitterten, als er versuchte, den Augenschutz aufzuhängen. Und das blöde Mistvieh schüttelte wieder den Kopf. »Ich will dir doch nur helfen!«, schrie er gleichermaßen empört und verzweifelt.

Die drei Metallringe auf der eisernen Halbkugel waren klein. Und zu allem Überfluss waren sie auch noch beweglich und kippten immer wieder nach innen, wenn er versuchte, die Halbkugel aufzuhängen. Dabei sah er die ganze Zeit in das wütende gelbe Auge. Die Echse würde ihn niemals vergessen!

»Bitte, bitte, bitte, halt doch einmal einen Augenblick lang still.«

Ein Pfeil schrammte über das Horn, auf dem er kauerte, und schlug in den großen Nackenschild der Echse. Baldans Herz raste. Jetzt schossen auch noch irgendwelche Kentauren auf ihn. Zumindest schienen ihn noch keine Elfen entdeckt zu haben. Die hätten getroffen!

Es war sein fünfter Versuch, der die Halbkugel endlich zum Halten brachte. Er hatte es geschafft, die beiden äußeren Ringe über die Haken zu bekommen, während der mittlere wieder umgekippt war. Das musste halten! Er würde es nicht nochmal versuchen.

Wieder schüttelte die Echse wild den Kopf. Sie musste jetzt so gut wie blind sein. Wie viel sie wohl durch die schmalen Schlitze in den Halbkugeln noch sehen konnte? Egal! Das war nicht seine Sorge! Ein Speer verfehlte ihn knapp. Ein Steppenkentaur preschte neben der Echse her und versuchte ihn aufzuspießen. Und er hing unbewaffnet kopfüber von einem Echsenhorn herab.

Ein neuerlicher Speerstoß streifte seinen Rücken. Baldan pendelte hin und her, um aus der Bewegung heraus den Schwung zu holen, wieder bäuchlings auf das Horn zu gelangen.

Er spuckte nach dem Kentauren. »Feigling!«, schrie er ihn an. Wenn er schon keine Waffe in der Hand hatte, konnte er wenigstens die Ehre des Steppenkriegers verletzen.

Der Kentaur wirbelte den Speer herum. »Du bist tot, Kleiner!«

Baldan schwang jetzt wie ein Blatt im Sturmwind. Und die Echse brachte ihn mitten hinein in die größte Ansammlung von Kentauren. Das war der einzige Weg zu den Breschen!

Ein neuerlicher Speerstoß verfehlte ihn knapp. Er spürte sein Blut über den Rücken laufen. Wenn er den Hals verdrehte, tropfte es ihm ins Gesicht. Schmerzen spürte er nicht. Jetzt galoppierte noch ein zweiter Kentaur neben ihnen her.

Baldan packte hoch zum Horn, doch seine Hand glitt ab. Aus den Augenwinkeln sah er, wie der Steppenreiter versuchte, noch dichter an die Echse heranzukommen. Sein Arm fuhr zurück, um neuerlich zuzustoßen. Da brach die Hornschildechse aus ihrer Bahn aus, senkte den Kopf und führte einen wuchtigen Stoß gegen die beiden Kentauren. Einen erwischte sie mit der Spitze ihres Horns, während der zweite Kentaur einfach nur zur Seite geschleudert wurde.

Jetzt riss sie den Kopf hoch. Der aufgespießte Kentaur musste tot sein, dachte Baldan. Dennoch zuckten Läufe und Arme des Steppenkriegers noch. Blut lief über das Horn und rann Baldan warm die Beine herab.

Überraschend riss die Echse den Kopf zur Seite. Der Kadaver des Kentauren flog davon, und Baldan verlor den Halt. Hilflos am Seil pendelnd, rutschte er ab, bis er mit einem Ruck zum Halten kam. Er drehte sich und hing jetzt wenigstens mit den Füßen voran nach unten. Das raue Seil schnitt ihm in die Achseln. Wie ein Halsschmuck baumelte er von der Echse hinab. Keinen halben Schritt über dem Boden.

Ein weiterer Kentaur kam heran. Ein Uttiker, der sein Doppelschwert wild schreiend über dem Kopf schwang.

Baldan packte das Seil mit beiden Händen und zog sich mit der Kraft der Verzweiflung daran hoch. Dabei schwang er immer noch wild hin und her. Das war vielleicht sein bester Schutz gegen einen Angriff des Kentauren. Er prallte gegen die Brust der Echse.

Jetzt bemühten sich die Lutin, ihn hochzuziehen. Baldan stieß sich den Kopf am unteren Rand des Hornschilds. Ein Schrei ließ ihn über die Schulter blicken. Das Schwert des Kentauren sauste auf ihn zu. Baldan zog die Beine an. Ein weiterer Ruck am Seil brachte ihn ein Stück weiter hoch. Das Schwert strich so knapp an seinen Fußsohlen vorbei, dass er den Luftzug spüren konnte.

Verzweifelt zog er weiter am Seil. Endlich wurde er über den Hornkragen gehoben. Die Lutin legten ihn auf den breiten Nackensattel der Echse. Sein Rücken schmerzte. Liza beugte sich über ihn. Ihre Lefzen waren zurückgezogen. So sah wohl ein Lächeln bei einer Lutin aus, aber Baldan hatte eher den Eindruck, dass sie ihn gleich beißen würde. »Du hast lange gebraucht, Holder.«

»Wenn wir es das nächste Mal machen, werde ich schneller sein.«

»Zweistoß findet, dass du Mut hast!«

»Zweistoß?«

»Der Name der Echse, auf der du sitzt«, entgegnete Liza. »Ich kann in seinen Gedanken lesen. Er meint auch, du solltest das nächste Mal, wenn du auf seinem Kopf herumkletterst, weniger Unsinn reden. Und er ist erfreut darüber, dass du noch nie einer Echse den Schwanz abgerissen hast. Was er damit meint, verstehe ich nicht ganz.«

»Aber ich«, entgegnete Baldan lächelnd. Er fühlte sich leicht, ja unbesiegbar. Das Leben war schön!

## DIE AHNUNG

Orgrim trat an das Lager, auf dem der kleine Kobold aufgebahrt lag. Seine braungrüne Haut hob sich deutlich gegen das weiße Laken ab. Er war ganz nackt. Man hatte ihn gewaschen. Die Wunde in seiner Brust klaffte wie ein kleiner, rotbrauner Krater in seinem Fleisch. Offensichtlich hatte jemand mit viel Kraft und wenig Geschick die Pfeilspitze herausgeholt.

Ein Kobold, der sein strähniges Haar mit einem roten Stirnband bändigte, stand bei dem Toten. Außer einem Lendenschutz war er nackt. Orgrim erinnerte sich, den Holden schon mehrfach bei den Versammlungen des Kronrats gesehen zu haben.

»Liza von den Lutin hat mir von ihm erzählt«, sagte der Troll. »Sie hat ihn auch hierhergebracht.« Orgrim hasste solche Augenblicke. Er wusste nie, was die richtigen Worte waren, wenn man von einem Toten Abschied nahm. »Er hat die Snaiwamark-Karawane gerettet. Und mich. Er hat die Breschen mit den Hornschildechsen geschlossen. Der Feind wurde zurückgeschlagen. Über hundert Kentauren wurden gefangen genommen. Sie wurden gegen andere Gefangene ausgetauscht, die an den übrigen Baustellen in die Hände der Steppenkrieger geraten sind.«

»Als er klein war, haben ihn die anderen Kinder immer gehänselt, weil er den wirklich großen Krabben aus dem Weg gegangen ist. Er hatte Angst, sie könnten ihm einen Arm oder ein Bein abzwacken. Als Kind war er immer sehr besonnen. Seine Spielkameraden haben ihn oft Feigling genannt.«

Orgrim wollte dem Alten die Hand auf die Schulter legen, aber fürchtete, sie beide könnten zu Boden stürzen. Der Troll stützte sich schwer auf eine Krücke. Er hatte siebzehn Wunden davongetragen. Noch nie war er in einer einzigen Schlacht so oft verletzt worden. Ein Bein war gebrochen. Sein Schultergelenk durch einen Pfeil verletzt, so dass er den rechten Arm nicht bewegen konnte. Der Heiler, der ihn behandelt hatte, hatte gescherzt, er habe eine ganze Rolle Zwirn gebraucht, um ihn wieder zusammenzunähen. Und so fühlte sich sein Leib auch an. Seine Haut schien zu eng auf seinen Muskeln zu sitzen. Sie spannte überall. Selbst die leichteste Bewegung bereitete ihm Schmerzen. Skanga und König Gilmarak hatten ihm verboten, sich von seinem Lager zu erheben. Aber er musste zur Karawane. Er würde sie zurückbringen, ganz gleich, was der Kronrat ihm befahl. Baldan würde noch leben, hätte er den Mut gehabt, diese Entscheidung ein paar Tage früher zu fällen.

Der alte Kobold strich sanft über die Brust seines toten Sohnes. Er vermied es, die Wunde zu berühren. »Wie …«

»Es war wohl einer der letzten Pfeile, die in der Nacht abgeschossen wurden. Er stand hinter dem Kragen einer Hornschildechse und führte den Befehl an einer der beiden Breschen. Liza sagt, sie hätten sieben Angriffe der Kentauren zurückgeschlagen. Das Gemetzel muss fürchterlich gewesen sein. Eine der Echsen wurde getötet. Ich weiß nicht, ob du jemals eine Hornschildechse gesehen hast, Holder. Sie im Nahkampf zu töten, ist wahrlich nicht leicht. Dein

Sohn hat mich dort an der Bresche zwischen den Toten entdeckt und Befehl gegeben, mich hierher nach Burg Elfenlicht zu bringen. Sonst wäre ich wohl verblutet.« Orgrim stockte. Er hätte niemals erwartet, dass er einmal einem Kobold sein Leben verdanken würde. Bisher hatte er ihre kleinen Verbündeten zwar freundlich behandelt, aber als Krieger hatte er stets hochmütig auf sie herabgesehen.

Der Holde legte eine Pfeilspitze auf das weiße Tuch der Bahre. »Das hier hat ihn getötet.« Er stockte. »Wer … Von wem ist dieser Pfeil?«

Orgrim konnte verstehen, dass sich der Vater diese Frage stellte, aber sie war absurd. Was würde es ihm nutzen, zu wissen, wer den Pfeil abgeschossen hatte. Baldan wurde davon nicht mehr lebendig.

»Es ist kein Elfenpfeil …« Er hob in hilfloser Geste die Hände. »Es sind viele hundert Kentauren dort gewesen. Es ist unmöglich, herauszufinden, wer den Pfeil abgeschossen hat. Diese Gedanken werden nur dein weiteres Leben vergiften. Vergiss es besser.«

»Auf dem Pfeil ist ein kleines Zeichen. Könntest du einen Blick darauf werfen, Bruder Herzog? Nur das. Bitte!«

Widerwillig nahm Orgrim das geschmiedete Eisen in die Hand. Es verursachte ihm keine Schmerzen, aber die Berührung war ihm unangenehm. Tatsächlich gab es ein kleines, verschnörkeltes Symbol auf der Tülle der Pfeilspitze. »Ein Schmiedezeichen. Das ist in der Tat ungewöhnlich. Schmiede markieren Rüstungen und Schwerter. Große Arbeiten. Aber eine Pfeilspitze … Ich kenne mich nicht mit Schmiedezeichen aus, aber ich kann dir versichern, dass dich dieses Symbol zu der Werkstatt führen wird, in der dieser Pfeil entstanden ist. Mehr weiß ich dazu nicht zu sagen.«

»Danke«, sagte der Alte mit brüchiger Stimme. Er nahm die Pfeilspitze zurück. »Er war auch nie besonders kriegerisch … Keiner, der es mochte, unter wehenden Bannern in eine Schlacht zu ziehen. Er versuchte Kämpfe zu vermeiden, wo es möglich war. Er war kein Feigling! Aber doch anders als die meisten Krieger, denen ich begegnet bin. Ich war sehr überrascht, als er mit der Snaiwamark-Karawane ging.«

»Er war einer meiner besten Männer.« Dem Troll gingen die Worte aus. Was sollte man auch sagen? Du hattest einen guten Sohn? War das nicht Salz in die Wunde streuen? Wortlos wandte er sich ab.

Schwer auf seine Krücke gestützt, hinkte er zu den weiten Sälen, die zum Thronsaal führten. Jede Bewegung bereitete ihm Schmerzen. Und es quälte ihn, wie er angestarrt wurde. Dass man ihm nachsah, war er seit langem gewohnt. Er war Orgrim, Herzog der Nachtzinne, Sieger in unzähligen Schlachten, ein Troll, der vom einfachen Krieger zu einem der bedeutendsten Herzöge Albenmarks aufgestiegen war. Doch jetzt, auf Krücken, über und über bandagiert. Auch dort, wo keine Verbände lagen, schillerte seine Haut in allen Farben, von Prellungen und kleinen Schnitten, die mit nur wenigen Stichen vernäht waren. Er war ein Symbol des Untergangs, die Fleisch gewordene Niederlage!

Niemand hatte ihm bisher sein Kommando abgenommen. Und so lange dies noch nicht geschehen war, musste er die Zeit nutzen und die Karawane zurückholen. Er war zuversichtlich, dass er einen geordneten Rückzug organisieren konnte. Allerdings würde er wohl etliche Steppenschiffe zurücklassen müssen. Sein letzter Befehl würde lauten, die großen Karren in Brand zu setzen. Orgrim lächelte bitter. Er konnte sich vorstellen, was König Gilmarak dazu sagen würde. Wenn der junge König nicht sein Gesicht verlieren wollte, müsste er die Hinrichtung des Herzogs der Nachtzinne befehlen.

»Herzog?« Baldans Vater lief neben ihm her. »Wäre es sehr vermessen, wenn ich mich dir anschließen möchte? Ich würde gerne den Ort sehen, an dem mein Sohn sein Leben verloren hat.«

Orgrim seufzte. Er wollte den alten Kobold nicht bei sich haben. Andererseits würde er sehr bald auf Fürsprecher im Kronrat angewiesen sein! Es wäre dumm, Baldans Vater diesen Wunsch abzuschlagen.

»Du störst nicht im Mindesten! Im Gegenteil! Ich begrüße es, dass sich endlich ein Mitglied des Kronrates ein Bild vom Schlachtfeld machen möchte. So wird es meinem nächsten Boten vielleicht leichterfallen, offene Ohren für meine Sorgen zu finden.«

Er sah, wie sehr die Worte dem Alten zusetzten. Inzwischen wusste Orgrim, dass Baldans Mission vor dem Kronrat gründlich fehlgeschlagen war.

»Verstärkungen«, brummte der Troll. »Den ganzen Kronrat sollte man zur Schiffsburg schleppen. Ein Tag, und sie würden verstehen, was ich meine.« Er hatte nicht sehr laut gesprochen. Außer Baldans Vater sollte ihn niemand hören.

Es war noch vor Sonnenaufgang. Die hohen Säle des Palastes waren voller Schlafender. Niemand trieb Herden hinaus zum Lager der ewig hungrigen Bittsteller. Die Wachen waren müde und sehnten sich nach ihrer Ablösung.

Orgrim war unruhig. Es war die Stunde, in der er Angriffe führte, wenn er den Zeitpunkt für eine Schlacht frei wählen konnte. Jetzt hatte er ein ungutes Gefühl. Sein Verstand verspottete ihn dafür. Sie waren inmitten des Herzlands, und abgesehen von den Kentauren gab es niemanden, der in großem Umfang Widerstand leistete. Die überwiegende Mehrheit der Elfen hatte sich erstaunlicherweise unter die Herrschaft Gilmaraks gefügt. Vielleicht lag es daran, dass den meisten von ihnen in der viele Jahrhunderte währenden Herrschaft Emerelles jeder Gedanke an Rebellion gründlich ausgetrieben worden war.

Aber ganz gleich, was sein Verstand sagte, er fühlte sich unwohl. Eine Gefahr lauerte. Er spähte in die fernen Winkel des langen Saales, den er durchquerte. Suchte auf den Podesten hoch über sich nach einem verborgenen Bogenschützen. Ein Schaudern überlief ihn. Er hielt inne und drehte sich um. Alles war ruhig! Eine der Wachen sah ihn an. Spürte er es auch? Oder war ihm nur aufgefallen, dass sich der bandagierte Krüppel merkwürdig verhielt?

Er erreichte den Thronsaal. Auch hier schien alles ruhig. Es gab nichts, das seine Sorgen rechtfertigte. Selbst die Lutin beim Albenstern waren schläfrig. Am Himmel hoch über dem Saal standen noch Sterne. Der erste silberne Streif Morgenlichts lagerte noch dicht über dem Horizont. Den hohen Himmel aber regierte noch immer Dunkelheit.

»Ich will zur Snaiwamark-Karawane«, sagte Orgrim ruhig. Er spürte, dass sie ihn erkannten, und fürchtete, die Lutin würden den Wachen befehlen, ihn aufzuhalten. Aber nichts dergleichen geschah. Sie schienen noch nicht informiert zu sein, dass König und Kronrat ihn zum Bleiben verdammen wollten.

Einer der Fuchsmänner rief ein Wort der Macht. Orgrim hatte schon oft erlebt, wie ein Tor zum Goldenen Netz geöffnet wurde. Dennoch hatte er nie seinen Respekt davor verloren. Es jagte ihm Schauer über den Rücken. Das waren keine Wege, die den Trollen bestimmt waren. Aber er hatte keine Wahl. Ein Fußmarsch zur Karawane hätte viele Wochen gedauert. Wer zu den Herren Albenmarks gehören wollte, der musste auch bereit sein, durch das Netz der Albenpfade zu reisen. Anders war eine ganze Welt nicht zu beherrschen. Er lächelte zynisch. Dabei war es das Letzte, wonach er strebte … Weltherrschaft! Hätte er die Wahl gehabt, würde er sich auf die Nachtzinne zurückziehen, um seine toten Welpen trauern und neue Weiber nehmen. Er war des Krieges müde. Die endlosen Kämpfe mit den Kentauren führten zu nichts. Weder konnten sie die verdammten Pferdemänner besiegen, noch hatten diese die Macht, die Herrschaft der Trolle zu beenden. Alle zahlten mit Blut. Mit ganzen Strömen davon. Und was konnte gewonnen werden? Nichts!

Was wohl aus Baldan geworden wäre? Er war ein guter und umsichtiger Planer gewesen. Sicherlich hätte er eines

Tages einen guten Fürsten abgegeben. Jetzt war er tot. Gestorben für die wirren Träume Gilmaraks. Trolle waren nicht dazu berufen, die ganze Welt zu beherrschen!

Der Bogen aus Licht erhob sich über den stillen Thronsaal. Orgrim blickte mit Sorge in das Dunkel jenseits des goldenen Pfades. Das Nichts. Die Heimat der Yingiz. Sie war nur eine Handbreit entfernt, wenn man die Albenpfade betrat. Gebannt durch die Magie der Alben. Für wie lange?

Klackend hinkte er auf das Tor zu, als ein Schatten das Licht überlagerte. Einer der Lutin musste den Ausdruck auf seinem Gesicht bemerkt haben. Er trat vor, um durch das Tor zu blicken.

»Was ist …« Orgrim warf sich zur Seite und zog Baldans Vater mit sich. Das Nichts spie eine riesige, haarige Kreatur aus. Lange, gebogene Stoßzähne schnitten durch die Luft. Der Lutin, der durch das Tor geblickt hatte, wurde von einem gewaltigen Fuß zermalmt.

Orgrim kroch rückwärts von dem Tor fort.

Ein Mammut! Schrill trompetend stürmte es auf das hohe Tor des Thronsaals zu. Seine Augen in Panik geweitet. Der Palastboden erbebte unter seinen Tritten.

»Schließt das Tor!«, rief Orgrim den Wachen zu. Doch keiner hatte den Mut, sich dem riesigen Tier in den Weg zu stellen.

# DAS LEICHENFELD

Der Gestank überlagerte jegliche anderen Sinneswahrnehmungen. Er dominierte alles. Und drückte allen anderen Empfindungen seine Note auf. Warmer Dunst stieg aus den unzähligen toten Körpern. Er berührte einen, wenn man über das Schlachtfeld ging. Und es gab keinen gnädigen Wind, der ihn davontrug.

Mit jedem Atemzug drängte sich ein fauliger Geschmack auf die Zunge und in den Rachen. Er legte sich wie eine zweite Haut dorthin. Und ganz gleich, wie oft man ausspuckte, diese Haut blieb.

Die Toten waren nicht still, wie es sich gehört hätte und wie es auf einem winterlichen Schlachtfeld in der Snaiwamark gewesen wäre. Ihre Körper rumorten. In ihren Därmen arbeitete es. Sie waren aufgequollen von Gasen, die sich ab und an einen Weg brachen. Selbst die Augen wurden belagert. Es war nicht allein das unsägliche Grauen. Die Tausenden von Toten, so zerschunden, dass man sie kaum wiedererkennen konnte. Da waren auch die Fliegen. Wie ein schwarzer Schleier hingen sie in der Luft und ließen den Horizont verschwimmen. Ihr Geräusch übertönte selbst das Rumoren der faulenden Gedärme. Und überall quoll ihre Brut aus dem zerrissenen Fleisch.

Orgrim hatte schon viele Schlachtfelder gesehen. Dieses war das erste, auf dem er ein Gast war. Er hätte hier sein sollen. Sie alle waren ihm anvertraut gewesen. Von der Karawane lebten nur noch jene, die mit ihm evakuiert worden waren. Von all den Kriegern, die mit ihm die Nachtzinne verlassen hatten, waren ihm noch drei verblieben. Drei! Er hätte schreien können! Dabei hätte er es wissen müssen. Er hatte gespürt, dass etwas nicht stimmte. Es hatte einen Grund dafür gegeben, dass diese Belagerung stattfand. Die Belagerung, die die Kentauren nicht hatten gewinnen können.

Ihr Angriff in jener Nacht hatte ihn auf den falschen Weg gebracht. Ihm waren Zweifel gekommen, ob sie nicht doch das Zeug hatten, die Schiffsburg zu überrennen. Und seine Zweifel hatten ihm den klaren Blick verstellt! Er hätte sie alle fortbringen müssen, statt den Kronrat um Erlaubnis zu fragen! Er war der Befehlshaber. Das war seine Verantwortung gewesen! Er hatte versagt!

Kein einziges der Steppenschiffe hatte es überstanden. Er hätte das für unmöglich gehalten. Feuer, ja. Eine vernichtende Flut. Daran hatte er gedacht. Die Kentauren hatten eine ganz andere Waffe gefunden. Vom ersten Tag an, an dem sie hier beim großen Albenstern ihr Lager aufgeschlagen hatten, hatten sie gewusst, was kommen würde. Vielleicht nicht die Stunde oder den Tag. Aber sie hatten es gewusst. Und sie hatten ihn dazu verführt, hierzubleiben.

Fünf Tage waren vergangen, seit das Mammut in den Thronsaal gestürmt war. Er hatte das magische Tor öffnen lassen, als das hier geschah. Es war durch den Lichtbogen gestürmt. Vielleicht auch noch andere Tiere. Bestimmt. Es mussten Hunderte gewesen sein. Doch nur das eine war nicht ins Nichts gestürzt.

Schon am nächsten Tag hatten sie Späher geschickt. Es waren noch Kentauren in der Nähe. Nur einer der Späher hatte es zurückgeschafft. Und auch der mit einem Pfeil in der Brust. Sie hatten Zeit verstreichen lassen. Gilmarak hatte alle Trollkrieger bei Hof versammelt, die sich im Herzland aufhielten. Es waren über Tausend gekommen. Skanga hatte es nicht gewollt ... Seit ihrem ersten Angriff auf Burg Elfenlicht schreckte sie davor zurück, mit Heerscharen das Goldene Netz zu betreten. Doch Gilmarak hatte selbst ihr getrotzt. Er hatte es durchgesetzt. Sie war mit ihm gekommen. Und mit ihr ihre vermummte Dienerin. Auch der gesamte Kronrat war hier.

Die meisten der Kobolde hielten sich parfümierte Tücher vor ihre langen Nasen. Allerdings nicht Elija Glops. Und auch nicht Anderan, Baldans Vater. Der Herr der Wasser wanderte über das Leichenfeld und starrte. Die meisten anderen wollten schnell fort von hier. Anderan nicht. Er nahm all das in sich auf. Er stellte sich dem Grauen. War ihm bewusst, welche Mitschuld er trug?

Der Kronrat hatte Gilmarak darin unterstützt, die Snaiwamark-Karawane Wirklichkeit werden zu lassen.

Und diese verrückte Straße. Hätte sich der Kronrat entschieden gegen die Pläne des Königs gestellt, dann hätte sie den jungen Herrscher vielleicht umgestimmt. Orgrim konnte sich immer noch nicht erklären, welchem Zweck diese Straße diente. Er wusste, was in den Karren gewesen war. Gold. Unglaublich viel Gold. Noch immer konnte man Goldstücke, zerhackten Schmuck und Perlen im Schlamm aus Blut und schwarzer Steppenerde sehen. Das meiste Gold hatten die Kentauren eingesammelt. Gilmarak hatte zwar alle Münzwährungen abgeschafft und den Tauschhandel wieder eingeführt, aber nicht alle hielten sich daran. Entgegen dem Willen des Königs war Gold immer noch nicht wertlos. Warum hatte er es in die Snaiwamark schaffen wollen?

»Wir könnten Uttika niederbrennen«, hörte er Elija sagen. »Die Steppenstämme bekommen wir nicht zu fassen. Aber die Uttiker können nicht vor uns davonlaufen. Ihre Fürsten haben große Ländereien. Landhäuser, auf deren Felder Hunderte Koboldiener arbeiten. Wie Sklaven!«

»Das war nicht Katanders Werk«, sagte Orgrim laut. »Ich kenne ihn. Er kämpft nicht auf diese Weise. Er hat sich jeden Morgen dem Beschuss der Katapulte ausgesetzt, um seinen Mut zu beweisen. Tapfer, aber völlig sinnlos. Das hier ist das Werk von Nestheus. Katander war nur sein Verbündeter. Dann könnten wir auch gleich losziehen und die Wälder der Maurawan niederbrennen. Auch sie haben mit den Kentauren gekämpft.«

»Und was schlägst du vor, großer Kriegsherr?« Skangas Stimme war leise. Sie stand mehr als dreißig Schritt von ihm entfernt, und doch hörte er sie so deutlich, als wäre sie neben ihm und würde ihm ins Ohr flüstern. Und er hätte geschworen, dass alle anderen genauso empfanden. Alle Gespräche auf dem Schlachtfeld waren verstummt. Alle blickten zu ihm. Manche besorgt. Andere voll boshafter Neugier. Ihr Tonfall hatte keinen Zweifel daran gelassen, dass er ihre Gunst verloren hatte. Man konnte ohne die Gunst des Königs leben. Man zog sich dann einfach zurück. Aber wer Skangas Missfallen erregte, der blickte in sein offenes Grab.

»Ein kluger Mann vermeidet einen Krieg, den er nicht gewinnen kann.«

»Du glaubst, wir verlieren?« Selbst das Fliegengesumm verstummte jetzt. Unheimliche Stille lag auf dem Schlachtfeld.

Orgrim machte eine weit ausholende Geste. »Sieht das nach einem Sieg aus?«

»Wir haben gelernt, uns nicht noch einmal einer Mammutherde in den Weg zu stellen, würde ich sagen.« Es war Gilmarak, der nun sprach. »Im Übrigen habe ich den Eindruck, dass du, mein Feldherr, noch nicht ganz begriffen hast, worum wir kämpfen. Wir werden nun ins Herzland zurückkehren. Es wird eine neue Flotte von Steppenschiffen gebaut werden. Heute Abend besuchst du mich, Orgrim. Du und Skanga. Unsere Schamanin wird dich daran erinnern, dass Trolle ihrem König gehorchen. Und ich werde dich lehren, worum es wirklich geht. Ich glaube, wir haben grundverschiedene Vorstellungen vom Sieg, der zu erreichen ist. Du willst nur Schlachten gewinnen, Orgrim. Ich aber, ich werde die Welt verändern. So tiefgreifend, dass niemand es mehr rückgängig machen kann!«

# NACH ZWEI WEITEREN JAHREN …

# BLAU

Nikodemus spürte einen Albenstern. Er wusste, dass sie einen Zeitsprung gemacht hatten. Es war Wahnsinn, in einen Albenpfad einzudringen. Das war von den Alben nicht vorgesehen gewesen. Er musste heraus, sofort! Je länger sie blieben, desto mehr Zeit verstrich. Ein Lidschlag ein Jahr. Ein Wort ein Jahrzehnt.

Er nahm all seine Macht zusammen. Er öffnete das Tor nicht einfach, er riss es auf. Seine Magie bezwang es. Schnörkellos. Direkt. Sofort trat er über die Schwelle. Ollowain mit der Königin in den Armen war so dicht hinter ihm, dass er ihm gegen die Rute stieß.

Wasser! Überall!

Panik überkam ihn. Blaues Licht umgab sie. Er sank! Nikodemus schrie! Etwas war vor seiner Schnauze. Durchsichtig. Gallertartig. Es klammerte sich an sein Gesicht! Er griff danach und wollte es fortreißen, doch Ollowain fiel ihm in den Arm. »Nicht!«

Wieso konnte er den Elfen hören? Nikodemus stemmte sich mit aller Macht gegen den Griff des Elfen. Er hatte das Gefühl, ersticken zu müssen. Sie waren tief im Wasser. Helles Licht stand weit über ihnen. Das Wasser war warm.

*Die Atemblase schützt dich, Nikodemus. Reiß sie nicht fort, dann wirst du ertrinken.*

Nikodemus verdrehte die Augen und starrte auf das Ding, dass seine Schnauze umgab. Es war halb durchsichtig. Es pulsierte. »Das ist ein Tier!«

*Beruhige dich,* sagte Ollowain. *Es ist ein magisches Geschöpf. Durch Zauber erschaffen. Nicht aus einem Ei oder einem lebendigen Leib geboren. Ich kenne sie. Es gab sie auch schon vor sehr langer Zeit. Es ist ein Schutzzauber der Alben, damit Lungenatmer wie wir, die versehentlich durch einen Albenstern im Meer treten, nicht ertrinken.*

Ganz egal, ob es ein Zauber der Alben war, dachte Nikodemus, da klammerte sich ein glibberiges Tier um seine Schnauze! Was für ein erbärmlicher Zauber war das denn! Hätten die Alben sich nichts Besseres ausdenken können? Schließlich hatten sie ganze Welten erschaffen!

*Wieso können wir im Wasser sprechen?*

*Auch das sind diese Kreaturen. Wir sprechen nicht wirklich. Sie sondern ein Sekret ab. Eine Droge. Ich kann deine Gedanken wie gesprochene Worte hören.*

Das war ein Traum, entschied Nikodemus. Ganz sicher ein Traum! Er wollte nicht, dass irgendwelche Tiere ein Sekret in ihn absonderten. Während er das dachte, sanken sie tiefer. Das Blau wurde dunkler.

Ein sehr überzeugender Traum, dachte der Lutin. Aber nicht mehr. Er musste ohnmächtig geworden sein. Beim Übergang ins Goldene Netz. Wenn er erwachte, hätte es ihn in eine ferne Zukunft verschlagen.

Ein Seehund erschien vor ihm und glotzte ihn an. Er schwamm um ihn herum, begaffte auch Ollowain und Emerelle und verschwand dann wieder im tiefen Blau.

Nikodemus trat mit den Füßen. Er war nie ein sonderlich guter Schwimmer gewesen. Das Ding auf seiner Schnauze drückte. Er war versucht, es abzureißen. Aber wenn es kein Traum war …

Seine Augen brannten. Kam das vom Salz im Meerwasser?

*Das war eine Selkie.*

*Eine was … Woher kennst du das alles?*

*Wir sind in Eleborns Reich. Wir sind dem Geisterhund entkommen. Dank dir, Nikodemus. Allein die mächtigsten*

*Zauberweber können ein Tor auf einem Albenpfad öffnen, weit ab von jedem Albenstern. Ich muss gestehen, ich habe dich bisher unterschätzt.*

Nikodemus hatte noch nie von einem Lutin gehört, der in das Reich unter den Wogen gereist war. Das musste einen Grund haben! Es war nicht gut, hier zu sein. Zumindest für einen Lutin. Er blickte zu Emerelle. Sie lag noch immer in Ollowains Arm. Man hätte die beiden für Liebende halten können, wäre da nicht Emerelles Gesichtsausdruck. Viel mehr als ihre Augen und ihre Stirn sah er nicht. Der Rest war auch bei der Königin von einem durchscheinenden Gallertgeschöpf verdeckt. Emerelle wirkte zu Tode erschöpft. Und älter. Nikodemus hatte gesehen, dass der Geisterhund etwas aus ihr herausgezerrt hatte. Lag sie im Sterben?

*Geht es ihr gut?*

*Nein. Aber ich bin zuversichtlich, dass bald Hilfe kommt. Eleborn besitzt einen Albenstein. Der Fürst unter den Wogen ist sehr mächtig. Er wird ihr helfen können. Du hast eine gute Wahl getroffen, als du uns hierher gebracht hast.*

Nikodemus bemühte sich, nicht daran zu denken, dass er einfach nur aus dem erstbesten Albenstern getreten war. Er blickte hinauf. Das Licht über ihnen war fast verschwunden. Dafür konnte er jetzt erkennen, dass das Ding auf seiner Schnauze von einem leichten, grüngelben Schimmer umgeben wurde.

Nikodemus versuchte angewidert, an etwas anderes zu denken. Aber immer wieder musste er auf dieses Ding starren. Man konnte sogar sehen, wie sich Flüssigkeiten in ihm bewegten!

*Was sind Selkies?*

*Selkies sind Gestaltwandler. Manche sagen, sie seien die Kinder Eleborns. Man kann ihnen als Otter oder Seehund begegnen. Oder als ausnehmend hübsche Frauen, die uns Elfen sehr ähnlich sind.*

Mit diesen Gedankenreden war es seltsam. Man spürte mehr, als gesagt wurde. Erinnerungen, die hinter den Worten standen, tauchten als Bilder in Nikodemus' Gedanken auf. Ollowain kannte die Selkies gut. Er war mehr als einer begegnet, und Emerelle würde nicht wissen wollen, was ihr weißer Ritter und diese Meeresgeschöpfe miteinander getan hatten. Eine ganze Flut von Bildern brach auf den Lutin herein. Er sah Ollowain auf großen Festen, an Spieltischen. Immer wieder an Spieltischen. Er spielte das Falrach-Spiel. Offensichtlich um Geld. Nikodemus folgte den Gedankenbildern. Geld durch Spielen zu verdienen, fand er außerordentlich interessant! Bisher war ihm das Falrach-Spiel immer nur viel zu kompliziert und verworren erschienen. Als Kind hatte er ein paar Mal versucht, es zu erlernen, und war kläglich gescheitert.

Plötzlich sah er einen Drachen. So deutlich, so lebendig, dass er sich erschrocken aus den Gedanken des Elfen zurückzog. Nicht schnell genug! Er hatte Teil an der Erinnerung des alles verzehrenden Schmerzes, als Falrach das Fleisch auf den Knochen geschmolzen war. Jeden Nerv hatte er gespürt.

*Das ist der Nachteil, wenn man in anderer Leute Gedanken ist.* Jetzt war Ollowain bei ihm. Nikodemus versuchte sich dagegen zu sperren. Aber wie vertrieb man jemanden aus seinem Kopf?

*Es gilt als unhöflich, tiefer in die Gedanken anderer einzudringen, mein kleiner Freund. Es ist sehr leicht. Aber es verstößt gegen die Etikette. Ich gestehe, ich habe dich durch meine Erinnerungen geführt. Ich wollte, dass du diese Erinnerung mit mir teilst, den letzten Augenblick meines Lebens als Falrach. Vielleicht magst du mich von nun an ja mit meinem Namen als Falrach ansprechen? Er ist mir angenehmer. Und ich hoffe, du hast gut verstanden, welche Gefahren darin liegen, Streifzüge durch die Gedanken und Erinnerungen anderer zu machen. Hier, im Reich unter den Wogen, schätzt man das gar nicht. Manch allzu Neugieriger wurde schon ermordet, weil er Dinge gesehen hatte, die ihn nichts angehen.*

*Ich kannte diese Regeln nicht …*

*Jetzt kennst du sie. Und sei noch einmal eindringlich gewarnt. Das Reich unter den Wogen ist anders als alles, was du kennst. Ein Leben gilt hier wenig, wenn du einen Fehler machst. Und Unwissenheit wird dich nicht davor schützen, die Folgen deiner Taten zu erfahren.*

Nikodemus wollte gar nichts mehr denken. Aber wie stellte man seine Gedanken ab? Falrach … Ja, er würde ihn jetzt so nennen! Falrach trieb mit ihm zusammen in einer leichten Strömung. Der Lutin hatte das Gefühl, dass sie nicht mehr tiefer sanken. Er konnte über sich keine Sonnenscheibe mehr sehen. Und unter sich keinen Grund. Sie trieben durch endloses Blau. Ohne einen Anhaltspunkt für Entfernungen. Ohne die Möglichkeit abzuschätzen, wie viel Zeit verstrich. Es machte ihm Angst!

*Du musst dich entspannen, Nikodemus. Es kann auch angenehm sein. Versenke dich in dich selbst.*

Wie sollte das denn gehen! Falrach hatte leicht reden … Denken …

*Darf ich in deinen Erinnerungen wandern?*

Nikodemus kamen sofort einige Ereignisse in den Sinn, die er auf keinen Fall mit dem Elfen teilen wollte!

*Mich interessiert dieses Fuchsmädchen Liza nicht. Du solltest nicht an das denken, was ich nicht wissen soll. Du überhäufst mich in diesem Augenblick mit den Bildern, die du eigentlich vor mir verbergen möchtest. Ich kann mich dem dann nur entziehen, wenn ich ganz aus deinen Gedanken weiche.*

*Ich mag diese Art nicht, miteinander zu reden!*

*Du solltest dich besser daran gewöhnen, Nikodemus, so ist es hier, und du wirst nichts daran ändern.*

Der Lutin fühlte sich plötzlich verloren. Sicher lag es auch daran, inmitten dieses unendlichen Blaus zu schweben. Er war nichts. Bedeutungslos. Von der Welt abgeschnitten. Ein Sandkorn. So ein Unsinn, schalt er sich in Gedanken. Ich bin Nikodemus Glops, der Bruder des Elija

Glops, der ganz Albenmark auf den Kopf gestellt hat und dafür sorgte, dass die Kobolde endlich die Anerkennung bekommen, die sie schon immer verdient hatten.

*Du bist mehr als irgendjemandes Bruder.*

*Ich dachte, es ist unhöflich, sich ungefragt in fremde Gedanken einzumischen.*

*Ja, du hast Recht. Und dennoch erlaube mir, dir einen Rat zu geben. Messe deinen Wert nicht an deinem Bruder. Was du bist oder nicht, liegt allein in dem begründet, was du tust und was nicht.*

Das hörte sich an wie das Gerede seines alten Lehrers Meister Gromjan. Die Wirklichkeit war anders. Er wusste besser, wie viele Leute sich plötzlich für ihn interessierten, weil er Elijas kleiner Bruder war.

Etwas in der Tiefe des Blaus erweckte plötzlich seine Aufmerksamkeit. Etwas Dunkleres bewegte sich dort und kam schnell näher. Ein sehr großer Fisch. Er glitt in einigem Abstand an ihnen vorbei, zog eine weite Kurve und kehrte zurück. Ein wenig näher, diesmal. Die Unterseite des Fischs war hell. Sein Rücken gestreift, in einem dunklen und einem helleren Blau. Er besaß eine mächtige, dreieckige Rückfinne. Und kalte, dunkle Augen. Ihnen fehlte jeder Glanz. Seine Kiefer klafften weit auf, während er in langsam enger werdenden Kreisen schwamm. Nikodemus entdeckte noch einen Schatten. Und kurz darauf noch einen dritten. Diese Fische waren zu groß. Fast so groß wie ein Troll.

*Was sollen wir tun?*

*Nichts!*

Der Lutin spürte, dass Falrach nicht so gelassen war, wie er mit seiner knappen Antwort Glauben machen wollte.

*Wir müssen sie bekämpfen!*

*Womit? Ich bin unbewaffnet, Nikodemus. Und wir werden ihnen auch nicht davonschwimmen können. Wir sollten ruhig bleiben. Sie können unsere Furcht riechen.*

*Wie sollen sie uns riechen? Wir sind im Wasser!*

*Vielleicht schmecken sie auch unsere Furcht. Das weiß ich nicht. Aber ich weiß ganz sicher, dass wir ihnen schmackhafter erscheinen werden, wenn wir Angst haben. Vielleicht haben wir auch Glück, und der Seehund kehrt bald zurück. Dann sind sie Boten und keine Jäger.*

*Wir könnten hinauf zum Albenstern schwimmen und fliehen,* dachte Nikodemus.

*So weit werden wir nicht kommen.*

Der Lutin fluchte. Sie konnten doch nicht einfach aufgeben und darauf warten, ob es diesen verdammten Fischen einfiel, sie zu verspeisen!

*Das stimmt, mein Freund, wir könnten auch etwas Sinnvolles tun. Kanntest du Ollowain?*

Von jemandem, der allem Anschein nach Ollowain war, eine solche Frage gestellt zu bekommen, war schon einigermaßen befremdlich. Aber dass der Schwertmeister, gelinde gesagt, seltsam war, wusste er ja. *Ich kannte ihn in der Zeit, als er Echsendung für die Lagerfeuer meiner Sippe gesammelt hat.*

Ollowain, Falrach, Klaves unter all diesen Namen war er dem Elfen schon begegnet. Und jedes Mal hatte er sich ganz anders verhalten. Nikodemus blickte zu den großen Fischen. Jetzt waren es schon fünf, die weite Kreise um sie zogen. Sein Gefährte hatte Recht, sie würden ihnen nicht entkommen. Ihre Hoffnung bestand darin, dass Emerelle aus ihrer Ohnmacht erwachte und half. Aber vielleicht war sie auch schon tot. Ihre Gedanken jedenfalls vermochte er nicht zu berühren.

Wenn es ans Sterben ging, konnte man auch an etwas Lustiges denken. Und lustig war die Geschichte um Klaves allemal. Er dachte an das Eselskostüm, in das sie den Elfen eingenäht hatten und daran, wie unglaublich naiv er gewesen war.

# ALPTRAUM

Skanga erwachte aus unruhigem Schlaf. Ihre Träume waren verworren gewesen. Zuletzt hatte sie das Gefühl gehabt, eine eiskalte Hand habe sie im Nacken gepackt. Die Schamanin richtete sich auf ihrem Lager auf. Sie war in ihre Höhle in den Bergen der Snaiwamark zurückgekehrt. Nur für einige Tage. Sie musste Burg Elfenlicht entfliehen. Sie hasste die Betriebsamkeit dort. Das Durcheinander. Dass man nirgends allein war.

Skanga trat an den Eingang ihrer Höhle. Eisiger Wind schnitt in ihr altes Fleisch. Sie begrüßte ihn. Sie fühlte sich lebendiger in der Kälte. Und sie mochte es, auf das karge, harte Land hinabzublicken. Die dunklen Felsen, die durch die endlose Schneelandschaft stießen. Die Wiesen und Wälder des Herzlands konnte sie nicht leiden. Sie sahen selbst im Winter noch lieblich aus. Die Snaiwamark war ganz anders. Hart, spröde, abweisend. Wer sie das erste Mal erblickte, der ahnte, dass die Schwachen hier sehr schnell starben. Aber wer hier zu leben vermochte, den erfüllte dieses Land mit Stolz. Deshalb hatte ihr Volk in all den Jahrhunderten der Vertreibung nie aufgehört, von der Snaiwamark zu träumen und sich abends an den Feuern Geschichten über ihre verlorene Heimat zu erzählen. Skanga war stolz darauf, sie hierher zurückgebracht zu haben.

Sie atmete die kalte Luft ein. Jeder Atemzug brachte einen wohligen Schauer mit sich. Sie wusste, dass die Erzfeindin zurückgekehrt war. Sie wusste nicht, wo sie steckte, aber sie war wieder in Albenmark. Ihr Traum konnte keine andere Bedeutung haben. Sie hatte nie Albträume! Nie erwachte sie von Angst erfüllt aus dem Schlaf!

Als die drei Shi-Handan nicht zurückkehrten, hatte Skanga zunächst Sorgen gehabt. Doch als Jahr um Jahr verstrich, ohne dass sie von Emerelle hörte, begann trügerische Hoffnung in ihr zu keimen. Vielleicht waren sie alle in einem großen Kampf gestorben. Irgendwo in der Wildnis, wo es keine Zeugen gab. Sie hatte Emerelle auf jede erdenkliche Art gesucht und nichts gefunden.

Jetzt war sie zurück. Die verfluchte Elfenschlampe. Skanga konnte es spüren. Emerelle war da. Diesmal würde sie keine Mörder auf die Elfe ansetzen. Sie würde es ganz anders angehen! Sie wusste, wohin Emerelle kommen würde. Und dort sollte sie eine tödliche Falle erwarten. Sie selbst musste zugegen sein, wusste Skanga jetzt. Die Elfe war zu mächtig. Man musste ihr mit der Kraft eines Albensteins begegnen.

Traurig blickte Skanga über das weite Land. Elija Glops hatte ihr den Vorsitz über den Kronrat überlassen. Dass er freiwillig ein Stück seiner Macht aufgab, war beunruhigend. Das entsprach nicht seinem Wesen. Auch auf ihn musste sie aufpassen. Gilmarak hatte den Lutin für die vielen Jahre seiner treuen Dienste belohnen wollen und ihn zum Fürsten von Tanthalia gemacht. Die Lutin waren unstete Wanderer. Über ein Fürstentum zu herrschen, widersprach ihrer Natur. Daraus würde nichts Gutes erwachsen.

Es war besser, wenn sie heute noch zur Burg Elfenlicht zurückkehrte, dachte Skanga ärgerlich. Sie sollte versuchen herauszufinden, wo Emerelle war. Vielleicht sogar mit Hilfe der Silberschale …

## DIE SCHLÄFERIN

*Vater, die Fremde. Es ist etwas Entsetzliches geschehen. Du musst mitkommen. Sofort! Sie muss fort! Am besten setzen wir sie an einem einsamen Strand aus!*

Nie hatte Eleborn Ailis so sehr außer sich erlebt. Für gewöhnlich war seine Tochter eher ruhig.

*Was ist denn geschehen?* Er erwartete die schöne Nailyn und hatte nicht sonderlich viel Lust, die abgelegene Korallengrotte zu verlassen.

*Du musst, Vater! Es gibt Hunderte Tote. Sie muss weg!*

Der Fürst legte den Kopf schief. *Tote? Dann bring mich zu ihr.*

Ailis schwamm mit kräftigen Stößen voraus. Sie war hübsch geworden, dachte Eleborn bei sich. Allerdings mochte er nicht recht glauben, was sie erzählte. Ihr Gast war an einem abgelegenen Ort untergebracht. Eine kleine Lagune, von Korallen eingeschlossen. Niemand würde sich dorthin verirren. Schon gar nicht Hunderte!

*Was genau hast du eigentlich gesehen, Ailis?*

*Ich ging am Strand entlang. Ich war neugierig, die Fremde zu sehen. Als ich zur Lagune kam, erschien es mir seltsam still dort. Es waren keine Papageientaucher mehr in den Felsen. Keine Robben … Und als ich hinab ins Wasser sah. So etwas habe ich noch nie gesehen … Es war entsetzlich. Alles war voller Toter! Hunderte kleinere Fische trieben an der Wasseroberfläche. Die verschwundenen Papageientaucher. Zwei Delfine. Einige Pelikane. Die ganze Lagune war voller Kadaver.*

Eleborn hielt inne. *Und sie? Hast du sie gesehen?*

*Nein, Vater. Das war unmöglich. Die ganze Wasseroberfläche war voller Toter. Und ich bin sofort zu dir geeilt.*

*Hat es außer dir sonst noch jemand gesehen, Ailis?*

*Nein, ich glaube nicht. Außer uns ist doch kaum jemand hier.*

*Bitte, lass mich allein, meine Tochter. Ich muss zu der Fremden. Ich muss sehen, ob sie noch lebt.*

*Aber du kannst doch nicht …*

*Vertrau darauf, dass ich ein wenig schwerer zu töten bin als ein Papageientaucher.*

Ailis war eine fügsame Tochter. Sie versuchte nicht weiter, ihn zurückzuhalten. Sie ließ ihn schwimmen. Der farbenprächtigen Mauer entgegen, dem lebendigen Meereswall. Den Korallen, von denen die Lagune umringt war, zu der man auf sein Geheiß Emerelle gebracht hatte. Er hatte sie sofort erkannt, noch bevor Ollowain etwas sagte. Sie sah abgehärmt aus. Sie ruhte in tiefem Schlaf, aus dem sie nichts zu erwecken vermochte. So war es wohl auch damals gewesen, als man sie aus Vahan Calyd fortgebracht hatte. Wenn die Welt brannte, dann schlief sie.

Ein Tunnel zwischen den Korallen war der einzige Zugang zur Lagune. Jedenfalls von See her. Gedankenverloren betrachtete er die Seeanemonen mit ihren farbenfrohen, fleischigen Fangarmen. Sie ernteten das Meer. Er mochte sie. Ihr Spektakel. Ihre Unermüdlichkeit. Er war wie sie.

Langsam schwamm er auf den Tunnel zu. Er spürte den Tod im Wasser. Es schmeckte nach ihm. Nach vielfältigem Tod. Die Anemonen am Eingang des Tunnels starben. Auch die winzigen Tierchen, die, kaum sichtbar für das Auge, im warmen Wasser lebten, starben!

Eine Flut winziger Lichtpartikel ergoss sich durch den Tunnel in die Lagune. Eine fremde Macht tastete nach ihm. Er fuhr zurück. Ein paar schnelle Stöße brachten ihn vom Eingang der Lagune fort. Er hatte die Berührung des Todes gespürt, obgleich er noch nicht zugegriffen hatte. Er hatte zugelassen, dass er sich entzog. Er war immer noch nah.

Was ging da vor sich? War das Emerelles Werk? Was tat sie? Was war mit ihr geschehen? Fünf Tage war sie schon hier. Und Ollowain erzählte nicht, was geschehen war. Nicht einmal der verdammte kleine Lutin erzählte etwas. Keine Erklärungen. Kein Wort dazu, wo sie all die Jahre gewesen war, als Albenmark sie gebraucht hätte. Kein Wort, warum sie schlief und schlafend tötete!

# DER TOD EINER LEGENDE

»Dieser weiße Ritter ist eine Plage!«

Balduin musste sich über das Gesicht des Königs beugen, um ihn überhaupt verstehen zu können. Der Gestank, der von den frisch geöffneten Eiterbeulen ausging, war überwältigend. Balduin atmete durch den Mund und versuchte, sich dem Ekel zu verschließen. Dennoch musste er immer wieder vom Bett zurückweichen, um den Würgereiz niederzukämpfen.

»Erzähl mir vom Ritter!«

»Er hat mehrere Refugien für Krieger gegründet. Wir schätzen, dass etwa fünfzehn Ritter den Aschenbaum gewählt haben. Und fast hundert einfache Krieger, Bauern und Handwerker. Es heißt, dass er die Grenze zu Drusna verlassen hat und nun nach Süden reist.«

»Und das Volk?«

Balduin leckte sich die Lippen. Kurz erwog er, was gefährlicher war, eine Lüge oder die Wahrheit. Cabezan hatte zu viele Spitzel, die ihm Bericht erstatteten. Der Hofmeister sah zu Tankret, der wie immer am Bettende stand. Der Krieger war in die Jahre gekommen, aber immer noch ein exzellenter Kämpfer. Balduin wusste, dass es dem Mistkerl eine Freude sein würde, ihm den Kopf abzuschneiden, wenn der König es befahl. Der Hofmeister entschied sich für die Wahrheit.

»Das Volk liebt ihn. Es gibt unzählige Geschichten über ihn. Angefangen damit, dass er ein illegitimer Sohn von Euch ist, mein König, bis hin zu völlig märchenhaftem Unsinn, er sei Tjureds Sohn und geschickt, um das Königreich in ein neues, glorreiches Zeitalter zu führen. Viele glauben auch …« Er zögerte noch einmal kurz. »Viele glauben, dass er Euch eines Tages vom Thron stoßen wird.«

»Sag ruhig, dass er mich ermorden wird.« Cabezan hustete. Sein ganzer Körper verkrampfte sich dabei. Er war nur noch Haut und Knochen. Die Wunde in seiner Leiste öffnete sich, und dünnes Blut rann hinab auf das weiße Bettlaken. Auch unter der Achsel trat Blut hervor. Balduin wusste, dass der Pestarzt am Morgen zwei große Beulen voll mit dunklem Eiter aufgeschnitten hatte. Jeder andere Mensch wäre längst tot. Obwohl er nicht an die alten Götter glaubte und an die Wunder, die die Tjuredkirche versprach, war Balduin zutiefst überzeugt, dass Cabezan von einer geheimnisvollen, dunklen Macht durchdrungen war. Niemand konnte sagen, wie oft der König schon von der Pest befallen worden war. Sie kam selbst, wenn sie sonst nirgends im Königreich Unheil brachte. So wie jetzt. Er war der Erste, der an der Pest erkrankt war! Deshalb hatte auch der größte Teil der Dienerschaft und Wachen fluchtartig den Palast verlassen. Die armen Narren! Balduin kannte seinen König gut genug, um zu wissen, dass er unter diesen *Verrätern,* wie er sie nennen würde, ein grausames Gemetzel veranstalten würde, sobald er wieder zu Kräften kam.

»Das ist das Geschwätz des Volkes, mein König. Ihr wisst gut, dass sich viele Euren Tod wünschen. Doch was den weißen Ritter angeht, so scheint er noch nie gegen Euch gesprochen zu haben. Im Gegenteil. Er war an der Grenze zu Drusna eine große Hilfe. Allein das Gerücht, dass er in der Nähe ist, hebt die Moral unserer Krieger und versetzt die Barbaren in Angst und Schrecken. Er wurde noch nie im Zweikampf besiegt. Und wenn er spricht, so heißt es, höre man die Stimme Gottes durch seinen Mund.«

»Unsinn!« Cabezan krümmte sich zusammen und hustete so anhaltend, dass in Balduin Hoffnung aufkeimte, der alte Tyrann werde endlich sterben.

Als der Anfall vorüber war, lag der König wie tot. Seine Finger waren in das Laken gekrallt. Kalter Schweiß stand ihm auf dem Gesicht. Seine Brust hob und senkte sich kaum, so flach ging sein Atem.

Balduin hob den Blick. Rings um das Bett des Königs waren seit Tagen Kleider aufgehängt. Vor allem Kinderkleider. Eines fiel ihm besonders auf. Es war dunkelblau und mit silbernen Rosenblättern bestickt. Balduin fragte sich, welchem Wahn der Herrscher nun wieder nachhing. Der Anblick der Kleider machte ihm mehr zu schaffen als das Bewusstsein, vor einem Pestkranken mit frisch geöffneten Eiterbeulen zu stehen. Was hatte er damit vor? Waren es die Kleider der Kinder, die er zu sich ins Bad kommen ließ?

»Hübsche Kleider …« Er lachte. »Ich habe mir Flöhe zugelegt. Aber keine Sorge, ich werde sie mit den Kleidern in Kisten sperren lassen.« Er lachte erneut, bis sein Lachen in einen Hustenkrampf überging, bei dem dunkler Auswurf von seinen Lippen perlte.

»Balduin.« Cabezan schaffte es kaum, den Namen zu hauchen.

»Ja, mein König.«

»Der Ritter … Seine Rüstung. Was weißt du darüber?«

Der Hofmeister ahnte, worauf das hinauslaufen würde. »Ja, ich habe die Geschichten auch gehört. Sie ist ungewöhnlich, diese Rüstung. Sie sieht ganz anders aus als die Rüstungen von irgendwelchen anderen Rittern. Sie wird nie schmutzig. Er trägt einen Helm, der wie ein Kopf aus Silber erscheint. Er wurde noch nie in einer Schlacht verletzt. Sein Schwert hingegen vermag jedes Kettenhemd zu durchdringen. Und manche sagen, dass sogar sein Pferd verwunschen ist und er mit ihm redet, wenn er sich allein wähnt. Ich glaube all diesen Unsinn nicht, mein König. Ja, er hat eine ungewöhnliche Rüstung, das lässt sich wohl nicht leugnen. Aber dieses Gerede über eine Zauberrüstung ist abergläubiges Geschwätz. Bitte, bedenkt, was man sich über ihn und sein Pferd erzählt. Das ist der blanke Unsinn! Ich glaube nicht, dass ein Mann wie er mit seinem Pferd spricht.«

»Er predigt … und er hat Refugien gegründet.« Cabezan

sprach langsam und mit langen Pausen. Jedes Wort erschöpfte ihn. »Wer hat ihn zum Priester gemacht? Er verhöhnt die Kirche. Er ist ein Ketzer.«

Ja, sinnierte Balduin, das war sein König! Dies wäre unbestreitbar die einfachste und billigste Lösung, an die Rüstung zu kommen. Den Ritter zum Ketzer zu machen und ihn verbrennen zu lassen. Und es wäre auch noch die Kirche, die sich den Unmut des einfachen Volkes zuziehen würde. So grässlich sein Körper auch aussah, Cabezans Verstand war noch immer von tödlicher Klarheit. »Ich muss Euch enttäuschen, mein König. Die Kirche wird sich nicht gegen den Ritter stellen. Sie sieht in ihm schon fast einen lebenden Heiligen. Er hat Priester gerettet, die von den Heiden in Drusna gefangen genommen waren. Er kann über die Heiligen Schriften reden wie kaum ein anderer Tjuredpriester. Manche glauben, er sei ein Sohn des legendären Wanderpriesters Jules. Und dass dieser höchst angesehene Kirchenmann ihn selbst in die heiligen Lehren Tjureds unterwiesen habe. Die Kirche wird nichts gegen ihn unternehmen. Im Gegenteil, Gerüchten zufolge ist er auf das Konzil in Aniscans eingeladen, um dort vor den höchsten Kirchenfürsten zu sprechen.«

Cabezan schnitt eine Grimasse. Zu mehr reichte seine Kraft nicht.

»Dann ein Meuchler … Wir zerstören seine Legende … Sein Tod muss aufsehenerregend sein.«

»Bitte, mein König. Dieser Ritter ist ein Gewinn für Fargon. Wir haben ihm in den Kämpfen in Drusna viel zu verdanken. Ihr könnt ihn doch nicht …«

»Schreib mir nicht vor, was ich kann!« Cabezan richtete sich halb auf seinem Lager auf. Seine Augen waren noch immer voller Kraft und Bosheit. Allein sein Blick besaß die Macht, Balduin erschrocken einen Schritt zurückweichen zu lassen.

»Ich kenne jemanden, der ihn töten kann«, sagte Tankret ruhig. »Aber er ist teuer. Er war früher ein Jahrmarktskünstler und Seiltänzer. Bis er entdeckte, um wie viel einträglicher Geschäfte mit dem Tod sind. Ich verspreche dir, er wird diesem Ritterchen ein Ende bereiten, von dem man noch genau so lange spricht wie vom Tod des Guillaume.«

»Dann soll er auf dem Konzil sterben«, sagte der König und ließ sich in seine Kissen zurücksinken.

## DIE INSEL

*»(...) 1. Tag. Endlich haben sie das Glibberding von meiner Schnauze genommen, und ich habe wieder festen Boden unter den Füßen. Zwei Tage musste ich unter Eleborns Gefolge verbringen, bis sie mich endlich zu der Insel gebracht haben. Eleborn hat den seltsamsten Fürstenhof, den ich je gesehen habe. Ich glaube, zu lange im Wasser zu leben, verwässert den Verstand. Sie sind einfach nur seltsam! Eleborn ist mächtig wie ein König, aber er hat keinen Palast. Es gibt nur ein paar unterseeische Höhlen, in denen ich auch kurz untergebracht war. Eleborn ist dort nicht. Ich glaube, sie wollten mich verspotten. Als ich nach Häusern und Palästen fragte, haben sie gesagt, Häuser bräuchte man, um sich vor Regen zu schützen, aber hier würden sie einen nicht davor bewahren, nass zu werden.*

*Falrach überrascht mich. Er fühlt sich sehr wohl unter den Wassertretern. Und er gaukelt ihnen vor, dass er Ollowain sei. Naja, vielleicht ist er das ja auch. Man wird einfach nicht schlau aus ihm! Er verführt Eleborn dazu, mit ihm das Falrach-Spiel zu spielen. Um Gold! Ich hab mir das angesehen. Falrach ist zweimal nach langen Spielen besiegt worden. Und dann, als es um einen wirklich hohen Einsatz ging – der Irre hat sich verpflichtet, drei Jahre lang Eleborns Leibwächter zu sein, wenn er verliert –, da hat er den König in einem über sieben Stunden dauernden Spiel besiegt. Eleborn ist überzeugt, dass es nur eine sehr knappe Niederlage war, aber ich habe einen ganz anderen Verdacht. Ich habe das Gefühl, Falrach hat anfangs absichtlich verloren, um dann den König in die Falle zu locken und auszunehmen. So etwas hätte Ollowain sicher niemals getan. Ich verstehe allerdings nicht, wie man so ein Spiel spielen kann, während man einander in den Gedanken liest. Hier ist alles merkwürdig! (…)*

*3. Tag. Es hat große Aufregung gegeben. Sie haben Emerelle in eine Lagune gebracht. Sie schläft noch immer. Diese Lagune war ein schöner Ort. Ich habe sie mir angesehen. Voller bunter Fische und Meeresblumen. Jetzt ist dort alles tot. Sie haben mit Netzen die Kadaver herausgeholt. Niemand wagt sich in die Nähe der Königin. Alles, was in die Lagune schwimmt, stirbt! (…)*

*7. Tag. Ich hasse Fisch! Ich kann ihn nicht mehr sehen. Jeden Tag bringen sie mir Fisch! Und auch noch roh. Bestenfalls ist er in ein paar grüne Blätter eingewickelt. Irgendein Meereskraut. Sie geben sich ja Mühe, dass er hübsch aussieht, aber er ist roh! Ich kann keinen Fisch mehr sehen. Ailis kann das einfach nicht begreifen. Sie ist ja auch selbst ein halber Fisch. Wenn sie mich auf der Insel besucht, dann nimmt sie Elfengestalt an. Aber ich bin ihr einmal heimlich gefolgt und konnte sehen, wie sie in eine Seehundshaut kriecht, wenn sie ins Wasser zurückkehrt. Sie wird kleiner und verwandelt sich tatsächlich in einen Seehund. Kein Wunder, dass sie gerne rohen Fisch frisst! (…)*

*9. Tag. Ailis hat mich wieder besucht. Sie hat mir entrüstet erklärt, dass ihr Vater Ollowain beim Falrach-Spiel betrügt. Er habe ihm schon mehrere Beutel mit Goldstücken überlas-*

*sen, doch überall in Albenmark ist Geld abgeschafft. Gold und Silber sind durch ein Dekret des Kronrats für wertlos erklärt worden. Ich kann kaum glauben, dass mein Bruder so weit gegangen ist. Er hat immer gegen die Vermögen der Reichen gewettert. Aber sie gänzlich abzuschaffen. Ich würde ihn gerne wiedersehen. Ailis kann nicht sehr viel über das Leben an Land berichten. Sie kann nur erzählen, was sie bei plaudernden Fischern auf See erlauschte. Es scheinen auch viel weniger Handelsschiffe als früher zu fahren. Leider gibt es auf der Insel keinen einzigen Albenpfad und ich habe nicht den Mut noch einmal ins Wasser zu steigen. Sonst wäre ich schon längst geflohen! (...)«*

AUS: DIE TAGEBÜCHER DES NIKODEMUS GLOPS, BAND IV, AUF VERBOTENEN WEGEN – MEINE REISEN MIT DEM TROLL MADRA UND ANDEREN, S. 43 FF.

# ELEBORNS REICH

*Kein Orakel in Albenmark kann dir deine Frage beantworten.* Die Stimme durchdrang sie. Die Stimme des Orakels. Sie war tief in ihr. Firaz hatte sie verspottet. Sie hatte ihr niemals verziehen, dass sie sie und ihre Schwester verbannt hatte. Aber sie war ein Orakel. Sie musste Fragen beantworten und durfte nicht lügen.

*Kein Orakel in Albenmark kann dir deine Frage beantworten.* Darin verborgen lag die ganze Wahrheit. Die Antwort war sehr klar, wenn man sie nur richtig betrachtete. Sie musste Albenmark verlassen. Sie musste in die Andere Welt zu Šamur.

Emerelle schlug die Augen auf. Etwas umklammerte Mund und Nase. Sie kämpfte einen Anflug von Panik nieder. Sie war im Wasser. Klares, flaches Wasser. Über ihr ein weiter, hellblauer Himmel. Sie drehte sich.

Sie schwebte inmitten eines Korallenbeckens. Aber um sie herum war alles tot. Anemonen und bunte Korallenstöcke waren abgestorben. Einige bunte Fische trieben leblos an der Wasseroberfläche. Was für ein seltsamer Ort!

Sie versuchte sich zu erinnern, wie sie hierhergekommen war. Die Shi-Handan ... Emerelle tastete über ihren Leib. Der Albenstein lag auf ihrer Brust. Sie war nackt. Jede Spur des grauen Lehms war von ihrem Körper gewaschen. Langsam drehte sie sich im Wasser. Sie entdeckte einen engen Tunnel, der aus der kleinen Lagune zum offenen Meer führte.

Die Elfe lächelte. Eine kreisrunde Lagune. Ein Tunnel hinaus. Es war, wie in ein neues Leben geboren zu werden. War das Absicht?

Sie schwamm zu dem Durchgang. Scharfkantige Korallenstöcke ragten in den Tunnel. Vorsichtig tastete sie sich hindurch. Kaum war sie der Enge entronnen, umgab sie ein unermessliches Farbenspektakel. Jenseits der Lagune boten sich die Korallen in all ihrer Pracht dar. Schwärme bunter Fische bevölkerten das Riff. Der hässliche Kopf eine Muräne lugte aus einer Felsspalte. Die schlangengleiche Räuberin beäugte sie misstrauisch.

Emerelle schwamm mit kräftigen Stößen ins offene Wasser hinaus. Sie genoss es, ihren Körper zu spüren. Das Wasser war angenehm. Es streichelte sie.

Sie tauchte am Riff entlang in die Tiefe. Walgesang durchdrang sie. Er berührte etwas tief in ihr. Sie schlang die Arme eng um ihren Körper und zog die Beine an. Langsam sank sie tiefer. Sie schloss die Augen und gab sich ganz dem melancholischen Lied der Wale hin.

Sanft berührte sie weichen Sand. Sie verharrte in der Hocke. Lauschte. Lange.

Als sie die Augen schließlich öffnete, war es dunkel. Die Sonne war verschwunden. Seltsames, blaugrünes

Licht schwebte im Wasser. Es bewegte sich mit der Strömung. Neugierig schwamm sie dem Licht entgegen. Bald war sie umgeben von dem Leuchten. Ihre Bewegungen erzeugten kleine Lichtwirbel, die sie umspielten. Sie folgte dem Leuchten weiter hinaus auf das Meer. Selbstverloren betrachtete sie die immer neuen Formen, die das Wasser dem Licht gab.

*Kein Orakel in Albenmark kann dir deine Frage beantworten.*

Plötzlich drängte der Orakelspruch wieder in ihre Erinnerung. Sie hatte kein Recht, sich einfach treiben zu lassen. Sie musste herausfinden, wo sie war. Wie viel Zeit war seit dem Angriff der Shi-Handan verstrichen? Was ist mit Falrach geschehen? Und mit dem Lutin? Warum war sie allein?

Sehnsüchtig blickte sie nach dem blauen Licht. Sie wollte mit ihm im Wasser tanzen. Sich treiben lassen und frei sein. Sie würde niemals frei sein, dachte sie traurig. Es war ihre Entscheidung … Ihr Herz war unfrei.

Die Elfe schloss die Augen. Sie verschloss ihre Sinne. Lauschte nur noch mit dem Geist. Das Wasser war von Leben erfüllt. Sie berührte die Gedanken einer Gruppe großer Rochen, die schwerelos durch das Wasser segelten. War eins mit einem Schwarm Rotrücken, die sich in völliger Harmonie miteinander bewegten. Tausende Fische, wie ein Leib.

Sie spürte die Wale weit draußen im Meer im tiefen Wasser. Fast hätte sie sich erneut ihren Gesang geöffnet. Plötzlich aber war da Todesangst. Ein Streifenhai jagte einen Trompetenfisch. Tod.

Emerelles Geist tastete weiter. Da waren andere Geschöpfe. Deren Gedanken ihr ähnlicher waren. Eine Frau. Sie betrachtete Falrach. Sie machte ihm schöne Augen. Ein Fest.

Eine Bewegung. Ganz nah. Emerelle öffnete die Augen. Ein langer, mit bleichen Saugnäpfen bewehrter Arm tastete in ihre Richtung. Sie sah den gebogenen Schnabel, dort wo das Knäuel von Armen zusammenstieß. Sie sah den Oktopus an und griff nach seinen verwickelten Gedanken. Er wusste, dass sie zu groß war, um sie zu fressen. Er überlegte, ob sie Aas war, weil sie bewegungslos trieb wie ein Kadaver.

Sie sandte ihm einen Gedanken an Fangzähne, die seinen Leib zerrissen. Eilig verschwand der Oktopus und ließ eine schwarze Wolke hinter sich, die seine Fangarme an den Rändern zu Spiralen verwirbelten.

Emerelle folgte dem Gedanken der Frau. Sie war Falrach jetzt sehr nahe. Sie berührte ihn. Sie wollte ihn! Emerelle rang die Versuchung nieder, sich in die Gedanken der Frau einzumischen. Es wäre ein Leichtes gewesen, ihr Angst zu machen.

Die Elfe schwamm. Mit kräftigen Stößen. Sie wusste jetzt, wo sie war. Sie spürte Eleborns Macht. Er hatte seinen Hof um sich versammelt, um eines jener ausschweifenden Feste zu feiern, um die sich so viele Geschichten rankten.

Musik erklang. Getragen vom Wasser, erschien sie fremd. Sie drang nicht nur ins Ohr, sie berührte den ganzen Leib und brachte ihn zum Vibrieren. Es war eine erregende, sinnliche Erfahrung. Fast wie eine Berührung im Liebesspiel.

Schleier aus blauem Licht wogten durch das Wasser, gefangen im Rhythmus der Musik. Emerelle folgte ihnen. Sie strebten einem Abgrund entgegen. Einer tiefen Spalte im Meeresboden, deren Wände über und über mit Korallen bedeckt waren.

Die Tänzer schwebten schwerelos im Wasser. Ihre Körper waren bemalt. Manche trugen Masken. Sie waren umgeben von dem blauen Leuchten. Jede ihrer Bewegungen schnitt eine helle Bahn durch das lebende Licht. Die meisten tanzten für sich allein. Paare waren selten. Sie bewegten sich in perfekter Harmonie.

Emerelle entdeckte Falrach. Auch er war nackt wie all die anderen. Muster aus stilisierten Blüten bedeckten seinen Leib. Eine Elfe drehte sich dicht neben ihm im Tanz. Ihr langes schwarzes Haar, durchwoben von blauem Leuchten, liebkoste ihn.

*Störe sie nicht!*

Sie fuhr herum. Aus der Tiefe des Abgrunds erhob sich eine weißhaarige Gestalt. Eleborn! Auch er war nackt. *Störe mein Fest nicht, Emerelle.*

*Wer ist sie?*

*Nailyn, meine Geliebte.*

Das passte, dachte Emerelle wütend. Er war schon immer völlig verdreht gewesen. *Was tut sie da mit Falrach?*

*Sie tanzen nur. Kannst du ihn nicht freigeben? Nur für eine Nacht. Ich kann Nailyn ziehen lassen. Und weil es so ist, wird sie immer zu mir zurückkehren. Was fürchtest du? Dass er bei einer anderen die Wärme findet, die du nicht zu geben vermagst?*

*Du kennst mich nicht!*

*In der Tat.* Er eröffnete ihr eine Flut von Bildern. Sterbende Fische und Vögel. Winzige Lichtpunkte, die durch das Wasser gleiten. Und inmitten des Todes sie. Schwebend. Das Licht mit ihrem Leib verschlingend. *Diese Emerelle kannte ich noch nicht. Hast du genug gemordet? Hast du dir zurückgeholt, was du verloren hattest?*

Er packte sie beim Arm und zog sie fort von dem Fest.

*Ich wusste nicht … Bitte verzeih. Ich …*

*Und du glaubst, damit sei es gut. Die Lagune, in der du schliefst, war ein wunderbarer Ort. Ein Platz zum Träumen. Deine Träume haben ihn zerstört, und ich frage mich, ob deine Träume womöglich zuletzt ganz Albenmark vernichten werden.*

*Du weißt, dass das nicht stimmt, Eleborn.*

*Weiß ich es? Ich dachte dich zu kennen, Emerelle. Doch wie mir scheint, kennst du dich selbst nicht. Ich wünsche, dass du mein Reich verlässt. Morgen schon. Du kannst dei-*

*nen Schwertkämpfer und deinen Fuchsmann mit dir nehmen. Diese Nacht jedoch gehört Falrach. Ich verzeihe dir nicht. Seine Freiheit in dieser Nacht ist der Preis, den ich für das einfordere, was du getan hast.*

*Lass uns an Land gehen. Ich mag es nicht, wenn du in meinen Gedanken und Erinnerungen lesen kannst.*

*Meine Gedanken stehen dir genauso offen.*

*Was interessieren mich die Erinnerungen eines Lüstlings!*

*Vielleicht könntest du von mir lernen, das Leben zu genießen.*

*Das ist wohl genau so wahrscheinlich wie, dass du eines Tages für Albenmark streitest.*

*Das ist bereits geschehen,* empörte sich Eleborn.

*Wir beide wissen, dass du nur halbherzig gegen die Trolle gekämpft hast.*

Schweigend schwammen sie dem Ufer entgegen. »Was willst du von mir, Emerelle? Ich habe dir Zuflucht gewährt. Du wurdest versorgt. Deine Wunden sind geheilt. Erwarte nicht, dass ich mit dir in deine Kriege ziehe.«

## EINE ANDERE WELT

Emerelle sah Eleborn seinen Widerwillen an, als er das Wasser verließ. Auch er trug einen Albenstein, so wie sie. Kein Geschöpf in den Ozeanen Albenmarks kam ihm an Macht gleich. Er glaubte, dass seine Kraft aus dem Wasser geboren war. An Land fühlte er sich stets unwohl. Dabei erinnerte sich Emerelle noch gut an jene Tage, in denen er wie sie war. Eleborn entstammte einem der ältesten Elfengeschlechter Albenmarks. Auch er hatte im Krieg gegen die Devanthar gekämpft. Er war schwer verwundet worden. Verbrannt. Emerelle hatte ihn gesehen und hatte nicht geglaubt, dass er überleben würde. Doch das Wunder geschah. Er brauchte sehr lange, um sich zu erholen. Danach war er ins Wasser gegangen. Er hatte ihr einmal erzählt, dass er, obwohl seine Haut ohne Narben wieder nachgewachsen war, den Schmerz und die Hitze der Verbrennungen noch immer tief in seinem Fleisch spürte. Sich im Wasser aufzuhalten, brachte ihm Linderung. Und die Alben, die ihn als einen Treuen in schweren Zeiten schätzten, schenkten ihm die Selkies und einen eigenen Albenstein. So wurde Eleborn der Herrscher unter den Wogen. Dort war er fortan geblieben. Er hatte sein Leben genossen, das fast verloren gewesen war. Seine Feste waren bald berühmt und berüchtigt für ihren Prunk und ihre Ausschweifungen.

Mit einem mürrischen Seufzen ließ sich Eleborn am silberweißen Strand nieder. Er streckte die Beine, so dass die Meeresdünung seine Zehen liebkoste. Ein Stück entfernt tanzte blaues Licht im Wasser. Kurz glaubte Emerelle, auch den Schatten einer Selkie zu sehen, doch sicher war sie sich nicht.

»Nun, was willst du von mir hören in dieser Welt, in der Lügen leichter zu verbergen sind als in meinem Reich.«

Emerelle tastete über Nase und Lippen. Das seltsame Geschöpf, das sich an ihr Gesicht geklammert hatte, um ihr Atem zu spenden, war abgefallen, ohne dass sie es bemerkt hatte. »Ich möchte wissen, was in der Zeit geschehen ist, die ich auf den Albenpfaden verloren war.«

»Wo soll ich anfangen? Seit deinem Kampf auf der Shalyn Falah und dem Sieg der Trolle sind mehr als elf Jahre vergangen.«

»Erzähle mir vom Trollkönig. Wie macht er sich auf dem Thron? Wie behandelt er die Völker Albenmarks? Ist er ein gerechter Herrscher oder grausam?«

Eleborn berichtete ihr von den neuen Gesetzen der Trolle. Davon, wie die Reichen ausgeplündert worden waren, und dass der Geldhandel durch Tauschhandel ersetzt worden war. Er erzählte, dass es sein Gefühl war, dass es den einfachen Bauern und Handwerkern besser ging als je zuvor. Und dass jeder vor den Kronrat in Burg Elfenlicht treten durfte, auch wenn man lange warten musste, bis man erhört wurde. Auch vom Krieg der Kentauren und den geheimnisvollen Karawanen in die Snaiwamark wusste er zu erzählen. Und davon, dass seit zwei Jahren sehr viele vollbeladene Schiffe von den fernsten Küsten Albenmarks die Walbucht ansteuerten, um dann mit leeren Frachträumen in ihre Heimathäfen zurückzukehren.

Die beiden saßen nebeneinander auf dem Strand und blickten auf das leuchtende Meer. Emerelle zeichnete gedankenverloren mit einem Stock Muster in den Sand und versuchte die Pläne der Trolle zu ergründen. »Was glaubst du, was sie in die Snaiwamark bringen?«

»Ich hatte damit gerechnet, dass die Schiffe mit exotischen Speisen beladen sind. Oder mit Pelzen, schönen Schmucksteinen, Kuriositäten. Allerlei Merkwürdigkeiten, an denen nur Trolle Gefallen finden. Ich war sehr überrascht, als ich ein gesunkenes Schiff besuchte und mir die Fracht angesehen habe. Das Schiff war voller Gold und Silber.«

Auch Emerelle war überrascht. Trolle hassten verhüttete Metalle. Sie hatten ihnen noch nie etwas bedeutet. »Vielleicht war es nur dieses eine Schiff?«

Eleborn schüttelte nachdenklich den Kopf. »Ich glaube nicht. Du solltest sehen, wie tief die Snaiwamarkfahrer im Wasser liegen. Sie tragen samt und sonders schwere Fracht. Ich glaube, es ist ihrem König sehr ernst damit, den Geldhandel abzuschaffen. Mir scheint es so, als würde alles gemünzte Gold und Silber in ihre Höhlen geschafft. Damit ist es für immer verloren, denn wer könnte es schon aus den Trollfestungen zurückholen. So sorgen sie dafür, dass unsere Welt im Tauschhandel verharrt, ob wir wollen oder nicht. Und ganz unabhängig davon, ob ein Troll herrscht oder du, Emerelle. Sie schaffen unumkehrbare Tatsachen.«

Emerelle strich die Zeichnung vor sich im Sand glatt. Das Verhalten der Trolle war eine Überraschung. Aber wenn sie glaubten, ihre Burgen seien sicher, irrten sie. Eigentlich hätten sie es besser wissen müssen. Sie hatte ihnen schon einmal all ihre schmutzigen Felsennester abgenommen.

»Denkst du an Krieg?«

Emerelle blieb ihm eine Antwort schuldig. Sie glättete immer noch den Sand. Es war eine angenehme, warme Nacht. Sie konnte sich nicht erinnern, wann sie das letzte Mal am Meer im Sand gesessen hatte. Ihr Leben ließ ihr nie die Muße dazu. Ein wenig beneidete sie Eleborn.

»Du weißt, wie ausgeblutet die großen Adelshäuser unseres Volkes sind, Emerelle. Es gibt zu wenige Kinder. Zu viele Seelen gehen verloren, indem sie ins Mondlicht gehen. Was gewinnen wir in einem Krieg, der auf lange Sicht unser Volk vernichtet?«

Sie wusste nur zu gut, dass sie nicht darauf hoffen durfte, an der Spitze einer Streitmacht stolzer Elfenritter ins Herzland zu ziehen und die Trolle zu vertreiben. Und selbst wenn sie über eine solche Streitmacht verfügt hätte, wüsste sie nicht, ob sie einen Krieg führen wollte. Sie dachte wehmütig an ihre ersten Tage in der Snaiwamark, kurz nachdem sie den Thron aufgegeben hatte. Damals war sie sich noch nicht darüber im Klaren gewesen, wie groß der Unterschied zwischen Ollowain und Falrach war. Sie wollte Ollowain. Ihm gehörte ihr Herz. Sie wusste das genauso sicher, wie sie inzwischen wusste, dass er auf immer verloren war. Nur eine Kraft gab es, die ihn vielleicht zurückbringen könnte.

»Ich will keine Schlachten mehr«, sagte sie schließlich. »Ich suche etwas ganz anderes. Glaubst du, es gibt noch Alben in unserer Welt?«

Eleborn sah sie fragend an. »Sprichst du von der Silbernacht?«

Emerelle hatte nicht an jenes Fest im Alten Wald gedacht, bei dem sie am letzten Herbsttag eines jeden Jahres die Stimmen der Alben zu hören vermochte. Oder waren es andere Stimmen? Wer wusste das schon? Bevor Falrach zu ihr in die alte Veste zurückkehrte und die Shi-Handan angriffen, hatte sie lange über Firaz' Orakelspruch nachgedacht. Je mehr sie darüber nachdachte, desto mehr kam Emerelle zu der Überzeugung, dass Firaz ihr einen klaren Hinweis darauf gegeben hatte, dass es noch Alben in Albenmark gab. Oder war es doch nur ihr Wunschdenken?

»Hast du dich jemals gefragt, ob sie wirklich alle gegangen sind?«

»Seit die Drachenkriege vorüber sind, hat niemand mehr einen Alben gesehen. Oder vielleicht schon länger … Wie kommst du darauf, dass sie nicht alle gegangen sein könnten? Warst du nicht auf dem Entrückungsfest?«

»Doch … Aber ich muss gestehen, ich konnte nicht erfassen, was in jener Nacht geschah. Meine Erinnerungen sind durcheinander. Dieses Fest war wie kein anderes, das ich je erlebt habe. All meine Sinne wurden mit so vielem zu gleicher Zeit überwältigt, dass meine Erinnerung an diese Nacht nicht klar ist. Es sind Dinge geschehen, die ich nicht verstehen konnte. Sie haben sich auch nicht erklärt … Ich bezweifele ja gar nicht, dass die meisten von ihnen unsere Welt verlassen haben. Aber was ist zum Beispiel mit dem Sänger? Ich kann mich nicht erinnern, ob er überhaupt dort war.«

»Du weißt, ich bin kein Philosoph. Ich wette mit dir, dass die halbe Bibliothek von Iskendria mit Schriften über die Alben, ihr Wirken und ihr Verschwinden gefüllt ist. Jeder Weise fühlte sich irgendwann dazu berufen, darüber zu spekulieren, warum sie uns verlassen haben und wohin sie wohl gegangen sind. Ob sie uns im Mondlicht erwarten oder ob sie an einem ganz anderen Ort sind. Ob sie von uns enttäuscht waren oder ob sie uns unsere Welt zum Geschenk machten und dann gehen mussten, damit wir wirklich frei sind. Nur eines ist gewiss. Sie haben uns ein Rätsel hinterlassen.«

»Du weißt, dass Orakel nicht lügen können. Was würde ein Orakel antworten, wenn man ihm unwissentlich eine Frage stellt, deren Antwort enthüllen würde, dass nicht alle Alben entrückt wurden?«

Eleborn sah sie zweifelnd an. »Hast du das getan? Ich denke, ein Orakel in dieser Lage würde in einen unlösbaren Konflikt kommen. Vielleicht würde es auch einfach schweigen. Wenn die Alben die Schöpfer dieser Welt sind und möchten, dass ein Geheimnis bewahrt bleibt, dann wird es wohl keines ihrer Geschöpfe enthüllen können. Anderenfalls wären sie wohl nicht so allmächtig, wie wir glauben. Oder aber sie haben entschieden, dass ihr Geheimnis aufgedeckt wird, und lassen es zu. Ich bin zutiefst überzeugt, dass nichts geschehen kann, von dem sie nicht wollen, dass es geschieht. Und ich fürchte, wenn sie doch noch da sind, dann sind ihnen unsere Kriege und Sorgen sehr gleichgültig. Anders kann ich mir all das sinnlose Blutvergießen nicht erklären.«

Emerelle lächelte den Seefürsten an. »Verbirgt sich in dem alten Lüstling doch noch ein Philosoph?«

»Zum Philosophen werde ich erst, wenn ich einen Becher Wein zu viel hatte oder ein Mädchen mich verlassen hat, das um Jahrhunderte jünger war als ich.«

War da ein Hauch Melancholie?, fragte sich Emerelle. Oder war es einfach nur die unverblümte Wahrheit? Sie hatte Eleborn zu lange nicht mehr gesprochen, um noch behaupten zu können, dass sie ihn kannte.

Sie dachte wieder an Firaz. *Wie du Ollowain zurückholen kannst, kann ich dir nicht sagen.* Das waren ihre Worte gewesen. War es ein störrisches *Kann,* das man auch durch ein *Will* hätte ersetzen können? Durfte man es so auslegen, dass sie wusste, wie man Ollowain zurückholen könnte, aber es nicht sagen durfte. Und wenn ja, wer oder was hätte sie daran hindern können, es zu sagen? Sie war ein Orakel. Sie war der Wahrheit verpflichtet. Und sie fürchtete den Tod nicht. Sie hatte gewusst, dass noch zwei Besucher zu ihr kommen würden. Sie hatte von dem Shi-Handan gewusst. Und Emerelle hatte spüren können, dass das geisterhafte Ungeheuer kurz zuvor die Gazala getötet hatte, als die Kreatur nach ihrem Licht griff.

Was also hatte die Macht, der Gazala die Lippen zu versiegeln? *Kein Orakel in Albenmark kann dir deine Frage beantworten.* Das hatte Firaz ihr noch nachgerufen. War es ein Hinweis auf eine Macht, die nur in Albenmark herrschte, aber anderswo nicht?

»So still«, sagte Eleborn überraschend.

Sie sah ihn an. »Ich werde nach den Alben suchen. Ich glaube, sie sind nicht alle gegangen.«

»Ist das klug? Wenn noch welche von ihnen hier sind, dann wollen sie nicht gefunden werden. Ich weiß um deine Macht, Emerelle. Und um deine Dickköpfigkeit. Doch all das wird dir nicht helfen, wenn sie nicht gefunden werden wollen.«

»Vielleicht warten sie ja darauf, dass jemand ernsthaft nach ihnen sucht.«

»So wie die Jungfrau auf den ersten Kuss ihres Galans, unfähig es selbst zu wagen, sosehr sie ihn auch herbeisehnt?«

Emerelle lächelte. »Hast du schon viel getrunken in dieser Nacht?«

»Ich denke auch an Jungfrauen, wenn ich nüchtern bin, falls es das ist, was du meinst.«

»Dafür, dass du einer der edelsten Familien unseres Volkes entstammst, bist du ein erstaunlich ungehobelter Klotz, Eleborn.«

»Ich würde eher sagen, ich hatte genügend Zeit, unnötigen Ballast über Bord zu werfen und ganz zu mir selbst zu finden.«

Wenn sie das Gespräch nicht in eine andere Richtung lenkte, würde er ihr wahrscheinlich bald erzählen, was für ein unglaublich guter Liebhaber er war, dachte Emerelle. »Kannst du mir ein kleines Segelboot besorgen? Eines, das man zu zweit segeln kann. Es soll echt schäbig und unauffällig sein. Auf keinen Fall von Elfen gebaut.«

»Ich herrsche im Reich unter den Wogen. Wie kommst du darauf, dass ich ein Segelboot besitze? Und obendrein noch ein schäbiges. Die Boote, die mir gehören, haben ihre beste Zeit schon lange hinter sich. Die willst du nicht.«

»Ich würde auch ein Boot annehmen, das verlorengegangen ist.«

»Du meinst wohl gestohlen!« Er lachte. »Das glaube ich nicht. Die großmächtige Emerelle fragt mich, ob ich für sie ein schäbiges Boot stehle.«

»Und, wirst du es tun?«

»Das hat einen Preis. Du lässt Falrach in Frieden, bis er von sich aus zu dir kommt. Das wird nicht lange dauern. Er war jeden Tag bei der Lagune.«

»Du meinst, ich soll ihn dieser kleinen Tänzerin überlassen!«

»Nein, du sollst ihn sich selbst überlassen. Er soll tun können, was er will.«

»Ich dachte, sie ist deine Geliebte?«

»Was nicht bedeutet, dass sie mein Besitz ist.«

Emerelle atmete langsam aus und wieder ein. Mit Eleborn über Moral zu reden, war sinnlos. Falrach liebte sie. Aber sie wusste auch, wie er früher gewesen war. Der Hof des Seefürsten war dazu angetan, all seine alten, schlechten Angewohnheiten wiederzuerwecken. Früher einmal war er ein Spieler und Frauenheld gewesen. Sie würde das nie vergessen. Selbst in jenen fernen Tagen, in denen sie ihn von ganzem Herzen geliebt hatte, war da immer ein Zweifel an seiner Treue geblieben. Seltsam. Ihre Liebe zu ihm hatte sie verloren. Aber die Zweifel waren geblieben.

»Woher weißt du, dass er nicht Ollowain ist? Hast du in seinen Gedanken gelesen.«

»Anfangs habe ich durchaus die Etikette geachtet. Aber als ich zum dritten Mal in Folge ein Falrach-Spiel gegen ihn verloren habe, war ich versucht zu schummeln. Ich habe tiefer in seine Gedanken geblickt, als höflich ist. Eigentlich wollte ich nur sehen, an was für Spielzüge er denkt. Aber was ich sah, verriet mir, warum ich nicht gewinnen konnte. Ich hätte es besser wissen müssen. Ich hatte schon früher gegen ihn gespielt. Der Halunke schafft es, dass man immer das Gefühl hat, nur sehr knapp verloren zu haben und im Grunde der überlegene Spieler zu sein.«

»Warum magst du ihn?«

»Wir waren vor langer Zeit einmal Freunde. Wir waren uns ähnlich. Dann ging er mit dir. Ich habe nie begriffen, warum er das getan hat.«

»Du hast auch gegen die Drachen gekämpft.«

Er wirkte plötzlich ernst. »Ja. Aber er tat es aus Liebe zu dir. Ich, weil ich keine andere Wahl hatte.«

»Und zu so einer wunderbaren Männerfreundschaft gehört auch, dass du ihm deine Geliebte für eine Nacht überlässt?«

»Ich stehe nicht zwischen ihnen in dieser Nacht. Das ist ein großer Unterschied.«

Es fiel ihr schwer, sich zu beherrschen. Sie blickte auf das Meer. Auf das Leuchten. Und sofort stieg in ihrer Erinnerung das Bild auf, wie diese junge Elfe neben Falrach im Wasser schwebte. Umspielt von blauem Licht. Nackt. So wie er.

»Du liebst doch Ollowain. Warum ist es so schwer für dich, Falrach seine Freiheit zu lassen? Vertraue ihm. Du ahnst nicht einmal, wie stark die Ketten sind, die ihn an dich binden.«

»Und du, der du ihn seit ein paar Tagen wieder kennst, weißt so unendlich viel über ihn.«

»Wie gesagt, manchmal schere ich mich nicht viel um Etikette. Du kannst seine schwierigen Eigenschaften nicht vergessen, ich hingegen weiß, was er für dich und deine Liebe zu Ollowain tut.«

Emerelle ahnte, dass Eleborn es bei Andeutungen belassen würde und dass es sinnlos wäre, zu versuchen, weiter in ihn zu dringen. Er hatte sich unaufgefordert zum Verteidiger Falrachs aufgespielt. Aber mit all seinen schönen Worten konnte er nicht tilgen, was sie gesehen hatte. Nailyn machte sich an Falrach heran. Und er ließ es sich gefallen! Bei Ollowain wäre das undenkbar gewesen. Der weiße Ritter wäre nicht einmal auf diesem sittenlosen Fest erschienen. Er war ein Mann von festen Tugenden und Ehre gewesen.

Ein Kloß stieg ihr in den Hals. Und auch das hatte sie nicht ertragen können.

## DIE SPUR DER PFEILE

Anderan sah zu, wie die Körbe mit den Pfeilbündeln auf den Frachtkahn verladen wurden. Fünfzigtausend Pfeile, in Bündeln zu jeweils zwanzig Pfeilen. Mehrere Schmieden in Tanthalia hatten die Pfeilspitzen hergestellt. Der größte Teil der Schäfte kam aus Meliamer, wo Spitzen und Schäfte zusammengefügt worden waren, um dann hierher, nach Vahlemer, verschifft zu werden.

Der Herr der Wasser tastete nach der Pfeilspitze, die er an einem Lederriemen um den Hals trug. Dem Geschoss, das vor zwei Jahren seinen Sohn Baldan getötet hatte. Es ließ ihm keine Ruhe. Über ein Jahr lang hatte er versucht, sich damit abzufinden. Er konnte es nicht. Er musste wissen, wie eine Pfeilspitze aus Tanthalia zu den Kentauren gelangt war, wo es doch Schmieden bei ihren Verbündeten in Uttika gab oder auch Feylanviek, das inmitten der Steppe lag. Vielleicht ließ sich auch herausfinden, welcher Kentaurenstamm diese Pfeile besessen hatte.

Je länger er der Spur der Pfeile gefolgt war, desto merkwürdiger erschien es ihm, auf welch verschlungenen Wegen sie nach Norden gelangten. Er wollte auch jenen Kobolden in die Augen sehen, die Pfeile an Kentauren verkauften, während dieselben Kentauren in der Steppe Krieg gegen jene Kobolde führten, die beim Bau der großen Straße halfen.

Anderan reiste inkognito. Er hatte sich sogar den Kopf geschoren und Hosen angelegt, damit man in ihm nicht allzu leicht einen Angehörigen aus dem Volk der Holden erkannte. Auch dass er ein Mitglied des Kronrats war, hielt er geheim.

Es fiel leichter Nieselregen. Alle Körbe waren mit gewachsten Leinentüchern abgedeckt. Wenn man es nicht wusste, würde man nicht darauf kommen, dass der Frachtkahn hundertfachen Tod lud.

Bald wäre der letzte Korb verstaut. Anderans Blick wanderte über das Hafenbecken. Nur wenige Schiffe lagen hier. Der Seehandel war fast zum Erliegen gekommen. Ein regionaler Handel ließ sich leicht über Tauschgeschäfte abwickeln. Für den Fernhandel waren die Gesetze der Trolle reines Gift gewesen. Er war völlig in sich zusammengebrochen. Nur die größten Handelshäuser hatten überlebt und bemühten sich nun, Routen aufzubauen, die sie nach den Gütern benannten, die darauf befördert wurden. Die Kornstraße. Die Indigostraße. Selbst Elija Glops war inzwischen davon überzeugt, dass sich der Fernhandel langsam wieder erholen würde.

Anderan betrachtete die halb im Wasser versunkenen Frachtkähne, die nicht weit entfernt an einem baufälligen Landungssteg vertäut waren. Für diese Schiffe und ihre Eigner käme die Erholung der Märkte zu spät. Auch die verfallenen Lagerhäuser, die das Hafenbecken säumten, sprachen für sich. Der Herr der Wasser hatte noch auf Burg Elfenlicht die Steuerunterlagen von Vahlemer und den anderen Städten seiner Reise eingesehen. Ohne dass der Hafen in kriegerische Auseinandersetzungen verwickelt gewesen wäre oder ihn eine Seuche heimgesucht hätte, war die Bevölkerungszahl in zehn Jahren auf weniger als die Hälfte zurückgegangen. In Feylanviek, dem Ziel des Lastkahns, war es noch schlimmer. Der Handel mit Büffelhäuten und gepökeltem Fleisch war zur Bedeutungslosigkeit verkümmert.

Anderan trat aus dem Schatten des Lagerhauses, von wo aus er den Frachtkahn beobachtet hatte. Er ging geradewegs auf den drahtigen Kobold mit dem roten Kopftuch zu, der während des Verladens die Befehle gab.

»Bist du der Schiffer?«

»Wer will das wissen?«

»Ein Reisender, der einen sicheren Weg nach Feylanviek sucht.«

Der Kobold drehte sich um und musterte ihn. Er trug eine ärmellose Weste, zerschlissene Hosen und ging barfuß. Doch um seine Hüften war eine Bauchbinde mit zerfaserten Troddeln gebunden, die zu ihren besten Zeiten gewiss ein Vermögen gekostet hatte. »Es gibt keinen sicheren Weg nach Feylanviek. Die Zeiten haben sich geändert, wir fahren nicht mehr im Konvoi. Wir werden auf uns allein gestellt sein. Und der verdammte Fluss führt wenig Wasser. Selbst in der Mitte des Stroms können uns die Kentauren ohne Schwierigkeiten beschießen.«

»Warum fährst du, wenn es so gefährlich ist?«

Der Drahtige spuckte einen Mund voll gelbbraunen Speichels auf das Pflaster. »Damit ich auch morgen noch einen Priem kauen kann. Das ist meine erste Fracht seit drei Monden. Allein der Vorschuss, den ich bekommen habe, reicht, um meine sämtlichen Schulden zu tilgen.« Er musterte ihn mit seinen dunklen Knopfaugen von Kopf bis Fuß. »Die Frage ist doch wohl eher, warum so ein feiner Pinkel wie du so eine gefährliche Reise auf sich nimmt. Ist dir in deinem Leben mit wohl gedeckter Tafel und feinen Kleidern langweilig geworden?«

»Mein Onkel hat mich mit der Leitung seines Handelskontors beauftragt.«

Der Schiffer lachte auf. »Was hast du gemacht, Kerl? Hast du eine deiner Nichten geschwängert oder das hübsche Weib deines Onkels verführt? In Feylanviek gibt es keine Kontore mehr, die gute Geschäfte machen. Dein Onkel schickt dich in das übelste Drecknest im ganzen Windland. Lass dir einen Rat geben. Schreib ihm, dass du krank bist, und komm nicht an Bord.«

Anderan deutete auf die abgedeckten Körbe, die in dichten Reihen auf dem Deck des Frachtkahns standen. »Irgendjemand scheint ja noch Geschäfte zu machen.«

Der Schiffer spuckte erneut aus. »Bist du dumm oder einfach nur hartnäckig? Das, was da drinnen ist, kann man in Feylanviek nicht weiterverkaufen. Zumindest nicht, ohne sein Leben zu riskieren.« Er beugte sich dicht an Anderans Ohr. »Das sind Pfeile, wie die Kentauren sie verwenden. Wer die zu denen bringt, der muss in der Angst leben, dass ihm ein hasserfüllter, pferdeärschiger Stammesfürst die Kehle durchschneidet, statt zu zahlen. Und wenn er zurück ist, muss er den Trollfürst fürchten, denn es ist verboten, Waffen an Kentauren zu verkaufen.«

»Und wen musst du fürchten?«

Der Schiffer lachte. »Nur Untiefen. Ich bin auf der sicheren Seite des Geschäfts. Es gibt keine Handelsbeschränkungen für Güter, die nach Feylanviek verschifft werden.«

»Was kostet es mich, wenn ich mit dir fahre?«

»Hast du solche Angst vor deinem Onkel?«

Anderan schwieg. Er hielt dem bohrenden Blick des Schiffers stand. Dass der Kerl so bereitwillig über seine Fracht geredet hatte, machte ihm Sorgen. Doch er folgte der Spur der Pfeile nun schon viele Wochen. Er würde nicht kurz vor dem Ziel aufgeben.

»Bring mir einen Sack Linsen, zehn Pfund Brot und fünf Pfund Fleisch, dann nehme ich dich mit. Für deinen Proviant musst du selbst sorgen, der ist in dieser Rechnung nicht enthalten.«

»Ein stolzer Preis für eine Fahrt auf einem Boot ohne Kabinen.«

Der Schiffer grinste ihn an und entblößte dabei vom Kautabak braun gefärbte Zähne. »Wenn es dir zu teuer ist, kannst du ja zwei, drei Wochen warten, bis der nächste Frachtkahn den Mika hinauffährt, wenn der Fluss bis dahin nicht schon zugefroren ist. Ansonsten wartest du bis zum Frühjahr.«

Anderan streckte ihm die Hand hin. »Ich akzeptiere. Schlag ein!«

Sein Gegenüber zögerte. »Wie willst du die Lebensmittel eintauschen? Du scheinst ja nicht viel bei dir zu tragen.«

»Schuldscheine. Mein Onkel ist ein bedeutender Kaufmann. Ich finde in fast jeder größeren Stadt ein Kontor, in dem ich Kredit habe.«

»Papiere!« Der Schiffer sagte das voll abgrundtiefer Verachtung. »Ich wünschte, man könnte noch mit ehrlichem Silber zahlen. Da war alles einfacher. Du kommst mir erst an Bord, wenn du den Proviant bringst. Kannst du mit einer Windenarmbrust umgehen?«

»Warum?«

»Ich wollte nur wissen, ob du zu was anderem taugst, als Papiere vollzukritzeln. Da draußen gibt es Flusspiraten und allerlei anderes Gesindel. Mit einem Federkiel wirst du da nicht weit kommen!«

# DIE GESCHLAGENE FLOTTE

Salz funkelte auf dem rissigen, grauen Holz des Bugs. Das Boot, das Eleborn ihr verschafft hatte, sah in der Tat so aus, als würde es sich kaum noch über Wasser halten können. Sein Segel war ein Lappen voller Flicken.

Emerelle stand im Heck und hielt das Ruder. Sie steuerte die kleine, von Felsen gesäumte Bucht an, zu der sie vor so langer Zeit Šamur gebracht hatte. Damals hatten sich schneebedeckte Zedern über der Bucht erhoben. Sie war menschenleer gewesen. Auf der Insel gab es nur ein paar Hirten und Fischer. Und auch die lebten viele Meilen entfernt an der freundlicheren Südküste.

Jetzt war alles anders. Die Zedern waren verschwunden. Dutzende Schiffe lagen in dem natürlichen Felshafen. Eines prunkte mit rotem Rumpf und purpurnen Segeln. Zwischen den Felsen blähten sich Sonnensegel. Ein stetiger Wind blies vom Meer. Ihr Boot machte gute Fahrt.

Wachen standen auf den Felsen und blickten auf das Meer hinaus. Bärtige Männer mit harten, von Wind und Wetter gezeichneten Gesichtern.

Die Schiffe trugen die Spuren eines Kampfes. In manche Rümpfe waren gezackte Löcher gestanzt. Verwundete wurden auf kleinere Boote verladen und zum Ufer gebracht.

»Das ist kein guter Platz, Herrin«, murmelte Nikodemus. Der Lutin hatte auf ihren Befehl die Gestalt eines kleinen Jungen angenommen. Er sah hübsch aus mit seiner makellos braunen Haut und den Fuchsaugen. Schwarzes Lockenhaar rahmte sein kleines Gesicht. Er trug eine türkisfarbene Tunika. Genau wie Falrach. Zwei Schwertgurte kreuzten sich über der Brust des Elfen. Sie waren mit primitiven Amuletten geschmückt. Eines der Schwerter wäre für sie, falls es notwendig wurde, zu kämpfen.

Fast eine Woche waren sie zwischen den Aegilischen Inseln gekreuzt. Der Albenstern, durch den sie gekommen waren, hatte nahe der Küste Iskendrias gelegen. Emerelle hatte die Zeit genutzt, den beiden ein wenig vom örtlichen Dialekt beizubringen. Es war die derbe Sprache von Fischern und Bauern. Ohne jede Poesie.

Eine Woche hatte sie versucht, Falrach zu entlocken, was mit Nailyn gewesen war. Direkt hatte sie ihn nicht darauf angesprochen. Und er hatte Spaß daran gehabt, sie einfach nicht zu verstehen. All die Metaphern und Andeutungen falsch zu deuten. Selbst Nikodemus wusste inzwischen, worum es ihr ging!

Aber Falrach sagte nichts. Gewiss hatte er nur mit der Elfe getanzt. Schon hundert Mal hatte sie sich das gesagt. Aber sie kannte ihn zu gut, um es wirklich glauben zu können. Sie wusste, dass es Narretei war. Sie würde ihm ja nicht einmal glauben, wenn er sagte, dass nichts gewesen wäre.

Falrach lehnte am Mast und beobachtete die Krieger in der Bucht. Bogenschützen standen auf den Felsen. Der Elfenritter griff nach den Schwertern auf seinem Rücken und vergewisserte sich, dass die Klingen leicht aus den geölten Scheiden gleiten würden. Er sah gut aus in der Tunika. Unter einem breiten, geflochtenen Lederband verbarg er seine verräterischen Ohren. Er trug scharlachrote Sandalen. Auch wenn sein Aufzug albern war, sah Emerelle überdeutlich, was sich dahinter verbarg. Er war bereit, zu töten. Sie hatte er ganz vergessen. All seine Sinne waren gespannt.

Es war Pech, dass die Flotte des Piratenprinzen Tigranes von Zeola ausgerechnet hier Zuflucht gesucht hatte. Zweimal hatten sie in kleinen Fischerdörfern angelegt, deshalb wussten sie, wem das Schiff mit den purpurnen Segeln gehörte. Tigranes war der Held des ungleichen Kampfes mit Iskendria. Seit Jahren schaffte er es immer wieder, der überlegenen Flotte der Priesterfürsten zu entkommen. Vor wenigen Tagen erst war es zu einem Seegefecht gekommen. Ob auch der Piratenfürst hier war, um das Orakel um Rat zu befragen?

»Diese Bucht anzusteuern, ist nicht klug«, sagte Falrach, ohne die Bogenschützen auf den Felsen aus den Augen zu lassen. »Wir sollten weitersegeln und in ein paar Tagen zurückkehren. Sie werden bestimmt nicht lange hierbleiben.«

»Meine Rede!«, stimmte Nikodemus zu. »Das ist ein einziger Haufen von Halsabschneidern.«

»Die Fischer nannten sie Freiheitskämpfer«, entgegnete Emerelle gelassen.

Falrach drehte sich zu ihr um. Es war das erste Mal seit Stunden, dass er sie ansah. »Kämpfen wir oder ergeben wir uns?«

»Warten wir es ab. Du hast doch nicht ernsthaft Sorgen, dass Menschenkinder uns gefährlich werden könnten?«

»Es sind viele«, entgegnete er. »Und sie sehen verzweifelt aus. Es wäre klug, ihnen aus dem Weg zu gehen.«

»Ich muss zu Šamur! Die Zeit drängt.« Sie konnte ihm ansehen, dass er ihr nicht glaubte.

»Wenn ich dich richtig verstanden habe, ist es Jahrhunderte her, dass du die Gazala das letzte Mal gesehen hast. Warum kommt es dir jetzt auf jede Stunde an?«

»Weil ich nicht weiß, ob uns noch weitere Shi-Handan folgen. Sie finden uns sogar in der Welt der Menschen. Ein Geisterhund hat mich vor einigen Jahren in Firnstayn im Fjordland aufgespürt. Ich möchte nicht, dass die Menschenkinder noch einmal in die Machtkämpfe Albenmarks hineingezogen werden.« Das alles war eine Lüge. Falrach hatte mit seinem Einwand Recht. Es wäre vernünftig, noch zu warten, aber sie hatte keine Geduld mehr. Sie wollte Ollowain. Oder die Gewissheit, dass er für immer verloren war.

»Du meinst, es jagen uns noch mehr von diesen Geisterhunden!«, rief Nikodemus entsetzt. »Das hättest du vorher sagen müssen!«

»Mir kam es so vor, als seiest du sehr unglücklich auf deiner Insel gewesen.«

»Ich bin lieber unglücklich als tot«, ereiferte er sich.

»Dann sei jetzt lieber still! Vergiss nicht, du bist ein braves Kind und kein vorlauter Lutin. Und achte darauf, dass du deine Gestalt beibehältst. Auf deinen Handrücken beginnt Fuchsfell zu wachsen!« Emerelle steuerte das Boot um den steilen Felsen, der am Eingang der Bucht aufragte.

Der Lutin fluchte. »Wenn ich Angst habe, kann ich mich nicht auf meinen Zauber konzentrieren.«

»Dann würde ich dir raten, keine Angst zu haben.« Sie war ungerecht, das wusste sie. Sie war einfach in der Stimmung dazu. Immer wieder blickte sie verstohlen zu Falrach. Er hatte ihr erneut den Rücken zugedreht und beobachtete die Menschenkinder. Die wenigen Tage an Eleborns Hof hatten ihn verändert. Er war wieder mehr wie früher. Stolzer. Ein Mann, den man nicht behalten konnte, wenn man nicht jeden Tag um ihn kämpfte. Er sollte ihr gleichgültig sein!

Ein steinerner Kai ragte weit in die Bucht hinein. Etliche kleine Boote drängten sich dort zusammen. Drückende Hitze lag über der Bucht. Es roch nach Blut, toten Muscheln und faulendem Seetang.

Emerelle fand einen freien Platz. Sanft stieß das Boot gegen die Mauer. Nikodemus vertäute es an einem rostigen Eisenring. Falrach war als Erster auf dem Anleger. Er streckte ihr eine Hand entgegen. Er sah wirklich gut aus. Obwohl es immer noch Ollowains Gesicht war, wirkte es irgendwie anders. Da war ein verwegener Zug, den es beim geradlinigen ersten Ritter nie gegeben hatte.

Falrach beugte sich tief hinab und half auch Nikodemus auf den Kai.

Emerelle sah die großen Blutflecken auf den Steinen. Die Verwundeten, die man von den Schiffen brachte, wurden auf Tücher gelegt. In diese Tücher gehüllt, trug man sie hinauf zu den Felsen. Dorthin, wo die Sonnensegel stickigen Schatten spendeten.

Die Männer stöhnten und fluchten. Manche weinten, ohne dass dabei ein Laut über ihre Lippen kam. Andere starrten in die gleißende Sonne hinauf. Ihre Pupillen waren klein wie Stecknadelköpfe. Emerelle sah die Wunden und wusste, dass viele der Krieger den nächsten Sonnenaufgang nicht mehr erleben würden. Ein dürrer, gelber Hund lief über den Kai und schleckte das Blut vom hellen Stein. Seine Rippen stachen durch sein struppiges Fell. Niemand störte ihn bei seinem schaurigen Mahl.

Plötzlich schrie einer der Wachposten. Er deutete auf das Meer hinaus. Am Horizont war ein einzelnes blaues Segel erschienen.

»Wir sollten hier fort«, zischte Falrach ihr zu. »Das ist ein Schiff aus Iskendria.«

»Bis es die Flotte nach hier bringt, sind wir längst fort.«

»Wer seid ihr? Was habt ihr hier zu schaffen?« Ein bärtiger Krieger mit zerfetztem Leinenpanzer stellte sich ihnen in den Weg. Andere Männer, die sich bisher allein um die Verwundeten gekümmert hatten, hielten inne und starrten sie an.

»Meine Herrin Camille ist eine Heilerin aus dem fernen Marcilla«, entgegnete Falrach glatt. »Sie ist gekommen, um das Orakel zu besuchen.«

Emerelle zog das grüne Tuch, das ihre Haare bedeckte, ein wenig in die Stirn und senkte demütig den Blick. Sie trug ein langes, grünes Kleid. Unten war es weit ausgestellt, so dass man leicht darin gehen konnte, die Beine aber vor neugierigen Blicken verborgen blieben. Von der Hüfte aufwärts allerdings war es kunstvoll verschnürt und betonte Taille und Brüste.

»Eine Heilerin also …« Etwas Verzweifeltes lag im Blick des Kriegers. Er hatte tiefe, dunkle Ränder unter den Augen. »Deine Herrin trägt ein kostbares Kleid. Sie scheint reich zu sein. Dann ist sie wohl eine gute Heilerin.«

»Sie stammt aus vornehmer Familie und …«

Der Krieger griff nach Nikodemus und zog einen Dolch. Doch noch bevor er dem Kind die Klinge an den Hals legen konnte, berührte Falrachs Schwertspitze seine Kehle.

»Siehst du die Bogeschützen, die auf dich angelegt haben?«, fragte der Krieger.

»Willst du es darauf ankommen lassen, ob ein Pfeil oder meine Klinge schneller ist?« Falrach zog langsam das zweite Schwert.

Andere Krieger erhoben ihre Waffen.

»Ist nicht genug Blut geflossen?« Emerelle nahm Nikodemus und zog ihn langsam von dem Bärtigen fort. »Was willst du von uns?«

Der Krieger ließ seinen Dolch sinken. Sein Gesicht wirkte fahl. »Mein Herr liegt im Sterben. Nur ein Wunder kann ihn noch retten.«

»Warum hast du nicht einfach gefragt, ob ich euch helfe?«

»Weil ...« Er hob hilflos die Hände. »Ich habe wohl verlernt, um etwas zu bitten. Ich ... Es gibt keine Entschuldigung. Ich ... Du musst ihm helfen! Du scheinst in deiner Heimat eine bedeutende Frau zu sein. Bitte, sieh ihn dir wenigstens an!« Er sah an ihr vorbei zum Horizont. »Noch ein oder zwei Stunden, dann sind sie da.«

»Und wenn ihr ihn auf sein Schiff bringt?«

»Das würde er nicht überleben.«

Emerelle gebot Falrach mit einem Blick, das Schwert zu senken. »Und wer ist dein Herr?«

»Komm mit und sieh. Wenn du ihn rettest, dann sollst du dein Gewicht in Gold dafür erhalten.«

Emerelle drehte sich um und sah zum Horizont. Das blaue Segel war verschwunden.

## SIEBEN

»Wo ist Anderan?« Skanga konnte zwar nur die Auren der Anwesenden sehen, aber sie waren genauso unverwechselbar wie Gesichter.

»Er ist nach Vahan Calyd gereist. Er wird in zwei Monden zurück sein«, sagte Elija.

Skanga betrachtete jeden einzelnen der Anwesenden eine Weile. Sie hasste die Treffen des Kronrats. Das endlose Gerede, an dem sich Kobolde so sehr begeisterten. Doch dieses Mal war es wichtig.

»Emerelle ist nicht länger verschollen!« Die Schamanin beobachtete die Reaktion der Kobolde. Es waren doppelt so viele aus dem kleinen Volk wie Trolle anwesend. Nur zweien machte diese Mitteilung keine Angst. Orgrim und Elija.

»Kann sie ein Heer aufstellen, Herzog Orgrim?«

Der Feldherr ließ sich Zeit mit der Antwort. Seine Aura verstrahlte selbstsichere Ruhe. »Gewiss kann sie das, doch es wird nicht sehr stark sein. Wenn sie kämpfen will, muss sie zu den Kentauren. Nur dort wird sie leicht Verbündete finden. Die wenigen Maurawan fallen militärisch nicht ins Gewicht. Die übrigen Elfen sind verstreut. Sie wird lange brauchen, um ein schlagkräftiges Heer aufzustellen. Wir werden stärker sein. Ich würde es begrüßen, wenn sie eine offene Feldschlacht sucht. Doch wahrscheinlich wird sie nicht so dumm sein.«

»Könnte man ihr nicht ein paar Meuchler schicken?«, fragte Elija.

Die Frage ärgerte Skanga. Elija sollte es eigentlich besser wissen. »Wenn wir Meuchler schicken, gefährden wir lediglich das Leben derjenigen, die so dämlich sind, diesen Auftrag anzunehmen.« Orgrims Antwort hatte die Schamanin vorhergesehen. Emerelle hatte kein Heer, und sie würde auch keines bekommen. Dennoch würde sie um ihren Thron kämpfen.

»Ich denke, wir müssen niemanden auf die Suche nach Emerelle schicken. Sie wird zu uns kommen.«

Totenstille. Skanga studierte die Flut der Gefühlsregungen, die sich in den Auren spiegelte. Sie waren zu schillernden Regenbögen geworden. Jeder hier hatte Gründe, die Rückkehr Emerelles zu fürchten. Selbst Elija hatte nun Angst.

»Du glaubst, sie kommt zum Fest der Lichter nach Vahan Calyd?«

Skanga nickte Orgrim zu. »Ja. So wird es sein. Sie wird zum Fest der Lichter kommen und sich zur Königswahl stellen. Sie wird sich unter das einfache Volk mischen, lächeln, und diese Dummköpfe, die jahrhundertelang von Elfen ausgebeutet wurden, werden ihr zujubeln.«

»Das werden sie nicht!«, rief Elija wütend. »Es geht unseren Brüdern und Schwestern viel besser, seit wir regieren!«

»Du weißt, wie das Volk ist, Elija. Emerelles Glanz wird sie blenden. Wie viel Glanz haben wir schon zu bieten? Sieh dir Burg Elfenlicht an. Das Lager vor den Mauern. Es geht ihnen besser. Aber sie blicken nicht zu uns auf.«

»Aber es ist nicht das Volk, das den Herrscher Albenmarks wählt«, wandte Orgrim ein.

Skanga hätte ihn küssen mögen. Unter all den eingebildeten Kronräten war er der Einzige, der ihren Gedanken zu folgen vermochte.

»Was würdest du tun, um die Krone zurückzuerlangen, Herzog?«

Orgrim schüttelte nachdenklich den Kopf. »Das ist nicht meine Art, Schlachten zu schlagen, Skanga. Du fragst den Falschen.«

Die Schamanin betrachtete aufmerksam die Aura des Heerführers. Hatte er Sorge, dass sie ihm unterstellte, er sei ein Verschwörer?

»Ich würde versuchen, die Fürsten, die zur Wahl kommen, zu erpressen und einzuschüchtern«, meldete sich Elija zu Wort. »Und den Unbeugsamsten würde ich ermorden lassen, um die anderen gefügig zu machen. Außerdem würde ich Aufwiegler in die Menge schicken. Große Volksaufläufe sind viel leichter zu beherrschen und zu verführen als kleine Gruppen. Wenn hundert schreien und mit den Füßen stampfen, dann hören tausend um sie herum auf, klar zu denken, und folgen ihnen.«

Dass Elija sich gut in diese Lage hineinversetzen konnte, überraschte Skanga nicht im Mindesten. Sie hatte seit geraumer Zeit Zweifel an seiner Treue, obwohl es keinerlei Beweise für einen Verrat gab. Es gefiel ihm, Fürst von Tanthalia zu sein. Und er hatte Ehrgeiz. Vielleicht dachte er schon längst daran, wie es sein würde, wenn ein Kobold auf dem Thron von Albenmark saß.

»Wie kann man sich gegen solchen Verrat schützen, Orgrim?«

Der Heerführer massierte sich die Augenbrauen, als habe er Kopfschmerzen. Anzeichen des Unwillens zeigten sich in den Farben seiner Aura. Er hatte sich sehr verändert seit der Schlacht um die Schiffsburg. Auch dass die große Straße vollendet worden war und bereits die dritte Snaiwamark-Karawane auf dem Weg zum Königsstein war, schien ihm keine Genugtuung zu verschaffen. So wenig wie sie in der Lage waren, den flüchtenden Kentauren nachzusetzen, so wenig waren die Kentauren auf Dauer in der Lage, ihnen die Stirn zu bieten. Katander war schwer verwundet worden. Gerüchten zufolge vermochte der Fürst von Uttika nicht mehr aus eigener Kraft zu laufen. Er hatte sich aus den Kämpfen zurückgezogen und seine Krieger mitgenommen. Er war klug genug, um zu wissen, wie angreifbar die Städte seines Fürstentums waren.

»Wir wissen, wann Emerelle kommen wird und wohin«, sagte Orgrim. »Ein Komplott zu schmieden erfordert Zeit. Nehmen wir ihr die Zeit. Das Fest der Lichter findet nächstes Jahr im Herbst statt. Das sind noch fast zehn Monde …«

»Wir könnten es vorverlegen. Das Jahr, in dem das Krönungsfest begangen wird, ist festgeschrieben, nicht aber der Mond. Begehen wir es im Frühjahr!«, schlug Elija vor.

»Das wird Unruhen geben«, flüsterte Birga ihr ins Ohr. »Die Hälfte der Ratsherren blickt missmutig. Ich glaube nicht …«

»Ich sehe ihre Auren«, zischte Skanga ihrer Schülerin zu.

»Es wäre klug, geheim zu halten, welche Fürsten zur Königswahl geladen werden«, sagte Orgrim. »Wenn ihre Namen nicht bekannt sind, weiß Emerelle nicht, wen sie unter Druck setzen muss. Am besten entscheiden wir erst am Tag des Festes, wer die Ehre hat, zur Königswahl geladen zu sein. Und verändern wir die Voraussetzungen der Wahl. Allein der Kronrat bestimmt, wer geladen wird. Und das erst am Morgen des Festes der Lichter. So wird es für Emerelle fast unmöglich sein, etwas zu unternehmen. Und beschränken wir die Zahl der Fürsten auf sieben.«

»Warum sieben?«, fragte Skanga.

»Weil es dann genügt, vier loyale Fürsten aufzubieten, um über das Schicksal Albenmarks zu entscheiden«, entgegnete er überraschend zynisch. »Das sollte uns gelingen. Machen wir uns also auf die Suche nach vieren, die Gilmarak um jeden Preis auf dem Thron behalten wollen.«

## DER PIRATENPRINZ

Der bärtige Krieger führte sie fort vom Kai, die Felsen hinauf. Überall rasteten erschöpfte Ruderer und Kämpfer. Die meisten Männer waren in schlechter Verfassung. Sie waren dürr. In ihren Augen brannte Fieber.

»Wir sind seit vier Jahren im Krieg«, erklärte ihr Führer. »Seit bei einer Palastintrige der Hohe Priester Promachos getötet wurde. Sie haben behauptet, Prinz Tigranes habe eine Meuchlerin ins Bett des Priesterfürsten geschickt. Das ist eine Lüge! Seitdem jagen sie uns. Unsere Heimatinsel Zeola ist nur noch eine Wüste. Sie haben jedes Haus auf der Insel zerstört, jeden Busch und jeden Baum verbrannt und Salz auf unsere Äcker und Weiden gestreut. Fast alle Küstendörfer und Städte auf unseren Inseln haben sie heimgesucht. In mehr als einem Dutzend Seeschlachten sind ungezählte Galeeren gesunken. Unsere Frauen und Kinder haben sie auf die Sklavenmärkte von Iskendria verschleppt.«

»Wofür kämpft ihr dann noch?«, fragte Emerelle, als der Bärtige kurz innehielt, um Atem zu holen. Die Elfe wusste, dass auf den Aegilischen Inseln vermutlich genau so viele Piraten wie Kauffahrer lebten. Die Geschichte des Kriegers berührte sie nicht. Wer sein Leben mit Raub und Mord bestritt, der sollte nicht jammern, wenn seine Taten ihn eines Tages einholten.

Der Krieger sah sie verbittert an. Er öffnete den Mund, fand aber keine Worte. Er murmelte etwas vor sich hin.

Dann standen sie vor Tigranes. Der Prinz lag auf einem von Feuer gezeichneten, nassen Teppich. Er zitterte. Gesicht, Brust und Arme waren von grässlichen Brandwunden entstellt. Er lag im Sterben. Keine Heilerin der Menschenkinder hätte ihn noch retten können.

Einige Krieger standen hilflos um den Teppich herum. Ein alter Mann kniete neben dem Prinzen und versuchte, ihm aus einer Silberschale Wasser einzuflößen.

»Du weißt, wie es um ihn steht?«, fragte Emerelle den Bärtigen milde.

»Du bist eine große Heilerin!«, entgegnete der Mann mit rauer Stimme. »Die Fähigkeit zur Hoffnung ist die letzte Tugend, die wir uns erhalten haben. Hilf ihm!«

Sie sah zu Falrach. Der Krieger streckte sich und lockerte die Muskeln von Schulter und Hals. Mit dem Bärtigen waren sieben Krieger beim Prinzen. Die Felsen schirmten sie gegen die Blicke der übrigen Piraten ab. Sie würden siegen können, aber es wäre dann unmöglich, in Ruhe mit der Gazala zu sprechen.

»Ich brauche frisches Fleisch, wenn ich ihn heilen soll. Es muss noch warm sein!«

Der Bärtige sah sie fragend an. »Fleisch?«

»Willst du mit dem Fleisch seine Wunden kühlen?« Der

Alte, der neben dem Prinzen kniete, sah sie durchdringend an. »Er muss vor allem trinken. Er verliert zu viel Flüssigkeit. Lass das Weib in Frieden, Miridas. Alles, was wir dem Prinzen noch geben können, ist ein gnädiger Tod. Sieh ihn dir doch an. Nur die Götter könnten ihn noch heilen.«

»Ich hole das Fleisch!«, entgegnete der Krieger störrisch und eilte davon.

Der alte Heiler stellte die Silberschale auf den Boden. Er griff nach einer kleinen, abgestoßenen Holzschatulle und klappte sie auf. Emerelle sah, wie seine Hände zitterten, als er eine Phiole mit einer milchigen Flüssigkeit aus der Schatulle nahm.

»Schlafmohn?«

Der Alte blickte zu ihr auf. Ihm standen Tränen in den Augen. »Weißt du, er ist besser als sein Ruf. Die meisten Untaten, die man ihm angedichtet hat, sind die Taten anderer Männer gewesen.«

Emerelle kniete sich neben den Prinzen. Sie griff nach einem seiner nackten Beine. Die Haut war kühl und trocken. Sie schloss die Augen. Der Schmerz traf sie wie ein Peitschenhieb. Sie griff nach dem Albenstein an ihrem Hals. Sie teilte den Schmerz des Sterbenden. Sein Körper kämpfte verzweifelt gegen die Verbrennungen an. Er versuchte die Wunden zu kühlen. Ständig troff Sekret von den Wunden. Es dörrte ihn aus, ohne zu helfen.

Emerelle nahm die Hand fort. Sie atmete schwer aus.

Der alte Heiler beobachtete sie misstrauisch. »Seit über fünfzig Jahren helfe ich Verletzten und Kranken. In all den Jahren habe ich nicht erlebt, dass der Hokuspokus einer Kräuterhexe je geholfen hätte. Alles, was ihr vermögt, ist, Hoffnungen zu wecken. Hoffnungen, die ihr nie einhalten könnt. Du bist eine junge, hübsche Frau. Die meisten Männer glauben dir gewiss alles, was du ihnen sagst. Geh deiner Wege. Ich werde dafür sorgen, dass Miridas dich in Frieden lässt. Besuch das Orakel. Wunderheilerinnen und Orakelpriesterinnen passen gut zusammen.«

»Du hast dich mit einem Tod schon abgefunden. Was also hast du zu verlieren, wenn ich versuche, ihm zu helfen?«

Er lächelte milde. »Deine Bemühungen in allen Ehren, Weib … Aber nicht ich bin es, der etwas zu verlieren hat. Und auch nicht der Prinz. Er ist schon fast bei den Göttern. Du bist diejenige, um die es geht. Wenn ich dich eine Scharlatanin nenne und dich fluchend davonjage, wenn Miridas zurückkehrt, dann wird er sich nicht mehr nach dir umdrehen. Wenn du hier aber irgendwelche barbarischen Possenspiele mit blutigem Fleisch aufführst und der Prinz stirbt, dann wird sich alle Wut und Enttäuschung von Miridas gegen dich wenden.«

Emerelle blickte zu den Wachen. Trotz der Worte des Heilers sah sie bange Hoffnung in ihren Gesichtern. Ihre Blicke flehten sie an zu bleiben.

»Wir sollten gehen, Mutter«, sagte Nikodemus leise. »Der alte Mann hat uns einen wohlmeinenden Rat gegeben.«

Die Elfe berührte noch einmal das Bein des Prinzen. Sie wäre nicht bereit, noch einmal seine Schmerzen zu teilen. Aber es gäbe einen anderen, dunkleren Weg, ihm zu helfen.

»Verdient er zu leben?«

Der Alte runzelte ärgerlich die Stirn. Er sah sie wütend an. Seine klaren, grauen Augen waren voller Lebenskraft. »Dir steht es wohl nicht zu, über ihn zu urteilen.«

»Deshalb frage ich ja auch dich«, entgegnete Emerelle freundlich. »Verdient er zu leben?«

Der Heiler richtete sich auf. Er war ein kleiner, gedrungener Mann. »Scher dich davon, Weib! Tigranes hat es nicht verdient, eine wie dich an seinem Sterbebett zu haben!«

»Jeder von uns hier würde für ihn sterben«, sagte einer der Krieger. Es war ein blonder Mann mit stoppeligen Wangen, der vor der Zeit gealtert war. »Er war ein Held. Er war unsere Hoffnung. Wenn er bei Bewusstsein wäre, würde er nicht dulden, wie du redest, Serenas. Er würde einen freundlichen Scherz über dich machen, Kräuterhexe. Er würde uns zum Lächeln bringen und es mit ein paar Worten schaffen, wieder Hoffnung in unsere Herzen zu pflanzen.«

Emerelle betrachtete den Sterbenden. Über sie würde wohl niemand so sprechen. Wie alt der Prinz wohl war? Er hatte jedenfalls nicht die Beine eines alten Mannes. An seinem Gesicht konnte man sein Alter nicht ablesen. Obwohl die Verbrennungen nicht seine Nase und Lippen zerstört hatten, war es doch so zerschunden, dass alle Haut verloren war. Auch die Augenbrauen und sein Haupthaar waren verschwunden.

Miridas kehrte zurück. Er zerrte an einem Strick den räudigen, gelben Hund hinter sich her, der Emerelle am Kai aufgefallen war. »Ist das Fleisch frisch genug? Wir haben hier keine Schafe und Ziegen zum Schlachten.« Der bärtige Krieger zog seinen Dolch. »Wie willst du es haben? Soll ich ihm die Kehle durchschneiden?«

Falrach rückte etwas näher zu ihr. Und Nikodemus klammerte sich an ihre Beine. Miridas' Stimme klang schrill. Der alte Heiler hatte mit seinen Warnungen Recht gehabt. Man sollte den Krieger besser nicht enttäuschen.

»Ein lebendes Tier ist besser als ein Stück Fleisch«, sagte sie ruhig. Sie blickte den Hund an und flüsterte ein Wort der Macht. Das Tier wurde ruhiger. Sie streichelte ihn hinter den Ohren. Dann zog sie ihm die Lefzen zurück. Auch wenn er räudig aussah, war er doch kein altes Tier. »Verzeih mir«, sagte sie in ihrer Muttersprache. Dann wandte sie sich wieder dem Krieger zu.

»Halt ihn fest! Du darfst ihn auf keinen Fall loslassen, ganz gleich, was auch geschieht. Wenn er nach mir schnappt und mich verletzt, während ich versuche, Tigranes zu heilen, dann wird alles verdorben sein, und dein Prinz stirbt.«

»Was sollte denn geschehen?«

»Du wirst es sehen.« Emerelle legte sanft eine Hand auf den Rücken des Hundes. Dann berührte sie mit der anderen Hand die verbrannte Brust des Prinzen.

»Sind deine Finger sauber, Hexe?«, fuhr Serenas sie an.

Sie schloss die Augen und begann zu flüstern. Worte der Macht. Dunkle Magie, geboren aus Blut und Leid. Wieder spürte sie den Schmerz des Prinzen. Ein Flammenstrahl hatte ihn verletzt, als er den Rückzug seiner Männer von einem brennenden Schiff deckte.

Emerelle gab den Schmerz weiter. Sie war nur eine Brücke. Sie ließ es durch sich fließen. Der Hund jaulte auf. Es stank nach verbranntem Fell. Dann nach verbranntem Fleisch. Der Hund kämpfte kaum noch gegen den Griff von Miridas an.

Jemand erbrach sich. Sie hörte hastig davoneilende Schritte. Der Schmerz ließ nach. Die Haut des Prinzen fühlte sich glatt und warm an. Sie öffnete die Augen. Der Hund war nur noch ein zusammengekrümmter, schwarz verbrannter Kadaver. Tigranes war nicht ganz geheilt. Dort, wo die Verbrennungen am schlimmsten gewesen waren, war seine Haut noch von dunklem Rot. Vielleicht würde die Verfärbung bleiben. Aber der Prinz würde nicht mehr sterben. Jetzt erst war offensichtlich, wie jung er noch war. Emerelle fand es stets schwer, das Alter von Menschenkindern zu schätzen. Sie alterten zu schnell! Doch der Prinz hatte wohl nicht einmal sein zwanzigstes Jahr vollendet.

Einer der Krieger aus der Wache fehlte. Die Übrigen waren sehr blass. Sie starrten mit schreckensweiten Augen.

»Was hast du mit ihm gemacht, Hexe?«, fuhr Serenas sie an.

»Er wird leben, so wie ich es versprochen habe. Er braucht Ruhe und sehr viel zu trinken. Du solltest seine Haut mit Gänsefett einreiben, dann werden hoffentlich auch die letzten Wundmale verschwinden.«

»Sag mir, was du mit ihm gemacht hast, Hexe!«, schrie Serenas. »Sie hat ihm die Seele gestohlen! Das ist Blutmagie.«

Miridas hielt den alten Heiler fest. »Sie hat uns Tigranes zurückgegeben. Du hältst jetzt den Mund. Sie und die

Ihren können gehen, wohin sie wollen.« Er blickte zu den Wachen auf. »Niemand redet darüber, was hier geschehen ist. Holt Polios zurück. Auch er muss schweigen.« Er verneigte sich vor ihr. »Habt Dank. Wer immer Ihr auch seid, Ihr seid mehr als eine Heilerin aus Marcilla. Habt Dank!«

»Ihr solltet schnell eure Schiffe besteigen und fliehen.« Es war das erste Mal, dass Falrach zu den Menschenkindern sprach. »Die Bucht ist eine Falle. Ihr werdet nicht entkommen, wenn ihr zögert.«

»Ich weiß«, sagte der Bärtige. Er hatte den Heiler wieder losgelassen, der Emerelle immer noch finster anblickte.

Der Prinz stöhnte. Er schlug die Augen auf. Serenas gab ihm ein wenig Wasser zu trinken. Tigranes sah sie an. Obwohl er noch sehr jung war, hatte er alte Augen. »Wir bringen die Verwundeten auf die Schiffe. Es gehen alle oder keiner.« Er stockte erschöpft. »Sag ihr, was sie tun.«

Miridas seufzte. »Wenn wir die Verletzten und Kranken zurücklassen, dann werden die Iskendrier sie an kurzen Pfählen dicht oberhalb der Flutlinie am Strand festbinden. Für die Scharlachkrabben. Sie fressen Aas, oder was sie dafür halten.«

»Wir werden hier unsere letzte Schlacht schlagen«, sagte der Prinz. »Geht eurer Wege. Ihr seid es, die schnell von hier fortmüsst.«

## DIE DICKE BASCHA

Der schwere Lastkahn war in der Mitte des Stroms vor Anker gegangen. In der Dämmerung hatte der Schiffer die Ruder einziehen lassen. Drei Tage waren es noch bis Feylanviek. Anderan kauerte sich an die Bordwand. Es regnete wieder. Was für ein verfluchtes Land! Seit Tagen wurden seine Kleider nicht mehr trocken. Schüttelfrost plagte ihn. Die ganze Mannschaft war erschöpft. Seit zehn Tagen gab es keine Treidelpferde mehr, die den Lastkahn gegen die Strömung flussaufwärts ziehen konnten. Seitdem ruderten sie oder segelten, wenn der launische Wind es zuließ.

Der Herr der Wasser presste seine brennenden, wunden Hände auf die nasse Jacke. Er war nicht verweichlicht! Er war es gewohnt, zu rudern, auch wenn er in den letzten Jahren nur noch selten Gelegenheit gefunden hatte, in einem Nachen hinaus in die Mangroven zu fahren, um Krabben zu fangen.

Aber die Arbeit hier an Bord des Lastkahns war mörderisch! Kobolde waren einfach nicht dazu geschaffen, ein so langes und schweres Boot gegen den Strom zu rudern!

Der Schiffer stapfte unruhig an Deck auf und ab. Er spähte ins Dunkel. Der Himmel war wolkenverhangen. Man konnte kaum etwas sehen. Auf dem ganzen Schiff gab es kein Licht. Kein Feuer, um die durchgefrorenen Knochen zu wärmen. Nicht einmal tagsüber durften sie ein Feuer anmachen, weil der Verrückte glaubte, die Kentauren könnten den Rauch noch weit im Land riechen. Dabei war der Lastkahn von den Hügeln aus leicht zu entdecken.

Anderan klopfte auf das Deck. Bisher hatten sie noch keinen Kentauren zu Gesicht bekommen. Hoffentlich blieb das so. Nur noch drei verdammte Tage bis Feylanviek. Er würde als Erstes ein langes, heißes Bad nehmen, wenn er in die Stadt kam. Mindestens drei Stunden lang!

»Bald kommt der erste Schnee«, sagte der Schiffer. Er hatte in seiner rastlosen Wanderung innegehalten. »Du bist der Einzige, der nicht schläft. Frierst du zu sehr? Oder tut es dir leid, dass du an Bord gekommen bist? Ich hatte dich gewarnt.«

»Ich hasse Schnee«, gestand Anderan.

»Ich auch. Mit dem Schnee kommt das Eis. Und das Eis nimmt die Lastkähne gefangen. Ich hab es einmal erlebt, dass der Kahn auf dem offenen Fluss von Eisschollen eingekeilt wurde und nicht mehr fortkam. Damals war Frieden. Wenn uns das jetzt passiert, dann sind wir dran.«

»Nur noch drei Tage.«

Der Schiffer spuckte über Bord. »Willste auch mal 'nen Priem versuchen? Das zieht dir alle kranken Säfte aus dem Leib. Kommste auf andere Gedanken.«

»Nein, danke.«

»Ich weiß, was dir im Kopf umgeht. Denkst an irgendein nettes anschmiegsames Mädchen in Feylanviek. Nach so einer langen, kalten Fahrt gibt es nichts Besseres als einen ganzen Tag mit einer Hure in einem Bett direkt neben einem gut befeuerten Ofen. Ich werd's genauso machen.«

Die Vorstellung hatte einen gewissen Reiz. Aber das würde er niemals zugeben, dachte Anderan. »Und ich dachte schon, du liebst nur die dicke Bascha.«

Der Schiffer lachte heiser. »Die ist jedenfalls das nützlichste Mädel, das mir je begegnet ist. Auf die Dicke ist Verlass! Die hat mir schon manchen guten Dienst geleistet.«

»Hast du sie schon benutzen müssen?«

»Nur zwei Mal. Ist schon 'ne Weile her. Bin lieber vorsichtig. Ist besser, wenn man ihr nicht das Kleidchen hinabreißen muss.«

Anderan blickte zum Bug, wo die dicke Bascha über die Reling lugte. Am Mittag erst hatte der Schiffer sie geputzt und frisch geölt. Es war die größte Windenarmbrust, die der Herr der Wasser je gesehen hatte. Ein wahrhaft ehrfurchtgebietendes Ungeheuer. Die Pfeile, die es verschoss, waren so lang und so dick wie ein Koboldarm.

»Du hast sie schon benutzt?«, hakte Anderan nach.

»Beim ersten Mal war es genug, das Öltuch von ihr herunterzunehmen und sie zu zeigen. Das war zu Zeiten, als es noch am ganzen Fluss Treidelpferde gab und wir jede Nacht ein schönes Lager mit einem ordentlichen Feuer am Ufer aufschlagen konnten. Wenn sie sehen, dass einer von ihnen draufgehen könnte, dann haben Strauchdiebe keinen

Mumm mehr. Nach dem ersten Mal hatten wir mehr als ein Jahr Ruhe …« Er spuckte wieder über die Reling. »Werd den Abend nie vergessen. War vielleicht fünfzig Meilen östlich von hier. Kamen herangeprescht, die Pferdeärsche. Schon als ich den Donner der Hufe gehört habe, bin ich sofort rauf zur dicken Bascha. Braucht seine Zeit, bis man sie gespannt hat. Das ist der einzige Nachteil bei ihr. Aber wenn sie erst mal scharf ist, dann haut sie jeden Kerl um.«

Der Schiffer starrte wieder zum Ufer. Der Regen hatte ein wenig nachgelassen, aber die Sicht war nicht besser geworden.

»Und …«, drängte Anderan.

»Beim zweiten Mal war es nicht genug, die Dicke zu zeigen. Hat so ein Pferdearsch doch mit dem Bogen auf mich angelegt. Blöd wie Büffelscheiße sind die! Spannt der seinen Bogen, wo ich mit der Bascha auf ihn ziele. Hab nicht lange gefackelt. Hättest du sehen müssen, wie es den von den Hufen geholt hat. Der Bolzen ging glatt durch ihn hindurch und ist danach noch ein gutes Stück weitergeflogen. Das war ein Geschrei! Wollten mich langmachen, die Pferdeärsche. Aber als ich nachgeladen hatte, haben sie es sich anders überlegt. Hinter der Bascha steht man gut in Deckung. Und die Pferdeärsche können nicht einfach an Bord klettern. Haben die nicht drauf. Haben Schiss, dass die sich an der Reling beim Springen ihre dünnen Beinchen brechen. Als die noch geschrien und rumpalavert haben, hatte ich schon nachgeladen. Und da hatten sie plötzlich keine Lust mehr auf Streit und sind auf und davon. Danach hatte ich nie wieder Ärger.«

Der Schiffer lehnte sich an die Reling und blickte zum Bug. »Gutes Mädel, meine Bascha«, sagte er leise. Dann schwiegen sie beide für lange Zeit.

Anderan litt unter der Kälte. Er hatte die Beine angezogen und die Arme um die Knie geschlungen. Aber die Wärme floh seinen Körper. Noch nie im Leben war ihm so kalt gewesen.

»Dein erster Winter?«

Dem Holden klapperten die Zähne. »War nie so weit im Norden«, stieß er abgehackt hervor.

»Wart mal ab, bis es schneit«, sagte der Schiffer voller Schadenfreude. »Da wirst du morgens wach, und deine nassen Haare sind auf dem Deck festgefroren.«

»Das dauert doch noch, oder?«

»Kann niemand sagen. Wenn der Nordwind kommt, dann schlägt das Wetter von einem Augenblick auf den anderen um. Die Kentauren nennen ihn den Klingenwind, denn seine Kälte schneidet dir wie Messer ins Fleisch. Dann wirst du dir wünschen …« Er hielt inne. Dann lief er plötzlich zum Bug des Lastkahns. Die Dunkelheit verschluckte ihn. Anderan sah zu den schlafenden Ruderern. Keiner war erwacht. Vom Bug drangen seltsame Geräusche zu ihm.

Er richtete sich auf. Und jetzt sah er, was den Schiffer beunruhigt hatte. Lichter waren auf dem Fluss. Er konnte fünf zählen.

Anderan tastete sich an der Reling entlang zum Bug. Der Schiffer hatte das Öltuch von der dicken Bascha gezerrt. Leise drehte er an der Kurbel, mit der man den Bogen der schweren Armbrust spannte. Jede Drehung wurde von einem metallischen Klacken begleitet.

»Siehst du das?«, flüsterte der Schiffer. »Die Laternen. Sie stehen zu tief. Die sitzen ja mit dem Arsch auf dem Wasser! Das müssen Flöße sein!«

»Wer kann das sein?«

»Früher kam es vor, dass Bauholz den Strom hinab nach Vahlemer geschifft wurde. Aber da baut keiner mehr. Weder Schiffe noch Häuser. Hier stimmt was nicht. Niemand fährt nachts auf dem Strom. Allerdings leben wir in seltsamen Zeiten. Ich will die anderen nicht wecken und mich am Ende zum Gespött machen. Vielleicht sind es auch Totenflöße. Doch auch die hat es lange nicht mehr gegeben.«

»Totenflöße?«

»Einige der wilden Elfen aus den Wäldern im Norden bestatten ihre Toten, indem sie sie auf Flöße betten. Einmal hab ich ein gestrandetes Totenfloß gesehen. Es war unheimlich. Nicht weit entfernt kauerte ein Elf und wachte über den Toten. Er war ganz nackt und mit rotbrauner Farbe bemalt. Sie überlassen ihre Toten den Tieren und Naturgewalten. Aber wehe, jemand anderes streckt nach ihnen die Hand aus.« Der Schiffer legte einen schweren Bolzen auf die Führungsschiene der Armbrust.

Wahrscheinlich meinte er die Maurawan, dachte Anderan. Solch seltsame Rituale passten nur zu ihnen.

Die Flöße waren jetzt ganz nahe. Dennoch konnte man sie immer noch nicht deutlich erkennen. Die Laternen waren rußverschmiert, ihre Scheiben fast blind. Das Licht erhellte nur ein paar miteinander verbundene Stämme. Der größte Teil der Flöße blieb im Dunkel. Anderan glaubte den Schatten eines Reiters zu sehen.

»Gorbon, tritt von der Armbrust zurück!«

Anderan duckte sich. Die Stimme kam vom Ufer. Sie hatte einen unverwechselbar elfischen Akzent. Es war eine Frauenstimme. Der Holde hatte noch nie gehört, dass jemand den Schiffer mit seinem Namen ansprach.

»Keine Angst, die können uns nicht sehen«, flüsterte Gorbon. »Ist viel zu finster.«

»Tritt von Bascha zurück«, rief Anderan. »Glaub mir, sie sieht dich.«

»Einen Dreck sieht sie.« Er schwang die Armbrust herum. Das Ufer war eine Wand der Finsternis.

»Hau ab, Schlampe, oder ich kitzele dich mit meiner Liebsten.«

Anderan warf sich flach auf das Deck. Einige der Ruderer waren erwacht. »Haltet die Köpfe unten«, schrie der Holde. »Gorbon, bitte …«

»Ich habe keine Angst. Deshalb bin ich Schiffer. Ich …«

Ein Zischen schnitt durch die Nacht. Gorbon sank gegen Bascha. Er umklammerte sie mit weit ausgestreckten Armen wie ein Liebender. Langsam sackte er tiefer.

Anderan kroch auf den Schiffer zu. Eine Windbö drückte gegen den großen Frachtkahn. Der Regen erstarb.

»Gorbon?«

Der Schiffer sank auf das Deck. Ein langer Pfeil ragte aus seiner Brust. Ein Elfenpfeil mit Eulenfedern am Schaft, das sah der Holde auf den ersten Blick. Seit Baldans Tod kannte er sich mit Pfeilen aus. Viele Maurawan glaubten, die Eulenfedern ließen den Pfeil genauso lautlos fliegen wie den Raubvogel.

Etwas schlug auf die Reling. Alle Ruderer hielten sich geduckt. Noch ein Schlag! Etwas zerrte am Kahn. Dann begriff Anderan, was geschah. Enterhaken krallten sich in die Reling.

Der Holde hatte den Schiffer fast erreicht. Der Mund des Toten klaffte weit auf. Anderan fluchte. Die verdammte dicke Bascha hatte den Narren umgebracht!

Hufe krachten auf das Deck. Ein Kentaur schlitterte über die nassen Planken. Ein zweiter folgte. Eine Fackel flammte auf.

Jetzt sah Anderan, dass er sich geirrt hatte. Es war ein Kentaurenweib, das zuerst an Bord gekommen war. Eine Schimmelstute. Ihr langes, weißblondes Haar war am Hinterkopf zusammengebunden. Sie hob die Plane von einem der Pfeilkörbe. Dann nickte sie ihrem Gefährten mit der Fackel zu.

Anderan ballte in hilfloser Wut die Fäuste. Die Kentaurin hatte genau gewusst, was für Fracht sie geladen hatten! Jemand musste sie verraten haben!

»Du da!« Das Pferdeweib deutete auf ihn. »Ihr steuert den Kahn zum südlichen Ufer!«

»Ich weiß nicht, wie man das macht. Ich bin nur ein Schreiber. Ich kann kein Boot lenken.« Natürlich war das gelogen. Er hatte bisher zwar nur kleinere Boote gelenkt, aber er hätte es sich durchaus zugetraut.

Die Kentaurin blickte zu den anderen Kobolden. Sie alle hatten sich inzwischen von ihren Nachtlagern erhoben. Mit demütig gesenkten Häuptern standen sie vor der Pferdekriegerin. »Und wie sieht es mit euch aus? Jemand dabei, der den Kahn steuern kann?«

»Ihr habt den Schiffer getötet«, sagte Anderan.

»Und ihr werdet bald meine Geduld getötet haben! Erzählt mir nicht, dass es an Bord nur einen Einzigen gab, der diesen Kahn steuern kann.«

Der Holde war sich nicht sicher, was er von ihr halten sollte. Ihr Gesicht war von einer harten Schönheit. Hatte sie ein kaltes Herz? Was würde sie als Nächstes tun? Gorbon war tot, obwohl er einfach nur auf ein dunkles Ufer gezielt hatte.

»Wir können in der Dunkelheit den Ankerplatz nicht verlassen«, erklärte der Holde. »Es gibt zu viele Sandbänke. Euch ist nicht geholfen, wenn wir den Kahn hundert Schritt vor dem Ufer auf Grund setzen.«

Die Kentaurin beugte sich zu ihm hinab. Sie war wirklich schön, auch wenn sich erste Falten in ihren Mundwinkeln und um die Augen zeigten. »Sagtest du eben nicht, du könntest dieses Boot nicht steuern?«

»Nicht bei Nacht, Herrin. Niemand an Bord kann das. Nicht einmal der tote Schiffer hätte das gewagt.«

»Du hast eine flinke Zunge, Schreiber. Aber gut. Wir sind nicht in Eile.« Sie rief dem anderen Kentauren etwas in einer Sprache zu, die Anderan nicht verstand.

»Warten wir also auf das Morgengrauen.«

Es wurde eine lange Nacht. Noch zwei weitere Pferdekrieger kamen an Bord. Sie trieben Anderan mit den übrigen Kobolden zum Heck. Jetzt, da sie nicht mehr befürchten mussten, entdeckt zu werden, konnten sie endlich ein kleines Feuer in einer Eisenschale entzünden. Sie drängten sich dicht um die Flammen. Niemand wagte, davon zu sprechen, was der Tag bringen würde.

Die Kentauren waren redseliger. Sie unterhielten sich

in ihrer Sprache. Die Kriegerin schien beliebt zu sein. Sie scherzte mit ihren Gefährten. Es herrschte ein lockerer Umgangston, und doch blieb ein Rest respektvoller Distanz. Der Schwertgurt der Kentaurin war mit prächtigen Türkisen besetzt. Sie trug eine ärmellose Lederweste mit Fellfutter. Zwei Lamassus waren auf die Vorderseite der Weste gestickt. Sie war reich. Je länger Anderan sie betrachtete, desto sicherer war er, schon von ihr gehört zu haben. Eine Kentaurenstute mit weißblondem Haar. Eine Fürstin. Das musste Kirta sein, die Gefährtin des Nestheus. Des Anführers des Aufstands im Windland. Der Verbannte, auf den sein eigener Vater ein Kopfgeld ausgesetzt hatte. Die Geschichten über Nestheus und Kirta waren selbst bis Vahan Calyd gedrungen. In diesen Geschichten war die Kentaurin eine edle, selbstlose Kriegerin. Hoffentlich war etwas dran an dem Garn, das Barden und Märchenerzähler gesponnen hatten.

Kurz vor Morgengrauen frischte der Wind auf. Er kam jetzt von Norden. Und er fühlte sich genauso an, wie der Schiffer ihn beschrieben hatte. Er schnitt wie mit Messern ins Fleisch. Mit dem Wind kam der Schnee. Es waren kleine, staubzarte Flocken, die schmolzen, kaum dass sie das feuchte Deck berührten.

Die Mannschaft fügte sich den Befehlen der Kentaurenfürstin. Sie hoben die Anker und brachten den Lastkahn zum Ufer. Dort warteten noch weitere Pferdekrieger. Sie hatten Lastpferde mitgebracht. Alles war bestens organisiert.

Es dauerte etwas mehr als eine Stunde, die Ladung zu löschen. Fünfzigtausend Pfeile in den Händen der Kentauren! Wie viele Leben würde diese verlorene Fracht kosten?

Während sie die Pfeilkörbe von Bord schleppten, beobachtete sie eine Elfenkriegerin. Sie hielt sich abseits der Kentauren. Eine schlanke Gestalt mit flatterndem Umhang. Ihr Gesicht war mit Bandag bemalt. Einmal kam Anderan ihr nah genug, um zu erkennen, dass sie sich stilisierte Wolfsköpfe auf die Wangen gemalt hatte. Sie war die Mörderin von Gorbon.

Als der letzte Pfeil von Bord geschafft war, brachte ihnen die Kentaurin einen großen Sack voll mit getrocknetem Büffelfleisch. »Für eure Rückfahrt. Und wenn ich euch einen Rat geben darf: Verkauft den Kahn und kommt nie wieder den Mika hinauf. Andere Kentaurenführer sind weniger freundlich zu Schiffern, die Pfeile für unsere Feinde bringen.«

Ohne auf eine Antwort zu warten, preschte sie davon.

Die Ruderer beeilten sich, zurück auf den Kahn zu kommen. Doch Anderan nahm sich seinen Teil vom Proviant und blieb am Ufer. Er musste nach Feylanviek. Er musste wissen, wohin die Pfeile hätten geliefert werden sollen. Er hatte einen Verdacht … Aber er brauchte Gewissheit.

Der Schnee begann am Ufer liegen zu bleiben, als der Herr der Wasser sein Bündel schulterte und weiter nach Westen wanderte.

## VON DER ZUKUNFT BERÜHRT

Nikodemus hatte Angst. Die Menschen hier warteten auf den Tod. Sie waren auf eine trotzige Art hoffnungslos. Sie hätten weglaufen können, zumindest einige von ihnen, aber sie taten es nicht. Er hatte dem Gespräch mit dem verwundeten Anführer nicht ganz folgen können, aber so viel hatte er verstanden: Dieser Pirat wollte nicht fliehen und seine Verwundeten den Feinden überlassen. Das war verrückt! Viele hätten entkommen können. Jetzt würden sie alle sterben. Verrückt, aber eindrucksvoll. Der Kerl war ein Pirat und ein Held zugleich. Je länger er reiste, desto unübersichtlicher fand er das Leben. Da war Madra, der Troll, der ihn gemocht hatte. Und er hatte Emerelle das Leben gerettet, obwohl er geschickt worden war, sie aufzuspüren und dann Meuchler zu ihr zu führen. Gut, genau genommen hatte er auch sich selbst gerettet, als er das Tor mitten auf dem Albenpfad geöffnet hatte … Aber das Leben war eben verwickelt.

Falrach zog ein grimmiges Gesicht. Ärgerte es ihn, dass hier eine ganze Flotte in sinnlosem Kampf geopfert wurde? Aus ihm war nicht leicht schlau zu werden.

Sie waren zurück zum Kai gegangen und folgten von dort aus nun einer Treppe mit unregelmäßigen Stufen hinauf in die Felsen. Überall waren kurze Steinstelen aufgestellt, um die man bunte Tücher gewickelt hatte. Die Felsen entlang des Weges waren bemalt oder mit Ritzzeichnungen bedeckt. Sie zeigten Schiffe und Krieger, Tiere, verschlungene Muster und Ungeheuer, wie es sie nicht einmal in Albenmark gab. Wie es aussah, hatten einige Besucher des Orakels lange warten müssen, bis sie empfangen worden waren.

Selbst hier bei der Treppe lagen Verwundete. Aber nicht so viele wie unten an der Anlegestelle. Als Nikodemus zurück zur Bucht blickte, war er überrascht, wie hoch sie schon gestiegen waren. Etwas schien sich im Dunst am Horizont zu bewegen. Oder bildete er es sich nur ein? Er hielt einen Augenblick inne. Es war nichts deutlich zu erkennen. Aber er hatte das Gefühl, dass sich dort etwas bewegte. Etwas Riesiges, das fast den ganzen Horizont ausfüllte.

Nikodemus zog sich eine weitere Treppenstufe hoch. Es war eine elende Quälerei! Auch wenn er die Gestalt eines Menschenkindes angenommen hatte, war er noch sehr klein. So klein, dass ihn einige Krieger misstrauisch angesehen hatten, weil er laufen konnte und auch sonst zu klein für die Dinge war, die er tat. Er reichte den meisten Menschen gerade einmal bis zum Knie. Ihre Kinder schienen wohl größer zu sein, wenn sie laufen konnten.

Endlich erreichten sie den Eingang einer Höhle. Nikodemus rang nach Luft. Seine Waden brannten. Er hatte Mühe, die Verwandlung aufrechtzuerhalten.

»Du bleibst hier und sorgst dafür, dass uns niemand stört, Falrach. Vielleicht werde ich etwas länger mit Šamur brauchen. Gazala sind manchmal etwas eigenwillig.«

Nikodemus setzte sich erschöpft hin. Ihm war es recht, eine Pause zu haben.

»Du kommst mit!«

Der Lutin schloss die Augen. »Warum? Ich will meine Zukunft nicht kennen. Ich finde, es lebt sich viel freier ohne Orakelsprüche, die einem auf der Seele liegen.«

»Dann endet deine Freiheit heute!«

Er traute seinen Ohren nicht. »Was … Du willst mich zwingen?«

»Nein, ich will das nicht. Mir wäre es lieber, wenn du freiwillig mitkämst, einfach, weil ich dich darum bitte. Außerdem könntest du hier draußen im Weg stehen, wenn die Horden der Priesterfürsten die Bucht angreifen. Sieh einmal aufs Meer hinaus.«

Nikodemus wandte sich um. Der Horizont war keine klare Linie. Wasser und Himmel gingen nahezu übergangslos ineinander über. Und inmitten dieser ungewissen Grenze bewegten sich kleine Farbflecke. Wie die Schuppen einer riesigen Schlange sprenkelten sie den Horizont. Und dann begriff er, was sich dort bewegte. Er sah Segel! Eine gewaltige Flotte steuerte auf die Insel zu.

Auch Falrach hatte es gesehen. »Ihr beide würdet mich sehr glücklich machen, wenn ihr euch ein wenig beeilen könntet. Ihr habt vielleicht eine halbe Stunde. Wenn ihr länger braucht, werden die Aussichten schlechter, dass das Orakel euch etwas über eine Zukunft erzählt, die noch über die nächsten zwei Stunden hinausgeht.«

»Kommst du, Nikodemus?«

Er dachte an all die Menschenkrieger, die er gesehen hatte. Er würde keinen einzigen von ihnen aufhalten können. Und im Zweifelsfall könnte man sich in der Höhle wohl besser verstecken als draußen. Waren Orakel nicht unberührbar?

Emerelle trat in die Höhle, und er folgte ihr. Ein leicht abfallender Weg öffnete sich bald zu einer weiten Höhle. Überall waren kleine Öllämpchen aufgestellt. Sie verbreiteten warmes, gelbes Licht.

Eine junge Frau mit streng nach hinten gekämmtem, leicht geöltem Haar saß inmitten der Höhle vor einer Feuerschale, aus der sich blaugrauer Rauch erhob.

»Du wirst das Orakel fragen, was dein Schicksal ist.«

Genau das wollte er nicht. »Kannst du nicht mit ihm reden?«

»Nicht über dich. Šamur ist etwas eigenartig. Sie wird nur dir Auskunft über dich geben. Ich werde nicht dabei sein. Aber ich werde sehen, was ich wissen muss, wenn du zurückkommst.«

»Warum soll ich …«

»Falrach hält dich für sehr bedeutend. Er bereitet ein Spiel vor, in dem du eine wichtige Figur sein wirst.«

»Ein Spiel!« Die beiden waren verrückt! »Das ist doch …«

»Als er das letzte Mal neue Figuren für sein Falrach-Spiel ersonnen hat, ist ein Drachenkönig gestorben. Unterschätze ihn nicht. Es ist seine Art, das Unmögliche wahr werden zu lassen.«

Nikodemus fragte sich, ob Falrach in seinem Spiel auch gesehen hatte, dass er sterben würde.

»Du träumst davon, so berühmt wie dein Bruder zu werden. Du bist auf dem Weg, auch wenn du es nicht ahnst. Falrach vertraut dir. Ich nicht. Und nun geh! Du weißt, wie wenig Zeit uns bleibt.«

So berühmt wie Elija … War das möglich? Er sah hinab zu der Priesterin. Sie schien sie nicht einmal bemerkt zu haben. Unverwandt blickte sie in die Glut der Feuerschale.

Er ging hinab. Sie war eine Menschenfrau. Nicht die

Gazala! Ihr Gesicht war stark geschminkt. Weiß und dazu blutrote Lippen. Die Augen hatte sie mit Kohle umrandet. Sie sah unheimlich aus.

Erst als er unmittelbar vor ihr stand, hob sie den Kopf.

»Das Kind, das keines ist.« Ihre Stimme klang dunkel. Gar nicht weiblich. »Folge mir.«

Er atmete tief ein. Der Rauch aus dem Becken machte ihn ein wenig schwindelig. Sie wusste, wer er war. Was er war! War sie doch das Orakel?

Sie führte ihn in einen Winkel der Höhle, in dem nur eine verlorene Öllampe brannte. Dort war ein Becken. Das Wasser war wie ein schwarzer Spiegel. »Sieh dich an!«, befahl sie.

Er musste auf einen Stein klettern, um in das flache Becken blicken zu können.

»Wasche dein Gesicht und streich dir das Haar aus der Stirn. So ein kleines Gesicht. So wenig Platz …«

Nikodemus gehorchte. Das Wasser war kühl. Er hatte die Worte der Orakelpriesterin nicht richtig verstanden. Hatte sie gesagt: so wenig Platz? Kälte stieg seinen Nacken hinauf.

Die seltsame Frau nahm das Licht vom Wasserbecken. »Folge mir!«

Im tiefen Schatten lag ein Abstieg, der weiter in den Berg führte. Hier brannten keine Lichter mehr. Nikodemus strauchelte zweimal. Die Treppenstufen waren unregelmäßig. Jede hatte eine andere Höhe und Breite. Schließlich nahm die Priesterin ihn bei der Hand.

Endlich erreichten sie halbwegs ebenen Boden. Die Dunkelheit ringsherum war vollkommen. Die Öllampe schnitt nur einen kleinen Lichtkreis. Vor ihnen auf dem Boden lag ein Kissen. Es roch nach Sandelholz und feuchtem Fels.

»Leg dich hier hin. Verrutsche das Kissen nicht. Schließe deine Augen und öffne sie nicht, bis ich dich wieder holen komme.«

»Und das Orakel?«

»Es wird dich berühren, wenn ich gegangen bin.«

Nikodemus spürte sein Herz immer schneller schlagen. Diese Höhle war unheimlich. Er wollte seine Zukunft gar nicht mehr wissen! Und was sollte das schon wieder heißen? Das Orakel wird mich berühren!

»Leg dich hin«, sagte die Priesterin sanft.

Er gehorchte.

Sie bettete seinen Kopf auf das Kissen. Es war hart, als sei es mit Kernen gefüllt. Dunkle Flecken waren darauf. Trocknes Blut?

»Beruhige dich. Du darfst die Augen nicht öffnen, ganz gleich, was auch geschieht. Hast du das verstanden, kleiner Mann? Öffne nicht die Augen! Es könnte dich sonst dein Augenlicht kosten!«

Sie erhob sich.

»Kannst du das Licht hierlassen?«, bettelte er.

»Wenn du die Augen geschlossen hältst, brauchst du kein Licht. Und wenn du sie vor der Zeit öffnest, wirst du nie wieder ein Licht sehen. Lieg ganz still!«

Nikodemus lauschte auf die leiser werdenden Schritte. Er versuchte seinen Atem zu beherrschen, doch es gelang ihm nicht. Er ging keuchend und unregelmäßig. War da ein Geräusch? Über ihm? Ein Gleiten, als rieben geölte Lederbänder aneinander. Ein ähnliches Geräusch machten die breiten Gurte der Hornschildechsen, wenn die Tiere zu wenig Futter bekommen hatten und das Gurtzeug, das die Plattformen auf ihrem Rücken hielt, nachgezogen werden musste.

Nikodemus wollte die Augen öffnen. Nein!

Etwas berührte sein Gesicht. Etwas Spitzes! Er spürte Atem auf seinem Antlitz. Der Sandelholzduft war stärker geworden. Etwas schwebte über ihm. Da war er sich ganz sicher!

»Was will du wissen?«

Die Worte berührten ihn regelrecht, so dicht war die Sprecherin über ihm. Was hatte Emerelle gesagt? Er wollte gar nichts wissen! Er würde am liebsten fortlaufen, aber er hatte zu große Angst. »Also …« Seine Stimme zitterte. Aber wenigstens erinnerte er sich wieder, was Emerelle gefordert hatte. »Was ist mein Schicksal?«

Stille. Ihr Atem strich über sein Gesicht. Wie lange dauerte das? Er wurde immer unruhiger. Plötzlich stach etwas in seine Wange.

»Was …«

»Halt still oder es ist dein Verderben!«

Und dann berührten ihn tausend Nadeln. Sie stachen überall auf sein Gesicht. So schnell, dass er die einzelnen Einstiche nicht mehr voneinander unterscheiden konnte und das Ganze ein einziger, brennender Schmerz war. Blut und Tränen rannen ihm über die zerschundenen Wangen. Er wimmerte, wagte es aber nicht, sich zu bewegen. Die Nadeln stachen auch rund um seine Augen! Der Schmerz wurde immer intensiver. Dann umfing ihn Nacht.

## VON DER WAHRHEIT UND SCHMERZEN

Nikodemus ging an der Hand der Priesterin. Er schlurfte kraftlos. Die Frau schob ihn Emerelle entgegen. Sobald die führende Hand losließ, blieb der Lutin stehen. Er hielt die Augen fest zusammengekniffen. Obwohl er sich offensichtlich gerade erst sein Gesicht gewaschen hatte, troff Blut über die helle Haut. Schnörkellose, klare Buchstaben waren ihm ins Gesicht geschrieben. Die Wahrheit. Und sie lautete so, wie Emerelle befürchtet hatte. Sie konnte nicht begreifen, dass Falrach bereit war, dem Kobold zu vertrauen.

Sanft legte sie Nikodemus die Hand auf die Schulter. Der Lutin zuckte zusammen. »Ich bin es. Du musst keine Angst mehr haben. Du kannst die Augen wieder öffnen.«

»Nein! Sie wird sie mir ausstechen. Ich darf nicht ...«

»Es ist vorbei.« Emerelle kniete sich vor ihm nieder. Vorsichtig strich sie über sein Gesicht, gezeichnet von Blut und blauschwarzer Tätowiertinte. Bei der Berührung spürte sie den brennenden Schmerz des Kobolds. Sie würde ihm helfen, wenn sie zurückkam. Jetzt brauchte sie all ihre Kraft. »Es ist vorbei.«

»Es tut so weh. Es ist, als würden die Nadeln immer noch zustechen, als hätten sie ein Feuer unter meiner Haut entfacht.«

Sie führte ihn nahe zum Höhleneingang, wo der Wind, der vom Meer kam, zu spüren war. »Bleib hier und warte. Wenn ich wiederkomme, werde ich dir helfen.«

»Geh nicht dort hinein!« Er hielt sie mit seiner winzigen Kinderhand fest. »Es tut schrecklich weh. Das ist es nicht wert. Geh nicht!«

Einen Herzschlag lang zögerte sie.

Sie blickte auf das Meer. Die Flotte der Priesterfürsten war nun deutlich zu erkennen. Die Schiffe hatten sich zu einer weiten Sichel formiert. Verwundert sah sie, dass die Galeeren in der Bucht nun doch bemannt wurden. Ein Entkommen war jetzt unmöglich. Diese Entscheidung kam zu spät. Die Flotte aus Iskendria hatte Formation angenommen, die an einen weiten Halbmond erinnerte. Alle Schiffe hielten den gleichen Abstand zueinander. Für Menschenkinder waren sie erstaunlich diszipliniert. Eine kleine Flottille hatte den Hauptverband verlassen und schien die Bucht umgehen zu wollen. Helme und Speerspitzen funkelten im Sonnenlicht. Vielleicht sollte sie Krieger anlanden.

Der Lutin drückte ihre Hand. »Geh nicht! Sie wird dich quälen!« Hatte Falrach doch Recht? Es war anrührend, wie sehr Nikodemus sich um sie sorgte, obwohl sie es doch gewesen war, die ihn hinab in diese Höhle der Schmerzen geschickt hatte. Sie blickte in sein geschundenes Gesicht, las erneut den Orakelspruch und befreite sich aus seinem Griff. Ihm war nicht zu trauen! Sie musste hinab.

Wie der Lutin wusch sie sich das Gesicht. Die Priesterin sah ihr dabei schweigend zu. Auf dem Weg hinab vermied Emerelle es, in das Licht der Öllampe zu blicken. Ihre Augen gewöhnten sich schnell an das Dunkel. Die Höhle hatte eine hohe Decke. Etwas hing weit über ihr. Sie konnte es nicht genau erkennen. Dort oben schien es noch einen Zugang zu geben. Sie spürte einen leichten Luftzug. Er trug den Duft von Sandelholz und geöltem Leder zu ihr hinab.

Als sie sich auf den Höhlenboden legte, ermahnte die Priesterin sie streng, auf keinen Fall die Augen zu öffnen. Das Kissen war angenehm hart. Sie entspannte sich. Lauschte auf die Schritte der Menschentochter. Sie roch den Angstschweiß des Lutin, der das Kissen durchtränkt hatte.

Ein leises Sirren ließ sie die Augen öffnen. Wie eine Spinne glitt Šamur von der Decke hinab. Doch statt an einem einzelnen, seidenen Faden hing sie an etlichen Lederbändern, die um ihre Arme, Gazellenbeine und Hüften geschlungen waren. »Ich habe lange auf dich gewartet, gefallene Königin. Du willst wissen, was meine Schwester dir nicht sagen konnte. Und auch diesmal folgen dir Tod und Verderben, so wie im Jadegarten.«

»Du weißt, dass die Flotte der Priesterfürsten nicht um meinetwillen kommt.«

»Ist das nicht ganz gleich? Dort, wo du bist, sind Unruhe und Krieg. Du musst wieder nach Albenmark und deine Krone zurückerobern, um unserer Welt Frieden zu bringen. Das ist dein Schicksal!«

»Willst du mir das auf mein Gesicht tätowieren?«

Die Gazala ließ sich tiefer hinabsinken, bis ihr Gesicht schließlich kaum eine Handbreit von Emerelles Antlitz entfernt war. »Auf deinem Gesicht wird die Antwort auf deine drängendste Frage stehen. Du weißt, meine Gabe ist nicht so stark wie die meiner Schwester. Für mich liefert die Zukunft keine klar umrissenen Bilder. Ich sehe erst im Nachhinein klar, wenn sich all meine unverstandenen Visionen zur Wirklichkeit zusammengefügt haben. Vielleicht macht mich das auch zu einem echten Orakel, denn ich nehme keinen Einfluss. Stell mir eine Frage, und ich werde sehen. Deine Antwort wird in dein Gesicht geschrieben stehen. So kommt niemand zweimal zu mir. Ich habe für jeden nur eine Antwort, also bedenke deine Frage gut.«

Das Gesicht der Gazala war so dicht vor ihr, dass sie es nicht mit einem Blick erfassen konnte. Sie hatte schöne Lippen. Hörner schwangen sich über ihren Kopf hinweg dem Rücken entgegen. Sie strahlte Macht aus. Ihr Gesicht war bemalt wie das ihrer Priesterin.

»Hast du Angst vor den Menschen dort draußen?«

»Ich weiß, dass meine Priesterin heute sterben wird. Meine eigene Zukunft kenne ich nicht. Ich bin frei von Angst, denn ich bin mit meinem Leben im Reinen. Kennst du dieses Gefühl, Emerelle?«

Sie verschloss sich vor dieser Frage. »Du musst mir keine Antwort ins Gesicht stechen. Du weißt, im Gegensatz zu den Menschenkindern habe ich die Macht, sie zu löschen.«

»Es geht um den Schmerz, der mit der Wahrheit einhergeht. Der körperliche Schmerz ist nur die Vorbereitung für den Seelenschmerz, den sie stets bereitet. Kannst du auch diesen Schmerz heilen?«

»Manche sagen, meine Seele sei tot und ich hätte tausend Gesichter.«

»Wir beide wissen, was du Ungeheuerliches in dir trägst. Und ich weiß, welche Frage du mir stellen wirst, obwohl du mir eine ganz andere stellen solltest. Und ich weiß auch, warum du diese Frage stellen wirst. Das genügt mir als Beweis, dass deine Seele nicht tot sein kann. Nun schließe deine Augen und frage!«

Emerelle gehorchte ihr. Sie atmete tief ein und lauschte noch einmal in sich hinein. Sie wusste, was Šamur gemeint hatte. Aber sie konnte nicht anders, als jene Frage zu stellen, die sie vielleicht zu Ollowain führen würde. »Wenn einer der Alben in unserer Heimat verblieben wäre, wo müsste ich ihn suchen?«

Ein Stich drang in ihre Wange. Es brannte. Die Elfe spürte, wie ihr Tinte unter die Haut drang. Ein zweiter Stich … Und dann in schneller Abfolge Hunderte. Sie verschloss sich gegen den Schmerz. Reiste in Gedanken an jene Orte, an denen sie glücklich gewesen war. Sie entfloh. Ihre Gedanken waren ein Kaleidoskop des Glücks.

»Emerelle!«

Mit der Stimme kam der Schmerz zurück. Er überfiel sie mit solcher Heftigkeit, dass ihr übel wurde. Über ihr schwebte Šamur. Deutlich sah die Elfe die Handschuhe der Gazala. Die Fingerspitzen waren besetzt mit feinen Nadeln. Manchmal nur eine einzelne. Öfter waren es ganze Gruppen.

»Du warst sehr weit fort.«

Emerelle nickte. Ihre Wangen schienen in Flammen zu stehen.

»Du solltest dich beeilen, zu deinen Gefährten zu kommen. Flieh auf die andere Seite der Insel. Dort gibt es ein kleines Fischerdorf. Ihr werdet Boote finden.«

»Und du?«

Die Gazala streckte sich in ihren Gurten. »Ich werde mich in mein Versteck zurückziehen und hoffen, dass sie mich nicht finden werden. Sie werden meine Dienerin töten. Sie will nicht fortgehen, obwohl sie es weiß.«

Die Elfe dachte daran, dass Orakel niemals ihren eigenen Tod sehen konnten, und fragte sich, ob die Gazala sich etwas vormachte. »Du könntest mit uns nach Albenmark kommen.«

Šamur lächelte. »So lange habe ich mich danach gesehnt. Aber jetzt ist meine Schwester tot. Ich habe mein Band zu unserer Welt verloren. Ich werde hierbleiben.«

»Du weißt, warum ich dich verbannt habe?«

Sie glitt einige Handbreit nach oben. »Ich weiß, dass ich dir Ärger bereitet habe. Es würde wieder geschehen, wenn ich in Albenmark wäre. Ich bin ein Orakel. Ich sage immer die Wahrheit.« Mit diesen Worten glitt sie ins tiefe Dunkel unter der Höhlendecke.

Emerelle eilte hinauf zum Becken und wusch sich das Gesicht. Sie versuchte zu lesen, was in ihrem Angesicht stand, aber sie konnte die Schrift nur undeutlich erkennen. Ungeduldig lief sie zum Eingang der Höhle. Die Priesterin stand dort bei Falrach und blickte hinaus auf das Meer. Der ungleiche Kampf hatte begonnen.

Eine Flammensäule schoss fast waagerecht aus dem Bug eines der iskendrischen Schiffe. Sie verfehlte knapp die Galeere mit den Purpursegeln. Dafür setzte sie das Wasser in Brand.

»Das muss destilliertes Steinöl sein«, sagte Falrach sachlich. »Es ist mit Wasser nicht zu löschen. Ich glaube, sie haben die Bucht verlassen, weil Flut ist. Wenn die Iskendrier dieses Öl ins Wasser gegossen hätten, wäre es vom Meer in die Bucht getrieben worden. Sie hätten die ganze Flotte verbrennen können, ohne dass es auch nur zu einem Kampf gekommen wäre.«

»Was steht in meinem Gesicht?«

Falrach drehte sich um. Sie sah ihm sein Entsetzen an. »Was steht dort?«

»Du siehst fürchterlich aus. Wie konnte sie das tun! Wie sehr sie dich hassen muss.«

»Was …«

Er legte ihr die Hand auf den Mund. Dann zog er sie an sich und küsste sie auf die Stirn. »Ich liebe dich«, sagte er sanft. »Wirf dein Leben nicht leichtfertig fort. Bitte … Ich …«

Falrach hatte es schon immer verstanden, sich die unpassendsten Momente für seine Liebeserklärungen auszusuchen. »Was …«

Wieder strich er ihr über die Lippen. »›Auf dem Albenhaupt ruht der Alben Haupt.‹ Das hat sie dir ins Gesicht geschrieben. Verdrehte Orakelprosa, die alles und nichts bedeuten kann.«

»Nein! Das heißt, der Sänger ist dort. Er ist nicht gegangen, genau wie ich es erhofft hatte!«

»Es könnte genauso gut bedeuten, dass er tot ist und sein Leichnam dort beigesetzt ist. Und ganz gleich, was es heißt, niemand kann den Gipfel des Albenhauptes erreichen. Keine Albenkinder und kein Menschenkind. Alle, die es versucht haben, sind verschollen. Bitte tu das nicht! Geh nicht dorthin! Oder sag mir, dass es sich in den langen Jahren, die ich nicht hier war, geändert hat.«

»Man kann dort hinauf.« Emerelle wusste, dass er Recht hatte. Niemand hatte je den Gipfel dieses geheimnisvollen Berges erklommen. Von jenen, die es versucht hatten – und das waren viele gewesen –, war niemand zurückgekehrt. Nicht einmal die mächtigen Schwarzrückenadler wagten es, in der Nähe des Berggipfels zu fliegen.

»Was steht in mein Gesicht geschrieben?«, fragte Nikodemus leise. Der Lutin hatte die Augen jetzt geöffnet. Er blinzelte, als sei ihm ein Staubkorn in die Augen gekommen. Blut und Tränen hatte dunkle Bahnen auf seinen Wangen hinterlassen.

»Du solltest nichts auf Šamur geben. Sie war blind vor Hass«, sagte Falrach.

»›Jene, die mir vertrauen, werde ich verraten.‹ Das ist es, was dort steht. Ich werde die Schrift auslöschen können.« Es war genau das, was Emerelle von dem Lutin erwartet hatte. Sie würde ihm niemals vertrauen. Er war der Bruder von Elija Glops, dem größten Aufwiegler, der je aus den Völkern der Kobolde erwachsen war.

»Ich vertraue dir«, sagte Falrach trotzig. »Und nun kommt, sonst gibt es kein Entrinnen mehr.«

Emerelle blickte aufs Meer. Das Schiff mit den Purpursegeln hatte die erste Reihe der gegnerischen Galeeren durchbrochen. Es war das einzige Schiff der Piratenflotte, das es geschafft hatte. Die Übrigen brannten oder waren in Entergefechte verstrickt. Drei Galeeren aus der zweiten Reihe versuchten den Piratenfürsten zu stellen.

»Wir können nicht hoffen, mit unserem Boot zu entkommen«, sagte Falrach. »Und die Iskendrier werden uns nicht fragen, ob wir vielleicht nur Besucher des Orakels waren. Sie werden jeden in dieser Bucht töten. Wir müssen über die Berge zur anderen Seite der Insel fliehen. Das ist unsere einzige Hoffnung.«

Und du glaubst nicht an die Prophezeiungen von Orakeln, dachte Emerelle und folgte ihm auf einem schmalen Pfad in die Berge. Dabei dachte sie an die Schiffe, die sich vom Hauptverband der Flotte getrennt hatten. Hatten sie die Küste schon erreicht? Wo würden sie die Krieger anlanden?

## GEFRORENE HUNDEHAUFEN UND STRANDGUT

»Nimm das! Stirb, hinterhältiger Troll!«

»Ha, mein alter Hund schnappt ja schneller als du!«

»Geschwätz hilft dir nicht mehr!«

Kadlin lauschte auf den schnellen Wechsel von Schlägen, der den Worten folgte. Sie lehnte an einem Felsen, den die Mittagssonne erwärmt hatte, und blickte auf den Fjord hinaus. Die Abendstunde war nicht mehr fern. Schon glitten lange Schatten über die fernen Berghänge. Ein stetiger Südwind verfing sich im Fjord und trieb das dunkle Wasser in kleinen Wellen gegen das Ufer.

Am Kai der kleinen Stadt lag ein unförmiges Frachtschiff, das vor einer Stunde erst angelegt hatte. Fässer und Säcke stapelten sich. Morgen würden sie das Apfelfest feiern. Ihr Vater Alfadas hatte es eingeführt. Und inzwischen war es Sitte geworden, dass sich an diesem Tag jeder auf Kosten des Königshauses den Bauch vollschlug. Das Fest verschlang ein Vermögen. Allein zehn Ochsen würden morgen gebraten. Dreißig Fass Apfelwein standen bereit und noch einmal dieselbe Menge an Bier. Kadlin fürchtete, dass es nicht reichen könnte. Seit Tagen versuchte sie, noch weitere Vorräte aufzutreiben. Vielleicht brachte das Schiff ja Hilfe. Sie betrachtete die Waren am Kai. Die Fässer waren klein. Das waren wohl eher gesalzene Heringe.

»Du schummelst!«, erklang lauthals eine Mädchenstimme. »Kein Troll ist so flink!« Dann kam sie um den Felsen gelaufen. Einer ihrer Zöpfe hatte sich gelöst. Ein roter Striemen lief quer über ihren Unterarm. Ihre Augen funkelten vor Zorn. Der Hieb auf den Arm hatte sicherlich wehgetan. Aber das war es nicht, was sie wütend machte. »Conlyn ist ein Blödmann!«

Kadlin strich ihrer Tochter durch das zerzauste Haar. »Was ist denn passiert?«

»Der ist so flink wie ein Wiesel. Wir haben gespielt, dass er ein Troll ist und ich eine ruhmreiche Kriegerin, so wie du, Mama.«

Die Königin lächelte, aber sie nahm sich fest vor, herauszufinden, welcher Tunichtgut ihrer Tochter die falschen Heldengeschichten über den Trollkrieg erzählte. Vielleicht war es ihr Großvater Lambi?

Conlyn kam zu ihnen. Er ließ spielerisch sein Holzschwert wirbeln.

»Angeber!«, zischte Swana ihn an.

Der Junge hatte langes schwarzes Haar, ganz wie seine Mutter. Er war mehr als einen halben Kopf kleiner als Swana, obwohl er nur fünf Monde jünger war. Von zierlicher, drahtiger Gestalt, bewegte er sich mit einer Anmut, die jeden aufblicken ließ. In seinen Augen funkelte der Schalk. »Du wirst nie eine Trollkämpferin, wenn du es nicht einmal schaffst, mit mir fertigzuwerden.«

»Ich werde einmal eine Königin sein, du eingebildetes Langohr. Und dann wirst du sehen, wie ich mit dir fertig werde.«

»Pah, Titel sind nur Worte.«

Swana machte einen überraschenden Ausfall. Selbst Kadlin war überrascht vom plötzlichen Zorn ihrer Tochter. Doch Conlyn wich mit einer grazilen Drehung aus und versetzte Swana einen Klaps auf den Hintern. Ihre Tochter strauchelte. Sie schlug der Länge nach hin. Kadlin wollte sich schon nach ihr bücken, da sah sie, wie das Mädchen ihr verstohlen zuzwinkerte.

Conlyn hatte das nicht sehen können. Als sie sich nicht regte, wurde er schließlich unruhig. »Was ist mit ihr?«

»Sieht so aus, als hättest du sie gründlich besiegt.« Es kostete Kadlin alle Mühe, ernst zu bleiben.

»Aber ich habe ihr doch nur ganz leicht auf den Hintern geklatscht. Das kann doch nicht …«

»Menschenfrauen sind da sehr empfindlich.«

Conlyn beugte sich über Swana. Er strich ihr Haar zur Seite, um ihr Gesicht zu sehen. In dem Moment fuhr das Mädchen herum. Sie tippte sacht mit dem Holzschwert auf die Brust des Elfenjungen. »Flink sein allein reicht manchmal nicht«, stieß sie kichernd hervor.

Conlyn sah beleidigt zu Kadlin auf. »Du hast gewusst, dass sie das tun würde.«

Kadlin lächelte. »Mädchen halten eben zusammen.«

»Du bist kein Mädchen. Du bist eine Königin«, brummte er. »Das gehört sich nicht.«

»Den Spruch ›Das gehört sich nicht‹ habe ich, glaube ich, an jedem Tag seit meiner Krönung mindestens einmal zu hören bekommen. Aber ich muss dir danken. Du bist ein guter Fechtmeister, Conlyn. Es freut mich, dass du meiner Tochter Unterricht gibst.«

Er war immer noch wütend. Er zog eine Grimasse. »Sie hat kein Talent. Sie ist so steif wie ein gefrorener Hundehaufen.«

Kadlin schluckte kurz. Ihr war klar, dass Conlyn jetzt in einem Alter war, in dem er sich an den fantasievollsten Flüchen versuchte. Sie konnte ihm ansehen, wie sehr er darauf wartete, dass sie ihn schalt. Der kleine Elf hockte genau wie ihre Tochter gerne in Lambis Langhaus und hörte sich die Geschichten des Alten an. Dieser Fluch hörte sich verdächtig nach Lambis Worten an.

»Und du hast Umgangsformen wie ein gefrorener Hundehaufen«, empörte sich ihre Tochter an ihrer Stelle.

Conlyn hob herausfordernd das Holzschwert. »Sag das noch mal!«

»Königin?« Answin, der Befehlshaber ihrer Leibwache, und ein korpulenter Fremder kamen das Ufer hinunter. Die zwei schleppten eine große Holzkiste.

Die beiden Streithähne waren endlich still.

»Was gibt es?«

»Ein Geschenk von Finn, dem Jarl von Stayndam bei Gonthabu! Nicht weit von der Stadt ist ein großes Handelsschiff gestrandet. Es war niemand mehr an Bord. Das war während des schweren Sturms in der letzten Woche. Wahrscheinlich haben die Seeleute sich lieber den Booten anvertraut als dem entmasteten Schiff.«

Kadlin sah den Jarl von Stayndam forschend an. Sie hatte ihn noch nie zuvor gesehen oder auch nur seinen Namen gehört. »Ich hoffe, es brannten keine falschen Leuchtfeuer an der Küste.«

Der Jarl war ein korpulenter Mann in mittleren Jahren. Er hatte ehrliche graue Augen. »Was denkt Ihr, Königin. Manchmal holen wir uns etwas mit dem Schwert, wie es schon unsere Vorväter taten. Aber auf diese Weise …« Er schüttelte ärgerlich den Kopf. »Wir sind doch keine Aldarviker! Wir sind keine Schmuggler und Strandpiraten!«

»Was hatte das Schiff geladen?«

»Stoffe und Kleider, Herrin. Ein wahrer Schatz.« Er blickte auf die Kiste und lächelte. »Ihr solltet es einmal ansehen. Solche Stoffe finden sich im ganzen Fjordland nicht. Diese leuchtenden Farben …«

»Bitte, Mutter, mach die Kiste auf«, bettelte Swana.

»Hier am Ufer?«

»Bitte!«

Auch Conlyn reckte neugierig den Hals. Wenigstens hatten die beiden vergessen, sich weiter wie betrunkene Schankmaiden anzugiften.

»Setzt die Kiste ab«, befahl sie gut gelaunt. »Mir scheint, ihr kamt gerade zur rechten Zeit, um den Ausbruch eines Krieges zwischen Albenmark und dem Fjordland zu verhindern.«

Der Jarl lächelte. »Ihr werdet es nicht bereuen, Herrin.«

Auch Kadlin war jetzt neugierig. Gespannt sah sie zu, wie der Fremde das schwere Schloss der Kiste öffnete. Als er den Deckel aufklappte, strahlte sie ein Stoff an, so strahlend gelb wie die Sonne am Sommerhimmel.

»Ihr müsst es berühren, Herrin.«

Kadlin kniete nieder. Sie streichelte über das Gelb. Auch Swana streckte die Hand aus. »Bitte, nimm es heraus. Lass es uns ansehen!«

Ein leicht muffiger Geruch haftete dem Kleid an. Wahrscheinlich war der Stoff feucht geworden. Kadlin nahm das Kleid und hielt es vor ihre Brust.

Answin schnalzte mit der Zunge. Kadlin strafte ihn mit einem strengen Blick, doch der Hauptmann der Leibwache grinste nur. »Das sieht aus wie für euch gemacht, Herrin. Vielleicht müsste es um die Hüften etwas enger sein, aber die Länge stimmt.«

»Man schnürt es auf dem Rücken«, belehrte Swana ihn. »Es wird ganz ohne Änderungen passen.« Sie beugte sich über die Kiste und holte ein zweites Kleid heraus, das von einem lichtem Blau war. Ganz wie Kadlin hielt sie es sich vor die Brust und drehte sich dann keck.

»Du siehst aus wie ein Nachtalb, der die Kleidertruhe eines Trolls geplündert hat. Das ist viel zu groß für dich.«

Swana vergrub ihr Gesicht im Stoff. »So weich wie Blütenblätter«, seufzte sie.

»Weiter unten in der Truhe sind Kleider, die euch noch besser passen werden, Prinzessin«, sagte Jarl Finn freundlich.

Swana war nicht zu halten. Sie wühlte mit einem Jauchzen in der Truhe. Alle Farben des Regenbogens schienen in der dunklen Holztruhe gefangen zu sein.

»Haben wir etwas verpasst?«

Kadlin zuckte kurz zusammen, obwohl die Stimme ihr wohlvertraut war. Melvyn und Leylin waren zum Strand des Fjordes gekommen. Es war unheimlich, dass sie sich selbst auf dem groben Kies am Ufer völlig lautlos bewegen konnten. Leylin erschien ihr ein wenig verlegen. Das lange schwarze Haar trug die Elfe jetzt offen. Kadlin entdeckte ein welkes Blatt zwischen den schweren Strähnen. Wie ein Umhang umschloss sie ihr Haar. Ihr Kleid war ein wenig in Unordnung. Als sie Kadlins prüfende Blicke bemerkte, zupfte die Elfe es errötend zurecht.

Melvyn grinste frech. Ihn störte nicht im Mindesten, dass man erraten konnte, was die beiden im Wald getan hatte, während Conlyn sich mit Swana duellierte. Seine Fröhlichkeit drang einem wie ein Pfeil ins Herz. Kadlin musste einfach lächeln. Ein wenig beneidete sie die beiden. Sie hatte in all den Jahren keinen neuen Mann erwählen wollen, obwohl ihre Jarls keine Gelegenheit ausließen, sie wie eine Zuchtstute anzupreisen.

Unter all den Männern, die in den letzten elf Jahren um ihre Hand angehalten hatten, war keiner wie Björn. Sie dachte an ihre erste Begegnung mit Björn Lambison, den eitlen Stutzer im Gefolge des Prinzen Ulric. Sie beide waren gleich bei ihrem ersten Treffen aneinandergeraten. *Seid ihr so arm, dass du die alten Hosen deines Vaters auftragen musst, Mädchen?* Das war das Allererste, was er zu ihr gesagt hatte. Ein Wort gab das andere, und ein paar Augenblicke später hatte sie ihn mit einem Kinnhaken in den Staub geschickt. Sie hatte nicht gerade ritterlich gekämpft. Aber Björn hatte die Niederlage vor den Augen seiner Kameraden und des Prinzen wie ein Ehrenmann genommen. Ja, er hatte sie vor aller Augen eingeladen, ihr ein Kleid als Wiedergutmachung zu schenken.

Schweren Herzens blickte sie auf die Kleidertruhe. Sie vermisste Björn auch nach all der Zeit noch. Manchmal, wenn Swana lachte, sah sie sein Gesicht in den Zügen des Mädchens.

Ein heller Freudenschrei riss sie aus ihren melancholischen Gedanken. Swana hatte ein dunkelblaues Kleid gefunden, das mit silbernen Blättern bestickt war. »Das werde ich morgen auf dem Fest tragen! Ist es nicht wunderschön?«

»Du siehst wahrlich wie eine Prinzessin aus«, sagte Leylin mit schwerem Akzent. Die Sprache des Fjordlands ging ihr immer noch schwer von den Lippen. »Die Farbe passt gut zu deinem schönen weißen Haar. Du musst allerdings den Saum noch etwas kürzen. Wenn du magst, helfe ich dir dabei.«

Melvyn blickte etwas unglücklich drein, sagte aber nichts.

»Bitte, bleib bis nach dem Fest«, sagte sie leise.

Er rollte mit den Augen. Aber Kadlin wusste nur zu gut, dass er Leylin nichts ausschlagen konnte. »Du könntest den ganzen Winter bleiben.«

»Elfen im Winter wecken schlechte Erinnerungen bei deinen Leuten.«

»Das ist so lange her …«

Er schüttelte den Kopf. »Es ist unvergessen. Ich sehe, wie sie mich anschauen. Auch Leylin merkt es. Wir sind den Deinen unheimlich, auch wenn du davor die Augen verschließt.«

»Ich könnte nach Conlyn sehen. Dann habt ihr mehr Zeit für euch«, sagte sie mit verschwörerischem Lächeln.

Leylin schien es gehört zu haben. Jedenfalls wurde sie erneut rot.

»Nein, Kadlin. Wir kommen nächsten Sommer zurück. Aber nach dem Fest müssen wir aufbrechen. Es hat in den Bergen schon zu schneien begonnen. Wenn wir zu lange warten, kommen wir nicht mehr über die Pässe.«

## DER BLICK ZUR MÖWE

Nikodemus lehnte keuchend an einem Fels. »Ihr könnt mich zurücklassen«, stieß er atemlos hervor. »Ohne mich werden die euch niemals fangen. Ich weiß, wie sehr ich euch aufhalte.«

Falrach wollte davon nichts hören. Sie würden es irgendwie schaffen. »Was das angeht, habe ich dieselbe Auffassung wie der Piratenprinz. Wir lassen niemanden zurück!«

»Das hat den Prinzen das Leben gekostet.«

»Das wissen wir nicht«, sagte Emerelle ruhig. »Geht es wieder ein Stück?«

Nikodemus raffte sich auf, doch es war unübersehbar, dass der Lutin am Ende seiner Kräfte war.

Falrach blickte über den Felsen, hinter dem sie sich in Deckung gekauert hatten. Weiter unten auf der Bergflanke konnte er zwei Verfolgertrupps ausmachen. Das Gelände war unübersichtlich. Tiefe Furchen und kleine Zedernwälder lieferten Deckung. Er musste den Iskendriern zugestehen, dass sie ihn überrascht hatten. Ihm war nicht entgangen, dass sich eine kleine Flottille vom Hauptverband der Flotte gelöst hatte. Als sie bis zur Dämmerung unbehelligt geblieben waren, hatte er gehofft, den Truppen der

Priesterfürsten entgangen zu sein. Ja, er hatte sogar zugestimmt, ein Nachtlager zu suchen. Sie hatten sich nur ein paar Stunden Ruhe gegönnt.

Als sie am nächsten Morgen zu den Dörfern auf der anderen Seite der Insel hinabsteigen wollten, hatte sich offenbart, wie entschlossen und systematisch die Iskendrier vorgegangen waren. In jedem kleinen Fischerdorf lagen Kriegsgaleeren vor Anker. Und auf allen Pfaden, die man von der Höhe der Berge aus einsehen konnte, bewegten sich Krieger, die offenkundig von ortsansässigen Führern begleitet wurden. Sie saßen in der Falle. Mit Vernunft allein war dieses Vorgehen der Iskendrier nicht zu erklären. Es war der blanke Fanatismus. Sie wollten niemanden aus der Piratenflotte entkommen lassen. Alle sollten für den Tod des Promachos büßen.

»Ich nehme dich auf die Schultern, Nikodemus.«

»Du wirst zu langsam. Lass mich zurück.«

Der Elf sah dem Lutin in das verschorfte Gesicht. Er hatte noch immer die Kindergestalt angenommen, weil sie hofften, dass ein Kind vielleicht verschont würde, falls man sie umstellte. Eine fuchsköpfige Missgeburt durfte nicht auf Gnade vor den Schwertern der Krieger hoffen. Falrach las wieder die Tätowierung. *Jene, die mir vertrauen, werde ich verraten.* Er mochte das einfach nicht glauben! Es entsprach nicht dem Bild, das er sich von dem Lutin gemacht hatte.

»Los jetzt, vertun wir unsere Zeit nicht mit Reden!« Ohne auf eine Antwort zu warten, hob er den Kobold hoch auf seine Schultern. »Wenn wir es schaffen, uns bis zur Dämmerung vor ihnen zu verstecken, dann werden wir ihnen entkommen.«

Emerelle hatte die Augen geschlossen. Sie wirkte völlig entrückt, wie so oft in letzter Zeit. Falrach wünschte, sie würde sich ihm mehr anvertrauen, doch sie schien entschieden zu haben, all ihre Sorgen mit sich allein auszumachen.

»Herrin!« Er berührte sacht ihre Schulter. Als sie die Augen aufschlug, wirkte sie einen Herzschlag lang verwirrt. Dann wurde ihr Blick klar. Hatte sie ihre Seele fliegen lassen?

»Eine halbe Wegstunde hinter uns ist ein großer Trupp Bewaffneter. Sie kommen genau in unsere Richtung. Und wenn wir dem Pfad weiter folgen, werden wir sehr bald auf eine andere Truppe Krieger treffen. Das Gelände ist so steil, dass wir abseits der Wege nicht weit kommen werden.«

»Dann würde ich vorschlagen, dass ihr beide euch in Vögel verwandelt. Allein werde ich schon durchkommen.«

»Wie war das mit dem *Wir-lassen-niemanden-zurück?* Nein, Schwertmeister. Wir gehen zusammen.«

»Ganz meine Meinung«, stimmte Nikodemus auf seinen Schultern zu.

Falrach erinnerte sich nur zu gut, wie wenig es nützte, mit Emerelle zu reden, wenn sie einmal einen Entschluss gefasst hatte. Man musste sie überzeugen, bevor sie eine Entscheidung fand. Und das ging nur, wenn man mögliche Probleme früher als sie erkannte, sie dann ganz behutsam auf den richtigen Weg führte und sie der Illusion überließ, sie sei es, die diesen Weg gewählt habe. Früher einmal war er sehr gut darin gewesen, sie auf diese Weise zu führen. Aber sie hatte sich verändert. Und er auch. Ihm fiel es schwerer, Entscheidungen zu treffen. Manchmal hatte er das Gefühl, er sei nicht er selbst. Ob das Ollowain war? Formte sich das neue Bewusstsein des Schwertkämpfers heran? Wie lange würde er brauchen, bis er seinen Körper wieder in Besitz nehmen konnte?

Falrach ließ den Blick über die karge Berglandschaft schweifen. Sie hatte eine wilde Schönheit, auch wenn es hier für seinen Geschmack zu heiß für einen Herbsttag war. Er sollte den Augenblick leben. Irgendwann würde er einfach hinter Ollowain zurücktreten. Wie das wohl war? Wäre er dann ein unbeteiligter Zuschauer, gezwungen, dem Leben Ollowains beizuwohnen, ohne Einfluss darauf nehmen zu können? Oder würde er ganz verblassen?

Er betrachtete Emerelle, die vor ihm auf dem engen Ziegenpfad ging. Sie setzte ihre Schritte sicher und ohne zu zögern. Jede ihrer Bewegungen war von Anmut. Sie war eine wunderschöne Frau. Es war leicht, sich in sie zu verlieben. Unter dem Kopftuch, mit dem sie ihre Ohren verbarg, lugten zwei Strähnen ihres braunen Haars hervor. Leicht eingerollt schwangen sie mit jedem ihrer Schritte. Er dachte an ferne Liebesnächte, als er sein Gesicht in diesem Haar verborgen hatte. Er konnte sich noch daran erinnern, wie es roch. Lieber als jedes Parfüm hatte er den Duft des Waldes darin gemocht.

Er dachte an ihr Liebespiel in dem Bergbach im Verbrannten Land. Er vermisste es, sie zu berühren. Er vermisste es, bei ihr zu liegen. Falrach wusste nur zu gut um seine Schwächen. Er brauchte es, geliebt zu werden. Nicht allein das Gefühl. Nein, er brauchte es, eine Frau in den Armen zu haben, die sich ihm ganz hingab. Er hätte Nailyn besitzen können. Sie war eine wunderbare Tänzerin gewesen. Allein die Erinnerung daran, wie sie sich an ihn geschmiegt hatte, als sie inmitten dieses seltsamen blauen Meeresglühens schwebten, erregte ihn. Sie hatte ihn gewollt, und sie war sehr verführerisch gewesen. Ein wenig bereute er es, sie zuletzt zurückgewiesen zu haben. Er hatte sie gewollt. Mit jeder Faser seines Körpers. Und sie hatte das gespürt. Es war nicht zu verbergen gewesen, als sie nackt miteinander getanzt hatten.

Dennoch war Falrach auch stolz, ihr widerstanden zu haben. Nein, sich widerstanden zu haben. Jenem unseligen Begehren nach körperlicher Liebe. Dem Verlangen nach der Ekstase einer erfüllten Liebesnacht. Er wollte Emerelle. Wieder blickte er auf ihre Haare. Vielleicht würde er ihr nie mehr näher kommen als in diesem Augenblick.

Plötzlich blieb sie stehen. Ein Stück voraus weitete sich der enge Pfad. Im Schatten einiger Zedern rastete ein Trupp Krieger. Sie hatten die Helme abgenommen. Es waren acht Gewappnete und ein Bauer.

»Lass mich mit ihnen reden«, befahl Emerelle.

Falrach haderte mit sich, so tief in Gedanken gewesen zu sein, dass er überrascht worden war.

Emerelle ging den Kriegern entgegen. Jetzt hatte man sie bemerkt. Einer sagte etwas, und die anderen lachten. Zumindest fühlten sie sich nicht bedroht, dachte Falrach. Das war gut. Und warum hätten sie auch beunruhigt sein sollen? Sie sahen ja nur eine Frau und einen Mann, der zwar bewaffnet war, aber seine auf den Rücken gegürteten Schwerter nicht ziehen konnte, solange er ein Kind auf den Schultern trug.

»Wir haben das Orakel besucht, wie du sehen kannst, ehrwürdiger Krieger. Wir tragen seine Zeichen in unserem Angesicht und haben mit den Piraten, die ihr sucht, nichts zu schaffen.«

Der Mann, den sie angesprochen hatte, schien der Anführer zu sein. Er war von stämmiger Figur. Sein Bronzepanzer und seine Beinschienen waren, nach menschlichen Maßstäben, von vorzüglicher Qualität. Er hatte fleischige, vorgestülpte Lippen, die nicht recht zu seinen markanten Gesichtszügen passen wollten. Zu den harten grauen Augen, dem blauschwarzen Bartschatten auf seinen Wangen und dem schütterer werdenden Lockenhaar mit den ergrauten Schläfen.

»Warum seid ihr hier? Euer Boot liegt doch sicher in der Bucht des Orakels. Warum lauft ihr davon, wenn ihr nichts mit den Piraten zu schaffen habt?«

»Mein Mann hatte Sorge, dass die Edlen Iskendrias sich nicht mit Fragen aufhalten würden wie du, mein Fürst. Er glaubte, nach den Kämpfen würden sie alle töten, die sie in der Bucht finden. Deshalb hat er entschieden, dass wir über die Berge fliehen und uns später ein Fischerboot mieten, das uns zurück in unsere Heimat bringt.«

Der Iskendrier sah abfällig zu ihm hinüber. »So, dein Kinderträger fällt also solche Entscheidungen. Dabei bist du es, die vorne geht. Und du bist es auch, die mit mir redet. Wie passt das zusammen?« Einige der Krieger lachten.

»Du bist ein kluger Mann, dem auch die kleinen Dinge nicht entgehen«, antwortete Emerelle höflich, doch glaubte Falrach einen leichten, gereizten Unterton wahrzunehmen. Unwillkürlich musste er an die Gerichtshalle in Feylanviek denken.

»Da ich tatsächlich mit den Piraten nichts zu schaffen habe, gibt es eine leichte Erklärung. Wir kommen aus Marcilla. Mein Mann versteht die Sprache, in der wir beide uns unterhalten, nur lückenhaft. Also bin ich es, die redet. Und ...« Sie senkte scheinbar verlegen den Kopf. »Ich gehe vorne, weil mein Mann gern den Schwung meiner Hüften betrachtet.«

Die Krieger brachen in schallendes Gelächter aus. Nur ihr Anführer nicht.

»Du sprichst leichthin über deine Reize, Weib. Und deine Antworten kommen zu schnell und sind zu klug. Soll ich dir sagen, was ich von dir halte? Mein Priesterfürst Promachos wurde von einem Weib ermordet, das sich sein Vertrauen erschlichen hatte. Oder sagen wir es geradeheraus: von einer Hure, deren Liebeskünste ihn nur noch mit seinem Schwanz denken ließen. Ich bin ihr nie begegnet, aber es heißt, sie sei eine zierliche, schöne Frau von schnellem Verstand und dunklem Haar gewesen. Eine Frau, die wusste, wie man Männerherzen gewinnt. Dieses Weib ist zu Fürst Tigranes geflohen, nachdem sie ihre Bluttat in Iskendria beging. Wir suchen sie seit Jahren. Wie es scheint, muss sie gemeinsam mit dem Piratenprinzen geflohen sein. Und nun steht vor mir eine schöne, zierliche Frau, die auch noch klug zu sein scheint ...«

»Und wenn doch wahr wäre, was ich gesagt habe?«

»Du musst das von unserer Warte aus sehen, schöne Frau.« Er bedachte sie mit einem anzüglichen Lächeln. Falrach sah, wie Emerelle sich spannte. Auch er bewegte die Schultern, damit Nikodemus sich vorbereitete, zu springen.

»Für jeden Piraten, den wir in den Bergen aufspüren, bekommen wir ein Goldstück. Wenn ich mir gar keine Gedanken über die Wahrheit deiner Geschichte mache, halte ich drei Goldstücke in der Hand. Solltest du aber die Frau sein, nach der gesucht wird, so werde ich tausend Goldstücke erhalten, wenn ich dich ausliefere. Und solltest du die sein, für die ich dich halte, muss es wohl außerordentliches Vergnügen bereiten, dich zu nehmen. Eine Freude, die ich auch meinen Männern nicht vorenthalten möchte, denn wir alle sind schon sehr lange auf unseren Schiffen und wissen kaum noch, wie es sich anfühlt, zwischen den Schenkeln einer Frau zu liegen.«

»Glaubst du, ich würde mir das Gesicht tätowieren lassen, wenn ich darauf angewiesen wäre, von meiner Schönheit zu leben?«

»Ich glaube, du würdest alles tun, um dem zu entgehen, was die Priesterschaft mit dir anstellen wird, um den Tod von Promachos zu rächen.«

»Du siehst also keine Möglichkeit, uns einfach ziehen zu lassen?« Emerelle hatte sich ein wenig geduckt, so als spreche sie in unterwürfiger Demut.

»Ich wäre dumm, es zu tun.«

»Siehst du die Möwe dort oben?«

Der Krieger blickte auf. In dem Moment griff Emerelle nach seinem Schwert. Sie zog es und durchschnitt mit fließender Bewegung den gereckten Hals. »Du hast dich dazu entschieden, weniger lange zu leben, als ein Möwenschiss braucht, um vom Himmel zur Erde zu fallen, kluger Mann.«

Der Krieger taumelte zurück. Er griff sich an die Kehle. Emerelle duckte sich an ihm vorbei und stieß dem nächsten das iskendrische Kurzschwert in den Bauch.

»Spring!« Der Lutin reagierte sofort. Falrach zog seine beiden Schwerter und sprang vor.

Die Krieger waren noch immer so überrascht, dass erst einer von ihnen seine Waffe gezogen hatte.

Emerelle schleuderte ihr Kurzschwert, das ihm tief in die Brust drang.

»Gib mir ein richtiges Schwert, Falrach«, sagte sie, als er an ihre Seite gelangt war.

Jetzt war der Bann gebrochen. Die verbliebenen fünf Krieger fluchten und zogen ihre Klingen, noch immer überzeugt, dass sie mit einer vermeintlichen Hure und deren Leibwächter leichtes Spiel haben würden.

Falrach stürmte vor. Er täuschte einen Stich nach dem Bein des Kriegers vor ihm an. Als dieser tief parierte, hackte er ihm den Arm dicht unter der Armbeuge ab. Ohne weiter nachzudenken, überließ er seinem Körper das Kämpfen. Es war ein blutiger Tanz. Und Emerelle schien ihn nicht minder vollkommen zu beherrschen als er.

Nach zehn Herzschlägen lebte nur noch der Bauer.

»Du kommst mit uns«, sagte Emerelle entschieden. »Du wirst uns zum nächsten Fischerdorf führen und uns helfen, ein Boot zu stehlen.«

»Herrin, alles, was ihr sagt … Aber die Dörfer sind voller Krieger. Es sind Hunderte!«

Emerelle wischte die Klinge ihres Schwertes an der Tunika eines der Toten ab. »Hast du den Eindruck, dass es mir Schwierigkeiten bereitet, die Krieger der Priesterfürsten zu töten?«

## DER SEILTÄNZER

Armand mochte seinen Beruf. Schon als kleines Kind war er von Seilläufern fasziniert gewesen. Nie würde er den Tag vergessen, an dem die Seilläufer gekommen waren und ein Seil quer über den Markt gespannt hatten. Vom

Giebel des Rathauses zu den Zinnen des alten Tempelturms. Hoch in der Luft tanzten sie und machten allerlei Kunststücke. Die ganze Stadt war zusammengekommen und hatte ihnen zugesehen. Und in der Nacht hatte sich seine Mutter einen der Seiltänzer in ihr Bett geholt. Diesem Tanz hatte nur er allein zugesehen. Sein Vater war wieder einmal nicht im Haus gewesen. Wie meistens.

Als er elf Jahre alt war, war Armand fortgelaufen. Er wollte aus dem Dreck emporsteigen in den Himmel, so wie die Seiltänzer. Ein Jahr war er über die Landstraßen gewandert, bis er eine Schaustellertruppe fand, die ihn aufnahm. Dann begann die glücklichste Zeit in seinem Leben. Die Zeit, in der er lernte, den Himmel zu erobern.

Als er fünfundzwanzig war, hatte der Himmel seinen Glanz verloren. Er hatte begriffen, dass er immer arm bleiben würde. Drei seiner Lehrmeister hatte er begraben. Zwei mit zerschmetterten Gliedern, weil eine plötzliche Bö sie in den Tod gestürzt hatte. Den dritten hatte ein Fieber hinweggerafft. Er hätte nicht sterben müssen, aber es hatte kein Geld gegeben, einen Heilkundigen zu rufen.

Sie alle waren abseits der Gräberfelder an einem Wegkreuz verscharrt worden. Das war das Schicksal der Heimatlosen. In jenem fünfundzwanzigsten Jahr seines Daseins hatte sein Leben erneut eine Wende genommen. Er war seinem letzten Lehrer begegnet. Dem Mann, der ihm beigebracht hatte, wie man den Tod brachte. Und seit er ihn bei sich aufgenommen hatte, war Armand nicht einen Abend mehr mit knurrendem Bauch ins Bett gegangen.

Jetzt war er zweiunddreißig. Seinen letzten Meister hatte er getötet. Gewissermaßen als sein Meisterstück. Auch in dieser Nacht würde er wieder töten. Tjured schien seinem weißen Ritter nicht sehr gewogen zu sein, sonst hätte er die Wolken vom Himmel vertrieben und die Nacht mit Sternenlicht erleuchtet. Oder er hätte den Priestern eine Eingebung geschickt, dieses eine Mal nicht bis nach Mitternacht im Tempelturm zu beten und zu streiten. Sie fochten darum, auf welche Weise das Wort Gottes unter die Menschen getragen werden sollte. Und ob es statthaft war, dass Tjured künftig seine eigenen Ritter hatte.

Armand zog an dem Seil, das vom Dach des Badehauses vorbei am Stumpf der verbrannten Eiche zum Baugerüst am Tempelturm führte. Dass seine eitlen Priester ständig an ihren Tempeltürmen bauten, das war ein Geschenk Tjureds!

Das Seil war straff gespannt. Ein gutes Seil, das nicht zu sehr nachfedern würde, wenn er sich ihm anvertraute. Die Rolle mit dem Haltegriff war frisch geölt. Er würde fast lautlos dahingleiten. Ein Schatten, aus Schatten geboren. Fast fünf Schritt lief das Seil über dem Weg hinweg, den die Priester jede Nacht nahmen, wenn sie endlich ihren Tempelturm verließen. Das war mehr als genug. In der Dunkelheit musste Armand nicht fürchten, dass man das Seil vor der Zeit bemerken würde. Im Gegenteil, wenn sein Plan aufging, würde es den Schrecken noch vertiefen. Es war mit Öl getränkt, um den Hanf geschmeidig zu halten. Und er hatte einen ganzen Tag damit verbracht, fein gemahlenen Schwefel tief in die Faserstränge zu drücken. Es würde wie Zunder brennen, wenn sein Schauspiel vorüber war. Eigentlich schade, dass nur ein paar Priester Zeugen seines Auftritts werden würden. Aber Priester waren ja bekanntermaßen die größten Tratschmäuler. Bis zum Morgen würde die ganze Stadt wissen, was für ein himmlisches Strafgericht den weißen Ritter ereilt hatte.

Armand hatte sich ganz in Schwarz gewandet. So geziemte es sich für ein Geschöpf der Nacht. Nur die Maske, die er anlegen würde, war weiß. Sie war aus einem echten Totenschädel gefertigt. Nur der Vorderteil des Schädels war geblieben. Auf der Innenseite mit Lederstreifen gestärkt, die ihn zugleich auch zusammenhielten.

Armands Finger glitten über die kalte Schneide der Sense. Er hatte sie eigens für diese Nacht fertigen lassen.

Das Sensenblatt war dick und schwer wie eine Schwertklinge. Er hatte mit der Sense im Wald verborgen geübt. So tödlich scharf war das Blatt, dass man junge Bäume mit einem einzigen Hieb fällen konnte. Dem würde ein junger Ritter gewiss nicht widerstehen.

Armand hielt inne. Sie hatten im Tempelturm zu singen begonnen. Bald würden die Priester durch das große Portal kommen. Was für ein Glück, dass dieser Michel Sarti nie seine Rüstung ablegte. So würde Armand ihn auch im Dunkeln gut erkennen können. Wie eine Flamme würde er zwischen all den in dunklem Blau gewandeten Priestern erstrahlen. Den Helm unter dem Arm. Mit ernstem Gesicht würde der Ritter zwischen ihnen einhergehen. Wie weit sein Kopf wohl fliegen würde?, überlegte Armand. Vielleicht bis durch das offene Tempeltor?

Der Seilkünstler streifte die schwarzen Handschuhe über und setzte die Schädelmaske auf. Er hakte die Rolle in das Seil und duckte sich hinter den Giebel. Ein letztes Mal prüfte er den Faltenwurf des weiten Kapuzenumhangs. Wie schwarze Flügel würde er sich aufbauschen, wenn er am Seil dahinglitt. Armand wünschte, er könne sich bei seinem Auftritt zusehen. Morgen würde er in unauffälligen Kleidern den Platz vor dem Tempelturm besuchen und sich die Geschichte erzählen lassen. Das war fast genauso gut.

Sein Tod muss wahrlich außergewöhnlich sein, hatte sich sein Auftraggeber gewünscht. Einen ganzen Beutel voller Gold hatte er als Anzahlung bekommen. Zwei weitere Beutel würden folgen, wenn sein Auftraggeber zufrieden war. Armand lächelte selbstsicher. Einen Mord wie diesen hatte es noch nicht gegeben. Im ganzen Königreich würde man davon sprechen, dass ein Dämon oder ein böser Elf aus dem nächtlichen Himmel hinabgeschwebt war, um Michel Sarti am selben Ort zu töten, an dem vor langen Jahren der heilige Guillaume ermordet worden war.

Das Tor des Tempelturms öffnete sich. Wie immer trat

als Erster ein alter Priester mit einer Laterne hinaus. Armand beobachtete das Konzil schon seit fünf Tagen. Das Gute an Priestern war, dass sie es liebten, Dinge immer auf die gleiche Art zu tun. Sie gaben sich Mühe, dass ihr Tag immer die gleiche Ordnung hatte, ihre Messen immer den gleichen Ablauf. Und immer kam der Alte mit der Blendlaterne zuerst aus dem hohen Turm.

Als Nächstes trat ein Trüppchen Priester ins Freie. Sie waren so tief ins Gespräch versunken, dass sie vermutlich gar nicht mitbekamen, ob es Tag oder Nacht war. Armand langte nach dem Griff der Seilrolle. Mit der Rechten hob er die Sense an. Sie war schwer. Er könnte den weißen Ritter vermutlich zweiteilen, wenn der Hieb ihn am Rumpf traf. Das wäre noch eindrucksvoller als ein enthaupteter Ritter. Und der Rumpf war viel leichter zu treffen als der Hals.

Adrien zögerte. Es war nie gut, seine Pläne im letzten Augenblick zu ändern. Er dachte wieder an die jungen Bäume im Wald, die er mit dieser besonderen Sense gekappt hatte. Ein Mann, der in der Mitte durchgeschnitten wurde, war noch spektakulärer als ein Enthaupteter. Da konnte es keinen Zweifel geben. Armand sah vor seinem inneren Auge, wie die Beine des Ritters noch standen und einen Teil von dessen Torso trugen, während der Oberkörper mit zuckenden Armen auf dem Pflaster lag.

Er ließ die Hand über die schwere Sensenklinge gleiten. Da erschien Michel Sarti im Tor des Tempels. Auch er war tief in Gespräche verstrickt. Er lachte. Der junge Ritter machte einen netten Eindruck. Wenn er den Helm aufgesetzt hatte, wirkte er unheimlich in seiner merkwürdigen Rüstung mit dem silbernen Gesicht. Aber jetzt trug er den Helm unter den Arm geklemmt.

Armand durfte nicht länger zögern. Er dachte an all das Gold und stieß sich vom Dach ab. Fast lautlos glitten die hölzernen Rollen über das Seil. Er wurde immer schneller. Das Seil federte nur wenig. Er hatte lange gezögert, ob er seinen Auftritt nicht mit einem dramatischen Ausruf würzen sollte. Etwas wie: Der Tod holt dich! Aber das wäre dumm. Sollte Michel Sarti sich daraufhin geistesgegenwärtig zu Boden werfen, wäre alles verdorben. Er musste ihn überraschen!

Armand holte mit der Sense zum Schlag aus. Hals oder Torso? Torso. Er glitt über den vordersten Priester hinweg. Jemand blickte auf. Ein Schrei. Jetzt sah auch Michel zu ihm. Die Sense fuhr nieder. In weitem, kräftigem Schwung. Die gekrümmte Klinge traf den Ritter mitten auf der Brust.

Armand schrie auf. Er hatte das Gefühl, ihm würde der Arm ausgerissen. Seine Schulter krachte. Gleißende Lichtpunkte tanzten ihm vor den Augen. Michel war gestürzt. Der heftige Aufprall hatte Armand ein Stück am Seil zurückgleiten lassen. Jetzt sauste er wieder vorwärts.

Der weiße Ritter rappelte sich auf. Er wirkte benommen. Das konnte nicht sein! Niemand konnte einen solchen Hieb überstehen. Schon gar nicht in einer Lederrüstung.

Der Ritter zog sein Schwert. Die Priester schrien. Sie deuteten zu ihm hinauf. Manche waren niedergekniet, um zu beten. Armand glitt der Sicherheit des Baugerüsts entgegen. Niemand konnte klettern wie er. Er würde entkommen. Der Seiltänzer sah über die Schulter zurück. Michel hatte sein Schwert gezogen. Was für eine dumme, nutzlose Geste!

Der Ritter warf die Klinge hoch. Armands Füße berührten die Balken des Baugerüsts. Er streckte die Hand vor, um sich auf eines der Bretter zu ziehen. Im gleichen Augenblick erschlaffte das Seil.

Er ließ die Sense fallen und stürzte. Verzweifelt versuchte er etwas zu greifen zu bekommen. Armand schlug hart auf den Boden auf. Heißer Schmerz stach durch seine rechte Schulter. Er wusste, er hatte sie sich ausgekugelt.

Der Sturz war nicht so tief gewesen, als dass er zerschmettert sein könnte. Armand setzte sich auf. Halb benommen blickte er auf den Platz. Eine weiße Gestalt kam auf ihn zu.

Der Ritter trat gegen die Sense. Schlitternd glitt sie über das Pflaster davon. Eine Schwertspitze berührte sanft Armands Hals.

»Wer schickt dich?«

»Das werde ich nicht sagen.«

»Man wird dich foltern.«

»Ich werde trotzdem schweigen.« Es gab auch nicht viel, was er hätte sagen können. Wer einen Meuchler suchte, der stellte sich nicht mit Namen vor. Und er erklärte auch nicht, warum ein Mann oder eine Frau sterben sollten. Selbst wenn sie es schafften, seinen Willen zu brechen, würden sie von ihm nichts erfahren.

Der Ritter nahm ihm die Maske ab. Inzwischen waren Priester mit Laternen gekommen. Leute aus den angrenzenden Häusern traten zögerlich auf den Platz. Fensterläden wurden aufgeklappt.

»Warum?«

»Weil ich einen Beutel voll Gold dafür bekommen habe.«

Der Ritter nickte. Ein harter Zug war um seine Lippen erschienen. Er wirkte plötzlich älter.

»Ich habe eine Bitte an dich, Michel Sarti.«

Ein Wangenmuskel des Ritters zuckte. »Warum sollte ich dir eine Bitte gewähren?«

»Weil du nicht bist wie ich.«

Michel antwortete ihm nicht. Der Blick des Ritters hielt ihn gefangen.

»Ich weiß, ich werde hingerichtet werden. Ich habe es verdient. Du bist ein Mann mit Macht und Ansehen. Bitte sag ihnen, dass sie mich hängen sollen. Ich war früher einmal ein Seiltänzer. In Zeiten, als ich noch nicht für Gold gemordet habe. Ich möchte noch ein letztes Mal am Seil tanzen. Und sei es ein Galgenstrick.«

# KEIN SCHLECHTER TOD

Als Anderan Feylanviek erreichte, waren seine Füße gefühllos und seine Finger so steif gefroren, dass er die Hände, mit denen er seinen Mantel zusammenhielt, nicht mehr öffnen konnte. Vier Tage hatte der Fußmarsch am Ufer des Mika entlang gedauert. Immer wieder hatte es geschneit. Der Schnee reichte ihm jetzt bis über die Knie. Und die Schneeflocken schmolzen nicht mehr, wenn sie ihm auf die Hände fielen. Auch schmerzte ihn der Nordwind nicht mehr. Seine Messer schienen alles durchtrennt zu haben, was Schmerz empfinden konnte.

Anderan sah das Gesicht seines Sohnes vor Augen. Er sah ihn als kleinen Jungen spielen. Sah, wie er vor den Winkerkrabben davonlief. Das weiße Land war ein unbeschriebenes Blatt, auf dem in immer lebhafteren Farben seine Träume erschienen. Er starrte vor sich hin. Ohne nachzudenken, setzte er einen Fuß vor den anderen. Stetig, unermüdlich, so wie ein Herz schlägt, obwohl man nicht daran denkt, dass es dies tun sollte.

Er hielt erst inne, als unmittelbar vor ihm ein Trollgesicht erschien. Es war so plötzlich da, als sei es auch nur ein Bild aus seinen Träumen.

»Wo willst du hin, kleiner Schneefurz?« Die Stimme durchdrang ihn. Seine Ohren dröhnten, so laut hatte der Troll gesprochen.

Anderan schwankte benommen. Er machte einen Schritt zurück. Neben dem Trollgesicht erschien ein vermummter Kobold, von dem wenig mehr als seine Nasenspitze und die Augen zu erkennen waren. »Woher kommst du, Bruder? Und antworte demnächst sofort, wenn du angesprochen wirst. Es sind unruhige Zeiten, und nicht alle Trollwachen sind so geduldig wie mein Freund hier.«

»Du hast mich angesprochen?«

»Dreimal habe ich dich angerufen, aber du bist einfach immer weitergegangen wie ein Schneegeist.«

»Ich muss zum Handelshaus Verrak.«

»Red keinen Unsinn. Du solltest dringend zu einem großen Feuer gebracht werden, damit du wieder auftaust. Du wirst dich wundern, welche Schmerzen es bereitet, wenn das Leben in deine Glieder zurückkehrt.« Er warf einen skeptischen Blick auf Anderans Hände. »Oder auch nicht.«

»Ich muss zum Handelshaus Verrak. Sofort!«

»Du bist verrückt ...«

»Ich bin Anderan, der Herr der Wasser von Vahan Calyd und Kronrat des Königs Gilmarak. Du wirst mich zu dem Handelshaus bringen. Jetzt!«

»Aber das Haus, zu dem du willst, gibt es gar nicht mehr, Herr. Die Verraks sind schon vor Jahren gegangen. Ihr Kontor ist vernagelt, sie haben ...«

»Das kann nicht sein«, beharrte Anderan. »Sie haben eine ganze Schiffsladung Pfeile gekauft. Du musst dich irren! Bring mich zu ihrem Kontor.«

Der Kobold zog sich zurück und tuschelte etwas mit dem Troll. Dann lief der Troll davon.

Anderan war wütend. Er wusste, dass er nicht mehr lange stehen konnte. Seine Kraft verließ ihn. Er musste weitergehen, sonst wäre er dazu bald nicht mehr in der Lage. Er musste es wissen!

»Komm«, sagte der Kobold. »Ich bringe dich zu den Verraks. Du wirst sehen, dass ich nicht gelogen habe.«

Sie schlurften durch den hohen Schnee. Nach einer Weile stützte der andere ihn. Er führte ihn an langen Reihen heruntergekommener Häuser vorbei über eine Brücke, auf der Mauerreste darauf hindeuteten, dass hier einmal ein großes Haus gestanden hatte. Es ging weiter an einem Kanal vorbei, in dem Lastkähne wie dunkle Grabsteine lagen. Letzte Erinnerungen an den gestorbenen Handel.

Endlich hielten sie vor einem Haus mit einer hohen roten

Tür. Bretter waren davor genagelt. Der Rost auf den Türangeln ließ keinen Zweifel daran, dass hier schon lange niemand mehr ein und aus ging. »Das ist das Handelskontor Verrak«, sagte sein Begleiter und klang beleidigt.

Anderan starrte die Tür an. »Das kann nicht sein.« Er wollte nicht, dass es wahr war. Dass sich seine Befürchtungen, die ihn zu dieser Reise getrieben hatten, bestätigten. »Ich habe die Papiere gesehen. Alles ist in Ordnung gewesen. Das Haus Verrak hat mit drei Schiffsladungen Lebensmitteln für die Fracht bezahlt, die hierherkommen sollte. Das ist erst drei Monde her.«

»Die Verraks sind in den Süden gegangen. Sie führen sicher noch Geschäfte. Vielleicht geben sie auf ihren Papieren sogar das Kontor in Feylanviek als ihr Stammhaus an.« Sein Führer, von dem er nach wie vor nur die tropfende Nase und die Augen kannte, schien aufrichtig bemüht zu sein, das vermeintliche Missverständnis aufzuklären.

Der Troll, den sein Begleiter fortgeschickt hatte, stampfte durch den Schnee auf sie zu. Er trug einen Kobold in seinen Armen, der sich einen schreiend bunten Schal um Hals und Gesicht gewickelt hatte.

»Das ist Solton, der Stapelmeister von Feylanviek. Er weiß alles über die Kontore in der Stadt.«

Solton war augenscheinlich nicht glücklich darüber, dass man ihn geholt hatte. Er blickte Anderan feindselig mit kleinen, dunklen Augen an. Sie erinnerten ihn an die Augen der großen Sumpfratten in den Mangroven.

»Es geht um eine Fracht für das Haus Verrak.«

»Die kann nicht für Feylanviek bestimmt gewesen sein! Kannst du überhaupt Frachtbriefe lesen? Ohne dir zu nahe treten zu wollen, aber nur lesen und schreiben zu können, genügt nicht, um Frachtpapiere zu verstehen. Vielleicht schreiben die Verraks ja immer noch den Namen ihres Stammhauses in die Briefe. So könnte es zu dieser Verwechslung gekommen sein.«

»Genau das habe ich ihm auch schon gesagt, Onkel!«

»Ich war auf dem Frachtkahn, der die Ladung hierherbringen sollte«, entgegnete Anderan müde. Er hatte das Gefühl, dass er jeden Moment zusammenbrechen könnte. Er spürte seine Beine nicht mehr. Und das, was ihn so viele Wochen gequält hatte, war ihm jetzt fast gleichgültig. Er wollte sich nur noch hinlegen und die Augen schließen. Schlafen. Sehr lange schlafen.

» … und deshalb ist es unmöglich … Hörst du mir noch zu?«, fuhr ihn der Stapelmeister scharf an.

»Ich war auf dem Frachtkahn …«

»Und wo ist dieser Frachtkahn, bitte schön? Hier ist seit vielen Wochen kein Kahn mehr angekommen.«

»Wurde von Kentauren gekapert«, murmelte er.

»Die verbrennen Lastkähne. Sie beschießen sie mit Feuerpfeilen, aber sie kapern sie nicht. Wie sollte so ein Pferdearsch auf den Fluss kommen!«

»Flöße.«

Der Stapelmeister wirkte jetzt weniger mürrisch. »Fracht für das Haus Verrak …« Er schüttelte den Kopf. »Sie haben noch etwas Lagerraum in der Stadt. Aber das ist wirklich nicht viel. Komm mit!« Er dirigierte den Troll ein Stück den Kanal entlang, bis sie einen Abschnitt erreichten, an dem hohe Holzhäuser mit steilen Giebeln dicht an dicht standen. Jedes Einzelne hatte einen langen Balken unter dem Dachfirst, an denen früher wohl einmal Flaschenzüge gehangen hatten. Türgroße Öffnungen, versperrt mit bunten Holzläden, untergliederten die Fassaden. Einige der Dächer waren eingestürzt.

Solton ließ sich vor einem gelben Tor absetzen, auf das ein roter Hundekopf gemalt war. Der Stapelmeister zog einen schweren Schlüsselbund unter seinem Mantel hervor. Ein rostiges Schloss hing von einer schweren Eisenkette. Anderan hörte Metall knirschen. Der alte Kobold fluchte. Dann zog er die Nase hoch, spuckte auf das Schloss und versuchte es erneut. Schließlich öffnete sich der Bügel des Vorhängeschlosses mit einem elenden Knirschen. »Na also«, grinste der Alte. »Brauchte nur ein bisschen Schmier. Wartet hier!«

Der Troll schob das schwere Lagerhaustor auf, und Soltan verschwand in die Dunkelheit.

Anderan lehnte sich an die Wand des Stapelhauses. Er sollte den Troll vielleicht fragen, ob er ihn tragen könnte. Wenn es ein Lager gab, dann mochte sich alles aufklären. Vielleicht plante die Familie Verrak ja, einen Verwalter zu schicken, der ihre alten Geschäfte wiederaufnehmen sollte. Allerdings hätte der schon vor den Waren hier eintreffen sollen! Das ungute Gefühl, das ihn plagte, seit er die Spur der Pfeile aufgenommen hatte, wollte nicht weichen. Auch wenn es einen Verwalter gab, stellte sich immer noch die Frage, für wen die Pfeile bestimmt waren.

Soltan trat mit einer Laterne in der Hand aus dem Lagerhaus. »Komm mal mit, Bruder Kronrat.« Der Alte feixte vor Vergnügen. Vor der Revolte hätte er sich so eine Frechheit sicher nicht herausgenommen. Anderan war zu müde, um ihn darauf hinzuweisen, dass es auch zwischen Brüdern Unterschiede gab.

Es roch muffig im Lagerhaus. Irgendwo plätscherte Wasser. Das Dachgebälk ächzte leise unter der Schneelast.

»Weißt du, Bruder, die Stapelplätze haben früher einmal wesentlich mit über den Erfolg der Handelskontore entschieden. Bevor dieser unselige Krieg mit den Kentauren begonnen hatte, gab es nie genug Stapelplatz in der Stadt. Wo deine Waren in den Stapelhäusern liegen, entscheidet darüber, wie schnell ein Frachtkahn be- oder entladen wird. Die Stapelplätze auf den Märkten entschieden, wie gut deine Geschäfte gingen. Warst du der erste Anbieter, an dessen Stand die Händler kamen, oder erst der siebente? Um Stapelplätze haben die großen Kontore früher Fehden geführt. Ja, sie gaben sogar den Ausschlag für Hochzeiten. Du hättest Feylanviek vor dreißig Jahren sehen sollen, bevor die Trolle zurückkehrten. Selbst vor zehn Jahren, als der neue König den Tauschhandel noch nicht eingeführt hatte, waren wir eine stolze Stadt.«

Solton blieb vor einem Bretterverschlag stehen. Sie hatten bereits zwei ähnliche Verschläge passiert. Die Bretter waren einfach auf die schweren Balken genagelt, die das Lagerhaus trugen. »Hier siehst du den letzten Stapelplatz der Familie Verrak.« Die grob gezimmerte Tür war nicht verschlossen. Der Alte zerrte sie auf und leuchtete mit der Laterne hinein. Altes Stroh lag auf dem Boden. Ein paar zerrissene Säcke. Eine Ratte huschte eilig aus dem Lichtkreis. Der Verhau war kaum zweimal zwei Schritt groß.

»Weißt du, Bruder Kronrat. Solange sie mindestens einen Stapelplatz halten, gehen ihre alten Rechte nicht verloren. Fast alle Handelshäuser machen es so. Man kann ja nie wissen, ob die Zeiten nicht noch einmal besser werden. Wenn du wirklich ein Kronrat bist, wirst du es ja wissen. Geben uns die Trolle irgendwann das Geld zurück? Oder werden sie wenigstens dafür sorgen, dass der Mika wieder ein sicherer Fluss wird und man mit den Kentauren handeln kann? Ohne das Fleisch ihrer Herden ist Feylanviek nur ein Dreck. Diese Stadt wird sterben, wenn wir keinen Frieden mit den Kentauren schließen. Selbst der Rudelführer, der sich hier seinen Arsch plattsitzt, hat das begriffen. Aber auf ihn scheint keiner zu hören.«

Anderan schüttelte den Kopf. Er dachte an die Snaiwamark-Karawanen und ihr geheimes Ziel. Das Gold würde nie mehr zurückkommen. Dafür hatte Gilmarak gesorgt!

»Weißt du was, Bruder? Ich scheiß auf euch Kronräte und den neuen König. Ihr lasst diese Stadt verrecken! Da war es ja selbst zu Zeiten des Tyrannen Shandral besser!«

»Ihr seid frei, zu gehen. Andere Städte erblühen«, wandte Anderan halbherzig ein.

»Was heißt hier frei? Meine Sippe lebt seit über dreihundert Jahren in Feylanviek. Mein Name hat hier einen guten Klang! Ich bin der Stapelmeister. Weißt du überhaupt, was das bedeutet? Ich war einmal einer der bedeutendsten Männer dieser Stadt. Und jetzt bin ich der Herr über Spinnweben und verrottende Säcke. Trotzdem werde ich bleiben. Meinem Bruder hat der verdammte Shandral beide Hände abgeschnitten. Mein Onkel hat seinen Kopf unter einem der Schmiedehämmer der Flussschmiede verloren. Soll das alles vergebens gewesen sein? Ist das deine Freiheit, Bruder Kronrat? Und jetzt sag mir, warum du wirklich hier bist. Was für eine Fracht hätte hier verstaut werden sollen? Ein paar Kistchen mit Geschmeide?«

»Fünfzigtausend Pfeile.« Anderan stützte sich an einen der dicken Holzpfeiler. Er spürte seine Beine nicht mehr, und ihm war vor Erschöpfung übel.

»Nein!« Der Stapelmeister hätte fast die Laterne fallen lassen. »Das wirst du meiner Stadt nicht anhängen, Kronrat. Das ist nicht wahr!«

»Ich weiß. Hier ist kein Platz für die Fracht, die auf dem Kahn war. Und Kirta, die Gefährtin des Nestheus, des Einigers der Stämme, hat den Angriff angeführt. Das kann kein Zufall gewesen sein. Diese Pfeile sollten niemals Feylanviek erreichen. Und ich fürchte, es ist nicht das erste Mal, dass so etwas geschah. Ich habe allein für die letzten drei Jahre Papiere über sieben Frachten mit Pfeilen finden können. Pfeilen, wie sie auch beim großen Angriff auf die Snaiwamark-Karawane verwendet wurden. Sie waren von Anfang an für die Kentauren bestimmt. Feylanviek hat mit diesen Geschäften nichts zu schaffen.« Er konnte nicht länger stehen. Alle Kraft wich von ihm. Er hatte den Verdacht schon lange gehabt, aber wider besseren Wissens hatte er darauf gehofft, dass er irrte. Er hatte auch einen Verdacht, wer dafür sorgte, dass diesem Krieg nicht die Waffen ausgingen. Aber würde er es jemals beweisen können? Alles, wofür er in den letzten Jahren gekämpft hatte, war zerbrochen. Und sein Sohn war für Lügen gestorben.

»Was ist mit ihm?«

»Verdammt, der stirbt«, flüsterte der Alte. »Der Marsch durch den Schnee war zu viel für ihn. Wenn der wirklich ein Kronrat ist und hier verreckt, dann wird alles noch schlimmer. Ruf deinen Troll.«

»Aber du kannst doch nicht …«

»Der Troll wird es tun. Der Winter kommt. Die Kanäle frieren zu. Wenn wir ihn da jetzt hineinwerfen, dann wird er bis zum Frühjahr nicht mehr hochkommen. Und wenn ihn dann jemand findet, dann würde ihn nicht einmal mehr seine Mutter erkennen. Ich hab solche Leichen schon gesehen. Los, hol deinen Troll!«

Anderan hatte alles klar verstanden, aber er hatte nicht einmal mehr die Kraft, seinen Kopf zu heben. Sollte es geschehen. Ertrinken war kein schlechter Tod für einen Herrn der Wasser.

## MASKEN

Als sie die Augen öffnete, rang sie nach Luft.

»Und«, drängte Falrach, »können wir es schaffen?«

»Alle, die schon geschlafen haben, schlafen jetzt sehr tief. Aber jenen, die wach sind, kann ich nichts anhaben. Es sind viele. Es wird gefährlich werden.« Sie blickte zum Himmel. Wie zum Spott stand der Mond in all seiner Pracht über ihnen. »Im Dorf sind nur acht Posten. Aber auf den beiden Galeeren draußen sind noch viele wach. Sie haben doppelte Posten aufgestellt. Sie fürchten, dass es immer noch Piraten draußen auf See gibt, die von den Rauchwolken der brennenden Flotte angelockt werden. Sie haben dort seltsame Kessel unter Feuer. Ich glaube, das muss ihre Flammenwaffe sein. Im Bug der Galeeren gibt es je ein großes Kupferrohr. Ich weiß nicht, wie diese Waffe eingesetzt wird.«

»Bei dem Licht kann man jedes Boot auf See von weitem sehen«, lamentierte Nikodemus. »Wir kommen hier nicht weg.«

»Wir können auch nicht bleiben. Die Toten in den Bergen sind sicher schon längst gefunden. Die Insel ist zu klein. Wir können uns nicht ewig verstecken. Wir nehmen ein sehr kleines Boot und setzen kein Segel, bevor wir die offene See erreicht haben.«

»Das erscheint mir auch am klügsten.« Emerelle blickte zum Strand. Sieben Boote lagen dort. Die Galeeren ankerten etwa hundert Schritt vom Strand entfernt. Auf jedem der beiden Schiffe brannten etliche Öllampen. »Wenigstens schlafen ihre Ruderer.«

»Kannst du die Schiffe nicht durch einen Zauber in Brand setzen?« Nikodemus sah sie mit seinen ganz und gar unschuldigen, falschen Kinderaugen an. Sie kam nicht umhin, erneut den Orakelspruch zu lesen, der ihm im Gesicht stand. *Jene, die mir vertrauen, werde ich verraten.* »Weißt du, wonach du da fragst? Ja, ich könnte es. Auf jedem der Schiffe sind achtzig Ruderer. Sie sind angekettet. Sie werden entweder bei lebendigem Leibe verbrennen oder aber ertrinken, wenn das brennende Schiff sinkt. Und dann sind da noch etwa fünfzig Seeleute und Krieger auf jedem Schiff. Von ihnen werden sich gewiss viele mit einem Sprung ins Wasser retten können. Aber wird ihnen das helfen? Ich habe gesehen, dass dieses Feuer sogar auf dem Wasser brennt. Einen Funken in jeden der kochenden Kessel zu schicken wäre nicht einmal ein Zauber, der mich viel Kraft kostet. Aber es würden mit Sicherheit zweihundert Menschenkinder sterben, wenn ich es tue. Habe ich das Recht dazu? Und wie ist es mit dir, Nikodemus? Wird es dich kaltlassen, wenn auf deinen Rat zweihundert Menschenkinder sterben, damit wir leichter entkommen können? Wirst du das einfach vergessen können, wenn wir nach Albenmark zurückkehren? Oder werden dich die Bilder in deinen Träumen verfolgen? Bilder von brennenden

Menschenkindern, die in ein Meer springen, das sie vor dem Feuer nicht zu retten vermag. Und die Schreie! Hast du schon einmal die Schreie eines Verbrennenden gehört? Ich habe es.«

Der Lutin senkte den Blick. »Würden sie so auch über uns denken?«

»Dürfen wir zulassen, dass ihre Taten unsere Taten bestimmen? In den Bergen hatten wir keine Wahl. Hier haben wir sie. Noch …«

»Dann los«, sagte Falrach. »Der Himmel ist wolkenlos. Es wird nicht besser werden, wenn wir warten. Bringen wir es hinter uns.«

Emerelle blickte wieder auf die weite Bucht. Die beleuchteten Galeeren sahen hübsch aus. Ihre Lichter spiegelten sich im Wasser. Auf einem der Schiffe sang ein Mann. Er hatte eine dunkle, weit tragende Stimme. Es war ein Lied über ein Mädchen, das auf ihren Seemann wartete. Jeden Tag stand sie am Ufer und blickte auf die See, bis sie grau wurde und man sie eines Morgens tot am Strand fand.

Wie viele der Ruderer hatten wohl noch ein Mädchen, das auf sie wartete?

Sie schlichen geduckt über den Kiesstrand. Emerelle wusste, dass die Wachen im Dorf die Hügel beobachteten. Die See überließen sie ihren Kameraden auf den Schiffen.

Sie wählten das kleinste der Boote. Blaue Farbe blätterte von seinem Rumpf. Auf jede Seite des Bugs war ein großes Auge gemalt. Es stank nach Fischabfällen. Als sie es auf dem Kiesstrand anschoben, war Emerelle sicher, dass man den Lärm noch eine Meile entfernt hören musste. Doch kein Wachhorn erklang. Kein Ruf. Sie hatten Glück!

Endlich glitt das Boot in die Dünung. Falrach hob den Lutin an Bord. Dann half er ihr. Er fasste sie um die Hüften. Und sie genoss es, von ihm berührt zu werden. Sie dachte daran, wie sie sich im klaren Wasser des Bergbachs geliebt hatten. Bis der Name Ollowains über ihre Lippen gekommen war … Er war ein guter Liebhaber. Offenbar, weil dieser verdammte Herumtreiber viel Erfahrung gesammelt hatte! Bei dem Gedanken stieg heiße Wut in ihr auf. So war es früher nicht gewesen. Sie war zu unbeherrscht, ermahnte sie sich. Warum?

Falrach stieg ins Boot und griff sofort nach den Rudern. Mit kräftigen Zügen brachte er das Boot vom Ufer fort. Die Ebbe half ihnen.

Plötzlich blickte er auf. »Geht es dir gut?«

Hatte er ihren Zorn bemerkt? »Ich dachte an das Albenhaupt.«

»Du solltest dort nicht hingehen. Der Berg wird dich umbringen.«

»Vielleicht habe ich mehr Glück als die anderen?«

»Ich werde mitkommen und es mir ansehen.«

Er sagte das in einem Tonfall, der keinen Zweifel daran aufkommen ließ, dass er seine Worte wahrmachen würde. Mit einem Mal war all ihre Wut dahin. »Das ist nicht klug. Du könntest sterben.«

Er lachte leise. »Du weißt ja, dass es eine alte Gewohnheit von mir ist, an deiner Seite zu sterben.«

»Eine Gewohnheit ist es, wenn es öfter als einmal geschieht. Dazu werde ich es nicht kommen lassen!«

Er sah sie an und lächelte dabei auf eine Art, die ihr das Herz zerriss. Er verheimlichte ihr etwas! Und er würde niemals zulassen, dass sie hinter die Maske dieses Lächelns sah. Die Maske … Das war es! Sie flüsterte ein Wort der Macht.

»Was hast du getan?«, fragte Nikodemus unruhig. »Haben sie uns entdeckt?«

»Das werden sie nicht mehr. Wenn sie zum Boot blicken, dann werden sie nur noch die Umrisse eines Wals sehen, der sich mit der Dünung treiben lässt.«

# LUTHS MESSER

Kadlin tupfte Swana den Schweiß von der Stirn. Sie lag ganz nackt auf ihrem Lager. Eben erst hatte sie die Wadenwickel ausgewechselt. Das Fieber war sehr plötzlich gekommen. Vor dem Essen war es ihr noch gutgegangen.

Die Königin blickte zu dem alten Heiler. Er machte ein ernstes, fast grimmiges Gesicht. Er tastete über Swanas Leiste, was Kadlin mit missbilligendem Blick strafte. Sie konnte sehen, wie sie im Schlaf zusammenzuckte, als er auf eine Schwellung presste.

»Bei den Göttern! Sei doch nicht so grob!«, zischte sie ihn an. Sie hätte ihn nicht rufen sollen. Es war nicht das erste Mal, dass ihre Kleine Fieber hatte. Sie würde es überstehen. Gewiss ging es ihr morgen schon wieder besser!

Der Heiler hob Swanas Arme an und tastete über ihre Achselhöhlen. Sein Atem ging jetzt schneller. Er stand auf und wich zur Tür zurück. »Herrin, du musst sofort dieses Haus verlassen. Wir müssen es verbrennen! Leg deine Kleider ab. Nimm nichts mit dir!« Noch während er das sagte, begann er sich auszuziehen.

»Bist du verrückt geworden, Olav? Kennst du keine Scham mehr?«

»Herrin, ich bin verrückt vor Sorge. Und weiß nicht, wie ich dir sagen soll …« Er streifte seine Beinkleider so hastig und ungeschickt ab, dass er fast stürzte.

Kadlin begriff, dass etwas Schreckliches geschehen sein musste. Sie sah zu Swana. »Aber ich kann doch nicht … Was ist mit ihr?«

»Sie muss hierbleiben. Ich weiß, du kannst nicht … Ich werde die Fackel ans Dach halten.«

Sie sah ihn an. »Geh!«

»Herrin …«

»Geh hinaus und wage es nie wieder, mir vor die Augen

zu treten. Wie kannst du es wagen, meine Tochter bei lebendigem Leib verbrennen zu wollen? Geh! Verflucht seist du, Olav Erikson. Mögen dir auf immer die Goldenen Hallen verschlossen bleiben.«

»Herrin, sie hat die Pest! Bitte. Wir müssen dieses Haus verbrennen. Den Göttern sei es gedankt, dass du hier lebst und nicht im Palast. Vielleicht können wir noch das Schlimmste verhindern. Aber gegen die Pest kommt nur das Feuer an. Und wer von der Pest berührt wurde, der ist verloren. Nicht einmal einer unter Hundert überlebt!«

Kadlin sah zu ihrer Tochter. Das Fieber hatte ihr Gesicht erblühen lassen. Ein rosiger Schimmer lag auf ihren Wangen. Ihr weißes Haar war auf dem Kissen ausgebreitet. Ihr Körper war noch knabenhaft. Ihre Brüste hatten noch nicht zu schwellen begonnen. Sie war so jung!

»Es ist nur ein Fieber«, beharrte Kadlin. »Sie war nie schwer krank. Niemand im ganzen Königreich hat die Pest. Warum sollte sie erkrankt sein? Du musst dich irren, Olav!«

»War sie an einem Ort, wo sie verdorbene Luft atmen konnte?«

»Nein!«, fuhr Kadlin ihn an.

»Herrin, ich verstehe deinen Schmerz. Aber du bist die Königin. Du musst an dein Königreich denken. An all jene, deren Leben jetzt in deiner Hand liegt. Ja, es gibt keine Berichte über andere Pestfälle. Deshalb ist es umso wichtiger, dass wir das Haus niederbrennen. Wir können die Krankheit ausmerzen, bevor sie um sich greift und Tausende sterben werden.« Der Heiler stand jetzt in der Tür.

»Wenn du meine Tochter verbrennen willst, dann musst du mich mit ihr verbrennen. Und was meine Königsherrschaft angeht …« Sie sah sich suchend um, bis sie den prächtigen Helm, der einst König Osaberg gehört hatte, entdeckte. Kadlin packte ihn und schleuderte ihn dem Heiler entgegen, der es gerade noch schaffte, sich zu ducken. »Nimm du diese verfluchte Krone! Sie ist es mir nicht wert, meine Tochter zu opfern. Ich werde dieses Haus nicht verlassen. Ich werde die Krankheit nicht über die Schwelle tragen. Keine Sorge. Aber wenn du eine Fackel an dieses Dach halten willst, dann wirst du auch mich verbrennen!«

»Herrin, du kannst doch nicht …«

»Du hast keine Ahnung, was ich kann. Ich werde meine Tochter nicht Luth überlassen! Und du, du suchst die besten Reiter. Sie sollen sofort aufbrechen und Melvyn folgen. Er muss zurückkommen. Er und sein Weib werden Swana heilen.«

Olav senkte sein Haupt. »Herrin … Die Elfen haben uns vor zwei Tagen verlassen. Und Elfen reisen schnell wie der Wind.«

»Du schickst ihnen Reiter nach!«

Er nickte. Dann hob er abrupt sein Haupt. »Du tötest dich! Swana kann niemand mehr helfen. Wer die Pest bekommt, der stirbt binnen drei Tagen. Auch wenn du das nicht wahrhaben willst. Dein Trotz und dein Hochmut fordern die Götter heraus! Luth hat sein Messer an Swanas Schicksalsfaden gelegt, und wir sind nur Sterbliche. Füge dich in dein Schicksal!«

»Du wagst es, mir zu drohen? Aus meinen Augen! Schick die Reiter aus! Wenn Swana nicht die Einzige ist, die erkrankt ist, dann werden die Elfen vielleicht den anderen noch helfen können. Melvyn kann …« Tränen erstickten ihre Stimme. Sie konnte sie nicht länger zurückhalten. Sie ging zur Tür und warf sie mit aller Kraft zu. Dann legte sie den Riegel vor und ging zurück zu Swana.

Sie hörte Olav rufen. Aber es gab nichts mehr zu sagen.

Sie nahm den alten Schemel, der neben der Feuerstelle stand, und hockte sich neben Swanas Lager. Sie biss sich auf die Lippen, bis sie Blut schmeckte. Sie durfte nicht weinen! Swana sollte sie so nicht sehen, wenn sie aus ihrem Fieber erwachte.

Die Königin tauchte ein Tuch in die Wasserschüssel und tupfte ihrer Kleinen wieder über die Stirn. Dann begann sie leise zu singen. Das Lied, das sie ihr an der Wiege immer vorgesungen hatte. Ein Lied über ihren Onkel Ulric und dessen Liebe zur Tochter einer einfachen Wäscherin. Ein Lied darüber, wie er als Kind einen Troll besiegte und wie er gemeinsam mit seiner großen Liebe Halgard den Tod überwand, als mitten im Winter über dem Scheiterhaufen, auf dem sie beide aufgebahrt lagen, die Bäume erblühten.

Als sie mit dem Lied endete, bereute Kadlin, die Götter beleidigt zu haben, und sie begann zu beten, wie sie nie zuvor in ihrem Leben gebetet hatte. Und sie flehte darum, dass auch ihrer Swana ein Baum erblühen möge, obwohl es Herbst war und alle Blätter fielen.

## DAS BLAU DER LÜGE

Ihr kleines Boot glitt auf ein Schneefeld, über das sich rings herum mächtige Berge erhoben. Die Kälte war atemberaubend! Eben noch waren sie auf dem Meer gewesen, und er hatte den Albenstern geöffnet.

Nikodemus schlotterte am ganzen Leib. Auch Falrach ging es nicht besser. Mit ihrer dünnen Sommerkleidung waren sie dem Frost schutzlos ausgeliefert. Nur Emerelle machte das nichts aus. Der Lutin versuchte sich zu erinnern, mit welchem Zauber man sich gegen die Kälte schützte. Er hatte ihn einmal gelernt …

»Du darfst dich nun zu den Deinen zurückziehen.« Die Königin deutete auf den Schnee. »Hier waren erst vor kurzem Maurawan. Ihre Spuren sind noch deutlich zu erkennen. Sie sollten dich besser nicht sehen. Ich schätze, sie werden auf dein Volk nicht gut zu sprechen sein.«

Nikodemus konnte keine Spuren entdecken! Sie wollte

ihn loswerden, das war alles. Nach alldem, was sie gemeinsam erlebt hatten, schob sie ihn einfach ab! Undankbare Ziege! Ohne ihn wäre sie in der Alten Veste von den Shi-Handan getötet worden! Beim Orakel hatte er sich gegen seinen Willen aufgeopfert … Er tastete über sein Gesicht. Damit konnte er nicht zu seinem Bruder zurück!

»Mein Gesicht, Herrin … Der Orakelspruch. So sollte ich nicht vor Elija treten.«

Emerelle sah zu ihm herab. Es war unübersehbar, dass sie an etwas ganz anderes dachte. Er war stolz darauf gewesen, mit ihr zu reisen. Zumindest zuletzt. Welcher Lutin war je so lange so nah bei der Elfenkönigin gewesen! Aber ihr schien das alles gar nichts bedeutet zu haben.

Sie legte ihm die Hand aufs Gesicht. Sein Fell verdeckte die tätowierten Buchstaben fast völlig. Und durch seine andere Gesichtsform war der Orakelspruch wahrscheinlich bis zur Unleserlichkeit verzerrt. Dennoch wollte er kein Risiko eingehen. Elija war immer misstrauisch!

Ein ziehender Schmerz ließ ihn aufkeuchen. Es fühlte sich an, als reiße man ihm das Fell vom Angesicht. Dann war es vorbei.

»Nun bist du frei, Nikodemus Glops«, sagte sie kühl. »Berichte deinem Bruder, was du erlebt hast. Und hüte dich vor Skanga! Sie wird es sicherlich nicht schätzen, dass du mich vor dem letzten Shi-Handan gerettet hast. In ihren Augen wird das wie ein Verrat aussehen.«

Die Warnung wunderte ihn. Sie hatte zweifellos Recht! War er ihr doch nicht egal? Er wurde nicht schlau aus ihr. Vielleicht musste man so sein, wenn man erfolgreich herrschen wollte. Undurchschaubar!

Sie stieg aus dem Boot. Doch Falrach blieb. Der Elf kniete vor ihm nieder. »Gräme dich nicht. Du weißt ja, wie sie ist.«

Nein, das hätte er nicht zu behaupten gewagt, dachte Nikodemus bei sich.

»Du kannst über alles frei reden, was du mit uns erlebt hast. Sie werden dich sicher befragen. Wenn die Zeit kommt, dann werde ich dich vielleicht um Hilfe bitten. Du bist ein Mann von Macht und Einfluss. Ich nicht mehr. Ich würde mich glücklich schätzen, wenn du mein Freund wärst.« Falrach streckte ihm die Hand entgegen. Nikodemus ergriff sie und drückte sie fest. Für einen Elfen war Falrach wirklich in Ordnung!

Dann stieg auch sein Gefährte aus dem Boot. Er konnte sehen, wie der Elf vor Kälte zitterte. Er besaß keine Zaubermacht. Er konnte sich nicht gegen den Frost schützen. Und Emerelle hatte ihn wieder einmal vergessen. Was Falrach wohl an sie band? Er hätte sie schon längst verlassen sollen!

Nikodemus sah den beiden noch eine Weile nach. Falrach drehte sich zweimal zu ihm um, während sie das weite Schneefeld hinabwanderten. Emerelle nicht.

Der Lutin schlang sich schlotternd die Arme um die Brust. Er sollte wirklich schnellstmöglich fort von hier, bevor ihm noch die Schnauze zufror. Er brauchte vier Versuche, bis es ihm endlich gelang, das magische Tor zu öffnen. Mit klappernden Zähnen war das Zaubern wahrlich nicht leicht! Hastig trat er durch den schillernden Torbogen in das Dunkel des Nichts. Hier war es weder warm noch kalt. Er stellte sich das Goldene Netz in Gedanken vor. Es war anders als früher. Viele Reisende schienen um den Albenstern in Burg Elfenlicht unterwegs zu sein. Er war noch nie jemand anderem im Netz begegnet, obwohl es Gerüchte gab, dass das vorkommen konnte. Nikodemus glaubte, dass die Alben dieses Wunderwerk der Magie so geschaffen hatten, dass es unmöglich war, sich zu treffen. Wie hätte man auf den schmalen Wegen einander ausweichen sollen? Sie mussten irgendeinen genialen Trick mit der Zeit in ihre Zauber gewoben haben, so dass nie zwei Gruppen von Reisenden im selben Augenblick am selben Fleck sein konnten. Vielleicht war dieser Aspekt der Zeit, der in das Goldene Netz eingebunden war, auch der

Grund, warum es einen in die Zukunft verschlug, wenn man beim Zaubern einen Fehler machte.

Bald hatte er den großen Albenstern gefunden, der ihn in den Thronsaal bringen würde. Und wieder überkam ihn das Gefühl, dass viele andere neben ihm im Netz wanderten. Er schritt durch das Tor. Vor ihm brannte ein Feuer. Zwei Trollkrieger sahen ihn gelangweilt an.

»Weitergehen!«, herrschte ihn eine heisere Stimme an.

Nikodemus gehorchte und sah sich verwundert um. Doch, er war im Thronsaal der Königin Emerelle. Aber es bedurfte eines zweiten Blicks, um das erkennen zu können. Der Boden lag voller Binsen und Stroh. Überall hockten Gruppen von Reisenden, die wohl darauf warteten, in das Goldene Netz zu treten. Geschöpfe aus allen Weltengegenden waren hier versammelt. Konsterniert sah er eine ganze Reihe von Kobolden, die dicht vor der Wand aus fallendem Wasser standen und in die schmale Rinne pinkelten, in der sich das Wasser sammelte, bevor es in verborgene Rohre abfloss. Er kannte den Drang, sich noch einmal zu erleichtern, bevor man in das Goldene Netz trat. Viele hatten Angst vor dieser Art des Reisens. Was Emerelle wohl sagen würde, wenn sie ihren Thronsaal sehen könnte? Bei dem Gedanken an das Gesicht, das sie machen würde, musste er grinsen.

Drei Lutin wachten am magischen Tor, das sich unablässig öffnete und wieder schloss. Gerade trat ein Minotaur aus dem Lichtbogen, der einen verängstigten Tanzbären an einem Seil hinter sich herzog.

Einer der Lutin fuhr den Minotauren an. »Weitergehen! Nicht unmittelbar vor dem Tor stehen bleiben!« Auf einen bösen Blick des Minotaurenkriegers kam noch ein halbherziges *Bitte.*

Nikodemus kannte keinen der drei Lutin.

Etwas unschlüssig, wo er seinen Bruder suchen sollte, verließ er den Thronsaal. Auch in der weiten Halle, die sich anschloss, drängte sich allerlei Volk. Zwei Harpyien kreisten keifend unter der hohen Decke. Die Vogelweiber stritten wegen eines Stücks Aas, das eine von ihnen in ihren Krallen hielt. Schwarze Federn segelten durch die Luft.

Eine Karawane aus Lasteseln zog in Richtung des Thronsaals. Kobolde, die sich geflochtene Körbe so auf die Köpfe gesetzt hatten, dass ihre Gesichter verborgen blieben, begleiteten die Tiere. Sie waren mit Speeren mit gekrümmten Stichblättern bewaffnet. Alle trugen lange schwarze Jacken und gingen barfuß. Nur ihr Anführer war ganz in scharlachrote Seide gekleidet. Ob sie aus Manchukett kamen? Nikodemus hatte das ferne Reich immer schon einmal besuchen wollen. Auf jeden Fall kamen sie aus einer Gegend von Albenmark, die er nicht kannte. Er sah sich wieder um. Dies traf auf die meisten der Gäste in der Halle zu. Die Welt schien sich sehr verändert zu haben!

Die Wände der Halle erinnerten an blauen Sommerhimmel. Sie schienen nicht stofflich zu sein. Irgendein Illusionszauber der Elfenarchitekten. Allerdings wurde die Illusion erheblich durch Schmutzflecke und Rauchschlieren beeinträchtigt. Und durch die kleinen Türen in der Wand.

Aus einer kam eine Kolonne von Lastenträgern mit wuchtigen Körben auf dem Rücken. Ihre Kleider waren mit rotbraunem Staub bedeckt. Nikodemus erinnerte sich, dass sein Bruder den Plan gehabt hatte, die Koboldgänge unterhalb der Burg weiter auszubauen. Ob noch immer daran gearbeitet wurde?

Ein Trupp Trolle schob sich durch das Gedränge im weiten Saal. Mit Schrecken entdeckte Nikodemus Skanga und ihre Gefährtin Birga inmitten der Schar. Am liebsten wäre er fortgelaufen, doch er wusste, dass dies der sicherste Weg wäre, die Schamanin auf sich aufmerksam zu machen. Er versuchte möglichst unbeteiligt zu tun und blickte zur Decke hinauf. Die Übrigen hier schien das Erscheinen der Schamanin überhaupt nicht zu beeindrucken. Vielleicht wussten sie ja nicht, wer Skanga war und wozu sie fähig war. Seine Angst wurde überwältigend, als er an die Warnung Emerelles dachte. Er war ein Trottel! Niemals hätte er herkommen dürfen. Er wusste doch, dass Skanga die engste Beraterin des Trollkönigs war. Seine Anwesenheit hier musste fast unweigerlich zu einer Begegnung mit ihr führen!

Jetzt blieben die Trolle auch noch stehen. Was sollte er tun?

Neben ihm hockte ein Faun auf einem Bündel Gepäck und döste vor sich hin. »Hallo, Bruder!«

Der Faun blinzelte ihn an. »Ich halte nichts von diesem Bruder-Geschwafel.«

Nikodemus ließ sich nicht beirren. Er musste es schaffen, mit dem Kerl ins Gespräch zu kommen und unauffällig zu wirken. »Du hältst nicht viel von dem neuen König und seinen Reformen?«, fragte er in unverbindlichem Tonfall.

Der Faun wirkte alarmiert. »Das habe ich nicht gesagt! Hörst du! Ich lass mir von dir nichts unterschieben. Du … Wer bist du überhaupt? Ich kenne dich nicht!«

Nikodemus hob beschwichtigend die Arme. »Kein Grund zur Sorge, ich …«

»Du da!«, rief jemand lautstark.

Der Lutin begann zu zittern.

»Was soll das alles?« Der Faun stand auf. Auf seinen Bocksbeinen war er fast dreimal so groß wie Nikodemus. »Der Troll da hinten will etwas von dir.«

»Wohl eher von dir«, entgegnete der Lutin gereizt. »Ich bin jedenfalls nicht gegen die Reformen und versuche …«

»He, Fuchskopf! Komm zu meiner Herrin!«

Der Faun grinste böse. »Das war es dann wohl, Fuchskopf.«

Nikodemus blickte über die Schulter. Kurz erwog er, loszulaufen und in der Menge zu verschwinden. Aber das wäre wohl töricht. Er würde nicht weit kommen! »Du bist ein Held«, sagte er sich leise. »Du hast in großen Schlachten gekämpft und an der Seite von Emerelle und Falrach Abenteuer erlebt.«

»Was murmelst du da?« Der Faun wich ein Stück von ihm zurück, als befürchte er, in seiner Nähe zu stehen genüge schon, um ins Unglück gestürzt zu werden.

»Komm her zu mir!«, rief der Troll.

Nikodemus reckte das Kinn vor und drehte sich um. »Ich bin ein Held!«, sagte er erneut. Dann ging er dem Troll entgegen und ließ sich zu dessen Herrin eskortieren. In der Halle war es still geworden. Eine Ziege meckerte verwundert. Die meisten bemühten sich, irgendwoanders hinzusehen, um nicht auch noch die Aufmerksamkeit der Schamanin zu erwecken. Nur sehr wenige hatten den Mut, neugierig zu gaffen, was da vor sich ging.

»Deine Aura ist ein Leuchtfeuer in kaltem Blau. Was fürchtest du?«, begrüßte ihn Skanga. Ihre blinden weißen Augen blickten wie polierte Marmorkugeln aus ihrem verwitterten, grauen Gesicht. Sie ging krumm und stützte sich schwer auf einen Stock.

»Ich fürchte gar nichts«, stieß er in einem Tonfall hervor, der seine Worte Lügen strafte.

»Ich kenne dich, Lutin. Du bist …«

»Nikodemus Glops, Bruder des Elija Glops!« Er sagte das sehr laut. Ja, er schrie es fast, in der Hoffnung, irgendjemand hier hätte den Mut, seinen Bruder zu holen.

»Ich bin alt, aber nicht taub«, entgegnete die Schamanin. »Nun, da alle Anwesenden wissen, wer du bist, sollten wir unser Gespräch an einem anderen Ort fortführen. Es ist unhöflich, Fremde mit seinem Geschrei zu belästigen.«

Nikodemus schluckte. »Ich habe nichts zu verbergen …«

»Nein? Deine Aura zeigt mir das Gegenteil.« Sie beugte sich vor. »Und was ist mit deinem Gesicht?«

Er tastete unwillkürlich über seine Schnauze. Hatte Emerelle doch nicht alle Tätowierungen verschwinden lassen?

»Bist du verletzt worden, Nikodemus?«

»Ja.« Er wollte erst etwas von Brandnarben erzählen, entschied sich dann aber, so wenig wie möglich zu lügen.

Er hatte den Verdacht, dass die alte Schamanin Lügen sofort bemerkte. »Emerelle hat mich geheilt«, fügte er noch hinzu. Skanga sollte darüber nachdenken, was für Konsequenzen es haben mochte, wenn sie ihm etwas antat.

»Nehmt ihn mit!« Skanga drehte sich auf dem Absatz um. Einer ihrer Leibwächter packte ihn unsanft und hielt ihn wie einen jungen Welpen am Nackenfell fest. Es gab kaum etwas, was demütigender für einen Lutin war, als auf diese Weise getragen zu werden.

»Darf ich ihn befragen? Ich bin sicher, er wird mir in einer Stunde alles erzählt haben, was wir wissen möchten.« Es war die Dienerin mit der grässlichen Maske, die Skanga fragte. Und was Nikodemus über sie gehört hatte, jagte ihm bei der Vorstellung, er könne ihr ausgeliefert werden, Schauder über den Rücken.

»Ich habe keine Geheimnisse«, rief er. »Wir können über alles reden.«

Skanga stieß ein meckerndes Lachen aus. »Ich bin sicher, das werden wir.«

Sie brachten ihn in einen großen Raum, der aussah, als sei er früher einmal eine Küche gewesen. »Setz ihn dort ab!«

Ängstlich sah Nikodemus sich um, und was er entdeckte, bekräftigte ihn nur in seinem Entschluss, keinerlei Widerstand zu leisten. Er war nicht der Erste, der hier befragt wurde, auch wenn die einzigen lebenden Geschöpfe, die sich in der Küche befanden, einige Blütenfeen mit ausgerissenen Flügeln waren. Große Gläser dienten als ihre Gefängniszellen.

»Du bist also Emerelle begegnet«, begann Skanga und sah ihn durchdringend mit ihren toten Augen an. »Das kalte Blau deiner Aura ist noch stärker geworden, Nikodemus. Was macht dir solche Angst?«

»Diese Kammer«, stieß er hervor.

»Gibt es noch etwas anderes?«

»Ich …« Nikodemus überlegte fieberhaft, wie er seinen Kopf aus der Schlinge ziehen könnte, aber die Angst lähmte seine Gedanken.

»Darf ich ihm einen Finger ausreißen?«, fragte Birga. »Das wird seiner Erinnerung auf die Sprünge helfen, das verspreche ich dir.«

»Noch nicht.« Skanga lächelte ihn an. »Willst du wirklich den Weg der Schmerzen gehen?«

»Du selbst hast mich beauftragt, Emerelle zu suchen!«

»Das war vor elf Jahren. Ich weiß nicht, wie Lutin das sehen, aber mir erscheint das eine sehr lange Zeit. Ich habe dich ausgeschickt, um Emerelle zu finden, damit sie hingerichtet werden kann. Nun kommst du wieder, und du wurdest vor nicht langer Zeit von der Elfe geheilt, der du den Tod bringen solltest. Du musst mir zugestehen, dass dich das nicht in einem guten Licht dastehen lässt. Und dann ist da noch deine Aura, die beherrscht ist vom kalten Blau größter Angst. Was fürchtest du, Nikodemus?«

Der Lutin räusperte sich. »Dass ich nicht die Zeit haben werde, dir diese – zugegebenermaßen – merkwürdig erscheinenden Umstände erklären zu dürfen.«

Die alte Schamanin ließ sich auf einer Truhe nieder. »Rede! Und vergiss nichts!«

Stockend begann er zu erzählen. Als Skanga und Birga ihn nicht unterbrachen, gewann er an Selbstvertrauen. Er berichtete alles. Nur seinen Besuch beim Orakel ließ er aus. Als er endete, war seine Angst fast verflogen.

»Und was sind Emerelles Pläne?«, fragte Skanga.

»Sie will sich mit den Maurawan treffen. Und sie will zum Gipfel des Albenhaupts. Ich glaube, Falrach wird sie auf diese Reise nicht begleiten.«

»Wenn sie versucht, das Albenhaupt zu ersteigen, müssen wir uns wohl keine Sorgen mehr machen«, sagte Birga gut gelaunt.

»Und wenn sie wusste, dass der Lutin uns alles erzählen wird?«, wandte Skanga ein. »Dieser Falrach ist doch berühmt dafür, sehr verwickelte Pläne auszuhecken. Vielleicht haben sie den Lutin getäuscht, damit wir uns in Sicherheit wiegen, wenn er das erzählt. So verrückt kann Emerelle nicht sein, dass sie versucht, einen Berg zu erklimmen, der jeden umbringt. Und was glaubst du, warum sie so kurz vor der Königswahl in Vahan Calyd zurückkehrt, nachdem sie viele Jahre verschwunden war. Das ist kein Zufall! Sie wird niemals auf diesen Berg steigen. Sie ist hier, um Gilmarak zu stürzen. Und weil sie weiß, dass ihr das auf dem Schlachtfeld nicht gelingen kann, sucht sie bei den Maurawan nach Meuchlern, die ihr dabei helfen sollen, unseren König zu ermorden.«

Die Worte der Schamanin ernüchterten Nikodemus. War es möglich, dass Falrach und Emerelle ihm etwas vorgemacht hatten? Auch Falrach?

»Ich sehe, auch du zweifelst jetzt«, fuhr ihn Skanga an. »Und durch das Schlammbraun des Zweifels dring erneut die Farbe der Angst in deine Aura. Du verheimlichst uns doch etwas!«

»Nein, Herrin, das würde ich niemals …«

»Und jetzt sehe ich auch noch die Farbe der Lüge. Ein mattes Gelb.«

Nikodemus blickte zur Tür. Würde er es schaffen … Noch bevor er den Gedanken vollenden konnte, packte ihn Birga. Er stemmte sich gegen ihre Kraft. Aber es war vergeblich. Er fühlte sich hilflos wie ein strampelndes Kleinkind in den Armen seiner Mutter.

»Du solltest uns jetzt sagen, was du uns verheimlichen willst.« Skangas Stimme klang müde.

Nikodemus dachte an die Tätowierung auf seinem Gesicht. Diese Geschichte würde ihn den Kopf kosten. Wer wollte schon einen Verräter um sich haben! Er konnte es nicht sagen.

»Fang an, Birga«, sagte Skanga. »Bring ihn nicht um. Er muss leben, hast du das verstanden?«

»Er wird leben, meine Herrin. Und er wird uns zuletzt mit Begeisterung alles sagen, was er weiß!«

Das Trollweib hörte sich beängstigend zuversichtlich an. »Hast du einen Lieblingsfinger, Lutin?«

Was sollte das nun wieder? Ihm schwante das Schlimmste.

»Welchen deiner Finger findest du besonders bedeutend in deinem Leben? Welcher ist dir besonders nützlich in deinem Leben? Ich möchte ihn gern beschützen.«

So blöd wäre er noch, ihr das zu glauben! »Der kleine Finger meiner linken Hand. Ich benutze ihn beim Liebesspiel. Ich kann damit Weibern …«

»Das will ich gar nicht wissen«, unterbrach ihn Birga. »Deine Weibergeschichten sind nicht von Belang. Du wärst also sehr unglücklich, diesen Finger zu verlieren? Bist du dir da ganz sicher? Andere schätzen besonders ihren rechten Daumen.«

Nikodemus schwitzte vor Angst. »Schwertkämpfer und Bogenschützen brauchen ihren rechten Daumen. Ich nicht. Meine Magie liegt in meinem linken kleinen Finger. Aber können wir nicht über etwas anderes reden?«

»Nein!« Birga nahm seine beiden Hände und obwohl er sich nach Kräften mühte, sie zu Fäusten zu ballen, drückte sie ihm mühelos die Finger auseinander. »Ich möchte dir helfen«, sagte sie mit honigsüßer Stimme. »Was nun zu tun ist, soll dein Leben, nachdem wir zur Wahrheit gefunden haben, so wenig wie möglich beeinträchtigen. Du bist schließlich ein bedeutender Mann!« Sie nahm seinen rechten Daumen zwischen ihren Daumen und Zeigefinger. Ihre Hände waren bandagiert. Der Stoff kam Nikodemus so rau vor wie der Sand, den der Drachenatem im Verbrannten Land aufgewirbelt hatte. Sie drehte seinen Daumen leicht zwischen ihren Fingern.

Er schrie. Mehr als der Schmerz peinigte ihn die Erwartung dessen, was kommen musste.

Sie drehte weiter. Der Daumen sprang aus seinem Gelenk. Der Schmerz war so stark, dass er nicht einmal mehr schrie, sondern nur noch keuchend atmete.

»Wir sind gleich fertig«, sagte sie und drehte noch etwas weiter.

Nikodemus wurde schwarz vor Augen. Als er wieder zu sich kam, hielt Birga ihn immer noch fest. »Bist du wieder bei uns, kleiner Fuchsmann? Sieh einmal auf den Boden!«

Zitternd gehorchte er. Dort lag sein Daumen. Sie hatte ihn abgedreht, so wie er als Kind Fliegen die Flügel ausgerissen hatte. Ihm wurde schlecht!

»Reden wir weiter über deine Finger, Lutin. Du solltest mir jetzt sagen, welcher dir am zweitwichtigsten ist. Und bitte, sei ehrlich mit mir.«

»Mein linker Daumen«, schrie er auf. Er spürte, wie sein Blut an der rechten Hand hinablief. Er dachte an die Tätowierung auf seinem Gesicht. Er konnte das nicht sagen. Sie würde ihm den Hals umdrehen, wenn sie das hörte!

»Und welcher der verbliebenen Finger bedeutet dir am wenigsten?« Sie sagte das in einem Tonfall, als habe sie es schon hundertmal gesagt.

»Mein rechter kleiner Finger. Aber bitte, wir können …«

Sie nahm seinen linken Daumen. »Leider kann ich diesmal auf deine Bedürfnisse keine Rücksicht nehmen. Da du noch immer nicht sprichst, werde ich dir zeigen müssen, dass ich auch streng sein kann. Du zwingst mich dazu, es zu tun.« Sie drehte leicht.

Nikodemus schrie.

»Lass ihn sofort los!«

Durch den Schleier seiner Tränen sah Nikodemus eine kleine Gestalt in schwarzem Ledermantel.

»Der König ist über euer Tun unterrichtet. Lasst ihn los, oder es wird euch übel ergehen! Ich weiß, dass er für deine Grausamkeiten nur wenig Verständnis hat und schon lange auf eine Gelegenheit wartet, dich für deine Vergehen am Volk zur Rechenschaft zu ziehen. Für verkommene, grausame Individuen wie dich ist in unserer neuen, gerechten Gesellschaft kein Platz, Schwester Birga!«

»Lass den Lutin los«, sagte Skanga mit tonloser Stimme. »Natürlich stellen wir uns nicht gegen den Willen des Königs und seinen Lieblingsohrenbläser.«

Birga stellte ihn auf die Füße. Nikodemus konnte nicht aus eigener Kraft stehen. All seine Kraft hatte ihn verlassen. Er ging in die Knie. Schluchzend hob er den blutigen Daumen auf, der auf dem Boden lag.

»Komm mit mir, Bruder.« Elija nahm ihn und half ihm auf. Er packte ihn unter den Achseln und zog ihn mit sich. Kein Wort fiel mehr.

Nikodemus konnte seine Tränen nicht zurückhalten. Er schluchzte hemmungslos.

Vor der aufgegebenen Küche erwarteten ihn weitere Kobolde. Er sah das Gesicht von Liza. Liza, seine Geliebte! Er kämpfte gegen seine Tränen an. Er wollte vor ihr nicht wie ein weinerlicher Weichling aussehen.

»Das werden sie büßen«, zischte Elija ihm ins Ohr. »Nicht mehr lange, dann kommt der Tag der Abrechnung.«

## ABTRÜNNIG

Emerelle führte ihn über ein weites Schneefeld bis an den Rand eines urwüchsigen, dichten Walds. Der Schnee ließ die Äste knarren, obwohl es fast windstill war. Die weit ausladenden Baumkronen griffen so dicht ineinander, dass selbst jetzt, wo die Blätter gefallen waren, nur wenig Licht bis zum Boden des Waldes drang.

Kaum hatten sie den Wald betreten, hatte Falrach das Gefühl, dass sie beobachtet wurden. Doch sosehr er sich auch bemühte, die heimlichen Späher zu entdecken, sie blieben im Verborgenen. Zuletzt fragte er sich, ob es die

Bäume selbst waren, die ihnen nachstellten. Ob die knarrenden Äste geheime Botschaften weitertrugen. Oder waren es doch die Maurawan, jene Meister der Tarnung? Das Wilde Volk, wie viele ihrer Elfenbrüder sie nannten. Halb abfällig, halb ehrfürchtig. Jene, die nicht in Palästen leben mochten, sondern sich die weiten Wälder am Fuß des Albenhaupts zu ihrer Heimat erwählt hatten. Einzelgänger, die sich der Magie der Wälder verschrieben hatten. Die das Werk der Alben nicht verändern mochten, sondern mit den Wäldern im Einklang lebten, ohne je eine Hütte zu erbauen oder einen ihrer Bäume gefällt zu haben.

Emerelle schien genau zu wissen, wohin sie wollte. Sie ließ sich allem Anschein nach nicht von der unheimlichen Atmosphäre des Waldes beeindrucken. Sie führte sie zu einem tief eingeschnittenen Tal, dessen felsige Hänge von sich schlangengleich windendem Wurzelwerk bedeckt waren.

Falrach empfand den Wald als immer unheimlicher. Hier auf dem grauen Stein hätten die Bäume nicht mehr so dicht wachsen dürfen. Das war wider die Natur. Das waren keine Bäume, wie er sie kannte! Ein Zauber schien das Tal zu schützen. Selbst der Schnee war nur vereinzelt durch das Astwerk bis auf den Boden gelangt. Immer steiler wurde der Weg hinab. Falrach klammerte sich an Wurzeln und vermied es, auf die trügerischen Moospolster auf den Felsen zu treten. Verwundert sah er, dass viele Bäume ihre Blätter nicht abgeworfen hatten, obwohl es tiefster Winter war. Manche trugen Blüten und Früchte zur selben Zeit, als vereinten sie alle Jahreszeiten in sich.

Durch das dichte Blätterdach änderte sich das spärliche Licht des Wintertages. Es schien grün. Wie Pfeile stach es in das Zwielicht des Waldes hinab und riss nur winzige Flecken aus dem Dunkel. Der Geruch modernden Laubs hing schwer in der Luft. Eine schillernde Libelle schoss auf Silberflügeln an ihm vorbei.

Jetzt erst bemerkte Falrach, dass ihm nicht mehr kalt

war. Dieser seltsame Ort duldete keinen Winter. Ein kleines Stück voraus erhob sich ein Monolith aus dem Hang. Ein einzelner aufrecht stehender Stein, mehr als vier Schritt hoch. Einer der Lichtpfeile, die das Blätterdach der Baumkronen durchdrangen, hüllte ihn in kaltes, graues Winterlicht.

Emerelle blieb vor dem Monolithen stehen. Sie neigte ihr Haupt, so dass ihre Stirn den zerfurchten Stein berührte. Reglos verharrte sie. Ihre Lippen bewegten sich lautlos.

»Was willst du, gefallene Königin?«

Falrach unterdrückte den Instinkt, nach seinen Schwertern zu greifen. Er vermochte nicht zu sagen, aus welcher Richtung die Stimme gekommen war. Nervös drehte er sich um und spähte ins Zwielicht. Nebel stieg zwischen dem verschlungenen Wurzelwerk auf. Obwohl es hier, tief im Wald, völlig windstill war, bewegte er sich in wogenden Spiralen, so als sei er nicht nur Wasserdampf, sondern etwas von Leben Erfülltes.

»Ich suche Melvyn, den Sohn Silwynas.«

»Er ist keiner mehr von uns. Er hat sich entschieden, diese Welt zu verlassen.«

Der Nebel kroch jetzt um Falrachs Füße. Zwischen den Bäumen erschienen schattenhafte Gestalten. Nervös ballte der Elf die Hände zu Fäusten und streckte sie wieder. Die Maurawan galten als launisch und grausam. Selbst Elfen gegenüber.

»Wohin ist er gegangen?«

»Warum solltest wir dir das sagen?« Noch immer schien die Stimme von überall und nirgends zu kommen. Es war unmöglich, sie einem der Schattenkrieger zuzuordnen.

»Weil er mich auf den Gipfel des Albenhauptes führen wird.«

Falrach schloss die Augen. Was war das für eine Argumentation! Stille lastete auf dem Wald. Der Nebel reichte ihm nun schon bis zu den Knien.

»Er sucht lieber im Schoß seines Weibes Zuflucht, als

seine Freiheit im Kampf gegen die Trolle zu behaupten. Was lässt dich glauben, dass er dich zum Albenhaupt führen wird, um dort mit dir den Tod zu finden?«

»Ich werde ihm versprechen, dass er dort seinem Vater begegnen wird. Ich weiß, wie sehr es ihn quält, seinen Vater nie gesprochen zu haben. Er wird mit mir kommen.«

»Sein Vater ist tot. Wie sollte er ihm auf dem Gipfel eines Berges begegnen können?«

»Wir werden dort die Alben finden«, sagte Emerelle mit einer Selbstsicherheit, die Falrach fassungslos machte. Der Orakelspruch der Gazala mochte alles Mögliche bedeuten. Ihn so auszulegen, war reine Willkür.

Eine der Schattengestalten trat vor. Eine Elfe, die ihr Gesicht mit dem rotbraunen Saft des Dinko-Busches bemalt hatte. Ihr Haar war streng zurückgekämmt und zu einem schweren Zopf geflochten. Sie trug abgewetzte Jagdkleidung. Ihre Augen waren von kaltem, hellem Blau. Die Iris umgeben von einem feinen, schwarzen Rand. Wolfsaugen, dachte Falrach.

»Mein Sohn lebt in den Bergen nahe der Menschensiedlung Firnstayn«, sagte sie. »Es wird gut für ihn sein, wenn er endlich seinen Frieden findet, auf die eine oder andere Art. Wenn er versucht, auf das Albenhaupt zu steigen, wird man sich an ihn nicht als den Maurawan erinnern, der vor dem Kampf mit den Trollen davongelaufen ist.«

Falrach traute seinen Ohren nicht. Da lieferte die eigene Mutter ihren Sohn aus! Sie waren verrückt, die Maurawan! Ohne Zweifel verrückt!

»Was willst du hier, Ollowain?«

Auf das Albenhaupt würde er Emerelle nicht folgen. Er hatte sich geopfert, um sie vor dem Feuerodem eines Drachen zu bewahren; darin hatte er einen Sinn gesehen. Aber diese Suche nach den Alben … Sie jagte nur einem Hirngespinst nach. Da es den Maurawan offensichtlich gefiel, Verrückten zu helfen, sollte er in dieselbe Kerbe schlagen. »Ich suche Verbündete, die mir helfen, den König der

Trolle zu stürzen und Albenmark wieder in die Hände eines Elfen zu geben.«

»Warum sollte dir gelingen, was uns in mehr als elf Jahren nicht glückte?«

»Weil ihr bisher keinen Anführer hattet, der eure Schwächen zu euren Stärken gemacht hat.«

## SPÄTHERBSTNACHMITTAG

Cabezan saß auf einem aufgepolsterten Lehnstuhl auf der Terrasse seines Palastes und blickte zu den nahen Weinbergen. Wie fleißige Ameisen krochen die Weinbauern und ihre Helfer die Hänge entlang. Es war ein guter Sommer gewesen, dieses Jahr. Es hatte viel Sonne, aber auch genug Regen gegeben. Ein Sommer, der kräftige, süße Trauben hervorgebracht hatte. Dieses Jahr würde einen vorzüglichen Wein hervorbringen.

Der König hatte ein schweres Bärenfell auf den Knien liegen. Er streckte sein Gesicht der Sonne entgegen und genoss die milde Wärme des Spätherbstnachmittags. Er hatte sich schon lange nicht mehr so gut gefühlt. Aber ein Blick in Balduins Gesicht genügte, um ihn ahnen zu lassen, dass dieses Glück nicht mehr lange währen würde. Außer seinem Hofmeister war nur noch Tankret anwesend. Aber Cabezan war sich sicher, dass sie von mindestens einem Dutzend Fenstern heimlich beobachtet wurden.

»Also heraus damit, Balduin. Welche schlechten Nachrichten bringst du?«

»Der Mordanschlag auf den weißen Ritter ist fehlgeschlagen. Der Attentäter galt als sehr fähig. Man munkelt, Tjured selbst habe den tödlichen Streich gegen den Ritter abgewehrt. Unser Plan hat sich in das Gegenteil verkehrt. Michel Sarti ist so beliebt wie noch nie, mein König.«

»Und auch deine Sympathien liegen bei diesem Ritter Gottes, oder irre ich mich?«

Balduin erlaubte sich ein Lächeln. »Ich muss gestehen, dass ich diesem jungen Mann gern einmal begegnen würde.«

»Und würdest du ihm dann gleich empfehlen, nach meinem Thron zu greifen?«

»Herr, ich habe nie …«

»Ich weiß, was du von mir hältst. Verschone mich mit deinen Lügen! Also die Drusnier konnten ihn mit Pfeilen nicht umbringen. Dein Meuchler scheiterte daran, diesen Wunderritter mit einer Sichel zu fällen. Wie ich das sehe, sollten wir einen ganz anderen Weg beschreiten. Gegen Stahl scheint der Mann gefeit zu sein. Vergiften wir ihn! Ich möchte, dass du ihm dieses Mädchen schickst …« Er schnippte ärgerlich mit den Fingern. In letzter Zeit verließ ihn immer öfter sein Namensgedächtnis. Er sah das Gesicht der kleinen Hure noch vor sich. »Du weißt schon … Das Mädchen, das in Iskendria war.«

»Elodia?«

»Ja, genau die meine ich! Schreibst du ihr eigentlich noch Briefe im Namen ihres verstorbenen Bruders?«

»Nein, seit über einem Jahr nicht mehr. Mein letzter Brief an sie war im Namen der Frau, die ihr Bruder nie hatte, verfasst. Ich habe ihr mitgeteilt, er sei an der Pest gestorben.«

Cabezan traute seinen Ohren nicht. »Was? Wie kannst du dich unterstehen! Das untergräbt ihre Moral! Du hättest mich fragen müssen, du verdammter alter Narr! Was hast du dir dabei gedacht?«

Balduin gehörte zu den wenigen Männern, die es wagten, seinem Blick standzuhalten, wenn er in Rage geriet. »Ich konnte das Mädchen nicht mehr länger belügen. In Drusna ist ihr übel mitgespielt worden. Sie hätte es fast nicht mehr zurück geschafft.«

»Und weil du ein Menschenfreund bist, hast du ihr noch geschrieben, dass ihr Brüderchen verreckt ist? Was wolltest du damit erreichen? Dass sie sich erhängt?«

»Ich konnte sie nur einfach nicht mehr belügen«, antwortete der Alte ruhig. »Ich fürchte, ich habe mir nicht viel dabei gedacht. Ich wollte mich nur einer unangenehmen Pflicht entledigen.«

Dass er sich nichts gedacht hatte, mochte Cabezan nicht glauben. Das war nicht Balduins Art. Was würde er als Nächstes tun? Dem Mädchen einen Brief schreiben, in dem die Wahrheit über den Tod ihres Bruders stand? »Du wirst meinen Befehl ausführen, Balduin! Dieses Mädchen soll den edlen Ritter verführen und ihm dann einen Becher mit vergiftetem Wein einschenken. Dann hat der Ärger ein Ende. Davor wird ihn seine Rüstung ja wohl nicht bewahren!«

»Bitte entschuldigt, Herr, aber das ist etwas anderes, als Heidenfürsten in Iskendria oder Drusna zu töten. Michel Sarti ist ein Held. Womit soll ich die Notwendigkeit seines Todes begründen?«

»Ich bin der König! Ich bin so einer kleinen Hure keine Erklärungen schuldig. Was denkst du dir!«

»Ich denke, dass wir sie zur Hure gemacht haben und dass sie Fargon im Kampf gegen seine Feinde in den letzten Jahren weit größere Dienste erwiesen hat als all unsere Krieger zusammen, den weißen Ritter eingeschlossen. Wir sollten ihr nicht einen so schmutzigen Mord anhängen. Es wird herauskommen, dass sie den Ritter getötet hat.«

»Umso besser, wenn die Kleine stirbt. Dann kann sie auch nicht mehr herausfinden, wie sehr du sie über ihren Bruder belogen hast. Tankret wird sich darum kümmern, dass der Pöbel sie aufspürt und sie am nächstbesten Baum aufgeknüpft wird.« Sein Leibwächter lächelte. Er hatte kein Gewissen. »Du darfst dich jetzt zurückziehen, Balduin. Bis zur Dämmerung will ich den Brief sehen, den du der kleinen Hure schreibst.«

Cabezan legte den Kopf in den Nacken und lauschte auf die schlurfenden Schritte seines alten Hofmeisters. So offen hatte sich Balduin noch nie zuvor widersetzt. Das konnte er nicht dulden! Er blickte in den Himmel hinauf. Eine Wolke war vor die fahle Herbstsonne gezogen. Es wurde kühl auf der Terrasse. Er zog das Bärenfell höher.

Als Balduin verschwunden war, winkte er Tankret zu sich. »Die Frechheiten des Hofmeisters haben mich verärgert. Ich würde es begrüßen, wenn er keine Gelegenheit mehr hätte, mich noch einmal zu kränken. Es sollte wie ein Unfall aussehen. Er hat viele Freunde. Aber niemand würde sich wundern, wenn so ein alter Mann die Treppe hinabstürzt. Allerdings soll er vorher noch den Brief aufsetzen. Morgen wäre ein guter Tag für seinen Tod.«

Tankret trat vor ihn. »Mein König, ist es klug, den Alten zu töten?«

Cabezan hob verärgert eine Braue. Es war das erste Mal, dass sein Leibwächter einem Mordauftrag widersprach. War er plötzlich von Verrätern und Weichlingen umgeben?

»Nicht, dass Ihr mich missversteht, mein Herr. Lange Jahre habe ich nur darauf gewartet, dass Ihr mir befehlt, ihn zu töten. Er hält mich für einen tumben Mörder. Er lässt keine Gelegenheit aus, mir seine Verachtung zu zeigen. Ich würde seinen Tod nicht bedauern. Und manches Mal habe ich überlegt, ob ich das Schicksal nicht ohne Euren Befehl in die Hand nehmen soll. Aber Balduin ist zu wichtig … Er ist in zu viele Geheimnisse eingeweiht. Er versteht sich zu gut darauf, die Verwaltungsaufgaben in Eurem Sinne zu erledigen, ohne dass Ihr danach schauen müsstet. Es gibt am ganzen Hof niemanden, der ihn ersetzen könnte. Schon am Tag nach seinem Tod würden Schwierigkeiten beginnen. Wenn ich mir einen Rat erlauben darf, mein Herr. Lasst ihn erst einen Nachfolger ausbilden. Dann werde ich ihn mit Freuden umbringen.«

Cabezan strich sich müde über die Stirn. Ein Leibwächter, der seine Befehle hinterfragte … Er sollte Tankret auch damit beauftragen, einen Nachfolger auszubilden!

## DAS HAUS DER KÖNIGIN

Die Maurawan hatten Emerelle überrascht. Sie hatten ihr einen prächtigen Schimmel geschenkt und ein wunderbares Kleid. Man konnte ihm ansehen, woher es kam. Und doch war es einer Königin angemessen. Es war aus weichem, weißem Leder mit langen Fransen an den Ärmeln, die die Nähte gegen Regenwasser schützten. Hunderte kleiner Flussperlen waren darauf aufgestickt und bildeten verschlungene Spiralmuster. Dazu kamen schenkelhohe, weiße Stiefel. Das Kleid war geschlitzt, so dass es beim Reiten nicht störte, obgleich es vermutlich die Blicke der Männer anziehen würde. Stiefel und Lederkleid waren schön und praktisch zugleich. So würde sie auch das Albenhaupt erklimmen können.

Emerelle führte den Hengst über das Schneefeld hinauf zum Albenstern. Immer wieder blickte sie zu dem Berg, der sich in der Ferne erhob. Sein Haupt war in dichte Wolken gehüllt. Es hieß, noch nie habe ein Albenkind den Gipfel dieses Berges erblickt. Falrach hatte ihr etwas gesagt, das sie zunächst einfach nur abgetan hatte, doch die Worte waren wie ein schleichendes Gift in sie eingedrungen. Wenn kein Albenkind und kein Menschenkind den Weg zum Gipfel finden konnten, dann mochte dort oben auch ein Devanthar lauern. Vielleicht war der Bann, der auf dem Berg lag, ein Schutz? Jener letzte Devanthar, der sich vor etlichen Jahren ins Herzland gewagt hatte, um mit der Zauberin Noroelle ein Kind zu zeugen, war seitdem verschwunden. Wartete er auf dem Albenhaupt?

Das war Unsinn, sagte ihr der Verstand. Warum sollte er sich dorthin zurückziehen? Vielleicht um die blutige Fehde mit den Alben zu Ende zu bringen?

Emerelle erreichte das Boot, das noch immer auf dem Berghang lag. Es war halb in einer Schneewehe versunken. Die Elfe entspannte sich und befreite ihren Geist von allen Zweifeln. Dann griff sie nach der Macht des Albensterns. Sie spürte die Kraft des Goldenen Netzes und ließ sie durch sich fließen. Dabei dachte sie an das Hartungskliff hoch über Firnstayn, wo inmitten einer steinernen Krone auf dem Gipfel des Berges der Albenstern lag, der ihr Ziel war.

Das magische Tor öffnete sich. Sie spürte die Unruhe ihres Hengstes. Er ließ sich zwar ohne zu scheuen ins Goldene Netz führen, doch seinen Augen waren weit vor Angst, und seine Nüstern bebten. Nur wenige Schritt, dann war sie auf der anderen Seite. In einer anderen Welt. Wind zerzauste ihr Haar, als sie durch das magische Tor trat. Sie blickte hinab auf das graue Wasser des Fjords. Es lag noch kein Schnee auf dem Hartungskliff, doch der Winter war nicht mehr fern. Kalter Nieselregen wob silberne Wasserperlchen in die Mähne ihres Hengstes.

Leichter Nebel lag über dem Ufer des Fjords. Sie konnte Firnstayn nicht sehen, doch leuchteten dort, wo die kleine Stadt liegen musste, zwei helle Lichter. Nein, nicht Lichter. Es waren Feuer wie von brennenden Häusern!

Emerelle saß auf und trieb ihren Hengst den Hang hinab. Trittsicher brachte er sie über ein Geröllfeld auf einen steil abfallenden, grasbewachsenen Hang. Als ein Windstoß den Nebel zerriss, sah sie deutlich das Feuer, und Menschenkinder, die am Fjord entlangflüchteten. Ein Haus nahe der Festhalle der Königin brannte! Ein zweites mitten in der Siedlung. Was ging dort vor sich? Feindliche Krieger konnte sie nicht entdecken.

Sobald das Gelände es zuließ, ließ sie den Hengst im Galopp jagen. Bald entdeckte sie die Schemen von Booten auf dem Wasser. Dann erreichte sie die Flüchtlinge. Sie bildeten kleine Gruppen. Angst stand in ihren Gesichtern. Als Emerelle sich einer der Gruppen näherte, stürmte ein junger Mann mit drohend erhobener Hacke auf sie zu. »Komm nicht näher! Unsere Familie ist noch gesund! Komm nicht näher!«

Emerelle zügelte den Hengst. Das große Tier schnaubte und stieg. Seine Vorderhufe wirbelten durch die Luft, und der Bauer wich erschrocken zurück. »Geh nicht nach Firnstayn. Dort ist die Pest!«

Ohne den Mann eines weiteren Wortes zu würdigen, jagte sie weiter das Ufer entlang. Gab es denn nur Unglück und Elend in der Welt der Menschenkinder? Das Tor in der primitiven Holzpalisade stand weit offen. Ein magerer Hund schlich über die verlassene Straße. Emerelle ritt hinauf zum Hügel, auf dem die Festhalle stand. Ein kleines Haus stand in der Nähe. Sein Dach war eingebrochen. Lodernde Flammen schlugen aus der Tür.

Ein Stück entfernt entdeckte die Elfe einen Toten. Jemand hatte ihm ein Schwert durch den Leib gerammt. Es war ein älterer Mann. Seine Kleider aus feinem Tuch verrieten, dass er begütert gewesen sein musste. Er hatte keine Schwielen an den Händen. Ratlos sah Emerelle sich um. Schließlich ging sie zur Festhalle. Als sie Stimmen hörte, ließ sie die Zügel sinken. Sie war unbewaffnet. Gegen Menschenkinder würde sie auch ohne ein Schwert bestehen können.

Sie trat in die Königshalle. Eine kleine Gruppe Bewaffneter kauerte über einer Feuergrube im Boden. Plötzlich sprang einer der Männer auf und zog sein Schwert. Emerelle war überrascht, dass der Krieger sie so schnell bemerkt hatte. Sie war völlig lautlos eingetreten, und alle an der Feuergrube hatten ihr den Rücken zugewandt. Er musste gespürt haben, dass sie da war. Das war ungewöhnlich für einen Menschensohn.

»Wer bist du?«, fuhr der Krieger sie an.

»Nicht, Answin!« Ein alter Mann ohne Nase drückte den Schwertarm des Kriegers nieder. Ihm standen Tränen in den Augen. »Bei den Göttern, unsere Gebete sind erhört worden!«

Emerelle erinnerte sich an den Alten. Er war einst ein enger Vertrauter des Königs Alfadas gewesen. Und er gehörte zu jenen, die in der Snaiwamark gegen die Trolle gekämpft hatten. »Lambi«, sagte sie freundlich. »Mir scheint, deine Götter halten schützend die Hände über dich.«

Der Alte eilte ihr entgegen. Einen Moment lang fürchtete sie, Lambi werde sie umarmen. Sie wich ein wenig vor ihm zurück. Da blieb er mit ausgebreiteten Armen stehen. Er war ihr so nah, dass sie spüren konnte, dass er befallen war. Schweiß stand ihm auf der Stirn. Seine Augen glänzten zu sehr … Sie roch die Krankheit auch in seinem Atem.

Lambi ließ sich vor ihr auf die Knie sinken. »Ehrwürdige Königin Emerelle. Du kommst in der Stunde der höchsten Not. Bitte hilf Kadlin. Ihre Tochter ringt mit dem Tod …« Er stockte. »Sie ist fast …«

»Bring mich zu ihr, Lambi. Ganz Albenmark steht in Kadlins Schuld. Ich werde das niemals vergessen und dem Fjordland immer wohlgesonnen sein.«

»Habt ihr das gehört! Alles wird gut. Los, hoch mit euren Ärschen, wir müssen zwei Königinnen zusammenführen.«

Die Männer schoben die Bänke, auf denen sie gesessen hatten, zur Seite und fegten die Binsen neben der Feuergrube fort. Ein eiserner Ring war in den Boden eingelassen. Der Mann, der gegen sie sein Schwert gezogen hatte, öffnete die Falltür.

»Wir mussten sie verstecken«, erklärte Lambi. »Ihr eigener Leibarzt hat ihr Haus in Brand gesetzt. Ich kenne Olav viele Jahre. Er muss vor Angst verrückt geworden sein. In den letzten Tagen war er nicht mehr er selbst! Statt zu helfen, hat er die Leute nur in Angst und Schrecken versetzt. Als heute Mittag das erste Kind an der Pest starb, ist Panik ausgebrochen. Sie haben das Haus niedergebrannt, in dem das Kind verstarb. Und dann kamen sie hier herauf. Als ich das Feuer in der Stadt gesehen habe, habe ich Kadlin und Swana in das Versteck hier in der Königshalle gebracht. Dann kamen sie. Männer und Frauen, die noch vor ein paar Tagen auf dem Apfelfest mit ihr gefeiert hatten.« Der Alte schüttelte den Kopf. »Sie waren wie verrückt. Olav hat sie angeführt. Sie glaubten, sie habe sich noch immer in ihrem Haus eingeschlossen. Dann haben die Dreckschweine Fackeln auf das Dach geworfen. Als das Haus lichterloh brannte, haben sie es mit der Angst zu tun bekommen. Nur Olav blieb. Ich glaube, dieses Aasgesicht wartete auf die Todesschreie aus dem Haus. Ich hab ihn niedergemacht. Dann hatte keiner mehr Lust, zu bleiben. Sie sind fortgelaufen …«

Lambi nahm eine Fackel. »Komm, du Göttergeschenk!«

Emerelle musste lächeln. *Göttergeschenk* war sie all den Jahrhunderten, die sie nun schon lebte, noch nie genannt worden.

Der Menschensohn führte sie eine kurze Treppe hinab in einen Tunnel, der so niedrig war, dass selbst sie halb geduckt gehen musste. Nach ein paar Schritt erreichten sie eine grob gezimmerte Tür. Sie war verzogen und öffnete sich nur widerwillig. Dahinter lag eine Kammer, in der etliche Schinken aufgehängt waren. Fässer drängten sich an einer Wand. Auf Säcken waren Felle ausgebreitet worden. Ein junges weißhaariges Mädchen lag nackt hingestreckt. Ihr Leib war ausgezehrt. Emerelle sah die Wundmale an der Leiste und unter einer Achsel. Es stank nach Eiter und Schweiß in der kleinen Kammer.

Eine Frau mit zerzaustem roten Haar kauerte am Lager des Mädchens. Sie war völlig apathisch. Immerzu tupfte sie mit einem feuchten Tuch über den Leib des Kindes. Sie hatte gar nicht bemerkt, dass jemand in die Kammer getreten war.

Emerelle ging zu ihr und legte ihr sanft eine Hand auf die Schulter. »Lass mich ihr helfen.«

Jetzt endlich blickte die Frau zu ihr auf. Erstes Grau schimmerte in ihrem Haar. Dunkle Ringe lagen unter ihren Augen, und in die Mundwinkel hatten sich tiefe Falten gegraben. Emerelle war erschüttert, zu sehen, wie schnell die Menschenkinder verfielen. »Kadlin?«

Die Frau starrte sie ungläubig an. Tränen rannen ihr über das Gesicht. Emerelle spürte, dass auch die Königin von der Pest befallen war.

»Du …« Kadlin schüttelte den Kopf. »Du bist gekommen.« Sie ergriff den Saum von Emerelles Kleid und vergrub ihr Gesicht in dem weichen Leder. »Endlich. Luth, du hast mich erhört. Endlich …«

Emerelle kniete sich neben das Lager. Vorsichtig legte sie eine Hand auf die Brust des Mädchens. Die Kleine war ganz kalt. Sie lag im Sterben. Die Seuche hatte sie all ihrer Kräfte beraubt. Ihr Herz schlug nur noch unregelmäßig und schwach.

Das Mädchen schlug die Augen auf und sah sie an. Sie hatte die Augen ihrer Mutter. Ein leiser Seufzer kam über ihre blassen Lippen. Dann hörte ihr müdes Herz zu schlagen auf.

## DIE LOABO-WURZEL

Elodia faltete den Brief zusammen und legte ihn in die kleine Schachtel aus Holzspänen, die sie unter ihrem Bett verwahrte. Sie hatte ihn dreimal gelesen. Die Handschrift Balduins war fahrig geworden. Sie hatte nicht mehr dieselbe Kraft wie früher. Das Siegel des Königs war in das dunkelrote Siegelwachs gedrückt. Auch wenn sie Ungeheuerliches verlangten, konnte es keinen Zweifel geben, dass es der Wille des Königs war. Eine Sache war bemerkenswert. Sie hatte das Gefühl, dass der Brief noch einmal geöffnet worden war, nachdem der König ihn gesiegelt hatte. Unter das Siegel war noch eine letzte Zeile hinzugefügt worden.

*Rette dein Leben.*

Einen Augenblick erwog sie, das Schreiben der Oberin zu zeigen, doch dann verwarf sie es wieder. Es war nicht üblich, dass die Priesterinnen des Refugiums die Befehle des Königs mit der Oberin besprachen.

Es war der erste Brief, den sie seit der Nachricht vom Tod ihres Bruders erhalten hatte. Sie hatte gewagt, sich der Hoffnung hinzugeben, dass sie das Refugium nie mehr verlassen müsste.

Elodia schloss die Augen. Sie war müde. Manchmal fragte sie sich, ob es wohl eine Krankheit war. Seit sie aus den Wäldern Drusnas zurückgekehrt war, war sie immerzu erschöpft, ganz gleich, wie lange sie schlief. Es fiel ihr schwer, selbst die wenigen Aufgaben, die ihr im Refugium oblagen, gewissenhaft zu erledigen. Alles, was sie getan hatte, hatte sie für ihren Bruder getan. Seit seinem Tod war ihr Leben leer. Manchmal fragte sie sich, ob es die Strafe Tjureds für ihre Bluttaten war, doch das konnte nicht sein. Sie hatte nur Heiden getötet! Aber dieser neue Auftrag … Wenn sie ihn ausführte, wäre sie eine Verdammte, und wenn sie sich weigerte, dann war sie eine Verräterin. Sie hatte schon von dem weißen Ritter gehört. Wohl jeder in Fargon hatte von ihm gehört. Sie hatte den Fürsten Arsi getötet, aber Michel Sarti war der Held dieses Krieges. Sein Name war in aller Munde. Und es war ihr auch recht so. Sie war nicht stolz auf das, was sie getan hatte. Sie hatte einen Befehl des Königs ausgeführt und ihre Tat war zweifellos von Nutzen für Fargon gewesen. Aber dieser neue Mordbefehl … Konnte es stimmen, dass sich der Ritter gegen König Cabezan verschworen hatte? Wenn sie an den alten Mann in seinem Bett zurückdachte, überkam sie stets Schrecken. Niemand sprach gut von ihm. Die Menschen fürchteten den König. Doch er war unzweifelhaft von Gott berührt. Sein Leben nahm kein Ende, obwohl er immer wieder schwer erkrankte und es weit über die übliche Lebensspanne hinausreichte.

Balduin hatte den Brief verfasst, also musste der Tod des Ritters von Nutzen für das Königreich sein! Er war ein gütiger Mann. Auch er hatte ihr manchmal geschrieben. Sie würde ihm immer dafür dankbar sein, dass er sich die Mühe gemacht hatte, ihr einen langen Brief über den Tod ihres Bruders Jean und vor allem über sein Leben zu schreiben. Jean war glücklich gewesen. Er hatte sich gerade verliebt, als die Pest ihn und seine Geliebte dahinraffte. Er war ein geachteter Schreiber am Hof des Königs gewesen, und Balduin hatte keinen Zweifel, dass Jean sogar zum Statthalter aufgestiegen wäre, wenn er nur länger gelebt hätte.

Ihr waren Tränen in die Augen getreten. Sie würde es für Balduin tun und nicht für Cabezan. Sie erhob sich und verließ die kleine Hütte, die nahe der Mauer abseits der großen Gebäude des Refugiums stand. Sie würde die Hilfe von Schwester Anais benötigen, der Gärtnerin. Sie selbst kannte sich mit Giften nicht aus.

Pfützen standen auf den Gartenwegen. Am Morgen war schwerer Regen niedergegangen. Er hatte eine erste Vorahnung des Winters mitgebracht. Es war nasskalt. Der Himmel hing tief über den Bergen. Die weitläufigen Gärten, die von den Ordensschwestern angelegt worden waren, waren noch jung. Die neu gepflanzten Bäume hatten kaum armdicke Stämme. Wenn sie wuchsen und größer wurden, würde das Refugium ein wunderbarer Ort sein.

Sie ging vorbei an einer jungen Novizin, die einen Rosenbusch ausputzte. Das Mädchen war höchstens siebzehn. Sie war schön. Elodia lächelte melancholisch. Es waren nur die schönen Mädchen, die es hierher verschlug.

Sie nannten sich einen Orden und sprachen sich untereinander mit *Schwester* an. Doch die Kirche wusste nichts von dem, was im Refugium auf dem Mons Gabino geschah. Und hätte sie es gewusst, hätte sie diesem Orden sicherlich nicht ihren Segen erteilt. Es machte das Ungeheuerliche, das hier geschah, erträglicher, wenn es nach festen Regeln verlief. Sie alle pflegten einen höflichen Umgang miteinander.

Elodia verharrte vor der schmalen, roten Holzbrücke, die über den schwarzen Pfuhl führte. Das dunkle Wasser war unbewegt. Elodia atmete schwer. Dies war der einzige Ort im Refugium, der ihr unheimlich war. In diesem Teich versenkten sie in versiegelten Tonkrügen die Leiber der ungeborenen Kinder. Kein Jahr verstrich, ohne dass eine der Novizinnen schwanger wurde. Ihre Ausbildung beruhte nur selten auf dem Studium von Büchern. Was sie im Dienste des Königs tun sollten, das übten sie in all seinen Spielarten hinter den hohen Mauern des Refugiums. Und so blieb es nicht aus, dass es zu Schwangerschaften kam. Doch der Mons Gabino war kein Ort für Kinder. Manche Schwestern verheimlichten es, doch zuletzt fiel es immer auf. Die Oberin selbst holte die Kinder. Aber es war stets die Aufgabe der Mütter, die schweren Tonkrüge im schwarzen Pfuhl zu versenken.

Elodia fasste sich ein Herz und ging raschen Schrittes über die Brücke. Wasser spritzte auf. Ein Karpfen hatte nach einer Fliege geschnappt. Sie wurden hier groß und fett. Niemand aß einen Fisch aus diesem Teich.

Sie fand Schwester Anais bei den Oleanderbüschen. Die Gärtnerin schwenkte ein Räucherfass zwischen den Pflanzen und sang leise vor sich hin. Sie sah ihr eine Weile zu, bis Anais sie schließlich bemerkte.

»Elodia! Wie schön, dass du deine Hütte verlassen hast und einen Spaziergang machst. Komm zu mir und atme den Rauch. Sandelholzrauch belebt nicht nur die Pflanzen, er öffnet auch die Seele von uns Menschen. Magst du mir ein wenig bei meiner Gartenarbeit helfen?«

»Wenn ich ehrlich bin, Schwester Anais, dann bin ich gekommen, um dich um Hilfe zu bitten. Ich benötige deinen Rat in Bezug auf ein Gift. Es soll innerhalb von zwei oder drei Tagen tödlich sein. Es soll keine Schmerzen bereiten, die das Opfer ahnen lassen, dass es vergiftet wurde, und man soll dem Toten auch nicht ansehen können, dass er eines unnatürlichen Todes gestorben ist.«

Sie setzte ihr Räucherfass ab und begann mit Daumen und Zeigefinger ihre Nasenspitze zu massieren. Es war eine Eigenart von ihr, die ihr schon manchen Spott eingetragen hatte. Plötzlich verfinsterte sich ihre Miene. Als sie aufblickte, waren ihre Lippen schmale Striche geworden. »Das ist ein bisschen viel, was du verlangst.«

Elodia hatte Schwester Anais noch nie so übellaunig erlebt. »Gibt es so ein Gift nicht?«

»Oh, doch. Das gibt es. Aber ich habe es nicht vorrätig. Wir müssen dazu eine Loabo-Wurzel ziehen. Man muss sie bei Vollmond mit einem schwarzen Seidenschal aus dem Erdreich ziehen, sonst verliert sie ihre Macht. Es ist ein ganz besonderes Gift. Es greift die Adern im Gehirn an. Es zerfrisst sie, bis Blut ins Hirn sickert.«

»Und das ist ganz gewiss tödlich?«

»Das ist es. Es geht langsam. Manche bekommen Kopfschmerzen. Meistens ist es jedoch so, dass den Opfern schwindelig wird. Sie können nicht mehr klar sprechen oder vergessen einzelne Worte. Das Gift ist unbedingt tödlich! An den ersten beiden Tagen nachdem die Opfer es eingenommen haben, spüren sie gar nichts. Leider wächst nur eine einzige Loabo-Wurzel in meinem Garten«, sagte sie zerknirscht.

»Und? Kann man sie ernten?«

»Ja, gewiss. Bei Vollmond. Und dann müssen wir noch das Gift aus ihr extrahieren. Es wird ein wenig dauern.

Ich hatte gehofft, ich würde Ableger aus der Wurzel ziehen können.« Anais seufzte. »Gehen wir nun zur Oberin. Ich fürchte, einen schwarzen Seidenschal haben wir auch nicht im Refugium. Und wenn ich schon meine einzige Loabo-Wurzel opfern soll, dann will ich auch alles richtig machen!«

## DER FREIE WILLE

Emerelle presste fest auf die Brust des Mädchens. Wieder. Und wieder. Das Herz regte sich. Sie spürte zögerliche, schwache Schläge. Mit geschlossenen Augen versuchte sie eins mit der Kleinen und ihrem Körper zu werden. Sie stimmte sich auf den stockenden, unregelmäßigen Herzschlag ein, senkte das Fieber und reinigte ihr Blut. Sie gab dem Körper neue Kraft, um ein Wiederaufflackern der Krankheit unterdrücken zu können. Zuletzt heilte sie das zerstörte Gewebe der aufgeplatzten Eiterbeulen und ließ die Verletzungen verschwinden, ohne dass eine Narbe auf der Haut blieb.

Als sie die Augen wieder aufschlug, ergriff Kadlin ihre Hände. »Kannst du ihr helfen?«

»Sie wird leben. Nun sollte ich mich um dich kümmern.« Sie sah zu dem alten Krieger ohne Nase auf. »Und auch um dich. Ihr beide tragt die Krankheit schon in euch.«

Mit aller Aufmerksamkeit widmete sie sich den beiden. Bei dem Alten linderte sie auch die Beschwerden, die die beginnende Gicht ihm bereitete. Beide hatten sie mehrere Insektenstiche.

»Ihr müsst eure Kleidung in kochendem Wasser reinigen. Bei Pelzen und anderen Kleidungsstücken, wo dies nicht möglich ist, hilft es nur, sie zu verbrennen. Es sind Flöhe, die die Pest übertragen.«

»Die Krankheit ist in Kleidern?« Kadlin sah sie merkwürdig an.

»Es sind die Flöhe in den Kleidern. Allerdings sind auch Kleider, die mit dem Eiter aus Pestbeulen in Berührung kamen, möglicherweise gefährlich.«

»Vor ein paar Tagen kam ein Jarl mit einer Truhe voller Kleider. Swana hat eines davon bekommen. Ich auch …«

»Ich habe mir eine Hose genommen«, sagte der Alte.

»Das muss nicht mit dem Ausbruch der Seuche zu tun haben«, sagte Emerelle. »Wir sollten diese Kammer verlassen.« Sie sehnte sich nach frischer Luft. Selbst im Regen zu stehen, wäre ihr angenehmer, als noch länger in der stickigen Enge zu verharren.

Kadlin nahm behutsam ihre Tochter auf den Arm. Sie küsste das schlafende Mädchen auf die Stirn. Tränen benetzten die Wangen der Königin.

Der Alte brachte sie zurück in die Königshalle. Die übrigen Krieger hielten dort noch immer Wacht. Sie scharten sich um die Königin und deren Tochter. Emerelle war berührt von der Herzlichkeit, mit der sie miteinander umgingen. Und sie fühlte sich fehl am Platz.

Leise trat sie aus der Königshalle. Draußen regnete es noch immer. Der Nebel hatte sich gelichtet. Die Feuer waren fast erstickt. Dichter Rauch erhob sich aus den Ruinen. Ein Hund machte sich an dem Toten zu schaffen. Kaum zu glauben, dass ein Heiler eine Fackel auf ein Haus geschleudert hatte, in dem er Sterbenskranke wähnte. Das Haus seiner Königin! Die Menschen würden ihr immer ein Rätsel bleiben.

Emerelle hörte Schritte hinter sich. Kadlin trat zu ihr in den Regen. Sie hatte einen groben, grünen Wollumhang um ihre Schultern gelegt. »Danke«, sagte sie schlicht und zugleich mit solcher Herzlichkeit, dass jedes weitere Wort ihr tiefes Gefühl nur verwässert hätte.

»Ich bin froh, dass ich zur rechten Zeit gekommen bin«, entgegnete Emerelle.

Schweigend standen sie eine Weile nebeneinander und blickten auf den Fjord hinab. Schließlich war es Kadlin, die die Stille brach. »Was führt dich hierher, Königin?«

Emerelle musste lächeln. Kadlin war klug. Ihr war klar, dass es kein göttliches Wunder war, das sie nach Firnstayn geführt hatte. »Ich suche Melvyn«, entgegnete sie unumwunden.

Kadlin sah sie forschend an. »Wozu?«

Offensichtlich machte sie sich Sorgen um das Wohl ihres Halbbruders. »Er soll mich auf einen Berg führen. Nur er kann den Weg dort hinauf finden.«

»Kannst du nicht mit einem der großen Adler fliegen?«

Die Menschentochter schien sie wohl für einfältig zu halten. »Nein.«

Kadlin sah sie fordernd an. Emerelle schwieg. Aus dem jungen Mädchen von einst war wahrlich eine Königin geworden. Sie ließ sich nicht davon einschüchtern, wer vor ihr stand. Emerelle entschied, dass sie sich eine klarere Antwort verdient hatte. »Ein Zauber liegt auf dem Berg. Man nennt ihn Albenhaupt. Starke Winde verhindern, dass sich Vögel dem Gipfel nähern. Sie würden gegen die Felsen geschmettert. Melvyn ist der Einzige, der mich dort hinaufführen kann.«

»Warum kann das niemand anders?«

Emerelle war überrascht. Kannte die Königin keine Dankbarkeit? Es war überaus unhöflich, so bohrend nachzufragen, wo sie doch durch ihre Antworten deutlich zu verstehen gegeben hatte, dass sie über dieses Thema nicht weiter reden wollte.

»Ist es gefährlich für meinen Bruder?«

»Für ihn wird es nicht gefährlich sein. Es heißt, weder ein Menschenkind noch ein Albenkind könne lebend zum Gipfel des Berges gelangen. Dein Bruder ist der Sohn einer Elfe und eines Menschen. Nie zuvor ist aus einer Verbindung zwischen Elfen und Menschen ein Kind hervorgegangen. Es ist sein Schicksal, auf diesen Berg gelangen zu können!«

»Ist es das? Oder ist er vielleicht zweifach verflucht, weil er Mensch und Elf ist?«

Emerelle musste sich eingestehen, dass sie dies noch nicht in Erwägung gezogen hatte. »Es ist nicht deine Aufgabe, über den Weg deines Bruders zu befinden. Diese Entscheidung kann er nur allein treffen.«

»Du hast Swana und mir das Leben gerettet. Wie frei ist er da noch, dir eine Bitte abzuschlagen?«

## NIE WIEDER PFERD

Er dachte an die dralle Blonde, die vor dem Wirtshaus gestanden hatte, und schnaubte.

»Alles gut, mein Großer«, sagte Adrien. Der Junge striegelte ihn. Er hatte ihn auch eigens abgesattelt. Diese Dinge überließ er nie anderen. Er war manchmal geradezu anstrengend vorbildlich. Ein lebender Heiliger. Nie stieg er ins Bett eines Weibs. Gelegenheiten hätte es genug gegeben. Die Blonde vorm Wirtshaus hatte ihm schöne Augen gemacht, aber er hatte das nicht einmal gemerkt.

*In der Stadt gibt es einen Pferdemarkt.*

»Suchst du eine Stute?«

Er sagte das sehr sachlich. Der Junge hatte einfach keinen Humor, dachte Jules ärgerlich. Dabei hatte er unwissentlich den Nagel auf den Kopf getroffen. Er hätte nicht übel Lust, ihm über einige Dinge einmal gründlich die Meinung zu sagen … Aber das durfte er nicht. Adrien war genau so geworden, wie er ihn hatte haben wollen. All die Jahre der Mühen hatten ihn zum perfekten Ritter gemacht. Zu einem echten Langeweiler! Seit er nicht mehr nach dieser Elodia suchte, kümmerte er sich nur noch um Belange der Kirche oder rettete Arme und Rechtlose.

*Ich werde dich verlassen müssen.*

Adrien ließ den Striegel sinken. »Habe ich dich beleidigt? Das wollte ich nicht! Ich dachte …«

*Es hat nichts mit Stuten zu tun,* log Jules. *Du weißt, Tjured hat mich geschickt, damit ich auf dich achtgebe. Aber du brauchst schon lange keinen Aufpasser mehr. Du bist ein Mann und stehst selbst für deine Taten und dein Leben ein. Ich bin stolz auf dich. Von dem unsicheren Jungen, den ich vor vier Jahren getroffen habe und der nicht einmal reiten konnte, ist nichts mehr geblieben.*

»Aber ich brauche dich! Du hast mir so oft einen Rat gegeben. Und ich weiß …« Seine Stimme sank zu einem Flüstern. »Du erwartest von mir, dass ich König Cabezan töte.«

*Du hast keine Lust, den König zu erschlagen. Du hältst es für unritterlich, einen alten kranken Mann in seinem Bett niederzustechen. Wir haben oft genug darüber gestritten. Deine Vorstellung von Ritterlichkeit führt dazu, dass keine Woche verstreicht, in der nicht Morde auf Befehl des Königs geschehen. Das kannst du dulden. Du opferst diese Menschen deinem Kodex der Ritterlichkeit.*

»Gehst du deshalb?«

*Nein, Junge. Die Zeit ist einfach gekommen … Tjured hat andere Aufgaben für mich. Es war eine gute Zeit mit dir. Ich werde dich immer in Erinnerung behalten.*

»Ich werde Cabezan töten!« Jetzt hatte er alle Vorsicht fahren lassen. Sie waren zwar allein im Stall, aber man konnte nie wissen, wer lauschte.

*Ich weiß. Du musst es tun. Oder er wird einen Weg finden, dich zu töten. Er wird es nicht lange ertragen, dass es einen Mann wie dich in seinem Königreich gibt. Nur einen Rat möchte ich dir noch geben. Sei darauf vorbereitet, dass er deine Ritterlichkeit gegen dich nutzen wird. Sei vorsichtig! Er ist ein alter, kranker Mann. Aber er ist immer noch gefährlich.*

Adrien legte den Striegel zur Seite. Sein Gesicht wirkte hart und verschlossen. So wie er immer aussah, wenn er seine Gefühle um jeden Preis verbergen wollte. Doch seine Stimme beherrschte er nicht. »Ich werde dich vermissen«, sagte er traurig.

Der Kleine schaffte es tatsächlich, dass er gerührt war. Er hatte viel zu viel Zeit mit ihm verbracht. Er war ihm ans Herz gewachsen. Vor so etwas sollte er sich hüten! Menschen lebten zu kurz, um sich auf Gefühle für sie einzulassen. Adrien hatte seine Sache gut gemacht. Das war es. Der Ritterorden war gegründet. Die Aufgabe des Jungen war erfüllt. Der Tyrannenmord wäre noch ein schöner Paukenschlag gewesen, aber Adrien musste es nicht mehr tun, um als der heilige Michel Sarti in die Geschichte der Tjuredkirche einzugehen.

Jules trat aus dem Stall. Frei! Wie sehr hatte er das vermisst. Vier Jahre war er jetzt ein Pferd gewesen. Das war genug! Auch wenn er den Jungen mochte und einigen Spaß in dieser Rolle gehabt hatte.

*Ich bin nicht gut darin, Abschied zu nehmen. Lebe wohl, Adrien. Und pass auf dich auf, wenn du kein Pferd mehr hast, das dir den Rücken freihält.*

Der Junge umarmte ihn! Das durfte doch nicht wahr sein. Er scherte sich nicht darum, wie er vom Gasthaus angestarrt wurde! »Lebe wohl, weißer Donner. Ich werde unsere Gespräche vermissen.«

*Du solltest aufhören, in aller Öffentlichkeit mit einem Pferd zu reden. Das ist selbst für einen Beinahe-Heiligen ein seltsames Verhalten. Und ja … Ich werde die Gespräche mit dir idealistischem Dickkopf auch vermissen.*

Jules wandte sich ab und preschte die winterliche Landstraße entlang. Er wunderte sich über seine Gefühle. Er vermisste den Jungen schon jetzt. Es war höchste Zeit, dass er sich um andere Dinge kümmerte. Für solchen sentimentalen Unsinn gab es keinen Platz in seinem Leben!

## DER KÖNIGSMACHER

Anderan kam als Letzter in den Versammlungsraum der Kommandanten, jenes inneren Zirkels von Getreuen, die Elija um sich versammelt hatte. Von den alten Kommandanten aus der Zeit des Kampfes gegen die Elfen war nur noch eine Handvoll verblieben. Die meisten waren, so wie er, erst später erwählt worden. Er war hier, weil er Elija einst gegen den Shi-Handan verteidigt hatte. So lange Jahre hatte er sich mit Begeisterung der Aufgabe verschrieben gehabt, der Welt eine neue, bessere Ordnung zu geben. Doch jetzt war er zutiefst ernüchtert. Gestern erst war er aus Feylanviek zurückgekehrt. Der Frost hatte ihn zwei Finger und drei Zehen gekostet. Und er hatte noch Glück gehabt, dass der jüngere Kobold sich Soltons Vorschlag, ihn im Kanal zu ertränken, entschieden widersetzt hatte.

Anderan nahm auf dem letzten noch freien Stuhl Platz. Er saß neben dem Neuen. Dem Bruder Elijas. Er hatte seit gestern einiges über diesen jungen Lutin zu hören bekommen. Wie es schien, war er über lange Zeit in Gesellschaft Emerelles gewesen. Er hatte die gefallene Königin getäuscht und ausspioniert. Wenn es stimmte, was er sagte, hatte sie keinerlei Ambitionen, ihren Thron zurückzuerobern.

Elija erhob sich von seinem Sitz. Die leisen Gespräche der Kommandanten verstummten. Doch statt Elija sahen sie alle ihn an. Was ging hier vor?

»Brüder und Schwestern, gestern hat der Kronrat über die Fürsten entschieden, die zur Königswahl aufgerufen werden. Auch wurden die Richtlinien festgelegt, nach denen die Wahl abgehalten werden kann. Seit Wochen war dies immer wieder das Thema unserer geheimen Versammlungen, und ich freue mich euch mitteilen zu können, dass der Kronrat so beeinflusst werden konnte, dass er ganz in unserem Sinne entschieden hat. Es werden die beiden Kentaurenfürsten Katander und Nestheus berufen werden.«

Anderan traute seinen Ohren nicht. »Unsere Feinde sind zur Königswahl berufen?«

Elija bedachte ihn mit einem ärgerlichen Blick. »Da du in den letzten Wochen nicht anwesend warst, fehlt dir das tiefere Verständnis. Der Gedanke bei dieser Wahl ist, sie machtlos zu lassen. Sie sind gezwungen, nach unseren Plänen zu agieren. Kommen sie nicht zum Fest der Lichter, dann verlieren sie ihr Gesicht, und es ist fraglich, ob sie dann weiterhin als Anführer ihrer Völker akzeptiert werden. Kommen sie hingegen, dann verfügen sie nur über zwei von sieben Stimmen. Skanga und Gilmarak sind überzeugt, dass sie deshalb ungefährlich bleiben, denn der König wird mit einfacher Mehrheit gewählt. Sie haben sich sogar dazu hinreißen lassen, den Elfen Alvias zu berufen, den ehemaligen Hofmeister Emerelles. Der Herzog vom Mordstein und der Herzog von der Wolfsgrube vertreten die Trolle bei der Königswahl. Beide sind nicht gerade berühmt für ihren scharfen Verstand. Aber sie sind Gilmarak unbedingt ergeben. Skanga ist nicht dumm. Sie befürchtet schon seit langem, dass ich nach der Krone Albenmarks greifen könnte. Deshalb hat sie mich als einen der Fürsten bestimmt, die zur Königswahl aufgerufen sind. Jene Fürsten können sich nicht selbst für den Königstitel bewerben. Nur um mich in dieses Amt erheben zu können, wurde ich mit dem Fürstentitel von Tanthalia belehnt, denn um einen König zu wählen, muss man ein

Fürst Albenmarks sein. Der siebente Fürst in dieser erlauchten Runde wirst du sein, Anderan. Neben mir bist du der einzige Kobold Albenmarks, der einen durch den Kronrat anerkannten Fürstentitel trägt. Wegen dieser Angelegenheit wird Skanga dich sehr bald zu sich berufen.«

Anderan war völlig überrumpelt. Das war das Letzte, womit er gerechnet hatte. Einige der Kommandanten sahen ihn wissend an. Ihm schwante nichts Gutes. »Was will die Schamanin von mir?«

»Wie du weißt, ist Skanga alles andere als dumm. Natürlich kann sie bis sieben zählen. Und sie traut uns Kobolden nicht. Sie hat mich mit einem Fluch belegt. Sollte ich es wagen, gegen Gilmarak zu stimmen, so werde ich im selben Augenblick sterben, in dem ich dies tue. Und nicht nur ich. Alle, die mir in meinem Leben je etwas bedeutet haben, werden hingerafft werden. Sie wird dir mit ihrem Steinmesser in die Brust schneiden und einige sehr unangenehme Dinge tun, wenn sie dich mit diesem Fluch belegt. Ich erwarte von dir als Mitglied unserer verschworenen Gemeinschaft, dass du dich diesem Ritual unterwirfst.«

Anderan war völlig perplex. Vielleicht war er von den Strapazen seiner Reise und den Erfrierungen noch zu geschwächt. »Wenn wir gezwungen sind, für Gilmarak zu stimmen, was gewinnen wir in dieser Intrige?«

Elija lächelte triumphierend. »Bitte, verzeih mir, aber du denkst wie ein Troll.«

Alle lachten. Sie waren offensichtlich eingeweiht.

Elija machte sich einen Spaß daraus, ihn noch einige Augenblicke dumm aussehen zu lassen, dann erbarmte er sich. »Auch Skanga hat in ihr Kalkül lediglich einbezogen, dass man für oder gegen Gilmarak stimmen könnte. Wir werden uns einfach der Stimme enthalten. Damit trifft uns der Fluch nicht, und Gilmarak ist mit drei gegen zwei Stimmen abgewählt. Und wer bei der Königswahl einmal durchgefallen ist, der kann erst zum nächsten Fest der Lichter in achtundzwanzig Jahren wieder zur Wahl antreten.«

Anderan fand den Plan widersinnig. »Was ist damit gewonnen? Du bist unter den Fürsten, die wählen. Wie willst du König werden?«

»Noch ein Trollgedanke, mein Lieber. Ich bin sicher, auch Skanga hat das erwogen. Aber die alten Gesetze zur Königswahl, die wir nie außer Kraft gesetzt haben, sehen vor, dass ab dem zweiten Wahlgang auch Fürsten, die zur Wahl berichtigt sind, König werden können. Sie können dann allerdings nicht mehr an der Abstimmung teilnehmen.«

»Du glaubst doch nicht etwa, dass Katander, Nestheus und Alvias für dich stimmen würden.«

Der Lutin schnitt eine Grimasse. »Ich fürchte, da hast du Recht. Die Kentauren werden den Lutin niemals verzeihen, dass wir die Grabkammern ihrer Ahnen zu Vorratslagern für die Trolle gemacht haben. Deshalb werde nicht ich zur Königswahl antreten. Du wirst es.«

Anderan klappte der Kiefer hinab. »Das ist …« Er fand keine Worte. Er hätte nie davon zu träumen gewagt, der Herrscher Albenmarks zu werden. Das war niemals das Ziel in seinem Leben gewesen.

Elija schien seine Gedanken zu ahnen. »Einer aus unserer Mitte muss König werden. Und du bist der einzige echte Fürst unter allen Kobolden. Du hast einen guten Namen. Viele kennen dich. Du bist schon lange im Kronrat. Und du wirst mir nicht widersprechen, dass Albenmark nicht noch achtundzwanzig Jahre Trollherrschaft ertragen kann. Sie werden alles zugrunde richten. Gilmarak hat meine frühen Schriften gründlich falsch verstanden. Ich war immer für eine Umverteilung des Reichtums. Für eine gerechtere Gesellschaft. Aber die Schätze Albenmarks zu vernichten und die Geldwirtschaft abzuschaffen, das ist verrückt! Er hat schweren Schaden damit angerichtet. Und bald wird dieser Schaden unumkehrbar sein. Dir muss ich nicht erklären, dass die Snaiwamark-Karawanen nicht dazu dienen, die Höhlen der Trolle mit Gold zu pflastern.«

Anderan wusste, dass die Schätze zu dem Vulkan geschafft wurden, der sich an der Stelle der untergegangenen Trollfestung Königsstein erhob. Er war zugegen gewesen, als die erste Karawane ihr Ziel erreichte. Außer ihm waren nur drei andere Kobolde aus dem Kronrat mit anwesend gewesen. Für das letzte Stück des Weges waren die Schätze allein Trollen anvertraut worden. Die Steppenschiffe, die das letzte Stück ihres langen Weges als Eissegler zurückgelegt hatten, ankerten etwa zehn Meilen vom Vulkan entfernt. Und die Trolle, die kamen, stammten aus den neuen Höhlen, die nahe beim Königsstein in den Fels gegraben wurden. Diese Trolle schleuderten die Schätze Albenmarks in den Schlund des Vulkans. Drei Karawanen hatten den Vulkan erreicht. Und unzählige Schiffsladungen mit Schätzen waren an den Ufern der Walbucht angelandet worden. Gilmarak musste nur noch ein oder zwei Jahre an seinem Plan festhalten, dann würde es in ganz Albenmark nicht mehr genug Gold oder Silber geben, um eine Geldwirtschaft aufzubauen. Der Schwarze, ein Drucker, der zum geheimen Rat der Kommandanten gehörte, hatte zwar vorgeschlagen, man könne Wertpapiere drucken und mit ihnen Gold und Silber ersetzen, aber Anderan konnte sich nicht vorstellen, dass das eine Zukunft haben könnte. Wer würde schon einem Stück Papier vertrauen! Und wie leicht wäre es, sein Vermögen zu vermehren, indem man neue Papiere druckte. Das hatte weder Hand noch Fuß! Keine gesunde Wirtschaft würde auf der Basis von Papieren existieren können. Niemand im Volk würde diesen Papieren vertrauen. Gold und Silber waren etwas Handfestes! Seit Anbeginn der Zeiten waren sie das Rückgrat des Handels gewesen.

»Warum sollten Katander und Nestheus mich wählen?«

»Weil du das kleinste Übel bist, Kamerad. Sie werden

wissen, dass sie niemals Herrscher Albenmarks würden. Und wenn sie dich nicht wählen, wer weiß, wer im dritten Wahlgang antritt.«

Anderan ließ sich auf das Gedankenspiel ein. »Gut, dann habe ich also die Stimmen der Kentauren und deine. Die beiden Trolle werden gegen mich stimmen. Wenn Alvias auch gegen mich stimmt, dann habe ich keine Mehrheit.«

»Alvias wird dann nicht mehr am Leben sein.«

»Was ...« Anderan fühlte sich vorgeführt wie ein Kind.

»Denk dich doch einmal in ihn hinein. Er war der treueste der Treuen. Unzählige Jahre war er der Hofmeister Emerelles. Er hatte Burg Elfenlicht zu dem gemacht, was es war. Er hatte dafür gesorgt, dass Emerelles Herrschaft Glanz hatte! Ich bin sicher, er weiß, wie es hier aussieht. Weiß, was die Trolle aus seiner Burg gemacht haben. Und er wird sie dafür hassen, dass sie Emerelle ihre Macht entrissen haben und sie demütigten. Bis zum ersten Wahlgang wird er nicht an Gilmarak herankommen. Aber wenn der Trollkönig in der Wahl unterliegt, wird es zu einem Tumult kommen. Und diese Gelegenheit wird Alvias nutzen, um sich an Gilmarak zu rächen. Er ist nicht der Schwertmeister, aber ich weiß, dass er in einer Reihe von Schlachten gekämpft hat. Vielleicht schafft er es, Gilmarak zu töten. Ganz sicher wird er nicht überleben. Dann sind nur noch fünf Fürsten übrig, die wählen können, und dir werden drei Stimmen zur Mehrheit genügen.«

»Ich weiß nicht, ob ich die Bürde des Königtums tragen kann«, wandte er unsicher ein.

»Glaubst du, du würdest schlechter herrschen als ein Troll? Natürlich werden wir dir alle zur Seite stehen. Du wirst auf dem Thron sitzen, aber du bist nicht allein.«

Schwang im letzten Satz eine Warnung mit? Sicherlich hatte Elija auch schon einen Plan dafür, was er tun würde, falls er nicht so regierte, wie der Lutin sich das wünschte. »Und was ist mit Emerelle? Glaubst du, sie wird nicht versuchen, wieder an die Macht zu gelangen?«

»Davon erzählt dir besser mein Bruder Nikodemus. Er war lange an der Seite der Königin. Er weiß besser, wie es um sie steht als irgendjemand sonst in Albenmark.«

Der Lutin sah noch sehr jung aus. Erst jetzt bemerkte Anderan, dass ihm ein Daumen fehlte. Auch wenn es widersinnig war, machte es ihm den Lutin sympathisch, dass sie beide auf die gleiche Art verstümmelt waren.

»Ich glaube, Emerelle ist wahnsinnig geworden«, begann er mit ruhiger Stimme. »Ich selbst habe gesehen, wie sie sich nackt auszog, von Wilden mit Lehm einschmieren ließ und so durch die Wüste lief. Als ich die Elfe verließ, hatte sie den Plan gefasst, auf das Albenhaupt zu steigen. Sie ist davon überzeugt, dass die Alben nicht unsere Welt verlassen haben, sondern auf dem Gipfel des Berges zu finden sind. Möglicherweise wird ihr Schwertmeister versuchen, die Krone Albenmarks zu erlangen. Aber er vertraut mir. Er wird mit mir wieder in Verbindung treten. So werde ich über alles im Bilde sein, was er plant.«

Anderan hatte Emerelle beim letzten Fest der Lichter in ihrem Schmetterlingskleid gesehen. Die Königin hatte so majestätisch und unnahbar gewirkt! Und jetzt irrte sie mit Lehm beschmiert unter Wilden umher? Wie tief musste sie gesunken sein!

»So wie ich es sehe«, übernahm nun wieder Elija das Wort, »gibt es drei Gruppen, die um die Krone streiten werden. Die Trolle, der Schwertmeister und wir. Wir sind die Einzigen, die die Pläne aller kennen. Deshalb werden wir siegen. Der Kampf um die Krone ist eine Schlacht! Doch diese Schlacht wird nicht durch die Kraft des Schwertarms entschieden, und deshalb sind wir Elfen und Trollen nicht unterlegen. Wir werden siegen, weil dies der einzige logische Schluss aus dem Verlauf der Geschichte Albenmarks ist. Die Koboldvölker stellen die bei weitem überwiegende Mehrheit aller Albenkinder. Die Zeit der Herrschaft der wenigen über die vielen ist vorüber. Wir leben in der Epoche, in der das Volk sein Schicksal selbst in die Hand nimmt.

Und wir sind die legitimen Vertreter des Volkes. Aber wir dürfen nicht außer Acht lassen, dass kurz vor dem endgültigen Sieg die größte Gefahr droht. Wir müssen darauf vorbereitet sein, dass sich die Elfen noch ein letztes Mal gegen den unabänderlichen Lauf der Geschichte aufbäumen werden. Sie werden Meuchler schicken. Du wirst in Gefahr sein, Anderan. Bruder Madrog und seine Spinnenmänner werden dich beschützen, wenn du auf der Prunkbarkasse zum König erhoben wirst. Und wir werden in den nächsten Wochen Tausende der treuesten Rotmützen nach Vahan Calyd bringen. Sie werden bereitstehen, um notfalls einen Putsch anzuführen, wenn die Königswahl nicht den gewünschten Verlauf nimmt.«

Damit war wohl sein Tod gemeint, dachte Anderan zynisch. Er versuchte sich nicht auszumalen, was Skanga ihm antun würde, wenn er statt Gilmaraks zum Herrscher Albenmarks wurde.

»Jeder von uns hat in den letzten Jahren großes Leid erdulden müssen. Ich verlor mit Ausnahme meines Bruders und unserer Kameradin Liza meine ganze Sippe bei der Schlacht um die Snaiwamark-Karawane. Ich weiß, dass es niemanden in dieser Runde gibt, der keine Toten zu beklagen hätte. Denkt an eben diese Toten, wenn ihr nach Vahan Calyd geht. Der Tag, an dem wir den Preis für ihre Opfer einfordern, ist nicht mehr fern. Der Tag, für den sie gestorben sind. Wir schulden es ihnen zu siegen und unsere Welt in jenen Ort zu verwandeln, von dem sie nur träumen konnten. Und die vollkommene Gesellschaft, in der kein Schwacher mehr die Tyrannei der Starken zu fürchten hat. Eine Welt, in der wir alle vor den Gesetzen gleich sind. Erhebt euch, Brüder und Schwestern! Gedenkt eurer Toten! Und wenn wir auseinandergehen, dann lasst uns mit all unserer Kraft für unser ruhmreiches Ziel streiten. Wenn wir das nächste Mal zusammenkommen, wird Anderan Herrscher Albenmarks sein.«

# DAS LIED DES BERGES

Sieben Wochen hatten die beiden ihr gestohlen! Das war der Preis, den Kadlin und Melvyn ihr abverlangt hatten. Sie hatte so lange im Fjordland bleiben müssen, bis die Pest besiegt war. Und Kadlin war eisern geblieben. Melvyn war einer der besten Krieger Albenmarks, aber der Willensstärke Kadlins hatte er nichts entgegenzusetzen.

Eine Böe packte ihren Adler und drückte ihn unbarmherzig hinab, den Felsen entgegen. Er kämpfte verzweifelt mit den Flügeln schlagend gegen den Wind an. Zerfetzte Wolkenschleier hüllten die Klippen ein. Emerelle spürte, wie die Spitzen der Schwingen über Stein streiften. Der Adler legte die Flügel an und ließ sich an einer Steilwand vorbeistürzen. Sie wurde in ihrem Tragegerüst herumgerissen. Ihr Magen rebellierte.

Plötzlich breitete der Adler seine Flügel weit aus. Der Sturzflug wurde abgefangen. In weiten Spiralen und mit einigem Abstand zum Berg begann er wieder den Aufstieg.

*Das sollten wir nicht noch einmal versuchen.* Wolkentaucher, der Adlerfürst, der Melvyn trug, kreiste ein Stück weit über ihnen. *Wir kommen nicht höher als bis zum östlichen Gletscher. Wir müssen euch dort absetzen. Wenn ihr klug seid, kommt ihr mit uns zurück.*

Emerelle musste den Kopf verdrehen, um Wolkentaucher zu sehen. Fleckfuß, ihr eigener Adler, wirkte erschöpft. Emerelle hing dicht unter seiner Brust und hatte nur schlechte Sicht nach oben. All ihre Glieder schmerzten vom turbulenten Flug. Melvyn hatte für sie beide ganz neue Fluggeschirre entworfen. Sie besaßen Gurtzeug wie ein Rucksack, aber mit zusätzlichen Ledergurten, die bis hinab zum Schritt reichten und auch quer über die Brust verliefen. Alle Gurte waren mit einem starken Stück Wurzelholz auf ihrem Rücken verbunden. Es ragte bis über ihren Kopf, wo ein liegender, ovaler Ring in das Holz eingelassen war. Der mit mehreren Schichten aus Lederstreifen verstärkte Ring wurde von den Adlern gepackt. So konnten diese sie tragen. Allerdings schnitt das Gurtzeug, auch wenn es straff angelegt war, mit der Zeit ins Fleisch. Es war eine alles andere als komfortable Art des Reisens.

Melvyn hatte sich in den letzten Wochen in jedem freien Augenblick auf diese Reise vorbereitet. Er schien keine Angst zu haben. Vielleicht war es eine willkommene Abwechslung von seinem Dasein als Familienvater. Er liebte Leylin und seinen Sohn Conlyn. Aber er vermisste auch seine Freiheit. Er hatte Steigeisen und Eispickel für ihre gefahrvolle Reise geschmiedet. Und er war zweimal für ein paar Tage mit ihr in die Berge gegangen, um sie im Klettern zu unterrichten. Sie hatten an einem gefrorenen Wasserfall geübt, wie man eine Eiswand erklimmt. Er hatte sie auch gelehrt, wie man sich im Klettergeschirr bewegte und gegenseitig sicherte. Offensichtlich ging er das Unternehmen mit großer Begeisterung und Ernsthaftigkeit an. Und mit jedem Tag war Emerelle sich sicherer gewesen, dass er der Richtige für den Aufstieg auf das Albenhaupt war.

*Wir nehmen den Gletscher.*

Emerelle blickte hinauf zu dem brodelnden Wolkenmeer, das den Gipfel umgab. Obwohl die Mittagsstunde kaum verstrichen war, war der Himmel bereits dunkel. Emerelle schützte sich mit einem Zauber gegen die mörderische Kälte, und doch fühlte sie sich der Macht der Naturgewalten ausgeliefert. Weiter im Süden hielt der Frühling Einzug. Doch hier war von einem Ende des Winters nichts zu spüren.

Vor ihnen erschien eine weite, weiße Fläche. Der Hang war dort nicht zu steil. Die beiden Adler flogen den östlichen Gletscher an. Sie glitten durch feuchte Wolkenfetzen, die von der Macht der Winde die Bergflanken hinabgedrückt wurden.

*Setz mich dort ab, Fleckfuß,* dachte Emerelle. Sie spürte die Erleichterung des Schwarzrückenadlers. Die riesigen Vögel, die einen Büffel schlagen könnten, fürchteten den Berg. Mit weit ausgestreckten Flügeln glitt er über das Schneefeld dahin. Er wagte es nicht, tiefer als zehn Schritt über dem Schnee zu fliegen, aus Angst, eine Böe könnte ihn gegen den Hang schleudern. Emerelle entspannte sich, um den Aufschlag besser zu überstehen.

*Jetzt!*

Die Krallen des Adlers öffneten sich. Sie stürzte. Der Schnee federte ihren Aufprall ab. Sie schlitterte ein Stück den Hang hinab und fand dann einen festen Stand.

Melvyn war vielleicht hundert Schritt über ihr am Hang gelandet. Er rief etwas, doch der heulende Wind verschlang seine Worte. Er deutete auf eine Felsnase, die sich wie ein dunkler Turm aus dem Schnee erhob.

Die beiden Adler waren bereits in den treibenden Wolken verschwunden. Jetzt gab es kein Zurück mehr. Leichtfüßig lief die Elfe über den Schnee. Trotz des schweren Gepäcks sank sie bei ihren Schritten kaum ein. Wie alle Elfen wusste sie, wie man mit dem Schnee ging, statt gegen ihn anzukämpfen wie Trolle oder Menschenkinder, die mit ihren plumpen Schritten tiefe Furchen in das Weiß zogen.

Melvyn kauerte sich in den Windschatten des Felsens. Eiskristalle glänzten in seinem Haar. »Hast du die Stufen weiter oben im Schnee bemerkt?«

Emerelle nickte.

»Das sind Bruchkanten … Hier gehen … Lawinen nieder. … kann eine solche Bruchkante zurückbleiben. Wenn wir auf den Gletscher … sollten wir uns beeilen. Wir müssen … schnell bis zu dem Felsgrat gelangen, der sich … im Norden erhebt. Ich hoffe …wir ein weites Stück zum Gipfel hinauffolgen.«

Emerelle nickte. Die Hälfte von Melvyns Worten hatte sie ihm von den Lippen abgelesen, weil der heulende Wind jedes andere Geräusch überlagerte. Er trat dicht an sie heran und begann die Lederriemen des Adlergeschirrs zu lösen. Zwei Schritt hinter ihr gab es einen tiefen Einschnitt im Felsen.

»Wir werden die Geschirre … verstauen. Wolkentaucher … versprochen, dass er jeden Tag zwei Stunden … Sonnenaufgang hierherkommt, um uns zu suchen.«

Wieder verstand sie nicht alles. Sie streifte das Gurtzeug ab und trat an die Spalte. Leichte Kopfschmerzen pochten hinter ihrer Stirn. Vielleicht lag es an dem turbulenten Flug. Sie schob das Adlergeschirr in die Spalte. Mitten in der Bewegung hielt sie inne. Dort kauerte eine Gestalt. Die Knie angehockt und mit den Armen umschlungen. Das Kinn auf die Knie gesetzt. Ihr Gesicht war dunkel vom Frost. Darin leuchtete das Weiß der Augen. Die Gestalt sah sie unverwandt an.

Sie musste tot sein. Das fein geschnittene, schmale Gesicht ließ an einen Elfen denken. Emerelle beugte sich vor und wollte die Lider schließen. Sie waren gefroren. Je länger sie die Gestalt betrachtete, desto sicherer war sie, dass es ein Elf war. Er trug viel zu leichte Kleidung für die große Höhe. Das hieß, er war sich sicher gewesen, sich mit einem Zauber gegen den beißenden Frost schützen zu können.

Warum war er erfroren?

Sie stellte ihr Adlergeschirr vor den Toten. Melvyn bedachte ihn nur mit einem kurzen Blick. »Es heißt, der ganze Gipfel sei ein einziges Grab«, sagte er. »Komm jetzt. Wir müssen möglichst hoch hinauf gelangen, bevor es Nacht wird.«

Sie folgte ihm. Wind trieb Schleier aus Pulverschnee über den Gletscher. Melvyn ging mit sicheren Schritten. Man merkte, dass er im Schatten des Albenhaupts aufgewachsen war. Emerelle hingegen fühlte sich müde und ein wenig schwindelig. Alle paar Schritt musste sie innehalten und tief einatmen. Den Toten zu sehen, hatte ihr zu schaffen gemacht. Kälte war ihr tief in die Knochen gefahren. Es war die Kälte der Furcht.

Nach einer halben Stunde erreichten sie den felsigen Grat, den Melvyn zum Ziel ihrer ersten Etappe erwählt hatte. Auf der anderen Seite lag ein steiler Hang voller Geröll. Vereinzelte Schneeflächen durchbrachen das Steinfeld.

»Alles in Ordnung?«

Sie sah verwundert zu Melvyn auf. »Ja. Warum fragst du?«

»Du atmest schwer. Ist dir übel?«

»Nein«, entgegnete sie gereizt. Die Kopfschmerzen setzten ihr zu. Vielleicht kamen sie vom Wind?

»Wenn du eine Rast brauchst, sag es bitte zeitig. In großer Höhe zu wandern zehrt sehr schnell die Kräfte auf. Manchmal sieht man Dinge …« Eine Böe trug seine Worte davon.

Emerelle musste sich gegen den Wind ducken. »Was für Dinge?«, schrie sie.

»Dinge, die es nicht gibt!«

Sie schüttelte den Kopf. Sie war nicht verrückt! Melvyn sah sie lange an, dann entschied er sich wortlos, weiterzuklettern. Sie folgte dem Weg, den er wählte. Auch er war offensichtlich ein wenig erschöpft. Er hielt oft inne, um Atem zu holen, so dass sie immer wieder leicht zu ihm aufschließen konnte.

Bald waren sie inmitten der Wolken. Der Wind erstarb nie. Unablässig heulte er über Eis und Schnee. Je länger man ihm lauschte, desto mehr klang er wie ein Lied. Der Berg sang! Es war ein melancholisches Lied. Ohne Worte, voller Gefühl.

Am Nachmittag mussten sie die Steigeisen anlegen. Der Felsgrat endete vor einem steilen Hang, der sich in Kaskaden schillernden Eises gekleidet hatte.

In der Steilwand kamen sie nur sehr langsam vorwärts. Melvyn schlug Griffe in das Eis. Manchmal kam er ihr wie eine Fliege vor, die an einer glatten Wand hinauflief. Sie kicherte. Die Kopfschmerzen waren verflogen und einem ausgesprochenen Hochgefühl gewichen. Nur ihre Finger brannten unangenehm. Manchmal klebten sie am Eis fest. Sie waren ganz rot geworden.

Immer wieder hielt sie inne, um tief zu atmen und auf den Wind zu lauschen. Der Berg sang ein Lied! Es war wirklich so. Sie konnte es nicht ganz richtig deuten. Aber es gab ihr die Kraft, gegen ihre Erschöpfung anzukämpfen.

Manchmal schoss feiner Pulverschnee an ihnen vorbei in die Tiefe. Einmal erwischte es Melvyn, und er war ganz und gar mit feinen Eiskristallen eingepudert. Sie blieben an seinen Augenbrauen haften und in seinem Haar. Auch in den Falten seiner Kleidung nisteten sie sich ein.

Das Ende der Eiswand blieb in den treibenden Wolken verborgen. Emerelle hatte jedes Zeitgefühl verloren. Als sie sich auf einem schmalen Sims niederließ, um kurz auszuruhen, bemerkte sie, dass sich ihre Hände verfärbt hatten. Die Fingerspitzen waren ganz dunkel geworden. Wulstige Beulen wucherten an den Nagelbetten. Die Hände brannten. Es war unangenehm, aber nicht schmerzhaft.

Sie lächelte. Nur langsam drang durch das Gefühl der Euphorie die Erkenntnis, dass ihre Zauber gegen die Kälte offensichtlich ihre Hände nicht mehr schützte. Sie tastete über ihr Gesicht. Deutlich spürte sie die Berührung der Finger auf den Wangen. Aber ihre Finger spürte sie nicht mehr.

Es fiel ihr schwer, sich zu konzentrieren. Sie blickte auf ihre Hände. Langsam hob sie sie und verschränkte sie über der Brust, dort, wo unter ihrem grauen Lederkleid der Albenstein lag.

Immer mehr Schnee rieselte an den Eiskaskaden vorüber.

Melvyn rief etwas zu ihr herunter, aber sie verstand kein einziges Wort. Der Berg schien einen Zauber um sie zu weben. Es fiel ihr immer schwerer, Entscheidungen zu treffen. Sie sollte zuerst ihre Hände heilen. Diesen Händen könnte sie bald nicht mehr trauen!

Sie versuchte sich zu konzentrieren. Jetzt spürte sie Schmerz in den Fingern. Er wich nur langsam.

Ein Pulverschneeguss verschlang die Welt. Der Schnee drang ihr in Mund und Nase. Sie wollte aufstehen und schlug mit den Armen um sich. Der Abgrund! Ängstlich drückte sie sich an das Eis. Wie hatte sie aufstehen können! Der Berg lullte sie ein und versuchte sie zu töten. Das war es, was sie alle umgebracht hatte. Sie war in Gefahr. Sie war nicht wie Melvyn. Er schien das Lied des Berges nicht zu hören.

Heftig atmend konzentrierte sie sich auf ihre Hände. Sie durfte sich nicht so gehen lassen. Sie japste regelrecht nach Luft, und doch ging es ihr nicht besser. Ruhig! Der Berg würde sie nicht töten! Sie blinzelte den Schnee aus den Augen und sah nach oben. Ihre Hände konnten warten! Sie musste nahe bei Melvyn bleiben. Nur da war sie in Sicherheit. Melvyn war gegen den Berg gefeit.

Sie tastete nach den Griffen, die er ins Eis geschlagen hatte. Ihre Finger waren taub. Aber dann konnten sie auch keine Schmerzen spüren! Sie kletterte. Keine Eile. Wenn sie es zu hastig anging, würde sie Fehler machen. Sie blickte kurz über die Schulter. Unter ihr lagen vom Wind zerzauste Wolkenschleier. Sie konnte zwischen ihnen hindurchblicken. Wie tief ging es dort hinab? Ihr Weg durch die Eiswand hatte sie vom Grat fortgeführt, über den sie gekommen waren. Jetzt war da eine Steilwand, unter ihr. Das Eis ging in dunkle Felsen über, immer tiefer und tiefer. Eine Meile? Oder mehr? Der Abgrund schien sie anzuziehen. Es war verlockend, loszulassen …

Erschrocken presste sie ihr Gesicht gegen das Eis. Sie durfte nicht mehr nach unten sehen. Nicht zurücksehen. Nicht weit über ihr war Melvyn.

Wieder stellte sie sich vor, wie sie einfach losließ und rückwärts in den Abgrund stürzte. Es wäre befreiend.

»Emerelle?«

Die Stimme brach den Bann. Sie kletterte. Langsam. Hand über Hand. Sie presste sich so fest an das Eis, wie sie nur konnte. Dann streckte sich ihr eine Hand entgegen. Sie griff zu und wurde über eine Felskante gezogen. Vor ihr lag ein weiteres Schotterfeld, durch das sich breite Schneebänke zogen. Der Hang dort stieg nur sanft an. Sie atmete aus. In Sicherheit!

»Du zitterst ja.«

Sie wollte etwas sagen, aber sie war zu durcheinander. Sie schämte sich. Ihr Zittern konnte sie nicht unter Kontrolle bringen. Sie richtete sich auf und wollte weiter vom Abgrund fort. Da traf sie die Böe. Wie der Hieb einer unsichtbaren Faust. Plötzlich und ohne jede Vorwarnung. Sie geriet aus dem Gleichgewicht. Strauchelte …

Melvyn packte sie und zog sie vom Abgrund fort.

»Der Berg ist bösartig«, stieß er zwischen zusammengepressten Zähnen hervor und zerrte sie weiter. »Wir sollten umkehren, solange wir es noch können!«

Emerelle betrachtete das lächerlich kurze Seil, das Melvyn um seine Brust geschlungen trug. »Wie sollen wir damit zurück?«

Wieder fauchte eine Böe den Hang hinab. Diesmal hielten sie sich geduckt, und der eisige Gletscherwind vermochte ihnen nichts anzuhaben. »Wir werden uns jetzt anseilen«, sagte Melvyn bestimmend.

Emerelle blickte den Hang hinauf. Im Vergleich zur Eiswand würde das hier ein Spaziergang! »Warum?«

Der Maurawan sah sie überrascht an. Dann trat er fest auf das Geröll. Einige kleine Steine lösten sich und rollten dem Abgrund entgegen. »Vertrau dem Berg nie. Viele der Steine sind aneinandergefroren. Aber manche sind auch lose. Was glaubst du, was geschieht, wenn du hier zu rutschen beginnst. Und dann dieser Wind … Eigentlich sollte hier viel mehr Schnee liegen. Die Böen fegen den Hang leer. Der Schnee bleibt nur liegen, wo vorspringende Felsen ihn vor dem Wind schützen. Vielleicht löst er sogar gelegentlich kleine Schotterlawinen aus. Wir sind hier auch nicht sicher.« Während er sprach, hatte er das Seil abgenommen und ihr um die Hüften gebunden. Gewissenhaft kontrollierte er den Knoten. Dann schlang er das andere Ende des Seils um seine Hüften.

»Los«, er tastete vorsichtig mit dem Stiel seines Eispickels über den Boden. Unendlich langsam bewegten sie sich schräg am Hang entlang.

Emerelle zählte leise. Vier Schritt. Halten. Tief atmen. Vier Schritt. Sie war wie in Trance. Sie versuchte, sich auf ihre Hände zu konzentrieren. Die Blasen bei den Fingernägeln kamen ihr größer vor.

Melvyn zog am Seil. Ohne es zu merken, war sie stehen geblieben. Sie musste seinen Rhythmus einhalten. Vier Schritt. Tief atmen. Vier Schritt.

Die Wolken über ihnen teilten sich. Finger gleißenden Sonnenlichts tasteten über den Geröllhang. Jetzt war es der Maurawan, der stehen blieb.

Ein Stück schräg unter ihnen lag eine Gestalt am Hang. Die Arme lang ausgestreckt, das Gesicht im Geröll vergraben. Der Wind hatte den größten Teil der Kleider vom Leib des Toten gezerrt. Seine Haut schimmerte hell, fast alabasterfarben. Um die Hüften, wo Seil und Gurtzeug saßen, hatten sich noch Kleiderreste erhalten. Viele Schichten übereinander. Die Beine waren wieder nackt. Ein Fuß steckte in einem schweren Schuh mit genagelter Sohle. Der andere Schuh war verschwunden.

»Wie lange er wohl schon hier liegt?« Emerelle hatte ihre Stimme zu einem Flüstern gesenkt. Selbst das Raunen des Windes war für einen Augenblick verstummt.

»Er hat noch gelebt, als sein Sturz dort endete«, murmelte Melvyn bedrückt. »Vermutlich sind seine Beine gebrochen. Er hat versucht, sich den Hang hinaufzuziehen. Sein Seil ist zerrissen. Hier irgendwo ist sicher auch sein Gefährte. Er ist …« Ein Böe trug die letzten Worte fort.

Ein Stück vor ihnen schoss klackernd ein faustgroßer Stein über den Hang. Er riss ein paar kleinere Geröllbrocken mit sich. Dann verschwand er im Abgrund. Emerelle stellte sich vor, wie es wäre, von einem solchen Stein am Kopf getroffen zu werden, während man in der Eiswand kletterte. Sie schluckte.

Die Wolkendecke hatte sich wieder geschlossen. Die Lichtfinger waren verblasst.

»Weiter!«, drängte Melvyn.

Sie ließen den Toten hinter sich zurück und verfielen wieder in den alten Rhythmus. Vier Schritt. Tief Atmen. Vier Schritt.

Endlich brachte Melvyn sie zu einem Felsvorsprung, der Schutz gegen überraschenden Steinschlag bot. »Du musst dich um deine Hände kümmern«, drängte er.

Emerelle versuchte es. Vergeblich. Ihre Gedanken schweiften weiter. Sie konnte nicht bei einer Sache bleiben!

Endlich nahm Melvyn ihre Hände zwischen die seinen und rieb sie. Ein Prickeln floss durch ihre Finger, als würden ihr tausend Nadeln unter die Haut getrieben.

»Du bist ausgekühlt!«, sagte er vorwurfsvoll. »Warum schützt du dich nicht gegen die Kälte?«

Sie hatte vergessen, den Zauber aufrechtzuerhalten! Das war ihr noch nie geschehen. Sie hatte schon schlimmen Schneestürmen in der Snaiwamark und Carandamon getrotzt. Sie hatte im ewigen Eis gekämpft und war gejagt worden. Sie gehörte zum Volk der Normirga. Elfen, die aus dem eisigen Norden stammten. Sich mit diesem Zauber zu schützen, war für sie so selbstverständlich wie zu atmen!

Sie fand keine Antwort, die sie Melvyn geben konnte.

Ihre Hände sahen wieder besser aus. Es war beschämend. Er war ein viel schlechterer Heiler als sie. Warum vermochte sie sich nicht mehr selbst zu helfen? Warum … Sie verlor den Gedanken und lauschte wieder auf das Lied des Windes.

»Emerelle!«

Der Maurawan schüttelte sie. Benommen blinzelte sie. Sie war eingeschlafen!

Er nahm sie bei den Armen und hob sie sich auf die Schultern. »Bleib wach! Du hattest Recht. Weiter oben habe ich etwas Seltsames entdeckt. Jemand ist hier auf dem Gipfel. Oder zumindest war jemand hier. Du musst wach bleiben. Du bist völlig ausgekühlt. Nicht einschlafen! Oben können wir ein Feuer machen.«

Ein Feuer, inmitten einer Einöde aus Fels und Schnee, dachte sie verwundert. Dann fielen ihr wieder die Augen zu.

## DIE DREIZEHN

Sie waren alle fort. Alle, die wussten, dass der hohe Stapel Kisten am Kai mehr als nur ein Stapel Kisten war. Er hatte seinen Einfluss als Kommandant genutzt, um sie in die fernsten Winkel Albenmarks zu versetzen. Alle hatten sich verbessert. Sie würden Vahan Calyd nicht nachtrauern. Für seinen Geschmack waren zu viele in Teile von Elijas Plänen eingeweiht. Nur die Kommandanten kannten den großen Zusammenhang. Aber das waren mehr als zwanzig. Und es würde noch sieben verdammte Tage bis zur Königswahl dauern. Es war ein Wunder, dass bis jetzt noch nichts herausgekommen war. Skanga war von Natur aus misstrauisch! Sie hatte ihm einen Shi-Handan auf den Hals gehetzt, weil er einen Mordanschlag auf Emerelle für undurchführbar gehalten hatte. Madrog lächelte. Wie es schien, hatte er Recht behalten. Die frühere Königin lebte noch immer. Und dass sie wahnsinnig geworden war, konnte er sich nicht wirklich vorstellen. Nicht Emerelle.

Sie hatte ungezählte Jahrhunderte geherrscht. Sie besaß einen Albenstein. Sie hatte die Angriffe der Shi-Handan überlebt. Es würde ihn nicht wundern, wenn sie zur Königswahl erschien.

Er hatte ebenfalls überlebt. Auch wenn die Shi-Handan ihn wohl nicht sehr lange verfolgt hatten. Madrog kletterte im Inneren der Kisten hinauf. Ein schmaler Hohlraum mit einer Leiter führte bis hinauf zur obersten. Sie war groß. Groß genug, ein Torsionsgeschütz aufzunehmen. Das Beste aus der Reihe, die man nach Vahan Calyd gebracht hatte. Seine dreizehn. Er hatte das Übungsschießen draußen auf dem Waldmeer befehligt. Das dreizehnte Geschütz hatte die beste Trefferquote erzielt, und das bei fünf verschiedenen Geschützmannschaften. Natürlich spielte es eine Rolle, wer ein Geschütz abfeuerte. Er hatte sich schon selbst an der Dreizehn versucht. Er wusste, sie würde ihn nicht enttäuschen. Er kniete nieder, um noch einmal die fünf Steinkugeln zu überprüfen, die neben dem Geschütz bereitlagen. Er nahm die hölzerne Schablone und drückte sie durch das runde Loch, das dort hineingeschnitten war. Dabei drehte er sie vorsichtig. Die Kugeln waren alle vollkommen rund. Das war selten bei den Steinkugeln für Torsionsgeschütze. Und was noch viel seltener war, sie alle hatten dasselbe Gewicht. Ein guter Schütze würde mit ihnen fünfmal hintereinander dasselbe Schussergebnis erzielen können.

Er klappte das Brett vor der Schiene des Torsionsgeschützes zur Seite. Seine Hand strich darüber. Sie war leicht geölt. Dann spähte er hinaus auf den Hafen. Die Prunkbarkasse, auf der die Königswahl stattfinden würde, lag bereits fest vertäut. Auch die Schiffe in der unmittelbaren Nähe. Sie würden nichts dem Zufall überlassen.

Madrog selbst hatte die Mannschaften der zwölf anderen Geschütze ausgewählt. Und die Krieger, die die Geschütze abschirmen würden. Die meisten waren Spinnenmänner. Man konnte sich auf sie alle verlassen. Selbst wenn Elijas Intrigen fehlschlugen, würden sie dafür sorgen, dass der Putsch gegen die Trolle ein Erfolg wurde. Und das, noch bevor Nikodemus das vereinbarte Zeichen geben konnte, auf das die Heerscharen der Rotmützen losschlagen sollten. Sechstausend Krieger hierherbringen zu wollen … Immer wieder hatte er versucht, ihnen das auszureden. Das würde niemals geheim bleiben!

Und dann noch Nikodemus mit dem Oberbefehl zu betrauen. Er traute ihm nicht. Er war zu lange fort gewesen. Wer konnte schon überprüfen, ob die Geschichte, die er über Emerelle erzählte, auch stimmte. Wenn es nach ihm ginge, dachte Madrog, dann würde er den Lutin noch einmal für ein paar Stunden an Skanga und Birga ausleihen. Sosehr er die beiden Trollvetteln auch hasste, musste er ihnen doch zugestehen, dass sie überaus fähig darin waren, der Wahrheit nachzuspüren. Elija hatte seinen Bruder zu früh bei ihnen weggeholt.

Der Mond stand tief über dem Hafen. Obwohl der Frühling gerade erst begonnen hatte, wurde es unangenehm heiß. Er mochte Vahan Calyd nicht. Jeden Tag gab es schwere Regenfälle. Das Fest der Lichter würde darunter leiden. Die meisten Gäste waren gezwungen, im Freien zu nächtigen. Es war nicht die richtige Jahreszeit für die Feier.

Er peilte die Laternen an, die er hatte aufhängen lassen. Im Heck der Krönungsbarkasse hatte er eine Wassermelone auf die Reling gebunden. Angestrengt spähte er in die Dunkelheit, um ihre Umrisse zu entdecken. Jetzt war niemand auf dem Schiff. Und kaum jemand hielt sich im Hafen auf.

Sein Geschütz im Kistenstapel stand hoch genug, dass er über die Feiernden hinwegschießen könnte, die in sieben Tagen zur Dämmerung die Kais bevölkern würden. Madrog peilte den Lastkahn mit dem bunt geringelten Mast an. Er lag nahe bei einem Ladekran, der auf bunt bemalten Stelzen stand. Gestern erst war der Kran gestrichen worden. Aus dem Zusammenspiel der Mastringe und der bemalten Stelzen konnte er ablesen, wie hoch das

Wasser im Hafenbecken stand. Der Tidenhub konnte einen Unterschied von bis zu zwei Schritt ausmachen. Einem Schützen, der einfach nur ein Ziel anpeilte, mochte so etwas egal sein. Seine Spinnenmänner waren anders! Sie überließen nichts dem Zufall. Seit Wochen hatte er mit ihnen daran gearbeitet, überall im Hafen Masten und Zeltstangen aufzustellen. Sie alle trugen Zeichen. Mal ein auffällig helles Seil. Mal ein breites, weiß aufgemaltes Kreuz. Wer sie richtig zu deuten verstand, für den verwandelte sich der Hafen rings um die Prunkbarkasse in ein Raster. Und dieses Raster diente dazu, Entfernungen und Höhen bis auf zwei Fingerbreit genau abzuschätzen. Ein guter Schuss war eben kein Zufall!

Madrog sah, dass das Wasser im Hafen drei Ellen unter dem höchsten Flutstand lag. Die Entfernung zur Melone auf der Reling betrug etwa hundertsiebzehn Schritt, eine Elle und fünf Finger. Der Kobold korrigierte den Neigungswinkel des Torsionsgeschützes leicht. Dann peilte er über den Lauf der Schiene. Das Geschoss würde nach einhundertacht Schritt von einer geraden in eine leicht geneigte Schussbahn übergehen. Noch einmal korrigierte er die Höheneinstellung. Jetzt konnte er eben noch den oberen Rand der Melone sehen, wenn er über die Schiene peilte.

Er wählte eine der fünf Steinkugeln und legte sie auf das Geschütz. Dann drehte er bedächtig die Spannkurbel. Er mochte das leise metallische Klicken. Nach der siebzehnten Umdrehung hörte er auf. Er zog den Sicherungshebel zurück. Die Steinkugel schnellte davon. Neugierig beugte er sich über die Schiene und peilte sein Ziel an. Die Wassermelone war verschwunden. Sehr gut!

Es war erstaunlich, wie ähnlich sich Wassermelonen und Köpfe verhielten, wenn sie von einer zwei Pfund schweren Steinkugel getroffen wurden. Jetzt war er beruhigt. Ganz gleich, wie die Königswahl auch verlaufen mochte, er hatte nun die Möglichkeit, sie in seinem Sinne enden zu lassen.

# DER BLAUE STERN

Emerelle erwachte und hatte das Gefühl, dass etwas Schweres auf ihrer Brust hockte. Sie rang um Atem. Sie spürte, wie sich ihre Lungen weiteten. Doch die Atemnot wurde nicht besser. Sie fühlte sich schwach, und ihr war schwindelig, obwohl sie lag. Neben ihr brannte ein kleines Feuer. Der Rauch stieg in einer blassgrauen Säule dem Himmel entgegen. Es war vollkommen windstill. Über ihr zogen dunkle Wolken hinweg. Manchmal konnte man die fahle Sonnenscheibe hindurchschimmern sehen.

Obwohl sie so nahe beim Feuer lag, war ihr immer noch kalt. Sie streckte sich und bemerkte, dass sie in etwas eingehüllt war. Feines blaues Leinen mit einer Schmuckborte. Wo war sie? Auf dem Gipfel. Neben ihr ragte ein Holzgebilde auf, das entfernt an einen zersplitterten Schiffsrumpf erinnerte.

Es lag sehr wenig Schnee zwischen den Felsen. Aber dicht neben dem Feuer schillerte zersplittertes Glas. Sie stemmte sich hoch. Die Bewegung kostete sie all ihre Kraft. Sie hechelte wie ein Hund nach einer wilden Jagd. Emerelle versuchte ihre Zaubermacht zu sammeln, aber sie konnte ihren Gedanken keine klare Richtung geben.

Melvyn erschien. Er wirkte gehetzt. Sein Blick war unstet. Als er sich neben sie hockte, achtete er auffällig darauf, einen schützenden Felsen im Rücken zu haben.

»Wir sollten gehen«, raunte er ihr zu.

»Die Alben … Sind sie hier? Ich muss …«

»Ich habe sie nicht gesehen …«

Da war etwas Zögerliches in seiner Stimme. Etwas, das den Worten eine verschobene Bedeutung gab. Die blasse Sonnenscheibe strahlte tief am Horizont. Zu tief! Sie hatte eben doch noch viel höher am Himmel gestanden!

»Was ist?«

»Hier ist alles …« Er rang um das passende Wort. »Es ist … fremd. Ich konnte niemanden finden, aber ich fühle mich ständig beobachtet. Und sieh dir den Himmel an! Jetzt ist es Nacht! Die Zeit verläuft hier schneller. Oder unser Leben verrinnt schneller. Und du bist so geschwächt. Ganz ohne Kraft. Selbst der Albenstein vermag dir nicht zu helfen. Lass uns gehen, sobald die Sonne wieder am Himmel steht. Lass uns flüchten, solange wir es noch können!«

»Ich muss ihn finden …«

»Du verstehst nicht. Unser Wille ist hier oben ohne Bedeutung. Du bist hier wie eine Schneeflocke im Sturmwind. Hier ist es nicht mehr unsere Entscheidung, wohin unser Weg führt. Nichts, was wir für gegeben halten, hat hier noch Bestand. Blick zum Himmel hinauf! Die Sterne wandern schneller, als sie es sollten. Wenn man zwischen den Felsen herumirrt, hat man das Gefühl, dass man bestimmte Orte auf dem Gipfel nicht erreichen kann. Man geht darauf zu, und plötzlich ist man an einer anderen Stelle. Man blickt sich um, und der Platz, zu dem man wollte, liegt auf einmal hinter einem, ohne dass man daran vorbeigegangen wäre!«

Jedes seiner Worte bestärkte Emerelle in ihrer Überzeugung, dass die Alben hier sein mussten. Ebenso wie der seltsame hölzerne Rumpf, der nicht weit entfernt zwischen den Felsen lag. »Ist es ein Schiff, das hier auf dem Berg liegt?«

Melvyn rückte ein wenig näher zu ihr. »Nein«, flüsterte der Elf. »Erst dachte ich das auch, wobei es schon seltsam genug wäre, ein Schiff am Gipfel eines Bergs vorzufinden. Aber es ist etwas anderes … Es hat zu viele Masten. Das war das Erste, was mir aufgefallen ist.« Seine Stimme lag jetzt zwischen Verzweiflung und Entsetzen. »Viel zu viele Masten! Sie standen nicht nur auf dem Deck. Sie müssen auch seitlich aus dem Rumpf gewachsen sein und sogar unten im Kiel gab es Masten. Und auf dem Rumpf scheinen große Halbkugeln aus Glas gesessen zu haben.«

Emerelle schloss die Augen. Bilder aus längst vergangener Zeit stiegen aus ihrer Erinnerung auf. Bilder ihrer Kindheit und Jugend. Und ein Name. *Blauer Stern* hatten sie es genannt. Das Schiff des Sängers. Es hatte blaue Segel getragen. Sein Schiff war durch die Lüfte gefahren. Bunte Glaskuppeln schimmerten im Sonnenlicht, wenn es über den Himmel glitt. Als Kind hatte sie sich gewünscht, einmal an Bord dieses Schiffes zu sein, wenn es mit einer Eskorte aus Drachen über den Himmel zog.

Sie dachte an die wenigen Gelegenheiten, bei denen sie die Alben von fern gesehen hatte. Sie waren so unnahbar gewesen. Sie sprachen auch nicht mit ihren Kindern. Es hatte geheißen, sie sahen einen einfach nur an, und man wusste mit aller Klarheit, was sie wollten. Es war ein Verstehen jenseits von Worten, die Gedanken stets verfälschten, weil sie ein unvollkommenes Mittel waren, sie auszudrücken.

Die Alben hatten ihnen auch nie ihre Namen genannt. Emerelle kannte Märchen, in denen es hieß, wer den wahren Namen eines Alben erfahre, der werde Macht über ihn gewinnen. Alle Namen, die man ihnen gegeben hatte, hatten ihre Kinder ersonnen. So wie den Namen des Schiffes, *Blauer Stern.* Oder den Namen jenes Alben, der darauf über den Himmel reiste. Der Sänger.

»Kannst du mich tragen, Melvyn?«

Ihr Gefährte sah sie verzweifelt an. »Ja«, sagte er schließlich. »Aber es gibt hier nichts zu finden.«

»Weck mich, wenn die Sonne aufgeht.« Sie schloss die Augen. Bald war sie in einem seltsamen Traum gefangen. Da war ein Kind. Es streckte die Hand nach ihr aus.

»Emerelle!« Widerwillig blinzelte sie. Helles Licht brannte. Das Feuer war verloschen. Melvyn ragte vor ihr auf. Die Sonne stand wieder hoch am Himmel. Dabei hatte sie das Gefühl, dass sie gerade erst eingeschlafen war.

Der Maurawan hob sie auf die Arme wie ein Kind. »Du hast unruhig geschlafen.«

Sie sah sich um. Alles erschien ihr in überdeutlicher Klarheit. Der Himmel war wolkenlos und der Berggipfel in goldenes Licht getaucht.

Melvyn trug sie in weitem Bogen um einen gebrochenen Mast. Feine Seidentaue schlängelten sich zwischen Felsen. Zerknülltes Segeltuch bildete blaue Nester.

Sie umrundeten einen Felsen, der wie ein mächtiger, steinerner Dorn in den Himmel stieß. Jetzt konnte man den Rumpf besser sehen, die verschlungenen goldenen Linien, das Schnitzwerk.

Zersplittertes Glas knirschte unter Melvyns Schritten. Der Rumpf war fast auf ganzer Länge aufgerissen. Als sei er mit großer Geschwindigkeit auf ein Kliff aufgelaufen und dann auf den Berggipfel geschleudert worden.

Es hatte geheißen, der Sänger sei der Älteste der Alben. Ihr Anführer. Emerelle dachte an den Orakelspruch, den Šamur ihr unter die Haut gestochen hatte. *Auf dem Albenhaupt ruht der Alben Haupt.* Falrach hatte das verdrehte Orakelprosa genannt. Aber vielleicht war er ganz wörtlich zu nehmen. Vielleicht schlief der Sänger dort in seinem gestrandeten Schiff.

»Spürst du das?« Melvyn flüsterte wieder.

»Was?«

»Jemand beobachtet uns?«

»Von wo?«

»Leise«, zischte der Maurawan. »Ich kann es nicht genau sagen. Aber er ist da. Ich spüre es genau.«

Emerelle sah sich um. Niemand war zu entdecken. Und sie spürte auch nichts. Es war seine Angst, die Melvyn zusetzte. Oder hatte er doch Recht? Sie sah sich erneut um. Der Gipfel war zerklüftet. Überall lagen Schiffstrümmer. Jemand schien Möbel aus dem Rumpf herausgetragen zu haben. Teilweise waren sie mit Segelfetzen verhüllt. Es wäre leicht, sich hier zu verstecken. Aber warum sollte der Sänger das tun? Er hatte doch nichts von ihnen zu befürchten!

»Wir müssen in das Schiff hinein!«

»Das geht nicht«, protestierte der Maurawan.

»Geh!«, befahl sie harsch. Sie konnte spüren, wie er seine Armmuskeln anspannte. »Bitte«, fügte sie versöhnlich hinzu. »Ich muss ihn finden. Da vorne, wo die Spanten aus dem aufgerissenen Rumpf ragen, da müssen wir es versuchen.«

Melvyn sagte nichts mehr. Er ging auf das Schiff zu. Plötzlich waren sie zwischen Felsen. Vor ihnen war ein Tuch als Sonnensegel aufgespannt. Darunter stand in einer Felsnische ein hochlehniger Stuhl. Ein Bein war abgebrochen und notdürftig durch eine Planke ersetzt worden. Ein Umhang war zwischen die Lehnen drapiert. Er verdeckte etwas. Ein schmaler, silberner Rand ragte unter dem Stoff hervor. Ein Schüsselrand? Die Form hatte Ähnlichkeit mit der Silberschüssel in ihrem Thronsaal.

Emerelle blickte über Melvyns Schulter. Der Schiffsrumpf lag jetzt hinter ihnen.

»Wie ich es dir gesagt hatte.« In Melvyns Stimme lag kein Triumph. Er klang müde. »An diesem Ort war ich allerdings noch nicht.«

Über den Rand der Silberschüssel rann Blut. Etwas lag in der Schüssel! Verhüllt von dem Tuch. Emerelle keuchte auf. »Bring mich zu dem Stuhl!«

»Ich sehe keinen Stuhl.«

Sie bäumte sich in Melvyns Armen auf. »Der Stuhl da vorne! Unter dem Segel. Es sind doch nur drei Schritt.«

»Ich sehe keinen Stuhl«, beharrte er stur. »Da liegt ein Kissen zwischen den Felsen. Es ist schmutzig.«

»Dann bring mich zu dem Kissen!«

Er machte einen Schritt. Eisiger Wind peitschte ihnen ins Gesicht. Sie standen auf einem weiten Schneefeld.

Verzweifelt sah sich Emerelle um. Hinter ihnen erhob sich ein Felsen wie ein Turm. Sie waren dort, wo die Adler sie abgesetzt hatten. Es war alles vergebens gewesen.

Ein Grollen ließ Melvyn herumfahren. Weit oben am Hang löste sich der Schnee. Der Maurawan fluchte. Dann begann er zu laufen.

# DER SPIELER

Falrach drehte unschlüssig die kleine Spielfigur, die Emerelle darstellte, zwischen den Fingern. Wo sie wohl war? Er setzte die Figur am Rand des Falrach-Tischs ab. Wo immer sie auch steckte, sie war nicht im Spiel!

Er nahm noch einmal die abgegriffene Liste, die der Kobold ihm hatte zuspielen lassen. Anfangs war er sehr skeptisch gewesen. Das war zu gut, um wahr zu sein. Ihre Spitzel hatten inzwischen die Geschütze rings um den Hafen ausfindig gemacht. Alle zwölf standen exakt an den Stellen, die benannt waren. Schwieriger war es, zu beurteilen, ob die Liste mit den Fürsten, die zur Kronwahl bestimmt werden sollten, auch der Wahrheit entsprach. Das würde sich erst zeigen, wenn sie sich auf der Prunkbarkasse versammelten. Er hatte lange gezögert. Alvias, Nestheus und Katander! Das klang zu unglaubwürdig. Warum sollten sie geschworene Feinde des Trollkönigs zur Königswahl berufen?

In dem Brief war ausführlich dargelegt, welche Pläne Elija verfolgte. Dennoch erschien es ihm unglaubwürdig … Er verschob einige der Figuren auf dem Spieltisch. Es sah schlecht für sie aus. Ihre Gegner waren viel stärker.

»Und, mein Fürst?«

Falrach blickte auf. Vor ihm stand Silwyna. Die Elfe war dunkel gewandet, ihr Gesicht bemalt. Sie führte das Wort für alle Maurawan, die auf der Lichtung versammelt waren.

»Heute Nacht gehen die ersten zehn«, entschied er. »Du wählst sie aus.«

»Wie du befiehlst, mein Fürst.« Sie grinste unverschämt. Vor sieben Wochen hatten die Maurawan ihn zum Fürsten ausgerufen. Das hieß, sie hatten die Nachricht, dass Ollowain zum Fürsten ihres Volkes gewählt worden war, überall verbreiten lassen. Sie hatten sich für den Namen Ollowain entschieden, weil die Wahrheit zu kompliziert gewesen wäre. Nie zuvor hatten die Maurawan einen Fürsten über sich akzeptiert. Es widersprach zutiefst ihrem Lebensstil. Aber nur so konnte Falrach an der Königswahl teilnehmen. Er musste einen Fürstentitel besitzen. Er war zwar Fürst der Snaiwamark, zumindest stand ihm der Titel nach dem Tod seines Vaters zu, aber da die Trolle die Snaiwamark besetzt hatten und ihr Herrscher auch den Titel König der Snaiwamark trug, wäre Ollowains Legitimation leicht anzufechten gewesen. Wenn die Maurawan ihn hingegen zu ihrem Fürsten ausriefen, gab es daran nichts zu rütteln.

»Sollten wir nicht mehr Krieger in die Stadt schicken? Es sind nur noch vier Tage bis zum Fest der Lichter. Die Stadt ist schon voller Gäste.«

»Nein. Die Gefahr, entdeckt zu werden, ist zu groß.«

Silwyna wandte nichts mehr ein. Falrach war überrascht gewesen, dass die Maurawan sich ihm so bereitwillig angeschlossen hatten, als er erklärt hatte, er wolle verhindern, dass Gilmarak noch einmal zum König gewählt würde. Man musste verrückt sein, um sich auf dieses Komplott gegen den König einzulassen. Sie waren nur eine Handvoll Krieger. Ihr Feind konnte leicht das Hundertfache an Kämpfern aufbieten. Falrach hatte den Verdacht, dass gerade diese Aussichtslosigkeit ihres Unterfangens die Maurawan reizte.

Er verschob einige der Figuren auf dem Spieltisch vor sich. Silwyna sah ihm aufmerksam zu. Er sah die Frage in ihren Augen. »Ob wir gewinnen können?« Er blickte wieder auf den Tisch und schüttelte den Kopf. »Wir haben die Überraschung auf unserer Seite. Ich hoffe, sie ahnen nicht, wie gründlich wir ihre Pläne kennen. Setzen wir also einmal voraus, dass nicht wir es sind, die betrogen werden … Unter diesen Maßgaben habe ich bei einem von sieben Spielen einen Sieg für uns erzielt. Das alles gilt nur, wenn das Spiel damit endet, dass ich zum König gewählt werde. Erweitert man es dahingehend, dass ich anschließend auch noch lebend die Stadt verlasse, werden die Aussichten deutlich schlechter.«

»Warum lässt du dich darauf ein?«

Falrach zuckte die Schultern. »Wenn alle vernünftig denken, werden wir auch künftig von Trollen und Kobolden regiert. Man muss entweder ein Zeichen setzen oder den Kopf einziehen und den Mund halten.«

»Darin, den Kopf einzuziehen, waren wir Maurawan schon immer schlecht. Du hast dir den Respekt unseres Volkes verdient, Falrach. Falls du einmal nicht mehr weißt, wohin du gehen sollst, wirst du in unseren Wäldern immer willkommen sein. Vorausgesetzt, du bestehst nicht darauf, noch einmal unser Fürst zu werden.«

Falrach lächelte sie an. Sie war auf eine herbe Weise anziehend. In seinem früheren Leben hätte er versucht, sie zu verführen. »Keine Sorge, du weißt ja, ich strebe nach Höherem. Entweder trage ich in vier Tagen die Krone Albenmarks, oder aber ich habe keinen Kopf mehr auf den Schultern – und die Frage des Kronentragens, seien sie nun für Fürsten oder Könige, hat sich ein für alle Mal erledigt.«

## FAST EINE LIEBESGESCHICHTE

»Er kommt, Herrin.«

»Dann verschwindet schnell!« Elodia suchte sich ein nicht zu schlammiges Stück Weg, während ihre beiden Diener ihr Pferd am Zügel packten und davonpreschten. Es gab viele Hufspuren auf dem Waldweg, die einander überlagerten. Ihre Spuren würden keinen Verdacht erregen.

Sie ließ sich auf den Weg fallen und achtete darauf, dass sie sich mit dem Kleid ein wenig im Brombeerdickicht am Wegesrand verhedderte. Die nadelspitzen Dornen drangen durch das Kleid und die Weste ihres Reitkostüms. Sie trug mit Bedacht keine Stiefel, sondern flache Schuhe, die zum Reiten eigentlich völlig ungeeignet waren. Vor zwei Stunden schon hatte sie mit einem Knüppel dafür gesorgt, dass sie reichlich blaue Flecken auf den Beinen hatte. Bis es soweit war, dass sie ihren Rock hob, würden noch ein paar Stunden vergehen. Er würde nicht bemerken, dass sie nicht von ihrem vorgetäuschten Sturz stammten!

Sie tastete nach dem Silberfläschchen in der kleinen Tasche an ihrem Gürtel. Es wäre das erste Mal, dass sie mit Gift töten würde. Sie fühlte sich etwas unsicher. Immer wieder griff sie nach dem Fläschchen. Es konnte nicht zerbrechen! Dennoch hatte sie Sorge.

Sie hörte dumpfen Hufschlag. Elodia begann zu stöhnen. Nur Augenblicke später erschien er. Ein Reiter ganz in Weiß, auf einem Schimmel. Das Gesicht verborgen hinter einem silbernen Maskenhelm. Er wirkte unheimlich.

»Was ist geschehen, meine Dame?« Er schwang sich aus dem Sattel. Er hatte sich nicht einmal umgesehen. Völlig arglos war er.

»Ein Dachs … Er kam plötzlich aus dem Dickicht. Mein Pferd hat mich abgeworfen und ist durchgegangen.« Sie versuchte aufzustehen und ließ sich mit einem Stöhnen zurücksinken. »Mein Fuß …«

Er wirkte unschlüssig, soweit man das bei einem Mann mit einer Maske aus gehämmertem Silber beurteilen konnte.

»Könntet Ihr mir aufhelfen? Vielleicht, wenn ich erst einmal stehe …« Sie legte die Hand an den Mund. »Jetzt erkenne ich Euch. Ihr müsst der berühmte Tjuredritter sein! Gott sei gepriesen! Einen besseren Retter hätte ich mir nicht erträumen können.«

Er räusperte sich verlegen. »Ich bin nur ein Mann, der

versucht, nach den Geboten Tjureds zu leben.« Er beugte sich zu ihr hinab und streckte ihr die Arme entgegen. »Wenn Ihr gestattet, meine Dame.«

Er war rührend! Die meisten Männer, denen Elodia bisher begegnet war, hätte sich die Gelegenheit nicht entgehen lassen, sie auf den Arm zu nehmen, und dabei mehr oder weniger diskret zu betatschen. Aber er wartete auf ihre Zustimmung, sie zu berühren.

»Bitte, edler Ritter.« Sie streckte ihm die Hände entgegen. »Ich fürchte, ohne Eure Hilfe kann ich mich nicht erheben.«

Er nahm ihre Hände. Unglaublich! Er wagte sie nicht anderswo zu berühren. Oder fand er sie abstoßend? Vor einigen Wochen hatte sie an ihren Schläfen die ersten grauen Haare entdeckt. Sie hatte Narben. An den Armen und auf dem Rücken. Die Zeit in Drusna hatte sie für immer gezeichnet.

Sehr behutsam, mit ruhiger Kraft zog er sie hoch. Sie spielte ihm vor, wie sie versuchte, den verletzten Fuß zu belasten. Mit einem leisen Schmerzenslaut ließ sie sich gegen seinen Arm sinken. Sie war froh, dass sie einen langen Reitrock und unter ihrer Weste ein hochgeschlossenes Mieder trug. Ihre Reize zu deutlich zur Schau zu stellen, wäre die falsche Strategie gewesen.

Er räusperte sich wieder. Elodia stellte sich vor, wie er hinter seiner Maske rot wurde. Wie er wohl aussah? Warum verbarg er sein Gesicht? War er hässlich? In den Geschichten, die sie über ihn gehört hatte, hieß es, er sei ein stattlicher junger Mann. Eine ungewöhnliche Rüstung trug er. All das weiße Leder. So etwas hatte sie noch nie gesehen.

»Mir scheint, Ihr solltet besser nicht Euren verletzten Knöchel belasten, meine Dame.«

»Ja.« Sie stöhnte leise. »Er schmerzt sehr.«

»Wenn Ihr mir gestattet, Euch bei den Hüften zu fassen, würde ich Euch in den Sattel meines Pferdes heben. Dann könnten wir uns auch auf die Suche nach Eurem Pferd begeben.«

Sie senkte den Blick und tat verlegen. »Das ist zu großzügig von Euch.«

»Nein, es wäre mir eine Freude! Ich meine, Euch zu helfen … Ich möchte nicht Euer Ungemach missbrauchen, um Euch unsittlich zu berühren. Ich hoffe, Ihr denkt jetzt nicht schlecht von mir … Ich … Ich bin nicht sehr erfahren im Umgang mit Damen.«

Sie unsittlich berühren, dachte Elodia und lächelte in sich hinein. So hatte noch nie ein Mann zu ihr gesprochen! »Es ist mir nicht in den Sinn gekommen, dass Ihr versuchen könntet, meine Lage auszunutzen. Im Gegenteil! Ihr seid der ritterlichste Kavalier, der mir je begegnet ist.«

Wieder sein Räuspern. Einen Augenblick stand er verlegen da. Dann nahm sie seine Hände und legte sie auf ihre Hüften. »Wird es so gehen?«

»Ähm … gewiss.«

Er hob sie ohne Mühe. Sie setzte sich in den Damensitz, obwohl sie diese Art des Reitens nicht mochte.

Er griff nach dem Zügel und führte seinen Schimmel. Kein Versuch, sich hinter ihr in den Sattel zu drängen. Wieder plagte sie ein Anflug von Zweifeln. Fand er sie nicht hübsch?

Eine ganze Weile schwiegen sie beide. Er drehte sich nicht einmal um. Sie hatte reichlich Zeit, ihn zu betrachten. Er war gut gebaut. Trotz der Rüstung konnte man sehen, dass er sehr muskulös sein musste. Und er hatte eine schmale Taille. Sie mochte das bei Männern. Bäuche, die über Gürtel quollen, verabscheute sie. Die meisten Männer, denen sie sich hingegeben hatte, hatten so ausgesehen.

»Es war eine Gnade Gottes, die Euch zu mir geführt hat«, sagte sie endlich, um wieder ein Gespräch in Gang zu bringen.

»In der Tat, es war eine glückliche Fügung.« Ein Räuspern.

Sie wartete darauf, ob noch etwas käme. Wieder erstarb ihr Gespräch.

Bald entdeckte er ihr Pferd. Leise auf die Stute einredend, schaffte er es, nach ihrem Zügel zu greifen und sie einzufangen. Bei Pferden schien er nicht um Worte verlegen zu sein, dachte sie ein wenig ärgerlich. Er hatte sie bisher nicht einmal nach ihrem Namen gefragt!

Er saß auf ihrer Stute auf und ritt nun neben ihr her. »Man hat mir gesagt, dass es auf diesem Weg ein Wirtshaus geben soll«, sagte er schließlich nach einer Ewigkeit.

»Es wäre schön, bald rasten zu können und meinen verletzten Knöchel zu kühlen.«

»Wir können sofort rasten, wenn Ihr erschöpft seid.«

»Nein, nein. Es geht noch. Allerdings könntet Ihr mir eine Freude machen. Ich hätte eine Bitte. Verzeiht mir, wenn ich wage, sie vorzutragen und sie Euch vielleicht lächerlich erscheinen mag. Ich bin nur ein törichtes Weib … Aber Ihr würdet mir eine große Freude bereiten, wenn Ihr den Helm abnehmen könntet. Es heißt, Ihr seid so schön wie die Heiligen auf den Glasfenstern der Tempeltürme.«

Wieder räusperte er sich. Steckten ihm denn die Worte im Hals fest? »Ich glaube, ich werde eine Enttäuschung sein«, brachte er schließlich hervor. Aber er griff nach dem Helm. Er klappte die Maske weg, nahm ihn ab und klemmte ihn sich unter den linken Arm. Sein Haar war ein wenig zerzaust. Das Gesicht war ebenmäßig. Besonders sein edel geschnittener Mund zog ihre Blicke an. Kein Wunder, dass er als Kirchenritter nie seinen Helm abnahm. Jeder normalen Frau mussten unsittliche Gedanken kommen, wenn sie so einen Mann zu Gesicht bekam.

Er errötete leicht, als sie ihn immer weiter anstarrte. »Ihr seid wirklich so schön, wie man sich erzählt. Sicher seid Ihr mit einem Edelfräulein verlobt.«

»Ähm … nein.«

»Ein so schöner Mann ist allein?«

»Da … da vorne. Das muss das Wirtshaus sein. Ich werde vorausreiten und den Wirt bitten, kühlen Essig und eine Bandage für Euren Knöchel bereitzustellen.« Mit diesen Worten preschte er voraus.

Elodia fluchte stumm. Sie hätte zu gerne gewusst, wie es um ihn und die Frauen stand.

Als sie das Wirtshaus erreichte, erwartete sie eine Magd, die ihr beim Absteigen half. Elodia sah ihren Ritter beim Stall. Er vermied es, in ihre Richtung zu sehen.

Sie spielte weiter ihre Rolle. Auf die Magd gestützt, humpelte sie in das Wirtshaus. Dort bestellte sie ein Brathuhn, frisches Brot, ein wenig Käse und einen Krug mit Wein.

Es dauerte lange, bis er kam. Das Essen stand schon auf dem Tisch. Außer ihnen und dem Wirt mit seiner Magd waren nur zwei weitere Reisende im Schankraum. Alle blickten verstohlen in seine Richtung. Jeder in Drusna hatte schon Geschichten über den weißen Ritter gehört.

»Bitte, mein Retter!« Sie deutete auf den Platz neben sich auf der Bank.

Wieder errötete er.

»Bitte! Das Huhn, das für uns sein Leben gegeben hat, hat verdient, dass wir es warm verspeisen.«

Jetzt lächelte er zum ersten Mal. Er sah einfach hinreißend aus. Warum hatte er sich nur gegen den König verschwören müssen! Verdammter Narr! Sie sollte es schnell hinter sich bringen.

»Ihr trinkt doch sicherlich ein wenig Wein.« Sie schenkte ihm ein. Sein Becher war schon vorbereitet. Sie hatte einen Fingerbreit Gift hineingeschüttet. Es war klar wie Wasser, roch ein wenig nussig, und Schwester Anais hatte behauptet, es sei ohne Geschmack. Elodia mochte das nicht ganz glauben. Wer kostete schon freiwillig von einem Gift, um dessen Geschmack zu ergründen? Auf jeden Fall würde der starke Rotwein den Geschmack überdecken, wenn es denn einen gab.

Elodia griff nach ihrem Becher. »Auf Tjured, der mir

seinen edelsten Ritter schickte, um mich aus verzweifelter Lage zu retten.« Sie setzte an und trank ihren Becher bis zur Neige, wie es Brauch war, wenn man einen Trinkspruch ausbrachte. Nun war er an der Reihe, wenn er sie nicht brüskieren wollte.

Er nahm seinen Wein und verneigte sich. »Auf die namenlose Schöne aus dem Wald, die Tjured erschuf, um mich zu lehren, was vollkommene Schönheit ist.«

Elodia errötete. Er trank den Wein in einem Zug, so wie sie es getan hatte. Ein Schaudern überlief sie. Keiner ihrer Morde war so leicht vollbracht worden. Drei Tage blieben dem Ritter jetzt noch. Vielleicht auch nur zwei. Ihr Werk war vollbracht. Sie fühlte sich schäbig.

»Geht es Euch gut, edle Dame? Ich hoffe, ich habe Euch mit meinem Trinkspruch nicht in Verlegenheit gebracht. Für gewöhnlich bin ich nicht solch ein Draufgänger … Ich …« Er lächelte sie an, dass ihr schier das Herz brechen wollte. »Ich weiß auch nicht, was in mich gefahren ist.«

Sie riss einen Schenkel des Hähnchens ab. Jetzt bloß nicht sentimental werden! Sie schaffte es, sich zu einem Lächeln zu zwingen. »Das war das galanteste Kompliment, das mir je gemacht wurde«, sagte sie. Und es war keine Lüge. Promachos hatte ihr zwar mit geschliffeneren Worten geschmeichelt, doch hatten all seine Komplimente immer nur darauf abgezielt, sie in Stimmung zu versetzen, sich ihm hinzugeben. Bei dem Ritter war sie sich sicher, dass er ihr ganz ohne Hintergedanken geschmeichelt hatte. Er meinte, was er sagte.

»Das Hähnchen riecht köstlich«, sagte er ganz offensichtlich, um das Thema zu wechseln.

»Keine Sorge. Ihr habt mich nicht verlegen gemacht. Ganz im Gegenteil, Ihr habt mein Herz berührt, und das ist erst einem vor Euch gelungen.«

»Sicher ein glücklicher Mann …«

»Ich weiß es nicht. Ich habe ihn seit mehr als elf Jahren nicht gesehen. Ich weiß nicht, was aus ihm geworden ist.« Sie dachte an den Jungen, der ihr damals in Nantour heimlich nachgestellt hatte. Er hatte gewusst, was sie tat. Und doch hatte es ihn nicht abgeschreckt. In seinen Augen hatte sie geglaubt, reine Liebe zu sehen. Nie hatte er es gewagt, sie anzusprechen. Vielleicht ging er ihr deshalb nie aus dem Sinn. Nie hatten dumme Worte die Gefühle entweiht, die er so offensichtlich für sie empfunden hatte. Es war damals ein Leichtes gewesen, seinen Namen von den anderen Bettlerjungen zu erfahren. Manchmal hatte sie sich in den letzten Jahren Tagträumen von unschuldiger Liebe hingegeben. Träumen davon, wie ihr Leben hätte sein können. Jedes Mal hatte sie dabei an ihn gedacht.

»Auch ich kenne den Schmerz unerfüllter Liebe. Ich war noch ein Junge, als mich die Liebe traf.« Er lächelte verlegen. »Ich habe mich nicht einmal getraut, sie anzusprechen. Ihr merkt, ich bin auch heute nicht gut mit Worten in Anwesenheit schöner Damen. Mein Schicksal hat mich in ein einsames Tal verschlagen. Jeden Tag habe ich an sie gedacht. Als ich endlich in meine Heimatstadt zurückkehren konnte, lebte sie nicht mehr dort. Zwei Jahre lang habe ich überall in Fargon nach ihr gesucht. Es wird nie eine andere für mich geben als meine Elodia, mein Blumenmädchen vom Heumarkt in Nantour.«

Ihr fiel der Weinbecher aus der Hand. Das konnte nicht sein!

»Ist Euch nicht gut, meine Dame? Ihr seid plötzlich weiß wie der Tod.«

»Ist dein Name Adrien?«

Er sah sie verwundert an. Dann lag plötzlich Misstrauen in seinem Blick. »Meine Mutter nannte mich so. Aber mein richtiger Name ist Michel Sarti.«

»Und dieses Blumenmädchen? Was tat sie, wenn sie kein Glück damit hatte, ihre Blumen zu verkaufen?«

»Darüber möchte ich nicht sprechen, meine Dame«, entgegnete er kühl.

»Ging sie zu dem Fleischhauer, der die köstlichen Würste machte? Und zu dem Bäcker bei der Flussbrücke und …«

»Kanntet Ihr sie?«

Sie suchte in dem Gesicht des Ritters nach den Zügen des Jungen. Sie hatte Adrien stets nur von weitem gesehen. Beide hatten sie dieselbe Haarfarbe. Und vielleicht auch dasselbe scheue Lächeln.

»Du bist doch auch Priester …«

»Ich habe keine Weihe empfangen.«

»Das ist egal. Ich muss dir beichten.« Ihr standen jetzt Tränen in den Augen. Sie konnte es nicht hier drinnen tun. Sie hatte ihren Traum getötet. Den kleinen unschuldigen Jungen, der sie nie vergessen hatte, wenn die Worte des Ritters stimmten. »Lass uns hinter die Scheune gehen.« Sie stellte sich vor, wie er ihr den Kopf abschlagen würde, wenn er erfuhr, dass sie eine gemeine Mörderin war. Dass sie ihn getötet hatte, auch wenn ihm noch drei Tage blieben. Es gab kein Gegengift gegen das Loabo. Er war verloren!

## DER WEG DES GELDES

Anderan griff die Hand, die ihm entgegengestreckt wurde. Er war über zwanzig Stunden in den Kanälen gewesen und so erschöpft, dass er sich kaum noch auf den Beinen halten konnte. Es war jene tief zufriedene Erschöpfung, die er in den letzten Jahren so oft vermisst hatte. Er hatte die Bauarbeiten nicht nur beaufsichtigt, er hatte auch selbst Hand angelegt.

Bedeckt mit Schlamm, nur mit einem Lendenschurz bekleidet und mit triefnassem Haar verabschiedete er die übrigen Holden. Sie hatten gute Arbeit geleistet und waren einen Tag früher als geplant fertig geworden. Die Männer standen noch kurz beisammen, machten Witze oder beklagten sich über ihre Frauen. Dann verliefen sie sich.

Anderan sah ihnen nach. Er wusste, dass es einen Tag wie diesen nie wieder in seinem Leben geben würde. Sie hatten sechs neue Abstiege ins steinerne Herz ihrer Stadt gebaut. Sechs Fluchtwege, die noch auf keiner Karte verzeichnet waren. Und sie hatten auch die goldenen Fluttore im Saal der Fallenden Wasser inspiziert und eine Änderung am Schließmechanismus der Tore vorgenommen. Anderan hatte es genossen, noch einmal diesen prächtigsten Saal des unterirdischen Systems aus Zisternen, Trinkwasser- und Abwässerkanälen zu besuchen. Es war der Thronsaal des Herrn der Wasser. Sein Vater Gondoran, der bei der letzten Königswahl der Herrscher der Holden gewesen war, hatte ihn gern so genannt. Anderan konnte sich noch gut erinnern, wie er mit ihm auf den Balkonen hoch im Saal der Fallenden Wasser gestanden hatte, um dem Lied des Wassers zu lauschen. Sein Vater war im fernen Phylangan gestorben. Sein Sohn in den Weiten des Windlands. Sein Zweig aus der Sippe der Bragan würde keine Blüten mehr tragen.

In melancholischer Stimmung ging er nach Hause. Seine Dienerinnen hatten ihm ein Bad bereitet. Er genoss es, im warmen Wasser zu ruhen. Es war still im Haus. Anderan war allein. Er betrachtete seine Hände und Füße, dachte kurz an die verlorenen Finger und Zehen. Die Wunden waren verheilt, aber es tat ihnen nicht gut, dass er immerzu im Wasser stand. Er sollte der König Albenmarks werden. Was sein Vater wohl dazu gesagt hätte? Gondoran hatte sein Leben gewagt, um die Königin zu retten, als die Trolle überraschend über Vahan Calyd herfielen. Und nun sollte sein Sohn durch List und Intrigen jene Krone gewinnen, die Gondoran für Emerelle verteidigt hatte. Sein Vater würde das nicht schätzen … Und sein Sohn Baldan? An ihn zu denken, tat nicht mehr so weh. Baldan würde wahrscheinlich sagen, er habe zu viel Zeit im Kronrat verbracht. Und sein Sohn hätte damit Recht gehabt. Der Platz des Herrn der Wasser war in Vahan Calyd. In den Kanälen der Stadt!

Er dachte an die letzten Steine des Mosaiks, die sich in den vergangenen Wochen gefügt hatten. An all die Briefe und Rechnungen. Und an die kurze Mitteilung, die ihn erst gestern erreicht hatte. Im Fürstenpalast von Tanthalia war seit sechs Jahren kein einziger neuer Vorhang mehr aufgehängt worden. Das war der letzte Stein. Nun hatte sich das Mosaik zu einem klaren Bild gefügt. Nach dem Weg der Pfeile war er dem Weg des Geldes gefolgt.

Vor einem Jahr hatte Elija 10 000 Silberstücke an das Handelshaus Verrak überschreiben lassen. Silber, das mutmaßlich aus den Schatztruhen der Snaiwamark-Karawane abgezweigt worden war. Für diese Summe hätten seidene Vorhänge für seinen Palast geliefert werden sollen. Vermutlich hätte man dafür den halben Palast in Seide hüllen können. In den nächsten Monden waren vom Handelshaus Verrak Bestellungen an verschiedene Schmiede und Pfeilmacher herausgegangen. Und an einen Korbflechter. Anderan lagen all diese Rechnungen vor, denn er hatte seine Macht als Kronrat genutzt, um Abschriften der Kontorbücher der Verraks fertigen zu lassen. Und das ohne das Wissen der Kaufherren. Nahm man die Transportkosten noch dazu und die Gebühren der Lagerhäuser, dann fügte sich all das auf eine Summe von annähernd 10 000 Silberstücken. Ganz offensichtlich hatten die Verraks es nicht gewagt, bei diesem Geschäft einen Gewinn für sich herauszuschlagen.

Natürlich waren ihre Geldgeschäfte verwickelt und unübersichtlich. Vor einem Gericht, das nicht mit Trollen besetzt war, würden sie sich mit Sicherheit herausreden können. Die 10 000 Silberstücke machten nur einen Bruchteil der Warenwerte aus, die durch das große Handelshaus im Laufe eines Jahres bewegt wurden. Sicherlich ließ sich beweisen, dass die Münzen aus Tanthalia in die Finanzierung ganz anderer Geschäfte geflossen waren. Doch ebenso stand außer Zweifel, dass sich alle Summen des Pfeilgeschäfts letztlich zu einem Betrag von etwa 10 000 Silberstücken fügten.

Anderan streckte sich im Bad. In einer Mauernische stand zwischen Tiegeln mit Badeölen noch das kleine Holzschiff, das er vor Jahren für Baldan geschnitzt hatte. Kein Bad war vergangen, ohne dass der Junge das Schiff zu Wasser gelassen hatte. Baldan hatte Segel aus bunt bemalten Bananenblättern dafür gemacht. Segel, die längst vergangen waren.

Der Herr der Wasser tastete nach der Pfeilspitze, die auf seiner Brust ruhte. Lange betrachtete er das kleine Eisenstück, welches das Leben seines Sohnes beendet hatte. In drei Tagen wäre er der Herrscher Albenmarks. Aber wenn er Elija vor ein Gericht brachte, dann würde alles in den Schmutz gezerrt werden, wofür Hunderte Kobolde in den letzten Jahren ihr Leben gegeben hatten. Elija war unberührbar. Stürzte er, würde auch sein Lebenswerk fallen …

## DAS KIND

Melvyn riss sie mit sich. Er stürmte in panischer Hast der Deckung des Felsturms entgegen, während sie immer noch zu der Pracht der Lawine hinaufschaute. Es sah aus, als habe sich eine Wolke auf den Hang des Berges gelegt, um nun in all ihrer Pracht an seiner Flanke hinabzugleiten. Majestätisches Grollen begleitete das wirbelnde Weiß. Ein Geräusch, das jeden anderen Laut erstickte.

Während des Laufens spürte sie, wie der Boden unter ihren Füßen bebte. Das Erzittern des Berges löste kleinere

Lawinen aus, die dem großen Weiß vorauseilten wie Herolde, welche die Ankunft eines Königs verkündeten.

Klumpen aus verharschtem Schnee schlugen gegen ihre Beine. Sie strauchelte. Melvyn zog sie sofort wieder hoch. Die Lawine war schnell! Viel schneller als sie eilte sie dem Felsturm entgegen.

Melvyn eilte leichtfüßig dahin, während ihre Schritte leicht einsanken. Hatte denn all ihre Zauberkraft sie verlassen? Sie bekam keine Luft mehr. Sie atmete. Sie spürte die eisige Winterluft ihre Lungen füllen. Aber es schien nicht zu helfen. Sie hatte das Gefühl zu ersticken.

Wieder strauchelte sie. Die Lawine würde sie bald verschlingen. Die Bergflanke erzitterte. Der Berg wollte sie töten. Sie wusste das. Bald wäre sein Werk vollendet.

Melvyn packte sie. Er schrie sie an, doch sie verstand kein einziges Wort. Der Donner der Lawine war ein Tyrann, der keinen anderen Laut neben sich duldete. Melvyn hob sie auf die Arme.

Jetzt brach auch er in den verharschten Schnee ein. Sie war zu schwer. Sein Rettungsversuch würde nicht helfen. Jetzt war auch sein Tod unabwendbar.

Das brodelnde Weiß traf auf den Felsturm. Eine Wolke wirbelnder Eiskristalle verschlang sie. Melvyn lief immer noch weiter.

Emerelle kniff die Augen zusammen. Feine Eissplitter stachen nach jedem Zoll ungeschützter Haut. Sie prallten gegen etwas Hartes und stürzten. Melvyn kam nicht mehr auf die Beine. Schneemassen glitten rechts und links an ihnen vorbei. Aber er ließ sie nicht los. Er zerrte an ihr. Zog sie in eine scharfkantige Enge. Sie schlug sich den Kopf an. Alles um sie herum bebte. Das Brüllen des Berges löschte jeden anderen Gedanken.

Melvyn hielt sie fest an sich gedrückt. Sie spürte seinen warmen Atem in ihrem Nacken. Der einzige Trost in einer Welt aus Stein. Dann entfernte sich der Donner. Noch immer war die Luft erfüllt von Pulverschnee. Sie konnte nichts sehen. Doch der Felsturm bebte nicht länger. Die Spannung ließ nach. Sie fühlte sich geborgen in der Umarmung. Sie ließ innerlich los.

Plötzlich stand das Kind vor ihr. Das Kind, das schon auf dem Berggipfel in ihren Träumen gewesen war. Ein Mädchen mit goldblondem, leicht gelocktem Haar und Augen in der Farbe, die das Fell eines jungen Rehkitzes hat.

Das Kind zu sehen, erfüllte sie mit tiefem Frieden. Die Kleine lächelte sie an, und ihr ging das Herz auf. Emerelle wusste, es war ihre Tochter, die sie sah. Die Tochter, die sie nie gehabt hatte. Sie winkte ihr zu und lief. Und während sie lief, wurde sie größer, wurde zur jungen Frau. Die Landschaft um sie herum veränderte sich. Sie war auf einer weiten Ebene. In einem Dschungel. Dann erkannte Emerelle Vahan Calyd. Die prächtigen Feuerblumen des Festes der Lichter schmückten den Himmel. Viermal kam ihre Tochter nach Vahan Calyd. Jedes Mal erstrahlten weniger Lichter am nächtlichen Himmel. Und die Stadt wirkte von Mal zu Mal verfallener. Plötzlich war ihre Tochter verschwunden. Inmitten eines brennenden Waldes. Emerelle schrie und weinte. Ihr Blick irrte umher. Überall war nur Feuer. Irgendwie schaffte sie es, den Flammen zu entkommen. Doch ganz gleich, wohin sie sich wandte, das Land war zu Asche geworden. Einmal glaubte sie den Schatten eines Drachen über den Himmel gleiten zu sehen. So lange sie auch suchte, sie fand kein Leben. Dann plötzlich stand sie hinter einer Gestalt, die über einem Feuer kauerte und Seiten aus einem eng beschrieben Büchlein riss, um sie den Flammen zu übergeben. Es war ein Lutin. Er erinnerte Emerelle an Elija Glops. Aber ganz sicher war sie sich nicht. Der Kobold blieb bei dem Feuer, bis auch der Einband des Buches vollständig verbrannt war. Dann eilte er davon. Kaum war er fort, fügten sich Einband und Seiten wieder aus der Asche zusammen. Sie erhoben sich aus den Flammen. Das Buch breitete seine Seiten aus, als seien es Vogelschwingen und stieg hoch in den Himmel hinauf.

Pfeilschnell zog es dahin, bis ein gewaltiger Berg vor ihm erschien. Es flog auf einen Felsturm in einem Schneefeld zu. Dort kauerte ein erfrorener Elf. Ganz deutlich sah Emerelle, dass das Buch unter seinem linken Fuß lag.

Dann war da wieder das Gesicht des Mädchens. Und das Ollowains. Ohne dass der Schwertmeister auch nur ein Wort sprach, erkannte sie an seinem verhaltenen Lächeln, dass er wieder ganz er selbst war. Er hielt das kleine Buch in der Hand. Seine Augen strahlten. Er winkte ihr zu …

Das Bild änderte sich. Sie blickte auf Vahan Calyd hinab und sah das Fest der Lichter. Immer und immer wieder. Viele Jahrhunderte vergingen. Einmal glitt ein bedrohlicher Schatten dicht unter ihr durch den Himmel. Plötzlich wehten fremde Banner über der Hafenstadt. Die Palasttürme lagen in Trümmern und überall waren Fahnen mit einem toten schwarzen Baum vor weißem Grund zu sehen. Sie sah sich und Skanga. Sie hatten einen dritten Albenstein! Und sie taten etwas Ungeheuerliches!

Wieder sah sie das Mädchen mit dem goldblonden Haar.

»Emerelle?«

Sie setzte sich mit einem Ruck auf. Ihr standen Tränen in den Augen. Ihr war kalt.

»Sie sind da«, sagte Melvyn leise. Er hielt sie noch immer in seinen Armen. Behutsam schob er sie von sich fort.

Noch immer von ihren Träumen benommen, stand sie auf. Wolkentaucher und Fleckfuß saßen in dem weiten Schneefeld. Vor der weiten, weißen Fläche wirkten sie klein wie Sperlinge. Auch sie fühlte sich klein. Sie sah den Berg hinauf. Der Gipfel entzog sich wie immer dem Blick. Es war ein klarer Tag. Der Berg war wunderschön. Er sah gar nicht aus wie ein Mörder. Vielleicht lag die Schuld auch bei denen, die unbedingt den Gipfel erreichen wollten. Jenen einen Ort auf der Welt, der allen Albenkindern versagt war. Sie ahnte, dass der Sänger dort oben war. Aber er hatte sich nicht zwingen lassen, sich ihr zu zeigen, wann sie es wollte. Vielleicht hatte er ihr die Träume geschickt … Die Alben sprachen nicht mit ihren Kindern. Aber das Schicksal der Welt, die sie erschaffen hatten, war ihnen nicht gleichgültig.

Emerelle fühlte sich klein und verloren auf dem weiten Schneefeld. Hatte der Berg sie Demut lehren wollen?

Melvyn kam mit ihrem Fluggeschirr. Seines hatte er schon angelegt. Er sah ein wenig lächerlich aus mit dem lederbezogenen Oval über seinem Kopf. »Bist du bereit?«

Sie nickte. Er half ihr ins Gurtzeug und begann sie zu verschnüren. »Wohin wirst du gehen, Melvyn?«

Er blickte zu ihr auf und lächelte. »Zu Conlyn und Leylin. Zu meiner Familie. Ich habe Leylin nicht gesagt, wohin wir reisen werden, und ich habe Kadlin verboten, darüber auch nur ein einziges Wort zu verlieren. Weißt du, Leylin wirkt so ruhig und freundlich, aber manchmal kann sie sehr bestimmend sein. Sie hätte mich nicht ziehen lassen, wenn sie gewusst hätte …« Er zog seinen Gurt so straff, dass es schmerzte. »Und du? Bist du sehr enttäuscht?«

Sie beneidete ihn um seine Familie. Das war ein Leben, das sie nie kennengelernt hatte. Ihr Vater war schon tot gewesen, als sie geboren wurde.

»Ich muss noch einmal zum Felsen zurück.« Sie merkte, dass Melvyn die Verzögerung missfiel, aber sie musste es wissen. Sie ging zu der tiefen Spalte, die sie vor der Lawine bewahrt hatte. Zu dem Grab des namenlosen Elfen, der mit gefrorenen Lidern bis in alle Ewigkeit auf das Schneefeld hinabblicken würde. Unter seinem linken Fuß lag ein schmales schwarzes Büchlein. Sie war sich nicht ganz sicher, ob es schon dort gewesen war, als sie ihn zum ersten Mal gesehen hatten. Sie glaubte es nicht.

Emerelle kniete nieder. Das Oval ihres Fluggeschirrs schlug gegen die Felsen. Sie streckte sich, bis sie mit den Fingerspitzen das Büchlein berühren konnte. Es war wirklich da! Keine Illusion. Sie müsste es nur nehmen. Dann würde das Kind mit dem goldenen Haar in ihr Leben treten.

Ihr Kind. Und Ollowains. Wenn er das Buch las, würde er zurückkommen, und sie würde sein Herz gewinnen. Sie musste nur das Buch nehmen und es zu ihm bringen.

Der Sänger hatte ihr also doch Antwort auf ihre Fragen gegeben. Auf seine Art.

»Wir müssen hier fort«, rief Melvyn. »Wir sollten den Berg nicht noch einmal herausfordern. Bitte lass uns gehen!«

Emerelle strich mit den Fingerspitzen über das Buch. Sie dachte an das Kind. Nur vier Krönungsfeste würde es noch geben, wenn sie es nahm. Mehr als hundert Jahre …

»Bitte, Emerelle! Die Adler werden unruhig. Sie wollen fort!«

Sie richtete sich auf. Ein letztes Mal blickte sie auf das Buch. Sie war sich sicher, es würde nicht mehr hier sein, wenn sie später noch einmal zurückkehrte.

Die Adler weiteten ihre Schwingen. Sie stießen sich vom Schneefeld ab und glitten dem Tal entgegen. Dann machten sie eine Kehre und kamen mit kräftigen Flügelschlägen zurück. Emerelle konnte sehen, wie sie von böigen Winden hin und her geworfen worden. Sie lief zu Melvyn. Er kontrollierte noch einmal ihr Gurtzeug. »Was hast du da gemacht?«

»Abschied von meiner Familie genommen.«

Er sah sie scharf an. Er konnte es nicht verstehen. »Ich muss nach Vahan Calyd«, sagte sie.

## VORAHNUNG

Jules drehte sich von den Säcken und setzte die Füße auf den Boden. Er war mit Mehlstaub bepudert. Er hatte es noch nie in einer Mühle getan. Er sah an sich hinab. Er sah aus wie ein Geist.

Die Blonde schlief noch. Es war Zeit, zu gehen. Er hatte Spaß gehabt. Es war gut, kein Pferd mehr zu sein! Er würde zur nächsten Schenke ziehen. Er brauchte Bier. Er würde noch sehr viel Bier brauchen, um Stroh, Hafer und das brackige Wasser aus den Tränken zu vergessen. Auch als Pferd hatte er sich gelegentlich kurze Ausflüge gegönnt, aber es waren immer nur gestohlene Stunden gewesen.

Er trat vor die Tür und blickte zum Himmel hinauf. Ein schmaler Sichelmond leuchtete zwischen den Wolken. Warum war er schon wach? Er hatte kaum geschlafen.

Er rieb sich über die stoppeligen Wangen und dachte an den Jungen. Wo Adrien wohl gerade steckte? In den letzten Monden hatte sich der Junge gut gemacht. Er sollte ihn alleinlassen, verdammt nochmal, er war doch nicht dessen Amme. Adrien steckte in einer Rüstung, die ihn fast unverwundbar machte. Und seit er nicht mehr dem Mädchen nachjagte, machte er auch deutlich weniger Unsinn.

Jules streckte sich und rülpste. Er hatte am Abend zu viel gegessen. Er blickte wieder zu der schlafenden Müllerin. Sie wäre es wert gewesen, ein paar Tage zu bleiben. Es war nett mit ihr. Sie hatte einen sehr schrägen Humor und war begeistert, einen Tjuredpriester in ihrem Bett oder auf ihren Mehlsäcken liegen zu haben.

Wieder blickte er zum Mond hinauf. Etwas war mit dem Jungen nicht in Ordnung. Er spürte es. Seine Vorahnungen hatten sich immer als richtig erwiesen. Deshalb lebte er noch, während alle anderen Devanthar tot waren.

Vernünftig war es nicht, zu gehen … Er sollte sich dem Jungen auch nicht zu erkennen geben. Wenn alles in Ordnung war, könnte er sich wieder zurückziehen. Wo Adrien wohl steckte? War er etwa zu Cabezan gegangen? Zwei Jahre lang hatte er sich davor gedrückt, dem König gegenüberzutreten. Nachdem er in Drusna die Spur seiner Elodia verloren hatte, wäre genug Zeit gewesen, sich dem König zu widmen. War er die Sache ausgerechnet jetzt angegangen? Cabezan würde ihm Schwierigkeiten machen.

Jules stellte sich vor, wie sich der Junge nach der Strafpredigt, die er ihm zum Abschied gehalten hatte, ein Pferd besorgt hatte und geradewegs zu Cabezans Palast geritten war. Zuzutrauen war ihm das. Ohne Plan einfach dort hineingehen. Da waren nie weniger als fünfzig Leibwachen. Alles handverlesene Kämpfer. Genügend, um den Jungen niederzuringen. Wenn Adrien in Schwierigkeiten geriet, dann würde es in Cabezans Palast sein.

Jules blickte ein letztes Mal zur Müllerin. Nur ein paar Tage, dann wäre er wieder zurück. Nur ein paar Tage! Wahrscheinlich bildete er sich alles nur ein, und Adrien stand auf irgendeinem Marktplatz, ließ sich bewundern und predigte. Das machte er zugegebenermaßen gut.

Wahrscheinlich rührte sein ungutes Gefühl nur von dem zu üppigen Abendessen.

Er zog sein blaues Priestergewand über und ging die schlammige Straße entlang, die zur Brücke am Ende des Dorfes führte. Der nächste Albenstern war ein gutes Stück Weges entfernt. Und es gab auch keinen Stern in der Nähe von Cabezans Palast. Er würde eine ganze Weile brauchen, bis er dort war. Vielleicht zwei Tage … Vielleicht ein wenig länger. Sicher hatte er nur zu viel gegessen. Er war zu lange mit Adrien zusammen gewesen. Er war nur ein Mensch, er sollte nicht dauernd an den Jungen denken. Er würde ohnehin sterben. Es war besser, keinen von ihnen so sehr kennenzulernen. Sie starben einfach zu schnell, wohingegen er alterslos durch die Jahrhunderte wanderte.

Was für einen Unsinn er doch dachte! Durch die Jahrhunderte wandern! In diesem Augenblick ging er barfuß auf einer verschlammten Landstraße. Und es war ziemlich kalt. Er grinste. Die Menschen würden ihn dafür bewundern. Sie hatten ja keine Ahnung, wie leicht es war, sich mit einem Wort der Macht gegen die Kälte zu wappnen. Für sie war er ein asketischer Wanderpriester.

Hoffentlich hatte sich der Junge nicht in Schwierigkeiten gebracht. Jules beschleunigte seine Schritte. Er könnte sich in ein Pferd verwandeln, um schneller voranzukommen. Adrien durfte kein unwürdiges Ende nehmen! Dann wären all die Jahre der Arbeit vergebens gewesen. Er mahnte sich zur Ruhe. Bestimmt lag der Junge jetzt in irgendeiner Schänke und schlief! Und er machte sich völlig unnötig Sorgen.

Er beschleunigte noch einmal seine Schritte. Es konnte ja nicht schaden, sehr frühzeitig zu sehen, dass alles in Ordnung war. Sobald er die Brücke überquert hatte, würde er sich in ein Pferd verwandeln. Dort würde ihn niemand mehr sehen.

## DER ATTENTÄTER

Alvias zog ein letztes Mal den Wetzstein über die Klinge. Der Elf blickte hinab auf die überfüllten Straßen. Der Pöbel feierte, statt gegen die Schreckensherrschaft der Trolle aufzubegehren. Es war verrückt. Emerelle hatte sich jahrhundertelang für sie aufgeopfert. Und was taten sie für ihre Königin? Er konnte ja verstehen, wenn sie nicht mit dem Schwert in der Hand den Palast des Trollkönigs stürmten. Aber wenn hier Stille herrschte statt ausgelassener Festlaune, dann wäre das ein Zeichen, das selbst Trolle verstünden. Schweigende Mengen, vereint in stummer Anklage.

Der ehemalige Hofmeister erhob sich. Ein flüchtiger Blick genügte ihm, um zu offenbaren, wie schlecht das Fest organisiert war. Überall lag Unrat auf den Straßen.

Er stieg die lange Treppenflucht hinab zur Straße. Es war ihm unangenehm, sich unter die Feiernden zu mischen. Er hatte kein Gefolge. Diesen Weg würde er allein gehen. Jeder, der mit ihm käme, wäre in Gefahr. Er schob den Dolch in die Scheide an seinem Gürtel. Es war eine reich verzierte Waffe. Sie war mehr zur Repräsentation von Macht und Wohlstand gedacht. Sie passte zu seinen fürstlichen Gewändern. Niemand würde sich daran stören. Ein Schwert hätte er nicht an Bord der Prunkbarkasse nehmen können. Aber den Dolch, den würden die Trolle nicht ernst nehmen.

Er wich einer Gruppe betrunkener Minotauren aus, die mitten auf der Straße einen Ringkampf veranstalteten. Scharen johlender Kobolde standen um sie herum und wetteten. Sogar ein paar Kentauren waren in der Stadt. Es hatte Alvias überrascht, sie hier zu sehen. Waren sie doch die Einzigen, die ernsthaft Widerstand gegen König Gilmarak leisteten. Aber zum Fest der Lichter ruhten traditionell überall in Albenmark die Waffen. Selbst die Trolle hatten sich bisher daran gehalten. Bei der letzten Königswahl hatten sie die halbe Stadt niedergebrannt. Nun waren sie die Herrscher und sorgten für Recht und Ordnung. Es war ein zynischer Witz. Eine Laune der Geschichte. Und er würde dafür sorgen, dass sich diese Laune nicht wiederholte.

Alvias stellte sich vor, wie er neben Gilmarak trat. Er würde den König im Glauben lassen, dass er ihm zur Wiederwahl gratulierte. Er würde den ganzen Abend über ausgesucht höflich sein. Und dann würde er ihm den Dolch unter den Rippenbogen rammen, die Klinge schräg nach oben gerichtet, so dass sie das Herz treffen musste. Und er würde mit Emerelles Namen auf den Lippen sterben.

Nein, das war zu melodramatisch. Das war nicht sein Stil. Er würde mit einem kühlen Lächeln sterben. Gedankenverloren strich er über den langen, mit einer Silberborte geschmückten, schwarzen Seidenmantel. Die Borte war nicht zu üppig. Darunter trug er eine dunkelrote Tunika, ebenfalls mit Silberborte gesäumt. Zwei Tage lang hatte er sich Gedanken über seine Garderobe gemacht. Es bedeutete ihm viel, gut gekleidet zu sterben. Auch damit würde er in diesen Zeiten der Barbarei ein Zeichen setzen.

Er wechselte die Straßenseite, um einer Horde grölender Kobolde auszuweichen, die einen Springbrunnen besetzt hatten und jeden, der vorüberkam, unter schallendem Gelächter mit Wasser bespritzten. Zwei hatten sich Gesichter auf ihre nackten Hintern gemalt und streckten sie der Straße entgegen.

Angewidert wandte er sich ab. Ein torkelndes Weib stolperte fast über eine Feuerschale, über der zwei Faune am Straßenrand unappetitliche Fleischklumpen brieten. Es war eine Elfe! Ungeheuerlich, wie wenig Selbstachtung manche Angehörige seines Volkes hatten! Sich hier an einem solchen Tag zu betrinken!

Die Faune warfen ihr fluchend Holzkohlestücke nach, doch die Elfe torkelte so sehr, dass sämtliche Geschosse sie verfehlten. Sie trug ein mit Schlangenmustern geprägtes Lederwams. Ihre Haare waren ungeordnet. Arme und Beine hatte sie sich mit Bandag bemalt. Jetzt kam sie in seine Richtung.

»Hallo, mein Schöner! Du siehst aus, als hättest du einen Besen verschluckt.«

Alvias bedachte sie mit einem finstren Blick. »Ich lege keinen Wert auf Umgang mit Kreaturen wie dir.«

Sie lachte ihn aus. Ungehobelte Person! Alvias wandte sich ab, da packte sie ihn bei der Schulter und versuchte ihn zu küssen. Sie stank nach billigem Branntwein und Heringen. Ekelhaft. Er wich vor ihr zurück und versuchte sie gleichzeitig von sich fortzustoßen.

Sie krallte eine Hand in seinen Gürtel. »Einen Kuss!«, lallte sie und ließ seinen Gürtel los.

»Ja, küss die Kleiderpuppe, und dann kotz ihm auf den Mantel«, brüllte einer der Kobolde vom Brunnen auf der anderen Straßenseite.

»Wenn du nicht augenblicklich von mir ablässt, sehe ich mich gezwungen, mich gewaltsam von dir zu befreien, du … du Trunkenboldin!« Es war das erste Mal, dass es ihm leidtat, dass er über kein angemessenes Repertoire an Schimpfworten verfügte.

Sie ließ von ihm ab. »Uh, was für ein wilder Stier!« Die Elfe drehte sich zu den Faunen um. »Er wollte mir in den Schritt fassen, der Lüstling, habt ihr das gesehen?«

»Zugabe«, rief der Spaßvogel unter den Kobolden beim Springbrunnen, und auch die beiden Faune grinsten dümmlich.

»Diese Person lügt!«, empörte sich Alvias. »Niemals käme es mir in den Sinn, eine wie sie auch nur zu berühren! Sie …« Die Betrunkene torkelte weiter die Straße hinab und beachtete ihn gar nicht mehr. Er seufzte erleichtert. Dann packte ihn der Schreck. Er griff nach seinem Dolch. Hatte sie ihn etwa bestehlen wollen?

Nein, die Waffe war noch dort. Er sah an sich hinab. Sie hatte ihn nicht besudelt. Etwas steckte in seinem Gürtel. Ein Blatt von irgendeinem Baum. Mit spitzen Fingern zupfte er es hervor. Etwas war mit bräunlicher Farbe darauf gekritzelt. Eine sehr undeutliche Handschrift!

*Halte dich von Gilmarak fern, wenn*
*dir dein Leben lieb ist, Alvias!*

Er drehte sich um, um sie zur Rede zu stellen, doch die Elfe war spurlos verschwunden. Hielten sie ihn etwa für einen Verräter, weil er als einziger Elf an der Königswahl teilnahm? Wollten sie den Troll beschützen? Er würde sich nicht einschüchtern lassen, entschied er. Er hatte ohnehin mit seinem Leben abgeschlossen.

Er zerknüllte das Blatt und warf es in die Gosse.

# DER HINTERHALT

»Du?« Elija sah ihn überrascht an. Der Lutin war alt geworden. Seine Schnauze war grau. Eine kleine Brille mit Stahlrand ließ seinen Blick noch härter erscheinen. Er trug denselben abgewetzten Ledermantel wie immer, dazu eine alte Hose und ein paar ungeputzter Stiefel. Auf seinem Hemd prangte dicht unter dem Kragen ein Soßenfleck. Anders als die meisten Kobolde, die zu Gold und Ansehen gelangten, hatte er noch nie besonderen Wert auf prächtige Gewänder gelegt.

Elija maß ihn mit abschätzendem Blick. »Du wirst wohl als der am spärlichsten bekleidete König in die Geschichte Albenmarks eingehen. Ich muss gestehen, dein Aufzug überrascht mich ein wenig, Anderan.«

»So kleiden sich die Holden, seit Vahan Calyd besteht. Ich werde nicht am bedeutendsten Tag meines Lebens meine Herkunft verleugnen.«

Elija setzte noch eine Unterschrift unter ein Dokument. Dann legte er die Feder zur Seite und trat um seinen Schreibtisch. Wieder musterte er ihn. »Nur ein Lendenschurz ist wahrlich knapp …« Er zuckte mit den Schultern. »Es ist deine Entscheidung.« Er blickte hinaus zum Fenster. Die Sonne stand tief über dem Meer. »Es ist wohl an der Zeit, zu gehen.«

Traditionell wurde die Königswahl durchgeführt, wenn der letzte Silberstreif über dem Meer verblasste. Sobald entschieden war, wer die Krone tragen würde, tauchten die Zauberweber aller Völker den Nachthimmel in ein Meer schillernder Farben.

»Unsere Spitzel haben Maurawan unter den Feiernden entdeckt«, sagte Anderan ruhig. »Ich bin hier, weil ich mir Sorgen mache.«

»Ich habe damit gerechnet, dass sie Meuchler schicken.«

Er blickte noch immer auf das Meer hinaus. »Vielleicht sind sie aber gar nicht unseretwegen hier. Die Maurawan sind ein stolzes Volk, dem jeglicher Sinn für Diplomatie abgeht. Möglicherweise halten sie Katander, Nestheus und Alvias für Überläufer und wollen Rache. Zutrauen würde ich ihnen so etwas.«

»Möglicherweise können sie aber auch zählen und sind zu dem Schluss gekommen, dass die Königswahl einen anderen Verlauf nimmt, wenn wir beide fehlen.«

Elija drehte sich um. »Das würde voraussetzen, dass sie wüssten, wer zur Wahl berufen wird. Die Liste ist aber nur dem Kronrat bekannt.«

»Komm, Elija, spiel nicht den Einfältigen. Du bist vor nicht allzu zu langer Zeit zum Fürsten gemacht worden. Du bist der erste Lutin, der zu solchen Würden aufgestiegen ist. Da gehört nicht viel Scharfsinn dazu, darauf zu kommen, dass du an der Königswahl teilnehmen wirst.«

Er nickte. »Ja, das ist wohl wahr.« Der Lutin trat neben eine Truhe, die bei seinem Schreibtisch stand, und klopfte mit einem Knöchel gegen den mit vergoldetem Schnitzwerk verzierten Deckel. »Natürlich habe ich mir über dieses Problem auch schon Gedanken gemacht. Ich bin zu dem Schluss gekommen, dass ich mich auf diese Weise in den Hafen begeben werde.« Wieder klopfte er mit dem Knöchel gegen den Deckel.

»In der Truhe«, rief Anderan überrascht.

»Richtig. Es sollte wohl auch dem begnadetsten Bogenschützen der Maurawan schwerfallen, mich darin zu treffen. Es gibt da ein Weib, Silwyna, angeblich war sie beim letzten Krönungsfest beauftragt, Emerelle zu ermorden. Es sollte mich nicht wundern, wenn sie auch dieses Mal einen Mordauftrag bekommen hat. Ich habe mit Madrog über sie gesprochen. Sie soll sehr gut sein.«

»Findest du es nicht würdelos, dich in so einer Kiste zum Krönungsfest tragen zu lassen? Du galtst immer als besonders tapfer und furchtlos. Du bist ein Vorbild.«

»Ich bin lieber würdelos als tot. Aber ich danke dir für deine Sorge um mich. Darf ich deinen Reden entnehmen, dass du mir einen anderen Weg zur Barkasse vorschlagen möchtest?«

Anderan war alarmiert. Hielt der Lutin ihn für einen Verräter? »In der Tat wollte ich dir vorschlagen, mit mir durch die Kanäle zu gehen. Es gibt unter diesem Palast einen neuen Einstieg, den außer mir nur noch ein paar Holde kennen. Wir können auf diesem Weg bis fast zum Kai gelangen, an dem die Barkasse liegt. Für das letzte Stück wird Madrog uns dann Deckung geben.«

»Und du glaubst, es ist ein würdevollerer Auftritt, wenn ich aus einem stinkenden Kanal krieche?«

»Willst du mich beleidigen!«, fuhr Anderan ihn an. »Natürlich bringe ich dich durch die Trinkwasserkanäle. Du wirst allenfalls nasse Füße bekommen!«

Der Lutin bleckte die Zähne. War das ein Lächeln? Elija hob in beschwichtigender Geste die Hände. »Ich möchte natürlich auf keinen Fall den künftigen Herrscher Albenmarks verärgern.« Wieder dieses Zähneblecken. »Du hast doch nichts dagegen, wenn ich meine Leibwächter mitnehme?«

Seit wann hatte er Leibwächter? »Nur zu. Solange sie keine Platzangst haben.«

»Dann nehmen wir also deinen Weg. Wo kämen wir hin, wenn ich zu dir kein Vertrauen mehr haben könnte. Du kennst die Stadt am besten. Du wirst schon wissen, wie man sicher zum Hafen gelangt. Im Übrigen habe ich erst vor einer Stunde fünfhundert Armbrustschützen abkommandiert, um Madrogs Männer zu unterstützen. Ich denke auch, dass der Hafen wirklich sicher ist.« Er griff nach einem kleinen Glöckchen auf seinem Schreibtisch und läutete. Kurz darauf traten drei schwer bewaffnete Spinnenmänner ein. Er erklärte ihnen, dass sie alle durch die Kanäle zum Hafen gehen würden.

Anderan mochte die Spinnenmänner nicht. Er hatte sie

noch nie gemocht. Bezahlte Mörder waren sie. Madrog unter den verschworenen Kommandanten zu haben, hatte ihre Revolution von Anfang an entwürdigt.

»Also gehen wir«, sagte er knapp.

Er führte sie in das tiefste Kellergewölbe des Palastturms. Mit Hilfe der Spinnenmänner wuchtete er die Steinplatte zur Seite, die den Abstieg in die Kanäle verschloss. Ihm schlug der vertraute, kühle Odem der Kanäle entgegen. Drei Schritt unter ihnen floss kristallklares Wasser.

»Das ist unser Weg!« Er wollte in den Schacht steigen, als ihn einer der Spinnenmänner zurückhielt.

»Ich gehe zuerst, wenn du erlaubst. Nach mir folgt Bruder Elija.«

Anderan trat zur Seite. Er dachte an die fünfhundert Armbrustschützen. Das war nicht gut!

## ÜBER DEN DÄCHERN VON VAHAN CALYD

»Das sind zu viele«, sagte Fenryl.

Silwyna bedachte den Grafen mit einem ärgerlichen Blick. Sie hätte ihn nicht mitnehmen sollen. »Wir Maurawan zählen nicht die Köpfe unserer Feinde, bevor wir angreifen.«

»Zu zählen hilft Niederlagen zu vermeiden. Verdammt, es sind zu viele.«

»Es sind Kobolde. Du musst nicht mitkommen, wenn du dich fürchtest.«

»Es sind Kobolde mit Windenarmbrüsten. Die schießen auf kurze Distanz durch einen halben Zoll dicke Eisenplatten.«

»Auch das ist ohne Belang«, erklärte Silwyna ruhig, »weil wir Maurawan ohnehin keine eisernen Rüstungen tragen. Glatte Durchschüsse sind mir lieber als Bolzen, die in der Wunde stecken bleiben. Wenn wir jetzt nicht angreifen, dann werden wir in einer Stunde einen Koboldkönig haben. Dies ist die letzte Gelegenheit, es zu verhindern.«

»Die Kobolde hintergehen uns«, warnte Fenryl. »Von all den Armbrustschützen auf den Palastdächern war nie die Rede.«

»Tja, ich würde sagen, ein ausgesprochenes Unglück für die Armbrustschützen.« Sie beugte sich vor, um die Menge, die sich auf den Straßen drängte, besser überblicken zu können. Sie mochte Städte nicht. Und sie konnte auch nicht begreifen, wie man Freude daran haben konnte, sich in solchen Haufen zu versammeln, dass man sich gegenseitig auf die Füße trat. Aber Schafe waren ja genauso. Sie fühlten sich erst richtig wohl, wenn sie sich dicht an dicht drängten.

Sie sah über den Hafen auf das Meer hinaus. Die untergehende Sonne berührte schon fast den Horizont. Es war Zeit, dass Falrach erschien. Er hatte Mut. Sie war zwar nicht überzeugt von seiner Idee, dass man mit Hilfe eines Spiels den Verlauf einer Schlacht vorhersehen konnte, aber seine Tapferkeit stand außer Frage.

Endlich erschien der Elf am Ende der Straße. Er ritt einen Schimmel und hatte sich ganz in Weiß gekleidet. Im dichten Gedränge kam er nur langsam voran. Er würde ganz allein an Bord des Schiffes gehen. Es war an der Zeit, dass sie sich um die verborgenen Torsionsgeschütze kümmerten.

Silwyna streckte die Hand hoch und suchte Blickkontakt zu den vier Maurawan, die sich mit ihr in der Ruine des ausgebrannten Palastes versteckten. Als sie wusste, dass alle zu ihr sahen, deutete sie auf die Kobolde auf der Terrasse unter ihnen. Mit knappen Handzeichen wies sie jedem ihrer Kämpfer ein Ziel zu. Ärgerlicherweise waren es sechs Kobolde. Sie musste einen zweiten Schuss schaffen, bevor der sechste Alarm geben konnte.

»Und ich?«, fragte Fenryl.

Der Graf hatte einen kurzen Steppenbogen bei sich, wie die Kentauren ihn benutzten. Silwyna traute ihm nicht. Sie hatte gehört, dass er ein passabler Schwertkämpfer war. Über seine Künste als Bogenschütze sprach niemand. Das war kein gutes Zeichen!

»Nimm den Dicken mit dem schwarzen Halstuch da vorne. Aber schieß nur, wenn du sicher bist, dass du ihn so treffen kannst, dass er nicht mehr zum Schreien kommt.«

Fenryl nickte und zog einen Pfeil aus seinem Köcher.

Silwyna blickte kurz zu ihren Kriegern. Alle waren bereit und warteten auf ihr Zeichen. Überall auf den Dächern rings herum waren Bogenschützen in Stellung. Einige kauerten schon drei Tage in ihren Verstecken. Dass Falrach auf der Straße zum Hafen erschienen war, war das Zeichen zum Angriff. Sie waren dreiundfünfzig Maurawan und eine Handvoll Freiwilliger wie Fenryl.

Silwyna erhob sich aus ihrer Deckung. Noch in der Bewegung zog sie einen Pfeil, legte ihn auf die Sehne und schoss. Fast alle Pfeile fanden im gleichen Augenblick ihr Ziel. Die Kobolde wurden von der Wucht der Treffer herumgerissen. Sogar Fenryl hatte getroffen. Aber jetzt war keine Zeit für Komplimente. Noch gab es keinen Alarm. Sie mussten das Überraschungsmoment nutzen. Es war ihre stärkste Waffe.

Sie stieg über die verfallene Mauer und war mit einem Satz auf einem halb verkohlten Dachbalken. Der Balken federte leicht unter ihrem Gewicht. Sie lief weiter. Rings herum bewegten sich ihre Gefährten lautlos durch die Ruine.

Die Maurawani sprang zu einem Stützpfeiler aus bröckelndem Mauerwerk. Sie hielt sich mit einer Hand am Wurzelwerk eines Busches fest, der aus der Ruine wuchs. Vorsichtig schwang sie sich um den Pfeiler herum und war mit einem letzten weiten Sprung auf der Terrasse. Alle sechs Kobolde lagen reglos am Boden. Blutlachen wuchsen unter ihren Körpern.

Silwyna nahm das Seil von der Schulter und schlang es um das steinerne Geländer der Terrasse. Zehn Schritt tiefer gab es einen Saal mit weiten Bogenfenstern. Dort standen zwei der Torsionsgeschütze, die den Hafen überwachten und über Leben und Tod auf der Prunkbarkasse entscheiden mochten.

Ihre Mitstreiter erreichten die Terrasse. Wortlos schlangen auch sie ihre Seile um das Geländer und kauerten sich in Deckung. Fenryl kam als Letzter.

»Schön zu sehen, dass du nicht abgestürzt bist«, flüsterte sie ihm zu.

Der Elf ging neben ihr in Deckung und machte sein Seil fest.

»Bereit?«, fragte Silwyna leise.

Die anderen nickten. Sie alle legten Köcher und Bogen ab. Die Waffen würden bei dem, was nun kam, nur stören.

»Los!« Die Maurawani nahm ihr Seil und ging bis zum Ende der Terrasse. Dann stürmte sie, so schnell sie konnte, auf das Geländer zu. Mit einem Satz war sie darüber hinweg und tauchte mit ausgebreiteten Armen hinab in die Nacht. Kurz sah sie die Feiernden in den Straßen. Sie konnte ihre Lieder hören. Dann kam der Ruck. Es war ein Schlag, der durch alle Glieder ging. Das Seil war gestrafft. Sie schwang mit den Füßen voran der Wand des Palastturms entgegen. Zum Glück waren die Fenster groß. Ihre Linke tastete nach der Schließe, mit der sie das Seil lösen würde.

Sie gelangte durch das Fenster. Im Zenit der Bewegung löste sie die Gürtelschließe. Jetzt war sie frei! Sie federte in die Hocke, als sie landete. Ein Armbrustbolzen schoss über sie hinweg. Schon hatten die ersten Spinnenmänner den Schock des plötzlichen Angriffs überwunden. Sie gingen zwischen Kisten in Deckung, die nahe bei den Geschützen standen.

Silwyna zog ihre beiden langen Dolche. Etwa dreißig Kobolde waren in dem Saal, ein Drittel von ihnen Spinnenmänner. Sie trat einem Angreifer, der mit einer Hellebarde auf sie zustürmte, ins Gesicht und drehte ihm die Waffe aus den Händen. Sie warf einen Ihrer Dolche nach einem Krieger mit Armbrust. Seine Arme zuckten hoch. Der Bolzen schlug in die Decke des Saals. Silwyna rannte auf die Spinnenmänner bei den Geschützen zu. Ein weiterer Kobold mit Hellebarde stürmte ihr entgegen. Sie wich der Spitze der Waffe aus, packte den Schaft und riss ihren Gegner hoch. Ihre Finger krallten sich in die Weste des Kobolds, der sie mit angstweiten Augen anblickte. Sie schwenkte herum und benutzte ihn wie einen Schild. Sie konnte spüren, wie die Bolzen in seinen Leib schlugen. Er spuckte Blut.

Silwyna rannte weiter und warf den Sterbenden nach einem der Spinnenmänner. Sie duckte sich vor etwas Schillerndem. Ein Wurfmesser ritzte ihre Wange.

Ein Bolzen zog zischend an ihrem linken Ohr vorbei. Der Spinnenmann vor ihr drehte an der Kurbel seiner Armbrust und ließ sie dabei nicht aus den Augen. Noch drei Schritt! Er hob die Waffe und legte einen Bolzen auf die Schiene. Ihr Dolch traf ihn in den Hals. Noch im Sterben zog er den Abzug durch. Der Bolzen streifte ihren Arm. Nur ein Streifschuss. Sie hatte Glück gehabt, er hatte seine Waffe verrissen.

Der Kampflärm rings herum erstarb. Fenryl war völlig unverletzt. Entgegen ihrem Rat war er mit über dem Rücken geschnalltem Schwert gesprungen. Blut troff von der langen Klinge. Die Geschichten, dass er ein guter Schwertkämpfer war, stimmten offensichtlich.

All ihre Krieger hatten überlebt. Das war besser, als sie erhofft hatte. Sie befahl einem, hinauf zur Terrasse zu laufen und die Bögen und Köcher zu holen. Dann trat sie ans Fenster und blickte zum Hafen hinab.

Falrach hatte die Prunkbarkasse fast erreicht. Sein Erscheinen sorgte für Aufsehen. Trollwachen liefen zusammen. Ein Rudelführer eilte über eine breite Laufplanke zu den Wachen.

Ein schmatzendes Geräusch ließ sie herumfahren. Einer ihrer Krieger, der am Fenster gestanden hatte, wurde in den Saal geschleudert. Sein Kopf war verschwunden. Ein harter Schlag erklang. Etwas prallte gegen die Rückwand des Saals und rollte dann auf sie zu. Eine Steinkugel!

Sie duckte sich. Offensichtlich waren nicht alle Angriffe auf die Geschützstellungen geglückt.

Die Marmorbrüstung neben ihr zersplitterte unter einem Treffer. Das Fest auf den Straßen ging weiter. Noch hatte niemand die fast lautlose Schlacht hoch auf den Türmen bemerkt.

## DER LETZTE TAG

»Du solltest nicht reiten. Du …«

Adrien lächelte. »Ich werde wiederkommen, das verspreche ich dir.«

Sie berührte sanft seine Lippen. »Du solltest dich sehen.« Sie konnte die Tränen nicht länger zurückhalten. »Dein Lächeln! Nur dein halber Mund lächelt. Die andere Hälfte ist bewegungslos. Das Gift. Heute ist der dritte Tag. Der Tag, an dem du sterben wirst.«

»Mir geht es so gut wie noch nie«, log Adrien. »Ich habe dich …« Er wollte noch etwas sagen, doch das Wort fiel ihm einfach nicht ein. »Ich werde wiederkommen!«

Sie umklammerte ihn und bedeckte sein Gesicht mit Küssen, bis er sie mit beiden Händen packte und sanft von sich schob. »Bitte. Ich muss es …« Er stockte. »Ich muss …

Warte auf mich. Tu nichts Dummes! Ich muss wissen, dass du noch hier bist …«

»Ja«, stieß sie hervor. »Ja.«

Er saß auf. Es fiel ihm schwer, sich in den Sattel zu ziehen. Er legte die Hände auf den Knauf und drückte den Rücken durch. Dann grinste er breit. Es fühlte sich ganz normal an. Er spürte nicht, dass ein Teil seines Mundes nicht lächelte. Und es war ihm gleich. Er hatte sie gefunden!

Er winkte ihr. Dann trieb er das Pferd an. Unten im Tal sah er den Palast. Es war kein weiter Weg. Er würde es schaffen. Ganz sicher! Er drehte sich im Sattel. Sie stand vor der kleinen Hütte mitten am Weinberg. Gott, war sie schön. So unglaublich … Immer wieder hatte sie versucht, ihre Schönheit durch Worte zu zerstören. Aber er wollte das nicht hören. Ja, sie hatte ihn vergiftet. Sie war seine Mörderin … Er hatte ihr verziehen. So lange hatte er sich nach ihr gesehnt. Zwei Tage waren vergangen, seit er das Gift getrunken hatte. Mit dieser Abenddämmerung war sein letzter Tag angebrochen. Er musste Cabezan töten. Der alte König war der Quell allen Übels. Hätte er nur früher auf sein verdammtes Pferd gehört und diesen Mistkerl zur Strecke gebracht. Aber dann wäre er Elodia nie begegnet … Er seufzte.

Es hatte wohl so sein müssen. Hätte er nur auf dem Ritt durch den Wald die Zähne auseinanderbekommen und mit ihr geredet und nicht erst in der Schenke …

Es war müßig, darüber nachzudenken. Er hatte sie getroffen, nach zwei Jahren, in denen ihm sein Leben leer und freudlos erschienen war. Vielleicht strafte ihn Tjured, weil sie ihm mehr bedeutete als die Kirche. Er lachte auf, so dass sein Pferd erschrak. Er war eben ein Narr, wie Jules es so oft gesagt hatte. Stünde er vor der Wahl, ob er noch vierzig Jahre wie die letzten beiden haben könnte oder aber zwei Tage mit ihr um den Preis eines Giftbechers, er würde das Gift wählen.

Seine einzige Sorge war, dass sie etwas Dummes tat, wenn er starb. Allein deshalb schon musste er zurückkehren. Er wollte ihr ein Versprechen abnehmen, das sie nicht zu brechen wagte. Und er wollte in ihren Armen liegen, wenn der Tod kam.

Er blickte fest auf den Palast. Etwas stimmte nicht mit dem Gebäude. Es wirkte irgendwie in sich verrutscht. Er kniff die Augen fest zusammen und sah noch einmal hin. Jetzt war es besser. Sein Kopf fühlte sich nicht gut an. Er spürte einen dumpfen Schmerz. Er musste es schnell hinter sich bringen!

Adrien hatte keinen Plan, wie er als einzelner Ritter einen Palast stürmen könnte, in dem es vor Wachen nur so wimmelte. Sie brauchten nur das Tor zu schließen, dann könnte er nichts tun. Aber er hatte die Hoffnung, dass sie ihn einlassen würden. Er war schließlich der berühmte Michel Sarti. Warum sollten sie Böses befürchten? Man kannte ihn überall nur als untadeligen Ritter. Niemand würde in ihm einen Königsmörder sehen.

Das war der Plan, dachte er etwas ruhiger. Er würde einfach in den Palast spazieren. Und wenn er erst einmal vor dem König stand, dann wäre es zu spät, ihn noch aufzuhalten. Einfache Pläne waren immer die besten!

Er dachte wieder an Elodia. An die vergangenen beiden Tage. Er grinste. Er war zum Mann geworden. Sie hatte ihm immer wieder erzählen wollen, was mit ihr geschehen war. Er hatte ihr geduldig zugehört. Aber ganz gleich, was sie sagte, nichts konnte sein Bild von ihr zerstören. Er hatte es gewusst, als sie hinter dem Stall niedergekniet war, um ihm zu beichten. Er würde ihr alles verzeihen, nur um sie in seinen Armen zu halten. Er war halt ein Narr. Vielleicht lag es auch an dem Gift, dass er nicht mehr klar denken konnte. Oder war es das süße Gift der Liebe, wie manche Dichter es nannten? Hätte ihre Liebe nur schon früher Erfüllung gefunden! Das war das Einzige, was er bereute!

Der Palast war ein großes, mit Säulen geschmücktes Haus aus feinem Marmor. Das Dach war ursprünglich einmal aus orangeroten Ziegeln gefügt gewesen, doch jetzt hatte es viele Farben. Immer wieder war es geflickt worden. Der Mauer mit dem Wehrgang und den kleinen gedrungenen Türmen sah man ebenfalls deutlich an, dass sie nicht zum ursprünglichen Gebäude gehörte. An der Westseite des großen Hauses drängten sich viele Menschen. Sie standen direkt bei der Mauer. Das letzte Abendlicht brach sich auf Helmen und Speeren, aber es waren nicht nur Krieger dort.

Adrien musste blinzeln. Seine Augen spielten ihm schon wieder einen Streich. Es war, als sähe er zwei Bilder, die sich zum Teil überlagerten, aber nicht genau zusammenpassten.

Er nahm seinen Helm vom Sattel und setzte ihn auf. Er hatte Sorge, dass man ihm schon ansehen konnte, dass etwas mit ihm nicht stimmte. Er dachte daran, was Elodia über sein Lächeln gesagt hatte.

Es fiel ihm schwer, den Helm zu verschließen. Die Fingerspitzen seiner rechten Hand waren gefühllos. Das Gift schien schneller zu wirken, als Elodia gesagt hatte. Er drehte sich im Sattel um. Er glaubte, sie vor der Hütte zu sehen. Aber sicher war er sich nicht. Die Reihen der Rebstöcke verschoben sich gegeneinander.

Er presste fest die Augen zusammen und ließ die Zügel locker. Sein Pferd würde den Weg schon finden. Müde lauschte er auf den Hufschlag. Zum ersten Mal überkam ihn Angst. Jäh wie ein plötzlicher Wolkenbruch. Er wollte noch nicht sterben! Nicht jetzt, wo er sein Glück gefunden hatte!

»Seid ihr Michel Sarti?«

Er öffnete die Augen. Helle Lichtpunkte tanzten vor ihm. Undeutlich sah er einen Wachposten mit einem Speer. Er hatte den Palast erreicht. »Ja«, brachte er mit Mühen hervor. Er hatte nach dem Wort suchen müssen. Nach so einem einfachen Wort!

Der Krieger ließ ihn passieren. Es war ein junger Mann. Adrien glaubte ihn etwas vom Zorn Tjureds murmeln zu hören, aber er war sich nicht sicher. Er ritt auf den weiten Hof und ließ sich aus dem Sattel gleiten.

Ein Krieger kam auf ihn zugelaufen. Das Gesicht kam ihm bekannt vor. Er blinzelte. Ja, er hatte den Kerl schon mal gesehen … Aber sein Gedächtnis versagte. Er sollte den Namen wissen.

Der Krieger hatte graue Locken. Sein Gesicht war glatt rasiert. Er trug einen polierten Schuppenpanzer, der rötlich im Abendlicht schimmerte. Ein Umhang mit goldener Schließe verriet, dass er wohl von Adel war.

»Der Hauptmann …« Wie nannte man dieses Haus des Königs auch gleich? Das Wort war Adrien entfallen. Der Kerl musste der Hauptmann vom Königshaus sein.

Sein Gegenüber lächelte. »Ja, ich sehe, Ihr erinnert Euch. Ich bin Raoul Deleau. Hauptmann der Stadtwache von Nantour. Wir sind uns schon einmal begegnet.«

Jetzt sah er den Tag wieder klar vor sich. »Ihr habt mich freundlich plaudernd aus der Stadt geleitet, weil Ihr befürchtet habt, ich könnte Ärger machen.« Er hatte ein Gefühl, als habe sich etwas in seinem Kopf bewegt. Der Druck und der Schmerz hatten plötzlich nachgelassen.

»Ihr seid ein berühmter Mann geworden.«

»Und Ihr seid der Hauptmann der königlich …« Nein, das Wort für das Königshaus war immer noch aus seinem Gedächtnis gelöscht. » … der königlichen Haustruppe.«

»Ein zweifelhafte Ehre.« Plötzlich wirkte der alte Krieger angespannt.

»Und? Werdet Ihr mich nun freundlich plaudernd durch das Tor geleiten, damit ich keinen Ärger mache?«

»Seid Ihr denn hier, um Ärger zu machen?« Der Hauptmann sah ihn durchdringend an. Etwas erschien Adrien seltsam an diesem Blick.

»Wenn ich Euch darauf eine ehrliche Antwort gäbe, müssten wir wohl beide die Schwerter ziehen.«

»Dann würde ich vorschlagen, wir reden über etwas Unverfänglicheres. Vielleicht das Wetter? Ein wunderbarer Tag für den Spätherbst, nicht wahr?«

Adrien traute seinen Ohren nicht. War das eine Falle? Oder spielte ihm das Gift einen Streich? Das konnte der Hauptmann nicht wirklich gesagt haben!

Die Krieger und Höflinge an der Hauswand waren auseinandergetreten. Alle starrten ihn an. Plötzlich kniete eine Frau nieder und erhob die Hände zum Gebet. Etliche andere taten es ihr gleich. Sogar einige der Wachen!

Ein blauer Umhang lag auf dem Boden ausgebreitet. Darunter lugte ein Paar Stiefel hervor.

»Werdet Ihr Euren Schild brauchen, mein Freund?«

»Vielleicht ...«, antwortete Adrien vorsichtig. Der Hauptmann musste doch ahnen, was er im Sinn hatte.

Raoul reichte ihm den großen Rundschild mit dem Wappen des Aschenbaums. Er war schwer! Adrien schob den Arm durch den Schildriemen. Seine Hand schloss sich um den hölzernen Griff. »Was geht hier vor sich?«

Der Hauptmann deutete in Richtung des Menschenauflaufs. »Balduin, der alte Hofmeister, ist aus dem Fenster gestürzt. Jeder hier im Palast mochte ihn. Es gibt hier wohl keinen, dem Balduin nicht schon einen Gefallen getan hatte. Er war die gute Seele des Palastes. Was rede ich ... des ganzen Königreichs!«

»Er könnte sich zu weit aus dem Fenster gebeugt haben ...«

Raoul lachte zynisch. »Ein Unfall? Nein, in diesem Palast fällt man nicht versehentlich aus dem Fenster. Kommt, mein Freund.« Der Hauptmann führte ihn die Stufen zum Palasttor hinauf. Die beiden Wachen dort öffneten es auf einen Wink von ihm.

»Ich muss Euch gestehen, dass ich bis auf den heutigen Tag kein sonderlich gläubiger Mann war und dass meine Sympathien eher den alten Göttern als der Tjuredkirche galten. Von nun an werde ich Euren Glauben mit anderen Augen sehen. Euch hat wahrlich Gott geschickt! Ihr predigt doch, dass Euer neuer Orden Schwert und Schild Gottes sei …«

»Der Kirche«, verbesserte Adrien ihn. »Gott braucht kein Schwert und keinen Schild.«

»Einerlei. Seid heute das Schwert Gottes!«

Schweigend gingen sie eine weite Treppe hinauf. Die vielen Stufen zehrten an Adriens Kräften. Er musste zweimal stehen bleiben, um Atem zu schöpfen.

Raoul sah ihn besorgt an. »Fühlt Ihr Euch nicht wohl?«

»Alles Blut!«

»Was?«

»Ich sag doch, alles Blut!«

Adrien konnte sehen, wie der Hauptmann schluckte. Raoul streckte ihm die Hand entgegen. »Die nehmt Ihr jetzt, oder ich lass Euch hier stehen!«

Er sah, wie der Hauptmann seine Rechte packte, aber er konnte es nicht spüren. Die letzten Stufen waren leichter zu schaffen. Sie erreichten eine Tür, vor der zwei Wachen standen.

»Ihr könnt nach unten gehen, Abschied von Balduin nehmen. Ich übernehme die Wache.«

Die beiden Krieger sahen Raoul und ihn an. Dann entfernten sie sich, ohne zu zögern.

»Ich schaff das allein.« Adrien hatte seine Stimme wieder im Griff. Aber sein Kopf schmerzte. Er fühlte sich an, als wolle er platzen. Wieder schien die Welt in zwei Bilder zerbrochen zu sein, die sich nicht zusammenfügten.

Er stieß die Tür auf.

Dünne, weiße Schleier wogten vor ihm. Verwundert sah er sich um. Hinter ihm fiel die Tür ins Schloss. Adrien zog sein Schwert. Er hatte Schwierigkeiten, die Hand um den Griff zu schließen.

Ein Schatten erschien zwischen den Schleiern. Ein großer, kahlrasierter Krieger. Der Kerl schrie ihn an, aber seine Stimme schien an Adriens Ohren abzuprallen. Ein silberner Bogen schnitt durch die Luft.

Adrien taumelte zurück. Eine Streitaxt verfehlte ihn knapp. Der Krieger rammte ihn mit der Schulter. »Dir prügel ich die Scheiße aus dem Leib, du aufgeblasener Wicht mit deiner Zauberrüstung!«

Adrien wurde nach hinten gerissen. Etwas schrammte kreischend über seinen Helm. Er fiel hart und lag halb auf seinem Schild. Der Krieger stand breitbeinig über ihm. Sein Gesicht war eine Grimasse der Mordlust. Er hob seine Axt mit beiden Händen. Dann sauste sie nieder.

Adrien kniff die Augen zu. Der Schlag war unglaublich. Sein Kopf hämmerte auf den Boden. Lichtpunkte tanzten ihm vor den Augen. Dann ließ der Druck in seinem Kopf nach. Der Krieger starrte ihn ungläubig an. Niemand hätte einen solchen Hieb überleben dürfen. Kein Helm hielt einem solchen Schlag stand. Kein Helm, den Menschenhände gefertigt hatten.

»Mach die Rüstung nicht kaputt«, erklang eine schwache Stimme irgendwo im Zimmer.

Adrien konnte das Schwert in seiner Hand wieder spüren. Er stieß die Klinge gerade nach oben, dem Krieger geradewegs ins Gemächt und weiter hinauf in die Därme. Sie glitt in den Körper, ohne dass er Widerstand gespürt hätte.

Der Krieger schrie. Er packte ihn beim Arm. Der Kerl war unglaublich stark; obwohl ein Strom von Blut aus ihm quoll, schaffte er es, Adriens Arm zu Boden zu drücken, so dass die Klinge wieder freikam. Er presste sich beide Hände auf die Wunde und ging in die Knie. Dabei starrte er ihn an.

Adrien rappelte sich auf. Er schaffte es, den Schild unter sich hervorzuziehen. Schwankend kam er auf die Beine. Das Blut perlte vom weißen Leder seiner Rüstung, ohne Spuren zu hinterlassen. Es war unheimlich.

Zwischen den wogenden Vorhängen entdeckte er ein Lager. Eine schmale, ausgezehrte Gestalt lag dort. Der nackte Körper war von Krankheit gezeichnet. Der Kopf wenig mehr als ein Totenschädel. »Tu mir nichts«, wisperte die heisere Stimme. »Bitte. Ich bin der König. Tu mir nichts. Ich werde dich reich machen.«

Adrien fühlte sich benommen. »Im Namen Tjureds erkläre ich deine Herrschaft für beendet, König Cabezan.« Er hob sein blutiges Schwert und senkte die Spitze auf die Brust des Königs. »Ich bin ein Ritter. Ich töte keine Wehrlosen.«

Er wusste nicht, was er jetzt tun sollte. Unschlüssig blickte er dorthin, wo irgendwo hinter den wogenden Schleiern die Tür sein musste. Konnte er Cabezan durch dessen eigene Leibwachen in den Kerker bringen lassen? Würden sie sich fürchten? Würden sie ihn wieder freilassen, sobald er fort war? Er konnte den Alten nicht einfach so töten. Er konnte ihn nicht …

Ein scharfer Schmerz durchfuhr ihn. Etwas musste durch seine Rüstung gedrungen sein. Dicht über seiner rechten Hüfte. Das war doch unmöglich.

Seine Beine gehorchten ihm nicht mehr. Sie knickten ein. Der schwere Schild rutschte von seinem Arm. Er drehte sich halb um. Der Griff eines Dolches ragte aus seiner Hüfte. Ein dünner Blutfaden sickerte über den Lederpanzer. Das war doch unmöglich. Keine Waffe konnte die Rüstung durchdringen.

Er atmete flach, und doch durchfuhr ihn bei jedem Atemzug neuer Schmerz. Er kippte vornüber und schlug mit dem Kopf auf den Boden. Die Finger seiner Rechten zuckten. Er presste sie flach auf den Boden und versuchte sich wieder hochzustemmen. Aber seine Kraft reichte dazu nicht mehr.

Er dachte an Elodia. So durfte es nicht enden. Er hatte ihr versprochen, zu ihr zurückzukehren. Er schloss die Augen. Es galt, seine Kräfte zu sammeln. Er würde in ihren Armen sterben, nicht hier.

Stiefel erschienen vor ihm. Er versuchte den Kopf zu heben, schaffte es aber nicht. Jemand nahm ihm das Schwert aus den schlaffen Fingern.

»Sehr gut, Hauptmann. Gebt ihm den Rest. Aber beschädigt die Rüstung dabei nicht. Stecht ihm unter der Achsel hindurch ins Herz. Hauptmann … Was …« Ein gellender Schrei. Adrien hörte wuchtige Schwerthiebe. Immer neue Hiebe. Dann endlich herrschte Stille.

Die Stiefel standen wieder vor ihm. »Ich bringe Euch hier fort.« Der Hauptmann schob ihm sein blutiges Schwert in die Scheide. »Ihr müsst verzeihen, aber ich werde sagen, dass Ihr es wart, der Cabezan tötete. Ihr seid ein Held, der einen Tyrannen ermordet hat. Ich hingegen wäre womöglich nur ein Hauptmann, der sich gegen seinen Herrn gewandt hat, und würde dafür aufgeknüpft.«

Adrien hatte keine Kraft zu widersprechen. »Der Dolch …«

»Ich kann ihn nicht aus der Wunde ziehen. Ihr würdet dann sehr schnell verbluten. Ich will Euch nichts vormachen. Auch wenn ich ihn nicht bewege, werdet Ihr verbluten. Nur langsamer …«

»Pferd …«

»Ihr wollt zu Eurem Pferd? Ich glaube nicht, dass Ihr …«

»Bitte.«

Raoul hob ihn vorsichtig auf seine Arme. »Ich hätte Euch nicht allein hier hineinlassen dürfen. Ihr seid krank, nicht wahr?«

Adrien hatte nicht mehr die Kraft zu sprechen. Er hätte gern seinen Helm abgenommen. Er wollte die kühle Nachtluft auf seinem Antlitz spüren. Und er wollte nicht hinter dieser starren Maske seinen letzten Atemzug tun.

Der Hauptmann bedrängte ihn nicht mehr. Er erfüllte ihm seinen letzten Wunsch und hob ihn in den Sattel. Behutsam schob Raoul seine Füße in die Steigbügel. Wachen und Höflinge standen um sein Pferd. Ihre Gesichter waren wie versteinert. Manche weinten.

»Lasst ihn durch!«, sagte der Hauptmann mit fester Stimme. »Lasst ihn.«

Adrien schaffte es, den Kopf ein wenig zu heben. Hoch im Weinberg leuchtete ein Fenster in goldenem Kerzenlicht. Die kleine Hütte. Er musste es bis dort schaffen. Er hatte es Elodia versprochen!

## EMERELLE

Emerelle blickte auf die Palasttürme Vahan Calyds. Nebel stieg aus den Reisfeldern vor der Stadt. Das letzte Abendlicht tauchte sie in Rosa und Gold. Hinter den Schleiern aus wogendem Licht sah die Stadt verwunschen aus. Sie verbargen die Narben des Angriffs vor achtundzwanzig Jahren. Seit achtundzwanzig Jahren herrschte Krieg. Sie musste dem ein Ende setzen in dieser Nacht! Doch sie wusste nicht wie … Sie wünschte sich, der Traum, den der Sänger ihr gesandt hatte, wäre deutlicher gewesen.

Sie strich über den Hals der Stute, die ihr die Maurawan gegeben hatten. Etliche von ihnen waren jetzt irgendwo in der Stadt und kämpften vielleicht ihre letzte Schlacht. Sie hatte es nicht glauben wollen, als man ihr erzählt hatte, dass Ollowain König werden wollte. Sie hatte ihn unterschätzt. Falrach war immer für eine Überraschung gut gewesen.

Ihre Stute tänzelte unruhig. Das Rumoren der Stadt drang über die weiten Reisfelder. Jetzt sammelten sich die Fürsten, die den König wählen sollten. Sie schloss die Augen und hauchte ein Wort der Macht. Ein Wort, das der Nebel in die Wälder trug.

Sie hatte ein langes weißes Seidenkleid mit hochgeschlossenem Kragen und engen Ärmeln angelegt. Es war ganz ohne Schmuck und Stickerei.

Sie spürte, wie ihr Ruf gehört wurde. Spürte das Erwachen. Bald war leiser Flügelschlag zu hören. Fast lautlos. Ein Schmetterling landete auf ihrer Hand. Seine zarten Schwingen erstrahlten in allen Regenbogenfarben. Hunderte kamen aus dem Dschungel. Manche so klein wie ein Fingernagel. Andere groß wie zwei aneinandergelegte Hände. In unstetem Flug gaukelten sie durch den Nebel. Glühwürmchen kamen mit ihnen und spendeten ihr grüngelbes Licht. Überall auf ihrem Kleid ließen sie sich nieder. Aneinandergekauert wurden sie zu einer lebenden Schleppe. Blütenduft haftete ihnen an. Der Duft des Frühlings. Des Erwachens. Sie sollten ihre Ehrengarde sein. Ihr festliches Geleit.

Das tausendfache Flügelsirren machte ihre Stute unruhig. Sie ließ sie in Schritt verfallen. Nebel griff wie Geisterfinger nach ihr. Sie wob ihn in ihren Zauber. Gab ihm das magische Leuchten der Glühwürmchen.

Die Stute ging in leichten Trab über. Die schmalen Wege zwischen den Reisfeldern waren verwaist. Alles, was Beine hatte, war in der Stadt.

Die Gefühle von Tausenden überwältigten sie, als sie in die Stadt einritt. Sie hielten Frieden. Trolle und Kentauren gingen nebeneinander. Kobolde sangen ihre anzüglichen Lieder. Einige Blütenfeen mischten sich aufgeregt unter die Schmetterlinge, als sie sie erkannten.

Eine Gasse bildete sich vor ihr in den überfüllten Straßen. Die Menge teilte sich vor ihr. Sie hörte ihren Namen flüstern. Sah die ungläubigen Blicke und auch jene, die beschämt ihr Haupt senkten. Das Raunen wurde lauter. Dann eilte es ihr voraus und wuchs zu einem wahren Stimmensturm.

»Emerelle!«

# DER SAAL DER FALLENDEN WASSER

»Ist es noch weit bis zum Hafen? Wir sind spät!«

»Wir sind ganz nah«, log Anderan und lauschte auf das Lied des Wassers. Er deutete auf einen kleinen Durchgang, der vom Kanal abzweigte. »Dort vorne liegt mein Palast. Das Herz des verborgenen Reichs des Herrn der Wasser von Vahan Calyd.« Warmes Licht fiel von dort in den Kanal.

»Ein Palast … Hier unten?«

»Du solltest ihn gesehen haben, Elija. Es gibt keinen zweiten Ort wie diesen in Albenmark.«

»Wir sind spät«, drängte jetzt auch der Spinnenmann, der ihren kleinen Trupp anführte. Elijas Leibwächter achteten darauf, dass stets einer von ihnen zwischen dem Lutin und ihm stand.

Anderan duckte sich durch die Öffnung. Er trat auf einen kleinen Balkon, der hoch über dem Kuppelsaal lag, und nahm das einzigartige Bild in sich auf.

Ein Spinnenmann erschien neben ihm. Er blickte in die Tiefe. Es war gerade genug Platz für sie beide auf dem Balkon. Anderan bemerkte, dass auch der kaltherzige Meuchler länger verharrte, als notwendig gewesen wäre. Niemand entzog sich leicht diesem Anblick.

Elija trat auf den Balkon. Feine Wasserperlen legten sich auf sein Fell. Es war angenehm kühl hier.

Vor ihnen erstreckte sich ein weiter Kuppelsaal, dessen Wände aus makellos weißem Stein gefügt waren. Unter ihnen ging es mehr als zwanzig Schritt in die Tiefe. Die Deckenwölbung lag vielleicht fünf oder sechs Schritt höher als ihre Aussichtsplattform. Hell leuchtende Barinsteine waren darin eingelassen. Überall aus den Wänden ragten goldene Rohre, aus denen sich Kaskaden klaren Wassers in die Tiefe ergossen. Die meisten Rohre hatten kunstvoll geschmückte Mündungen. Sie zeigten Vogelköpfe mit gebogenen Schnäbeln, Delfine oder auch Wölfe. Sogar einige Drachenköpfe waren zu sehen. Die weit aufgefächerten Wasserfontänen, die sich aus ihren goldenen Rachen ergossen, schillerten im hellen Licht wie flüssiges Kristall. Die Luft war erfüllt vom feinen Dunst winziger Wasserperlchen. Schillernde Regenbögen spannten sich zwischen den Kaskaden.

Im Becken tief unter ihnen gab es mehr als zwanzig große Abflüsse. Das Wasser dort unten war zu schäumender Gischt aufgewühlt.

Die Stimmen des Wassers erhoben sich hier mit solcher Macht, dass man sich selbst schreiend kaum verständigen konnte. Manche empfanden das als einen Makel an diesem magischen Ort. Anderan sah das nicht so. Hier sprach das Wasser zu den Holden. Er mochte es, dem kraftvollen Lied zu lauschen. Der Kuppelsaal war das Herz der unterirdischen Stadt. All der Kanäle und Zisternen, der Sammelbecken und Verteiler. Einst hatten die Normirga, jenes Elfenvolk, dem die Königin entstammte, große Pumpen erschaffen, die das Wasser in Bewegung hielten wie riesige Herzen. Man musste das Wasser hegen, sonst gäbe es in Vahan Calyd nur eine fahle abgestandene Brühe wie in den Mangroven rings um die Stadt. Die Holden waren die Hüter des Wassers, sie hielten das Wasser lebendig. Hier in diesem weiten Saal atmete es, wenn es aus großer Höhe stürzte und in brodelnder Gischt aufschäumte. Hier zeigte es sich in all seiner Schönheit.

Der Lutin tastete nach dem verborgenen Hebel unter dem Geländer.

»Schön. Wir sollten jetzt gehen«, rief Elija gegen das Donnern des Wassers an, als ein Laut wie ein dutzendfacher Gongschlag ertönte. Überall senkten sich zolldicke goldene Schotte und versperrten alle Abflüsse aus dem Saal.

»Hier, im Saal der fallenden Wasser, haben, als ich ein Kind war, all meine Träume begonnen. Hier sollen sie enden«, rief Anderan. Er blickte hinab. Man konnte zusehen, wie das Wasser stieg. Es würde nicht lange dauern, bis sich der ganze Saal gefüllt hatte.

»Was redest du da?«, fuhr Elija ihn an. »Bist du verrückt geworden?« Der Lutin drehte sich um. Jetzt erst sah er die massive, goldene Wand, die den Durchgang zu den Kanälen versperrte. »Mach das sofort auf!«

»Es gibt keine Möglichkeit, die Schotte von innerhalb des Saals zu öffnen.« Anderan fühlte zum ersten Mal seit vielen Monden inneren Frieden. Den ganzen Tag hatte er überlegt, ob er es wirklich tun sollte.

Elija hämmerte mit seinen Fäusten gegen das Metall. Es war hoffnungslos. Schließlich wandte er sich um. »Warum?«

Anderan hob die Pfeilspitze auf seiner Brust. »Du hast den Pfeil bezahlt, der dem Leben meines Sohnes ein Ende setzte. Durch dich sind Hunderte unserer treuesten Weggefährten im Windland zu Tode gekommen.«

Das Donnern des Wassers ließ langsam nach. Fast die Hälfte der goldenen Wasserspeier war bereits in den steigenden Fluten versunken.

»Du weißt, ich hatte keine Wahl.«

»Nein, ich weiß es nicht! Seit dem ersten Verdacht versuche ich zu begreifen, warum du es getan hast. Warum?«

»Es war eine historische Notwendigkeit. Die Königsherrschaft der Trolle konnte nur eine Übergangsphase auf dem Weg zur vollkommenen Gesellschaft sein. Um die Herrschaft der Trolle zu verkürzen, musste ich sie destabilisieren. Deshalb habe ich offiziell ihren Gesetzeskodex unterstützt und auch die Snaiwamark-Karawane. Sie mussten sich dadurch unter den entscheidungstragenden Schichten der Bevölkerung diskreditieren. Außerdem sollte ein siegloser Krieg im Windland ihren Willen zur Herrschaft aushöhlen. Auch ich habe Opfer gebracht. Von meiner ganzen Sippe leben nach dem Untergang der ersten Snaiwamark-Karawane nur noch Liza und mein Bruder Nikodemus. Versteh doch, Anderan! Diese Opfer waren notwendig, damit wir schneller den nächsten Schritt tun konnten. Jetzt öffne die Schotten! In einer Stunde wirst du König sein! Dann können wir endlich die Gesellschaft erschaffen, von der wir träumen! Ja, wir mussten Hunderte opfern. Ich habe diese Entscheidung bewusst allein getroffen, um niemanden aus dem Kreis der Kommandanten mit dieser Seelenqual zu belasten. Aber Tausende werden gerettet sein, wenn wir die Herrschaft der Trolle in dieser Nacht beenden. Jetzt öffne die verdammten Tore! Wenn du es so enden lässt, dann sind alle vergebens gestorben. Verhöhne nicht den Tod deines Sohnes, mein Freund! Lass uns gehen!«

Die Macht seiner Worte war ungebrochen, dachte Anderan. Alles erschien ganz plausibel, wenn Elija so sprach. Er durfte sich dieser Art des Denkens nicht öffnen! Welche einsamen Entscheidungen würde Elija als Nächstes fällen? Dass die Elfen eine latente Gefahr für den Frieden innerhalb der neuen Gesellschaft waren? Dass Städte den Verfall der Moral förderten und alle Albenkinder in kleinen Siedlungen auf dem Lande leben sollten?

Es gab viele Streitschriften Elijas, denen er selbst jetzt noch mit ganzen Herzen anhing. Aber der Lutin hatte in den langen Jahren des Kampfes um die Macht seinen Weg verloren.

»Du kannst doch nicht einfach alles zerstören, Anderan! So kurz vor dem Ziel! Bedeutet dir die Freiheit der Koboldvölker von jeglicher Tyrannei denn gar nichts mehr?«

»Es bedeutet mir alles. Deshalb werden wir beide hier sterben.« Das Wasser drang auf den Balkon. »Ich rette Albenmark vor unserer Tyrannei. Und ich rette all deine guten Werke.«

»Du Narr!« Elija packte ihn. »Jetzt öffne endlich die Tore! Es muss eine Möglichkeit geben! Wenn das Wasser nicht mehr abfließen kann, würdest du deine geliebten Kanäle zerstören. Das würdest du niemals tun.«

Anderan bewunderte ihn für seinen klaren Verstand, selbst jetzt im Angesicht des Todes. »Es stimmt, ich würde diese Kanäle niemals zerstören. Ich bin der Herr der Wasser, ihr Hüter. Wenn der Saal vollgelaufen ist, wird sich das Wasser in den Zuflüssen zurückstauen. Nach einer Zeit öffnet sich dann eine Überlaufschleuse. Wir werden dann längst ertrunken sein. Der Strom des abfließenden Wassers wird uns weit hinaus in die Mangroven tragen, wo unsere Kadaver zum Fraß der Winkerkrabben werden.« Das Wasser reichte ihnen beiden jetzt bis über die Hüften. »Wir werden niemals gefunden werden. Deine Leibwächter werden geheim halten, was geschehen ist. Sie werden nicht die Geschichte ihres eigenen Versagens verbreiten. Weil wir auf so geheimnisvolle Weise am Tag der Königswahl verschwunden sind, wird die Erinnerung an uns weiterleben, Elija. Das ist mein Geschenk an dich, den Mörder meines Sohnes. Ich hätte dich als König vor ein Gericht stellen können. Doch mit deiner Verurteilung wäre alles untergegangen, was du Gutes bewirkt hast. Du warst auf dem richtigen Weg. Und ich habe nicht bemerkt, wann du ihn verloren hast.«

Das Wasser hob Anderan empor. Er kämpfte nicht dagegen an. Er ließ sich treiben.

Elija streifte seinen Ledermantel ab und die Stiefel. Er begann zu schwimmen.

Das Wasser war eisig. Anderan spürte, wie es seinem Körper langsam die Wärme des Lebens entzog. Immer schneller füllte sich der Saal. Die Barinsteine der Kuppel waren schon fast zum Greifen nahe.

»Du hast Albenmark der Willkür der Trolle ausgeliefert!«, schrie Elija.

Der Herr der Wasser dachte an den langen Brief, den er den Maurawan zugespielt hatte. Den Brief, in dem alles beschrieben war. Wer zur Königswahl berufen war, wo die Geschütze am Hafen verborgen standen, welche Intrigen Elija gesponnen hatte. Selbst wenn die Maurawan nicht nach der Macht griffen, standen jetzt die Stimmen von Katander, Nestheus und Alvias gegen nur zwei Trolle. Nein, die Herrschaft der Trolle war vorüber. Er hatte alles bedacht. Er konnte jetzt in Frieden gehen.

Der strahlend helle Barinstein, der in der Mitte der Kuppel in die Decke eingelassen war, befand sich nun direkt über ihm. Als er ein Kind gewesen war, hatte er davon geträumt, den unerreichbaren Stein eines Tages zu berühren. Er hatte ihm sogar einen Namen gegeben. Regenbogenstein. Sein Licht war das stärkste. In seiner Vorstellung war es vor allem dieser Barinstein gewesen, der die Regenbögen zwischen die Wasserkaskaden zauberte. Er hatte sich ausgemalt, dass dem, der es schaffte, diesen unerreichbaren Stein zu berühren, alle Wünsche in Erfüllung gingen. Anderan streckte die Hand nach dem Stein aus. Er fühlte sich warm an. Angenehm.

Das Wasser stand nur noch wenige Handbreit unter dem Zenit der Kuppel. Elija kämpfte noch immer darum, den Kopf über Wasser zu halten. Er würde niemals aufgeben. Das war nicht seine Art.

Anderan stieß sich mit beiden Armen vom großen Barinstein ab. Dann atmete er aus. Er sah den Silberkugeln nach, die dem Licht entgegenstrebten. Er nahm all seinen Mut zusammen. Er war der Herr der Wasser. Er würde nicht kämpfen. Er würde sich ihm öffnen. Er atmete ein. Eisiges Wasser füllte seine Lungen.

Mit ausgebreiteten Armen ließ er sich sinken. Vorbei an goldenen Vogelköpfen. Dem Dunkel entgegen. Tiefer Frieden überkam ihn.

## EIN PENIBLER BUCHHALTER

Silwyna lugte vorsichtig über den Mauerrand hinweg. Es war geschafft. Die Geschütze auf der anderen Seite waren endlich zum Schweigen gebracht. Sie betrachtete die Überlebenden ihrer kleinen Schar. Niemand war unverwundet.

»Haltet euch weiterhin von den Fenstern fern«, sagte sie ruhig. »Es sind noch etliche Armbrustschützen auf den Dächern.« Aber ihre Waffen würden nicht bis zur Prunkbarkasse reichen. Die Schlacht war entschieden. Jetzt lag es nur noch an Falrach. Ihr Fürst war sich ganz sicher gewesen, dass er die Wahl gewinnen würde. Warum, das hatte er auch ihr nicht verraten. Er war ein seltsamer Mann. Unergründlich.

»Silwyna!« Fenryl hatte sich schon eine Weile an den Kisten zu schaffen gemacht. Jetzt winkte er ihr mit einem Blatt Papier. »Das musst du sehen! Es ist noch nicht vorbei. Es ist …«

Ärgerlich ging sie zu ihm hinüber. »Was hast du da?«

»Eine Frachtliste. Sie lag in einer der Kisten. Die Geschütze stammen von den Hafenbefestigungen in Meliamer. Ein Kobold hat sie angefertigt. Er war sehr verärgert, dass man ihm *seine* Geschütze wegnahm. Jetzt sieh dir einmal an, was dort steht.«

Silwyna stand nicht der Sinn nach irgendwelchen Listen von Buchhaltern. Sie wollte sehen, was an Bord der Prunkbarkasse geschah. Vielleicht sollte sie die Geschütze hier oben wieder gefechtsbereit machen lassen. Sie sah zu den ordentlich geschichteten Haufen aus Steinkugeln. Wer immer den Transport hierher organisiert hatte, er hatte dafür gesorgt, dass reichlich Munition vorhanden war.

»Silwyna!«

Sie sah sich das Papier an. Fenryl deutete auf die letzte Zeile.

»*… bestätige ich hiermit die Leihgabe von dreizehn Torsionsgeschützen an den Hafen von Vahan Calyd.*«

»Dreizehn! Es muss noch irgendwo eins geben. Eins, von dem wir nichts wissen! Eins, das den Ausgang der Königswahl mit einem einzigen Hebelruck verändern kann. Falrach ist in höchster Gefahr!«

Silwyna trat ans nächste Fenster. Ohne auf ihre Deckung zu achten, blickte sie auf das weite Hafenrund. Sechs Palasttürme lagen in einer Entfernung zur Prunkbarkasse, die einen zielsicheren Schuss erlaubte. Es gab Hunderte von Fenstern, hintern denen sich das Geschütz verbergen konnte. Ganz zu schweigen von den Terrassen und Balkonen. Dutzende Häuser waren hoch genug, dass man das Geschütz auf ihr Dach hätte stellen können. Allein auf den ersten Blick sah sie sieben Schiffe, die die Prunkbarkasse überragten und ein freies Schussfeld auf ihr Deck hatten.

Ein Armbrustbolzen verfehlte sie um Armeslänge und schlug in die Rückwand des Saals ein. Sie duckte sich und betrachtete weiter den Hafen.

»Was sollen wir tun?«, drängte Fenryl.

»Ruhe bewahren und gut nachdenken.« Wo würde sie das Geschütz aufstellen, wenn sie ganz sicher sein wollte, dass es nicht entdeckt wurde?

## KÖNIGSWAHL

Skanga hörte den Tumult und trat an die Reling. Die wogenden Auren von Hunderten Schaulustigen im Hafen vereinigten sich einem vielfarbigen Leuchten ohne Konturen. Sie musste den Blick abwenden.

»Da unten steht Ollowain«, flüsterte Birga ihr ins Ohr.

»Das kann nicht sein«, fuhr sie ihre Schülerin an. »Das ist …« Sie musste sich selbst überzeugen. »Er soll hochkommen!«

Birga rief den Wachposten etwas zu. Augenblicke später war der Elf an Bord. »Alvias und die beiden Kentauren starren ihn an.«

Skanga blickte zu den drei Fürsten. In ihren Auren spiegelte sich Überraschung. Die Ankunft des Elfen war also zumindest nicht Teil eines Komplotts, in das die drei mit verwickelt wären.

»Ollowain«, sagte sie forschend. Etwas an der Aura des Elfen war seltsam. Sie war durch ein leichtes Flackern gestört. Als sei da noch ein zweites Licht, das durch die kraftvolle Ausstrahlung des Elfen überlagert wurde.

»Was willst du hier?«

»Der Königswahl beiwohnen.«

Nicht die kleinste Spur vom Blau der Furcht zeigte sich in dem Licht, das ihn umgab.

»Er ist unbewaffnet, wie es scheint«, flüsterte Birga ihr zu.

Manchmal war ihre Schülerin in der Tat nützlich!

Skanga hatte davon gehört, dass die Maurawan ihn zu ihrem Fürsten gemacht hatten. Zunächst war sie darüber verwundert gewesen. Aber jetzt lag klar auf der Hand, was er vorhatte. »Du machst dir Hoffnungen, König von Albenmark zu werden?«

»Zunächst einmal bin ich nur Gast bei der Königswahl«, entgegnete er höflich.

Die Schamanin blickte zu der Festtafel. Alle waren zugegen. Nur die beiden verdammten Kobolde fehlten noch! Wo steckten sie nur? In der Ferne erklangen Rufe. Ein Name. Er war nur undeutlich zu hören.

»Siehst du die Kobolde?«

Birga streckte sich. Sie ließ sich Zeit mit der Antwort. »Nein, Herrin«, sagte sie schließlich.

Die Schamanin massierte mit Daumen und Zeigefinger ihre blinden Augen. Was ging da vor sich? Waren die beiden abgefangen worden, um der Wahl einen anderen Verlauf zu geben? Sie hatte so etwas befürchtet. Sie hätte niemals zustimmen dürfen, dass Feinde Gilmaraks zu den Fürsten gehörten, die über die Wiederwahl des Königs entschieden.

Sie blickte über das Deck. »Alle anderen sind da?«

»Ja«, entgegnete Birga. »Nur der Fuchskopf und der Herr der Wasser fehlen.«

Damit war der gesamte Kronrat versammelt. Sie konnte das

Blatt noch wenden. »Als Sprecherin des Kronrates möchte ich vorschlagen, Elija Glops und Anderan von Vahan Calyd das Stimmrecht für die Königswahl zu entreißen, da sie immer noch nicht hier sind. Will dem jemand widersprechen?«

Sie sah Ärger und Sorge in den Auren der anwesenden Kobolde. Aber niemand erhob seine Stimme gegen sie. Ollowain schien immer noch ganz gelassen. In Gilmaraks Aura hingegen spiegelte sich seine Sorge. Er stand ein Stück entfernt von ihr am Kopf der großen Tafel. Alle verharrten in feierlicher Starre und erwarteten, dass die Königswahl begann.

»Da die Wahl noch nicht begonnen hat, möchte ich zwei neue Fürsten als Ersatz vorschlagen. Herzog Growak vom Blutberg und Herzog Orgrim von der Nachtzinne.« Skanga tastete nach dem Albenstein, den sie zwischen ihren Amuletten verborgen trug, und legte die Macht der Furcht in ihre Worte. »Möchte jemand dagegen etwas einwenden?«

Sie sah, wie sich die Auren der Anwesenden wandelten. Selbst bei Ollowain entdeckte sie eine Spur Blau.

»So hat der Kronrat nun also einstimmig beschlossen, zwei neue Fürsten zur Königswahl zuzulassen. Möge die Wahl beginnen!«

Gilmarak trat an ihre Seite. »Danke«, flüsterte er ihr zu.

Skanga seufzte. Könige bedankten sich nicht! Später am Abend, wenn ihnen niemand zuhörte, würde sie ihn zurechtweisen. »Bleib hier und sei unbesorgt! Zeige ihnen Macht und Würde!«

Das Raunen, das ihr vorhin schon aufgefallen war, hatte nun den Hafen erreicht. Immer mehr der Feiernden dort unten riefen einen Namen. Ihren Namen. Emerelle!

Atemlose Stille lag über der Prunkbarkasse. Skanga blickte über den Hafen. Diese Aura war unverwechselbar. Ein weißgoldenes Licht, so stark, dass es in ihren blinden Augen schmerzte. Aber sie kam zu spät! Sie schwebte über der Menge. Wahrscheinlich saß sie auf einem Pferd.

Sie kam zu spät, sagte sich Skanga noch einmal. »Die Königswahl kann beginnen!«

»Emerelle! Emerelle!«, erklang ein tausendfacher Ruf. Warum jubelte das Volk ihr zu? Sie war jahrelang einfach verschwunden gewesen!

»Nestheus!« Skanga legte erneut Magie in ihre Stimme, um das Lärmen zu übertönen.

»Ich stimme gegen Gilmarak!«, sagte der Kentaur laut und deutlich.

»Sie sieht eindrucksvoll aus«, flüsterte Birga ihr ins Ohr. »Sie trägt ein Kleid aus Schmetterlingen und lebendem Licht. So etwas habe ich noch nie gesehen.«

Billige Tricks, mit denen Emerelle den Pöbel beeindruckte, dachte Skanga ärgerlich. Das könnte sie auch, wenn sie es nur wollte. Aber es war erbärmlich, sich derart anzubiedern!

»Snaif vom Mordstein!«, rief sie.

»Für Gilmarak«, sagte der Trollherzog mit tiefer Stimme.

Plötzlich verebbte der Jubel.

»Sie hat nur die Arme ausgebreitet, und sie schweigen«, flüsterte Birga.

»Fauler Zauber«, zischte Skanga ärgerlich.

»Nein, ich glaube nicht, dass sie zaubert.«

Stille lag über dem Hafen. Skanga sah, wie die Wachen am Aufgang zum Schiff ehrfürchtig vor Emerelle zurückwichen. Sie konnte die Elfe nicht ansehen, so sehr brannte das Licht ihrer Aura in ihren Augen. Jetzt hatte wohl jeder den Eindruck, dass sie vor Emerelle das Haupt beugte, dachte sie wütend.

»Katander, Fürst von Uttika.«

»Ich stimme gegen den Troll Gilmarak.«

Die Stimmen waren nun deutlich zu hören. Wie weit sie wohl über den Hafen hinaus trugen? Die Menge blickte mit angehaltenem Atem auf das Schiff.

Emerelle stellte sich schweigend neben Ollowain. Wohin auch sonst! Verwundert betrachtete Skanga die Aura des Elfen. Er wirkte überrascht. Was hatte das alles zu bedeuten?

»Derg, Herzog der Wolfsgrube!«

»Für Gilmarak, meinen König!«

Skanga blickte wieder zu Emerelle. »Du weißt, dass es verboten ist, den freien Willen der Fürsten durch Magie zu beeinflussen.«

»Sie neigt ihr Haupt vor dir«, flüsterte Birga. Ein Raunen ging durch die Menge auf den Kais. »Das sah ganz so aus, als wolle sie sich dir unterwerfen, Skanga.«

Das würde sie niemals tun, dachte die alte Schamanin. Aber jetzt war wichtiger, was das Volk dachte.

»Alvias!« Was für ein Fürst war er auch gleich? Egal …

»Ich stimme gegen die Barbarei und somit gegen Gilmarak.«

Skanga spürte, wie sich der Trollkönig neben ihr spannte. »Ruhig, lass dich nicht von Emerelles Speichellecker erzürnen.«

»Growak, Herzog vom Blutberg!«

»Für Gilmarak, den Drachentöter!«

Etwas zu viel des Guten, dachte Skanga. Aber Growak war noch nie der Hellste gewesen. Einen Gelgerok zu erlegen, war keine Kleinigkeit. Aber Drachen waren doch etwas anderes! Nun gab es also drei Stimmen für Gilmarak und drei gegen ihn. Skanga blickte zu Orgrim und lächelte. Die Sache war entschieden.

»Orgrim, Herzog der Nachtzinne. Deine Stimme!«

## LETZTE PEILUNG

Madrog peilte über sein Geschütz. Ganz deutlich konnte er ihren Kopf sehen! Und sie bewegten sich fast gar nicht. Er dachte an die zerplatzte Melone. Schade, dass er nicht sehen könnte, wie es geschah. Für diejenigen, die in ihrer Nähe standen, würde es gewiss ein unvergessliches Erlebnis.

Er kniete nieder und nahm jede einzelne der verbliebenen Steinkugeln in die Hand. Er entschied sich für die dritte. Bald wäre die Wahl vorüber. Noch einmal peilte er über die Führungsschiene des Torsionsgeschützes. Er blickte zu der Markierung, die ihm den Tidenhub anzeigte. Dann rief er sich das Raster in Erinnerung, in das der Hafen unterteilt war. Er suchte nach den Referenzmarkierungen und berechnete die Entfernung. Er korrigierte den Neigungswinkel des Geschützes leicht.

Ihm war klar, dass etwas grundlegend anders verlief, als Elija es geplant hatte. Dass die beiden Kobolde nicht auf der Prunkbarkasse erschienen waren, konnte eigentlich nur bedeuten, dass sie tot waren.

Er peilte ein letztes Mal nach ihrem Kopf. Sie hatten sich kaum bewegt. Alle standen sie auf ihren Plätzen wie angeklebt. Gut so! Er legte die Kugel auf die Führungsschiene. Jetzt konnte er sein Ziel nicht mehr sehen.

Er legte die Hand auf den Abzugshebel. Der Lauf der Geschichte würde sich ändern. Er legte den Hebel um.

## WIE EIN HAMMERSCHLAG AUF FLEISCH

»Orgrim, Herzog der Nachtzinne. Deine Stimme!«

Emerelle hielt den Atem an.

»Ich enthalte mich der Stimme«, sagte der Herzog der Nachtzinne stockend.

»Was!«, fuhr Skanga ihn an. »Du …«

Gilmarak trat vor. Fassungslosigkeit spiegelte sich in

seinem Gesicht. Er machte noch einen Schritt. »Du …« Der Troll wurde nach vorne gerissen. Es gab ein Geräusch, als sei ein Hammer auf Fleisch niedergefahren.

Blut sickerte aus dem Mund des Trollkönigs. Alle auf dem Schiff standen wie versteinert.

Skanga kniete neben ihm nieder.

Emerelle drängte sich an den beiden Kentauren vorbei.

Die gichtkrummen Finger der Trollschamanin tasteten über Gilmaraks Rücken. Sie wirkte alt und hilflos. Noch nie hatte Emerelle sie so gesehen.

Die Elfe kniete sich ebenfalls neben den Troll. Schmetterlinge ließen sich in Gilmaraks Nacken nieder.

Skanga verscheuchte sie mit einer ärgerlichen Handbewegung. »Nimm deine Viecher weg, Elfenschlampe!«

Emerelle berührte den Troll und zuckte zurück. Der Schmerz hätte sie fast betäubt. Das Fleisch über seiner linken Schulter war zerquetscht, das Schulterblatt zersplittert. Die Rippen darunter waren gebrochen und hatten seinen linken Lungenflügel durchbohrt. Eine Knochenspitze drückte auf sein Herz.

»Darf ich helfen?«, fragte Emerelle ruhig.

»Du?« Skangas tote Augen durchbohrten sie förmlich. »Du hast doch den Befehl dazu gegeben!«

»Ich schwöre dir, dass es nicht so ist.«

»Gib mir deine Hand!«

Die Elfe reichte ihr die Rechte. Skangas Klauenfinger schlossen sich darum. Sie hob die Hand an ihre Stirn und presste sie fest dagegen. Zwei, drei Herzschläge nur. Dann ließ sie sie sinken. »Hilf ihm«, sagte sie sehr leise. »Du kannst es besser als ich.«

Emerelle atmete tief ein. Sie bereitete sich auf den Schmerz vor, der sie treffen würde. Sie lauschte auf das leise Rascheln der Schmetterlingsflügel. Auf die unheimliche Stille der Menge auf den Kais. Bald würde Panik ausbrechen. »Du musst zu ihnen sprechen, Skanga. Und bitte nicht von Mord und Todschlag. Du spürst ihre Angst auch, nicht wahr?«

Emerelle legte beide Hände flach auf Gilmaraks Rücken und ergab sich dem Schmerz.

## DIE ROTE LATERNE

Nikodemus war, so weit er konnte, den Achtersteven hinaufgeklettert, um einen besseren Blick zu haben. Die Prunkbarkasse war etwas mehr als fünfzig Schritt entfernt. Es herrschte ein heilloses Durcheinander auf Deck, seit Gilmarak gefallen war. Alle drängten sich um den Trollfürsten. Wolken von Schmetterlingen und Glühwürmchen tanzten über den Trollen, Elfen und Kobolden.

»Ist er tot?« rief er zu Liza hinauf, die vom Mastkorb aus einen besseren Blick hatte.

»Ich kann es nicht erkennen«, antwortete sie nach einer Weile.

»Und siehst du Elija?«

Sie schwieg. Er hatte sie das mindestens zwei Dutzend Mal in der letzten halben Stunde gefragt. Elija würde niemals zu spät kommen. Nicht in dieser Nacht! Es musste etwas passiert sein. Seit Emerelle auf dem Schiff erschienen war, war Nikodemus am Rande der Panik. Er hätte nicht damit gerechnet, dass sie kommen würde. Stand ihr Erscheinen mit dem Verschwinden seines Bruders in Zusammenhang?

Gilmarak ermordet, Elija verschwunden. Die Dinge lagen ganz klar. Sie würde sich ihren Thron zurückholen. Und er hatte sich für die falsche Seite entschieden. Er hatte nicht mit Falrachs Spitzeln Kontakt aufgenommen, obwohl diese mehrfach versucht hatten, an ihn heranzutreten. Er hatte ihn und Emerelle verraten. Nicht seinen Bruder. Wo waren die Elfen gewesen, als Birga ihn folterte! Elija hatte ihn gerettet! Elija war immer für ihn da gewesen, solange er sich erinnern konnte. Er hatte ihn nicht verraten können. Seinen wunderbaren Plan, einen Kobold auf den Thron Albenmarks zu bringen.

»Du musst die rote Laterne hissen!«, rief Liza ihm zu.

Er stieg vom Achtersteven herab und betrachtete die rote Laterne, die neben dem Hauptmast auf dem Deck des verlassenen Frachtschiffs stand. Er wusste, dass in diesem Moment mindestens hundert Augenpaare das Schiff beobachteten. All die Anführer der Rotmützen, die hierhergekommen waren und sich mit ihren Männern verbargen. Gut bewaffnete Kobolde, Elija und ihm treu ergeben. Wenn er die rote Laterne am Mast hochzog, dann würden sie losschlagen. Aber gegen wen? Sie hätten für Elija und Anderan kämpfen sollen, falls die Trolle sich dagegen aufgelehnt hätten, dass der Herr der Wasser König wurde.

Aber alles war anders gekommen. Was würde geschehen, wenn er die Laterne hisste? Wahrscheinlich würden sie die Prunkbarkasse beschießen. Und die Spinnenmänner mit ihren Geschützen würden ebenfalls schießen. In der Menge auf den Kais würde Panik ausbrechen. Hunderte würden totgetrampelt oder verletzt werden. Weil eine rote Laterne an einem Mast gehangen hatte.

Es gab keinen großen Bruder mehr, der ihm Rat geben konnte. Nun musste er allein entscheiden. Er nahm die Laterne und ging zur Reling. Mit weitem Schwung warf er sie in den Hafen.

»Was tust du da?«, schrie Liza vom Mast herab.

»Ich gehe«, sagte er ruhig. Die Revolution war beendet. Ohne Angriffsbefehl würden sich die Rotmützen wahrscheinlich bald zerstreuen. Die Klügeren von ihnen nahmen vielleicht am Fest teil. Er blickte zum Nachthimmel. Das Lichterspektakel, das die Magier veranstalten würden, war berühmt. Es war die einzige Gelegenheit in seinem Leben, es zu sehen. In achtundzwanzig Jahren wäre er gewiss nicht hier. Falls er dann überhaupt noch lebte.

Liza war vom Mast geklettert. Sie ging mit den Fäusten auf ihn los. »Was hast du getan! Du Verräter!«

Er dachte daran, was das Orakel ihm ins Gesicht geschrieben hatte. Es war tatsächlich so gekommen, am Ende hatte er alle verraten, Falrach ebenso wie Elija. Und dennoch war er einen geraden Weg gegangen, dachte er.

Liza vermochte ihn nicht niederzuringen, dachte er verwundert. Durch den Zeitsprung mit Emerelle war er jetzt viele Jahre jünger als sie. Er hielt sie fest und drückte sie aufs Deck, bis sie aufhörte zu kämpfen. Er kannte sie. Er würde nicht den Fehler machen, sie jetzt loszulassen. Sie würde ihn mit dem nächstbesten Belegnagel, oder was immer sie sonst zu packen bekam, niederschlagen. Er musste warten, bis ihr Zorn verraucht war.

»Es ist aus, Liza. Ohne Elija und Anderan haben wir in diesem Kampf nichts mehr zu gewinnen. Stell dich der Wahrheit! Wenn wir die Rotmützen rufen, wird es nur zu sinnlosem Blutvergießen kommen. Ich bin müde. Ich habe genug Schlachten gesehen. Zum ersten Mal liegt es in meiner Hand, eine Schlacht zu verhindern. Und genau das werde ich tun. Es ist vorbei, Liza! Und ich kann dir nicht einmal sagen, wer gewonnen hat. Nur eins ist sicher, wir waren es nicht.«

Sie bäumte sich auf, versuchte ihn niederzuschlagen, aber er hielt sie mit eisernem Griff. Sie versuchte sogar ihn zu beißen. Sie war immer noch hübsch. So lange war er in sie verliebt gewesen, und sie hatte ihm kaum Beachtung geschenkt.

»So darf es nicht enden. Unsere Sippe ist ausgelöscht. Alle sind tot! Sogar die Hornschildechsen. Sie können doch nicht alle für nichts gestorben sein!«

»Das sind sie auch nicht.« Er hatte Mühe, seine Tränen zurückzuhalten. »Sie sind für einen Traum gestorben. Für

Elijas Traum von einer besseren Welt. Sie war zum Greifen nah, diese Welt. Aber sie ist nicht Wirklichkeit geworden.«

»Was willst du jetzt tun?«

»Ich werde mir das Fest ansehen. Und morgen werde ich ins Windland aufbrechen. Ich hoffe, dass ich dort keinen Kentauren über den Weg laufe. Ich werde eine wilde Hornschildechse fangen und ein Haus auf ihrem Rücken bauen. Dann werde ich einen neue Sippe gründen.«

»Du bist verrückt!«

Er lächelte. »Vielleicht … Vielleicht liege ich schon in einem Mond mit einem Kentaurenpfeil im Rücken irgendwo in der Steppe. Sie werden uns in hundert Jahren noch nicht verziehen haben, dass wir ihre Ahnen an Trolle verfüttert haben. Aber vielleicht habe ich auch Glück und reite im Nacken einer Hornschildechse.«

Liza sah ihn auf eine Art an, wie sie es früher nie getan hatte. Sie schielte dabei ein wenig. Die Jahre waren doch nicht ganz spurlos an ihr vorübergegangen. Plötzlich bleckte sie die Zähne. »Du bist immer noch ein Dummschwätzer, Nikodemus. Wie willst du ganz allein eine Sippe gründen?«

Er lächelte zurück. »Vielleicht gehe ich ja nicht ganz allein.« Er hob seine verstümmelte Hand. »Ideal wäre ein halb blindes oder schielendes Weib, das nicht sofort merkt, dass es sich mit mir beschädigte Ware einhandelt.«

»Ich schiele nicht«, sagte sie scharf.

»Dann ist wohl mit meinen Augen auch was nicht in Ordnung.«

Sie entspannte sich, und er riskierte es, ihre Arme loszulassen.

»Ich schiele nur ein wenig, wenn ich sehr wütend bin.«

»Also doch oft!« Er grinste.

»Du bist frecher als früher.«

Er wagte es aufzustehen. »Noch ein Punkt, in dem ich mich verschlechtert habe.«

»Das finde ich nicht.« Sie setzte sich auf. Dabei sah sie ihn unverwandt an. Ihre Augen waren jung geblieben! »Und du meinst es ernst damit, eine neue Sippe zu gründen?«

»Todernst! Weißt du … Ich möchte ein ganzes Rudel kleiner Fuchswelpen in die Welt setzen. Und wenn sie alt genug sind, dann möchte ich ihnen von Elija erzählen. Und von Ganda und Torkelschritt. Von Meister Gromjan, dem großartigsten griesgrämigen Lehrer, dem ich je begegnet bin. Und von Madra, einem Troll, der mein Freund war. Habe ich dir je erzählt, dass ich auf einem Troll geritten bin?«

»Du bist ein Angeber.«

»Ja, da hast du wohl Recht. Aber wenn ich von ihnen erzähle, dann werden sie alle nicht vergebens gestorben sein. Sie werden in den Köpfen der Kleinen weiterleben. Das ist alles, was wir für sie noch tun können. Wirst du mit mir kommen?«

»Ich bin vielleicht zu alt, um ein ganzes Rudel kleiner Lutin in die Welt zu setzen …«

Er seufzte. »Ja, vielleicht.« Er sah sie lange an. Wartete darauf, dass sie noch irgendetwas sagte. Aber sie blieb stumm. Ihr Blick war in sich gekehrt. Schließlich gab er auf und ging zur Reling. Die Frachtschiffe im Hafen waren eng miteinander vertäut. Zwischen ihnen lagen Laufplanken, über die man bis zu den Kais gelangen konnte.

»Nikodemus?«

Er blickte zurück. Sie war aufgestanden. »Ja?«

Liza bleckte die Zähne zu einem Lächeln. »Ich glaube, ich würde mir gerne anschauen, wie du versuchst eine wilde Hornschildechse zu fangen. Mehr verspreche ich dir nicht. Außer vielleicht noch, dass ich die kümmerlichen Überreste der beschädigten Ware in der Steppe verscharren werde, wenn du so dämlich sein solltest, dich von einer Echse tottrampeln zu lassen.«

# FLUCHT

Madrog peilte über die Schiene des Torsionsgeschützes. An Deck der Prunkbarkasse herrschte Tumult. Er rieb sich zufrieden die Hände. Dann sah er sie. Skanga! Sie lebte. Er hatte nicht sie getroffen. Wie hatte das passieren können? Wer war ihm in die Schussbahn gelaufen?

Jetzt kniete sich die Schamanin nieder. Andere Trolle verstellten ihm die Sicht auf sie. Emerelle kam auch noch. Verflucht! Wen hatte er nur getroffen?

Unschlüssig blickte er auf die drei verbliebenen Steinkugeln. Ob Skanga ahnen würde, dass eigentlich sie das Ziel gewesen war? Und würde sie erraten, wer geschossen hatte? Jahre waren vergangen, seit sie die Shi-Handan hinter ihm hergehetzt hatte. Er hatte ihr das nie verziehen.

Noch einmal peilte er über das Geschütz. Es war unmöglich zu sagen, wann er noch einmal freies Schussfeld haben würde. Er sollte fliehen. Er legte seine Waffen ab. Alles, was ihn als Spinnenmann hätte verraten können. Nur ein Stiefelmesser behielt er. Dann streifte er sich eine der albernen, bunten Jacken über, die so viele Kobolde zum Fest der Lichter trugen.

Er tätschelte zum Abschied das Geschütz. »Deine Schuld war es nicht.«

Eilig stieg er die Leiter hinab. Am Grund des Verstecks angekommen, spähte er durch ein Astloch. Unglaublich, wie viele Albenkinder sich da draußen drängten. Er spürte ihre Unruhe. Keiner wusste, was auf der Prunkbarkasse geschehen war.

Er schob die Tür in der Kistenseite auf. Ein Faun blickte verwundert auf ihn hinab.

»Ein wunderbar trockener Platz zum Schlafen«, sagte Madrog freundlich lächelnd. Dann schob er sich in die

Menge. Er wurde eins mit ihr. Diskutierte über die geheimnisvollen Vorfälle auf der Prunkbarkasse, rief Emerelles Namen und entfernte sich immer weiter von dem Kistenstapel. Eine dunkel gekleidete Elfe erregte seine Aufmerksamkeit. Sie hatte ihr Haar zu einem strengen Zopf zurückgebunden. Ihr Gesicht war mit dem Saft des Dinko-Buschs bemalt. Eine Maurawani. Ob sie gesehen hatte, von wo der Schuss gekommen war? Das war fast unmöglich! Aber sie bewegte sich auf den Kistenstapel zu. Andere Elfen folgten ihr. Gut, dass er fort war!

Emerelle trat an die Reling der Prunkbarkasse. Schmetterlinge und Glühwürmchen umschwirrten sie. Albern! Aber irgendwie schaffte sie es, gut dabei auszusehen. Sie breitete die Arme aus, und die unruhige Menge verstummte.

»König Gilmarak wurde verletzt, aber er wird sich von seiner Verwundung erholen! Er wurde nicht wiedergewählt. Drei Fürsten stimmten für ihn. Drei gegen ihn. Einer enthielt sich. Nun wird ein zweites Mal gewählt. Dieses Mal werden sie über mich entscheiden.«

»Emerelle!«, blökte ein unüberhörbar angetrunkener Minotaur.

»Emerelle!« Andere fielen ein, und bald riefen Tausende.

Auch Madrog hüpfte auf und nieder, winkte mit beiden Armen und schrie sich die Lunge aus dem Leib. »Emerelle! Emerelle!« Bloß nicht auffallen, solange diese Maurawani durch die Menge schlich. Hoffentlich gewann Emerelle die Wahl. Anschließend begann das Lichterspektakel, und die Menge würde sich in den Straßen der Stadt verteilen. Dann konnte er entkommen.

# BRUDER JULES

Jules sah schon von weitem, dass etwas mit Adrien nicht stimmte. Der Junge hing so unglaublich schief im Sattel, wie er es selbst am ersten Tag seines Reitunterrichts nicht getan hatte. Der Wanderprediger begann zu laufen.

Adrien kam von Cabezans Palast. Er ritt ihm auf dem Weg entgegen, der in die Weinberge führte. Er sah aus, als hätte er mit der ganzen Leibwache des Tyrannen gekämpft. Wie war es möglich, dass er verwundet war?

Blut lief an der Flanke des Schimmels hinab. Es kam von irgendwo unter Adriens Umhang.

Jules packte nach den Zügeln des Pferdes und schob den Jungen wieder in eine aufrechtere Haltung. »Erkennst du mich nicht?«

Die Augen hinter der silbernen Helmmaske blinzelten. »Elodia?«

Der Junge fantasierte. Jules sah sich verzweifelt um. Er brauchte einen Platz, wo er seinen Sohn versorgen konnte. Es roch nach Regen. Wenn er Adrien helfen wollte, dann durfte er nicht hier draußen bleiben!

Nicht weit entfernt brannte in einer Hütte ein Licht. Wer immer dort lebte, er würde ihn hinaus in die Nacht jagen! Er nahm das Pferd beim Zügel und zog es hinter sich her. Immer wieder blickte er zurück, besorgt, dass der Junge aus dem Sattel fallen könnte.

Eine Frau kam den Weg hinabgelaufen. Sie war zu gut gekleidet, um eine Weinbäuerin zu sein!

»Adrien!«

Jules stieß einen Stoßseufzer aus. Hatte der Junge denn alles vergessen? Wie konnte er dem ersten dahergelaufenen Weib, in deren Bett er stieg, seinen wahren Namen nennen! So viele Jahre hatte er ihm eingeschärft, dass er Michel Sarti war!

»Adrien!« Sie klammerte sich an einen seiner Stiefel.

»Dem Jungen wäre sehr geholfen, wenn du ihn nicht aus dem Sattel schmeißt.«

»Wer bist du, Priester?«

»Bruder Jules. Sein alter Lehrmeister. Gibt es dort oben in der Hütte ein Bett?«

»Ja.«

»Gut.«

Adrien bewegte die Lippen, aber es war unmöglich, zu verstehen, was er sagte. Es war eine Hilfe, dass sie ihn hielt. So musste er sich nicht mehr dauernd umdrehen, und sie kamen schneller voran.

Vor der Hütte hob er Adrien aus dem Sattel. Sie öffnete ihm die Tür. Behutsam trug er ihn zum Bett. Er konnte riechen, dass sich die beiden hier geliebt hatten. Unglaublich, all die Jahre tat der Kleine so keusch, und dann das!

Er legte ihn auf den Bauch und zog den Umhang zur Seite. Ein Dolch ragte aus Adriens Rücken. Eine uralte Waffe, nicht von Menschenhand geschaffen. Cabezan war immer schon ganz versessen auf Überbleibsel aus der Vergangenheit gewesen. Aber dass er an eine solche Waffe gelangt war, hätte Jules nicht erwartet. Und offensichtlich hatte Adrien dem alten König den Rücken zugewandt. Hatte er denn alles vergessen?

»Wie kann ich dir helfen?«, fragte die junge Frau.

Jules sah sie abschätzend an. Hübsch war sie, das musste man dem Kleinen lassen. »Bring mir eine Schüssel kalten Wassers. Schnell!«

Sie stellte keine Fragen, sondern eilte nach draußen. Das war gut so. Jules legte dem Jungen die Hand in den Nacken. Er versuchte, sich auf ihn einzustimmen. Zu erfassen, wie schlimm es um ihn stand. Zweifellos hatte er eine Menge Blut verloren. Jules spürte jetzt die Klinge im Fleisch. Sie hatte alle lebenswichtigen Organe verfehlt. Der Junge hatte Glück. Er …

Jules stockte. Da war noch etwas. Er tastete über Adriens Kopf und drehte ihn vorsichtig zur Seite. Die Augen … Ihre Pupillen waren winzig. Er wedelte mit seiner Hand vor ihnen. Keine Reaktion! Adrien war blind.

»Elo…«, stammelte er. Ein Mundwinkel hing seltsam herab.

Er legte ihm beide Hände auf den Kopf und schloss erneut die Augen. Kopfschmerz befiel ihn. Dumpfer, peinigender Schmerz. Einige Adern im Inneren des Kopfes waren verletzt. Blut floss ins Hirn. Teile seines Gehirns waren schon tot.

Jules schrie auf vor Wut und Verzweiflung.

Etwas krachte zu Boden.

Er fuhr herum. Das Weib stand mitten im Zimmer. Sie hatte die Wasserschale fallen lassen. In Scherben lag sie auf dem gestampften Lehmboden.

»Eine großartige Hilfe.«

»Warum habt Ihr geschrien? Was ist? Bitte, sagt es mir!«

»Es geht ihm schlecht. Jetzt geh hinaus und hol Wasser!«

»Könnt Ihr ihm helfen?«

»Vielleicht, wenn ich Wasser habe, um seine Wunden zu säubern.«

Endlich eilte sie davon. Jules strich über den Kopf des Jungen. Er hätte ihn nicht verlassen dürfen.

»Elo… Elodia.«

Jules seufzte. Selbst jetzt, wo es ans Sterben ging, hatte der Junge nichts als sein Blumenmädchen im Kopf.

Das Weib kehrte zurück. Sie hatte einen ganzen Eimer voller Wasser geholt. Sie kam ihm bekannt vor. Er sah sie scharf an. Er vergaß nie ein Gesicht. Sie hatte früher anders ausgesehen. Mädchenhafter. Jetzt hatte sie einen harten Zug um die Mundwinkel. Aber es konnte keinen Zweifel geben. Adrien hatte zuletzt doch noch sein Blumenmädchen gefunden!

»Lass mich allein mit ihm!«

»Das geht nicht!«, sagte sie entschieden. »Ich habe ihm versprochen, bei ihm zu sein, wenn es … Wenn er …«

»Wenn er stirbt?«

Sie nickte.

»Du bist Elodia, nicht wahr?«

Sie nickte erneut.

»Hör mir gut zu, Elodia. Ich brauche jetzt niemanden, der mir im Weg steht, der mir über die Schulter gafft und dumme Fragen stellt. Ich werde all meine Kraft aufbieten müssen, wenn ich um sein Leben kämpfe! Wenn ich diesen Kampf verliere … wenn es ans Sterben geht, dann werde ich dich rufen. Dann gehört er dir. Bis dahin lass mich mit ihm allein!«

»Aber …«

»Ich werde dich rufen. Wenn du ihn sterben sehen möchtest, bitte dann bleib hier. Ich verrichte mein Werk am besten allein. Wenn du ihm helfen willst, dann vergeude nicht länger meine Zeit und warte draußen.«

Ihre Lippen zitterten, als würde sie jeden Augenblick in Tränen ausbrechen. Sie beugte sich hastig vor und hauchte Adrien einen Kuss auf sein Haar. Dann ging sie endlich.

»Elo…«, stöhnte der Junge.

Jules wurde klar, dass Adrien ihn nicht mehr erkennen würde. Nur ein Wunder könnte den Jungen noch retten. Es war verrückt mit den Menschenkindern. Da vergeudete er seinen letzten Atem, um den Namen eines Mädchens zu flüstern, das er kaum gekannt hatte.

Er griff nach der Hand des Jungen und drückte sie sanft. Dann sprach er mit der Stimme Elodias. »Ich bin bei dir. Hab keine Angst. Alles wird wieder gut.«

Jules schluckte. Es war lange her, dass ihm eine Lüge so schwer über die Lippen gegangen war.

Adrien tat einen tiefen Seufzer. Er hatte mit aller Kraft darum gekämpft, noch einmal ihre Stimme zu hören.

# DIE LETZTE STIMME

»Orgrim, Herzog der Nachtzinne. Deine Stimme!« Diesmal war es Falrach, der die Fürsten zur Wahl aufrief.

Emerelle war unruhig. Ihre Zukunft lag in den Händen eines Trolls, und sie konnte nichts dagegen tun. Nachdem sie Gilmarak gerettet hatte, hatte sie Skanga gebeten, noch zwei weiteren Fürsten das Wahlrecht zuzustehen. Doch die alte Schamanin hatte abgelehnt. Sie beide waren keine Todfeinde mehr. Aber Unterstützung würde sie von ihr wohl nie erwarten dürfen. Jetzt durchbohrte Skanga Orgrim geradezu mit ihren Blicken.

Der Trollherzog zögerte immer noch. Auch Falrach wurde jetzt ungeduldig.

»Orgrim, Herzog der Nachtzinne. Deine Stimme!«, sagte er noch einmal, fordernder jetzt.

Es genügte, wenn der Troll sich ein zweites Mal der Stimme enthielt, dann würde sie die Krone ebenso wenig erlangen wie Gilmarak.

»Ich stimme für Emerelle.«

Emerelle atmete erleichtert auf. Es war vollbracht! Der Alpraum von einem Land in Asche abgewendet. Doch sie musste auch an das blonde Mädchen aus ihren Träumen denken, dem sie nun niemals begegnen würde.

»Herrin, gestattet Ihr, dass ich Euch zur Wahl zur Königin gratuliere?« Alvias verstrahlte eine etwas steife, konservative Eleganz wie immer. Allerdings konnte sich Emerelle nicht erinnern, ihn jemals so herzlich lächeln gesehen zu haben.

»Danke, mein Freund.«

»Wäre es kühn, zu hoffen, dass Ihr womöglich noch einmal in Erwägung zieht, mich zu Eurem Hofmeister zu machen?«

Jetzt musste sie lächeln. »Wer sonst sollte es sein?«,

sagte sie freundlich. »Ich freue mich, dich wieder an meiner Seite zu wissen. Und nun walte deines Amtes. Verkünde dem Volk den Ausgang der Königswahl.«

Voller Stolz trat er an die Reling der Prunkbarkasse. Er straffte sich noch einmal. »Kinder Albenmarks!« Er legte Magie in seine Stimme, so dass sie weit in die Straßen Vahan Calyds trug, ohne dass er geschrien hätte. »Unsere Völker haben eine neue Königin.«

Erste Jubelrufe erklangen.

»Es ist die Elfe Emerelle aus dem Volk der Normirga. Möge ihre Herrschaft uns Frieden und Wohlstand bringen!«

Emerelle sah, wie die Trolle die Prunkbarkasse verließen, während sie mit frenetischen Rufen gefeiert wurde. Sie ging zu Skanga und hielt die alte Schamanin zurück. Ihre ständige Begleiterin, die vermummte Birga mit ihren abstoßenden Masken, flüsterte ihrer Herrin etwas ins Ohr.

»Wollt ihr nicht bleiben?«

»Das ist nicht unser Fest«, entgegnete die Alte. Mit toten, weißen Augen starrte sie Emerelle an. »Wir kehren zurück in die Snaiwamark.«

»Wird es Frieden geben?«

Skanga schüttelte den Kopf. »Dafür ist zu viel geschehen. Aber wir könnten die Kämpfe einstellen. Sehen wir, was danach kommt.«

Die Trolle zogen ab. Sie ragten unter der Masse der Feiernden auf. Erste Lichter erstrahlten am Nachthimmel. Magier aus ganz Albenmark würden sich nun ein friedliches Duell liefern und versuchen, sich gegenseitig zu überbieten. Erste Blumen erblühten vor dem Schwarz des Firmaments. Das waren noch die Übungen der Novizen.

Sie blickte zu Orgrim. Er war als einziger Troll auf der Barkasse geblieben. Mit seiner tapferen Entscheidung hatte er sich wahrscheinlich zum Geächteten in seinem eigenen Volk gemacht.

Ein Drache aus blauweißem Licht stieg über dem Mondturm auf, Alathaias Palast in Vahan Calyd. Ein Raunen lief durch die Menge. Gewiss war es die Elfenfürstin selbst, die diesen Zauber gewoben hatte. Der Drache weitete seinen Flügel, durch die das Licht der Sterne schimmerte.

Ein Schauder überlief Emerelle. Sie dachte an die lang vergangenen Kämpfe mit den Drachen. Doch dies war nur eine Illusion, ermahnte sie sich in Gedanken.

Der Drache stürzte vom Himmel herab, den Kais entgegen. Etliche Zuschauer schrien auf. Er glitt dicht über ihnen hinweg, gewann mit einem Flügelschlag wieder etwas an Höhe, doch nicht schnell genug. Einige der Mastspitzen glitten durch seinen Leib. Er drehte ab und flog auf das Meer hinaus. Dort verblasste er.

Emerelle sah zum Mondturm. Was für eine machtvolle Zauberin Alathaia geworden war!

## WIE EIN WUNDER

Silbernes Licht rahmte die Berge am Horizont. Endlich war diese endlose Nacht vorüber, dachte Elodia müde. Sie ging vor der Hütte auf und ab. Manchmal hielt sie inne und lauschte an der Tür. Doch sie hatte schon lange keinen Laut mehr dort drinnen gehört. Mitten in der Nacht hatte der alte Wanderpriester das Fenster verhängt.

Die ganze Nacht über hatte sie immer wieder gebetet. Unermüdlich hatte sie Tjured um ein Wunder angefleht. Sie sah zum Schimmel, der bei der Tränke stand. Als sie befürchtete, vom untätigen Warten wahnsinnig zu werden, hatte sie das Blut von seinem Sattel gewaschen und aus seinem Fell. So viel Blut!

Wieder sah Elodia zur Tür. Wenn die Sonne aufging,

würde sie in die Hütte gehen, ganz gleich, was der griesgrämige Priester sagte.

Lebte Adrien noch? War es ein gutes Zeichen, dass der Priester sie nicht gerufen hatte, oder hielt er sich einfach nicht an sein Versprechen? Der Alte war ihr unheimlich. Er erinnerte sie an den Priester, der vor vielen Jahren bei den Stadtwachen gewesen war, als man sie und ihren Bruder aus Nantour verschleppt hatte.

Ein Geräusch ließ sie aufblicken. Die Tür! Innen war der Riegel zurückgeschoben worden. Kam der Alte sie nun holen? War es so weit? Sie hatte oft gehört, dass der Tod mit dem ersten Morgenlicht kam. Sie unterdrückte ihre Tränen und fuhr sich mit fahrigen Händen durchs Haar, um es zu richten. Adrien sollte sie zum Abschied nicht zerzaust und weinend sehen!

Adrien trat durch die Tür. Sie zuckte erschrocken zusammen, so überrascht war sie. »Adrien!«

Er lächelte sie an.

Sie stürmte auf ihn zu und schloss ihn in die Arme. Ihre Hände tasteten über sein Haar. Sie überschüttete ihn mit Küssen. Dann schob sie ihn auf Armeslänge von sich, um ihn besser betrachten zu können. Er wirkte ein wenig unsicher.

»Das … das ist ein Wunder«, stammelte sie fassungslos. Sie fiel auf die Knie, breitete die Arme dem Himmel entgegen und betete voller Inbrunst zu Tjured. Es war nicht weniger als ein Wunder! Gott hatte seinen ersten Ritter gerettet!

»Der alte Priester hat mich wieder auf die Beine gebracht«, sagte Adrien leise.

»Dann danke ich auch ihm!«

Adrien versperrte ihr mit dem Arm den Zugang zur Hütte. »Besser nicht. Er ist ein griesgrämiger, alter Bock. Und er hält nicht viel von dir, Elodia. Ich möchte nicht, dass er dich mit seinen harschen Worten verletzt.«

Sie sah ihn überrascht an. »Das halte ich schon aus.«

»Ich aber vielleicht nicht. Bitte, geh nicht in die Hütte!« Seine Augen erstrahlten im ersten Morgenlicht in fast schon magischem Blau. Er war so schön! So unglaublich schön! Und nach Cabezan hatte er nun auch noch den Tod besiegt, um ihrer Liebe willen. Sie strich ihm zärtlich über die Wange. »Ich liebe dich, Adrien.«

Er wirkte plötzlich traurig.

»Was ist mit dir?«

»Du musst viel Geduld mit mir haben. Es kann sein, dass ich dir manchmal ein wenig merkwürdig erscheine …« Er senkte den Blick. »Ich … ich fürchte, die Verwundungen haben ihren Preis gefordert, auch wenn ich körperlich wieder unversehrt erscheine. Ich erinnere mich nicht mehr an alles.« Er stockte. »Ich weiß nicht mehr, wann wir uns zum ersten Mal geküsst haben. Ich fürchte, ich werde manchmal ein etwas seltsamer Liebhaber sein …«

Sie nahm ihn wieder in den Arm. Es hatte ihr einen Stich versetzt, dass er sich daran nicht erinnerte. Es waren doch gerade einmal zwei Tage seit ihrem ersten Kuss vergangen! Aber er hatte dem Tod ins Angesicht gesehen! Er hatte alles Recht, ein wenig seltsam zu sein! »Ich glaube, wir sind immer schon ein seltsames Paar gewesen. Du hast dich als Junge in mich verliebt, obwohl du wusstest, was ich tue … Und ich habe dich vergiftet, als Tjured dich mir schenkte und ich dich nicht wiedererkannte.« Sie lächelte. »Vielleicht ist es ganz gut, wenn du dich an ein paar Dinge nicht mehr erinnerst. Du bist heute neugeboren. Fangen wir ein neues Leben an. Vergessen wir beide, was war!«

Er nickte, tief in Gedanken. »Ja, neugeboren … Das ist wohl wahr.« Plötzlich küsste er sie mit einer Leidenschaft, wie sie sie von ihm gar nicht kannte. Jetzt war er nicht mehr von dem Gift geschwächt.

»Gehen wir, Elodia!«

Sie blickte durch die Tür. Die Hütte lag ihm Dunkel. Undeutlich sah sie eine Gestalt auf dem Lager liegen. »Aber dein Lehrer … der Priester. Du kannst doch nicht einfach so ohne ein Wort gehen!«

»Ich trage ihn in meinem Herzen. Er ist immer bei mir. Jetzt muss er ruhen. Wir sollten ihn nicht stören. Wenn er wach wird, haben wir von ihm nur Schelte zu erwarten. Er war sehr wütend auf mich. Lassen wir ihn. Mich zu heilen, hat ihn all seine Kräfte gekostet. Er wird lange schlafen …«

»Wohin sollen wir jetzt gehen, mein Liebster?«

Er schenkte ihr ein hinreißendes Lächeln. »Ich bin neugeboren. Du sagtest, wir fangen ein neues Leben an. Wir können überall hingehen. Uns gehört die ganze Welt!«

## ABSCHIED

Emerelle trat auf die weite Terrasse, die hoch über der Stadt lag. Sie blickte auf den Hafen und das Meer. Der Morgennebel lichtete sich. Noch immer hörte sie weit unten in den Straßen den Lärm letzter Feiernder. Die ganze Nacht über hatte sie Gratulationen und Glückwünsche über sich ergehen lassen. Sie hatte unzählige Hände geschüttelt. Auch Hände von Fürsten, die am Vortag noch vermeintlich treue Anhänger Gilmaraks gewesen waren.

Nur einer war nicht gekommen. Der, auf den sie am meisten gewartet hatte. Falrach war irgendwann von der Barkasse verschwunden.

Die Königin trat dicht an die Brüstung der Terrasse. Je mehr die Nebel wichen, desto deutlicher sah man die Wunden der Stadt. Niedergebrannte Häuser. Leere Fenster, über denen Rußfahnen das Mauerwerk zeichneten. Es würde noch lange dauern, bis Vahan Calyd wieder in seiner alten Pracht erstrahlte.

Die Stadt war ein Spiegel Albenmarks, dachte sie traurig. Überall gab es Spuren des dritten Trollkriegs. Des schlimmsten. Sie hoffte, dass Gilmarak und Skanga Frieden halten würden. In der vergangenen Nacht hatte sie viel über die Herrschaft der Trolle und Kobolde zu hören bekommen. Und nicht nur Schlechtes! Sie würde prüfen, welche Änderungen Gutes bewirkt hatten. Häuser konnte man wieder aufbauen. Doch die Herrschaft der Trolle konnte sie nicht einfach tilgen. Ihr neues Königreich würde ein anderes sein als jenes, das vor achtundzwanzig Jahren im Feuersturm von Vahan Calyd untergegangen war. Es gab keinen Weg dorthin zurück.

»Herrin?« Alvias war in der Tür zur Terrasse erschienen.

»Ja?«

»Ihr habt Besuch.«

Sie seufzte. Ihr stand wirklich nicht der Sinn danach, noch mehr Hände zu schütteln. »Wer ist es?«

»Ollowain.«

»Du kannst ihn vorlassen!« Sie sagte das mit mehr Begeisterung, als sich für eine Königin geziemte. Alvias hob in stummem Tadel eine Braue. Dann holte er Falrach.

Der Elf verbeugte sich tief, als er auf die Terrasse trat, und wedelte dabei seltsam mit seinem rechten Arm. »Eure durchlauchtigste Majestät …«

Sie musste lachen. »Was soll das?«

Er richtete sich auf. Schwankte er leicht?

»Ich bin Euch noch nie als Königin begegnet, Majestät. Ich feile noch an meinen Umgangsformen.«

»Ich hoffe, zwischen uns hat sich nichts geändert.«

Er wirkte plötzlich traurig. »Wenn Ihr das sagt!«

Dieser Dummkopf! So hatte sie es nicht gemeint! »Ich hatte gehofft, dass du an meinem Hof bleibst. Welches Amt möchtest du haben?«

»Ist das ein Befehl?«

»Natürlich nicht!«

Falrach breitete die Hände aus. »Ich glaube, es ist nicht klug, wenn ich bleibe. Ein Spieler mit einem Amt bei Hofe.« Jetzt lächelte er wieder. »Vielleicht als Schatzmeister. Das wird nur zu Gerede führen. Und du wirst keine Zeit haben, so wie gestern Nacht.«

»Wo warst du?«

»Ich war mit Orgrim trinken.« Er blinzelte, als schmerze das Licht in seinen Augen. »Der säuft wie ein Fass. Eigentlich ist er gar kein übler Kerl … für einen Troll. Wir haben uns ganz gut verstanden. Du wirst nicht glauben, was er mich gefragt hat.« Er schüttelte den Kopf. Aber auf eine Art, die Emerelle ahnen ließ, dass er sich schon entschieden hatte. »Er hat gefragt, ob ich ihn als sein Leibwächter auf die Nachtzinne begleiten möchte. Er hat einfach nicht verstehen wollen, dass ich nicht wirklich Ollowain bin.«

»Wozu sollte ein Troll einen Elfen als Leibwächter brauchen? Das ist absurd!«

»Nein, du musst die ganze Geschichte hören. Er hat Sorge wegen eines Elfen. Farodin heißt der. Er ist sich ganz sicher, dass dieser Farodin versuchen wird, ihn zu töten.«

Emerelle nickte wissend. Sie kannte die Geschichte dieser alten Seelenfehde. »Und du willst mit ihm gehen?«

»Nur für eine Weile … Ich habe den Verdacht, dass er ein ganz guter Falrach-Spieler sein könnte. Er hat mir von seinen Schlachten erzählt.« Er lächelte entwaffnend. »Ich freue mich, dass du von dem Albenhaupt zurückgekommen bist. Um dir das zu sagen, bin ich hier. Ich hoffe, du hast gefunden, was du dort gesucht hast.«

»Man könnte sagen, ich bin Ollowain begegnet … Ich konnte ihn nicht mitnehmen. Er ist auf dem Berg geblieben. Für immer.« Ihr versagte fast die Stimme. Wieder sah sie deutlich das Gesicht des blonden Mädchens vor sich.

»Vielleicht magst du mir ja von ihm erzählen.«

Sie sah Falrach überrascht an. »Warum?«

»Wenn du von ihm redest, dann wird dein Herz frei. Und vielleicht ist er uns sogar näher, als du denkst.«

»Wirst du plötzlich romantisch, Falrach?«

»Nein, du weißt, ich bin ein leidenschaftlicher Spieler. Alles, was ich tue, hat Kalkül. Vielleicht erhoffe ich mir ja, von ihm zu lernen, wie man dein Herz erobern kann.«

»Das hast du schon einmal geschafft, ohne ihn zu kennen.«

»Du meinst also, es wäre nicht hoffnungslos?«

Sie antwortete mit einem Lächeln. »Bleib nicht zu lange fort.«

# DANKSAGUNG

Drei Jahre nach dem Erscheinen von *Elfenwinter* ist die Trilogie um den dritten Trollkrieg mit dem vorliegenden Roman abgeschlossen. Es waren drei bewegte Jahre, und ohne all die Helferinnen und Helfer, die ich in dieser Zeit hatte, wäre es nicht möglich gewesen, diesen Weg bis zum Ende zu gehen. Und auch diesmal sollen sie nicht ohne Namen bleiben: Xinyi, die mir mit Ginseng-Tee und der Magie einer anderen Welt durch manch lange Schreibnacht geholfen hat, Karl-Heinz, den heimlichen Herrn der sprachlichen Korrektheit, Elke, die eine Lawine in andere Bahnen lenkte, Till, der mir all die Computersorgen vom Hals hielt, die ich niemals hätte lösen können, Wendel, der Zeit fand, neben Stapeln von Klassenarbeiten auch noch ein ziemlich dickes Manuskript zu bearbeiten, Nina, die darauf achtete, dass meine Helden nicht die Etikette vergessen haben, und Martin, der ihnen auf die Schuhe schaute.

Mein besonderer Dank gilt auch all jenen, die sich im Forum und im Gästebuch meiner Internetseite zu Wort gemeldet haben. Auch wenn ich dort nur selten aktiv mitwirke, bin ich doch oft stiller Gast. Mit all euren Anregungen, den Geschichten über eure Leseerfahrungen mit den Elfen oder einfach nur den freundlichen Grüßen habt auch ihr euren Teil daran, dass ich die Kraft hatte, dieses Buch zu schreiben. Danke!

Mein Dank gilt auch dem Lektoratsteam bei Heyne, Angela, Martina und Sascha. Ich weiß, das Warten auf die letzten Seiten dieses Buchs war wohl spannender als jeder Krimi. Ich danke euch für eure Geduld und euer Vertrauen.

# ANHANG

## Dramatis personae

**Adrien** Bettlerjunge aus Nantour. Wird von Bruder Jules auserwählt, um einen Ritterorden für die Tjuredkirche zu gründen. Jules überzeugt ihn davon, den Namen Michel Sarti anzunehmen und lässt den Jungen glauben, der Söldner sei dessen Vater gewesen.

**Aileen** Elfe, Farodins einstige Geliebte. Wurde vom Trollherzog Dolgrim getötet und später als Noroelle wiedergeboren.

**Ailis** Name einer Selkie, die Fürst Eleborn seine Tochter nennt. Es bleibt unklar, ob er das metaphorisch oder ernst meint.

**Ajax** Minotaur, Fürst seines Volkes in den Mondbergen. Verbündeter Emerelles im Trollkrieg.

**Alathaia** Die Elfenfürstin von Langollion, lebt in Fehde mit Emerelle, hat sich der dunklen Seite der Magie verschrieben.

**Al-beles** Einer der Namen der Elfe Sem-la, die über den Albenstern wacht, der von Iskendria in die Bibliothek der Albenkinder führt.

**Alfadas** König des Fjordlands, Vater von Ulric, Kadlin und des Halbelfen Melvyn.

**Alvias** Elf, gemeinhin Meister Alvias genannt, Haushofmeister am Hof Emerelles.

**Alyselle** Elfe aus der Leibwache Alathaias, die sich freiwillig meldet, um von der Trollschamanin Skanga in einen Shi-Handan verwandelt zu werden.

**Anais** Gärtnerin im Refugium auf dem Mons Gabino. Sie berät Elodia bei der Wahl des richtigen Giftes für den Mord an Adrien.

**Anderan** Kobold aus dem Volk der Holden. Herr der Wasser in Vahan Calyd. Vater Baldans und Kronrat des Trollkönigs Gilmarak.

**Ansgar** Berühmter Bogenschütze aus dem Fjordland. Veteran des Feldzugs in die Snaiwamark.

**Answin** Befehlshaber der Leibwache der Königin Kadlin.

**Arban ben Chalasch** Der falsche Name, den Ganda für Ollowain ersinnt, während sie auf einer Galeere nach Iskendria reisen.

**Armand** Seiltänzer aus Fargon, der vom Weg abkam und für einige Jahre zum gefragtesten Meuchler des Königreiches wurde, bis er dem weißen Ritter Michel Sarti begegnete.

**Arsi** Herzog in Drusna. Gilt als wagemutiger Feldherr, wurde jedoch von Michel Sarti während des Hungerwinters in der Schlacht bei Ulmenburg besiegt.

**Arsinoe** Erfundenes Eheweib des ebenso erfundenen Arban ben Chalasch.

**Artaxas** Lamassu im Gefolge von Melvyn. Hat den Ruf, nach einem Flugunfall ein wenig seltsam geworden zu sein.

**Asla** Fjordländerin, ehemals Frau des Alfadas, wählte sie sich am Ende des Trollkrieges den Fischer Kalf zum Gefährten. Mutter von Ulric, Kadlin und Silwyna dem Menschenkind.

**Atta Aikhjarto** Eine beseelte Eiche, steht nahe der Grenze zum Herzland bei einem großen Albenstern.

**Balbar** Stadtgott von Iskendria, der nach blutigen Menschenopfern verlangt.

**Baldan** Kobold aus dem Volk der Holden. Sohn des Anderan, des Herren der Wasser in Vahan Calyd. Diente als Hauptmann unter dem Herzog Orgrim.

**Balduin** Hofmeister des Königs Cabezan.

**Bascha** Oder: die dicke Bascha. Name, den der Kobold Gorbon der schweren Windenarmbrust im Bug seines Flusskahns gegeben hat.

**Bessa** Von den Menschen in Iskendria verehrte Seegöttin, deren Gatte ein Delphin ist.

**Birga** Trollschamanin und Ziehtochter Skangas. Berüchtigt für ihre Grausamkeit im Umgang mit Gefangenen.

**Björn Lambison** Ein junger Krieger aus dem Gefolge des Königssohns Ulric.

**Blut** Großer schwarzer Hund, der einst Ulric und Halgard das Leben rettete und später zum ständigen Begleiter des Königs Alfadas wurde.

**Bragan** Name der Sippe aus dem Koboldvolk der Holden, die die Herren der Wasser von Vahan Calyd stellt. Dieser Sippe entstammen Gondoran und Anderan.

**Branbart** Troll, der König seines Volkes, mutig, aber auch verschlagen und misstrauisch.

**Cabezan** Mensch, König von Fargon, ein berüchtigter Tyrann. Es waren seine Krieger, die in Aniscans den Heiligen Guillaume ermordeten.

**Caileen** Elfe, Gräfin von Dorien, Befehlshaberin der freien Fürsten von Arkadien.

**Camille** Ein Name, den Emerelle annimmt, als sie zum Orakel Šamur, in die Welt der Menschen reist. Sie gibt sich dabei als Heilerin aus Marcilla aus.

**Chiron** Kentaur, ein Albino. Lebt in der Bibliothek von Iskendria.

**Claudine** Eine Heilige der Tjuredkirche, deren Martyrium ein beliebtes Motiv auf den Bleiglasfenstern der Tempeltürme ist.

**Clovis** Name eines Stadtgardisten aus Nantour. Auch der Dicke genannt. Er war an der Verhaftung von Elodia beteiligt.

**Conlyn** Sohn des Melvyn und der Leylin. Wächst in der Welt der Menschen nahe der Königsstadt Firnstayn auf.

**Dalmag Paschendrab** Kobold, Vogt von Feylanviek und Hüter der Gerechtigkeit. Ein von seinem Hass zerfressener Kobold, dem die Begegnung mit Emerelle wenig Gutes einbringt.

**Danae** Der falsche Name, den Elodia annimmt, als ihre Dienste für den König Cabezan sie nach Iskendria führen.

**Derg** Trollherzog von der Wolfsgrube, Fürst in Snaiwamark.

**Der Schwarze** Kobold, Drucker, der in Talsin lebt und die verbotenen Schriften des Elija Glops druckt und vertreibt. Ein überzeugter Anhänger der Rotmützen.

**Dickhaut** Alter Hornschildechsenbulle, der ein Gerüst zum Trocknen von Dung trägt.

**Dobon** Kobold aus dem Volk der Grauhäute. Tritt nach dem Tod Douars als Sprecher seines Volkes auf.

**Dolgrim** Trollherzog, frühere Inkarnation Orgrims. Tötete Aileen, Farodins Geliebte und löste damit die Seelenfehde aus, die noch immer andauert.

**Douar** Kobold aus dem Volk der Grauhäute. Tritt als der Sprecher seines Volkes auf.

**Einhard von Weidenbach** Tjuredpriester aus dem Refugium Weidenbach. Berühmt für seine Viten über die frühen Heiligen des Ordens vom Aschenbaum.

**Eirik** Junge aus Firnstayn, Rivale Ulrics. Später der Anführer der Jäger in Diensten des Königs.

**Eisfeder** Einer der Schwarzrückenadler, die Melvyn in den Krieg gegen die Trolle folgten. Die Nestgefährtin Wolkentauchers.

**Eleborn** Seeelf, Fürst unter den Wogen, Herrscher über die Albenkinder, die in den Ozeanen Albenmarks leben.

**Elena** Kentaurin, Tochter des Katander von Uttika.

**Elija Glops** Angehöriger des Koboldvolks der Lutin. Geschickter Agitator und Begründer der Liga zur Wahrung der inneren Größe Albenmarks sowie der Rebellenbewegung der Rotmützen. Wird nach der Vertreibung Emerelles ein mächtiger Fürst im Schatten hinter dem Trollthron.

**Elodrin** Elf, der Seefürst von Alvemer. Kommandant von Emerelles Flotte und vorübergehend Oberbefehlshaber des Heeres, das sich im Windland sammelt.

**Elovyn** Elf aus der Leibwache Alathaias, der sich freiwillig meldet, um von der Trollschamanin Skanga in einen Shi-Handan verwandelt zu werden.

**Emerelle** Elfe, die Königin aller Albenkinder und eines der ältesten Geschöpfe Albenmarks. Wird noch einmal, wie einst, zur Fahrenden Ritterin, nachdem sie ihren Thron verliert. Vermag sich aber ihrem Schicksal nicht zu entziehen.

**Eurestes** Kapitän des aegilischen Schnellseglers, auf dem Elodia aus Iskendria flieht.

**Falrach** Berühmter Heerführer der Elfen, rettete einst Emerelle das Leben, indem er sich selbst opferte. Erfinder des Falrach-Spiels. Eine frühe Inkarnation Ollowains. Wird zur herrschenden Persönlichkeit im Körper Ollowains, nachdem dessen Bewusstsein durch den Lutin Elija Glops zerstört wird.

**Farodin** Legendärer Elfenheld, der alle Widerstände überwindet, um gemeinsam mit seinen Gefährten Nuramon und Mandred, nach Noroelle, seiner wiedergeborenen großen Liebe zu suchen.

**Fenryl** Elf, ehemals ein Graf in der Snaiwamark. Stets begleitet von seinem Falken, ist er ein begnadeter Jäger und ritterlicher Krieger.

**Finn** Der Jarl von Stayndamm, nahe Gonthabu im Fjordland. Er bringt Kadlin verhängnisvolle Geschenke aus einem gestrandeten Kauffahrtsschiff.

**Firandi** Koboldin aus dem Verbrannten Land. Lebensgefährtin des Schamanen Oblon.

**Firaz** Schamanin aus dem Volk der Gazala. Sie lebt inmitten des Verbrannten Landes in der Felsoase, die als der Jadegarten bekannt ist.

**Firn** Gott des Winters im Götterpantheon der Fjordländer.

**Fleckfuß** Schwarzrückenadler, der Emerelle zum östlichen Gletscher auf dem Albenhaupt bringt.

**Ganda** Lutin, eine machtvolle Zauberin und erfahrene Reisende auf den Albenpfaden.

**Ganya** Junges Koboldmädchen aus dem Volk der Grauhäute.

**Gharub** Troll, Rudelführer in seinem Volk. Steigt zum Stadtfürsten von Feylanviek auf, bis ihn dort nach einer Gerichtsverhandlung sein Schicksal ereilt.

**Gilmarak** Junger König der Trolle, der wiedergeborene Branbart.

**Gorbon** Kobold aus dem nördlichen Windland. Besitzer eines Frachtkahns, der auf dem Mika verkehrt. Berüchtigt für seine unappetitliche Leidenschaft für Kautabak und seine seltsame Leidenschaft für sein Schiffsgeschütz, die dicke Bascha.

**Gromjan** Auch Meister Gromjan genannt, Zauberlehrer aus dem Koboldvolk der Lutin.

**Guido** Ordensbruder und Baumeister, zieht ins Fjordland auf der Flucht vor seiner Nemesis und wird dort zu einem der Berater des Königs Alfadas.

**Guillaume** Heiliger der Tjuredkirche. Gilt als Märtyrer. Wurde angeblich in Aniscans auf grausame Weise durch Elfen ermordet. Sohn der Noroelle und des Devanthar. (Näheres siehe: Die Elfen.)

**Gundaher** Baumeister und Chronist am Königshof des Alfadas. Flüchtling aus dem Königreich Fargon, wo er als Bruder Guido zur Tjuredpriesterschaft gehörte.

**Gundar** Verstorbener Luthpriester aus Firnstayn, rettete Ulric das Leben und besiegte den Shi-Handan, der das Dorf heimsuchte.

**Growak** Trollherzog vom Blutberg in der Snaiwamark.

**Halgard** Ulrics Gattin, war als Kind blind und wurde von Emerelle geheilt. Mit den Jahren wird sie selbst zu einer erfahrenen Heilerin.

**Hieron** Kentauer aus Uttika. Berühmter Mathematiker und Baumeister des Fürsten Katander, der unter anderem die Rammen entwirft, mit denen die Steppenschiffe angegriffen werden.

**Horsa Starkschild** Einst König des Fjordlands. Ein Herrscher zweifelhafter Moral, aber unbestritten ein mutiger Krieger. Machte Alfadas zu seinem Feldherrn und schickte ihn später in den aussichtslosen Winterkrieg nach Albenmark, um sich seiner zu entledigen.

**Imaga** Koboldin aus dem Volk der Grauhäute. Eine erfolgreiche Traumfängerin.

**Jean** Bruder Elodias, der mit ihr gemeinsam zur Burg König Cabezans gebracht wird.

**Jules** Auch Bruder Jules oder Jules der Wanderer. Tjuredpriester, der großen Einfluss auf die Entwicklung seiner Kirche hat und als einer der radikalsten Elfengegner gilt.

**Kadlin** Tochter des Alfadas und der Asla. Floh mit ihrer Mutter während des Winterkriegs gegen die Trolle den Rentiersteig hinauf in die Berge und wurde allgemein für tot gehalten. Erst Jahre später kehrte sie, unwissend um ihre Abstammung, an den Königshof in Firnstayn zurück. Nach dem Tod von Alfadas und Ulric wird sie die erste Königin aus dem Geschlecht des Mandred.

**Kalf** Fjordländer und einige Jahre lang Jarl von Firnstayn. Eigentlich ein Fischer, wird er einer der Anführer seines Volkes im verzweifelten Abwehrkampf gegen die Trolle. Als ehemaliger Verehrer Aslas verliert er die große Liebe seines Lebens an Alfadas. Doch während des Trollkrieges finden sie zueinander. Er rettet sie und wird zum Ziehvater von Kadlin und Silwyna Menschentochter, die beide nicht wissen, dass er nicht ihr leiblicher Vater ist.

**Katander** Kentaur, Fürst von Uttika, Feldkommandant im Trollkrieg.

**Kirta** Kentaurin aus dem Klan der Frostkinder. Lebensgefährtin des Nestheus.

**Kirta** Von den Menschen in Iskendria verehrte Seegöttin.

**Klaves** Name, den Ollowain im Lager der Lutin erhält, nachdem er die Erinnerung verloren hatte.

**Lambi** Herzog des Fjordlands, der Heerführer des Königs Alfadas. Ein Mann, dessen Anblick und Flüche allein schon genügen, um Schlachten zu gewinnen. Ein Veteran der Schlachten des Elfenwinters und treuer Weggefährte des Königs Alfadas. Nach dem tragischen Tod seines Sohnes Björn bei der Schlacht bei der Nachtzinne wird er ein enger Berater der neuen Königin Kadlin.

**Leylin** Elfe, Fürstin von Arkadien, Gattin des Shandral und Geliebte Melvyns. Sie heiratet nach Shandrals Tod Melvyn und bekommt den Sohn Conlyn.

**Liza** Ein Koboldmädchen aus dem Volk der Lutin. Die große Liebe des Nikodemus Glops.

**Lyndwyn** Magierin, Enkeltochter des Elfenfürsten von Arkadien, gestorben nach der Schlacht um Phylangan, Geliebte Ollowains.

**Luth** Schicksalsgott im Götterpantheon der Fjordländer. Auch der Schicksalsweber genannt.

**Madra** Troll, Angehöriger der Leibwache des Gharub. Gefährte des Lutin Nikodemus Glops.

**Madrog** Kobold aus dem Volk der Spinnenmänner, Hauptmann der Leibwache des Elfenfürsten Shandral.

**Makarios** Verbitterter Kentaurenfürst aus dem nördlichen Windland.

**Malmon** Hauptmann aus Fargon, der während des Hungerwinters das belagerte Ulmenburg verteidigte. Von ihm stammt die älteste schriftliche Quelle über den Heiligen Michel Sarti.

**Mandred Torgridson** Ehemals Jarl von Firnstayn. Vater des Alfadas. Gefährte von Farodin und Nuramon, mit denen er nach der verbannten Noroelle sucht. (Siehe: Die Elfen.)

**Matha Naht** Beseelter Holunderbaum. Lehrerin Skangas. Ein Baum mit üblem Ruf.

**Meliander** Elf, Begründer des Fürstengeschlechts von Arkadien, Bruder Emerelles.

**Melvyn** Sohn des Alfadas und der Elfe Silwyna. Wuchs ohne Vater in einem Wolfsrudel auf. Heiratet Leylin und zeugt mit ihr den Sohn Conlyn.

**Michel Sarti** 1) Söldnerführer aus Angnos, der für einige der schlimmsten Gräueltaten während des dritten Krieges zwischen Angnos und Fargon verantwortlich ist.
2) Name, den der junge Ritter Adrien annimmt, als er in der Rolle des weißen Ritters durch das Königreich Fargon reist.

**Miridas** Nautarch der Galeere mit den Purpursegeln, des Flagschiffs der Flotte des Piratenprinzen Tigranes.

**Mondblüte** Eine Auenfee, die zu den ersten Opfern der Yingiz gehört.

**Mondkragen** Hornschildechse, gehört zur Herde, mit der die Lutin Ganda wanderte. Auf dem Rücken von Mondkragen hat Ganda ihr Zuhause.

**Nailyn** Elfe, die sich entschieden hat, im Meer zu leben. Geliebte des Eleborn.

**Nandalee** Elfe, Mutter der Elfenkönigin Emerelle, gehörte einst zur Elfengarde der Drachenfürsten.

**Narvgar** Recke aus dem Gefolge Lambis. Ein Veteran aus den Trollkriegen, der mit Lambi und Alfadas in der Snaiwamark kämpfte.

**Nestheus** Kentaur, Sohn des Orimedes und Einiger der Kentaurenstämme.

**Nikodemus Glops** Kobold aus dem Volk der Lutin, rettungslos verliebt in das Koboldmädchen Liza. Jüngerer Bruder des Anführers der Rotmützen, Elija Glops.

**Norgrimm** Gott des Krieges im Götterpantheon der Fjordländer.

**Noroelle** Magierin am Hof Emerelles, wurde verbannt, als sie ein Kind des Devanthar gebar und nicht opfern wollte, sondern es in der Welt der Menschen versteckte. Die große Liebe von Farodin und Nuramon.

**Nuramon** Legendärer Elfenheld, der alle Widerstände überwindet, um mit seinen Gefährten Farodin und Mandred nach seiner großen Liebe, Noroelle, zu suchen.

**Oblon** Koboldschamane aus dem Verbrannten Land. Seine wichtigsten Titel sind: Bewahrer der Ahnen, Stimme der Toten, Wanderer an verbotenen Orten. Er ist der Schamane seiner Sippe und zugleich auch der Anführer der Jäger und Krieger.

**Olav Erikson** Heilkundiger am Königshof in Firnstayn.

**Ollowain** Elf, Schwertmeister der Königin, entstammt dem Volk der Normirga.

**Ollwyn** Ollowains Name in den Sagas der Fjordländer.

**Orgrim** Troll, Herzog der Nachtzinne, gilt als fähigster Feldherr unter den Trollen.

**Orimedes** Kentaur, Fürst im Windland und nach langen Verhandlungen Anführer der vereinigten Kentaurenstämme des Windlandes. Vater des Nesteus.

**Orregrim** Name des Trollherzogs Orgrim in dem Epos, das der Skalde Isleif über Leben und Taten seiner Königin Kadlin dichtet.

**Osaberg** Legendärer König des Fjordlands, dessen Grab während des Elfenwinters von Ulric Alfadasson gefunden wurde.

**Polios** Einer der Leibwächter des Piratenprinzen Tigranes.

**Promachos** Hochrangiger Priester des Stadtgottes Balbar. Er hat die Vision, der Stadt eine mächtige Kriegsflotte zu schenken und ferne Küsten zu beherrschen. Er verfällt der schönen Sklavin Danae, die sein Schicksal wird.

**Raoul Deleau** Hauptmann aus Fargon, diente an der Grenze zu Drusna, war Stadtkommandant von Nantour uns später Befehlshaber der Palastwache des Königs Cabezan.

**Rustur** Troll, Rudelführer. Führt den Befehl über den inneren Kreis der Schiffsburg während der Belagerung durch die Kentauren.

**Šamur** Entstammt dem Volk der Gazala. Eine berühmte Seherin. Schwester der Firaz. Wurde wegen ihrer Gaben von Emerelle in die Welt der Menschen verbannt.

**Sem-la** Elfe, die von Emerelle verbannt wurde und über einen großen Albenstern in Iskendria wacht. Sem-la ist ein menschlicher Name, den sie annahm, um eine erfolgreiche Kauffrau zu spielen. Ihr elfischer Name lautet Valynwyn.

**Serenas** Leibarzt des Piratenprinzen Tigranes.

**Shahondin** Elfenfürst von Arkadien, wurde von Skanga entleibt, aber von seiner Enkelin Lyndwyn getötet. Berüchtigter Intrigant. (Näheres siehe: Elfenwinter.)

**Shandral** Elf, Fürst von Arkadien, Gemahl Leylins. Gerüchten zufolge ein eifriger Schüler Alathaias und vertraut mit den dunklen Seiten der Magie. Wurde mit seiner gesamten Familie während der Kämpfe um Emerelles Thron hingerichtet. Shandral war berüchtigt für das Terrorregime, das er in Feylanviek und anderswo führte. Unter Kobolden war er ebenso verhasst wie gefürchtet.

**Silwyna** 1) Elfe aus dem Volk der Maurawan. Mutter Melvyns, Lebensgefährten des Königs Alfadas.

2) Tochter der Asla, benannt nach der Elfe Silwyna, die Asla, Kalf und Kadlin während des Elfenwinters das Leben rettete.

**Skanga** Trollschamanin, Hüterin des Albensteins ihres Volkes, von den Elfen auch die Schattenweberin genannt.

**Snaif** Trollherzog vom Mordstein, Fürst in der Snaiwamark.

**Solton** Kobold aus Feylanviek. Stapelmeister und damit einer der einflussreichsten Würdenträger der Stadt am Mika.

**Sternenauge** Name des Hengstes, den der Elfmeister Alvias, der Hofmeister der Königin Emerelle, in seiner Kindheit ritt.

**Svenja** Eine Tante Aslas. Die Kinderfrau von Halgard und Ulric.

**Swana Björnsdottir** Tochter von Kadlin Alfadasdottir, Königin des Fjordlands, und Björn Lambison. Das Kind wurde mit schneeweißem Haar geboren und die Fjordländer glaubten, dies geschah aufgrund all der Schrecken, die Kadlin während ihrer Schwangerschaft durchlebte. Kadlins Heldentaten werden sehr plastisch im Epos des Skalden Isleif geschildert.

**Tankret** Leibwächter des Königs Cabezan.

**Tigranes** Piratenprinz von den Aegilischen Inseln. Herrscher auf der Insel Zeola. Wird durch die Intrigen des Cabezan und seiner Meuchlerin Elodia (Danae) unverschuldet in einen Seekrieg mit dem Stadtstaat Iskendria verwickelt.

**Tjured** Erlösergottheit einer monotheistischen Religion, die in Fargon ihre Wurzeln hat und sich nach dem Märtyrertod des Heiligen Guillaume schnell in der Welt der Menschen ausbreitet.

**Torkelschritt** Hornschildechse aus der Herde, mit der die Sippe der Lutin Ganda zieht.

**Ulric** Sohn von Alfadas und Asla. Zweiter König des Fjordlands.

**Valderun** Elf aus der Leibwache Alathaias, der sich freiwillig meldet, um von der Trollschamanin Skanga in einen Shi-Handan verwandelt zu werden.

**Valynwyn** Elfe, die von Emerelle in die Welt der Menschen verbannt wurde und dort unter den Namen Sem-la und später als Al-beles über den Albenstern wacht, der einen ungefährlichen Zugang zur Bibliothek von Iskendria erlaubt.

**Veleif Silberhand** Skalde am Hof König Horsas, später Skalde und Vertrauter des Alfadas.

**Verrak** Name einer Koboldsippe. Sie waren sehr einflussreiche Kaufherren in Feylanviek, bis die Stadt durch die Trollgesetze verarmte und die Familie nach Süden abwanderte. Ihr Name wird von Elija Glops für seine Waffengeschäfte missbraucht.

**Weißer Donner** Der Name, den der Devanthar alias Bruder Jules in Pferdegestalt annahm.

**Wolfsbeißer** Hornschildechse, auf deren Rücken der Lutin Elija Glops lebt.

**Wolkentaucher** Fürst unter den Schwarzrückenadlern, die am Albenhaupt wachen.

**Yilvina** Elfe, die dem Königshof von Firnstayn eng verbunden ist und einst eine Schülerin des Schwertmeisters Ollowain war. Nun befehligt sie die Leibwache des Seefürsten Elodrin.

**Zargub** Rudelführer der Trolle. Übernimmt das Kommando über die Snaiwamark-Karawane nach der Verwundung des Herzogs Orgrim.

**Zweistoß** Hornschildechse, Leitbulle der Herde, mit der sich Ganda verbunden fühlt und die von Elija Glops angeführt wird.

## Schauplätze

**Aegilische Inseln** Inselgruppe nördlich Iskendrias. Heimat von Händlern, aber auch Piraten. Berühmt für die Weine, die von den Inseln stammen.

**Albenhaupt** Geheimnisumwitterter Berg weit im Norden Albenmarks.

**Albenmark** Oberbegriff für die Welt der Albenkinder.

**Alda** Grenzfluss im nordöstlichen Fargon.

**Alte Veste** Name der Garnisonsfestung der Drachenelfen im Jadegarten.

**Alvemer** Elfenfürstentum, das an die Snaiwamark und das Windland angrenzt.

**Andere Welt** Elfischer Name für die Menschenwelt.

**Angnos** Ein Königreich der Menschen, weit südlich des Fjordlands grenzt es an das Königreich Fargon und liegt mit diesem seit langem in Fehde.

**Aniscans** Bedeutende Metropole im menschlichen Königreich Fargon. Der Ort, an dem der heilige Guillaume ermordet wurde.

**Arkadien** Elfenfürstentum, berühmt für seine Schönheit wie für die kalte Arroganz seiner Herrscher.

**Avron** Stadt in Fargon. Wurde während der Kriege zwischen Angnos und Fargon geplündert.

**Bainne Tyr** Der alte Name für das Verbrannte Land. Er bedeutete so viel wie Milchland. Glaubt man den alten Geschichten, dann war diese Wüste einst fruchtbares, dicht bevölkertes Land.

**Carandamon** Hochebene im ewigen Eis, die ursprüngliche Heimat des Elfenvolkes der Normirga.

**Dorien** Elfengrafschaft in Arkadien.

**Drusna** Großes Waldkönigreich, das im Nordosten an Fargon angrenzt.

**Elfenlicht** Der Name, den die Koboldvölker Emerelles Burg im Herzland gegeben haben und der mit der Zeit von allen anderen Völkern Albenmarks übernommen wurde.

**Equitanien** Kleines Königreich im Südwesten Fargons, berühmt für seine Pferde und seine ungestümen Lanzenreiter.

**Fargon** Ein Königreich der Menschen. Hier hat der Tjuredglaube seinen Ursprung.

**Feylanviek** Bedeutende Handelsmetropole im Norden des Windlands. Überwiegend von Kobolden besiedelt. Liegt am Ufer des Mika. Ein Albenstern liegt mitten in der Stadt. Ein zweiter nahe den Stadtgrenzen.

**Firnstayn** Kleines Dorf im Fjordland, Ulric stammt aus diesem Dorf. Unter der Herrschaft des Königs Alfadas wird Firnstayn nach seiner Zerstörung durch die Trolle neu aufgebaut und zur Hauptstadt des Fjordlands erwählt.

**Fjordland** Ein Königreich, hoch im Norden der Welt der Menschen.

**Herzland** Elfenfürstentum, hier liegt der ehemalige Herrschersitz der Königin Emerelle, die Burg Elfenlicht, dessen Thron von den Trollen erobert wurde.

**Honnigsvald** Aufgegebene Stadt, etwa einen halben Tagesritt südlich von Firnstayn. Honnigsvald wurde während der Kämpfe im Elfenwinter von den Trollen niedergebrannt und seither nicht wieder aufgebaut.

**Ischemon** Elfenfürstentum, ehemals Heimat der Sonnendrachen.

**Iskendria** 1) Berühmte Hafenstadt in der Welt der Menschen. Unterwirft sich dem grausamen Gott Balbar und huldigt seinem blutigen Kult. Gilt zugleich als Hauptstadt der Künste und Kultur. Ein Ort voller Widersprüche.
2) Bibliothek in einem Splitter der Zerbrochenen Welt. Der Sage nach wird hier alles Wissen Albenmarks verwahrt, doch es ist eine Kunst, in der labyrinthischen Bibliothek auch zu finden, was man sucht.

**Jadegarten** Der Name einer Felsoase inmitten des Verbrannten Landes.

**Königsstein** Name der Trolle für die Bergfestung, die von den Elfen Phylangan genannt wurde. Sie war der Sitz der Troll- und Elfenherrscher über die Snaiwamark.

**Langollion** Elfenfürstentum der Alathaia, eine Insel südöstlich der Walbucht.

**Manchukett** Ein fernes Königreich in Albenmark. Hier gibt es die kälberstehlenden Riesenwelse.

**Marcilla** Ein kleiner Stadtstaat im Süden Fargons, der durch die Truppen König Cabezans erobert wurde. Berühmt für seine Keramik und seinen Honig.

**Meliamer** Hafenstadt in Albenmark, auf der Insel Ishemon gelegen.

**Mika** Großer Strom im Norden des Windlands. Von der See her schiffbar bis Feylanviek. Gabelt sich in den weißen Mika, der von Stromschnellen geprägt ist, und den blauen Mika, auf dem Schifffahrt möglich ist.

**Mondberge** Gebirge an der südlichen Grenze des Windlands. Heimat der Minotauren und des Koboldvolks der Spinnenmänner.

**Mons Gabino** Ein Berg im Königreich Angnos in der Welt der Menschen. Er ist berühmt für das Refugium der 30 Märtyrer, in dem vorgeblich die Elfen etwa 20 Jahre nach dem Tod des Heiligen Guillaume ein Massaker an den dort lebenden Ordensbrüdern der Tjuredkirche verübten.

**Mordstein** Trollfestung in der südlichen Snaiwamark.

**Nachtzinne** Felsenburg der Trolle, nördlich von Firnstayn, am Ende eines kurzen Fjords gelegen. Herrschersitz des Herzogs Orgrim.

**Nantour** Große Stadt in der Welt der Menschen, im Norden des Königreichs Fargon gelegen.

**Phylangan** Elfenfestung, die den Pass zwischen Carandamon und der Snaiwamark beherrschte, wurde durch einen Vulkanausbruch zerstört. Die Trolle nennen diesen Ort Königsstein.

**Reilimee** Bedeutende elfische Hafenstadt, die während des Trollkriegs zerstört wurde.

**Rejkas** Mittelgebirge an der Südgrenze der Snaiwamark.

**Rentiersteig** Ein Weg, den die Rentiere im Fjordland während ihrer Wanderungen im Frühjahr und im Herbst nutzen.

**Ruonnes** Stadt in Fargon. Wurde während des Krieges zwischen Angnos und Fargon gebrandschatzt.

**Selinunt** Ruinenstadt im Königreich Fargon in der Welt der Menschen. Einst hieß sie das Weiße Selinunt. Sie wurde während des Krieges zwischen den Devanthar und den Alben zerstört.

**Shalyn Falah** Die weiße Brücke, einer der Wege in Herzland.

**Slanga-Berge** Bergkette nördlich der Snaiwamark. Heimat des Elfenvolks der Maurawan.

**Snaiwamark** Ursprungsregion der Trolle in Albenmark, nach deren Vertreibung durch das Elfenvolk der Normirga besiedelt. Ein unwirtliches, kaltes Land im hohen Norden Albenmarks.

**Stayndamm** Kleines Küstendorf im Fjordland, nahe dem Hafen Gonthabu gelegen.

**Tanthalia** Kleines Inselkönigreich, das südwestlich Arkadiens liegt. Berühmt für seine blinden Märchenerzähler. Gegen Ende der Herrschaft des Trollkönigs Gilmarak wird der Lutin Elija Glops zum Fürsten von Tanthalia.

**Tildanas** Stadt in Albenmark. Versank noch vor der Epoche der Drachenkriege im Meer. Berühmt und berüchtigt für seine Zauberweber, die den Weg des Lichtes verlassen hatten und unter anderem die Traumscheiben ersannen, die einem Betrachter seine Erinnerungen rauben.

**Ulmenburg** Kleine Stadt im nordöstlichen Fargon, an der Alda und nahe der drusnischen Grenze gelegen.

**Uttika** 1. Name eines Fürstentum der Kentauren im Westen des Windlands.
2. Name der Hauptstadt des Fürstentums Uttika.

**Vahan Calyd** Hafenstadt am Waldmeer, wurde von den vertriebenen Normirga gegründet und zu Beginn des dritten Trollkrieges vollständig zerstört. Heimat des Koboldvolks der Holden. Der Ort, an dem alle 28 Jahre der König Albenmarks gewählt wurde.

**Vahlemer** Stadt in Albenmark, liegt an der Mündung des blauen Mika und gehört zum Fürstentum Alvemer.

**Valemas** Eine lange verlassene Elfenstadt in Albenmark. Die Freien von Valemas wurden von Emerelle ins Exil vertrieben und errichteten eine bescheidene Oasenstadt in der Zerbrochenen Welt.

**Verbrannntes Land** Name eines Landstrichs in Albenmark, der während der Kämpfe im Drachenkrieg in eine Wüste verwandelt wurde.
**Weidenbach** Kleines Dorf im Nordosten Fargons. Berühmt für sein Refugium und dessen Schreibstube, in der die frühesten Schriften über Michel Sarti und andere Heilige des Ordens vom Aschenbaum bewahrt werden.
**Windland** Weite Steppenlandschaft südlich von Carandamon und der Snaiwamark. Heimat der meisten Kentaurenstämme.
**Wolkenspiegel** Ein Gletschersee auf einem Pass an der nördlichen Grenze des Fjordlands. Der Pass kann nur überschritten werden, wenn der See während des Winters zufriert.
**Yaldemee** Siedlung im Herzland Albenmarks, liegt knapp einen Tagesritt von Emerelles Burg entfernt. Der Ort ist berühmt für die Farben der Mauslinge, die hier hergestellt werden.
**Zeola** Eine der Aegilischen Inseln. Elodia behauptet in ihrer Rolle als Danae, eine Fischerstochter aus Zeola zu sein.

## Glossar

**Albenkinder** Sammelbegriff für alle Völker, die von den Alben erschaffen wurden (Elfen, Trolle, Holde etc.)
**Albenpfade** Ein Netzwerk magischer Wege, das einst von den Alben erschaffen wurde.
**Albenstein** Ein magisches Artefakt. Jedes der Albenvölker erhielt einen solchen Stein, bevor die Alben ihre Welt verließen. Ein Albenstein stärkt die Zauberkraft seines Benutzers. Werden mehrere Albensteine zusammengeführt, kann Magie von weltenverändernder Macht gewirkt werden.

**Albenstern** Schnittpunkt von zwei bis sieben Albenpfaden; durch Albensterne können die Albenpfade betreten werden.

**Apsaras** Wassernymphen aus einem fernen Teil Albenmarks.

**Auenfeen** Albenvolk, Geschöpfe von knapp Fingerlänge mit elfenähnlichem Äußeren, die Schmetterlings- oder Libellenflügel haben.

**Blütenfeen** Eine andere Bezeichnung für Auenfeen.

**Dailisch** Die Sprache der Kentauren.

**Dinko-Busch** Ein Busch, aus dem die Albenkinder einen dunklen Saft gewinnen, mit dem sie sich Bilder auf die Haut malen. Der Dinko-Saft, der über die Haut aufgenommen wird, gilt auch als ein Aphrodisiakum.

**Drachenrufer** Singvogel, der in den Oasen des Verbrannten Landes heimisch ist. Er ist berühmt für seine melancholischen Nachtlieder und erzielt auf den Vogelmärkten der großen Städte höchste Verkaufspreise.

**Eisenbart** Holzfigur, in die man Eisenstücke als Opfergaben schlägt. Die Fjordländer stellen Eisenbärte zu Ehren ihres Schicksalsgottes Luth auf. Auch Eisenmann genannt.

**Elfen** Das letzte der Völker, die von den Alben erschaffen wurden. Etwa menschengroß, sind sie von schlankerer Gestalt und haben längliche, spitz zulaufende Ohren. Die meisten von ihnen sind magiebegabt.

**Falrach-Spiel** Ein Brettspiel, das von Falrach, einem der bedeutendsten Feldherren der Elfen ersonnen wurde. Angeblich lässt sich jede erdenkliche Schlacht mit Hilfe dieses Spiels nachstellen.

**Falrach-Tisch** Besonderer Spieltisch, auf dem das Falrach-Spiel gespielt wird.

**Faune** Bocksbeiniges Volk in Albenmark.

**Galeasse** Hochbordiges Schiff, das sowohl gesegelt als auch gerudert werden kann. Wesentlich hochseetauglicher als Galeeren.

**Gazala** Verwandte der Faunen. Statt eines Bockskopfes haben sie schmale, langgezogene Gazellenhäupter mit sehr auffälligen, weit nach hinten gebogenen und in sich gedrehten Hörnern. Es gibt nur noch wenige dieses Volkes. Die Frauen der Gazala sind berühmt für ihre Gabe der Weissagung. Die bekannteste von ihnen ist Firaz, die allein in der Oase mit Namen Jadegarten im Verbrannten Land lebt.

**Gelgerok** Gehört zur Fauna Albenmarks, berühmt für zartes Fleisch und weiches Leder.

**Gorgonen** Frauen, die statt Beinen einen Schlangenleib besitzen und die statt Haaren sich windende Schlangenknäuel auf dem Haupt tragen. Sie gelten als tödliche Bogenschützinnen. Man findet sie in Albenmark in der Region Nashrapur.

**Grauhäute** Name jenes Koboldvolkes im Verbrannten Land, das sich über Jahrhunderte für Trolle ausgegeben hat. Sie bringen die Traumfänger hervor, die sich dem Einfluss der Yingiz auf die anderen Koboldvölker entgegenstellen.

**Hattah** Ein Pfeilgift, das von den Kobolden im Verbrannten Land benutzt wird. Gelangt es in den Blutkreislauf, führt es zu Atemlähmung und einem schnellen Erstickungstod. Das Gift wird aus dem Fleisch von Kakteen gewonnen. Trocknet man dieses Fleisch, erhält man eine Droge mit starker halluzinogener Wirkung, die ebenfalls Hattah genannt wird.

**Kentauren** Mischgeschöpfe aus Elfen und Pferden. Dem Pferdeleib entwächst ein elfenähnlicher Oberkörper. Die meisten Kentaurenstämme leben nomadisch und sind im Windland beheimatet. Der Oberkörper der Kentauren ist muskulöser als bei ihren »Elfenvettern«. Auch ist Bartwuchs unter ihnen weit verbreitet, und ihre Ohren sind weniger lang als bei den Elfen.

**Kobolde** Eine Sammelbezeichnung für eine ganze Gruppe verschiedener Völker oder Stämme wie etwa die

Lutin oder die Holden. Die Kobolde sind, nach den Maßstäben eines Menschen geschätzt, etwa knie- bis hüfthoch. Viele Kobolde sind magiebegabt. Die meisten gelten als hervorragende Handwerker. Andere Albenkinder bedienen sich der Kobolde gerne als Diener oder Sklaven.

**Lamassu** Volk in Albenmark, Geschöpfe mit einem Stierleib, großen Adlerflügeln und einem bärtigen Kopf. Sie gelten als sehr weise und als bedeutende Zauberer.

**Liga zur Wahrung der inneren Größe Albenmarks** Ein Zusammenschluss von Sauertöpfen und Weltverbesserern. Begründet von Elija Glops, nutzt dieser die scheinbar harmlose Liga zur Verbreitung seiner Streitschriften und zur Agitation gegen die Herrschaft der Elfen.

**Lutin** Fuchsköpfiges Koboldvolk. Die Lutins sind sehr begabte Zauberer und berüchtigt für ihren schwarzen Humor und ihre üblen Streiche. Sie gelten auch als gute Geschäftsleute und Hehler. Was ein Lutin nicht beschaffen kann, das gibt es nicht in Albenmark.

**Maurawan** Elfenvolk, das hoch im Norden Albenmarks in den Wäldern am Fuß der Slanga-Berge lebt. Berühmt für seine Bogenschützen.

**Mauslinge** Ein kleinwüchsiges Koboldvolk, dessen Angehörige kaum daumengroß sind. Sie sind berühmt für die prächtigen Farben, die sie mischen und für detailverliebte Kupferstiche verwenden.

**Minotauren** Stierköpfige Hünen. Ihr Leib ähnelt dem von Trollen, wobei sie im Gegensatz zu diesen den Kontakt mit Metall nicht als unangenehm empfinden.

**Nautarch** Bezeichnung, die auf den Aegilischen Inseln für einen Galeerenkapitän gebräuchlich ist.

**Normirga** Elfenvolk, das den Trollen die Provinz Snaiwamark nahm und nach der Schlacht um Phylangan von dort vertrieben wurde. Ollowain und Emerelle entstammen diesem Elfenvolk.

**Palmwächter** Kleiner Singvogel, heimisch in den Oasen des Verbrannten Landes.

**Refugium** Bezeichnung der Tjuredpriesterschaft für eine Einrichtung, die den irdischen Klöstern ähnelt.
**Riesenwelse** Flusswelse, so groß, dass sie Lämmer und Kälber verschlingen können, wenn sie sich nachts ans Ufer wälzen.
**Rotkamm** Eidechsenart, im südlichen Albenmark beheimatet. Ihr bevorzugter Lebensraum sind trockene, heiße Regionen. Sie werden bis zu zwei Schritt lang und sind Allesfresser. Außer zu ihrer Paarungszeit sind Rotkämme Einzelgänger.
**Rotmützen** Geheimbund von Kobolden, die zum bewaffneten Kampf gegen die Tyrannei der Elfenfürsten entschlossen sind.
**Sanhalla** Name des Südwindes, der von den Hängen der Rejkas im Sommer auf die Ebene der Snaiwamark weht.
**Selkies** Seehunde oder auch Otter, die ihre Tierhaut abzustreifen vermögen und dann die Gestalt von jungen Elfen haben. Der Saga nach sind es Kinder Eleborns, des Herrschers unter den Wogen.
**Shi-Handan** Geisterhafte Geschöpfe, meist in Form von Hunden, die so groß wie Ponys sind. Die Shi-Handan entstehen durch die magische Verschmelzung eines Yingiz mit einem Elfen oder Menschen.
**Silbernacht** Das Fest, das die Elfen in der letzten Herbstnacht im Alten Wald feiern. In dieser einen Nacht im Jahr vermag Emerelle die Stimmen der Ahnen zu hören, jener Elfen also, die ins Mondlicht gegangen sind.
**Skalde** Fjordländische Bezeichnung für einen Barden.
**Spinnenmänner** Ein Koboldvolk aus den Mondbergen, das berühmt für seine Kletterfertigkeiten ist. Angeblich vermögen sie wie Spinnen an Mauern und Steilwänden hinabzulaufen.
**Stachelschwanz** Wehrhafte Eidechse, beheimatet in den ariden Regionen der südlichen Albenmark. Der Stachelschwanz ist ein Pflanzenfresser. Sein mit mehr als fünf Zoll langen Stacheln bewehrter, peitschenähnlicher

Schwanz war namensgebend. Die Tiere leben in kleinen Gruppen und gelten als äußerst wehrhaft.

**Steppenschiffe** Gewaltige, hölzerne Karren, so groß wie kleine Schiffe. Sie wurden auf Befehl des Trollkönigs Gilmarak gefertigt, um die Schätze der Snaiwamark-Karawane auf ihren Frachtdecks zu tragen. Mit etlichen Torsionsgeschützten bestückt, stellen sie fahrende Festungen dar. Ihre Besatzung besteht fast ausschließlich aus Kobolden. Dank herunterklappbarer Kufen können sie auch als Eissegler eingesetzt werden. Auf den Seiten 910, 911 finden sich Risszeichnungen der Steppenschiffe.

**Sternenlibellen** In den südlichen Gefilden Albenmarks weit verbreitete Libellenart. Die Tiere sind nachtaktiv. Ihren Namen haben sie wegen ihres fluoreszierenden Hinterleibs, der in der Dunkelheit in blassgrünem Licht leuchtet.

**Tearagi** Berüchtigtes, räuberisches Reitervolk, das die Karawanenwege nach Iskendria heimsucht.

**Trolle** Das kriegerischste Volk Albenmarks. Mehr als drei Meter groß haben sie eine graue Haut, die in ihrer Farbe Steinen ähnelt. Trolle scheuen vor der Berührung von Metall zurück.

**Valethisch** Sprache, die man entlang der Küsten von Iskendria bis Terakis spricht.

**Wolfsmilch** Berüchtigtes alkoholisches Getränk, das von Kentauren aus vergorener Stutenmilch hergestellt wird. Alle anderen Albenkinder sind sich einig, dass man einen Pferdemagen braucht, um Wolfsmilch zu vertragen.

**Wolkensammler** Große, fliegende Geschöpfe, die in ihrem Aussehen entfernt Quallen ähneln. Sie lebten einst in der Zerbrochenen Welt und wurden in den Krieg zwischen den Alben und Devanthar gezogen. Dabei dienten sie Letzteren im Kampf gegen die Drachen der Alben.

**Yingiz** Ein rätselhaftes Volk, gegen das einst die Alben Krieg führten. Die Schatten der Yingiz wurden ins Nichts verbannt und warten darauf, ihrer Gefangenschaft entfliehen zu können und wieder Körper zu besitzen.

FRACHTDECK
Gegen die Vorschriften an Bord genommenes Branntweinfass
Vorratskisten mit frischem Obst lassen auf einen umsichtigen Kommandanten schließen
Lenkachse des Steppenschiffs
Trinkwasser
Fässer mit gesalzenen Heringen
In geflochtenes Stroh eingebettete Feuerkugeln
OCHSENDECK
Mit Eisen beschlagene, breite Räder, die das Einsinken des Steppenschiffs auf weichem Untergrund verhindern
330 m
200 m
190 m
150 m
40cm
Kobold
Ochse
Elf
Rad
Troll
Hancock

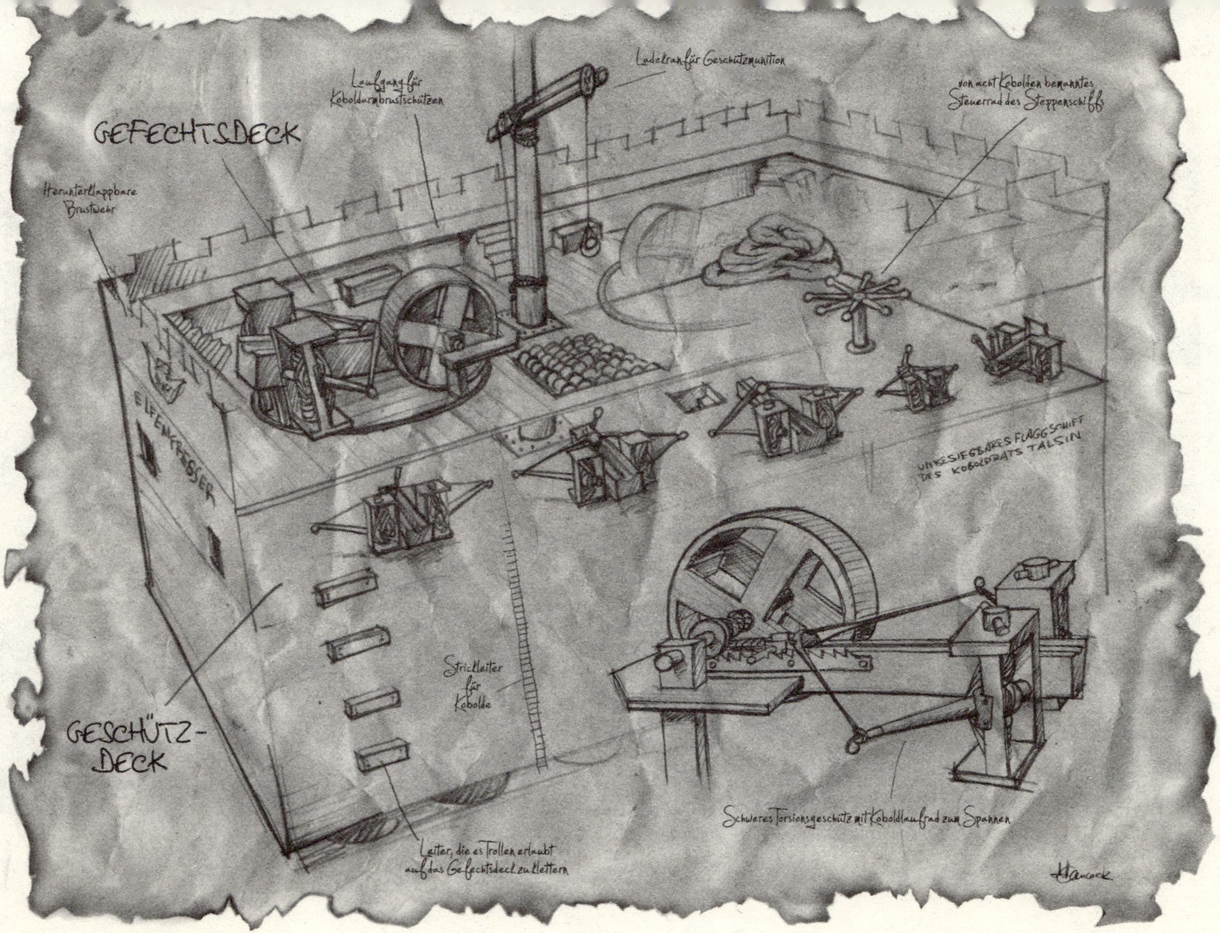
GEFECHTSDECK
Herunterklappbare Brustwehr
Laufgang für Koboldarmbrustschützen
Ladekran für Geschützmunition
von acht Kobolden bemanntes Steuerrad des Steppenschiffs
UNBESIEGBARES FLAGGSCHIFF DES KOBOLDRATS TALSIN
ELFENFRESSER
Strickleiter für Kobolde
GESCHÜTZ-DECK
Leiter, die es Trollen erlaubt auf das Gefechtsdeck zu klettern
Schweres Torsionsgeschütz mit Koboldlaufrad zum Spannen
Hancock

BERNHARD HENNEN
ELFENWELTEN
BERNHARD HENNEN
ELFENWELTEN
Ein visueller Streifzug durch Bernhard Hennens Romanwelten, der die Phantasie beflügelt!
Illustrationen von Mia Steingräber, Jenny Dolfen und Felix Mertikat sowie Fotos von Marja Kettner verzaubern mit detailreichen und lebendigen Interpretationen der bekannten Elfen-Saga.
Texte zu ausgewählten Persönlichkeiten, Völkern und Schauplätzen, die der Autor eigens für dieses Artbook verfasste, liefern neue Einblicke in die Welt der Elfen, Menschen und Trolle.
www.zauberfeder-verlag.de/elfenwelten
Zauberfeder